한국의 근대신문과 근대소설 2
한성신보

지은이 김영민(金榮敏 Kim, Young Min)은 연세대학교 국어국문학과와 같은 학교 대학원을 졸업했다. 문학박사·문학평론가이다. 전북대학교 조교수와 미국 하버드대학교 옌칭연구소 객원교수, 일본 릿교대학교 교환 연구교수를 지낸 바 있다. 연세대학교 학술상과 한국백상출판문화상 저작상을 수상하였다. 그 동안 지은 책으로는『한국문학비평논쟁사』(한길사, 1992),『한국근대소설사』(솔출판사, 1997),『한국근대문학비평사』(소명출판, 1999),『한국현대문학비평사』(소명출판, 2000),『한국 근대소설의 형성 과정』(소명출판, 2005),『한국의 근대신문과 근대소설 1－대한매일신보』(소명출판, 2006) 등이 있다.

한국의 근대신문과 근대소설 2_한성신보

2008년 2월 15일 1판 1쇄 인쇄
2008년 2월 20일 1판 1쇄 발행

지은이 _ 김영민
펴낸이 _ 박성모
펴낸곳 _ 소명출판
등록 _ 제13-522호
주소 _ 137-878 서울시 서초구 서초동 1621-18 (란빌딩 1층)
대표전화 _ (02) 585-7840
팩시밀리 _ (02) 585-7848

somyong@korea.com | www.somyong.co.kr
ⓒ 2008, 김영민
값 31,000원
ISBN 978-89-5626-290-1 93810

한국의 근대신문과 근대소설 2
한성신보

A Study on the Modern Korean Narratives and Newspapers 2

김영민

소명출판

한국의 근대신문은 근대문학의 변화를 이끌었고 오랜 기간 동안 그 변화의 중심에 서 있었다. 한국의 근대신문들은 새로운 방식의 기록과 복제 그리고 유통을 통해 한국인의 문학과 문화 전반에 영향을 미쳤다. 근대문학 연구에서 근대신문에 대한 연구가 중요한 것은 이 때문이다.

이 책의 간행 목적은 한국 근대신문에 수록된 서사 자료들을 체계적으로 정리하고, 이를 통해 한국근대소설사의 실체를 구체적으로 확인하는 일에 있다. 이 책은 이러한 의도를 살려 작업한 두 번째 연구 성과물이다. 첫 번째 성과물은 『한국의 근대신문과 근대소설 1 — 대한매일신보』(소명출판, 2006)였다.

『한성신보』는 일본인들이 국내에 들어와 발행한 신문이다. 이 점에서 『한성신보』는 『대한매일신보』 등의 여타 근대계몽기 신문과는 그 성격이 크게 구별된다. 그럼에도 불구하고, 『한성신보』가 한국 근대소설 연구를 위한 중요한 자료라는 점만은 분명하다. 『한성신보』는 1895년 2월에 창간되어 1906년 7월 말까지 간행되었다.

『한성신보』는 우리나라에서 발간된 신문 가운데서는 최초로 '소설'란을 둔 신문이기도 하다. 『한성신보』는 1897년 1월 이후 '소설'란을 두고 작품을 발표한다. 그 이전에도 '소설'이라는 명칭을 사용하기는 했지만 그것은 기사 속에서만 쓰던 것이었다. 『대한매일신보』가 '소설'란을 둔 것이 1906년 2월임을 생각한다면 이는 약 10년 정도 앞서 일어난 일이다. 그런가 하면 『한성신보』는 '잡보'란을 활성화시킨 신문이기도 하다. 『한성신보』이후 국내의 여러 신문들에서 '잡보'란은 서사문학 자료가 수록되는 주요 지면으로 부상한다.

이 책은 제1부 연구편과 제2부 자료편으로 구성되어 있다. 제1부 연구편에서는 『한성신보』의 위상과 서사물 수록 배경을 밝히고, 『한성신보』의 구체적인 서사 자료에 대해서 연구했다. 아울러 그러한 자료들의 특질과 의미에 대해서도 정리했다. 제2부 자료편에는 『한성신보』소재 서사 자료들을 원문의 형태 그대로 입력했다.

『한성신보』는 읽고 정리하는 데 너무나 많은 시간과 노력을 필요로 하는 난해한 자료였다. 『한성신보』의 연구와 정리 작업의 대부분은 마이크로 필름을 보거나, 마이크로 필름을 출력한 복사본을 활용해 진행했다. 꼭 필요한 경우에는 연세대학교 중앙도서관 귀중본실에 소장된 원본을 제공받아 그것을 활용했다. 자료의 상태를 처음 접했을 때는 과연 이런 상태의 자료들로 작업을 할 수 있을까 하는 걱정이 크게 앞섰다. 그래도 포기하지 않고 매달리다 보니 한 회 두 회 읽어내는 일이 가능해졌다. 그럼에도 불구하고 아직 이 자료집에는 복자 처리된 부분이 적지 않다. 원문에 오자나 탈자가 매우 많았을 뿐만 아니라, 자료의 상태가 워낙 좋지 않아 정리 작업에서 범한 오류도 없지 않을 것으로 생각한다. 이런 점들로 인해, 정리한 자료를 공개하는 데 망설임이 없지 않았다.

『한성신보』는 결본 또한 많은 신문이다. 『한성신보』는 연세대학교 중앙도서관에서 그 원본의 상당 부분을 소장하고 있는데, 이곳이 현재까지 알려진 유일한 소장처이다. 이 연구를 진행하는 동안 결호를 부충하기 위해 국내외 여러 기관과 접촉했지만 별다른 성과가 없었다. 특히 이 신문의 발행인이 일본인이었고, 창간 작업이 일본의 외무성과 관련

되어 진행되었다는 점에 착안하여 일본 내 여러 곳을 수소문했지만 더이상의 보충 작업은 이루어지지 않았다. 결호의 보충에 대해서는 후일을 기약할 수밖에 없다.

『한성신보』에 대한 정리와 공개를 추진하게 된 데에는 몇 년 전 한국현대소설학회 전국대회에서의 토론이 한 계기로 작용했다는 사실을 고백하지 않을 수 없다. 그 자리에서는 한국 근대문학 관련 미공개 자료들에 대한 논의가 진행되었고, 연세대학교 소장 『한성신보』 자료의 정리와 공개 필요성에 대한 요구가 집중적으로 제기되었다. 그때 나는 이를 정리해 학계에 보고하겠노라고 약속했다. 이제 미흡한 형태로나마 그 약속을 지키게 되어 일면 다행스럽게 생각한다.

이번 『한성신보』의 연구와 정리 작업 과정에서 주변의 많은 도움을 받았다. 도와주신 모든 분들께 감사드린다. 이 저서는 2006학년도 연세대학교 학술연구비의 지원에 의해 이루어진 것이다. 자료와 관련해 여러 가지 편의를 제공해 주신 중앙도서관 귀중본실과 연구비를 지원한 학교 당국에도 감사드린다. 이번에도 또 이렇게 책을 꾸며주는 소명출판에도 고마운 마음을 전한다. 일상에서 마주하는 모든 일들이 감사할 따름이다.

2008년 2월
김영민

책머리에 __ 3

제1부 연구편

제2부 자료편

제1부
연구편

제1장
『한성신보』 연구의 의미

문학 작품은 매체를 통해 세상에 모습을 드러낸다. 따라서 문학 연구는 매체 연구와도 깊은 연관성을 지니게 된다. 한국 근대문학사 연구역시 신문을 비롯한 당시대의 문화 매체 및 문화 환경에 대한 연구와떨어질 수 없다. 근대적 매체의 출현은 근대문학 양식의 변화를 가져왔다. 새로운 매체의 출현이 예술 양식과 표현 방식 그리고 내용의 변화를 함께 가져온 것이다. 근대계몽기 신문의 간행은 한국 근대문학의 새로운 출발과 정착을 위한 중요한 문화적 토대 가운데 하나였다.

그동안 진행된 근대계몽기 신문 소재 서사문학 자료에 대한 연구 성과는 적지 않다. 그러나 국내 신문에 대한 연구, 그 가운데서 한국인 발행 신문에 대한 연구만으로는 이 시기 소설사 연구가 완성될 수 없다.이 시기에는 일본인이 발행한 신문들 역시 상당수 존재하고 있으며, 거기에는 국한문 및 한글 서사 자료들이 적지 않게 실려 있다. 일본인 발행 신문에 대한 연구는 한국인 발행 신문에 대한 연구를 보완하는 의미를 충분히 지니게 될 것이다.

근대계몽기 일본인 발행 신문을 연구하면서 『한성신보(漢城新報)』를 중심에 놓은 이유는 다음과 같다. 우선 이 신문이 당시에 발행된 일본인 신문 가운데서도 특별히 큰 영향력을 지니고 있었다는 점에 있다. 『한성신보』는 일본어와 국한문 그리고 한글을 함께 사용하면서 일본인과 조선인을 모두 독자로 삼은 신문이었다. 이는 여타 일본인 발행 신문들이 대체로 일본어 하나만을 사용하며 국내에 들어와 있던 일본인만을 독자로 삼았던 것과는 구별된다. 그런가 하면 『한성신보』는 국내에서 발행된 신문 최초로 '소설'란을 두고 다양한 서사문학 작품을 수록했던 신문이기도 하다. 다양한 형태의 서사문학 자료를 수록했던 『한성신보』의 편집 체제는 뒤에 발간되는 국내의 다른 신문들에도 영향을 미쳤다. 이런 점 등으로 미루어 볼 때, 『한성신보』는 근대계몽기 일본인 발행 신문을 통해 한국 근대소설을 연구하려는 취지에 가장 부합하는 자료라고 볼 수 있다.

개항 이후 한일병합에 이르는 사이, 일본인들이 국내에 들어와 발행한 신문의 수는 적지 않다. 이들은 어림잡아 60여 종에 이른다. 이들 신문의 목록은 다음과 같다.

『朝鮮新報』(부산, 1881.12.10), 『仁川京城隔週商報』(인천, 1890.1.28), 『朝鮮旬報』(인천, 1891.9.1), 『朝鮮新報』(인천, 1892.4.15), 『釜山商況』(부산, 1892.4. 15), 『朝鮮時報』(부산, 1894.11.21), 『新朝鮮』(인천, 1894.12), 『한성신보』(한성, 1895.2.17), 『大韓新報』(한성, 1898.4.10), 『木浦新報』(목포, 1899.6.16), 『兩字新聞』(목포, 1900.12), 『大同新報』(한성, 1903.12.10), 『漢南日報』(군산, 1903.12), 『大韓日報』(인천, 1904.3.10), 『大東新報』(한성, 1904.4.18), 『朝鮮日日新報』(인천, 1904.11.27), 『全州新報』(전주, 1904.12.25), 『朝鮮每日新報』(부산, 1904.12), 『朝鮮』(대구, 1905.1), 『朝鮮日報』(부산, 1905.1), 『大邱實業新報』(대구, 1905.3.26), 『平壤新(時)報』(평양, 1905.7), 『中央新聞』(한성, 1905), 『朝鮮新報』(한성, 1905), 『新聞鎭南浦』(진남포, 1906.1), 『中央新報』(한성, 1906.1.25), 『京城日報』(한성, 1906.9.1), 『平壤日報』(평양, 1906.11), 『鴨江日報』(신의주,

1906.12.2), 『漢城板刻新報』(한성, 1906.12.25), 『大邱日報』(대구, 1906.12), 『西鮮日報』(진남포, 1906), 『平壤新報』(평양, 1906), 『鎮南浦新報』(진남포, 1907), 『朝鮮タイムス』(인천, 1907), 『北關新日本』(청진, 1907.7), 『北韓新報』(청진, 1907.8.1), 『釜山日報』(부산, 1907.10.1), 『京城新報』(한성, 1907.11), 『京城藥報』(한성, 1908.3.3), 『水原新聞』(수원, 1908.3), 『北韓日報』(청진, 1908.4.1), 『群山日報』(군산, 1908.4.15), 『開城日報』(개성, 1908.6.12), 『極東新報』(개성, 1908.6.12), 『京城新聞』(한성, 1908.7.5), 『北鮮日報』(청진, 1908.8.1), 『大邱新聞』(대구, 1908.9.1), 『馬山新報』(마산, 1908.10.1), 『京城通信』(한성, 1908.11.16), 『朝鮮新聞』(인천, 1908.11.20), 『民友新聞』(함흥, 1908.12.4), 『京城新報』(한성, 1909.1), 『元山每日新報』(원산, 1909.1), 『京城新聞』(한성, 1909.3), 『光州新報』(광주, 1909.4.25), 『大田新聞』(대전, 1909.8.9), 『平壤新聞』(평양, 1909.9.15), 『朝鮮日之出新聞』(한성, 1909.9.15), 『東洋日報』(한성, 1910.5.12), 『大韓日日新聞』(한성, 1910.6.4)[1]

일본인들이 국내에서 발행한 최초의 신문은 1881년 부산에서 간행한 『조선신보(朝鮮新報)』이다. 이 신문은 간행 주체가 재부산항상법회의소(在釜山港商法會議所)로 되어 있다. 『조선신보』는 우리나라에서 발간된 최초의 신식활자(新式活字) 인쇄물로 알려져 있다. 아울러 이는 우리나라에서 발간된 최초의 정기 간행물이 된다. 그런데 『조선신보』는 순간(旬刊)이었으므로 엄밀한 의미의 신문(新聞)이라기보다는 잡지(雜誌)의 성격을 적지 않게 띠고 있었다. 『조선신보』는 발행 목적이나 수록 내용 등을 볼 때도 다양한 기사를 종합적으로 다루는 신문이라기보다는 경제전문지에 가까운 것이었다. 이에 대해서는 "여하간 조선신보는 예언(例言)에서도 분명하게 밝히고 있는 바와 같이 '간행의 취지는 오로지 경제논설을 서술코자 함에' 있는 것으로 그 성격을 제시하였다. 그리하여 우리나라와 일본 두 나라 경제인들에게 널리 읽히는 것을 목표로 한다는 것을 부

---

1) 이는 계훈모 편, 『한국언론연표 : 1881~1945』(관훈클럽영신연구기금, 1979)를 바탕으로 한 후, 기타 관련 자료들을 종합적으로 활용하여 수정 보완한 것이다.

기하였다. 그러나 이면의 최대 목표는 역시 일본 경제인들의 한국에서의 기반 구축과 그 침략적 의도의 실현화에 있음을 알아야 할 것이다"[2]는 견해가 있다.

『조선신보』 이후에도 일본인들은 『인천경성격주상보(仁川京城隔週商報)』·『조선순보(朝鮮旬報)』·『부산상황(釜山商況)』·『조선시보(朝鮮時報)』 등의 신문을 계속 발행했다. 이러한 신문들은 인천이나 부산 등 특정 지역을 중심으로 특정 집단의 관심을 대변하는 언론 매체로서의 역할을 수행했다. 즉 특정 지역에 거주하는 상인들의 상업적 활동을 지원하는 것이 가장 큰 발행 목적이었던 것이다. 이들 신문은 일본어와 순한문을 주로 사용했으므로 대상 독자층 확보에 일정한 한계가 있었다. 즉 일반 대중에게까지 이 신문들이 영향력을 미쳤다고 보기는 어려운 것이다.[3] 그러나 1895년 『한성신보』의 등장은 지금까지의 일본인들의 신문 발행과는 전혀 다른 의미를 지니게 된다.

『한성신보』는 구한말 조선에 거주하던 일본인들이 일본 외무성의 자금을 지원받아 창간한 신문이다. 따라서 이 신문은 일본 외무성 기관지로서의 성격도 일부 지니고 있었다. 이 신문의 창간 경위를 정리하면 다음과 같다.[4]

『한성신보』는 일본 구마모토[熊本]현 사람들이 결성한 웅본국권당(熊

---

2) 이현희, 「조선신보의 사회·역사학적 고찰」, 『조선신보』 영인본, 한국고서동우회, 1984, 15면.

3) 국내 체류 일본인들의 신문 발행에 관한 상세한 논의는 채백, 「한국 근대신문 형성 과정에 있어서 일본의 역할에 관한 연구」, 서울대 박사논문, 1990 참조.

4) 『한성신보』의 서지 정리에 참고가 되는 언론학 분야의 주요 연구 업적은 다음과 같다. 최준, 「한성신보의 사명과 역할—일본 외무성의 기관지의 선구」, 『신문연구』, 1961년 봄, 76~81면; 최준, 「일인계 국문판지의 유형고」, 『정경논집』 제1집, 중앙대, 1969, 7~23 면; 최준, 『한국신문사론고』, 일조각, 1976; 정진석, 『한국언론사연구』, 일조각, 1983; 채백, 위의 논문; 채백, 「『한성신보』의 창간과 운용에 관한 연구」, 『신문연구소학보』 제27 호, 서울대 신문연구소, 1990, 109~129면; 박용규, 「구한말 일본의 침략적 언론활동」, 『한국언론학보』 제43-1호, 1998, 149~183면; 정진석, 「총독부 기관지 경성일보 연구」, 『경성일보』 영인본, 한국통계서적, 2003, 1~19면.

本國權黨)이 중심이 되어 1895년 2월 17일에 발행한 신문이다.[5] 웅본국권당이 조선에서 처음 발행한 신문은 부산의 『조선시보(朝鮮時報)』였다. 웅본국권당의 중심 인물 가운데 하나이며 이른바 우익 낭인이기도 했던 아다치 겐조[安達謙藏]는 1894년 10월 부산으로 와서 부산 총영사와 상의하여 신문 발행을 기획한다. 그는 『구주일일신문』의 식자공 지원과 부산상업회의소의 자금 지원을 받아 『조선시보』를 창간하게 된다. 이후 아다치 겐조는 주한 일본 공사관을 경유하여 일본 외무성의 지원을 받아 1895년 서울에서 『한성신보』를 창간한다. 일본 외무성은 창립비용 1,200원을 지급하고, 매월 보조비로 130원을 약속했다. 아다치 겐조는 신문을 창간한 후 자신이 직접 신문사 사장이 되었고, 공무국 책임자와 기계 기술자들은 오오사카와 구마모토 등지에서 데려왔다. 이때 인쇄 기계와 일본어 활자는 오사카[大阪]에서 구입해오고, 한국어 활자는 도쿄[東京]에서 들여왔다. 신문사 건물은 당시 탁지부협판이었던 친일 정객 안경수가 제공했다.[6] 『한성신보』의 사원들은 대부분 구마모토 출신으로 웅본국권당과 관계가 있는 사람들이었다.[7] 주필은 구니토모 시게

---

5) 『한성신보』의 창간일에 대해서는 서로 다른 의견들이 있다. 채백은 이 신문의 창간일을 1895년 2월 16일이라고 정리한다. "당시 미국인 헐버어트(Hulbert)가 발행하던 잡지 *Korean Repository*는 1895년 1월호에서 '한성에 곧 한글과 일어로 된 신문(a bilingual daily)이 창간된 예정이다'라고 하여 『한성신보』가 창간준비 중에 있음을 알리고 있으며 이어 3월호에서는 2월 16일 한성에서 4페이지의 『한성신보(*Seoul News*)』가 창간되었음을 알리고 있다."(채백, 「『한성신보』의 창간과 운용에 관한 연구」, 앞의 책, 118면) 그러나 정진석은 이 신문이 "실질적으로는 16일에 첫 호를 발행하면서, 이튿날인 17일자로 발행했을 것으로 짐작된다. 당시의 일본 신문은 날자보다 하루 먼저 발행하는 관행이 있었고, 한국에서도 일제치하와 광복 이후까지 그런 관행을 답습했다"(정진석, 「총독부 기관지 경성일보 연구」, 『경성일보』 영인본, 한국통계서적, 2003, 2면)고 정리한다.

6) 안경수는 「금수회의록」을 쓴 안국선의 삼촌이다. 그는 안국선의 후견인이 되어 여러 가지 활동을 지원한다. 안국선의 일본 유학이나 관직 진출, 귀양과 복직 등이 대부분 안경수와 연관된 것으로 추정된다. 이에 대한 자세한 논의는 김영민, 「안국선 문학 연구」, 『매지논총』 제6호, 연세대 매지학술연구소, 1989, 81~104면 참조. 한편 "친일적 성향을 지닌 갑오파의 다른 인물들이 『한성신보』의 창간과 그 이후의 활동에 관여했을 가능성을 배제할 수는 없을 것이다"(박용규, 앞의 글, 160면)라는 지적도 있다.

아키[國友重章], 편집장은 고바야카와 히데오[小早川秀雄], 기자는 사사키 타다시[佐佐木正] 등이었다.[8]

　『한성신보』에는 국문, 국한문, 일본어 등 매우 다양한 표기의 서사문학 작품들이 수록되어 있다. 이 작품들의 번역 또는 창작에는 일정 부분 한국인이 관여하였음이 틀림없다. 그렇다면 그들은 과연 누구였을까? 이에 대해서 명확하게 말할 수는 없지만 대략의 추정은 가능하다. 『한성신보』는 출범과 더불어 한국인 기자를 고용했다. 이때 채용된 인물이 윤돈구였다. 당시 윤돈구는 신문사 내에서 원고를 집필하는 역할과 신문사 밖에서 사건을 취재하는 탐보원의 역할을 겸했다. 윤돈구는 이른바 구한국 정부 내 고위층인 윤용선의 인척이었으므로[9] 당시 한국 정부 내의 고급정보를 취재하는 데 유리했다. 하지만, 탐방원으로서 사회문제를 취재하는 그의 능력에는 한계가 있었던 것으로 보인다.[10] 윤돈구 이외에도 한국인 기자로는 변하진(卞河璡)과 고희준(高羲駿)이 있었다. 이들이 『한성신보』에 가담한 시기가 정확히 언제인가는 알 수 없지만, 이들이 맡은 역할은 윤돈구와 유사했던 것으로 짐작된다.[11] 창간 당시 기자로 채용되었던 윤돈구는 모종의 정치적 사건에 연루되어 1896년 9월 일본으로 도피한다. 이로 미루어 보면, 초기의 서사문학 자료의

---

　7) 다음과 같은 지적은 『한성신보』 사원들의 성격을 잘 보여준다. "아다치에 의해 채용된 한성신보사 사원들은 대부분이 언론계 경력이 거의 없는 인물들로서 일종의 '낭인(浪人)'들이었다. 낭인들은 대부분이 사족(士族) 출신의 '엘리트 의식을 갖는 행동주의자'들로서 일본내의 침략적인 정치권력과 직·간접의 관계를 맺으면서 한국침략을 선도하여 간 집단으로 이들 중 상당 수는 한국에서 기자로 활동했다."(위의 글, 161면)

　8) 아다치 겐조는 1895년 10월 8일에 발생한 명성황후 시해 사건의 주범 가운데 하나로 지목된다. 한성신보사는 명성왕후 시해 사건의 본거지였고 편집진과 기자들도 대부분 을미사변에 관계했다. 사장 아다치를 비롯해 사원 가운데 상당수는 시해 사건과 관련되어 곧 일본으로 추방되었다. 아다치는 일본으로 건너간 후 정계에서 활동했다.

　9) 윤돈구는 탁지부 대신을 지낸 윤용선(尹容善)의 조카이다.

　10) 박용규, 앞의 글, 162면 참조.

　11) 변하진은 독립협회의 평의원을 지냈고, 고희준은 독립협회 대표위원을 지낸 인물들이다. 친일정객 안경수가 독립협회 회장을 지냈던 것과 같은 맥락에서, 독립협회와 친일지 『한성신보』에 모두 관여하는 이들의 양면성을 바라볼 수 있다.

게재에는 윤돈구가 관여했고, 이후에는 변하준과 고희준이 주로 관여했다는 추정이 가능해진다.

그런가 하면 『한성신보』에는 한글을 구사할 줄 아는 일본인 역시 기자로 참여하게 된다. 나카무라 켄타로[中村健太郎] 같은 인물이 그러했다. 나카무라 켄타로는 1900년 일본 구마모토[熊本]현이 파견한 조선어(朝鮮語) 유학생으로 한국에 첫발을 디딘 후 약 47년간 한국에 머물며 활동했다.12) 그는 1903년 『한성신보』에 입사함으로써 언론계에 들어서게 된다. 『한성신보』 한글판의 기사 작성 및 편집을 담당하던 그는 1905년 이후에는 경무고문부에 들어가 국내신문들에 대한 검열을 담당하는 검열관의 역할을 하기도 했다.13) 이후 그는 일본의 대표적 군국주의자 가운데 한 사람인 도쿠토미 소호[德富蘇峰]의 권유로 『매일신보』 발간 작업에 참여하게 되고,14) 이어서 『매일신보』의 감사(監事)와 이사(理事) 그리고 편집국장을 역임하게 된다.

『한성신보』의 편집기자들은 국한문 전용 기자와 국문 담당 기자가 분리되어 있지 않았다. 이들은 한문과 국문뿐만 아니라 일문기사까지도 동시에 담당했던 것으로 보인다. 다음은 1896년 5월 29일 일본공사(日本公使)가 일본 외무대신(外務大臣)에게 보낸 『한성신보』의 운영 계획 가운데 사원조직에 관한 부분이다. 이 계획안을 보면 『한성신보』의 편집 직제에 대한 이해가 다소나마 가능하다.

社員 組織

〈主幹〉 一명
〈編輯員〉 四名
漢文에 能通한 者 1명, 但 社說, 時事小言(때로는 文苑) 및 諺文記事의

---

12) 나카무라 켄타로[中村健太郎], 『조선생활(朝鮮生活) 오십년(五十年)』, 靑潮社, 1969, 9~11면 참조.
13) 「창간 이래 34년 본보 성장의 회고」, 『매일신보』, 1938.5.5, 13면 참조.
14) 나카무라 켄타로[中村健太郎], 앞의 책, 57~58면 참조.

材料를 漢文으로 草 하며 아울러 日文雜稿의 一部도 擔當한다.

漢文에 能通한 者 2명, 諺文 일체의 記事를 담당한다.

英文에 能通한 者 1명, 但 英文雜誌 및 英文新聞의 譯解와 日文雜報를 담당한다. (…중략…)

〈探訪員〉3명

但 1명은 日本人, 2명은 韓人

종래 編輯員으로 探訪을 兼務했으나 거의가 高等探訪에 偏重되어 卑近한 雜報의 取材는 뜻과 같이 아니 되었다. 새로 專門的인 探訪員을 두는 까닭도 여기에 있다. 더구나 그 3명 중, 2명을 韓人으로 하는 것은 形勢一變 후 日人으로서 韓人間의 事情을 探知한다는 것은 매우 어렵고 특히 韓人間의 각종의 雜報와 같은 것은 韓人이 아니고서는 쉽게 이를 探知할 수가 없기 때문이다. 韓人探訪은 실로 必要한 중의 필요한 것이다.

〈通信員〉6명

但, 仁川, 釜山, 元山, 平壤, 開城, 大邱 각지에 1명씩 둔다. 종래에는 이상 각 지방 중 2,3개소에는 通信員을 두지 않았던 바도 아니나 本社 혹은 本社 員과 緣故者로서 給料없이 依賴하여 그 勞苦의 報酬로는 겨우 新聞 한 장을 보내주었을 뿐으로 責任있는 通信員이 없었다. 따라서 事務 성과가 올라가지 않았고 地方의 事情을 뜻대로 取材收集할 수가 없었음을 항상 유감으로 생각했다. 이제 새로 이 一項을 추가하는 까닭은 여기에 있음.[15]

『한성신보』의 서사문학 자료들은 초기에는 대부분 국한문으로 표기되다가, 1896년 5월 19일 이후에는 순국문 표기가 많아진다. 1896년 하반기 이후 국문 자료의 게재는 주로 변하준과 고희준이 담당했을 것으로 추정이 된다.[16]

『한성신보』는 국문과 국한문 그리고 일문을 함께 사용하는 격일간 신문으로 출발했다. 그러다 1897년 10월 하순부터는 국문(국한문 포함)과

15) 최준, 「일인계 국문판지의 유형고」, 『정경논집』 제1집, 중앙대, 1969, 9~10면.
16) 윤돈구가 초기의 국한문 자료를 주로 담당했던 것은 분명하다. 그런데 윤돈구는 국문에도 관심이 적지 않았던 것으로 보인다. 윤돈구는 1907년 학부 아래 국문연구소가 설치될 당시 주시경·이종일 등과 더불어 연구소 위원으로 참여하게 된다.

일문 신문을 분리하여 각각 발행하기 시작했고,[17] 1903년 10월 1일부터는 이들 국문과 일문 신문을 일간으로 바꾸어 발행했다. 현재 1903년 10월 1일자 신문은 남아있지 않으나, 다음의 광고를 통해 이를 확인할 수 있다.

社告

漢城新報 擴張改良豫告

一. 漢城新報는 向後로 크게 事業을 擴張ᄒ야 旣往에 韓文과 日文의 兩新聞을 隔日에 發刊ᄒ던 것슬 來十月一日부터 韓文報와 日文報롤 갓치 每日發刊ᄒ기로 改 하고

一. 論文雜報 等도 舊態롤 一新ᄒ야 不偏不黨之筆노 公正確實히 論之報之ᄒ겟슙[18]

『한성신보』는 창간 초기에는 소형판으로 제작해 101호까지 발행했고, 1895년 9월 9일 102호부터는 배대판(倍大版)으로 판형을 바꾸어 간행했다.[19] 현재 전하는 신문은 소형판은 없고, 배대판만 남아있다. 배대판 초기 『한성신보(漢城新報)』의 지면 구성은 4면으로 되어 있다. 이 가운데 1면부터 2면까지는 국문 또는 국한문 기사가, 3면은 일본어 기사가 주를 이룬다. 4면은 광고로 채워져 있다. 초기에는 1면 첫 기사는 대부분 사설(社說)로 채워졌지만, 점차 사설이 실리지 않는 경우가 많아진다. 배대판 신문의 가격은 1장에 1전 3푼이었고, 한 달에 1냥 2전 5푼, 3달에 3냥 5전, 6개월에 6냥 7전 5푼이었다. 『한성신보』는 1906년 7월 31일까지 발행된 후 폐간된다.[20] 9월 1일로 예정된 『경성일보』의 창간을 위해

---

17) 박용규, 앞의 글, 171면 참조. 단, 신문 원본이 남아있지 않아 분리 발행 시기가 언제부터인지는 정확히 알 수 없다.

18) 『한성신보』, 1903.9.27.

19) 이해창, 『한국신문사연구』, 성문각, 1971, 303면 참조.

20) 정진석은 『한성신보』가 1906년 8월 말까지 발행되었다고 정리한다. 하지만 이는 잘못된 것이다. 당시 발간되던 『대한일보(大韓日報)』나 『황성신문(皇城新聞)』 등의 보도 기사를 보면 『한성신보』가 7월 말에 폐간되었음이 확실하다. 이에 대해서는 한원

통감부는『한성신보』와『대동신보』를 매수하여 합병하였던 것이다.

『한성신보』는 창간 당시에는 100여 명의 독자가 있었다. 이후 1895년 하반기에는 독자의 수가 서울에서만 한국인 400명, 일본인 174명으로 늘었고 1895년 말에는 한국인 450명, 일본인 186명으로 늘었다. 1896년에는 총 독자의 수가 1,911명까지 증가했다.『한성신보』는 서울뿐만 아니라 지방과 일본으로도 배포가 되었다. 인천에 42부, 부산에 12부, 원산에 4부, 각지 신문 교환 40부, 일본 각지 80부 등 합계 180부 정도가 배포되었다는 기록이 남아있는 것이다.[21]『한성신보』는 우편을 통해 일본으로도 우송되었다.

『한성신보』의 발행 목적은 일본의 한반도 침략 정책과 직결되는 것이었다. 일본의 한반도 침략은 크게 무력침략·외교침략·경제침략·언론침략이라는 4개 방면으로 추진되었는데,『한성신보』는 언론침략의 전위기구 역할을 했다.[22] 개항지인 부산·인천 등지에서 일본인들은 이미 신문을 발행한 바 있으나, 청일전쟁이 발발했던 1894년까지는 서울에서는 아직 그렇지 못했다. 특히 지방에서 발행되던 신문들은 일본인들만을 대상으로 한 일본어 신문으로 한국인에게는 별다른 영향력이 없었다. 따라서 청일전쟁 개전과 함께 한국에 대한 침투를 강화해 나가던 일본으로서는 한국인까지 대상으로 하는 신문을 발행할 필요성을 절감하게 되었던 것이다. 일본 영사관 관리들은 한국의 '보호국화' 및

영,『한국개화기 신문 연재소설 연구』, 일조각, 1990, 225면 및 박용규, 앞의 글, 177면 참조.

21) 최준, 「일본 언론의 침투 공작」,『한국신문사론고』, 일조각, 1976, 219면 및 채백, 「『한성신보』의 창간과 운용에 관한 연구」, 앞의 책, 123면 참조. 그러나 고종이 러시아 공사관으로 옮겨가는 역사적 사건인 아관파천(俄館播遷)이 일어나면서『한성신보』는 위기에 직면하게 된다. 위기를 감지한 일본 외무성은 지원금을 늘리고,『한성신보』당국에서는 신문 편집에 대중성을 강화하려는 노력을 하게 된다. 이는『한성신보』에 한글 서사 자료가 등장하는 직접적 계기가 된다는 점에서 중요하다. 이 문제에 대해서는 뒤에서 다시 상세히 다룬다.

22) 정진석, 「총독부 기관지 경성일보 연구」,『경성일보』영인본, 한국통계서적, 2003, 2면 참조.

일본에 대한 한국인의 우호적 여론 형성의 필요성을 강조하며 신문 발간을 추진해 나갔다.[23] 결국 청일전쟁에서 일본의 승리가 굳어져 가고 조선에 대한 침략이 가속화되어 가는 시점에서, 그들의 침략정책을 뒷받침할 선전기관에 대한 필요성을 바탕으로 창간된 것이 『한성신보』였던 것이다. 『한성신보』에 한글을 함께 사용했다는 것은 이 신문이 조선의 독자를 분명히 의식한 상태에서 창간된 것임을 잘 보여준다.[24]

---

23) 박용규, 앞의 글, 155~156면 참조 "웅본국권당의 전신은 자명회(紫溟會)로 일본의 국위신장, 국권확장을 내건 국수주의적 단체였다. 웅본국권당은 1879년 12월에 동심학사(同心學舍)라는 교육기관을 설립하였다가 1881년 2월 학교 이름을 동심학교로 바꾸고 종래의 교과과정에 중국어와 한국어를 추가하였다. 한국어를 가르치는 학교는 일본 전국을 통틀어 동심학교가 유일했다. 이 학교 졸업생 가운데는 후에 일본의 한국과 중국 침략에 첨병으로 활동하는 인물이 많이 나왔다"(정진석, 「총독부 기관지 경성일보 연구」, 『경성일보』 영인본, 한국통계서적, 2003, 2~3면)는 지적 역시 『한성신보』 창간의 목적을 잘 보여준다.

24) 채백, 「『한성신보』의 창간과 운용에 관한 연구」, 앞의 책, 114~115면 참조 1890년 당시 서울에 거주한 일본인 수는 137호 522명이었고, 인천에 거주한 일본인 수는 255호 1,616명이었다. 『한성신보』가 이러한 소수 일본인만을 대상으로 창간된 것이 아니라는 점은 분명하다. 이에 대한 상세한 논의는 최준, 「일인계 국문판지의 유형고」, 『정경논집』 제1집, 중앙대, 1969, 8면 참조.

제3장

『한성신보』 소재 서사문학 자료 연구사

그동안 학계에서 『한성신보』 소재 서사문학 자료에 대한 언급이 전혀 없었던 것은 아니지만, 아직은 본격적인 연구가 이루어졌다고 보기 어렵다. 『한성신보』 소재 서사문학 자료에 대한 기존의 연구는 수적으로도 많지가 않다.

한원영의 『한국 개화기 신문 연재소설 연구』는 이 방면 최초의 본격적인 연구 성과라 할 수 있다. 한원영은 이 책에서 『한성신보』의 성격에 대해 비판한 후, 거기에 연재된 소설들에 대해 자세히 정리한다.

한성신보(漢城新報)는 일본 외무성과 일공관(日公館)의 원조로써 신흥 군국 일본세력의 한국 진출의 앞잡이로 활약한 외지(外地) 기관지임은 기술(旣述)한 바이어니와 이 신문의 국문학사상 또는 한국신문사상 특기할 점은 이 신문이 일본인에 의해 발간되었으나 1896년 1월 23일부터는 국문판이 1면, 2면으로 발행되었으며 최초로 국문소설(國文小說)이 연재된 일이다. 이들 소설은 소위 신소설(新小說)이란 경지까지도 이르지 못한 구태의연한 것은 물론, 우리의 민족지 『대한매일신보(大韓每日申報)』나 『대한민보(大韓民報)』 등에 연재된 소설과는 그 게재 동기부터가 다른 친일적인 것이고 문학적인 가치보다는 상업적인 가치나 보이지 않는 침략성 등으로 짜여진 것이지만, 우리글 우리말로 된 소설임에는 틀림없으며 신문에 연재소설로는 최초로 등장했다는데 사적(史的)인 의의를 부여할 수 있는 가치를 지니고 있다.[25]

한원영은 18편의 연재물 목록을 제시한 후 각 작품들에 대한 해설을 시도한다. 한원영이 다룬 작품의 목록은 다음과 같다. 「조부인전(趙婦人傳)」·「신진사문답기(申進士問答記)」·「기문전(紀文傳)」·「곽어사전(郭御史傳)」·「이소저전(李小姐傳)」·「성세기몽(醒世奇夢)」·「이정언전(李正言傳)」·「섬보반덕(蟾報飯德)」·「김씨전(金氏傳)」·「가연중단(佳緣中斷)」·「이씨전(李氏傳)」·「원혼보구(寃魂報仇)」·「상부원사해정남(孀婦寃死害貞男)」·「방백우유망동기(邦伯優游忘同忌)」·「비자정절(婢子貞節)」·「무하옹문답(無何翁問答)」·「목동애전(木東崖傳)」·「경국미담(經國美談)」. 한원영이 제시한 이 목록에는 몇몇 주목할 만한 작품들이 누락되어 있다거나, 최초의 한글 작품인 「조부인전」의 서지가 잘못 밝혀져 있는 등 오류가 없는 것은 아니다.[26] 하지만 한원영의 연구는 선행 연구가 전무한 상태에서 이룩한 업적이라는 점에서 충분히 주목할 만한 가치가 있다. 한원영은 『한성신보』 소재 서사문학 자료들의 특색에 대해 다음과 같이 정리한다.

이들 소설에는 「상부원사해정남(孀婦寃死害貞男)」, 「목동애전(木東崖傳)」 같이 설정된 소설란에 연재된 것이 있는가 하면 「신진사문답기(申進士問答記)」, 「조부인전(趙婦人傳)」과 같이 아무런 표시도 없는 고대소설과 똑같은 산문체(散文體)가 있다. 이 둘은 표제의 옆에 소설이란 표시를 했느냐 안 했

---

25) 한원영, 앞의 책, 227면.
26) 「조부인전」은 1896년 5월 19일부터 7월 10일까지 연재되었다. 그러나 한원영은 이를 1897년도 작품으로 다루고 있다. 그 결과 「조부인전」보다 뒤에 발표된 작품 「원혼보구」를 이보다 앞선 작품으로 본 후, 두 작품의 철자법 변화를 비교하고 있다. 한원영, 앞의 책, 255면 참조.

느냐 만이 다를 뿐 구성이나 양상은 조금도 다를 바 없다. 까닭에 이것은 같은 소설로 취급하여 무리가 아닐 줄로 안다.

　이들 소설의 길이 즉 양은 짧은 것은 1회 연재에 그친 것이 있는가 하면 27회까지 계속된 것도 있다. 논코자 하는 18편의 소설 중 표제 끝에 '전(傳)'자가 붙은 소설이 8편이니 표제의 고대소설과의 유사성에다 구성 등이 조금도 고대소설의 태(態)를 벗어나지 못한 것들이다. (…중략…)

　이들의 소설에는 작자를 밝힌 것이 하나도 없다. 양적으로 27회분, 26회분이 되는 것이 있으나 이 분량은 인생의 한 단면을 집중적으로 구성하여 단일한 효과를 내기 위한 단편의 제재를 다루기에는 많은 양이고 인생 및 인간을 총체적으로 다루는 종합적 표현인 장편으로는 부족하다. 이들 소설은 작가의 독창적 작품구도가 명백하지 않고 구성이 평면적, 단선적이며 주제의식이 희미한데다 예술성보다는 독자의 흥미나 기호에 영합하려는 소설이다. 현대소설에 기준을 둔다면 양이 적다고 해서 단편에 충실하냐 하면 그렇지도 못하다. 소설문학의 현대이론으로 어떠한 소설유형에도 합당하지가 않다. 다만, 전대소설인 고대소설의 작법을 그대로 답습했을 뿐이다.[27]

　여기서 특히 주목할 점은, 이들 작품이 소설란에 연재된 것과 그렇지 않은 것들이 있지만 구성이나 양상이 서로 다르지 않으므로 동일한 소설들로 취급해야 한다는 사실을 강조한 것이다. 이 소설들이 대체로 예술성보다는 상업성이 짙은 소설이며, 대부분 고대소설의 수준에 머물러 있다고 정리한 것 역시 수긍할 수 있는 견해이다.

　권영민의 「『한성신보』와 최초의 신문 연재소설」은 「새로 쓰는 한국문학 100년」이라는 주제의 기획연재물 가운데 하나로 발표되었다. 여기서 권영민은 신문을 통해 근대계몽기 문학에 대해 접근하며, "이 시기 신문들은 독자들에게 흥미 있는 읽을거리를 제공하기 위하여 다양한 지면을 꾸몄으며, 대중적인 독자들은 신문을 통해 새로운 지식과 교양을 얻고 취미를 살릴 수 있게 되었다. 특히 대부분의 신문들이 소설란

---

27) 위의 책, 228~230면.

을 고정시켜 두고 다양한 서사문학 형태를 발표하였는데, 당시 신문에 소설을 발표한 문필가들은 서사적인 요건을 어느 정도 갖춘 것이라면 모두 소설이라고 지칭하였으며, 자신들이 쓰고 있는 이야기의 장르적 특성이나 규범을 별로 중시하지 않았다"고 지적한다. 근대계몽기의 작가들은 가능한 모든 이야기의 형식과 방법을 활용하여 자신들이 주장하고자 하는 지식과 경륜을 표현하는데 힘을 기울였고, 그 결과 다양한 서사문학 양식의 분화 현상이 신문을 통해 나타나게 되었다는 것이다.

권영민은 우리나라 신문에 연재소설이 처음 등장한 것은 1895년 1월 일본인들이 창간한 『한성신보(漢城新報)』부터라고 주장한다. 아울러 『한성신보』에 수록된 작품들의 양식적인 특징들에 대해서는 전통적인 몽유록의 형식을 지닌 「몽유역대제왕연」과 같은 작품, 「나파륜전」이나 「미국신대통령전」과 같은 전기, 문답체의 기술 방식을 따르면서 최소한의 이야기의 형식을 갖추고 있는 「무하옹문답」과 같은 작품, 주인공의 운명과 사건의 전개 과정에 초점을 두고 있는 「조부인전」과 같은 작품, 전래의 야담 및 설화를 바탕으로 한 「곽어사전」・「김씨전」・「이소저전」 등과 같은 작품이 있다고 정리한다. 더불어 그는 "『한성신보』의 작품들은 모두 그 창작의 주체가 누구인지 밝혀져 있지 않다. 이 신문의 편집진에 속해 있던 일본인 고바야가와・기꾸지・사사끼 등이 일본 내에서 문필활동을 했던 경력이 있긴 하지만, 이들의 창작활동의 실상을 현재로서는 확인하기 어렵다. 다만, 신문에 발표되었던 작품들이 모두 국문으로 발표되었으며, 일부 작품이 전래의 야담이나 설화를 재편하고 있는 것으로 볼 때, 이 작품들의 번역 또는 창작에 일정 부분 한국인이 간여하였을 가능성을 추측할 수 있을 뿐이다"28)라는 견해를 표명한다.

이러한 견해들은 대체로 타당한 것이지만, 부분적으로는 수정을 필요로 한다. 우리나라에서 발행된 신문 가운데 연재소설을 처음으로 수

---

28) 권영민, 「『한성신보』와 최초의 신문 연재소설」, 『문학사상』, 1997.5, 143면.

록한 것은 『한성신보』가 아니라 『조선신보』였다. 『조선신보』에 연재된 「임경업전」은 그것이 비록 일본어로 되어 있기는 했지만, 『한성신보』의 연재소설들보다 십 여 년이나 앞서 발표된 것이었다. 단, 국내에서 발간된 신문 가운데 '소설'란을 두고 작품을 발표한 것은 『한성신보』가 처음이었다. 『한성신보』에 수록된 작품들이 모두 국문으로 발표되었다는 지적도 사실과 다르다. 『한성신보』에는 국문, 국한문 및 일본어로 된 서사문학 자료가 수록되어 있다. 권영민이 「『한성신보』와 최초의 신문 연재소설」에서 직접 예시하고 있는 작품들만 보더라도, 「나파륜전」과 「경국미담」은 국한문 소설들이고 「미국신대통령전」은 국한문본과 일본어본이 함께 연재된 작품이다.

호테이 토시히로(布袋敏博)의 일본어 논문 「두 개의 조선어 역 '경국미담'에 대하여[二つの朝鮮語譯 '經國美談'について]」 역시 『한성신보』에 관한 주목할 만한 연구 성과물이다. 호테이 토시히로가 이 논문에서 궁극적으로 시도한 것은 1904년 『한성신보』에 연재 발표된 소설 『경국미담(經國美談)』과, 1908년 현공렴(玄公廉)의 번역으로 출판된 단행본 『경국미담』을 비교 연구하는 것이다. 이 논문에서는 『경국미담』 논의에 앞서 『한성신보』 간행의 배경과 관여 인물 등을 상세히 다룰 뿐만 아니라, 거기에 게재된 작품들에 대해서도 비교적 중요한 언급을 하고 있다. 호테이 토시히로는 『한성신보』 소재 서사물의 목록을 「나파륜전」·「영국사요」·「조부인전」·「신진사문답기」·「기문전」·「곽어사전」·「몽유역대제왕연」·「이소저전」·「성세기몽」·「이정언전」·「김씨전」·「섬보반덕」·「가연중단」·「원혼보구」·「이씨전」·「상부원사해정남」·「방백우유망동기」·「비자정절」·「무하옹문답」·「목동애전」·「경국미담」 등 21편으로 보고, 그것이 발표된 지면까지 일일이 제시한다. 이는 그동안 이루어진 것 가운데 가장 정확한 서사물 목록의 제시이다. 더불어 호테이 토시히로의 목록에는 「요화(妖畵)」·「신사양전(辛四孃傳)」·「독가등청정전(讀加藤淸正傳)」·「독이순신전(讀李舜臣傳)」 등 네 편의 서사 자료 목

록이 추가되어 있다. 이는 현재 원전 확인은 불가능하지만, 수록되었을 것으로 추정되는 서사물 목록이다.29)

「두 개의 조선어 역 '경국미담'에 대하여[二つの朝鮮語譯 '經國美談'につ いて]」에서는 『한성신보』소재 작품들의 성격에 대해 "『한성신보』에 게재되었던 것은, 아래에서 보는 바와 같이, 소설뿐만이 아니라, 영웅의 전기, 외국의 역사, '전(傳)' 등도 있다. 이것들을 전부 '읽을거리'로 간주 하면, 그러한 읽을거리를 계속해서 수록하고 있다고 하는 점에 이 신문 의 특징이 있다고 하겠다"30)라고 정리한다. 이어서 여기에서는 「나파륜 전」과, 특별히 「경국미담」에 대한 심도있는 연구가 이루어진다.

김재영의 「근대계몽기 소설 개념의 변화」 역시 최근에 나온 중요한 성과물 가운데 하나이다. 김재영은 이 글에서 한국의 근대 '소설' 개념 변화의 원천을 두 가지로 지목한다. 하나는 바로 『한성신보』 '소설'란이며, 다른 하나는 박은식·신채호 등에 의해 표현된 '국민의 혼으로서의 소설'이다. 김재영은 여기서 『한성신보』에 수록되는 작품 「조부인전」이 당시 주한일본공사 고무라 주타로[小村壽太郎]의 신문 개량안과 직접 연결되어 있다는 사실을 지적한다.

『한성신보』의 첫 소설 「조부인전」이 이러한 신문 개량 계획안과 직접 연결 되어 있음은 분명하다. 그러하기에 바로 이어 「신진사문답기(申進士問答記)」 (1896.7.12~8.27), 「기문전(紀文傳)」(1896.8.29~9.4), 「곽어사전(郭御史傳)」(1896.9.6 ~9.25), 「이소저전(李小姐傳)」(1896.10.30~11.3), 「성세기몽(醒世奇夢)」(1896.11.6 ~11.18), 「이정언전(李正言傳)」(1896.11.22~30), 「섬보반덕(蟾報飯德)」, 「가연 중단(佳緣中斷)」, 「김씨전(金氏傳)」, 「원혼보구(冤魂報仇)」, 「이씨전(李氏傳)」

29) 일본 동경대학(東京大學)의 명치신문잡지문고(明治新聞雜誌文庫)는 『한성신보』 1896년 2월 5일자 하루치를 소장하고 있다. 이밖에 『한성신보』의 소장처 및 추가 자료 목록에 대한 논의는 호테이 토시히로(布袋敏博), 「두 개의 조선어 역 '경국미담'에 대 하여[二つの朝鮮語譯 '經國美談'について]」, 『근대조선문학에 있어서 일본과의 관련 양상[近代朝鮮文學における日本との關連樣相]』, 綠蔭書房, 1998, 24면 참조.
30) 위의 글, 11면.

등이 계속 거의 쉬임없이 실리게 되고, 1897년 1월 12일부터 16일까지 3회에 걸치는 「상부원사해정남(孀婦寃死害貞男)」에 이르러서는 「소설(小說)」란이 독립되는 것이다. 이렇게 본다면 이미 1896년 5월 신문 체재상 소설란은 독립되어 있었던 것이며, 1897년 1월 지면에 등장하는 '소설'은 이를 뒤늦게 추인하는 것에 불과한 것이었다고 할 수 있다. 이 소설란 독립은 주로 국문독자를 끌어들이기 위한, 위기 타개책의 일부였다.[31]

아울러 김재영은 『한성신보』에 지면 분류 항목으로 등장하는 '소설'이라는 말이 조선 후기의 소설 개념과는 크게 상관이 없는 것이라고 주장한다. 그것은 우선적으로 일본에서 메이지 10년경에 일반적으로 사용되기 시작했다는 '소설'이라는 말, 또는 『요미우리신문[讀賣新聞]』의 소설란 이후 신문에 실리는 '흥미있는 이야기'를 지칭하는 말과 관계가 깊다는 것이다. 그러나 김재영은 『한성신보』에 등장하는 소설의 개념이 명백한 것은 아니었다고 정리한다. 『한성신보』가 '소설'란에 싣고자 했던 것은 이담(里談)·속담(俗談)이었고, 국문독자를 끌어들일 만한 흥미있는 이야기거리라면 전통적으로 소설이라 불리던 종류의 글이든, 문답 형식의 짤막한 글이든, 일본이나 한국의 설화든, 염사(艶事)가 중심이 되는 짤막한 이야기든, 일본의 정치소설이든 무엇이나 싣고 있다는 것이다.[32]

최근에 나온 관련 연구 업적으로는 박수미의 「개화기 신문소설 연구」와 설성경의 『신소설연구』가 있다. 박수미는 근대계몽기에 발간된 다양한 신문 연재소설 전반을 다루는 가운데 『한성신보』 소재 작품들에 대해서도 부분적으로 정리한다. 박수미는 『한성신보』 소재 소설들의 내용이 대부분 조선의 민화와 야담에서 차용한 재화 소설이기 때문에 조선의 독자들, 그중에서도 비교적 신분이 낮은 계층에게 쉽게 접근했을 것이라고

---

31) 김재영, 「근대계몽기 소설 개념의 변화」, 『한국 근대 서사양식의 발생 및 전개와 매체의 역할』, 소명출판, 2005, 49면.
32) 위의 글, 53~54면 참조.

지적한다. 「개화기 신문소설 연구」에서는 『한성신보』 소재 소설들을 '시무류 소설, 회음소설류, 희작소설류 그리고 번역·번안소설'의 네 가지로 나누어 접근한다. 시무류 소설에는 「신진사문답기」와 「무하옹문답」이 있다. 여기서는 「신진사문답기」가 우리나라 토론체 소설의 효시가 된다고 주장한다. 회음소설류에 속하는 작품은 「김씨전」·「가연중단」·「이씨전」·「상부원사해정남」·「비자정절」 등이다. 『한성신보』 소재 소설의 대부분은 회음소설이었던 바, 이는 '독자들의 현실 감각을 무디게 하고 미풍양속을 저해하려는 의도'에서 나왔다는 것이 이 글에 깔려 있는 생각이다. 희작소설류에는 「조부인전」·「곽어사전」·「섬보반덕」·「방백우유망동기」 등이 있고 번역·번안소설에는 「기문전」·「목동애전」·「경국미담」 등이 있다. 아울러, 이 글에서는 '조선 고유의 문화가 개화기에 소설화된 경우의 진정한 시발점은 조선시대의 한문단편들이 신문소설화 된 예에서 찾아보아야 할 것'임을 주장한다.

비록 일인지에 연재된 것이어서 아쉬운 부분이 있지만 이미 1890년대 중반 이후에는 야담을 변형한 소설들이 등장하고 있으며 그 게재지면은 『한성신보』였다. 『한성신보』에 연재된 야담변형 소설들이 이후 등장한 여타 신문의 동일한 유형소설과 차별화되는 가장 큰 특징은 전승된 이야기를 원전 그대로 옮긴 경우가 거의 없이 작가의 임의 살을 더하거나 두 편을 이어붙이는 등의 변형을 통해 소설화하려한 시도이다. 이러한 변형작업이 비록 작품성 면에서 긍정적인 결과를 만들어내지는 못했다고 하더라도 개화기 신문연재소설들 중에서 야담에 작가의 이야기가 더해져 소설이 되는, 근대소설의 초기형태를 찾아볼 수 있다는 것에 의미를 둘 수 있다고 하겠다.[33]

전승 야담에 대한 재창조와 변형이 근대계몽기 신문소설의 한 가지 주류를 이루었던 바, 『한성신보』는 그러한 작품들을 수록한 초창기 신문 가운데 하나였다는 것이다.

---

33) 박수미, 「개화기 신문소설 연구」, 성균관대 박사논문, 2005, 180면.

설성경의 『신소설연구』는 『한성신보』와 관련된 가장 최근의 업적이면서, 또한 자료 발굴을 통해 새로운 사실을 제시하고 있다는 점에서 눈길을 끈다. 설성경은 『한성신보』 실린 작품의 성격을 크게 세가지로 분류한다. 첫째, 고소설의 형태를 보이고 있는 작품. 여기에 해당하는 대표적 사례가 「조부인전」이다. 둘째, 전통적 야담의 형태를 보이는 작품. 여기에 해당하는 사례는 「상부원사해정남」 등이다. 셋째, 신작소설의 형태를 보이는 작품. 여기에 해당하는 사례는 「신진사문답기」 등이다. 설성경의 『신소설연구』가 중요한 것은 무엇보다 토소자(吐笑子)의 작품 「엿장사」를 발굴해 소개하고 있다는 점 때문이다. 「엿장사」는 『한성신보』에 발표된 것으로 추정되는 작품이다. 설성경은 『한문잡록(韓文雜錄)』을 발굴해 이 책에 수록된 작품들이 『한성신보』에 실린 신문 연재소설임을 확인한다. 아울러, 이를 근거로 「엿장사」가 최초의 신소설임을 주장한다.[34]

설성경은 「엿장사」가 지닌 특질들을 여러 가지 측면에서 검토하면서 이를 연암 박지원의 한문단편의 계승으로 보기도 한다. 이 논의를 인용하면 다음과 같다.

> 「엿장사」는 작중 인물과 사건의 실재성을 바탕으로 이루어진다. 전통적 고소설이 대부분 이념적인 인물에 초점을 두고 있다면, 실학자 연암 박지원은 변화해야 할 사회를 주시하면서, 풍자의 기법으로 현실을 반영하였다.
> 「허생전」이 그러하고, 「호질」이 그러하다. 「엿장사」의 작가 토소자는 바로 연암형 단편소설의 전통을 계승하면서 이를 당대의 감각으로 굴절 변형시킨 새로운 소설로 성숙시켰다.
> 「엿장사」에서 주인공 엿장사는 단순한 개인이 아니라, 사회적인 존재로서의 개인의 의미를 구현하고 있다.
> 이 사회적 개인으로서의 엿장사의 몰락을 통해 풍자라는 기법으로 당대사회가 지닌 산업주의, 제국주의적 개화가 지니 허구성을 예리하게 파헤치고 있

---

34) 설성경, 『신소설연구』, 새문사, 2005, 36면 참조.

다. 이는 외세적 개화에 대한 비판이며, 반제국주의 의식의 표명의 반영으로 볼 수 있다. 일본인이 경영하는 신문, 그것도 일본 정부의 기관지 위치에 놓인 『한성신보』에 연재되는 작품임에도 불구하고 일본 주도의 개화에 대한 직접적인 저항을 과거의 역사나, 꿈속에서의 사건이나 토론적 대화의 형식, 우화의 형식이 아닌 사실적 사건을 앞세운 풍자소설로 표현한 것은 작가 토소자의 주체성에 근거한 작가정신으로 앞 시기의 실학자 연암소설의 정신적 계승이다.

연암 박지원이 유학시대에 실학사상을 근거로 한 풍자소설을 독특한 서사기법으로 표현했듯이, 토소자는 친일적 지식인 속에서 주체적 소설의 새로운 풍자기법을 개발하여 표현하였다.[35)]

작품 「엿장사」의 문학사적 의미에 대해서는 논자에 따라 다른 평가를 내릴 수도 있다. 하지만 「엿장사」의 문학사적 의미를 어떻게 받아들이건, 『한성신보』 연재 작품들을 선별해 편집한 『한문잡록』을 발굴하고 거기에 수록된 작품들을 최초로 소개한 설성경의 연구는 적지 않은 의미를 지닌다.

지금까지 이루어진 이러한 연구들은 나름대로 『한성신보』 소재 서사 자료들에 대한 중요한 지점을 잘 짚어 소중한 성과를 낸 것으로 판단된다. 그러나 이러한 기존의 연구들은 『한성신보』의 서사 자료에 대한 단편적이고 부분적인 연구라는 한계를 공통적으로 안고 있다. 『한성신보』의 서사 자료 수록 배경을 살피고, 수록 자료 전반에 대한 정리와 의미 탐구가 필요한 것은 이 때문이다.

---

35) 위의 책, 93~94면.

제4장

『한성신보』의 서사물 수록 배경

1. 일본 근대신문의 성장

현존하는 『한성신보』 원본에는, 시기를 막론하고 대부분 서사문학 자료가 수록되어 있다. 『한성신보』는 서울에서 발행되는 신문이기는 했지만, 실질적 발행 주체가 일본의 공공기관이었고 편집에 종사하는 주요 인력 역시 대부분 일본인이었다. 따라서 이 신문이 편집 체제와 지면 구성에서 전반적으로 일본 신문을 참조했을 것이라는 점에는 의심의 여지가 없다.

일본의 근대신문은 1870년 무렵 메이지[明治] 신정부의 후원 속에서 탄생했다. 메이지 신정부는 구체제를 타파하고 국가 체제를 새롭게 수립하는 과정에서 국민들에게 개혁의 취지를 철저히 주지시킬 필요가 있었다. 정부는 공보의 발표와 지식의 개발에 신문을 이용하기로 하고 신문의 발행 및 보급의 지원에 적극적으로 나서게 된다. 이 시기 관(官)의 지원을 받으며 정론지로 탄생한 신문들을 대신문(大新聞)이라 부르게 되는데, 『해외신문(海外新聞)』(1870)・『횡빈매일신문(橫濱每日新聞)』(1870)・『동경일일신문(東京日日新聞)』(1872)・『우편보지신문(郵便報知新聞)』(1872) 등이 이러한 대신문에 해당한다. 이들은 대개 4면 대형(大型)의 신문이었다. 문체는 한문을 많이 사용했고, 사회잡보(社會雜報) 이외에는 독음(讀音)을 위한 부속문자 즉 후리가나를 달지 않았다. 이들은 관령(官令)에 많은 지면을 할애했고, 관령의 경우는 원문을 그대로 실어 전달했다.

그러나 지적 수준이 낮은 일반 대중들의 경우는 이러한 대신문들이 다루는 정치문제보다는 일상적인 사회 사건에 더욱 관심이 많았다. 동시에 난해한 문장보다 평이한 문장을 원했다. 이른바 소신문(小新聞)은 이와 같은 서민 대중들의 요구를 바탕으로 생겨난 신문이었다. 1873년 이후 탄생한 『동경가명서신문(東京假名書新聞)』(1873)・『요미우리신문[讀賣新聞]』(1874)・『평가명회입신문(平假名繪入新聞)』(1875)・『가명독신문(假名讀新聞)』・『조일신문(朝日新聞)』(1879) 등이 여기에 속한다. 소신문은 우선 판형이 대신문의 반 정도로 작았고, 사설이나 논평을 게재하지 않았으며, 문장은 구어체를 중심으로 하면서 히라가나[平假名]를 사용했다. 한자에는 독음을 위한 부속문자를 달았다. 내용은 사회 및 연예 오락 기사를 중시했다. 관령의 경우는 민중의 생활과 직접 관련이 있는 것만 뽑아 실었다. 소신문의 경영자와 기자들 가운데는 막부시대의 소설가들이 많았다. 말하자면 명치유신의 개혁과는 거리가 있는 문학자들이 생활의 방편으로 생각해 낸 것이 소신문이었던 것이다. 1875년 『동경회입신문(東京繪入新聞)』에 연재된 마에타 고세씨[前田香雪]의 「이와타 이야기」, 1878년 같은 신문에 발표된 「긴노스케이야기」 등은 이들이 생각해 낸 새로운 유형의 소설로 거론된다.[36] 이 신문은 창간호부터 그림을 넣는 것[繪入]을 특징으로 한 소신문이었다. 마에타의 「이와타 이야기[岩田八

---

36) 『동경회입신문(東京繪入新聞)』은 『동경평가명회입신문(東京平假名繪入新聞)』을 게재한 것이다.

十八の話」는 일본 신문소설의 효시로 일컬어진다. 『동경회입신문(東京繪入新聞)』은 이 소설로 인해 그보다 한 해 앞서 창간된 『요미우리신문[讀賣新聞]』에 맞서는 위치를 구축할 수 있었다.[37] 그러나 『동경평가명회입신문(東京平假名繪入新聞)』에 연재된 「이와타이야기」는 독립된 소설란의 작품이 아니라 일종의 잡보기사(雜報記事)의 연속이었다는 점에서 그것을 일본 신문소설의 효시로 보기는 어렵다는 견해도 있다.[38]

소신문들은 연재소설을 판매의 발판으로 삼아 점차 대중성을 확보해 갔다. 그러던 중 대신문들이 정당의 몰락에 따라 쇠퇴의 길을 걷게 되자, 소신문은 지면 개편을 통해 신문계의 중심 세력으로 부상하게 된다. 그들은 단순한 흥미본위의 편집에서 벗어나 정치기사를 싣기 시작하고, 물가 시세를 기재하는 등 그 내용만으로 보아서는 대·소 신문의 구별이 어렵게 된다. 1880년대 중반에 오면 소신문의 발행부수가 대신문의 발행부수보다 훨씬 많은 상태에 도달한다. 1874년에 창간된 『요미우리신문[讀賣新聞]』의 경우도 1882년경부터는 논설을 싣기 시작한다. 그 무렵 주필 다나카[高田早苗]는 이 신문을 문학 신문으로 발행할 방침을 세운다. 그리하여 1885년 지면을 쇄신하여 1월 4일부터 3월 20일까지 45회에 걸쳐 조지오네의 작품을 가토[加藤瓢平]가 번역한 「대장간 주인」을 게재하였고, 이어서 아에바 고손[饗庭篁村]의 「지금의 상인 기질」 등과 같은 소설을 계속해서 연재한다. 이후에도 쓰보우치 쇼요[坪內逍遙], 고다 로한[幸田露伴], 오자키 코요[尾崎紅葉] 등을 받아들여 문학 신문으로서의 위상을 높여간다.

『요미우리신문[讀賣新聞]』의 「대장간 주인[鍛鐵場の主人]」은 비록 번역물이기는 하지만 일본 신문 소설사에서 매우 중요한 의미를 갖는다. 그동안 다른 작품들이 주로 신문의 3면에 수록되면서 잡보 기사와 유사한 읽을거리로 취급되던 것과 달리, 이 작품은 2면 하단에 수록되었다. 무

---

37) 하루하라 아키히코[春原昭彦], 『日本新聞通史』, 新泉社, 2003, 33면 참조.
38) 혼다 야스오[本田康雄], 『新聞小說の誕生』, 平凡社, 1998, 62~66면 참조.

엇보다 중요한 것은 이 작품이 '소설(小說)'이라는 새로운 읽을거리 난에 등장했다는 점이다.39) 이런 상황 속에서 대신문들도 변화를 모색하게 되는데 1886년『우편보지신문(郵便報知新聞)』의 개혁은 이를 상징적으로 보여준다.『우편보지신문(郵便報知新聞)』의 개혁은 다음과 같다. 첫째, 기자의 역할 변화. 당시 '기자'란 일정한 입장에 서서 정치적 평론을 행하는 사람을 일컫는 용어였다. 이들은 현장 취재를 나가지 않았고, 사건을 취재하는 사람들은 '탐방(探訪)'이라는 용어를 써서 기자와 구별했다. 그러나『우편보지신문(郵便報知新聞)』에서는 탐방을 폐지하고 교양 있는 기자들을 현장 취재에 임하게 하면서 이를 '외교원'이라 불렀다. 둘째, 지면의 크기를 축소했다. 셋째, 지면의 대중화를 지향했다. 문장을 쉽게 하고 독음(讀音)을 위한 부속문자(후리가나)를 달았으며 한자를 제한해 썼고 연재소설을 싣기 시작했다. 넷째, 신문값을 대폭 인하했다. 이러한 개혁이 주효하여 1886년 6,700부이던 신문의 발행 부수는 1888년 22,000부로 증가하였고 도쿄에서 발행 부수 1위 신문으로 약진할 수 있었다.

우리나라에서『한성신보』가 발행되기 시작하던 1895년 2월은 청일전쟁이 한창 진행 중이던 시기였다. 일본에서는 1894년에 발발한 청일전쟁을 계기로 신문의 발행 부수가 비약적으로 늘어나는 현상이 나타난다. 1894년 청일전쟁 직후 동경에서 최고의 발행 부수를 자랑하던『만조보(萬朝報)』는 5만 부 정도를 넘기게 되고 전쟁 후에는 8만부를 넘기게 된다. 일본 공사관과 외무성이『한성신보』의 간행을 결정하게 된 구체적 계기 가운데 하나도 청일전쟁의 전황 홍보에 있었다. 일본의 신문들은 이러한 신문 중흥기를 맞아 독자를 관리하기 위한 여러 가지 노력을 펼쳐 보인다. 이는 크게 보면 보도와 오락 중심주의로의 편향이라고

---

39) 위의 책, 155~156면 참조. 이와 관련된 논의는 김재영, 앞의 글, 49면 참조.「대장간 주인」은 문학성이 있는 작품은 아니었다. 이에 대해서는 "유감스럽게도 문학적 향기와는 거리가 멀고, 저자 오네의 이름도 문학사전에 올라있지 않다"(『讀賣新聞百二十年史』, 讀賣新聞社, 1994, 64면)는 지적이 있다.

할 수 있다. 구체적으로 각 신문들이 보였던 공통된 성향은 첫째, 사회면 기사에 중심을 두는 것이었고, 둘째, 신문 소설에 힘을 쏟는 것이었으며, 셋째, 경제 기사에 주력하는 것이었다.

이 무렵에는 대신문과 소신문의 구별도 중요하지 않았으며, 거의 모든 신문이 연재소설을 실었다. 청일전쟁 이전에는 예술 소설과 역사 소설이 유행했다. 『조일신문』 등 대부분의 신문들은 전속 작가를 두고 신문을 발행했다. 전쟁이 발발한 후에는 전쟁 소설이 유행했고, 전쟁이 끝난 후에는 새로운 연애나 가정문제를 테마로 한 소설들이 유행했다. 이 방면의 대표작이 1897년 『요미우리신문[讀賣新聞]』에 실렸던 오자키 코요의 「금색야차(金色夜叉)」, 『국민신문(國民新聞)』에 실렸던 도쿠도미 소호[德富盧花]의 「불여귀(不如歸)」 등이었다.40) 참고로, 1894년 1월 신년호 특집 신문을 살펴보면 소신문이었던 『요미우리신문[讀賣新聞]』은 물론 대신문인 『동경일일신문(東京日日新聞)』의 경우도 제1면에 각각 소설이 실려 있다. 『요미우리신문[讀賣新聞]』에는 코요[紅葉]의 「자(紫)」가, 『동경일일신문(東京日日新聞)』에는 「보은액(報恩額)」이 실려있는 것이다. 「자(紫)」에는 아무런 양식 표기가 없지만 「보은액(報恩額)」에는 소설이라는 표식이 달려있다는 점도 특기할 만하다. 그런데 평일치인 1월 7일자 신문을 비교해 보면 『요미우리신문[讀賣新聞]』의 「자(紫)」는 계속 1면에 실리지만, 『동경일일신문(東京日日新聞)』의 「보은액(報恩額)」은 4면으로 자리를 옮겨가 있음을 볼 수 있다. 1894년 1월의 『동경조일신문(東京朝日新聞)』의 경우를 보면 소설이 세 편이나 연재가 되고 있다. 이 가운데 두 편에는 아무런 양식 표기가 없지만, 「소설장중설법(小說帳中說法)」의 경우는 제목 자체에 소설(小說)이라는 용어가 병기되어 있다.

---

40) 야마모토 후미오 외, 김재홍 역, 『일본 매스커뮤니케이션사』, 커뮤니케이션북스, 2000, 18~95면 참조.

2) 국내 여건의 변화

근대계몽기 국내에서 발간된 근대 매체에 서사 문학 자료가 수록된 것은 『조선신보』의 경우가 처음이다.[41] 『조선신보』는 1882년 2월 18일 발행한 제8호부터 「조선임경업전(朝鮮林慶業傳)」이라는 작품을 연재하기 시작한다. 이 작품은 '조선국 금화산인(金華山人) 원저, 일본국 노송헌주인(鷺松軒主人) 역술'이라고 표기되어 있는 바, 조선시대의 작품 「임경업전」의 일본어 번역인 것이다. 이 작품에는 연재에 앞서 다음과 같은 편집자 주를 달아 놓았다.

> 편자가 말하기를 조선국 열사 임경업의 공적이 많음은 거의 세상 사람이 다 아는 바인데, 일찍이 조선의 학사 금화산인이 편집한 전이 있어서 우리의 역관 寶迫繁勝군이 매우 열사의 공적을 칭송하여 지금 그 전을 번역했다. 내가 평소에 이것을 보니 정말로 열사의 간난신고가 보는 이로 하여금 애끊는 마음을 들게 하고 또한 그 자체가 조선 내지의 사정을 아는데 도움이 되는 바가 필경 적지 않아서 고로 내가 무리해서 군에게 원고를 청하여 본지 매호 잡보란에 연재해서 독자 여러분이 보시는 데에 도움을 드리고자 함이니라.[42]

『조선신보』의 「임경업전」은 잡보란에 수록되었다. 아울러 본문의 모든 한자에는 부속문자(후리가나)가 달려 있다. 부속문자가 달린 표기법은 『조선신보』로서는 매우 예외적인 것이다. 「임경업전」이 연재되기 시작하던 『조선신보』제8호는 물론이고, 현재 남아 있는 『조선신보』전체를 보더라도 부속문자가 달린 기사는 극히 일부에 한정된다. 이는 『조선신

---

41) 『한성신보』이전에 서사문학 자료를 수록한 또 다른 신문으로는 『한성순보(漢城旬報)가 있다. 『한성순보』는 순한문 작품 「亞里斯多得里傳(아리스토텔레스전)」을 1884년 6월 14일자 신문에 게재한 바 있다. 이에 대한 상세한 논의는 김찬기, 「『한성순보』소재 「아리스토텔레스전」에 관한 연구」, 『한국 근대소설의 형성과 전』, 소명출판, 2004, 231 ~252면 참조.

42) 『조선신보』영인본 제8호, 1984, 95면. 『조선신보』의 원문은 일본어로 되어 있으나 번역 인용한 것임.

보』제7호에 수록된 2편의 시 「설견(雪見)」과 「낭상설(浪上雪)」의 경우를 제외하면 찾아보기가 힘들다. 이렇게 『조선신보』가 「임경업전」 등 문학 작품에만 부속문자를 사용하는 표기법을 활용한 것은 일본의 소신문들이 흥미 본위의 기사를 중심으로 하면서, 거기에 부속문자를 사용하는 표기를 활용한 것과 동일한 맥락에서 이해할 수 있다. 『조선신보』에 수록된 「임경업전」이 '소설'로 분리 표기되지 않고 '잡보'란 속에 섞여 들어가게 된 것 또한 일본 소신문들의 신문 편집 형태를 본뜬 것이다. 『조선신보』의 「임경업전」이 잡보란에 실렸던 것과 마찬가지로, 『한성신보』의 서사문학 자료들도 처음에는 모두 잡보란에 실렸다. 1897년 1월 12일 「상부원사해정남」이 연재되기 이전에는 20여 편의 작품이 예외 없이 모두 잡보란에 실려 있는 것이다.

'잡보(雜報)'란 용어는 원래 우리나라에서는 사용하지 않던 용어였다. 근대계몽기 이전에는 문집(文集) 등에도 잡보라는 용어를 활용해 서사문학 자료를 수록한 경우가 전혀 없었다. 따라서 국내에서는 『조선신보』가 처음으로 사용하기 시작했고, 『한성신보』가 이어서 사용했던 이 말이 일본에서 수입된 것임은 분명하다. 『독립신문』이나 『매일신문』・『황성신문』・『제국신문』 등이 이 용어를 사용하게 되는 것도 결국은 일본인 발행 신문의 영향으로 볼 수밖에 없는 것이다.[43]

일본 신문의 경우 서사문학 자료가 처음 등장한 것은 소신문의 잡보란을 통해서였지만, 잡보란 자체가 소신문의 창안물은 아니다. 잡보란은 이미 대신문에서부터 존재했었다. 단, 대신문의 잡보란이 정치・경제 및 해외 관계물을 다루던 지면이었던 것에 반해 소신문의 잡보란은 화류(花柳)와 경찰 그리고 연예물 등에 관심이 집중되었던 지면이었다는 점이 다르다. 대표적 소신문 가운데 하나였던 『요미우리신문[讀賣新聞]』의 경

---

43) 1896년 『독립신문』은 창간호에 '광고, 논셜, 관보, 외국통신, 잡보' 등의 난을 두었다. 1898년 『매일신문』은 국내 신문으로서는 처음으로 잡보란에 서사 자료를 수록하기 시작한다.

우를 보더라도 신문기사의 중심은 범죄·치정·화재·지진·기담(奇談) 등의 잡보에 있었다. 그런데 이렇게 잡보란에 게재되는 신문기사들은 특별히 보도되어야 할 만큼 중요한 것들이 아니었다. 하지만 독자들에게는 매우 재미있는 읽을거리였다. 그리하여 이런 종류의 기사가 지닌 흥미성이 소식란의 중심이 되어갔던 것이다.[44]

『한성신보』가 국문 서사 자료를 수록하기 시작하는 것은 1896년 5월 19일 이후의 일이다. 『한성신보』는 이때부터 국문 서사 자료를 수록하기 시작할 뿐만 아니라, 거의 하루도 빠짐없이 서사물을 연재 발표한다. 어떤 때에는 두 편 이상의 서사물을 동시에 게재하기도 한다. 『한성신보』가 이렇게 한글 서사물을 적극적으로 수록한 데에는 분명한 이유가 있다. 그것은 1896년에 『한성신보』가 대중성 확보를 목표로 지면 쇄신을 꾀하고 있었기 때문이다. 『한성신보』의 대중성 확보를 위한 노력은 신문의 재활 시도와도 연관된 것이었다. 1896년 들어 『한성신보』가 대중성 확보를 위한 시도를 하게 되는 것은 당시의 정세 변화와 매우 관계가 깊다. 일본 외무성의 지원을 받고 있는 『한성신보』의 논조에 대해 당시 조선 정부는 매우 불편한 감정을 지니고 있었다. 특히 명성황후 시해 사건에 대한 『한성신보』의 왜곡 보도 등은 반일 감정을 높이기에 충분했다. 하지만 일본의 기세가 등등한 상황에서 조선 정부는 이에 대해 별다른 조치를 취하지 못하고 있었다. 그러던 중 1896년 2월 11일 아관파천(俄館播遷)이 일어나면서 상황은 크게 변화한다. 새롭게 구성된 내각은 곧 일본공사에게 전문을 보내 『한성신보』의 거친 표현과 편집 태도 등에 대해 시정을 요구한다. 하지만 『한성신보』는 이러한 시정 조치를 받아들이지 않았을 뿐만 아니라, 오히려 아관파천을 비판하는 동요(童謠)를 개재하면서 문제를 확산시키게 된다. 문제가 된 동요는 다음과 같다.

---

44) 혼다 야스오[本田康雄], 앞의 책, 41~46면 참조.

일이낫다 일이낫다 니씨가즁에 일이낫다
삼각산하 너른대궐 사지쟝츈 노잣더니
오영문을 혁파ᄒ고 뉵도를 ᄭᅢ티리니
칠산ᄇ다 비ᄶᅥᄽᅮ는 팔쟝ᄉ 실어다가
구듕궁궐 위티ᄒ니 십아문은 견ᄇᆯ소냐
빅슈군왕 삼겻스니 쳔명인듯 보존ᄒᆯ가
만경챵파 비ᄶᆡ여라 슈업시 ᄃ라나셰
여젼이 여송연만 츠즈니 죵니도 ᄭᅢ닷지 못하엿구나
동방예의 더져두고 셔양물식 그리조흔가
남의우셰 그만ᄒ고 붕망산변 도라가오[45]

이 동요가 『한성신보』에 게재되자 조선 사회 각층에서는 반발의 기
운이 확산되었다. 일반 독자들 사이에서는 신문 구독을 거부하는 움직
임이 일었고, 내각에서는 『한성신보』의 우송과 배포를 거부하고 조선인
의 구독을 금하는 내훈(內訓)을 내리는 등 강력한 조치를 취하게 된다.
이런 와중에, 1896년 4월 7일 창간된 『독립신문』의 성장은 『한성신보』
구독자 수의 격감이라는 결과를 가져오게 된다.[46] 그러자 일본공사 고
무라 주타로[小村壽太郎]는 일본 외무성에 『한성신보』에 대한 지원액 증
원을 요청하고, 신문지면 및 사원 조직 개편안을 제출하게 된다.[47] 이렇
게 독자들이 급감하는 어려운 상황 속에서 그에 대한 타개책으로 등장
하게 된 것이 『한성신보』의 국문 서사 자료들이었다.

---

45) 『한성신보』, 1896.4.19.
46) 이에 대한 상세한 논의는 채백, 「『한성신보』의 창간과 운용에 관한 연구」, 『신문연
   구소학보』 제27호, 서울대 신문연구소, 1990, 121~123면 참조.
47) 이에 대한 상세한 논의는 최준, 「일인계 국문판형의 유형고」, 『정경논집』 제1집, 중
   앙대, 1969, 8~11면 및 위의 글, 124~125면 참조.

제5장
『한성신보』 소재 서사문학 자료 연구

    지금까지 본 연구에서 확인 발굴한 서사 자료의 총 수는 39편이다.[48) 이는 그동안 알려졌던 자료 20여 편에 비하면 약 두 배가 되는 것이다. 『한성신보』에 수록된 서사 자료의 총목록과 그 수록란을 제시하면 다음과 같다.

> 「拿破崙傳(나보레언)」(1895.11.7~1896.1.26), 잡보.
> 「閣龍(고렁부스)이 亞美利加에 發見혼 記라」(1895.11.17~11.19), 잡보.
> 「비스마루구翁의 逸事라」(1895.11.21), 잡보.
> 「日本名士 福富臨淵 逸士」(1896.3.9~4.11), 잡보.
> 「趙婦人傳」(1896.5.19~7.10), 잡보.

---

48) 이 39편에는 호테이 토시히로가 별도의 목록으로 제시했던 4편의 작품, 즉 「요화(妖畵)」·「신사양전(辛四孃傳)」·「독가등청정전(讀加藤淸正傳)」·「독이순신전(讀李舜臣傳)」과 섬성경이 제시한 「엿장사」 등은 포함되어 있지 않다. 「英國史要」(1896.1.26~5.17)의 경우는 작품이 수록되어 있다는 사실은 확인했으나 인쇄상태가 워낙 좋지 못해 정리를 할 수 없었다. 이들 작품 목록을 추가한다면 『한성신보』 소재 서사문학 자료의 수는 더 늘어난다.

「種痘之祖先醫 씨옌ㄴ氏傳」(1896.6.6), 잡보.

「英國 皇帝陛下御略傳」(1896.6.8~6.10), 잡보.

「申進士問答記」(1896.7.12~8.27), 잡보.

「紀文傳」(1896.8.29~9.4), 잡보.

「郭御史傳」(1896.9.6~10.28), 잡보.

「報恩以讐」(1896.9.12~9.16), 잡보.

「以智脫窮」(1896.9.18~9.26), 잡보.

「男蠢女傑」(1896.9.28~10.22), 잡보.

「夢遊歷代帝王宴」(1896.10.24~12.24), 잡보.

「李小姐傳」(1896.10.30~11.3), 잡보.

「醒世奇夢」(1896.11.6~11.18), 잡보.

「米國新大統領傳」(1896.11.14~18), 잡보.

「李正言傳」(1896.11.22~11.30), 잡보.

「奇緣中絶」(1896.11.30~12.2), 잡보.

「金氏傳」(1896.12.4~12.14), 잡보.

「蟾報飯德」(1896.12.12), 잡보.

「佳緣中斷」(1896.12.16~12.26), 잡보.

「李氏傳」(1896.12.28~1897.1.10), 잡보.

「寃魂報仇」(1896.12.28~1897.1.8), 잡보.

「孀婦寃死害貞男」(1897.1.12~1.16), 소설.

「邦伯優游忘同忌」(1897.1.18), 소설.

「婢子貞節」(1897.1.20), 소설.

「無何翁問答」(1897.1.22~2.15), 소설.

「海賊勦滅」(1902.9.7~9.26), 잡보.

「木東崖傳」(1902.12.7~1903.2.3), 소설.

「市井酬酌」(1902.12.12).

「負薪談話」(1903.2.15).

「乞客問答」(1903.4.18).

「夏夜誌怪」(지은이 不眠子 : 1903.8.15~8.18), 기서.

「一歌一哭」(1903.9.12).

「路上聽聞」(1904.1.15), 잡보.

「落心萬千」(1904.2.7), 잡보.
「甲乙時論」(1904.8.21), 잡보.
「經國美談」(1904.10.4~11.2), 소설.

『한성신보』 소재 서사문학 자료들은 대부분 잡보(雜報)란과 소설(小說)란에 실려 있다. 『한성신보』 지면 개편안에서는 잡보란과 소설란의 성격을 다음과 같이 규정하고 있다.

〈雜報〉 정치상, 사회상, 기타 모든 중요한 일을 日韓 2文으로써 登載한다.
〈小說〉 韓文 속에 이 欄을 만들어 각종의 里談, 俗說을 실리며 어린이, 婦女까지도 이를 읽을 수 있게 할 것이며 韓人 일반의 嗜好를 이용하여 不知不識간에 이를 指導하도록 힘쓸 것.49)

여기서는 소설란을 한문(韓文) 즉 한글로 채워가야 할 것이라는 생각을 분명히 드러내고 있다. 이를 보면 『한성신보』 소설란에 실린 자료들이 대부분 한글로 되어있는 것이 우연이 아니라 분명한 편집 의도의 반영이었다는 사실을 알 수 있다. 그런가 하면 소설란의 성격을 '각종 이담, 속설을 중심'으로 한다는 것과, 그 독자에 어린이와 부녀까지 포함시킨다는 점도 주목할 필요가 있다. 주변에서 쉽게 접할 수 있는 이야기를 중심으로 이 난을 운용함으로써 모든 사람이 신문의 독자가 될 수 있도록 하겠다는 것이다. 아울러 '부지불식간에 이를 지도하도록 힘쓸 것'이라는 구절이 보인다. 이는 궁극적으로 소설란을 오락적 기능과 더불어 계도의 기능을 함께 갖추고 있는 난으로 꾸려가겠다는 의지를 드러낸 것이다.

『한성신보』 소재 서사 자료에는 대부분 작가가 표기되어 있지 않다. 이른바 무서명 작품들이 주로 실려 있는 것이다. 원전이 따로 존재하면서 원전의 작가가 잘 알려져 있는 경우, 예를 들면 「경국미담」의 경우

---

49) 최준, 「일인계 국문판지의 유형고」, 『정경논집』 제11집, 중앙대, 1969, 9면.

연재 서두에서 원작자의 이름은 밝혔지만 번역자의 이름은 밝히지 않았다. 이렇게 작가의 이름을 밝히지 않은 이유는, 창작물의 경우건 번역물의 경우건 원고 집필 작업의 최종 책임자가 신문사 내부의 인물이었기 때문일 가능성이 크다. 즉 내부 편집기자들이 서사물 원고의 집필 작업을 담당했으므로 굳이 필자의 이름을 밝힐 필요가 없었던 것이다. 이를 뒷받침하는 증거 가운데 하나는 기서(奇書)란에 실린 자료 「하야지괴(夏夜誌怪)」이다. 이 자료는 『한성신보』 소재 서사 자료 가운데 드물게 지은이가 밝혀져 있는 작품이다. 물론 이 글의 지은이로 되어 있는 '불면자(不眠子)'는 본명이 아니라 필명임이 분명하다. 그럼에도 불구하고 작가가 밝혀져 있다는 점에서는 관심의 대상이 된다. 이 작품에 작가가 명기되어 있는 이유는, 그것이 소설이나 잡보가 아닌 기서란에 실린 글이기 때문이다. 즉 내부 편집기자의 글이 아니라 외부 투고자의 글이었기 때문인 것이다. 『한성신보』는 기서란의 성격에 대해서는 다음과 같이 규정하고 있다.

〈奇書〉 이 欄은 모든 사람으로 하여금 本紙로써 그 所見을 세상에 공표할 수 있게끔 便宜를 줄 것이며 本紙의 본뜻에 지 違背되지 않고 읽을 만한 文章과 세상에 유익한 論旨일 땐 그 누구의 奇書를 막론하고 이를 登載한다. 但 대개 韓文 또는 漢文으로 草한 것을 採錄한다.[50]

초기의 『한성신보』는 새로운 서사물들을 창작해 수록하기보다는 일본의 서사물을 들여와 번역 수록하는 일이 많았다. 『한성신보』에 가장 먼저 수록된 서사문학 자료인 「나보례언(拿破崙傳)」은 일본에서 출판된 「나파륜전사(拿破崙傳史) 전(全)」을 번역한 것이다.[51] 이어서 발표된 역사 전기류 서사 자료들인 「閣龍(고롱부스)이 亞美利加에 發見혼 記라」,「비

---

50) 위의 글.
51) 이에 대한 자세한 논의는 호테이 토시히로, 앞의 글, 16면 참조.

스마루구翁의 逸事」,「日本名士 福富臨淵 逸士」,「種痘之祖先醫 찌
옌누氏傳」,「英國 皇帝陛下御略傳」 등도 모두 일본어로 된 원본을 번
역한 것으로 추정이 된다. 이렇게 번역물을 수록하게 된 이유는, 새로운
서사물을 창작할 수 있는 작가를 확보하지 못했다는 점에서 우선 찾을
수 있다. 당시 일본의 신문들이 신문사 내에 전속 작가를 두고 연재 서
사물을 실었던 것과 달리『한성신보』의 경우는 그렇게 하지 않았다. 이
는 1890년대 당시 국내에 전속작가라는 개념 자체가 존재하지 않았기
때문이기도 하다. 일본 소신문들의 편집·발행인이 문필가였던 경우가
많았던 것과 달리,『한성신보』의 편집·발행인들은 정치에 관심이 많은
인물들이었다는 점도 한 원인이 된다. 초기의『한성신보』가 번역 작품
을 주로 싣는 것은 일본의 신문 편집을 참조할 때 낯선 현상이 아니다.
『동경회입신문(東京平假名繪入新聞)』은 「이와타이야기[岩田八十八の話]」를
연재하기 전에 세익스피어 원작 「햄릿」을 번역해 발표했고, 일본 신문
최초의 소설란 수록 작품이라는『요미우리신문[讀賣新聞]』의 「대장간 주
인[鍛鐵場の主人]」도 창작물이 아닌 번역물이었다는 점은 앞에서도 언급
한 바 있다.

1) 1890년대의 자료들

「조부인전」

「조부인전(趙婦人傳)」은『한성신보』에 게재된 최초의 한글 서사문학
자료이다. 「조부인전」은『한성신보』의 지면 개량 계획에 따라 탄생한
작품이다.『한성신보』에 「조부인전」이 실리기 시작한 것은 1896년 5월
19일의 일이고, 일본공사 고무라 주타로[小村壽太郎]가 일본 외무성에
『한성신보』 육성을 위한 새로운 제안서를 보낸 것은 1896년 5월 29일이

다. 따라서 시기상으로는 「조부인전」이 『한성신보』 지면 개량안보다 앞서 발표된 것으로 되어 있다. 그러나 「조부인전」과 『한성신보』의 지면 개량안을 살펴보면, 「조부인전」이 지면 개량 계획에 따른 산물임을 확인하는 일은 어렵지 않다. 당시 『한성신보』 관계자들은 일본 외무성에 발간비 증액 등 지원을 요청하기 이전에 이미 지면 개량안을 작성하고 실천했던 것으로 생각된다.

『한성신보』는 「조부인전」의 연재에 앞서 다음과 같은 사고(社告)를 내보낸다. "이번에 社員이 쇼셜칙을 웃더왓는디 그 칙일홈은 趙婦人傳이라ᄒ야 퍽 즈미가 잇고, 부인네게 침징계될 ᄒ온 즉, 젼리 긔지ᄒ야 英國史要는 中止ᄒ고 次号붓터 登載ᄒ오니 閱讀諸君은 倍舊로 사보심을 바라ᄂ이다."52) 이 사고(社告)에는 다음과 같은 몇 가지 사실이 담겨 있다. 첫째는 「조부인전」이 사원(社員)이 구해온 '소설책'이라는 점. 둘째, 이 작품이 퍽 재미가 있고 부인네에게 교훈이 될 것이라는 점. 셋째, 독자들이 이를 열심히 읽고 신문을 많이 사보기를 바란다는 점.

「조부인전」이 연재되기 이전 『한성신보』에 발표된 서사문학 자료들은 「나파륜전(나보례언)」, 「각룡(고령부ᄉ)이 아미리가에 발견한 기라」, 「비스마루구옹의 일사라」, 「영국사요」, 「일본명사 복부임연 일사」 등 모두 5편이다. 이들은 모두 번역물일 뿐만 아니라, 역사전기류 문학 즉 역사적 사실에 바탕을 둔 서사물이라는 공통점이 있다. 역사전기류 문학은 사실과 허구가 조화된 문학이다. 그러나 「조부인전」은 순수한 허구문학이라는 점에서도 이들과 구별된다. 『한성신보』는 새로운 유형의 서사문학 작품, 즉 소설을 수록하기 시작하면서 그 첫 작품을 부인들에게 교훈이 될 만한 것으로 선정했다. 이는 소설란을 통해 부녀자를 계도하겠다는 의지를 담은 지면 개량안과도 일치한다. 이를 통해 대중 독자를 확보하고 독자수를 배가(倍加)하겠다는 의지를 드러내고 있는 것이다.

---

52) 『한성신보』, 1896.5.17.

「조부인전」의 서두는 평범한 가정소설(家庭小說)처럼 시작이 된다. 하지만, 이 작품은 후반부로 가면서 점차 영웅 군담소설류의 모습을 드러낸다. 작품의 주인공 조부인은 강도 땅의 명문귀족 조익성의 딸이며 이름이 옥정이다. 옥정은 어릴 적부터 총명함이 남다른 인물로 그려진다.

> 쇼져의 나히 오륙셰가 되미 졔죵형뎨들 공부ᄒᆞ는 것슬 보고 문혹의 뜻슬 두어 ᄀᆞᆯㅇ치지 아니ᄒᆞ여도 문일지십ᄒᆞ여 일취월쟝ᄒᆞ는지라. 부모가 그 뜻슬 긔특히 녀기며 그 지쥬를 ᄉᆞ랑ᄒᆞ여셔 이에 독실이 ᄀᆞᆯㅇ치니 하슈를 터노흔 듯 문ᄉᆞ가 찬란ᄒᆞ고 셔화가 긔묘홀 ᄲᅮᆫ 아니라 역디 ᄉᆞ긔를 통달케 긔억ᄒᆞ고 승경현젼을 깁히 ᄶᅵ닷고 더구ᄂᆞ 녀 힝편의 익슉ᄒᆞ야 유슌온화ᄒᆞ며 젼일경대ᄒᆞ여 고금에 짝이 업실 듯ᄒᆞ더라. 십셰가 넘더니 녀공의 뜻슬 두어 봉졔ᄉᆞ 졉빈긱ᄒᆞ기며 의복 음식의 능난ᄒᆞ고 부모의게 효셩과 형뎨간 우이는 더홀 말 업거니와 친쳑의 화목ᄒᆞ고 하인의게 관후ᄒᆞ여셔 보는 사롬마다 황복지 안는니가 업더라.53)

가르치지 않아도 스스로 많은 것을 깨닫던 옥정은, 아버지 조익성에게 향약의 실행을 건의한다. 조익성은 홍재선생을 모셔와 사람들을 가르치게 되고, 홍재선생에게 학문을 익힌 옥정은 나날이 성장한다. 옥정이 자라나면서 그녀에 대한 소문이 자자해지자, 주변 여러 곳에서 '크나 작으나 여자이면 소저에게 보내서 다만 한두 번이라도 그 덕화를 쏘이고자 하는' 사람들이 넘쳐난다. 주변의 소청을 뿌리치지 못한 옥정은 여자들을 모아 가르치는데 그 수가 사오십 명에 달하게 된다. 여기서 옥정이 가르치는 것은 여자가 지켜야 할 덕(德)과 삼종지도(三從之道)이며, 성취해야 할 목표는 '요조숙녀(窈窕淑女)'이다.

> 그 강논ᄒᆞ는 말인즉 녀ᄌᆞ의 네 가지 덕이 잇스니 부덕과 부힝과 부언과 부용이요, 녀ᄌᆞ의 삼종지도가 잇스니 집의셔는 아비를 좃고 싀집가면 사나희를

---

53) 「조부인전」, 『한성신보』, 1896.5.19.

좃고 사나희가 죽으면 ᄋ둘을 좃는 것시라. 부덕이란 것슨 경렬ᄒ 마음을 졍
셩시러운 뜻스로 닥년 것시오, 부힝은 효우에 닐을 화슌이 닥년 것시오, 부언
은 말이 아못죠록 젹으되 부득이 홀 젹이면 반드시 소리를 가늘과 슌흐게 ᄒ
년 것시오, 부공은 의복과 음식의 닐은 극졍극교ᄒ게 ᄒ는 것시며, 삼종지도
의 좃는다 ᄒ년 것슨 ᄯ러셔 잇는 것만 말함이 아니라 범빅사의 닐을 반드시
좃차셔 힝ᄒ고 감히 쟈단치 못함을 일음이라 그러ᄂ 만닐 그릇되는 닐을 보
면 엇지 간ᄒ지 아니ᄒ리요 이럼으로 굴ᄋ디 니샹이라 니죠라 ᄒ엿스니 이는
안의셔 도와쥬단 말이라 안의셔도 돕는 닐이 잇스면 그 엇지 깃부지 아니ᄒ
리요 대져 부인의 도리는 유슌ᄒ 게 쥬쟝이라 혹 간ᄒ는 닐이 잇더리도 감히
니 말이 올흔 톄ᄒ는 게 아니라 부모나 사나희나 ᄋ둘이ᄂ 몬져 그 마음을 화
평ᄒ게 ᄒ고 유슌ᄒ 말노 간졀이 ᄒ여셔 듯기 됴하ᄒ도록 ᄒ년 게 부녀의 도
리라 사름의 집안의 화긔 잇고 업는 것은 부녀의게 달녓스니 화긔유무로 죠
차셔 인가흥망꺼지 달녓스니 엇지 죠심치 아니ᄒ리요 대져 녀ᄌ의 도리는 웃
사름을 셤기며 아러 사름을 거느리는 데도 다 화슌ᄒ 것시 쥬쟝이오 ᄯ 녀ᄌ
의 실은 겁나는 마음을 항샹 □□□ 평싱의 죠심ᄒ기를 긋치지 말고 ᄯ 붓그
러운 마음을 항샹 두어셔 붓그러울 게 업슬 듯ᄒ 닐이라도 붓그러울가 념녀
ᄒ고 지닌년 게 올흐니라. 대져 세샹만스가 쳣번은 맛당치 못ᄒ 닐이라두 곳
치고 닥그면 변ᄒ여셔 아름다워지는 법인디 그 즁에 마음이란 게 곳치는 효
험이 졔일 샌른지라. 만닐 텬셩 승품을 엇지 곳치리요 ᄒ는 사름은 자포자기
ᄒ는 사름이라 내가 보기를 원ᄒ지 안노라 ᄒ야 이쳐럼 굴ᄋ치고 인도ᄒ니
소져의게 다니는 녀ᄌ덜은 모다 유한졍졍ᄒ 틱도가 박여셔 요죠슉녀가 되고
쟈 ᄒ더라.[54]

옥정이 나이 십오 세가 되자 그 부모는 혼인을 생각하게 된다. 마침
왕상서가 아들을 위해 요조숙녀를 구하던 중 옥정의 소문을 듣고 청혼
을 하게 되니, 옥정은 왕상서의 아들 명중과 혼인하고 명중은 강도 태
수가 된다. 강도 태수를 지낸 왕명중은 황실의 부름을 받아 태자경(太子
卿)이 되어 상경하게 된다. 아내 조부인을 데리고 가던 왕명중은 길에서

---

54) 위의 글, 1896.5.23.

괴한들의 습격을 받고 곤경에 처한다. 괴한은 과거에 옥정과 혼인을 희망하던 영주도의 거족 서호길이 이끄는 무리들이었다. 서호길은 왕명중을 위협해 조부인을 빼앗아가려 한다. 조부인은 꾀를 내어, 몸종 순희에게 자신의 옷을 입혀 대신 가게 함으로써 위기를 모면한다. 사정을 알길 없는 서호길은 순희를 처로 삼게 된다. 왕상서의 집에 들어온 조부인은 왕상서와 그 처 마부인의 사랑을 받는다. 하지만, 일찍 과부가 되어 친정살이를 하고 있던 왕상서의 딸 교희는 조부인에게 질투심을 느끼게 된다. 한편, 왕상서의 집안에는 한국청이라 하는 하인이 하나 있어 모두에게 큰 신뢰를 얻고 있었다. 그러나 조부인은 그가 음흉한 사람이라 생각하고 경계한다. 이때 북방의 가달이 십만 군사를 이끌고 쳐들어오는 일이 생기고, 한국청은 전쟁에 나가 큰 공을 세운 후 제양후의 벼슬을 얻는다. 점차 조정이 시끄러워지고 변방의 흉노가 침범해 인심이 흉흉해지자 왕상서의 집안도 강남으로 거처를 옮겨가게 된다. 형주로 거처를 옮겨간 후 조부인은 집안이 점점 한국청의 손에 들어가는 것을 보고 안타까워하고, 교희는 조부인의 현철함을 시기하는 마음이 점점 자라나 어머니에게 조부인의 단점을 알리는 일로 소일거리를 삼는다. 세월이 흘러 왕상서가 노환으로 세상을 떠나고 마부인 또한 병이 들어 세상을 떠난다. 왕명중 역시 갑자기 세상을 떠나는데, 그의 나이 삽십이니 죽음의 원인을 의심하지 않을 수 없게 된다. 홀로 남은 조부인은 어찌할 바를 모르는 지경에 처하게 된다.

　　홀노 조부인이 겹피 근심ᄒ나 집안의 남ᄌᆞ는 ᄒ나도 업고 여간 하인은 모다 한국청 휘하의 들고 겸ᄒ야 형쥬ᄌᆞ샤요 ᄯ오 지물이 만흐니 부귀와 권셰가 쌍젼ᄒ지라 강남 텬디에셔는 위염이 힁ᄒ기룰 텬ᄌᆞ의셔 더ᄒ야 두려워ᄒ지 안는 쟈ㅣ 업스며 ᄯ오ᄒᆞᆫ 음흉ᄒ고 간통ᄒ야 사롬을 후리니 그 심복이 극히 만흔디라 조부인이 비록 그 음특ᄒ혼 심장을 짐작ᄒᄂᆞᆫ 누ᅪ다려 의논ᄒ리요 가련ᄒᆞᆸ다 명문거족의 부귀로 싱쟝ᄒ혼 부인이 일됴의 거연이 범에 굴의 ᄭᅥ러졋스니 영웅지스라도 계교를 베풀 곳시 업스니 엇지ᄒ면 됴홀 쥴을 아지 못ᄒ더라.

착ᄒ지 못ᄒ 왕쇼져는 화가 여성의 단 둘이 살아 잇셔셔 셔로 큰 근심을 ᄀ치
홀 줄은 아지 못ᄒ고 담은 한국쳥의 후디ᄒ는디 마음을 씨고 조부인과는 죵
시도 의논이 업스니 엇지 민망치 아니ᄒ리요[55]

한국청은 점차 조부인을 취하려는 계교를 드러내게 되고, 조부인은
한국청의 죄상을 눈치챈 후 남편의 원수를 갚으려 한다. 조부인은 황익
두와 다른 두 사람의 힘을 빌어 한국청을 죽이려 하지만 실패한다. 조
부인의 노비 금섬이 역시 한국청의 밥상에 약을 타 그를 죽이려 하지만
실패한다. 조부인은 분한 마음을 이기기 못해 스스로 목숨을 끊으려 하
다가 원수를 갚아야 한다는 마음으로 연명한다. 그 사이 사정을 알게
된 조부인의 오빠인 옥윤과 사촌인 옥준이 조부인을 도우려 하나 옥윤
은 천명을 다해 세상을 떠난다. 옥준은 재물을 풀어 영웅과 장사를 불
러들이고 협객과 모사를 정하여 주야로 원수 갚을 계교를 세운다. 옥준
의 동생옥청은 날랜 군사 몇을 뽑아 형주로 향하다가, 배가 풍랑을 만
나 한 곳에 다달으니 그곳이 영주도였다. 영주도의 서호길은 순희와 함
께 순탄한 일생을 보내다가 임종시 순희의 고백을 듣게 된다. 순희의
고백을 들은 서호길은 오히려 잘 된 일이라고 만족해 한다. 서호길이
세상을 떠나자 순희도 따라 세상을 떠난다. 영주도에 도착한 옥청은 서
호길의 형 서호영의 도움을 받아 형주를 습격하고, 한국청은 항복한다.
옥청은 조부인과 왕교희를 데리고 강도로 가는 길에 영주도에 들러 머
무르게 된다. 옥청과 조부인은 서호영의 은덕에 감사하고, 두 사람에게
호의를 느낀 서호영은 서로 의형제와 의남매를 맺게 된다. 조부인 일행
이 무사히 강도로 돌아오자, 이를 못마땅히 여기는 사람이 있으니 옥청
의 동생 옥택이다. 옥택은 조부인의 부모가 이미 세상을 떠났고 옥윤마
저 세상을 떠났으므로 조씨 집안의 상속자가 없어졌음을 마음속으로
기뻐하고 있었다. 그러다 조부인이 나타나자 서운한 마음을 금할 수 없

---

55) 위의 글, 1896.6.10.

었던 것이다. 이후 옥택은 왕교희와 점차 가까운 사이가 된다. 옥택은 왕교희의 마음을 사기 위해 재물을 쓰려하나 옥청이 허락하지 않는다. 옥택은 마침 강도에 와 있던 큰 상인 노위려를 사귄 후 거기서 재물을 얻어낸다. 노위려는 조부인을 흠모하는 마음이 있어 옥택에게 재물을 베푼 것이다. 재물로 조부인의 마음을 사려 하던 노위려는 뜻대로 되지 않자, 한국청과 힘을 합쳐 서호영을 치고 조부인을 취하려는 계획을 세운다. 이를 방어하기 위해 서호영은 남방의 큰 도적 서격란의 힘을 빌리기로 한다. 그러나 처음에 서호영에게 호의적이었던 서격란 역시 점차 조부인을 취할 욕심을 갖게 된다. 자신이 조부인을 보호하고 싶다는 의사를 담은 편지를 서호영에게 보내는 것이다. 이 사실을 알게 된 조부인은 지금까지 자신이 취했던 태도가 크게 잘못되었음을 깨닫는다.

> 셔격란의 편지 왓든 말을 조부인이 듯고 깁히 싱각ᄒᆞ야 굴ᄋᆞ디 굿치 사ᄅᆞᆷ은 맛찬가지여늘 녀ᄌᆞ는 엇지ᄒᆞ야 물건과 굿치 남ᄌᆞ의게 미여지ᄂᆞᆫ고 ᄒᆞ야 길이 탄식ᄒᆞ고 이에 옥청공ᄌᆞ를 쳥ᄒᆞ여셔 의논ᄒᆞ야 굴ᄋᆞ디 인싱은 한가지여늘 남녀의 달음으로써 남의게 욕을 만히 취ᄒᆞ고 붓그러움을 만히 당ᄒᆞ니 엇지 분ᄒᆞ지 아니ᄒᆞ리요 ᄯᅩᄂᆞᆫ 쳡부에 직임이 잇슬 젹의 슌훈 걸노써 올케 알커니와 쳡부에 직임이 업신 후에야 엇지 유약ᄒᆞ야 사ᄅᆞᆷ의 졀졔롤 밧으리요 오날이야 내가 이왕의 어리셕은 것을 ᄭᅵ다랏노라.[56]

조부인은 '사람은 모두 마찬가지인데, 어찌 여자는 물건과 같이 남자에게 매어 지내야 하는가' 탄식한다. 그녀는, 인생은 한 가지이거늘 여자는 남에게 욕을 많이 보고 부끄러운 일을 많이 당하니 어찌 분하지 않은가 반문한 후 자신이 순한 것만을 옳은 것으로 알고 유약하게 살아왔음을 후회하게 된다. 조부인은 큰 깨달음과 새로운 결심을 담은 편지를 써서 서호영에게 보낸다.

---

56) 위의 글, 1896.7.6.

부인이 다시 셔호영의게 편지ㅎ여 굴으ᄃᆡ 뎨가 향쟈에 한국쳥의 쟝악에 들엇슬 젹에는 비컨ᄃᆡ 함졍에 든 것 ᄀᆞᆺ거늘 다힝이 가가의 은덕으로 구ᄒᆞ심을 입어셔 호랑의 굴을 버셔ᄂᆞ셔 텬일을 다시 보오니 살아나온 게 깃분 게 아니오라 욕을 셜치ᄒᆞ온 것시 만힝이ᄋᆞᆸ거늘 그 후로 ᄯᅩ다시 노위려의 욕이 일으고 셔격란 등의 업신녀김이 나오니 엇지 분한치 아니ᄒᆞ오리잇가 모다 형의 위덕으로 보젼ᄒᆞᄋᆞᆸ기롤 웃덧거니와 엇지 인셩이라 일컷스오리잇가. 더구ᄂᆞ 노위려와 한국쳥에 무리가 듀야로 음모비계를 셜시ᄒᆞ오니 후려가 무궁무진 ᄒᆞ온지라 잠시도 방심치 못ᄒᆞ올 디경이ᄋᆞᆸ거늘 셔격란인즉 길이 밋들 슈 업고 담은 형이 혼쟈 심려럴 씨슬 닐도 민망ᄒᆞᄋᆞᆸ고 스스로 분격ᄒᆞ온 마음을 금졔치 못ᄒᆞᄋᆞᆸ다가 다시 싱각ᄒᆞ온즉 쳡부에 드는 슌ᄒᆞᆫ 걸노써 쥬쟝을 삼는다 ᄒᆞ엿스오나 쳡부에 직임이 업ᄂᆞᆫ 쟈이야 나약홀 것시 업ᄉᆞᆸ거늘 뎨가 이왕에는 우미하와셔 유약ᄒᆞ온 ᄐᆡ도를 버리지 못ᄒᆞᄋᆞᆸ고 녀즈에 본식을 직희고 잇ᄉᆞᆸ기로 금슈ᄀᆞᆺ튼 놈의 모욕을 당ᄒᆞ엿ᄉᆞ온즉 쟈금 이후로는 녀즈에 본식을 버리ᄋᆞᆸ고 즁닙불의ᄒᆞ야 자강쟈유ᄒᆞᄋᆞᆸᄂᆞᆫ 권을 가져셔 남의 모욕도 밧지 아니ᄒᆞ려니와 형의 심녀도 덜고쟈 ᄒᆞ오나 위인이 용렬ᄒᆞ고 소견이 업ᄉᆞ와 걱졍이오이다[57)

조부인은 편지에서, 이후로는 여자의 본색을 버리고 자강자유하는 권리를 가져서 남의 모욕을 받지 않겠다는 결심을 드러낸다. 편지를 받은 서호영은 크게 기뻐하며 "사름의 영걸홈에 남녀가 어딕 잇스리요 부인도 쟝부에 힝ᄉᆞ를 ᄒᆞ면 역시 쟝부ㅣ라 일은바 말이 졀졀이 리치에 합당ᄒᆞ야 형의 마음을 상쾌ᄒᆞ게 ᄒᆞ니 이런 경ᄉᆞ가 어딕 잇스리요"[58) 하고 답한다.

조부인은 장사를 크게 열고 향약을 다시하며 농민의 궁색함을 부조한다. 시간이 흐르면서 강도 땅은 날로 흥해지고 조부인은 천하의 거부가 되어간다. 아래 사람들은 처음에는 부인의 명령을 받게 되어 마음속으로 크게 웃었으나, 그 법령이 엄숙하고 기틀이 바로 서며 병법이

---

57) 위의 글.
58) 위의 글.

뛰어남을 보고 감탄한다. 노위려는 미련을 버리지 않고 다시 한국청과 힘을 합쳐 조부인을 취할 계획을 세운다. 노위려는 수만 군사를 이끌고 배를 타고 강도로 쳐들어온다. 그러나 사정을 미리 정탐한 조부인은 군사를 매복시켰다가 노위려를 침으로써 상대를 격퇴시킨다. 노위려는 도망치고 군사의 절반은 죽고 삼사천의 군사는 항복을 한다. 조부인의 군사는 서호영의 군사와 힘을 합쳐 한국청의 군사까지 치니, 대비가 없던 한국청은 크게 패하고 도망친다. 이로 인해 조부인의 명성이 천하에 진동하게 된다.

「조부인전」은 마지막 회에서, 영웅호걸이 남자에만 있는 것이 아니며 조부인이 태평시절에 성장하여 남자의 수하에만 있었다면 규중의 요조 숙녀에 지나지 않았을 것임을 강조한다. 작품의 서두에서 절대적 가치로 추앙받던 '요조숙녀'가 이제 극복해야 할 대상으로 바뀌어 버린 것이다.

일노 좃차 조부인의 위명이 텬하의 진동ᄒ야 두려워ᄒ지 아는 쟈ㅣ 업고 강도의 사민은 의긔가 츔일ᄒ야 올흔 닐에 죽는 것슨 깃브게 알고 불의로는 부귀라도 붓그럽게 알더라. 텬하의셔 조부인을 두렵게만 알 뿐이 아니라 정치에 구규와 용군에 계칙을 비호고쟈 ᄒ며 쟝식을 권쟝홈과 샹고를 흥긔 시기는 것슨 발셔 널버젓스며 흑문을 놉히고 인심 열복케 ᄒᄂ 것은 그 탁월홈을 밋지 못홀 줄 알더라. 그러ᄒ니 남방의 웃듬이 될 뿐 아니라 셰샹의 경복ᄒᄂ 바이요 일셰의 일름난 디경 뿐 아니라 쳔고에 아름다온 향국이라 요슌 쩍 텬디요 삼디 쩍 셰계러라. 뉘라셔 부인이라고 쉽게 알며 영웅과 호걸이 남ᄌ의 게만 잇다 ᄒ리요 곤ᄒ다가 왕성홈과 쇠ᄒ다가 다시 흥ᄒ면 질겁기가 한량업ᄂ지라. 우환질고롤 격근 쟈이라야 안락티평이 됴흔 줄을 깁히 ᄭᅵ닷ᄂ니라 조부인이 아모리 현텰ᄒ야 샹동에 ᄌ품을 ᄀ졋스나 만닐 한국청의 곤욕과 노위려의 능멸홈을 당ᄒ지 아니ᄒ엿스면 무엇스로써 분홈을 격동ᄒ며 과감홈을 가다ᄃᆷ셔 이ᄀᆺ흔 큰 공적을 일우엇스리요 하ᄂᆯ이 사ᄅᆷ을 내어셔 ᄉᆞ업을 일우고쟈 ᄒ실진디 반드시 몬져 ᄒ여금 곤란을 격근 후에 그 마음을 격동ᄒ야 사업을 일우게 ᄒᄂ니 엇지 홈인고 사ᄅᆷ이 안닐흔 데셔 나고쟈ᄅᆞ셔 안닐흔 데셔 죽는 쟈는 수업을 크게 일우는 쟤이 업느니라. 조부인으로 흐야금 틱평 시졀의 싱쟝흐야 쟝부에 슈하의 잇실진딘 불과시 규즁에 요됴슉녀라. 셰샹에 수업이야 엇지 꿈이느 쑤엇스리요 호랑의 굴을 드러가지 아니흐면 호랑에 즈식을 잡지 못흔다 흐엿스니 과연 올토다. 이 말이여 셰샹 닐이 경우더로 되는 것슬 알니로다.[59]

「조부인전」은 '큰 사업은 반드시 격동을 당한 후에 성공한다'는 말과 '세상에 남자 된 자들은 조부인의 사업을 보면 거의 감격하고 거의 깨닫고 거의 부끄러워할 것'이라는 말로 마무리된다.

「조부인전」은 작품 속 지명 등으로 미루어볼 때, 우리나라 작품이라기보다는 중국 작품의 번역물로 판단된다. 단, 이 작품이 원전을 그대로 번역한 것이라기보다는 큰 줄거리를 차용해 세부를 첨삭한 작품으로 생각된다. 특히 후반부에 보이는 주인공 조부인의 여성으로서의 자아 확립 과정에 대한 서술은 『한성신보』의 편집자가 가필한 내용일 가능성이 높다.[60]

『한성신보』가 첫 번째 한글 서사문학 작품을 수록하면서, 용감한 여성을 주인공으로 한 이야기를 선택했다는 점은 여러 가지 의미를 지닌다. 이는 후일 『대한매일신보』가 국문판을 발행하면서 소설란의 첫 작품으로 「라란부인전」을 번역 수록한 것과 같은 맥락에서 이해할 수 있다. 『대한매일신보』가 「라란부인전」을 수록한 이유는 여성 독자들을 배려하고 격려하기 위함이었다. 물론, 『한성신보』는 『대한매일신보』와 성격상 대척점에 있는 신문이라는 점에서 두 신문에 실린 작품의 의미를

---

59) 위의 글, 1896.7.10.
60) 설성경은 「조부인전」 최종회에 대하여 다음과 같은 지적을 한 바 있다. "여기서 보면, 원작에 비하여 이 최종 연재분은 상당 부분 논설적 해설이 부연된 것으로 추정된다. 그 까닭은 「조부인전」의 종결은 일반 고소설의 행복한 결말형 후일담이 제시되지 않았던 개화기 시대의 논설 같은 분위기를 보여주기 때문이다. 즉, 마지막 회는 거의 대부분이 사건이 아닌, 여성 영웅으로서의 조부인의 영웅담과, 세상 사업의 승패에 대한 해설적인 논평을 길게 늘어놓고 있다."(설성경, 앞의 책, 52면)

동일하게만 볼 수는 없다. 「라란부인전」은 프랑스 대혁명에 참여한 라란부인의 활약상을 담은 번역소설로 원 저자는 중국의 양계초(梁啓超)이다.[61] 『대한매일신보』 소재 서사 자료들 가운데 상당수가 민족의식의 고취를 목적으로 한 것이었음을 생각한다면, 두 신문에 실린 자료를 연관지어 설명하는 것은 더욱 쉽지가 않다. 그럼에도 불구하고, 「조부인전」과 「라란부인전」에서 '한글 소설'과 '여성 독자'라는 중요한 두 요소가 만나고 있다는 점은 주목할 만하다. 「조부인전」에는 민족이라는 요소가 빠져있지만, 시대적 제약을 넘어 세상을 이끌어갈 여성의 삶에 대한 제안이 들어있다는 점은 간과할 수 없는 것이다.[62]

「신진사문답기」

1896년 7월 12일부터 8월 27일까지 잡보란에 연재 발표된 「신진사문답기(申進士問答記)」는 『한성신보』 소재 서사문학 자료 가운데 가장 주목할 만한 작품이다. 『한성신보』는 「신진사문답기」의 연재에 앞서 다음과 같은 연재 예고문을 내보낸 바 있다.

　　豫告
　　오래도록 됴부인전을 올녀 購讀諸君之喝采ㅎ시어믈어더셔 本筆者가 고맙게 알고 이를 갑풀 말이 업섯눈디 그 됴부인전도 大尾가 되엿스니 次號붓터 극키 ㅈ미잇고 天地感動홀만 申進士問答記 란 니야기를 올릴터히오니 諸君이 愛讀ㅎ야 주시믈 豫望ㅎ옵노라[63]

---

61) 이 작품은 양계초가 1902년 『신민총보(新民叢報)』에 발표한 「라란부인전(羅蘭夫人傳)」을 번역한 것이다. 「라란부인전」은 양계초의 유일한 여성전기 작품이다. 우림걸, 『한국개화기 문학과 양계초』, 박이정, 2002, 65~66면 참조.

62) 그런 점에서 "開化期小說이 여러 가지를 표방한 중에 女性의 권리주장도 큰 몫을 자시하고 있는데, 그러한 男女同等權을 主題까지는 심지 않았지만 부분적이나마 들고 나선 것은 이 소설이 처음의 일이 아닌가 한다"(한원영, 앞의 책, 255면)라는 지적은 의미가 있다.

63) 『한성신보』, 1896.7.10.

「신진사문답기」의 연재 회수는 총 18회에 지나지 않는다. 하지만 한 회 연재 분량이 대략 원고지 10매 정도로 긴 편이고, 따라서 총 연재 분량이 200자 원고지 190매 정도에 이른다. 후일 단행본으로 발간되는 이른바 신소설류 작품들의 길이가 대체로 250~300매 내외였다는 점을 생각하면, 「신진사문답기」는 1890년대 당시로서는 비교적 긴 길이를 가진 창작 서사물이었다.

「신진사문답기」는 『한성신보』가 지면을 개량해 독자의 수를 늘려나갈 뿐만 아니라, 이를 통해 조선인을 계도하겠다는 정치적 의도를 반영한 작품이다. 「조부인전」이 기존의 작품을 바탕으로 재구성한 것이었음에 반해 「신진사문답기」는 순수 창작물이라는 특징이 있다. 이 작품에 등장하는 두 사람의 등장인물인 신진사와 이학자는 모두가 대대로 추앙받는 집안의 자손들이다. 신진사는 충장공의 자손으로, 이학자는 충무공의 후예로 소개가 된다. 이들의 향리는 경상북도 안동이다. 이 점 또한 이들이 전통적인 양반가의 자손들임을 강조하기 위해 설정한 소설적 장치이다. 「신진사문답기」는 작품의 서두에서 신진사와 이학자의 인품을 설명하는 데 상당한 분량을 할애한다. 특히 신진사의 인물됨을 소개하는 부분은 이례적이라고 할 만큼 길다.

(가) 경상도 안동ᄹ의 사죡ᄒᆞᆫ 집이 잇스니 승은 신씨라 신쟝군 츙댱공의 ᄌ손인디 세세 잠영지가로 ᄒᆡᆨ힝을 ᄉᆞᆼ상ᄒᆞ야 효우가 밧탕이 되고 츙신으로 근본을 삼어 일향에 법가로 유명ᄒᆞ더라. 일즉이 ᄋᆞ들 ᄒᆞ나를 나흐니 골격이 쥰슈ᄒᆞ고 미묵이 명낭ᄒᆞ더니 차차 자라미 총명이 츌즁ᄒᆞ고 긔샹이 비범ᄒᆞ야 어렷슬 쩌붓터 큰 그릇신쥴 사름마다 허예ᄒᆞ고 그 집안의셔도 션셰의 슈치롤 이 ᄋᆞ회에게 와셔는 씨스리라 ᄒᆞ더니. 공부를 시쟉ᄒᆞᆫ 후에는 ᄒᆡᆨ문이 일취월쟝ᄒᆞ야 예젼 승현의 오묘ᄒᆞᆫ 도를 졍일히 강구ᄒᆞ야 퇴계 니션싱의 연원을 이을 쥴노 쟈임ᄒᆞ고 위엄쳑ᄉᆞᄒᆞᆫ 언론이 쥰졀ᄒᆞ야 밍즈에 긔샹과 방불ᄒᆞ더라. 일즉이 경ᄉᆞ의 올나와셔 태ᄒᆞᆨ, 진사의 뽑힌 후에 세상이 인지를 쓰지 못홈을 탄식ᄒᆞ고 향계의 도라와셔 ᄒᆡᆨ업을 닥그니, 학식이 대진ᄒᆞ야 덕업이 승현에 비향

홀 만ᄒ고, 문쟝이 일세의 탁월ᄒ야 유도에 거벽이요, 후진의 스승일너라. 겸
ᄒ야 승리와 긔슈에 공부가 도져ᄒ고 듀역에 음양변통ᄒᄂ 리치를 통루이 ᄊ
다르니, 일은바 통리군ᄌ일너라. 일동일졍이 법식에 맛지 아ᄂ 것시 업고 진
퇴쥬션이 모다 졀츠의 합당ᄒ며 말 ᄒ 마듸가 헷말이 업고 우슘 ᄒ번을 공연
이 웃지 아니ᄒ니 닌리가 화ᄒ고, 일향이 법바더셔 의앙ᄒ지 안ᄂ 쟈ㅣ 업셔
셔 아모리 어려운 닐과 의심된 말이라도 신진사의 말 ᄒ마듸면 집즁이 되야
셔 희혹을 ᄒ더라. 신진사가 쟝션ᄒ 이후로ᄂ 거쟝의 ᄒᄂ 말이 일본국이 히
도 즁 나라로 됴션보담 얼마 크지 못ᄒ고 더구ᄂ 연륙지 못ᄒ여셔 더 커지
지 못홀 나라이여늘 됴션으로 더브러 가쟝 ᄀ가온디 쟈고로 일본은 강ᄒ고
됴션은 약ᄒ여셔 그 침포홈을 당ᄒ 젹이 젹지 안타가 지어 임진ᄒ야ᄂ 일국
이 거의 멸망ᄒ엿다가 겨우 회복ᄒ엿스니 비단 내 집의만 세슈될 바ㅣ 아니
라 통국에 슈치가 쳔츄만디의 업셔지지 아니홀 거시라. 엇지ᄒ면 ᄒ번 소원을
드듸여셔 나라의 슈치를 벗고 챵ᄉᆼ의 원심을 쾌히 ᄒ리요 언론이 항샹 이ᄀ
치 쥰졀ᄒ거늘 듯ᄂ 스롬이 강개치 아니케 녀기ᄂ 사롬이 업스되,

(나) 그 즁에 신진샤 친구ᄒᄂ히 잇스니, 니혹ᄌ라 칭ᄒᄂ 사롬인디 츙무공
에 후예라. 위인이 듕후관대ᄒ고 문쟝덕업이 일세의 유명ᄒ디 신진샤와 더브
러 교분이 형데의셔 두터워셔 신진사ᄂ 관즁에 비ᄒ고, 니혹ᄌᄂ 포슉의 비ᄒ
ᄂ디 둘이 다 졔셰안민홀 방칙이 넉넉ᄒ더라.[64]

위의 인용문은 편의상 (가)와 (나)로 나눈 것일 뿐 원래 이어져 있는
것이다. 여기서 (가)는 온전히 신진사의 인물됨을 다룬 것이고, (나)는
이학자를 소개한 것이다. 신진사는 학문이 일취월장하고 옛 성현의 오
묘한 도를 강구하니 이퇴계 선생의 연원을 이을 학자로 기대가 되는 인
물이다. 거기에 위정척사(衛正斥邪)의 사상을 지녔으니 조선의 전통을 존
중하는 인물의 표상이 될 만하다. 아울러, 행동 하나 말 하나 도리에 맞
지 않는 것이 없으니 모두가 신진사를 신뢰하게 된다. 그러한 신진사에
게 가까운 친구가 하나 있으니 그가 바로 이학자이다. 충무공의 후예인
이학자는 사람됨이 중후관대하고 분장덕업이 세상에 잘 알려진 인물이

---

64) 「신진사문답기」, 『한성신보』, 1896.7.12.

다. 그리하여 신진사와 이학자의 교류는 관포지교에 비할 만한 것으로 제시된다.

신진사와 이학자는, 백성을 구하고 세상을 편하게 한다는 제세안민(濟世安民)의 방책을 넉넉히 가진 사람들이다. 이학자는 신진사의 비범한 식견을 알기에 언제나 신진사를 믿고 따르며 그의 언설에 감탄을 아끼지 않는다. 어느 날 신진사는 '지피지기면 백전백승'이라는 생각 아래, 일본에 건너가 그곳의 형편을 살피고 오려 한다. 이학자는 열 번 듣는 것이 한 번 보는 것만 못하다는 말로 화답하며 신진사의 일본행에 동의한다.

신진사가 일본에 도착해 배를 내리니, 생각했던 것과 달리 산천이 수려하고 풍속이 정제한 것을 보고 깜짝 놀란다. 신진사는 학교에 입학하여 언어를 배운 후 다른 학업도 마치고, 조정의 법제에서 여염의 풍속에 이르기까지 두루 섭렵한 후 귀국하니 벌써 십 년의 세월이 흐른 뒤이다. 조선으로 돌아온 신진사는 이전과 달리 매양 일본을 추앙하는 태도를 드러낸다. 이학자는 이를 보고, 신진사의 말과 뜻이 전과 달라서 일본을 원수로 혐오하던 마음이 풀려 없어졌을 뿐만 아니라 도리어 추앙하고 흠모하니 이는 필경 수토(水土)가 장위에 배어서 심성이 변하고 마음먹은 뜻이 어지러워진 때문이라 생각하게 된다. 이학자는 수토를 제어하고 장위를 치료할 여러 가지 약을 구해와 신진사에게 먹기를 권한다. 신진사는 웃으며 수토가 달라 식견이 달라진 것이 아니라 직접 보고 들은 것으로부터 새로운 식견이 나온 것이라 말한다. 이른바 '백문이 불여일견'이라는 말로 이학자에게 답하는 것이다. 여기서부터 이학자와 신진사의 대화는 문답체의 형식을 갖춘 대화와 토론으로 전개된다.

니흑즈가 굴으디 위션 우리가 션셰붓터 일본이 슈국이 되야셔 팔도 챵성이 ᄋ동과 부녀딜쩌지라도 일본이라 ᄒ면 슈국으로 알고 임진년을 일커르면 졀치부심ᄒ거놀, 흠을며 나와 형은 타인이예셔 다른지라. 밥 먹기 시작ᄒ고 말ᄒ홀 줄 아든 이후로는 평ᄉᆼ의 원통ᄒᆫ 마음이 골슈예 비여셔 이왕 ᄒ던 슈작이 힘으로는 웬슈를 갑지 못ᄒ야 셜치ᄒ지 못ᄒ여도 마음에는 잇지 안코 입으로는 쥰졀이 언론ᄒ엿거놀, 형이 일본을 단녀온 후로는 그 마음만 풀닐 뿐이 아니라 도리여 일본을 츄앙ᄒ고 흠모ᄒ는 모양이니 엇지 심경이 변치 아니ᄒ엿다 ᄒ리요. 신진사가 굴ᄋ디 내가 모단 말을 한섭에 말ᄒ고 시부되 형이 보지 못ᄒ고 듯지 못ᄒ든 닐을 과격히 말ᄒ면 과연 일본의 혹ᄒ엿다 ᄒᆯ 터인고로 과격히 말ᄒ지 못ᄒ오니, 형이 례를 버리지 아니 ᄒ올진딘 ᄎᆞᄎ 말슴을 ᄌ셰이 ᄒ오리니 통촉ᄒ야 들을진딘 뎌는 몸소 근고ᄒ야 ᄭᅢ다른 걸, 형은 안져셔 듯고 ᄭᅢ다를가 ᄒ노라. 셜영 이 동니 사롬 잇ᄂᆞ디 저 동니 사롬이 혐의롤 지엇거놀 힘이 넉넉히 셜치ᄒ엿스면 샹쾌ᄒ련마는 담은 방안에 안져셔 욕만 ᄒ고 잇스면 엇지 어리셕지 아니ᄒ리요. 대져 웬슈라 ᄒᄂᆞᆫ 것은 당쟈라도 풀고 화협ᄒ면 그만이여놀 흠을며 십여디가 지난 후에 풀고 화친ᄒ엿ᄂᆞ디 무산 말을 다시 ᄒᆯ 것시 잇스며, ᄯᅩ 조샹이 우ᄒᆡᄒ여 계셔도 피ᄎᆞ에 국ᄉᆞ룰 위ᄒ여 ᄉᆞ망이 잇슨 것시지 ᄉᆞ험이 잇슨 것시 아니여니와 가령 예젼 닐노써 보아도, 임진 젼징은 ᄎᆞᆷ에 죠션이 픠ᄒ엿다가 나죵에는 일본이 픠ᄒ여 갓슨즉 웬슈될 것시 업고 쳥국ᄀᆞᆺᄒᆫ 나라는 본리 북방의 융젹으로 대명을 멸ᄒ고 됴션을 음습ᄒ야 황복을 밧을시 군샹을 번신으로 삼ᄭᅩ 부녀를 탈취ᄒ여 갓스니 슈치가 빅셰의 씨슬 슈 업거놀. 이것슨 붓그러운 줄 아지 못ᄒ고 도리여 일본을 함혐ᄒ니 이는 분긔가 업ᄂᆞᆫ 말이요, ᄯᅩ 불치한[하]문이라 ᄒ엿스니 날만 못ᄒ 사롬의게도 비ᄒᆯ 것시 잇스면 비ᄒᄂᆞᆫ 게 맛당ᄒ거놀 흠을며 이웃 나라의 비ᄒᆯ 것시 만흔 것슬 엇지 휴앙치 아니ᄒ리요.[65]

여기서 두 사람 사이의 대화의 핵심을 이루는 것은 조선의 원수가 되어야 할 나라는 일본이 아니라 청국이라는 사실이다. 특히 "임진 젼징은 ᄎᆞᆷ에 죠션이 픠ᄒ엿다가 나죵에는 일본이 픠ᄒ여 갓슨즉 웬슈될 것시 업고 쳥국ᄀᆞᆺᄒᆫ 나라는 본리 북방의 융젹으로 대명을 멸ᄒ고 됴션을 유습ᄒ야 황복을 밧을시 군샹을 번신으로 삼ᄭᅩ 부녀를 탈취ᄒ여 갓스

---

65) 위의 글, 1896.7.14.

니 슈치가 빅셰의 씨슬 슈 업거늘 이것슨 붓그러운 쥴 아지 못ᄒ고 도리여 일본을 함혐ᄒ니 이는 분기가 업는 말이요"라는 주장이 그것을 잘 보여준다. 그동안 일본을 원수로 인식한 것은 오해에서 비롯된 것이며, 임진전쟁 즉 임진왜란의 과정에서는 결국 일본이 패하여 물러났으니 조선이 일본과 원수가 될 일이 없다는 것이다. 「신진사문답기」의 지은이가 전달하고 싶은 주제 가운데 하나가 바로 여기에 있다. 임진왜란을 빌미로 일본을 원수 삼으려 하는 것은 잘못된 역사 인식의 결과라는 것이 신진사의 생각이다. 일본의 입장을 대변하는 인물 신진사의 토론 상대역으로 이학자를 등장시키고, 그를 충무공의 후예로 설정한 것 역시 철저한 계산에 의한 것이다. 「신진사문답기」의 작가는, 전통적 양반가의 후손인 신진사의 새로운 역사 인식을 바탕으로 충무공의 후예인 이학자를 설득하려 한다. 그렇게 함으로써 임진왜란의 의미를 새롭게 해석하고, 그를 바탕으로 새로운 한일관계를 설정하려는 의지를 드러내는 것이다. 이 부분만을 보더라도 「신진사문답기」의 창작 의도가 어디에 있는가는 분명히 확인된다. 신진사는 '불치하문(不恥下問)'이라는 말을 통해 일본에서 배울 것이 적지 않음을 강조한다. 이에 대해서도 이학자는 즉각 반론을 펴지만, 신진사는 구체적 사례를 들어가며 이학자를 설득한다.

> 니혹ᄌ가 골ᄋ디 일본이 무삼 비홀 것시 잇스리요 예젼 셩왕의 례악졔도는 일본이 됴션의 비홀 것시요, 요ᄉ이 소위 기화라 ᄒ는 것슨 일본도 셔양의셔 비화슨즉, 셜영 기화를 비홀진딘 됴션셔도 셔양의 비호는 것시 맛당ᄒ거늘 엇지 구구히 일본의 비호리요 형의 일본을 츄앙ᄒ는 것슨 의혹을 풀지 못ᄒ노라. 신진사가 디답ᄒ여 골ᄋ디 대져 기화라 ᄒ는 것슨 셰샹을 기명코쟈 ᄒ는 것시라. 샹고의 희호셰계처럼 빅셩이 안기업락기토ᄒ야 불샹 왕ᄂ기고 살어도 됴됴련마는 근셰에 셔양 사롬이 긔교홈을 슝샹ᄒ야 희양의 화륜션이 통ᄒ민 만리가 지쳑이라 이졔 와셔는 외국을 교섭통샹ᄒ지 아니홀 슈 업스니, 긔왕에 교섭통샹ᄒ야 외국에 규모를 비홀진딘 우리가 힘은 들 들고 효험은 만토록

ᄒᄂᄂ 것시 맛당ᄒᆞᆫ지라. 일본이 몬져 기화를 비ᄒᆞ너라고 근 삼십년 근고를 무슈히 ᄒᆞ얏거ᄂᆞᆯ 이제 우리ᄂᆞᆫ 일본을 전일히 비ᄒᆞ쓰면 닐은 반이요 공은 갑졀이라. 그 편리ᄒᆞᆷ이 여러 가지니 첫지ᄂᆞᆫ 터셔각국인즉 사름의 종류가 다르고 문쫀ᄂᆞᆫ 곳지 아니ᄒᆞᆫ터 풍긔와 관습이 각각이라. 의ᄉᆞ를 샹통ᄒᆞ기 극란ᄒᆞ거ᄂᆞᆯ 일본인즉 이 ᄒᆞᆫ가지라. 문쫀ᄂᆞᆫ 곳치 씨고 언어ᄂᆞᆫ ᄒᆞᄂᆞᆫ 리치가 다르지 아니ᄒᆞᄋᆞ 의ᄉᆞ를 샹통ᄒᆞ기 어렵지 아니ᄒᆞ니 범빅을 비ᄒᆞ기가 힘이 적게 들 것시오 둘쩌ᄂᆞᆫ 셔양 사름인즉 리용후셩에만 족족ᄒᆞ고 인류샹 의ᄂᆞᆫ 몽ᄆᆡᄒᆞ거ᄂᆞᆯ 일본 사름은 피ᄎᆞ를 짐쟉ᄒᆞ야셔 두 가지의 졀츙ᄒᆞ야 씰시 도ᄂᆞᆫ 공ᄌᆞ를 츄승ᄒᆞ고 긔예ᄂᆞᆫ 셔양을 츄승ᄒᆞᄂᆞᆫ지라. 지어 됴션사름도 셔양을 통하기 젼붓터 셩혹의 혹ᄒᆞᄂᆞᆫ 쟈ㅣ 만코 쳥국 사름덜은 아편연 곳튼 데도 희를 편벽되이 입거ᄂᆞᆯ 일본 사람인즉 셔혹의 혹홀 것시 업ᄂᆞᆫ 줄을 알며, 아편연의 희를 당ᄒᆞᄂᆞᆫ 쟈ᄂᆞᆫ ᄒᆞ나도 업스니 엇지 문명치 안타 ᄒᆞ리요. 도와 긔예를 놉고 졍ᄒᆞᆫ 걸노만 비ᄒᆞ셔 셰샹의 유익ᄒᆞ도록만 홀 쑨 아니라 예견의ᄂᆞᆫ 지믈노써 풍속이 효박홀가 넘녀ᄒᆞ샤 지믈을 다음으로 의논ᄒᆞ엿거니와 지금 셰샹에ᄂᆞᆫ 남의 나라와 곳고 쟈 홀진딘 지믈이 남의 나라와 곳허야 될 것시요, 남의 나라보담 낫고쟈 홀진딘 지믈이 남의 나라보담 만허야 될지라. 일본이 이 리치를 깁히 ᄭᅢ드러셔 통샹홍리에 졍셩을 극히 다ᄒᆞ니 가위 문명ᄒᆞᆫ 나라이니라.[66]

　신진사가 주장하는 내용의 핵심은 일본이 문명한 나라라는 사실이다. 이 점을 부각시키기 위해 신진사는 먼저 개화의 필연성을 내세운다. 이제 어느 나라이건 외국과의 교섭 통상을 하지 않을 수 없는 시대가 왔다는 것이다. 여기서 일본은 먼저 개화를 배우느라 근 삼십 년을 보냈으니, 우리가 일본을 배워 개화를 이루면 힘은 반만 들고 공은 두 배를 취할 수 있다는 것이 신진사의 논리이다. 일본을 통해 개화를 이루면 편리함이 크게 두 가지가 있다. 첫째, 태서각국은 인종이 다르고 문자가 다르지만 일본은 문자는 같이 쓰고 언어는 이치가 다르지 않아 편리하다는 것이다. 둘째, 서양 사람들은 이용후생에만 관심이 있고 인류 도덕은 몽매하지만 일본 사람들은 피차를 짐작하고 둘을 절충하여 도

---

66) 위의 글.

는 공자를 추앙하고 기예는 서양을 따라가니 그러한 일본을 배우는 것이 도움이 된다는 것이다.

이후에도 이학자와 신진사의 문답은 일본에 대한 비판과 옹호를 반복하는 형태로 진행이 된다. 이학자의 비판이 일본 혹은 일본 사람들에 대한 조선 사람들의 일상적 태도와 감정을 표현한 것이라면 신진사의 답변은 철저히 일본의 입장을 대변하는 것이다. 신진사는 일본에 대해 "오늘날 문명한 정치를 하니 그것이 바로 문명한 나라"이며 "조정에 정치가 찬란하고 향리에 풍속이 아름다워졌으니 문명한 나라"가 되었고, "나라의 강력함이 서양에 뒤지지 않으니 동양의 선진"이 되었다는 말로 칭찬한다.

신진사의 답변 가운데 또 하나 주목할 만한 것은 일본과 러시아, 그리고 청나라 사이에서 조선이 취해야 할 태도에 관한 것이다. 이학자는 "조선과 국경을 접한 나라로는 함경도 편으로 아라사가 있고, 평안도 편으로 청국이 있다"고 말한 후, "아라사도 조선을 위하여 붙들고자 한다는 말이 있고, 청국은 수백 년을 내려오며 친근하던 나라인데, 하필 바다 건너 일본을 가깝다 하는 이유가 무엇인가"라고 신진사를 질타한다. 이에 대해 신진사는, 아라사는 땅은 비록 인접하였다 하나 동서가 현격히 다른 나라이며, 청국은 조선을 변방의 노예로 대접하던 나라라고 주장한다. 신진사는 여기서 한 걸음 더 나아가 청일전쟁의 의미에 대한 왜곡을 시도한다. 일본과 청나라의 전쟁이 조선의 자주독립의 기초를 마련하기 위한 전쟁이었다는 것이다. "일본은 조선을 위하여 인명을 허다히 허비하고 재물을 누억만 거액을 들여 십 배나 큰 청국을 꺾어 물리치고 조선의 자주독립의 기초를 열어주었으며, 자신들의 인명과 재물이 허비된 것은 조금도 후회하지 않으나, 조선이 그 뜻을 이어 바른 정치를 펴지 못하고 사업을 중흥시키지 못하니 그것만이 안타깝다"는 것이다. 청나라를 깎아 내리고 일본을 치켜세우는 신진사의 주장은 결국은 다음과 같은 궤변을 늘어놓는 일로 이어진다.

일본 죠정의셔 죠선 빅셩을 예젼 임진년의 살육을 과히 흔 것슬 후회흐야 더욱 깁히 앗기고쟈 흐는 마음을 알기가 쉬온 것시, 죠선 풍속이 위엄을 베플면 복죵되기가 쉽고 은의를 베플면 감화되기가 더된 것슬 모르는 게 아니연마는 긔여이 은의로써 감화를 시기랴 흐니 이 닐을 보면 그 뜻슬 알 것시요 아직 진압지 아니흐는 것슨 형셰가 선후가 잇스며 사긔에 지속이 잇스니 우리가 최탁홀 배 아니요, 통상에 진익을 쌔여간다는 말숨은 죠선 인민이 샹고 리치에 몽미흔즉 괴이지 아니흔 말숨이로되 지금은 일본이 진익을 아니 쌔여 가면 청국인과 티셔인이 쌔여 갈 터인즉 차라리 일본인이 쌔여가는 게 나흘 터이요 이 다음에 죠선 인민도 샹고를 힘쓰면 자연이 관계치 아닐 쑨더러 지금도 셔로 편리흔 것시 잇스며, 청국을 싱각흐고 일본을 들 죠타 흐는 것슨 과연 죠션의 인심이 갸룩흐고 풍속이 아름다워셔 이왕 청국에 슈모되는 것슬 모르고 슈빅년 셤겨셔 친슉히 리왕흐던 닐만 싱각흐는 고로 향모흐는 마음이 잇셔셔 미사를 죠케 보던 싸닥이요 일본은 임진 이후로 샹죵이 업셔 슬여흐는 마음이 잇는 고로 미사를 그르게 보는 싸닥이라 자연이 샹죵흐기를 오릭 흐고 차차 긔명흐여셔 일본 풍속을 알면 청국에 향모흐든 것보담 나을 듯흐 도다.67)

일본 조정에서는 과거 임진년에 조선 백성을 과도히 살육한 것을 후회하여 그들을 더욱 아끼게 되었던 바, 그 증거가 은의(恩意)로써 조선 백성을 다스리고 있다는 것이다. 그런가 하면 일본인들이 통상 과정에서 조선의 진액을 쌔간다는 소문이 있는데, 어차피 일본이 그것을 쌔어 가지 않으면 청나라나 서양 사람들이 쌔어갈 것이니 차라리 일본인이 쌔어가는 것이 나을 것이라는 주장도 서슴지 않는다. 만일, 일본을 본받고 일본을 배우고 일본을 믿었다가 나중에 크게 속게 되면 어찌할 것인가 묻는 이학자의 질문에 대해서도 신진사는 궤변으로 일관한다. 일본이 그러한 헛일을 할 리가 없으며 일본이 조선을 위해 힘쓰는 일이 한두 가지가 아니라는 점을 강조하는 것이다. 더욱이 신진사는, 조선은 세

---

67) 위의 글, 1896.7.28.

계가 등한히 버려 둘 나라가 아니니 일본이 가만히 두더라도 다른 나라들이 가만히 놓아둘 리 없으며, 일본이 극력 돌보아주면 다른 나라도 그리 할 것이니, 일본이 크게 힘을 내어서 남보다 앞서 조선을 극진히 위하거늘 그 후의를 알지 못하고 의심하는 사람이 어찌 우습지 아니한가 하고 반문한다.

신진사는 계속해서 개명(改明)의 필요성에 대해 역설한다. 이학자가 일본을 의심하는 이유도 그가 개명하지 못한 데에 있다는 것이다. 신진사는 조선이 개명하기 위해 일본을 본받아야 하는데, 그 가운데 중요한 것 하나가 입헌군주제(立憲君主制)를 도입하는 일이라고 제안한다. "일본은 본래 아시아의 군주전제하던 나라였으나 서양의 민주(民主) 풍속을 보고 이 둘을 절충하여 입헌정치가 되었으니 일본을 본받는 중에도 이것이 제일 큰 일"이 된다는 것이다. 이어서 신진사는 재정을 확충하는 일의 중요성에 대해 강조하고, 백성을 교화시키는 일에 대해서 거론한다. 학교를 세우고 의복을 변화시키며 두발을 짧게 하는 일 등에 대해 구체적으로 거론하는 것이다.

「신진사문답기」는 근대계몽기의 전형적인 대화체 서사문학 작품에 속한다. 「신진사문답기」에 등장하는 두 인물 즉 신진사와 이학자의 대화는 줄곧 문답과 토론의 형식을 취하고 있다. 이학자가 묻고 신진사가 답하는 형식으로 진행되는 이 작품은, 이학자와 신진사가 취하고 있는 기본적 입장이 다르기 때문에 그 문답이 곧 토론의 양상을 띠게 되는 것이다.

「신진사문답기」를 양식상 어떻게 정리할 것인가 하는 점은 분명 논란 거리가 될 수 있다. 이 문제에 대해 한원영은 다음과 같은 견해를 제시한 바 있다.

　　問答體 形式(Catechetice)의 이야기의 量으로는 中篇 정도의 散文體나, 이것을 小說의 범주에 넣을 수 있을지는 의문이 간다. 같은 問答體 形式이지만

大韓每日申報의 「쇼경과안즘방이문답」과도 다르며 「車거富부誤오解희」와도 다르다. 또한 이들 소설은 對話體로 되었는 데 반하여 「申進士問答記」는 문답으로 일관되어 있다. 이들에게서는 소박하나마 戱劇性이 엿보이며 傳統的 戱謔 및 假傳的 寓意에 연결지어 생각할 수 있으나, 「申進士問答記」는 다분히 讀者를 설득하려는 의도만으로 이루어진 演說文을 問答體로 엮어 놓아 小說樣式이 근본적으로 갖추어야 할 敍述者의 존재 가치가 희박하고 敍事的 事件이 결여되어 있다. 까닭에 이것을 小說로 볼 것이냐는 이와 비슷한 構成의 散文들을 전부 小說 범주에 넣어서 처리했기에 宋敏鎬가 주장하는 소설의 틀은 시대와 상황에 따라 可變할 수 있다는 不定型의 可能性의 理論에 따라 이것도 소설의 장르에 밀어 넣어 다루어 보겠다.

或者는 開化期 小說樣式을 對話體 敍述樣式이라 해서 「소경과안즘방이문답」, 「車거富부誤오解희」, 「夢見諸葛亮」이 이에 속한다고 했고 演說體 散文樣式이라 해서 「금수회의록」, 「경세종」, 「만국대화록」이 이에 속한다 했으며 夢遊系 小說體라 해서 「금수회의록」, 「夢見諸葛亮」, 「만국대화록」을 이 부류에 분류했다. 그러나 여기 보이는 「申進士問答記」는 엄밀히 말하면 對話體 敍述樣式도 演說體 散文樣式도 아니며, 夢遊系 小說體는 더욱 아니다. 이런 분류가 가능하다면 問答體 散文樣式의 小說이라 할 수 있을 것이다.[68]

「신진사문답기」는 『대한매일신보』에 수록된 서사문학 자료들인 「소경과안즘방이문답」이나 「車거富부誤오解희」와도 차이가 난다. 『대한매일신보』소재 작품들에는 소박하나마 희극성(戱劇性)이 엿보이고 전통적 희학(戱謔)과 연결지을 수 있는 요소들도 있다. 그러나 「신진사문답기」는 단순히 독자를 설득하려는 의도의 연설문을 문답체로 엮어놓은 것이다. 여기에는 소설양식이 근본적으로 갖추어야 할 서술자의 존재 및 서사적 사건이 없다. 따라서 이것을 소설로 볼 수 있을 것인가 하는 의문이 생길 수도 있다. 하지만 '소설의 틀은 시대와 상황에 따라 변할 수 있다'는 생각에 따라, '문답체 산문양식의 소설'로 보자는 것이 한원

---

68) 한원영, 앞의 책, 232면.

영의 결론적 제안이다.

이와는 달리, 「신진사문답기」와 「무하옹문답」을 '소설'이 아니라 '풍자'라는 서구 양식으로 분류해야 한다는 주장도 존재한다.

> 「신진사문답기」와 「무하옹문답」 등은 그 내용이 지니는 부정적인 문제성에도 불구하고 서사양식의 분화 과정에서 나타난 매우 이색적인 형태의 문학양식이다. 이 두 작품은 모두 등장인물들이 어떤 특정의 문제를 놓고 토론하는 내용이 중심을 이룬다. 그러므로 이같은 작품들을 '토론체 소설'이라고 분류하기도 한다. 그러나 서사양식의 하위 장르를 구분하는 기준으로 본다면, 이 작품들은 행위의 구조가 존재하지 않는 것이므로 소설 장르에 속한다고 보기 어렵다.
>
> 서구적인 장르 개념 가운데서 오히려 '풍자'라는 새로운 개념을 이들 작품에 적용해 보는 것이 가능하다. 일반적으로 풍자라는 말은 어떤 주제를 우스꽝스럽게 만들거나 거기에 대한 멸시, 분노, 냉소 등의 태도를 환기시킴으로써 그것을 격하시키는 하나의 문학적 기법을 의미하는 것으로 알려져 있다. 그러나 서사양식의 하위 장르로서 풍자는 '풍자적'이라는 관형적인 의미나 '풍자하다'와 같은 서술적인 뜻을 넘어서는 하나의 문학형식을 말한다. 개화 계몽시대의 풍자는 행위의 구조를 따지기 어려운 가장 느슨한 구조의 서사양식이며, 이야기의 줄거리도 구분하기 어려운 산만한 형태이다. (…중략…)
>
> 이러한 풍자의 양식은 『한성신보』의 「신진사문답기」와 「무하옹문답」이 등장한 후 『대한매일신보』의 「향객담화」, 「소경과 안즘방이문답」, 「향로방문의 생」, 「거부오해」, 「시사문답」, 『대한민보』의 「절영신화」 등으로 이어지면서 개화 계몽시대 서사 문학양식의 새로운 장르의 하나로 자리 잡고 있다.[69]

우리가 흔히 '토론체 소설'이라고 부르는 작품들에는 행위의 구조가 존재하지 않으므로 그것을 '소설'로 보기 어렵고, 그 대신 서구적 장르 가운데 하나인 '풍자'라는 양식으로 분류하면 좋겠다는 것이 이 주장의 핵심이다. 그러나 이러한 주장은 서구식 서사 양식 분류의 타당성을 먼

---

69) 위의 글, 147~148면.

저 인정한 후 거기에 우리의 서사문학 자료들을 재배치하는 방식이라는 점에서 선뜻 동의하기가 어렵다. 한국의 서사 양식 개념과 그 분류의 기준은 실제로 존재하는 한국 서사문학 작품들을 토대로 만들어져야 한다. 위의 글에서 풍자 양식의 예로 든 『한성신보』의 「무하옹문답」이나, 『대한매일신보』의 「거부오해」, 『대한민보』의 「절영신화」에는 원본에 모두 '소설(小說)' 혹은 '골계소설(滑稽小說)'이라는 표식이 달려 있다. 한국 소설의 개념은 당연히 이렇게 '소설'이라는 표식이 달려있는 작품들에 대한 종합적 접근을 통해 추출되어야 한다.[70] '토론체 소설'에서 풍자적 기법이 중요했다는 정리는 수긍할 수 있는 것이다. 하지만, 이러한 '토론체 소설'들은 그것을 '소설'로 보기는 어려우므로 차라리 '풍자'라는 서구적 장르 개념에 맞추어 분류하는 것이 좋겠다는 주장은 수긍하기 어려운 것이다.[71]

「기문전」·「곽어사전」·「보은이수」·「이지탈궁」·「남준여걸」·「이소저전」·「성세기몽」·「이정언전」·「기연중절」·「섬보반덕」

「신진사문답기」 이후 『한성신보』에는 상당수의 고담(古談) 및 야담(野談)류 작품들이 발표된다. 「기문전(紀文傳)」은 일본의 작품을 들여와 번역한 것으로 주인공이 일본인이고 활동무대도 일본이다. 「기문전」의 도입부는 다음과 같다.

---

70) 이에 대한 상세한 논의는 김영민, 「동서양 근대소설의 발생과 그 특질 비교」, 『한국 근대소설의 형성과정』, 소명출판, 2005, 47~64면 참조.

71) 이와 유사한 사례로 지적할 수 있는 것이 노드럽프라이(Northrop Frye)의 서사 양식론을 서사 양식 분류의 절대적 기준 가운데 하나로 받아들이고, 그 기준에 맞추어 한국 서사문학 작품들을 재배치하려는 일부 연구자들의 시도이다. 이미 잘 알려진 바와 같이, 노드럽프라이는 서사 양식을 노벨·로망스·고백·해부라는 4가지로 구분했다. 일부 연구자들은 이러한 기준에 맞추어 한국문학 작품들을 새롭게 분류하기도 한다. 노드럽프라이의 서사 유형론이 주목받는 것은 그가 설정한 준거들이 서양 서사문학 자료들을 분류하는데 매우 유용했기 때문이다. 하지만 그가 설정한 준거들은 한국 서사문학 자료들을 분류하는 데는 별로 유용하지 않다.

文左衛門이란 사롬은 긔쥬 가전포의 스는 사롬이라. 긔우가 쾌활ᄒ여셔 셰쇄훈 힝실의 구익ᄒ지 아니ᄒ며 지우간의 한번 보면 일호도 진규를 베푸지 아니ᄒ며 긔이한 계교와 묘훈 심순을 더욱 깃버ᄒ며 외양이 온쟈ᄒ고 탄솔ᄒ고 쉽게 디졉ᄒ여셔 늑욱셔싱갓더라. 일직이 웅야(熊野) 바다의 악어가 잇셔셔 바다 가운디의 잇는 달은 고기들이 모다 악어에 밥이 되고 고기잡는 사롬들이 금을질 못훈 지 월여가 되미 희번 사롬들이 디단이 괴로아셔 문좌의게 물은디 문좌가 굴ᄋ더 이거션 아조 쉬운 닐이라 ᄒ고 허집이 사롬 슈십긔를 민들고 그 가운디 독한 약을 너엇ᄯ가 그 잇흔날 비의다가 싯고 희샹의 일으러셔 열어 사롬들노 어가를 놉피 불어니 악어가 사롬의 말소리를 듯고셔 물결 우의셔 번동ᄒ니 눈빗치 홰갓고 입을 크게 벌니고 사롬을 싱키랴고 ᄒ거늘 문좌가 기침소리를 한번 지르고 쌜니 허자비 사롬 슈십긔를 희샹의 더지니 악어가 훈 닙의 슈십긔 헛사롬을 집어 싱키더니 홀연이 쳔긔가 캄캄ᄒ며 풍우가 디작ᄒ고 물결이 산 갓ᄒ며 바다 물빗치 불거지는지라. 문좌가 굴ᄋ디 이는 악어가 그 허쟈비 사롬을 먹어셔 독긔를 맛진 고로 피를 토ᄒ는 게라. 그 악어 죽는 거슬 가히 셔셔 기다리라 ᄒ더니 오라지 아니ᄒ여셔 과연 악어가 죽어셔 물우희 쓰고 풍우는 곳 긋치는지라. 이에 슈십명 사롬으로 ᄒ여금 육지로 끌어 니여노니 모양이 용의 몸이요 비양의 비요 김승의 발이요 크기가 맛치 옛 고목 갓ᄒ셔 먼 디와 갓가온 디가 셔로 짓거리고 쩌드러셔 구경ᄒ는 쟈이 쟝중 갓ᄒ셔 셔로 손을 들어셔 문좌의 후덕함을 ᄒ례ᄒ는지라. 문좌가 명ᄒ여 그 악어 죽은 거슬 작파ᄒ라 ᄒ즉 그 비 가운더 가죽 쥬머니가 잇는지라. 그 가죽 쥬머니를 검사ᄒ여 보다가 황금 일쳔냥을 으더셔 문좌가 그 사샹을 국쥬(國主)의게 알외엿더니 국쥬가 그 긔이훈 계교를 베푸리셔 빅셩의 히를 졔함을 아람답게 녀겨셔 그 금을 도루 문좌에게 붓치거늘 문좌가 그 금을 밧어가지고 사방 궁민을 난화쥬니 노약이 깁이 모이듯 그 집문의 가득히 모여셔 부로들이 문좌를 놉피여 읍쟝을 삼으니 잇쩌 문좌의 ᄂ히 겨우 십팔셰라.[72]

기주 가전포에 문좌위문(文左衛門)이라는 사람이 살고 있었다. 일찍이 웅야(熊野) 바다에 악어가 있어서 바다 가운데 있는 다른 고기들이 모두

---

72) 「긔문젼」, 『한셩신보』, 1896.8.29.

악어 밥이 되고 사람들이 그물질을 못한 지가 월여가 되자, 그들이 문좌에게 찾아와 대책을 물었다. 문좌는 그것은 아주 쉬운 일이라 답하고 허수아비 수십 개를 만들어 그 속에 독약을 넣은 후, 사람들과 함께 그 허수아비를 들고 배를 타고 바다에 나갔다. 문좌가 바다에서 악어를 만나 허수아비를 던지자 악어는 독이 든 허수아비를 먹고 죽었다. 사람들이 죽은 악어를 뭍으로 끌어올려 배를 가르니 가운데 가죽 주머니가 들어있었고, 그 속에는 황금 일천냥이 담겨 있었다. 문좌가 자초지종을 국주(國主)에게 알리자 국주는 그 일을 아름답게 여기고 황금을 문좌에게 돌려 보냈다. 문좌는 그 황금을 받아 사방의 가난한 백성들에게 나누어 주었고, 사람들은 문좌를 높이어 읍장을 삼게 된다. 이후 문좌는 백성들이 곤경에 처할 때마다 지혜를 발휘하여 사람들을 도왔다. 문좌가 세상을 떠난 후 사람들은 그의 행동과 인품에 대해 왕왕이 입에 올리게 된다. 이러한 이야기로 꾸며진 「기문전」은 전기(傳奇) 문학의 속성을 띠는 작품이다.

「곽어사전(郭御史傳)」은 한 인물의 전기(傳記)를 다룬 영웅소설 계열의 작품이다. 이 작품의 전반부는 곽어사의 탄생 과정을 다루는데 그 내용이 다소 엽기적이다. 눈주 땅에 곽부응이라는 명문거족이 있어, 그가 최씨 집안의 딸과 결혼하여 아들을 낳으니 그 이름이 소옥이었다. 최씨부인은 아들 소옥이 세 살 되던 해에 병이 들어 세상을 떠나게 된다. 곽부응은 부인이 세상을 떠난 후 재취를 하게 되고, 재취로 들어온 심씨부인은 삼남매를 두게 된다. 이후 심씨부인은 차츰 전실 소생인 소옥을 구박하게 되고, 곽부응은 소옥을 가엾게 여겨 그를 더욱 자상히 돌보고 학업과 행실을 극진히 가르친다. 소옥이 십여 세가 되어 장춘현의 딸과 혼인을 하게 되자 이를 시기한 심씨부인은 자신이 낳은 삼남매를 어루만지며 불편한 심기를 드러낸다. 결국 심씨부인은 노비 하나를 매수하게 되고, 노비는 혼인 첫날밤 소옥의 목을 베어 죽인다. 잠을 깨어 신랑의 죽음을 확인하게 된 소옥의 신부는 혼절하고, 상황을 알아차린 곽부응은 심씨부인과 그가 낳은 삼남매, 그리고 노비를 한 칼에 베어 죽인다. 이후 곽부응은 집을 떠나고 소식을 알 수 없게 된다. 장씨 집안에서는 신부를 살려 놓고 보니 신부에게 태기가 있었고, 이후 열 달이 지나 옥동자를 얻게 된다.

> 부응이 이 말을 듯고 두 눈이 뒤집펴 칼을 들고 심씨에계 달여드러 치려훈 즉 심씨가 과연 고복ㅎ난지라. 곳 머리럴 차지니 머리을 무신 그릇에 너엇난지라. 차자 녹코 심씨와 심씨 소싱 삼남미와 그 종을 혼 칼노 비고 그 머리와 신톄난 션산발치의 장스 지너고 허다훈 직물과 노비전답을 다 궁교와 빈족을 난와쥬고 즉씨 너다라 천ㅎ강산을 귀경훌랴고 갈 즈음의 심씨의 집이 본디 번족훈지라 져의 부모와 광픽한 소년더리 이 긔별을 듯고 와셔 부응을 결박ㅎ여 가지고 가셔 원슈를 갈린다 ㅎ고 곤욕이 무쌍ㅎ니 부응의 불쌍훈 모양을 차마 보지 못홀너라. 부응이가 가마니 도망ㅎ여 거쳐읍시 다라나 그 후에난 다시 소식을 모를너라. 잇쩌 장씨가의셔 신부를 구ㅎ여 살려낫시나 신부가 자금 이후로 화복을 전폐ㅎ고 부모 실하에셔 눈물노 셰월을 보닐 시 그 부모와 일향 스롬더리 차마 불쌍훈 모양을 보지 못할너라. 잇쩌 신부가 비가 점점 불루거날 그 부모가 무산 병인가 의심ㅎ엿써니 과연 혼인 지너던 달벗텀 잉틱ㅎ연난지라. 그 신부가 붓그러워ㅎ나 그 부모난 긔이훈 일이라 ㅎ고 신부를 더옥 불쌍이 여기며 곽씨 신량을 더옥 싱각ㅎ더니 십삭이 차미 일일은 신부가 비가 압푸며 방안의 향너가 진동ㅎ며 오식 안기가 자옥ㅎ며 아히 우난 소리 나난지라. 그 부모가 반겨셔 나가본즉 일기 옥동을 탄싱ㅎ엿난지라.[73]

이렇게 우여곡절 끝에 태어난 아기는 기골이 장대하고 소리가 웅장하여 보기에 여간 비범하지 않았다. 장씨 집안에서는 아이의 이름을 종운이라 짓고 그를 장중보옥같이 키워나갔다. 종운은 나이가 사오 세가되자 소견과 지각이 어른도 미치지 못할 만큼 뛰어나게 되었고 보는 사람마디 칭찬이 자자하여, 이 아이로 인하여 곽씨 집안이 다시 일어난다는 말이 나오게 되었다. 종운은 십 세가 되자 "남자가 셰상에 나미 나히

---

73) 「곽어사전」, 『한성신보』, 1896.9.8 · 9.10.

십셰가 되면 부모 셤길 줄도 알 쩌시요 임군 셤길 줄도 알 거시온디 웃지 어리다 흐시며 쏘 셰샹에 나가셔 남에 일도 보며 비올 거시 만스오니 웃지 부모에 슬하에 떠나지 못흐고 경겨와가 되야 셰샹 열력을 못흐리잇가. 모친은 조곰도 염녀치 마시고 극히 보즁흐와 소자 도라오기를 기다리소셔"[74] 하며 과거에 응시할 의사를 드러냈다. 과거를 보러가던 종운은 주막에서 잠을 자다 꿈을 꾸게 되고, 꿈속의 가르침에 따라 노인을 만난 후 천문지리와 육도삼략을 깨우치게 된다. 종운은 노인과 더불어 단지 하루를 머무른 것으로 생각했으나, 그 하루가 인간 세상에서는 칠 년의 세월이었다. 과거를 보기 위해 다시 경성으로 향하던 종운은 날이 저물자 어느 집에 들어가 유숙을 청하게 된다. 종운이 머물기로 한 집은 정양도 땅의 진승상 집이었다. 진승상은 종운의 사람됨이 범상치 않다 생각하고, 부인과 상의하여 그를 사위로 맞이하게 된다. 혼인 후 진승상 집에 머물던 종운은 고향의 모친을 떠올리고, 진승상에게 부탁하여 다시 과거를 보기위한 길을 떠나게 된다. 과거에 급제한 종운은 한림학사가 되었다가, 이어서 황제의 명을 받아 지방 각지를 돌아다니며 민정을 보살피는 어사의 직분을 맡게 된다.

　　황졔 갈아스디 나라이 틱평고 빅셩이 편안흐기난 임군이 덕니 잇고 신흐가 츙셩시러운 디 잇거늘 이졔 짐이 덕이 읍고 신흐 불츙흐여 나라을 보존치 못흐계시니 경등은 자금 이후로 츙셩을 다흐여 보국안민홀 계칙을 싱각흐고 슈령 현부를 갈리여 치민흐계 흐여 무고젹자더리 유리흐계 말나 흐니 곽할임이 부복쥬왈 삼강오륜은 자상으로 극히 발키시련이와 슈령현부난 각도 열읍에 어스랄 나려보니스 넘탐흐스 상벌을 분명이 흐시면 슈령이 감이 학민을 못고 빅셩이 안도낙업흐여 나라이 다시 즁흥흐올이다 흐즉 황졔의 윤흐사 조신 즁 쳥염흐고 강즉흔 신흐로 쳔거흐면 각도의 어스로 날려 보니랴 흐니 각별 조심흐라 흔디 그 쩐 승샹이 쥬달흐되 지금 빅관 즁 츙즉흐읍기난 곽한림 종운 이만흔 스람이 읍스오니 종운을 명초흐스 보니소져 흔디 황졔 갈아스디 짐의 마암이 경의 마암과 갓트니 그리ᄒ자 ᄒ고 즉시 종운을 픠초ᄒ사 갈아ᄉ디 경이 지금 나이 어리나 진충보국 ᄒ기가 경망훈 스람이 읍난고로 특별이 경을 보ᄂᆡ나니 아모조록 츙성를 다여 슈령의 순부를 가리여 출쳑ᄒ고 ᄇᆡᆨ셩이 도탄에 든 거셜 건져셔 안도기업 ᄒ게 ᄒ여라 ᄒ즉 종운이 복지ᄒ여 갈아디 소신니 지각이 넉넉지 못ᄒ읍고 츙즉이 읍ᄉ오니 다른 신ᄒᆞ릴 보ᄂᆡ시읍소셔 황졔 불윤ᄒᆞᄉ 사양말나 ᄒ시니 읏지할 슈 읍셔 어명을 가지고 각 도 열 읍으로 나려가니 종인니 십여 명이라.75)

어사가 된 종운은 전국을 돌아다니다 중이 되어 살아가던 조부 곽부응을 만나게 된다. 종운은 조부를 눈주로 가게 하고, 정양도 집에 들러 소식을 전한 후 자신도 눈주로 가서 모친을 만난다. 종운은 눈주로 아내를 불러 모친과 조부를 모시고 살아가게 된다. 이후 모친은 남편의 죽음을 생각하며 스스로 목숨을 끊게 되고, 얼마 후 조부도 세상을 떠난다. 모친상과 조부상을 각각 치른 뒤 종운은 다시 경성으로 가서 황제를 알현한다. 이때 마침 오랑캐가 난리를 일으켜 변방을 쳐들어오게 되자 황제는 종운을 대장군으로 삼아 전쟁에 내보낸다. 전쟁에서 공을 세운 종운은 집을 떠난 지 십여 년 만에 다시 고향으로 돌아오게 된다. 고향에서 아들을 결혼시킨 종운은 병이 들어 세상을 떠나게 된다. 부친을 잃은 종운의 아들은 삼년상을 지성으로 모시게 된다.

홍진비리요 고진감러라 ᄒ드니 일일은 곽원슈 우연이 병이 들거날 ᄇᆡᆨ약이 무효ᄒ지라. 원슈 병셕에 누어 헤어려 본즉 다시 회싱ᄒ기 어려온지라. 그 부인과 그 아달를 불너 읍히 안치고 유언ᄒ야 갈아디 너가 지금 병셰가 비경ᄒ야 다시 이려나지 못ᄒ겟쓰니 부인은 아ᄒᆡ를 다리고 가ᄉᆞ를 나 잇슬 ᄯᅥᆨ와 갓치 ᄒ며 ᄯᅩ 져 아ᄒᆡ난 아모조록 자모를 효성으로 셤기여 가셩를 ᄯᅥ러치지 말나 ᄒ고 인ᄒᆞ야 명이 진ᄒ니 부인과 그 아달이 이통ᄒ기를 마지 아니ᄒᆞ야 션산에 장ᄉᆞ지니고 삼년를 지셩으로 지니고 그 가ᄉᆞ를 조곰도 그 부친 잇슬 ᄯᅢ

75) 위의 글, 1896.9.20.

와 다름이 읍시니 일향 스롬드리 층찬아니ᄒᄂ나 니 읍더라. 셰상에 곽원슈 갓 치 잘난 사롬이 읍기의 긔록하얏드라.[76]

「곽어사젼」에는 이렇게 모두 4대에 이르는 다양한 인물들이 등장한 다. 이들을 통해 작가가 말하고자 하는 것은 임금에 대한 충성과 부모 에 대한 효도, 그리고 남편에 대한 헌신이다. 그런 점에서 보면 「곽어사 젼」은 충(忠)과 효(孝) 그리고 열(烈)의 전통적 사상을 드러내는 전형적인 고소설 유형의 작품이다. 주인공 곽종운이 어머니에게 하는 말 가운데 "남자가 셰상의 나미 학업을 심써 첫지난 님군을 츙성으로 셩기난 거시 요 둘지난 부모럴 영와로 봉양ᄒ여 일홈얼 쥭빅의 올으난 거시 올은 즉"[77]이라는 부분은 충과 효의 관념을 집약적으로 보여준다. 남자가 세 상에 태어나 해야 할 일은 첫째가 임금에 대한 충성이며 둘째가 부모에 대한 효도라는 것이다. 충과 효에 대한 강조는 이 외에도 작품 곳곳에 서 반복된다. 그런가 하면 곽어사의 어머니 장씨부인을 통해서는 열녀 의 모습을 보여준다. 장씨부인은 사람이 여자로 태어나 세상에서 섬겨 야 할 것이 첫째는 부모요 둘째는 남편이라는 점을 강조한다. 장씨부인 은 다음과 같은 말을 남기고 결국 스스로 목숨을 끊는다. "사롬이 여자 로 셰상에 나미 첫지난 부모요 둘지난 가군이라. 너가 팔자 궁박ᄒ여 가군을 하로도 못뫼셔보고 지금거지 살기난 너얼 위ᄒ여 목숨을 부지 ᄒ엿더니 지금와셔난 너의가 져릿틋 장셩ᄒ고 ᄯ 너의 조부가 슈십년 종젹을 모로다가 말너의 집에 와셔 계시니 니 집에 그런 영화 어디 잇 시리오. 달니 더 흔되난 일이 읍고 ᄯ 며나리가 요조슈녀라 족히 가법 을 일치 아니ᄒ 거시니 너가 더 사라 셰상 자미을 보안마는 지금 나이 거의 사십이라 나 아니라도 족히 곽씨의 문호을 누릴 거시니 너난 아모 조록 임군을 츙셩으로 셕기고 조부를 효셩으로 셤겨셔 셰상의 일홈을

76) 위의 글, 1896.10.28.
77) 위의 글, 1896.9.10.

낫탄ᄒ여 후셰거지라도 젼ᄒ미 잇시면 나에 죽은 혼이라도 죳치 아니ᄒ리오. 닉 죽어서 지ᄒ에 도라가 너의 부친계 이갓튼 셜화을 난낫치 ᄒ고자 ᄒ노라."[78]

장씨부인이 남편과 사별한 후 지금까지 목숨을 부지해온 이유는, 아들을 잘 길러 곽씨 집안의 대를 이어야 한다는 사명감 때문이었다. 이제 그 아들이 장성하여 며느리까지 보았으니 그녀에게는 남편의 뒤를 따라 세상을 떠나는 일을 망설일 이유가 없어진 것이다. 장씨부인은 만류하는 아들과 며느리를 남기고 자살하는데, 이 소식을 들은 황제는 "세상에 이 같은 열녀가 어디 있으리오" 하고 감탄한 후 정열문을 세우라 명한다.

진승상의 부인이 딸을 낳고 부끄러워 어쩔 줄 몰라 하는 다음과 같은 장면을 통해서는 남아선호의 사상을 노골적으로 드러낸다.

> 승상 부부 마암에 깃거ᄒ더니 과연 그 달부터 틱긔 인난지라. 십숙이 차미 일일은 승상이 부인 방에 드러 가니 부인이 침셕에 누어서 신음ᄒ난 소리 나거날 승샹이 부인더러 무러 왈 편치 아니ᄒ 모양이니 어디가 불편ᄒ시오 ᄒ더 부인이 디답 못ᄒ고 전전ᄒ다가 안식ᄒ여 아히 우난 소리 나거날 승상이 반겨ᄒ여 급피 차관을 닉여 약을 다려 쓰고 본즉 ᄒ 여아를 탄싱ᄒ여난지라. 마음에 부족ᄒ나 혈륙이 읍난 고로 맘에 싱남보다 귀이 여기더라. 부인니 그 여아를 보고 승상 보기을 붓그러워ᄒ며 갈아더 닉가 남자를 나아 진씨 종사를 이어쥬난 거시 사업이어날 이졔 여자을 나셔 타문에 보니면 무산 거시 능ᄒ리오 ᄒ고 스러ᄒ기를 마지 아니ᄒ더 승상이 위로ᄒ여 갈ᄋ더 막비 나에 팔자라. 부인에 죄 아닌즉 그런 마암 두지 마시오[79]

여기서 부인은 여자 아이를 낳은 것에 대해 부끄러워하고, 남편은 모든 것이 자신의 팔자이지 부인의 죄가 아니라고 위로한다.

---

78) 위의 글, 1896.9.30.
79) 위의 글, 1896.9.12.

「보은이수(報恩以讐)」는 은혜를 원수로 갚으려 한 자에 대한 징벌을 이야기한 작품이다. 남산동 사는 선비 이생원은 나이 칠순에 혈육이 하나 없고 집안이 가난한 인물이다. 그의 이웃에 한 과부가 있어 세 살짜리 아이를 키우다가 병들어 죽자, 이생원은 그 아이를 데려다 키우고 이름을 귀동이라 짓는다. 귀동이가 열다섯 살이 되자 이생원은 귀동이에게 그간의 사정을 털어놓는다. 그러자 귀동은 그 날로 집을 나가 다시는 돌아오지 않게 된다. 그 후 팔 년이 지난 어느날 이생원은 길에서 귀동을 만나 반가워하지만 귀동은 이생원을 모르는 체한다. 그 일이 있은 후 이생원 부부는 서로 부둥켜안고 울며 나날을 보내게 된다.

니씨부뷔 엇진 연고를 아지 못ᄒ고 일야로 망안이 욕쳔ᄒᆞ도록 기다리나 맛참니 형젹을 모론지 팔년에 일으럿더니 일일은 니싱원이 육초심지를 팔아 목화젼에 드러가 심지에 감는 소음을 스가지고 나와 집으로 향ᄒᆞᆯ 시 문득 일위 미소년이 션명ᄒᆞᆫ 의관으로 압흐로 당면ᄒᆞᆫ지라. 잠간 보미 비록 팔년을 그리웟스나 엇지 십여년 슈양ᄒᆞᆫ 모형을 모로리요 반가오믈 이기지 못ᄒᆞ여 급히 그 손을 잡고 갈ᄋ디 네 그 스이 나를 ᄇᆞ리고 어디로 갓든다. 그 소년이 발연작식 왈 그디 누군지 모로되 나를 눌노 알고 이리ᄒᆞᄂᆞ뇨 ᄒᆞ거늘 니싱원이 어이업셔 일오디 네가 남산 쭐셔 니게 길닌 귀동이가 안인냐 ᄒᆞᆫ즉 그 소년이 소미평싱으로 말ᄒᆞ며 밋친 노인이라 ᄒᆞ니 죵로 디도에 니인 거긱이 모이여 셔로 도라보며 그 진가를 아지 못ᄒᆞ여 혹 말ᄒᆞ되 노인 망녕으로 갓흔 스룸을 보고 그리ᄒᆞᆫ다 ᄒᆞ니 니싱원이 긔가 막히여 ᄌᆞ초지죵을 말ᄒᆞ며 몸에 스마귀와 험쳐 잇는 거슬 일일이 말ᄒᆞ며 상고ᄒᆞᆫᄌᆞ ᄒᆞ니 그 소년이 디로ᄒᆞ여 광인이라 ᄒᆞ며 주머괴로 가슴을 밀치고 표연이 가니 관광ᄒᆞᄂᆞᆫ 시민과 힝인이 다 고이히 넉이고 니싱원은 가슴을 맛고 것구러졋다가 일어나 억식ᄒᆞ나 홀일 업셔 집으로 도라와 부뷔 셔로 디ᄒᆞ여 지닌 일을 일으며 오열체읍ᄒᆞ더라.[80]

그러던 중 하루는 포교가 나타나 갑자기 이생원을 잡아간다. 포교에

---

80) 「보은이수」, 『한성신보』, 1896.9.12.

게 잡혀간 이생원은 자신이 아무 죄가 없음을 누누이 이야기하게 되고, 포청의 두목군관은 이생원의 사람됨을 보고 그의 말이 진실이라고 믿게 된다. 포청의 두목군관은 자신에게 명을 내린 포장사또에게 찾아가 이생원의 죄가 무엇인지 묻는다. 그러자 사또는 자신도 그의 죄가 무엇인지 알지 못한다고 답한다. 다만, 위에서 밀지를 내렸기에 그를 잡아들이라 명했다는 것이다. 이생원을 직접 불러 살펴본 포장사또 역시 이생원의 말에 진실성이 있다고 생각하게 되고, 궁궐에 들어가 상감을 만나 밀지를 내린 이유를 묻는다. 그러자 상감은, 청나라 공사 원세개(袁世凱)가 이생원의 성명을 적어 보내며 "이놈이 부자집 자제를 유인하여 잡기와 계집붙이기를 주선하니 그로 인해 패가망신한 사람이 부지기수라. 이런 놈을 세상이 용납할 수 없으니 즉시 없애 큰 폐를 제거하라"고 전해왔다고 답한다. 포장사또는 그 길로 원세개 공관에 찾아가 원세개를 만나 그 연유를 묻는다. 원세개는 조선사람 청지기의 말을 듣고 이생원을 잡아들이려 했다고 답한다. 포장사또가 조선 사람 청지기를 찾아 잡아들인 후 그 정체를 알아보니 그가 곧 귀동이였다. 자초지종을 모두 파악한 포장사또가 귀동이를 즉시 교살하고 이 소식을 원세개에게 알리자 원세개는 크게 부끄러워 한다.

포장이 김가에게 분부ᄒ여 얼골을 들나 ᄒ고 즁인다려 보라 ᄒ니 남산골 소임등은 팔구년 젼 일이믹 시로녜 이스ᄒᆞᆫ 스룸은 모로고 ᄒᆞᆫ 스룸은 모호ᄒ나 ᄌ셰이 보고 그 놈이 귀동이라 ᄒ며 목화젼 시졍은 죵노셔 힐난ᄒᆞᆯ 쩌 목도ᄒ엿스니 엇지 분명타 아니ᄒ리요. 포장이 크게 통분ᄒ여 모든 사람을 일시에 방송ᄒ며 김영길을 즉각 교살ᄒ고 일변 탑젼에 연유를 쥬달ᄒ고 일변 원셰긔에게 실상을 고ᄒ니 상역 층쾌ᄒ시고 원씨 참괴ᄒ여 ᄒ더라. 기시 포장은 고 보국장신의 아들니 일즉 각영 대장을 다 지니고 시골집에 퇴거ᄒ더니 계ᄉ년에 명ᄒ야 부르스 포장을 시기시니 위인이 강명졍직ᄒ여 스졍으로 공법을 폐ᄒ지 아니ᄒ믹 법ᄒᄂᆞᆫ 지면 죽이믈 용디치 아니ᄒ니 조애 힘입어 안도ᄒ 일이 만터라. 션시에 귀동이가 니싱원 비반ᄒ고 나와 여러 ᄒᆡ를 경향으로 유리

호여 단니다가 원셰기 조션 미모남즈를 갈희여 텽직이로 둘 씩를 당호여 승
명을 변호고 가 호외호의호고 잇스니 세상 에 두릴 거시 업논지라 일조에 니
성원을 만나 마음과 눈이 돌변호여 초월지인굿치 물니치고 아조 세상에 업시
코즈 호야 원셰기에게 희망혼 죄를 일거러 즉여 그 양흉혼 은혜를 갑고즈 하
다가 그 양화를 졔가 바드니 쳔리 엇지 쇼쇼치 아니호리요[81]

이 작품에서 은혜를 모르는 귀동이가 청나라 공사 원세개(袁世凱) 집
안의 청지기가 된다는 서술에는 정치적 의도가 적지 않게 담겨있다. 원
세개는 조선에 머물며 내정을 간섭하고 청나라 세력을 키워 일본에 대
항하려던 인물이었다. 그 원세개가 조선의 미모 남자들을 가리어 청지
기로 고용했고, 그렇게 고용된 청지기 귀동이는 은혜를 모르는 패륜아
였던 것이다. 『한성신보』가 일본인 발행 신문이었다는 사실과 함께 당
시 일본과 청나라 사이의 적대적 경쟁관계를 생각한다면 이 부분의 정
치적 함의는 쉽게 간과하기 어렵다.

「이지탈궁(以智脫窮)」은 선혜청과 관련된 두 편의 일화로 구성되어 있
다. 이 두 편의 일화는 모두 가난하던 주인공들이 과거에 급제하여 선
혜당상이 된다는 점, 아울러 그들이 지난 시절의 어려움을 잊지 않고
백성들을 위해 선정을 베푼다는 공통점을 지니고 있다. 첫 번째 일화의
주인공은 이생이라는 양반이다. 평소 글 읽기를 좋아했으나 집안이 빈
한하여 삼순구식(三旬九食)하던 그는 선혜당상인 오촌당숙 이공(李公)을
찾아가 선혜청 피대지기를 시켜달라고 부탁한다. 부탁을 들은 이공은
분노하여 이생을 야단친 후, 양반은 굶어 죽는 한이 있더라도 독서 수
신하는 일 외에 다른 것을 생각해서는 안 된다고 이른다. 그러나 이생
은 물러서지 않고 자신의 뜻을 관철시켜 피대지기의 직분을 맡게 된다.

니공이 종자을 보니고 밤이 깁도록 잠을 일우지 못호고 싱각호나 조흘 도리

81) 위의 글, 1896.9.16.

업눈지라 그 구실을 시기면 숙질간에 나난 당상이요 져는 흐인이니 마음에
참괴흐고 쏘 만일 알 지 잇스면 일눈의 망신이 되리니 장찻 엇지흐리요 흐며
좌우를 결단치 못흐고 크게 근심흐며 밤을 지니고 그 잇흔날 져녁이 되미 그
죵질이 올 줄 알고 졍이 심회 울울흐더니 과연 니싱이 드러와 졀을 흐고 문후
흔 후 갈오디 그 일은 엇지 결졍흐오싯느니잇가. 니공이 침음냥구에 일오디
쳔망스랑하나 난쳐흔 스셰 여츠여츠 흐니 흔 하라비 즈손으로 츠마 엇지 이
일을 힝흐리요. 니 맛당이 달니 죠흘 도리를 변통흘 거시니 너난 모로이 그
일은 단념흐고 조곰 기다리라. 니싱이 디왈 달니는 아모리 죠흔 변통이 잇드
라 흐여도 질외 원흐는 비 아니옵고 이 일은 질이 텽흔 계괴 잇스온즉 귀신이
라도 질인지 아지 못흐게 흘 도리 잇습기로 이럿틋 흐옵눌 일이지 그럿치 아
니흐오을면 질인들 엇지 일문존망을 싱각지 아니흐옵고 망녕된 거조를 흘 니
잇스오리잇가. 조곰도 의려치 마르시고 질의 소원을 좃치시면 그 말노 알으실
일이 잇스오리이다. 니공왈 네 광망흔 싱각이 일졍 불변흐니 죵츠로 숙질지졍
의를 쓰코 졔 소원을 좃치니 일문흥망을 아라 흐라. 니싱이 비스흐고 집으로
도라와 쳐즈를 디흐여 깃거흐며 니공에게셔 긔별 잇기를 기다리더라. 이 쩌
니공이 홀일업셔 셔리들을 불너 디직이 궐 유무를 무른디 맛춤 궐이 잇다 흐
거눌 이에 동촌 황교 스는 니셩득이로 시기라 쎠느리니 그 본 일홈은 변흐엿
다더라. 니공이 즉시 니싱에게 밀통흐니 니싱이 깃부믈 이기지 못흐여 그 안
히에게 실상을 말하고 약속을 졍흐고 후 급히 집을 유벽흔 상스롬 스는 동니
로 옴기고 외편 눈을 감고 벙거지를 쓰며 소두루막이를 입고 나셔니 알든 스
롬도 쏘흔 이몬지 알 길이 업더라.[82]

이렇게 신분을 감추고 열심히 일하던 이생은 약조한 기간인 십 년이
지나자 그 자리를 물러나게 된다. 경제적으로 어려움이 없어진 이생은
집을 동촌으로 옮기고 아들을 결혼시킨다. 이생의 아들 혼례에 일을 도
우러 왔던 선혜청 서리 등은 이생을 만나 자초지종을 듣게 되고 일면
놀라움과 함께 기쁨을 감추지 못하게 된다. 그 후 이생은 등과하여 벼
슬이 높아지고 선혜당상의 자리에도 오르게 된다.

---

82) 「이지탈궁」, 『한성신보』, 1896.9.20.

두 번째 일화의 주인공 권돈인은 시골서 상경한 양반이다. 일찍이 학업에 힘써 문장이 탁월했으나 과장에 여러 번 실패하고 신세가 곤궁해진 그는 친구의 도움으로 서울 중촌에 와 학장이 된다. 하루는 집 주인이 권돈인에게 선혜청에 가서 공물을 타올 것을 부탁한다. 그가 선혜청 대문에 이르니 여러 사람들이 서로 먼저 들어가려고 아우성을 치고 있고, 선혜청 관리들은 채찍을 휘두르며 사람들을 막고 있었다. 권돈인은 틈을 보다가 고개를 숙이고 몸을 날려 안으로 들어갔으나 곧 좌우에 서 있던 사령들에게 채찍으로 구타당한 후 쫓겨나게 된다.

> 디져 문흘 드러가야 공비를 탈 터인디 쳔빅 스룸이 압흘 닷토아 출입ᄒ니 틈을 어들 길 업고 쏘 혜텽 스령들이 긴 칫직ᄀᆺᄒᆫ 것을 들고 문 좌우에 버려셔셔 잡인과 수상ᄒᆫ 스룸을 두다려 엄금ᄒ니 감이 들어갈 싱의를 못ᄒ고 문 엽혜 붓쳐셔셔 틈 잇기를 기다리다가 잠간 틈을 어더 드러가고ᄌᆞ ᄒ여 고기 숙이고 몸을 날녀 들이다르니 문 좌우에 립ᄒ엿든 스령들이 보미 시골 스룸이라. 일시에 다라드러 칫직으로 두다리며 의관을 열파ᄒ고 무슈난타ᄒ여 쓸어니치니 권션싱이 불의에 이런 망측ᄒᆫ 욕을 당ᄒ미 알푸믈 견디지 못ᄒ난 즁 슈통ᄒ믈 이기지 못ᄒ여 쥐숨듯 도망ᄒ여 쥬인집으로 오니 쥬인이 그 모양을 보고 대경ᄒ여 곡졀을 무르니 권션싱이 젼후젼말을 낫낫치 일으니 쥬인이 크게 참괴ᄒ여 의관 신비ᄒ게 ᄒ고 술을 나와 위로ᄒ더라.[83]

수년 뒤 권돈인은 등과하여 벼슬을 하게 되고 선혜당상의 자리에 오르게 된다. 그는 선혜청에 처음 출근하던 날 상하 관리들을 모두 모아 놓고 과거 자신이 겪었던 일을 이야기하며, 이후로는 채찍을 사용하여 백성을 구타하는 일을 금지시킨다. 그 후 권돈인은 정부 대신이 되어 온 나라에서 추앙받는 인물이 된다.

「남준여걸(男蠢女傑)」은 고전소설 「이춘풍전」을 옮겨 실은 것이다. 「이소저전(李小姐傳)」은 한 규수가 병든 약혼자를 간호해 쾌유시키고, 혼

인해 시부모를 모시고 행복하게 살게 되는 과정을 그린 작품이다. 이른바 열녀효부 설화를 옮겨온 것이라 할 수 있다. 경상도 김산군에 사는 이씨는 늦게 딸을 하나 낳는다. 딸이 커서 혼기가 차자 이씨는 근처에 사는 김씨의 아들과 그 딸을 혼인시키기로 약속한다. 혼인날이 다가오던 중 김씨 집 아들이 병이 들자 그 부모가 구완했으나 차도가 없고, 택일한 날을 넘기게 된다. 수 년이 흐르자 이씨 집안에서는 김씨 아들과의 혼약을 파하고 새로운 혼처를 알아보려 한다. 부모의 의도를 감지한 이씨 집 규수는 "셰상에 사룸이 여자로 나셔 쳔졍연분을 김씨 낭자로 졍ᄒᆞ야 쥰단 거리쩌지 ᄒᆞ얏쓰니 그 낭자가 싱사간 부부어날 드르니 부모계셔 다른 곳으로 다시 혼일을 지니랴 ᄒᆞ시니 그러ᄒᆞᆫ 도리 어더 잇겟스압"[84]이라 말하며 다른 사람과는 혼인하지 않겠다는 뜻을 밝힌다. 그러던 중 하루는 이씨 규수가 꾀를 내어 남복을 차려입고 김씨 집을 찾아가서 자신이 아들의 친구라 말한 후 병 구완을 하게 된다. 이씨 규수는 김씨 집을 찾을 때, 김씨 아들이 죽으면 자신도 따라 죽으리라 작정을 하고 몸에 독약을 지니고 있었다. 이씨 규수가 김씨 아들을 간호하다가 잠깐 자리를 비운 사이, 김씨 아들은 실수로 그 독약을 마시게 되고 그 결과 예기치 않게 병이 낫게 된다. 이후 이씨 규수는 김씨 신랑과 혼인을 하게 되고, 두 사람은 부모를 모시고 행복한 세월을 보낸다. 이 소식이 조정에 알려지게 되고 나라에서는 열녀문을 세우라 명하게 된다.[85]

「성세기몽(醒世奇夢)」은 액자소설의 형태를 갖추고 있는 작품이다. 이 작품은 재상이 길손을 맞아 이야기를 듣게 되는 상황이 액자틀을 이루고, 길손이 들려주는 장안 부자의 이야기가 주된 서사를 이룬다. 다음은

---

84) 「이소저전」, 『한성신보』, 1896.10.30.
85) 「이소저전」의 주인공은 남장을 통해 자신의 뜻을 이룬다는 점에서 「남준여걸」의 주인공과 일맥상통하는 점이 있다. 이와 관련된 논의는 이유미, 「근대 초기 신문소설의 여성인물 재현 양상 연구—일본인 발행신문 『한성신보』 연재 서사물을 중심으로」, 한국근대문학회 제16호, 2007년 6월 전국학술대회 발표집, 45면 참조.

이 작품의 도입 액자 부분이다.

전일에 지상이 잇쓰되 셩명이 죠야에 웃씀이오 또 날아에셔 춍이ᄒ야 여러
히 셰도ᄒ더니 웃지ᄒ야 셰상에 불합혼 일이 잇난고로 조졍을 ᄒ즉ᄒ고 고향
에 날여가셔 셰월을 보니미 젼일에 고더광실에 인물이 번셩ᄒ게 지니든 셩각
을 ᄒ니 지금 와셔 문젼이 넝낙ᄒ고 담안 농담 야셜만 듯난고로 쟈연 심수 울
젹혼 즁에 일일은 디우가 오거날 손이 ᄒ낫토 읍고 슈인 쳥직비 쑨이라. 심이
무료ᄒ더니 어디로셔 웃쓰흔 사롬 ᄒ나이 비를 피ᄒ야 급피 밧겻 문싼으로
드러와셔 셧거날 이 지상이 이윽히 보다가 파격홀 계교로 ᄒ인을 명ᄒ야 그
사롬으로 ᄒ야금 당에 오르라 ᄒ니 그 사롬이 의복이 조츌치 못홈을 혐의ᄒ
야 수양ᄒ거날 이 지상이 관계치 말고 오르라 누차 말혼디 그 손이 부득이 ᄒ
야 당상에 올나가셔 그 지상을 뵈거날 지상이 갈아디 어디 잇쓰며 승명은 무
어시며 어디로 가난 길이냐 ᄒ니 그 손이 디답ᄒ야 갈아디 슬기난 아모곳에
잇쓰며 셩명은 아모라 ᄒ오며 어디로 가노라 ᄒ니 지상이 갈아디 지금 우셰
가 여차ᄒ니 나와갓치 무슨 소일이나 ᄒ쟈 ᄒ즉 손이 갈아디 나난 아모 소일
도 모로노라 ᄒ즉 지상이 다시 말ᄒ되 그러ᄒ면 이야기난 응당홀 거시니 듯
기 조혼 이야기나 한번 ᄒ라 ᄒ니 그 손이 그리ᄒ올이다 ᄒ고 이약기를 ᄒ
되[86]

이 작품의 중심 서사를 이루는 길손이 들려주는 이야기는 다음과 같
다. 전일 장안에 한 부자가 살았다. 나이 이십 세가 되어 부모가 돌아가
신 후 주색잡기로 세월을 보내다보니 가산을 모두 탕진하고 남의 집 밥
을 얻어먹는 신세가 되었다. 그 전에 좋아하던 친구도 모두 사라지고
일가친척도 반가워하지 않게 되자 그는 절간으로 들어가 심부름일을
하는 사환이 되었다. 하루는 절에서 공부하던 선비가 그를 불러 성안
자신의 집에 다녀오라고 시켰다. 성안에 들어가 선비의 집을 찾아가던
그는 길에서 한 계집을 만나 그녀를 따라가게 된다. 계집은 북촌 어느
큰 골목 솟을대문집으로 들어가 맛있는 음식을 대접한 후, 자신이 이

---

86) 「셩셰기몽」, 『한셩신보』, 1896.11.6.

집 주인인데 세간과 노비와 전답이 많으나 과부로 혼자 사는 일이 어려우니 이후 부부가 되어 백년동락할 것을 요청한다. 그는 계집의 청을 받아들여 그곳에 머물며 아무런 근심 없이 살아가게 된다. 그러던 어느 날 그는 예전에 알고 지내던 친구를 만나게 되고, 그 친구의 꼬임에 빠져 새로운 장가를 들게 된다. 그는 새로 얻은 부인과 계집 사이를 오가며 생활한다. 어느날 그가 종일 술을 먹고 놀다가 계집의 집으로 돌아오니 집안이 고요하고 이상한 느낌이 들었다. 그가 계집의 방을 엿보니, 계집은 없고 큰 지네만 한 마리가 앉아 있었다. 그녀는 원래 천 년 묵은 지네였던 것이다. 다시 사람의 모습으로 돌아온 지네는 "지네가 변하여 사람을 데리고 부부로 십 년만 살면 그 지네가 완전한 사람이 되는데 이제 아홉 해가 지났다. 일 년만 더 무사히 지냈으면 나도 아주 사람이 되어 그대와 함께 큰 재복을 누리며 백년해로할 수 있었는데 그 사이를 참지 못하고 나를 속였는가"라고 탓한다. 지네는, "남의 은혜를 모르고 신의가 없으며 무슨 일을 정정히 하지 못하면 어찌 사람이라 칭하겠는가"라고 말한 후 그를 잡아먹으려 한다. 그가 달려드는 지네를 피해 깜짝 놀라 깨달으니 남가일몽이었다.

중심 서사에 이어지는 마무리 액자는 다음과 같다. "이야기를 맛치미 비가 긋치거날 그 사롬이 가길을 고ᄒ니 그 쥬인디감이 인ᄒ야 작별ᄒ고 홀노 안젼 그 이야기을 싱각ᄒ니 인싱이 셰상에 탄싱ᄒ미 부귀로 호강ᄒ난 거시 과연 일장츈몽이라 ᄒ고 그 후로난 날마다 문긱과 향당붕우를 모와 가지고 시도 지으며 슐도 먹으며 직물을 앗기지 아니ᄒ고 셰월을 보니더라."[87] 「성세기몽」은 기이한 꿈에 관한 일화를 통해 삶의 의미를 깨우치려는 이야기로 '인생이 세상에 탄생하매 부귀로 호강하는 것이 과연 일장춘몽이라'는 주제를 담고 있다. 그런데 이 작품에는 마무리 액자 뒤에 또 다른 이야기가 하나 덧붙어 있다. 재상의 딸에 관한

---

87) 위의 글, 1896.11.18.

일화가 그것이다. 재상이 딸을 두어 어려서부터 효성이 지극하였다. 나이 들어 신랑을 맞았는데 혼인 첫날밤 신랑이 가위에 눌려 그만 세상을 떠나고 말았다. 재상의 딸 또한 신랑을 따라 목숨을 끊게 되니 나라에서는 고을 수령에게 하교하여 정열문을 세웠다는 것이다. 재상의 딸에 관한 일화는 외형상으로는 열녀 설화의 반복처럼 보인다. 그러나 여기서는 이 일화 역시 인생이 허무하다는 작품의 주제를 한 번 더 확인시켜 주는 기능을 한다.

「이정언전(李正言傳)」은 과거보러 가던 한 남자가 도중에 한 여인과 인연을 맺었으나, 과거에 급제한 후 여인과의 약속을 지키지 않게 되고, 그 뒤 황폐한 삶을 살게 되는 이야기이다. 이 작품은 '사람이 약속을 저버리면 길한 법이 없다'는 주제를 다루고 있다. 「기연중절(奇緣中絶)」 역시 「이정언전」과 유사한 주제를 담고 있는 작품이다. 「기연중절」에서는 기생과 평생가약을 맺기로 한 이생이라는 인물이 신의를 지키지 않았기 때문에 일어나게 되는 비극을 다룬다. 이 작품에서는 자신을 돈 많은 남자에게 팔아넘기려는 사실을 알게 된 기생은 자살하고, 남자는 화병으로 죽게 된다. 그런데 「기연중절」은 후일 『대한매일신보』에 수록되는 「청루의녀전」과 그 내용이 매우 유사하다. 다만, 『대한매일신보』의 「청루의녀전」에서는 이야기의 무대가 중국이고, 「기연중절」은 그 무대가 한국이라는 점이 다를 뿐이다. 「기연중절」에는 평안도 강계군에 사는 서생이 서울에서 한 기생을 만나 인연을 맺은 이야기가, 「청루의녀전」에는 장안 성내의 서생이 중원 북경에서 한 기생을 만나 인연을 맺는 이야기가 실려 있다.[88] 이러한 사실로 미루어 보면, 『한성신보』 등 근대계몽기 신문에는 국내에서 전래되던 고담이나 야담류뿐만 아니라 중국이나 일본 등

<hr />

88) 『대한매일신보』는 1906년 2월 6일 한글 작품 「청루의녀전」을 연재하기 시작하면서 '소설'란을 두게 된다. 이 작품은 『한성신보』 이후 국내 신문에서 발견되는 최초의 '소설'란 수록 작품이 되는 셈이다. 이에 대한 상세한 논의는 김영민, 『한국의 근대신문과 근대소설』, 소명출판, 2006, 제1장 참조.

지의 이야기를 들여와 각색한 경우 역시 적지 않았던 것으로 판단된다.89) 「섬보반덕(蟾報飯德)」은 자신을 돌보아 주던 처녀를 위기에서 구해내고 죽은, 은혜 갚은 두꺼비에 관한 설화를 옮겨 수록한 것이다.

「상부원사해정남」·「원혼보구」·「가연중단」·「김씨전」·「이씨전」·「방백우유망동기」·「비자정절」

『한성신보』는 「상부원사해정남(孀婦寃死害貞男)」을 발표하면서 처음으로 '소설'란을 두게 된다. 「상부원사해정남」은 우리나라에서 발행된 신문 연재물 가운데 최초로 소설란에 실린 작품이 되는 것이다. 그러나 이 작품이 소설란에 실렸다고 해서 그 성격이 잡보란에 실리던 작품들과 차이가 나는 것은 아니다. 「상부원사해정남」을 잡보란에 실린 작품 「원혼보구(寃魂報仇)」와 비교해 보면 이 사실을 명확히 알 수 있다. 「원혼보구」는 「상부원사해정남」보다 보름 앞서 연재를 시작했던 작품으로, 이 둘은 모두 전래 야담에서 소재를 취하고 있다. 「원혼보구」와 「상부원사해정남」은 각각 특정한 지역의 특정한 인물에 대한 일화를 소개하는 것으로 작품을 시작한다. 다음은 각 작품의 서두 부분이다.

강원도 영월 짜히 니모와 감모가 잇셔 각각 혼 아들을 두엇스니 년긔 셔로 갓흔지라 여형약뎨 흐게 즈라 나히 십여세 되미 졀에 가 공부흐더니 김동이 몬져 셩취홀 시 집에 도라와 셩녜혼 후 첫날밤 동방화촉에 신뷔 신낭다려 일너 갈아디 녀지 평싱에 밋는 비 낭군이라. 문관이 되나 호반이 되나 입신양명흐여 우흐로 뎨왕을 돕고 아리로 싱녕을 건지며 우러러 부모를 셤기고 굽푸려 쳐즈를 길을 연후에 지아비되 일우고 지어미 녜극홀지라. 군지 나히 이팔에 밋쳣는지라. 공부혼 비 무어시며 문장이 엇더흐니잇가. 첩이 일즉 글 흔쫙을 지은 비 잇스니 능히 그 디를 치온죽 가히 이불을 갓치흐며 벼기를 연흐야

89) 「청루의녀전」은 중국 명말(明末) 소설집인 『금고기관』에 수록된 「두십낭노침백보상(杜十娘怒沈百寶箱)」의 번안작으로 조선 후기에 유행한 이야기이다. 이유미, 앞의 글, 49면 참조.

금슬지낙을 일울 거시오 만일 그럿치 아니ᄒ죽 반다시 동침치 아니ᄒ고 륜장이 성취ᄒ기를 기다려 가히 부부의 즐거옴을 미지리이다 ᄒ니 김낭왈 그 글 듯기를 원ᄒ노라.90)

한 지상이 평안감스를 ᄒ여 도영ᄒ 지 반년이 지나미 그 아들이 년긔 약관에 갓가온더 용미 가장 아람다온지라. 일즉 근친코ᄌᄒᄒ야 쳥녀를 타고 일긔 소동을 다리고 길을 나 평양을 향ᄒ야 갈 시 여러 날 만에 고을지경에 다다라 홀연 큰 비를 만나 길을 힝홀 슈 업ᄂ지라. 스면을 도라보니 쥬졈이 업고 다만 일 리 허에 ᄒ 촌낙으로 뵈이거날 드러가 보니 기중 ᄒ 집이 사랑과 문젼이 소쇄ᄒ거날 나귀에 나려 드러가 쥬인을 ᄎᄌ니 그 쥬인인즉 본니 영니로 노퇴ᄒ야 젼가에 은거ᄒ 지라. 그 소년이 감스의 ᄌ뎬줄 물어 알고 공경ᄒ여 마져 니실을 소쇄ᄒ고 쳥ᄒ여 드러 좌졍ᄒ미 지셩으로 관디ᄒᄂ지라. 우셰 긋치지 아니ᄒ고 날이 져물미 홀일 업셔 그 집에서 밤을 지닐 시 쥬인에 무남독녀 일즉 쳥상이 되여 집에 잇슨 지 오런지라. 방년이 계오 이팔인더 화용월터 진짓 경국지식이라.91)

「원혼보구」에서는 영월 사는 김씨 부부가 이씨에게 억울한 죽음을 당하게 된다. 김씨 부인은 귀신이 되어 영월 원님에게 나타나 저간의 사정을 이야기 하고, 원님은 이씨를 잡아 처형함으로써 김씨 부부는 원수를 갚게 된다. 「상부원사해정남」에서는 평안감사의 아들에게 무시를 당했다고 생각한 한 청상과부가 원한을 머금고 죽게 된다. 귀신이 된 청상은 감사의 아들이 과거를 보는 시험장에 나타나 방해를 한다. 이후 감사의 아들은 과거를 폐하게 되고, 가산이 몰락한다. 의탁할 곳이 없이 떠돌던 그는 결국 굶주려 죽게 된다. 「원혼보구」와 「상부원사해정남」의 소재는 모두 원한(怨恨)이다. 죽은 여자가 귀신이 되어 나타나 원수를 갚는다는 이야기 틀도 유사하다.

「원혼보구」에는 인과응보(因果應報)와 사필귀정(事必歸正)의 전통적 교

---

90) 「원혼보구」, 『한성신보』, 1896.12.28.
91) 「상부원사해정남」, 『한성신보』, 1897.1.12.

훈이 살아있다. 반면에 「상부원사해정남」의 경우는 주제가 그렇게 전통적이지 않다. 평안감사의 아들이 청상의 청을 물리친 이유는 아내와의 약속을 지키기 위한 것이었다. 그럼에도 불구하고 평안감사는 아들의 행동을 꾸짖고 그로 인해 집안이 망할 것이라고 예견한다. 자신의 집에 하루 밤 유숙하는 외간 남자에게 편지와 술상을 보낸 청상의 행위는 결코 미화될 수 있는 모습이 아니다. 더구나, 청상의 유혹을 물리친 감사의 아들의 행위를 인륜이나 도덕이라는 측면에서 죄악이라고 하기는 어렵다. 그렇지만 귀신이 된 청상은 감사의 아들에게 복수를 한다. 「상부원사해정남」은 전래하던 이야기를 바탕으로 하되, 편집자가 여러 곳에 가필을 한 것으로 판단된다. 특히 감사가 자신의 아들을 꾸짖는 부분이나, 감사의 아들이 굶주려 죽게 되었다는 결말은 편집자의 판단에 따른 가필로 보인다. 하지만, 「상부원사해정남」에 편집자의 가필 부분이 있다고 해서 그것이 잡보와 소설을 구분하는 기준이 될 수 없음은 분명하다. 정도의 차이는 있지만, 잡보란에 수록된 작품들에도 편집자의 가필이 없는 것은 아니기 때문이다. 결국 「원혼보구」와 「상부원사해정남」은 동일한 성격의 작품임에 틀림이 없고, 잡보란의 작품과 소설란의 작품 사이에 특별한 차이가 있었다고 보기는 어려운 것이다.

　「상부원사해정남」은 이른바 염정소설(艷情小說)이나 회음소설(誨淫小說)로 분류되기도 한다. 염정소설이라는 측면에서 보면 이 작품은 앞서 잡보란에 발표된 「가연중단(佳緣中斷)」과도 유사한 측면이 많다. 「가연중단」은 영남에 사는 한 서생이 명산대천을 유람하다가 한 곳에 이르러 시전(詩傳)을 외우는 여자를 만나게 되고, 그녀와 서로 글귀를 주고받다가 결국 하루 밤 인연을 맺고 헤어지는 과정을 다룬 작품이다. 여자가 서생의 유혹을 뿌리치지 않고 밤에 몰래 만나게 되는 이유는, 혹 서생이 원한을 품고 죽게 되면 그가 원귀가 되어 자신의 앞길을 망칠까 두렵기 때문이다. "인지 날노 말미암아 죽은즉 반다시 원귀가 되어 나의 견졍을 희흐리니 맛당이 굽혀 좃츠 흔번 이 사름의 마음을 위로흐리라"92)라는 구절이 이를 보여준다. 이는 「상부원사해정남」에서 원한을 품고 죽은 여자가 평양감사 아들의 앞길을 망치는 내용을 연상시킨다. 여자는 남자에게 답신을 보내게 되고 두 사람은 죽림에서 하루 밤을 보내게 된다. 다음은 「가연중단」의 마무리 부분이다.

> 첩의 셩은 니요 일홈은 향이니 비록 지아비 잇스나 잠간 부부지의를 미지미 무어시 방히로오리요 이십일일 밤에 죽림 가온더로 오시면 잠간 졍회를 펴오리다 조회 젹고 말이 긴고로 만에 흐나를 초흐야 올니누이다 흐엿더라. 셔셩이 보기를 맛치미 그 뜻즐 알고 불승환희흐여 그날을 당흐미 브로 죽림에 드러가 몸을 감초아 기다리더니 밤이 숨경이 지나미 월식이 낫갓고 청풍이 셔리하는디 스면에 사름에 소리 업고 맛참니 동졍을 보지 못흐니 시름이나 삼갓치 어즈럽고 눈에 꼿치 브야흐로 출몰홀 지음에 홀연 신 쓰으는 소리 먼 디로브터 졈졈 갓가오니 싱이 희불즈승흐여 급히 몸을 일어 감아니 본즉 과연 그 녀지라. 시갓치 쮜여 나아가 손을 잇글고 죽림에 드러가 무릅흘 졉흐고 안즈 말홀 시 말 밧게 은근흔 졍은 산이 무럽고 브다이 깁허 양더의 운우와 녹슈의 원앙을 엇지 가히 형언흐리요 녀지 위연이 탄식흐고 낭연이 읇흐니 기시에 왈 흔 박ك 기인 달이 오경에 밝앗스니 응당 은근이 두긔 졍을 빗최리라. 위슈 물결이 빅번 씨스나 엇지 붓그러옴이 업스리요 긔 원더는 쳔년에 빗츨 곳치지 아니흐엿더라 흐엿거날 셔셩이 그 글을 듯고 참괴흔 마음을 이긔지 못흐야 이에 화답흐야 위로흐니 기시에 왈 죽림 기인 달이 마음을 빗최여 발갓스니 운우 양더에 졍을 다흐지 못흐도다. 가인은 상심흐는 터를 짓지 말나 쳔되 비록 공번되나 스시에 곳치누니라. 양인이 셔로 여졍이 권권흐더니 이윽고 달이 쩌러지며 닭이 즈로 우니 냥인이 부득이 니별홀 시 눈물을 머금고 평싱 잇지 못홀 졍을 말흐며 각각 연연이 훗터지니라93)

『한성신보』 소재 서사문학 자료에는 이런 유형의 작품들이 드물지 않다. 「김씨전(金氏傳)」에는 절에 공부하러 간 젊은 남자의 아내와 그 절

---

92) 「가연중단」, 『한성신보』, 1896.12.26.
93) 위의 글.

의 중이 서로 정을 통한 후 젊은 남자를 살해하는 이야기가 나온다. 「이씨전(李氏傳)」에는 처와 첩을 데리고 한 방에 기거하는 인물에 관한 이야기가 나온다. 「이정언전」의 주제는 신의를 지키는 일이라 할 수 있지만, 작품 내용으로 보면 염정소설적 성격이 강하다. 이런 유형의 작품이 『한성신보』에 많이 실린 가장 큰 이유는 오락성을 통한 대중성 확보라는 편집 의도에 있었다고 보아야 할 것이다. 그런가 하면 '독자들의 현실감각을 무디게 하고 미풍양속을 저해하려는 의도'[94]나 '미풍양속을 파괴하고 민족정신을 약화시키려는 일본제국주의의 식민정책'[95]과도 관계가 없었던 것은 아니다. 이러한 현상과 관련해서는 "한성신보에 연재된 회음소설의 가장 큰 특징은 거의 모든 작품이 조선의 전승 야담이나 민화에서 발췌하여 재창작 과정을 거쳐 소설화되었다는 점이다. 따라서 작가가 조선에 있지 않았던 이야기를 임의로 꾸며낸 것은 아니지만 신문이라는, 당시로서는 심각하고 점잖은 매체에 그러한 내용을 집중적으로 연재했다는 것이 매우 큰 의미를 가진다. 『한성신보』의 회음소설 연재는 신문이라는 대중매체 자체의 대외적인 위신을 하락시키기도 한 것이다"[96]라는 지적이 참고가 된다.

하지만 고담이나 민화류의 작품들이 꼭 회음적인 요소만을 담고 있었던 것은 아니다. 그와 반대로 전통적인 도덕을 깨우치는 글들도 없지 않다. 「방백우유망동기(邦伯優游忘同忌)」에는 나라의 기일(忌日)을 잊고 연회를 즐기는 경상감사를 깨우치는 서생(書生)의 이야기가 들어있다. 「비자정절(婢子貞節)」에는 정절을 지키기 위해 바닷물에 몸을 던져 죽음을 맞는 여비(女婢)의 이야기가 실려 있다.

문관이 눈을 드러 주셔이 본즉 기즁 흔 비지 나히 십칠팔셰 쯤 되눈더 별긋

---

94) 박수미, 앞의 글, 40면 참조.
95) 한원영, 앞의 책, 247면 참조.
96) 박수미, 앞의 글, 40면.

흔 눈과 옥ᄀᆺ흔 쌤이며 꼿ᄀᆺ흔 얼골에 달ᄀᆺ흔 틱되 사룸의 눈을 놀니며 마음을 흔드는지라. 문관이 그 일홈을 무른즉 향셤이라. 봄을 더듬을 마음이 잇셔 향셤다려 일너 ᄀᆯᄋᄃᆡ 너는 너가 공을 밧지 아니ᄒᆞ고 맛당이 다리고 갈 터이니 즉속 의상을 빨아 힝장을 ᄎᆞ리고 령을 어긔지 말나 ᄒᆞ니 향셤이 그 ᄯᅳ슬 혜아리고 고ᄒᆞ야 ᄀᆯᄋᄃᆡ 나으리게오셔 공을 밧기 위ᄒᆞ야 오셧슨즉 공만 거두어 브드심이 올커날 다려가신단 분부는 그 쳐분을 아지 못ᄒᆞ올지라. 소인이 우흐로 부뫼 잇습고 아리로 지아비 잇스오니 이를 바리고 어듸로 가오리잇가 밍셔코 봉승치 못ᄒᆞᆺ느이다. 문관이 ᄭᅮ지져 ᄀᆯᄋᄃᆡ 니 ᄯᅳᆺ 잇셔 말을 발ᄒᆞ엿스니 비록 불에 드러가며 물을 밟는 일이라도 엇지 감히 스피ᄒᆞ리요 니 ᄯᅳᆺ이 임의 결단ᄒᆞ엿스니 다시 여러 말 말나 향셤이 고왈 군신과 노쥬는 그 의리 일반이라. 임군의 명이 잇셔 도리에 어권즉 신히 그 명을 밧들지 아니ᄒᆞ고 상젼의 령이 잇셔도 녜에 억원즉 종이 그 령을 좃지 아니ᄒᆞ나니 이졔 나으리게 오셔 ᄌᆞ식으로 ᄒᆞ야곰 부모를 바리라 ᄒᆞ시니 이는 리에 억의미요 지어미로 ᄒᆞ야곰 지아비를 바리라 ᄒᆞ시니 이는 녜에 억의미오니 긔졔 군ᄌᆞ의 마음으로 이ᄀᆺ흔 비녜무리흔 일을 힝코ᄌᆞ ᄒᆞ시오니 그 마음 잇는 브를 일노 좃ᄎ 아올지라. 옥은 가히 부스럿더리나 그 빗츤 가히 브스럿더러지 못ᄒᆞ올지라. 노류장화를 사룸마다 비록 썩그나 산계야목은 집에 깃드리지 못ᄒᆞᆸ느니 바라건디 뉴의치 마르소서. 문관의 만장이나 되는 불ᄀᆺ흔 욕심이 흉즁에셔 일어느니 엇지 쳥종홀 니 잇스리요 엄흔 호령이 츄상 ᄀᆺᄒᆞ여 써나기를 지촉ᄒᆞ니 향셤이 홀일업서 부모와 지아비를 하직홀 시 그 한은 단셩ᄒᆞ고 써나는 경상은 참아 보지 못ᄒᆞᆯ너라. 힝ᄒᆞ야 낙동강에 일으러 비를 타고 건널 시 즁뉴에 다다라 향셤이 돗디를 의지ᄒᆞ고 안ᄌᆞ 쳐연흔 빗츨 ᄯᅴ고 묵연이 싱각다가 믄득 나삼을 쩟고 손가락을 ᄭᅵ무러 피로 칠졀 일슈를 써셔 문관 앏히 드리고 인ᄒᆞ야 몸을 강즁에 더지니 강풍이 소소ᄒᆞ야 소리 목 밋치고 쳥산이 믁믁ᄒᆞ야 빗치 쳐량ᄒᆞ더라.[97]

「방백우유망동기」와 「비자정절」에서는 부유한 고관(高官)들이 도덕적으로 타락한 모습을 보이고, 이에 대해 평범한 서생이나 노비가 글을 써서 그들의 잘못을 질타한다는 공통점이 있다.

---

97) 「비자정절」, 『한성신보』, 1897.1.20.

「무하옹문답」

「신진사문답기」 이후 약 6개월에 걸쳐 빈번히 실리던 고담 및 야담류 작품들은 「무하옹문답」의 등장과 함께 사라진다. 「무하옹문답(無何翁問答)」의 이야기 전개 방식은 「신진사문답기」와 전래 야담류 작품을 혼합한 듯이 보인다. 「신진사문답기」가 잡보란에 실렸던 것과 달리, 「무하옹문답」은 소설란에 실려 있다. 「무하옹문답」의 서두 부분에는 전래 야담에서 그대로 가져온 것처럼 보이는 상투적인 문장들이 눈에 띈다. 하지만 이 작품은 후반부로 갈수록 순수 창작물로서의 성격이 두드러져 보인다. 「무하옹문답」의 도입부에서는 효(孝)와 같은 인륜 도덕의 문제나, 천지인(天地人) 삼재(三才)와 같은 우주의 이치가 논의된다. 그러나 정작 이 작품이 말하고자 하는 바는 도덕의 문제도 아니고 철학의 문제도 아니다. 「무하옹문답」의 도입부는 다음과 같다.

> 슈셩 남편에 흔 사람이 잇스니 별호는 무하옹이라. 나히 칠십이 니나되 긔력이 강건흐고 아들 형뎨 잇셔 부모 셤기기를 지효로 흐야 일문지너에 대소스를 반다시 그 부모에게 품고흔 연후에 흐며 지어 조셕지졀에 쓸익기밥과 나믈국이라도 졍셩을 다흐여 공궤흐고 비록 분흐고 스오나온 일이 잇셔도 공궤흐고 비록 분흐고 스오나온 일이 잇셔도 그 어버이 압히셔는 화흔 빗과 부드러온 소리로 부모에 마음을 편안이 흐니 쳐지 그 힝실을 스모흐며 니웃시 그 효를 일크라 져마다 말흐되 일후에 즈손이 여음이 잇셔 문회를 반다시 창대흐리라 흐더라.[98]

수성 남쪽에 무하옹(無何翁)이라는 별호를 가진 노인이 살고 있는데 나이가 칠십이다. 아들 형제가 있는데 그 아들들이 부모 섬기기를 극진히 한다. 아들의 효행을 보고 동네 사람들은 자손에게 여음(餘蔭)이 있어 집안이 반드시 창대해 질 것이라고 입을 모은다. 그러던 중 무하옹은

---

98) 「무하옹문답」, 『한성신보』, 1897.1.22.

부인의 상(喪)을 당하게 된다. 무하옹이 슬픈 마음을 풀고자 멀리 허영산 위에 올라 탄식하고 처연히 노래하던 중 백발노인을 만나게 되니 그의 이름이 오유자이다. 이 작품의 핵심은 무하옹이 오유자를 만나 대화와 토론을 벌이는 데에 있다. 무하옹과 오유자는 대화를 서로 주고받는다. 그러나 두 사람의 대화는 동일한 지점을 향해 나아가는 대화가 아니다. 그보다는 서로 상반된 입장에 서서 토론을 하는 경우가 많다. 이렇게 상반된 입장에 서서 문답체로 진행되는 「무하옹문답」의 전개 틀은 「신진사문답기」에서 볼 수 있었던 이야기 전개 틀과 매우 유사하다. 오유자는 무하옹을 향해, 사람이 태어나고 죽는 일은 누구도 어찌할 수 없는 일이며, 부인이 돌아감은 실로 이치에 합당한 것이거늘 어찌 슬픈 회포를 소리로 전하고 얼굴에 나타내는가 묻는다. 무하옹은 자신이 그 사실을 모르는 바 아니나, 부인이 자신과 만나 사십 구년 동안 함께 살면서 온갖 고생을 다하다 이제 세상을 떠나니 슬픈 마음이 일어나지 않을 수 없다고 답한다. 이에 오유자가 "무릇 인싱의 부귀 빈쳔과 수요화복이 다 산디의 길ᄒᆞ고 길치 아니ᄒᆞᆫ디 잇느니 그디의 급ᄒᆞᆫ 빅 길ᄒᆞᆫ 산디를 졈득ᄒᆞᆫ디 잇고 슬픈 회포ᄂᆞᆫ 그 남은 일이니라"[99]는 말을 꺼내면서 두 사람의 토론은 본격화된다. 오유자의 생각으로는 부인의 묘 자리를 잘 쓰는 것이 우선 시급한 일이며 그것이 자손에게 복을 가져오는 첩경이 된다는 것이다. 이에 대해 무하옹과 오유자는 다음과 같이 서로 다른 의견을 주고받게 된다.

　　무하옹이 굴ᄋᆞ디 디리의 말이 셩이 ᄒᆡᆼᄒᆞ야 스롬의 화복을 견혀 디리에 부치ᄂᆞᆫ고로 상ᄉᆞ를 당ᄒᆞ지 염ᄒᆞ기 젼에 몬겨 산디를 말ᄒᆞ미 비비이 잇스니 그 과연 그러ᄒᆞ냐 그러치 아니ᄒᆞ냐 니가 밋지 못ᄒᆞ노라. 오유ᄌᆞㅣ 굴ᄋᆞ디 쳔디인 삼지ᄂᆞᆫ 혼 리치라. 임의 쳔리 잇ᄉᆞᆫ즉 반다시 디리 잇고 임의 디리 잇ᄉᆞᆫ즉 인리 잇ᄂᆞ니 엇지 디리의 잇고 업스믈 의심ᄒᆞ리요 무하옹이 굴ᄋᆞ디 니 비록 지

---

99) 위의 글.

극히 어리셔그나 엇지 굴ᄋᄃᆡ 디리 업다 ᄒᆞ리요마ᄂᆞ 디리의 말을 니 이졔 그 디를 위ᄒᆞ여 말ᄒᆞ리라. 하날이 ᄌᆞ에 열니고 ᄯᅡ이 축에 열니고 ᄉᆞ롬이 인에 낫스니 디져 날이 나졔 ᄒᆡᆼᄒᆞ고 달은 밤에 ᄒᆡᆼᄒᆞ며 더위를 당ᄒᆞ미 덥고 치위를 당ᄒᆞ면 치우며 비올 ᄯᅢ에 비오고 볏날 ᄯᅢ에 볏치 나니 비록 뎨왕의 귀ᄒᆞᆷ으로도 그 도를 변치 못ᄒᆞ고 비록 노예의 쳔ᄒᆞᆷ으로도 그 졀을 곳치지 못ᄒᆞ며 비록 급ᄒᆞ나 급지 아니ᄒᆞ며 비록 속ᄒᆞ나 속지 아니ᄒᆞ야 지극히 공변되고 ᄉᆞᄉᆞᆯ 업스믄 하ᄂᆞᆯ 리치요 놉ᄒᆞ면 산이 되고 나ᄌᆞ면 돌이 되야 파리ᄒᆞ면 초목이 무셩치 아니ᄒᆞ고 기름진즉 빅물이 풍셩ᄒᆞ야 콩을 심으면 콩이 나고 베를 심으면 베가 나며 ᄊᆞ아 산을 ᄒᆞ되 원망치 아니ᄒᆞ고 파셔 우믈을 ᄒᆞ되 노야ᄒᆞ지 아니ᄒᆞ며 왕도를 명ᄒᆞ되 깃거ᄒᆞ지 아니ᄒᆞ고 빅셩이 거ᄒᆞ되 ᄉᆞ피ᄒᆞ지 아니ᄒᆞ야 지극히 공변되고 ᄉᆞᄉᆞᆯ 업스믄 ᄯᅡ 리치요 군의 신츙ᄒᆞ며 부ᄌᆞ ᄌᆞ효ᄒᆞ고 형우 뎨공ᄒᆞ며 부화 부순ᄒᆞ고 군ᄌᆞᄂᆞ 빅셩을 다ᄉᆞ리고 소인은 웃ᄉᆞ롬을 셤겨 졍에 어긔미 업고 녜에 합ᄒᆞ미 잇ᄂᆞᆫ거슨 ᄉᆞ롬에 리라. 하ᄂᆞᆯ과 ᄯᅡ와 ᄉᆞ롬에 셰 가지 리를 순ᄒᆞ면 복을 누리고 하ᄂᆞᆯ과 ᄯᅡ와 사롬에 셰 가지 리를 거ᄉᆞ린즉 앙화를 바드미 소연ᄒᆞ야 가히 알지라. 이졔 그디 리치의 잇ᄂᆞᆫ 보를 궁구ᄒᆞ지 아니ᄒᆞ고 다만 화복을 긔리에 부치니 그러ᄒᆞ즉 디리가 졔일이 되고 쳔리와 인리ᄂᆞᆫ 다 허ᄉᆞ가 될야 길ᄒᆞᆫ ᄯᅡ을 어더 장ᄉᆞᄒᆞ면 ᄌᆞ손이 부귀ᄒᆞ며 번연ᄒᆞ고 흉ᄒᆞᆫ ᄯᅡ을 어더 장ᄉᆞᄒᆞ면 ᄌᆞ손이 빈쳔ᄒᆞ야 멸망ᄒᆞᄂᆞ니, 오유ᄌᆞᆯ 굴ᄋᄃᆡ 그러ᄒᆞ다 옛일을 낫낫치 들어 말ᄒᆞ기 어려오니 쳥컨디 근디의 일노 말ᄒᆞ리라. 조졍 지상 김씨의 션조를 디디에 장ᄉᆞᄒᆞᆫ고로 명공거경이 디디로 이어나니 엇지 산음이 ᄌᆞ손에 밋치미 아니리오. 무하옹이 굴ᄋᄃᆡ, 그럿치 아니ᄒᆞ다. 김씨와 셔씨의 창셩ᄒᆞ야 부귀ᄒᆞᄂᆞ 비 ᄯᅩᄒᆞᆫ 산의 음이 아니라 그 션조의 누빅년 음덕을 ᄒᆡᆼᄒᆞᆫ 디 일윈 비니라.[100]

무하옹이 강조하는 것은 음덕(蔭德)을 쌓는 일이다. 선행(善行)을 통해 음덕을 쌓는 것이 묘자리를 잘 쓰는 것보다 중요하다는 것이다. 무하옹의 이러한 주장은 곧 이 작품의 주제가 된다. 이후 「무하옹문답」은 3회에 걸쳐 계속 무하옹의 이야기만을 반복해 전달한다. 무하옹은 김씨 선

---

100) 위의 글, 1897.1.24.

조와 서씨 선조가 어떤 선행을 베풀었는가 하는 일에 대해 구체적으로 이야기한 후, '지리(地理)와 인리(人理)의 관계없음과 산음(山蔭)이 자손에 미치지 못하는 일'에 대해 여러 가지 예를 들어 설명한다. 물에 장사 지낸 사람도 있고 불에 장사지낸 사람도 있으나, 그 자손 또한 재상이 되고 수령이 되며 수를 백세까지 누리니 자손이 잘 되는 것이 다 산에 묘를 잘 쓴 덕이라 할 수는 없다는 것이다. 무하옹은 산음이 만일 자손에게 미친다면 그 미치는 바가 반드시 고를 터인데, 혹 형은 부자가 되고 아우는 가난해지며 혹 형은 오래 살고 아우는 요절하니 이는 어찌된 일인가 하고 묻는다. 결국 무하옹이 내리는 결론은 '선악은 사람의 성품에 말미암은 것이며 수요(壽夭)는 사람의 명에 있고 산리(山理)와 산음(山蔭)에 있는 것이 아니다'라는 것이다. 무하옹은 "그런고로 나는 일오디 사롭의 부귀빈쳔과 흥망셩쇠가 도모지 사롭의 착ᄒᆞ고 악홈과 부지런ᄒᆞ고 게어른 디 잇ᄂᆞᆫ 거시오 산리의 길흉쳔심에 잇ᄂᆞᆫ 거시 아니라 ᄒᆞ노라"[101]라는 말로 자신의 주장을 마무리한다. 이야기를 다 듣고 난 오유자가 '그렇다면 당신은 부인을 장사 지낼 때에 땅을 가리고자 하는가 그렇지 않은가' 하고 묻는다. 이에 대해 무하옹은 물론 땅을 가릴 것이라고 이야기한다.

오유ᄌᆞ | 쳥파에 탄식ᄒᆞ야 굴ᄋᆞ디 이ᄂᆞᆫ 진실노 달논이라 그러ᄒᆞᆫ즉 이제 그디 부인을 장ᄉᆞᄒᆞ미 ᄯᅡᄒᆞᆯ 가리고ᄌᆞ ᄒᆞ나냐 가리지 안코ᄌᆞ ᄒᆞ나냐. 만일 가리고ᄌᆞ ᄒᆞ면 엇더ᄒᆞᆫ ᄯᅡᄒᆞᆯ 가리라 ᄒᆞ나뇨 무하옹이 굴ᄋᆞ디 니 엇지 굴이지 아니ᄒᆞ리요 나의 갈이ᄂᆞᆫ 밧ᄌᆞᄂᆞᆫ 산이 머무르고 물이 굿치며 ᄇᆞ람이 감최고 볏츨 향ᄒᆞ며 사람의 ᄌᆞ최 머지 아니ᄒᆞᆫ ᄯᅡᄒᆞᆯ 취ᄒᆞ고 그 졀협궁곡을 피ᄒᆞ고 셩과 져ᄌᆞ거리를 멀니 ᄒᆞ며 시니물이 충파ᄒᆞ지 아니ᄒᆞ고 도로 | 빗겨 견후로 침노치 아니ᄒᆞᆫ 곳지면 나의 원을 맛치미요 지어 길흉과 화복은 디리에 부치지 아니ᄒᆞ노니 만일 이ᄀᆞᆮᄒᆞᆫ ᄯᅡᄒᆞᆯ 어드즉 비록 빅인이 기려ᄃᆞ 니 깃거ᄒᆞ지 아니ᄒᆞᆯ 거시오 빅인이 회방ᄒᆞ여도 니 밋지 아니ᄒᆞ리니 맛당이 깁히 광중을 파고 굿게

---

101) 위의 글, 1897.2.15.

회를 쓰아 그 장수홀 써에 밋쳐셔는 판관을 브리고 신쳬를 니리며 츌회로 그 부인더를 메우고 벽돌노 힝더를 호며 찬 회를 쓰아 봉분을 호랴 호노라.[102]

하지만, 무하옹이 가리는 땅은 풍수지리(風水地理)에 의한 것이 아니다. 단지 묘를 쓰기에 편리하고 적합한 땅을 찾으면 되는 것이다. 무하옹에게 더욱 중요한 것은 어떠한 방식으로 장사를 지내는가 하는 일이다. 위 인용문의 후반부 "맛당이 깁히 광중을 파고 굿게 회를 쓰아 그 장수홀 써에 밋쳐셔는 판관을 브리고 신쳬를 니리며 츌회로 그 부인더를 메우고 벽돌노 힝더를 호며 찬 회를 쓰아 봉분을 호랴 호노라"는 매우 구체적으로 매장 방법을 설명하고 있는 부분이다. 이러한 매장 방식에 대해 오유자는 신기한 듯 계속해서 질문을 하고, 이에 대해 무하옹은 일일이 답을 한다.

「무하옹문답」1897년 2월 15일자 6회 연재분까지만 확인이 가능하다. 작품 내용으로 미루어볼 때 여기서 연재가 끝나지 않은 것은 분명하다. 하지만 더 이상 원전을 확보할 수 없어 현재로서는 확인이 불가능하다. 「무하옹문답」은 풍속에 대한 교정과 계몽을 의도한 작품이다. 비록 미완의 상태이기는 하지만 지금까지 읽어낸 부분만으로도 「무하옹문답」이 지닌 계몽의 의도를 알아내는 것은 결코 어려운 일이 아니다. 이 작품에서는 장사(葬事)의 예법과 관련한 풍수사상을 다룰 뿐만 아니라 구체적 매장의 방식까지 다루고 있다. 상례(喪禮)에 대한 종합적 문제 제기가 이루어지고 있는 셈이다. 근대 초기의 논설이나 서사문학 작품에서 혼례(婚禮)에 대한 문제를 제기하는 경우는 적지 않다. 그러나 상례에 관해 물음을 던진 경우는 흔치 않았다는 점에서 「무하옹문답」의 소재와 주제는 나름대로 의미가 있다. 그러나 「무하옹문답」의 지은이가 지리(地理)의 효험에 대해 비판하고는 있지만, 그 역시 온전한 근대의식의 소유자는 아니다. 그가 지리의 효험을 비판하기 위해 펼치고 있는 주장 가

---

102) 위의 글.

운데 다음의 문장은 「무하옹문답」의 작가의 의식의 한계가 어디에 있는가 하는 점을 잘 보여준다. "무릇 사름이 비로소 날 쳐음에 부귀와 빈쳔을 임의 스쥬에 판단ᄒ엿슨즉 디리 엇지 능히 그 슈를 변ᄒ야 그 부귀와 빈쳔을 옴기리오"[103) 그는 여기서 지리를 비판하면서 사주(四柱)를 거론한다. 사람의 부귀와 빈천은 지리에 달려 있는 것이 아니라 사주에 달려 있다고 주장하는 것이다.

2) 1900년대의 자료들

「해적초멸」

1900년대 이후 『한성신보』에 실린 서사문학 작품들은 앞 시기의 자료들에 비해 다음과 같은 점에서 적지 않은 차이를 보인다. 첫째, 전래 야담류의 성격을 지닌 작품이 아니라 순수 창작물이라는 점. 둘째, 시사성이 높은 소재를 선택해 현실에 대한 직접적 개입 혹은 비판을 시도하고 있다는 점. 이 경우는 일본에 대한 친밀한 감정을 유도하거나, 일본을 지지하는 정치적 선택의 필요성을 은연중에 강요한다.

「해적초멸(海賊剿滅)」은 이러한 특성을 대표적으로 드러내는 작품이다. 「해적초멸」은 1902년 9월 7일부터 26일까지 5회에 걸쳐 잡보란에 연재되었으며, 작가가 제3자의 입을 빌어 이야기를 전달하는 형식을 취하고 있다. 「해적초멸」에는 다음과 같은 별도의 도입부가 있다. 이는 중심 서사와는 완전히 분리된 도입부이다.

전라도 추즈도 근처에 희랑덕이 슈십명식 출몰ᄒ야 도처에 하륙ᄒ면 지물을 노략ᄒ며 부녀를 겁탈ᄒ야 망측흔 죄악은 빅듀에 힝ᄒ되 긔탄이 업시 횡

---

103) 위의 글, 1897.1.28.

힝ᄒ더니 근일 일본 어부로 ᄒ여금 도덕이 업셔진다 ᄒᄂᆫ데 이졔 죠션국 젼
라도 완도군 소안도 밍뎐리라 ᄒ는 촌에 와 잇던 일본 병고현 명셕군 죵미촌
에 사년 쳔원팔ᄎ랑(川原八次郞)이라 ᄒ는 사롭의 글을 본즉 당시의 실황을
가히 알지라 미우 ᄌ미잇기로 딕강을 취ᄒ야 아리올ᄂ니노라.104)

「해적초멸」의 중심 서사는 일본어부 천원팔차랑(川原八次郞)이 직접
겪은 사건에 관한 기록이다. 천원팔차랑이라는 등장인물이 사건의 관찰
자 겸 서술자가 되어 이야기를 전개시켜 가고 있는 것이다. 이 작품의
줄거리를 요약하면 다음과 같다. 〈천원팔차랑은 완도군 소안도에서 해
산물 제조업에 종사하는 인물이다. 어느 날 그는 팔십 리쯤 떨어진 추
자도에 어업시찰을 나간다. 오후 네 시쯤 되었을 때 갑자기 동네에 해
적이 나타나 사람들을 위협하고 촌장을 결박한다. 천원팔차랑이 배에
숨어서 보니 해적들은 촌장을 데리고 하군웅태랑(下郡熊太郞)의 집으로
간다. 하군웅태랑은 일본 구주 사람으로 복어와 해초를 캐려고 그곳에
와 있었다. 촌장은 웅태랑에게 와서 해적에게 줄 돈 육천 냥을 빌려 달
라 말하고, 돈이 없는 웅태랑은 촌장을 데리고 팔차랑의 배로 간다. 팔
차랑 역시 돈이 없어 빌려주지 못하자, 해적들은 마을 사람들을 구박하
고 못살게 군다. 섬으로 돌아간 해적들은 마을 사람들을 계속 학대하고,
촌민 가운데 일부가 일본인들을 찾아와 구원해 줄 것을 요청한다. 그러
나 일본 사람들은 사냥총 외에 별다른 병장기가 없어 선뜻 나서지 못한
다. 웅태랑은 급히 배를 타고 소안도로 가서 구원병을 요청한다. 날이
밝자 해적들은 노략질 한 물건을 싣고 떠나려 하다가 소안도에서 오는
구원병을 만나게 되고, 곧바로 제주도 쪽으로 도망을 간다. 도망가던 해
적선은 갑자기 포를 쏘기 시작한다. 해적선을 추격하는 일본 배에는 웅
태랑과 팔차랑 등 일본 사람 십 여명이 타고 있었다. 그들은 해적의 방
포소리를 겁내지 않고 더욱 빠른 속도로 해적선을 쫓아간다. 그런데 해

---

104) 「해적초멸」, 『한성신보』, 1902.9.7.

적선에는 삼십 여명의 도둑이 타고 있었으므로 일본 사람들이 해적선을 쉽게 제압할 수가 없었다. 그때 일본 사람들이 꾀를 내어 해적선에 불을 붙인다. 해적들이 당황해 우왕좌왕하는 틈을 타 일본 사람들은 해적선에 올라 해적들을 소탕한다. 멀리서 싸움을 지켜보던 추자도와 소안도의 조선 사람들은 모두가 기뻐서 춤을 춘다.〉

「해적초멸」은 다음과 같은 구절로 마무리 된다.

> 츄즈도 소안도 조선 사름덜은 일본인과 도덕의 싸홈을 구경ᄒ랴고 놉흔 언덕에 올나 브라보다가 도덕에 비에 불이 붓넌 걸 보고 크게 깃버셔 춤을 추다가 촌쟝과 주민 등 슈삼십인이 비를 타고 일본 어부롤 마즁ᄒ야 개가롤 불으고 본쳐로 도라오니 그날밤에 그 셤즁 남녀노소가 다 모야셔 홰불을 됴요이 켜고 일본 어부에 공덕을 무슈이 치사하며 일본인도 만셰를 부르니라.
> 그리ᄒ고 싱검흔 도덕은 죠션 관리의게 보니고 도덕의게 쎄아슨 물건은 그 도덕마젓던 사름에게 보니니 그 셤 빅셩덜이 깃버셔 다음날 회샤로 소 혼필 잡고 술 몃동의로 진치를 ᄒ엿넌디 일인은 무ᄉᄒ야 죠금 샹흔 쟈ㅣ 불과 슈인이더라.[105]

이 마무리에는 자신들을 구해 준 일본 사람들의 공덕을 치하하고 기뻐하는 조선 사람들의 모습이 담겨 있다. 『한성신보』가 「해적초멸」과 같은 작품을 연재한 이유는, 일본에 대한 친밀한 감정을 노골적으로 유도하기 위한 것이다. 해적을 맞아 위기에 처한 조선 어부들을 구해주는 일본 어부의 일화는, 세계 열강의 침탈 속에서 고심하던 조선의 현실과 구원자를 자처하는 일본의 역할을 빗댄 것으로 해석할 수 있다.

「시정수작」·「부신담화」·「걸객문답」·「일가일곡」

「시정수작(市井酬酌)」이나 「부신담화(負薪談話)」·「걸객문답(乞客問

---

105) 위의 글, 1902.9.26.

答)」・「일가일곡(一歌 一哭)」등은 모두 단형 서사물들이며, 「해적초멸」과 연장선상에서 이해할 수 있는 작품들이다. 이들이 다루고 있는 주제 역시 궁극적으로는 일본에 대한 신뢰감 혹은 친밀감을 유도하기 위한 것들이다. 이들 작품은 모두 문답체내지 대화체의 형식을 취하고 있다.

「시정수작」은 우리나라의 조정 대신들에 대해 간접적으로 비판하고 있는 작품이다. 「시정수작」에서는 이야기의 기록자가 광통교를 지나 남대문을 나가다가 등장인물들의 대화를 듣는 것으로 상황을 설정하고 있다. 사실에 근거한 현실감 있는 이야기라는 인식을 독자들에게 심어 주고 있는 것이다. 이야기의 중심부는 다음과 같다.

> 한 사롬이 굴ᄋ더 시월텬동ᄒ면 지샹이 만히 죽는다 ᄒ더니 올히 시월텬동을 훈지라 참말노 지샹이 만히 샹ᄒ나 보다 원로대신 세 분과 각부대신 여러 분이 쩌들던 닐이 도루 뒤집힌다 ᄒ니 뒤집히는 날은 시월텬동ᄒ던 갑시 아닌가. 또 혼 사롬이 굴ᄋ더 참 용쟈분도 졍기 타고난 인물이지. 인셩이란 게 혼 사롬에게만 실인심ᄒ고 격원ᄒ여도 무스이 죵명ᄒ기가 어렵거늘 이제 용즈분은 만 죠졍이 덕국이요 왼 셰샹이 웬슈로더 안여반셕ᄒ야 환란을 도루커 남의게로 보니랴 ᄒ니 엇지 인물이 아니리요. 또 혼 사롬이 굴ᄋ더 사롬의게 지물이 비유컨더 고기의 물과 ᄀ흔지라. 용쟈분이 젼국의 지권을 가졋든 사롬이라 엇지 용이케 졔ᄒ리요. 겸ᄒ야 영웅슈단도 잇는 거시 쟈가의 심복지인도 젹지 안커니와 외국 결연이 범연ᄒ가 외국인이 그 길로써 대한의 권셰롤 투득혼 것슨 젹으며 그 길로 ᄒ야 지물거리에 리익을 가져간 것슨 젹은가 엇지 ᄒ엿던지 영웅이라 홀 만ᄒ지. 또 혼 사롬이 굴ᄋ더 인물은 무슨 인물이며 영웅이 무슨 영웅이여. 제 기집이 빈반ᄒ고 제 친구가 더욱 치니 심복이란 것시 졍말 심복인가 셰력만 업셔지면 하나도 업셔지지. 또 한 사롬이 왈 그러나 대신딜 모양이면 죠션 체통이.[106]

이 대화에서는 조정 대신들의 권세를 둘러싼 경쟁과 그들의 흥망성

---

106) 「시정수작」, 『한성신보』, 1902.12.12.

쇠가 주된 소재가 된다. 「시정수작」은 결국 용쟈분(용ㅈ분)이라 지칭되는 인물에 대한 비판과 비아냥을 통해 조정 대신들의 체모를 깎아 내리고 있는 작품이다. "쏘 한 사롬이 왈 그러나 대신딀 모양이면 죠션 체통이"라고 하는 인용문에서는 조정 대신에 대한 비판을 통해 조선이라는 나라의 체통에 대한 비하까지 시도한다.

「부신담화(負薪談話)」에서는 「시정수작」에서 제시되던 대신들에 대한 비판이 더욱 직설적이며 구체적으로 나타난다. 「부신담화」는 지은이가 나무장사들의 대화를 그대로 옮겨 전하는 형식을 취하고 있다. 작품의 서두를 인용하면 다음과 같다.

> 남교에 나무장ㅅ들이 슈작ㅎ든 말을 들은 디로 디강 긔지ㅎ노라. 힉가 지고 둘 빗시 발거갈 쎠에 나무장ㅅ딀이 나무를 팔고 도라가는 길에 삼삼오오이 쟉반ㅎ야 가며셔 흔 사롬이 말ㅎ되 소위 은힝권은 이ㅈ치 허락홀 거슬 무삼 연고로 근지ㅎ다가 모양 슝ㅎ고 손히 당ㅎ는고 정부 대관들은 짐싱들 쑨인가.[107]

여기서 대화의 소재가 되고 있는 '은행권 허락'은 1902년부터 1903년에 걸쳐 있었던 일본 제일은행권의 통용과 관련된 논란을 말하는 것이다. 1902년 한국정부는 일본 제일은행(第一銀行)이 한국 내에서 은행권(銀行券)을 발행하는 것을 허가한다. 그러나 이에 대한 반대가 심해지자 곧바로 이 은행권의 통용을 금지시켰다가, 1903년 2월에는 다시 이 통용 금지령을 철회하게 된다. 「부신담화(負薪談話)」가 발표된 1903년 2월 15일은 이러한 통용 금지령이 철회된 지 얼마 지나지 않은 때였다. 당시 국내에서는 일본 제일은행권의 통용에 대한 반대 분위기가 팽배해 있었다. 그러나 「부신담화」에서는 제일은행권의 통용을 비판하는 것이 아니라, 은행권의 통용을 결국 히락할 것이면서 왜 그렇게 시간을 오래

---

107) 「부신담화(負薪談話)」, 『한성신보』, 1903.2.15.

끌었는가 하는 점을 비판한다. 「부신담화」의 지은이는 여기서 한 걸음 더 나아가 조선의 정부 대관들을 짐승들이라고 질타한다. 정부 대신들에 대해 매우 원색적인 비판을 가하고 있는 것이다. 「부신담화」의 등장인물들은 시국을 한탄하고 대신들을 질타하다가 "우리 창생이 의지할 곳이 어디인가" 하는 물음을 던지게 된다. 그 물음에 대한 답은 마지막화자에게서 나오는데, "쏘 한 사람이 왈 대일본은 방금 문명 졍치의국이라 빅셩을 격주와 又치 사랑ᄒᄂ디 무슴 걱졍을 ᄒᄂ뇨"[108]가 그것이다. 창생이 의지할 곳은 다름 아닌 문명한 정치의 나라, 백성을 적자와 같이 사랑하는 나라인 일본이 된다는 것이다.

「걸객문답(乞客問答)」은 완결되지 않은 짧은 길이의 작품이지만, 발표된 부분만을 보더라도 이것이 조선의 관리들을 비판하기 위해 쓰여진 것임을 쉽게 알 수 있다.

서촌 모대인의 딕에 걸긱 ᄒ나히 드러오니 의관은 남루ᄒ되 형지는 안샹ᄒ고 형용은 초취ᄒ되 언어는 통쳘ᄒ지라 하인비가 문에셔 막어 드러오지 못ᄒ게 ᄒᄒ즉 자연 요란ᄒ지라. 주인이 영창유리로 너여 보다가 하인을 ᄭ짓고 드러오기를 허락ᄒ즉 앙연이 드러와셔 쥬인과 인사ᄒ기 홀연이 좌졍ᄒᄂ지라. 주인이 문왈 무슴 소회가 잇셔 차졋나뇨 긱이 왈 시쟝이 심ᄒ니 위션 쥬식을 쥬어 요긔를 ᄒ 연후 슈쟉을 ᄒ겟노라. 주인이 주식을 디졉ᄒ니 샴비쥬와 일완반을 돈씩ᄒ되 방약무인ᄒ더라. 주인이 왈 어디로 좃차 왓스며 무슴 ᄒᆯ 말이 잇나요. 긱왈 나는 일셩에 포박ᄒ고 사히에 무가ㅣ라지어 지쳐에 득즉식ᄒ고 지즉슉ᄒ거니와 공의 틱을 찾기는 과연 츙곡지 안이잇노라. 주인이 왈 듯기를 원ᄒ노라. 긱왈 공이 식녹지신으로 위지공경ᄒ엿스니 국은 이젹 다 ᄒᆯ슈 업ᄂ지라. 이졔 죠졍이 희이ᄒ고 국가ㅣ가 쇠삭ᄒ야 싱긔가 일루에 멋지 못ᄒ고 위망이 목젼에 갓가워 오거늘 공이 힘을 다ᄒ여 붓들기 꾀괴ᄒ지 아니ᄒ고 안연이 안져셔 힝복을 누리랴 ᄒ고 근심을 아지 못ᄒ니 엇지 인도ㅣ라 일으리요 주인이 ᄭ지져 왈 국가ㅣ 틱평ᄒ고 사히ㅣ 무사ᄒ거늘 엇지 요

---

108) 위의 글.

마흔 걸긱이 망녕된 말노 위망이 갓갑다 ᄒ며[109]

　서촌의 한 대인 집에 들어간 걸객은 주인을 향해 나라의 위태로움을 거론하고 그에 대한 대처를 주문한다. 하지만 주인은 국가가 태평하고 사해가 무사하거늘 어찌 요망한 걸객이 망령된 말로 헛된 소리를 하는가 책망한다. 「걸객문답」은 외형상으로는 당시 국내 신문들에서 볼 수 있는 〈서사적 논설〉류의 작품과 크게 구별되지 않는다. 걸객(乞客)이 나라의 위망에 대해 걱정하는 모습이 특히 그러하다. 그러나 이 작품의 창작 의도는 나라가 처한 어려움에 대한 걱정에 있는 것이 아니다. 그보다는 현실을 직시하지 못하는 조선의 관리들을 비판하는데 있는 것이다.

　「일가일곡(一歌 一哭)」 역시 외형상 우국적 〈서사적 논설〉처럼 보이는 작품이다. 「일가일곡」에서는 천기가 청명하고 바람이 서늘한 날 서술자가 남산에 올라 위엄 있는 차림새의 두 사람을 만나 대화한 내용이 중심 서사를 이룬다. 서술자가 산 위에 오르니 먼저 올라온 사람들이 술병을 가운데 놓고, 하나는 통곡하고 하나는 노래를 한다. 서술자가 두 사람에게 가까이 다가가 그 이유를 묻자 통곡하던 사람은 이렇게 대답한다.

　　방금에 만쥬ᄉ건이 텬하에 큰 문제가 되야 혹은 일아 기쟝이 쉬우리라 ᄒ며 혹은 만한교환이 의심된다 ᄒ야 셰계 각국이 쥬목ᄒ고 일인과 아인이 정신을 가다듬으니 동양의 풍운이 엇지 될는지 몰을지라 만일 중간에 거ᄒ 한국이 니치와 외교를 바로 ᄒ야 독닙국권을 굿게 가졋스면 이갓흔 풍운이 넘녀가 업슬 거시어눌 한국의 국권을 일허바리고 어츠어피간에 흔단을 즈여니고도 오히려 위급홈을 ᄭᆡ닷지 못ᄒ야 날노 즈취멸망홀 닐만 ᄒᆡᆼᄒ니 우리 한국 인민은 쟝ᄎᆺ 남의 노복을 면치 못ᄒ리니 일임으로 통곡하노라.[110]

---

109) 「걸객문답」, 『한성신보』, 1903.4.18.
110) 「일가일곡」, 『한성신보』, 1903.9.12.

만주에서 일어나고 있는 사건들이 천하에 큰 문제가 되어 세상이 점차 불안해져 가고 있으며, 일본과 러시아가 정신을 가다듬으니 동양의 풍운이 어찌 될지 모르겠다는 것이 그의 정세 진단이다. 더불어 그는 자신이 통곡을 하는 이유를 '중간에 거한 한국이 내치와 외교를 바로 하여 독립 국권을 굳게 가졌으면 이 같은 풍운이 없을 것이거늘, 한국이 국권을 잃어버리고도 위급함을 깨닫지 못한 채 날로 멸망할 일만 행하고 있는' 현실에서 찾는다. 이렇게 되어가다가는 '우리 한국 인민은 장차 남의 노복을 면치 못할 것'이라는 근심으로 인해 그는 통곡을 멈출 수 없다는 것이다. 노래하던 사람은 다음과 같이 대답한다.

> 흥망성쇠는 텬디운슈ㅣ라 ᄒ리니 일치흥일란을 면치 못ᄒ리니 황종인이 빅종인이 되며 인토즁 쳔하던 쟈를 비에 실어다가 ᄇ다 물에 풀어ᄇ릴지라도 우려ᄒ는 자ㅣ 업스니 면ᄒ지 못홀 운슈ㅣ라 ᄒ리니 차라리 비가 일곡으로 즁심에 회포를 솟다 ᄇ리랴[111]

그가 여기서 염려하는 것은 세계정세가 이렇게 급박함에도 불구하고 정작 한국에서는 이를 걱정하는 사람들이 없다는 사실이다. 이런 상황을 피할 길이 없으니, 차라리 슬픈 노래 한 곡조로 마음 속 회포를 쏟아 버리려 한다는 것이다.

「일가일곡」의 지은이는 이 두 사람의 대화를 옮겨 적은 후 "두 사름의 말을 들으니 탄식이 나옴을 씨닷지 못홀지라. 한국에도 강개지사가 업다 ᄒ지 못ᄒ너라"[112]라는 말로 작품을 마무리짓는다. 이러한 마무리를 보면, 「일가일곡」은 「걸객문답」에서 한 걸음 더 나아간 우국 단형서사의 전형을 보여주는 듯한 착각마저 불러일으킨다. 그렇다면 『한성신보』는 어떤 의도 아래 이러한 「걸객문답」이나 「일가일곡」과 같은 유형

---

111) 위의 글.
112) 위의 글.

의 작품들을 게재한 것일까? 「결객문답」이나 「일가일곡」이 말하고자
하는 바는 한국의 독립이나 국권의 회복이 아니다. 이들 작품이 궁극적
으로 말하고자 하는 것은, '한국이 멸망을 하고 한국 인민이 장차 남의
노예가 되는 것은 면하지 못할 운수'라는 사실이다. 「일가일곡」에서 한
국이 내치와 외치를 잘못했고, 그 결과 독립 국권마저 상실했음을 강조
하는 것이나, 이런 기막힌 현실 속에서도 현 정세를 우려하는 사람들이
없다는 사실을 강조하는 것은 모두 '한국 패망론'을 부추기기 위한 것
이다. 이는 근대계몽기의 친일 작가 이인직이 탐관오리에 대한 강도 높
은 비판을 통해 관리들의 부패상을 드러내면서 '필연적 망국론'을 펼쳐
보이던 것과 동일한 수법이다.[113]

　「일가일곡」의 '일본인과 러시아인이 정신을 가다듬으니 동양의 풍운
이 어찌될 지 모를 것'이라는 지적은 러일전쟁에 대한 우려를 나타낸
것이다. '황인종이 백인종이 되고, 사람들을 배에 태워 바닷물에 풀어버
리는 일'은 러시아가 전쟁에서 승리한 후 일어날 수 있는 일을 미리 암
시한 것이다. 일본과 러시아의 충돌이 전쟁으로 이어질 수도 있고, 그
와중에 한국은 멸망하고 한국인은 노예가 될 것이며, 러시아인의 학대
를 받게 될 수 있다는 사실을 전달하고 있는 것이다. 「일가일곡」이 발
표되던 1903년 9월은 일본과 러시아의 갈등이 점차 깊어가던 시기였다.
청일전쟁 이후 중국은 세계 열강의 이권 침탈의 대상으로 전락한다. 중
국을 중심으로 대립하던 일본과 러시아는 다시 조선의 이권을 놓고 갈
등하게 되는데, 이는 그동안 일본이 확보하고 있던 우위를 위협할 만한

---

113) 이인직의 작품에는 탐관오리에 대한 비판이 매우 빈번히 등장한다. 연구자에 따라
　　서는 이를 자주독립과 국권회복을 위한 의지의 반영이라고 해석하기도 한다. 그러나
　　이는 크게 잘못된 것이다. 「혈의루」와 「은세계」 등의 작품에서 탐관오리에 대한 비판
　　이 계속 제기되는 이유는 '필연적 망국론' 제시를 위한 토대 쌓기에 불과한 것이다. 특
　　히 탐관오리에 대한 비판이 핵심을 이루는 「은세계」에서는 조선이 망할 것이라거나
　　혹은 망하기를 기대하는 장면이 무려 여섯 군데나 있다. 이에 대한 상세한 논의는 김
　　영민, 『한국 근대소설사』, 솔출판사, 1997, 253~265면 참조.

수준의 것이었다. 1902년 일본은 영일동맹(英日同盟)으로 맞서 러시아에 대한 전의(戰意)를 드러내고, 러시아와 일본은 만주를 놓고 대립한다. 러시아는 러청비밀협약(露淸秘密協約)을 통해 만주의 영구적 점령을 꾀하는 한편, 일본은 미국과 영국의 후원을 얻어 만주철병조약(滿洲撤兵條約)을 이끌어 낸다. 1903년 7월 23일 일본은 러시아를 향해 청국에 대한 기회 균등과 한국에서의 일본의 우위를 인정할 것을 요구하지만 거절당한다. 이후 러시아는 함대를 앞세워 압록강 하류 용암포를 점령하는 등 무력 행사에 들어간다. 이러한 역사적 맥락 속에서 쓰여진 작품이 「일가일곡」이다. 「일가일곡」에 등장하는 '강개지사'는 실은 강한 의지를 지닌 인물들이 아니다. 이들은 패배의식에 젖어 눈물을 흘리거나 슬픈 노래를 불러 자신을 위로하는 일 외에는 별다른 방도가 없음을 이야기하는 나약한 인물들이다. 한국의 이른바 '강개지사'들은 염세적 운명론과 패배주의를 벗어나지 못한다. 「일가일곡」을 통해 볼 수 있었던 러일전쟁에 대한 공포와 한국의 진로에 대한 패배주의적 인식은 「노상청문(路上聽聞)」으로 이어지면서 새로운 양상을 드러낸다. 급박한 세계 정세 속의 패배주의가 곧 일본에 대한 의탁이라는 새로운 길과 만나게 되는 것이다.

「노상청문」·「낙심만천」

「노상청문(路上聽聞)」은 러일전쟁 발발 직전에 발표된 작품이다. 일본이 러시아에 대해 선전포고를 한 것은 1904년 2월 10일이다. 그러므로, 이 작품이 발표된 1월 15일은 그로부터 채 한 달도 앞서지 않은 시기였다. 「노상청문」에는 전쟁을 눈앞에 둔 사람들의 심리적 초조감과 불안감이 드러나 있다. 아울러 러시아와 일본의 무력 충돌이라는 대사건을 맞아 조선이 어느 쪽을 선택하고 지지할 것인가 하는 사안 역시 초미의 관심사로 제시되고 있다. 이 작품은 "본사 사원 ᄒ나이 운동츠로 남산에 올나 비회ᄒ다가 나려오ᄂᆞᆫ디 어늬 거리를 지나노라니까 우엔 막버리군 ᄀᆞ흔 ᄉᆞ름 삼스인이 ᄭᅩᆷ방 담비ᄶᅢ를 물고 양디쪽에 둘너셔 셔로 문답ᄒᆞᆫᄂᆞᆫ디 그 ᄒᆞᄂᆞᆫ 말이 들엄직 ᄒᆞ기로 사원이 역시 권연을 붓쳐 물고 ᄉᆞ름을 기다리는 것 ᄀᆞᆺ치 쥬저ᄒᆞ며 들은즉”114)이라는 구절로 시작된다. 신문사 사원 하나가 남산에 올랐다 내려오는 길에 거리에서 만난 사람들의 대화를 듣고 옮겨 적는다는 것이다. 이는 형식상의 도입부 역할을 하는 것으로, 작품의 중심 서사인 막벌이꾼 삼사인의 대화를 전달하기 위해 설정한 인위적 장치이다. 아울러 이 구절은, 이러한 유형의 단형서사물의 작가가 '본사 사원' 즉 『한성신보』의 기자들이었음을 유추하게 한다.

「노상청문」은 러시아와 일본이 전쟁을 하게 될 경우 누가 이길 것이며, 또 조선은 누구에게 기대는 것이 이익이 될 것인가 하는 문제를 다루고 있다. 이 점에서 「노상청문」은 매우 시사성이 강하면서도 미묘한 성격을 띠고 있는 작품이다. 첫 번째 인물의 대화는 다음과 같다.

일본에서 보리를 져러케 시러드리며 군물과 병정이 밤마다 가마니 드러온다 ᄒᆞ니 참말인지 모로되 장차 아라사와 ᄊᆞ혼다고 소동이 대단ᄒᆞ야 곡가가 양돈ᄉᆞ가 올으고 취더여슈가 업게 되니 우리 버러먹ᄂᆞᆫ 사름은 난이 즁이라도 교군을 ᄒᆞᆫ든지 짐을 지든지 버러먹고 슐녀니와 그러ᄒᆞᆫ 상일도 못ᄒᆞᆫ 사름이 나가ᄂᆞᆫ ᄒᆞᆫ 양반은 엇지 살니오 어듸로 가ᄌ ᄒᆞ나 갈 티도 업고 갈 데가 잇스니 치힝ᄒᆞ야 갈 슈도 업스니 안ᄌ 죽을 밧게 슈 업ᄂᆞᆫ지라. 무슨 ᄭᆞ닭으로 일본과 아라스가 싸호ᄂᆞᆫ지 모로되 싸홀 터이면 바다에셔나 육디에셔나 두 나라 디방에셔 싸홀 터인디 남의 나라 도셩 안에셔 ᄊᆞ호랴ᄂᆞ 그러홀 니도 업슬 듯 ᄒᆞ니 남의 나라 난리로 우리나라 빅셩이 못 살게 되니 참 알 슈 업ᄂᆞᆫ 일이로다. 아마 우리나라를 ᄲᅦ스랴나 보되 우리나라 병정도 여러 천명이오 ᄯᅩ 평양 병정이 본릭 강병이오 ᄯᅩ 일본이 우리나라를 치랴 ᄒᆞ면 아라스에서 구완홀 터이니 일본이 필경 픠홀지라. 일본이 픠ᄒᆞ면 진고기와 각 디방에 잇ᄂᆞᆫ 일인

114) 「노상청문」, 『한성신보』, 1904.1.15.

을 다 드리쏫고 아라사 스룸을 의지ᄒ야 술 디경이면 그 나라는 쳔하에 강국이라 ᄒ니 다른 나라에서 우리나라을 디ᄒ야 꿈쩍홀 슈도 업고 ᄯ는 젼부터 드르니ᄭ 북도 스룸들이 술 슈 업서 두만강을 훈번 건너 그 나라 ᄯᄒ 가면 극히 후디ᄒ고 집이며 젼토며 돈을 쥬어 살게 ᄒᄂᆞᆫ 고로 우리나라 스룸이 그 곳에 드러간 스룸이 몃쳔만명인디 부즈된 스룸도 만타 ᄒ니 우리도 그와 ᄀᆞᆺ치 힘을 미오 입깃다[115]

첫 번째 인물의 입장은 일본보다는 러시아 쪽에 기울어져 있다. 그는 처음에 일본과 러시아가 전쟁을 하게 되면 우선 우리나라 양반들이 전부 앉아 죽을 수밖에 없을 것이라고 이야기한다. 이어서 일본과 러시아가 싸움을 할 것이면 자기들 나라에서나 싸울 것이지 왜 우리 도성에서 싸우려 하는가 걱정하다가, 그러한 일은 없을 것이라고 스스로 염려를 거두어들인다. 그러다가 문득 일본이 우리나라를 빼앗으려는 것은 아닌가 의심하게 되고, 그럴 경우 러시아가 구원해 줄 것인데, 일본과 러시아가 싸우면 필경 러시아가 이길 것이므로 역시 큰 걱정이 없을 것이라 생각한다. 더구나 러시아는 천하강국일 뿐만 아니라 일찍부터 우리나라 북도 사람들을 잘 보살핀 전례가 있으므로 우리에게 도움이 될 것이라는 입장을 드러내는 것이다. 이에 대해 두 번째 인물은 다음과 같은 말로 반박한다.

ᄌᆞ네 말리 그러홀 듯ᄒ나 우리가 피ᄎᆞ 무식훈 샹스룸이라 무슨 쥬견이 잇깃나마는 ᄌᆞ네 말이 대단이 무식훈 거시 소동으로 살 길 업ᄂᆞᆫ 거슨 그러ᄒ거니와 도셩에서 ᄡᆞ호고 아니 ᄡᆞ호ᄂᆞᆫ 거슨 우리의 알 비 아니나 일본이 우리나라를 치랴 ᄒ면 오날날까지 잇슬 니도 업깃고 ᄯᅩ 일아가 ᄡᆞ호ᄂᆞᆫ 곡졀은 모로나 승부를 엇지 미리 알니요 갑오을미년에 일본과 대국 ᄡᆞ홀 썩에도 대국이 승쳡훈다 져마다 ᄒ더니 도로혀 퓌ᄒᆞ얏스니 나라 대소와 군스 다과에 잇ᄂᆞᆫ 거시 아니라 일본 스룸은 아모리 타국인이라도 이웃 갓ᄒ여 말이며 졍셰를 더

---

115) 위의 글.

러 통ᄒ거니와 아라스 스룸은 인죵도 다르고 언어 사졍을 통치 못홀 뿐더러 야만의 힝스가 만타 ᄒ니 우리 ᄀᆺ흔 스룸으로 말ᄒ야도 일본이 익의면 아직 보젼홀 듯ᄒ나 만일 아라스가 익의여 일국에 가득ᄒ게 되면 나라도 온젼홀는지 모을 뿐더러 인민은 어육이 될 듯ᄒ니 ᄌᆞ네 말이 ᄂᆡ 소견과는 대단 틀나나 도시 우리 버력먹는 스룸의 알 빈도 아니오 말홀 ᄇᆞ도 아니라[116]

이 화자는 첫 번째 인물이 경계하던 일본의 침략 가능성을 부인하고 러시아에 대해 강하게 비판한다. 그는 일본이 우리나라를 치려고 하였으면 벌서 쳤을 것이며 지금까지 그냥 있었을 리가 없다는 말로 일본을 두둔한다. 러일전쟁의 승패에 대해서도 다른 의견을 제시한다. 과거 일본과 청나라가 싸울 때에도 저마다 청나라가 이길 것이라 하였으나 결국은 일본이 승리했다는 사실을 거론하면서, 싸움의 승패는 나라의 크고 작음과 군사의 많고 적음에만 달려 있지 않다는 점을 강조하는 것이다. 이 대화의 핵심은 "일본 스룸은 아모리 타국인이라도 이웃 갓흐여 말이며 졍셰를 더러 통ᄒ거니와 아라스 스룸은 인죵도 다르고 언어 사졍을 통치 못홀 뿐더러 야만의 힝스가 만타 ᄒ니 우리 ᄀᆺ흔 스룸으로 말ᄒ야도 일본이 익의면 아직 보젼홀 듯ᄒ나 만일 아라스가 익의여 일국에 가득ᄒ게 되면 나라도 온젼홀는지 모을 뿐더러 인민은 어육이 될 듯ᄒ니"라는 부분에 있다. 일본은 그들이 비록 타국인이라 해도 우리에게는 이웃과 같다는 것이다. 우리는 일본과 말도 서로 통하고 정세도 서로 잘 알지만, 러시아 사람은 인종도 다르고 언어도 달라 서로 사정을 통할 수 없다. 더구나 러시아인들은 야만적인 행동이 많다 하니, 전쟁에서 일본이 이기면 우리는 나라도 보전하고 우리 자신도 별 탈이 없을 것이나, 러시아가 이기면 나라도 온전할 수 없을 뿐더러 인민은 어육 신세가 되고 말리라는 것이다. 「노상쳥문」은 그 마무리를 "우리 버력먹는 스룸의 알 빈도 아니오 말홀 ᄇᆞ도 아니라 ᄒ고 셔로 웃드라더

---

116) 위의 글.

라"117)라는 말로 가볍게 처리한다. 하지만 여기서 글쓴이가 말하고자 하는 바는 너무나 명백하다. 러시아와 일본 사이의 전쟁에서 이겨야 할 나라, 그리고 이길 수 있는 나라가 어느 쪽이며, 조선이 믿고 지지해야 하는 나라가 누가인가에 대해 이야기하고 것이다.

「낙심만천(落心萬千)」은 러일전쟁을 하루 앞 둔 1904년 2월 7일에 발표된 작품이다. 이 글에서는 대한제국 조정에 대한 일본의 기대가 '낙심천만'이 되었다는 사실을 말하고 있다.

古有一婦가 姿色이 絶妙ᄒ야 眉幻初月ᄒ고 眸凝秋水ᄒ며 齒若編貝ᄒ고 脣[脣]如結櫻ᄒ며 腰軟弱柳ᄒ고 頰積嫩桃ᄒ야 一笑而生百媚ᄒ고 含羞而 最多情이라. 嫁入于豪家冶郎ᄒ야 酷被郎君之愛ᄒ야 做得鴛鴦之樂ᄒ고 酣 沈雲雨之蔓[夢]ᄒ디 護之如花ᄒ며 耽之如香을 不若蜂蠆之狂暴ᄒ며 洽似 蝴蝶之溫存ᄒ야 猶恐吹飛握破ᄒ며 暫不相離ᄒ디 食則同棧ᄒ며 坐則接膝 ᄒ며 立則幷肩ᄒ고 行亦握手ᄒ야 互相愛憐故로 世人니 謂之幷帶蓮이라 ᄒ더니 一日은 右婦가 神氣頻惱ᄒ야 擁衾伏枕ᄒ야 殆過三兩日 則乃大行 痘疹이라. 骨格異於幼兒ᄒ고 勢度太過 疹子遍身의 口鼻을 難分이러니 及 其慣濃汲收黷 則滿面痂痕니 似豆粥乾皮ᄒ야 鼻梁斜低ᄒ고 眸眦偏歒ᄒ며 髮落而踈ᄒ고 聲重而嘶ᄒ야 自照粧鏡ᄒ니 化作一醜母라. 自此로 郎君니 頓不欲相近以望ᄒ니 落望之甚니 莫過於此也로다. 近來韓廷이 以日俄交涉 으로 和戰을 未判ᄒ야 中外疑慮ᄒ다가 俄然得一個妙算ᄒ야 密議於閨閣之 內ᄒ고 潛使於思想之外ᄒ야 發中立聲明於各國이러니 內外報道가 俱曰 該 聲明之於時局에 可無寸毫之效力云ᄒ고 且露兵八千니 方向鴨綠江云ᄒ니 此之落望도 亦莫甚也로다.118)

이 글의 서사 부분은 금실 좋은 부부의 이야기로 채워져 있다. 얼굴이 아름답고 맵씨가 고운 아내를 끔찍이 위하는 남편이 있었다. 그는 한시도 아내와 떨어져 있으려 하지 않았다. 그러나 부인이 천연두에 걸

---

117) 위의 글.
118) 「낙심만천」, 『한성신보』, 1904.2.7.

려 얼굴이 망가지게 되자 그는 아내를 쳐다 보지도 않으려 하고 거리를 두게 된다. 이 글은, 러시아와 일본 사이에서 중립을 표방하며 일정한 거리를 두고 지켜보는 대한제국 조정의 태도에 대한 일본의 서운함을 드러낸 것이다.

1900년대 이후 집중적으로 발표되는 「시정수작」·「부신담화」·「걸 객문답」·「일가일곡」·「노상청문」·「낙심만천」 등의 단형서사 자료들은 근대계몽기의 여타 국내 신문에서 흔히 발견되는 〈서사적 논설〉의 형식을 취하고 있다. 이들 작품은 여타 신문의 〈서사적 논설〉들이 그러하듯이 시사성을 띠면서 글쓴이의 주장을 함께 드러낸다. 국내 신문에서 〈서사적 논설〉이 등장하기 시작한 것은 1890년대의 일이다. 〈서사적 논설〉은 『매일신문』·『독립신문』·『그리스도신문』·『황성신문』·『제국신문』 등에서 어렵지 않게 발견할 수 있는 서사문학 형식이다. 〈서사적 논설〉의 주요 특징은 첫째, 작가가 밝혀져 있지 않으며 둘째, 우화적이거나 비현실적 소재를 다루더라고 그것을 이용해 현실의 문제에 깊이 관여하고 있고 셋째, 한글로 쓰인 경우가 대부분이며 넷째, 액자 구성의 기법 등을 다양하게 활용하고 다섯째, 토론체와 문답체 등 다양한 형태로 이야기를 끌어간다는 점이다.119) 국내 여러 신문에 수록된 〈서사적 논설〉에서 공통적으로 발견되는 이러한 특징들은 『한성신보』 소재 단형 서사 자료에도 대부분 그대로 적용할 수 있는 것들이다. 그런 점에서 보면, 『한성신보』가 1900년대 이후 이러한 〈서사적 논설〉류의 단형서사 자료들을 수록하게 되는 데에는 여타 국내 신문의 영향이 적지 않았던 것으로 판단된다.

1900년대 이후 『한성신보』의 서사문학 자료들에서 발견되는 친일적 성향은 1890년대 자료인 「신진사문답기」 등에서도 이미 볼 수 있는 것이었다. 그러나 1900년대 이후 자료에서는 우리나라 조정 관리의 무능

---

119) 김영민, 『한국 근대소설의 형성 과정』, 소명출판, 2005, 16면 참조.

력과 무소신 등에 대한 적극적 비판이 첨가된다는 점이 우선 구별된다. 그런가 하면, 러일전쟁의 가능성 등이 작품에 반영되면서 서사 자료의 정치적 성격도 더욱 강해진다. 즉 1900년대 이전 자료에 비해 현실성뿐만 아니라 정치성 역시 강해지는 것이다. 「경국미담」과 같은 일본 정치소설의 등장 역시 이와 연관된 맥락에서 이해할 수 있다.

「경국미담」·「목동애전」

「경국미담」은 『한성신보』 소설란에 수록된 작품 가운데서는 유일하게 국한문체로 된 작품이다. 『한성신보』의 국한문 자료들은 보통 잡보란이나 기서란에 수록되어 있다. 이는 『대한매일신보』 등 여타 국내 신문의 경우와 유사한 것이기도 하다. 『대한매일신보』의 경우를 보면, 국문판에 실린 작품들은 물론이고 국한문판에 실린 작품조차도 '소설'란에 수록된 작품은 모두 순한글로 되어 있는 것이다. 참고로, 1910년 이전까지 근대계몽기 신문에 실린 수 백 편의 서사문학 작품들 가운데 소설이라는 명칭이 붙어 있는 작품은 대략 100여 편 정도이다. 이들 가운데 순한글이 아닌 작품, 즉 국한문혼용으로 된 작품은 오직 단 두 작품뿐이다. 그 가운데 하나가 바로 『한성신보(漢城新報)』에 수록된 번역소설 「경국미담(經國美談)」이며 다른 하나는 『황성신문(皇城新聞)』에 수록된 작품 「신단공안(神斷公案)」(1906.5.19~12.31)인 것이다. 1910년대 『매일신보(每日申報)』의 경우를 살펴보아도 이는 큰 차이가 없다. 『대한매일신보』의 경우는 동일한 작품이 두 가지 문체로 발표된 적도 있다. 「슈군의 뎨일 거록흔 인물 리슌신젼」(국문판, 1908.6.11~10.24)과 「동국에 뎨일 영걸 최도통젼」(국문판, 1910.3.6~5.26)은 「水軍第一偉人 李舜臣」(국한문판, 1908.5.2~8.18)과 「東國巨傑 崔都統」(국한문판, 1909.12.5~1910.5.27)로 각각 문체를 달리하여 연재 발표되었던 것이다. 여기서 간과할 수 없는 점은 한글 판본들인 「슈군의 뎨일 거록흔 인물 리슌신젼」과 「동국에 뎨일 영걸 최도통젼」은 모두 소설란에 실리지만 국한문혼용 판본은 그렇지 않다는 사실이다. 「水軍第一偉人 李舜臣」과 「東國巨傑 崔都統」은 모두 '소설'이 아니라 '위인유적(偉人遺蹟)'란에 실려 있다. 그렇다면 순한글 신문에만 '소설'이라는 표기를 한 이유는 무엇인가? 그 중요한 이유 가운데 하나는 한글 독자에게는 '소설'이 유인력이 있는 어휘였지만, 국한문혼용 독자에게는 그렇지 않았다는 점에 있다. 근대계몽기의 '소설'은 곧 '한글' 독자를 떠올리는 문학 양식이었다고 볼 수 있는 것이다.120)

이렇게 보면 『한성신보』가 소설란에 국한문 작품 「경국미담」을 수록했다는 점은 이해하기 어려운 현상으로 받아들여진다. 더구나 앞에서 정리한 바, 『한성신보』는 편집 계획을 세우면서 소설란을 국문으로 채우겠다고 단언한 바도 있기 때문이다. 하지만, 「경국미담」의 성격을 살펴보면 이 작품이 왜 국한문으로 발표되었는가 하는 점을 알 수 있다. 「경국미담」은 일본의 정치소설을 번역한 것이다. 이 작품의 핵심은 전제적 군주제를 타파하고 민권중심의 새로운 정치체제를 수립해야 한다는 정치적 입장을 강조하는 데 있다. 구성 또한 스토리를 중심으로 한 극적 구성이 아니라 설명과 주장을 중심으로 한 나열적 구성이다. 『한성신보』의 편집자는 이 작품을 특정한 정치적 목적, 즉 입헌주의의 도입이라는 목적을 갖고 번역한 것으로 짐작이 된다. 「신진사문답기」에서 조선이 본받아야 할 일본의 제도 가운데 하나로 입헌주의를 제안했다는 점을 보더라도 이는 짐작이 가는 사안이다.121) 「경국미담」은 1904년 10월 4일부터 11월 2일까지 총 16차례에 걸쳐 연재 발표되었으며, 완결

---

120) 이에 대한 더욱 자세한 논의는 김영민, 『한국의 근대신문과 근대소설 1-대한매일신보』, 소명출판, 2006, 제2장 참조.

121) "이 소설의 내용은 전제정치(專制政治)를 배격하고 민정(民政)을 주장하고 있는 점으로 미루어 한국(韓國)의 왕정(王政)을 반대하는 개혁과 정치인들의 사기진작(士氣振作)을 위한 의도에서 된 것으로 보인다. 그렇다면 이 소설을 게재한 저의도 일본제국주의(日本帝國主義)의 한국침략(韓國侵略)을 위한 길닦기로 봄도 무리는 아닐 것이다"(한원영, 앞의 책, 263면)라는 해석도 의미가 있다.

되지 않고 중단되었다.[122]

『한성신보』는 「경국미담」의 연재에 앞서 다음과 같은 취지를 밝힌 바 있다.

此篇은 日本 大調伯 矢野龍溪氏가 距今 二十年前에 著作홈이니 當時 日本 有志少壯이 人購一本ᄒ야 行吟走誦의 癖를 成ᄒ더니 今日 韓國政界에 有志人士가 忘身愛國에 改善之志를 皆抱ᄒ엿시니 此時에 此篇를 演讀홈미 士氣振作에 大效가 生ᄒ리니 文法平易ᄒ고 結搆雄大함은 此篇 特色이요 士志慷慨ᄒ고 經綸卓拔홈은 此篇 特質이니 愛讀을 得ᄒ면 譯者 幸甚이로소이다.[123]

「경국미담」의 번역자는 이 작품이 20년 전 일본 작가 야노 류케(矢野龍溪)가 지은 것임을 밝힌다. 아울러 20년 전 일본에서 그랬던 것처럼, 이 작품이 한국 정치계의 뜻있는 인물들의 사기 진작에 도움이 될 것으로 기대한다. 『한성신보』의 편집자는 이 글을 일반 대중이 읽을 것이라고는 생각하지 않았다. 『한성신보』가 「경국미담」을 소설란에 게재하기는 했지만, 소설란의 주요 독자들인 '어린아이와 부녀자'에게 이 글을 읽히려는 의도는 없었던 것이다. 「경국미담」은 지식인 독자를 상대로 한 것임에 틀림이 없었고 따라서 국한문으로 발표되는 것이 당연했다. 이 작품이 '소설'란에 실린 이유는 일본 작품에 붙어 다니던 '정치소설'이라는 수식어를 그대로 살리려 했던 때문이며 그 밖의 특별한 이유는 없었던 것으로 보인다. 원전에 붙어 다니던 수식어로 인해, 통상적으로 국문 작품이 실리는 『한성신보』의 소설란에 국한문 작품인 「경국미담」이 예외적으로 실리게 되었던 것이다.

---

122) 11월 2일자에 별다른 표기 없이 더 이상 연재가 되지 않는다. 일본에서 간행된 「경국미담」은 전편과 후편 두 권으로 되어 있다. 『한성신보』에 발표된 부분은 전편의 일부이다. 이에 대한 상세한 논의는 호테이 토시히로, 앞의 글, 18~24면 참조.

123) 「경국미담」, 『한성신보』, 1904.10.4.

1900년대 이후 『한성신보』에 실린 서사문학 자료 가운데 소설란에 실린 또 다른 작품으로는 「목동애전(木東崖傳)」을 들 수 있다. 「목동애전」은 등장인물의 이름이 낯설고, 작품 속 사건의 무대 가운데 일부가 런던인 것 등으로 미루어 볼 때 우리의 전래적 작품이 아님은 분명하다. 「목동애전」은 다양한 등장 인물이나 상황 설정 등으로 미루어 볼 때 비교적 길이가 긴 번역물이었을 것으로 추정이 된다. 현재 확인할 수 있는 자료는 7회 연재 분량밖에 되지 않으며, 그것도 작품의 중간 일부이다. 다음에 인용하는 부분은 현존하는 자료 서두의 일부이다.

목동이가 광경귀학의 집에 처소를 증후고 그 부인과 노부인게 인사를 일우고 션물을 드리며 씨씨로 노부인 압혜 가셔 한담셜화로써 소견을 후게 후즉 그 노부인은 비록 안밍이로되 본리 지식이 잇는 부인으로 정신은 의젼훈지라 심히 목동이를 사랑후야 손즈와 곳치 알더라.

그러구러 시일이 지니미 완리공화의 집 소문을 즈셰이 들으니 완리공화는 본리 형뎨 뿐이라 그 형 완리후칙이 잇셔 위인이 괴걸후고 혹문이 슉셩후더니 불힝 죠졸후니 처즈도 업고 담은 완리공화 뿐인디 그 죠모가 이 씨까지 성존후엿스니 년긔가 근 구십이라 본리 인약훈 부인이 겸후야 노혼홈이 가완는 전연부지후고 완리공화가 젼당후고 잇다가 의외에 횡스훈 후에 완리만셔가 드러와셔 그 집 가스를 총찰후니 완리만셔는 스리공화의 스촌이라. 완리공화의 쯧혜 샴촌 후나히 잇셧스니 완리필증이라. 완리필증이 일즉 쥬식에 침혹후야 쟈긔에 가산을 탕픽후고 또훈 향슈지 못후야 일즉 죽으미 으돌 후나를 두엇스니 완리만셔ㅣ라. 완리만셔가 또훈 덕업을 힘쓰지 안고 헛되이 부귀만 원후고 지니더니 홍샹 론돈에 가셔 셰월을 보닐 시 남은 지산을 마져 허비후고 샤치를 과도히 후며 거짓말노 과쟝후기를 죠하후더니 론돈 사룸 중에도 쟈항 소문을 들은 쟈는 완리씨의 부쟈인 줄은 다 아는지라. 완리만셔의 허랑훈 줄은 아지 못후고 담은 쟈항의 쥬인으로 알고 교분을 둣터이 후기를 원후ᄂᆞᆫ지라. 일엄으로 론돈에셔 일홈이 놉하지고 과분훈 디졉을 밧더라.[124]

_____

124) 「목동애전」, 『한성신보』, 1902.12.7.

이 인용문을 보면 매우 다양한 등장인물과 복잡한 인간관계가 이 작품의 바탕을 이루고 있음을 알 수 있다. 「목동애전」은 부분적으로 탐정소설의 분위기도 띠고 있으나, 작품의 전모에 대해서는 단정하기 힘들다.[125]

---

125) 「목동애전」은 이른바 최초의 신소설 논의를 불러일으키기도 했으나, 이는 신소설의 개념에 대한 오해에서 비롯된 것으로 생각된다. 신소설 개념에 대한 오해와 연구의 오류에 대한 자세한 논의는 김영민, 「근대계몽기 문학 연구의 성과와 과제」, 『인문연구』 제50호, 영남대 인문과학연구소, 2006, 21~48면 참조.

제6장
『한성신보』 소재 서사 자료의 특질과 의미

①현재『한성신보』는 원전 발굴이 완전히 마무리 된 상태가 아니다. 따라서『한성신보』가 언제부터 서사문학 자료를 수록하기 시작했는가에 대해서는 단언할 수 없지만, 현존하는 지면들에는 대부분 서사문학 자료가 수록되어 있다.『한성신보』가 이렇게 적극적으로 서사문학 자료를 수록한 것은, 일본의 소신문들이 서사문학 자료를 통해 대중성을 확보했던 일과도 연관성이 깊다.『한성신보』가 창간되던 1895년 무렵은 일본의 대표적 소신문들인『요미우리신문[讀賣新聞]』이나『조일신문(朝日新聞)』뿐만 아니라, 대신문들인『동경일일신문(東京日日新聞)』·『우편보지신문(郵便報知新聞)』들도 소설을 통해 대중성 확보를 꾀하고 있었던 시기였다.『한성신보』의 초기 서자문학 자료들은 대부분 국한문혼용체로 되어 있다. 당시 국한문혼용체는 지식인의 문체였다. 따라서『한성신보』가 창간시 일본인과 조선인을 동시에 독자로 삼았으면서도, 조선인 가운데서는 특히 지식인들을 주된 독자층으로 삼았음을 알 수 있다.

②『한성신보』는 1896년 5월 지면 개량 계획을 세우고 적극적으로

국문 서사 자료를 수록하기 시작한다. 『한성신보』가 국문 서사 자료를 수록하게 된 것은 당시의 사회적·정치적 상황과 연관성이 매우 깊다. 『한성신보』의 실질적 발행 주체인 일본 공사관과 외무성은, 아관파천 등으로 인한 정치적 곤경 탈출을 위해 국문 소설을 통한 대중 독자의 확보를 시도했다. 『한성신보』에 수록된 첫 번째 한글 소설 「조부인전」은 주인공이 온순한 성품의 요조숙녀를 지향하다가, 장부의 기상을 지닌 여걸로 변신하는 이야기이다. 「조부인전」의 연재는 당시 한글 소설의 주요 독자가 여성이라는 점을 염두에 둔 것이다.

③『한성신보』의 초기 서사문학 자료들은 모두 잡보란에 수록되어 있다. '잡보(雜報)'라는 용어는 원래 우리나라에서는 사용하지 않던 용어였다. 근대계몽기 이전에는 개인 문집(文集) 등의 경우에도 잡보라는 용어를 활용해 서사문학 자료를 수록한 경우가 전혀 없었다. 따라서 『조선신보』가 처음으로 사용하기 시작했고, 『한성신보』가 이어서 사용했던 이 용어가 일본에서 수입된 것임은 분명하다. 일본 신문들의 경우 잡보란은 대신문에서부터 존재했었지만, 대신문의 잡보란이 정치·경제 및 해외 관계물을 다루던 지면이었던 것에 반해 소신문의 잡보란에서는 화류(花柳)와 경찰 그리고 연예물 등에 대한 관심이 집중되었다. 소신문의 잡보란에 게재되는 기사들은 독자들에게 매우 재미있는 읽을거리였다. 소신문의 '잡보'는 곧 '읽을거리'로 인식되어 갔던 것이다. 『한성신보』의 '잡보'도 이와 크게 차이가 나지 않는다. 『한성신보』의 잡보란 운용은 이후 국내 여러 신문에 영향을 미친 것으로 보인다.

④『한성신보』는 1897년 1월, 국내에서 발행된 신문으로는 처음으로 '소설'란을 마련한다. 「상부원사해정남」이 소설란에 실린 첫 작품이다. 하지만 잡보란의 작품들과 소설란의 작품들 사이에 특별한 차이가 있는 것은 아니다. 그뿐만 아니라, 소설란에 수록된 작품들 상호간에도 특별한 공통점을 발견하기 어렵다. 이들 작품의 성격은 전래 야담류부터 일본 정치소설에 이르기까지 매우 다양했다. 길이도 한 회로 끝나는 작품

이 있는가 하면 여러 회 연재 발표된 작품도 있었다. 이런 점들로 미루어 볼 때, 『한성신보』 편집자에게 특별히 소설이라는 양식에 대한 구체적 개념이 정립되어 있었다고는 생각하기 어렵다. 야담류·고소설류·번역 소설류를 모두 '소설'이라는 하나의 용어 속에 담아내고 있는 것이다. 『한성신보』는 소설란을 마련한 이후에도 잡보란에 서사문학 자료를 병행 수록했다. 당시 일본에서 발행되던 신문들이 잡보란과 소설란을 명확히 구분하지 않았다는 점도 이러한 현상의 중요한 요인이 될 수 있다.

⑤『한성신보』 소설란에 실린 자료들은 「경국미담」 한 편을 제외하면 모두 한글로 되어있다. 이는 소설란을 국문으로 채워가야 한다는 편집 방침을 반영한 것이었다. 『한성신보』의 발행 주체들은 소설란의 성격을 각종 이담과 속설을 중심으로 하며, 대상 독자를 어린이와 부녀까지 포함시킨다는 계획을 세우고 이 난을 운용했다. 소설란을 오락적 기능과 더불어 궁극적으로는 계도의 기능을 갖춘 난으로 꾸려가겠다는 의지를 드러냈던 것이다.

⑥『한성신보』는 대개의 경우 서사문학 자료의 작가를 밝히지 않았다. 번역물의 경우도 번역자를 밝히지 않았다. 이렇게 작가나 번역자의 이름을 밝히지 않은 이유는 원고 집필의 최종 책임자가 신문사 내부의 인물이었기 때문이다. 서사문학 원고의 집필 및 번역 작업은 대부분 편집기자들이 담당했을 것으로 추정된다.

⑦『한성신보』의 창간 목적은 일본의 한반도 침략 정책과 연결되는 것이었다. 특히 청일전쟁 개전과 함께 한국에 대한 침투를 강화해 나가던 일본으로서는, 한국의 '보호국화' 및 일본에 대한 한국인의 우호적 여론 형성의 필요성을 강조하며 신문 발간을 추진해 나갔던 것이다. 『한성신보』가 서사문학 자료를 수록한 목적 역시 한국인을 상대로 한 우호적 여론 형성과 계도에 있었다. 이는 친일성과 계몽성의 동시 제고를 염두에 둔 것이다. 1890년대 이전 자료에서는 「신진사문답기」가 이를 대표적으로 보여준다. 「신진사문답기」에서는 조선이 본받아야 할 가

장 모범적인 문명 개화국이 일본이라는 사실이 다각적으로 제시된다.

⑧『한성신보』소재 서사문학 자료의 성격은, 시간이 지나면서 점차 친일 계몽적인 것으로만 집중된다. 특히 『한성신보』 발간 후기(後期)라 할 수 있는 1900년대에 들어오면 이것이 확연히 드러난다. 한국 내 일본의 정치적 발언권이 점차 강해지면서 『한성신보』소재 서사문학 자료들의 친일적 정치성도 더욱 강력해지는 것이다. 「시정수작」이나 「걸객문답」에서는 조정 대신들의 무능함을 비판한다. 조정 대신들에 대한 불신과 비판은 「일가일곡」에 이르러 한국 필망론으로 이어진다. 「부신담화」와 「노상청문」 등에서는 조선이 의지해야 할 나라가 일본임을 노골적으로 드러낸다. 「노상청문」은 러일전쟁을 목전에 두고 발표된 작품이다. 여기서는 일본에 대한 조선 사람들의 지지를 이끌어 내려는 의도가 여실히 드러난다. 이런 유형의 작품들은 『한성신보』의 창간 목적을 충실히 구현한 전형적 작품이다. 1900년대 중반 「경국미담」과 같은 일본 정치소설을 번역해 싣게 되는 것 또한 이러한 맥락에서 이해할 수 있는 현상이다.

⑨1900년대 이후 『한성신보』에 실리는 자료들은 초기 자료들에 비해 두 가지 점에서 적지 않은 차이를 보인다. 첫째, 과거부터 전래되어와 세간에 떠돌던 서사물의 재수록보다는 순수 창작물을 수록하게 된다는 점. 둘째, 시사성이 높은 소재를 선택해 현실에 대한 직접적인 비판을 시도하거나 이를 통해 글쓴이의 의도를 강하게 드러낸다는 점. 이 경우는 일본에 대한 친밀한 감정을 유도하거나, 일본을 지지하는 정치적 발언을 하는 일로 이어진다.

⑩1900년대 이후 『한성신보』의 서사물들이 정치적 입장을 분명히 표현할 수 있었던 것은 당시의 국제 정세와 관계가 깊다. 청나라, 러시아 등과 줄다리기를 하며 한국 내에서 입지를 확보해 가던 일본은 시간이 지날수록 유리한 입장을 선점한다. 1890년대 중반 청일전쟁에서의 승리는 물론이고, 1900년대 초반 일본이 러시아와의 경쟁에서 뒤처지지 않았다는 점은 『한성신보』 편집진에게 점차 적극성을 심어주게 된다. 1903년

무렵의 『한성신보』의 서사문학 작품들은, 러일전쟁을 앞둔 시점에서 일본에 대한 조선의 지지를 이끌어내려는 의도를 직접 반영하기 시작한다.

⑪『한성신보』는 뒤이어 창간되는 국내 신문들이 서사문학 자료를 수록하는 데에 일정한 영향을 미친 것으로 볼 수 있다. 『한성신보』에 수록되었던 고담류의 이야기들이나 번역 및 번안물, 역사전기물들은 근대계몽기의 다른 신문들에서도 많이 발견된다. 예를 들면 『경향신문』 소설란에 게재되는 장·단형 서사문학 자료들과 『한성신보』에 수록되었던 서사문학 자료들은 유형상 적지 않은 유사성을 띠고 있다. 『경향신문』 소설란의 단형 서사 자료의 상당수는 고담(古談)류였고, 장형 서사 자료의 경우는 「파선밀사」처럼 번안으로 추정되는 작품이다. 물론, 국내 근대계몽기 신문이 서사 자료를 편집·수록하면서 『한성신보』의 경우를 그대로 본받았다고는 말할 수 없다. 하지만, 이들이 참조한 중요한 선례 가운데 『한성신보』가 들어있었다는 점은 부인할 수 없다.

⑫ 1900년대 이후 『한성신보』에 게재된 서사문학 자료들 가운데 일부는 그 성격이 국내 여타 신문들이 일찍부터 게재하던 〈서사적 논설〉과 매우 유사하다. 1900년대 이후 『한성신보』에서 발견되기 시작하는 「해적초멸」, 「시정수작」 등 〈서사적 논설〉류의 단형 서사문학 자료는, 『그리스도신문』이나 『독립신문』·『매일신문』 등 국내 근대계몽기 신문의 논설란이나 잡보란에서 손쉽게 발견할 수 있는 것이다. 『한성신보』는 이러한 유형의 자료들을 논설란에는 수록하지 않았고 주로 잡보란에 수록했다. 이러한 유형의 자료들은 『한성신보』가 여타 국내 신문에서 영향을 받아 창작 수록하기 시작한 것으로 판단된다. 『한성신보』는 일본인이 편집의 책임을 지고 발행한 신문이었으므로 국내의 여타 신문들과는 적대적 경쟁 관계에 놓여 있었다. 하지만, 서사문학 자료를 창작·수록하는 일에는 국내의 다른 신문들과 적지 않은 영향을 주고받았던 것으로 판단된다.

제2부
자료편

:: 일러두기

1. 이 자료집은 『漢城新報』에 게재된 서사문학 작품 중 확인 가능한 자료들을 모은 것이다.

2. 표기는 원문에 충실하되 띄어쓰기만 현대 어문규정에 맞게 고쳤다. 맞춤법과 줄바꾸기와 들여쓰기의 경우는 원문을 그대로 따랐다.

3. 자료의 표제 표기 순서는 다음과 같다.

   ① 저자가 밝혀져 있는 경우는 먼저 저자 이름을 표기했다.

   ② 제목 다음은 날짜를 표기했다.

   ③ 날짜 뒤에는 글이 게재된 신문의 난 이름을 표기했다. 난 이름의 표기 방식은 원본을 그대로 따랐다.

   ④ 연재된 글인 경우 매회 날짜를 표기했다.

4. 자료에 사용된 부호와 기호는 다음과 같다.

   ① 본문 가운데 해독 곤란한 글자 : □

   ② 해독 불가능한 글사 중 문맥상 추성 복원이 가능한 경우 : □[ ]

   ③ 원문에서 명백한 인쇄상의 오류인 글자 : 오류글자[ ]

   ④ 원문에서 사용되는 각종 기호들과 한자 표기시의 ( ) 등은 원문을 그대로 따랐다.

001 拿破崙傳

1895년 11월 7일

第一 歐洲大亂의 發端

權力平均 四字と 歐洲 天地를 分排호야 極히 微弱게 호야도 外觀으
로と 寧靜平和를 裝호と 쓰롤 當호야 猝然이 그 中腹에셔 一大事變이
起호니 非他 ㅣ라 佛國의 부루본 王家의 顚覆 ㅣ 此也 ㅣ니 佛國 皇帝
루이十六世가 革命黨의게 被弑호 事實이라 이 急激호 現象은 實로
歐洲 天地를 震撼攪拌호미라 然而列國의 君主と 써호더 自國의 至大
호 關係라 호고 쏘 君主가 自己의게도 가장 痛激호 影響이 及홀가 恐
怖호야 共和政體의 根基가 堅固키 前을 乘호야 殄滅코자 호야 於是
에 墺大利 普魯西 和蘭 西班牙 英吉利 諸國이 同盟호야 佛國共和政
府를 向호야 開戰호믈 宣言호니 져 歐洲 全土를 震蕩호 大爭亂이 於
是에 發端호니라

於是에 同盟諸國은 海陸軍을 起호야 佛國을 侵入호고자 홀시 然而國
內에셔도 쏘호 過激호 革命을 올치안타 호と 徒黨이 多호고 주롬府
民도 가장 이거슬 不可라 호야 同盟軍中 英軍을 府內에 誘入호야 守
備를 嚴케호고 革命軍을 當홀시 주롬府란 싸은 地中海를 面호 要港이
라 此地를 同盟軍의 占領이 되면 革命軍의 困難은 不可形言이라 於

是에 革命政府ㅣ 가루도를 拜ㅎ야 주론府 征討軍 總督을 삼아 急히
命ㅎ야 進發陷落ㅎ라 ㅎ니

世界에 巨人 拿破崙 보나바도ㅣ 絶世호 大手腕과 大技量이 잇스미
아직 風雲隊會의 權를 엇지 못ㅎ고 轗軻落魄 ㅎ얏다가 此時에 가루도
의 下屬이 되야 주론 征討軍을 從하야 砲兵 若干을 率ㅎ고 進發ㅎ니
時年이 二十六이러라

第二 拿破崙의 初陣

千七百六十九年 八月 十五日에 地中의 고루시가라 ㅎ는 一孤島에 아
지야시오府 貴族 지야루쓰, 보나바루도와 其妻 레지시아, 라모리니,가
호 寧馨兒를 生ㅎ니 拿破崙 보나바도ㅣ라

져의 年이 七歲에 父를 伴ㅎ야 備國 首都 巴里에 赴ㅎ얏다가 後에 去
ㅎ고 부리엔쓰 兵學校에 入ㅎ니 時年이 十歲라 學業이 大進ㅎ야 特이
敎師의 信用호비되야 그 推薦으로 巴里帝國兵學校에 入ㅎ니 年이 十
四歲라 螢雪의 勞를 積호지 三年은 卽 千七百八十五年 八月이니 年
이 十六歲에 滿호지라 擢ㅎ야 步兵少尉를 拜ㅎ얏다가 千七百八十七
年에 中尉에 進ㅎ야 우아란쓰 分營에 成ㅎ고 千七百九十二年에 累進
ㅎ야 砲兵大尉에 進ㅎ고 翌年 夏에 乘間ㅎ야 고루시가 島에 歸ㅎ야
其母를 見홀시 時에 고루시가의 老將 바오리 向時에 該島ㅣ가 佛國에
兼並됨을 恨ㅎ야 그 獨立을 計畫다가 不成함을 憤ㅎ야 空然이 고루시
가島를 英國게 獻코자 ㅎ눈지라 拿破崙도 쏘호 고루시가의 獨立함을
企望ㅎ나 然이나 呵少호 彈丸黑子 一孤島로쎠 成事치 못함을 알고 英
國게 시로 讓與홀진딘 차라리 依然이 佛國附庸되미 낫다 ㅎ고 斷然이
바오리와 相反되야 佛國營兵를 助코자 ㅎ니 佛將 셰리셋지가 暫時 拿
破崙으로 ㅎ야곰 該國軍砲隊 指揮官을 삼아쎠 도레지가 비데로城을
拔ㅎ니 此處는 首府 아지야시오의 附近호 要衝이니 老將 바오리 島民
을 煽動ㅎ야 大兵을 起ㅎ야 防守ㅎ눈비라 那翁이 舊鬪激戰ㅎ야 호번

에 陷入하얏스나 다시 敵軍에 重圍를 受하야 後援이 不來하고 糧食이 不繼혼지라 그 지팅키 難함을 알고 航海하야 佛國에 逃歸하니 이 實로 天成 戰鬪兒 那翁의 第一番 從軍이러라

於時에 英國이 바오리를 救援하야 보니고 那翁의 一家를 島外에 逐하거늘 擧家ㅣ 逃亡하야 佛國 마루셰유에 至하야 留하니 爾後로 那翁이 고루시가島를 싱각지 아니하고 佛國으로써 그 故鄕을 삼더라 (未完)

1895년 11월 9일

(續)

第三 주론의 陷落(上)

於時에 나보례언이 무론 征討軍을 從호야 가루도의 陣營에 馳赴호니 가루도의 性이 驕傲호고 兵事를 不知호고 나보례언을 甚이 薄待호며 그 助力을 求치 아니혼다 호야 大語를 出호더라 나보례언이 軍營을 巡行호야 兩軍의 按排를 觀察호니 佛軍이 配置를 失宜호고 敵은 二個 堅壘을 府 一偏에 起호고 또 다른 혼편에는 마루보쓰구라 稱호는 脆弱혼 一小壘를 置호엿는지라 도릿케 佛軍의 堡壘를 보니 그 大砲는 다 敵壘를 距호야 갓가이 在호니 디기 渠等은 舊來의 死法을 墨守호야 敵丸의 攻擊을 受호는 곳에 在호야 敵을 射擊코자 호야 實로 指定혼 것 업시 彈丸을 飛호기만 호는 愚策이라 나보례언이 將校를 召集호야 各部 大砲를 集호야 全혀 陣烈을 改호니 二百門 大砲를 一號令下에 可以運轉發射헐지라 그러나 渠의 計策은 此에 잇지 아니하고 나아가 가루도를 달니에 攻圍호는 方法를 一變코자 호미라

나보례언의 計劃은 今日에 안져보면 至簡至明호고 또혼 一點難事가 업는지라 然이나 當時에 일노써 愚將을 說服호기 容易치 아니혼지라 渠ㅣ 가루도를 달녀여 曰 閣下의 計策은 英軍으로 호야곰 주론을 撤

去ᄒ게 ᄒ미라 然이나 敵兵을 城內에셔 擊破ᄒ미 容易치 아니ᄒ니 方略을 一變ᄒ야 港灣을 面ᄒ고 壘을 起ᄒ야 敵艦의 繫泊所 射擊ᄒ면 英軍이 必然 拔錨ᄒ야 갈거시요 陸兵도 ᄯ호 退去ᄒ리라 ᄒ고 이에 手를 擧ᄒ야 주론府와 相對ᄒ 一海角을 指ᄒ야 갈오디 져라ᄭ라ᄊ 岬을 取ᄒ면 二日內에 주론이 陷落ᄒ리라

라ᄭ라ᄊ의 海角은 주론府와 地中海에 連絡ᄒ 狹路를 一眸中에 下瞰ᄒ는 要害라 사름이 小지부라루다루라 稱ᄒ니 그 要衝을 可知리라 然而英軍이 敏慧하야 라ᄭ라ᄊ 海角의 要害에 盡力築壘 하얏는지라 나보례언이 그 用意 如此 嚴ᄒ미 一擧難拔홈을 알고 盛이 敵壘을 抗홀 堡壘를 起하고 크게 兵士를 勵하야 라ᄭ라ᄊ 後面에 築壘하고 自爲監督하야 衣不解帶하고 睡眠과 飮食을 不遑하고 汲汲이 工事를 將次 完成하미 ᄯ호 마루보ᄊ구 堡壘後面撒攬森樹苑々ᄒ가에 對하야 起壘하고 秘密이 敵이 아지 안케하니 大抵 나보례언의 築造ᄒ 바는 他日渠ㅣ 라ᄭ라ᄊ 海角을 襲擊홀 ᄯ에 此處로셔 몬져 마루보ᄊ구 堡壘를 射擊하야 敵을 牽制하야써 라ᄭ라ᄊ에 分力지 못하게 하미라 然이나 愚將等이 此計를 不知하고 一日에 各所를 巡行하다가 此處에 至하야 一堡壘ㅣ 就起함을 보고 ᄯ 幾門大砲ㅣ 整列함을 訝驚하야 衛兵더러 問曰 此砲ㅣ 幾日前 完成함으로 對答하니 渠等이 此語을 듯고써 하되 如此ᄒ 多數大砲를 今日ᄭ지 一回도 發火치 아니하니 이는 利器를 廢物에 歸함이라 하야 나보례언의 深謀遠慮을 아지 못하고 兵士를 命하야 곳 射擊게 하니 英軍 一隊ㅣ 이를 應하야 猛烈이 疾風갓치 突喊하야 오거늘 나보례언이 手兵을 捉하고 急히 馳援하나 발셔 過時되야 林中 大砲를 跋奪하고 그 火門을 釘하야 ᄯ호 無用에 歸ᄒ지라 나보례언이 憤恨하나 엇지홀 길 업고 다만 愚將等의 所爲를 憐憫하더니 (未完)

1895년 11월 11일

(續)

第三 주론의 陷落

나보례언이 高處에 登ᄒ야 敵軍의 位置를 熟察하니 그 陣에 갓가운 濠渠ㅣ 深長ᄒ고 茂樹ㅣ 苑々蒼々ᄒ야 알기 어려운지라 渠ㅣ 곳 그 手兵을 提ᄒ야 此渠中에 跳入潛行ᄒ야 漸々 敵陣에 近ᄒ니 英大將, 오하라,ㅣ 自己의 軍士ㅣ 온다 ᄒ고 躍馬近來 ᄒ거늘 佛軍이 閃電갓치 襲擊ᄒ야 英將을 生擒ᄒ니 於時에 英軍이 그 將帥를 일코 不知所措ᄒ야다 潰散奔退ᄒ더라 此時에 나보례언이 脚間에 被傷濱危 ᄒ얏더니 一將이 冒險來救ᄒ더니 이는 他日 나보례언 部下驍將이니 世所共和ᄒᄂ, 모론, 이라ᄒᄂ 將帥ㅣ라 於時에 佛軍이 다시 堡壘를 準備ᄒ니라 嗣後에 總督, 가루도,ㅣ 罷職ᄒ고, 지유쏘미예, 將軍이 來代ᄒ야 膽太ᄒ고 將略이 잇셔 나보례언의 材識을 알고 專혀 軍事를 밋기고 無益ᄒ 干涉을 ᄒ지 아니ᄒ니 이에 나보례언이 더욱 汲々히 軍備를 修整ᄒ야 攻圍ᄒ지 四個月에 至ᄒ미 이에 營內 漸々 糧盡ᄒ고 兵士ㅣ 쏘ᄒ 不平ᄒ 氣色이 잇셔 相謂曰 나보례언이, 주론,府를 距ᄒ야 이가치 遠々ᄒ, 小지부라루다루,에 對ᄒ야 矻々이 準備ᄒ미 不可ᄒ고 다만 前途ㅣ 危殆ᄒ니 차라리 政圍를 撤罷ᄒ니만 갓지 못ᄒ다 ᄒ고 此旨를 政府에 올엿더라 然이나 此書ㅣ 佛政府에 到達ᄒ기 前에, 주론,府 陷落ᄒ지라 政府ㅣ 이에 兵士의 文字ㅣ 어는 사름의 僞造로 알고 兵士의 愚蒙ᄒ 거슨 至今ᄭ지 開悟치 못ᄒ더라

이에 나보례언은 全力으로 小,지부라루다루,를 射擊ᄒ고, 모론,은 一隊를 率ᄒ고 驀然이 城壁에 다々라 守兵을 塵殺ᄒ고 乘勝直入ᄒ야 陣營을 排設ᄒ고 港灣의 警戒를 準備ᄒ니 果然 渠의 豫料와 갓더라 그 翌朝에 英國艦隊ㅣ 맛참니, 주론,府를 防守키 어려온 줄 알고 撤兵解纜ᄒ야 가니 於時에 備軍이 兵不血刃ᄒ고, 주론,府를 陷落ᄒ니라

此後에 나보레언이 砲烟間에 一書롤 作코자 ᄒ야 筆記人을 부르니 一狀下士官이 應聲出來ᄒ야 執筆ᄒ고 나보레언의 말을 바다쓸시 敵의 砲丸이 飛來ᄒ야 곗히 써러지고 土砂ㅣ 飛揚ᄒ야 져의 身邊을 蔽ᄒ는지라 그 壯士ㅣ 莞爾笑曰 닌 이제 砂土를 쓸데업다 ᄒ거늘 나보레언이 그 豪膽沈毅함을 賞歎ᄒ고 恒常 그 行爲롤 注察ᄒ니 嗚呼ㅣ라 이 뉘가 此人이 他年 나보레언 麾下驍將, 지유노로 알아쓰리오 (未完)

1895년 11월 13일

第四 사오루씨오 陷落

나보레언이 戰功으로써 砲兵指揮官에 昇任ᄒ야, 니쓰에 잇는 伊太利 出征軍에 赴ᄒ란 命을 受ᄒ고 卽時 赴任獻策ᄒ야 撒丁軍을, 고루적덴쏘로 좃차 掃蕩ᄒ야, 사오루씨오롤 陷ᄒ니 이는 佛軍이 伊太利 內地에 進入ᄒ는 要路롤 開ᄒ미라

渠ㅣ 此時에 千七百九十四年 七月 廿八日 變을 當ᄒ야, 로베쓰비루, 等의 山嶽黨이 非分의 望을 企望ᄒ야 드듸여 捕殺ᄒ니 나보레언은 平素에 山嶽黨과 相善ᄒᆯ 뿐 아니라 쏘 其兄이 該黨을 結托함으로 座罪禁關ᄒ니 渠는 關係업스믈 辯解ᄒ야 數日後 겨우 解放되엿스나 爾來에 暫時 地位를 得지 못ᄒ미 空然이 髀肉再生의 歎이 잇슬 뿐이니 이거시 渠의 不幸ᄒᆫ 一大 蹉跌이라 然이나 도리에 祠反爲福ᄒ야 奇運이 呈來ᄒ더라 나보레언이 本國이 棄置不用함을 憤慨ᄒ야 멀니, 곤쓰단지노부루,에 赴ᄒ야 土耳基政府에 入仕코자 홀시 當時에 渠ㅣ 그 友人더러 曰 渺々ᄒᆫ, 고루시가,의 一卒이 他日에, 지예루사례므의 국王이 되면 쏘ᄒᆫ 可치 아니ᄒ냐 嗚呼ᄒ니ㅣ라 蛇ㅣ가 寸만ᄒ야도 意氣가 사름을 呑ᄒᆫ다 하니 渠ㅣ 至今에 失意落胆이 如此하나 其言이 如是하니 他日 事業이 何足怪也ㅣ리오

渠ㅣ 此計롤 行하기 前에 猝然이 荷蘭駐在軍 砲兵指揮官을 命하거늘
渠ㅣ 欣然이 拜命하니 蛟龍이 雲雨를 어드면 또혼 地中物이 아니라
風雲際會가 大槪 머지 아니 ᄒ더라

第五巴里暴動

此時에 佛国이 外으로 戰利를 得하야 국內 漸々 靜謐하믹 革命政府
(國民議會)ㅣ 內政을 改革코자 하니 人民이 服從아니하는 者 만아 騷
擾홀시 就中 王政黨 一派는 此機롤 乘하야 民政府롤 顚覆꼬자 하야
四方에 傳檄하야 暴動을 煽起하니 國內 不平之徒ㅣ 響應하야 瞬時에
來集혼 者ㅣ 四萬人여오 左將, 싸니간,을 戴爲統帥하고 勢甚猖獗하더
라 時에 革命政府는 巴里附近에 겨우 五千人 常備兵과 數百人 砲兵
隊가 잇슬 뿐이라 이 寡少혼 兵으로 四萬 勢猛혼 暴民을 黨하기 實로
危險하더라 然이나 遲延치 못하고 곳 將軍 메누로 總督을 삼아 鎭壓
하라 하니 暴民이, 메누,의 兵을, 뤼위예레누,에 迎하야 整々堂々혼 戰
陣을 開張한 거슬, 메누,가 이거슬 보고 心怯ᄒ야 國民代議士의 干涉
을 從하야 暴民과 講和하야 不交一戰하고 退却하니 그론고로 暴民이
더욱 得勢하야 혼番, 에 쥬이례리,宮을 襲擊하야 政權을 奪取하랴하니
大抵, 쥬이례리,宮은 當時에 革命政府(國民議會)의 據혼 비라 이에 政
府ㅣ, 메누,의 暗劣홈을 알아 廢하고 그 後任者롤 엇고자 하야 開會商
確홀시 議員中 勢力家, 바라ㅣ 先年에 주론,에 잇셔 나보레언의 爲人
을 深知하고 其後에 每相愛重하야 이제 此大任을 나보레언 아니면 當
홀 者 업다 하야 드듸여 同寮, 다리엔,과 밋, 가루노,와 協力하야 드듸
여 議員의게 告曰 나는 諸氏의 엇고져 하는 適任者롤 推薦하노니 이
는 法式을 拘泥하지 아니하는, 고루시가,島의 一小士官이로릭

1895년 11월 15일

此一言은 곳 나보레언의 運命을 一決하고 坐 佛蘭西의 運命을 一決하미라 나보레언의 此時에, 오네온, 劇場에 在하야 暴動의 起흠을 듯고 馳來하야 그 實狀을 目擊하고 今日에 議會傍廳席에 在하야 그 議論 始終을 듯더니 이제 곳 渠룰 迎呼하야, 메누, 將軍의 退却흔 거시 올으냐 울치 아니하냐 問흔 거슬 渠ㅣ 깁피 그 實況을 陣述하고 坐 장찻 攻取흘 方略을 謀畫하야 크게 議會룰 滿足게 하니 於時에 渠로 하야곰, 메누,룰 代하야 軍士룰 命督게 하거늘 나보레언이 이에 承受하고 다시 請하야 曰, 메누, 將軍의 行進은 國民代議士의 妨害흔 빈 되얏스니 나는 이룰 代身하민 다시 此等 干涉이 업기룰 바라노라 하니 議員 等이 다 許諾하는지라 於時에, 바라,로써 大將을 삼고 나보레언이 次將이 되야 軍事一切은 나보레언이 專任하고 決斷코 干涉抑制가 업게 하니 時는 千七百九十五年 十月 三日이라 夜半에 傳하되 暴民이 明日을 기다러, 쥬이레리,宮을 襲흔다 하니 어계 寸時을 遲延키 어려운지라 나보레언이 急히 命令을 發하야 몬져 騎兵隊長, 므라,로 하야곰 巴里와 相距 二十五里되난, 사부론, 原野에 赴하야 其他 砲廠에 잇는 大砲 五十門을 挽運하야 오라하니, 므라,ㅣ 이거슬 엇어 노흔지 未幾時에 暴動兵 一隊 來襲ㅎ는지라 然이나 大砲는 벌셔 나보레언 手中에 歸하얏스니 危機一髮을 容納지 못하니 嗚呼ㅣ라 危殆하도다 나보레언이 三千 常備兵을 分하야 府內 要所룰 占領하고 十字街頭에 大砲룰 備하야 敵의 行路룰 扼하고, 쥬이레리,宮을 周圍흔 橋上에 幾門 大砲룰 排列하야 河岸을 堅固케 하고 同時에 宮庭에 起壘하야 坐흔 大砲룰 整列하고 肅然이써 敵의 來襲하기룰 待하더라 (未完)

1895년 11월 17일

第四(下)

明四日朝에 暴民이 雲霞와 갓치 巴里의 狹街롤 壓來ㅎ야, 사니도노루, 街에 達ㅎ거늘 나보레언이 스사로 一隊軍을 率ㅎ고 此處에 在ㅎ니 當時에 暴民은 一門 大砲도 업시 開戰ㅎ는지라 나보레언이 幾門 大砲롤 連發ㅎ야 그 가운데롤 射擊ㅎ며 同時 各處 堡壘는 掌下에서 敵兵을 射擊ㅎ니 於時에 暴民이 狼狽罔措ㅎ야 一時間이 못ㅎ야 四分五裂ㅎ야 潰散ㅎ는지라 나보레언이 分兵追擊ㅎ야 日暮時에 暴民을 全數이 鎭定ㅎ니 一人도 敢이 反抗홀 者ㅣ 업더라

今也에 革命政府는 國內의 警敵을 殲ㅎ고 基礎ㅣ 漸漸 鞏固ㅎ다 ㅎ야 이에 그 法式을 變更ㅎ야 十月 廿六日에 革命政府ㅣ 그 政權을 解ㅎ고 다시 行政總管 五名을 置ㅎ야, 바라, 롤 推ㅎ야 長官을 삼고, 시예, 及, 가로노, 等과 ㅎ가지 大政을 司ㅎ고 나보레언은 勳功이 偉大함으로써 特進ㅎ야 內國軍總督次席 昇ㅎ얏더니 未幾에 總督, 바라, ㅣ 스사로 軍事에 不熟ㅎ다 ㅎ야 內國軍總督 印綬롤 解ㅎ고 이롤, 고루시가,島의 小士官 나보레언 雙肩에 掛與ㅎ니라 是時에 飢餓ㅎ 惡魔ㅣ 巴利街頭에 橫行ㅎ야 工業制作을 다 廢絶ㅎ고 貧者는 道에 殲ㅎ고 富者는 邦을 棄ㅎ야 法律制度ㅣ 장찻 世上에 업는지라 오작 所賴者는 나보레언 部下軍隊 더욱 健壯ㅎ 砲聲을 써 萬事롤 指揮嚮導홀 뿐이러라

나보레언이 恒常 都府 各處에 巡行ㅎ야 警察ㅎ여 軍律롤 嚴行ㅎ고 또 人民을 慰勞ㅎ야 相恤ㅎ는 表롤 怠惰치 안케 ㅎ니 某公爵夫人이 써호디 나보레언의 一個力을 賴ㅎ야 死地에 救ㅎ 家族이 百餘人이라 하야 渠ㅣ 스사로 그 千金身을 屈ㅎ야 貧人病者의 矮屋을 同訪ㅎ야 薪炭食料롤 分與ㅎ야 慰勞ㅎ고 自己의 安佚快樂은 不願ㅎ더라

나보레언이 이갓치 粉骨碎身ㅎ야 全力을 擧ㅎ야 國內 平安을 圖謀ㅎ나 當時에 戰爭餘毒이 아직 快癒치 못ㅎ야 到處에 救活ㅎ란 소리 游

民의 小暴動이 이루는지라 萬一 兵力을 加치 아니면 鎭定키 어려오나
나보레언은 兵力을 用치 아니하고 或 달니며 或 開論ᄒ야 鎭撫ᄒᆯᄉᆡ
一日은 黨民을 說喻ᄒ야 解散ᄒᆯ ᄯᅢ에 ᄒᆞᆫ 賣魚 婦人이 肥胖ᄒ야 行步
룰 堪耐치 못ᄒᄂᆞᆫ 者ㅣ 黨民을 煽動ᄒ야 나보레언을 抗ᄒ야 高聲大叫
曰 너의ᄂᆞᆫ 스사로 好襦好袴을 입고 揚々 自得ᄒ며 吾等을 不恤ᄒ고
너의ᄂᆞᆫ 美食美饌ᄒ야 肥大ᄒ야도 吾等은 飢餓ᄒ야 死境에 이르럿다
ᄒ거ᄂᆞᆯ 나보레언이 곳 불너 曰 可愛女子야 몬져 나룰 보고 너와 나와
누가 肥大함을 判斷하라 ᄒ니 大槪 渠의 身體ㅣ 甚疲ᄒ야 筊然이 瘦
瘠ᄒᆫ 風彩 잇난 자라 此婦ㅣ 此言을 聽畢에 不覺大笑ᄒ야 抱腹絶倒
ᄒ니 群集ᄒᆫ 衆民이 이 諧謔함을 悅ᄒ야 無事이 解散ᄒ니라
  如此ᄒᆫ 歷史上에 有名ᄒᆫ 巴里의 暴動을 渠ㅣ, 고루시가,島의 一健兒로
셔 絶大氣力과 絶大敏捷과 絶大ᄒᆫ 慈惠로 鎭定식이여 漸々 靜謐ᄒ기
에 至ᄒ고 然이나 外難은 如何오 當時 佛國을 對敵코자 ᄒᄂᆞᆫ 나라는
오작 英吉利 墺太利 及 伊太利 諸國ᄲᅮᆫ이라 於時에, 니례구도리, 政府
ᄂᆞᆫ 此機룰 乘ᄒ야 크게 盡力ᄒ야 몬져 伊太利 出征軍 將帥룰 代코자
ᄒ니 自是로 政府는 몬져 三軍을 調發ᄒ야 一은, 지유루ᄯᅡᆫ, 將軍이 卒
ᄒ야, 사므부루, 及, 메쓰, 二河邊을 防備ᄒ고 一은 모로, 將軍이 統ᄒ야,
라인, 及, 모셰루, 二河邊으로 向ᄒ야 伊太利 出征軍이라 稱ᄒ고 一은,
시예렌, 將軍이 都督이 되야 伊太利 方面으로 侵入ᄒᄂᆞᆫ 墺太利 撒丁
同盟軍을 打破ᄒ랴 하야 進發ᄒᆯᄉᆡ, 시예례, 將軍은 胆豪能戰ᄒ나 可惜
者ᄂᆞᆫ 材略이 乏ᄒ야 다만, 아루부쓰, 山麓, 니쓰, 僻地에 屛息屯營ᄒ야
ᄒᆞᆫ番, 로이노,의셔 戰勝ᄒ얏스나 不能乘機 圖利ᄒ고 다만 本國政府에
向ᄒ야 軍器馬匹을 請求ᄒ되 萬一 不許ᄒ면 回軍ᄒ야, 지예노아, 海岸
을 擲棄ᄒᆞᆫ다 ᄒ고 放言ᄒ니 於時에, 바라,ㅣ 大驚ᄒ야 ᄭᅥ호ᄃᆡ 져 疲羸
困憊ᄒᆫ 伊太利 出征軍은 나보레언의 大乎腕이 아니면 運用利導키 어
렵다 ᄒ고, 니례다도루, 等의게 告曰 此人의게 大任을 托ᄒ라 不然이면
渠ᄂᆞᆫ 吾人을 기다리지 아니ᄒ고 스사로 進出ᄒ리라 ᄒ더라 (未完)

1895년 11월 21일

(續)

신졍부 平王黨의 亂과 「나부레언」이 「쪼셰힌빈」이란 女로 더부러 相婚이라

法國民議院의 各員이 드듸여 그 職을 解ᄒ고 督理官이 싱졍부에셔 그 萬械大政을 代行ᄒ엿ᄂᆞ디 이 督理官의 다셧 명은 撥羅요 劉悅이오 葛呂요 雋悅이오 流保라 ᄒ니 이 사ᄅᆞᆷ들은 처음에 激烈黨中에 잇셔 王을 죽이고 暴戾苛酷ᄒᆫ 일을 ᄒ던 사ᄅᆞᆷ이데 이제는 舊論을 全變ᄒ고 나라가 안령함을 願ᄒᆞ야 각 도셩이 다시 번화ᄒ게 되엿더라 完德州의 王黨 等이 千七百九十五年에 國民議員을 당홀 수 업셔ᄉᆞ 숨어 잇더니 그 괴슈 斯土禮와 沙禮土 두 사ᄅᆞᆷ이 젼에 外國에 도망ᄒᆞ여 잇던 사ᄅᆞᆷ인데 그 쌍의 농부를 煽動하고 英國勢援을 밋고 다시 騷亂ᄒᆞ엿더니 餘燼이 再燃ᄒᆞ야 긔미처럼 모든 쟈가 ᄉᆞ히 수만인이 되야 그 軍情이 大振ᄒᆞ야 巴利斯로 攻擊ᄒᆞ야 올 形勢가 되엿스미 시 졍부는 곳 盧守란 사ᄅᆞᆷ을 命ᄒᆞ야 大軍을 거ᄂᆞ려 치더니 每戰得利ᄒᆞ야 드듸여 나어가 그 賊의 居ᄒᄂᆞᆫ 곳 五伯論을 陷ᄒ고 그 將帥 「斯土奧 斯禮土 두 사ᄅᆞᆷ을 잡어 銃殺ᄒᆞ엿더니 千七百九十六年 三月에 王黨의 亂이 아조 鎭定이 되엿더라 ᄯᅩ 젼붓텀 國家의 理財에 困難이 젹지 아니ᄒ기로 前政府 때 앗싯구라 ᄒᆫ 紙錢巨萬을 發刊ᄒ엿 내엿더니 紙錢을 가진 사ᄅᆞᆷ의게는 前에 屬公ᄒ던 國王의 私領地와 밋 貴族과 僧徒의 領地를 뎐당 삼아 禁償法令을 내엿더니 쇼요변란ᄒᆫ 져음에 朝令暮廢ᄒ야 홀 수 업기로 國民은 심히 의심ᄒ야 이 지젼 쓰는 거슬 시려ᄒ고 나중에는 千金 紙錢이 능히 흔마리 싱션을 ᄉᆞ지 못ᄒ게 되야도 졍부는 더욱 發刊ᄒ여 내고 督理官이 正權을 잡앗실 ᄯᅢ는 지젼의 총수가 빅팔십구억만法(법은 錢法이니 一法이 ᄉᆞ십錢이라)의 多額이 되엿더라 撥羅는 「나보레언」의 공을 錄ᄒᆞ야 總理官에 薦ᄒᆞ야 翌 千七百九十六年에 督理官에

進昇ᄒ고 ᄯ 伊太利軍 大將을 任ᄒ고 前總理官 虛撥의 嬬婦 쑈세힌 빈이라 ᄒᄂᆫ 婦人을 撥羅가 즁ᄆᆡᄒ야 나보레언늬 再婚ᄒ엿더라 이분의 집은 예부텀 富豪ᄒᄆᆡ 나보레언은 나즁에 富福이 되엿더라

拿破崙이 伐伊太利並破敵軍獎兵士(나보레언)

法國에 內情이 困難ᄒ여 빅셩덜이 危懼ᄒᆫ 마음을 抱ᄒᆯ 즈음에 隣國을 쳐서 ᄆᆡ양 싸홀 ᄲᅢ에 利함을 得ᄒ여 일쳔칠빅구십오년에ᄂᆫ 法國에 抗敵ᄒᄂᆫ 쟈 英國과 魯국과 墺國 세 나라에서 지나지 아니ᄒᄂᆫ지라 각셜 이 세 나라이 이ᄒᆡ 구월에 셔로 欽差를 魯국에 派ᄒ여 ᄒᆫ 가지로 힘을 다ᄒ여 法國 共和黨을 討ᄒ되 君主에 졍치를 다시 아니ᄒ면 감히 군사를 쉬지 아니ᄒᆫ다고 밍셰ᄒ엿기로 법국 졍부ᄂᆫ 이 말을 듯고 大軍을 모아 세 군듸로 ᄒ여곰 「쑬단」씨로 거나리게 ᄒ니 그 형셰가 딕강 팔만인이라 동북방 독일국 지경에 쳐드러가고 「무로」씨ᄂᆫ 그 군사 칠만명을 거나리고 羅因江을 건너 동방을 向ᄒ야 墺都維納ᄯᅡᆼ을 치고 「라보레언」은 그 군사 사만명을 거나리고 伊太利로 가서 墺兵과 밋 撒丁兵을 치게 ᄒ엿더라 이리ᄒ지 일쳔칠빅구십륙년 슘월 념간에 나보레언이 나라 명을 밧드러 伊太利에 가서 軍營에 갓더니 모든 쟝사들이 나보레언이 나히 졀머서 군사일을 잘 모를까보다 의심ᄒ며 ᄯ 졀머서에 잇ᄂᆫ 거슬 투긔ᄒ여 멸시ᄒ고 나보레언에 명녕디로 복죵ᄒ지 아니ᄒ나 그 듕에 마음잇ᄂᆫ 사롬이 나보레언에 긔거동졍이 비상함을 보고 일후에 큰 일은 이루리라 ᄒ고 흥듕에 싱각ᄒᄂᆫ 사롬도 잇더라 나보레언은 伊太利 군사에 디원수가 되어서 자긔ᄉ 거나린 병뎡을 뎜고ᄒᆯ ᄲᅢ에 병뎡이 다 그 의식이 부죡ᄒᆫ 고로 軍勢가 썰치지 못할줄 알고 그 兵員을 報國할 英氣을 니려ᄒ여 亞留佛斯山 우희을 나가서 伊太利 ᄯᅡᆼ을 가라쳐 가로되 너희 등은 뎌 널은 들을 보니 엇지 넓고 크지 아니ᄒ냐 이제 니가 너희 졍세를 보니 의복도 업고 ᄯ 음식이 업ᄂᆫ듸 너희 등이 능히 나라 명을 밧드러 비록 몸과 힘을 다ᄒ야 나라에 위급함을 갑고져 ᄒ되

그 고로 ᄒᆞᄂᆞᆫ데 자로 할거시 업서々 근심이로다 오호—라 너희 등이 여러 ᄒᆡ를 이런 넓은 바윗돌과 넓은 들에 잇서々 이 간고함을 견ᄃᆡ고 生命을 보젼ᄒᆞ고져 ᄒᆞᆫ들 의식이 어ᄃᆡ서 나리오 이거시 실노 ᄂᆡ가 마음과 폐부에 ᄉᆡᆨ여 근심하노니 엇지 슬푸지 아니ᄒᆞ리오 그런 고로 이제 ᄂᆡ가 너희 등을 다리고 텬ᄒᆞ에 뎨일노 殷富ᄒᆞᆫ ᄯᆞᆼ에 가서 그 州郡과 都城을 ᄲᅦ아사 너희 등으로 ᄒᆞ야 의식이 넉々ᄒᆞ게 하고져 ᄒᆞ노니 너희 등은 진심갈녁ᄒᆞ여 날ᄂᆡᆫ 긔운을 ᄡᅳ기 바라노라 ᄒᆞ니 將士들이 이 말을 듯고 欣然하여 뛰놀며 용ᄆᆡᆼ을 ᄂᆡ여 죽기를 잇저버리고 憤戰할 마음이 낫난지라 나본레언이 々에 本營올 尼斯ᄯᆞᆼ으로 옴겨 ᄇᆡ설ᄒᆞ고 進軍할 일을 쥰비ᄒᆞ니 나보레언에 部下에 馬勢那와, 於勢路와, 勞利由利와, 羅阿留弗과, 比九突과, 住別과, 說保尼와, 蘭本이란 强ᄒᆞᆫ 쟝사가 잇고 그 거나린 바 군사가 삼만륙쳔명일너라 (未完)

1895년 11월 23일

(續)

ᄯᅩ 敵軍「오디리」와「撒丁」 두 나라 군사 팔만여인이 잇고 그 병뎡은 다 졍련ᄒᆞ고 군긔와 양식이 만ᄒᆞ고 ᄃᆡ포가 삼ᄇᆡᆨ여긔가 잇고 ᄯᅩ 마군이 數隊가 잇고 撒丁나라 쟝사 古利란 사ᄅᆞᆷ은 그 나라 길을 遽斷ᄒᆞ야 군법을 막고 오디리 쟝사 浮吾利由란 사ᄅᆞᆷ은 바다가에 잇서々 영국 ᄒᆡ군과 軍法을 통ᄒᆞ게 ᄒᆞ여 잇더라 나보래언에 텬성이 군법을 감아니 련습ᄒᆞ여 가지고 져러케 강ᄒᆞᆫ 뎍병을 攻破ᄒᆞ기로 ᄉᆡᆼ각ᄒᆞ고 일쳔칠ᄇᆡᆨ구십륙년 사월 십일々에 亞波南山 ᄉᆡᆺ길노 가서 불시에 뎍군에 中央을 攻衝ᄒᆞ여 두 나라 군사의 길을 ᄭᅳᆫ츠니 오디리 쟝사가 크게 놀나서 힘을 다ᄒᆞ여 法國군사를 쳐서 그 三營을 ᄲᅦ여가지고 문덕노토란 ᄯᆞᆼ에 딘을 치고 길 ᄯᅮᆯ를게교를 획칙ᄒᆞ더니 법국 參領에 蘭本이란 쟈가 일천이ᄇᆡᆨ명 군

사를 가지고 굿게 직히니 「오디리」 군사가 힘을 다ᄒᆞ여 치기를 세 번이나 ᄒᆞ되 군사만 샹ᄒᆞ고 할 수 업ᄂᆞᆫ지라 잇ᄯᅢ 나보레언은 沙保伊이란 ᄯᅡᆼ에 잇서 指揮官에 「나하류불」씨를 보ᄂᆡ여 「문덕노토」로 물니치게 ᄒᆞ고 ᄯᅩ 「어세노」씨를 도와 ᄯᅩ 「마세아」씨에 명을 ᄂᆡ여 싓길노 가서 「오디리」 쟝사 「아경쟝디」란 사ᄅᆞᆷ에 가ᄂᆞᆫ 길을 막게 ᄒᆞ고 열잇흔날 두 나라 군사가 각쳐서 싸홀ᄉᆡ 법국 군사 ᄒᆞᆫ ᄯᅦᄂᆞᆫ 「오디리」 군사에 딘 뒤로 가서 압뒤로 치니 오디리 군사가 크게 픽ᄒᆞ여 능히 막지 못ᄒᆞ고 드ᄃᆡ여 「뎨고」란 곳으로 다라나니라 이 싸홈에 「오디리」 군사 사로잡은 쟈가 이쳔여인이오 죽은쟈ᄂᆞᆫ 산갓치 ᄊᆞ히여 그 수효를 아지 못할닐라 나보레언은 군사를 내모라 「모미타」란 산싀이로 나가서 오디리나라 군사에 압흘 막고 撒丁國 군사를 왼편으로 보고 딘을 쳐서 두 군사가 炮戰ᄒᆞᄂᆞᆫᄃᆡ 「어세로」씨ᄂᆞᆫ 「미래시무」 산싀로 나가서 「렬뎡」군을 치고 싸흔지 밤낫 잇흘만에 뎍군를 물니치니라 ᄯᅩ 마세나씨와 라아류씨 두 쟝사ᄂᆞᆫ 젹은 군사를 가지고 데고 ᄯᅡᆼ에 잇ᄂᆞᆫ 오디리 군사를 ᄒᆞᆫ명도 업시 쳐 파ᄒᆞ니 오디리 군사ᄂᆞᆫ ᄃᆡ단히 위급ᄒᆞ여 法軍을 막을 수 업서 두로 낭픽ᄒᆞ여 오히려 군사가 넘우 만은 거시 ᄒᆡ가 되여 서로 부듸저 죽ᄂᆞᆫ 쟈 불가승수요 「데고」城은 법국 군사가 ᄲᅦ아섯더라 墺撒 兩國군이 法軍으로 더부러 서로 싸흔지 젼후 오륙일 ᄉᆡ히에 문덕노토와 ᄯᅦ고와 미레시모 이 세 곳을 아주 처서 파ᄒᆞ고 사로잡은 쟈가 일만여명이오 그 죽고 샹ᄒᆞᆫ 쟈ᄂᆞᆫ 그 수호를 아지 못하고 ᄯᅩ ᄃᆡ포 삼십오긔와 軍旗 二十流를 엇고 나보레언은 撒丁과 밋 倫撥知 두 나라를 ᄲᅦ엿ᄂᆞᆫ지라 이후ᄂᆞᆫ 伊太利 도성으로 갈 획칙을 ᄉᆡᆼ각ᄒᆞ더니 「텰뎡」 쟝사 古利란 쟈가 「세파」란 곳을 지킨단 말을 듯고 ᄒᆞᆫ번 싸화 ᄲᅦ엿더니 古利ᄂᆞᆫ 세파城을 일코 몬뎨위란 곳으로 물너가니 法軍이 좃차 싸화서 텰뎡군 삼쳔여명을 사로잡고 드듸어 斯羅斯 古城를 쳐서 ᄲᅦ엿더라 撒丁王은 法軍이 神龜갓흔 것을 무서워ᄒᆞ며 ᄯᅩᄒᆞᆫ 京城宙林이 위틔함을 보고 이돌 십팔일에 싸홈 그치기를 쳥ᄒᆞ여 류월 초삼일에 和議를 쳥하여 沙保伊와 밋 尼斯 두 곳을 버혀 法國을 주고 쏘 法軍이 古尼와 突土邢와 亞歷山德 이 세 곳 구든 성의 웅거ᄒ여 잇게 하고 쏘 법국 군사에 냥식을 보니주기로 약됴를 뎡ᄒ엿스니 이제는 법국 군사들이 주려비곱혼 근심이 업서지고 쏘 군사들이 나보레언에 군법과 도량을 탄복ᄒ더라 나보레언에 軍略은 攻ᄒ즉 반다시 扱ᄒ고 싸혼즉 반다시 이기니 이럼으로 나보레언에 위령이 진동하여 撒丁國을 항복바든 후에 즉시 倫撥이란 데로 향ᄒ여 進軍ᄒ더니 오디리 쟝사 「훠류」란 사롬이 미리 이런 사긔를 알고 막고져 ᄒ여 군사를 새디아란 곳과 밋덕이란 곳에 모아 진을 치고 아다강이란 큰 강물을 밋고 싸홈을 막으리라 ᄒ여 게교를 니되 덕군이 오거든 강 가온디 던져 덕병을 함몰ᄒ리라 ᄒ고 기디리더니 나보레언은 오월 구일에 保江을 건너 거긔 잇는 덕병을 쳐서 아다강 훠류를 건너 십일ᄉ에 노지교란 디로 갓더니 이 싸흔 墺軍이 강물 언덕에 디포 二十門을 뭇고 것는 군사 일만이쳔과 말탄군사 사쳔명을 그 강 언덕에 두엇다가 일시에 發ᄒ니 탄완이 비오듯 ᄒ거날 나보레언이 졍병을 거나리고 급히 노지교를 건너오려 ᄒ며 오디리 군사는 죽기를 결단ᄒ고 디포를 노ᄒ며 총을 노흐니 탄환이 흡사히 비오듯ᄒ여 법군은 죠금도 ᄉ라보지 아니하고 긔운을 니여 탄환을 무릅쓰고 급히 치난 형상이 뇌뎐도 갓고 귀신도 갓더라 오지리 군사가 막을 수 업서 퓌ᄒ야 다라나니 이에 고렬무시 쌍과 파비 두 곳도 法軍의 掌中에 돌넛더라 (未完)

1895년 11월 25일

(續)

나보레언이 이김을 타서 오디리 군사를 쏫고 「어견이어」강을 건너 「보이게토」란 곳으로 「보리유」란 城을 쳐서 오월망간에 墺軍를 이디리 쌍에서 크게 파ᄒ여 쏫찻더라 이러ᄒ데 美蘭府 빅성이 법국 군사로 더부

러 합ㅎ여 伊太利를 革鼇ㅎ려 ㅎ고 도모할 사롬이 만케 되여서 나보레
언을 오월 십오일에 美蘭府로 쉽게 드러갓더라 이러함이 갑가온 여러
나라 君王들이 만이 항복ㅎᄂ디 撥馬國王이 償金이 빅만금과 밋 냥식
과 名畵 二十圖를 밧치고 模德國王이 撥馬王 에 혼디로 샹금을 밧치
고 羅馬國 皇帝가 샹금 이쳔만금과 그림 일빅쟝과 古書 일빅권을 밧치
고 倫撥知國에서 이쳔만금 바치게 ㅎ여서 그 속에서 일쳔만금은 本國
졍부로 보니고 일빅만금은 毛路國으로 보니여 羅因江가에 兵費로 쓰
게ㅎ고 그 남어지 구빅만금은 거나린 군사들을 난와주고 布告ㅎ여 이
르기를 이거시 너회 등에 軍利戰功은 후세에 류젼ㅎ여 썩지 아니할 터
이오 歐羅巴의 全土를 革鼇ㅎᄂ 名譽ᄂ 날과 쌍갓치 만세에 썩지 아
니ㅎ며 ᄯ혼 너회 등이 우리나라에 도라가는 날은 나라 빅셩이 우리 군
사를 보고 伊太利 치러갓던 군사라 ㅎ고 사랑ㅎ고 공견ㅎᄂ 情을 니여
나라 지경까지 마조나와 잇스리라 혼디 모든 군사들이 크게 용밍혼 마
음과 쌀니 칠 마음이 복발ㅎ더라

拿破列翁이 滿旦城을 降服밧고 並法墺會盟于維也納

墺軍이 여러번 디픽ㅎ여 伊太利에 잇는 領地 쌍을 다 일러버려시되 다
만 滿旦城만 孤立ㅎ여 항복지 아니ㅎ엿더라 이 城은 湖江이 그 사면을
두루고 ᄯ 그 근방 쌍은 모다 泥寧한 쌍힌고로 감히 갑가히 나올 수 업
ᄂ 요ᄒᆡ지디오 굿건혼 성이오 ᄯ 敗將 浮於利가 잔혼 군사 일만삼쳔인
을 거느리고 나와잇서ᄉ 디포 사빅문을 예비ㅎ여 두엇더라 나보레언이
유월 초싱부터 그 성을 에워싸고 크게 치되 셩이 굿건ㅎ여 칠 수 업ᄂ지
라 잇ᄯ 獨國 졍부는 老鍊혼 쟝사 維爾說의게 졍병 십만여명을 거나려
만챠셩에 구원병을 삼아ᄯ니 維爾說이, 지로류,에서 ᄯ나 浮列斯書란
곳을 ᄶᅵ여 법국 쟝사, 마세나, 좃차 이긔믈 타서, 만챠셩, 뒤로 나갓더니,
유이열,은 나보레언이 거나린 군사 삼만을 치려ㅎ지 아니ㅎ고 그 부쟝
加斯多維九란 사롬을 一軍을 거나려 주고 져도 一軍을 거나리고 법국

군사 치기를 도모ᄒᆞᄂᆞᆫᄃᆡ 나보레언이 뎍병에 군사 난으는 거슬 보고 못
씨다라 팔월 초사흣날 加斯多維九 오기젼에 먼져 엄습ᄒᆞ여 급히 치며
잇흔날 사면에 복병을 시기고 뎍군을 치니니 墺軍이 ᄃᆡ픽ᄒᆞ여 죽고 샹
ᄒᆞᆫ 쟈 부지그수라 잇ᄯᅢ에 於世魯란 사름은 浮列斯舍 ᄯᅡᆼ을 회복ᄒᆞ고 墺
軍을 墺軍을 모라지쳐서 오군 륙만여명을 좃차보니니 이 싸홈에 오디
리 군사 사로잡고 죽긴 쟈가 이만여인이나 되더라 維爾說은 두 번 싸홈
에 다 ᄃᆡ픽ᄒᆞ여 軍情이 ᄃᆡ단이 쇠ᄒᆞ여 진퇴유곡ᄒᆞᄆᆡ 知魯류란 ᄃᆡ로 다
라나려 ᄒᆞ더니 맛춤 구완병 오만인이 오거늘 군사의 형세가 다시 쩔쳐
서 ᄯᅩ 法軍으로 더부러 싸호려 ᄒᆞ더니 구월 초사일 魯悅土에서와 구월
초팔일 巴新魯 ᄯᅡᆼ에서 두 번 싸와 나보레언에게 ᄯᅩ ᄃᆡ픽함을 당ᄒᆞ여 군
사 오쳔여명을 일코 군사에 형세가 크게 문어져 겨우 픽잔군을 거두어
가지고 滿旦城 中으로 드러갓더니 구월 십구일에 법국 군사가 그 셩을
두루고 급히 치니 墺國 졍부에서 이 만챠셩이 급함을 알고 다시 졍병
륙만인을 모아 유명ᄒᆞᆫ 쟝사 阿半知란 사름을 보니여 만챠셩을 구원ᄒᆞ
게 ᄒᆞ엿더니 나보레언이 그 일을 알고 그 뎍군을 討破ᄒᆞ려 ᄒᆞ고 동지달
십일ᄉᆞ부터 사흘을 크게 싸화 승부가 업더니 잇더 뎍군이 건너편에 큰
砲壘를 굿게 짓고 大小炮를 급히 노ᄒᆞ며 法軍이 亞留古置橋를 건너가
려 ᄒᆞᄂᆞᆫ 길을 막으니 그 탄환이 비오듯ᄒᆞ여 먼져 나가던 군사는 만이 죽
으니 아모리 법국 군사에 용밍이라도 갈 바를 아지 못ᄒᆞ더라 나보레언
이 ᄉᆞ 형세를 보고 즉시 말ᄭᅦ나려 친히 軍旗를 두루며 크게 불너 가로
되 너희들이 젼일에 죽기를 무릅스고 험ᄒᆞᆫ 곳을 밟아 魯知橋를 건너가
던 일를 잇져ᄂᆞᆫ야 엇지 젼일 용밍이 업ᄂᆞᆫ야 나를 ᄯᅡ르오라 ᄒᆞ며 大小炮
丸이 비오듯 ᄒᆞᄂᆞᆫ디 죽기를 도라보지 아니ᄒᆞ고 압헤 서ᄉᆞ 건너가니 군
사들이 그제야 용밍을 니여 소리를 지르며 북을 치며 급히 쳐드러가며
그 다리를 건너가서 뎍병을 ᄒᆞ나도 업시 쳐파ᄒᆞ니라 잇더 墺軍이 죽은
쟈가 일만여인이오 사로졉힌 쟈가 륙쳔여명이오 ᄃᆡ포 삼십문을 일코 亞
留半知란 사름은 크게 픽함을 당ᄒᆞ여 知魯留란 곳으로 물너가니라

1895년 11월 27일

一千七百九十七年 一月에 知魯留란 사롬이 류만명을 거느리고, 만챠
성,을 구흐러 왔더니 잇쩌 나보레언은 군사를 헛치지 아니코 더욱 군사
를 내모라 一月 十三日에 墺國 大軍를 利保利란 廣野에서 마자 싸와
크게 쳐서 오국부장 浮魯敬羅를 항복바드니 오디리 군사는 싸홈마다
법국 군사에게 디픠흐고, 유이열,도 구완병은 업고 양식이 진흐미 할 일
업서 二月 二日 滿且城을 열고 나보레언에게 항복흐엿더라 이번 싸홈
에 날 수는 팔일인디 오디리 군사 일흔 거시 삼만오천여인이오 디포 류
십문과 긔치 六十流를 일코 魯馬圭와 乞半安困 各地가 다 법국으로
붓고 羅馬王으로 흐여금 헬라의 쏘릉나와 로마라이 여러 곳을 차저서
和議盟約을 명흐엿더라 그러흐나 墺國은 종시 服從할 싱각이 업서서
다시 나라 힘을 다흐여 伊太利에 屬領地을 회복흐기를 도모흐여 軍法
에 精練흔 자 皇族에 且禮斯를 시켜 나보레언과 싸화 승부를 결단흐라
흐엿더라 잇디 나보레언이 일만팔천명을 거느리고 군세가 크게 썰쳐
化亞浮江을 挾흐고 사흘을 싸와 긔이흔 꾀를 너여 且禮斯를 擊破흐여
쏘차 小戰 數次에 法軍이 믹々히 이기고, 차례사,는 십여일간에 제가
거날인 군사를 다 일코 싸홈할 마음이 업서지고, 나보레언,은 승세흐여
뫼와 물을 넘어서 墺國 서울 維地納에 핍박흐니 墺國에서는 나보레언
에 군사 쓰는 거시 날느고 쏘 속홈을 보고 두려워흐여 막을 싱각이 업
고 쏘흔 그 京城이 위퇴함을 근심흐여 사월 이십일에 和議흐기를 청흐
여 條約을 結흐엿스니 이거시 이론바 法國과 墺國이 처음 和議러라
쏘 나보레언은 維尼斯의 共和國 사롬이 법국 成兵 수뷕인 죽인 일을
통분히 여겨서 오월에 그 나라를 쳐버리고, 維尼斯國은 建國이리 일천
삼뷕년된 舊國이라, 쏘 此魯亞共和國에 가서 그 政綱을 改革흐게 흐
여 그 나라 일홈을 끼리안民主國이라 곤치고 法國의 附庸國을 민들고
쏘 撥倫知國의 흔쪽을 分割흐여 일홈을 示擦賓共和國이라 곤첫더라

이히 十月 十七日에 法國과 奧國 두 나라 交際官이 干保盧肅美於란 곳에서 本條約書를 交換하고 이 약됴를 좃차 維尼斯國에 절반을 奧國에 주고 그 남아 절반을 示擦賓共和國에 주고 法蘭德斯와 伊於尼亞群島와 그 남아 수삼쳐는 法蘭西에서 所轄하게 하엿더라 아롭답다 法軍이 본디 군사가 겨우 수만명이오 또 싸홈 시작한 지가 불과 六朔인데 撒丁兵 삼만과 奧軍 삼십만명을 파하여 팔만여인을 사로잡고 삼만여인을 죽이는디 큰 싸홈은 열두번이오 적은 싸홈은 六十번인데 土地 數國을 倂呑하여 그 큰 공이 歐洲全土에 人民들이 나보레언 한 몸에 썰치니 엇지 各帥豪將이 아니라 하리오

拿破列翁이 埃及을 치고 並하여 印度까지 遠征함이라

拿破崙이 伊太利軍에 將帥된지 오러지 아니하여 여러 나라을 쳐서 항복밧고 또 강한나라, 오디리,까지 쳐 항복바드니 이후는 利太利 디방의 디뎍할 國이 업게 되미 본국으로 도라올여 하고 군사를 거나리고 본국으로 도라오니 그 공뇌가 크고 신속한 거슬 일국 인민들이 감동하여 그 凱旋을 구경하려 하고 길가에 쎼로 모여 구경하며 흠앙칭찬 아니리 업더라 그러나 同國 共和黨 中에셔는 마음에 그윽히 이 일을 근심하여 압문에 虎을 막으면 뒷문에 狼이 온단 말과 가치 혹 一朝에 革命政治하는 그릇슬 滅하게 되면 엇지하리오 하고 근심하기도 고이치 아니하더라 이러한데 督理官은 가히 干戈를 歐洲 大陸의 긴요한 곳이 업는 줄 알고 이 씨를 타서 英吉利를 쳐 이후에 오는 근심을 덜고 基礎를 세우려 하더니 英國은 본디 海軍이 만하기로 征伐하기 쉽지 못하다 하고 의논이 구々하여 결단치 못하는디 나보레언은 획척하기를 먼져 英國에 屬地 印度를 쳐서 그 형세를 감한 후에 英國치기를 싱각하고 이 일노 督理官을 권하더니 독니관이 쏘한 그 긔이한 쐬을 아람다이 녀겨 영국의 힘을 감하고져 혼즉 먼저 그 通商하기를 繁盛이 하는 짱 埃及나라 捕頭란 곳을 쳐서 그 咽喉에 웅거함이 죠타하여 의논이 한갈갓치 명하

미 나보레언이 친히 陸軍 三萬六千人과 海軍 일만명과 大軍艦 열세척
과 巡撿艦 이척과 中軍艦 열네척과 小軍艦 칠십이척과 戰器와 군량
수운ᄒᆞᄂᆞᆫ 비 사빅여척과 합 오빅여척을 거나리고 일천칠빅구십팔년 오
월 십구일에 土崙를 떠나서 埃及가는 듕노에 잇는 영국의 속국된 末多
嶋에 하륙ᄒᆞ여 그 섬에 잇는 士祀를 쫏차ᄂᆡ여 그 섬을 法蘭西에 屬地
를 민들고 守兵을 머을너두고 다시 開帆ᄒᆞ니라 (未完)

1895년 11월 29일

(續)

七月 二日에 埃及國 捕頭 亞曆山德亞에 下陸ᄒᆞ여 격서를 보니고 즉
시 싸와 亞曆山德亞 府聖을 쳐서 파ᄒᆞ고 介魯府城을 향ᄒᆞ여 가는듸
그 길가에 草木이 ᄒᆞ나도 븨지 아니ᄒᆞ게 다 더운 긔운에 타고 ᄯᅩ 물이
업서써 군사들이 목이 말나 무수이 신고ᄒᆞ다가 內留江가에 가서 수만
군병이 처음으로 물을 먹고 긔운을 ᄂᆡ여 世厚列斯짱 土兵을 쳐 파ᄒᆞ고
즉시 군사를 모라 知世란 곳에 이르러서 멀니 바라보니 크게 놉흔 탑이
보이는지라 군사더러 더욱 긔운을 ᄂᆡ여 급히 가서 그 탑 아리 가보니
그 탑이 三角인듸 그 탑 가온듸서 우희ᄭᅡ지는 구름 우의 聳出ᄒᆞ여 그
宏大ᄒᆞ고 美麗함은 참 장관이러라 디뎌 이 탑은 四千年 젼에 埃及 여
러 님군 무덤 우희 세운 거신듸 그 놉기가 오십여 쟝이나 되는듸 뎌 사
룸 민든 물건 듕에는 세계 만국 듕 데일 놉고 큰 탑이러라
각셜 이 埃及國은 當時에 비록 土耳其國에 屬ᄒᆞ여시되 그 실상은, 마
메리유그,란 쟝수가 그 권세를 가저 그 형세가 장ᄒᆞ더니 법국 군사 온
단 말을 듯고 아리 쟝사, 므라쎄,란 사롬의게 騎兵 수만을 거나리고 막
으라 ᄒᆞ엿더라 나보레언이 그 騎兵을 치려ᄒᆞ고 령을 ᄂᆡ여 여섯 큰 딘을
치고 그 큰 탑을 가르쳐 군사들을 가라쳐 가로되 너희 등은 뎌 큰 탑을

보느냐 지금 싸호려 ᄒᆞᄂᆞᆫ 兩國 戰陣은 사쳔련 젼 古人이 ᄉᆞ 무덤에 잇서ᄉᆞ 구경ᄒᆞ고져 ᄒᆞᄂᆞ니 죠금이라도 약ᄒᆞ고 겁을 ᄂᆡ여 古人에 우슴거리를 삼지 말나 ᄒᆞᆫ디 이에 군사들이 용밍ᄒᆞᆫ 긔운을 ᄂᆡ여 좌우틍돌ᄒᆞ여 순식간에 뎍병을 파ᄒᆞ고 바로 이급 서울 魯城으로 나아가 함몰ᄒᆞ니라

이 ᄯᆡᄂᆞᆫ 일쳔칠ᄇᆡᆨ구십팔년 칠월 이십이일이라 당초에 법국군사 地中海에서 揭帆할 ᄯᆡ에 英國 政府에서 그 비밀ᄒᆞᆫ 꾀를 알고 급히 海軍디쟝 寧爾孫 將軍에게 령ᄒᆞ여 그 뒤를 ᄯᆞ라 팔월 일ᄉᆞ에, 알긴, 海岸에서 ᄉᆞ로 마자 싸와 삼십륙시시에 크게 싸와 법국 쟝수 浮利伊가 크게 픽ᄒᆞ여 싸호다가 죽고 그 항구 안에 잇ᄂᆞᆫ 법국 선쳑은 燒失ᄒᆞᆫ 것도 잇고 沈破ᄒᆞᆫ 것도 만아서 무사히 성ᄒᆞᆫ 戰艦은 불과 삼사쳑 되어 法軍은 本國 왕ᄂᆡ할 길이 믹혀 통신할 수도 업스니 그 형상이 흡사 이 遠島에 漂流ᄒᆞᆫ 모양갓더라 나보레언이 비록 이 긔별을 드러시나 죠금도 념녀ᄒᆞᄂᆞᆫ 일이 업시 도로여 그 ᄯᅡ 人民을 養ᄒᆞ여 널니 仁政만 베러서 석들만에 군사를 上埃及으로 닐ᄯᅥ 잇ᄯᆡ 土耳其 사ᄅᆞᆷ이 介魯城 안에서 謀叛ᄒᆞᄂᆞᆫ 쟈 잇서ᄉᆞ 법국 쟝수 住比를 죽이고 법군을 엄습ᄒᆞ여 치는 일이 잇스되 이 변난이 잇흘 시에 돈뎡되엿더라 나보레언은 이 긔미를 타서 土耳其國을 망ᄒᆞ고 나아가 印度國 도모할 게교를 싱각ᄒᆞ고 날마다 군사를 련습ᄒᆞ더니 土耳其國에서도 ᄯᅩᄒᆞᆫ 그 깁흔 꾀를 알고 격서를 나보레언의게 보니여 埃及 회복할 게교를 시작ᄒᆞ더니 나보레언은 그 나라에 兵馬를 예비ᄒᆞ기 젼에 나아가 示列亞란 ᄯᅡᆼ을 쳐서 승세ᄒᆞ여 그 首都 昆斯端知撥을 치려ᄒᆞ여 ᄒᆞᆫ ᄶᅦ 군사ᄂᆞᆫ 埃及에 머물너 두고 그 남은 군사를 거느리고 示列亞城에 枝城亞且爾城砦을 進擊ᄒᆞ더니 그 城이 심이 굿건할 ᄲᅮᆫ 아니라 英將時土尼斯美斯란 사ᄅᆞᆷ이 용병ᄒᆞ기를 잘ᄒᆞ여 土耳其 군사를 구원ᄒᆞ여 힘서 싸호미 용이케 칠 수 업고 싸호기 시작ᄒᆞᆫ지 둘시에 강담ᄒᆞ고 ᄭᅬᆺᄂᆞᆫ 나보레언도 싸호기를 단렴ᄒᆞ고 埃及으로 歸陣ᄒᆞ여시나 그러나 나보레언이 本國 형세 위틱ᄒᆞ다 함을 듯고 마음에 悲憤慷慨함을 견디지 못ᄒᆞ여 드디여 印度에 遠征할 싱각을 ᄭᅳᆫ쳐버리고,

세네랄, 그레헬,이란 쟝사 두 사룸올 익급에 머무러 두고 다른 사룸은 아지 못ㅎ게, 란네수,와, 쩰델,과 말몬도,란 쟝사를 거나리고 일쳔칠빅구십팔년 팔월 이십삼일에 법국 厚列住斯港에 득달ㅎ엿더라

各國이 두 번치 同盟ㅎ여 法國을 치고 쏘 나보레언을 大統領으로 陞함이라

이쩌 羅馬國이 법국으로 더부러 和約함을 됴아ㅎ지 아니ㅎ는 사룸이 잇서々 亂을 이르켜 法國 鎭將을 죽이미 법국 군병 등이 크게 로ㅎ여 그 鎭亂에 죄상을 뭇는 명식으로 즉시 羅馬國 都府에 핍박ㅎ여 그 皇王 比斯 第六世를 잡아 법국으로 보닉고 그 나라 일홈을 羅馬共和國이라 곤치고 쏘 那浮列斯王을 示利島로 보ᄂᆞ고 그 나라 일홈을 撥德比安共和國이라 곤치고 撒丁國王을 핍박ㅎ여 그 屬地까지 아올너 法國에 부치고 그 國王으로 ㅎ여금 그 근쳐 島中에 居ㅎ게 ㅎ니 이에 伊太利의 聯邦이 만이 法國의 附屬地가 되여서 法國 군병이 항상 그 城砦에 둔수ㅎ여 그 나라 빅성을 딘무ㅎ고 瑞西國도 쏘ᄒᆞᆫ 법국에 침노함을 受ㅎ여 그 政綱을 곤쳐서, 헬헤시야, 共和政治國이라 稱ㅎ엿더라

1895년 12월 1일

(續)

잇쩌에 歐洲 각국 졍부에서는 法國이 暴威ㅎᄂᆞᆫ 거슬 미어ㅎ여 여러 나라이 다시 밍세ㅎ여 영국으로 더부러 법국을 치려ㅎ고 계교를 니여 쳔칠빈구십구년에 歐羅巴 여러 나라이 가마니 영국을 결약ㅎ여 사면으로 법국을 칠 시 墺國쟝수 且列斯ᄂᆞᆫ 瑞西國에 가 법군을 치고 露國쟝수 斯露ᄂᆞᆫ 伊太利에 가서 법국쟝수, 막쏘날도모로,에 강ㅎᆫ 군사를 치며 쏘 영국서ᄂᆞᆫ 海軍을 니여 법국 海岸에 가서 치고, 율그후,ᄂᆞᆫ 졍병 일만이쳔 명을 거나리고 和蘭國의 屯守ᄒᆞᆫ 법군을 치게ㅎ니 텬하 형세가 이 지경

이 되어 法國 軍情이 점점 리로옴을 일허버리고 천칠빅구십구련에 瑞西國 디경 밧그로 쫏겨나왓고 쏘, 이디리, 쌍을 아조 일어버릴 지경이 될 뿐 아니라 本國 ᄉ內에서는 王黨이 두 번찌 이러나서 각쳐에 소동ᄒ며 督理官 中에 時衛斯와 撥羅란 두 사람이 舊政 보젼할 모칙을 다ᄒ여 다시 크게 變革ᄒ는 策을 너여 兵威를 쓰고 다른 督理官 세 사람으로 ᄒ여금 그 큰 벼술을 물니치고 마음 갓흔 쟈에 怪衛와 撫蘭과 魯說住高란 이 세 사람으로 督理官을 ᄒ여 힘을 합ᄒ여 國勢를 회복ᄒ려 ᄒ고 크게 경쟝ᄒ되 나라에 소동은 점점 더ᄒ고 官庫가 업서져서 능히 그 쓰이는 거슬 지츌할 수 업슬뿐 아니라 각쳐에 戰敗ᄒᆫ 긔별만 이어오며 軍勢가 썰치지 못ᄒ며 國內 인심이 흉흉ᄒ여 離畔ᄒ며 원망ᄒᆫ 재 만흐니 정부에서는 엇지할 줄을 모로더라 잇디 나보레언이 십월 구일에 厚列住斯港에 凱旋ᄒ여 巴里斯로 도라오니 府中 빅셩이 나보레언이 나라일을 잘 본다 ᄒᄂᆫ 사람도 만코 쏘 나보레언은 본디 奸雄엣 사람이미 그 흉듕에 가히 측냥치 못할 큰 일을 품어시미 오히려 나라에 利치 못한 일을 니는 사람이라 ᄒ여 넘녀ᄒᄂᆫ 쟈도 만으되 督理官은 쏫 나보레언의게 諸軍總督을 任命ᄒ엿더라 이에 나보레언이 陰謀를 싱각ᄒ여 政綱變革할 일을 먼져 여러 쟝수의게 말ᄒ여써 我의 党을 삼아가지고 독리관 時衛斯란 사람과 의논ᄒ며 老鍊ᄒᆫ 議員들을 친밀이 ᄒ여서 십일월에 그 老鍊ᄒᆫ 議員들이 독리관을 데ᄒ고 五百명 議員을 巴里斯에서 써나 彦具爾란 쌍으로 옴겨 설시하게 命을 니고 나보레언이 친히 군사를 옹위ᄒ여 그 命을 힝ᄒ더니 독리관 듕에 時衛斯와 住高 두 사람은 미리 나보레언과 의논ᄒ던 일이미 즉시 그 벼살을 ᄒ직ᄒ고 撥羅는 命을 듯고 놀나우나 엇지 할 수 업서 그 督理官을 退ᄒ고 怪衛와 撫蘭 두 사람은 그 命을 항거ᄒ고 의논을 다토앗더니 즉시 잡어서 옥에 가두엇더라 이씨 五百명 議員 中에는 共和激黨이 디단이 만흔데 그 일이 올치 아니ᄒᆫ 줄 알고 크게 노ᄒ여 나보레언이 議院에 드러왓실 찌에 소리를 지르고 말ᄒ기를 나보레언은 제 혼자 國家大事를 결쳐ᄒᄂᆫ 큰 역젹

이라 ᄒ고 罵詈ᄒ고 사면에서 모여와서 쳐죽이기로 작뎡ᄒ니 텬ᄒ에 디
덕이 업난 줄 알고 잇던 나보레언도 겁을 너여 그 議院에 나왓더니 여
러 議員덜이 일제이 歡喜ᄒ여 의논ᄒᄂ는 자리에 나보레언을 디역무도ᄒᆫ
죄로 處罰ᄒ여 죽이려 ᄒ고 작뎡ᄒᄂ는디 나보레언은 그 아우 劉示安이
란 사ᄅ롬으로 ᄒ여금 졍병 수빅명을 거나려 議院의 드려보니여 총과 창
을 휘둘너 나를 항거ᄒᄂ는 무리를 脅追ᄒ라 ᄒ니 여러 의원이 이 모양을
보고 겁을 너여 항거ᄒ난 쟈은 ᄒ나도 업시 의원 등이 혹 床下에 업드
여 죄를 쳥ᄒᄂ는 쟈도 잇고 혹 담을 넘어 도망ᄒ여 다라나는 사ᄅ롬도 잇
서々 院內가 소요할 뿐이오 말이 업더라 그 잇흔날 兩議院 中에 그 은
밀ᄒᆫ 의논을 아는쟈들이 서로 모여 從來ᄒᆫ 政綱을 發ᄒ고 兩議院에 開
議홀 긔약를 셕둘을 물녀서 그 시에 拿破崙과 示預斯와 住高 이 세사
ᄅ롬을 推擧ᄒ여 統領官을 任ᄒ고 이 세 사람으로 ᄒ여금 나라 졍사를
아주 밋기고 ᄯ쏘 졍사와 밋 군법에 익은 사ᄅ롬 이십오명을 갈희여 統領官
을 補佐ᄒ게 ᄒ여 서로 政綱과 여러 제도를 뎡ᄒᆫ 후에 일쳔칠빅구십구
년 이월 십삼일에 全國니에 반포ᄒ니 이거시 이른바 共和政治 第四次
革釐함이니라 그리ᄒ고 共和政治에 일만가지를 십년 시에 젼여 統領官
三人의게 밋기니 그 듕에 뎨 일등 통녕관이 長이 되고 그 다른 통녕관
二人은 오직 일등 통녕관을 補翼할 뿐이오 ᄯ쏘 立法權은 元老院과 紳童
院과 土利賓預土院 이 三院에서 가졋더라 그러ᄒ나 이 新政治가 그 일
홈은 비록 共和政治라 ᄒ나 그 실상은 쳔만가지 일이 다 통년관에게로
도라가 쳐결ᄒ고 나라빅셩덜은 手를 拱ᄒ고 겻히서 볼 ᄯ짜른이라 그러ᄒ
나 政治변혁ᄒ여옴으로부터 소동이 디단ᄒ여 安居平臥할 날이 업스미
엇지할 수 업서 그 新政을 服從ᄒ더라 (未完)

(續)

法軍 留浮이 亞斯山을 踰ᄒ여 歐洲 各國을 並ᄒ야 和議함이라

이ᄯ 나보레언 뎨일등 統領官이 되야 그 권세가 흡사 이 法蘭西 君主와 갓고 그 남겨지 統領官 이인과 밋 外務執政과 內務執政官들은 모다 나보레언에 친ᄒ 사롬이미 각々 동심협력ᄒ여 정사ᄒ기를 힘쓰니 나라이 졈々 靜寧홀 모양이러라 나보레언이 위션 歐洲 各國 帝王으로 더부러 강화ᄒ여 됴약을 證結ᄒ려 ᄒ고 글월를 英國 第三世의게 보니여 상의ᄒ려 하더니 이 ᄯ 영국 지샹, 빗도,란 사롬이 법국 정부로 보니여 말ᄒ기를 우리 영국은 共和政治를 폐고 다시 王政을 회복ᄒ지 아니ᄒ면 감이 됴약을 뎡ᄒ지 아니 ᄒ깃노라 ᄒ니 나보레언이 크게 失望ᄒ여 싱각ᄒ되 영국이 이러호 ᄯ시 잇스면 다시 청화ᄒ여 쓸 데 업다 ᄒ고 다시 開戰ᄒ여 澳魯英 三國을 壓倒ᄒ여 霸業을 歐洲 全土에 썰칠 쐬를 너여 大軍을 모아 二軍으로 ᄂ와 一軍은 部將 毛魯가 거나려 獨國으로 보니고 一軍은 나보레언이 친히 거나려 伊太利로 향ᄒ여 갈 시 먼져 部將 馬斯世那를 보니여 伊太利로 가쩌니 馬斯世那가 뎍병의 강함을 당홀 수 업서 오디리 군사에 圍擊함을 당ᄒ여 살아날 길이 업ᄂ 지라 나보레언이 그 소문을 듯고 구원ᄒ려 ᄒ고 일쳔팔빅년 오월에 巴里斯서 쩌나 瑞西國 地尼和란 곳에 득달ᄒ니 前軍이 보ᄒ되 우리 군사 나갈 길가에 亞留浮斯山이란 놉흔 산이 잇서々 進去ᄒ기 어렵도다 엣젹에 彦牛撥軍이 羅馬를 征홀 쩌에도 이 산을 넘어가지 못ᄒ고 도라갓짜 ᄒ거늘 나바레언이 이 말 듯고 분연ᄒ여 가로되 엇지 나를 방ᄒ롭게 ᄒᄂ 산이 잇스리오 엣제 彦牛撥軍은 이 산을 도라갓다 ᄒ여도 나ᄂ 이 산을 넘어가리라 ᄒ고 군듕에 령을 너려 大炮ᄂ 격자에 싯고 車臺ᄂ 지고 彈藥 等은 나귀게 싯고 全軍이 험호 길을 무릅스고 어려옴을 사양치 아니ᄒ고 간신이 그 산을 멈어가니 이거시 가히 강호 군사의

거동이러라 그리ᄒᆞ여서 伊太利國 美蘭府都에 進入ᄒᆞ여 墺國將士 米
羅斯의 군사 딘 뒤로 나가서 그 나라 通路를 쓴어버리니 米羅斯가 이
일을 알고 크게 놀ᄂᆡ여 급히 군사를 모라 法軍을 襲擊ᄒᆞ다가 도리여
크게 픽ᄒᆞ엿더라 이에 墺將이 크게 분ᄒᆞ여 ᄒᆞᆫ번 싸와 승부를 결담코져
ᄒᆞ여 六月 十四日에 馬倫古라 ᄒᆞᄂᆞᆫ 들에서 크계 싸호니 그 炮聲은 텬
디를 뒤집는 듯 냥군이 분을 ᄂᆡ여 싸호다가 墺軍이 크게 픽ᄒᆞ여 그 쟝
수 米羅斯가 法軍의게 항복ᄒᆞ고 法軍은 그 部將, 뎨제,라 ᄒᆞᄂᆞᆫ 명쟝을
일코 나보레언이 이통ᄒᆞ여 ᄒᆞ더라 墺軍은 법군을 디덕홀 줄을 아지 못
ᄒᆞ여 同月 十六日에 休戰ᄒᆞ쟈ᄂᆞᆫ 언약을 믲고 伊太利에 잇ᄂᆞᆫ 屬地 世
魯亞와 住林과 突土那 이 여러 城을 法國을 주니라 법국 군세가 졈々
챵궐ᄒᆞ믹 나보레언이 馬斯世那로 總督大將을 삼고 軍機를 代理ᄒᆞ게
ᄒᆞ여 伊太利에 머물너두고 나보레언은 칠월 일々에 巴里斯로 도라오
니 巴里斯 府中에 人民들이 혹 나보레언에 歸國함을 깃버ᄒᆞᆫ 쟈도 잇
고 혹 나보레언의 교만ᄒᆞ고 奪國ᄒᆞ고져 ᄒᆞᄂᆞᆫ 뜻을 미어ᄒᆞᄂᆞᆫ 쟈도 만터
라 十一月에 墺國과 法國 두 나라의 和議가 다시 파ᄒᆞ여 법국쟝수 毛
魯가 졍병 십만을 거나려 獨國에 侵入ᄒᆞ여 그 나라 皇族 쏭이란 사롬
이 거나린 디군으로 더부러 싸와 즉시 함몰ᄒᆞ고 길이모라 墺國 셔울 維
也納에 드러가니 그 군사에 형세가 심이 밍널ᄒᆞᆫ지라, 오디리, 졍부에서
그 형세를 당홀 수 업서々 다시 항복ᄒᆞ여 강화ᄒᆞ기를 쳥ᄒᆞ여 일쳔팔빅
일년 이월에, 유네웰,이란 곳에서 盟約을 證結ᄒᆞ고 羅因江 左岸 一帶
地로부터 和蘭시에 至ᄒᆞ도록 다 法國으로 버허주고 伊太利의 連邦된
젹은 나라 土斯加尼國과 門世那國 두 나라 님군이 쌍을 버혀 법국을
주고 羅浮列斯國王은 이젼 영국으로 더부러 同盟ᄒᆞᆫ 언약을 쓴코 법국
에 부터서 겨우 제 나라 쌍을 보젼ᄒᆞ고 羅馬法皇도 쏘ᄒᆞᆫ 법국의 형세
를 두려워서 강화ᄒᆞ여 됴약을 뎡ᄒᆞ고 셔반아국와 포도아국도 한 가지
로 밍셰ᄒᆞᄂᆞᆫ 언약을 믲고 露國도 쏘ᄒᆞᆫ 나보녜언으로 더부러 和議를 졀
뎡ᄒᆞ엿더라 각셜 나보녜언이 埃及國에서 본국으로 도라올 찌에 그 부

쟝, 그녜벨,이란 사룸의게 졍병 일만이쳔명을 밋게서, 토이기,를 치라고 흐엿더니 일쳔팔빅일년 삼월에 回々教에 무리가, 그녜벨,을 暗殺하니 그 부쟝, 메누,란 사룸이 그 군사를 총독흐여 가지고, 익곱,에서, 토이기, 나라 군사로 더부러 싸호더니 그 군사에 형세가 졈々 쇠잔흐여슬 뿐아니라 英軍이, 토이기,를 도와 싸호니 법군이 디픽흐여 필경 영국군 듕에 황복흐고 법국에 부텨던 쌍도 다 일코 일쳔팔빅이년 삼월에 英法 두 나라이 亞示安 쌍에서 和議를 결뎡하니 歐洲 全土의 여러히 소동흐던 일이 일시에 딘뎡되여 사룸마다 처음으로 愁眉를 開흐엿더라

1895년 12월 5일

(續)

拿破崙이 內治에 注意흐고 또 帝位에 昇함이라

이에 法國 宿痾의 디단흔 공화당과 왕고수구당들이 나보레언의 위엄이 날마다 놉고 또 그 뜻이 나라를 쎄아스랴는 줄 알고 나보레언을 죽여서 후환을 덜냐 흐고 이 히 십월에 작는흐다가 발각되여 다 잡어 옥에 가두고 또 십월 이십사일에 나보레언이 戲場구경 갓다가 길가에서 홀연이 방포 소리 나며 나보레언을 죽이려 흐거늘 나보레언이 게교를 니다 잡아 죽이니라 이럼으로 나보레언이 激烈 共和黨과 수구흔 王政黨을 搜索할 시 暴烈흔 쌰고쌘 社黨과 王政黨의 사룸 일빅삼십여인을 잡아서 칠십인은 遠地로 뎡비흐고 그 여의 亞列那와 밋 世羅示란 사룸들은 디역무도지죄로 死刑場에 쳐흐여 죽이고 그 남겨지 사룸을 잡으려 흐고 巡吏로 흐여금 인민의 집을 수삭흐며 병징기 잇는 거슬 모도 거두어 오니라 더뎌 법국의서 졍사변역된 지 십여년이나 되々 완뎡흔 교법이 업서々 각쳐의 잇는 寺院들을 혹 헐기도 흐며 혹 파흐기도 흐여 모다 빅성에 집을 만들믹 나라 인민들이 敬神흐는 마움이 업는지라 나

보레언이 텬쥬교를 다시 흥왕ᄒ게 ᄒ고져 ᄒ여 위선 羅馬法皇으로 더
부러 언약ᄒ고 全國에 령을 ᄂ여 이젼과 갓치 다시 텬쥬교로 國敎을
삼는다 ᄒ고 大敎長 十名과 부교쟝 오십명과 밋 僧徒 수쳔명을 갈ᄒ여
서 俸祿을 졍부에서 出給ᄒ게 ᄒ고 國中의 寺院에서 禮拜ᄒ여 崇敎ᄒ
ᄂ 일을 行掌ᄒ게 ᄒ니 國中 人民이 다 깃버ᄒ여 日曜日의 崇拜ᄒ고
寺院에 가서 說敎를 聽ᄒᄂ 거시 再興ᄒ엿더라 에 나보레언이 크계 商
事와 敎育ᄒᄂ 여러 가지 일에 注意ᄒ여 페ᄒ엿던 혹교를 다시 이르키
고 모든 學藝과 모든 技術을 비호게 ᄒ며 蕃屬도니 高部란 ᄯᆼ을 기쳑
ᄒ게 시작ᄒ고 그 다른 都府의 ᄯᆼ은 쟝셩ᄒ게 ᄒ며 다시 港灣을 열며
土木수보ᄒᄂ 일을 시작ᄒ며 本國 사ᄅᆷ들이 다른 나라에 가 잇는 쟈들
을 시로 법을 세우며 밤낫ᄉ로 治民ᄒ며 治國ᄒ기를 힘스며 리히와 득
실을 료량ᄒ여 ᄇᆨ셩에게 利ᄒ 졍사를 施ᄒ니 人心이 함복ᄒ여 다 나보
레언에 덕틱을 칭숑ᄒ더라 오월 초팔일에 나보레언이 大統領에 벼슬을
갈닐 과ᄒᆫ이 되ᄆ 인민들이 모혀서 십년만 더 奉職ᄒ기를 쳥ᄒ거ᄂᆯ 나
보레언이 허락ᄒ고 다시 졍사를 잡아 前에 法律의 紛亂ᄒ던 거슬 곤치
고 시로 一大憲法을 制ᄒ고져 ᄒ여 高名ᄒᆫ 有司와 밋 法律學士에개
신틱ᄒ여 다시 법을 마련ᄒᄂ데 나보레언도 혼가ᄒᆫ ᄯᅢ를 타서 ᄯᅢᄉᄉ로
그 法律編纂ᄒᄂ 자리에 참녜ᄒ여 됴목마다 그 리히와 가부를 의논하
여 죠고마ᄒᆫ 거시라도 다 졍묘롭게 ᄒ여 털억만치라도 그름이 업시ᄒ
니 이젼애 나보레언을 行軍ᄒᄂ 쟝수에 직목인 줄노만 알앗던 사ᄅᆷ덜
은 萬機가 다 민쳡ᄒᆫ 거슬 놀니고 경복 아니리 업더라 그 法律에 먼져
人民에게 관ᄒ여 서로 交際ᄒᄂ 빅반 됴건이 二千三百여가지니 실노
근리에 가쟝 죠흔 法典이라 당초에는 法國만 쓰더니 졈ᄉ 퍼져서 和蘭
과 白義와 伊太利와 獨逸에 連邦과 法國에 屬ᄒ 각국이 다 쓰더니 지
금에 이르러는 歐洲 각국과 米國ᄭ지 다 이 법을 직희여서 大寶典이
되지 아니ᄒ 곳이 업더라 디뎌 國中 ᄇᆨ셩들이 由來ᄒᆫ 執政官이 자조
법령을 변기ᄒᄆ 그 곤칠 ᄯᅢ마다 근심이 되는 거슬 심히 렴녀ᄒ더니 나

보례언이 萬機를 統理함으로부터 그 便宜함을 엇은고로 國中에 나보례언을 죽도록 大統領을 믹겨두면 나라에 근심이 업스리라 ᄒᆞ여 공논이 이러나더라 나보례언이 全國 人民의게 령을 ᄂᆞ려 빅성의 인심을 보고져 ᄒᆞ여 사롬마다 각ᄼᆞ 제 ᄆᆞᆷᄃᆡ로 표를 더지게 ᄒᆞ되 나보례언이 죽도록 디통령ᄒᆞᄂᆞᆫ 거시 올타 ᄒᆞ던지 올치안타 ᄒᆞ던지 ᄒᆞ라 ᄒᆞ엿더니 그 표가 도합 三百五十여만쟝인데 올치안타 ᄒᆞ거시 이십만쟝에서 지나지 아니ᄒᆞᄂᆞᆫ지라 일쳔팔빅이년 팔월 이일에 나보례언이 나라 輿論을 좃차서 드듸여 終生大統領의 天賦에 나아가니 나보례언에 爵位가 여러 政官의 우희 거ᄒᆞ여서 문무빅관들이 그 지휘를 좃지 아니ᄒᆞᄂᆞᆫ 사롬이 업고 위염과 권세가 혁ᄼᆞᄒᆞ니 빅관들이 다 忠義를 다ᄒᆞ여 디통령에 밋서를 밧들더라 이러ᄒᆞ미 시로이 챵셜ᄒᆞᄂᆞᆫ 됴졍 례법과 타국 사신 디졉ᄒᆞᄂᆞᆫ 규측이 분명ᄒᆞᆫ지라 각국 정부에서 쏘ᄒᆞᆫ 법국 됴졍의 법을 숭상ᄒᆞ기로 外國 民士들이 法都 巴里斯에 群集ᄒᆞᄂᆞᆫ 쟈 날마다 운집ᄒᆞ여 法國에 聲名이 사희에 진동ᄒᆞ더라 (未完)

1895년 12월 7일

(續)

각셜 나보례언이 亞示安 쌍에셔 됴약을 결뎡ᄒᆞᆫ 후에 다시 그 약됴를 ᄒᆞᆫ 가지라도 비반ᄒᆞᆫ 일이 아니로되 그 약됴 ᄉᆞ목 등에 업ᄂᆞᆫ 일을 ᄒᆞ기도 ᄒᆞ며 일쳔팔빅이년에 조고ᄆᆞᆫ 일노 伊太利에 부튼 甘衆途와 撥馬와 悅巴島란 여러 곳을 법국의 屬國ᄒᆞᆫ 짜흐로 만들며 示擦賓共和國 디통녕을 제 마음ᄃᆡ로 겸찰ᄒᆞ며, 어디리, 全國에 권세를 차지할 뿐이 아니라 瑞西國의 內亂을 막으러 간다 ᄒᆞ고 일커러 出兵ᄒᆞ여 共和政治를 변기ᄒᆞ니 영국의셔 이런 일을 깃거 아니ᄒᆞ며 쏘 약됴 등에 뎡ᄒᆞᆫ 末多島와 밋 埃及 등 짜에셔 이왕에 보ᄂᆡ던 군사를 歸國 아니 시키며 쏘

영국 신문지에 나보레언을 비방ᄒᆞ고 긔롱ᄒᆞ여 가로되 彼가 제 강화ᄒᆞ
는 거슨 아직 그 어려온 거슬 막고 그 시에 戰艦도 만이 짓고 海軍도
졍돈ᄒᆞ 후에 그 강화ᄒᆞ 거슬 파ᄒᆞ고 법국에 깁흔 원수를 갑고져 ᄒᆞ여
그리ᄒᆞ는 거시라 ᄒᆞ여거늘 나보레언이 ᄼ 말을 듯고 가로되 그러ᄒᆞ면
영국의서는 겻츠로는 비록 강화ᄒᆞ여도 그 속은 우리 군사 졍돈ᄒᆞ는 거
슬 기더리고 잇슬 나라이 아니로다 ᄒᆞ고 즉시 軍議를 뎡ᄒᆞ여 법국 內
部에 와서 施行ᄒᆞ는 영국사ᄅᆞᆷ 일만여명을 다 잡앗더라 이러ᄒᆞ미 兩國
에서 서로 보ᄂᆞ는 글이 서로 그 그른거슬 칙망ᄒᆞ여 두 나라의 화친이
문득 파ᄒᆞ고 서로 군사를 이르킬 시 영국의서는 定備兵 外 다시 오만
명을 더 느리고 ᄯᅩ 全國 人民 듕에서 이 일을 위ᄒᆞ여 의병으로 이러ᄂᆞ
는 쟈가 삼십여만명이 되어 出兵긔를 의논ᄒᆞ고 법국에는 영국에 비ᄒᆞ
여 더욱 분발ᄒᆞ여 나라에 少壯ᄒᆞᆫ 무리 삼십이만여명을 모아가지고 나
보레언이 영국의 通商貿易을 ᄭᅳ으려 ᄒᆞ여 各國 항구에 오는 船舶을 염
금ᄒᆞ더라 일쳔팔빅삼년 末로부터 그 이듬ᄒᆡ 末ᄭᅡ지 시비ᄒᆞ긔를 ᄭᅳᆫ지
아니ᄒᆞ고 싸홈도 ᄒᆞ지 아니ᄒᆞ더니 법국 쟝수 勿質씨가 영국 요ᄒᆡ쳐로
侵入ᄒᆞ여 싸홈도 아니ᄒᆞ고 다시 화친이 되어 漢於弗이란 쟈을 항복밧
고 浮羅端이란 ᄯᅡᆼ을 ᄲᅢ앗더라 법국이 漢於弗를 칠 ᄯᅢ에 겻히서 구경만
ᄒᆞ고 구완할 수 업스미 영국도 西印度의 법국 屬地를 ᄲᅢ아슬 ᄯᅢ에 별
노 쾌ᄒᆞ게 싸호지 아니ᄒᆞ엿더라 이ᄯᅢ에 법국 國內에서는 나보레언이
딕통령된 지가 임의 다섯 ᄒᆡ를 지ᄂᆞ니 인민들이 크게 그 디혜와 용ᄆᆡᆼ을
탄복ᄒᆞ여 各ᄼ 업을 편안이 ᄒᆞ되 다못 王政黨과 共和黨이 그 틈을 엿
보아 作亂할 陰謀를 도모ᄒᆞ는 쟈 잇고 여러번 싸홈에 공이 잇는 毛魯
란 사ᄅᆞᆷ도 共和黨에 들어서 나보레언을 죽여 업시ᄒᆞ고 제가 그 텬ᄒᆞ
統禦ᄒᆞ는 큰 권세를 가지고져 ᄒᆞ여 密謀ᄒᆞ다가 그 일이 미리 탈로ᄒᆞ여
比成留란 사ᄅᆞᆷ은 獄中에서 스스로 죽고 그 남어지 陰謀黨 여듧명은 다
죽이고 毛魯는 그 죄상이 분명치 아니ᄒᆞ여 米國으로 放逐ᄒᆞ엿고 ᄯᅩ 나
보레언이 법국 션왕에 아달 路易 十八世가 生存ᄒᆞᆫ 거슬 알고 사ᄅᆞᆷ을

보니여 말ᄒ기를 法國 王位를 너게 傳授ᄒ여 주면 巨萬金 진물을 주리라 ᄒ엿더니 路易 十八世가 듯지 아니ᄒ니 나보레언이 크게 로ᄒ여 그 先王 族屬 等과 밋 그 枝族安漢候 等을 다 죽이니라 이ᄶᅥ 법국의 元老院과 土利賓預土院에서 의논을 너여 가로되 방금에 非分에 요힝함을 엇고져 ᄒ는 사룸이 連ᄒ여 이러나니 이거시 반다시 우리나라가 共和政治 되여서 國王이 업는 연고라 맛당이 世襲할 어진 임군을 갈ᄒ여 세워서 이후에 오는 근심을 덜니라 ᄒ더 衆議가 두말 업시 ᄒ갈갓치 결단ᄒ여 일쳔팔빅사년 삼월 삼십일에 령을 너여 이르기를 우리나라이 共和政治가 되고 명ᄒ 君이 업는 고로 內亂과 外寇가 끈칠 날이 업스니 싀로이 皇帝를 立ᄒ여 萬機를 다 황데 一身의게 의탁ᄒ여 결단ᄒ고 분주ᄒ 폐가 업게 保那撥土로 ᄒ여금 그 位를 嗣함이 엇더ᄒ뇨 ᄒ고 반포ᄒ엿더니 全國이 다 글올녀서 그리ᄒ기를 원ᄒ엿는지라 그히 오월 십팔일에 맛참니 拿波列翁 保那撥土를 밧들어 法國 皇帝를 삼을 시 이ᄶᅥ 바로 그 大禮를 힝ᄒ지 못ᄒ고 그 히 십이월 이일에 警衛를 준비ᄒ고 그 大禮를 힝니 이날 羅馬法國이 加冠ᄒ는 禮를 힝코져 ᄒ여 비록 巴里斯에 왓스나 나보레언은 문득 제 친히 그 金冠을 취ᄒ여 제 머리 우희 쓰고 ᄯᅩ 황후의 冠을 助世賓에 머리 우희 쓰고써 그 大禮를 힝ᄒ니 全國의 土民들이 만세를 부르며 그 大典을 축수ᄒ더라 (未完)

1895년 12월 9일

(續)

各國第三次同盟伐法國並英國名將汝乙孫殲法國海軍

上來如此히 나보레언은 빅셩에 所望을 좃챠 皇帝의 天職에 卽位ᄒ야 第一世 나보레어이라고 稱하고 舊來之共和政綱을 곳쳐 立君政治의 綱紀를 셰워서 功臣良將 十八名을 육군총독관을 授任ᄒ며 제 형뎨게

殿下 외 尊號를 쓰게 ᄒ고 새로 百官百僚를 두고 官位階等을 定ᄒ며
宮內禮節을 뎡ᄒ엿더라 이러ᄒᄃᆞ 國內 각쳐에 分鎭ᄒ야 잇는 將軍 等
은 이 일을 듯고 私語ᄒ야 닐으기를 금번에 卽位는 後來에 대환이 나
리라 ᄒ고 마음예 넘녀를 ᄒ야 잇스되 나보례언은 황뎌되는 후는 覇心
이 斯熾ᄒ야 歐羅巴 全洲를 치려는 마음이 잇는ᄃᆡ 내 나라는 병마년탈
ᄒ야 향ᄒ는ᄃᆡ 덕국이 업슬 뿐아니라 황계가 英武明敏ᄒ매 다른 나라
가 모도 겁을 내매 국세 즈연이 굉대ᄒ고 近日은 士氣懈怠ᄒ며 兵勢弛
弱ᄒ야셔 모도 이젼 슈빅년간 므스태평ᄒ얏스므로 잠자는 것ᄀᆞᆺ치 세상
대셰를 아는 사름이 ᄒ낫도 업기로 나보례언은 혼자 임의로 근년제국
을 치고 ᄲᅢ키더라 일쳔팔빅오년에 나보례언은 이태리국 북부지방을 巡
臨ᄒ야 義子 유쩬호할비를 이태리국 國王으로 封ᄒ야 쪠노아국 발마
국 두 나라를 법국 판도에 드려 셔류짜 밋 히온비노 두 ᄯᅡᆼ을 ᄲᅢ야 나보
례언의 계집동싱 예리사와 그 夫男 바시옷지를 ᄒ야곰 政治代掌케 ᄒ
여 이태리국 왕권을 잡어 몸은 法都 巴里에 잇셔셔 이태리국 萬機大政
을 감독ᄒ얏더라 이러ᄒᄃᆞ 이째 영국 지샹 빗도란 사름이 법국 나보례
언이 皇帝卽位ᄒ지 이태리국을 제 마음대로 다스리다가 비스므도롭게
ᄒ는 즛슬 믜여 乘此機ᄒ야 법국에 罪惡을 말ᄒ여 이냥 두엇다가는 列
國이 엇지 욕을 볼비 될지 미리 알 슈 업스매 동심합녁ᄒ야 법국을 치
쟈고 어지리야국 아라샤국 쉿줄국을 論說ᄒ야 同盟征討에 契約을 ᄒ
고 作戰計畫을 ᄒ야 잇더라

각셜 법국에셔는 영국을 치려ᄒ고 ᄲᅮ론누 港口에 대군병마 십오만을
모와두고 대쇼션이 십여쳑에 병긔나 화약이나 군량을 허다히 시러 一
擧將壓 英國ᄒ고 영국도 긔젼방어에 쥰비몰 ᄒ야 법국 군병이 나오믈
기다려 잇는ᄃᆡ 나보례언은 영국 희군이 굉셩ᄒ믈 알고 잇스매 먼졈 제
나라 희군쟝슈 윌니부더러 명녕을 내여 법국 셔반아국 두 나라 병션 슈
십쳑을 거느려 일부로 西印度를 치려가는 쳬를 뵈여 영국 병션이 遠海
로 뒤쫏츠가게 ᄒ야 영국 군졍 여하를 보고 곳 육군 병졍을 영국 희변

에 하륙ᄒ야셔 내 마음대로 英國 山川을 跋踄蹂躪ᄒ려 ᄒ고 경눈을 ᄒ
야 두엇더라 이러ᄒ데 이때 영국ᄒ군 장슈 넬손이란 사람이 이러ᄒ 속
을 몰으고 졔일 됴흔 병션 슈십쳑을 거느려 법국 병션을 쫏ᄎ 西印度
海로 향ᄒ야 갓ᄂ디 법국 병션이 償然이 그 針指向路를 轉ᄒ여 구라파
편으로 향ᄒ매 유명ᄒ탈ᄒ 勇將 넬손도 적병에 術中으로 쩌러져 잇ᄂ
줄 ᄭᄃ러 급비 回其艦隊ᄒ야 그 뒤를 쫏ᄎ가되 밋ᄎ 못ᄒ물 알고 곳
快船을 急行케 보니고 敵軍之欺計를 본국에 긔별ᄒ얏스매 영국 졍부
ᄂ 곳 병션 십오쳑을 내여 장슈로 쪨더갈덜이란 사람으로 ᄒ야금 그 병
션을 총독ᄒ게 ᄒ고 직시 셔반나 ᄶ에 가셔 법국 병션이 십일쳑이 나오
물 기다리더니 칠월 이십이일에 ᄒ샹에셔 므셥케 싸왓스되 이 戰鬪ᄂ
괴ᄎ 양군이 ᄉ샹만 만코 승부를 못ᄒ고 법국 병션은 헬롤이란 ᄒ변에
가셔 병션에 파샹ᄒ물 슈리ᄒ야 잇더니 법졔 나보례언에셔 부례스도
浦灣으로 가라ᄂ 명녕이 왓스매 직시 발션ᄒ얏슬시 다시 영국장슈 알
덜이란 사람 ᄯ문에 航路롤 遽塞되야셔 갈 슈 업기로 셔반아 ᄶ 가지
수浦에 가셔 碇迫ᄒ얏더라 영국장슈 넬손은 그시 본국 가셔 병션 이십
구쳑을 거느리고 와셔 가지수浦로 나와 외워싸고 법국 병션을 셔기고
내려고ᄒ야 좀 싸오기도 ᄒ고 잇ᄂ 틈에 법국 구완 병션이 졈々 나와
만어지고 ᄉ십여쳑이 되야도 법국 윌니부ᄂ 必勝難期ᄒ물 알고 감이
浦外로 안나갓더니 遂陷汝乙孫計略ᄒ고 시월 이십일일에 외양에 나가
셔 도라하랄갈이란 디셔 고금에 업ᄂ 激戰快鬪롤 ᄒ야 넬손이 미리 경
눈을 ᄒ던 일이매 졔 ᄐ잇ᄂ 병션의 그도리야란 비 션두에 大書ᄒ야 닐
으기롤 이 戰鬪에 汝士卒等各勿忘其本分이 파ᄒ고 긔를 셰워 炮煙硝
藥에 시룰 도라보지 아니ᄒ고 敵艦 群集ᄒᄂ 디로 가셔 回于左轉于右
ᄒ고 군졍을 감독 지휘ᄒ기로 법국 병션이 ᄭᆺ々이 나오지 못ᄒ얏더나
ᄒ로 銃卒에 狙擊을 바다 그 쳘환이 脊髓에 닷쳐 넘어지매 ᄉ졸이 대
경ᄒ야 곳 船室에 드려 醫瘡ᄒ얏스되 넬손은 못사ᄂ 줄 알고 副將 하
지란 사람을 도라보고 승부엇ᄒ물 문ᄂ디 하지답왈 아국대승젼이라 ᄒ

는 말을 듯고 넬손이 안식이 대희ᄒ야 닐으기를 吾爲國家盡本分이라
ᄒ고 죽엇더라 이러ᄒ더 영국이 전승되여 敵艦 십구척을 ᄲᅦ여 법국쟝
슈 일슈보기타 일만이천여명을 살려잡고 법국 셔반아국 양국은 병선이
전멸되얏코 영국 정부ᄂᆞᆫ 넬손에 공을 칭창ᄒ야서 國葬을 지내고 그 아
우를 貴族에 을녀 됴샹비 오십만원금과 ᄆᆡ년 삼만원금 식을 주고 그 계
집동싱에 오만원금을 주엇더라 (未完)

1895년 12월 11일

(續)

拿破崙破墺露之大軍並獨逸帝國亡

나보례언은 셔반아 ᄯᅡᆼ 바다 싸움텅에 兵船艦隊失其大半ᄒ얏기로 ᄒᆡ군
을 가지고ᄂᆞᆫ 승전치 못ᄒ물 ᄭᅢ드라 英國을 征討ᄒ물 말고 그 陸軍 猖
獗之勢로 歐羅巴 全州를 橫行蹂躪ᄒ게 決心을 먹커 친이 대군을 거ᄂᆞ
려 羅印江 沿岸에 출병ᄒ다가 어지리야국 쟝슈 맛구氏가 거ᄂᆞ린 대군
ᄒ고 싸와 奇兵詐計로 어국 대군을 破ᄒ야 屈撫城을 ᄲᅦ여 墺國 精兵
이만여천명을 살려잡어 승승구칙ᄒ야 어지리야국 쟝안 維也納으로 갓
더라 이러ᄒ더 아라샤 황뎨, 아례기산덜,은 이 형셰를 보고 澳軍을 구
완ᄒ야 법뎨 나보례언이 나오ᄂᆞᆫ 通路를 샤단ᄒ고 싸우려ᄒ야 셧돌 초
사혼날에 오스도릿즈란 ᄯᅡᆼ에서 大戰奮鬪ᄒ얏슬ᄯᅢ 澳露二帝 親出督其
諸軍ᄒ여 구라ᄑ 셰상에 天地開闢以來無二之大戰鬪더니 낭즁에 어로
냥국 군졍이 쇠ᄒ야지고 낭비되야 戰死者 삼만여천명 대포 이빅팔십여
기를 닐어버리고 어지리국 황졔 후라시스ᄂᆞᆫ 힘이 아쥬 다ᄒ니 防戰홀
計術이 업셔셔 법뎨 나보례언 군문에 항복ᄒ야 흐례스뷰구란 ᄯᅡᆼ에서
화친됴약을 ᄒ고 웨니스, ᄯᅡᆯ마시아란 두 ᄯᅡᆼ을 주어 법국 판도로 되얏더
라 어국은 屢屢히 饒沃홀 ᄯᅡᆼ은 업셔지고 ᄲᅡ하리아 웰덴볼쯔란 두 나라

눈 법국이 뒤를 보와주믈 바라 츌병ᄒ던 일이 잇셔스매 다 自主獨立王國이 되얏슬 뿐아니라 ᄎᄎ 나라지익이 커지고 ᄯᅩ 孛漏生國은 元來通意于法澳兩國ᄒ야 잇던 나라더니마는 이번 싸움 째문에 크게 危懼之心念이 나셔 법졔 나보레언게 詔諛ᄒ야 割其國讓法國ᄒ고 自國之安全을 계도ᄒ얏더라 나브레수 국왕은 젼은 나보례언 복죵ᄒ야 잇셔스되 그 속은 陰迎英露之兵于國內ᄒ야 몰내 예계모ᄒ려 ᄒ얏기로 그 王位롤 褫奪ᄒ고 시스리島로 구양보니여 버리고 拿帝에 兄 쇼셰후를 나브레스 국왕으로 봉ᄒ얏더라 於時로 拿帝ᄂᆞᆫ 將來令歐洲各國道法國下之策을 내여 義子 유쎈허할네란 사름을 이태리국 王位 繼嗣者로 ᄒ야 世子로 封ᄒ며 독국 ᄯᅡᆼ에 구레볘수 벨구란 兩地를 愛將 무라란 사름게 주고 和蘭國은 젼붓다 共和政治國이로되 그 政綱治本롤 곤쳐 立君政治國으로 ᄒ야 拿帝에 弟 뤼란 사름을 和蘭國王으로 ᄒ고 麾下에 舊勳之將帥執政者 等에게 그 功蹟을 보와셔 싸와 챳던 나라를 分封ᄒ야 慰勞ᄒ얏더라

如此히 今回破墺露大軍以來ᄂᆞᆫ 講和乞降之國이 엇지 만은지 말로 다 닐을 슈 업고 日日極其盛大ᄒ기로 一千八百六年 七月 十二日에 獨國 其他 十四國을 合併ᄒ고 그 盟主 皇帝로 되야 독국 ᄇᆡᆨ셩 일쳔육ᄇᆡᆨ만 명을 법국 政下에 두고 아주 나보례언이 구라파 젼토를 다스려 ᄒ얏더라 因ᄒ야 독국 황졔ᄂᆞᆫ 不得已이 되야 退獨國皇帝之大號ᄒ야 어지리국에 가셔 지니엿스매 獨逸建國以來 殆一千年 而終國亡矣 于時一千八百六年 八月 六日이라

各國第四次同盟伐法國並나보레언帝布禁法之令

如此납帝併吞歐洲各邦稱覇于各國威名赫々 嗚呼 歐洲全土唯不屠 英露二國 뿐이라 이째 노국은 법졔 나보례언이 專橫任意로 ᄒᄂᆞᆫ 즛슬 믜여 화친홀 마음이 업고 영국ᄒ고 합녁ᄒ야 가지고 법국을 치게 계모롤 ᄒ얏기로 이째 퓌漏生國은 이왕 나보례언에 항복ᄒ고 복죵ᄒ야 각국에

비방을 밧고 잇셔스되 슈년간을 나보레언에 侮辱을 바다 慙憤이 춤을
슈 업게 되야 법국에 逆抗ᄒ려ᄂᆞᆫ 마음을 내야 瑞典 薩撒尼 兩國ᄒ고
同盟結約ᄒ야 英露ᄒ고 ᄀᆞᆺ치 법국올 치ᄂᆞᆫ 準備를 쟝만ᄒ야 잇더니 나
보레언은 그 소문을 듯고 직시 병마를 모와 친이 거ᄂᆞ려 그ᄒᆡ 시월 열
나흔날에 예나란 ᄯᅡ에셔 기젼ᄒ야 퓌漏生將帥 호헨로란 사롬이 거ᄂᆞ린
군병 칠만명ᄒ고 싸와 일만삼쳔여명을 죽여 일만오쳔여명을 살녀잡어
대포 이빅기을 쎗코 연ᄒ야 아으엘스ᄯᅡ도란더셔 법국 병경이 불과 이
만육쳔명이로되 퓌漏生國總督 부린스의 그 侯가 거ᄂᆞ린 六萬餘人되ᄂᆞᆫ
대군을 攻擊ᄒ야 일만여쳔명을 죽여 대포 일빅오십기을 쎄여 퓌漏生軍
은 대비ᄒ야 總督은 戰死ᄒ고 그 堅固城 數處룰 짓기지 못ᄒ고 법군
에 항복ᄒ얏기로 시월 이십오일에 나보레언이 퓌국 伯林에 드러갓더라

1895년 12월 13일

(續)

이러ᄒᆞᆫ디 孛漏生나라 닌금은 出奔潛匿于僻遠之地ᄒ야 업기로 나보레
언은 퓌나라 빅셩게 삼쳔만금의 돈을 謝罪金으로 내게 엄이 신직ᄒ야
법국쟝슈 ᄒᆞᆫ 명을 모몰려 두고 퓌國鎭撫使로 ᄒ얏더라 이 두 나라 싸
옴은 ᄒᆞᆫ둘 간도 못되여 패나라ᄂᆞᆫ 滅亡되고 薩撒尼國은 퓌漏生國 ᄉᆞ이
길을 닐어버려 구완을 ᄒᆞᆯ 슈도 업고 눕의 나라 구완을 바들 슈도 업게
되고 나보레언은 속에 깁픈 計略이 잇셔셔 薩撒尼國이가 抗逆ᄒ던 죄
를 不問ᄒ야 각국 군경을 담지케 ᄒ야 和親條約을 ᄒ얏슬 ᄲᅮᆫ아니라 前
來之王號을 셰워주고 쎄던 퓌漏生國에 ᄯᅡᆼ을 주고 그 나라 版圖로 ᄒ
야 주엇더라 헨션국은 連戰連敗ᄒ야 그 나라 망ᄒ고 국왕은 타국에 도
망ᄒ얏더라 이러ᄒᆞᆫ디 패나라 왕 흐레뎃그윌렘이ᄂᆞᆫ 兵勢 다ᄒᆞ니 나가셔
화친을 쳥ᄒ되 납폐가 내라ᄂᆞᆫ 됴목이 넘어커셔 당ᄒᆞᆯ 슈 업고 ᄆᆞ옴이 不

勝憤懣ᄒ기로 決勝敗于一戰而國共相斃之快心을 내여 不應其要求ᄒ
얏더니 맛침 아라사 황졔가 군ᄉ 구만명을 거ᄂ려 피漏生國을 구완ᄒ
러 패나라로 갓ᄂᆫ디 패왕은 그 말을 듯고 불승대희ᄒ야 병졍 ᄉ만명을
모와 섯돌 스믈엿션날에 노국 군ᄉᄒ고 합녁ᄒ와 뷸지스그란 ᄯ에셔
법군ᄒ고 兩國 군졍이 대비되야 일쳔팔빅칠년 이월 초칠일에
예라으란 ᄯ에셔 싸와 ᄯ 대비되고 又土耳其國이 아라샤 ᄯ으로 친범
ᄒ러 왓기로 아라샤ᄂ 法國 征討ᄒ야 군졍이 낭비되고 쇠ᄒ야 잇ᄂᆫ 터
에 土國 친범을 바다 分兵于各處ᄒ던 ᄯ문에 어렵게 되얏슬 ᄲᅮᆫ아니라
ᄲᅧ릉ᄲᅧ룩과 오스도로령 두 ᄯ에 군졍도 失利되고 유월 십ᄉ일에 흐리
라스도란 ᄯ에셔 大戰激鬪ᄒ얏더니 두 나라 병졍이 아주 ᄭᅮᆷ착을 못ᄒ
게 되야 다시 계교ᄒᆯ 軍勢 업게 되야셔 ᄒᄂ 슈 업시 나보레언에 항복
ᄒ야 일쳔팔빅칠년 칠월 초칠일에 노국과 법국이 두 나라 황졔가 親面
安議ᄒ고 화친묘약을 ᄒ얏기로 패나라 왕은 ᄆᆷ 속에 묘화아니ᄒ야도
形勢 不得已ᄒ야 그 화친묘약에 드럿더라 因ᄒ야 法 露 피 三國이 묘
약 款目을 좃ᄎ 나보레언은 피國土之大半을 차ᄌ셔 헨션국을 합ᄒ야
웨스도바하리야국을 셰워가지고 季弟 ᄲᅥ러므를 封ᄒ야 그 나라 國王으
로 ᄒ며 패나라 쇽국 ᄯ 波蘭國을 割讓케 ᄒ야 가지고 왈쇼국이라고
ᄒ야 薩撒尼國王게 주엇더라 나보레언이 왈쇼국을 셰웟던 ᄭᅡ둘기ᄂ 젼
에 薩撒尼國이가 왈쇼국이라고 ᄒ얏슬 ᄶ 波蘭이란 地은 왈쇼국에 붓
터잇셧다가 패국에 ᄲᅢᆺ켜 니러버리던 地매 그 나라 빅셩이 법국에니 되
게ᄒ며 나보레언의 軍略을 輔左ᄒ얏던 일이 잇고 그 功勞가 젹지 아니
ᄒ기로 爲報其意ᄒ야 젼에 업셔 버리던 波蘭을 찻다주고 젼에 국명을
셰워 독닙ᄌ쥬로 ᄒ야 慰其勞心ᄒ던 거시고 ᄯ 패왕은 失其國之大半
ᄒ얏슬 ᄲᅮᆫ아니라 講和之謝罪金이 슈쳔만금을 아니낼 ᄯ앙안은 법국 병
졍이 그 쟝안에 쥬류ᄒ야 잇셔 內政萬機를 이리ᄒ라 져리ᄒ라 ᄒ기로
難不堪憤懣ᄒ되 돈이 업고 힘이 업셔셔 엇지ᄒᄂ 슈 업시 ᄎ어 時機
나오믈 기다려 잇더라 於時로 歐洲大陸之諸國 悉從法國ᄒ야 잇스되

혼자 영국은 법국ᄒᆞ고 絶交ᄒᆞ야 屢窺法國隙以海軍法國屬地或其兵艦을 뻣던 일이 잇셔스매 나보례언은 미양 속에 분ᄒᆞ야 討英之策을 싱각ᄒᆞ되 법국이 본니 희군이 모자라셔 어려운 고로 다시 싱각ᄒᆞ야 영국ᄒᆞ고 다른 각국에 互市通商之利롤 쯘에 妨貿易途ᄒᆞ야 영국에 國力을 傷케 ᄒᆞ려고 각국에 論議를 내여 닐으기를 此後 歐洲大陸之各國은 아주 영국ᄒᆞ고 從來之好隣을 斷絶ᄒᆞ니 從來之通商地ᄂᆞᆫ 嚴禁ᄒᆞ고 영국 물화ᄂᆞᆫ 沒入屬公ᄒᆞ야 구쥬 각국 ᄯᅡᆼ에 잇는 영인과 船舶은 잡다ᄲᅢ라 만일 이 禁法에 틀니는 ᄌᆞᄂᆞᆫ 嚴罪로 治罪ᄒᆞ니라 ᄒᆞ얏더라 有名之伯林禁令書者 卽是也ㅣ라 이러홀 금녕이 나는 후에는 法國及其屬領地港口者 彼我國士民이나 기타 각국 무역통샹이 막어버리기로 구라ᄑ 각국에 흥정이 곳 쇠잔지고 여긔샹고둘이 안둔 기게되니 물화통정이 업셔지고 샹고둘이 그 싱업을 니러버린 사름이 몇쳔만명이 되얏ᄂᆞᆫ지 부능지기수ㅣ라 ᄯᅩ 영인ᄒᆞ고 몰니 통샹ᄒᆞ야 흥정을 홀 사름이 잇슬가 ᄒᆞ고 슌검이나 경무관을 내여 두고 그 密商말게 嚴禁ᄒᆞ얏스되 歐洲海岸數十萬里之地에 금ᄒᆞ야도 못ᄒᆞᆯ 알고 그 금녕을 풀어셔 그저 영국물화에ᄂᆞᆫ 重稅를 밧쳐야 미매흥정ᄒᆞ게 되얏더라

1895년 12월 15일

(續)

七國之君主來朝于法國並英國奪嗹馬之海軍

나보례언 임의 아라사국과 孛漏生國을 치고 禁商嚴令을 내다가 一千八百七年 칠월 이십칠일에 법국 셔을 巴里로 凱旋ᄒᆞ야 왓더니 巴里人民은 自國之權勢가 크게 增加ᄒᆞ야 國民之名譽 낫스몸 歡喜雀躍ᄒᆞ야 慶賀之狀恰如狂病者ᄒᆞ고 일쳔팔빅팔년 삼월에 中樞院의셔 의논ᄒᆞ고 貴族이 世襲홀 憲法을 셰워 황뎨가 親授ᄒᆞ게 ᄒᆞ야 公候伯子男之爵

位를 勳功이 잇는 忠臣게 恩賜ᄒ시게 졍ᄒ얏기로 因ᄒ야 나보레언은 授貴族之爵于寵臣愛將ᄒ야 外國에서 쎗던 邦土를 노나셔 각々 그 공노를 좃차주엇더라 이째 法國之威令을 구라파 각국에 行ᄒ게 되여셔 太小國君主皆窺拿帝之鼻息慾得其寵榮ᄒ여셔 此年에 일곱나라 닌금이 來朝ᄒ야 나보레언에 起居엇ᄒ물 慰問ᄒ고 立拿帝下至奉戴其意是 實可謂不堪警歎ᄒ니라 나보레언은 이후에 치민치국에 萬機事務를 公議衆論을 좃차 아니ᄒ고 專橫之所爲만 만어지고 頗極橫恣ᄒ오되 국듕에 빅셩이 皆服其智略ᄒ야 잇기로 감히 그 시비를 말ᄒ ᆯ 사람이 ᄒ나도 업고 공경ᄒ야 잇더라 이러ᄒ디 나보레언은 注意于國民利益之方法ᄒ야 租稅을 輕減ᄒ며 道路橋梁水防其他土工事等之修築일은 外國朝貢金으로 쓰고 힘드려 ᄒ며 全國 士民게 관비로 修文講武之道를 ᄀ ᆯ읏치고 國民敎育法을 改良ᄒ여 나라에 쓰게ᄒ ᆯ 길을 ᄒ야내며 學藝習熟者게는 후히 資錢을 주고 賞技ᄒ며 唱空論虛說者난 말니게 법을 ᄒ야내고 또 從來之兵制를 改良ᄒ여 新法을 셰워셔 每年編丁壯輩于兵籍ᄒ얏코 또 나보레언이 사람을 쓰는 법이 棄短取長各適其器ᄒ기로 賤民農夫에 아들이라도 敢瞻志之輩者起於卒伍昇上位其身得顯達ᄒ기로 少壯之輩入兵籍 則皆滿期之日得高位高官ᄒ기로 고향에 도라와셔 榮名을 내려ᄒ고 願ᄒ ᆯ 사람이 만게 되얏더라 爰又羅馬法皇 뷰스 第七世皇이 나보레언이 禁商之法을 베고 嚴令을 내엿다는 말을 듯고 此는 基督敎법에서 背四海兄弟之敎理而最所宗敎上之不許也라 ᄒ고 論辨ᄒ얏더니 나보레언은 크게 분노ᄒ야 一千八百八年 二月 率兵政入于羅馬國京都ᄒ야 法皇게 迫ᄒ야 土地롤 쎄여 羅馬 쌍을 이태리국에 합ᄒ야 그 나라 政度萬事를 改革싯기고 法都 巴里로 도라왓더라 각셜 嘽馬國이란 나라는 나보레언의 ᄆᆞ음을 좃차셔 陰에 그 병션 艦隊롤 내여 합녁ᄒ고 영국을 치려ᄒ야 계획ᄒ여 잇더니 영국이 듯고 대경ᄒ야 놀납고 혹 嘽馬國兵艦援露法兩國抗敵我英國時是一大患이라고 ᄒ야 先討嘽馬國挫其謀ᄒ려 ᄒ고 히군쟝슈 러도가스갈도란 사람에게 命을

내여 병셩 수쳑을 거느려 련마국에 보닉고 영국ᄒ고 화친 同盟묘약을
ᄒ고 局外中立國된다는 保證으러 그 나라 병션을 영국게 믹겨 두게 威
嚴談議ᄒ얏더니 련마국이 듯지 아니ᄒ기로 영국병션이 곳 련마국 셔을
에 가셔 攻擊ᄒ얏더니 련마국이 역시 응ᄒ야 砲戰殊鬪ᄒ다가 비젼되
야 大艦 十八艘 小艦 數十隻을 失ᄒ니 련마국은 크게 憤怒ᄒ야 더욱
敵慨心을 내고 援法軍雪其恥辱之計謀ᄅᆞᆯ ᄒ얏더라

法帝用詐力略西班牙葡萄牙兩國並英國援二國戰法軍

爰又西班牙國王第四世 쟈레스는 이쌔 老衰ᄒ야 不聽政治ᄒ니 왕후에
寵臣 쏘되란 사람이 獨專權而行苛虐之政事ᄒ기로 王太子 휄지난도는
미양 믜여쏘되의 權勢ᄅᆞᆯ 업시ᄒ고 그 벼슬을 免흘 싱각을 ᄒ야 잇기로
王室內 父子間에 묘화 아니되고 이 ᄶ매문에 國民이 二派로 되야 一派
者援國王及其寵臣 一派者推戴王太子之黨이 騷亂을 지여 쓴는 쌔 업
고 ᄯᅩ 葡萄牙國은 마리란 여왕이 狂症이 나셔 그 世子 ᄶᅭᆫᆫ이 代聽政治
ᄒ야 잇더니마는 보도아국은 歐洲僻隅에 잇는 쇼국이매 법국 군병을
막는 힘이 업셔셔 一千八百二年來로 나보레언이 ᄒ라는 대로 좃차ᄒ
야 잇더니 나보레언이 미양 셔반아국과 보더아국을 ᄒ야 먹쟈는 ᄯᅳ시
잇셔 可開兵端之口實을 求ᄒ야 竊窺其機ᄒ야 잇더니 一千八百七年
에 禁商之法에 틀니고 영인을 國內예 드려 몰은 쳬ᄒ야 잇셔스며 ᄯᅩ
영국 물화를 屬公沒入ᄒ야 쎄치 아닌쌔ᄃᆞᆯ기가 잇셔키로 同年 十月에
쟝슈 쓔이란 사람을 싯겨 군ᄉ 수만명을 거느려 보더아국으로 가셔 廢
王之命을 내여 攻擊ᄒ야 葡都 리수본에 드러가니 보더아 묘졍은 막으
려는 兵備 업스매 不得已ᄒ야 王族 들은 영국 비트고 바다를 건너 멀
니 南아미리가 屬領地되는 巴西란 ᄯᅡᆼ에 도망ᄒ얏스매 법국 군ᄉ는 별
로 싸음도 아니ᄒ고 보더아 셔울 리스본을 쎄여 그 나라 全國이 法國
版圖로 되얏더라 초음에 나보레언이 보더아ᄅᆞᆯ 칠째 ᄉ신을 보닉고 셔
반아 묘졍을 속여 보국을 찻거든 그 ᄯᅡᆼ을 노나주마고 密約을 ᄒ야두엇

더니만은 인졔는 보더아 젼국을 씨여 遂背其約ᄒ고 陽예 셔반아국 진무스라고 ᄒ야 ᄒᆫ 쟝슈게 싯겨 병마를 거ᄂᆞ려 셔국에 보ᄂᆞ셔 內亂之釁을 보고 셔반아 경셩을 씨엿더라 (未完)

1895년 12월 17일

(續)

이러ᄒᆫ더 나보례언은 그 쟝슈게 셔반아국 全土를 倂呑홀 軍略을 ᄀᆞ릇쳐 보닛더니 셔반아 국왕이며 寵臣 쑈되나왕 태ᄌᆞ 둘은 毫不知其密謀ᄒ고 잘 더와쥬ᄂᆞ 거신 줄 알고 법국에 兵力을 비럿다가 각々 졔셰도를 셰우쟈고 內心을 먹고 賄賂를 보ᄂᆞ고 法將게 아당ᄒ고 잇더니 그 나라 國民은 首相 쑈되가 專橫行實이 차々 더ᄒᆞᆷ믈 慎怒ᄒ고 千八百八年 三月에 騷亂을 니러나 父王을 폐ᄒ고 쑈되를 물니치고 왕태ᄌᆞ를 셰워 王位로 올녀셔 휄지난도 第七世라 ᄒ야 합녁ᄒ고 鎭國之策을 計謀ᄒ야 잇더니 豈圖哉法兵俄然入闕內携先王及新王ᄒ야 본국으로 보니고 幽囚ᄒ얏기로 국민이 뜻밧근 密計를 바다셔 긔운을 씨켜 忙然홀 ᄲᅮᆫ이라 나보례언은 미리 計畫ᄒ던 대로 셔반아국 왼 ᄯᅡᆼ을 法國 版圖로 ᄒ야 먹고 그 兄 나브례스을 보니여 西班牙王으로 封ᄒ고 뮤라란 사름을 나보례스 국왕으로 封ᄒ얏더라

나보례언은 詐力을 가지고 西 葡萄 兩國을 씨엿스되 그 두 나라 빅셩이 不服其計ᄒ야 법인을 쫏겨보니고 復國家于舊之計謀를 ᄒ야 두 나라 全土到處에 騷亂이 업ᄂᆞᆫ디 업게 되얏코 셔반아 보도아 두 나라ᄂᆞᆫ 平原地 드물고 險阻峻嶺만 만코 土人 等 이쳔명 혹 이삼쳔명 식 隊伍를 지여 出沒于山谷間ᄒ얏다가 법국 병졍에 不意를 襲擊ᄒ야 오며 糧道를 ᄭᅳᆫ어버리며 加害于法兵ᄒ얏더라 그러ᄒ되 到底烏合之兵이매 법국 ᄀᆞᆼ병에 당홀 슈ᄂᆞ 업셧스되 모도 죽ᄂᆞ 거슬 도라보지 안코 나라를

위ᄒᆞ야 舊鬪ᄒᆞ얏기로 그 병졍이 雖敗其心不屈ᄒᆞ고 새로 新兵을 모와 法兵을 抗敵ᄒᆞ며 기둥 셔반아 장슈는 바라혹스탄城砦 나사라옷사란 두 城에셔 법국 병졍을 잘 막고 여러번 싸왓는디 皆破法軍ᄒᆞ며 또 셔반아 장슈가 스다노스란 사름은 베렌이란 짱에셔 법국장슈 쓔쁜 위달이란 사름이 거ᄂᆞ린 一萬四千餘兵을 擊破ᄒᆞ야 그 全軍을 항복시기며 형셰 차ᄎᆞ 더ᄒᆞ야 가기로 西班牙 新王 쓰셰흐는 鎭滅之術이 업고 어히려 禍害가 밋는 거슬 무셔워ᄒᆞ야 장안을 나가셔 훌기스란 짱으로 비란ᄒᆞ야 갓스매 土人등이 그 댱 안으로 드러가셔 權建政府下令于國中ᄒᆞ얏더ᄅᆞ 또 이때 보도아국에는 어볼도 인민등은 拂法兵權建政府爲防禦之準備ᄅᆞᆯ ᄒᆞ얏더라

爰又英國은 법국이 셔반아를 씌엿던 일을 믜여 또 西葡 兩國民이 법군을 抗敵ᄒᆞ야 싸홈ᄒᆞᆫ다는 말을 듯고 大軍을 내여 구완ᄒᆞ려 ᄒᆞ고 一千八百八年 七月에 웰레스리란 人을 식겨 병졍 일만사쳔여명을 거ᄂᆞ려 葡國을 구완케 보니며 또다시 바라더, 달린불, ㅉㅛㄴ물 等의 장슈게 삼만여쳔병을 거ᄂᆞ려 葡國에 보닛더니 나보레언이 듯고 십삼만병을 내여 쓔노, 슬더, 루예불, 겔렐만이란 諸將에 令을 닉려 힘을 써셔 英兵을 물니치게 ᄒᆞ얏더라 각셜 英將 웰레스리는 葡國 海岸에 하륙ᄒᆞ야 여러 번 싸와 법병을 破ᄒᆞ는 후에 八月에 위미라란 짱에셔 法將 쓔노가 거ᄂᆞ린 大軍을 擊破ᄒᆞ야 승승 법병을 좃ᄎᆞ셔 長安 리스본에 드러가려는 때 後軍將首 바라더가 웰레스리에 功名을 嫉ᄒᆞ야 進軍을 아니 ᄒᆞ얏더라 그러ᄒᆞ다가 달린불이 뒤에 나와 법국 장슈ᄒᆞ고 됴약을 ᄒᆞ야 그 군병이 만명을 올 英船에 실려 법국에 보닛기로 國情物議 騷然ᄒᆞ야 윌무리란 人은 달린불ᄒᆞ고 ᄀᆞᆺ지 본국명으로 歸國ᄒᆞ고 ㅉㅛㄴ물이란 人은 흔자 英兵을 거ᄉᆞ려 보국에 駐留ᄒᆞ얏다가 자주 법병ᄒᆞ고 싸왓더라 墺孛 二國은 셔반아 빅셩이 抗法軍 屢破敵ᄒᆞ고 법국장슈는 苦于其鎭壓之報를 듯고 다시 報仇之念이 나셔 潛修軍器練兵馬報ᄅᆞᆯ 나보레언이 듯고 경눈을 ᄒᆞ야 시방 墺패之陰謀를 막으려면 아라사ᄒᆞ고 화친됴약을 ᄒᆞ여야 可ᄒᆞ다고

ᄒᆞ야 送書于露帝ᄒᆞ야 相見ᄒᆞᄂᆞᆫ 날을 定ᄒᆞ야 一千八百八年 九月 二十七日에 두 황제가 패국 京城에셔 맛나 구라파 형세를 의논ᄒᆞ고 露帝ᄂᆞᆫ 셔반아及歐洲西都를 납졔가 찻ᄂᆞᆫ 거시 올다고 ᄒᆞ고 나보례언은 端典及土耳其國은 露帝가 所願대로 ᄒᆞ라고 양국 決議를 ᄒᆞ니 나보례언은 太安其心ᄒᆞ야셔 친이 셔반아국으로 가셔 그 國亂을 진졍ᄒᆞ려 간즉 西將 가스다소스, 하라호스란 쟝슈가 그 말을 듯고 死力을 다ᄒᆞ야 막엇더니마ᄂᆞᆫ 擊破하야 進軍ᄒᆞ고 首都 馬道里로 드러가고 十二月 初四日에 新王 ᄶᅩ세ᄒᆞᄂᆞᆫ 再入于王宮ᄒᆞ얏더라 此時 英將 ᄶᅭᄂᆞ물란 人은 法보국赴于西國ᄒᆞ야 리온州에셔 다빗도빌이란 사롬이 거ᄂᆞ린 병졍ᄒᆞ고 합ᄒᆞ야 全軍 二萬餘兵을 거ᄂᆞ려 法將 스루도란 人이 거ᄂᆞ린 병졍ᄒᆞ고 싸와 좀 勝戰도 ᄒᆞ고 사마란가란 ᄯᅡᆼ에 갓더니 法國 大軍이 그 셔울에 드러잇다가 그 兵勢盛大ᄒᆞ기로 못당ᄒᆞᄂᆞᆫ 줄 알고 自急退其兵ᄒᆞ고 나보례언은 乘此勢親率大軍鎭西보二國ᄒᆞ려 ᄒᆞ얏더니 墺國擧大軍窺法國之空處ᄒᆞ야 진범ᄒᆞ러 온다ᄂᆞᆫ 쇼식이 잣구 나오매 나보례언이 大驚ᄒᆞ야 그 쟝슈 스루도란 人에게 全軍을 밋기고 晝夜兼行ᄒᆞ야 法都 巴里로 도라 갓더라 英將 ᄶᅭᄂᆞ물이ᄂᆞᆫ 법병이 너무 만ᄒᆞᆯ물 보고 감이 싸음도 아니ᄒᆞ고 고리윤나 浦口로 가셔 令兵乘其船之際예 법병이 뒤쪼ᄎ 와셔 攻擊을 바다 ᄒᆞᄂᆞᆫ 슈 업시 싸와 戰死ᄒᆞ얏더라 법국 병졍은 너무 슈고ᄒᆞ얏스매 葬其屍收兵歸于本國ᄒᆞ얏더라 于時 千八百九年 一月이니라

1895년 12월 19일

(續)
墺地利國分軍于三道伐法國並知魯留國民抗法軍
上來如此澳國衝拿帝征西之空虛以將雪從來之仇ᄒᆞ야 갑짝이 삼십만에 대군을 내여 分軍于三道로 ᄒᆞ고 皇族 쟈례스게 이십만명을 거ᄂᆞ려

젼屬국 짱으로 侵入ᄒᆞ게 싯겨 皇族 ᄶᅳ늬게 팔만명을 거ᄂᆞ려 伊太利국 짱으로 침범케 싯겨 皇族 혈지난도게 삼만명을 거ᄂᆞ려 哇肎국 짱으로 짐노ᄒᆞ게 싯기고 ᄶᅩᄒᆞ 普漏生국을 敎唆ᄒᆞ야 제 나라의 ᄯᅳᆺ을 表示ᄒᆞ야 數道並進ᄒᆞ고 나보례언을 征討ᄒᆞ얏기로 나보례언은 名將별제, 맛셰나ᄲᅡᆸ 等을 獨國지방으로 보ᄂᆡ여 젹병을 막어두고 一千八百九年 ᄉᆞ월에 나보례언이 친이 대군을 거ᄂᆞ려 巴里城을 ᄯᅥ나 그ᄃᆞᆯ 스므날에 아벤스벙이란 地에셔 어국 대군을 마자 크게 싸와 아주 그 젹병을 擊破ᄒᆞ야 그 잇튼날에 ᄶᅩ 엑슐이란 地에셔 싸와 어병을 擊破ᄒᆞ고 그 威勢恰如鬼亦如電ᄒᆞ기로 어지리 군졍이 落膽失氣ᄒᆞ야 그 쟝안을 짓기ᄂᆞᆫ 힘이 다ᄒᆞ야 五月 열사흔날예 법병이 쟝안 維也納예 드러왓더라 이러ᄒᆞ되 澳將쟈례스는 欲復長安維也納ᄒᆞ고 대군을 거ᄂᆞ려 進迫于法軍ᄒᆞ야 크게 激戰奮鬪ᄒᆞ얏더라 이 戰場 澳法 兩軍이 죽으믈 도라보지 안코 奮鬪突擊ᄒᆞ야 수일될지연졍 피ᄎᆞ 승부를 볼 슈 업고 법군에 죽은 병정이 금칙이 만어셔 삼만여천명이나 샹ᄒᆞ고 말샬란, 산히릴이란 두 명쟝을 失ᄒᆞ야 법군이 의티게 뵈매 나보례언이 친이 나가셔 將士를 指揮ᄒᆞ고 奮戰ᄒᆞ야 敵軍을 물니치고 짜노란 江ᄀᆞ온더에 잇는 로반島에 가 兵馬를 쉬엿더니 어지리 병졍이 築陣塞于江兩岸ᄒᆞ기로 나보례언은 進退之不便ᄒᆞ믈 알아 본국예 사ᄅᆞᆷ 보ᄂᆡ고 援兵이 나오믈 기다리고 흔둘이나 이 셤에 잇고 待其到着ᄒᆞ얏더라 각셜 澳將 ᄶᅳ늬은 이태리로 침범ᄒᆞ야 法軍 유젠보발비가 거ᄂᆞ린 대군ᄒᆞ고 싸와 擊破ᄒᆞ와 그 軍勢 진동ᄒᆞ되 법국 구완병에 당홀 심이 업고 ᄶᅩ 독국 짱에 侵入ᄒᆞ야 잇는 병은 법국 精練兵을 抗敵홀만홀 勇兵이 업ᄂᆞᆫ즉 모다 그 짱을 退却ᄒᆞ야 업게 되고 法軍은 졈々 援兵이 니챡ᄒᆞ야 振其軍勢ᄒᆞ니 七月초 엿션날에 나보례언이 친이 십팔만여천명의 대군을 거ᄂᆞ려 로반島를 ᄯᅥ나 왁람이란 地에셔 크게 싸와 어지리 대군을 擊破ᄒᆞ야 일만오쳔여명을 살녀 잡고 大砲 二十門을 ᄲᅵ여셔 어지리 군은 도졔에 당홀 슈 업스믈 알고 於時로 墺國이 抗敵ᄒᆞ믈 斷絶ᄒᆞ고 遂乞和議ᄒᆞ야 十月초 나흔날에 ᄶᅭᄀᆞ흐런이란 땅에셔 結其和約條歎ᄒ얏더라 墺國은 이 화친됴약 款目을 좃차 償金 數百萬元을 물로내고 土地 三千里 四方을 失ᄒ얏더라 이째 知魯留國 內亂戰爭이 니러낫ᄂ디 본니 이 知魯留란 나라는 巴威里亞國 瑞典國 시이예 잇고 ᄉ면이 산으로 圍繞ᄒ야셔 頗有山水之奇觀ᄒ고 빅셩이 모도 質朴ᄒ야 掠奪心이 업고 紀元 千三百年 째 쯤은 奧地利國 版圖 로 되야 잇다가 奉奧廷而久不知干戈之憂ᄒ던 나라더니 一千八百五年 에 法國屬領之巴威里亞國 ᄯᅡᆼ이 된지 國內多事農民等不堪其苦ᄒ매 叛巴國聽命于舊主奧國之念을 가지고 時機나오믈 기다려 잇더니 此年 奧法交戰되얏기로 이제야 天賜之幸인 줄 알고 일시예 國民蜂起ᄒ야 旅家主人 안더리유호흘이란 사ᄅᆷ이 智略이 만타고 ᄒ야 推撰ᄒ야 主 師로 ᄒ고 馳使于奧國請其指揮ᄒ며 여러번 巴國及법국 병졍ᄒ고 싸 와 잘 擊破ᄒ고 軍勢大振ᄒ야 國境要處룰 짓겨 법군을 막어 잇더니 十月에 법국과 어국이 화약이 되얏스메 어국이 그 農民을 기유ᄒ야 닐 으기를 速降于拿帝可免屠戮之慘狀ᄒ라 ᄒ고 勸諭하얏스되 農民 등이 감히 그 勸諭를 듯치 아니ᄒ고 그져 싸와 왼통 죽을지언졍 아니듯길 나 보례언은 이 말을 듯고 그 버릇시롤 믜여 수만병을 보니고 치더니 農民 毫不屈ᄒ야 잘방젼을 ᄒ기는 ᄒ되 본이 烏合之土兵이 매 법국 대군을 잘 막는 힘이 업고 차ᄉᆞ 그 要處防禦地를 닐코 그 兵도 훗터쳣더라

　이러ᄒᆞ디 영국은 奧法戰爭之際예 법국 背後地롤 짐범ᄒ고 어국을 援助ᄒ려 ᄒ야 陸兵 사만여쳔명을 병션 수빅쳑에 시러 和蘭國 ᄯᅡᆼ으로 향ᄒ야 가셔 法人이 가진 造船場 안더엘브 브리싱란 두근더롤 믄어버 리고 화란국 ᄯᅡᆼ에 잇는 法人을 좃ᄎ보니려 ᄒ고 一千八百九年 칠월에 그 병을 화란쥭에 하륙ᄒ야 곳 브리싱 造船處를 치더니 法將 벨더낫도 란 人이 가ᄂ린 병에게 英將失利取大敗되야 왈셰렌島에 갓더니 법병 이 ᄯᅩ 나와셔 외워싸와 ᄭᅵᆷ착을 못홀 쑨 아니라 英軍中將疫流行ᄒ야 아 니싸와도 죽은 병졍이 만코 엇지 ᄒᄂᆞᆫ 슈 업시 同年 셧돌에 敢陸兵空 歸于本國ᄒ야 아모 功도 업고 軍은 각쳐에셔 ᄒ던 싸움에 임ᄒ야 南아

머리가 국에 잇눈 법국 비를 쳑 쎄여 법국 船艦을 본죽 곳에 威于海外
호얏더라

1895년 12월 21일

(續)
拿破崙帝娶墺帝之女並英國名將於蘭國大破法軍
나보레언은 몸이 병정에서 나셔 낭즁에눈 그 나라 황제ㅅ지 올나가셔
그 威勢 하눌ᄭ고 歐羅巴 각국을 蠶食ᄒ야 그 몀녕을 從服ᄒ니 혼 번
ᄒ려면 마음대로 안되눈 일이 혼낫토 업스되 아직 혼 아들도 업눈 거슬
평싱 憂慮ᄒ야셔 ᄯ로 娶婦藩子孫ᄒ쟈눈 ᄆ음을 내야 結婚于大國皇
帝之女ᄒ다가 更增光榮ᄒ며 隆其威望之深慮롤 가지고 일쳔팔ᄇᆨ팔년
에 澳都維也納에셔 凱旋귀국혼 후에 그 皇后 쬬셰힌더러 의논ᄒ얏더
니 쬬셰힌은 나보레언게 시집온 지 열다섯힝를 지니고 기간 艱難幸苦
롤 격그며 情誼親密이 지니고 잇셧눈디 今俄聞其言ᄒ여 恍然如夢暫
無答으로 低首ᄒ야 잇셔쓰되 본니 셩품이 貞順ᄒ기로 그 말대로 ᄒ매
同年 셧둘열엿싯날에 中樞院에 皇后離別함을 告示ᄒ야 皇后尊號를
下賜ᄒ고 히마당 一白萬元 돈을 바다 宮中을 辭去ᄒ야셔 말데손이란
쌍에 가셔 혼자 지니더라 因ᄒ야 나보레언은 구라파 등 대국에서 結婚
ᄒ려고 ᄉ신을 어지리국으로 보니고 澳帝의 皇女 마리ㅇ릭자란 계집을
어더 황후를 삼으랴고 의논ᄒ니 澳帝눈 진졍 허락홀 ᄆ음은 업스되 만
일 나보레언 ᄆ음에 틀니다가눈 그 원슈로 禍害를 당홀가 보와셔 홀 슈
업시 諾其請ᄒ야 一千八百十年 삼월 열잇튼날에 마리ㅇ릭자 皇女눈
어지리국 셔울을 ᄯ나 법국 셔울 푸리로 간즉 나보레언이 聞此ᄒ고 친
이 곤비엔누란 디로 마지러와셔 ᄉ월 초ᄒ룬날에 ᄆ리예셔 結婚之大禮
롤 行ᄒ야 황후를 삼앗더라

각셜 셔반아국 인민은 一千八百八年 녀름붓터 법국 병정ᄒ고 여러번 싸와 國內 困難ᄒ여도 법병에게 항복홀 마음이 업고 아라쏜州 사라꼬사城은 법국 대군이 에워싸와 攻擊ᄒ미 대단ᄒ야셔 城兵이 쥬야업시 쉴 틈이 업슬 뿐아니라 城中에 時疫병이 금즉이 流行ᄒ야 죽은 사름이 싸여 산쳐럼 되여 춤 雖陷危迫ᄒ야도 城將 바라혁스氏가 단々이 직혀 死力을 써셔 두둘이나 防戰ᄒ얏스되 군냥이 업셔지면 殺馬屠犬ᄒ야 먹고 견듸고 춤어도 구완병이 나오지 아니하니 홀 슈 업시 一千八百九年 二月에 법군에 항복ᄒ얏더라 법군은 이 堅城을 攻略ᄒ려고 병정 일만오쳔여명을 死傷ᄒ고 軍資器械를 傷ᄒ미 말이 업더니마는 이 堅城을 쎄는 후는 병셰긔운이 나셔 아라쏜, ᄀ다로니야, ᄀ스질 等에 諸州를 쎄여 이제는 抗法軍地方은 불과 南隅一部 뿐이라 이러ᄒ더 이때 보도아국 쌍에 잇는 영국 병정은 불과 팔쳔여명이매 셔반아 보도아 두 나라롤 더와셔 법국 대군에 당홀 힘이 업는 고로 보도아 전국이 아주 法國 版圖로 되엿더라

一千八百九年 스월에 영국 정부가 精兵 슈만명을 유명호 勇將 웰레스리란 사롬을 싯겨 葡國에 보닛더니 웰레스리가 곳 葡국에 가셔 葡兵 二萬人을 뫼와 將首 베레스홀더란 사롬에 命ᄒ야 거ᄂ리고 제 친이 英軍을 거ᄉ려 법군이 占據ᄒ야 잇는 오볼도 城으로 향ᄒ야 進軍ᄒ야 가더니 법군이 더라로란 江邊에서 영군을 마자 막엇스되 영병이 强ᄒ야 법군이 대비되여 糧艸와 彈藥 등을 다 쳐버리고 西國 境內로 退却ᄒ야 가는 길에서 葡將 베레스볼더가 거ᄂ린 兵게 前路롤 막켜 형셰 너무 급ᄒ야셔 大砲와 彈藥과 兵糧 등을 가져가지 못ᄒ고 竄走ᄒ는 틈을 보고 英將 웰레스리가 좃츳가셔 오볼도성을 도로 찻고 흔둘간 여긔셔 병마를 쉬고 셔반아국 쟝안 마더리로 向ᄒ려고 英보 兩國병 이만오쳔명을 거ᄂ려 가는 길에 西將 규예스리란 사롬이 삼만팔쳔명을 거ᄂ려 오는 거슬 만나 ᄌᆾ치 가셔 다라웨라란 쌍에 닐으럿더니 七月 스물이렌 날에 法將 익둘이란 사롬이 거ᄂ린 병정하고 싸와 兩軍互決死奮戰ᄒ

야 승부롤 볼 슈 업더니마는 법군 졈々 믄어지고 大砲 十七門과 死傷
者 九千여명을 거긔 그냥 두고 敗散하얏기로 영병이 쫏츠가셔 마더리
셩을 회복ᄒ야 도로 차지렷더니 法將 수르도란 사롭 둘이 병졍을 거ᄂ
려 복병ᄒ야 잇다가 英兵의 뒤길을 襲擊하야 온다ᄂ 긔별 듯고 마더리
셩을 攻擊ᄒᄆ믈 그만두고 라규스江 南岸에 陣을 지엿더라 이러ᄒᆞ더 나
보레언은 墺國戰鬪大勝利以來로 셔반아국에 잇ᄂ 법병을 구완ᄒ려 보
넛스매 셔반아국에 잇ᄂ 법병이 삼십오만여쳔명이 되야 그 병셰 당ᄒ
지 못ᄒ여 셰로나, 싸라나다, 골더와 등이 다 법군에 항복하고 一千八
百十年 이월에 셰일이가 힘이 다ᄒ야 義徒가 設立하얏던 졍부도 그 쌍
에 업셔지고 가지스셩으로 다라나 갓기로 西班牙 南部地ᄂ 다 법군이
쎄여 졔 군을 뫼와 一擧에 가지스을 치려가셔 攻擊ᄒ얏더니 義徒 等이
死力을 내여 防戰ᄒ고 영국 병션이 港口內에 잇다가 그 勢援을 내기
로 법군이 遂倦攻擊之術하야 물너가셔 屯集하여 잇더라 이ᄶ 영국 졍
부ᄂ 總師 웰레스리氏를 賞讚ᄒ야 바론, 더로, 及위스고은토, 웰린돈
等은 貴族으로 特賜ᄒ얏더라

1895년 12월 23일

(續)

究林頓築堅壘並法國失西班牙之半

英將究林頓(웰린돈)은 그 병졍을 보도아국에 물너셔 防守ᄒ얏기로 셔
반아 젼국이 왼통 법국 版圖로 되야 敵焰再熾之報가 본국에 나왓기로
영국 졍부가 웰린돈더러 속키 나가셔 법군을 擊殲ᄒ게 치촉ᄒ되 웰린
돈은 그ᄶ 피아 형셰를 보고 본국 명녕대로 아니ᄒ고 위션과 防守홀 마
련ᄒ야 놋고 법군의 동졍 군졍을 보고 智略을 내여 돌레스웨더스 一帶
地예 壘線을 지엿더라 이 壘線을 짓ᄂ 법이 築其圍線于三重ᄒ야 극키

튼々이 ᄒ야 그 壘數 빅여근ᄃ 되고 대포 六百門을 두고 그 長이 슈빅
리예 짓고 영국 병졍은 要害堅壘之背後에 잇다가 법병이 나음을 기다
려 見機出擊ᄒ와 만일 의퇴홀 디경이 나오면 直去入壘後ᄒ고 그 진퇴
거동을 임의로 되게 지엇더라 이러ᄒᄃ 일쳔팔빅十年 유월의 法將 맛
셰나氏가 병졍을 거ᄂ려 승々 보국 ᄯᅡᆼ에 드러와셔 알몌ᄯᅡ란 ᄯᅡᆼ을 ᄶᅥᆺ
스매 국민이 곱을 내여 扶老携幼ᄒ야 경셩 리스본으로 비란ᄒ러나오ᄂ
재 부능지기슈ᄒᄃ 웰린돈은 ᄒᆫ번 敵軍을 擊破ᄒ야 인심을 안도케 ᄒ
려고 뷰사고란 ᄯᅡᆼ에서 법군을 마자 싸와 젹병을 격파ᄒ엿스되 법군이
屈服ᄒᄂ 모양이 업시 나으와 싸왓기로 웰린돈이 그 壘線에 據ᄒ야 防
戰ᄒ얏더니 법병이 이 壘壁을 ᄶᅥ쟈고 ᄒ야 襲擊數回ᄒ여도 ᄶᅥ치 못하
고 ᄯᅩᄒᆫ 이ᄯᅢ 보국 敵兵이 법군에 뒤를 襲擊ᄒ매 법군이 收兵ᄒ야 셔
반아국으로 물로 갓스매 웰린돈은 그 壘城을 나가 追擊ᄒ고 알몌 ᄯᅡᆯ을
외워싸와 말이 안게 되얏기로 法將이 도로와셔 구완ᄒ고 휀데스더노란
ᄯᅡᆼ에서 西軍이 激戰을 ᄒ야셔 계우 법군을 물니치고 알몌 ᄯᅡ롤 도로
차잣코 英兵이 다시 나으가셔 西國 바짜호스城을 외워싸와 激戰ᄒ얏
스되 守兵이 튼々이 防戰ᄒ니 ᄶᅥ치 못하고 오월 십육일에 英將 볘례스
홀더가 英葡 양국 병졍을 거ᄂ려 와셔 法將 수르도氏가 거ᄂ린 군병을
알뷰라란 ᄯᅡᆼ에서 擊破ᄒ얏기로 법군이 大失其勢ᄒ얏더라 각셜 셔반아
국예 나가잇는 법국 쟝슈는 西兵을 치고 戰功이 만엇스되 놈이 ᄒᄂ
공을 嫉ᄒ미 만어셔 戰勝兵利ᄒᄂ 일이 잇셔도 全軍에 히만되여 利益
ᄒ던 일이 젹더라 셔반아왕 ᄶᅩ셰ᄒᄂ 國財를 다 ᄒ야 兵士게 주ᄂ 돈
이 업게 되고 ᄯᅩᄒᆫ 天職이 諸將帥 우회 잇슬지연졍 制御人之智識이
젹고 軍情乖離ᄒ야 將士가 잘 합ᄒ지 아닐 ᄲᅮᆫ더러 셔반아 젼국 인민은
법국 사롬을 믜여너기ᄂ 심ᄉ 만어셔 법병에 糧食을 ᄑᄂ 재 업ᄂ 고로
법국 將帥 등은 ᄒᄂ 슈 업시 그 군냥이며 彈藥을 먼니 본국셔 ᄒ야올
밧긔 업더라
此時 웰린돈은 법군을 擊破ᄒᄂ 후ᄂ 退却ᄒ야 葡國之要處堅壘예 據

호야 敵情형셰를 보고 잇더니 법국이 군냥을 보니여 오는 일이며 쏘 將士等不和之事情을 아러 법군을 치는 時機 나왓다고 호야 一千八百十二年 졍월에 병을 거느려 나으가 셔반아 쌍에 侵入호야 堅城 슈짜더, 러더리꼬룰 쳐 항복싯기고 연호야 바다호스城을 쎄엿코 승승호야 사라마가라 쌍에셔 법국 댱슈 말먼이란 人이 거느린 군호고 싸와 擊破호고 팔쳔여명을 살녀잡고 大砲 二十門을 쎄엿다 가더가셔 國都 마도리룰 逼攻호야 갓더니 國王 쬬셰흐가 막는 슈 업셔셔 친의병을 이만여쳔명 거느려 棄城逃走호얏기로 팔월 십이일에 英葡 냥국 병이 그 경션 마도리로 드러갓더라 因호야 법군이 셔반아國 中央에 잇슬 슈 업고 가지스城을 나가며 국닉 각쳐에 잇는 城砦를 그만 버리고 北方地로 믈로 갓스매 웰린돈이 마더리룰 쩌나 猛虎勇態쳐럼 되어 쌀꼬스城을 攻擊호되 이 城守兵이 잘 防禦호기로 영군이 이 셩을 쎄치 못홀 쑨아니라 법군이 각쳐에 홋터쳐 잇는 병졍이 屯集호야 나와셔 스면에셔 襲擊호기로 영병이 막을 슈 업셔셔 그 圍軍을 풀어 다시 보도아국에 도라가셔 병마를 쉬엿더라 이러므로써 國王 쬬셰흐는 다시 그 셔울 마더리로 드러왓더라 이러흐더 영병이 이리 退軍호야 쳣게 뵈엿스되 英葡 냥국을 위호아는 軍情에 利호미 젹지 아니라 법군은 셔반아쌍 大半을 니러버려셔 다시 略取홀 힘이 업셔지고 웰린돈이 用兵호미 巧妙호미 참 용호니 사마란가란 쌍에셔 戰勝호던 후에 西班牙軍總督이 되어 葡萄牙軍을 兼理호고 功賞을 바다 어루라홀 貴爵을 바닷더라

1895년 12월 25일

(續)

拿帝卒大軍伐露國並露民放火焚模斯擧

나보례언이 敗戰之報 듯고 다시 대군을 내려호되 영국이 법국 동졍을

살펴보고 잇는 거슬 곡졍ᄒ며 ᄯ 노국은 화친ᄒᆫ 나라로되 그 속을 알 슈 업ᄂᆫ 줄 살펴 위션 노국을 치ᄂᆫ 마음을 내여 執政大臣더러 왈 짐이 大業을 셰운 지 각국이 服從ᄒᆯ 나라 만엇스되 未遂其功ᄒᆞ기로 노국을 어드면 다른 나라ᄂᆫ 곡졍ᄒᆯ 거시 업기로 팔십만人에 대군을 내여 노국 을 치고 셔반아를 攻亡시키고 왼통을 합ᄒᆞ야 ᄒᆫ나라로 ᄒᆞ거쟈 ᄒᆫ다 ᄒᆞ 고 대병을 모와 征露詔勅을 내여 五月 九日에 拿帝가 薩撒國 京都로 갓더니 澳帝 孛王 獨王 其他 各國 君主가 군ᄉ 거ᄂᆞ려 나왓던 거시 오십여만명이라 拿帝ᄂᆫ 이 군ᄉ를 거ᄂᆞ려 노국 ᄯᅡᆼ에 드러가셔 군情大 振ᄒᆞ얏더라 이 안에도 波蘭人은 노국게 망ᄒᆞ던 나라매 원슈를 갑쟈고 보냐도스기가 대쟝되야 六月 卄四日에 先鬪隊로 되야 노국 ᄯᅡᆼ에 드러 가고 나보례언은 오륙십만병을 거ᄂᆞ려 갓더니 露帝ᄂᆫ 법국 대군이 境 上에 왓다ᄂᆫ 말을 듯고 移檄于全國ᄒᆞ야 왈 국가를 위ᄒᆞ야 死力을 다ᄒᆞ 고 防禦ᄒᆞ라 ᄒᆞ고 그 준비를 ᄒᆞ야 의논ᄒᆞ얏스되 나보례언게 니길 슈ᄂᆫ 업기로 비란ᄒᆯ 경눈을 내여 왈 덕병이 내 나라 ᄯᅡᆼ에 드러오거든 民家를 불노와 타버려 城砦를 믄어버려 비란ᄒᆯ 밧긔 업다고 ᄒᆞ니 露帝ᄂᆫ 덕병 이 드러오거든 과히 싸우지 말고 집이며 곡식을 다 불질로 타셔 비란ᄒᆞ 라 ᄒᆞ얏더라 이러ᄒᆫ디 나보례언은 니멘江을 건너 波蘭 ᄯᅡᆼ을 차자 그 나라 빅셩게 주고 칠월 십륙일에 거긔를 쩌나가ᄂᆫ디 노인은 집을 타 버 리고 城砦堡壘를 믄어버리고 수쳔리 간을 粮艸 彈藥 등이 ᄒᆞ낫 업시 가져갓스매 법군이 失望ᄒᆞ와 土人에 양식을 쎄셔 먹ᄂᆫ디 土人들이 노 ᄒᆞ야 法軍之隙을 보고 不意에 襲擊ᄒᆞ며 쟝마가 연일와셔 糧艸가 썩어 지며 軍馬가 넘어죽고 砲藥運輪ᄒᆞᄂᆫ 말이 업서지고 대포 百二十門을 내여버려슬 ᄲᅮᆫ아니라 군듕에 時病이 나셔 근 삼만명이 土卒이 죽고 리 쥬아니야란 ᄯᅡᆼ에 갈시 이에 십여만명이 죽엇ᄂᆫ지라 나보례언은 이 형 셰를 보고 더듸다가ᄂᆫ 더욱 不利함을 알고 거긔 守兵을 두고 곳 쩌나 模斯擧로 갓ᄂᆫ디 그 길에 노병을 별로 보지안코 小戰을 두어번 ᄒᆞ얏슬 ᄲᅮᆫ이라 팔월 십뉵일에 나보례언은 스모렌스란 ᄯᅡᆼ에 가셔 大戰을 ᄒᆞ야 보려고 ᄒᆞ얏더니 감히 싸움도 아니ᄒᆞ고 노병은 放火于府中ᄒᆞ야 가기로 법군이 失望ᄒᆞ고 곳 뒤쫏ᄎᆞ 九月 一日에 露將이 그 나라 셔울을 防禦케 十三萬병을 거ᄂᆞ려 보러지노란 ᄯᅡᆼ에 나와 직겨 잇기로 법군이 大小砲ᄅᆞᆯ 노와 덕병을 擊破ᄒᆞ고 그 京城을 치쟈고 奮戰突貫 ᄒᆞ얏스되 노병도 決死ᄒᆞ야 막엇스매 그 砲聲이 텬지예 진동ᄒᆞ고 積屍爲山鮮血流侵野草ᄒᆞ야 양군이 승부를 볼 슈 업섯스되 낭등에 노군이 模斯擧로 도망ᄒᆞ얏코 이 戰鬪에 법군에 死傷이 일만이쳔명 노군에 死者 一萬五千餘명이라 이러ᄒᆞ더 露將이 아이에 軍議ᄒᆞ던대로 府民게 令을 ᄂᆞ려 財貨糧食을 먼니 運輸ᄒᆞ고 ᄒᆞ낫 업시 그 京城을 도망ᄒᆞ얏더라 구월 십ᄉᆞ일에 법군이 모사고 갓갑게 가니 압ᄑᆡ 尖塔樓閣이 구름 속에 드러 巍々ᄒᆞᄂᆞᆫ 거슬 보고 나보레언이 상쾌홀 마음이 나셔 不能禁胸裏ᄒᆞ야 大呼ᄒᆞ야 닐으기를 嗚呼 歐洲中著名之模斯擧 今在朕掌上ᄒᆞ다 ᄒᆞ고 그날 군병을 거ᄂᆞ려 城中에 드러가셔 翌 十五日에 그 황졔가 살던 대궐 구레므린 殿을 行宮으로 ᄒᆞ야더라 법군이 모사거로 드러와셔 다 市街로 나가보니 三十餘萬之府民이 豪農富民輩ᄂᆞᆫ 家財糧食을 가져 먼니 도망ᄒᆞ야 업고 잇는 인민은 가난ᄒᆞᆫ 사ᄅᆞᆷ 쑨이매 四方寂然不見人跡ᄒᆞ기로 법병들은 크게 失望ᄒᆞ얏더라 이러ᄒᆞ더 노국 샹고들은 법병이 京都로 드러온 일을 믜여 不勝憤懣ᄒᆞ야 그 지물을 법병게 ᄲᅢ기는 것보담 灰燼으로 ᄒᆞᄂᆞᆫ 것만 ᄀᆞᆺ치 못ᄒᆞ다고 ᄒᆞ야 의논을 ᄒᆞ고 잇튼날 밤에 府內예 이빅여 근듸에 불을 노왓더니 맛침 大風이 나셔 火勢쟝이 熾盛되고 七日間 烟炎焦天ᄒᆞ야 다 타버렷더라 나보레언은 火勢 넘어 심ᄒᆞ므로 宮中을 나가 비ᄒᆞ얏더니 다ᄒᆡᆼ으로 구레므린 宮殿은 火害가 밋지 아니ᄒᆞ야셔 鎭火 후에 환궁ᄒᆞ야 잇더라 기타에 宮殿樓閣이 壯麗ᄒᆞᄂᆞᆫ 거슨 다 灰燼이 되야 民家에 타버린 거시 一萬四千여가 되고 前來著名繁盛地化爲焦土되얏더라

(續)

法軍於露國大敗並拿破崙帝奔于本國

露都 模斯擧는 이리 焦土로 되야도 나보레언은 總軍을 여긔 屯駐ᄒ야
越年ᄒ고 봄이 되는 거슬 기다려 다시 軍謀를 내려 ᄒ되 城內예 군량을
구홀 길 업고 ᄯᅩ 병정을 드리는 家舍 업스매 그 焦土에 露宿ᄒ다가 軍
中이 심이 困苦之形勢롤 보며 노군이 進兵ᄒ야 와셔 模斯擧 四面에
모엿다가 법병에 糧食運搬ᄒ는 길을 ᄭᅳ어 막아셔 법병이 노병을 쳐물
니고 양식을 掠奪ᄒ야 디니는더 擧朔兵이 襲擊ᄒ야와셔 양식을 엇는
길이 업셔지고 殺馬屠犬ᄒ여 먹고 잇더라 노병은 이 형셰를 아러 勇氣
를 내여 模斯擧롤 에워싸와 大擧塵殺ᄒ려는 형셰로 되얏스매 나보레언
은 露帝ᄒ고 和約을 ᄒ고 다시 後圖잇스리라고 露帝게 화친을 쳥ᄒ얏
스되 露帝가 答報롤 아니보닛슬 ᄲᅮᆫ아니라 오히려 슈을 전국에 너려 왈
법국ᄒ고 講和商貿를 必決코 말고 전국이 힘을 다ᄒ여 분젼ᄒ라 ᄒ는
더 노병이 勇氣가 더ᄒ야 戮力ᄒ야 攘寇之盟誓롤 ᄒ여 그 힘이 젼버덤
빅갑절이 더ᄒ야지고 나보레언은 百計千策이 다ᄒ고 진퇴유곡ᄒ야 퇴
군홀 밧근 슈 업기로 歸軍令을 내여 스월 십이일에 恨함을 춤고 그 셩
듕을 나가 餘兵 十五萬 大砲 六百門을 군마에 실어 아주 이 ᄯᅡᆼ을 물너
가셔 스모렌스그란 ᄯᅡᆼ에셔 군량과 援兵을 어더셔 병정을 위로ᄒ려고 갓
가온 길로 갓더니 노국 擧朔騎兵이 곳 나가셔 법군이 갈 前路를 遮斷
ᄒ기로 나보레언은 다른 길노 갓더니 이십스일에 ᄯᅳᆺ밧긔 노병의 襲擊을
맛나 敗時間苦戰ᄒ야 계우 쳐물녀 병정 오쳔명을 일혼지라 이십육일에
ᄶᅩ로ᄶᅵ노란 ᄯᅡᆼ에셔 구완병을 맛나 그 병정을 식겨 四面 襲擊ᄒᆫ 擧朔騎
兵을 막어 싸오기도 ᄒ며 逃走도 ᄒ야셔 十一月 二日에 위앗마란 ᄯᅡᆼ에
왓더니 연일 젼도에 死傷者 만코 ᄯᅩ 病死且飢斃者가 몹시 만코 아이예
模斯擧 ᄯᅥ날 ᄯᅢ 十餘萬이 잇더니 이제는 그 半도 업더라 각셜 法將 네

란人은 각지 戰鬪에 援城破陣ᄒᄂᆫ 일에 춤 용ᄒ야 감이 出于其右홀 諸
將이 업기로 나보례언이 評稱勇中之勇이라 ᄒᄂᆫ데 이때 殿于諸軍홀
명을 밧고 全軍에 뒤로 와셔 노병의 追擊함을 막엇다 나오며 막엇다 나
와셔 全軍을 무ᄉ이 行軍케 ᄒ던 일에ᄂᆫ 稀有ᄒᆫ 勇將이니라 이때 맛침
시졀 寒氣가 너무 치워 酷烈ᄒ야 北風이 凜凜ᄒ고 肌膚를 찔르는 듯ᄒ
며 雹雪은 몹시 와셔 連日連夜에 긔이지 아니ᄒ매 山谷廣野 千里예 積
雪이 丈餘ㅣ 되야 道路方向을 살피지 못ᄒ니 地勢가 險ᄒ얏슬 ᄲᅩᆫ아니
라 본러 법인은 暖地예 싱하고 자라셔 이러ᄒᆫ 酷寒을 디너여 보왓던 일
이 업기로 크게 困苦ᄒ여 身体疲勞ᄒ야 步行도 못ᄒ게 되야 凍死者가
부지기수매 大砲 등은 다 길에 내야버렷더라 이때 법병이 길에셔 不耐
饑餓者ᄂᆫ 軍中을 나가 음식을 ᄲᅢ셔 먹으려 갓다가 擧朔騎兵에게 죽엇
던 병정도 무슈ᄒ고 十一月 九日에 계우 스모렌스구에 到着ᄒ얏슬 ᄯᅢ
ᄂᆫ 그 병정이 삼만六千名 밧긔 못되고 나보례언은 불승悲憤ᄒ여 여긔
를 ᄯᅥ나 얼가란 더 왓더니 다힝으로ᄡᅥ 이이예 갈 ᄯᅢ 머물녀 두엇던 법병
五만명이 무ᄉ이 잇ᄂᆫ 것을 맛나 계우 칠팔만人이 되고 十一月 卄六日
에 ᄲᅦ례시나江을 건너가려 홀 ᄯᅢ 무수ᄒᆫ 노병이 나와셔 그 江의 兩岸에
셔 攻擊ᄒ얏스매 법병은 死力을 내여 막어셔 다리를 건너가는 터에 ᄂ
려오ᄂᆫ 물이 急激如矢ᄒ데 大氷塊가 流來ᄒ다가 架橋를 문어버리고
人馬가 물에 ᄯᅥ러져 溺死ᄒᆫ 人이 三萬千餘人이요 降敵軍者 일만육쳔
여인이매 이 危難을 아니 당ᄒ고 渡江者가 불과 五萬人이 되야 軍勢
아주 망ᄒ니 나보례언은 이 형세를 보고 급피 본국에 드러가셔 再擧를
계교ᄒᄂᆫ 것만 ᄀᆺ지 못ᄒ물 알고 나오는 길에 巴里에셔 마렛도란 사ᄅᆷ
이 난을 지여 拿帝를 업시하려 ᄒ다는 急報를 보고 那巴里란 王의 남
은 병정을 거ᄂᆞ리게 식켜 十二月 五日에 스몰ᄭᅴ란 디셔 書記官 ᄒᆫ명을
더불고 脫軍ᄒ야 셤마를 타고 十日예 哇哨국에 나와 곳 晝夜兼行ᄒ야
십팔日에 國都 邑里로 도라왓더라 뒤예 잇던 법병은 到處에 낭픽되야
落膽失氣ᄒ야 잇ᄂᆫ ᄯᅢ에 나보례언이 脫軍ᄒ야 혼자 본국으로 드러갓다

는 말을 듯고 更이 싸음홀 마음이 업서지고 노병 追擊에 ᄒ야옴을 막는 슈 업서셔 노병게 항복ᄒ고 十二月 십삼일에 니멘江을 건넛슬 째는 三萬兵 밧긔 못되얏더라 당초에 나보레언이 노국 征討로 써날 째는 五十餘萬兵에 대군을 거느려 갓더니마는 半年도 못되야 아주 닐코 그 生命을 무ᄉ이ᄒ야 고향에 도라왓던 사름은 계우 三千人 밧긔 못되얏더라 이러ᄒ더 나보레언이 此戰役에 업서지던 병졍 總數는 戰死자 십삼만오쳔여人이요 飢寒斃者 십삼만이쳔여人이요 노병에게 살로잡힌 자 십구만삼쳔여人이요 士官이 三千餘人이요 總督官이 四十八人이요 軍馬砲銃 등에 수는 도모지 不能算其數ㅣ니라

1896년 1월 5일

(續)

各國六次同盟討法國 拿帝於歐洲大陸爲大激戰

여러 히 구라파 全土에서 나보레언의 엄이 진동ᄒ더니 征露 일로 대픽ᄒ 지 쌉챠기 그 威名이 써러지고 이왕 版圖로 되얏던 諸國 士民 등이 법국게 비판ᄒ여 각국이 왼통 擧兵하야 싸왓더니 薩撒尼國王은 젼에 나보레언의 恩德을 밧던 일이 잇기로 그째 함게 背叛擧兵홀 슈도 업고 ᄯᅩ 어지리국 황졔는 나보레언하고 姻戚이 되야셔 법국이 瓦解하물을 憂慮하고 그 ᄉ이예 드러 和議調停을 하야 극친이 힘을 써쓰되 孛漏西국은 여러 히를 법국의 凌辱을 바다 잇셧스매 이째야 그 國勢를 회복하려고 함녁으로 법병을 驅逐하얏코 一千팔빅십삼년 三月 十一日에 노국 대쟝 위도ᄭᅦᆫ스댄이란 사름이 법병을 쫏챠셔 孛都 伯林에 드러갓슬 째는 인민이 歡喜敬視 아니홀 사름은 ᄒ낫 업고 블노 닐으기를 救民之主ㅣ라고 하야 大喜待接하얏다 하며 ᄯᅩ 노국 황졔가 ᄲᅮ레스로란 ᄯᅡᆼ에 갓슬 째 孛王은 계국 군쥬버담 먼졉 맛나셔 합녁하고 나보레언을

討逐홀 盟約을 하며 영국은 그 나라 병선을 내며 軍資를 내여셔 露亭
兩國을 援護홀 決議가 되엿더라 是를 여섯번지 討伐同盟이라 하니라
각설 나보례언은 巴里로 도라온지 구라파 각국이 同盟擧兵하야 법국
國境으로 侵入하여 온다는 急報를 보고 그 덕군을 막게 國內로 엄녕을
내여 삼십오만군을 뫼왓더라 蓋法國이 從來之大戰예 그 나라 壯丁男
子는 대개 死傷되고 이번에 召集하던 병정은 흔련도 아니하는 少年이
니라 그러하되 법국 인민은 셩품이 勇悍하기로 다 勇奮不顧死하여 欲
護國家之氣가 面色에 낫다나고 또 젼의 伊太利國으로 보니여 두엇던
군병 둥에셔 一部를 불너셔 軍隊대진하기로 대회하여 흔 번 奮戰하여
각국 帝王을 壓服을 식키려고 경눈을 내여 出戰 中은 황후 마리알이사
폐하로 攝政萬機를 代聽하게 하여 두고 一千팔빅십삼년 사월 보럼날
에 巴里城을 써나 全軍이 엘휀더란 땅에 屯集하얏더라 츠시예 亭軍
總數 十二萬八千人을 불쎌 大將, 욜계 大將, 휴러 大將의 세시가 거느
려 잇고 露軍 總數 十六萬六千人 위도겐느댄이란 사롬이 도독이 되고
두 나라 졔왕이 친이 德停이란 땅에 잇는 本營에 가셔 大元帥로 되여
잇더라

나보례언이 또 친이 大元帥되여 오월 초잇튼날에 법국 병정 十一萬
五千人하고 露亭 양국 병정 十六萬九千人이 류졘이란 땅에셔 勇奮大
戰이 피츠 死力을 다하여 싸음하얏기로 법병이 死傷 일만삼쳔인이요
노패 양국 병이 死傷 일만오쳔人이더니 법병이 낭즁에는 덕군을 擊破
하고 德停으로 드러가고 同月 十九日에 덕병이 그럿케 대픽하여도 두
나라 졔왕이 됴곰도 어려원 쳬 아니하고 뎌욱 신병을 뫼와 싸으는 모양
이 뵈기로 법국 老將들이 좀 憂慮心을 내여 탄식하여 닐으기를 我軍이
젼에 어스돌릿즈, 이예나 等地의셔 싸왓슬 때는 흔 번 싸와 덕군에 군
졍을 壓하고 원통 항복하여 내 명녕대로 되엿더니 이번 싸음은 덕병의
군셰가 그째와 달나 再三之戰勝에 젹병이 도모지 屈服 아니하니 만일
츠소로 훈날을 推測훈즉 엇흔 지경이 될 지 알 슈 업노라 하며 나보례

언도 勇將 볫슐, 쓔럿그란 두 명쟝을 바으졔 戰場에셔 업섯다가 크게
憂念하얏더라 이째 어디리국 황뎨가 그 즁간에 드러 和議調停을 허려
하고 유명혼 口辯者 메델닛그란 사롬으로 명ᄒ여 각국에 도라딩겨 보
니고 화의샹논을 식겨 각국 뎨왕도 講和復平홀 의향이 잇더니만은 나
보례언이 감이 不從其議ᄒ기로 화친이 되려다가 破되고 어디리국이 이
제ᄂᆞᆫ ᄒᄂᆞᆫ 슈 업시 각국 同盟에 들고 ᄀᆞᆾ치 합녁ᄒ여 법국을 치고 구라
파의 平和를 회복ᄒ게 盟約이 되엿스매 瑞典국도 그 同盟에 드러 병졍
을 二萬人 내며 영국도 역시 병졍 一萬人을 發送ᄒ여 此擧를 援護ᄒ
니 同盟軍이 의셰대진ᄒ얏스매 나보례언도 連馬국을 論說ᄒ고 병졍
一萬二千人을 내게 ᄒ엿더라

1896년 1월 8일

(續)

爰에 那不動國王 뮤라는 나보례언의 鼻息만보와 제 몸에 榮枯를 도라
보고 제 將帥任務를 却棄ᄒ야 那不動國으로 逃歸ᄒ다가 傍觀此擧ᄒ
야 잇더니 법군이 연젼연승ᄒ야 軍威再盛되얏ᄂᆞᆫ 모양을 보고 쏘 다시
병졍을 거ᄂᆞ려 援來ᄒ기로 법군이 크게 힘을 어더 싸음ᄒ려고 기들너
잇더니 一千팔빅십삼년 팔월에 同盟軍이 병졍 수가 七十萬人이 되야
기듕에 十九萬人은 쯘도싯그, 스뎃진, 占領ᄒ얏던 獨國의 각지 城砦에
잇ᄂᆞᆫ 법군을 攻擊ᄒ고 다른 병을 여러 길로 나와셔 薩撒尼國 시례샤,
보혀먀, 巴威里國 等에 각지에 屯守ᄒ야 잇ᄂᆞᆫ 법병ᄒ고 싸호게 ᄒ얏더
라 이째 나보례언은 總軍에 半을 거ᄂᆞ려 시례샤로 갓ᄂᆞᆫ디 同盟軍이 窺
虛ᄒ야 八月 이십오일에 十餘萬 대군을 함게 내여 法將 산실氏가 거
ᄂᆞ려 직희ᄂᆞᆫ 德停城을 에워싸와 攻擊ᄒ얏더니 守將 산실이가 수쳔명
병졍을 指揮ᄒ고 死力을 써셔 잇틀 간을 防戰ᄒ얏스되 衆寡不當ᄒ니

항복홀 밧긔 업는 지경이 되어 나보레언이 此 報急롤 듯고 곳 구완ㅎ여 이십칠일에 법병 十三萬이 同盟軍 十六萬ㅎ고 그 城郭 外에셔 劇戰ㅎ얏더니 동밍군이 敗하여 死傷 육쳔여명 生擒者 일만삼쳔여명이 되매 법군이 得力大振ㅎ여 一掌可壓同盟軍之情勢더니 이째 맛침 오스델만, 래스도란 명쟝이 거느린 同盟軍이 법將 환담이란 쟝군을 귤무란 쌍에셔 擊破ㅎ야 그 全軍 살오잡고 쏘 瑞典國 世子 볠나덧도 殿下가 쑤러스볠렌이란 디셔 법당 우지노란 당군을 擊破ㅎ고 시례샤地에셔는 갓박 戰場에 막더날도란 당군이 거느린 병졍 八萬을 擊破ㅎ야 법병의 死傷이 칠쳔여인이요 捕虜 一萬八千餘人이라 이리 各地 勝報가 동밍군 등에 나온즉 그 軍勢復振ㅎ엿기로 나보레언이 德停의셔 싸호던 일이 공연이 싸흠ㅎ던 줏시 되엿더라 이러ㅎ더 파威里 국왕은 나보레언의 은혜를 밧던 일이 젹지 아니ㅎ엿스되 澳國의 勸論를 쏫차 법국을 배판ㅎ야 동밍군의게 들고 巴丁瓦敦堡도 배판ㅎ며 薩撒尼王은 감히 背意 업섯스되 국민들이 법군을 쏫ᄎ 同盟軍을 援ㅎ게 되엿기로 법병은 졈차로 黨援을 닐코 각지에 孤立되는 모양이 되고 나보레언의 英才도 오래 駐軍ㅎ야 잇는 슈 못하게 되어셔 收兵ㅎ야 래브싯그란 쌍에 退陣하다가 同盟軍의 동경을 살피고 그 군세를 회복ㅎ려고 본국으로 긔별ㅎ야 新兵을 모와 젼혀 戰備를 ㅎ련즉 동밍 각국은 이 말을 듯고 나보레언의 戰備가 아직 졍돈ㅎ기 젼에 襲擊ㅎ랴고 ㅎ야 總軍 二십삼만의 대군을 澳將 스왈젠볠쯔란 사름이 거느려 十月 십육일에 랜브싯그 地로 갓더라 이째 법군이 總軍 십ᄉ만人인디 뮤라, 네, 말몬, 오셰러, 워돌, 볠도란, 러리스돈, 막더날도, 졔히스쟌, 보니아더스기 等의 良將이 分督ㅎ고 十六日 붓터 사흘 간을 全軍이 힘써 싸와 砲煙掠日光ㅎ며 彈丸震動天地ㅎ며 將士 등은 死力을 다쓰고 승픽를 이 一擊로 보쟈고 奮擊突戰ㅎ얏더니 동밍군이 敗色이 나셔 아주 대패ㅎ엿더니 薩撒尼兵 일만여인이 반ㅎ고 법군의 右陣을 衝ㅎ기로 법군 將士 등어 그 쯧밧긔 그러하믈 놀나와 곳 그 叛兵을 치려 ㅎ얏더니 동밍군이 그 陣營之移動

ᄒ물 보고 곳 갑작이 全軍이 나아가 攻擊ᄒ엿기로 법군이 防禦ᄒᄂᆫ 길
이 업서 대픽ᄒ여 훗터지고 나보레언은 大墳ᄒ엿스되 못밋쳐셔 翌 十
九日에 그 남은 병을 거두워 래브싯그 地로 나가 랴인江으로 믈너갓더
라 동밍군이 승셰ᄒ야 래브싯그 城壁을 쳐 ᄉ방 문을 씻들여 攻擊ᄒᆫ즉
법쟝이 衆寡不可當ᄒ므로 出城逃走ᄒ야 나보레언의 軍으로 가려ᄂᆫ 거
슬 동밍군이 長驅하여셔 살撒尼王 기타 高位당슈를 九十人及병졍 일
만오쳔여인을 살오잡엇더라 이러ᄒᆫ디 나보레언이 그 남은 군을 거느려
退軍送上에 뎍병을 맛나 戰死며 혹 뎍군의게 잡피더니 만코 라인江을
건너 본국에 도라왓슬 ᄯᆡᄂᆫ 全軍 十分之八을 닐어버렷더라 ᄯᅩ 독국 지
방의 ᄯᅡᆫ도싯그, 스뎃진, 德停 동의 諸城 守兵 이십여만인은 나보레언이
낭픽하야 본국으로 도라간 줄 몰으고 농밍 각국의 병을 막고 싸와 잇셧
더니 外來援兵이 업고 동민군은 졈々 더하야와셔 막을 슈 업시 되어
德停 守將 산시르란 사ᄅᆞᆷ은 三萬人을 거느려 同盟군에 항복하며 ᄯᅡᆫ더
싯그城 守將 랏브란 사ᄅᆞᆷ은 力盡하야 一萬六千人을 거느려 항복하엿
더라

於時에 나보레언이 수년간을 고상하여 獨국 기타 졔국에 諸般 制度ᄅᆞᆯ
곤쳣스되 拂地로 업서지고 하노불국은 復其舊主하며 영국왕 ᄲᅱ린쉿그
公, 墨西公은 모도 그 本土를 찻고 여러 히 법인의 壓制ᄅᆞᆯ 바닷슬지연
졍 一朝에 그 苛政을 버여나며 ᄯᅩ 이ᄯᅢ 和蘭국 인민은 乘勢叛法하야
난을 지으며 國內官吏政人을 쫏차 舊主 오렌지公을 마자 君主를 삼앗
고 因하야 同盟 각국 君主 등이 법군을 驅逐하야 라인江으로 갓슬 ᄯᅢ
積年간 고상하던 일을 싱각하야 外寇도 이졔ᄂᆫ 아주 據除하게 되얏기
로 相互麗賀ᄅᆞᆯ 베풀엇다더라

1896년 1월 10일

(續)

英兵初侵入于法境並拿帝之寡策成畵餠

각셜 英將 웰린돈氏가 西班牙군 총독이 되어 포도아국으로 가셔 법군
을 擊破ᄒ미 슈츠되여 셔반아국 太半을 차잣스되 법국의 병세 頗盛ᄒ
기로 미양 법군에 虛機를 보와 치려ᄒ고 專練兵馬ᄒ며 大改軍制ᄒ고
병졍의 수를 더ᄒ여 一千팔빅십삼년 봄에는 精練ᄒ 병이 二十여만인
이 되엿ᄂ지라 이러ᄒᄃ 당시 셔반아국에 잇ᄂ 법병은 나보례언이 同
盟군 ᄒ고 싸왓슬 째 拿帝에 명녕대로 환국ᄒ던 재 만코 駐西ᄒ 병졍
은 불과 십오만명인즉 英將 웰린돈이 不失此機ᄒ야 一千팔빅십삼년
오월에 대군을 거ᄂ려 셔반아국에 갓ᄂ디 自率六만명ᄒ여 法將 쑬짠이
거ᄂ린 군 칠만명ᄒ고 위도리야란 쌍에셔 싸와 크게 擊破ᄒ니 법군의
死傷인이 칠쳔여인이요 捕虜 삼쳔여인이요 대砲 彈藥의 쎄는 거시 부
지기수ㅣ라 因ᄒ야 국왕 쑁셰오 其他 重臣 등이 비리느스(법西國境)를
지나 본국으로 도라갓더라 이째 나보레나이 獨국에 잇셔 이 敗報를 듯
고 쟝수 르도란 人을 명하야 병 팔만명을 거ᄂ려 보니니 그 人이 곳 쎠
나 뼈연이란 쌍에 가셔 屯ᄒ야 英병에 허실을 살피며 웰린돈의 에워산
법병을 救ᄒ려고 계교롤 내여 잇더니 英將이 그 일을 씨드라 비리느스
險處를 據ᄒ야 수르도의 구완ᄒᄆ 遮防ᄒ려고 비아군이 이 산듕에셔
수츠을 大戰劇鬪ᄒ얏더니 법군이 勝利치 못ᄒ여 물너 본국으로 가기
로 영병이 逐逃長驅ᄒ야 법국 境內로 침입ᄒ즉 산셰하스쟌城도 틀々
ᄒ 쌍이로되 防守홀 길이 업시 되여 英西葡 삼국 군에게 항복ᄒ고 반
베리나 及 산도나 二城도 연ᄒ야 항복ᄒ니 당시에 셔반아에 잇ᄂ 법병
은 다 항복ᄒ지라 同盟 각국군이 각도로 分進長驅ᄒ야 법국 境上으르
드러와 졈츠 巴里로 나오ᄂ 형졔되엿고 쏘 각국 졔왕이 법국에 모혀 나
보례언을 討滅홀 경뉸을 商議ᄒ여 잇스미 법국의 위티ᄒ미 累卵ᄀ트

되 나보례언은 屈撓홀 모양이 업셔 대병을 흐여 흔 大快戰을 흐여셔
失흐얏던 각국 쌍을 회복흐려고 새로 삼십만 병졍을 徵集흐여 동밍군
에 동졍을 살펴셔 察機請和흐니 각국 졔왕이 감이 殺戮흐믈 됴화흐지
안는 고로 一千칠빅구십이年 째 版圖로 흐즉 講和를 흐겟노라 흐고 答
議흐얏더니 영국 졍부에서 가마니 나보례언의 譎計 잇스믈 씨드라 그
스유를 각국 졔왕에게 통긔흐얏기로 講和지스가 아주 폐멸된지라 나보
례언이 대로하야 愈決戰意흐얏더라 법국의 형셰 이러흔디 셔반이 舊王
휄지나도 第七世는 육년 젼에 王位롤 폐흐야 와란 쌍에 보니여 幽囚하
야 두엇더니 츠시에 귀국 복위흐야 王이 되게흐야주면 셔반아국 々민
이 舊王지 복위흐믈 고맙게 알아 법국을 위흐여 진녁흐리라 하고 마음
에 가마니 豫定흐얏스나 셔반아국 々민이 依然이 陸英抗法홀 마음이
씃치지 아니흐기로 나보례언의 계교흐던 거시 귀어허지 되고 또 一千
팔빅구년에 幽囚흐야 두엇던 羅馬法皇 뷰스 第七世롤 보니여주면 법
국에 渴益홀가 흐여 후히 待遇흐여 이태리국으로 보니엿더니 法皇이
羅馬가 법국 간셥을 바드며 법국 병졍이 잇는 거슬 보고 셩안에 드러가
믈 스러여 흐야 誕住地로 가셔 時事商議하믈 보지 안키로 역시 그 경
눈이 그림에 그린 쩍쳐럼 되엿더라

同盟 각국지대군이 법국을 征伐하려 하고 법국 境上에 잇는 총수가 일
빅유여만명인디 기듕에 쏘혜미야軍이 墺, 俄, 孛, 獨에 졔국지병을 합
허여 이십여만인을 墺將 스왈젠벨쯔氏가 도독이 되어 법국과 瑞典國
境上으로 侵入하고 또 시례샤 軍은 俄, 孛, 獨에 졔국지병을 합하야 십
삼만칠쳔여인을 孛將 쯔룻곌氏가 도독이 되어 법국 東北으로 침입하고
북방軍은 孛, 瑞, 和, 獨에 병을 합하야 십칠만여인을 瑞典국 셰지쌔ᅦ른나
덧도氏가 도독이 되어 和蘭, 白義 쌍에 잇는 법병을 攻擊하고 豫備軍
은 이십사만여인을 獨국 각지로 진군하야 弱흔 편을 보와가면셔 구완
하게 하야 두고 이태리 軍은 墺병 팔만여인을 내여 이티리국에 잇는 법
병을 치게 하며 셔반아 軍은 英, 西, 葡의 병을 합하여 십사만여인을 英

將 웰린돈氏가 도독이 되야 법국 남편 ᄯᅡᆼ으로 침입하야 법都 巴里로 나오는 형셰 되엿더라 이러ᄒᆞᆫ디 나보례언은 全國에 힘을 다하여 모와도 총군이 삼십만인 밧긔 못되는디 기듕에셔 육칠만인은 義子 유젠이란 人이 거ᄂᆞ려 이태리국으로 가셔 墺병을 막어 싸홈하며 수르도, 슈셰 兩將은 십이만여인을 거ᄂᆞ려 남편 웰린돈이 거ᄂᆞ린 軍을 防戰하고 십이삼만여병은 墺, 俄, 孛, 瑞 등의 각국 대군을 抗防하얏더라

1896년 1월 12일

(續)

同盟國諸軍侵入于法國並開大盟會于維也納

여ᄎᆞ히 同盟졔국지대군이 一千팔빅십삼년 십이월 삼십일일 밤에 송구迎新에 찬쥬를 하야 그 소리 금즉ᄒᆞ고 孛將 쯔룻젤이란 人이 거ᄂᆞ린 俄孛 두 나라 대군은 먼져 萊因江을 건너 야단소리치고 법국 동북편에셔 侵入하야 왓는디 여긔 말몬이란 人이 거ᄂᆞ린 군병이 잇기로 곳 擊破ᄒᆞ야 버러고 徐々이 進軍ᄒᆞ야 법국 셔을 파리로 향ᄒᆞ야 오고 墺將 쉘지쪄룽이란 人이 거ᄂᆞ린 대군은 瑞典국에셔 법국에 드러오고 瑞典국 셰즈 쌔졜나뎟도란 人이 겨ᄂᆞ린 군은 和蘭白義국 ᄯᅡᆼ에셔 막더날도란 人이 거ᄂᆞ린 군을 擊破하고 遂逃急驅ᄒᆞ여 법국 니지로 드러왓는디 同盟군이 경눈을 ᄒᆞ얏던대로 諸線路에 대군이 일시에 法境으로 침냑ᄒᆞ야 쳐々에 堅固要處롤 ᄲᅢ여 그 强勢가 십히 頗熾ᄒᆞ고 파리城을 急衝ᄒᆞ야 올 모양인즉 나보례언은 咬齒ᄒᆞ야 一大決戰을 ᄒᆞ고 뎍군을 國境 外로 拂攘ᄒᆞ쟈 ᄒᆞ고 一月 이십삼일에 京都 파리를 ᄯᅥ나 동북편에 戰地로 갓더니 그 軍營에 슈비병은 나보례언의 來陣ᄒᆞ얏스믈 보고 크게 奮氣 더ᄒᆞ야 병셰 再派되얏더라 그리ᄒᆞ고 피ᄎᆞ 양군이 死力을 쓰고 奮鬪劇戰을 수ᄎᆞ ᄒᆞ엿더니 二月 一日에 로젤이란 ᄯᅡᆼ에셔 ᄒᆞ던 싸홈은 법군이

좀 失利ᄒ여 병정이 샹ᄒ엿스되 그돌 九日에 산보쌔ᅦ름이란 ᄯᅡᆼ의셔 ᄒ던 戰鬪는 아라샤군이 크게 破되고 十一日에 몬미라란 ᄯᅡᆼ에 젼도도산겐 이란 人이 거ᄂ린 軍을 殲滅ᄒ야 十四日에 워자스란 ᄯᅡᆼ에셔 춤 크게 분젼ᄒ여셔 孝將 쓰룻곌이 거ᄂ린 대군을 크게 擊破ᄒ니 이 서너번 戰 鬪에 동盟군에 ᄉ샹이 근 삼만명이 되ᄂᆫ지라 나보례언은 승셰 轉戰ᄒ 고 墺將 쉘진쎼롱이가 거ᄂ린 대군을 막어 법장 위그돌, 우ᄶᅵ노란 쟝군 을 식겨 應援ᄒ고 그돌 십팔일에 몬데로란 ᄯᅡᆼ에셔 同盟의 대군을 크게 격파ᄒ얏기로 同盟제국에 쟝슈 등이 대픽만 ᄒ기로 退軍ᄒ던 후에는 나보례언에 旌旗 뵈면 同盟軍에 군졍이 ᄌ연 쇠ᄒ야지고 交戰함을 피 ᄒ려 ᄒ기로 각국 제왕이 걱졍을 하여 商議ᄒ고 닐으기를 나보례언을 법국 正統神聖되는 군쥬를 삼어 講和修戈之策을 ᄒ는 거시 올타고 하 는 군쥬가 잇셔 의논을 ᄒ엿기로 어지리국은 皇女를 나보례언에게 시 집보너여 其間에 一子ㅣ 잇는 고로 각국 ᄉ이에 드러 幹旋盡力ᄒ며 피 ᄎ 國誼 회복함을 위ᄒ야 힘을 쓰고 一千八빅십ᄉ년 이원 四日에 각국 젼권흠차대신 등이 법국 젼권대신ᄒ고 샤지언이란 ᄯᅡᆼ에 會集ᄒ여 피ᄎ 商議講和ᄒ더니 각국 젼권대신이 닐으기를 나보례언이 타국에셔 侵掠 하얏던 土地를 다 도로 보너고 一千칠빅八십구년의 법국이 軍戰 前에 國境을 가지고 법국 境界로 ᄒ엿슬 째는 화친 盟約을 ᄒ겟노라 ᄒ기로 나보례언도 諾납홀 마음이 잇셧스되 쓰룻곌 及 쉘진쎼릉의 두 대쟝을 擊破ᄒᆫ지 同盟 각국 제왕이며 쟝슈 등이 怯惡ᄒ야 나오지 못ᄒ는 ᄯᅳᆺ시 잇는 거슬 보고 鬪叛之心이 나셔 豪勇함을 밋어 그ᄭᅴ지 小利롤 보고 아주 회복ᄒ쟈는 욕심을 가지고 스스로 省察ᄒ믈 不知ᄒ여 닐으기를 萊因江과 알브스山을 限ᄒ야 법국 境界로 아니ᄒ즉 決斷코 화친을 아 니ᄒ겟노라 ᄒ얏더니 同盟제국 제왕이 듯고 크게 분로하야 그런즉 다 시는 決勝敗之外에 별 슈 업노라고 ᄒ여 쇼몬이란 ᄯᅡᆼ에 모와 인제는 盟誓코 동심ᄒ여 나보례언을 討滅함을 期ᄒ쟈 방ᄌ히 나보례언ᄒ고 화 친을 아니ᄒ게 의논이 되엿더라 이리ᄒᆞᆫ디 나보레언은 同盟제국군을 拂攘ᄒᆞ랴고 全力을 다ᄒᆞ야 전도를 ᄒᆞ얏스되 同盟졔국군이 각쳐 ᄉᆞ방에 ᄀᆞ득 ᄎᆞ잇고 그 군셰 금즉이 强盛ᄒᆞ므로 법군이 孤立되여 졈ᄎᆞ로 失利取敗ᄒᆞ여가ᄂᆞᆫ 형셰로 되어 남방으로 향ᄒᆞ야 갓던 군병은 英병의 來攻ᄒᆞᄆᆞᆯ 능히 막지 못ᄒᆞ게 되어 이월 이십칠일에 웰린돈에게 대픽하여 ᄶᅡ론누江으로 퇴군ᄒᆞ여 왓ᄂᆞᆫ디 이ᄯᅡᆼ은 ᄲᅩᄲᅥᆫ王黨이 만은 ᄯᅡᆼ이라 영병이 법군을 치ᄂᆞᆫ 거슬 보고 크게 셰력을 어더셔 舊政의 회복ᄒᆞᄆᆞᆯ 계교ᄒᆞ여 삼월 십이일에 首都 ᄲᅩ더城에 인민ᄒᆞ고 합녁ᄒᆞ여 나보레언을 背叛ᄒᆞ고 舊主 뤼 十八世롤 법국 正統神聖之君主ㅣ라고 ᄒᆞ야 同盟졔국군에게 합ᄒᆞ야 ᄀᆞᆺ치 力戰ᄒᆞ엿더라 이ᄯᅢ孝將 ᄶᅳᆺ롯곌이란 人은 나보레언이 거ᄂᆞ린 병ᄒᆞ고 수츠 戰鬪ᄒᆞ여 삼월 십일에 라온이란 ᄯᅡᆼ에셔 크게 니겻ᄂᆞᆫ지라 ᄯᅩ 墺將 쉘진ᄲᅦ 킈ᄅ롱氏도 進軍ᄒᆞ야 兩軍이 곳 巴里로 향ᄒᆞ여 갓더니 巴里府 너에 잇ᄂᆞᆫ ᄲᅩᄲᅥᆫ黨 등이 대회ᄒᆞ여 同盟 각국 군이 드러오믈 보고 ᄀᆞᆺ치 합녁ᄒᆞ여 舊主를 다시 셰우쟈고 의논을 ᄒᆞ엿ᄂᆞᆫ지라

나보레언은 덕군이 國都 파리로 進軍ᄒᆞ여 나으믈 보고 곳 져 거ᄂᆞ린 병졍 二萬을 말몬, 몰졔 兩將에게 붓쳐 보니여 덕군을 막고 졔 친이 그 餘兵을 거나려 막더날더 及 우지 兩將이 거ᄂᆞ린 군ᄒᆞ고 합ᄒᆞ야 삼월 스므날에 墺將 쉘진ᄲᅦ롱이 거ᄂᆞ린 대군을 막아 크게 奮戰劇鬪를 ᄒᆞ니이 싸홈의ᄂᆞᆫ 양군이 죽으믈 도라보지 안코 죵일 猛戰ᄒᆞ되 그 승부를 볼 슈 업고 져녁째 양군이 救兵ᄒᆞ엿더라

1896년 1월 14일

(續)

각셜 나보레언이 奇軍計妙策을 내여 全軍을 거ᄂᆞ려 敵軍 背後로 廻軍ᄒᆞ야 법국 동편으로 가셔 젹병의 본국왕 내통노롤 遮斷ᄒᆞ여 그 군량을

막으면 젹군이 낭픾ᄒ야 군을 독국 디방으로 廻轉ᄒ여 구완ᄒ려니 그러ᄒ면 ᄌ연 푸리城 圍攻함을 풀어니리라 ᄒ고 그날 밤듕에 收兵轉廻ᄒ여 全軍을 거ᄂ려 젹군 背後로 가셔 독국지방을 침범홀 形狀을 뵈고 萊因江으로 향ᄒ야 갓더라

同盟군은 이러혼 密計잇는 줄 모르고 翌 이십일일 새벽에 법군을 攻迫ᄒ야 싸화보랴 ᄒ고 군마를 직촉ᄒ여 고조납함ᄒ고 믈미듯 드러기니 ᄯᆺ밧게 법병이 ᄒ나토 업ᄂ지라 同盟군의 쟝ᄉ등이 크게 疑懼ᄒ여 곳 마병을 내여 巴里 攻擊ᄒ믈 그만두고 법군에 踪跡을 삼피며 독국지방을 구ᄒ미 올타ᄒ고 의논이 분운ᄒ니 同盟군이 쟝찻 그 術中에 ᄲ지게 된지라 露帝와 기타 戰略熱練혼 대쟝 등이 나보례언의 게교을 알고 골오디 危急혼 ᄣᆞ를 당ᄒ여 푸리城을 구ᄒ지 아니ᄒ고 도로혀 독국지방으로 가랴ᄒ믄 진실노 詭計라 우리 同盟군을 독국지방으로 유인ᄒ여 푸리에 圍ᄒ믈 풀고 勝利를 어드려 ᄒᄂ 密謀ㅣ라 그러ᄒ즉 시방 속키 푸리로 드러가셔 不如覆其根條이라 ᄒ고 衆議여출일구ᄒ여 同盟전군이 일시에 ᄯᅥ나 삼월 삼십일에 푸리로 향ᄒ여 가니 法將 몰졔, 말몬 등이 젹군이 드러오믈 듯고 곳 병졍을 게ᄂ려 城外에 防禦ᄒ나 젹군을 당홀 슈 업고 ᄯᅩ 젹병이 몬말돌이란 高陵을 ᄲᅢ여 거긔 大砲 수십을 버리고 城中을 眼下에 보와 發砲ᄒ미 府民등이 크게 怖怯ᄒ여 兵禍를 피ᄒᄂ 인민이 무슈ᄒ니 騷擾ᄒ믈 비홀 디 업더라 초일 攝政 ᄶᅭ셰ᄒ 皇后가 모든 쟝슈를 모와 守城計事를 의논ᄒ되 졔쟝은 盡策無術이하고 말몬, 돌졔 두 대쟝은 임의 同盟군에 항복혼지라 翌 三十一日에 同盟 각국 졔왕이 푸리로 드러가니 其市街 각쳐에 築造ᄒ미 壯麗ᄒ여 놀나지 아니리 업더라 露帝가 엄령을 각 군대에 내려 掠奪ᄒ믈 금ᄒ니 城內 肅然ᄒ야 마자 죽은 스룸이 ᄒ낫토 업고 각 셩민이 안도ᄒ여 싱업을 힘ᄶᅥ 지내며 그 軍律이 엄슉ᄒ믈 보고 칭찬ᄒ더라 황후 마리아뤄자는 皇子羅馬王으로 더부러 ᄲᅳ러와란 ᄯᅡᆼ으로 피란ᄒ야 가고 ᄶᅭ셰ᄒ 攝政后도 푸리롤 ᄯᅥ나 업더라

츠셜 나보례언이 奇計롤 니여 젹병을 독국지방으로 쓰러내여 푸리에 위급함을 救ᄒ랴 ᄒ엿더니 삼월 이십칠일에 길에셔 젹군이 急向巴里ᄒ ᄂ다는 말을 듯고 경훈듣든 계괴 쓸 디 업ᄂ지라 낙담ᄒ여 급피 푸리를 구ᄒ려 ᄒ고 병을 두루혀 露軍을 擊破ᄒ랴 ᄒ고 푸리城 근쳐로 나와본 즉 푸리가 임의 젹병이 차잇다는 말을 듯고 불승분만ᄒ나 다시 그 푸리 城을 회복홀 힘이 업스미 엇지 홀 슈 업셔 군병을 거ᄂ려 현란보로란 쌍으로 물너가니라 화셜 각국 졔왕이 푸리로 入京ᄒ여 나보례언을 폐 ᄒ려는 의논을 ᄒ니 푸리 인민은 본리 셩품이 浮薄ᄒ지라 다 舊誼를 忘ᄒ고 나보례언을 비방ᄒ며 파리에 賤民 등은 큰 소리로 말ᄒ되 나보 례언은 暴威虐民ᄒᄂ 역젹이라고 ᄒ며 ᄯᅩ 판리 등에도 나보례언에 過 惡을 말ᄒ여 이럿타 져럿타 ᄒᄂ 사롬이 만은지라 각국 졔왕이 법국인 만의 所願이 舊主를 셰우자는 줄 알고 四月 二日의 商議ᄒ여 나보례 언의 帝位롤 폐ᄒ고 뽈혼 宗室을 셰워 법국왕을 封ᄒ야 뤼 第十八世 라 ᄒ엿더라

나보례언이 파리에 동졍을 살필시 인민이 表裏反覆되엿스믈 듯고 불승 慙惡ᄒ여 기ᄂ린 병졍 오만여인과 수르도슈셰란 쟘군이 거ᄂ린 병졍ᄒ 고 합ᄒ야 同盟군을 쳐 싸화 죽은 후 말기를 決心ᄒ얏스나 졔장 등의 쥬의는 勝算이 업스미 나보례언더러 말ᄒ기를 이제 형셰 이러ᄒ여 無 辜ᄒ 兵丁만 죽이는 것보덤 차라리 치욕을 춤고 不如退帝位라고 諫ᄒ 니 나보례언이 往事를 回顧ᄒ며 인심이 밋지 못ᄒ믈 탄식ᄒ고 사월 사 일에 避位ᄒᄂ 詔論롤 니려 押印署名ᄒ야 同盟군 중에 보ᄂ니라 각국 졔왕이 나보비언의 피위ᄒᄂ 詔論를 보고 評議ᄒ야 伊太利國 ᄒ변에 잇는 옐바島를 나보례언에게 속ᄒ고 미셰에 셰비 五百萬金 식 주며 前 妻 쑈셰ᄒ에게는 미셰에 一百萬金 식 주고 後妻 마리아뤼자 及 其子 에게는 이태리국에 잇는 부마, 비아쎈자, 가수달이란 三地를 주엇더라 소月 이십일에 혼더부로란 쌍에셔 각 將士 등이 셔로 告別홀 시 다년 근고ᄒ든 舊國을 ᄯ러나 悵然就途ᄒ야 地中海의 항구 「헤졔수」란 쌍으

로 가니라 나보레언이 十五년 전에 埃及에셔 凱旋ᄒ얏슬 째 이 ᄯᅡᆼ에 하륙ᄒᄆᆡ 인민이 驚嘆ᄒ엿더니 이번에 帝位를 피ᄒ고 孤島로 가는 길에 復過此地ᄒ얏더라

오호ㅣ라 英雄에 盛衰起伏之狀이 ᄎᆞᆷ 아는 슈 업는 거시라 이곳셔 영국 병션을 ᄐᆞ고 一千八百十四年 五月 四日에 엘바島로 流囚ᄒ니라

1896년 1월 16일

(續)

王定憲章並開大會議干壜都

이ᄀᆞᆺ치 歐洲 각지로 나가 同盟軍을 防禦ᄒ여 잇든 법군이 나보레언의 退立ᄒ엿다는 報를 듯고 停戰ᄒᆞᆷᆯ 約ᄒ며 혹 解兵ᄒ여 고향에 도라오며 혹 항복ᄒ엿기로 어지리국은 젼과 ᄀᆞᆺ치 되고 이태리 北方 ᄯᅡᆼ의 羅馬 法皇은 舊都로 환궁ᄒ사 歐洲 수년 간에 戈亂이 평졍되ᄆᆡ 兵備를 풀고 軍器를 거두어 쟝ᄂᆡ 태평ᄒᆞᆷᆯ 祝望ᄒ게 되고 ᄯᅩ 뤼 第十八世 왕은 同盟군, 쏠쏜(뤼王黨)黨에 덕으로 법국 王位에 卽ᄒᆫ 후 각국 됴약을 좃ᄎᆞ 大革新後로 나본레언이 攻略ᄒ엿든 각국 土地를 다 그 舊主에게 還付ᄒ고 一千칠빅팔십구년 전에 統轄ᄒ여 잇든 土地만 차ᄌᆞ셔 國憲을 셰워 국민에게 自主自由之權ᄒᆞᆷᆯ 准許ᄒ며 나보레언이 制定ᄒᆫ 民法을 법국 법률로 졍ᄒᆞ야 국ᄂᆡ 인민을 다스릿스되 國會制는 上下 兩院으로ᄒ여셔 上院議員은 貴族 일빅삼십오명을 限ᄒ여 국왕이 選任ᄒ고 下院議員은 ᄆᆡ년에 오빅元 以上에 國稅를 밧치는 사ᄅᆞᆷ이 아닌 즉 被選擧人이 되지 못ᄒ고 ᄯᅩ 選擧人은 ᄆᆡ년에 일빅오십元 以上에 國稅를 밧치는 人이라야 그 權利가 잇게 限ᄒ엿기로 才學英達ᄒᆫ 사ᄅᆞᆷ이 잇셔도 豪商富農이 아닌즉 국회 議員이 되지못ᄒ게 되엿는지라 이러므로 써 국민에 인심을 닐코 憲章 등 ᄉᆞ무에 至急함을 要ᄒᆞᆯ 째는 국회의 可

否을 問치 아니ㅎ고 국왕이 獨裁專行 ㅎ기로 法令을 시힝ㅎ겟노라 ㅎ는 條款이 잇고 이 王은 본이 言行에 王政獨裁로 ㅎ자 ㅎ여 藍白紅 三色의 國旗를 곤쳐 쏠쏜黨에셔 써잇는 흰국긔를 쓰게 ㅎ며 기타 공평치 못훈 일이 만은 까둙그로 그 卽位 後 얼마 못되야 인심이 離反ㅎ여 왕을 評稱ㅎ기를 타국 兵力으로써 국왕이 되엿스나 民上에 君臨홀 그릇시 아니라고 비방ㅎ얏는지라 각국 帝王이 법국 일은 쉬이 진정되엿스되 그 國境을 졍ㅎ는 일로 각각 意見이 달으다가 議論이 紛起ㅎ여 議定치 못훈즉 다시 어지리국 京都 윈나(地名)에 大會議를 開ㅎ고 妥辦商議ㅎ야 決ㅎ랴고 그 일한을 豫約훈 후에 수일 간 퍼리에 류ㅎ여 각국 帝王이 離宴을 베프러 슈고ㅎ는 일을 慰ㅎ고 환국ㅎ얏다가 前約훈 대로 구월에 墺都로 모와 동월 이십오일에 大會議를 기셜ㅎ얏는디 이 회의에 列會者는 俄帝, 孛王, 巴威里王, 瓦敦堡王, 嚏馬王, 獨王, 其他 各國 君主, 英, 法, 墺, 西班牙, 葡, 瑞 등에 각국은 젼권대소를 흠차ㅎ야 이 議場에셔 구쥬 각국에 境界를 一千칠빅팔십구년 째 國境으로 決議ㅎ엿스되 이 亂後至當時間 이십오년이 되매 星移物換ㅎ야 구쥬 인민에 심스풍쇽이 그째와 又지 안코 만스에 復舊ㅎ미 어려운 고로 각국 졔왕이며 각국 공스가 민일 이를 쓰고 의논ㅎ얏슬지연졍 쉬이 결졍치 못하고 翌年 이월신지 論辦하야 공연이 日時만 지닐 뿐이요 俄孛 두 나라 왕은 今回戰勝하믄 우리 냥국의 셩공하미 만타고 하야 다른 君民에 말을 듯지 아니하기로 각국 군쥬며 각 공스가 마음에 不快험을 生하며 英法墺 삼국은 말로는 하는 슈 업게 되미 密結盟約하되 이제는 兵力을 動用하여 俄孛 냥국의 跋扈驕傲함을 責問홀 밧긔 업노라고 하는디 俄帝가 가만이 그 일을 알고 出兵준비 하얏느니라

於時에 구쥬 태평하믈 計圖하려고 모와 의논하다가 각국 군민이 忽然 仇敵 익신시디여 크게 釀亂훈 형셰 되얏더라 삼월 칠일 밤에 각국 졔왕이며 각 공스가 忘憂宴을 開하야 山海珍味를 셩비하고 細腰美女를 餘興에 불너 歌舞하니 풍뉴소리 天外에 들녀 仙境에 올은 듯 잘 노는

가온디 나보례언이 엘빠嶋에셔 나와 다시 擧兵하야 법국 짱에 드러왓
다는 急報를 듯고 滿座의 군민이 대경失色하여 周章하야 그 措置홀
바를 모르더니 俄孚帝王이 罷宴하며 그 商議를 폐지하고 나보례언 討
滅홀 계교를 의논케 시작하더라

1896년 1월 18일

(續)

拿破崙再擧兵並兩軍大戰于窩德祿

나보례언이 엘빠島에 流因ㅎ야 쥬야에 탄식ㅎ되 혀다 셰월을 鞍馬之
間에 起臥ㅎ며 彈煙之間에 處身ㅎ여 이를 쓰고 셩취ㅎ엿든 대업이 일
됴에 灰燼이 되어 토지 인민이 다 타인에게 歸屬하니 그 한이 骨髓에
銘徹ㅎ여 음식이 목에 니리지 아니ㅎ는지라 쥬야일념이 다시 대병을
擧ㅎ야 同盟 각국의 不義ㅎ믈 攻ㅎ고 전일 威勢를 회복고자 ㅎ야 그
쳐소 脫走함을 계교ㅎ더니 법국 인민이 다 新政을 복죵치 아니ㅎ며 나
보례언을 慕ㅎ는 마음이 깁고 쏘흔 법국에 잇는 拿破崙黨과 共和政治
黨 등이 나보례언에 智略을 服慕ㅎ여 다시 법국에 君臨함을 願ㅎ는 무
리 만이 비밀이 通謀ㅎ야 一千팔빅십오년 이월 이십이일에 계우 窺間
ㅎ야 일천여인을 거느려 비를 어더틋고 삼월 일일에 법국 南岸 간 누란
짱으로 하륙ㅎ고 급히 니지로 進入ㅎ야 쓰례블이란 짱으로 향ㅎ더니
그 길에셔 라벼델이란 대쟝이 거느린 騎병을 맛나 나보례언을 막다가
나듕에는 오히려 나보례언에게 항복ㅎ고 援其擧ㅎ야 그날 져녁에 쓰례
불에 도착ㅎ얏더라 이쎠 법국 인민이 나보례언의 英智ㅎ믈 밋기로 나
보례언이 擧兵ㅎ여 온단 말을 듯고 디나는 길의 인민이 다 路傍에 나
와 歡迎ㅎ며 皇帝만셰라는 소리 진동ㅎ고 쏘 각디에 散在ㅎ야 잇는 병
졍들이 이 소문을 듯고 爭先ㅎ여 投此軍 지 졈々 만어지니 군셰 대진

ᄒᆞ야 法都 巴里로 나아가더라 법국 됴졍이 그 急報롤 듯고 크게 요동
ᄒᆞ여 戰備를 홀 틈이 업시 쟝안 푸리롤 保守홀 계칙을 의논ᄒᆞ더니 이
ᄶᆡ 나보레언의 舊將인ᄃᆡ 勇猛에 일홈이 금직ᄒᆞ던 말샬, 네 兩將이 新
政府에 祿職을 바다셔 푸라 總帥가 되야 兵權을 잡어 잇기로 네 將軍
으로 ᄒᆞ야금 나보레언을 防禦ᄒᆞ라 ᄒᆞ니 네가 닐으되 내가 군명을 바다
가미 반다시 오래지 안아 나보레언을 잡아오리니 됴곰도 넘녀말나 ᄒᆞ
고 병졍을 거ᄂᆞ려 가더라

각셜 나보레언의 병졍이 졈々 만어지미 수만인을 거ᄂᆞ려 법국 里昴(리
언)이란 ᄯᅡᆼ에 진을 치고 檄文을 각 도에 젼ᄒᆞ여 再擧之意롤 고시ᄒᆞ니
젼국 인민이 깃거ᄒᆞ야 從其軍ᄒᆞ기로 네 將軍이 거ᄂᆞ린 병졍이 감히 그
젹병을 치자는 사롬이 업고 脫ᄒᆞ야 나보레언에 군문으로 가니 츌진홀
ᄶᆡ 誇言 ᄌᆞ칭하고 ᄯᅥ나와던 네 쟝군도 이제는 엇지홀 슈 업셔 병졍과
ᄀᆞ치 나보레언의게 항박ᄒᆞ야 다시 臣이라 충ᄒᆞ야 나보레언을 도오니
군세 恰如破竹ᄒᆞ야 푸리로 향ᄒᆞ야 드러오니 뤼王과 기타 군신이 모다
막는 術이 업셔 쟝안을 脫走ᄒᆞ여 도망ᄒᆞ니 因ᄒᆞ야 나보레언은 별로히
싸홈도 아니ᄒᆞ고 푸리를 어덧더라

於時에 府內 士민 등이 나보레언이 다시 드러오믈 보고 젼일 情誼롤
싱각ᄒᆞ여 환호ᄒᆞ며 나보레언에 젼후롤 擁衛ᄒᆞ야 皇宮으로 드러가 법국
皇帝에 天任롤 復位케 하야 황졔만셰롤 祝賀하더라 나보레언이 流囚
嶋에셔 나온 지 ᄒᆞᆫ 둘이 못되야 다시 법국 황졔로 복위하매 국닉 범ᄉᆞ
에 졔도롤 곳치려 훌식 이 일로 共和黨인이 졔일 일을 쓰고 진녁하든
일이기로 黨員을 불너 그 슈고함을 표하랴 하야 그 黨首 후세, 간바셰
레, 한샤만, 곤스단,이란 사롬으로 執政大臣을 採任하야 ᄀᆞ치 의논을
하고 법국 憲章補則의 법뉼반포식을 힝하엿는데 이 憲章 중에 황졔라
도 專裁獨斷함을 制하는 條件이 잇스니 법국 인민의 긔망함에 합당ᄒᆞᆫ
지라 나보레언이 이리 국닉 政務에 마음을 쓰며 ᄯᅩ 젼국에 녕을 ᄂᆞ려
ᄀᆞᆯᄋᆞᄃᆡ 새로 募兵하니 인민은 맛당이 競하야 그 募集하믈 응하라 ᄒᆞ니

닷토와 응모혼지 이십여만인이 되여 나보레언의 형세 회복 하얏더라
同盟 각국에 제왕 등이 나보레언이 엘바島롤 도망하야 법국에 침입하
얏다는 急報를 듯고 의논하니 다 이로더 나보레언은 텬디 간에 不可容
貸홀 暴惡무도혼 죄인이라 급히 誅戮하야 조곰이라도 그 죄롤 용셔치
말미 올타 하고 방을 젼하여 각국에 병졍을 내믈 직죽하니 몃칠이 못되
여 일빅삼십여만인이 되얏더라

1896년 1월 20일

(續)

同盟 각국 군이 總兵 일빅삼십여만인에 법군 수도로 分進ᄒ니 英, 孛,
和, 아라ᄉ국 병졍 십오만인은 尼流蘭軍이라 稱ᄒ야 영국 老將 엘린돈
氏가 거ᄂ려 법국 ᄉ경 附近地에 屯集ᄒ야 잇고 孛人 십오만인은 寡
因下流軍이라고 ᄒ여 孛將 쓰룻켈氏가 거ᄂ리고 墺人 巴威里亞人 이
십육만인은 寡因上流軍이라고 ᄒ여 墺將 솰젠벨쯔스가 거ᄂ리고 아라
사는 그 나라가 遠隔ᄒ미 자국 각지에 屯駐ᄒ여 잇는 병졍을 모와 豫
備軍으로 삼아 同盟 諸國에 대군이 일시에 법국으로 침범ᄒ여 오는 형
셰더라 나보레언에 軍은 新募혼 병이 이십여만인이 잇스되 그 중에서
환데州란 쌍에 王黨을 진졍ᄒ러 보니엿스므로 군셰 비록 대진ᄒ나 同
盟軍에게 비ᄒ면 십분지 일밧긔 못되고 쏘 이번은 젼과 달나 應援ᄒ야
주는 나라도 업스매 나보레언이 격병이 모여 오기 젼에 空虛ᄒ여 孛兵
에 不意함을 올 攻擊ᄒ려고 六月 십오일에 大砲 삼빅오십과 병졍 오십
만인(나보레언이 新募에 병이 이십여만명이라더니 여긔 出軍홀 때는
오십만명이라 ᄒ니 말이 前後가 맛지 아니ᄒ되 原書대로 번역ᄒ야 오
십만명이라고 ᄒ니 그리아오)올 거ᄂ리고 신불江을 건너 孛將 쓸켈氏
가 거ᄂ린 군병이 아직 未備혼 隙을 타 攻擊ᄒ자고 進軍ᄒ여 갓더니

그 部下에 후르몬이란 將軍이 졸디에 나보레언을 叛ᄒ고 적군의게 항복ᄒ여 법군에 군졍을 洩告ᄒ엿기로 英軍이 곳 엄히 攻襲홀 마련을 ᄒ엿더라

나보레언이 이 일을 아는 쳬 아니ᄒ고 그 英軍을 擊破ᄒ랴고 쭐 십육일에 部下롤 三隊에 分軍ᄒ여 右翼隊는 스만팔쳔인인디 말샬과 쓸시란 將軍이 거ᄂ리고 中軍은 삼만팔쳔인을 나보레언이 거ᄂ리고 左翼隊는 스만팔쳔여인을 말시알네란 쟝군이 지휘ᄒ야 거ᄂ려 進擊 ᄒ얏더라

각셜 나보레언이 英軍을 擊破ᄒ랴고 軍등이 各忙ᄒ ᄯᅢ문에 一軍을 左翼隊로 내미 지쳬되야 네 쟝군 등과 덜쎠란 ᄯᅡᆼ으로 향홀 ᄯᅢ에 英병이 몬져 이 ᄯᅡᆼ에 集屯ᄒ여 防備ᄒ엿스매 네 쟝군이 死力을 다ᄒ여 분戰ᄒ고 英병이 孛병과 連續ᄒ 中間을 遮斷하여 적병을 막엇는지라 이ᄯᅢ 법국 中軍及右翼隊는 孛국 병과 디단이 劇戰ᄒ야 리다니란 ᄯᅡᆼ을 쎄든 일이 두 번이고 일키가 두 번인디 수 시간을 決戰ᄒ얏다가 법국 졔라루氏 계우 아주 占領하야 그 적병을 驅逐하니 픠국 병졍의 死傷이 불가승수ㅣ라 왼통 그 ᄯᅡᆼ을 버리고 「나ᄋ미엘」이란 平原으로 믈너가매 나보레언이 십여만병을 거ᄂ려 英軍 根據地 근처로 갓더니 英將 웰린돈氏가 칠만 병졍을 거ᄂ려 窩德祿(워널로)에 要處를 據하여 本營을 짓고 법병의 來攻함을 막으랴고 잇는데 나보레언이 部下 쓸시란 쟝군에게 병 삼만오쳔명을 주어 나슐이란 ᄯᅡᆼ에 屯集ᄒ 픠병을 막고 英병에 應援병을 防遮하야 치게 하고 스스로 네란 쟝군과 ᄀᆞ치 칠만이쳔여인을 지휘하야 勇悍ᄒ 英軍에 本營 워딜로를 擊略하려고 攻戰하니 英軍이 다시 소와다란 山林을 據하여 그 병을 排斥하고 守備가 엄홀 ᄯᅮᆫ아니라 픠將 쓰르겔氏 本營으로 急報롤 하야 구완함을 청하고 ᄀᆞ치 합녁하야 법군을 치려하더라 나보레언이 쓰르시란 將을 보ᄂ여 픠군이 나오는 길을 遮斷케 하야 두엇스매 픠軍이 나오는 要處가 업기로 英軍을 急擊하야 期勝于一戰홀 싱각을 가지고 적군에 右翼을 攻擊하면 모다 右翼 편으로 모와 나올 터히미 乘其虛하야 몬산쟌이란 초치 砲塞롤 쳐

쩨자고 유월 십육일 새벽에 進軍하야 英병에 右翼을 急迫하야 크게 攻擊하니 영장 웰린돈이 精兵을 右翼軍으로 보니고 힘써 防禦하미 나보레언이 구만히 젹병이 術中에 陷하얏스믈 반가히 알고 急令을 군둥에 내려 大砲 칠십팔個롤 노와 英軍 占據한 요처롤 射擊케 하고 네 將軍으로 하야곰 근처에 요처롤 突貫襲擊하케 하니 英軍이 법병의 不意에 나와 急擊하므로 周章狽狽하야 피군하는 형샹이 뵌즉 법쟝 네가 구만이 젹졍에 요동함을 보고 乘機하여 擊破코즈 하야 그 大砲롤 다른 디로 음겨 射擊하라 하다 이곳 디형이 險阻하여 임의로 끄러갈 슈 업는지라 步兵으로 하여곰 大砲隊롤 護助케 하야 進軍하려더니 영장 웰린돈氏가 이 거동을 보고 말을 틱고 死力을 다하야 막게 엄녕을 내리며 쏘 騎兵에게 녕을 내려 법군에 大砲隊롤 攻擊하야 젹병에 보병올 驅逐하야 大砲롤 쎼셧슨즉 영병에 軍勢가 더하고 勇氣가 나셔 乘勝猛擊하야 오더니 法군 騎병이 합녁하야 마자 싸화 英軍이 힘이 다하야 파하고 그 짱에 믈너가니 이 戰鬪에는 네 將軍이 평싱 험을 다하여 奮擊突戰 수츠에 혜산더란 짱을 占領하고 英將 웰린돈을 擊破하얏더라

1896년 1월 22일

(續)

나보례언이 혜오디 이번에 勝敗는 이 一戰에 달녓다 흐야 瞬息間이라도 他事롤 도라보고 잇슬 틈이 업시 定晴흐야 兩軍에 進退함을 살피더니 젹군에 敗將이 뵈이기로 곳 총군을 내여 영군을 擊破흐려고 홀 즈음에 멀니 後軍 편에셔 大砲 소리가 수츠 들니거눌 이 砲聲은 필경 我將 끄례시란 쟝군이 후軍을 치고 이리 나오는 줄 알고 심즁에 대희흐야 일오디 오늘 젼징은 我軍이 대승나라 흐고 대셩으로 쾌담흐야 잇더니 豈不計哉라 후兵이 끄례시 쟝군이 거느린 병에 攻擊함을 當흐야

間道로 향ᄒ여 군ᄉ 삼만을 거ᄂ리고 나보례언에 陣을 치려ᄒ고 俄烈
히 대포를 發射ᄒ지라 나보례언이 크게 놀나 급히 분군ᄒ야 그 一軍으
로 ᄒ여금 孛兵에 襲擊ᄒ믈 防禦ᄒ얏더라 ᄎ시에 웰린돈이란 영쟝이
戰敗ᄒ엿든 兵士를 獎勵ᄒ야 법병을 막아 졍이 근심ᄒ더니 孛병이 구
완ᄒ러 오믈 보고 크게 힘을 어더 승세ᄒ여 법군에게 뼛기엿든 要處를
도로 ᄎ지려 ᄒ여 騎兵을 내여 襲擊ᄒ니 법군에 네 쟝군이 그 要處를
견고케 직겨셔 騎兵을 내야 防戰하미 피ᄎ 냥군이 忘死劇戰ᄒ미 수ᄎ
에 법병이 승젼ᄒ여 영병에 敗逃함을 쫏ᄎ니 그 威勢가 熱風ᄀᄎ치 驅逐
ᄒ즉 영군 보병이 急作方陣ᄒ고 대포 이십個롤 排置ᄒ야 決死ᄒ여 법
국 긔병을 發射防戰ᄒ되 법병이 秋毫도 겁을 아니넬 뿐이 아니라 오히
려 鼓譟ᄒ며 영군에 안으로 突入ᄒ야 揮銃血戰ᄒ다가 그 要處 몬산쟌
이란 高陵을 쎄고 그 山上에 법국 國旗를 셰윗더니 後援병이 오지 아
니하므로 不能據此地ᄒ여 과다히 병졍을 샹홀쎈더러 退軍ᄒ즉 나보례
언이 다시 그 高陵을 략취ᄒ려 ᄒ여 數隊로 분병ᄒ여 격진으로 갓더니
山上에 잇는 영군이 分을 砲隊에 ᄂ려 급히 대포로 發射ᄒ는 고로 이
쳐럼 勇悍ᄒ 법병도 雖盡死力ᄒ나 나아가는 슈 업스미 이러므로써 나
보례언이 쑤몬이란 壘寨를 攻擊ᄒ든 勇兵을 불너 네 쟝군이 거나린 軍
隊에 합하고 親히 그 군을 지휘하여 영병의 中隊를 衝破하려 ᄒ즉 법
군 將士 등이 나보레언이 잇스믈 보고 勇氣가 십갑졀이나 더하야 喚叫
突擊ᄒ야 격군으로 衝進하엿더니 영국 쟝군 웰린돈이 역시 陳頭에 나
와 지휘하야 진력방어ᄒ미 냥군에 포셩이 산곡에 진동하야 天地롤 ᄀ
리고 나보레언과 웰린돈에 냥인은 지략을 다하며 奇計를 내여 劇戰하
는 중에 법군 右翼에셔 忽然이 포셩이 들니거늘 나보레언이 싱각하되
이제야 쓰레시가 거ᄂ린 應援兵이 오는 즐 아랏더니 그럿치 안아 쓰레
시는 孛兵에 來路롤 잘못 아라셔 ᄀ 途次에셔 遮斷치 못하엿기로 삼만
유여ㅣ 된 孛병이 가마니 법군의 不意에 나와 크게 砲射ᄒ니 법병 쟝졸
이 대경하야 쓰레시가 거ᄂ린 병졍이 背叛하야 이러ᄒ 즐 알고 周章狼

狼흐여 軍등이 요동하더라 영장 웰린돈이 그 모양을 보고 急進全軍흐
야 법군에 前隊를 치고 쓰릇겔과 휴러란 쟝군은 엽흐로 법군에 右翼을
쳐셔 그 병셰 破竹ᄀ튼즉 법군이 落膽消魂하야 다시 싸호는 병정이 업
시 戰敗하엿더라 나보레언이 쟝찻 全勝하려 하다가 俄然히 戰敗하얏
스믈 보고 咬齒大憤하며 慨然히 탁식하야 닐으되 嗚呼ㅣ라 吾事已止
矣라 하고 戰傷을 潛脫흐야 푸리로 향하야 도라왓더라 是로 셰상에 유
명한 窩德祿에 대젼징인데 법군에 死傷이 ᄉ만여쳔인이요 영군에 死
傷이 일만오쳔여빅인이요 퓌군에 ᄉ상이 칠쳔여빅인이라더라

1896년 1월 24일

(續)

拿破崙流于孤島並以皇帝之禮還靈柩

西曆 일쳔팔빅십오년 유월 이십일일에 나보레언은 窩德祿 싸홈에 쳐셔
푸리로 도라왓더니 執政官 등에셔 나보레언을 믜여 乘機흐여 그 帝位
를 폐고자 경뉸을 흐다가 초일에 國會ᄂᆞ 사룸을 보니고 곳 退位함을
說論하니 葛魯 等 諸將이 ᄀᆞ만이 나보레언더러 권흐기를 此際예 흐
大變革함을 힝흐야써 抗我흐ᄂᆞ 무리는 斷然히 잡어 치죄ᄒᆞ고 민심을
安堵케 흐라 흐되 나보레언은 揮首흐야 왈 시방 형셰 덕병은 逼于外흐
고 인심은 離于內흐기로 비록 그 경뉸을 힝흐엿슬지연졍 법국에 內亂
을 釀成홀 쑨이라 사러셔 무어슬 흐겟ᄂᆞ뇨 흐야 遂不用其言흐고 翌 이
십이일에 다시 退位흐다가 「말메존」이란 쌍에 갓더니 여긔 쌍도 역시
陰謀룰 내여 나보레언을 죽이려 흐믜 나보레언은 푸리 인민과 ᄀᆞ트믈
알고 미국에 가셔 後圖를 계획흐자고 「로슈호루」란 港口에 가셔 트고
갈 션편을 潛待흐더니마는 경찰에 警衛가 너무 엄흐야 갈 슈 업스믜
결단코 칠월 십ᄉ일에 영국 「갑덴, 메도란더」 門에게 항복흐얏더니 翌

日에 그 麾下의 「별론혼」이란 軍艦에 틱여 나보례언을 護送ᄒ야 영국에 갓더니 영국 정부는 나보례언이 하륙함을 금ᄒ여 更히 다른 軍艦으로 移載ᄒ야 스월 십육일에 大西洋 中에 잇는 孤島 「신도혜례나」란 셤에 流竄ᄒ야 영국 병졍이 嚴守ᄒ고 잇더니 나보례언은 몸이 健康ᄒ고 혼자 我影을 벗을 삼어 六年에 星霜을 지니고 일쳔팔빅이십이년 오월 오일에 歿于此島ᄒ엿더라 享年 五十一歲요 遺言대로 그 셤에 잇는 寺院에 미쟝ᄒ고 그 墓碑에 一兵將之剛勇云云 말을 시겨 잇더라

각셜 同盟 각국 군은 다시 프리로 入京ᄒ야 각국 졔왕은 법인이 盟約을 背ᄒ고 나보례언을 應ᄒ야 대란을 지든 일을 믜여 그 府民을 고약게 알고 다시 「뤼 第十八世룰 王位로 올려 십일월 이십일에 同盟 각국과 화친됴약을 ᄒ고 償金 七億萬金을 同盟 각국에게 내며 쏘 삼년 간을 同盟軍에 병을 십오만인을 두엇다가 법국 要處되는 十七城을 직겨 警戒ᄒ니 그 소비를 법국졍부가 擔負ᄒ게 되엿더라

於時로 墺, 露, 孛 각국 졔왕이 의논을 ᄒ야 墺都 윈나 大會議에셔 졍ᄒ든 條件을 각국이 遵守케 歐洲공법으로 졍ᄒ야 혹 아모나라든지 亂擾 잇스면 다른 각국이 피츳 相扶ᄒ야 형졔ᄀᆺ치 ᄒ마는 憲章을 制定ᄒ고 각국 군쥬가 이 盟約에 들고 更히 不背함을 盟誓ᄒ야 각々 본국으로 도라가고 歐洲 全土가 積年지병난이 아주 진졍이 되여 士民이 화락태평에 셰상이 되엿는지라

이러ᄒ더 법국왕 뤼 第十八世는 다시 王位로 昇卽ᄒ얏스되 인민이 殊히 그 政令을 죵복홀 스롬이 젹고 나보례언을 追慕ᄒ는 사롬이 금직이 만어셔 訛傳이 나고 나보례언은 아직 죽지 안코 「혜례나」島에 잇다가 일쳔팔빅스십년에 다시 擧兵ᄒ고 법국에 나오느니라 ᄒ야 犬吠虛ᄒ즉 萬犬傳實ᄒ는 셰상 힝습이 믜이 와젼이 나는지 인심이 洶々ᄒ야 불안ᄒ기로 議政대신 등이 샹의ᄒ야 닐ᄋ기를 여ᄎᆞᆨ히 流言訛傳이 나는 거슨 필경 彼地에 墳墓가 잇스므로 그러ᄒ오니 시방 나보례언에 靈柩룰 프리로 옴겨와셔 皇帝에 대례로 후히 국상을 낸즉 인심을 진졍ᄒ리라

ᄒᆞ고 국왕에 비답을 바다셔 ᄉᆞ신을 영국에 보내고 이 말을 쳥ᄒᆞ더니 영국 정부도 허락ᄒᆞ야 주기로 곳 「뢰스흐리」란 사ᄅᆞᆷ을 提擧로 하고 나보레온에 靈柩ᄅᆞᆯ 옴겨 시러오게 식기니 「뢰스흐리」가 受命ᄒᆞ야 그 준비 마련을 자려 칠월 칠일에 船艦 수쳑을 거ᄂᆞ려 土崙을 ᄯᅥ나 십월 팔일에 亞弗利加에 孤島 「신도혜레나」로 도챡ᄒᆞ야 십오일에 英, 法 냥국 監守官이 안동ᄒᆞ야 분묘지로 가셔 파내여 開棺ᄒᆞ고 그 屍体를 보니 이 십년이나 지니는데 신통이 腐壞치 안코 生顔과 덕ᄀᆞᆺ고 翌 십육일에 禮砲ᄅᆞᆯ 노와 그 聲裡에 靈柩ᄅᆞᆯ 비에 옴겨 시로 僧侶가 허다히 나와 讀經을 ᄒᆞ며 供養을 하고 십칠일에 그 셤을 ᄯᅥ나 십일월 삼십일에 「셸홀쓰」란 ᄯᅡᆼ에 도챡ᄒᆞ얏다가 다시 靈柩ᄅᆞᆯ 葬船으로 음겨 시로 십이월 십오일에 쟝안 푸리로 드러왓더라

1896년 1월 26일

(續)

이날 靈柩를 擁衛ᄒᆞ는 관리와 儀仗 등이 극키 美麗하고 諸隊에 軍人이 병긔를 가지고 전호후옹ᄒᆞᆫ 지 십일만오쳔여인이나 되더라 그 靈柩가 지나는 길은 纖砂ᄅᆞᆯ 撒布ᄒᆞ고 비관자가 길에 차셔 雲霞ᄀᆞᆺᄒᆞ여 근빅만인이나 되엿는디 葬儀에 鹵簿가 역시 극키 嚴正ᄒᆞ고 국왕 뤼가 群신을 거ᄂᆞ려 나아가 靈柩ᄅᆞᆯ 마질ᄉᆡ 긔보병 樂兵을 오십오디에 分列ᄒᆞ니 나보례언의 生地에 아야시으國 ᄉᆞ신도 그 안에 잇더라 樂官 빅여인은 挽歌를 奏吹ᄒᆞ고 寺內 貴位ᄒᆞᆫ 僧官 수명이 柴衣를 닙고 인도ᄒᆞ며 樂員 오빅여인과 歌員 남녀 일빅오십여인이 挽歌를 奏吹ᄒᆞ며 ᄯᅩ 柩車는 극키 華美妙麗케 ᄒᆞ얏스니 쟝이 삼십이쳑 구寸이요 광이 십육쳑 팔寸이요 놉기가 삼십육쳑 이寸인디 큰 四車輪 우희 올녀 뫼셧스니 이 葬車四輪은 황금으로 ᄆᆡᆫ드러ᄂᆞᆫ디 車압헤 半規狀에 坎凹가 잇셔 거긔

제노아란 人에 一隊를 올녀 故拿帝의 꼿더란 冠을 捧ᄒ고 손에 나발을 가진 스롬 수 명을 그리고 車箱 스면 우희 拿帝名에 廋詞를 揭ᄒ야 리일이란 杖으로 돌녀 쑤몃스니 이 裝飾은 모도 황금으로 ᄒ엿스며 靈柩의 쟝이 십육척 스寸이요 놉기가 육척 오寸인데 그 周圍를 金絲로 짠 비단으로 帳을 두르고 그 쟝에 拿字를 셧스며 나帝가 쓰든 兵器를 올녀 놋코 車箱 우희는 스면에 금으로 민든 女人을 여섯 식 셰윗스니 그 형샹의 크기가 스롬과 ᄀᆺ고 故나帝에 靈구는 箱內에 안비ᄒ고 그 우희 王杖帝冠과 기타 여러 武器를 排列ᄒ엿스니 이ᄂᆞᆫ 나보례언이 구라파를 蹂躪ᄒᆯ 째 쓰던 實什이라 外槨은 놉기 사십구척여ㅣ요 上下 간은 황금과 天鵞絨로 喪裝을 ᄒ며 車駕가 열여섯인데 그 馬匹은 錦繡로 몸을 ᄀᆞ리고 御者는 손에 金鞭을 가젓스니 그 의복은 帝宮에 服制로 ᄒ고 喪車에 近側은 비에서 靈구를 믜시고 왓든 水兵 오빅명이 警衛近侍ᄒ고 그 뒤에는 現國에 친위병 일쳔오빅인이 陳裝으로 뫼시고 喪車가 寺院으로 간 후 各隊 儀仗兵이 一齊이 擎銃劍ᄒ고 쓰례셸넬이란 大禮(此禮極貴重之禮)를 힝하니 寺院 內에 병정도 다 跪拜諷經ᄒᆞᆫ 후에 喪兵 삼십육인이 靈구를 메고 正殿으로 올나가 故나帝에 佩劍을 天鵞絨袋에 싸셔 枕上에 올녀 놋왓다가 「쎼네랄, 아다린이란 大官이 바다셔 「말살, 솔도」란 總督에게 못ᄒ고 「솔도」가 바다셔 국왕 뤼 폐하에게 捧呈하니 국왕이 친이 「쎼네랄, 첼도란도(인명)에게 命을 ᄂᆞ려 靈구 우희 올녀놋코 또 帝帽를 靈구 우희 올녀 젼과 ᄀᆺ치 大禮를 다 맛친 후 喪兵이 靈구를 메고 徐步로 神殿으로 드러가니 이 神殿은 놉기 사십구尺이 되며 裝飾은 황금이나 金絲나 天鵞絨로 쑤몃ᄂᆞᆫ듸 百官百僚가 椅子에 안잣스니 그 椅子 등은 극키 華麗ᄒ며 나帝 靈墓에는 兩翹를 버린 金鵞를 올녀노왓스니 그 鵞에 크기 아홉자 일곱寸이 되고 殿內에 수만 燈燭를 켜셔 靑焰이 휘황ᄒ야 四壁을 明照ᄒ며 또 또로 銀燈 육십기를 排設ᄒ고 殿內 기동마다 나보례언이 쓰든 兵器實什을 裝置ᄒ얏스니 그 셩쟝ᄒᆞ미 前代 未曾有에 大禮를 지닛더라 쟝녜를 맛진

후 王駕는 八乘을 타고 무수흔 步騎兵이 그친 후롤 擁衛ᄒ야 환궁ᄒ
얏더라

譯者曰 오호ㅣ라 나帝는 몸이 병정에셔 니러나셔 나국 황졔되야 대업
을 셩취ᄒ야 全歐洲에 君臨ᄒ고 ᄉᄉ물ᄉ에 革釐을 힝ᄒ야 대덕을 후
셰에 젼ᄒ엿스되 胸計가 너모 殺戮慘酷ᄒ엿기로 晩年이 되여 洋中 孤
島에 囚竄ᄒ여 去世ᄒ엿스니 영웅호걸之死 亦可察也ㅣ라

1895년 11월 17일

西曆 一千四百年 스이예 구라파 모든 나라에 渡海호는 슐업이 크게
열녀 인민人民덜이 자식이 집〃 ᄂ아가는지라. 그쩌에 스람덜이 쌍 형
체가 둥글게 구으는 이치를 아지 못하고 다 말호기를 渡海호야 쌍이 다
호 곳에 이를즉 귀신의 지경에 쩌러짐과 갓다도[고] 하고 혹 말하기를
쌍이 다호 곳에는 긔이호 요물이 만타 하는지라. 伊太利 사롬에 고렁부
스라 하는 지가 一千四百五十六年에 熟那阿란 쌍에서 生하엿는디 其
父가 船師가 된지라. 고렁부스가 어려서 아비를 짜라 비로 다니는디 그
族人에 艤船하는 이가 잇서〃 海上에 巡哨하야 써 回敎하는 스람덜이
斯를 겨를시 고렁부스가 助力하야 敵人으로 더부러 바다 우에서 쓰옴
홀시 도적이 불을 노와 왼비 스롬이 다 타죽고 고렁부스가 바다의 쌔저
겨우 면호지라. 오히러 증계치 못하고 더욱 渡海하기를 일슴는디 葡萄
牙 스롬이 부야호로 渡海하는 슐업을 익인단 말을 듯고 立士本에 이르
러 渡海하는 사롬 伯勒斯列羅의 쌀에게 장가드더[러] 그 집의 잇는 ᄇ
바다 그림과 測量하는 그릇슬 보고 홀연이 찌다라 가로되 쌍 형체가 혼
연이 둥구러셔 西으로 가기를 그치지 아니호면 맛당이 印度에 이를 거
시오 그 밧긔 필시 大陸 호 곳이 잇슬 지라. 포도아 사롬이 일즉 큰 감

ᄌ가 ᄇ다가의 잇는 거슬 보고 ᄯ 형상이 긔이ᄒ 草木에 彫刻ᄒ 거시
ᄇ듯 ᄌᄎ혜 ᄯᆫ 거슬 보앗ᄃ 하고 ᄯ 고이ᄒ 형상에 ᄉ룸이 ᄲᅨᆼ져 죽은 시
신이 漂하야 이른 거슬 드른 후에 더욱 그 이치가 어게지 〃 아니하믈
며[어]더 장ᄎ 渡海하야 그 실샹을 징험하고 熟那亞로 도라오라 하여
政府에 그 말을 알원디 政府에서 미친사롬으로 돌녀보니고 허치 아니
하거늘 고령부스가 다시 포도아에 이르러 그 국왕 約翰第二를 달니니
約翰이 그러이 여겨 긔이ᄒ 공을 거둘가 하여 조흔 말노 위로하고 두워
척 비를 할하야 西으로 向하여 슈월의 마츰니 어든 ᄇ이 업시 도라오거
널 고령부스가 크게 노하하여 그 아오 坡爾索羅摩로 하여곰 英王 覇理
第七을 달니여 허하미 봄의 ᄒ ᄌ식을 업고 西班牙로 갈시 길에 ᄌ본
이 핍절하여 걸식하야 겨우 都城의 득달하야 國王 匪地難多와 밋 왕후
이사베라를 보고 말하니 왕과 왕후가 처음은 밋지 아니 하더니 여닯히
를 잇스미 드디여 말을 듯는디 엇던 사룸 이 「고령부스」를 참소하니 고
롱부스가 눈물을 흘니고 쟝차 하직하고 갈ᄉ 그 왕후 이사베라에 깁히
밋음을 의지하여 고롱부스를 말뉴하여 두고 그 사랑하는 바 寶王 픠물
을 파라서 지물을 믄드러 그 ᄯᆺ을 허하여 주며 가로되 공을 이루면 領
地의 牧伯을 삼으리라 하더라. 일쳔사빅구십이년 팔월 삼일에 「고령부
스」가 일빅 이십명을 거나리고 三隻 船을 타고 巴路湊으로부터 ᄯᅥ나서
〃남으로 나가니 섬에 碇泊하여서 다시 正西로 힝하여 두어달 만에 바
라니 물가에 구름갓흔 멧봉오리가 보이니 ᄡᅥ 하되 陸地로다 하여 이리
하기를 수삼 차례오 會羅盤針이 北方를 가르치지 아니하니 비사공이
담이 ᄯᅥ러저서 문득 보미 바다히 綠草를 펴노흔 듯하니 디긔 潮水가
엉긔여 비가 능히 나아가지 못하니 비사룸덜이 고롱부스를 무수히 질
욕하며 위협하여 비를 돌니고져 하난 거슬 고롱부스가 조흔 말노 위로
하여 삼일을 언약하고 西로 나아가니 이윽고 물이 졈 〃 엿터가며 갈ᄶᅥ
와 나뭇가지가 물에 ᄯᅥ다니며 陸地엣시 즘셩이 빗돗더 우희 나라다니
되 ᄒ눈 졈으러서 망 〃히 아모 것도 뵈지 아니하는지라. 명하여 닷슬

노코 밤을 지닉더니 夜半에 이르러 바라보니 화광이 번젹〃〃하여 물결에 비치는지라. 돗더 우희 잇던 사룸이 크게 불너 왈 陸地로다. 陸地로다. 하니 여러 사룸이 다 깃버서 고롱부스의게 비사하고 밤을 지나서 날이 시미 혼 島嶼가 압헤 잇는지라. 遠景으로써 보니 언덕이 잇는더 풀빗치 몽용혼더 사룸에 집 疊氣가 보이는지라. 선인들이 북을 치며 노리를 부르며 비를 언덕에 디이니 고령부스가 왼손에 칼을 들고 올은손에 旗를 들고 쒸여서 언덕에 오르니 그곳 사룸이 쎄를 지어 와서 그 일힝을 보고 놀너며 써 하되 神人이 大鳥를 타고 하날노 조차 내려왓다 하니 디기 빈는 시라 하고 돗디는 날기라 함일너라. 그 짜 사룸덜이 다 벌거벗고 몸이 구리갓튼데 쇠고리로 귀와 코를 쑤럿는지라 되며 그 짱 일홈을 무른더 답하여 가로디 瓜亞那合尼라 ᄒᆞ는지라. 고령부스가 써 하되 하날이 도움이라 하고 그 쌍 일홈을 고쳐 가로되 三薩尾多라 하니 오히려 말하되 神聖이 救護함이라 하더라. 이쩌가 십월 십일〃인대 실상 日本 後小松天皇 應永十九年 九月이더라. (未完)

1895년 11월 19일

(承前)

공[고]롱부스가 류리와 산호와 쇠못 갓흔 거스로써 황금을 박구고 다시 남으로 「고파도」와 「성다명가」도를 엇으니 聖多明哥에 근본 일홈은 海地라. 그곳에 數族이 잇서 각〃 두목이 잇는더 가론加什과 밋 좃차온 童僕이 수리를 타고와서 비안에 각항 제구를 보고 놀니기를 오리하는지라. 고롱부스가 쟝챳 다시 다른 비의 상훈 데로 모히라 하니 그 비가 漂亡하여 간 바를 아지 못하는지라. 이에 상훈 비조각으로 젹은 쎄를 믄드러 二十人을 머물너 잇게 하고 위엄을 土人의게 보이고져 하여 손에 가진 통을 가지고 련습하니 문득 火炟이 噴起하며 털환이 아올너 발하니

土人덜이 소리를 지르고 써쑤러지는지라. 다시 더포를 노흐니 텰환이 藝激하여 비 흔편을 씨치니 土人덜이 더욱 놀니고 무서워하더라.

一千四百九十三年 一月 四日에 「고렁부스」가 海地를 떠나서 東으로 간 지 수일 만에 風浪을 맛느 마음에 반다시 죽을 줄 알고 이번 오는 길에 지는 일관구경흔 일을 羔皮紙에 써 木桶에 너어서 瀝靑으로써 密封하여 海中에 더져서 써 漂流하여 陸地에 나가기를 바랏더니 이윽고 풍낭이 졈〃 쓰쳐서 죽기를 면흔지라. 삼월 십칠일에 비가 巴路溪에 다흐니 西國 사롬들이 炮를 發하며 祝之하고 언덕에서 구경하는 사롬이 堵갓흔지라. 「고렁부스」가 陸地에 올나서〃 그 都城 「巴塞羅內」에 드러가서 수리에 珍異物品을 싯고 도라와서 王宮에 朝하니 왕이 特禮로 「고렁부스」를 맛재[나]보고 크게 그 공을 상사하더라. 쏘 그 이듬히 七十隻 船에 一千五百人을 거나리고 針路를 轉하여 南方으로 나아가서 加里比 여러 셥[섬]을 어드니 그곳 빅성들이 蠻野하여 사롬을 죽여 먹어서 사롬에 頭骨이 堆積하얏더라. 드디여 다서[시] 聖多明哥에 이르니 小塞도 보이지 아니하고 쏘흔〃 사롬도 잇는 쟈가 업는지라. 더기 西國人이 土夷를 虐殺하니 土夷들이 쎄로 이러나서 다 죽엿더라. 「고렁부스」가 愕然히 녀겨서 다시 흔 셩을 그 짱에 설시하고 일홈하여 가로되 依隆伯拉이라 하여 后의 德을 讚하더니 土夷가 다시 이러나서 원수가 되니 고렁부스가 步騎兵 이빅여명과 猛犬 이십마리를 거나리고 土夷로 더부러 팔여번 싸와 다 모다 쏫츠니 土夷가 궁박하야 命을 좃고 貨를 獻하는디 맛참 동힝흔 여러 사롬이 그 新地가 荒凉흠을 恨하여 心懷가 편안치 못하미 서로 거느리고 本國으로 도라와서 「고렁부스」를 讚하니 고렁부스는 이 일을 아지 못하는지라. 西王이 드디여 사롬으로 하여고[곰] 고렁부스에게 와서 監하게 하니 그 使者가 본디 고렁부스로 더부러 조아하지 아니하는지라. 命〃하여 도라와 王命을 待하게 하니 고렁부스가 도라와서 王을 보고 그쇠 긴말을 辨析하여 즉시 풀님을 엇언는지라. 일천사빅구십팔년애 「고롱부스」가 쏘 八隻 船을

가지고 여간 罪囚 멧명을 더리고 짜나서 쟝찻 礦山을 開하려 하고 더욱 남방으로 면진하여 가서 特尼答 섬을 엇어서 드디여 南大陸 一角까지 達하니 곳 지금 「加他日那邑」이라. 맛참 疾疫이 流行하고 糧食이 匱缺하미 마지못하야 본국으로 도라오니 三薩瓦多를 西人이 만이 「고롱부스」에 공을 씩앗고져 하야 「로루당」이란 사롬이 그 무리로 더부러 亞米利加에 와서 여러번 「고롱부스」를 왕의게 참소하니 왕이 그 신하 「보하지라」란 사롬을 보니여 事務를 총살[괄]하게 하니 「보하지라」란 쟤도 쏘혼 「고롱부스」를 미워하여 참소읫 말을 왕에게 納하여 鐵鎖로써 縛하여 本國으로 押送하니 船長이 고롱부스에 사람 되옴을 등히 녀겨 그 機柚을 廢코져 하니 「고롱부스」가 不肯하여 가로되 西班牙 사롬이 써 나를 報홈을 보고져 홈이라 하더니 왕이 그 죄 업슴을 헤아리고 디접하기를 에[예]와 갓치 하고 오직 벼술 흔등을 貶하니 고롱부스가 조금만치도 굴홈이 업고 쏘 일천오빅년에 脆薄船 四隻을 航하여 「바나마」를 지나서 南洋으로 出하여 印度洋을 지나 드디여 牙賣架에 득달하려 하니 빈 세척이 씨여겻는디 二士가 잇서 큰 남무를 파서 빈를 만드러 타고 大洋州에 나가서 열을 만에 「海地」에 득달하여 빈를 짓는디 여듧달을 지나 牙賣架에 至하여 고롱부스가 근심과 싱각으로 병이 드러 드디여 西班牙로 도라오니 맛춤에 依薩伯拉이 죽으니 匪地難多 쌍에서 그 공을 긔록지 아니하고 仇人이 쏘혼 만아서 그 공을 투기하여 다 가로되 고롱부스에 新地를 發見홈 갓흔 거슨 사롬마다 〃 능하다 하더니 일〃 盛會에 엇더흔 貫紳이 쏘혼 그러케 말하거늘 고롱부스가 혼낫 卵을 取하여 가지고 여러 사롬다려 일너 왈 뉘가 능히 이 알을 頭上에 置홀고 衆이 서로 도라보며 묵〃하거늘 고롱부스가 그 알을 곳 눌너 씨쳐서 頭上에 올녀 노흐니 帖然히 떨어지지 아니하니 衆이 가로되 그러케 하는 거슨 우리도 능히 흔다 하니 고롱부스 가로되 諸君은 오직 口만 능하고 나는 身이 능하니 이거시 너가 써 諸君의서 다름이라 하더라. 일천오빅륙년에 西國 「바라도리」 쌍에서 죽으니 나히 오십구세러라. 죽을 띠 遺言하기를 屍體를 海地에 쟝사하여 씨일즉 몸에 繫하엿던 鐵鎖가 墓에 繼케 하라 하더라. 고롱부스가 엇은 바 諸地을 처음은 新世界라 일컷더니 大陸에 發見홈이 밋지 못하여 일쳔사빅구십구년에 英國 船長「가벗도」란 쟈가 왕의 명을 밧드러 그 싸흘 지난 연고로 大陸에 達하니 더기 지금 拉不拉多란 쌍이라. 그 후에 佛羅稜斯 사롬「亞美理孤」란 쟈가 자조 그곳에 達하여 그 風土 긔록하기를 자세히 하여 그 글이 세상에 盛行하니 인하여 그 쌍을 일홈하여 가로되 亞美理駕라 하니라. (完)

獨逸老英雄 비스마루구翁이 그 어렷실 째로부터 이믜 긔특훈 힝실이
만허셔 셰상에 젼파홀 거시 진실노 젹지 아닌지라. 그러나 左와 ᄀᆞᆺ흔
이야기는 실샹 듯지 못훈 거시오 글에도 보지 못훈 거시기에 이 빠셔
긔록ᄒᆞ노라. 瑞典國에 훈 老婦가 잇스니 이 老婦가 나히 어려서 少女
로 잇설 젹에 羅馬府에 假寓ᄒᆞ니 이째에 이 少女의 叔母가 獨逸사름
으로 더부러 結婚ᄒᆞ야 아둘 ᄒᆞ나흘 나흐니 곳 少女의 從兄 某라. 某가
伯林에 잇셔 修學ᄒᆞᄂᆞᆫ듸 少女가 그 從兄의 일홈을 드른 제가 오리로듸
相面을 못ᄒᆞ야 훈번 보기를 원ᄒᆞ더니 이에 그 父兄의 허락함을 엇어셔
一僕二婢를 디리고 伯林을 추져가셔 그 從兄을 보니 彼가 방장 靑年
인데 그 少女를 반갑게 마쟈 후ᄒᆞ계 디졉ᄒᆞᄂᆞᆫ 周旋이 극진ᄒᆞ니 少女가
靑年의 容貌와 擧動을 보믜 體幹이 偉大ᄒᆞ고 鼻下에 이믜 슈염이 나
며 眼光이 炯〃ᄒᆞ야 사름의게 쏘히니 그 風采가 비법[범]훈 사름이 조
곰도 粗暴훈 모양이 업ᄂᆞᆫ지라. 少女를 對ᄒᆞ야 慇懃함이 니를 거시 업
고 비록 瑞典의 말을 통치 못ᄒᆞ나 불난셔 말은 통챵ᄒᆞ게 ᄒᆞ니 가히 훈
가지 말할 만ᄒᆞ고 坚 騎馬를 巧ᄒᆞ게 ᄒᆞ니 少女가 ᄆᆞ음으로 그 從兄을
아람다이 넉이고 다른 사름을 디ᄒᆞ면 내가 됴흔 從兄이 잇다고 ᄌᆞ랑ᄒᆞ
기를 마지 안터니 머문 제 수십일에 쟝춧 伯林을 떠나 羅馬로 도라올
젹에 靑年의게 告別ᄒᆞ니 靑年이 肅然이 改容ᄒᆞ여 굴오듸 내가 실샹

君의 從兄이 아니라 내가 君의 從兄으로 더부러 참 莫逆刎頸홀 學友어눌 君의 종형이 방쟝 學校試驗홀 期가 되야 勤學ᄒᆞᄂᆞᆫ 고로 一日一刻을 空홀 수가 업ᄂᆞᆫᄃᆡ 君이 멀니 ᄎᆞ져왓슴을 듯고 나더러 말ᄒᆞ여 골오ᄃᆡ 僕이 방쟝을 勤學ᄒᆞ야 一日一刻을 空ᄒᆞ지 못ᄒᆞᄂᆞᆫ 거슨 兄의 아ᄂᆞᆫ 바이라. 쳥컨ᄃᆡ 兄이 僕을 ᄃᆡ신ᄒᆞ야 거즛 少女의 종형이라 ᄒᆞ고 彼女를 위ᄒᆞ야 百事의 周旋ᄒᆞᄂᆞᆫ 수고를 극진이 ᄒᆞ야 彼女로 ᄒᆞ여금 편치 아님이 업게 하라 ᄒᆞ기예 내가 친구의 부탁을 즁이 넉여 허락ᄒᆞ고 오늘ᄭᅥ지 君을 쇽엿스니 君은 허믈치 말나 ᄒᆞ엿다더라. 엇지 이 靑年이 곳 他日에 大英雄 「비스마루구」翁이 될 지 알엇스리오. 當年의 少女도 지금에 이믜 白髮老婦가 되여셔 요ᄉᆞ이 伯林에 가셔 노다가 어려셔 훈 일이 싱각이 나셔 「비스마루구」公을 ᄎᆞ져보니 公이 흔연이 마쟈보고 幼時事를 말ᄒᆞ며 老婦ᄭᅴ 샤례ᄒᆞ여 골오ᄃᆡ 내가 그ᄯᅢ에 그ᄃᆡ를 짝ᄒᆞ야 伯林의 博物館을 훈번 구경훈 거슨 실샹 그ᄃᆡ의 준 거시라. 邇來로 世事에 분쥬ᄒᆞ야 다시 그 博物館의 時機를 보지 못ᄒᆞ엿다 ᄒᆞ니 엇지 一場의 佳話가 아니리오

1896년 3월 9일

叙言

일본에 偉丈夫잇스니 왈 福富臨淵이라. 그 일홈은 스롬의 아는 비되지
못ᄒ고 그 그릇슨 세상의 쓰인 비되지 못ᄒ여 공연이 蓬戶 아리셔 요ᄉ
ᄒ니. 슬푸다. 무릇 세상의 허명을 비ᄂᆞᆫ 즈ㅣ 쏘ᄒᆞᆫ 족히 싱젼에 즈랑ᄒ
고 偉功을 ᄉᆞᄂᆞᆫ 즈ㅣ 쏘ᄒᆞᆫ 족히 ᄉᆞ후에 젼ᄒ나 그러ᄒ나 홀노 이 스롬
이 오즉 ᄒᆞᆫ 誠字로 겨오 우리 同人의 일카튼 비되니 榮이냐 辱이냐. 濁
世의 일은 니가 이 스롬으로 더부러 아지 못ᄒᆞᄂᆞᆫ 비라. 그 몰ᄒᆞ미 同人
이 다 슬퍼ᄒᆞ야 각″ 그 늣거온 바를 긔록ᄒᆞ야 文과 詩와 簡과 牘을 날
노 ᄒᆞ야곰 編ᄒ라 ᄒ니 이에 드듸여 編ᄒ고 일홈ᄒᆞ야 왈 臨淵逸事ㅣ라.
同人에게 頌ᄒ니 이 쏘ᄒᆞᆫ ᄒᆞᆫ 스롬에 ᄉᆞ후의 榮을 쬐ᄒᆞ미 아니라 니가
임의 編輯之任을 당ᄒᆞ미 그 망ᄒᆞ믈 傷ᄒᆞ미 太切ᄒᆞ야 輯ᄒ고 編ᄒ고즈
ᄒ다가 다시 붓슬 더진 즈ㅣ 슈츠ㅣ라. 한 ᄒᆡ를 지닌 후 비로소 능히 졸
업ᄒ니 졸업ᄒᆞ미 어려온 거시 아니라 이 스롬을 위ᄒᆞ야 슬퍼ᄒᆞ미 太切
ᄒᆞ미라 이러ᄒᆞ므로 미양 ᄒᆞᆫ 文을 읽고 ᄒᆞᆫ 書를 외오미 이 스롬의 유용
이 안젼에 황홀이 보이ᄂᆞᆫ지라. 일즉 니게 부탁ᄒᆞ든 말을 싱각ᄒ니 니
任務의 능히 다 ᄒ지 못ᄒᆞ미 붓그러워 춤아 靦然히 그 遺事를 輯ᄒ지

못호는 즈ㅣ 잇스믄 成書호는 긔약이 혼 힌에 밋츠니 비약혼 죄 젹지 아닌지라. 그러호나 우리 同人이 유도군즈ㅣ라. 반다시 니 졍을 올알아 용서호리라.

명치 이십일년에 니가 신문지를 刱호니 명왈 東京電報라. 이 씨에 臨淵氏란 즈ㅣ 잇스믈 아지 못호엿더니 友人 杉浦梅窓이 여러번 나를 위하야 그 위인을 말호미 심히 즈셔하고 쏘 그 英京 倫敦에서 쥰마英大이 일본돈 지은 거슬 부쳐 니 신문 지을니 〃 일노 말믜야마 비로소 臨淵氏의 일홈을 알고 마음에 그윽이 스모하야 스스로 씨 하되 이 쏘혼 죠혼 지긔로되 다만 얼골을 아지 하미한 이로다. 니가 임의 신문지를 刱호미 그 업이 실노 용이치 못하여 비록 先輩와 知友의 援助하는 즈ㅣ 심히 만으나 그러하나 니 일홈이 심히 젹고 지죄 심히 열하야 업이 잘 일오지 못하고 쏘 障碍 하미 즈죠 일으니 혼 힌를 지너지 못하여 니 힘이 능히 支持치 못하는 디 일으러 쟝찻 업을 폐하고 先輩와 知友에게 샤죄하랴 홀 시 다시 싱각하니 니 일홈이 젹고 지죄 열하니 그 무슨 얼골노 다시 隆國極世하는 일에 좃치리요 맛춤 臨淵氏 영국으로부터 도라오니 梅窓이 나를 위하야 나에 신문지 일노써 臨淵에게 말하고 쏘 날로 하야곰 보게 하니 臨淵이 혼번 보고 에[예]와 갓흐여 니 업의 다시 흥하믈 쇠하미 심히 간졀하니 쏘혼 싱면의 스룸으로 보지 아니혼지라. 臨淵氏 힌외에 잇슬 씨에 일즉 임의 신문지 刱홀 뜻이 잇셔 그 友人에게 단 혼 신문지 刱하는 의논의 글을 보미 가히 의견의 槪要를 알지라. 이졔 좌에 초하노라.

조약 긔뎡 延期의 일을 도모지 긔약을 뎡치 아니하믄 이 僕의 깁히 깃히 깃버하└[└] 비라. 足下의 말잇실 몬져 니 마음을 어든지라. 足下ㅣ 신문지 하고즈 함을 드르니. 僕아. 청컨디 감히 鄙見을 陳하리라.

　一. 신문지를 創하고즈 하면 바로 정부의 失措와 그 하는 바 졍치的 旨義를 불가불 광활强固케 하야 즉히 쳔하로 하야곰 信從하미요

一. 論著의 任을 당흔 주ㅣ 불가불 강의堅忍하고 쏘 신문지 律에 정통하미요

一. 資財를 불가불 넉〃히 하미니 경영하미 두어 희를 허비치 아니하면 능히 출입에 셔로 갈지 못하미오.

一. 그 밋은 바를 직희고 그 보는 바를 의논하미 가히 업지 못흔 거시요. 비록 拘囚不悔하는 뜻이나 살신션[성]인하는 가値히 업지 못하미요.

一. ᄉ롬 알미 더옥 어려온지라. 만일 훈번 倚흔 바 用와 홀 바를 일흔즉 경복하미 立彌하ᄂ니 가히 삼가지 아니치 못하리라.

신문지 創하기 어려오미 이 갓흐니 원컨디 足下는 주쟝하는 비 전혀 時取을 의논하는 디 잇지 아니흔지라. 무릇 비롯는 니 일 본즉 능히 맛는 디 일으지 못하믄 足下의 아는 비라. 오즉 바라건디 이계로부터 努力하야 동지를 규합하야 타일 태초의 조약 긔명하미 다시 일어나 심방하라. 일노 말미야마 보면 臨淵氏 일즉 신문지 創흘 뜻이 잇스믈 당시에 니가 아지 못흔지라. 이 ᄉ롬이 의미 젼셩에셔 나와 ᄉ롬의 환란에 다라가는디 助하고 쏘 니 신문지 谷干垠子ㅣ 資를 더져 도은 바를 알미 우리 同人이 일노써 排하미 되여 망녕도[되]이 歐米의 무리 깃흐믈 ᄉ모흔 비라. 일노써 몸을 쎄쳐 스스로 나아가 다시 흥흘 쐬를 강하미라. 멋이 글을 본 후에 그 희외에 잇슬 쎠 임의 定案이 잇스믈 안지라. 이후로 臨淵氏 同案間에 일야분쥬하며 여러번 谷子에게 신문지 가히 欲치 못흘 바를 말하야 맛춤니 능히 쟝ᄎᆺ 폐함을 흥하게 하고 다시 일홈하야 왈 일본신문이라 하니 谷子이란 즈는 臨淵氏 일즉 欲信하는 비니 일로 門弟되고 親으로 父子갓더라. 우리 일본신문의 금일에 잇스믈 아더니 전일 입을 쎠러치지 아니흔 주ㅣ 비록 谷子의 보호흔 공이나 臨淵氏의 계획 알션한 힘이 실노 만흐니라.

셰로에 어려오미 난어측도지난이라. 일본신문 創立흔 후미 긔에 다시 조약 긔졍하는 일이 잇셔 우리 신문지에 全力하야 利와 害의 잇는 바

를 의논하야 다힝이 先輩와 親友의 힘을 힘입어 자못 공을 슈하믈 어
드나 그러하나 資財 자못 다하미 경영이 더옥 곤훈지라. 이십ㅅ년 춘에
일으러 가히 다시 하지 못하미 되야거든 臨淵氏로 하야곰 노심하게 하
나 그러하나 臨淵氏에 위인이 지셩이요 熱心인 고로 張함이 만코 得함
이 만아 미양 술을 취하야 겨오 잇스니 디게 그 ㅅ룸이 위인이 그러함
이라. 지금을 위하야 근심하니 공무를 위하야 근심하며 쳔하를 위하야
근심하니 일심으로써 百慮中에 둔지라. 니 참아 다시 신문지 일노 이
ㅅ룸을 留하지 아니리라 하고 일〃에 小石川의 寓훈 너를 지날시 우연
이 「일본신문」 일에 만나 밋츠니 너 갈오디 쟝부ㅣ 진실노 쳔하의 뜻을
둘지라. 구〃훈 〃 신문지의 흥폐하믈 엇지 족히 기의하리요. 픔子 다
시 근심치 말나. 臨淵이 불열하야 셔〃이 잔 가온더 술을 다 마신 후
譚〃이 創○훌 ㅆ 일을 말하고 너 경박冷談하믈 심칙하니 너가 기용하
믈 씨닷지 못하고 放言훈 죄를 샤례하니라. 당시 〃하야 臨淵이 九州
에 놀계교ㅣ 잇스나 일본신문의 일노 인하야 심슈일을 친연하고 젼에
올으지 못하더니 업훌 합연하니 오 희라. 臨淵은 지셩인이라. 지룡과
학식이 ㅅ룸보다 넉〃하미 잇는 비 아니라 오즉 훈 誠字로 同人의 推
重훈 비되니 그 일을 님하야 진실노 그 良知에 ○하미 잇스면 勇往直
進하야 반다시 니 마음을 다훈 후에마다 일노써 왕〃이 ㅅ룸의 능히 하
지 못하는 바를 하야 사름의 뜻밧게 공을 거두니 이 쏘훈 지셩훌 ㅆ룸
이요 지죠에 긔록하미 아니라 너가 이 ㅅ룸으로 더부러 사괴며 날이 심
하엿흐나 오즉 일본신문과 밋 일본 일노 인하야 보미라. (未完)

1896년 3월 11일

(續)

臨淵氏의 일셰 ㅅ업이 다훈 지셩에셔 나와 그 敎育家 ㅅ이에 推重ㅎ믈

본 비 쏘호 여긔 잇지 아니호미 업눈지라. 디긔 그 조힝이 호 誠字로 骨子를 에아 하날에 어더 마음에 가초니 성각이 아니요 힘쓰미 아니나 스스로 셩현의 亞派ㅣ 되니. 噫라. 이 그 偉丈夫된 비냐 너가 일즉 中庸을 일거 第二十章에 일으러 갈오디 智仁勇 三者눈 쳔하에 達德이라. 好學호눈 거시 智에 갓갑고 仁에 力行호며 知恥호눈 거시 勇에 갓갑고 에호며 호눈 거시 에 갓갑다 호니 이 삼ᄌ를 안눈 ᄌ눈 쎠 修身호다 하눈 말이 여긔 다 호미라. 그러하나 므릇 천하 ᄉ롬을 보미 智에 갓가온 ᄌㅣ 만코 仁에 갓가온 ᄌㅣ 쏘호 만코 勇에 갓가온 ᄌㅣ 가장 만흐니 가령 슈신지셜이 과연 여긔 다 하엿슨즉 천하에 능히 그 몸을 닥눈 ᄌㅣ 심히 젹으믄 엇지 호미뇨 쏘 儒者의 道에 그 말이 쏘호 너모 膚淺호지 아니하냐. 下文을 일그미 子思ㅣ 맛춤니 호 誠字에서 거두어 갈오디 誠者눈 하늘에 도요 誠호게 호눈 ᄌ눈 ᄉ롬의 도ㅣ니 誠者눈 힘쓰지 아니호고 中하며 싱각지 아니하고 得하눈 거시 從容中道ㅣ라 호고 쏘 그 後章에 왈 誠者눈 物의 終始니 誠치 아니하면 물이 업느니 이 런고로 군ᄌ눈 誠호눈 거스로 귀하믈 삼느니라. 너 이에 비로소 儒者의 도란 ᄌㅣ 극히 蘊奧호야 전혀 호 篤信에서 나오믈 아노라. 수신하눈 법이 원니 인정에서 나와 도리에 드러가미니라. 고인이 갈오디 법률이 論理하눈디셔 나오고 名敎ㅣ 情梯에서 나왓다 하니 너가 일즉 孟後 碩儒 三前安貞의 著호 바 道理辨를 얽으니 말이 잇스되

偏理란 거시 道理로 더브러 부동하니 偏理의 道에 히 되믈 가히 살피지 아니치 못하리라. 므릇 어버이 羊을 도적질하눈 ᄌ눈 악하미라. 진실노 악하미 잇스면 비록 어버이라도 곳 가히 訴하믄 이 偏理라. 어버이 羊을 도적질하미 악호즉 악하나 다만 악하미 어버이게 잇눈지라. ᄌ식 된 ᄌㅣ 엇지 가이 訴하리요 어버이를 위하야 그 악하믈 감초눈 거시 이 도리라. 므릇 ᄉ롬이 죽으미 다시 도라오지 못하느니 만일 哭하믈 인하야 도라올 터이면 맛당이 곡하려니와 비록 곡하나 다시 도라오지 못홀 터인즉 엇지 모롬직이 곡하리오 하눈 이 偏理요 진실노 죽어 다

시 도라오믈 어드면 비록 곡하지 아니ᄒ나 가ᄒ거니와 오즉 다시 더
[도]라오지 못홀 터이기로ᄡ 곡혼다 함은 도리니라.

이 말이 심히 著ᄒ지라. 방금 滔々혼 즈ㅣ 오즉 偏理만 알고 도리를 아
지 못ᄒ니 거셰가 偏理를 숭상혼즉 그 극혼 바에 어버이를 訴ᄒᄂ디
일으리니 하믈며 붕우며 ᄯᅩ 타인이며 거셰가 偏理를 숭상혼즉 그 극혼
바에 오즉 법뉼 희롱ᄒᄂ 디 일으리니 하믈며 食言함 ᄒ미며 ᄯᅩ 하믈며
사룸을 構陷하는 게 리오 이졔 그 心性을 講하는 즈이 오즉 이 偏理를
講하미요 이졔 인지를 교육하는 즈ㅣ 오즉 이 偏理를 가라치미라. 방
금 敎學者의 ᄉ이에 偏理만 잇고 도리 업스며 論理만 잇고 情愫ㅣ 업
스며 學藝만 잇고 信仰이 업스며 입으로 능히 말하는 즈만 잇고 몸으
로 능히 밟는 즈ㅣ 업스니. 오호ー라. 이 졍셩이 업스미라. 學者와 學者
의 ᄉ이로 오히려 이러하거든 하믈며 그 다른 거시라.

셰간에 無誠이 여ᄎ하며 셰간에 무篤信이 여ᄎ하며 셰간에 무情愫 여
ᄎ하고 셰간에 오즉 偏理를 尙하야 무무情無血이 여ᄎ혼디 이 ᄡᅢ를 당
하야 多情多血혼 일 남즈를 겨오 보니 이곳 福富臨淵이라. 니가 이 ᄉᆞ
룸으로 더부러 偏理道里 ᄉ이 분변하는디 심히 셔로 어덧고 니가 이
ᄉ룸으로 더부러 論理情愫의 다르믈 말하는디 심히 셔로 어덧고 니가
이 ᄉ룸으로 더부러 學藝篤信의 난호이믈 의논하는디 심히 어덧노라.
니가 이 ᄉ룸으로 ᄉ괴인 후에 비로소 誠이 ᄉ룸에게 갓초이믈 본지라.
니 일즉 ᄡᅥ하되 ᄉ룸의 나미 情緖ㅣ 七이요 道里 三이라 하엿더니 밋
이 ᄉ룸으로 ᄉ괴인 후의 니 미든 비 그르지 아니혼 줄을 알며 니 ᄯᅩ ᄡᅥ
하되 슈신하는 법이 情緖에셔 나와 道里로 두러간다 함도 이 ᄉ룸으로
ᄉ괴인 후에 니 소견이 망녕되지 아니하믈 더욱 알앗노라. 이 ᄉ룸이 好
學하는 거시 智에 갓갑고 力行하는 거시 仁에 갓갑고 知恥하는 거시
勇에 갓가오니 그러하나 그 智와 그 仁과 그 勇이 다 심히 ᄉ룸에게 ᄡᅱ
여는 게 아니라. 그 智ᄂ 혹 오활혼 것과 ᄀᆺ고 그 仁은 혹 姑息하는 것
과 ᄀᆺ고 그 勇은 粗暴혼과와 ᄀᆺ호나 그러나 그 혼 말과 혼 힝실이 다

赤心에셔 나오지 아니미 업고 지셩에셔 말하지 아니미 업스며 이 스룸이 부쳐와 노즈 基行之徒를 놉히지 아니하고 또 儒學에 깁지 아니하나 誠혼 즈이 그 마음의 놉히는 비요 그 몸에 굿게 힝ᄒᆞᆫ는 비라. 오호ー라. 이 쳔셩이 勉하야 中하며 싱각하야 어든 즈ㅣ라. 너가 일즉이 스룸으로 말홀 시 中庸에 말혼 바 誠字에 말이 밋츠미 이 스룸이 손을 치며 부르되 올타. 〃〃. 歐州의 학에 人道說이 잇스니 오가스도, 곤도에 부른 비라. 그 三綱 曰愛 曰慮 曰行이니 또혼 儒者의 말혼 바 智仁勇으로 셔로 근스혼지라. 이 스룸이 실노 人道說의 蘊奧를 깁히 궁구하여 말하되 人道說이란 거슨 人道說이라 愛人하는 거스로쎄 旨를 삼앗스니 지셩을 体하지 안닌 즈는 능히 人道를 解하지 못하는 고로 이 스룸이 雅言하는 비 一則 曰誠 一則 曰誠이라 하니 이 스룸의 骨과 髓되미니 誠字 외에는 법눌도 업고 名敎도 업느니 誠이란 즈는 物의 죵시라. 誠치 아니하면 實이 업다 하니 이 말이 맛당이 이 사믈[믈]의 입에셔 나왓더니 이 스룸이 이졔 망하엿스니 너가 장찻 누구를 죷츳 誠의 實을 보리요. 오호ー라. 이는 나의 불힝하미라. 홀노 나의 불힝하미 아니라 또혼 同人의 불힝하미요. 홀노 同人의 불힝하미 아니라. 믄득 우리나라 敎者 學者의 불힝이로다. 이에 우리 同人이 셔로 쐬하고 이 스룸의 말과 힝실을 輯하야 혼권을 만드러 써 셰상에 敎者와 學者에게 惠하미요. 한갓 亡友를 不汚케 傳하고즈 하미 아니라.

1896년 3월 13일

叙言 (續)

졍셩이 몸에 화혼 일본 眞男子ㅣ 명치년간에 거룩혼 쟝뷔는 故혼 고등 사범학교 교수 문학사 福富孝季 小傳이니 일본 신문지에 긔록하여 가로되

福富孝季에 별호는 臨淵이니 고디현 사족이라. 安政 四年 십일월에 土佐州에 고디현의서 나셔 어려서 일홈은 가론 助五郎이오 쏘 일홈은 가론 哲五郎이니 명치 처음에 高知藩學致道舘과 밋 吸江洋學所에 드러가서 서양학을 비호고 명치 육년에 동경에 가서 동경외국어학교에 드러가고 명치 팔년에 동경 긔성학교에 드러가고 십년에 동경大學 文學科에 드러가셔 십삼년 칠월에 졸업 學士를 하고 십사년에 동경사립학교 교원을 任하고 십구년 팔월에 영국에 가서 그곳 「사례」론 사람의게 업을 사하여 맛참니 心理學과 敎育學의 은의를 궁구하고 이십사년 사월 구일에 연연이 歸國하니 나히 사십삼세라. 孝季에 상모 거룩하고 소리가 洪朗을 吐하며 졀머실 쩌로 머리털이 다 희미 혼번 보미 그 비상혼 사람인 줄을 알너라. 그 사람 되옴이 돈후하여 의리에 날너고 가장 언약과 허락하기를 듕히 하고 그 사람 미양 하미 하긔가 인인하니 비록 부이가 어린 아이라도 다 능히 친탈하나 그러나 샤특혼 거슬 물니치고 간사혼 것슬 제어하기는 바람불고 번기치드시 하여 그 엄연함을 당할 수 업고 그 언어 동작이 지성에 출하는 고로 보는 쟈 심복치 아니하나니 업스며 그 글방에 잇슬 쩌에도 임의 참연히 頭角리露하고 學術氣節로써 儕輩를 鼓舞하고 어려서부터 독서하기를 죠아하여 國史와 野乘의 뉴를 잇는디로 읽으며 가장 稗官小稅[說]를 죠이히는디 집 겻히 새주는 雜書가 잇는디 孝季가 셰니여 읽기를 그 집의 잇는 칙을 다하엿고 밋 장셩흐미 겨를이 잇슨즉 小說完本과 밋 歌舞와 演劇과 角觝의 여러 가지 지조를 취하여 평논하여 써 즐기믈하니 그 着眼하미 쩟쩟시 사람의 뜻밧긔 나고 스사로 文에 拙에 하여 혼 묵을 희롱하지 아니혼다 칭하나 그러나 東洋學藝雜誌와 일본신문 갓흔 거시 다 그 힘을 賴하여 크게 영화함을 보앗는지라. 孝季가 人才 교휵하기로 써 其任을 삼고 공무본 여가에 쏘혼 인민을 교휵하기로 종사하니 도성에 사립학교가 명치의숙과 등경문학원과 동경영어학교와 명치의회학교 갓흔 거시 다 힘을 다하여 성딕하여시니 그 교 쇽하기에 힘쓰기를 이갓치 후하게 하고 심상훈 學校의 말 갓흔 거슨 자못 슬여하나 그러나 그의게 誠하고 冊을 사랑하는 졍이 텬셩에 나타나서 일본남자 네 글자가 미양 입에 버리지 아니하는 고로 년젼에 됴약을 긔졍하는 의논이 이러나믹 孝季가 분연히 굴긔하여 쯧 갓흔 사룸을 구합하여 일본회를 챵셜하여 극녁하여 그 불가함을 의논하믹 됴약 긔졍하난 의논이 힝치 못함이 업게 함이 만흐니 쏘흔 가히 써 그 평싱을 볼러라.

神을 밋지 안는 쟈면 가히 써 濟度의 소임을 당치 못할 거시오 道를 밋지 아니하는 쟈면 가히 교육하는 소임을 당치 못하고 宗敎(종교론 거슨 영어에 리데 쑌이란 거시니 불도와 基督敎와 婆羅門 여러 가지 명목이라)와 다못 교육의 소임은 名利의 무리에 가히 능히 居하지 못할 바요. 심고흔 식견이 잇고 장녈흔 쯧시 잇셔서 積仁潔行하여 오릭도록 일신을 교육하는 딕 벼려 써 자녀들을 훈도하기로 일삼고 일호도 공명과 니달의 마음이 업는 자는 닉 홀노 이 사름에 보앗노라. 교육하는 길은 진실노 결단코 공니에 무리에 용납지 못할 데 용납하면 닉의 교육이 썰치지 못할 바요. 이 사름의 써 항상 안에 불평함이니 안에 불평하여도 오히려 쏘 감히 하지 아니하고 오릭도록 도도흔 쟈로 더부러 항오하여 다른 쯧이 업스니 더욱 족히 써 이 사름의 本領를 볼너라. 닉 이 사름에 셩희을 보며 진실노 심상흔 일샹 혹자 망아디 오문학사와 법학교 교수가 斯人이라. 그러나 사인의 덕에 실노 其位가 십빅나 더하니 사인은 偉丈夫라 교훈하는 길이 진실노 맛당이 할 쌍이 居되나 그러나 관립학교 〃사가 맛당이 거할 직업이 아니라 흔 말노 의논하면 사실은 실노 교육쟈 류에 호걸이요 도덕자 류에 령수라. 사인이 위쟝부로써 오히려 능히 흔낫 교사에 직업을 편안히 녀겨 날마다 셩도로 더부러 강논하기를 게으르게 아니하고 爵位 보기를 초기 갓치 하고 功利 보기를 구름 갓치 하야 스〃로 그 지긔에 미소를 아지 못할 재니 닉 써 사인 졍복하기롯 깁게 함이로다.

찬하여 가로되 고인이 운하되 爵흔 글자가 능히 사룸으로 하여금 죽게 하되 곳 죽지 아니하면 坐호 사름으로 하여금 어리셕게 혼다 하나 나는 이르기를 爵 혼 글자가 능히 사름으로 하여금 죽게 하되 곳 죽지 아니하면 坐호 사름으로 하여금 밋치게 혼다 할지라. 당금지셰에 져인군자 ㅣ 미치지 아니혼 쟈 멋 사름인고. 미얌이 나리가 무겁고 쳔근이 경혼지라. 헛된 일홈을 구하고 거즛 공을 다토는 쟈ㅣ들을 세상이 진신이라 칭하고 진실노 세상을 근심하는 쟈는 사름이 불으기를 오활하고 밋쳣다 하니 당금지셰에 미치지 아니혼 자는 만이 허명과 위공을 구하는 무리라. 오호―라. 닉 차라리 미칠 짜름이니 미치고 어리셕은 거슨 닉 널로 더부러 하기를 원하노라. 희고 흰 쟈는 더럽기 쉽고 놉고 놉흔 쟈는 이즈러지기 쉬으니 써 스〃로 온젼혼 바를 구함이 미친 거슬 달게 녀기는 것만 갓지 못하거늘 臨淵씨는 미친 거슬 달게 녀기지 아니하고 맛참닉 놉고 놉히 이즈러지니 닉 깁히 그 지셩을 탄복하고 더욱 그 요사함을 스러하노라. 비록 그러하나 인싱이 삼십삼셰에 그 음력이 세상에 잇는 거시 가히 젹지 아니하니 일본신문은 네 지셩의 成績혼 쟈가 아니냐. 닉 너를 위하여 永獲하기를 원하는지라. 허명과 거즛 공은 오리지 아니하여 민멸할 연이와 네 지셩의 긍졍은 우리 뎌일본뎨국으로 더부러 셤말시 혼가지로 하여 써지지 아니하리라.

명치 이십오년 삼월 일에

羯南狂士 陸實識

1896년 3월 15일

日本名士福富臨淵軼事 (續)
臨淵遺簡 其一
복이 영국 륜돈에 잇슨 지 날이 오리지 못하느 잠깐 스이에 坐호 그 빅셩에 풀속추챵하는 바와 야소교가 인심에 입힌 바를 전번 편지의 디강

적엇거니와 젼번 글에 일은 바 륜돈 사족덜이 야소교에 대져 것스르는 승신하느 속으로는 의심혼다 하던 말을 지금에 본즉 더욱 그런 쥴 알겟스느 그러느 복에 소견으로 본즉 모다 다 것스로는 밋고 속으로는 의심하는 무리로뎌 그러혼 연유는 사롬마다 각〃 갓지 못하니 대개 그무리가 갈니여 두가지 잇스니 하나흔 쥴으뎌 저의가 스스로 그것스로는 밋고 속으로는 의심하는 쥴을 찌닷지 못하는 무리요 하나흔 쥴으뎌 저의 몸에 리롭지 못홀 찌는 비록 버려두다가 그 평시에는 오히려 잠〃코 감히 그 그른 걸 말하지 못하고 모로는 체 하는 걸노써 올케 여기는 무리라. 쪼 그 것스로는 밋고 속으로는 의심하년 걸 스스로 찌닷지 못하는 무리에도 두가지 종류가 잇스니 하나흔 쥴으뎌 저의 집 더〃로 야소를 밋기만 하는데 그 즈제가 되야서 거연이 비반치 못하는 자이요 하나흔 쥴으뎌 저의 치산의 밧버셔 제가 밋난 것 무슨 물건인지 밋처 살피지 못하는 쟈이니 무릇 이굿혼 쟈는 야소당에롤 나으가 잠싼을 안저 찌도 실여하건마는 감히 부모에 명을 어긔지 못하는 쟈이니라.

비록 마음으로는 그 그른 쥴을 아느 모루는 체하는 걸노써 올케 여기는 쟈는 승도(僧徒)가 슈두가 되고 격물가(格物家)와 경세가(經世家)와 더송가(代訟家)와 문인과 밋 쟈칭 야소 밋넌다 하는 쟈덜도 쪼혼 참예하니라. 쪼 밋처 젼 글에 말혼 바 「바가—쎄쟈」 두 사롬덜이 쪼혼 이 혼류에 무리가 되니 이 무리 승도는 그 마음에는 야소에 허탄혼 것슬 아는 쥴이 의심업스나 그러느 그 공변되이 말하여셔 찌치기 가이 어려운 밋쟈는 다름아니라 몸이 임의 승도가 되야서 쪼 다시 저의 놉히던 바를 가히 물니칠 슈 업스며 쪼 억지로 물니친즉 제 스〃리(利)에 힌롭고 쪼 셰샹 사롬의 쑤지람이 일어날가 두려워 함이요 지어격물가와 경세가의 무린즉 그 제 몸도 속이고 사롬도 속이는 것시 진실노 승도와 더브러 굿흐느 그러느 이 무리덜에 입심인즉 믜우느 그 졍샹인즉 민망혼 자이 잇스니 무릇 풍속과 관습이란 자는 사롬의 직활하기롤 기드리지 아니하야도 능히 일셰를 혼갈 굿치 하는지라. 이럼으로써 이 무리덜이 그 지각인즉 족히 것스로 밋고 속으로 의심하는 게 그른 줄 아느 그러느 맛춤니 능히 면치 못함은 풍속과 관습에 얼킨 빙 된 ᄯᅳᆷ이니라.

蘇格蘭州란 ᄯᅡ에 風俗인즉 야소롤 슝상하되 야소에 교도(敎徒)가 아니면 놉히지를 아니코자 하는지라. 「ᄯᅳ랏더스돈」씨가 그러훈 것슬 보고 글얼 지어 「핫그스레」씨를 비의하엿스니 그 ᄯᅳᆺ시 실샹은 쟈가 〃 야소롤 독신하는 것슬 발명하넌 더 잇지 안코 蘇格蘭 立憲派에 인심을 사고쟈 함에 잇스니 그도 ᄯᅩ훈 風俗을 좃침이라. 셰샹 사름덜이 오직 「핫그스레」와 「진달」과 「스벤사」와 「벤」과 이멧 사름덜만 물논파(物論派)(됴화에 리치를 의논하야 만물이 쟈싱하고 쟈화하는 게 잇다 하넌 것을 이르[르]되 물논파이라)이 된 줄 알고 영국 사부가 실샹은 모다 물논파이 된 쥴은 아지 못하니 엇지 함인고 하니 오직 이곳 사름은 능히 공변되이 그 물논을 말하여셔 야소교의 허탄훈 것슬 변론하얏고 다른 인즉 마음으로는 의심하느 것스로는 밋는 연고이라. 그럼으로 복이 ᄀᆞᆯ으디 이멧 사름은 가위 참도를 밋기롤 돈실이 훈 쟈이라 하노라.

영국 선비에 야소교는 이 우희 말훈 바와 갓흐나 쳥컨디 다시 風악을 의논하리니 영국의 연셜과 風뉴는 족히 볼 거 업고 이 젼날에 디강 춤추는 집이 큰 것과 광디에 수효를 말하여시니 이제 다시 어런 외양의 구경할 거슨 말하지 아니 하거니와 어젯 져녁에 (반델哥)를 지나다 가보니 일즉 소희야 곡됴를 하리니 소희아론 거슨 횡증씨가 민드리 쓴 바 돔죤스를 다시 곤친 거시오 돔죤스론 거슨 빗나 큰 곡됴니 일즉 셰샹의셔 일컷는 바라. 져즘이 임의 훈 본을 부쳐보니엿스니 ᄯᅳ하건디 임의 훈번 보아실 듯하거니와 처음에 써검이론 쟈가 본디 용녈훈 쟈라 여인하여 외람이 章句를 곤쳐서 되디여 舊篇에 졍신과 골녁을 이러버려스나 그러나 옥에 티가 비록 크나 능히 써 보비에 돌을 가리지 못하는지라. 곡됴 가온데 (돔죤스) 「소희야」(離婚)훈 후에 다시 눈돈부 일단의 모히니 족히 사름을 동하고 광디의 工拙훈 것 갓흔 거슨 일젼 글에 말훈 바와 디강 갓흐나 다만 계집 광디가 (소희야)를 하는 것시 비록 심히 아롬답지 못하나 쏘훈 자못 그 風도 잇는지라. 싱각건디 영국의 풍뉴가 엿고 맑은 일홈을 면치 못하나 그러나 이 거시 곡됴 지은 쟈의 죄 아니오 쏘훈 梨院部의 죄 아니라. 굿 보는 쟈의 용녈하고 누훈 거시 실노 하여금 그러치 아니치 목할지라. 더기 영국 선비들이 능히 하나도 (섹스뱌)가 쓴 바 여러 편의 묘훈 지취를 아는 쟈 업스니 그 용녈하고 누훈 것시 쏘훈 심훈지라. 오히려 무엇슬 바라리오. 혹이 이르기를 (색스뱌)의 지은 거슬 광디 (아빙)이란 쟈가 아뢴즉 과연 굿보는 자 만타 하나 그러나 이러케 보는 자들이 과연 참 뎌 大詩人과 (아빙)을 아난냐 모로는냐. (아빙)이른 쟈가 쏘훈 과연 시 속에 쀠여는 지조가 잇는냐 업는냐. 너가 맛츰니 니 능히 의심이 업지 못하도다. 오호一라. 우리나라 광디에 달섭과 종섭 갓흔 쟈를 영국 서울 뉸돈 이원부에 구하여도 맛츰니 가히 엇지 못할지니 영국 人士는 실노 용누훈 風俗이더라.

1896년 3월 17일

(續)
臨淵遺簡 其二

욕되온 슈교(二敎)를 밧들어 훈 번 익고 두 번 익그온 즉 깁히 족하의 나라를 스랑하고 몸을 잇는 것시 반갑스오며 일으신 바 셰샹 사롬이 부삽하고 경박하다 하온 말솜은 복도 쏘훈 근심훈 지가 오럿지라. 대개 셔양 문물 이써셔 공이 잇슬쟈도 잇스며 리치에 당연훈 것을 으더셔 가히 밧구지 못홀 쟈도 잇고 격물치지훈 쏫헤셔 나온 쟈도 잇스며 한굿 일시 사녀(士女)에 깃버하는 바를 위훈 쟈도 잇스니 그 일시 사녀의 깃버하는 바를 위훈 쟈도 잇스니 그 일시 사녀의 깃버하는 바만 위훈 것슨 항샹 그 폐를 익윌 슈가 업스니 나라를 위하는 쟈의 가쟝 맛당이 금하고 막을 쟈여늘 뜻 밧게 당노훈 쟈덜이 이에 이 풍속을 슝샹하는 쟈이 잇스니 무릇 부녀덜의 〃샹(衣裳)이며 음악관(音樂舘)에 기츅ᄒᆞᄂᆞᆫ 것시며 춤추고 풍류ᄒᆞᄂᆞᆫ 것시며 몰둘니ᄂᆞᆫ 것 ᄀᆞᆺᄒᆞᆫ이 여러 가지 류 속에 힝실은 이게 엇지 치셰ᄒᆞᄂᆞᆫ 뒤 보조홈이 잇스리요 무릇 이 ᄀᆞᆺᄒᆞᆫ 쟈ᄂᆞᆫ 일은 바 문명국에 폐된 풍속이라. 그러ᄒᆞᆫ뒤 방금에 격물치지ᄒᆞᄂᆞᆫ 혹으로써 ᄌᆞ졔롤 가르치ᄂᆞᆫ뒤 가히 폐ᄒᆞ지 못홀 쟈ᄂᆞ 쏘ᄒᆞᆫ 이런 무리 폐풍과 다못 말믜암어 나ᄂᆞᆫ 희를 졔ᄒᆞᄂᆞᆫ 뒤 잇도다. 내유(來諭)에 일은 바 구라프 졔국에 가히 두려운 것시 그 병녁(兵力) 강ᄒᆞᆫ 뒤 잇ᄂᆞᆫ 게 아니라 그 리지통샹(理財通商) ᄒᆞ기에 깁히 달련된 뒤 잇다ᄒᆞᆫ 이 말이 가쟝 실샹을 웃든 뒤 ᄀᆞᆺ가온지라. 져의가 만닐 간괘(干戈)로써 우리의게 림ᄒᆞᆫ즉 쳐셔 파ᄒᆞ기가 쉽고 쉬울ᄯᆡ니 져의도 쏘ᄒᆞᆫ 거연이 됴ᄒᆞᆫ 틈을 탈가ᄉᆡᆸ지 못ᄒᆞ거니와 만닐 두루여 그 리지통샹ᄒᆞᄂᆞᆫ 뒤 달련ᄒᆞᆫ 쟈로써 우리와 ᄀᆞᆺ치 추츅ᄒᆞ다가 우리가 만닐 낭퓌ᄒᆞᆫ즉 이ᄂᆞᆫ 우리만 일홀 ᄯᅳ름이라. 무릇 동린 에올 비(冗) 비ᄂᆞᆫ 셔린 에리라. 죡하에 의논ᄒᆞᆫ 바 구졔홀 방칙이 깁히 내 마음을 몬져 으덧고 죡하가 일으되 사름이 진실노 그 큰 것슬 일치 아니ᄒᆞᆫ 쟈인즉 그 젹은 흠은 깁히 칙망치 마ᄂᆞᆫ 것시 쏘ᄒᆞᆫ 가ᄒᆞ다 ᄒᆞ니 이 말슴이 심히 돗도다. 이제 죡하와 다못 복은 년치쟝셩ᄒᆞᆫ 뒤 지ᄂᆞ셔 죠금 셰샹의 익슉ᄒᆞᆫ 고로 죡히 써 국가쳔년계교를 경영홀ᄯᆡ니 복은 간졀이 ᄇᆞ라건뒤 우리 ᄀᆞᆺᄒᆞᆫ 스름들은 관홍ᄒᆞᆫ 것스로 사름을 용납ᄒᆞ야 그 죠금 다른 것슨 의논치 말고 그 젹은 흠은 칙망치 말어셔 마음을 ᄀᆞᆺ치ᄒᆞ고 힘을 다 ᄒᆞ야 써 효험을 보ᄒᆞ기롤 도모ᄒᆞ노라.

1896년 3월 19일

오호―라. 사귀ᄂᆞᆫ 도― 폐ᄒᆞᆫ 지 오린지라. 이제 서로 사귀ᄂᆞᆫ 쟈ᄂᆞ 오직 리히를 교계ᄒᆞ고 득실을 도라보아 일즉 졍의가 엇던 물건인 쥴을 아지 못ᄒᆞ니 이ᄯᆡ를 당ᄒᆞ여 진실노 능히 마음을 미루어 서로 허ᄒᆞᄂᆞᆫ 붕우가 잇스면 비록 심상호 사람이라도 오히러[려] 趙나라 구슬을 엇을 싱각이 잇는 것 갓흘 거신디 함을며 락이호 직질이 학식이 잇고 붕우도 사랑호 고 나라도 사랑호고 물도 사랑호는 쥰안이랴. 만일 이 갓흔 사람을 엇어 나아간즉 더부러 국사를 의논호고 물너간즉 더부러 막역호 벗슬 사 귀면 비록 실로 이 호번 나라로 더부러 호는 깃붐인들 엇지 더호리오 니 복부 효게의게 실노 갓흔 지라. 니 회[효]개로 더부러 이십년을 이에 갓치 힛는지라. 일즉 學舍를 호가지로 호고 쏘 바다 밧 만리의 놀기도 호가지로 호엿고 쩌로 滲商의 쩌남이 업스되 가삼의 현〃호여 잠간이 라도 중심에 잇지 아니하고 니가 즐거호면 효게도 쏘호 즐거호고 니가 슬퍼호면 효게도 쏘호 슬퍼하여 말호즉 좃고 부른즉 화답호여 무릇 효 게에 평싱을 다호 재ㅣ나만 갓흐니 업고 나를 아난 쟈 쏘호 효게만 갓 흐니 업스니 이에 이제 이르러 가히 효게의 힝적을 긔록하지 아니치 못 할지라. 슬푼지라. 만일 더긔 자세히 그 착호 힝실과 아롬다온 일이 세 상의 상관되는 쟈를 긔록할 쟈ㅣ는 다른 날노 긔약하련니와 이졔 그 디 강을 쌔서 긔록하여 써 세상에 어진 스룸과 뜻잇는 선비로 하여곰 효게 의 의를 알게 하노라.

옛적의 「구롱우웨루」씨가 화공으로 하여금 자긔 화상을 그릴 적의 화 공다려 일너 왈 니 얼골을 그리되 다 실상을 엇어 그리라. 비록 얼골에 죠고마호 뎜이라도 업스면 못쓴다 호디 「로-도, 마고-레-」가 「구롱 우웨루」를 위하여 傳을 지어서 이 일을 서하여 굴ㅇ디 비록 이 호 일이 라도 죡히 써 「구롱우훼루」의 관더쟝쟈됨을 알쩌라. 더긔 그 겨른 거슬 호위하고 그 긴 것슬 드러니고 그 험을〃 가리우고 그 어질믈 현뎌히 하고 져하기는 사롬의 상졍이연만은 이졔 (구롱우웨루)는 이에 오직 가 리여 숨기지 아니하고 도리어 그 드러니지 아니함을 근심하니 이는 흥 듀이 낙〃하고 맘이 교〃하기가 일월갓지 아니호 쟈면 그 뉘가 이갓흐 리요 (마고-레-)의 관더쟝쟈라고 일른 거시 과호 말이 아니로다. 니 가 효게뎐을 지을 제 곳은 붓스로 긔툰이 업시 써 그 실상만 엇기로 쥬쟝 삼으니 디기 효게 평싱의 뜻이라. 고로 쏘 세미ᄒᆞᆫ 연고와 젹은 일을 쏘ᄒᆞᆫ 감히 업시 ᄒᆞ고 더강 ᄒᆞ지 못ᄒᆞ노라.

닉가 효게 일을 긔록할 제 三節에 난으니 왈 外貌와 왈 資性과 왈 雜事로라.

外貌 一

효게의 믐[몸]이 쟝디ᄒᆞ고 상모가 웅위ᄒᆞ여 사름이 의심ᄒᆞ기를 巨人國의 죵류라 ᄒᆞ고 그 형데 두 사름도 쏘ᄒᆞᆫ 몸이 쟝디ᄒᆞ여 일본 사름 듕의는 보기 드믄지라. 효게의 몸 기리가 육쳑이니 구미 사름이 동ᄒᆞ면 문득 일본 사름 부루기를 矮人죵이라 ᄒᆞ나 그러나 효게 형데는 반다시 당돌ᄒᆞᆫ지라. 효게 일즉 영국 (겡부릿지) 쌍의 우거할 썩에 쥬인이 부르기를 일본 큰 사름이라 이르더라. 디뎌 몸이 쟝디ᄒᆞ기는 (양구로사구링) 人種(歐洲人)은 특별이 하날에 엇은 밧 쟈라. 효게가 그 시에 항오ᄒᆞ여도 오히려 큰 사름의 일흠에 너르니 그 일본 사름의 지남을 가히 알너라.

효게가 角觗의 기을 됴ᄒᆞᄒᆞ미 (角觗ᄂᆞᆫ 됴선 씨름이라) 자조 迴回院이른 씨름 쳐소로 지나셔 관광할 시 효게 몸이 쟝디ᄒᆞᆫ 사름으로 그 겻희셔 〃 구경ᄒᆞ며 죵 〃 다른 사름들의 눈을 가리오니 혹이 쑤지저 가로되 큰 놈이 (무장사)와 갓기도 심히 ᄒᆞ다 ᄒᆞ니 디뎌 무장사론 쟈는 본디 장사요 키 크기로 유면ᄒᆞᆫ 사름이라. 효게가 몸이 쟝디ᄒᆞ기 졀등홀 쑨이 안너라 근력이 쏘ᄒᆞᆫ 강장과인ᄒᆞ니 가령 효게로 ᄒᆞ여금 씨름ᄒᆞ는 력사의 무리에 쒸여드러가면 그듕 웃듬이 되지 아니할넌지 알 수 업더라.

효게의 근골이 장강ᄒᆞ고 장부가 쏘ᄒᆞᆫ 비법ᄒᆞ여 술 마시기를 잘ᄒᆞ니 당시의 쥬긱들이 능히 디뎍ᄒᆞ리 업스니 그 쥬량의 디소ᄂᆞᆫ 그 體質의 강건함이 과인ᄒᆞᆫ 줄을 알너라. 일즉 동류 수삼인을 다리고 성남독흑디론 곳에 모여 놀시 술을 불너 통음ᄒᆞᄂᆞᆫ디 날이 맛도록 일본 술 두말 닷되와 능쥬 이십 사병을 마셧다 ᄒᆞ니 이거시 자랑ᄒᆞ는 말이 아니라 닉가 능히 효계의 쥬량을 아는지라. 효계 일즉 흔 병 (호이쓰기ㅡ)(서양국 술이니 몹시 취하는 술 일홈이라)를 다 마시니 일노 보면 혹 만이 먹은 거시 그 줏 말이 아니로다. 효계가 비단 술을 만이 먹을 쑨이 아니라 쏘 견디기를 잘하미 종일 마셔[셔]도 죠금도 피곤하지 아니하고 밤을 시도록 마셔[셔]도 죠금도 갓바하지 아니하고 흔 달 두 달을 연하여 마셔도 쏘흔 취회림니 하여 통음디 취하여도 노리하고 음영하기를 계을니 아니하고 쏘흔 〃번도 병나는 일이 업스니 강건함이 과인하지아니하면 엇지 능히 이 갓흐리오

효계의 거지와 상모를 구경흔 쟈 흔 번 보미 그 비상웅위흔 거슬 아지 못하는 쟈ㅣ 업스며 효계의 얼골은 단악과 무른 디초빗 갓고 좌편 귀 우희 큰 혼졈이 잇고 수염이 봉〃하여 집흘 묵근 듯하고 십오 세 쩌부터 머리털이 임의 가뵈엿고 쟝디함에 밋처는 티반이나 희엿더라.

子曰 히여진 온포를 입고 호락을 입은 쟈로 더부러 부꾸러 아니하는 쟈는 그 由라 하여시니 디뎌 용샤의 눈의는 본디 부귀와 빈쳔이 업는지라. 효계의 뇌경함이 엇지 뜻을 의복과 단장하는 시이에 머믈니오 효계가 영국 서울(륜돈)의 잇슬 쩌에 미양 페[폐]온포를 입고 옷깃과 소미가 다 터졋느니 어룽어룽흐게 술 흐른 흔젹이 만흐되 조금도 기렴치 아니ㅎ고 여름에 흔 벌 갈의와 겨울에 흔 벌 갓옷 밧게는 다시 별노이 朝衣와 褉衣와 寢衣론 명식이 업고 니가 여러번 그 길복을 입고 家裡에 橫臥흔 것슬 보았는지라. 효계가 평싱의 목욕하기를 듬을계 하고 그 머리를 다스릴 제 쩟〃시 우수로 가위를 잡고 좌수로 머리털을 어루만져서 잡히는 디로 싹글 짜름이오 일즉 단발회사로 가지 아니하미 그 두발이 삼〃하여 가을쑥이 들에 난 듯하더라. 오호ㅡ라. 효계 갓흔 쟈는 가히 텬진의 란만흔 용사라 일을지라. 눈을 열어 턴디를 부앙하니 塊石은 곳 니의 근골이오 초목은 곳 니익 모발이오 비아 믈은 곳 니에 기름과 피와 진이이오 구름과 연긔와 風籟는 곳 니에 호흡과 吹噓요 일월성신은 곳 니에 두 눈이오 춘하추동의 졀긔는 곳 니의 오상이오 太虛는 실노 니 마음에

온오함이라. 더뎌 육척되는 몸이 쳔디로 더북[부]러 갓흔 쟈 이갓고 효
계가 의복제구의 구〃치 아니함이 더긔 이에 낫타나미 잇더라.

1896년 3월 21일

(續)

本傳 千頭淸臣
資性 二

효계의 텬셩이 영민ᄒᆞ여 ᄒᆞᆫ 번 보미 능히 사물의 리티를 ᄭᆡ다라 투텰치
아님이 업고 그 사물을 봄에 당ᄒᆞ미 모름이 마음을 괴롭게 ᄒᆞ며 ᄒᆞ며
싱각을 마르게 아니ᄒᆞ고 ᄯᅩ 깁피 싱각 아니ᄒᆞ고 즉시 깁흔 묘리를 ᄭᆡ다
라 다른 사롬의 깁히 싱각ᄒᆞ여도 밋지 못ᄒᆞᄂᆞᆫ 것슬 효계ᄂᆞᆫ 돌탄ᄒᆞ고 ᄭᆡ
다르니 효계 갓흔 스롬은 녯 사롬의 구할진디 영길리사롬 「가-라이루」
갓흔 류라 일즉 날노 더부러 「논리학」을 의논하다가 니가 논리가의 「계
잉쓰」의 발영ᄒᆞᆫ 바 (內轉推繹法)이란 거슬 의논ᄒᆞ니 효계가 문득 크게
불너 가르되 그 말ᄒᆞᆫ 바와 갓흔즉 맛츰니 가히 곤치 아니치 못ᄒᆞ리라
ᄒᆞ고 일부 논리학을 보기를 간절히 하여 능히 그 현묘ᄒᆞᆫ 거슬 쳔유하니
그 영오하기가 더긔 이 갓더라. 처음에 효계가 「미루」의 글을 죠아하다
가 후에 「쓰펭사ㅡ」의 글을 죠아하며 일즉 나더러 일너 가르디 쓰펭사
ㅡ란 쟈ᄂᆞᆫ 영국 여러 션비의 거벽이라. 「쓰펭사ㅡ」의 학식과 지룡이
「미루」의서 지ᄂᆞᆫ지라. 당시에 니가 미루의계 침혹하여 써 하되 미루
에 학식이 쓰펭사ㅡ의 밋츨 바 아니라 하엿더니 그 후 수년의 졈〃 쓰
펭사ㅡ의 졍디함과 심고함을 ᄭᆡ다르니 깁히 효계의 고명순졍함을 탄복
하고 그 식견이 고미함을 알너라.
이갓흔 류로 츄견하면 가히 효계의 소쟝을 알지라. 더긔 효계의 소쟝은
剖析의3 잇지 아니하고 通會하는 디 잇ᄂᆞᆫ지라. 그러나 니 ᄯᅩᄒᆞᆫ 감히 효

계가 사물의 리치를 剖析하는 디 져르다 말할 수 업는지라. 다만 효계 평싱의 용녁이 젼혀 듕리를 통회하기에 잇는지라. 니 쏘흔 감히 효계가 논리학의 노무하다 말할 수 업는지라. 디기 효계의 흉듕에 스샤로 논리학이 구비하엿시미 모로미 다시 논리학을 의논치 아니 하거니와 그 졀머실 쩌의 비록 산수 비호기를 게을니 하여시나 능히 그 요령을 씨다라 그 온오흔 것슬 궁구함을 쏘흔 가히 볼너라.

효계 쳔셩이 쏘 강긔하여 평싱 사물에 졉하미 오직 디의를 보깃고 졀복에 설〃하지 아니하나 그러나 그 흔 번 긔록ᄒ기에 방ᄒ여 그 瑣末흔 졀목에 맛스며 긔록ᄒ기를 遺忘치 아니ᄒ고 읽은 바 소설 汗午充棟을 그 사룸을 위ᄒ여 말ᄒ미 칙 속의 시른 바로부터 人名과 디명으로써 그 거동과 참령을 녁녁히 掌의 指함 갓흔디 맛츤지라. 디기 영국 디가 우이구도루, 유-고-, 지유-마, 사쓰가레-, 지쓰겡수와 제가 소설을 긔록ᄒ여 유루되지 아니흔 쟈 셰상에 그 사룸이 만으되 고금동셔 야승비사 긔빅권을 셥녑ᄒ는디 이르럿고 실노 그 일 긔록ᄒ여 올닐 밧 쟈 쏘흔 만이 보지 못ᄒ여시나 효곈즉 더욱 녁녁히 ᄒ여 그 강긔흔 쟈 홀노 소설 졍사의 쏘흔 그러치 아닐 분이요 사승분이 아니라. 흥도ᄒ미 시를 오이며 와곡을 노리ᄒ며 쟝편을 크게 지도흔 글자가 그르지 아니하고 日末과 淨刃이론 사룸의 노래[래] 소리를 죠아하여 흔 쩌 교유흔 거슨 듕소흔 비라. 그러나 이 쏘흔 潛心흔 후에 엇은 자 아니라 그 기리긔 송하는 거슬 용이케 엇엇는지라. 쯧하건디 강긔함을 효계 갓치 하는 쟈 니 모룸이 사룸 졉하기를 마니 하여도 보지 못하엿는디 효계가 스사로 若人의 무리는 다 긔 송을 힘쓴다 하니 쏘흔 그릇실 ᄯᆞ룸이라.

孝季가 쏘 능히 논셜(論說)을 잘 하야 연극(演劇)과 악곡(樂曲)으로붓허 고금 인물과 제유(諸儒)에 말흔 바의 일으기까지 흔 번만 그 눈의 지나면 모다 논셜치 못하넌 게 업고 가쟝 묘히 잘하넌 것슨 소설을 논셜 연극하기 다 나는 승품이 악곡과 소셜에 것츨고 숫틀은 고로 비록 그 논셜하넌 거시 과연 득망흔 지 아닌 지 아지 못하ᄂ 그 논셜하넌 것시 날을 유익케 하며 날을 일으키는 쟈ㅣ 춤 적지 아니하되 담은 그 당셰 인물과 교유(交遊)를 편논하는 데는 흔 가지 선힝이며 흔 가지 실힝과 밋 그 위인에 소설을 움직이기를 면치 못하니 이는 빅옥의 흔 틔라. 모롬직이 이셕하ᄂ 그러ᄂ ᄊ호 족히 써 그 그른 걸 믜워하며 착흔 걸 죠하하는데 그 선승이 방박함을 볼너라.

1896년 3월 23일

(續)

本傳 千頭清臣

孝季가 참기를 오리 ᄒ여셔 셩공ᄒ년데 다못 츠례몰 좃차셔 차〃 나ᄋ 가는데는 부츅ᄒ고 그 용밍히 나ᄋ가고 과단으로 결증ᄒ는 것슨 아는 친구덜에 익히 아는 바이라. 그러ᄂ 그 용밍과 〃단이 믈너ᄂ 직회는데[데]는 더 용밍ᄒ고 나ᄋ가는 데는 들 용밍ᄒ여셔 맛치 그 단정이 ᄒ지 못홀 바인즉 그 마음이 뇌확ᄒ여셔 가히 흔들지 못ᄒ고 맛치 그 단정이 홀만흔 바인즉 넉〃ᄒ고 부드러움을 면치 못홀 쟈이 왕〃이 잇는 지라. 그 련고로 무릇 싱각을 괴롭게 ᄒ고 마음얼 수구[고]롭게 ᄒ여셔 조금도 간단치 못흔 닐인즉 그 잠간도 능히 견듸지 못ᄒ는 바이요 그 죠하ᄒ는 밧게 다시 다른 ᄉ무에 종ᄉᄒ는 것슨 더구ᄂ 깁히 괴로와 ᄒ는 바일너라.

孝季에 긔거가 심히 소황ᄒ고 나산ᄒ야셔 그 톄양과 몸에 긔걸ᄒ고 덕〃흔 것과 다못 그 지죠와 힘에 복고 민쳡흔 것 ᄀᆺ지 아니ᄒ며 평성에 더욱 근닐기를 죠하 아니ᄒ야 비록 얼마 아니되는 ᄯ이라도 사롬이 쳥ᄒ고 지쵹ᄒ지 아니ᄒ면 힝ᄒ지 아니ᄒ야셔 그 손을 흔 번 주먹ᄒ기며 볼을 흔 번 들기도 맛치 그 슈고와 고뢰움을 견듸지 못홀 건[것] ᄀᆺ 더라.

옛 사룸이 〃르되 소탈ᄒ며 나산ᄒ고 안일ᄒ 지죠덜이라 ᄒ년 것슬 내 일즉이 그 말이 춤 그런지 아년지 밋지 못ᄒ엿노라. 그러ᄂ 고금에 큰 션비와 시ᄒ는 사룸과 맛치 비상ᄒ 쥰걸에 션비덜이 〃ᄀᆺ흔 쟈ㅣ 가왕〃이 잇스니 춤 효계 갓흔 쟈이 엇지 이런 무리가 아니랴. 효계가 홀노 그 사지신쳬만 슈고롭게 하는 것슬 스려ᄒᆯ 분이 아니라 마음으로 싱각하는 데 슈고가 되는 널을 쪼ᄒ 심히 스려하니 그런 고로 보고 드른 것시 비록 널으며 비호고 익힌 것시 비록 깁흐나 그 짓고 쓴 것슨 심히 적으니 이는 비록 그 지죠가 일셰의 놉흔 것스로 말므얌은 것시ᄂ 죠금도 자랑ᄒᆯ 마음이 업는 것슨 대져 쪼ᄒ 그 소탈하고 나산함이 하야금 그러케 된 것시로다.

孝季가 비록 참어셔 셩공하기와 차〃로 나ᄋ가기에는 단쳐이ᄂ 그 의향에 결단ᄒ 것슨 굿기가 바위 돌 ᄀᆺ고 동치 안년 것시 산ᄀᆺ허셔 아모리 극난ᄒ 닐이나 일우지 못ᄒ년 것시 업더라. 일즉이 「벵잉」에 지은 도덕ᄒᆨ(道德學)을 번역ᄒᆯ시 하로밤에 맛초니 사십머리더라. 쏘 일즉이 영국에 잇슬 적의 사례의 지은 바 심리ᄒᆨ(心理學)을 번역ᄒᆯ시 ᄒ달에 능히 졸업하니라. 그 글 읽글 적에는 혹 단졍이 안져셔 죵일도 하며 혹 두어 밤도 지너셔 침식을 폐하며 묘셕을 잇고 사룸이 와셔 불너도 쪼ᄒ 씨닷지 못하ᄂ 그러ᄂ 그 평시에는 좀 오러 안졋기를 능히 하지 못하년 기[거]시니라. 효계가 물건의 감동하면 그 밍렬함이 바야흐로 타는 볼[불]꼿 ᄀᆺ흐며 그 ᄲ르기가 별 ᄯ러지년 것 ᄀᆺ허셔 움즉기면 문듯 ᄭ지져 ᄀᆯᄋ디 이 갑〃하여 엇지 하리요 하니라.

무릇 션비가 긔이ᄒ 지죠를 품은 쟈는 그 마음이 샹히 고원ᄒ 데 잇셔 〃셜〃이 눈입헤 낫즌 널을 허지 아니 하느니 이럼으로써 평싱에 밧그로 보이는 것시 소활하고 나타ᄒ 듯ᄒ 것슬 면치 못하ᄂ 그러ᄂ 만닐 하로 앗쳔에 국가에 큰 닐이 잇셔 〃 몸을 ᄲ혀셔 난에 다다름 ᄶ의 만번 죽어도 뉘 잇버 아니 하는 쟈는 孝季 ᄀᆺ흔 쟈로 머리를 삼는 것시 「非約條政正論」 쪼ᄒ 이 ᄲ이라. 明治 二十二年 八月에 伯爵 大隈가

外部에 常局하엿슬 적의 각국으로 더부러 의논하여 약됴를 개증홀 시 문안을 일우고 쟝촛 명증이 될 적의 효계가 써 하되 만닐 문안의 중훈 바 조관을 곳쳐셔 바르게 하면 이는 나라를 파는 쟈라. 하고 이에 이러느셔 동지쟈들을 규합하여셔 일러는 쟈이 「日本會」 깁히 의논하여 조약의 그른 것슬 긔증하여셔 은연이 쳔하의 중함이 되야셔 맛춤니 능히 광란(狂瀾)을 임의 거우러진 걸 돌니 〃 이는 비록 나라를 근심하는 션비덜 셔로 화동하야 여론(輿論)으로 더브러 굿치 된 것시 그 써의 (日本會)에 힘이 쏘훈 만흔디 효계가 실샹 「日本會」에 영슈(領袖)가 되얏더니라. 뉘가 일으기를 효계가 소활하고 나타하다 하던고. 효계의 나타훈 것슨 오직 거샹에 긔거하는 스이라. 무릇 渭濱에 呂望과 淮陰에 韓信과 南陽에 諸葛과 盧陵에 文山덜이 바야흐로 그 낙시를 드리고 표박하고 걸식하고 룽중에 누어서 양보음(梁父吟)을 홀 적의 쇼년 낙이 호걸덜이 뉘가 능히 무왕을 도아 은쥬를 망하게 하며 한왕을 도아 초픠왕을 멸하게 하며 삼분홀 방냑을 증하여서 한을 붓들며 토실 삼년의 증긔가(正氣歌) 일을 쩌를 알니요. 사롬마다 각 〃 쟝쳐와 단쳐가 잇느니 만닐 사롬의 논홀 적은 한곳 그 단쳐만 드러닉고 그 쟝쳐는 노하두던 거시 그 소실이라. 효계의 평일 소활하고 나타훈 것시 대개 이곳흔 류이니라.

효계의 感情이 (터서에서 성리를 강노하난 쟈 ᄆ옴의 발현하는 거슬 분훈 거시 셋시니 왈 디헤니 디혜의 되는 거슬 밝히는 거시오 왈 경이니 경이 되는 거슬 감동하는 거시니 희로익락이 부튼 거시오 왈 의향이니 의향에 하는 거슬 착하며 악하게 하는 거시니 그 일은 바 경이란 쟈는 셩경이란 경과 서로 갓고 쏘 죠금 다른 고로 쏘훈 感情이라고 말하여 구별하미라) 비록 하날에 엇어시나 그러나 그 익기를 조아하는 소설과 연극 (춤추는 기에[예]라)을 보는 것과 졍류리(淨瑠理) 겨됴이홈이라를 듯는 거슬 더욱 기르그 그 측은지심이 넉 〃 훈 거슨 진실노 사롬의 지앙과 질병과 사상 갓흔 거슬 보고 드르면 비록 훈 번 본 친구나 서어훈 사룸이나 경이 위문하기를 마지 아니하고 비통이정을 스사로 금하지 목하거든 함을며 그 친훈 벗과 익은 친구의 지앙과 질병과 사상간 사야 일너 무엇하리오. 효계가 영국의 놀쩍의 니가 효계버덤 먼저 영국 서울 륜돈의 가 잇다가 효계 왓단 말을 듯고 그 사관으로 차자가니 친구가 만리이역에 만나니 그 깃분 마음이 손의 춤추고 발의 쮜는 줄을 알 수 업슬 터힌데 그 얼골을 보미 나를 더하여 깁히 슬허하는 빗시 잇는지라. 니가 심히 고히 녀겨 쳔〃히 물은즉 훈 봉 글을 품에서 너여주거늘 쟈세히 본즉 니의 니자서(內子書)라. 가루되 전일 공의 아히가 죽어는지라 하고 참연이 눈물을 가리고 다시 훈 말도 업스니 이거시 비록 젹은 일이나 쏘훈 가히 써 디강 그 感情의 깁고 쏘 후함을 알너라. (未完)

1896년 3월 25일

(續)

本傳 千頭淸臣

孝季가 어린 으히와 졀믄 사룸을 미우 스랑흐넌데 내가 일즉이 그 영국 륜돈에서 작긱흐던 일긔를 본즉 굴으디 내 승품이 어린 아히덜을 스랑 훈다 흐엿더라. 대개 효계의 용모가 긔걸흐고 영특흐여셔 위풍이 사룸 에게 핍박흐야 어린으히덜이 처음 보면 믜셔워셔 곳 폐흐고져 흐다가 차〃 더하기를 오리흔즉 스랑흐는 마음이 능히 그 오쟝에 드러가셔 졈〃 친압흐여져셔 다시 믜셔워 아니 흐다가 맛춤니는 연〃흐여 참아 쩌느지 못흐더라.

孝季의 어린 사룸 스랑흐눈 졍이 번겨셔 졈고 쟝셩훈 사룸에쩌지 밋고 쏘 번게셔 친구에쩌지 밋고 쏘 범민의쩌지 밋츠니 그런 고로 사나희느 녀인이느 어린 사룸이나 늘그니느 한나라 사룸이느 타국 사룸이느 무 룻 쳔지간의 눈갈 우 쩌여지고 불 둘 잇셔 하눌을 이고 쌍을 불븐 쟈이면 스랑ᄒᆞ고[고] 깃버ᄒᆞ지 아니 ᄒᆞ년 법이 업스며 친구가 찻저 오는 쟈이 잇스면 푸른 등잔 아리셔 한가ᄒᆞᆫ 이 약이며 쾌ᄒᆞᆫ 말노 질겨셔 게을니 아니 하여셔 등잔불이 잣저가며 이웃 닭이 오경을 보ᄒᆞ기ᄭᅥ지 대개 흥습을 삼으며 그 쟈쟈가 친구를 찻저갈 적에도 ᄯᅩᆫ 그러ᄒᆞ여셔 그윽ᄒᆞᆫ 충 아리 말ᄉᆞᆷ 깁허 가고 졍이 무르녹어 진즉 환연이 스스로 질겨셔 도라가기를 잇고 밤을 시워 동방이 시는 것슬 ᄭᅢ닷지 못ᄒᆞ기를 만히 ᄒᆞ더라.

孝季가 사물(事物)을 졉ᄒᆞᆫ 적에도 졍이 극진ᄒᆞ고 감동홀 적의는 다시 쟈가 몸이 잇년 것슬 잇저버린 것 ᄀᆞᆺᄒᆞ셔 바야흐로 소셜을 익을 적에는 홀연이 웃고 홀연 깃버ᄒᆞ며 홀연이 울고 홀연 곡ᄒᆞ며 혹 홀연이 크게 소리 질너 쾌ᄒᆞ다 ᄒᆞ며 혹 쥼억을 쥐고 쥼먹질도 ᄒᆞ며 혹 팔을 쏌니고 일어ᄂᆞ며 혹 칼을 ᄲᅦ고 이러ᄂᆞ셔 츔도 츄니 대개 승품과 졍이 경우(境遇)를 ᄯᅡ러셔 옴겨 감동ᄒᆞ며 일을 ᄯᅡ러셔 소셔나셔 스스로 그런 쥴을 ᄭᅢ닷지 못ᄒᆞ년 것 ᄀᆞᆺ더라. 들른즉 아미리가와 인도 풍속이 형벌을 림ᄒᆞ여셔 죽을 ᄯᅢ면 반ᄃᆞ시 놉히 셰상을 스례ᄒᆞ는 노리를 오이니 그 소리가 오〃하게 비챵하고 웅쟝하며 감동하고 분격하여셔 강개ᄒᆞᆫ 마음이 림리하야셔 ᄒᆞᆫ 곡됴 슬푼 노리에 능히 형벌에 베고 식이는 괴로움을 잇나니 내가 굿ᄒᆞ여 효계로써 인도 사름에게 비하년 게 아니라 그 감동하년 ᄯᅳᆺ세 졍지 이를만ᄒᆞᆫ 쟈인즉 심히 서로 ᄀᆞᆺ흔 쟈이 잇슴이라. 무릇 적으면 ᄒᆞᆫ 사름의 증ᄉᆞ곡직과 크면 공도에 굴신이며 오륜과 국가에 승쇠와 인민에 원긔 소쟝(消長)이 잇슬 ᄯᅢ는 ᄒᆞᆫ 번이라도 그 마음이 격동치 아니 홀 적이 업스니 이것시 실상 효계의 쳔승에 가히 슝상하고 가히 공경하고 가히 즁하고 가히 스랑홀 만ᄒᆞᆫ 것시니라.

孝季가 영국에 놀 적의 널니 비흔 사름과 놉흔 션빅덜을 널니 삭귈 시 그 번셰 법국인 곤도씨(坤圖氏)에 혹을 슝상하는 쟈이 잇셔〃 효계다려 그 대개를 말하니 효계가 써 하는 그 말이 크게 리치가 잇다 하여셔 드듸여 깁히 궁구하니 곤도씨에 혹은 인익(仁愛)로써 종지를 삼는지라. 이에 깁히 궁구하고 졍히 연역하여서 못참닉 그 혹을 밧드니라.

셔양 사롬 「료만」씨란 사롬이 골ᄋ디 하늘이 인지를 내시미 대강 혼 편으로 기우러 편벽되기가 쉽운지라. 젼톄의 하나도 버릴 데 업ᄂ 사롬을 내가 일즉이 보지 못하엿노라. 그 혹 셰상에도 잇ᄂ지 혹 후셰의ᄂ 날년지 아지 못하겟다 하엿스니 이 효계도 ᄯ혼 능히 「료만」씨의 탄식하ᄂ 바를 면치 못홀지라. 그 심지가 샹히 혼 편으로 기우러져셔 능히 화협지 못하고 지조와 지각의 감동하ᄂ 졍이 셔로 가온디셔 ᄊ워서 평셩의 힝혼 닐이 감동하ᄂ 졍의 좌우간의 기우러지ᄂ 바 되기를 면치 못하나 그러ᄂ 그 감동하ᄂ 바의 기우는 바ᄂ 홍샹 착혼 걸 됴하하며 그른 걸 믜워하고 싱민을 ᄉ랑하며 국가를 근심홀 ᄯ름이라. 엇지 슐진 몰을 타고 가븨여온 옷슬 입고 한갓 화월에 류련하야 못치 취즁으로 살다가 몽즁으로 죽넌 무리에 음식과 가무만 알고 국가와 사직은 잇고 몸과 집만 괴하여서 밋쳐서 분쥬혼 쟈의 웃어 ᄇ랄 사롬일가 보냐.

1896년 3월 27일

(續)

本傳 千頭淸臣

고금에 跌宕不覇혼 지조를 품은 쟈 항상 쳔ᄒ에 더러온 것슬 덜고져 ᄒ고 혼 집이나 쇄소ᄒ기에 설〃치 아니 ᄒᄂ니 효계가 엇지 ᄯ혼 이러혼 무리냐. 그 거환[ᄒ]ᄂ 집의셔 젹이며 긔구와 의복과 죠희 조각이 어즈러히 허여져서 가득ᄒ여시되 일즉 ᄯᄉ셰 긔렴치 아니ᄒ고 음식도 가리지 안ᄂ지라. 샹히 말ᄒ되 글이 잇스면 가히 읽을 거시오 곡식이 잇스면 가히 먹으리로다 ᄒ고 남의게 그름미 업스니 이밧게 다시 무엇슬 구ᄒ리오 ᄯ 평셩에 놉흔 당과 조흔 집의 사ᄂ 무리와 본더 스사로 지키ᄂ 쟈를 보고도 반다시 격동ᄒ여 쟈랑ᄒ고 놀니지 아니ᄒ더라.

효계가 디강 세상 일에 어둡고 스사로 性理에 정묘ᄒ다 일커르며 더욱 힘을 心理學의 미루나 그러나 시무는 그 소쟝이 아니 항상 리치를 츄상ᄒ니 (물격디지를 싱각ᄒ여 그 사랑ᄒ는 바를 물에 쥰ᄒ면 호리도 그르지 아니 ᄒ니 이른 바 리치를 싱각ᄒ는 거시라) 지은 바는 동ᄒ면 문득 몸으로써 표쥰을 삼고 그 쳐사하기를 당하여서는 ᄆ옴과 외물식에 왕〃히 그 형평ᄒ 거슬 일ᄒ니 형평이라 이른 쟈는 중용을 말ᄒ는 것과 갓ᄒ니 두 긋흘 가르쳐 가온데를 썩거서 極端에 편벽되지 아니하는 게니 極端이론 거슨 심하단 말과 갓ᄒ니라. 이제 디기 남 버린 식 ᄒ 가온덴즉 졀검ᄒ 거시오 소모나약ᄒ 가온덴즉 용밍이라. 졀검하고 용밍인즉 이거시 이른 바 중용이라. 임의 효계의 평성의 하는 바를 보니 써 도리와 다못 성경의 시이에 상히 그 平衡을 이흔 쟈이 효계 항상 써 하되 방금 지셰의 도덕을 젼히 쓸어니는 ᄯᅡᆼ에 셰상 사롬에 다시 호리라도 졀조가 업다 하나 그러나 세상 도가 쇠하미 이갓치 심함에 이르미 업고 그 사롬을 평논하고 선악과 사정의 분의를 논정하미 홀노 絶高하므로써 표쥰을 삼으니 일노써 구를 일는 거슬 면치 못하니 효계의 직조가 능히 ᄒ 번 볼 시이에 사물에 투털하믈 엇으나 그러나 남의 ᄆ옴을 헤아 가려온 데로 혼즉 그 능치 못ᄒ 바라고도 그 깁히 노허 노하지 못할 바에 노하며 그 가히 깁히 깃버하지 못할 데 깃버하는 밧 쟈쎠에 혹 잇스니 디기 그 홀노 탁연이 범류에 툐츌ᄒ 쟈│ 새상에 훼에와 포폄을 그 ᄆ옴에 긔렴치 아니하니 이거시 실노 도를 밋기를 돈독히 하고 스사로 밝요을 알고 ᄯᅩ 의리에 용밍ᄒ 쟈의 일이 어진 실노 용상ᄒ 사롬에 엇어 바랄 바 아니라.

이제 니가 쟝챳 효계 붕우에 손익을 의논하여 날노써[써] 보건디 쳔하의 이욱ᄒ 붕우가 효계의 우의 툐츌ᄒ 쟈 업는지라. 디기 효계도 ᄯᅩᄒ 사롬이라. 그 평성의 힝ᄒ 바가 능히 쎠로 과실이 업슬 ᄯᅡ름이나 그러나 붕우에 이르러서는 이욱ᄒ 붕우 밧게는 다시 다른 말이 업다 하더라. 니 일즉 서양 글에 붕우의 일이며 다못 효계의 써 ᄒ 바 그 붕우 사귀는 쟈 서로 갓흔 쟈를 낡어서 인하여 좌편에 쵸출하노라.

아모 나라 션비에 아모가 ᄋᆞ들이 잇스니 나히 흑 뜻에 홀 씨 된지라. 흔 날은 그 아비에게 쳥ᄒᆞ여 굴ᄋᆞ디 ᄌᆞ식이 임의 쟝셩ᄒᆞ엿스오니 불가불 쟈립홀 도리를 비홀 밧기 업습는데 그러ᄂᆞ ᄌᆞ식이 셰샹을 경녁지 못흔 고로 홀 도리가 업스오니 쳥컨디 ᄇᆞ람에 빗질ᄒᆞ고 비에 목욕ᄒᆞ여셔 각 쳐의 발셥ᄒᆞ여셔 써 셔샹의 달고 씨고 됴코 그른 것슬 시험코져 ᄒᆞᄂᆞ이다. 그 아비가 굴ᄋᆞ디 네 뜻시 착ᄒᆞ도다. 가히 힝홀지로다. 내가 너를 흔 말노써 쥬어 보ᄂᆡ리라. 만닐 몸을 셰우고 집을 흥하고쟈 홀진디 됴흔 친구를 웃넌 것만 ᄀᆞ흔 것시 업는지라. 이게 셰샹에 처하는 큰 요긴흔 닐이라 흔디 그 ᄋᆞ둘 굴ᄋᆞ디 올소이다 하고 이에 급히 힝니를 판단하야 길에 써ᄂᆞ셔 사면으로 듀류흔 지 일년의 도라와 뵈옵거늘 그 아비 반겨 맛져 물어 굴ᄋᆞ디 네가 친구를 잘 사귀엿너냐 하니 그 ᄋᆞ둘이 대답으로 디답하여 굴ᄋᆞ디 그러하오이다. 자식이 분부를 밧은 후에 도쳐의 친구를 구하여셔 사귄 사ᄅᆞᆷ이 만소이다 하고 손가락을 쏩아 역역히 셰여 고 하거늘 그 아비가 듯고 츅연이 굴ᄋᆞ디 인심이 변하기 쉬워 친구를 사귀기 어려운지라. 이제 네가 과연 참 친구를 웃덧는지 아넌지 내가 쟝춧 시험하리라 하고 이에 도야지를 잡아셔 공셕에 싸셔 피가 림리하게 하여 그 아둘노 하여금 짊어지고 그 ᄋᆞ둘의 사귄 칠[친]구를 차져가셔 고 하여 굴ᄋᆞ디 내가 큰 닐이 잇스니 부득불 공에게 의지홀지라. 이제 우리 부친이 살인을 하여 관리가 잡으라고 쫏기를 심히 급하게 하니 쳥컨디 구호하여 달나 하니 그 사ᄅᆞᆷ이 좌우를 도라보고 다른 말을 하고 쳥하는 말 시힝치 아니커늘 이에 다른 곳스로 향하야 가니 ᄯᅩ 그ᄀᆞ치 하야셔 그 사귄 칠[친]구를 두루 다 찻져도 맛춤ᄂᆡ 흔 사ᄅᆞᆷ도 능히 몸을 쎄이고 마음을 기우려셔 그 급흔 닐을 구원하넌 쟈 업거늘 그 아비 이에 그 ᄋᆞ둘더러 일너 굴ᄋᆞ디 너두 ᄯᅩ흔 이제야 인심을 알기 어렵고 틴구를 웃기 어려운 줄 알니라. 이제 ᄯᅩ 다시 가셔 내 친구를 시험하쟈 하고 스스로 도야지를 지고 쟈갸 친구에 집을 차져가셔 쥬인더러 고하야

굴으디 우리 아히가 살인을 하여서 화란이 불측하니 원컨된 공은 구하
여 달나 하니 쥬인이 듯고 놀니여 황망실됴하여서 급히 문 녤고 두 사
롬 불너드려 후당으로 드러가셔 안돈케 하고 문왈 위션 숨어셔 안돈혼
후에 션션이 도모를 하는 게 가하도다. 닐이 급하니 지톄말고 어셔 드
러와셔 안돈하라거늘 이에 그 아비가 그 으돌을 도라보아 굴으디 네 보
라. 내의 일은 바 친구는 이깃혼 것시라 하고 인하여 실샹으로써 그 친
구에게 고하니 그 친구가 크게 깃버하는지라. 이에 그가 져간 도야지를
삼꼬 술을 갓져 혼 번 질기니라.

1896년 3월 29일

(續)

本傳 千頭淸臣

오호-라. 친구에 웃기 어렵기가 이깃치 어려울가보냐. 내 젼일에 일은
바 심상히 셔로 허락혼 친구도 오히려 趙璧의 싱각이 잇거든 함을며 간
담으로 서로 허락ᄒ는 쟈리오. 만일 흐로 아춤에 웃게 되면 그 깃부미
시로 혼번 내라도 더부러 ᄒ는 것슬 웃음과 갓다 ᄒ는 쟈 일노써 할 짜
름이라. 니가 만일 불ᄒᆡᆼᄒ여 법강에 부드쳐 날을 宗敎로 칙ᄒ여 니의
벌을 경ᄒ다 ᄒ는 쟈는 오히러[려] 그 사롬이 만호나 그러나 날로 더부
러 그 우환과 고초를 난호는 데 이르러서 뭄[몸]을 쎌처 나를 鼎護의
리치로 구원ᄒ는 쟈는 반다시 다른 사롬이 아니요 효계라. 디기 평거에
서 서로 사모ᄒ여 쥬식으로 사괴고 서로 츄륙ᄒ여 웃고 말ᄒ기를 서로
취ᄒ여 하눌과 닐월을 가르쳐 밍셰코 서로 비반ᄒ지 아니여서 진실노
가히 밋을 것 갓다가 흐로 아춤에 조금아혼 리히를 당ᄒ여 눈을 도리고
서로 아지 못ᄒ는 것갓치 함정에 쌔져도 위ᄒ여 구ᄒ지 아니ᄒ고 도로
혀 돌을 가지고 던지는 쟈들이 효계의 바람을 드르면 북그럽지 아니하

랴. 호—라. 효게가 죽으니 니 어디로 도라가리요

本傳

이제 쏘 다시 孝季에 써 사룸 사귀는 바 도리를 들어셔 아러 적노라.

(甲) 가쟝 의리에 용밍ᄒ여셔 약훈 니를 붓들고 강훈 니를 썩는 닐

　　(一) 그 족히 써 밋어셔 사귀잘 것시 못될 쥴노 ᄒ며[면]셔도
오히려 버리지 못ᄒ는 쟈ㅣ 만ᄒ며

(乙) 예적 협사(俠士)에 풍도 잇는 닐

　　(一) 사룸으로 더부러 고락과 환난을 ᄀᆺ치 ᄒ며

　　(二) 내 지물을 덜어셔 사룸의 궁핍을 쥬급ᄒ며

(丙) 사룸으로 더부러 소쟝을 교계치 아니ᄒ고 질류와 원한을 품지
　　아니ᄒ는 닐

　　(一) 사룸이 착훈 닐 ᄒ넌 것슬 깃버ᄒ며

　　(二) 힘을 다ᄒ야 사룸의 업을 도으며

　　(三) 무릇 훈 번 사귀믈 ᄆᆞ진즉 죵신토록 더브러 다투지 아니
　　　ᄒ고 쏘 일즉이 사룸에 진취를 방이치 아니ᄒ며

(丁) 관후훈 닐

　　(一) 무릇 언어와 동작이 족히 사룸의 원우와 분한을 부를 것
　　　슨 크게 ᄯᅳ려 폐ᄒ며

　　(二) 나약훈 쟈를 군박지 아니ᄒ며

(戊) 공손 겸양훈 닐

　　(一) 몸에 허믈을 알면 속히 곳치기를 앗기지 아니ᄒ며

(己) 지셩으로 닐을 ᄒ야 권셰와 귀인을 ᄯᅳ리지 아니 ᄒ는 닐

　　(一) 내 사업을 당황치 아니ᄒ며

　　(二) 권셰롤 탐ᄒ야 사업을 경영ᄒ는 쟈를 믜워ᄒ며

　　(三) 사국이 군간홀 지음을 당ᄒ여셔는 힘을 다ᄒ야 구원ᄒ기
　　　를 게어르지 아니ᄒ며

(庚) 사롬을 밋어 의심치 아니ᄒ는 닐

 (一) 벗슬 맛치 그 친척에 벗ᄀ치 녀겨셔 호말도 의심 아니ᄒ
며

 (二) 외람이 이론을 셰워셔 일시에 승벽을 탐ᄒ지 아니ᄒ며 그
벗시 실슈가 잇스면 몸소 그 칙망을 맛ᄒ며

(辛) 사롬을 졉ᄒ 적에ᄂ 흉금(胸襟)을 여러 셩부(城府)(속을 ᄯ루
두단 말를 베플[풀]지 아니ᄒ나 그러ᄂ 그 벗세 숨기ᄂ 바이
면 ᄯᅩ 결단코 다른 곳셰 말ᄒ지 아니ᄒ며

(壬) 죠쇼와 희학과 참쇼와 비방을 아니ᄒ며

(癸) 너그럽고 용셔ᄒ기로써 사롬을 디졉ᄒ야셔 일즉이 사롬에 과실을
칙망치 아니ᄒ더라.

이제 ᄯᅩ 제문 ᄒ편을 초하여셔 써 이 긋헤 붓치노니 제문인즉 곳 효계
를 쟝ᄉ지ᄂ년 날의 내가 모란 친구를 디신하여서 괴연 압헤 일으러 슬
푼 ᄯᆺ셜 일운 쟈이니 말은 비록 내가 ᄒ 말이라도 ᄯᆺ신즉 모단 친구에
ᄯᆺ시로다.

인셩이 초로ᄀᆺ흠언 진실노 알엇거니와 그러ᄂ 뉘가 효계의 죽음이 이
ᄀᆺ치 속ᄒᆯ 즄 짐작하엿스리요. 우리가 교유ᄒ 친구가 만흔지라. 엇지 효
계 ᄲᅵᆫ이리요만은 특별이 효계 죽은 데 깁히 슬퍼하고 미우 익기 〃를 마
지 아닛ᄂ 쟈는 다름 아니라 효계ᄂ 대쟝부 속 참 대쟝부요 우리 무리
교유ᄒ 중에 참 교유라. 그러하니라. 효계의 포부와 다못 논셜이 우리
무리를 졋저셔 열니ᄂ 데 큰 공이 잇고 그 졍신과 긔빅에 지셩과 슌실
ᄒ 것시 더욱 우리 무리로 하여금 보고 감동하야 흥긔케 하며 부즈런이
착ᄒ 것슬 권하기를 게어르게 아니하더라. 오호ー라. 효계의 죽음이여.
우리가 효계의 평셩을 도라보건디 그 전의 지나간 ᄉ젹을 싱각하며 그
쟝ᄂ의 당연ᄒ 리치를 싱각하고 적게ᄂ 그 붕우를 화하며 크게ᄂ 나라
를 화ᄒᆯ 쟈를 싱각ᄒ즉 그 죽은 것시 가히 앗갑고 가히 슬푸며 가히 한
흡고 가히 탄식ᄒᆯ 만하며 가히 쟝리식ᄒᆯ 쟈들이 여러 벗슬 디신하여 삼

가셔 호 말을 베프러셔 효계의 썩지 아니호 영혼을 됴샹하노니. 오호 —
라. 슬푸고 슬푸도다. 샹향.

孝季에 죽음이 그 친구에 익기고 슬허하는 밧 쟈이 대개 잇ᄀᆞ더라.

1896년 3월 31일

(續)
本傳 千頭淸臣

효계가 고금 득실을 잘 의논ᄒᆞ고 ᄯᅩ 항상 시세에 츄향ᄒᆞᄂᆞᆫ 것슬 보나
그러나 평싱에 졍치학 글을 만히 읽지 아니ᄒᆞ여셔 (政治學은 다사리는
도를 의논하여 써 一科를 이룸을 이로미라) 그 遺書가 이빅 편이나 되
는 둥에 다사리는 법을 의논호 쟈 겨우 십이 편인데 ᄯᅩ호 다 씨를 참고
함에셔 지나지 못하고 ᄯᅩ 스사로 사업에 어려옴을 즈음하고 나라 일의
간란함이 아니면 감히 관리를 써 일에 용납지 아니하더라.

효계가 남이 써 졍사 의논하기를 됴아하여 샹히 지킴이 업는 것슬 미워
하여 지목하여 가르디 졍사옥(屋)이라 하니 옥이란 쟈는 샹(商)이니 가
르디 졍사샹이론 쟈 가론 魚商이니 衣服에 류라. 디기 말하디 뎌 무리
가 디가 명분에 잇는 바를 아지 못하고 호갓 입과 셔를 놀녀 써 업을
삼으니 쟝사 사롬의 치수와 호리를 다토아 리를 짜름으로 더부러 무엇
시 다르리오. 그런 고로 선비 사롬 부르기를 쟝사비로써 쳔하계[게] 함
이니라.

다사리는 법에 소견이 심이 확실하미 열길니에 잇셔 〃 자주 그 나라에
지사들노 더부러 샹하사를 의논할시 항상 가르디 나는 진실노 긔혁하
기를 마지 아니ᄒᆞᄂᆞᆫ 것스로써 다사리는 도에 요령을 삼으나 그러나 지
금 세상에 잇셔 〃 는 단연히 保待하는 것스로써 시무에 맛당호 것슬 엇
엇다 하더라. 효계가 「구럇도, 수도—웅」씨를 사모하고 「지수레리—」씨

를 비척하며 싸 하더 「지수레리ー」씨는 혼갓 눈 압헤 리만 쇠할 줄 아니 족히 취할 것 업는지라. 효계가 淵源를 말하미 「수펭사ー」씨가 더욱 빅성 천히 녀기는 것슬 민망히 녀기는 고로 부귀에 형세를 타서 빗닉고 아롬다온 것슬 쟈랑호고 사치 힘쓰는 거슬 그 크게[게] 미워하는 고로 평싱에 춤추는 풍악을 비척호고 밤의 잔치함을 비척호고 (이 두 가지는 남녀가 서로 섭겨서 술먹고 음난호고 토호며 부정호는 것시다. 티서 각국의 의복 입는 것슬 가장 미워호여 디단이 비척호니 요량컨더 효계가 항상 자가 나라의 본더 잇는 습속에 아롬다온 것슬 일치 안코 빅성 인도호는 급무를 삼으니 그 힝혼 일이 세상에 볘푼 거슬 가히 씨[써] 보깃더라.

(一) 로ー마 글짜로써 나라 글짜를 더신혼다는 말을 비척호고 (로ー마란 것슨 나라 일홈이라.)

(二) 兼愛하는 것스로써 도를 삼으나 (묵덕의 교와 다른지라) 효계 항상 겸익하는 것슬 말하미 그 붕우된 쟈로써 보면 효계는 입으로 말할 쑌 아니라 쏘혼 능히 몸소 힝하는지라.

(三) 樂天이니 효계의 말을 드르면 세상을 스러하는 것 갓흐나 그러나 이 혼갓 그 外貌이라. 디기 효계의 ᄆᆞ음이 嘉樂함과 催弟로부터 양양히 바가 갓흐며 효계가 쏘 항상 이르되 인간 일이 얼키고 분요하여 더러온 것시 가히 슬히나 그러나 오히려 지극히 참되고 지극히 착하고 지극히 아롬다온 것시 잇서서 능히 사롬에 희락을 족하게 혼다 하더라.

(四) 變化論이니 효계가 쏘혼 쎠 조화의 쥬지가 되니 사람마다 가히 싱각하여 의논치 못할지라. 그 말이 수펭사ー씨의게[게] 나쓰나 그러나 이거슨 특별히 그리치를 엇은 쟈 이 갓흔지라. 그 조화의 쥬지를 밋는 쟈도 사롬마다 가히 시러금 싱각하여 의논치 못하는 것슬 의심치 아니하는 쟈 쏘혼 그 천품과 감정의 너그러운 것슨 스사로 능히 리치 밧그로 물니치지 못호니 설노 족히 밋고 근치지 못할지라. 쎠 호되 리치 밧기란 것슨 물건이 잇스미 사롬마다 가히 엇어 싱각호고 의논치 못할

쟈 오디며 쏘흐 가―리루의 흐름이라.

孝季의 일싱 사업은 좌와 갓다 홈.
(一) 고등사법학교 교수에 직임을 밧들고
(二) 동지흐 이 더부러 서로 쾨하여 동양學藝雜誌를 기간ᄒ고
(三) 執筆이니 [일본신문]
(四) 理財學을 明治義塾의서 강논ᄒ니 (理財學이란 거슨 지물 다 사리는 도요 明治義塾은 학교 일홈이라)
(五) 동지로 더부러 쾨ᄒ여 동경영에 혁[학]교를 챵설ᄒ고
(六) 동경문학원(학교 일홈)을 챵설ᄒ고 쏘 [心理學]을 강논ᄒ고
(七) 明治義會를 챵설ᄒ고
(八) 富士見會舘를 창설ᄒ고 (富士見은 쌍 일홈)
(九) 土佐의 同志會에 幹旋이 되고
(十) 日本會를 창설하고
(十一) 著述ᄒ 것슨 심히 만티 아니ᄒ니
　　(甲) 동양학에 잡지의 所載論을 쓰고
　　(乙) 일본신문 사설(社說)이오
　　(丙) 동경문학원 講義案錄이오
　　(丁) 未曾于世著
　　　　(一) 일본 영국 두 나라의 노리와 풍류를 평논
　　　　(二) 사례 씨의 心理學 번역
　　　　(三) 롯구 씨에 敎育論 번역

1896년 4월 2일

本傳 千頭淸臣

孝季가 글 읽는 성벽이 잇서서 그 졀머서 익은 글이 다삿 수리나 싯깃
다 호더라.

　　(一) 더욱 사긔를 익고 소셜 뎐호긔를 됴아호니

　　　　(甲) 력디 사긔 근리 사긔를 졍통호고 더욱 영국 사긔에 밝고

　　　　(乙) 小說이니 리쓰돈, 사쓰가레-, 지쓰곈수, 지유-망, 유-
고-. (다 영국의 일홈는 집) 여러 사롬의 짓고 씬 거신디 더욱 「시고구
수, 히아-」씨의 씨친 글을 사랑호더라.

　　(二) 죽은 후에 동경문학원」을 隨호 니에

　　　　(甲) 哲學書 (性命에 리치를 의논혼 것) 四十部

　　　　(乙) 小說 사십부

　　　　(丙) 傳記 삼십칠부

　　　　(丁) 敎育書 삼십이부

　　　　(戊) 政治書 십이부

　　　　(己) 심리학과 교휵학 筆記 약간

孝季 붓슬 쓰라 제목 적은 거시 잇스니 가론 遊英國交記者라. 니가 위
호여 그 큰 요령을 좌편의 긔록호노라.

　　(一) 자조 「지에무수, 사례-」씨로 더부려 모혀서 性命에 리치와
교화의 도를 의논호고

　　(二) 자조 「구루-무, 로바-도손」씨로 더부러 모도여 셩명에 리치
를 의논호고 쏘 시사를 말호고

　　(三) 디학교 교슈 「레옹, 레비-」씨의 문하에 놀아서 영국 商業起
原史와 變遷史를 밧고

　　(四) 디학 교수 「에-, 베잉」씨로 더부러 셩명의 리치를 의논호고

　　(五) 博士 「공구리-부」씨로 더부러 「포시지비주무」를 의논호니라.

효계의 어음이 밝지 못ᄒ고 ᄯᅩ한 항상 써 ᄒ되 니가 아는 것슨 남도 아
는 고로 담화ᄒᄂᆫ 시이에 돌연이 말이 묘ᄒ게 못하니 듯ᄂᆫ 쟈 혹 능히
희셕지 못ᄒ나 그러나 그 마음이 닷던 곳에ᄂᆫ 언론이 쾌활하여 고금을
인증ᄒ여 동셔로 출립하여 바람이 발ᄒᄂᆫ 듯 머리를 흔들어서 항상 좌
둥 사룸을 굴하고 평상에 고금 사젹 말하기를 조아하며 ᄯᅩ 항상 셰속이
효박하고 밋 그 쎠 졍사의 폐되는 것슬 탄식하고 그 말이 기졀통쾌하여
싱니에 희롱하기를 됴아하지 아니하고 ᄯᅩ 더욱 긔이ᄒᆫ 의논으로 사룸
을 경층게 하는 것과 밋 뒤집는 말과 넝낙ᄒᆫ 말노쎠 남을 됴롱하는 것
슬 믜어하여 그 말이 항상 진실하고 침듕하여 사룸의 듯는 것슬 놀니지
아니하고 만일 滑稽輕佻로쎠 스사로 지조삼는 쟈ᄂᆫ 디기 효계가 그 얼
골에 츔밧고져 하는 바러라.
효계 교인이 貴쳔노소와 남덜을 무를 것 업ᄂᆫ 고로 비록 리치학과 일훔
ᄂᆫ 학사의 수풀에 잠심하여 쟝사하는 사룸과 더방머리 아희라도 다 교
유하ᄂᆫ니 그 널니 사랑하는 도를 밋고 깁히 빅셩 쳔히 녀기믈 민망하는
것슬 가히 셔[써] 볼너라. 효계가 스사로 분주히 셰상 일에 구하지 아니
ᄂᆫ 그러나 그 더부러 왕니하는 쟈 심히 만흐니 효계 죽으믜 호상하는
쟈 몟쳔 사룸이라 하더라.
孝季가 명치 이삽[십]사년 사월 구일에 몰하니 나히 삼십삼이러라. (本
傳終)

1896년 4월 9일

(續)
雜事
孝季가 일즉이 그 친구 四芳非로 더부러 슐집의 가셔 마실시 취ᄒ 흥
이 바야흐로 무르녹으믜 셔루 일너 굴ᄋ디 저 사룸이 미인이라 ᄒ며 ᄯᅩ

굴ㅇ디 저 사룸이 참 미인이로다 ᄒᆞᆫ디 맛츰 이웃방에셔 이 두 사룸을 아는 사룸이 잇다가 그 말을 듯고 코[크]게 괴이히 녀겨셔 지장을 밀고 들어가셔 물어 굴ㅇ디 공등도 쏘ᄒᆞᆫ 가인을 희롱ᄒᆞ난냐 ᄒᆞ거늘 두 사룸이 셔루 도라보고 크게 웃더라. 다시 쳔쳔이 물으니 두 사룸이 바아흐로 곡즁의 가인을 의논ᄒᆞ엿더라.

효계가 開成學校에 잇슬 적의 동류 혹도덜이 다 심복ᄒᆞ야셔 셔로 닷투는 닐이 잇셔도 반ᄃᆞ시 효계를 기드려 결단ᄒᆞ고 어려운 닐이 잇스면 반ᄃᆞ시 효계[계]를 기드려 힝ᄒᆞ니 대개 그 츙셩과 진실이며 다못 그 위엄과 권도가 비상ᄒᆞ기로 써 사룸에 복죵함이 이ᄀᆞᆺ더라. 효계가 혹당에 잇슬 적의 여러 션비와 더브러 ᄒᆞᆫ낫 교사(校社)를 믿고 일커러 굴ㅇ디 폐의당(弊衣黨)이라 ᄒᆞ니 대개 셰상 사룸덜이 논닐고 게어르며 술진 몰과 ᄀᆞᆷ븨야운 옷슬 취ᄒᆞ는 것슬 믜워함이러라.

明治 九年에 효계가 開成學校에 잇셔々 天長節(十一月 三日)을 당ᄒᆞ야 동류 혹도덜과 더브러 飛鳥山의 가셔 놀시 그 ᄯᅡᆼ의 慶應義塾 혹도가 멋명이 와셔 ᄀᆞᆺ치 놀시 술이 취ᄒᆞᆫ 후에 경응의슉 혹도에 아모가 말ᄒᆞ다가 기셩혹교를 촉범ᄒᆞ거늘 효계가 불연이 팔을 쏨니고 일어ᄂᆞ 굴ㅇ디 저 무리가 우리 혹교를 욕ᄒᆞ니 가히 잠잠코 긋치지 못홀지라 ᄒᆞ니 동류덜이 모다 응ᄒᆞ야셔 드듸여 큰 시비가 되얏스니 그 평싱에 긔긔가 고격ᄒᆞ기로 챵졸에도 혹 이 ᄀᆞᆺᄒᆞ며 사룸이 복죵ᄒᆞ는 고로 적은 닐에도 응함이 이 ᄀᆞᆺ더라. 그날 밤의 혹당으로 도라와셔 혹교 안에셔 픠덕ᄒᆞᆫ 힝실을 ᄒᆞ는 쟈도 잇고 쏘폐의당을 ᄒᆞᆫ년 쟈도 잇거늘 폐의당이 이에 셔루 의논ᄒᆞ여 힐문코쟈 홀시 그 두어사룸을 붓드러 칙망하여도 모다 그 갓슬 버셔 바리고 굴복지 아니ᄒᆞ거늘 효계가 크게 ᄭᅮ지저 굴ㅇ디 굿히여 갓슬 줄 것 업도다. 텬벌이 잇스리라 ᄒᆞ고 분연이 쥼어질 ᄒᆞ니 됴란ᄒᆞ게 지쩌리기를 밤즁ᄭᅥ지 ᄒᆞ니라.

ᄒᆞᆫ 번은 납월 이십팔일에 효계가 무료이 지니다가 친구 세 사룸과 더브러 愚水에 비 타고 놀다가 효계가 여러 사룸더러 일너 굴ㅇ디 愚水에

선류ㅎ넌 쟈덜이 사름마다 화됴시졀 닷투거늘 나는 홀노 녀기기를 세모 ㅎ 써 경치만 굿지 못ㅎ다 ㅎ니 일노써 보면 가히 그 그윽ㅎ 걸 됴하ㅎ고 한가ㅎ 걸 깃버ㅎ넌 거슬 볼지로다.

효계가 교유ㅎ기를 심히 널게 ㅎ는데 그 친구에 집사름써지도 됴하ㅎ더라. 효가 사름의 소쟝을 칭찬ㅎ기를 됴하ㅎ야셔 무릇 닐을 당ㅎ야셔 사름이나 보다 나흔 쟈이 잇스면 반드시 물어셔 힝ㅎ되 사름이 쟈긍ㅎ는 것슨 미우 믜워ㅎ더라.

효계가 사름을 졉딕ㅎ기를 잘 ㅎ여셔 손님이 차저오는 쟈 ㅣ 잇스면 은근ㅎ고 간독ㅎ야셔 사름으로 하야금 오리 안저셔 도라가기를 잇고 깃븐 마음을 씨닷지 못ㅎ게 ㅎ더라.

1896년 4월 11일

(續)

雜事

孝季가 영국에 놀다가 본국으로 도라오든 잇흔 날에 손님을 디ㅎ여 이야기ㅎ여 굴ᄋ디 다힝이 오날〃무양이 극락 고향을 도라왓도다 ㅎ고 인야 영국에 그른 것과 영국에 됴흔 것을 갓츄일으고 또 굴ᄋ디 영국으로써 우리나라를 교계ㅎ면 우리나라는 참 극낙국이라 ㅎ더라.

효계가 동경 麪街 第八坊에 머므를 적의 미양 가졀을 맛느면 동중에 노인덜을 쳥ㅎ여셔 종일토록 환락히 노니 모단 노닝덜도 깁히 그 덕을 항복ㅎ고 미양 어려운 닐이 잇스면 와셔 물은 후 힝ㅎ며 또 남을 쥬기를 됴하ㅎ여셔 써〃로 지믈을 난호아셔 동등에 빈한〃 쟈를 쥬니 모단 빈한〃 쟈덜도 그 덕을 감복ㅎ고 또 한가ㅎ 날이면 동중에 어린 기집덜도 모아셔 예젼 요죠숙녀의 이야기며 혹 영국 스긔도 이야기ㅎ고 그 경박ㅎ며 부도ㅎ 것슬 경계ㅎ니 모단 어린 기집덜도 그덜의져 젓더라.

효계가 바독 두기에 익어서 일즉이 형데덜과 더브러 바독을 두더니 자주 승부를 닷투미 이에 덕의 흐롭다 ᄒ여 그 후로는 죵신토록 다시 바독을 더ᄒ지 아니ᄒ더라.

효계가 술을 심히 질기되 그러ᄂ 스스로 그 마시기를 긋칠 ᄯ는 한둘이라도 잔을 잡지 아니ᄒ니 친구덜이 그 긋은 것슬 항복ᄒ더라.

효계가 평싱에 기싱은 갓가이 아니ᄒ여 굴ᄋ디 녀ᄌ란 것슨 진실노 ᄉ랑홀 것시오 짐짓 믜운 것슨 아니로더 혹과 덕의 희로온지라. 그런 고로 샹히 뜻슬 결단코 녀ᄌ덜을 교휵ᄒ기를 도모ᄒ되 가쟝 비쳔ᄒ 부녀덜을 건지기로 마음 삼더라.

모단 션비덜이 동경에서 놀구 비호는 쟈덜이 왕″이 방탕ᄒ기를 됴하ᄒ여셔 능히 그 업을 일우는 쟈l 극히 직[적]은지라. 효계가 미우 익기여셔 쟝ᄎᆺ 즁앙슉(中央塾)을 설시하고 스스로 그 즁앙슉 쥬쟝하는 소임을 당하고져 하다가 밋쳐 먹은 마음을 일우지 못하고 죽으니라. 효계가 위염[엄]이 만허셔 사롬이 ᄇ라보고ᄂ 두려워 하는지라. 麴街 第八坊에 뎐당집이 잇스니 굴ᄋ디 大和屋이라. 샹히 도젹으로 근심하더니 효계가 그 이웃졔 와 잇슨 후로븟허 져는 다시 도젹[적]에 넘녀가 엽[업]더라. 효계가 처음 쟝가 드던 잇흔 날 그 니ᄌ와 밋 이웃집 녀ᄌ덜과 모단 친구를 ᄭᆯ고 교외로 나가 놀시 슈일이 되도록 도라오지 아니하니 집안 사롬이 놀나고 괴이히 녀기더라.

효계가 어렷슬 ᄯ의 그 집안에 감나무가 잇스니 그 여러 형데덜이 닷토와 ᄯᅡ가지되 밋쳐 익기를 기다리지 아니하니 왕″이 그 모친에 ᄭᅮ지람을 당하ᄂ지라. 흔 번 가을이 되야 감이 익어갈 ᄯᅢ에 효계가 긴쟝 ᄯᅥ로써 감을 모다 ᄯᅡ버리ᄂ지라. 그 모친이 괴이히 녀겨 물으니 효계가 디답하여 굴ᄋ디 우리 여러 형제가 미양 모친의 노하심을 촉범하기는 이 감이 잇ᄂ 연고라. 지금 다 ᄯᅥ셔 버리면 나 혼ᄌ만 ᄭᅮ지람을 당하고 여러 형데는 다 면홀가 하노이다.

집이 본리 빈한″더 형데가 여러이라. 그 유흑하는 부비가 넉″지 못훈

데 효계는 가쟝 맛지 ㅇ돌이라. 그 부비가 아쥬 업더니 하로는 그 모친게 청하여 굴ㅇ디 여러 형과 모단 친구덜이 다 동경에 노니 나도 쏘한 동경 구경하기롤 원하고 향즁에 잠복하야 잇고자 아니하노이다. 슈금 부비를 웃기를 ㅂ라거눌 그 모친이 허락고 양식 쑬을 몃셤 파러셔 쥬걸눌 드듸여 동경을 드러가니 이쩌 효계의 나히 십팔셰러라. 후에 그 누의와 더브러 남의 길삼을 맛허 하여셔 그 유혹하는 부비를 이어쥬니 그 모친의 덕이 쪽히 효계ㄹ흔 ㅇ돌을 둘만하더라.

1896년 5월 19일 (1회)

화셜 도광년간의 강도짜의 명문귀족이 혼 집 잇스니 승은 조씨요 이름
언 익셩이라. 그 부친의 이름언 계림이니 벼슬은 예부샹셔요 물망과 덕
힝이 일셰의 즈즈ᄒ야 사민의 ᄇ라고 우러보는 바일너니 하늘이 슈를
빌니시지 아니ᄒ셔서 사십여셰의 세상을 하직ᄒ니 악기지 아니ᄒ는 쟈
ㅣ 업더라. ᄋ돌을 둘을 두엇스니 맛ᄒ돌은 곳 익셩이요 둘지 ᄋ돌은
긔셩이니 익셩은 긔우가 현앙ᄒ고 지긔 과인ᄒ며 춍명이 츌즁ᄒ고 지
모가 비범ᄒ더니 밋 나히 쟝셩ᄒ여서 흑문을 닥그민 문무겸비혼 국가
동냥지지가 되는지라. 일즉 청운의 올나 환로를 당ᄒ민 진심진츙ᄒ야
긔이혼 스업이 만코 황졔께셔도 그디 디츙신의 즈손으로 지긔가 비범
ᄒ며 흑식이 츌등혼 것슬 보시고 크게 스랑ᄒ시고 깁히 밋드시더니 북
방의 란리가 크게 일어느셔 텬하가 소동ᄒ거늘 황졔가 깁히 근심ᄒ셔
죠졍에 문무겸비혼 신하를 보너셔 진무ᄒ랴 혼즉 익셩의 우히 업는지
라. 이에 대신과 의논ᄒ시고 익셩으로 ᄒ야금 진북대쟝군 병마도독을
시기셔 슈만 군스로 ᄒ여금 츌젼케 ᄒ셧더니 과연 나가셔 큰 공을 셰우
고 개가를 불으며 도라오니 황졔께셔 크게 깃버ᄒ셔셔 그 훈로를 갑ᄒ
실시 익셩으로 ᄒ여금 병부 샹셔의 강도후를 봉ᄒ시고 죠졍대스를 의

논ᄒᆞ시더니 슈년 후에 황졔가 셰샹을 버리시고 틱즈가 즉위ᄒᆞ시미 외
척대신덜이 권셰를 닷투ᄂᆞᆫ지라. 이에 샹셔가 쟈갸 힘으로ᄂᆞᆫ 조졍을 ᄇᆞ
로 잡지 못ᄒᆞᆯ 쥴 알고 ᄯᅩ 소년의 공명이 너머 과함을 두려워ᄒᆞ여셔 표
를 올녀셔 벼슬을 ᄉᆞ양ᄒᆞ고 강도의 본집으로 도라왓더라. ᄋᆞ오 긔셩이
ᄂᆞᆫ 벼슬이 한림흑사의엇다가 그 형이 급류용퇴ᄒᆞ는 것슬 보고 크게 ᄭᆡ
다러셔 츄후로 샹소를 밧쳐셔 벼슬을 말고 형을 ᄯᅡ러 도라오니 형뎨 단
원ᄒᆞ는 락이 비홀 데 업더라. 샹셔는 즈녀 남미를 두엇스니 ᄋᆞ들은 이
름이 옥윤이요 ᄯᅩᆯ은 이름이 옥졍이요 한림은 ᄋᆞ달 삼형뎨를 두엇스니
맛ᄋᆞ들은 이름이 옥쥰이요 둘지 ᄋᆞ들은 이름이 옥쳥이요 셰시 ᄋᆞ들은
이름이 옥틱이라. 졔죵 형뎨가 모두 다 인물이 츌즁ᄒᆞ고 어려셔붓허 총
명이 비샹ᄒᆞ야 긔이함을 일우 칭찬ᄒᆞᆯ 슈 업스나 그 즁에 옥졍 소져는
날 졔 긔ᄒᆞᆫ 닐이 만터니 그 자랄 졔 본즉 초등ᄒᆞᆫ 인물과 비샹ᄒᆞᆫ 고견이
사롬으로 ᄒᆞ여금 놀나ᄂᆞᆫ 바이 만흔지라. 겨우 말ᄒᆞ기 시작ᄒᆞᆯ 졔붓허 효
셩과 우이며 유한 졍졍ᄒᆞᆫ 틱도가 쳔셩으로 넉넉ᄒᆞ더라. 샹셔의 형졔가
ᄋᆞ들덜 굴ᄋᆞ치기로 소일을 삼으며 쇼져의 지롱보기로 셰월가는 쥴을
ᄭᆡ닷지 못ᄒᆞ더라. 쇼져의 나히 오륙세가 되미 졔죵형뎨들 공부ᄒᆞ는 것
슬 보고 문혹의 ᄯᅳᆺ슬 두어셔 굴ᄋᆞ치지 아니ᄒᆞ여도 문일지십ᄒᆞ여 일취
월쟝ᄒᆞᄂᆞᆫ지라. 부모가 그 ᄯᅳᆺ슬 긔특히 녀기며 그 지쥬를 ᄉᆞ랑ᄒᆞ여셔 이
에 독실이 굴ᄋᆞ치니 하슈를 터노흔 듯 문스가 찬란ᄒᆞ고 셔화가 긔묘ᄒᆞᆯ
뿐 아니라 역더 ᄉᆞ긔를 통달케 긔억ᄒᆞ고 승경현젼을 깁히 ᄭᆡ닷고 더구
ᄂᆞ 녀힝편의 익슉ᄒᆞ야 유슌온화ᄒᆞ며 젼일경대ᄒᆞ여 고금에 ᄶᅡᆨ이 업슬
듯ᄒᆞ더라. 십셰가 넘더니 녀공의 ᄯᅳᆺ슬 두어 봉졔ᄉᆞ 졉빈긱ᄒᆞ기며 의복
음식의 능난ᄒᆞ고 부모의게 효셩과 형뎨간 우이는 더홀 말 업거니와 친
쳑의 화목ᄒᆞ고 하인의게 관후ᄒᆞ여셔 보는 사롬마다 황북[복]지 안ᄂᆞ 니
가 업더라. 하번은 그 부친의게 고ᄒᆞ여 ᄀᆞᆯᄋᆞ디 듯ᄌᆞ오즉 이 강도 일향
은 경ᄉᆞ가 멀어셔 문견이 부죡ᄒᆞ야 풍속이 퇴피ᄒᆞᆫ 디 만습고 사부덜이
희이ᄒᆞ여 션왕의 졔도와 승현에 교화가 극히 쇠ᄒᆞ엿ᄉᆞ오니 원컨디 남

던 녀씨의 향약을 시힝ㅎ셔셔 사민으로 ㅎ여금 졔셩이 되게 ㅎ셧스면 됴흘 듯ㅎ여이다 ㅎ거늘 샹셔가 듯고 어린 녀즈의 소견이 노셩지인의 싱각ㅎ지 못흔 바이라 크게 놀너 굴ㅇ디 누가 이 말을 굴ㅇ치더냐 흔즉 디답ㅎ야 엿즈오디 옛 글에 잇습기로 알외온 말슴이올소이 ㅎ거늘 샹셔가 깁히 감탄ㅎ여 왈 네 어린 소견에 이곳흔 아름다운 싱각을 ㅎ엿 거늘 내 늘근 지샹되야 엇지 힝ㅎ지 아니ㅎ리요 ㅎ고 즉시 한림을 쳥ㅎ 야 이 일을 의논흔디 한림이 쏘흔 놀너여 굴ㅇ디 뉘라셔 어리다 업슈이 녀기며 인지는 남녀가 업는 게로다 ㅎ고 향약을 시작흘 경륜을 형뎨 강 논ㅎ니 부비의 쓸 지물은 취렴슝즁흘 거시라 다소간의 넘녀흘 것시 업 거니와 담은 걱졍이 고명흔 션싱 흔 분을 으더야 흘 터인디 그 맛당흔 사람이 업는지라 형뎨 사면으로 사룸을 노하셔 고명흔 션싱을 방문ㅎ 더라. 일즉이 경스의 긔션싱이라 ㅎ는 사롬이 잇스니 이름은 덕쥬요 즈 는 현문이요 별호는 홍지라. 다문박식흘 쑨 아니라 탁월흔 흑힝이며 그 명흔 식견이 승현을 브라 볼 군즈 안이라 황뎨가 그 이름을 들으시고 후례로 맛져 위션 벼술을 간의대부를 시기시고 미스를 뭇고 비호시 며 쏘 벼술을 올나라 ㅎ시니 홍지 션싱이 알외오되 신의게 간의대부 직 임이 족ㅎ오니 츙셩을 다ㅎ와 승샹에 총명을 돕는 것슨 벼술고하의 잇 는 것시 아니옵고 쏘 이 벼술만 가지고도 승샹을 도와서 요슌지치를 일 우랴 ㅎ여도 족ㅎ오니 벼술 놉히 시는 것슬 신은 원치 아니ㅎ노이다 ㅎ 거늘 황졔가 그 뜻슬 어기기 어려워서 벼술은 인존ㅎ여두고 극공극경 ㅎ여 불신지례로 스부디졉을 ㅎ셔ㅅ 밋쳐 됴현ㅎ기 젼의 스쟈를 내여 보니셔 그 안부를 물으시고 됴현ㅎ면 날이 가는 쥴 씨닷지 못ㅎ시고 션 왕졔례와 당금치도를 강논ㅎ시고 날마다 간단이 업시ㅎ시며 베프는 말 이 잇스면 시각을 멈으지 아니ㅎ시고 시힝ㅎ시니 군신의 졔우가 고금 에 듬으더니 불힝이 황뎨가 붕ㅎ시미 어린 님군의게 훈쳑이 권을 닷투 고 요얼이 셰를 츄향ㅎ야 빅폐가 일어날 시 홍지 션싱의 강직함을 사름 마다 쓰리는지라 모단 간신덜이 이에 홍지 션싱을 졔ㅎ고져 꾀ㅎ야

1896년 5월 21일 (2회)

빅 가지로 얼거셔 참소혼디 홍지 션성이 위티혼 지경이 되는지라. 션성이 션황졔의 후은을 만분지일이 ㄴ 시 황졔의게 갑고져 ㅎ다가 셰스ㅣ가 마음과 더브러 틀니는 것슬 보고 이에 글을 올녀셔 죄를 벼플고 썌를 빌어 도라가기를 쳥혼디 황졔가 허락ㅎ시거눌 결연이 황샹을 하직ㅎ고 경슈를 쩌ㄴ니 쳥빅혼 지죠의 힝장이 소연ㅎ더라. 산동으로 향ㅎ야셔 혼 시굴[골]에 즁지ㅎ니 이 쌍은 강도와 더브러 샹거가 불과 빅여리라. 이쩌의 샹셔가 간의대부 긔덕듀가 벼슬을 밧치고 시골노 나려와셔 불원지디의 잇슴을 듯고 크게 깃버ㅎ여 한림다려 의논ㅎ여 굴 ㅇ 디 홍지 긔션성은 내가 평성의 스모ㅎ든 양반일 뿐 아니라 흑식과 덕힝이 승현디위에 넉넉혼지라 이제 벼슬을 버리고 경슈를 쩌ㄴ셔 지향이 업시 이 근쳐의 잇다 ㅎ니 우리가 쳥ㅎ여 다 이웃ㅎ여 살어셔 여년을 보너엿스면 무한혼 복녁일 쑨더러 지금에 향약을 시힝ㅎ랴 ㅎ니 긔션성으로 ㅎ여금 후셩을 굴 ㅇ 치게 ㅎ엿스면 그 엇지 승슈가 아니리요 내가 맛당이 거마를 가지고 가셔 션성을 맛지오리라. 한림이 디답ㅎ여 굴 ㅇ 디 이는 참으로 소인의 합당ㅎ온 닐이라 금일의 형님이 불평ㅎ온 긔운이 만ㅎ오니 됴리를 ㅎ시고 동성이 몸소 가기를 원ㅎ나이다. 샹셔가 허락ㅎ거눌 불일에 힝니를 찰어셔 홍지션성을 맛진디 긔션성이 쏘혼 평셩의 샹셔 형뎨의 츙직ㅎ고 즁대함을 이여ㅎ던 터히라 깁히 감동ㅎ며 크게 깃버ㅎ야 그 날노 가솔을 다리고 한림을 싸러 강도의 일으니 샹셔가 맛져나와셔 례를 일우위[워] 오린 회포를 베플고 동니에 뎐졉ㅎ니 이런 방림이 쏘 어디 잇스리요 ㅎ더라. 슈일을 지ㄴ셔 안논이 된 후에 향약을 시힝ㅎ야 사민을 권쟝홀 의논을 혼즉 홍지션성이 크게 칭찬ㅎ야 굴 ㅇ 디 아름답도다 이 계[계]교이 무릇 밍셩이란 쟈는 문견이 업는고로 지식이 막히고 구속이 업는고로 힝지가 히타ㅎ거눌 문견을 늘니랴면 여러이 모이는 게 졔일이요 구속이 잇게 ㅎ랴면 례졀을 베프는 게

첫지[지]라 여러이 모아셔 례졀을 베플랴 홀진딘 향약이 의지 더 됴흔
게 ᄯᅩ 어딘 잇스리요 청컨딘 속히 시힝ᄒ고쟈 ᄒ노라. 샹셔와 한림이
즉일노 시작홀 시 통문을 돌녀셔 사민을 모와 놋코 션셩의 지취를 기ᄃ
리니 이에 빈쥬지례와 ᄉ계지법을 힝흔 후에 션셩 자리의 나아가셔 법
례를 강셜ᄒ야 ᄀᆞᄅᆞ치니 삼강오륜의 즁흔 것과 인의례지효졔츙신의 아
롬다온 힝실과 리용후싱의 됴흔 도리라 이에 말ᄉᆞᆷᄒ여 ᄀᆞᆯ디[ᄀᆞᆯᄋᆞ디] 사
름이 금슈의셔 달은 바는 지각이 잇셔셔 그르고 올흔 것슬 분별ᄒ야 흠
흔 길을 버리고 바른 길노 감이라 그런즉 흠흔 길노 가는 쟈는 엇지 어
리셕은 쟈이 아니리요 셰샹의 어리셕은 쟈이 잇기로 옛 승인게셔 말ᄉᆞᆷ
을 ᄒ셔셔 ᄀᆞᆯᄋᆞ쳐 쥬시고 ᄀᆞᆯᄋᆞ쳐셔도 빗가는 쟈이 잇는고로 법을 만들
으셔ᄉ 빗가지 못게 ᄒ시다가 ᄯᅩ 아니 듯는 쟈는 형벌노 금ᄒ시니 그
바른 길노 갓치 가시고쟈 ᄒ시는 마음이 졍셩시럽고 간졀ᄒ지 아니홀
가 보냐 그 흠흔 길노 가는 ᄭᅡ닥은 평싱의 큰 리로운 길 싱각지 못고
목젼의 잠시 욕심을 취ᄒ는 연고이라 그런즉 홀 바는 날마다 압헤 잇는
것시라 부모의게 효도ᄒ며 나라의 츙셩ᄒ고 친쳑의 화목을 베플며 인
리의 신의를 직희되 으룬은 공경ᄒ며 ᄋᆞ리 사름은 ᄌᆞ익ᄒ는 것시라 이
것슬 밀워셔 힝ᄒ면 몸이 바르고 집안이 화ᄒ며 나라이 다스리고 텬하
가 편ᄒᄂᆞ니 별노이 어려운 것시 아니라 힝ᄒ면 되고 아니 힝ᄒ면 못되
ᄂᆞ니라 ᄒ고 졍셩으로 ᄀᆞᆯᄋᆞ치며 간질[졀]이 일으시미 듯는 쟈덜이 깃버
셔 열복지 아니ᄒ는 쟈ㅣ 업더라. 미삭의 흔번식 모여셔 시 것슬 비호
며 익은 것슬 강ᄒ고 미년의 흔번식 크게 모여셔 잘흔 사름을 포쟝ᄒ고
샹쥬며 못흔 사름을 폄논ᄒ고 벌쥬니 일향 사름덜이 본리 샹셔에 은덕
을 두려워 항복ᄒ다가 홍지션싱의 교화의 졋져셔 일심으로 준힝ᄒ니
흑식과 문견이 일취월쟝ᄒ여셔 거연이 에[예]의지풍이 쥬로지향의 비홀
너라. 일향 사름이 션셩을 경의ᄒ고 샹셔를 감복홀 ᄲᅮᆫ더러 소져의 ᄉᆞ임
을 칭찬ᄒ지 안는 쟈ㅣ 업셧더라. 소져가 나히 쟈라미 밧그로는 홍지션
싱의 흑힝을 ᄉᆞ모ᄒ고 안으로 규문의 졍ᄉᆞ를 다ᄉᆞᆯ일시 그 법밧을 만흔

닐을 엇지 다 긔록ᄒᆞ리요 부모ㅣ라도 혹 미진ᄒᆞ신 듯ᄒᆞᆫ 닐이 잇슬 젹이면 종용이 화유ᄒᆞ게 간ᄒᆞ면 아니 듯지 못ᄒᆞ시고 혹 ᄭᅢ닷지 못ᄒᆞᄂᆞᆫ 닐이 잇슬 젹이면 반드시 소져의게 물은즉 ᄃᆡ답이 쾌활ᄒᆞ야 일언의 결단ᄒᆞ야셔 의심을 푸는 것시 엇지 복셔의 비ᄒᆞ리요 졔종 형뎨덜도 공부ᄒᆞ다가 불통처이 잇스면 와셔 소져의게 물어셔 의심을 풀고 허다ᄒᆞᆫ 노복시니 등도 소져의 말ᄉᆞᆷ이면 밋들 쥴 알며 두려워ᄒᆞ기를 샹셔의 말ᄉᆞᆷ이에셔 더ᄒᆞ니 이는 소져가 여러 닐을 간예치 아니ᄒᆞ고 밧갓 닐은 더구나 샹관치 아니코져 ᄒᆞ것마는 쟈연이 그 덕화가 널니 밋치ᄂᆞᆫ지라 이럼으로 그 린리 향당의 쓸 둔 사롬이면 무론 샹하귀쳔ᄒᆞ고 모다 소져의 의범동쟉을 눈의 보이고 말ᄉᆞᆷ과 법례를 귀의 들니고쟈 ᄒᆞ여셔 크나 죽으ᄂᆞ 녀ᄌᆞ이면 소져의게 보니셔 담은 ᄒᆞᆫ두번이라두 그 덕화를 쏘이쟈 ᄒᆞ여셔 비호러 오는 녀ᄌᆞ가 문어 메이기눌 틈에는 소져가 밧지 안코쟈 ᄒᆞ여 ᄉᆞ양ᄒᆞ다가 나종에는 그 ᄯᅳ슬 감동ᄒᆞ고 ᄯᅩᄒᆞᆫ 몽미ᄒᆞᆫ 걸 ᄭᅢᄋᆞ치는 것시 챵싱을 구졔ᄒᆞ는 큰 도리라 인ᄌᆞᄒᆞᆫ 마음을 금졔치 못ᄒᆞ여셔 이에 오기롤 허락ᄒᆞ니 여러 사롬덜이 크게 깃버ᄒᆞ여 녀ᄌᆞ덜을 져마다 다투어가며 보니니 그 슈효가 삼ᄉᆞ십 ᄉᆞ오십인의 일으ᄂᆞᆫ지라 이에 소져가 별당의 한 졍헌을 치이고 시비 ᄉᆞ오명과 노파 슈삼을 다리고 별당의 기쳐ᄒᆞ야 모단 녀ᄌᆞ덜을 ᄭᅢᄋᆞ칠 시 날마다 시를 증ᄒᆞ고 부모의게 문안한 후에 큰 방으로 모와셔 ᄭᅢᄋᆞ칠 시 됴목과 졀ᄎᆞ를 증ᄒᆞ니

1896년 5월 23일 (3회)

ᄆᆡ일 앗침 후 진시면 큰 방으로 모여셔 졍졔히 안져셔 강논ᄒᆞ야 됴흔 말을 만히 ᄒᆞ여 ᄭᅢᄋᆞ치고 그 담의는 각각 처소로 가셔 직업을 잡어 녀공을 익희게 ᄒᆞ고 밤이면 녀공을 익흰 후의 옛 승인에 말ᄉᆞᆷ을 외이며 그 담날은 ᄯᅩ 이ᄀᆞᆺ치 홀 시 그 강논ᄒᆞ는 말인즉 녀ᄌᆞ의 녜 가지 덕이

잇스니 부덕과 부힝과 부언과 부용이요, 녀즈의 삼죵지도가 잇스니 집의셔는 아비를 좃고 싀집가면 사나희를 좃고 사나희가 죽으면 ♡둘을 좃는 것시라. 부덕이란 것슨 졍렬호 마음을 졍셩시러운 뜻스로 닥넌 것시오, 부힝은 효우에 닐을 화슌이 닥넌 것시오, 부언은 말이 아못죠록 적으되 부득이 홀 적이면 반두시 소리를 가늘과 슌호게 호넌 것시오, 부공은 의복과 음식의 닐은 극졍극교호게 호는 것시며, 삼죵지도의 좃는다 호넌 것슨 싸러셔 잇는 것만 말함이 아니라 범빅사의 닐을 반두시 좃차셔 힝호고 감히 쟈단치 못함을 일음이라 그러느 만닐 그릇되는 닐을 보면 엇지 간호지 아니호리요 이럼으로 굴♡더 니샹이라 니죠라 호엿스니 이는 안의셔 도와쥰단 말이라 안의셔도 돕는 닐이 잇스면 그 엇지 깃부지 아니호리요 대저 부인의 도리는 유슌호 게 쥬쟝이라 혹 간호는 닐이 잇더리도 감히 니 말이 올흔 톄호는 게 아니라 부모나 사나희나 ♡둘이느 몬저 그 마음을 화평호게 호고 유슌호 말노 간절이 호여셔 듯기 됴하호도록 호넌 게 부녀의 도리라 사람의 집안의 화긔 잇고 업는 것슨 부녀의게 달녓스니 화긔유무로 죠차셔 인가흥망꺼지 달녓스니 엇지 죠심치 아니호리요 대저 녀즈의 도리는 웃사람을 셤기며 아러 사람을 거느리는 데도 다 화슌호 것시 쥬쟝이요 또 녀즈의 실은 겁나는 마음을 항샹 두어서 평싱의 죠심호기를 긋치지 말고 또 붓그러운 마음을 항상 두어서 붓그러울 게 업슬 듯혼 닐이라도 붓그러울가 념녀호고 지너넌 게 올흐니라. 대져 세상만스가 첫번은 맛당치 못혼 닐이라두 곳치고 닥그면 변호여셔 아름다워지는 법인디 그 즁에 마음이란 게 곳치는 효험이 졔일 쌘지라. 만닐 텬셩 승품을 엇지 곳치리요 호는 사람은 자포자기호는 사람이라 내가 보기를 원호지 안노라 호야 이처럼 굴♡치고 인도호니 소저의게 다니는 녀즈덜은 모다 유한졍졍혼 틱도가 박여셔 요죠슉녀가 되고쟈 호더라. 밧그로는 홍지션싱이 교화를 베플고 안으로는 소저가 교화를 펴셔 아동쥬졸꺼지라도 츙효를 놉힐 쥴 알고 례의염치를 슝샹호야 근근자자덜호니 강도일향은 삼뒷젹 희호세계가 되얏더라. 소저의 덕화가 멀니 밋처 가기를 이ㄱ치 ᄒ엿스니 함을며 그 규문 안이야 엇지 이루 다 말ᄒ리요 소저의 부리는 시비 오뉵명은 형용이 단졍ᄒ 것을 갈여셔 두엇는디 소저의 덕화의 젓고 문견이 느러셔 비단 빅녕빅니ᄒ올 뿐 아니라 언어 동작이 무비규즁법도가 될 만ᄒ디 그 즁에 슌희란 시비는 화용월틱의 닌물이 절통ᄒ며 식견과 지모가 유여ᄒ야 소저의 마음은 제가 능히 알고 제 마음은 소저가 알어셔 셔로 지심을 ᄒ는지라. 방가위 소저의 시비라 ᄒ올 만ᄒ며 ᄯᅩ 명쥬라 ᄒ는 시비는 인물이 긔묘ᄒ고 지조가 츌즁ᄒ야셔 스리곡직과 리히득실을 발쎄 분별ᄒ는지라 소저가 깁히 ᄉ랑ᄒ더라. 화셜 이 씨 옥윤 공ᄌ의 나히 쟝셩ᄒ미 혼인을 의논ᄒ올 시 근쳐의 공경셰죡이 듬을고 ᄯᅩ 규슈 둔 집을 듯지 못ᄒ엿는지라 샹셔와 부인이 근심ᄒ더니 부인의 승은 염씨라. 염부인의 뉵촌 형이 잇는디 듀시랑에 부인이 되야셔 ᄌ녀를 만히 두엇는디 그 ᄯᅩᆯ이 둘인 쥴을 부인이 아는지라. 이에 샹셔의게 고ᄒ여 왈 듀시랑의 부인운 쳡과 뉵촌 형뎨간이라 듀시랑이 ᄯᅩᆯ을 두엇다 ᄒ옵는데 그 맛ᄯᅩᆯ은 아마 셩혼ᄒ엿슬 것시고 자근 ᄯᅩᆯ은 년긔가 옥윤의 년긔와 샹젹ᄒ올 듯ᄒ오니 그 문벌은 비록 한혁지 못ᄒ오나 ᄌ부 다려 오는 데는 관계치 아니ᄒ올 듯ᄒ오며 ᄯᅩ 그 집 스는 곳시 과히 머지 아니ᄒ오니 샹셔의 의향은 엇더ᄒ시니잇가. 샹셔가 디답ᄒ여 왈 부인은 엇지 듀시랑의 문벌이 부죡다 ᄒ시ᄂᆞᆨ뇨 듀ᄌ의 후예로 명가구죡이라 근일에 부귀를 탐ᄒ지 아니ᄒ 것을 엇지 말ᄒ리요 나는 혹 듀시랑이 우리를 부죡히 알가 두리노라 쳥컨디 미파를 보니셔 부인의 편지로 의향을 탐지ᄒ는게 됴홀가 ᄒ노라. 이에 식감잇는 노파로 ᄒ여금 부인의 편지를 닥거셔 보니엿더니 그 노파가 듀시랑 덕에 가셔 본즉 과연 소저가 잇는디 년긔가 옥윤 공ᄌ와 샹젹ᄒ겟고 인물이 션연ᄒ든 못ᄒ여도 유덕ᄒ고 화슌ᄒ여셔 짐짓 지샹가 부인다운지라 이에 셔간을 올니고 혼인을 알위온디 듀시랑의 부쳐가 평싱의 조샹셔를 흠망ᄒ던 터이라 대희과망ᄒ야셔 글을 닥거 답쟝ᄒ되 말슴ᄒ신 혼사는 감히 밧들지 아니ᄒ오릿가마는 담은 ᄌᆞ식을 길ᄋᆞ치지 못ᄒᆞ와 귀문의 욕될가 ᄒᆞᄂᆞ이다. 노파가 셔간을 벗어 가지고 도라와셔 듀시랑의 관곡ᄒᆞᆫ 뜻과 규슈의 덕셩을 알외온ᄃᆡ 샹셔와 부인이 크게 깃버ᄒᆞ야 하인을 왕ᄂᆡᄒᆞ야 혼인을 완졍ᄒᆞ고 쥬단과 페[폐]빅을 거리ᄒᆞ고 길일을 갈ᄒᆞ여셔 친영지례를 ᄒᆡᆼᄒᆞ고 신부를 맛져셔 우례ᄒᆞ니 일ᄐᆡᆨ의 화긔가 쟝ᄒᆞᆯ 뿐 아니라 닌리가 모다 요하ᄒᆞ더라. 그 담에 한림의 ᄋᆞ들 옥쥰 공ᄌᆞ가 쟝셩ᄒᆞᄂᆞᆫ지라 혼인을 의논ᄒᆞᆯ 시 긔션싱에 ᄯᆞᆯ이 잇스니 나히 잠짠 어린 듯ᄒᆞ나 혼인ᄒᆞᆯ 나히 ᄀᆞ가워오고 인물과 소견이며 덕ᄒᆡᆼ과 지식이 무비슉셩ᄒᆞᆫ지라. 한림이 샹셔의게 향의 잇슴을 알외온ᄃᆡ 샹셔가 ᄯᅩᄒᆞᆫ 크게 깃버 왈 이는 미우 죠흔 ᄯᅳᆺ시로다 일은 긔션싱과 더브러 인친지의를 밋ᄂᆞᆫ 것시 크게 깃부고 일은 신부에 현슉함을 익히 아는 것시 깃부고 일은 닌리의셔 셩례ᄒᆞ기가 편ᄒᆞᆫ 것시 깃분지라 내 맛당이 긔션싱의 ᄯᅳᆺ슬 탐지ᄒᆞ리라 ᄒᆞ고 그날노 긔션싱을 가 보고 몬저 ᄌᆞᄃᆡᆯᄃᆡᆯ 농렬ᄒᆞᆫ 것슬 겸ᄉᆞᆫ 후에 ᄋᆞ우가 션싱의 덕을 ᄉᆞ모ᄒᆞ야 감히 인친지의를 밋기를 ᄇᆞ라오니 션싱의 의향은 엇더ᄒᆞ시니잇가

1896년 5월 25일 (4회)

긔션싱이 답왈 담은 빈한의 쟈란 ᄌᆞ식이 귀문의 샹젹지 못ᄒᆞ오나 깁히 알으시는 바이여늘 오히려 가합ᄒᆞ게 녀기실진ᄃᆡ 엇지 거역ᄒᆞ리요. 샹셔가 크게 깃버ᄒᆞ여 도라와셔 한림과 말숨ᄒᆞ고 혼례를 일우니 일노 좃차 샹셔와 한림 형뎨의 집이 화긔가 융융ᄒᆞ야 가히 칭찬ᄒᆞᆯ 만ᄒᆞ더라. 긔소저는 나히 비록 어리ᄂᆞ 범졀이 슉셩ᄒᆞ야 웃사람 셤기며 아리사람 ᄃᆡ졉ᄒᆞ기에 일동일졀이 ᄎᆞ착이 업고 듀소져는 년긔가 쟝셩ᄒᆞ엿스ᄂᆞ 심덕은 넉넉ᄒᆞ고 범졀은 부죡ᄒᆞᆫ지라. 이에 소져가 민사 범빅이 혹 부모의 마음에 들지 못ᄒᆞᆯ가 넘녀ᄒᆞ야 믹스를 몬저 인도ᄒᆞ며 니는 일도 □□□ 음격ᄒᆞ야 아못조록 부모의게 극합ᄒᆞ도록 ᄒᆞ다 듀부인은 오히려 들 맛

당히 녀기고 공즈도 금슬이 깁히 화합지는 못ᄒ거늘 소저가 근심ᄒ고 적정ᄒ야 빅가지로 계교를 써서 화합도록 ᄒᆯ 시 시비 슌희가 말ᄉᆞᆷᄒ야 ᄀᆞᆯ오ᄃᆡ 소저쎄서 평싱의 본덕에 게시지를 못ᄒ실 터이온즉 게셔셔는 쓰고지니시다가 아니 게신 날이면 혹 미흡ᄒᆞ오신 탈노가 더 나니 아니 ᄒᆞ오릿가 오히려 그 쎄를 당ᄒ여셔는 더 희로올가 ᄒᆞ노이다. 소저가 크게 ᄭᆡ닷고 깁히 궁리ᄒᆞᆫ즉 오히려 부모와 형의 마음을 화평케 ᄒᆞᄂ 이만 갓지 못ᄒᆞᆫ지라 날노 부인과 공즈듯ᄂᆡ 사ᄅᆞᆷ이 지죠가 덕잇ᄂ 이만 갓지 못ᄒᆞᆫ 리치를 말ᄉᆞᆷᄒ고 듀소저의 덕을 칭송ᄒᆞ더라. 그러ᄂ ᄯᅩ 싱각ᄒᆞᆫ 즉 듀소저ᄅᆞᆯ 식견이 더 볼게 ᄒᆞ엿스면 됴ᄒᆞᆯ 듯ᄒᆞ나 권면ᄒᆞ다가 가ᄅᆞ치ᄂ 것 ᄀᆞᆺ허질진ᄃᆡ 분슈의 외람ᄒᆞᆫ 닐도 되고 혹 듀소저가 맛당치 못ᄒᆞ게 녀기여셔 잘 좃지 아니ᄒᆞᆯ가 넘녀ᄒᆞ야 즈저ᄒᆞ더니 슌희가 그 의향을 알고 이에 듀소저의게 날마다 가셔 좌우에셔 신부람ᄒᆞ여 ᄯᅳᆺ슬 맛치고 틈이 잇스면 소져의 곡진ᄒᆞᆫ 정셩을 알외온ᄃᆡ 듀소저가 맛츰내 크게 ᄭᆡ닷고 깁히 감동ᄒᆞ야 날마다 소져의 처소로 와셔 문견을 늘니고저 ᄒᆞ거늘 소저가 이에 크게 깃버ᄒᆞ야 정셩으로써 아는 바를 다ᄒᆞ야 인도ᄒᆞ니 듀소저도 ᄯᅩᄒᆞᆫ 정셩을 다ᄒᆞ야 비와셔 멋 ᄃᆞᆯ이 되지 아니ᄒᆞ야셔 괄목샹ᄃᆡᄒᆞ게 되얏ᄂᆞᆫ지라. 소저가 깁히 다힝이 녀기□□[더라] □□[이러]구러 소저의 년광이 십오셰가 되ᄆᆡ 덕은 팀임 팀ᄉᆞ의 비ᄒᆞ겟고 지조ᄂ 반쳡여 위부인의 지니고 인물은 셔시와 조비연의 지니ᄂᆞᆫ지라 보는 쟈ㅣ 그 션연ᄒᆞᆫ 팀도와 화려ᄒᆞᆫ 인물을 감히 칭찬ᄒᆞ지 못ᄒ고 그 유슌ᄒᆞᆫ 승품과 명대ᄒᆞᆫ 힝실의 항복ᄒᆞ야 공경치 아니ᄒᆞ리 업더라. 그러ᄒᆞᄃᆡ 셩명이 멀니 젼ᄒᆞ야 ᄋᆞᄃᆞᆯ 둔 사ᄅᆞᆷ이면 뉘 아니 욕심 니리요마는 감히 ᄇᆞ라지 못ᄒᆞᆯ지니 담은 칭찬덜만 ᄒᆞᆯ ᄲᅮᆫ 일너라. 샹셔와 부인이 그 혼인 구ᄒᆞᆯ 의논을 듀소로 일커를 시 맛당ᄒᆞᆫ 비필이 업슬가 근심ᄒᆞ더니 이 쎄의 경스의 왕샹셔라 ᄒᆞᄂ 지샹이 잇스니 이름은 불회라. 그 부친은 훈덕ᄋᆞ로써 동셩왕을 봉ᄒᆞ엿든 왕유실이요, 그 조부는 승샹으로 잇셔셔 덕입이 텬하의 ᄒᆞᆯ으던 왕션담이라. 셰셰로 명망과 덕업이 죠야를 진동ᄒ고 나라의 훈척지가요 됴졍의 사직지신이라. 왕샹셔도 소년의 공명을 일우어 위명이 혁혁ᄒ더니 일즉이 ᄋ들을 두엇스니 이름언 명즁이라. 얼굴은 관옥 ᄀᆞᆺ고 승품은 온량ᄒ며 춍명이 특이ᄒ야 문쟝지덕이 일셰의 ᄌᆞᆽ더니 나히 십뉵셰의 밋처셔 쟝원급졔를 ᄒᄂᆞᆫ지라 황뎨쎄셔 크게 깃버ᄒ시고 깁히 ᄉᆞ랑ᄒ셔셔 명즁으로써 한림혹샤의 틱ᄌᆞ 보필을 ᄉᆞᆷ으시니 이 쩌의 틱자에 나히 ᄯᅩ한 십뉵셰라. 셰셰 훈척지신의 ᄌᆞ손이요 비단 동갑지의 쁜이 아니라 더구ᄂᆞ 긔미가 샹합ᄒ야 형뎨갓치 친밀ᄒ니 은우가 비홀 디 업고 영광이 일셰의 혁혁ᄒ더라. 왕샹셔가 한림을 위ᄒ야 요됴슉녀를 구ᄒ랴 ᄒ되 맛당ᄒ 데가 업셔셔 근심ᄒ더니 ᄒ로는 그 부인 마씨가 샹셔의게 엿ᄌᆞ와 ᄀᆞᆯᄋᆞ디 듯ᄌᆞ오니 강도 ᄯᅡ에 나려가셔 사는 조샹셔가 ᄯᆞᆯ을 두엇ᄂᆞ디 현슉ᄒ기로 유명ᄒ오니 샹셔는 ᄌᆞ셰이 탐지ᄒ소셔. 샹셔가 답왈 조샹셔는 곳 익셩이라. 셰셰 명문거죡이요 ᄯᅩ 조익셩이 문무 겸비ᄒ고 지덕이 쌍견ᄒ 사롬이라 그 사롬이 ᄯᆞᆯ을 두엇실진된 이ᄀᆞᆺ흔 다힝이 업도다 ᄒ고 이에 오는 손님의게 물으니 디답ᄒ여 ᄀᆞᆯᄋᆞ디 과연 ᄯᆞᆯ을 두엇스되 나흰[힌] 올히 십오셰요 지됴나 인물은 진셰의 사롬 ᄀᆞᆺ지 아니ᄒ고 덕과 힝실은 짐짓 요□□□[됴슉녀] □[것]ᄒ야 뭇는 데마다 디답이 ᄒ갈 ᄀᆞᆺ흔지라. 이에 샹셔가 부인다려 의논ᄒ여 왈 두루 탐지ᄒᄋᆞᆫ즉 과연 조샹셔의 ᄯᆞᆯ이 잇스되 지식과 덕힝이 츌즁ᄒ다 ᄒ오니 극히 맛당ᄒ오나 샹거가 낙ᄼ々ᄒ야 셩긔롤 통ᄒ기가 어렵스오니 걱졍이 되ᄂᆞ이다 ᄒ거늘 부인이 답왈 쳡에 동싱 시랑이 이동안 □□스오니 소풍ᄒ기 겸ᄒ와 가셔 조샹셔롤 보고 혼약을 졍ᄒ고 오라 ᄒ면 됴홀 듯ᄒ오이다. ᄯᅩ 일즉 듯쟈오니 동싱이 조샹셔와 친분이 잇다 ᄒ오니 더구나 다힝일 듯ᄒ오이다. 왕샹셔가 ᄀᆞᆯᄋᆞ디 이는 극히 됴ᄒ오나 엇지 갓갑지 못ᄒᄋᆞᆫ 길의 젼위ᄒ야 단여오라 ᄒ올 폐연이 잇스오리잇가. 요ᄉᆞ이 외방의 어ᄉᆞ를 보니올 의논이 잇스오니 내 됴졍의 드러가셔 마시랑으로 양쥬 ᄯᅡ의 어ᄉᆞ를 도모ᄒ오리니 부인은 시랑과 의논을 깁히 하소셔 ᄒ고 담날 됴회에 참예ᄒ엿더니 과연 어ᄉᆞ덜 보닐 의논이 완졍되ᄂᆞᆫ디

황뎨가 그 맛당흔 사룸을 쳔거딜 흐라 흐시거놀 이에 샹셔는 마긔덕을
쳔거흐야 양쥬 어스를 맛겻더니 부인이 마시랑다려 쟈초지종을 말흔디
시랑이 듯고 올케 녀겨 즉시 길을 써느셔 양쥬 뜽을 일으러셔 강도로
몬져 가셔 조샹셔룰 찻즈니라

1896년 5월 27일 (5회)

이 쩌에 조샹셔가 소져의 혼인으로 근심흐고 경亽를 하측흐고 나려온
후에 소문을 듯지 못흐여 굼굼흐게 지나더니 쳔만 의외에 마시랑이 어
사로 와셔 찻거놀 반가옴을 익의지 못홀너라. 여러 희를 만나지 못흔
회포를 일으고 황뎨의 평안흐심과 됴졍의 사업이 엇지 된 것슬 즈셰이
슈작흐더니 나죵에 마어사가 왕샹셔의 은근흔 졍셩을 일으고 한림의
형용과 범졀을 디강 말흔디 조샹셔가 니당의 드러와셔 으우 한림을 쳥
흐고 부인과 함긔 의논흐여 왈 왕샹셔가 마시랑을 보니셔 그 으돌 한림
을 위흐야 소져의게 혼인을 쳥흔 말을 즈셰이 일으니 한림이 굴으디 과
연 신랑의 위인이 말과 갓흘진디 그여[에]셔 더 됴흔 데가 어디 잇스리
잇가. 샹셔가 굴으디 마어사를 친흔 지가 오러거니와 헛 말과 과댱은
아니홀 사람이라 밋들 만흔즉 엇지 그 말을 좃지 아니흐리요 부인에 의
향은 엇더 흐니잇가. 부인이 답왈 샹셔와 한림게셔 쳐단흐신는 닐을 부
녀가 감히 무엇슬 아오리잇가 그러흐오나 듯줍기에 그에셔 더 됴흔 혼
쳐가 업슬 듯흐오이다. 샹셔가 굴으디 과연 그예셔 더 됴흔 혼쳐가 어
디 잇스리요 흐고 크게 깃버들 흐더라. 잇흔 날에 마어스가 쟉별을 쳥
흐거놀 샹셔가 이에 말숨흐여 굴으디 인가의 혼인이 비록 대스로디 왕
샹셔의 은근흔 말 뿐 아니라 형의 말숨이 졍즁흐오니 지휘디로 좃치 오
리니 속히 알게 흐소셔 흐거놀 마어사가 쏘흔 굴으디 피츠의 셔로 존즁
흐온 디위라 홈을며 인륜대亽를 엇지 소홀이 흐리잇가 나도 아못조록

신실ㅎ게 쥬선ㅎ오리이다 ㅎ고 조샹셔를 작별ㅎ고 나와셔 즉시 경스의
전인ㅎ야 조샹셔의 명즁ㅎ 디답과 소져의 덕힝이 소문난 것슬 일일이
긔별ㅎ고 다시 속히 리왕ㅎ야 밧비 혼례를 일으도록 지촉ㅎ엿더니 왕
샹셔가 마어사의 셔간을 밧어보고 부인과 디ㅎ야 크게 깃버ㅎ고 이에
속히 성혼ㅎ기를 의논홀 시 몬져 사람 보니셔 마어사의게 긔별ㅎ야 종
식히 성례홀 줄노 조샹셔의게 통긔ㅎ되 양쥬ㅈ사의게로 쏘 통긔ㅎ야
한림을 양쥬로 보니셔 거긔셔 혼힝을 차리게 홀 줄노 말ㅎ라 ㅎ엿스니
이 ㅆ에 양쥬ㅈ샤는 왕연묵이니 왕샹셔의 동족일 쑨더러 왕샹셔의게
발쳔ㅎ 스롬이요 그 웃디도 왕샹셔의 웃디에 발쳔된 지라 셰셰로 왕샹
셔 딕 사롬일너라. 그리ㅎ 다음에 샹셔가 황뎨의게 뵈옵고 한림을 혼인
으로 ㅎ여금 슈유를 알외온디 황뎨도 쏘ㅎ 칭찬ㅎ시고 허락ㅎ시니 이
ㅆ의 영쥬도의 ㅎ 거족이 잇스니 십여셰를 지정닷고 사는 집인디 쏘ㅎ
부귀지가라 일을 만ㅎ고 영쥬 쓴의셔는 가쟝 호강ㅎ 집일너라. 셩은 셔
씨요 이롬은 호영이니 가셰도 번화ㅎ거니와 사롬도 쥰걸시럽더라. 호영
의 ㅇ우가 잇스니 이름이 호길이라. 년긔는 십팔의 인물이 동탕ㅎ고 려
력이 졀륜ㅎ며 지긔가 과인ㅎ야 영웅의 긔샹이 잇고 협긱의 풍도를 씨
[씨]더라. 일즉이 그 형이 혼인홀 말을 ㅎ즉 호길이 평싱의 뜻시 졀디가
인과 요죠숙녀로 겸비ㅎ지 아닌 녀즈이면 원치 아니ㅎ는지라. 그 범샹
ㅎ 규슈의게 증혼이 될가 넘녀ㅎ야 미양 그 형이 혼인 말을 홀 적이면
것혜서 디답ㅎ여 굴ㅇ디 스나희가 일즉이 가속이 잇스면 지긔가 적어
지는 법이오니 그리 밧브지 아니홀 듯ㅎ오이다 ㅎ더니 ㅎ번은 조샹셔
쏠 옥졍소져의 셩명을 듯고 미우 욕심이 동ㅎ어셔 녕리ㅎ 노파 ㅎ나를
으더셔 즁상을 쥬고 ㅎ여금 조소져를 가 보고 오라 ㅎ엿더니 노파가 단
겨와셔는 그 칭찬홈이 비홀 디 업시 일커러 굴ㅇ디 텬샹의 션녀가 하강
ㅎ신 것시지 인간의 사롬은 그러홀 슈 업슬 듯ㅎ더라 ㅎ거늘 이에 호길
의 마음이 십분 동ㅎ야 그 형의게 고ㅎ야 왈 듯ㅈ온즉 강도 샹의 조샹
셔가 쏠을 두엇습는디 미우 현슉ㅎ다 ㅎ오니 쳥혼을 ㅎ여 보면 됴홀 듯

호오이다 호거눌 그 형이 골으디 조샹셔의 셩은 셰셰로 경수의 살엇고 부귀번화혼 집이라 만닐 우리를 하향사룸이라 호야 허락지 아니홀진딜 도로여 말 아니 호던이만 곳지 못홀 듯호도다. 호길이 답왈 대져 말호여 보아야 그 가부를 알 것시오 쏘 근일 현귀는 조샹셔 집의셔 좀 나온 듯호나 션셰 셰덕으로 의논홀진딘 져의가 엇지 우리를 짜르릿가 쏘 듯즈온즉 조샹셔는 지각이 놉고 식견이 넉넉호다 호온즉 반드시 짐쟉이 잇슬 것시오 쏘 가셰 범졀이야 시굴[구]지경은 그 집의셔 우리를 쓰루지 못홀 듯호오이다 듯고 아니 듯는 것슨 져 사름의게 잇거니와 청호는 말을 호여보는 것슨 내게 잇는 것시오니 긔별호여 보시면 됴홀 듯호오이다. 호영이 그 으우에 마음이 간졀혼 것슬 보고 민망이 녀겨져 부득이 호야 지식과 구변이 죡죡혼 사룸을 웃더셔 보니엿더니 이 씨는 발셔 왕샹셔의 으돌과 혼인을 증혼 후이라 조샹셔가 발셔 다른 데 증혼호엿노라고 수양혼즉 갓던 손이 크게 무안호야 도라와셔 호영의 형뎨의게 그 말을 젼호되 쟈연이 욕본 뜻스로 말혼즉 호영은 후회호여 골으디 내 그 넘녀를 호엿노라 호고 호길은 크게 분호야 노긔를 익긔지 못홀 쑨더러 일변은 졀등코 현슉혼 규슈를 놋치는 것슬 앗갑게 녀기여셔 속으로 경영호되 내 반드시 게교를 써셔 취호여 보리라 호고 녕니혼 사룸을 여러을 식여셔 조샹셔의 집과 식구와 날마다 호는 닐덜을 즈셰이 탐지호여오라 호니라. 화셜 이 씨의 마어사가 왕샹셔의 셔간을 밧어보고 조샹셔의게 왕복호야 왕샹셔의 뜻시 셩례를 죵속히 호고쟈 홈을 긔별호니 조샹셔도 쏘혼 맛당이 녀겨셔 그리홀 쥴노 답쟝호엿더라. 이 씨의 마어사가 양쥬즈샤의게 왕샹셔의 셔간을 젼호고 그 뜻슬 즈셰이 말혼디 양쥬즈샤가 쏘혼 크게 깃버호야 왕샹셔의 은혜를 이 씨나 좀 갑홀가 호야 속히 왕한림 오기롤 기드리고 미리 긔구 범졀을 쥰비호더라. 마어사가 조샹셔의 답셔간을 왕샹셔의게 보니엿더니

1896년 5월 29일 (6회)

이 씨의 왕상셔가 마어스의 답쟝 오기를 기드리다가 조샹셔의 답셔간
쩌지 아올나 보고 반겨ᄒ며 한림을 지촉ᄒ야 길을 밧비 쩌느게 훈디 한
림이 황뎨와 티ᄌ의게 하직홀시 한림이 황뎨와 티ᄌ가 치하를 ᄒ나 그
동안 쩌느넌 것슬 셥셥히 녀겨셔 신ᄒ과 례물을 만히 쥬고도 티ᄌ 마음
에 졍표가 부죡ᄒ여셔 황뎨의게 알외오고 왕명중으로 ᄒ여금 강도 티
슈를 시기기를 쳥ᄒ온디 황뎨게오셔 깃부게 녀기셔 허락ᄒ시고 이에
됴회 밧으신 ᄭᆺ히 왕불희로 승샹을 삼으시고 왕명중으로 강도 티슈를
시기시니 영광이 더욱 빗느더라. 승샹과 한림이 슉비ᄒ야 국은 을 사례
ᄒ고 한림은 즉시 길을 쩌느니 혼ᄒᆼ과 도임에 두 가지 영광이라 보는
쟈 뉘 아니 칭탄흠션ᄒ리요 그러구러 양쥬의 일으니 ᄌ사 왕목연[왕연
묵]이 나와 마져셔 회포를 펴고 슈일 지난 후에 길일을 갈이여셔 혼례
를 일우랴 홀 시 한림이 ᄀᆯᄋ디 신ᄌ의 도리가 맛당이 션공후ᄉ홀지라
강도 티슈에 도임을 몬져 ᄒ겟노라 ᄒ거늘 ᄌ사가 올히 녀겨셔 이에 도
임길을 쩌늘 시 ᄌ사가 홈ᄭ 동ᄒᆼ하니 티슈의 영광이 젼의 업는 닐일너
라. 티슈는 도임ᄒ고 ᄌ사는 조샹셔를 보아 혼례를 속히 일울 의논을
홀 시 슐사의게 물은즉 길일이 갓가이 잇거늘 이에 크게 깃버ᄒ야 혼례
를 일우니 이 씨의 마어사도 ᄯᅩᄒ 왓더라. 본군 티슈가 신랑이요 본쥬
ᄌ사와 본쥬 어사가 됴혼ᄒ야 뒤를 ᄯᅡᄅᆞ니 견고의 업던 영광이라 칭찬
ᄒ는 소리가 길이 몌엇더라. 위의와 범졀이 사롬의 눈을 놀니이는데 초
례쳥의 든즉 신랑의 풍취와 신부의 ᄌ티가 짐짓 텬샹의 션관과 션녀가
하강ᄒ엿는 듯 구경ᄒ는 사롬덜이 졍신을 일헛더라 다른 사롬의 칭찬
도 한량 업거니와 집안의 화ᄒᆫ 긔운과 깃분 마음덜이 셔루 넘칠 듯ᄒ며
온류ᄒ고 화평ᄒ고 후덕ᄒᆫ 남ᄌ와 유한ᄒ고 뎡대ᄒ고 화슌ᄒᆫ 부인이
셔로 만낫스니 일은바 요죠슉녀ㅣ 군ᄌ호구ㅣ라. 금슬지락과 운우지졍
이야 말ᄒ지 아니ᄒ야도 짐작홀 바이로다. 조샹셔 딕의셔 삼일 대연을

지닌 후에 티슈가 부인을 다리고 강도 관아로 드러가셔 잔치를 비셜ᄒ고 질긴 후에 양쥬자ᄉ와 마어사가 다 각각 도라가니라. 티슈가 부부의 금슬지락을 츰으로 힝홀 쑨더러 부인의 인물 동탕홈과 지덕이 현철홈이 헤아리든 밧기요 브라든 우히라 깃봄을 익의지 못ᄒ고 ᄉ모홈을 씨닷지 못ᄒ야 쟈연 침혹ᄒ고 티일ᄒ 모양이 만커놀 이에 부인이 그 동졍을 보고 크게 겁니며 깁히 근심ᄒ야 틈을 타셔 간ᄒ야 굴ᄋ더 ᄂ라에 명을 밧어셔 빅셩을 다스리는 관쟝이 되야 게시오니 삼가고 조심ᄒ야 부지런게 힝ᄒ시고 졍셩으로 베프르신 후에 공젹이 드러나오리니 일은 국은을 보답홈이요 일은 빅셩을 ᄉ랑ᄒ심이라 엇지 구구히 쳐ᄌ에 은졍의 침혹ᄒ야 쟝부의 셩명을 도라보지 아니ᄒ시리요 만닐 쳡으로 ᄒ야금 치젹의 희로울진딘 쳡에 근심ᄒ고 두려워ᄒ는 바이로라 ᄒ거놀 티슈가 그 말솜을 듯고 졀졀이 탄복ᄒ나 종시 익익ᄒ는 마음을 금졔치 못ᄒ야 졍치를 힝홈애 희티ᄒ 지라 부인이 ᄉ에 싱각ᄒ되 차르리 내가 친가의 가 잇스면 티슈의 졍신 슈습ᄒ기가 유익ᄒ리라 ᄒ고 근친ᄒ기를 청ᄒ더 부득이 ᄒ야 허락ᄒ거놀 이에 친가의 나와 잇스니 하로를 참지 못ᄒ고 져녁이면 반드시 나와셔 쟈고 날이 늣져야 강잉히 관아로 도라가니 졍치에 희롭기가 오히려 ᄒ가지로 잇슬 젹이예셔 더 심ᄒ지라. 부인이 마음에 헤아리되 오히려 함긔 잇셔셔 은근이 졍치를 돕는 이만 ᄀ지 못ᄒ리로다 ᄒ고 도루 관아의 드러가셔 태슈의 뜻슬 승슌ᄒ고 졍치를 은근이 도으니 태슈가 크게 깃버ᄒ야 일마다 물어셔 힝ᄒ니 부인의 명쳘홈이 일을 의논홀 젹이면 손바닥 보는 것 ᄀ허셔 일호가 츠착이 업는지라. 태슈가 미양 큰 닐을 당ᄒ면 혼쟈 쳐단치 아니ᄒ더라. 하로는 태슈가 외당의 잇다가 인을 일코 크게 근심ᄒ야 즉시 ᄂ당으로 드러와셔 부인과 의논ᄒ디 부인이 디답ᄒ야 굴ᄋ디 청컨디 소동치 말으시고 감안이 기셔셔 관한을 쥬소셔 싱각컨디 이는 반드시 인을 도젹ᄒ야 위조를 힝ᄒ랴는 쟈의 짓시라 급ᄒ게 차지면 그 인이 감히 드러오지 못홀 것시오 관한을 쥬시면 도로 드러올 듯ᄒ오이다 ᄒ거놀 태슈가 마음에

의아되나 그 말슴디로 좃저셔 외당의 거쳐ᄒ고 송ᄉ를 머믈너셔 ᄉ무를 보지 안코 잇더니 밤을 지닌 후에 과연 그 인이 도루 본 자리에 와 잇더라. 미사에 돕ᄂ 것시 이 ᄀᆺ허셔 치젹이 일셰의 낫허나고 ᄯᅩ 부인 셩명은 이젼붓허 널니 잇던 턱이라 더구ᄂ 왕승샹의 ᄋ돌이 강도 티슈가 되야셔 셩례ᄒ고 태슈의 치젹이 부인으로 ᄒ여금 명치의 일으미 부인의 칭송을 비홀 ᄃ 업더라. 이 ᄶᅦ의 마어사가 각 쥬와 각 군의 볼 닐을 다 살피고 경ᄉ의 올나가셔 나라의 복명ᄒ고 나와셔 즉시 왕승샹 딕으로 가셔 왕승샹과 부인을 더ᄒ야 조부인의 칭찬을 홀 ᄉᆡ 인물과 태도ᄂ 텬샹에 션녀 ᄀᆺ고 힝동과 범졀은 고금에 슈ᄉ | 라 현쳘ᄒ고 유덕홈이 외양의 낫하날 ᄲ 아니라 사ᄅᆷ으로 ᄒ여금 쟈연이 공경ᄒ고 두려워 홈을 ᄭᅵ닷지 못ᄒ더라 ᄒᆫ디 왕승샹과 마부인이 그 말슴을 듯고 일변은 깃버ᄒ며 일변으로ᄂ 굼굼ᄒ야 보고시분 ᄉᆡᆼ각이 간졀ᄒᆫ지라. 이에 황뎨의게 알외고 명즁의 강도 티슈를 갈어셔 불너 올니기를 쳥ᄒᆫ디 황뎨쎄셔 ᄯᅩᄒᆫ 반기 녀기시고 명즁의 치젹이 놉흠으로써 티ᄌᆞ경을 삼으ᄉ 역무로써 올나오라시ᄂ 명령을 나리시니라. 이 ᄶᅦ의 강도 일군이 티슈의 졍치로 인심이 발녀지고 부인의 덕틱으로 풍속이 화ᄒ야져셔 여염남녀도 듀남 소남의 긔샹이 잇스며 관리와 빅셩이 티슈를 ᄉ랑ᄒ기를 ᄌ식이 부모 ᄉ랑ᄒᄂ 것 ᄀᆺᄒ며

1896년 5월 31일 (7회)

조샹셔와 조한림에 딕니의셔 왕티슈를 ᄉ랑ᄒᄂ 것슨 이루 일커러 말홀 슈 업거니와 옥윤공ᄌ와 옥쥰공ᄌᄂ 티슈와 더브러 년긔가 샹젹ᄒ지라 셋시 셔로 샹합ᄒ야 미양 공ᄉ 업ᄂ 한극이면 풍월을 음영ᄒ기도 ᄒ며 셩경현젼을 강논ᄒ기도 ᄒ야 극히 질겁게 지니고 안으로ᄂ 부인의게 ᄌ미를 쏘다셔 셰월이 가ᄂ 쥴을 ᄭᅵ닷지 못ᄒ더니 하로ᄂ 양쥬ᄌ

샤의게로 좃차셔 경수의 문젹이 왓는디 강도 티슈는 갈니고 티즈경으로써 올나오란 문젹이요 집안 셔신을 본즉 부인을 다리고 죵속히 올나오라신 말솜이라. 이에 조샹셔의게 고호고 힝장을 슈습홀 시 옥윤공즈와 옥쥰공즈더러 혼가지 올나감을 쳥호니 종형뎨가 다 깃버셔 디답호여 왈 과연 됴흔 닐이는 맛당이 부모에게 품호 후에 디답호겟노라 호거놀 티슈ㅣ가 골으디 이는 내가 맛당이 품호리라 호고 조샹셔와 조한림의게 고호여 왈 옥윤 옥쥰 두 형과 혼가지로 경수의 올나가셔 호야금 놀고 비호게 홈이 맛당홀 듯호오이다 혼디 샹셔와 한림이 답왈 나도 싱각호더 우리 형뎨 부즈간의 동힝홀 계교를 호더니 군이 우희 종형뎨와 동힝호기를 쳥혼즉 쏘훈 맛당호도다 호거놀 이에 셔로 깃버셔 불일니로 길을 써느니 부인은 유모와 시비 다섯슬 다리고 가니 슌희와 명쥬도 뫼시고 가며 티슈와 두 공즈가 거마를 연호야 힝호니 거마가 십여승이요 종쟈ㅣ가 슈빅인이라 위의 범졀의 찬란홈을 비홀 디 업더라. 샹셔의 부쳐와 한림의 너외가 소져를 보니고 공즈덜이 겸호여 슬하를 써느니 쟈연이 챵결혼 회포를 금호지 못호야셔 형뎨와 슈숙이 모이고 집안이 단회호야 소져의 위인과 티슈의 즈품을 의논홀시 사룸마다 칭찬호는 말이 밋쳐 입에서 나올 스이가 업스되 홀노 옥쳥공즈ㅣ 골으디 져져는 부인으로 너머 현쳘호니 츌등혼 인물은 반드시 곤익이 잇는 법인디 겸호야 티슈는 남즈으로 과히 인즈호고 과단이 업스니 넘녀가 업지 못홀 듯호오이다 호거놀 한림은 그 요망혼 것슬 꾸짓지는 샹셔는 어린 우희에 식견이 붉그믈 탄식호더라. 티슈의 일힝이 양쥬를 지놀 시 즈사 왕연목이 멀니 맛지며 멀니 젼송홀시 거힝과 위의가 찬란호야셔 힝역의 괴로움을 잇즐너라. 이 쩌의 셔호길이가 사룸으로 호야금 조샹셔 덕의 동경을 연속히 탐지호야 일동일졍을 즈셰이 알고 잇는지라 급기 왕명중이가 강도 티슈로 나려와서 성례호고 힝낙호는 닐을 듯고는 깁히 분호게 녀기나 일변으로는 계교가 잇는지라 졔구와 방칙을 미리 예비호고 잇더니 이 쩌의 일으셔는 왕명중이 티슈를 갈고 그 부인을 다리고 경스로 올나간다는 소식을 듯고 굴ㅇ디 이에 계교를 베풀 쩌로다 ᄒ고 다시 녕니ᄒᆫ 사ᄅᆷ으로 ᄒ여금 왕틔슈의 일힝에 인명슈와 쩌ᄂᆫ는 날즈 와 쉬이고 쟈는 노졍긔롤 즈셰이 알어가지고 아모 곳스로 오라 ᄒ고 이 에 지믈을 만이 가지고 녕니ᄒᆫ 노복과 건쟝ᄒᆫ 하인을 다리고 아모 곳스 로 가셔 효용ᄒᆫ 소년으로 삼빅명을 불너 가지고 약속과 졀츠를 익혀셔 하인과 노복 등으로 하야금 각각 사오십명식 거ᄂᆞ리게 ᄒ고 기ᄃ리더 니 탐지ᄒ러 간 사ᄅᆷ이 도라와셔 고ᄒ되 아모 날노 발졍ᄒ야 노졍긔가 약하ᄒ고 인명이 슈빅명이라 ᄒ거늘 가는 길에 맛당ᄒ 쥬막을 헤야리 니 태원이란 곳시 두 가흐로 막기가 편ᄒ고 촌락은 크지 아니ᄒ며 도라 올 길이 편ᄒᆫ디 아모 날이면 거긔 가셔 낫참에 점심이 될 지라. 이에 삼 빅명 군스를 더 불너셔 아모 아모로 ᄒ여금 거ᄂᆞ려 중간의 미복ᄒ야 도 라오는 것을 기ᄃ려 뒤를 살펴셔 방비케 ᄒ고 여러 노복으로 ᄒ여금 쏘 삼빅명을 각각 거ᄂᆞ려 다른 길노 힝ᄒ야셔 아모 날 아츰의 아모 곳스로 맛ᄂᆞ기로 약속이 분명ᄒ고 긔률이 엄슉ᄒ게 힝ᄒ니라. 차셜 왕틔슈가 강도를 쩌ᄂᆞ셔 양쥬를 지니여 양쥬자스 왕연목을 작별ᄒ고 츠츠 경스 로 향ᄒᆞᆯ시 지나는 바마다 디방관리가 맛고 젼송ᄒ는 례가 극진ᄒ여 도 쳐의 번화ᄒ게 지니셔 태원 ᄯᆞ를 갓가이 일으니 쩌는 가을이라 ᄇᆞ람이 슬슬ᄒ고 목엽이 소소ᄒ야 힝인 졍긱의 회포를 감동케 ᄒ더라. 태원이 란 ᄯᆞᆼ을 다다러셔 긱관을 치이고 일힝을 돈졍ᄒ고 낫밥을 먹더니 홀연 이 방포ᄒᆫ 소리의 북과 쇳소리가 ᄯᆞᆼ을 움즉이고 함셩이 크게 나셔 듯ᄂᆞᆫ 쟈로 ᄒ여금 경혼낙빅ᄒ야 담이 썰니고 마음이 찬 지라. 틔슈의 일힝이 크게 놀닉여 엇지 ᄒ ᄒᆞᆯ 줄 모로고 잇더니 일지 병마가 긱관을 에우고 ᄒᆫ 소년 쟝군이 왕틔슈를 차져 드러오니 빅ᄆᆞ를 타고 그 황금갑옷슬 입고 쟝금을 집고 좌우의 쟝스가 호위ᄒ고 드러오니 긔우가 현앙ᄒ고 위의 가 표표ᄒᆫ지라 영웅과 쟝사가 ᄯᅩᄒᆫ 긔운을 ᄲᅢᆺ길너라. 왕틔[왕틔슈]를 물 어셔 왕틔슈를 향ᄒ야 길이 읍ᄒ고 들어오거늘 왕틔슈가 답례ᄒ고 맛 져 들리니 좌졍ᄒᆫ 후에 군중에 호령을 나리여 피츠에 한 사ᄅᆷ도 감히 경솔이 요동치 못ᄒ게 ᄒ고 이에 왕티[왕티수]를 향ᄒ야 한헌[훤]을 물은 후에 명중ᄒ게 말ᄒ야 ᄀᆞᆯᄋᆞ디 그디의 부인이 강도 조샹셔 익셩의 ᄯᆞᆯ이 아닌다 ᄒ거늘 티슈가 답왈 그러ᄒ여로라. ᄯᅩ ᄀᆞᆯᄋᆞ디 이번의 친영ᄒ여 가지고 함긔 오는 길이 안닌다 ᄒ거늘 ᄯᅩ 디답ᄒ여 왈 그러ᄒ여로라. 다시 말ᄒ여 왈 내가 그 부인을 흠앙ᄒᆫ 지가 오린 지라 이제 그디를 디신ᄒ여 그 부인을 맛지러 왓스니 내게로 전ᄒ라 ᄒ거늘 티슈는 긔가 막혀셔 아모 디답도 못ᄒ고 옥윤과 옥쥰이 그 겻ᄒᆡ 안졋다가 ᄭᅮ지저 왈 쟈고로 란류와 흉젹이라도 사름의 쳐ᄌᆞ를 ᄲᅢᆺ는 법이 어디 잇스리요 ᄒᆫ디 그 소년 쟝군이 호령 ᄒᆫ 마듸에 옥윤 옥쥰 공ᄌᆞ를 좌우에 쟝ᄉᆞᆯ이 잡어닌여 가더니 어는 곳세 두엇는지 아지 못ᄒᆞᆯ너라. 다시 티슈더러 지촉ᄒᆫ디 티슈가 디답ᄒ여 ᄀᆞᆯᄋᆞ디 드러가셔 실인의게 물어보겟노라 ᄒ거늘 그 소년 쟝군이 웃고 허락ᄒ넌지라. 이에 왕티슈가 졍신을 슈습ᄒ고 니힝잇는 방으로 드러가셔

1896년 6월 2일 (8회)

부인의게 물어 ᄀᆞᆯᄋᆞ디 이졔 ᄒᆫ 사름이 군ᄉᆞ를 거느리고 와셔 부인을 달나 ᄒ니 부인의 ᄯᅳᆺ슨 엇더ᄒᆞ니잇가. 부인이 흔연이 디답ᄒ여 왈 인싱에 팔ᄌᆞ는 한량이 잇는 듯ᄒ여도 한량이 업는 거시요 인싱의 연분은 쟉증을 ᄒᆞᆯ 듯ᄒ여도 쟉증치 못ᄒᆞᆯ 것시라. 셰샹 만스를 인력으로 ᄒ지 못ᄒ오리니 텬명을 슌슈ᄒᆞ는 것시 맛당ᄒᆞ온지라 ᄯᅩ 오신 손님이 영웅호결[걸]인 듯ᄒᆞ오니 엇지 면ᄒᆞ랴 ᄒᆞ온들 면ᄒᆞᆯ 슈 잇스오리잇가 잘못ᄒ다가는 지앙이 공의게ᄭᅥ지 밋츨 듯ᄒᆞ오니 차라이 종용ᄒ게 쳐스를 ᄒᆞ여셔 남의 이목의 ᄒᆡ연치 아니케 홈이 맛당ᄒᆞᆯ 듯ᄒᆞ오니 ᄇᆞ라건디 공은 십분 관회ᄒᆞ오셔셔 박명ᄒᆞ온 첩으로써 샹심치 마옵시고 만금지구를 보중ᄒ옵소셔 ᄒ거늘 티슈가 부인의 말ᄉᆞᆷ을 듯고 더구ᄂᆞ 긔운이 져샹ᄒ고 졍

신이 아득ᄒ야 눈물을 먹음ᄭᅩ 다시 말을 ᄒ고쟈 ᄒᆫ더 부인인 증식ᄒ여 왈 이 지경의 일으러셔 엇지 구구ᄒᆫ ᄐ도를 보이ᄂᆫ잇가 ᄒ고 불불이 몸을 일어 협방으노 들어간더 ᄐ슈는 망연이 도루 나오고 이 씨의 셔호길은 귀를 기우리고 ᄐ슈와 부인의 슈작을 듯다가 부인의 말슴을 젼후슈미를 ᄌ셰이 듯고 탄식ᄒ야 ᄀᆯᄋ디 방가위 녀즁호걸이요 녀즁군지로다 ᄒ고 깃붐을 익의지 못ᄒ고 잇더니 ᄐ슈가 나오거ᄂᆯ 물어 ᄀᆯᄋ디 부인의 말슴이 엇더ᄒ더니잇가 ᄐ슈가 참담ᄒᆫ 형용과 분을 ᄒᆫ 긔식으로 강잉이 ᄃᆡ답ᄒ야 ᄀᆯᄋ디 텬명을 슌슈ᄒ겟노라 ᄒ더이다. 이에 그 소년 쟝군이 하인을 지휘ᄒ야 부인 타고 갈 교ᄌ를 가져오라 ᄒ고 길을 지촉ᄒᄂᆫ더 이 씨의 부인이 협실노 들어가셔 부인의 화려ᄒᆫ 의복[복]을 벗스며 슌희를 ᄌ셰이 본더 슌희가 그 뜻슬 알고 갓가이 가셔 엿ᄌ와 ᄀᆯᄋ디 소녀를 쓰실 바이 잇스면 죽어도 피ᄒ지 아니ᄒ오리이다 ᄒ거ᄂᆯ 부인이 ᄀᆯᄋ디 일이 급ᄒᆫ엿스니 네가 니 ᄃᆡ신으로 갈 밧기 슈 업스니 밧비 내 의복을 입고 내 모양으로 가셔 잘 살되 부더 탈노너지 말ᄂᆫ ᄒ고 눈물을 먹음거ᄂᆯ 슌희가 ᄯᅩᄒᆫ 눈물을 먹음ᄭᅩ 엿ᄌ와 ᄀᆯᄋ디 식견이 부죡ᄒ오ᄂᆞ 졍셩으로써 미봉ᄒ오리이다 ᄒ고 부인의 복식으로 단쟝을 다스리고 자리에 나아가 안졋스니 소년 쟝군이 하인을 호령ᄒ야 니힝 ᄶᅥᄂᆞ기를 지촉ᄒ거ᄂᆯ 하인 등이 교ᄌ를 ᄃᆡ령ᄒ고 부인을 쳥ᄒᆫ더 슌희가 얼굴의 누흔은 짐짓 업시지 아니ᄒ엿스ᄂᆞ ᄐᆡ연ᄒᆫ 모양으로 교ᄌ의 올으니 그 힝동졀ᄎ와 외화범졀이 ᄯᅩᄒᆫ 사람으로 ᄒ여금 탄복ᄒᆯ지라. 셔호길이 크게 깃버셔 군사를 거ᄂᆞ리고 풍우ᄀᆺ치 모라 가니라. 이 씨의 왕ᄐ슈가 부인을 일흔 쥴노 알고 분홈과 챵연ᄒᆫ 마음이 빅가지로 교집ᄒ여셔 망연이 안졋더니 시비 ᄒᆞᄂᆞ히 나와셔 죵용이 엿잡거ᄂᆯ ᄐ슈가 드러가 본즉 부인이 시비덜 틈에 잇ᄂᆫ지라. 신긔ᄒ고 이상이 녀겨 ᄀᆯᄋ디 엇지ᄒᆫ 닐이닛가 ᄒᆫ더 부인이 손을 저어셔 말슴을 나직히 ᄒ여 ᄀᆯᄋ디 여긔는 말ᄒᆯ 곳시 아니오니 어셔 밧비 두 형을 찻고 길을 ᄶᅥᄂᆞ되 쳡의 타고 오든 옥교는 빈 걸노 가게 ᄒ고 다른 교ᄌ 되려셔 타고 가게

흐소셔 흐디 티슈가 알어 듯고 졈두흐고 나와셔 하인으로 하야금 두 공
ᄌ의 거쳐를 탐지흐니 흔편 궁벽흔 곳셰 빈방 안의 다 결박흐야 가두엇
ᄂ지라 즉시 결박을 풀고 뫼셔 온즉 두 공ᄌ는 분긔가 츙텬흐야 죽을
ᄯᆞᆺ시오 살 마음은 업ᄂ지라. 티슈가 낫직기 말흐되 념녀말고 밧비 쩌ᄂ
기를 쳥흐거놀 공ᄌ가 이상히 알고 티슈를 좃차 길을 쩌ᄂ니 힝즁의 긔
샹이 쵸쵸흔 듯흐더라. 태원 ᄯ를 지ᄂ올 시 산모롱이를 지ᄂ니 과연
일지병이 복병흐엿다가 일힝이 지ᄂ는 것슬 술피더라. 그 디방을 지나
셔 쳥쥬 ᄯᅡᆼ을 드다르니 쳥쥬쟈ᄉ가 영졉흐고 위의가 번화흐더라. 그날
밤의야 부인과 티슈와 두 공ᄌ가 모이고 시비덜이 뫼시엿ᄂ디 티원 ᄯᅡᆼ
의셔 도젹당흐던 일을 말흘 시 부인이 ᄀᆞᆯᄋᆞ디 그 도젹이 졍병을 거느리
고 왓스니 슈의에 불측함이 극히 흉흔지라. 쳡이 만닐 졍직흐게 거졀흐
다가는 쳡의 죽는 것슨 앗가울 게 업거니와 티슈와 두 형이 다 위티홈
을 면치 못흘 듯흐온고로 부득이 흐야 과ᄉ로써 디답을 흐옵고 순희가
인물이며 범졀이 쳡이예셔 못흔 것시 업습고 ᄯ 그 지릉이 도젹의 마음
에 흠만흘지라 쳡의 복식으로 디신 가온즉 제 엇지 알 슈 잇스오리잇가
ᄯ 거긔셔는 도젹의 죵ᄌ의 염탐이 잇슬지라 후환이 념녀되온즉 말흘
곳시 아니온 고로 복식과 탈 것슬 시비 등과 ᄀᆞ치 흐엿스면 탄로가 업
슬 듯흐기로 이ᄀᆞ치 흐엿노라 흐거놀 모다 그 지모를 탄복흐여 ᄀᆞᆯᄋᆞ디
졸지의 란을 당흐야 권모로써 쳐변흔 닐이 비록 예젼 명쟝과 모샤라도
그여[에]셔 지나가지 못흘도다. 이 ᄯᅢ의 셔호길은 순희를 다리고 가며
[면]셔 조부인인 쥴 알고 환텬희디흐야 풍우ᄀᆞ치 모라셔 갈 시 쳐쳐의
미복흐엿든 군ᄉ가 힘을 갈어셔 도라가니 ᄲᅣ르기 번기ᄀᆞᆺ더라. 그 아모
곳스로 일으려셔는 군ᄉ덜은 즁상 쥬어셔 훗터 보니고 위의롤 츠려셔
집으로 다려 드러가니 그 형 셔호영이 엇지흔 곡졀을 물은디 호길이 젼
후ᄉ실을 ᄌᆞ셰이 고흐거놀 호영이 들은즉 맛당치 못흔 닐이ᄂ 임의 저
질너 노흔 닐이라 헐길 업시 범빅을 츠려셔 호길노 흐여금 그 부인과
안돈케 흐니 금슬지락과 운우지졍은 말흘 것 업고 순희가 셔씨의 집을

와 본즉 문호의 현져훈 것과 가셰의 번화홈이 조샹셔 덕이예셔 십비가 더 ᄒ고 호길의 위인이 활달ᄒ고 현능ᄒ야 짐즛 영웅의 긔샹이라 본분의 과ᄒ고 즁심의 외람ᄒ야 십분 조심ᄒᄂᆫ 즁에 소져의 부탁을 싱각ᄒ고 졍셩과 힘을 다ᄒ야 은혜를 갑고쟈 ᄒ니 웃사름 셤기며 아릭사름 거ᄂᆞ리기의 현쳘ᄒ지 아니훈 곳시 업셔셔 사름마다 탄복ᄒ고 칭송ᄒ야 호길의 득비 잘홈을 치하ᄒ고 호길의 깃버홈은 비홀 데 업더라. 차셜이 ᄯᆞ의 왕티슈와 부인의 일힝이 무고이 경스의 득달ᄒ니 왕승샹 딕의셔 션통을 듯고 하인을 지휘ᄒ야 맛질 시

1896년 6월 4일 (9회)

위의와 범빅은 일우 일커를 슈 업거니와 디연을 비셜ᄒ야 인아족쳑을 쳥ᄒ야 경스를 일커를 시 보는 사름덜의 칭찬이 한량[량] 업스며 왕승샹과 마부인도 깃붐을 익의지 못ᄒ더니 추추 날이 오리 될스록 그 효힝을 탄복ᄒ야 오히려 ᄇᆞ라든 바의 과분이 알고 하인비덜도 그 덕화를 감복ᄒ야 깃버ᄒ며 두려워ᄒ지 안는 자이 업더라. 왕승샹의 ᄉᆞ랑ᄒᄂᆞᆫ 쑐이 잇스니 이롬은 교희요 이 ᄯᆞ의 나히 십삼셰라. 얼굴은 일식이요 총명과 지죠가 잇셔셔 빅녕빅니ᄒ나 승품이 편협ᄒ고 교앙ᄒ야셔 승샹의 ᄉᆞ랑홈을 밋고 안하의 다시[다른] 사름이 업는 쥴노 알더니 조부인이 드러온 후에 부모쎄셔 너머 귀즁이 녀기심을 싀긔ᄒᄂᆞᆫ 마음이 잇셔셔 항상 부인의 잘ᄒᄂᆞᆫ 닐은 갈이고져 ᄒ며 부인은 아모리 친익코쟈 ᄒ여도 왕소져는 속으로 불협훈 마음을 두더라. 왕소져의 혼인은 일즉이 니승샹 조탁의 ᄋᆞ들과 증ᄒ야 니승샹과 셔로 면약ᄒ여 두엇더니 소져의 나히 십사셰 되는 히 봄[봄]의 일으려셔 니승샹이 병이 들어셔 증셰가 침듕훈지라 녁기는 놉흔디 회츈ᄒ지 못홀 넘녀가 만허셔 왕승샹의게 왕복ᄒ고 혼인을 속히 지늴 의논을 훈디 왕승샹이 ᄯᅩ훈 그 ᄉᆞ셰를 깁히

통촉ᄒ고 길일을 갈일 스이 업시 혼례를 일우는 것시 맛당ᄒ 양으로 디답ᄒ엿더니 니승상이 크게 깃버ᄒ야 죽기 전의 ᄌ부 보는 것슬 다힝이 녀기고 불일 ᄂ로 혼례를 일우고 신부를 우례ᄒ야 구고의게 현알ᄒ니 신인이 ᄯ호ᄒ 긔묘ᄒ지라 니승샹과 밋 그 부인 소씨가 크게 깃버ᄒ더니 오리지 못ᄒ여셔 니승샹이 하셰ᄒ더라. 일노 좃차셔 소부인이 왕소져의 인물은 너무 묘ᄒ야 가위 홍안이요 위인은 너머 요래[란]ᄒ야 교ᄉᄒ 편이 되야셔 덕긔가 부족홈을 맛당치 못게 녀기고 ᄉ랑ᄒ는 마음이 업셔지더라. 그리ᄒ더니 오리지 못ᄒ여셔 신랑이 병이 들더니 인ᄒ야 일지 못ᄒ고 셰상을 버리니 신랑의 청춘만 앗가울 ᄲᅮᆫ 아니라 소져의 팔ᄌ가 가련함을 일우 말홀 슈 업는 즁에 소부인이 ᄉ랑치 아니ᄒ야 지긔가 샹합지 못야셔 친가으로 도라왓스니 이ᄀᆺ흔 어린 쳥샹이 ᄯ 어디 잇스리요. 더구ᄂ ᄉ집의 붓치지 못ᄒ고 친가의 와셔 의탁ᄒ여 잇스니 왕승샹과 마부인이 불샹이 녀기여셔 ᄉ랑ᄒ기를 퓝졀이 ᄒ고 최망은 일호도 업스니 ᄉ셰가 그러홀너라. 이럼으로써 승힝이 졈졈 달너지고 교앙ᄒ 마음이 졈졈 자라셔 비단 하인비에게만 ᄭᅡ다롤 ᄲᅮᆫ이 아니라 조부인의게 심ᄒ게 ᄒ야셔 조부인의 쟝쳐롤 감추고 단쳐를 들어ᄂ기로 닐을 삼으ᄂ 조부인은 그 신셰를 불샹이 녀기고 우의지졍을 돗탑게 홀 시힘을 다ᄒ고 졍셩을 극진이 ᄒ야셔 동동촉촉ᄒ게 지ᄂ니 허물을 자블 것시 업더라. 차셜 왕승샹 딕의 노자 ᄒ나이 잇스니 셩명은 한국쳥이요 신쟝이 팔쳑이요 여력이 과인ᄒ고 인물이 쥰슈ᄒ며 총명이 츌즁ᄒ디 어려셔붓허 비범ᄒ 긔샹 만키로 승샹이 편이ᄒ시니 국쳥이 ᄯ호ᄒ 그 ᄯ슬 밧어셔 진츙진셩ᄒ는지라. 승샹이 그 셩긔ᄒ기롤 ᄇ라샤 혹업의 힘쓰게 ᄒ신디 국쳥이 ᄯ호ᄒ 졍신을 씨고 근간을 부려셔 경ᄉ의 익슉ᄒ고 급기 쟝셩ᄒ 후에는 궁마간슉ᄒ며 병셔의 통달ᄒ니 ᄯ 큰 그릇실너라. 이럼으로 승샹이 깁히 ᄉ랑ᄒ며 돗담[탐]게 밋으니 국쳥이도 ᄯ호ᄒ 공경으로 직분을 다ᄒ야셔 노쥬의 지긔가 샹합ᄒ야 분의는 노쥬요 은졍은 부ᄌᄀᆺ흔지라. 틱[딕]ᄂ의 대소ᄉ를 반ᄃ시 물어셔 힝ᄒ시며 승샹의 신

[션]후ᄉ를 젼일이 부탁ᄒ시니 국쳥이도 ᄯᅩ흔 감격ᄒ야 죽기로써 은덕을 갑기를 도모ᄒ니 왕튀슈도 ᄯᅩ흔 깁히 의신ᄒ고 마부인도 젼일이 밋드며 뎍니의 샹하권속이 의앙ᄒ며 두려워ᄒ지 아이ᄒ는 사ᄅᆞᆷ이 업셔셔 그 실샹 권리ᄂᆞᆫ 승샹이예셔 압셔ᄂᆞᆫ지라. 조부인은 홀노 깁히 근심ᄒ여 굴ᄋᆞᄃᆡ 신하의 위권이 임군의 지니면 나라의 불ᄒᆡᆼ이요 하인에 권리가 쥬인을 누르면 집안의 지앙이 잇스리니 함ᄋᆞᆷ[을]며 국쳥의 위인이 음흉ᄒ니 쟝니 지앙이 적지 아니ᄒ리도다. 이쳐럼 깁히 근심ᄒ나 집안의 샹하노소가 극히 국쳥을 의신ᄒ고 국쳥이도 졍셩을 다ᄒ야 츙셩을 부리ᄂᆞᆫ지라 엇더케 틈을 타셔 물니칠 계교가 업더라. 이 씨의 황뎨의 ᄉᆞ랑ᄒ시는 쳡여가 잇스니 셩은 댱씨라. 그 총이가 날노 놉하가더니 맛참에 황후가 붕ᄒ시미 댱씨로써 황후를 봉ᄒ시고 그 ᄋᆞ우 댱빅언으로써 대ᄉᆞ마 대쟝군을 삼으시고 텬하병마를 도독ᄒ게 ᄒ시니 위셰가 죠졍을 기우릴 ᄲᅮᆫ더러 졈졈 죠졍권셰를 잡더라. 국쳥이 일즉 댱빅언과 더브러 친ᄒ야 교분이 깁허셔 셔루 허여홀 ᄲᅮᆫ 아니라 댱빅언이 국쳥으로써 큰 그릇스로 알아셔 깁히 밋고 지이더니 급기 빅언이 집권흔 후에ᄂᆞᆫ 국쳥을 나라의 쳔거ᄒ야 벼슬을 시기되 날노 그 직품을 돗두워셔 현요흔 관쟉의 일은지라. 이 씨를 타셔 조부인이 승샹께 엿자오ᄃᆡ 사ᄅᆞᆷ의 집에 노복과 문인은 굿ᄒᆡ여 디로 나리며 오ᄅᆡ 둘 것시 업ᄂᆞᆫ 중에 겸ᄒ와 한국쳥은 지금 일으려ᄂᆞᆫ 귀인이 되옵고 나라 사ᄅᆞᆷ이 되얏ᄉᆞ오니 굿ᄒᆡ야 집안 문긱으로 알 것이 업습고 겸ᄒ와 한국쳥의 위인이 음흉ᄒ고 능히 근고를 참으며 그 긔상의 반샹이 잇ᄉᆞ온즉 집안 사ᄅᆞᆷ으로 오ᄅᆡ 둘 것시 업ᄉᆞ올 ᄃᆞᆯ[듯]ᄒ오니 지금에 졔가 현달ᄒ야 나라 신하가 되얏스니 다시 집안 사ᄅᆞᆷ으로 디졉지 아니ᄒ시면 피ᄎᆞ의 션루 맛당홀 ᄃᆞᆺ오며 ᄯᅩ 그 사ᄅᆞᆷ이 츙셩이 업ᄂᆞᆫ 것시 아니로되 대간은 ᄉᆞ츙이라 ᄒ오니 식[신]은 그 대간을 넘녀ᄒ노이다. 이쳐럼 승샹에게며 튀슈의게며 마부인의게 두루 간ᄒᆞᆯᄃᆡ 승샹이 그 말을 올히 녀기시고 하로는 한국츙[쳥]을 디ᄒ야 굴ᄋᆞᄃᆡ 군이 이졔ᄂᆞᆫ 황뎨의 됴졍대부가 된 지라 내 집의 잇스면

내가 죠졍디졉이 아니요 다른 사롬이 날을 쑤지즐 터이니 오날노붓터 셔는 내 집의 죵젹을 긋쳐셔 우리 둘의 의리가 다 맛당케 ᄒ라 ᄒ시거늘 국쳥의 그 말숨을 듯고 눈물을 흘니며 엿ᄌ와 ᄀᆞ라디

1896년 6월 6일 (10회)

무릇 의리는 궁달노 변홀 것시 아니요 은졍은 귀쳔으로 다르지 못ᄒ올지라 만닐 귀쳔궁달노써 은의를 곳치오면 이는 용렬ᄒ 사롬이오니 소인이 비록 어리셕은 소견을 면치 못ᄒ엿ᄉ오나 ᄯᅩᄒ 용렬ᄒ 사롬의 닐은 아니ᄒ고쟈 ᄒ옵는지라 승상이 거의 통촉ᄒ심을 ᄇᆞ라옵고 ᄯᅩ 승상 덕의는 노쥬의 의만 일커를 것시 아니오라 은졍이 부ᄌ예셔 못ᄒ지 아니ᄒ옵거늘 소인이 차라리 죠졍의 별슬을 ᄉᆞ양홀 지언졍 승상은 비반치 못ᄒ오리니 승상은 죄를 쥬시기를 ᄇᆞ라ᄂᆞ이다 ᄒ고 문밧게 나셔 ᄯᅡᆼ에 업듸려셔 디죄ᄒ거늘 승상이 이윽히 싱각다가 불너 드려셔 일너 ᄀᆞ라ᄉᆞ디 내가 군을 죄주는 것시 아니여늘 엇지 희망ᄒ 거죠를 ᄒᆞ야 내 마음을 편치 안케 ᄒᆞᄂᆞᆨ뇨 국쳥이 디답ᄒ여 왈 승상게오셔 죄쥬실 마음이 업스실진디 혹 말ᄒ 사롬이 잇슬가 넘녀ᄒᆞ노이다 소인이 이 다음에 벼슬이 놉하도 쥬인을 비반치 아니ᄒᆞ오면 사롬이 소인에 의롤 닐커를 것시오 승상의 문하에셔 귀인이 나오면 사롬이 승상의 덕화를 일커를 지라 엇지 아름답지 아니ᄒᆞ오릿가 소인은 승상의 깁히 통촉ᄒ옵시기를 ᄇᆞ라옵ᄂᆞ이다. 승상이 ᄀᆞ라ᄉᆞ디 군에 ᄯᅳᆺ시 이ᄀᆞᆺ치 굿을진딘 굿히여 여러 말홀 것시 업도다 ᄒ고 그 후로는 졍의가 더욱 친밀ᄒ더라. 이 ᄯᅢ의 북방의 가달이 십만군ᄉᆞ를 익끌고 드러와셔 크게 침범ᄒᆞ니 인심이 소동ᄒᆞ고 급보가 죠졍에 드러오니 죠졍이 진동ᄒᆞ며 황뎨께셔 근신ᄒᆞ사 댱빅언의게 의논ᄒᆞ신디 빅언이 한국쳥의 지죠가 문무겸비ᄒ 것슬 쳔거ᄒᆞ거늘 이에 한국쳥으로 진북대장군 병마졔독을 봉ᄒᆞ시고 졍병 오만을

쥬어셔 가달을 물니치라 ᄒ셧더니 한국쳥이 황뎨의 명을 밧ᄌ옵고 군ᄉ를 거ᄂ리고 변방의 나가셔 쟝ᄎ 뎌진홀 시 이 ᄯ의 가달의 부하의셔 ᄂ란이 잇셔셔 일변은 회군ᄒ고져 ᄒᄂ 즁에 뎍진의 쟝슈 ᄒᄂ히 져의 샹쟝의게 죄를 엇고 국쳥의게 항복ᄒ야 져의 진속 형셰롤 ᄌ셰이 말ᄒᄂ지라. 한국쳥이 이에 크게 깃버ᄒ야 그날노 군즁의 호령ᄒ야 쟝속을 긴히 ᄒ고 뎍진을 음습홀 시 츌기불의ᄒ야 그 방비가 업ᄂ 것슬 치니 형셰가 뎌쑝을 파홈 ᄀᆺ고 도적은 회군홀 마음이 잇ᄂ 즁의 졸연이 뎌펴를 당ᄒ니 맘이 겁ᄂ고 담이 ᄯ러져셔 물결 헤여지듯 ᄒᄂ지라. 이에 한국쳥이 북소리 ᄒ번의 큰 공을 셰워셔 뎍병을 벤인 것시 슈만 명이요 사루잡은 것시 슈만 인이요 우마와 지물을 웃든 것시 부지기슈요 남겨지[나머지] 군ᄉ는 사면으로 훗터져 다러난지라. 그동안 ᄲᆺ겻든 셩을 하로 아참의 모다 찻고 빅셩을 진증ᄒ니 고금에 이ᄀᆺ치 속히 큰 공을 셰운 자ㅣ 업ᄂ지라 위명이 텬하의 진동ᄒ더라. 즉시 죠졍의 쳡보롤 올니고 개가를 불너 군ᄉ를 돌니니 빅셩도 깃버ᄒ며 군ᄉ도 농냑ᄒ고 댱빅언이는 졔가 쳔거ᄒ 사름이 큰 공을 셰운 것슬 쳔만 다힝이 녀겨셔 황뎨께 그 아름다온 공을 일야로 알외오니 황뎨가 ᄯ오ᄒ 깁히 질거워 ᄒ셔셔 한국쳥이 도라오기롤 기드리시다가 밋 한국쳥이가 경ᄉ의 ᄀᆺ가이 일으미 빅관으로 ᄒ야금 나가셔 맛져 드리게 ᄒ시고 한국쳥을 만금 즁샹을 쥬시고 졔양후롤 봉ᄒ신 후에 댱빅언은 사름을 올케 알어셔 맛당히 ᄯ 닐노 ᄒ여금 즁샹을 쥬시니라. 이럼으로 한국쳥의 위엄과 권셰가 죠졍에 진동ᄒ고 온죵이 극히 놉허셔 부귀가 일셰의 진동ᄒᄂ지라. 그러ᄒ되 왕승샹 덕의 츙셩인즉 날노 더ᄒ야 조금도 히티홈이 업셔셔 날마다 죠회ᄒ고 나오면 반드시 승샹 덕으로 와셔 대소사를 친히 감검ᄒ야 예젼과 달음이 업고 그 부귀의 나는 녹과 즁샹을 밧은 지물을 ᄒ나도 제 집으로 가져가는 닐이 업고 반드시 승샹 덕으로 듸려다 두고 제 집인즉 예젼과 ᄀᆺ치 승샹덕에셔 차하ᄒ여다가 스는지라. 승샹덕 샹하ᄂ외가 모두 다 그 의롤 탄복ᄒ되 홀노 조부인은 깁히 근심ᄒ야 죠하ᄒ

지 아니ᄒᆞᄂᆞ 다시는 엇지 홀 계교가 업셔셔 말 ᄒᆞ마듸롤 닉지 못ᄒᆞ더라. 그러ᄒᆞ되 왕틴슈는 본릭 나약ᄒᆞ여셔 범빅 ᄉᆞ무에 서어ᄒᆞᆫ 중에 이왕붓터 가간 대소ᄉᆞ를 한국청이가 모다 총찰ᄒᆞᆫ지라. 한국청이 변방의 나간 ᄉᆡ이의 승샹은 더구ᄂᆞ 년고ᄒᆞ야 ᄉᆞ무에 샹관치 아니ᄒᆞ시고 틴슈가 극히 곤란ᄒᆞ야 한국청의 ᄉᆡᆼ각을 ᄉᆞᆷᄉᆞ로 잇지 못ᄒᆞ다가 밋 한국청이가 올나온 후에도 제 부귀홈으로써 예젼이의셔 변ᄒᆞ지 아니홀 ᄲᅳᆫ더러 제 부귀를 승샹 딕의 아올으고 간ᄉᆞᄒᆞ는 닐은 혹 젼이에셔 못홀가 넘녀ᄒᆞ야 극히 졍셩을 쓰니 틴슈가 극히 깃버ᄒᆞ야 과망히 녀기고 대소ᄉᆞ를 국청의게 젼업을 ᄒᆞ고 집안 사름만 감복홀 ᄲᅳᆫ이 안이라 셰샹 사름이 다 칭숑ᄒᆞ더라. 그런ᄒᆞᆫ 중 한국청이가 죠부인의게는 더욱 례들[를] 다ᄒᆞ며 츙셩을 다 ᄒᆞ여셔 극진이 도리롤 차리고 한량 업시 풍죡ᄒᆞ게 드리니 그것시 다 깃부지 아니ᄒᆞ것마는 왼 집안의 다소간의 지물이며 대소ᄉᆞ의 닐이 모다 한국청의 손 속에 잇ᄂᆞᆫ지라 급기 지물에는 굿ᄒᆡ여 한국청의 지물 ᄲᅳᆫ이 아닌지라 부득이 ᄒᆞ야 물니치지 못ᄒᆞ더라. 이 ᄊᆡ에 황뎨는 안으로 황후의게 혹ᄒᆞ시고 밧그로는 댱빅언의게 ᄲᅡ지셔셔 치란의 득실을 ᄭᆡᄃᆞᆺ지 못ᄒᆞ시고 죠졍에는 댱빅언이 탁란을 ᄒᆞ여 현인군ᄌᆞ는 모다 물너가고 소인만 조졍의 가득ᄒᆞ고 변방의는 흉노가 강셩ᄒᆞ야 쟝ᄎᆞᆺ 텬하를 병탄ᄒᆞᆫ 형셰가 잇ᄂᆞᆫ지라 인심 흉흉ᄒᆞ야 사름마다 안심치 못ᄒᆞ거눌 이 ᄊᆡ의 승샹은 년긔가 놉하셔 졍신이 혼혼ᄒᆞ며 긔력 엄엄ᄒᆞ고 심약ᄒᆞᆫ 마음이 만코 겸ᄒᆞ야 틴슈는 인ᄌᆞᄒᆞ고 유약ᄒᆞᆫ 쟈픔이라 결졍코 산슈명낭ᄒᆞᆫ 시골에 물너가셔 란을 폐ᄒᆞ고쟈 ᄒᆞ야셔 한국청과 더브러 의논ᄒᆞᆫ디 국쳥이 디답ᄒᆞ여 왈 진실노 맛당ᄒᆞ오신 경영이라 셰샹이 란리를 면치 못ᄒᆞ올 줄은 어린 ᄋᆞ희도 짐작ᄒᆞ올지라 만닐 힘이 바루 집[잡]지 못홀진더 물너가는 것시 맛당ᄒᆞ온디 함을며 승샹은 년긔가 놉흐셔 긔력이 엄엄ᄒᆞ시니 맛당히 한가ᄒᆞᆫ 산슈의셔 진셰의 닐을 모로시는 것시 됴홀지니 소인이 힘을 쓰오리다

1896년 6월 8일 (11회)

또 싱각건디 란리가 북방의 잇스오니 남방의 산슈 됴흔 곳스로 가시는 게 맛당ㅎ올 것시오 또 승샹덕의 션셰붓허 강남 쌍에 살어게시니 강남이 엇더ㅎ오리잇가. 승샹이 답왈 남방이 됴흘 쥴은 아나 군이 짐작ㅎ야 쥬션ㅎ라. 이에 한국청이 댱빅언의게 요구ㅎ야 형쥬즈스를 원흔디 댱빅언이 황뎨께 알외고 형쥬즈스를 시기거놀 한국청이 승샹의게 알외오디 소인이 형쥬즈스를 도득ㅎ온 것슨 승샹의 산슈지락 취ㅎ심을 위홈이라 청컨디 형쥬로 힝츠ㅎ시면 그 중에 산슈 됴흔 디로 갈이여서 가틱을 작만ㅎ오리이다 ㅎ거놀 승샹이 올켜 녀기시고 깃부게 알어서 밧비 힝장을 지촉ㅎ신디 한국청이가 이에 힝리를 치릴 시 위의와 긔구를 극히 쟝ㅎ게 ㅎ야 승샹덕의 샹하권솔을 편ㅎ도록 뫼시고 길을 쩌느니 보는 사롬이 칭찬ㅎ지 아니ㅎ는 쟤 업더라. 류노로 가다가 비로 갈 쥬션을 ㅎ니 큰 비가 몃 쳑이요 죵션이 슈십 쳑이라 승샹덕 권솔은 큰 루션의 안돈ㅎ고 그 다음 큰 비는 제가 타고 달은 비덜은 지물과 군스를 싯고 일졔이 쩌느니 긔구도 쟝ㅎ고 경치도 죳터라. 순풍을 맛느셔 오리지 아니ㅎ야 형쥬의 득달ㅎ니 강남의 산슈가 사롬의 이목을 샹쾌이 흘지라 승샹이 크게 깃버ㅎ시더라. 형쥬즈스의 도임을 ㅎ고 졍결흔 가틱의 승샹 덕 권솔을 안돈케 ㅎ고 공양을 지셩으로 ㅎ니 형쥬즈스와 겸ㅎ여 게야후[계양후]ㅣ라 긔구가 굉장흔디 힘을 다ㅎ니 군왕의 긔구와 굿흔지라. 승샹덕의 샹하 니외가 크게 깃버ㅎᄂ 홀노 조부인은 깃버ㅎ지 아니ㅎ더라. 한국청이 사롬으로 ㅎ여금 형쥬 근경의 가히 살엄즉흔 터를 구흘 시 게[계]양 쌍에 흔 곳시 잇스니 산슈가 명낭ㅎ고 토디는 길음지며 도로는 사식ㅎ야 일부ㅣ 당관ㅎ면 쳔병만마라도 열지 못흘 곳시로디 아직 긔쳑지 못흔 곳시라 ㅎ거놀 한국청이 여러 식견 잇는 사롬으로 ㅎ여금 가보라 흔즉 여러의 말이 흔결굿치 칭찬ㅎ되 담은 긔쳑지 못흔 것만 흠이라 ㅎ거놀 즈사가 이에 친히 계양의 단이고 그 곳슬 가셔 보니 과연 긔묘ᄒ고 명낭ᄒ야 별유턴디비인간이라 크게 깃버ᄒ야 위선 계양 티슈의게 령을 나리여 긔쳑ᄒᄂ 역소를 시작ᄒ고 각 군에 령을 나려셔 역부를 모ᄒ니 긔구도 장ᄒ며 형셰도 만터라. 그 곳을 이름ᄒ더 신판동 이라 ᄒ고 첫지ᄂ 승샹딕을 경영ᄒ야 지어놋코 둘지ᄂ 조ᄉ의 집을 경 영ᄒ야 지어 노ᄒ니 비단 굉장ᄒ고 화려ᄒᆯ 뿐 아니라 규모와 졀ᄎᆞ가 긔 이ᄒ고 신통ᄒ더라. 이에 조사가 지물을 만히 듸려셔 토디를 긔간ᄒ야 쳔믹을 만들고 동구와 도로를 긔묘히 만들며 셩쳡과 관익을 견고이 싸코 신판동의 드러와셔 사ᄂ 사ᄅᆞᆷ이면 복호를 쥬고 가틱을 축셜ᄒ기 의 지물을 부조ᄒ며 자산을 곳히고 직업을 인도ᄒ니 사방의 인민이 닷 투어 들어와셔 거연이 턴도읍이 되엿더라. 이에 지물을 덜어셔 거련으 로 ᄒ여금 농업을 힘쓰게 ᄒ며 샹고와 공쟝을 츄향ᄒ게 ᄒ고 뎐토를 사 방의 두어셔 젼곡을 슈운ᄒ기 편ᄒ게 ᄒ니 신판동의 부요ᄒ고 번화ᄒ 기가 날노 나어가더라. 이에 승샹딕과 조사의 집을 신판동으로 옴기니 위의와 졀ᄎᆞ가 극히 굉쟝ᄒ더니 급긔 신판동의 일으러셔ᄂ 그 동구에 유슈ᄒ과 인호에 됴밀ᄒ과 가택의 듀규ᄒ이 규모 졀ᄎᆞ[ᄎᆞ]가 잇셔셔 모 다 툐량ᄒ던 밧기라. 승샹이 크게 깃버ᄒ며 심히 맛당케 녀겨셔 늑ᄂ 쥴을 아지 못ᄒ며 셰월 가ᄂ 쥴을 씨닷지 못ᄒ고 이 ᄶᅥ의 경소의셔ᄂ 란리가 나셔 극히 요란ᄒᆮ것마ᄂ 그 란리난 소식은 들엇스나 요란ᄒ 것 슨 아지 못ᄒ고 잇스니 더구ᄂ 신션의 디경인 쥴 씨닷겟더라. 이 ᄶᅥ의 조부인은 집안이 졈졈 한국쳥의 쟝악에 드ᄂ 것슬 됴하ᄒ지 안코 근심 으로 지니거ᄂᆯ 왕소져ᄂ 조부인의 현쳘ᄒᆷ을 시긔ᄒᄂ 마음이 졈졈 자 라셔 부모의게 그 단쳐를 알외기로 닐을 삼을 시 본리 왕소져도 녕니ᄒ 지라 귀ᄒ시ᄂ 부모의 ᄯᅳᆺ슬 맛츄어셔 쇠길 지조ᄂ 넉넉ᄒ지라 조부인 이 쟈쟈의 혈능ᄒᆷ을 쟈긍ᄒ고 안하의 무인ᄒ 냥으로 하손ᄒ더 왕승샹 과 마부인이 다 ᄎᆞᄎᆞ 곳지 듯더라. 이에 티슈와 더브러 금슬을 셩긔게 ᄒᆯ 계교를 싱각ᄒ더라. 이러구러 셰월이 여류ᄒ야 승샹의 슈한이 다ᄒ 미 노병으로써 셰샹을 버리ᄂ지라. 초죵과 쟝소를 례로써 지니고 한국청이 심상을 입어 삼년을 니지더래[지니더라]. 승상이 도라가신 후로눈 왕소저가 조부인을 마부인의게 날노 심하게 하손ᄒᆞ야 단쳐롤 얼거니 마부인이 ᄎᆞᄎᆞ 조부인을 믜워ᄒᆞ고 틴슈의게 이간을 ᄒᆞ야 금슬을 셩긔 도록 ᄒᆞ니 조부인의 신셰가 심히 외로온지라. 조부인이 극히 근심ᄒᆞ고 겁니며 시비덜과 더브러 셔로 위로ᄒᆞ더라. 일노 좃차 마부인이 ᄯᅩᄒᆞᆫ 병 환이 들더니 인ᄒᆞ야 일지 못ᄒᆞ고 극락셰계를 차저가거놀 초종장ᄉᆞ의 례룔 다ᄒᆞ야 왕승상의 산소의 합폄ᄒᆞ니라. ᄒᆞ로눈 틴슈가 잠을 자다가 일어느지 아니ᄒᆞ니 잠들다 황쳔긱이 되얏스니 엇지 불상ᄒᆞ디 아니ᄒᆞ리 요. 나히 삼십이니 쳥춘을 지니지 못ᄒᆞ엿고 요됴슉녀의 부인을 매[만]ᄂᆞ 셔 금슬지락을 다ᄒᆞ지 못ᄒᆞ고 일졈혈육을 두지 못ᄒᆞ엿스니 엇지 불상 치 아니ᄒᆞ리요 겸ᄒᆞ야 그 죽음이 심히 의심나니 사름이 그 엇지ᄒᆞᆫ 연고 를 아지 못ᄒᆞ더라. 오호ㅣ라 홍안이 박명이라 ᄒᆞ엿스ᄂᆞ 조부인의 지조 와 지각과 덕과 힝실노써 엇지 복을 누리지 못ᄒᆞᆫ고 일노써 보면 텬 리를 알 슈 업도다. 왕소저눈 조부인과 더브러 셔로 의지ᄒᆞ고 셔로 ᄉᆞ 랑ᄒᆞ야 셔로 위로홀 싱각은 아니ᄒᆞ고 부모가 도라가스며 틴슈가 셰상 을 니별ᄒᆞᆫ 후에눈 조부인에 하손을 홀 곳시 업눈지라. 이에 시비덜과 더브러 ᄌᆞᄉᆞ 한국쳥을 요구ᄒᆞ야 극히 츄앙ᄒᆞ고 조부인에 단쳐를 젼ᄒᆞ 야 하손홀 도리롤 빅 가지로 ᄒᆞᄂᆞ 한국쳥은 본릭 음흉ᄒᆞᆫ 즁에 식견은 궁통ᄒᆞᆫ 자라 평싱의 조부인을 흠앙ᄒᆞ야 깁히 툰복ᄒᆞ고 지니눈 지라 그 여간 회언이 엇지 그 깁흔 욕심을 막으리요

1896년 6월 10일 (12회)

이럼으로써 한국쳥의 죠부인 디졉홈은 그 후ᄒᆞ고 관곡홈이 비홀 데가 업스며 겸ᄒᆞ야 한국쳥이가 상쳐ᄒᆞ엿스되 후취ᄒᆞ지 아니코 잇스니 뉘가 능히 그 음특ᄒᆞᆫ 심장을 알 리요 홀노 조부인이 겹피 근심ᄒᆞ나 집안의

남ᄌᆞ는 ᄒᆞ나도 업고 여간 하인은 모다 한국쳥 휘하의 들고 겸ᄒᆞ야 형쥬 ᄌᆞ샤요 ᄯᅩ 지물이 만흐니 부귀와 권셰가 쌍젼ᄒᆞ지라 강남 텬디에셔는 위염[엄]이 힝ᄒᆞ기를 텬ᄌᆞ의셔 더ᄒᆞ야 두려워ᄒᆞ지 안는 쟈ㅣ 업스며 ᄯᅩ ᄒᆞᆫ 음흉ᄒᆞ고 간통ᄒᆞ야 사ᄅᆞᆷ을 후리니 그 심복이 극히 만흔디라 조부인 이 비록 그 음특ᄒᆞᆫ 심쟝을 짐작ᄒᆞᄂᆞ 누구다려 의논ᄒᆞ리요 가련홉다 명 문거죡의 부귀로 싱쟝ᄒᆞᆫ 부인이 일됴의 거연이 범에 굴의 ᄯᅥ러젓스니 영웅지ᄉᆞ라도 계교를 베풀 곳시 업스니 엇지ᄒᆞ면 됴흘 줄을 아지 못ᄒᆞ 더라. 챡ᄒᆞ지 못ᄒᆞᆫ 왕쇼져는 화가여싱의 단 둘이 살아 잇셔셔 셔로 큰 근심을 ᄀᆞᆺ치 홀 줄은 아지 못ᄒᆞ고 담은 한국쳥의 후디ᄒᆞᄂᆞᆫ디 마음을 씨 고 조부인과는 죵시도 의논이 업스니 엇지 민망치 아니ᄒᆞ리요. 이 ᄲᅦ의 늘근 시비 ᄒᆞ나히 잇스니 마부인 부리던 시비라. 일홈은 강셤이니 넝니 ᄒᆞ고 구변이 넉넉ᄒᆞ나 큰 의리는 업고 지물에 욕심은 만흔지라 한국쳥 이가 이에 시비덜 중에 강셤이럴 불너셔 지물을 만히 쥬고 심복을 만드 러셔 심중에 깁히 잇는 닐을 말ᄒᆞᆫ디 강셤이 ᄯᅩᄒᆞᆫ 조부인의 마음을 짐작 ᄒᆞ고 그 졍디홈을 긔탄ᄒᆞ야 허락ᄒᆞ기 어려우ᄂᆞ 그 지물에도 욕심이 당 긔고 한국쳥의 권셰에도 아당코져 ᄒᆞ야 디답ᄒᆞ야 왈 맛당이 틈을 타셔 졍셩을 다ᄒᆞ오리다 ᄒᆞ니 국쳥이 크게 깃버ᄒᆞ야 샹급을 만히 ᄒᆞᆫ디 강셤 이 그 은덕을 감북[북]ᄒᆞ야 죽기로써 도모ᄒᆞ고져 ᄒᆞ나 일은 조부인의 엄위홈의 두려워셔 경솔이 말을 너기 어렵고 일은 여러 시비덜이 좌우 를 ᄯᅥ나지 아니ᄒᆞ니 틈을 웃기 어려워셔 날노 ᄌᆞ져 ᄒᆞ며 ᄲᅦ로 엿보더라. ᄯᅩ 마부인의 부리던 시비의 금셤이란 시비가 잇스니 위인이 진듕ᄒᆞ고 지혀[혜]가 잇스며 겸ᄒᆞ야 츙의가 돗타온지라 조부인이 ᄯᅩᄒᆞᆫ 그 위인을 ᄉᆞ랑ᄒᆞ야 디졉히니 금셤이 항샹 감격ᄒᆞ야 죽기로써 은덕을 갑흘 마음 이 잇더니 이 ᄲᅦ의 강셤의 동졍을 본즉 민우 슈샹ᄒᆞ고 겸ᄒᆞ야 ᄌᆞᄉᆞ의게 ᄌᆞᄌᆞ 니왕ᄒᆞ며 지물이 풍셩ᄒᆞ야 졸디 부요홈이 비홀 디 업고 조부인ᄋᆡ 게 말을 ᄒᆞ고쟈 호디 감히 너지 못ᄒᆞ는 모양이여늘 본리 티슈 샹공의 죽엄을 깁히 의심ᄂᆞ나 한국쳥의 위염[엄]이 듕ᄒᆞᆫ지라 잘못ᄒᆞ다가 웬슈논 갑지 못호고 지앙만 일으킬가 의심호야 억지로 참꼬 찐를 기드리더니 이 찐를 당호야 강셤의 거동을 보고 크게 분호야 눈물을 흘니며 부인의게 그 심즁에 말솜을 다 알외온더 부인이 눈물을 흘니고 늑겨 골으더 내 마음과 굿흔 사롬은 이 셰샹의 너 뿐이라 가히 더브러 웬슈를 갑흘지로다 이왕붓터 흉음호 눈치는 안 지가 오러되 그 형젹을 보지 못호고로 오날날꺼지 살어셔 그 죵말을 보고쟈 호엿더니 너의 불근 소견이 날보덤 놉흐니 다시 의심이 업고 겸호야 강셤의 말을 들을진더 가히 알니라 호고 이에 비슈롤 차져셔 엽헤 감츄고 시비덜을 명호야 잠간 좌우를 폐호엿다가 내가 부르거든 즉시 드러오라 호고 이에 강셤을 불너셔 갓가이 안치고 신셰의 가련호며 셰사의 쳐량홈을 일커러셔 그 말을 즈어니니 강셤이 이에 반갑게 녀겨셔 저의 소원을 일울 찐로 알고 은근이 위로호며 셰스ㅣ가 홀홀혼더 인싱이 초로 굿흐니 맛당이 위염[엄]과 덕망은 사롬의 항복호는 바이라 함을며 부인을 스모호는 마음이 목셕도 감동홀지니 부인은 깁히 싱각호소셔 호고 감언리셜이 만커늘 부인이 분홈을 억지로 참꼬 다시 물어 굴으더 즈사의 말이 잇더냐 혼더 강셤이 디답호여 왈 비단 잇슬 뿐이 아니라 은근호고 간졀호여 즈연이 감동치 아니홀 슈 업더이다 호거늘 이에 부인이 시부덜을 부르시미 시비덜이 일시에 드러셔는지라 강셤을 결박호야 묵그라 호고 칼을 너여 손에 잡고 호령호여 굴으더 너 굿흔 의리가 업는 것슨 금슈의 굿흔지라 다른 칙망은 홀 것시 업거니와 틱슈 샹공의 죽엄을 너는 반드시 알 것시니 바로 말호지 아니호면 이 칼에 죽으리라 혼즉 강셤이 혼비빅산호여 울며[면]셔 목슘을 비러 굴으더 과연 아모 날브터 즈스가 지물을 얼마 얼마를 쥬며 말을 약하 약하이 호기로 그 지물에 탐이 나셔 힘을 쓰기로 허락호온 것시오 그 젼은 아모 죄도 업스오며 쏘 부인의 신셰를 위호여셔 그리호온 닐이오니 다른 날은 아지 못호노이다 호고 엄형이 나려도 항복지 안커늘 부인이 시비덜다려 분부호여 강셤을 뷘 곳 집의 단단이 갓우고 슈셜불통케 호라 호고 이에 금셤을 붓들고 울어 굴으더 인제는 웬슈가 분명호 지라 엇지호면 웬슈를 갑흐리요 호디 금섬이 쏘호 울며 알외오디 소녀의 몸이 죽기로 엇지 스양호오리잇가 담은 계칙이 업슬가 한호노니 부인게오셔 지휘호심을 브라옵고 다시 싱각호옵기를 용셔호옵소셔 호고 저의 방의 도라와셔 밤의 잠을 일우지 못호고 분긔를 참지 못호더니 금섬의 사나희는 황익두라 호는 사름인디 본러 여력이 과인호고 의긔가 잇셔셔 지물을 가벼이 알고 친구를 죠하호니 은근이 협긱의 풍도가 잇눈지라 금섬과 더브러 긔미가 샹합호야 금슬에 온경이 깁흔지라. 이날 밤의 금섬의 긔샹이 불평홈을 보고 그 곡졀을 뭇거눌 금섬이 이에 이러느셔 정신을 가다듬꼬 공경이 말호야 젼후스셰를 일을 시 한국쳥의 음특함과 조부인의 덕힝이며 왕티슈의 죽엄이 의심되는 것과 강섬의 빈은망[빈은망덕]호야 의리업는 닐을 낫낫치 일으고 오날 약하약하이 지닌 닐을 즈셰이 말호고 눈물을 흘니고 늑겨 말호여 굴으디 나는 부인의 은덕과 티슈의 웬슈를 갑지 못홀진딘 이 셰샹의 살어 잇지 안키로 결심호엿노라 호고 울기를 긋치지 안커눌 황익두가 듯기를 맛치미 목자가 찌여지고 두발이 쟝지호야 분긔를 익긔지 못호고

1896년 6월 12일 (13회)

칼을 찌여 샹을 두다리고 하눌을 가라쳐 밍셰호여 굴으디 내가 한국쳥을 죽이지 못호면 이 셰샹의 살어 잇지 아니호리라 호고 분긔를 익의지 못호거눌 금섬이 급히 일어느셔 그 닙을 막어 굴으디 잘못호면 지앙을 속히 취호리니 말슴을 경솔이 니지 말나 흐디 황익두가 굴으디 쟝부가 죽기를 두려워셔 엇지 언어롤 구구히 흐리요 금섬이 굴으디 사름이 셩스를 홀진딘 죽는 게 악갑지 아니홀연이와 공연이 언어로써 지앙을 취호는 것슨 남의 우슴을 취홈이라 그런고로 큰 닐을 경영호면 비밀호 것시 귀호오니 엇지 조심치 아니호시느요 황익두가 그 말을 탄복호고 길

게 탄식ᄒ고 안져셔 깁히 ᄉᆡᆼ각ᄒ거ᄂᆞᆯ 금셤이 그 마음이 오히려 굿지 못
ᄒᆞᆯ가 의심ᄒᆞ야 다시 말ᄒᆞ되 셰샹만ᄉ가 뒤 닐을 ᄉᆡᆼ각ᄒᆞ여야 올ᄉᆞ오니
만닐 후회가 잇슬진디 츰붓터 샹관치 아니ᄒᆞᆸᄂᆞᆫ 것시 올ᄉᆞ온니이다.
황익두가 그 말을 듯고 크게 노ᄒᆞ야 ᄀᆞᆯᄋᆞ디 나는 너를 사ᄅᆞᆷ으로 알엇는
디 너는 날을 사ᄅᆞᆷ으로 디졉ᄒ지 아니ᄒᆞ니 오날붓터 ᄯᅳ느리로다 ᄒᆞ고
ᄒᆡᆼᄒᆡᆼ이 일어서 가거ᄂᆞᆯ 금셤이 다시 빌어 ᄀᆞᆯᄋᆞ디 ᄒᆞᆫ 말ᄉᆞᆷ이 잇ᄉᆞ오니 쳥
컨디 잠간 용셔ᄒᆞ시고 들으소셔. 황익두가 ᄀᆞᆯᄋᆞ디 ᄯᅩ 무슴 말인지 나를
욕이는 말이 안인가 ᄒᆞ거ᄂᆞᆯ 금셤이 ᄀᆞᆯᄋᆞ디 과연 기집에 좁은 소견으로
ᄉᆡᆼ각ᄒ면 이ᄀᆞᆺ치 큰 닐이 업습기 낭군의 마음이 혹 굿지 아니ᄒᆞ신가 넘
녀ᄒᆞ와 말ᄉᆞᆷ을 잘못ᄒᆞ엿ᄉᆞ오니 허물을 용셔ᄒᆞ소셔. 황익두가 이에 길이
탄식ᄒᆞ여 ᄀᆞᆯᄋᆞ디 내의 승품이 길에서 불평ᄒᆞᆫ 닐을 보고도 칼을 ᄲᅢ여 셔
로 도와쥬고져 ᄒᆞ는 마음인디 홈을며 왕승샹의 은덕을 깁히 감복ᄒᆞ엿
눈디 한국쳥이란 놈도 왕승샹 덕 덕틱으로 부귀를 분슈의 넘게 일우고
ᄯᅩ 이 덕 권셰와 직물을 제가 오롯시 가지고 지금 졔 권력을 밋고 인즈
ᄒᆞᆫ 틱슈를 살히ᄒᆞ고 현쇽ᄒᆞᆫ 분인을 탈ᄎᆔᄒᆞ랴 ᄒᆞ니 하는 □[지]는 불충
불의 난륜지샹ᄒᆞᆫ 음흉의 죄악이 쳡쳡ᄒᆞᆫ지라. 엇지 다른 사ᄅᆞᆷ이 죽이기
롤 기드리리요 금셤이 이 말을 듯고 빅비 샤례ᄒᆞ고 계교를 물은디 황
익두가 ᄀᆞᆯᄋᆞ디 내 친구의 두 사ᄅᆞᆷ이 잇스니 ᄒᆞ나흔 셩명이 초달쳔이요,
ᄒᆞ나흔 셩명이 유지업이라. 이 두 사ᄅᆞᆷ은 능력과 담략이 잇슬 ᄲᅮᆫ 아니
라 평싱에 의긔를 익긔지 못ᄒᆞ야 올흔 날에 죽지 못ᄒᆞᆯ가 겁ᄒᆞ는 사ᄅᆞᆷ인
즉 이 말을 들으면 한국쳥이 죽일 닐을 말뉴워도 듯지 아니ᄒᆞ리라. 금
셤이가 이 말 듯고 크게 깃버ᄒᆞ여 ᄀᆞᆯᄋᆞ디 그러ᄒᆞᆯ진딘 그 두 분 손님을
죵용이 쳥ᄒᆞ여 집으로 오시면 내가 힘을 다ᄒᆞ고 졍셩을 다ᄒᆞ여서 그 마
음을 감동케 ᄒᆞ오리이다 ᄒᆞ고 즉시 드러가셔 부인을 뵈옵고 져의 사나
회 황익두와 슈쟉ᄒᆞᆫ 말ᄉᆞᆷ을 시쵸와 종말을 갓추어서 ᄌᆞ셰이 알외온디
부인이 들으시고 크게 감격ᄒᆞ야 눈물 흘니며 ᄀᆞᆯᄋᆞ디 셰상의 의긔 남ᄌᆞ
도 과연 잇도다 그러ᄂᆞ 초달쳔과 유지업이 두 사ᄅᆞᆷ이 의심되지 아니ᄒᆞ

라 ᄒ거늘 금셤이 디답ᄒ여 왈 쇼녀도 조금 의심이 잇습기 ᄀᆞᆺ치 오라
ᄒ엿거니와 황익두 위인이 쇼홀치 아니ᄒᆞ온즉 친구를 졍녕이 허랑훈
사ᄅᆞᆷ을 밋지 아니ᄒᆞ올 듯ᄒᆞ오며 ᄯᅩ 그 사ᄅᆞᆷ덜이 오거든 형용과 동졍을
보오면 자연이 짐쟉이 잇슬 듯ᄒᆞ오이다. 부인이 ᄀᆞᆯᄋᆞ디 그 사ᄅᆞᆷ덜이 의
긔에 격동ᄒᆞ는 사ᄅᆞᆷ덜이라 직물에 샹관이 업슬 듯ᄒᆞ나 그러ᄂᆞ 내 졍셩
인즉 다ᄒᆞ는 것시 올흐니 이것슬 가져다가 내 졍셩을 표ᄒᆞ라 ᄒᆞ고 금
십오근과 은 삼쳔냥을 내여쥬고 ᄯᅩ은 슈빅냥을 쥬어셔 졉디ᄒᆞ는 부비
를 ᄡᅵ라 ᄒᆞ고 ᄯᅩ 다시 일너 ᄀᆞᆯᄋᆞ디 그 사ᄅᆞᆷ덜이 오거든 틈을 타셔 날을
쟘간 보게 ᄒᆞ라. 금셤이가 분부디로 시힝ᄒᆞ기로 디답ᄒᆞ고 그 사ᄅᆞᆷ덜 졉
디홀 술과 안쥬를 졍히 차려두고 기ᄃᆞ리더니 ᄒᆡ가 셔양이 되미 셰사ᄅᆞᆷ
이 함긔 오니 하나흔 신쟝이 팔쳑에 위품이 늠름ᄒᆞ고 하나흔 톄양이 단
스흔디 위인이 침잠ᄒᆞ고 졍한흔지라 녀우의 살긔를 ᄯᅴ고 드러오니 짐
짓 큰 닐을 ᄒᆞ염직홀 쟝부덜일너라. 의풍이 늠늠흔 것슨 초달쳔이고 긔
상이 졍한흔 것슨 유지업이라. 금셤이 크게 깃버ᄒᆞ여 은근이 갓쳐셔 례
로써 디졉ᄒᆞ고 술을 너여 사오비의 지난 후에 눈믈을 흘니며 ᄉᆞ긔를 ᄌᆞ
셰이 말ᄒᆞ니 초목도 감동ᄒᆞ겟고 금슈도 분격홀너라. 셰 사ᄅᆞᆷ이 듯기를
맛치기 젼의 팔둑을 어루만지며 탄식ᄒᆞ여 ᄀᆞᆯᄋᆞ디 이ᄀᆞᆺ흔 짐셩놈은 맛
당이 열 번 죽일 놈이라. 무엇슬 다시 의심ᄒᆞ리요. 이에 금셤이 부인 쥬
시던 금과 은을 너여셔 압헤 놋코 조부인에 은근흔 졍셩을 이공이 베프
러 ᄀᆞᆯᄋᆞ디 이것시 례물이 아니오라 얏튼 졍셩을 표ᄒᆞᆫ 것시로라 흔디
셰 사ᄅᆞᆷ이 웃셔 ᄀᆞᆯᄋᆞ디 우리가 의긔어 격동ᄒᆞᆫ 사ᄅᆞᆷ이라 직물을 취ᄒᆞ
야 무엇셰 ᄡᅵ리요. 금셤이 말ᄒᆞ되 조부인도 그러키로 직물을 보니ᄂᆞᆫ 것
시 례가 아닌 줄을 말ᄒᆞ시고 구구흔 졍셩을 표홀 길이 업스와 변변치
못ᄒᆞ온 것스로써 마음을 표ᄒᆞ오신 것시니 강잉히 밧으셔야 쳣지는 조
부인의 디졉이요 둘지는 셔루 밋븜을 보이는 게 될 듯ᄒᆞ오이다. 이처럼
간곡히 말ᄒᆞ니 셰 사ᄅᆞᆷ이 웃고 밧어놋터라. 금셤이 즉시 드러가셔 부인
ᄭᅴ 황익두가 두 사ᄅᆞᆷ을 다리고 왓습ᄂᆞᆫ디 위인덜이 약하약하 ᄒᆞ옵듸다

알외오니 부인이 크게 깃버ᄒ고 뒤에 빈마루를 씰고 셰사ᄅᆞᆷ을 쳥ᄒᆞᆫ더 셰사ᄅᆞᆷ이 부득이 ᄒᆞ야 드러와셔 뵈옵거늘 조부인이 이에 손슈 잔을 들고 슐을 쳐셔 금셤으로 ᄒᆞ여금 셰사ᄅᆞᆷ의게 각각 셕잔식 권ᄒᆞ고 눈물이 얼굴의 덥펴셔 골ᄋᆞ더 이 박명ᄒᆞᆫ 사ᄅᆞᆷ이 죽지 아니코 오날ᄭᅥ지 참아 잇ᄂᆞᆫ 것슨 혹 웬슈를 갑흘 도리가 잇슬가 홈일너니 하ᄂᆞᆯ이 불샹이 보셔셔 의긔 쟝부덜노 ᄒᆞ여금 인도ᄒᆞ시니 지금 죽어도 눈을 감겟노라 ᄒᆞ고 눈물이 비오듯 ᄒᆞ거늘 셰사람이 셔로 도라보고 감격홈을 익의지 못ᄒᆞ더라. 조부인이 ᄯᅩ 다시 쳔만 진즁ᄒᆞ기를 부탁ᄒᆞ신더 세 사ᄅᆞᆷ덜이 이마의 손을 언쪼 엿즈와 골ᄋᆞ더 소인 등이 평싱의 의리에 죽지 못ᄒᆞ올가 걱졍ᄒᆞ온지라 오날날 부인을 위ᄒᆞ야 죽ᄉᆞ오면 죽ᄂᆞᆫ 곳슬 읏드온 것시라. 무슴 한이 잇ᄉᆞ오리잇가. 이에 셔로 쟉별ᄒᆞ고 나오니 이 ᄯᅦ의 한국쳥이가

1896년 6월 14일 (14회)

강셤으로 하여금 은근ᄒᆞᆫ 뜻슬 조부인의게 통ᄒᆞ라 ᄒᆞ고 밋쳐 그 회보를 기ᄃᆞ리지 못ᄒᆞ야 형쥬부 급ᄒᆞᆫ 공ᄉᆞ가 잇기로 형쥬의 가셔 아직 도라오지 못ᄒᆞᆫ지라. 세 사ᄅᆞᆷ이 조부인을 하직ᄒᆞ고 나와셔 한국쳥의 도라오기를 날노 기ᄃᆞ리고 부인의 쥬신 금은을 가지고 슐먹기로 셰월을 보ᄂᆡ더니 하로는 형쥬로셔 한국쳥이가 신판동으로 오다는 션문이 잇거늘 이에 황익두가 초달쳔과 유지업다려 의논ᄒᆞ여 골ᄋᆞ더 한국쳥이가 여긔 잇는 져의 본집으로 도라오니 우리가 계교를 힝홀 ᄯᅢ라 형들에 뜻션 닐을 쟝ᄎᆞᆺ 엇더케 힝ᄒᆞ랴 ᄒᆞᄂᆞ뇨 초달쳔이는 골ᄋᆞ더 길가의 셔히 잇다가 일시의 달녀들어 죽이쟈 ᄒᆞ거늘 황익두가 ᄃᆡ답ᄒᆞ여 왈 한국쳥이도 농녁이 츌등ᄒᆞ거니와 그 부하의 쟝ᄉᆞ가 만흔지라 그러케 ᄒᆞ다가는 닐이 반ᄃᆞ시 여의치 못ᄒᆞ리라 ᄒᆞ니 유지업이 골ᄋᆞ더 집에 들어온 후에 밤이 좀 깁거은 셔히 그 자는 방을 들어가셔 죽이는 게 됴흘 듯ᄒᆞ도다. 셰 사

롬이 다 올타 ᄒ고 각히 비슈 ᄒᄂ식을 몸의 감추고 기드리더니 한국쳥
이가 도라오ᄂ지라. 황익두가 ᄀᆯ♀디 내가 몬져 드러기[가]셔 놀다가 밤
이 깁거든 동졍을 즈셰이 알고 문을 열고 나와셔 형들을 다리고 함긔
들어가기 편ᄒ게 ᄒ리라 ᄒ고 몬져 드러가셔 각 방의 다니며 인ᄉ도 ᄒ
고 그 ᄉ이 쩌놋든 희표도 말ᄒ여 그 동졍을 기드리더라. 한국쳥이가
젼쟝에도 다리고 갓든 쟝슈의 운죵쇼와 우부쇼란 두 쟝슈ᄂ 여력과 용
밍이 밍분오[요]확의 지니고 칼 씨ᄂ 법이 신통ᄒ야 젼쟝에셔도 공을
만히 셰우고 샹급과 벼슬을 즁히 밧엿스며 한국쳥의 심복과 됴아가 되
ᄂ 고로 형쥬에 비쟝으로 삼어셔 ᄀ치 와셔 잇더니 이 쩌의 운죵소ᄂ
형쥬의 두고 우부소ᄂ 다리고 왓스나 병이 죠금 잇셔셔 져의 침소의 일
즉 도라가 잇고 한국쳥의 침소에ᄂ 문긕 하나와 하인 ᄒ나만 잇스니 그
문긕의 뇽녁이 졀등ᄒ 것ᄂ 황익두가 아지 못ᄒᄂ지라. 이에 크게 깃버
ᄒ야 마음에 헤라이되 한국쳥의 명이 오날밤의 맛치리로다 ᄒ고 죵용
이 각 문덜을 열고 나와셔 초달쳔과 유지업을 차져셔 말ᄒ여 ᄀᆯ♀디 방
금 한국쳥이 혼쟈만 잇ᄂ 모양이니 십분 다힝ᄒ지라 밧비 드러가쟈 ᄒ
즉 셰 사롬이 크게 깃버셔 쌀리 드러가셔 ᄇ로 한국쳥의 침소로 달녀들
어셔 본즉 한국쳥이가 이 쩌 맛침 뒤싼의ᄅᆯ 나가고 본 자리에 업ᄂ지라.
셰 사롬이 황황급급ᄒ야 좌우로 찻더니 그 방의 잇던 문긕과 하인이 그
힝자덜이 슈샹ᄒ 것슬 보고 크게 놀ᄂ며 의심ᄒ야 물어 ᄀᆯ♀디 엇지ᄒ
야 이 깁흔 밤에 드러왓ᄂ다 ᄒ거ᄂᆯ 황익두가 디답ᄒ여 왈 즈ᄉᆯ 보랴
고 들어왓노라. 하인이 ᄯᅩ ᄀᆯ♀디 져 두 사롬은 더구나 아지 못ᄒᄂ 사
롬이 깁흔 밤의 통즈도 업시 드러왓스니 힝지가 슈샹ᄒ고 무례막심ᄒ
지라. 니난 범범이 둘 슈 업스니 지금 라졸을 불너셔 잡어야 홀이로다
ᄒ고 몸을 일어 밧그로 나가랴 ᄒ거ᄂᆯ 유지업이가 칼을 쎗여셔 ᄒ 칼노
그 하인의 머리를 베고 초달쳔은 칼을 쎗여셔 그 문긕의 목을 베랴 ᄒ
더니 그 문긕이 뇽녁이 잇ᄂ지라 급히 겟희 잇ᄂ 샹을 들어셔 칼을 막
으며 힘을 다ᄒ여 강도가 들엇다 ᄒ고 소리를 크게 질으니 셰사롬이 일

시에 달녀드러셔 좌우로 칼질을 ᄒ니 그 문직이 필경은 당치 못ᄒ고 칼노 여러 번 마진 후에 느러지는 지라. 이에 그 목을 마주 잘으고 한국쳥을 차지랴고 좌우롤 슈탐ᄒ며 문밧그로 나와셔 널니 차지랴 홀시 한국쳥이가 뒤싼의셔 그 요란ᄒ 것슬 듯고 ᄌ긱이 든 줄 알고 몸을 감추엇스며 우부소란 쟝슈가 저의 침소의셔 쟈라 ᄒ다가 요란ᄒ 소리를 듯고 크게 놀니셔 급히 일어나셔 슈하병졸 슈십명을 부르고 갑옷슬 입고 급히 나와셔 보니 셰 사름이 야료를 ᄒ는지라 우부소가 이에 세사람으로 더브러 싼호다가 군스를 지휘ᄒ야 사루 잡어놋코 ᄌ스를 차즈니 한국쳥이 그제야 우부소가 찾는 줄 알고 나와셔 정장에 좌졍ᄒ고 라졸노 ᄒ여금 세 사름을 집어 드려다가 계하의 업디려 놋코 위염을 베풀고 형벌을 혹독키 더ᄒ야 그 문초를 밧을 시 초달쳔은 ᄀᆯ으디 쟝부가 너만 놈을 죽이랴다가 못 죽이고 네게 잡혀쓰니 우리가 도로여 죽을 뿐이라 다시 무슴 말을 ᄒ리요 ᄒ고 유지업이는 ᄀᆯ으디 우리가 너를 죽여셔 마음을 쾌ᄒ게 ᄒ지 못ᄒ 것시 한인디 도루여 문죠ᄒ니 우슌 놈이로다 ᄒ고 황익두는 크게 소리ᄒ야 ᄀᆯ으디 저 두 사람은 의긔롤 참지 못ᄒ야 날과 갓치 쥬션을 홀 뿐이요 너 죽일 꾀를 쥬쟝ᄒ 사람은 내라 너ᄀᆺ흔 음특흉악ᄒ야 비은망덕ᄒ고 인심과 인륜이 업셔셔 강상을 범ᄒ넌 놈이 엇지 감히 문죠를 밧고져 ᄒᄂ뇨 내 입에셔 발은 말이 나가면 네가 세상의 용납지 못ᄒ리라 두렵지 아니ᄒ냐 ᄒ거늘 한국쳥이 노ᄒ야 ᄀᆯ으디 네 무슴 말이 잇느뇨 밧비 말ᄒ라 ᄒ고 좌우를 도라보아 ᄀᆯ으디 저 ᄀᆺ흔 놈은 내 은혜롤 입은 놈이 날을 ᄒ코져 ᄒ고 낼[닐]을 ᄒ니 세상에 비은망덕ᄒ는 인심이 관연난측이로다 ᄒ거늘 황익두가 분긔롤 익긔지 못ᄒ여 ᄀᆯ으디 내가 네게 무슴 은혜롤 입엇느요 한국쳥이 ᄀᆯ으디 신판동 동확[학]은 일쵸일목이 다 내 것시오 지물과 곡쇽이 내 것 아닌 것시 업거늘 여긔셔 사는 쟈는 모다 내 힘이라 네 엇지 내 은덕이 업다 ᄒ나뇨 황익두가 탄식ᄒ야 ᄀᆯ으디 네가 왕승샹 딕 은덕과 왕승샹 딕 지물 가지고 교스를 부려셔 어리셕은 아희덜은 속이거니와 감히 날을 속이

라 ᄒᆞᆫ다 여긔 사는 사름이 모두 왕승샹 딕 은덕이어ᄂᆞᆯ 엇지 네 은덕
이라 ᄒᆞ난요 한국쳥이 골ᄋᆞ디 왕승샹 딕 은덕이 곳 내 은덕이라 네 엇
지 아니라 ᄒᆞᆫ다. 황익두가 크게 분ᄒᆞ여 골ᄋᆞ디 너도 왕승샹 딕 은덕
인 쥴은 알며[면]셔 그 권셰와 지력을 모다 앗셔 가지고도 ᄯᅩ 부죡ᄒᆞ야
셔 음특ᄒᆞᆫ 마음을 내여셔

1896년 6월 16일 (15회)

왕티슈롤 암살ᄒᆞ엿스니 그 죄가 엇지 텬디간의 용납ᄒᆞ리요 네 음특ᄒᆞᆫ
죄악을 모다 들어 말ᄒᆞ랴면 내 입이 드러워지리로다 내가 왕티슈 위ᄒᆞ
야 웬슈를 갑고쟈 ᄒᆞ다가 소원을 일우지 못ᄒᆞ엿스니 무궁ᄒᆞᆫ 한이로다.
한국쳥이가 이 말을 다 들으니 제가 ᄒᆞᆫ 닐은 텬디가 비밀ᄒᆞ야아 모두
아는 쟈이 업는 쥴 아ᄂᆞᆫ디 쳔만의외 황익두에 입에셔 말이 나오니 츰
듯고 놀나워 긔식이 막히엿다가 다시 ᄭᅮ지저 왈 네가 이ᄀᆞᆺ튼 류쳑이 업
ᄂᆞᆫ 말을 어디셔 들엇ᄂᆞᆫ다. 황익두가 웃셔 골ᄋᆞ디 네가 도리여 가소로운
쟈이로다. 셜영 들은 곳시 잇더리도 내가 여간 형벌을 겁닉여 말ᄒᆞᆯ 니
가 업거든 함을며 들은 곳시 업스며 내가 분명이 아는 것슬 형초의 못
익여셔 말ᄒᆞᆯ가 보냐. 이쳐럼 형벌을 베플고 문초를 밧을 시 닭의 소리
가 신벽을 지쵹ᄒᆞ거ᄂᆞᆯ 이에 한국쳥이가 좌우를 명ᄒᆞ야 죄인 셰슬 옥에
나려 가두라 ᄒᆞ고 밤을 지닉더라. 이 ᄯᅢ의 금셤이가 황익두 등 셰 사름
을 보니고 마음에 굼굼ᄒᆞ야 동졍을 살피더니 이윽ᄒᆞᆫ 후에 한국쳥의 집
이 요란ᄒᆞ고 화광이 조요ᄒᆞ더니 한국쳥은 무ᄉᆞᄒᆞ고 ᄌᆞ긱 셔히 잡히엿
ᄂᆞᆫ디 황익두가 방금에 형벌을 밧드며 문초를 당ᄒᆞᆫ다 ᄒᆞ거ᄂᆞᆯ 금셤이 이
ᄉᆞ식을 듯고 낙심쳔만이며 분긔츙텬ᄒᆞ여 혼졀ᄒᆞ엿다가 다시 졍신을 가
다듬어 조부인ᄭᅦ 드러가셔 닐이 낭픽된 ᄉᆞ연을 알외온디 조부인 탄식
ᄒᆞ여 골ᄋᆞ디 이번 ᄭᅬ가 일우지 못ᄒᆞ엿스니 내가 웬슈롤 갑지 못ᄒᆞ고 죽

으리로다. 이 솟혜는 필경 불측훈 지앙과 무한훈 욕이 일을 것시니 내가 차라이 그 모양을 보기 젼의 몬져 셰샹을 ᄇᆞ리ᄂᆞᆫ 게 올켓도다. ᄒᆞ거ᄂᆞᆯ 금셤이 엿ᄌᆞ오ᄃᆡ 텬리가 그런 법이 업ᄉᆞ오리니 분노ᄒᆞᆫ심을 참ᄋᆞ시고 나죵을 보시ᄋᆞᆸ소셔. 부인의 셰샹 ᄇᆞ리심은 위급훈 후에 결단ᄒᆞ셔도 늣지 아니ᄒᆞ온ᄃᆡ 만닐 부인게오셔 ᄒᆞᆫ번 셰샹을 니별ᄒᆞ시면 뉘가 다시 웬슈 갑흘 ᄭᅬ를 싱각이나 ᄒᆞ오리잇가. 그 ᄯᅦ의 시비의[시비] 명쥬가 겻히 뫼시고 잇다가 ᄯᅩ 엿ᄌᆞ와 ᄀᆞᆯᄋᆞᄃᆡ 금셤의 말ᄉᆞᆷ이 젹당ᄒᆞ옵고 ᄯᅩ 부인 낭낭게오셔 경션이 ᄌᆞ쳐ᄒᆞ오시면 한국쳥의 죄악을 드러ᄂᆡ지 못홈이라 원컨ᄃᆡ 소녀가 좌우에 뫼시고 잇셔셔 긔회를 어긔여지지 안케 ᄒᆞ오리이다. 부인이 둘에 말을 다 올케 녀겨 강잉히 분훔을 참ᄭᅩ 하회를 보시더라. 금셤이 심즁에 헤아리되 이번의 황익두ᄂᆞ 필경 ᄇᆞ로 말ᄒᆞ지ᄂᆞᆫ 아니ᄒᆞ려니와 한국쳥에 음흉훈 계교로 벌비포가 잇슬 것시니 강셤을 살녀두엇다가ᄂᆞ 필경 살녀셔 놋쳐 버릴 것시오 거긔셔 탈이 만히 잇스리니 찰아리 진즉 죽여셔 닙 ᄒᆞ나를 업시리라 ᄒᆞ고 독훈 약을 가지고 강셤의게 가셔 부인의 령이라 ᄒᆞ고 먹여셔 죽여버리고 부인ᄭᅦ 그 죽인 ᄉᆞ셰를 알외고 그 시톄[톄]ᄂᆞᆫ 밤으로 ᄂᆡ여다가 무더버리니라. 이 ᄯᅦ의 한국쳥이가 날 박기를 기ᄃᆞ려셔 령을 나리여 동구에 슈직을 엄히 ᄒᆞ야셔 들어오고 나가는 사ᄅᆞᆷ을 ᄌᆞ셰히 샹고ᄒᆞ고 감안이 샹급을 나려셔 황익두에 형젹을 탐지ᄒᆞ여 오라 ᄒᆞ고 ᄯᅩ 이것시 조부인의 시긴 바인가 의심ᄒᆞ야 강셤의 죵젹을 탐지훈즉 조부인의게 갓치엿다가 지금은 그 죵젹을 아지 못훈다 ᄒᆞ고 황익두의 형젹은 금셤에 방의셔 규규밀밀이 의논을 ᄒᆞ더니 이ᄯᆞᆮᆮ 날이 잇다 ᄒᆞ거ᄂᆞᆯ 한국쳥이 싱각훈즉 조부인의 시긴 게 의심업ᄂᆞᆫ지라. 미우 분ᄒᆞ나 본릭 부인을 ᄉᆞ모ᄒᆞᆮ든 마음이 깁훈지라 그 ᄒᆡᆼᄉᆞ를 싱각훈즉 부인의 맛당훈 배라 더구ᄂᆞ ᄉᆞ모ᄒᆞᄂᆞᆫ 마음을 금홀 슈 업ᄂᆞᆫ지라 마음에 헤오ᄃᆡ 내가 지셩으로 ᄒᆞ야 그 마음을 돌니면 크게 다힝홀 것시오 지셩으로 ᄒᆞ다가 아니되거든 나죵에 위력으로써 겁박ᄒᆞ야 ᄒᆞᆫ번만 그 마음을 으드면 신이 잇스리니 그 명쳘훈 지식에 내

가 왕티슈보덤 나은 것슬 사귀기만 ᄒᆞᆻ스면 나종은 정의가 더 돗타오
리라 ᄒᆞ고 부인에 철셕ᄀᆞᆺ튼 심쟝을 짐쟉지 못ᄒᆞ고 제 졍셩을 씰 계교를
ᄒᆞ야 이에 라졸의게 령을 나리여셔 황익두에 무리 셋슬 옥안에셔 죵용
이 죽여셔 죵용이 쳐치ᄒᆞ라 ᄒᆞ고 부인ᄶᅦ로ᄂᆞᆫ 조금도 의심된 ᄉᆞ식을 보
이지 안코 졍셩을 더구ᄂᆞ 극진이 쓰니 부인과 금셤과 명쥬는 그 ᄉᆞᆺ과
쇠를 짐쟉ᄒᆞᄂᆞᆫ지라 셔로 의논ᄒᆞ고 그 음흉흠을 졀통이 믜워ᄒᆞ며 금셤
은 져의 ᄉᆞᄂᆞ회가 살지 못ᄒᆞᆻ슴을 짐쟉ᄒᆞᄂᆞᆫ지라. 극히 통박ᄒᆞᄂᆞ 그 웬
슈 갑흘 마음이 골독ᄒᆞ야 시시로 부인을 뫼시고 날을 경륜ᄒᆞ더라. 몃
날이 지닌 후에 한국쳥이 사롬으로 ᄒᆞ여금 금셤을 부르거눌 금셤이 부
인ᄶᅦ 드러가셔 알외온디 부인이 크게 노ᄒᆞ야 ᄀᆞᆯ으디 날을 죽일 젹의 일
으러서 너도 ᄀᆞᆺ치 죽을 줄노 알나 제 엇지 내 시비롤 다려가리요 일이
이 디경의 일으니 죽을 날덜이 머지 아니ᄒᆞ엿도다. 금셤이 엿ᄌᆞ와 ᄀᆞᆯ으
디 셰샹의 큰 닐을 경영ᄒᆞ는 사롬은 조금아흔 욕을 샹관ᄒᆞ지 아닐 것시
라 소녀를 부르는 것시 비록 통분ᄒᆞ오나 그 ᄉᆞ이에 혹 긔틀을 웃들는지
아옵지 못홀 것시요 셰샹 업서도 소녀가 가셔 닐에 히롭지는 아니케 ᄒᆞ
올 거시오니 만닐 소녀 ᄒᆞ나히 죽고 웬슈롤 갑흘진딘 엇지 다힝치 아니
ᄒᆞ오리잇가 그리 아니ᄒᆞ여도 소녀가 가 보고 십은 마음이 잇습것마는
의심을 밧을지라 가지 못ᄒᆞ고 잇습더니 제가 몬저 부르오니 엇지 아니
가오리잇가 셰샹ᄉᆞ가 쟝계취계ᄒᆞ는 법이 잇스오니 낭낭은 의려치 마옵
소셔. 부인이 ᄀᆞᆯ으디 네 말도 다 유리ᄒᆞ거니와 지금에 일으러셔는 내가
범ᄉᆞ를 의논ᄒᆞ기를 너와 명쥬 둘 쑨이라 만일 도라오지 못홀진딘 다음
날을 뉘와 더브러 의논ᄒᆞ리요. 금셤이 엿ᄌᆞ오디 명쥬의 츙셩과 식견이
소녀보덤 십비가 더 ᄒᆞ오니 족히 더브러 닐을 의논ᄒᆞ실 거시요 ᄯᅩ 소녀
는 이 긔회를 놋치지 아니ᄒᆞ옵는 것시 올스오이다 ᄒᆞ고 부인을 하직ᄒᆞ
고 명쥬다려 닐너 왈 그디의 식견이 놉흐니 굿히여 일을 것시 업거니와
부인게오셔 급한 마음으로 셰샹을 하직ᄒᆞ시면 다시 영위가 업는지라
깁히 싱각ᄒᆞ야 졍셩과 힘을 다ᄒᆞ기를 ᄇᆞ라노라 ᄒᆞ고 이에 독흔 약을 몸

에 여비ᄒ고 한국[한국쳥]의게로 가니라.

한국쳥이가 금셤이 오는 양을 보고 그 긔샹과 동졍을 살핀디 조금도 분하거느 원망ᄒ야 의심는 모양은 업고 담은 겁만 만하셔 동동촉촉ᄒ야 몸을 용납지 못홀 것 ᄀᆺᄒᆫ지라. 이에 한국쳥이가 금은으로써 샹급을 만히 쥬고 죠흔 말노써 위로ᄒ거늘 금셤이 황송무디ᄒ야 빅비 스례ᄒ는지라. 종용이 물어 ᄀᆯᄋ디 너의 스나희 황익두가 무슴 연고로 날을 믜워ᄒ던뇨 네가 말을 바로 ᄒ면 네게 허믈[물]이 밋지 아니ᄒ리라. 금셤이 디답ᄒ여 왈 황익두에 평싱이 무뢰지비와 더브러 쥬식잡기만 됴하ᄒ는 고로 첩이 맛당치 못ᄒ게 녀기옵더니 근일 무뢰비를 다리고 와셔 쥬효를 차려 나라 ᄒ기로 그 괴로움을 익의지 못ᄒ엿습더니 무슴 죄범이 잇습던지 아지 못ᄒ거니와 담은 황송홀 뿐이로라 ᄒ거늘 황익두가 [한국쳥이] 헤아리되 급쟉히 억지로 뭇지 못ᄒ리니 ᄎᆞᄎ 진물노써 그 마음을 항복밧뎌셔 하여금 공을 일우게 ᄒ리라 ᄒ고 ᄯᅩ 다시 진물을 쥬어셔 마음을 달뇌고 디졉을 후히 ᄒᆫ디 금셤이 짐짓 감스홈을 익긔지 못ᄒ는 쳬ᄒ고 거긔셔 두류ᄒ다가 져녁 밥샹에 국과 슐에 가지고 갓든 약을 타셔 노핫더니 한국쳥이 슐과 국을 먹다가 마음이 동ᄒ고 비위가 뒤집혜셔 먹은 것슬 모두 토ᄒᆫ디 토ᄒᆫ 것슬 기가 먹고 그 쟈리에서 즉사ᄒ는지라. 한국쳥이 크게 노ᄒ야 즉시 하인으로 하여금 시비덜을 문초ᄒ니 시비덜이 금셤이가 밥샹에 간검ᄒ던 닐 밧기는 의심된 것시 업다 ᄒ거늘 이에 금셤을 잡어내여셔 엄형으로 문초ᄒ니 금셤이 발명치 못홀 줄 알고 말ᄒ여 ᄀᆯᄋ디 과연 내가 약을 타셔 너를 죽이랴 ᄒ엿더니 ᄯᅩ 소원을 일우지 못ᄒ엿스니 쳘텬지한이로다. 한국쳥이 ᄀᆯᄋ디 너를 박디ᄒ지 아니ᄒ엿거든 무슴 연고로 너의 부쳐가 다 날을 죽이랴 ᄒ는

다. 금셤이 굴ᄋᄃᆡ 불공ᄃᆡ텬에 웬슈를 죽이랴 ᄒᆞ는 게 엇지 쩟쩟지 아니ᄒᆞ리요 이제는 ᄒᆞ가지 웬슈가 아니라 몃 집 웬슈가 되얏스니 너를 쳔참만뉵ᄒᆞ지 못ᄒᆞ는 게 한이로다 ᄒᆞ고 왕티슈 죽인 것슬 슈죄ᄒᆞᄃᆡ 한국 쳥이가 크게 분로ᄒᆞ야 즉디에 타살ᄒᆞ고 군ᄉᆞ로 ᄒᆞ여금 왕승샹 딕을 에워 슈직ᄒᆞ게 ᄒᆞ고 노셩ᄒᆞ며 신임ᄒᆞ던 하인은 왕ᄂᆡ 출입을 못ᄒᆞ게 ᄒᆞ고 지ᄂᆞ니 왕승샹딕에ᄂᆞ 맛치 조부인과 왕소져 둘 뿐인ᄃᆡ 각기 몸에 ᄯᆞ룬 시비 ᄒᆞᄂᆞ둘식만 잇고 지어 외인ᄭᆞ지왕ᄂᆡ를 못ᄒᆞᄂᆞᆫ지라. 조부인이 분ᄒᆞᆫ 마음에 곳 죽어서 셰샹을 잇저 버리고쟈 ᄒᆞ거ᄂᆞᆯ 명쥬가 쩌ᄭᅥ로 엿ᄌᆞ와 굴ᄋᄃᆡ 부인의 목슘을 위ᄒᆞ야 구구히 지ᄂᆡ시ᄋᆞᆸ소셔 ᄒᆞᄂᆞᆫ 것시 아니오라 셰샹ᄉᆞ가 동위[위]에셔는 퓌ᄒᆞᄋᄂᆞ 샹유에 가셔 회복ᄒᆞ는 리치가 잇스오니 부인이 아니 계시면 그 리치가 싱길 데가 업실지라 구ᄎᆞ히 참오소샤 ᄒᆞ거ᄂᆞᆯ 명쥬에 말의 감동ᄒᆞ야 구ᄎᆞᆫ 목슘을 연명ᄒᆞ고 지ᄂᆡ더라. 차셜 옥윤공ᄌᆞ와 옥쥰공ᄌᆞ가 왕티슈와 부인을 쩌러셔 경ᄉᆞ의 올나갓더니 옥윤공ᄌᆞ는 급졔를 ᄒᆞ여 벼슬을 단이고 옥쥰공자는 태흑의 진사로 ᄲᅩᆸ혀셔 벼슬을 단이다가 셰샹이 분분ᄒᆞᆫ 것슬 보고 글얼 올녀셔 부모에게 근친홈을 쳥ᄒᆞ고 죵형뎨 왕티슈와 부인을 쟉별ᄒᆞ고 고향에 나려와 잇더니 그 후에 들은즉 왕승샹이 가슬을 다리고 형쥬로 나려가셔 계양 근쳐의 시로 터을 잡어셔 산다 ᄒᆞᄂᆞ 도로는 뇨원ᄒᆞᆫᄃᆡ 셰샹이 분분ᄒᆞ니 ᄒᆞᆫ번 가고시분 마음을 드듸지 못ᄒᆞ다가 조샹셔와 부인이 한 겹[겹]에 셰샹을 버리ᄂᆞᆫ지라. 하인을 보ᄂᆡ엿더니 그 회편의 왕승샹 ᄂᆡ외와 왕티슈ᄭᅥ지 죽은 쥴을 알고 그 신셰가 고단ᄒᆞ며 형젹이 외로옴을 불샹이 녀겨셔 ᄒᆞᆫ번 가 보랴고 별우다가 란리가 남방으로ᄂᆞ 조금 안졍ᄒᆞᆫ지라 이에 길을 쩌ᄂᆞ랴 ᄒᆞᆫᄃᆡ 옥쥰공ᄌᆞ가 ᄀᆞᆺ치 가기를 쳥ᄒᆞ거ᄂᆞᆯ 죵형뎨 동ᄒᆡᆼ홀ᄉᆡ 필마단긔로 ᄒᆡᆼ쟝을 간략ᄒᆞ게 차려 형쥬 샹의 일으러 왕승샹 딕을 물은즉 아는 쟈이 업고 형쥬ᄌᆞᄉᆞ의 집을 물은즉 ᄌᆞ셰이 갈ᄋᆞ치ᄂᆞᆫ지라. 신판동을 찻저 동구에 들어갈 ᄉᆡ 슈직ᄒᆞ는 군ᄒᆞ가 붓들고 ᄌᆞ셰이 물은 후에 ᄌᆞᄉᆞ의 고ᄒᆞᆫᄃᆡ ᄌᆞᄉᆞ가 령을 나리어 잡어다가 옥의 갓우라 ᄒᆞ거ᄂᆞᆯ 공

ᄌᆞ 종형뎨는 곡절을 아지 못ᄒᆞ고 갓처 잇더라. 차셜 금셤에 아우가 잇스니 일홈은 금션이라. 금션의 사ᄂᆞ희ᄂᆞᆫ 마위라 한국쳥게 친근ᄒᆞ야 가쟝 신임ᄒᆞ는 고로 직임이 옥을 간검ᄒᆞᄂᆞᆫ 겔너니 공ᄌᆞ에 종형뎨를 옥에 갓우고 집에 돌아와셔 금션과 그 연유를 이야기ᄒᆞ엿더니 금션이 그 말을 듯고 불상이 녀겨셔 그 갓친 곳슬 ᄌᆞ셰이 탐지ᄒᆞᆫ즉 유벽ᄒᆞᆫ 곳세 단둘이 갓치여 잇ᄂᆞᆫ지라. 이에 됴흔 슐을 저의 사나희게 마니 권ᄒᆞ야 취토록 먹이고 밤든 후에 그 옥문 열쇠를 감아니 도적ᄒᆞ여 가지고 옥에 가셔 문을 열고 공ᄌᆞ의 죵형뎨를 쳥ᄒᆞ여 다리고 제 집으로 와셔 뒤ᄎᆡ에 종용ᄒᆞᆫ 방의 안치고 술과 음식을 ᄃᆡ졉ᄒᆞ고 한국쳥의 음특ᄒᆞᆫ 심ᄉᆞ와 흉악ᄒᆞᆫ 힝ᄉᆞ로 인명이 ᄯᅩᄒᆞᆫ 만히 쥭고 부인이 갓치여 잇셔셔 위ᄐᆡ홈이 심히 급ᄒᆞ고 개[간]리홈이 비홀 ᄃᆡ 업ᄂᆞᆫ 것슬 낫낫시 말숨ᄒᆞ고 공ᄌᆞ에 죵형뎨도 호랑의 굴에 ᄲᅡ진 형셰를 말숨ᄒᆞᆫᄃᆡ 공ᄌᆞ 형뎨가 듯고 분홈을 익긔지 못ᄒᆞ여 담은 울고만 안졋더라. 금션이 엿ᄌᆞ오ᄃᆡ 부인을 만ᄂᆞ 뵈올 길은 업ᄉᆞ오니 셔간을 닥거 쥬면 소녀가 무슨 계교를 부려셔 답셔간을 맛터 보오리니 여긔셔 아직 겨시옵소셔. 공ᄌᆞ가 이에 셔간을 닥거 쥬니라. 잇튼날 ᄒᆡ가 늣지ᄆᆡ 옥졸이 와셔 갓친 사ᄅᆞᆷ 업슴을 고ᄒᆞ거ᄂᆞᆯ 마위가 듯고 놀ᄂᆡ여 옥에 가셔 본즉 과연 간 곳이 업더라. 즉시 한국쳥의게 들어가셔 연유를 고ᄒᆞ고 죄를 쳥ᄒᆞᆫᄃᆡ 한국쳥이 곳 옥졸을 치죄ᄒᆞ고 사방으로 죵젹을 탐지ᄒᆞ라 ᄒᆞ더라. 금션이 공ᄌᆞ의 셔간을 가지고 승샹 ᄃᆡᆨ에 일으러셔 문직희ᄂᆞᆫ 군ᄉᆞ덜을 금은을 만히 쥬고 잠간 들어가기를 쳥ᄒᆞᆫᄃᆡ 군ᄉᆞ덜이 그 마위에 처이라 셰력이 두렵기도 ᄒᆞ고 금은을 만히 쥬니 감ᄉᆞ도 ᄒᆞ야셔 드러가기를 허락ᄒᆞ거ᄂᆞᆯ 금션이 드러가셔 부인을 뵈옵고 셔간을 드린ᄃᆡ 부인이 크게 놀ᄂᆡ고 깁히 감동ᄒᆞ야 눈물이 비오듯ᄒᆞ고 늣기며 셔간을 보니 그 셔간에 ᄒᆞ엿스되

1896년 6월 20일 (17회)

셰샹에 란리가 심ᄒ고 집안의 지앙이 극진ᄒ야 죽지 아닌 사ᄅᆷ덜이 슬엇다 홀 것시 업거니와 동긔지친의 텬륜지졍으로 얼굴이나 다시 보고 남은 평싱을 위로홀가 ᄒ야 쳔리ᄅᆯ 머지 안케 녀겨 험노의 발셥ᄒ야 간신이 일으럿더니 쳔만의외에 변이 만허 우리 죵형뎨 무방에 지앙은 고샤ᄒ고 누의에 당ᄒᆫ 닐은 궁텬디극 만고에 다시 업ᄂᆫ 변과 익을 가지고 잇스니 엇지 한심코 통박지 아니ᄒ리요 그러ᄒᄂ 셰샹 닐이란 것시 참ᄂᆫ 속에 변화가 잇ᄂᆫ 것시오 참지 못ᄒ면 변화가 업셔지ᄂᆞ니 아모조록 회포ᄅᆯ 너그럽게 ᄒ야셔 잔잉혼[자닝한] 목슘을 악착히 결단치 말고 다음 날에 하ᄂᆯ이 원슈ᄅᆯ 갑허 주시ᄂᆫ 것슬 기ᄃᆯ리ᄂᆫ 게 맛당ᄒ며 우리 죵형뎨ᄂᆫ 금션의 은덕을 하ᄒᆡᆺ치 입어 호랑의 굴은 피ᄒ엿스ᄂ 철망에 버셔날 길이 망연ᄒ니 답답ᄒᄂ ᄯᅩᄒᆫ 되야가ᄂᆫ 디로 볼[볼] 것시오 엇지 됴됴ᄒᆫ 금[근]심으로 면ᄒ리요 위션 셔ᄯ로써 통졍이 ᄒ고 차차 웬슈갑흘 계교나 싱각홀가 ᄒ노라 ᄒ엿거ᄂᆯ 부인이 이 셔간을 보고 목이 막혀 울고 안져셔 참아 답쟝을 씨지 못ᄒ더니 이 ᄯᅢ의 한국쳥이가 옥윤 옥쥰 죵형뎨ᄅᆯ 닐코 깁히 넘녀ᄒ고 진즉 죠부인을 보고 결말을 니ᄂᆫ 니만 ᄀᆞᆺ지 못ᄒ다 ᄒ야 비쟝과 병졸을 다리고 부인의게로 드러오거ᄂᆯ 부인이 공ᄌ의 셔간을 집어 앗고 금션을 물니고 명쥬다려 물어 ᄀᆞ으ᄃᆡ 한국쳥의 오ᄂᆫ 닐을 네가 짐쟉ᄒᄂᆫ다 명쥬가 엿ᄌᆞ오ᄃᆡ 이ᄂᆫ 필경 부인ᄁᆡ 뵈옵고 욕급에 말ᄉᆷ을 직토ᄒ야 부인의 말ᄉᆷ을 듯고쟈 홈이라 원컨더 낭낭은 그 동졍과 언어ᄅᆯ 살피스 아직 죠혼 말ᄉᆷ으로 위로ᄒ여 두심이 됴흘 듯ᄒ여이다. 부인이 침음양구에 탄식ᄒ여 왈 나는 그 놈과 문답을 홀 디경이면 악언이 나갈 터이요 위급ᄒ면 목슘을 판단홀 터이라 네가 나셔셔 슈응ᄒ라 ᄒ고 잇더니 한국쳥이 병졸은 문밧게 진치고 비쟝 몃츨 다리고 안으로 드러와셔 뎡당에 좌긔ᄒ고 부인을 뵈옵기ᄅᆯ 쳥ᄒ거ᄂᆯ 명쥬가 나가셔 례ᄒ고 물어 ᄀᆞ으ᄃᆡ 부인은 무슴 닐노 쳥ᄒ시

눈지 병셕의 누으셔 긔거를 페ᄒᆞ시고 삼쳑에 리로운 칼을 품꼬 썌를 기 드리신지 오린지라 하인 ᄒᆞ나만 보내셔 죽기를 지[지]촉ᄒᆞ여도 쉽기가 실오리기 쓴키여셔 쉬을 터인더 엇지 슈구로이 ᄌᆞ사게오셔 몸소 힝ᄎᆞ ᄒᆞ여 게시닛가. 한국쳥이 ᄀᆞᆯ으더 내가 사르시기를 위ᄒᆞ야 왓거놀 엇지 죽으심을 보랴고 왓스리요. 잠깐 뵈옵기를 쳥ᄒᆞᆫ 말슴을 알외오라. 명 쥬가 드러가셔 부인과 말슴을 ᄒᆞ다가 나와셔 말하되 잠깐 드러가 뵈온 것슨 ᄌᆞ샹의 더졉이요 실샹 부인은 뵈옵지 못ᄒᆞ오리다. 예의에 감복 ᄒᆞᆯ지언뎡 위셰의 항복지 아니홈은 시비의 무리도 가진 마음이라. 함을 며 부인의 마음을 엇지 위력으로 쎄스리요 만닐 죽는 것슬 보고쟈 ᄒᆞ 실진던 어렵지 아니ᄒᆞ니이다. 한국쳥이 그 예에 감복ᄒᆞᆫ다는 말을 반가 이 듯고 스례ᄒᆞ여 ᄀᆞᆯ으더 내가 잠깐 싱각지 못ᄒᆞ고 예를 일헛스니 허믈 치 마으시고 용셔ᄒᆞ옵소셔 ᄒᆞ라. 내 엇지 예의를 힝홈을 아지 못ᄒᆞ리요 부인이 쳔만 진듕ᄒᆞ심을 밋노라 알외라. 명쥬가 들러갓다가 나오더니 말ᄒᆞ되 ᄌᆞ사가 만닐 예의를 직휠진던 엇지 금셥을 불너가고 도루 보 지 아니ᄒᆞ시며 조공ᄌᆞ의 죵형뎨가 부인을 보고오는 것슬 갓우엇스니 무슴 ᄯᅳᆺ시닛가. 한국쳥이 디답ᄒᆞ되 금셥은 요망ᄒᆞ게 음식에 독약을 타 쥬기로 분ᄒᆞᆫ 마음에 잠깐 다시리다가 목슘이 샹ᄒᆞ엿습기 부인이 노 ᄒᆞ실가 ᄒᆞ야 고ᄒᆞ지 아니ᄒᆞ엿스오니 젼후에 고ᄒᆞ지 아니ᄒᆞ온 죄가 잇 습고 조공ᄌᆞ의 죵형뎨는 부인게 뵈오면 대ᄉᆞ의 방희로올가 ᄒᆞ야 잠간 권도로 갓우엇더니 부지거쳐ㅣ라. 죄가 만ᄉᆞ오이다 ᄒᆞ거놀 명쥬가 드러 가셔 부인께 대강 알외오고 다시 나와셔 말ᄒᆞ되 지는 닐은 말슴ᄒᆞᆯ 것 업거니와 조공ᄌᆞ의 죵형뎨는 뎍에 드러와 게시오니 그 죵젹을 탐지ᄒᆞ 는 령을 업시 ᄒᆞ시고 뎍의 금고ᄒᆞ는 슈직을 물니치시면 ᄌᆞ사의 마음을 가히 알겟노라 ᄒᆞ거놀 한국쳥이 싱각ᄒᆞ더 슈직은 페ᄒᆞ고 은근이 염탐 ᄒᆞ는 게 맛당ᄒᆞᆯ 것시며 공ᄌᆞ의 죵형뎨는 부인과 나와 화평ᄒᆞᆫ 것슬 보 고 가면 깃부게 녀길 터이요 또 깃부지 안케 녀겨도 졔가 내게 엇지ᄒᆞ 지 못ᄒᆞ리라 ᄒᆞ고 이에 모단 닐을 깁히 ᄉᆞ죄ᄒᆞ며 쾌히 허락ᄒᆞ고 뒤 닐을 당부ᄒ거늘 명쥬가 굴ᄋ디 소녜[려] 의놈이 잇ᄉ오니 셔로 말솜ᄒ온 것시 명빅ᄒ니이다 ᄒ거늘 한국쳥이 크게 깃버ᄒ야 저의 집으로 나가셔 즉시 령을 나려 금셥에 시례를 차저셔 후히 쟝ᄉ 지니여 쥬고 공ᄌ의 종젹을 근포ᄒ라는 령을 거두고 왕승샹 덕의 수직ᄒ는 군ᄉ를 긋치니라. 금션이 이에 종용이 제 집의 도라가셔 밤들기의 두 분 공ᄌ를 뫼시고 부인끠 드러오니 부인과 공ᄌ덜이 붓들고 셔로 울어 분홈과 슬품을 익의지 못ᄒ더라. 한국쳥이ᄂ 이에 왕승샹 덕의 염탐은 비밀이 힘써 ᄒ고 왕왕이 지물도 보니며 퉁[통]신을 ᄒ야 부인의 동졍을 탐지ᄒ거늘 그 물건은 밧어셔 고의 너허두고 통신에 디답은 명쥬가 맛허셔 수응ᄒ니 호리가 차착이 업ᄂ지라. 한국쳥이 크게 깃버ᄒ야 다힝ᄒ 마음을 익의지 못ᄒ여 ᄒ더라. 수일을 지닌 후에 두 공ᄌ가 부인과 의논ᄒ여 굴ᄋ디 우리가 여긔 오리 잇셔 쓸 디 업슨즉 속히 집으로 도라가셔 힘을 다ᄒ고 계교를 베프러셔 웬수를 갑고 붓그러옴을 씻는 것시 맛당ᄒ다 ᄒ거늘 이에 남미 셔로 울고 작별ᄒ며 웬수룰 속히 갑흘 도리를 싱각ᄒ옵셔[ᄒ옵소셔]. 잔명을 잇지 마옵소셔. 내가 것츠로는 한국쳥의게 화평ᄒ 모양이니 이 디경을 ᄒ고 웬수를 갑지 못ᄒ면 진즉 죽은 이만 ᄀᆺ지 못ᄒ니 깁히 싱각ᄒ옵소셔 ᄒ고 두 공ᄌ를 쪄ᄂ보니고 마음을 지향치 못ᄒ여 왕티수의 ᄉ당의 드러가셔 졔문을 지어 됴셕으로 ᄉ당의 다니기로 마음을 붓치더라. 두 공ᄌ는 길을 쪄ᄂ셔 집의 도라오다가 옥윤공ᄌ는 길에서 병을 으더셔 집의 도라온 후에 인ᄒ여 일어ᄂ지 못ᄒ고

1896년 6월 22일 (18회)

텬명이 다ᄒ는지라 죽을 적의 지한을 풀지 못홈을 옥쥰공ᄌ의게 부탁ᄒ고 죽는지라. 옥쥰이 이에 지물을 헛터셔 영웅과 쟝샤를 맛저 드리며 협긱과 모사롤 졍ᄒ여셔 듀야로 웬슈갑흘 계교를 의논홀 ᄉ 경륜지사

와 영웅호걸이 만히 모혀 오더라. 이 쩌에 우현과 완이랑이 두 사룸이 샹킥이 되얏스니 우현은 문쟝과 덕망이 일셰의 일홈나고 지식과 경륜이 쟝즈방과 제갈공명에 바흐는 사룸이요. 완이랑은 긔우가 헌앙흐며 여력이 졀륜흐고 뉵도 삼냑을 깁히 통흐며 궁마가 간[감]슉흔지라 오즈셔룰 쟈긔흐더라. 옥쥰공즈가 깁히 밋고 크게 의지흐야 큰 닐을 경영홀 시 혹은 날낸 군스룰 거느리고 쌜니 가셔 승퍄를 속히 결단흐여 보쟈 흐고 혹은 군사도 부죡흐며 젼곡도 부죡흔디 먼 길을 가셔 굿든 셩읍과흐지 못흐면 비단 죽기만 두려운 게 아니라 우슴을 남의게 씻칠 턱이니 경솔이 동홀 슈 업다 흐야 공논불일흔 고로 즉시 동흐지 못흐거늘 옥쳥공즈가 굴ᄋ디 안져셔 뇽에 곡기 먹느니만 ᄀ지 못흔지라. 병가의 승퍄는 미리 짐쟉홀 슈 업거니와 대져 나가보는 것시 쟝부의 닐일 쑨더러 누의에 기드리는 뜻슬 져ᄇ리지 아니흘지라. 이ᄀ치 안져셔 의논만 흐면 무슨 결단을 흐여보리요. 옥쥰이 꾸지져 왈 너는 스셰를 즈셰이 알지도 못흐고 공연히 쉽게 말흐는도다. 신판동은 디형이 졀홈흐야 흔 사룸이 직희면 열사룸이 파흐기 어렵고 신판동이 만여 호 되는 대도회요 한국쳥의 군스가 항샹 슈쳔 명이 잇스니 그 방비흐는 형셰가 굿지 아니흔 게 업거늘 흠을며 쥬긱지셰가 잇스니 엇지 경솔이 동흐리요. 옥쳥이 굴ᄋ디 무릇 군스는 만코 적은 데 잇는 게 아니라 씨기룰 잘흐고 못흐는 디 잇거니와 데도 감히 익의리라 흐ᄋ년 게 아니오라 과단흐고 가보년 것 올흘가 흐야 일은 말슴이로소이다. 옥쥰이 굴ᄋ디 셰상 닐이란 것시 만젼지계를 가지고도 오히려 픽를 보는 슈가 잇거든 흠을며 경솔이 동흐면 엇지 욕을 더흐고 지앙을 지쵹흐는 게 아니리요 이쳐럼 경륜흐디 쟈져흐고 결단치 못흐더니 옥쥰공즈가 쏘흔 슈한이 부죡흐야 우연이 으든 병에 일어느지 못흐니 우현과 완이랑 등이 쏘흔 각각 도라가는지라. 옥쳥공즈가 이에 분히 녀겨셔 의긔 잇고 협긔 잇는 사룸으로 더브러 날닌 군스만 거느리고 힝쟝을 경쳡흐게 차려가지고 길을 쩌눌시 비로 힝흐야 가드니 즁노의 풍파가 일어느셔 비가 표풍흐야 다라느

다가 훈 곳셰 디히니 그 곳셰 디명은 영쥬도라. 차셜 셔호길이 순희를
으더가지고 깃붐을 익의지 못ᄒ며 순희ᄂᆞᆫ 승상 졉하의 도리를 극진이
ᄒᆞ야 칭찬ᄒᆞ지 아ᄂᆞᆫ 사롬이 업고 가도도 극히 아름답게 되얏더니 셔호
길이 병이 들엇다가 빅이 무효ᄒᆞ고 회싱훌 가망이 업고 명이 쟝ᄎᆞᆺ 다ᄒᆞ
ᄂᆞᆫ지라. 순희가 헤야이되 셔호길이 죽ᄂᆞᆫ 쎄에도 조부인에 ᄉᆞ젹을 바로
말ᄒᆞ지 아니ᄒᆞ면 쳣지ᄂᆞᆫ 조부인의 덕을 감츄ᄂᆞᆫ 것시오 둘지ᄂᆞᆫ 부부되
야셔 긔졍ᄒᆞ고 지닌 것슬 싱젼의 말ᄒᆞ지 아니ᄒᆞ면 글은지라. 죵용이 셔
호길을 디ᄒᆞ야 ᄀᆞᆯ으디 쳡이 낭군의게 죄가 만ᄉᆞ오니 말ᄉᆞᆷ훌진딘 낭군
이 노ᄒᆞ시지 아니ᄒᆞ시오릿가. 호길이 ᄀᆞᆯ으디 내가 부인ᄭᅴ 비은훈 닐이
만허셔 평싱의 붓그럽고 은혜롤 갑지 못ᄒᆞ엿거눌 무슴 죄가 잇슬니 잇
스며 ᄯᅩ 내가 엇지 노ᄒᆞ리잇가. 순희가 ᄀᆞᆯ으디 낭군은 쳡을 밋고 ᄉᆞ랑
ᄒᆞ야 지니셧것눌 쳡은 낭군을 쇠기고 지니온 거시 잇ᄉᆞ오니 엇지 죄가
아니오리잇가. 그러ᄒᆞ오ᄂᆞ 지금에 일으려ᄉᆞᄂᆞᆫ 부득불 바로 말ᄉᆞᆷ훌 것시
오니 낭군은 용셔ᄒᆞ소셔. 쳡은 과연 조부인의 시비옵던니 그 쎄의 낭군
이 군ᄉᆞ를 거ᄂᆞ리고 와셔 ᄉᆞ셰가 급ᄒᆞ야 계교가 업ᄂᆞᆫ지라. 그 쎄 외쳡
은 쳐녀로 잇ᄂᆞᆫ지라 조부인의 디신으로 낭군을 ᄯᅡ러와셔 은총이 즁ᄒᆞ
고 영광이 과ᄒᆞ오니 극히 외람ᄒᆞ오나 ᄉᆞ셰가 엇지 ᄒᆞ올 길 업습기로 잇
ᄭᅥᄭᅥ지 속이고 지니엿ᄉᆞ오니 깁히 용셔ᄒᆞ옵소셔 ᄒᆞ거눌 셔호길이 그
말을 듯고 깁히 탄복ᄒᆞ야 ᄀᆞᆯ으디 내가 당초의 조부인을 탈췌코쟈 ᄒᆞ는
것시 그른 쥴을 알 것마ᄂᆞᆫ 짐짓 힝훈 것슨 그 현쳘훔을 ᄉᆞ모훔이라. 내
가 ᄯᅩ훈 평싱의 허믈[믈]을 지엇스므로 쟈괴ᄒᆞ여 지ᄂᆞ옵더니 이졔 그디
의 말ᄉᆞᆷ을 듯ᄌᆞ온즉 나도 허물이 젹어졋고 조부인도 완젼ᄒᆞ엿스며 그
디에 지덕이 조부인을 싱양훌 것시 업셔셔 내가 흠앙ᄒᆞ기롤 조부인보
덤 다름이 업셧스니 이ᄂᆞᆫ 두 곤디의 쌍으로 아름답게 된 닐이니 다힝훌
ᄲᅮᆫ더러 지금 그디에 말ᄉᆞᆷ을 듯ᄌᆞ온즉 이ᄂᆞᆫ 바로 조부인을 다려온 이에
셔 나훈 닐이 몟 가지로다 ᄒᆞ고 이에 집안의 상하를 못화놋코 져의 부
인에 젼후ᄉᆞ젹을 낫낫치 말ᄒᆞ야 그 덕과 지혜와 직됴를 칭숑ᄒᆞ니 듯ᄂᆞᆫ

쟈이 놀니고 신긔히 녀기지 안는 사룸이 업스며 더구느 셔호영은 크게 그 덕힝과 지혜덜이 아름다옴을 탄복ㅎ며 조부인에 졀을 온젼이 홈을 다힝이 녀기더라 인ㅎ야 셔호길이 죽으미 순희가 쏘흔 쓰러 죽으니 사룸덜이 그 졀힝을 극히 탄복ㅎ며 셔호영은 말ㅎ되 사족에 즈녀도 이갓흔 현철흔 요됴슉녀가 업스니 조부인의 덕화는 엇더ㅎ건디 그 시비가 이갓치 현철ㅎ고 ㅎ야 일컷 기롤 한량업시 ㅎ더니 한 날은 하인이 와셔 고ㅎ되 엇더흔 비 ㅎ나히 표풍ㅎ여셔 와다럿는디 사룸이 금지히 만코 쏘 호협흔 긔샹이 초초ㅎ지 안터라 ㅎ거놀 사룸으로 하야금 졍지롤 탐문흔즉 강도 쓰의 사는 조공즈의 일힝이라 ㅎ거놀 호영이 평싱의 흠앙ㅎ던 마음이라 미우 반겨셔 사룸으로 ㅎ야금 공즈를 쳥하고 몸쇼 나가셔 맛져드리니 영웅 호걸[걸]과 경륜지사가 셔로 만는지라 인스룰 통ㅎ고 회포룰 의논ㅎ미 지긔가 샹합흔지라 셔루 만느기룰 늦게 흔 것슬 한ㅎ더라. 셔호영이 공자의 가는 곳시 엇디며 무슴 닐노 가는 것슬 뭇거를[늘] 공즈가 이에 그 미씨가 왕명즁의 부인이 되얏다가 형쥬에 나려가셔 즈사 한국쳥의게 참혹흔 음희룰 당ㅎ고 잇는 것과 쟈갸가 웬슈롤 셜치ㅎ고쟈 ㅎ야 가는 뜻슬 말흔디

1896년 6월 24일 (19회)

셔호영이 그 말을 듯고 크문히[ㄱ문히] 녀겨 굴으디 이갓튼 불의와 갓튼 음특이 쏘 어디 잇스리오. 내 목[뭇] 지혜가 부죡ㅎ고 지력이 넉넉 못ㅎ오느 슈만 명 군졸이 잇스오니 장부의 의긔롤 참어 잇슬 슈 업는지 한팔 힘을 도오리니 공에 뜻시 어ㅎ시뇨 옥쳥공즈가 그 말을 듯고 감스홈을 익의지 못ㅎ야 일어느 지비ㅎ고 눈물을 흘니며 그를 칭송흔디 셔호영도 쏘흔 공즈에 졍을 탄복ㅎ더라. 셔호영이 이에 병졸과 병긔와 군량을 준비ㅎ고 모잇는 사룸의 등현으로 ㅎ여금 몬져 신판동을 가셔

도로와 디형을 탐디ᄒᆞ고 도라오라 ᄒᆞᆫ디 옥쳥공ᄌᆞ가 ᄯᅩ ᄒᆞᆫ가지로 가셔 동졍을 탐지ᄒᆞ겟노라 ᄒᆞ거늘 셔호영이 ᄀᆞᆯ으디 공은 갓다가 형젹탄로ᄒᆞ 기도 쉽고 여러 히 드러간즉 더구ᄂᆞ 닐의 희로울 거시니 여긔셔 머물다 가 함긔 ᄯᅥᄂᆞ셔 군졸을 거ᄂᆞ리고 가다가 거의 다 일르러셔 몃날 진긔ᄒᆞ 여 들어가 방편을 살피고 닉응을 ᄒᆞᆫ 것시 맛당ᄒᆞᆯ 듯ᄒᆞ여로라 ᄒᆞ거ᄂᆞᆫ 공ᄌᆞ가 올케 녀기고 기드리더니 미긔에 탐지ᄒᆞ러 갓든 사ᄅᆞᆷ 등현이 도 라와 셔호영의게 고ᄒᆞ여 ᄀᆞᆯ으디 신판동의 드러가는 길이 양쟝구곡이여 셔 더 흠ᄒᆞ야 일부당관에 만부ㅣ 막기홀 형셰요 한국쳥에 일등 명쟝 마 위로 ᄒᆞ여금 졍병 쳔명을 거ᄂᆞ리고 동구를 직희니 비록 날닌 군ᄉᆞ 빅만 을 가져도 들어갈 싱의ᄂᆞᆫ 못ᄒᆞ겟고 그 동편 쟉산으로 들어가다가 층 [층]암졀벽이 잇ᄂᆞᆫ디 과히 놉지 안니ᄒᆞᆫ즉 그 졀벽을 쥴을 ᄂᆞ려 군ᄉᆞ를 올녓스면 그 다음은 평탄ᄒᆞᆫ 디방이요 그 디방으로 드러가면 군ᄉᆞ힝키 가 극히 편ᄒᆞ고 ᄯᅩ 마위가 군ᄉᆞ를 거ᄂᆞ리고 동구에 ᄒᆞᆫ 골자곤이를 지니 셔 나가 잇스니 군ᄉᆞ를 오빅만 거ᄂᆞ려 그 동구를 막으면 마위가 드러오 지 못홀 거시오 군ᄉᆞ 일쳔오빅 명만 거ᄂᆞ리고 불의에 달녀들어 방비가 업ᄂᆞᆫ 것슬 치면 한국쳥을 잡을 것시요 즁노 각쳐의 오빅명만 헛터셔 졍 탐을 ᄒᆞ여 도라오ᄂᆞᆯ 길을 편케 ᄒᆞ면 넉넉홀 듯ᄒᆞ오이다. 이에 옥쳥공ᄌᆞ 의 다리고 간 군ᄉᆞ 슈빅명을 아올으고 쳥[졍]병 삼쳔명을 발ᄒᆞ야 진경 여로 ᄒᆞ여금 거ᄂᆞ리고 비로 ᄯᅥᄂᆞ셔 가다가 형쥬 샹의 일르러셔 비를 디 이고 군ᄉᆞ를 날일시 옥쳥공ᄌᆞ로 ᄒᆞ여금 녕니ᄒᆞᆫ 사ᄅᆞᆷ 몟츨 다리고 샹고 의 모양으로 몬져 드러가셔 한국쳥의 동졍을 ᄌᆞ셰히 탐지ᄒᆞ고 아모 날 노 그 동편 쟉산에 나와셔 쥴을 ᄂᆞ려셔 우리 군ᄉᆞ를 올너가게 ᄒᆞ라 ᄒᆞ 야 보니고 등현으로 ᄒᆞ여금 졍병 쳔명을 거ᄂᆞ려 몬져 길을 열어 향ᄒᆞ게 ᄒᆞ고 군ᄉᆞ 오빅명을 난호아 각쳐의 슈직ᄒᆞ야 도라오난 걸 영졉ᄒᆞ라 ᄒᆞ 고 이쳔명 군ᄉᆞ는 진경여가 거ᄂᆞ리고 힝ᄒᆞ니라. 차셜 한국쳥은 조부인 의게 드러가셔 부인의 항복을 밧고 명쥬와 더브러 약죠를 긋게 ᄒᆞᆫ 이후 로ᄂᆞᆫ 그 깃붐을 익의지 못ᄒᆞ야 그 디졉ᄒᆞ는 은혜가 비홀 디 업고 엄연이 부부로 알어셔 다른 사룸을 디ᄒ야 말홀 적이며 셔쯔로써 편지홀 적이면 반드시 부부지례로 디졉ᄒ니 부인은 비록 분ᄒ나 이왕의 호의로 한 말이 잇슨즉 홀 길 업시 욕을 참고 지니며 슈응슈답은 명쥬로 ᄒ여금 담당ᄒ게 ᄒ야 싱탈되지 아니ᄒ나 두 공즈를 보닌 후에는 날노 됴혼 소식이 잇기롤 기드리ᄂ 보닌 후에는 소식이 막혀셔 막왕막닉ᄒ고 지니기롤 발셔 몟 ᄒ가 된 지라. 오히려 신신치 아니코 지리ᄒ야셔 회포를 너글업게 ᄒ고 지니더니 이 ᄉᆡ의 일으러셔 옥쳥공즈가 신판동을 들어갈 시 셩명을 곳치고 샹고의 모양으로 들어가셔 쥬인을 증ᄒ고 안져셔 동졍을 살필 시 지물을 만히 써셔 쥬인에 인심을 웃드되 더구ᄂ 기집 쥬인에게 은혜를 베러[퍼]셔 셔로 친근혼 이후에 본즉 부인이 본가에셔 다리고 왓던 시비의 슌옥이니 슌희에 ᄋ오라. 년젼의 한국쳥이가 부인에 죄[좌]우를 몰아닐 적의 쫏겨 나와셔 싱업이 업ᄂ고로 쥬졈을 벌니고 힝긱을 디졉ᄒ더니 쳔만의외에 옥쳥공즈가 차져와셔 여러 날 유슉ᄒᄂ데 그 의스가 간졀ᄒ고 마음을 졍셩으로 ᄒ야 힝스가 범인이예셔 다른지라 슌옥이 의심홀 것 업ᄂ지라. 죵용이 물어 굴ᄋ디 소녀는 슌희에 ᄋ오 슌옥이오라 공즈는 강도 셩의 조한림 딕 공즈가 아니오시닛가. 공즈가 본릭 그 면목이 익고 힝동졀츠가 여리에 기집은 아니라 미우 이샹케 녀기더니 급기 슌옥이란 말을 듯고 그 반가옴을 익의지 못ᄒ야 위션 부인의 안부를 뭇고 근일 형샹을 탐지혼즉 한국쳥이가 왕승샹 도라가신 이후로는 거만ᄒ야 긔탄이 업더니 음흉혼 마음 잇슨 이후로는 더구ᄂ 사오ᄂ홈을 부려셔 이 곳 빅셩에 다 원심이 잇고 담은 제 비쟝에 몟 심복만 변치 아니 ᄒ엿ᄉ오며 부인과 언약혼 이후로는 그 엄혼 혼금은 업고 담은 비밀혼 졍탐 쑨이더니 년구ᄒ여도 아모 슈샹혼 동졍이 업슨즉 자연이 방심도 ᄒ옵고 ᄯ쏘 하인덜이 원망ᄒ는 마음이 나셔 졍탐의 유의가 업슴을 알외거눌 이에 옥쳥이 셔간을 닥거 부인의게 들이니 슌옥이 셔간을 들인즉 부인이 반겨 슌옥이다려 뫼시고 들어오라 ᄒ야 죵남민 만ᄂ셔 회포를 일을 시 그 스이 옥윤 옥쥰 두 형이 다 세샹을 버리고 군수를 들어오랴 ㅎ다가 과단치 못ㅎ엿든 말과 뎨가 여간 군수를 다리고 오더니 표풍ㅎ야 영쥬도의 드러갓다가 셔호영이란 사름을 만느셔 의긔롤 너여셔 군수 삼쳔과 쟝슈와 모사를 쥬어셔 아모 날노 긔약ㅎ야 쟝춫 웬슈롤 셜치코쟈 ㅎ는 닐을 낫낫치 말ㅎ더 부인이 크게 깃버ㅎ고 이에 심복의 하인들을 지휘ㅎ야 쥴을 만히 쥰비ㅎ야 그 날의 쎨 것슬 갓추어 놋코 부인은 그날밤의 몸을 감츄어 잇슬 곳슬 요량ㅎ고 슐과 먹을 것슬 만히 판비ㅎ야 군수의 호궤홀 것슬 요량ㅎ여 놋코 쏘 부인이 몸을 일르케 써느셔 ㅈ치 도라갈 졔구를 낫낫치 쥰비ㅎ여 놋코 그 날을 기드리더니 그 날을 당ㅎ야 공즈가 다리고 온 하인덜과 부인의 심복의 하인덜과 한가지 동편 산으로 가셔 긔계와 쥴을 늘이고 기드리더니 등현에 군수가 몬져 일우고

1896년 6월 26일 (20회)

진경여도 연속ㅎ여셔 일으는지라 일변 쥴을 느려 군병을 일시에 올닌 후에 요긔ㅎ고 힝쟝을 차려 등현이가 군수 쳔명 거느린 걸노써 동구밧게 마위롤 막고 진경여와 옥쳥공즈가 한가지로 군수를 몰고 풍우ㅈ치 달녀드니 한국쳥이 쳔만의외에 군병이 닥치는지라 급히 휘하의 군병을 모아도 불만쳔명이요 긔계 군병을 모아도 불만쳔명이요 긔계와 졔구는 밋쳐 쥰비홀 슈 업는지라. 화식이 졈졈 박두ㅎ미 여간 군수를 거느리고 그 뒤 산어귀에 별쟝 잇는 동늬로 드르가셔 동구롤 슈직ㅎ고 잇스니 형셰가 심히 위급ㅎ더라. 진경여가 이에 동늬롤 진졍ㅎ고 빅셩을 무마ㅎ니 빅셩이 심히 열복ㅎ넌지라. 쏘 옥쳥 공즈가 의리와 사셰로써 즈셰이 일으니 인민이 모다 올케 녀겨셔 단스호쟝으로써 디졉을 극진이 ㅎ고 마위는 졔가 졍병을 거느리고 요디롤 직희미 나는 시도 드러오지 못홀 터인디 엇던 흔 군수가 본동에셔 동구롤 직희니 쳔만 뜻밧기요 엇지ㅎ

면 연고도 아지 못ᄒ며 ᄯᅩ 군ᄉ에 다소와 강약도 아지 못ᄒᄂ지라 감히 꼼작도 못ᄒ고 사ᄅᆷ으로 ᄒᆞ여금 연고를 무른디 등현이 디답ᄒ여 ᄀᆞᆯ ᄋᆞ디 한국청이 조부인을 가두고 예의가 업시 제 사ᄅᆷ으로 알고 잇스니 이ᄂᆫ 만고 음흉ᄒᆞᆫ지라 조부인이 구원을 ᄒᆞ미 우리가 조공ᄌᆞ 옥청과 ᄀᆞᆺ치 정병 근만명을 거ᄂᆞ리고 와셔 한국청을 잡어 죄를 증계ᄒᆞ고 부인을 구ᄒᆞ여 호굴을 버셔ᄂᆡ여 텬일을 보게 ᄒᆞᆯ 터히니 너의 ᄀᆞᆺ튼 무지ᄒᆞᆫ 쟝슈ᄂᆫ 일즉 황[항]복ᄒᆞ면 죄를 사ᄒᆞ리라 ᄒᆞᆫ즉 마위가 형셰를 ᄲᅦᆺ긴지라 임의로 움즈길 슈 업고 허실도 아지 못ᄒᆞᄂᆫ지라 군ᄉ를 안돈ᄒᆞ야 동ᄒᆞ지 못ᄒᆞ고 잇더라. 이 ᄯᅢ의 한국청이 챵황급급ᄒᆞᆫ 중에 군긔와 량식도 업시 군ᄉ만 거ᄂᆞ리고 산촌으로 쫏겨 가 잇스니 용납ᄒᆞ야 견딜 슈도 업고 다시 더 갈 티도 업스며 즉시 뎍병 갈가 ᄒᆞ엿더니 가도 아니ᄒᆞ고 마위와ᄂᆞᆫ 셔로 통긔도 못ᄒᆞ고 잇ᄂᆞᆫ지라 엇지 ᄒᆞᆯ 계교가 업셔셔 사ᄅᆷ으로 ᄒᆞ여금 뎍병의 드러온 연유를 뭇거늘 디답ᄒᆞ여 ᄀᆞᆯ ᄋᆞ디 네가 왕티슈를 감안이 쥭엿스니 죠부인에 웬슈여늘 도로여 위력과 강박으로써 조부인을 욕뵈여 네 사ᄅᆷ이라 칭ᄒᆞ니 이ᄀᆞᆺᄒᆞᆫ 불의가 만고에 ᄯᅩ 잇스리요. 조부인이 그 동셩 사촌의게 부탁ᄒᆞ야 너에 웬슈를 갑허달ᄂᆞᆫ ᄒᆞ거늘 이에 조공ᄌᆞ 옥청이 우리와 ᄀᆞᆺ치 드러와셔 네의 목을 베여 왕티슈 쥭인 웬슈와 조부인 욕보인 셜치 차ᄒᆞ야 군ᄉ를 거ᄂᆞ리고 밧비 와셔 목슘을 밧쳐셔 죄를 증계ᄒᆞᆯ 것시여늘 이 ᄯᅥ셔지 죄를 항복ᄒᆞ야 목슘을 맛치지 아니ᄒᆞ고 오히려 거역ᄒᆞ야 황[항]복지 아니ᄒᆞ니 이ᄀᆞᆺ튼 불의에 놈이 어디 잇스리요 ᄲᆞᆯ니 나와셔 칼을 밧으라 ᄒᆞᆫ즉 한국청이 비록 분ᄒᆞᆫ 마음이 만흐나 마위도 상통치 못ᄒᆞ고 병긔도 업스며 량식이 업셔셔 황황급급ᄒᆞ거늘 아모리 비셩일젼ᄒᆞ고 시부ᄂᆞ 엇지 ᄒᆞᆯ 계교가 업ᄂᆞ지라. 이에 항복ᄒᆞ기를 의논ᄒᆞ고 글을 써셔 진경여의게 보ᄂᆡ셔 화친ᄒᆞ기를 쳥ᄒᆞᆫ디 진경여가 허락ᄒᆞᆫ 마음이 잇거늘 옥청은 불가히 녀겨셔 긔여이 한국청을 쥭여 쾌히 셜치를 ᄒᆞ고쟈 ᄒᆞᄂᆞ지라. 진경여가 ᄀᆞᆯ ᄋᆞ디 셰상 닐이 너머 쾌ᄒᆞ고쟈 ᄒᆞ면 탈이 나고 궁ᄒᆞᆫ 도젹을 극진이 쫏치면 지앙을 취ᄒᆞᄂᆞ지라. 그 항복홈을 허락ᄒ면 그 마음이 점점 풀니여셔 졔어ᄒ기가 됴흘 것시오 만닐 그 형셰를 용납지 아니ᄒ야 악이 나고 독을 부리면 쳔여명 사름이 쏘ᄒ 두려울 만ᄒ여 마위에 군ᄉ가 도라갈 길을 막엇신즉 우리가 지금 ᄉ디 의 들엇눈지라 사싱과 안위를 판단치 못ᄒ엿스니 엇지 그 항복홈을 허 락지 아니ᄒ리요 옥쳥이 싱각ᄒ즉 진경여의 말도 올커니와 나는 죽기 롤 겁ᄂ지 아니ᄒ려니와 진경여의 장졸은 굿ᄒ여 반ᄃ시 죽을 의리가 업고 쏘 닐이 만닐 뒤집히면 부인에 일이 더구ᄂ 위티홀지라. 이에 디 답ᄒ여 줄ᄋ디 쟝군에 보는 바이 심히 놉ᄒ시니 그디로 됴처ᄒ라. 내 잠간 싱각지 못ᄒ고 고집ᄒ 말이로라. 진경여가 줄ᄋ디 그 쳥ᄒ는 허락 ᄒ고 우리가 다시 쳥ᄒ는 바 이만 헛스면 맛당ᄒ리로다. 공ᄌ가 쏘ᄒ 그 말을 탄복ᄒ는지라. 이에 한국쳥의게 글을 디답ᄒ야 보니되 쳣지는 조부인을 무례이 디졉ᄒ던 닐을 곳쳐셔 사과ᄒ고 이와 셔쓰를 거두어 발명ᄒ며 인민의게 명빅히 효유ᄒ고 부인은 본딕으로 가시게 겨[거]ᄒ 을 ᄒ며 둘지는 우리 동병ᄒ야 부비 쓴 것슬 무러니고 솃지는 마위에 군ᄉ를 거더셔 우리 도라가는 길을 편케 ᄒ여 줄 셰 가지 약됴를 ᄒ라 ᄒ즉 한국쳥이 이 쩌의 군ᄉ덜이 먹을 것시 업셔셔 인샹식을 홀 디경이 라 그 급급홈을 형용홀 슈 업셔셔 죽기로 쟈쳐ᄒ고 잇더니 진경여의 허 락ᄒ는 답셔가 오가눌 크게 깃버ᄒ야 셰 가지 언약을 쾌히 허락ᄒ여 보 니거눌 진경여가 쏘 긔별ᄒ되 그러ᄒ즉 위션 너의 군즁에 병긔롤 거두 어 보니고 쏘 즉시 마위에 진즁에 긔별ᄒ야 그 병긔롤 모다 거더 보니 고 마위에 진을 것드라 ᄒ즉 한국쳥이 즉시 제의 진즁에 병긔롤 낫낫치 거두어 보니고 쏘 마위에 진즁에 사름을 보니셔 병긔롤 거두어 보니고 일변 진을 거두라 ᄒ니 마위가 싱각ᄒ즉 셜영 거역ᄒ고 시부나 제와 쥬 인이 임의 황[항]복ᄒ 모양이요 쏘 져의 쳐ᄌ가 다 신판동에 잇눈지라 헐길 업셔셔 병긔롤 거두어 보니고 진엣쳐셔 본동으로 디려 보니ᄂ니라. 이에 한국쳥이 군ᄉ를 헛치고 져의 집으로 도라와셔 젼후에 죄과롤 낫 낫치 쟈복ᄒ야 글을 지어가지고 일동민을 모와 노코 ᄌ셰이 일너셔 들

[올]니고 부인의게 쏘호 사죄를 흐여 밧친디 이에 명쥬가 나와셔 친히 한국청을 보고 일동 인민들 모여 잇는 마당의셔 젼후사셰를 명빅히 말흐야 굴ㅇ디 쟈초로 부인은 셰상 닐을 몰으시고 누어 계시고 기간의 슈응슈답과 셔쏜 리왕은 내가 권도로 맛허셔 급한 지앙을 면흐고 지니엿스니 그 왕리흔 셔쏜는 여긔셔 나 잇는 곳셔셔 살녀 업실 것시지 굿히여 부인 계신 디 보닐 것시 업다 흐고 그 쟈리에셔 소멸흐니라. 진경여가 한국청의게 언약흔 것슬 낫낫치 밧은 후에

1896년 6월 28일 (21회)

군ᄉ를 회졍홀 시 등현으로 흐여금 군ᄉ 천명을 거느리고 압셔셔 써ᄂ고 옥청 공쥬로 흐여금 부인을 뫼셔 가온 디셔 써놀 시 젼에 왕승상 딕 물건은 모다 찻저셔 가지고 왕소겨와 하인덜도 모다 거느리고 써ᄂ며 진경여는 뒤에셔 써놀 시 부비 은을 멧 천만냥을 다 밧어 가지고 나종에 써ᄂ셔 도라올 시 비 잇는 곳셰 일르러셔 모다 비에 올은 후에 슌풍의 돗츨 덩[달]고 만경챵파 빅질흐야 불긔일에 영쥬로 다다러셔 셔호영의게 공 일운 것슬 고흐니 셔호영이 크게 깃버흐더라. 옥청공쥬와 부인은 쟝찻 강도 쏭으로 도라가랴 홀 시 셔호영의 은덕을 마음에 감복흐고 쎠의 식여셔 춤아 써ᄂ지 못하거늘 셔호영이도 쏘호 그 마음덜을 알고 깃버흐야 이에 잔치를 크게 비셜흐고 옥청 공쥬로 더브러 의논흐여 굴ㅇ디 나도 부인의 곤욕을 구제홈은 의긔에 마음으로 흐엿서니와 부인과 공쥬는 조금아흔 의긔를 너머 과히 감복흐시흐니 도리여 불안흐온지라 형뎨에 의를 밋고 평싱의 셔로 신의를 긋치지 말고 지니기를 부라노라. 공쥬가 그 말을 크게 깃버흐야 부인과 의논흔디 부인이 듯고 쏘호 크게 깃버 왈 셔공에 은덕이 비단 빅골난망 쑨이 아니라 일우 칭송홀 길이 업스ᄂ 타인의 남녀가 심히 불편흔지라 나도 그 마음이 잇셧스

ᄂ 감히 몬져 말ᄒ지 못ᄒ더니 이제 셔공이 몬져 말ᄒ니 심히 맛당ᄒ도
다 ᄒ고 이에 연셕의 나ᄋ가니 셔호영도 그 집안의 처와 ᄆᆡ를 모다 쳥
ᄒ여 텬디 신명의 고ᄒ고 형뎨의 의를 증ᄒ니 이에 부인과 공ᄌ가 슐잔
을 잡어 셔호영의게 흔슈ᄒ고 졀ᄒ니 셔호영이 답녜[녜]ᄒ고 셔호영에
쳐ᄆᆡ덜이 ᄯᅩ 흔잔을 잡어 부인과 공ᄌ게 흔슈ᄒᄆᆡ 부인과 공ᄌ가 ᄯᅩ흔
답녜[녜]ᄒ더라. 이에 부인이 다시 졀ᄒ며 그 하ᄒᆡ ᄀᆞᆺ튼 은덕을 칭송ᄒ
ᄃᆡ 셔호영이 ᄀᆞᆯᄋᄃᆡ 본러 이 조금아흔 위로ᄅᆞᆯ 과히 칭송ᄒᄂᆞ 것시 내게
심히 불안ᄒ여 마음에 됴치 안커늘 함을며 이제ᄂᆞ 형뎨가 되얏슨즉 다
시 칭송ᄒᆞᆯ진딘 속됨을 면ᄒ지 못ᄒᄂᆞ 닐이요 도리여 의가 아닌 것시니
쳥컨딘 칭송치 말어셔 형에 마음을 편케 ᄒᆞ라. 부인이 딘답ᄒ여 ᄀᆞᆯᄋᄃᆡ
가가의 말슴이 이ᄀᆞᆺᄒ시니 엇지 감히 어긔오리잇가마는 즁심감복ᄒᄋᆞᆫ
마음을 억제ᄒᆞᆸ지 못ᄒ와 그리ᄒ엿슴ᄂᆞ이다. 셔호영이 ᄀᆞᆯᄋᄃᆡ 오날은
우리 형뎨 남ᄆᆡ의 의를 일움이 질거운 것만 맛당ᄒ도다 ᄒ고 슐잔을 셔
로 권ᄒ고 풍류ᄅᆞᆯ 드러셔 즐거운 ᄯᅳᄉᆞᆯ 폐니 이 날은 텬디간의 화긔 융
융ᄒ야 일광이 찬란ᄒ며 쳥풍이 화챵흔ᄃᆡ 사ᄅᆞᆷ마다 희식이 희희락락ᄒ
더라. 이ᄀᆞᆺ치 셔루 깃붐을 익의지 못ᄒᄋᆞ 지닐 시 셔호영이 ᄀᆞᆯᄋᄃᆡ 근
일 셰샹이 요란ᄒ야 법강이 ᄒᆡ이코 인심이 도샹ᄒ엿스니 강도의 도라
간 후에도 내가 마음을 놋치 못ᄒᆞᆯ지라. 내 졍병과 의사를 줄 거시니 본
러 잇던 군졸과 아울나 두고 불의에 변을 방비ᄒ며 ᄯᅩ 샹거가 머지 아
니ᄒ니 즁노에 쳑후병을 두어셔 급흔 닐이 잇거든 즉시 내게 통긔ᄒ면
내 ᄯᅩ흔 힘을 다ᄒᆞᆯ 것시니 그리 알라 ᄒ고 이에 농녁이 잇ᄂᆞ 군ᄉᆞ로 오
빅명 갈히고 지용이 겸비흔 사ᄅᆞᆷ의 소소명이와 하샹홍과 이희각 등을
졍셩으로 일너셔 ᄀᆞᆺ치 가 잇스라 ᄒ고 십리에 쥬막 ᄒ나식 사ᄅᆞᆷ 둘식
두어셔 긔별을 급히 젼ᄒ야 하로의 득달ᄒ게 마련ᄒ고 부인과 공ᄌ가
영쥬를 ᄯᅥᄂᆞ셔 강도로 도라오니 셔로 챵연홈은 일우 긔록ᄒᆞᆯ 슈 업더라.
강도의 도라온즉 강산은 의구ᄒ고 가퇴은 소슬흔ᄃᆡ 부인이 본퇴을 다
드라 보니 감구지회를 익의지 못ᄒ야 눈물을 금졔ᄒ지 못ᄒ더라. 예젼

의 잇던 하인덜은 모다 깃버ᄒ며 일향이 다힝이 녀기여서 희긔가 융융
ᄒ더라. 이에 부인이 가퇵을 졍쇄이 쓸며 일일이 슈보ᄒ고 별묘를 지어
셔 왕승상과 왕틱슈에 ᄉ당을 뫼시고 그 엽희 별당을 지어셔 왕소져로
ᄒ여금 시비덜을 거ᄂ려 거쳐ᄒ게 ᄒ고 더구ᄂ 왕소져의 신셰 불상이
녀기며 혹 불편ᄒᆫ 마음이 잇슬 넘녀ᄒ야 스스이 극진ᄒ게 디졉ᄒ더라.
차셜 옥퇵공ᄌ는 조샹셔 덕에 쥬인이 업스미 가퇵과 지산을 모다 쟈갸
가 ᄀ질 쥴노 알고 잇슨지라. 옥쳥공ᄌ의 부인 구계ᄒ고 웬슈 갑ᄒ랴
ᄒ는 닐을 맛당치 못ᄒ게 녀기더니 밋 부인을 구원ᄒ야 본택으로 도라
온 후로는 완연이 쥬인이 잇슨지라. 옥택이 부인 살아온 것슬 반가온
쥴 아지 못ᄒ고 도로여 깃부지 안케 녀기는 마음이 잇더니 ᄯᅩ 다시 왕
소져의 인물이 졀듸 가인인 쥴 알고 이에 다른 싱각이 잇셔셔 부인에
시비 진쥬라 하는 것슬 쳥ᄒ야 샹급을 만히 쥬고 은근ᄒᆫ ᄯᅳᆺ슬 왕소져
게 통ᄒ여 달나 ᄒᆫ즉 왕소져가 그 말을 듯고 만분 다힝이 알어셔 두 사
람의 마음이 ᄀᆺᄒ미 유쟝츤혈의 잣취롤 드듸여 명위국풍을 힝ᄒ니
둘의 졍의가 샹합ᄒ야 그 친밀ᄒᆷ을 일우 말ᄒᆯ 슈 업더라. 날이 오ᄅ고
졍이 깁허가미 다른 사름의 됴롱과 시비를 도라보지 아니코 붓그러웨
ᄒ지 아니ᄒ더라. 차셜 회계 ᄯᅡ의 ᄒᆫ 긔 부샹대고가 잇스니 셩명은 노
위려라. 직물이 텬하의 갑부요 셩명이 일셰의 자자ᄒ더라. 이와붓터 조
부인에 셩명을 듯고 항샹 흠모ᄒ는 마음이 잇더니 강동[도]에 쟝ᄉ하러
갓다가 비로 닉왕ᄒᆞᆫ지라. 도라오는 길에 진경여와 등현과 옥쳥공ᄌ가
부인 다리고 오는 것슬 만ᄂ셔 비를 ᄒᆫ 곳셰 미고 머믈 시 잠간 부인의
틱도를 보고 잇지 못ᄒ야 쟝ᄉ에 업을 버리고 그 뒤를 ᄯ러가더니 영쥬
로 드러가셔 잇는듸 영쥬도는 감히 드러갈 슈 업고 ᄯᅩ 그 근쳐에서 오
리 두류ᄒᆯ 길도 업셔셔 부득이 ᄒ야 도라와 잇더니 그 후에 들은즉 강
도로 도라갓다 ᄒ거놀 이에 크게 깃버ᄒ야 직물을 만히 가지고 쟝ᄉᄒ
는 모양으로 강도의 일으러셔 쥬션을 ᄒ랴 ᄒ더라. 이 ᄯᅢ의 옥택과 왕
소져가 졍이 깁허지기롤 날노 더ᄒ미 세샹에 긔탄이 업시 ᄒ고 시부ᄂ

가쟝 부인이 괴탄되닉지라. 부인을 엇더ᄒ게 구쳐ᄒ엿스면 집안에 직믈을 다 가지고 괴탄업시 살니라 ᄒ야 듀야로 계교를 싱각ᄒ더니

1896년 6월 30일 (22회)

이 씨의 옥틱이 회계 쟝의 부샹대고 노위려가 강도에 와셔 잇슴을 듯고 사롬으로 ᄒ여금 연비ᄒ야 스귀기를 요구ᄒ디 노위려가 본리 부인 편 작시롭[름]을 알고쟈 ᄒ든 츠의 옥틱이 몬져 차즈니 깃분 마음을 익의지 못ᄒ야 은근이 스귀고 졍셩으로 디졉ᄒ미 옥틱이도 ᄯ호 크게 깃버ᄒ더라. 옥틱이 왕소져의게 혹ᄒ야 직믈을 씨고 시부ᄂ 옥쳥공즈가 허락지 아니ᄒ는고로 마음디로 쓰지 못ᄒ야 하을[늘]ᄒ다가 노위려에 직믈이 만흠을 보고 욕심이 동ᄒ되 참아 말을 ᄒ지 못ᄒ더니 노위려가 위인을 본즉 죡히 직믈노써 불일 만고 ᄯ 그 동졍이 직믈을 싱각ᄒ는 모양이라 이에 조금아치 시험ᄒ야 준즉 미우 감샤이 녀기거놀 다시 슈쳔 금을 준즉 대회과망ᄒ야 은혜롤 엇지 갑흘 쥴 아지 못ᄒ는지라. 노위려가 일노 좃차 종종 직믈노써 옥택을 스귀니 졍의가 날노 깁허지는지라. 한번은 노위려가 옥택공즈다려 졍회롤 의논ᄒ다가 길이 탄식ᄒ야 ᄀᆞᆯᄋᄃᆡ 나는 불힝이 심질이 잇스와 이 셰샹사롬노릇셜 오리 ᄒ지 못홀가 ᄒ노이다. 옥틱이 ᄀᆞᆯᄋᄃᆡ 안식은 뵈읍기에 병식 업거놀 무슴 연고로 심질이 되얏슙ᄂ잇가. 원컨더 그 연유를 듯스이다. 노위려 ᄀᆞᆯᄋᄃᆡ 말슴ᄒ기가 심히 어렵스이다. 옥택이 ᄀᆞᆯᄋᄃᆡ 공과 나와 졍의가 골육과 ᄀᆞᆺ허 형뎨의셔 다름이 업스오니 무슴 말슴을 ᄒ지 못ᄒ와 어려운 게 잇다 ᄒ시읍ᄂ잇가. 노위려가 이에 공경이 ᄀᆞᆯᄋᄃᆡ 과연 황송ᄒ오나 향일에 쟝ᄉᄒ는 길에 비로 도라갈 젹의 옥쳥공즈가 부인을 뫼시고 신판동에셔 영[영]쥬로 가시는 길에 비가 ᄒ 곳시 모인지라 잠간 부인의 의용을 뵈온 후으로는 흠앙ᄒ는 마음이 골슈에 박이와 아무리 마음을 ᄭᅮ짓고 불

감호온 마음을 싱각호오느 흠앙호온 마음은 더욱 간절호와 쟈연 심질
이 되오니 공즈는 구호오실 방칙이 잇스오리잇가. 공즈가 그 말을 들은
즉 이와붓터 경영호든 닐이라 십분 반가오느 쳬면에도 얼는 허락홀 슈
업슬 쑨더러 부인의 엄위홈을 싱각혼즉 말호기가 두려운지라. 이럼으로
허락지 못호고 안졋슨즉 노위려도 다시 말을 못호고 허여지니라. 옥택
이 도라와셔 밤을 기드려 왕소져의게 가셔 의논호여 굴으디 만닐 져
져를 보닛쓰면 쳣지는 우리가 긔를 펴고 굿치 술 터히니 됴코 둘지는
지물을 우리 마음디로 가질 터이니 됴코 쏘는 노위려가 필연 지물을 더
줄 것시니 됴흔 닐이요 부인도 부강흔 영웅을 쓰러 갓스면 맛당호련마
는 져져의 성품도 피벽호려니와 계교가 업노라 호야 걱정호거늘 왕소
져가 그 말을 듯고 크게 깃버호여 굴으디 쳡이 비록 지조가 업스느 그
닐을 셩스호여 보올 것시니 공즈는 노위려의게 허락호소셔 호거늘 옥
택이 크게 깃버호여 그 다음날에 노위려를 보고 그 계교롤 셩스호여 볼
쥴노 말호니 노위려가 이에 크게 깃버호고 지물을 만히 쥬어 굴으디 셰
샹 닐이란 것슨 지물이 업스면 여의치 못혼지라 지물 씨일 곳시 잇거든
말슴호쇼셔 호고 셔로 언약이 깁흐니라. 이 쒸의 왕소져가 부인을 자죠
가 보고 졍다온 말을 만히 혼즉 부인은 그 뜻시 불측함은 아지 못호고
담은 혜아리되 그 지각이 ᄎᄎ 나미 신셰의 가련홈을 쎄다러 나와 더브
러 셔로 의지호랴는 게라 호야 십분 관곡히 디졉호며 만분 다힝이 알더
라. 이에 왕소져가 부인의 시비의 진쥬를 불너셔 조흔 말로써 깁히 스
괴고 금은을 마니 쥬어 그 마음을 기우리게 흔 후의 셔로 더부러 미스
를 갓치 쥬션호기를 언약호니라. 왕소져가 시시로 부인에게 가셔 졍회
를 의논홀 시 미양 일으되 초로 갓흔 인싱의 광음이 훌훌호야 쳥츈이
잠간 됨을 탄식호거늘 부인이 그 옥택공즈와 상종호는 쥴을 짐작호는
지라 졔 마음을 금졔치 못호야 이런 말을 호는 쥴 알고 비록 들업게 역
이느 굿호여여 칙망홀 게 읍는지라. 도리여 불상이 역여셔 짐짓 조흔
말노써 그 마음을 맛치여 디답흔디 왕소져는 부인의 마음도 쏘흔 동흔

쥴 알고 크게 깃버ᄒᆞ여 경영ᄒᆞ는 바히 가히 일우리라 ᄒᆞ여 안으로ᄂᆞᆫ 진쥬와 더부러 의논ᄒᆞ고 밧그로ᄂᆞᆫ 옥택공ᄌᆞ로 ᄒᆞ여금 쥬선ᄒᆞ게 ᄒᆞᆯ시 왕소져도 죵시 부인의 졍대ᄒᆞᆷ을 항복ᄒᆞ는지라 ᄇᆞ로 말ᄒᆞᆯ 슈ᄂᆞᆫ 업고 옥택공ᄌᆞᄂᆞᆫ 부인만 긔탄ᄒᆞᆯ ᄲᅮᆫ이 아니라 옥쳥공ᄌᆞ가 잇스니 두려운 즁에 옥쳥공ᄌᆞ 셩품이 강명명직ᄒᆞ야 평셩의 긔탄ᄒᆞ던 터이요 ᄯᅩ 소소명, 하샹홍, 니희각 등이 잇슴을 ᄶᅳ리ᄂᆞᆫ지라 계교 ᄒᆡᆼᄒᆞ기가 극난ᄒᆞ고 노위려의게 ᄃᆡ답ᄒᆞᆯ 말이 업슴을 근심ᄒᆞ더라. 한번은 왕소져가 옥택공ᄌᆞᄃᆞ려 의논ᄒᆞ되 셰샹 닐이 이ᄀᆞᆺ치 쳔연ᄒᆞ면 일우기가 어려운지라 부인에 ᄯᅳᆺ슨 ᄃᆡ강 알엇스오니 닐을 속히 ᄒᆡᆼᄒᆞᆷ이 맛당ᄒᆞᆯ 듯ᄒᆞ오니 노위려를 쳡에게로 쳥ᄒᆞ여 옴이 묘ᄒᆞᆯ 듯ᄒᆞ오이다. 옥택이 그러히 녀기여셔 하로밤은 노위려를 쳥ᄒᆞᆫᄃᆡ 노위려가 흔연이 일으ᄆᆡ 왕소져의 방의셔 쥬효를 갓추고 졍회를 말ᄒᆞᆯ 시 왕소져가 본ᄅᆡ 노위려의 부ᄌᆞ를 ᄉᆞ모ᄒᆞ다가 밋 마[만]ᄂᆞ 보ᄆᆡ 그 인물이 쥰슈ᄒᆞ고 풍치가 동탕ᄒᆞᆫ 것슬 보고 방탕ᄒᆞᆫ 마음이 동ᄒᆞ는지라. 이에 옥택공ᄌᆞ의게 슐을 자쥬 권ᄒᆞ여 취ᄒᆞᆫ 후에 잠을 드리고 시비를 물니고 견권ᄒᆞᆫ 말노써 노위려를 시험ᄒᆞ니 노위려도 취흥이 도도ᄒᆞᆫ 즁에 왕소져의 형용과 ᄐᆡ도도 션언ᄒᆞ며 묘라ᄒᆞ거니와 겸ᄒᆞ야 그 비위를 맛추어셔 부인을 도득ᄒᆞ는 닐에 공이 잇슴을 ᄇᆞ라써 유공불급ᄒᆞ야 셔로 응ᄒᆞ니 풍류남ᄌᆞ와 졀ᄃᆡ가인의 은근ᄒᆞᆫ 닐은 말ᄒᆞᆯ 것 업고 이날 밤의 셔로 작별ᄒᆞᆫ 후에 왕소져는 이에 즁심이 산란ᄒᆞ고 혼빅이 요탕ᄒᆞ야 부인의 닐을 ᄭᅮ미기는 둘지요 ᄌᆞᄌᆞ의 ᄉᆞ욕을 치우기가 급ᄒᆞ야 밤마다 쳥ᄒᆞᆫ즉 노위려는 그 요ᄉᆞᄒᆞᆫ ᄐᆡ도가 맛당치 못ᄒᆞᄂᆞᆫ 담은 조부인 ᄋᆞᆮ들 닐을 위ᄒᆞ야 강잉히 샹죵ᄒᆞᆯ 시 옥택공ᄌᆞ가 겸연ᄒᆞᆫ지라 이에 묘ᄒᆞᆫ 말노써 일으되 듯지 안터라. 이 ᄯᅥ의 하샹홍이란 사름이 노위려의 죵젹과 옥택공ᄌᆞ에 ᄒᆡᆼᄉᆞ가 슈샹ᄒᆞᆷ을 보고

이에 사롬으로 호야금 그 뒤를 졍탐호즉 노위려와 옥틱이 부동호야 왕
소져롤 스이에 노코 조부인을 씌호는지라. 이에 니희각과 더브러 의논
호야 굴ㅇ디 우리 쥬인이 조부인과 더브러 의가 친동긔예셔 더호아셔
지물과 인력을 악기지 아니코 한국청의 쟝악의 든 것슬 구호야 니여셔
이졔 또 우리로 호여금 호위케 홈이여놀 불궤훈 옥틱과 간흉훈 왕소져
등이 음흉훈 노위려롤 위호야 간악훈 행ㅅ를 계교호니 우리가 엇지 감
안이 잇셔셔 직분을 다호지 아니호리요 호고 계교를 싱각훌 시 곳 셔호
영의게 긔별호니 셔호영이 듯고 크게 분히 녀겨셔 계칙을 증호야 보니
되 지물을 써셔 이간을 붓쳐셔 셔로 죽이게 호라 호엿거놀 하샹홍이 깁
히 탄복호고 지물을 헷쳐셔 넝니훈 기집덜노 호야금 반간을 부리되 왕
소져의게는 말호기롤 옥틱공즈가 무슨 혐의와 웬슈가 잇는지 왕소져를
죽이고져 혼다 호고 옥틱의게는 말호기롤 왕소져가 무슨 혐의와 웬슈
가 잇는지 옥틱공즈를 죽이고쟈 호되 밧그로 노위려시게셔 닐을 쥬션
혼다 호고 노위려의게는 말호되 옥틱공즈가 무슨 혐의 잇는지 노위려
를 감안이 죽일 계교를 혼다 호엿더니 과연 셰 사롬이 셔로 의심호야
싀긔호되 옥택이 이와붓터 왕소져가 노위려와 친밀훈 간격을 짐작호는
지라 첫 번에는 헤야리되 혹 부인의 닐을 도모호느라고 그러훈가 호야
그 닐만 속히 일우엇스면 왕소져와 둘이 부요홈을 누리고 잘 살니라 호
야 은근이 그 닐만 속히 일우기를 브라고 잇더니 밋 반간호는 말을 듯
고 그 간특훈 심쟝을 깁히 씨닷고 크게 분히 녀겨셔 다시 왕소져의게
감히 가든 못호고 감안이 그 동졍만 탐지호더니 왕소져가 노위려롤 샹
관훈 후로는 옥택과 더브러 졍의가 셩긔고 그 오는 것슬 반가이 녀기지
안타가 밋 반간호는 말을 듯고는 크게 의심니여 싱각을 호되 내가 긔왕
져와 더브러 샹관홈도 명도는 아니여놀 또 다시 노위려와 샹관호엿스
니 옥택은 쓴넌 것시 또훈 변고 아닌디 제 무슴 연고로 날을 죽이랴 호

년고 ᄒ야 이에 위려를 쳥ᄒ야 그 연유를 ᄌ셰이 말ᄒ고 이에 몬져 방비ᄒ기를 쳥ᄒᄃᆡ 노위려는 본ᄅᆡ 조부인의게 마음이 간졀ᄒᆫ 지라 왕소져와는 잠시 ᄉ정으로 비록 친밀ᄒᄂ 혼 가지는 조부인을 도득홀 닐에 셩ᄉ함을 위홈이요 혼 가지는 긱회의 울젹홈을 위로ᄒ기를 위홈이나 일변은 옥ᄐᆡ의게 몬져 비은홈을 붓그러워ᄒ다가 이 말을 듯고 비록 의심이 나ᄂ 조부인을 도득ᄒᄂ 닐이 아쥬 틀닐가 넘녀ᄒ여 굴ᄋᄃᆡ 부인이 내 소원을 일웟스면 부인의 소원은 일우기가 어렵지 안켓노라 ᄒ거늘 왕소져가 싱각ᄒ되 굿ᄒ여 조부인의 허락을 밧을 것시 아니라 두 군데를 다 속여서 긔약을 졍ᄒ고 노위[노위려]로 ᄒ여금 부인과 나를 다리고 가게 ᄒ면 부인이 속고 붓들녀 가다가 분ᄒ여셔 죽기 쉬일 터이니 부인이 죽거든 ᄂ만 혼자 쫄어가면 노위려가 부인을 ᄉ모ᄒᄂ 마음이 ᄌ연이 읍셔지리라 ᄒ야 이에 노위려의게 ᄃᆡ답ᄒ여 갈ᄋᄃᆡ 부인을 허락은 밧지 아니ᄒᆞᄉ시ᄂ 마음은 ᄐᆞ반이나 돌녀시니 여긔서 옥ᄐᆡ이만 졔어ᄒ고 도라갈 길을 차리시면 쳡이 조부인과 함게 ᄯᅡ라가오리니 짐작ᄒ소셔. 노위려가 그 말을 듯고 올히 여겨 일변으로 도라갈 힝장을 찰이며 일변으로 옥ᄐᆡ이 졔어할 ᄭᅬ를 싱각ᄒ더라. 옥ᄐᆡ이가 동졍을 살피다가 은근한 눈치를 알고 이에 몬져 졔어할 ᄭᅬ를 싱각ᄒ더라. 잇ᄯᅥ의 두 군ᄃᆡ 음모 비계가 잇스ᄆᆡ 살긔가 등등ᄒ고 가만ᄒ던 이간의 말이 낭ᄌ의 퍼져셔 옥쳥공ᄌ 귀의 들어간지라. 크게 분히 녀겨셔 이에 몬져 옥ᄐᆡ을 죽여셔 집안의 욕됨을 업시 ᄒ고져 홀 ᄉᆡ 그 말이 옥ᄐᆡ의 귀에 드러가ᄆᆡ 옥ᄐᆡ에 형셰가 심히 외롭고 쟈쟈의 계교가 궁ᄒ지라 위ᄐᆡ홈을 면ᄒ지 못홀 쥴 알고 이에 도망ᄒ야 멀니 가니라. 왕소져가 옥ᄐᆡᆨ에 도망홈을 보고 심히 다힝이 녀겨셔 날마다 노위[노위려]를 쳥ᄒ야 질거움을 일우고 계교는 진쥬의게 부탁ᄒ야 속히 힝ᄒ기를 지쵹홀 ᄉᆡ 말이 누셜ᄒ야 여러 시비가 모다 알ᄆᆡ 자연이 젼파ᄒ야 소문이 요란ᄒ지라. 이 ᄯᅥ의 니희각이가 싱각ᄒ되 하샹홍이난 공이 만흔ᄃᆡ 져는 공이 업슴을 붓그러ᄒ다가 일이 이 디경의 일으ᄆᆡ 왕소져의 소위가 심히 믜운지라 종용이 옥쳥공쥬를 보고 왕소져의 죄악을 의논ᄒᆞᄆᆡ 옥쳥공쥬도 왕소져의 소위가 극히 밉던 ᄎᆞ의 니히각에 말을 들은즉 심히 맛당ᄒᆞᆫ지라 셔로 왕소져를 쳐치ᄒᆞᆯ 의논을 ᄒᆞ고 옥쳥공쥬가 조부인을 가 뵈옵고 그 의논을 알외온ᄃᆡ 부인이 웃고 젼후 말을 셔로 일은 후에 ᄀᆞᆯᄋᆞᄃᆡ 내 짐짓 그 ᄒᆡᆼ동과 언어가 슈샹홈을 괴이히 녀겻더니 과연 이ᄀᆞᆺ튼 음모 비계 덜이 잇슨 연괴로다. 담은 분ᄒᆞᆫ 것슨 옥퇵의 소위가 더 졀통ᄒᆞ거니와 지금에 도망ᄒᆞ야 업고 왕소져의 위인은 본릭 부쥭ᄒᆞᆫ 지라 조금아ᄒᆞᆫ 인셩을 엇지 죡가ᄒᆞ리요 내 한국쳥에 쟝악에 들엇슬 젹은 맛치 호랑에 굴에 ᄲᆞ졋슴과 ᄀᆞᆺ허쓰되 살어나옴이 잇셧거늘 훔을며 내가 쟈유ᄒᆞᆯ 권을 가진 후에야 제가 빅이 잇기로 내게 엇지ᄒᆞ리요. 그 인셩이 불샹ᄒᆞ니 용셔ᄒᆞ기를 ᄇᆞ라노라 ᄒᆞ거늘 옥쳥공쥬가 니히각을 보고 부인에 ᄯᅳᆺ슬 젼ᄒᆞ고 부인에 말을 어기기를 란쳐히 ᄒᆞ는지라. 니히각이 이에 그 ᄯᅳᆺ슬 알고 감안이 왕소져 시비 아모 기 아모 기를 ᄭᅵ고 병졸 멧 병을 보니셔 쳐치ᄒᆞ라 ᄒᆞ고 옥쳥공쥬의게 와셔 그 닐을 ᄌᆞ셰 말ᄒᆞ고 의논ᄒᆞ여 ᄀᆞᆯᄋᆞᄃᆡ 닐이 이 디경의 일은 후에는 노위려를 살녀보니면 후환이 업지 못ᄒᆞᆯ 터이니 진즉 쳐치ᄒᆞ는 이만 ᄀᆞᆺ지 못ᄒᆞ다 ᄒᆞ고 노위려를 쳐치ᄒᆞᆯ 의논을 ᄒᆞᆯ 시 소문을 들으니 왕소져의 퇵즁의 큰 닐이 나고 노위려는 발셔 도망ᄒᆞᄋᆝᆺ다 ᄒᆞ거늘 니히각이가 공쥬와 작별ᄒᆞ여 ᄀᆞᆯᄋᆞᄃᆡ 노위려를 놋쳣슨즉 후환이 젹지 안닐지라. 밧비 도라가셔 쥬인 셔공에게 긔별ᄒᆞ야 노위려를 방비ᄒᆞᆯ 도리를 ᄒᆞᆯ지로다.

1896년 7월 4일 (24회)

이ᄀᆞᆺ치 의논ᄒᆞᆫᄃᆡ 옥쳥공쥬도 셔간을 닥거셔 젼후ᄉᆞ긔롤 ᄌᆞ셰이 젹어셔 니히각이게 붓친ᄃᆡ 니히각이도 ᄯᅩᄒᆞᆫ 셔간을 닥거셔 셔호영의게 붓쳣더니 셔호영이 그 ᄉᆞ긔롤 듯고 도리여 샹쾌이 녀겨 ᄀᆞᆯᄋᆞᄃᆡ 노위려가 아모리 부강ᄒᆞ여도 내 능히 져당ᄒᆞ리라 ᄒᆞ고 니히각과 옥쳥공쥬의게 답장ᄒᆞ여 굴ᄋᆞ디 밧갓 닐은 내가 힘을 쓸 터이니 거긔셔 호위ᄂᆞ 착실이 ᄒᆞ라 ᄒᆞ엿더라. 차셜 한국쳥이 됴졍의 공도 만코 벼슬도 놉ᄒᆞ며 쏘ᄒᆞᆫ 형쥬 ᄯᅡ의 ᄌᆞ사로 잇고 신판동에 디형도 웃더쓰며 슈하의 날닌 쟝슈와 굿센 군ᄉᆞ가 넉넉ᄒᆞ고 량식과 지물이 죡죡ᄒᆞᆫ지라. 스스로 알기를 영웅으로 쟈쳐ᄒᆞ야 셰상에 두려울 것시 업스며 쏘 더구ᄂᆞ 국가이 쇠삭ᄒᆞ야 법강이 업셔지고 셰샹이 요란ᄒᆞ야 란리가 간졍치 아니ᄒᆞᆷ 거연이 남방에 왕이라 뉘가 내게 복죵치 아니ᄒᆞ며 믜셔워ᄒᆞ지 아니ᄒᆞ리요. 홈을며 조부인은 일기 부인으로 영웅의 쟝악의 들엇슨즉어디 가리요 ᄒᆞ야 반졈 의심이 업더니 쳔만의외에 옥쳥공쥬가 진경여와 등현 무리를 다리고 드러오ᄆᆡ 위염이 풍셜ᄀᆞᆺ고 ᄉᆞᆼ성존망이 눈압헤 잇는지라 긔운을 쎗기며 졍신을 닐코 죽을 ᄯᅡ의 사는 것만 ᄉᆡᆼ각ᄒᆞ엿다가 추후로 ᄉᆡᆼ각ᄒᆞᆫ즉 평ᄉᆡᆼ의 흠앙ᄒᆞ든 조인을 무한 젹공을 드려셔 쟝악에 집어넛고 그 황[항]복을 밧은 후로ᄂᆞ 평ᄉᆡᆼ 소원을 일우고 다시 념녀 업슬 줄 알엇다가 일됴에 놋쳐버렷스ᄆᆡ 그 분한된 마음을 비홀 ᄃᆡ 업스며 부귀가 일셰의 흔동ᄒᆞ고 영웅으로 쟈쳐ᄒᆞ던 터의 조금아ᄒᆞᆫ 디방 호쥭 셔호영과 일기 셔ᄉᆡᆼ 죠옥쳥의게 큰 욕을 당ᄒᆞᆫ 것시 분ᄒᆞ고 붓그러와셔 ᄒᆞᆫ번 셜치ᄒᆞ고쟈 ᄒᆞ야 사ᄅᆞᆷ을 보니셔 영쥬와 강도를 가셔 디형과 허실을 탐지ᄒᆞ고 오라 ᄒᆞ엿더니 셔호영이 미리 염탐ᄒᆞᆯ이 오는 쥴 알고 사ᄅᆞᆷ으로 ᄒᆞ여금 즁노에셔붓터 붓드러 가지고 한가지로 영쥬를 드러와셔 구경을 시기되 도로ᄂᆞ 위이ᄒᆞ게 단이며 츌인은 지리ᄒᆞ게 시겨셔 이목이 현황케 ᄒᆞ야셔 졍신을 차리지 못ᄒᆞ게 ᄒᆞ고 ᄋᆞ동쥬졸써지라도 일심동녁이 되얏스며 젼곡은 풍죡ᄒᆞ고 갑병이 부강ᄒᆞᆫ 것슬 몃 갑졀이 되야 보이게 ᄒᆞ고 법뉼이 엄슉ᄒᆞ며 긔강이 분명ᄒᆞᆫ 것슬 극히 자랑시긴 후에 강도로 보니셔 소소명과 니히각과 하샹홍에 셰 규디진을 구경시기되 모다 미리 약속ᄒᆞ야 규구졀ᄎᆞ를 황홀찬란케 ᄒᆞ여셔 졍신을 차리지 못ᄒᆞ게 구경시긴 후에 니히각의 진즁으로셔 군졸이 나와셔 잡어 드러다가 염탐ᄒᆞ는 종젹

을 문초흔즉 죽기로 쟉졍ᄒ고 디답지 아니커눌 니희각이 나죵에 관후
ᄒ 말노써 용셔ᄒ여 ᄀᆞᆯ으디 네 아모리 긔이랴 ᄒ여도 긔이지 못ᄒ려니
와 우리가 너의 쥬인이 오거든 큰 공을 세워셔 쟝부의 마음이 쾌활ᄒ기
를 기드리ᄂᆞᆫ지라 너ᄀᆞᆺᄒᆫ 잔명을 죽일 것시 업셔셔 노하 보닉니 속히 도
라가셔 너의 쥬인을 권ᄒ야 ᄒ 번 오도록 ᄒ라 ᄒ고 노하보닉던 하인덜
이 다리고 나와셔 곤욕을 무한 보인 후에 디경 밧게 쫏차닉니 갓던 사
름이 졍신이 ᄒᆡᆼ[황]홀ᄒ고 이목이 현혹흔 것시 맛치 염라국을 다녀나온
것 ᄀᆞᆺ혀셔 역역히 긔역지 못ᄒ노라. 도라가셔 한국쳥의게 고ᄒ야 ᄀᆞᆯ으
디 디형이 흠조흔디 인호ᄂᆞᆫ 됴밀ᄒ고 법영은 엄슉ᄒ며 긔강은 분명ᄒ
고 젼곡갑병은 부강ᄒ며 인심은 감복흔디 영쥬와 강도의 호흡이 샹통
ᄒ야 범연이 침범ᄒ지 못ᄒᆯ 형지를 낫낫치 고ᄒ고 붓들니여 욕본 스긔
ᄂᆞᆫ 고ᄒ지 아니ᄒ니라. 한국쳥이 근리의 긔샹이 쇠삭ᄒ고 심지가 안일
ᄒ야 쇼년 젹에 영용흔 틱도가 업던 ᄎ에 진경여의게 곤경을 당흔 후로
ᄂᆞᆫ 더구ᄂ 압긔가 되야셔 분흔 마음ᄋ 골슈의 밋쳐도 이러눌 긔운은 업
던 ᄎ의 염탐ᄒ고 도라온 사름의 말을 들은 후에ᄂᆞᆫ 엇지ᄒ야 셜치ᄒᆞᆯ 도
리가 잇슬고 듀야로 궁리ᄒ더니 다시 들은즉 회계 대고에 노위려ᄂᆞᆫ 본
리 형쥬 ᄌᆞ사를 ᄲᅢ스랴 경영ᄒ던 ᄌᆞ이라 심히 믜워ᄒ던 쟈이언만ᄂᆞᆫ 그
쟈이 조부인을 취ᄒᆞᆯ 경영ᄒ다가 낭픽흔 소문을 듯고 이에 사름을 보닉
셔 달닉여 ᄀᆞᆯ으디 내가 이왕의 조부인을 례로써 디졉ᄒ엿거눌 무지흔
셔호영과 경솔흔 조옥쳥의게 큰 욕을 당ᄒ와 지극히 통분ᄒ오나 셜치
ᄒᆞᆯ 길이 업습더니 듯ᄌᆞ온즉 공이 ᄯᅩᄒᆫ 욕을 당ᄒ셧다 ᄒ오니 가위 동병
샹련이라 만닐 셜치ᄒ시고쟈 ᄒᆞᆯ진던 ᄒ 팔 힘을 돕고쟈 ᄒ노라. 노위려
가 이 말을 듯고 크게 깃버ᄒ야 셔로 밍셰ᄒ야 일심동녁으로 셜치ᄒ기
롤 언약ᄒ니 노위려ᄂᆞᆫ 한국쳥이가 힘을 써셔 조부인을 ᄲᅢ셔가거든 중
간의셔 계교로써 취ᄒ리라 ᄒ고 한국쳥은 노위려롤 달닉셔 노위려가
힘을 다ᄒ야 조부인을 ᄲᅢ셔가거든 중간에셔 계교로써 취ᄒ리라 ᄒ야
셔로 계교롤 ᄡᅵᄂᆞᆫ 터일너라. 이 ᄯᅢ의 셔호영이 이 계교를 다 ᄌᆞ셰이 알

고 그 계교를 막을 방칙을 싱각ᄒ더니 이 ᄶ에 운몽 ᄉ이에 큰 도젹이 잇스니 무리가 슈만명이요 젼곡과 갑병이 산ᄀᆺ치 싸이고 위염과 용밍이 남방의 진동ᄒ니 셩명은 셔격란이라. 셔호영과 더브러 동셩일 ᄲᅮᆫ 아니라 본ᄅᆡ 친분이 잇셧거늘 셔호영이 밍연이 ᄭᅢ닷고 셔격란의게 편지를 닥고 사ᄅᆞᆷ을 보닉셔 한국쳥의 젼후ᄉ긔와 노위려의 젼후ᄉ단을 ᄌ셰이 고ᄒ고 조부인의 덕힝을 낫낫치 긔록ᄒ고 ᄉ셰 곤박홈을 셰셰이 말ᄒ며 쟈갸의 의긔를 ᄯᅩᄒᆫ ᄌ셰히 말ᄒ고 혼자서 당ᄒ긔 극란ᄒ오며 ᄯᅩᄒᆫ 한국쳥과 노위려의 득셰홈이 졀분ᄒᆫ 것슬 일커러 아못조록 동심합녁ᄒ야 막기를 쳥ᄒᆫᄃᆡ 셔격란이 본ᄅᆡ 한국쳥과 노위려를 믜워ᄒ다가 셔호영의 말을 듯고 크게 반가이 녀겨셔 ᄃᆡ답을 흔쾌[감]이 ᄒ야 보닉고 그날붓터 병졸을 단쇽ᄒ며 병긔를 슈습ᄒ고 사방의 염탐을 노아셔 동졍을 살피더니 한국쳥과 노위려도 그 소문을 듯고 금[근]직히 조심ᄒ더라. 셔격란은 남방의 일홈잇는 도젹인고로 사ᄅᆞᆷ마다 겁닉지 안는 쟈│ 업거늘 한국쳥과 노위려도 엇지 넘녀치 아니ᄒ리요. 쟈연이 형셰가 셔로 져어되야셔 몬져 동ᄒ긔 어려운지라

1896년 7월 6일 (25회)

노위려가 사ᄅᆞᆷ으로 ᄒ여금 셔격란의 동졍을 알어본즉 병졸과 긔계를 쥰비ᄒ고 흔단을 기ᄃᆞ리ᄂᆞᆫᄃᆡ ᄯᅩ다시 사ᄅᆞᆷ으로 ᄒ여금 한국쳥의 동졍을 알어본즉 호의만단ᄒ야 과단을 부리지 못ᄒ고 빅 가지의 ᄒ나도 쥰비ᄒᆫ 것시 업ᄂᆞᆫ지라. 노위려가 이에 한국쳥이 더브러 닐을 ᄀᆞᆺ치 ᄒ지 못홀 쥴 알고 스ᄉ로 쇽으로 경영ᄒ야 쥰비만 ᄒ고 잇더라. 셔호영은 한국쳥의 과단 업슴과 노위려에 셔격란을 ᄭ리ᄂᆞᆫ 것과 셔격란의 쥰비가 극진ᄒᆫ 것슬 다 ᄌ셰이 알엇스나 그러케 되ᄂᆞᆫ 닐만 밋지 안코 극히 조심ᄒ야 쥰비됴 듀밀이 ᄒ고 졍탐도 ᄌ셰이 ᄒ고 잇더라. 셔격란이 병졸

과 긔계롤 쥰비ᄒ고도 노워려가 동ᄒ지 아니ᄒ미 용밍쓸 디가 업ᄂᆞᆫ지라 무한 갑갑히 녀기다가 다시 싱각ᄒᆫ즉 막비 조부인의 닐을 위ᄒᆞ야 ᄒᄂᆞᆫ 닐인데 들은즉 조부인의 현슉홈이 비홀 디 업다 ᄒ니 내 맛당이 셔호영과 의논ᄒ고 조부인을 취홈이 맛당ᄒ리라. 셔호영의게 글얼 닥거셔 보니여 ᄀᆞᆯᄋᆞ디 조부인을 내가 친히 보호ᄒ고쟈 ᄒ노니 의논을 잘ᄒᆞ야 긔별ᄒ기롤 ᄇᆞ라노라 ᄒᆞ엿거ᄂᆞᆯ 셔호영이 디답ᄒ기롤 조부인은 곳 나와 더부러 형데의롤 미진지라 사싱을 ᄀᆞᆺ치 홀 터이온즉 형은 데의 낫츨 보아셔 데의 뒤를 보고 데의 힘을 도아줄 ᄰᆞᄅᆞᆷ이라 만닐 형이 몸소 보호ᄒ고져 ᄒ면 데도 불안ᄒ려니와 조부인이 극히 불안홀 것시요 ᄯᅩ 은ᄂᆞᆫ 노워려와 한국쳥의게 흔단을 지쵹홈이라 싱의치 말ᄂᆞ ᄒᆞ엿거ᄂᆞᆯ 셔격란이 과히 이에 □□ᄒᄂᆞ 죵시 마음은 ᄭᅳᆺ치 못더라. 셔격란의 편지 왓든 말을 조부인이 듯고 깁히 싱각ᄒᆞ야 ᄀᆞᆯᄋᆞ디 ᄀᆞᆺ치 ᄉ람은 맛찬가지여ᄂᆞᆯ 녀ᄌᆞᄂᆞᆫ 엇지ᄒᆞ야 물건과 ᄀᆞᆺ치 남ᄌᆞ의게 미여지ᄂᆞᆫ고 ᄒᆞ야 길이 탄식ᄒ고 이에 옥쳥공ᄌᆞ를 쳥ᄒᆞ야셔 의논ᄒᆞ야 ᄀᆞᆯᄋᆞ디 인싱은 한가지여ᄂᆞᆯ 남녀의 달음으로써 남의게 욕을 만히 취ᄒ고 붓그러움을 만히 당ᄒ니 엇지 분ᄒ지 아니ᄒ리요. ᄯᅩᄂᆞ 쳡부에 직임이 잇슬 적의 슌ᄒ 걸노써 올케 알커니와 쳡부에 직임이 업신 후에야 엇지 유약ᄒᆞ야 ᄉ람의 졀졔롤 밧으리요 오날이야 내가 이왕의 어리셕은 것슬 ᄭᅢ다랏노라. 쟈금위 시ᄒᆞ야ᄂᆞᆫ 쟈강홀 도리를 ᄒ고쟈 ᄒ노니 군은 ᄒᆫ 팔 힘을 도으라 ᄒ즉 옥쳥공ᄌᆞ도 ᄯᅩᄒᆫ 올케 듯고 져져의 지휘롤 좃겟노라 ᄒᆞ거ᄂᆞᆯ 이에 집안의 잇ᄂᆞᆫ 지물과 다른 더 져츅ᄒᆫ 지물을 모다 모와셔 운동ᄒ고 류힝케 ᄒᆞ야 식리코쟈 홀 시 모단 문ᄀᆡᆨ과 하인을 불너셔 크게 잔치를 베풀고 셔로 언약을 증ᄒ며 쟝졍을 베플고 법강을 엄히 셰워셔 ᄉ람마다 그 현릉과 교졸을 보아셔 직업을 밋기고 긔여이 부강ᄒᆫ 디경의 일으기롤 밍셰ᄒ니 모단 문ᄀᆡᆨ과 하인덜이 본릭붓터 부인에 덕화를 감복ᄒ든 터이라 이졔 법강이 엄슉ᄒᆞ미 두려워ᄒ지 안ᄂᆞᆫ 쟈이 업더라. 부인이 다시 셔호영의게 편지ᄒᆞ여 ᄀᆞᆯᄋᆞ디 데가 향쟈에 한국쳥의 쟝악에 들엇슬 적에는 비컨디 함정에 든 것 굿거늘 다힝이 가가의 은덕으로 구ᄒ심을 입어서 호랑의 굴을 버셔ᄂ셔 텬일을 다시 보오니 살아온 게 깃분 게 아니오라 욕을 셜치ᄒ온 것시 만힝이ᄋᆸ거늘 그 후로 쏘다시 노위려의 욕이 일으고 셔격란 등의 업신녀김이 나오니 엇지 분한치 아니ᄒ오리잇가 모다 형의 위덕으로 보젼ᄒᆞᆸ기를 웃덧거니와 엇지 인셩이라 일컷ᄉ오리잇가. 더구ᄂ 노위려와 한국쳥에 무리가 듀야로 음모비계를 셜시ᄒᆞ오니 후려가 무궁무진 ᄒᆞ온지라 잠시도 방심치 못ᄒᆞ올 디경이옵거늘 셔격란인즉 길이 밋들 슈 업숩고 담은 형이 혼쟈 심려럴 씨슬 닐도 민망ᄒᆞᆸ고 스스로 분격ᄒᆞ온 마음을 금졔치 못ᄒᆞᆸ다가 다시 싱각ᄒᆞ온즉 쳡부에 드는 슌노 걸노써 쥬쟝을 삼는다 ᄒᆞᆼ엿ᄉ오나 쳡부에 직임이 업는 쟈이야 나약홀 것시 업숩거늘 뎌가 이왕에는 우미하와셔 유약ᄒᆞ온 티도를 버리지 못ᄒᆞᆸ고 녀ᄌ에 본식을 직희고 잇숩기로 금슈ᄀᆞᆺ튼 놈의 모욕을 당ᄒᆞ엿ᄉ온즉 쟈금 이후로는 녀ᄌ에 본식을 버리ᄋᆸ고 즁닙불의ᄒᆞ야 자강자유ᄒᆞᆸ는 권을 가져셔 남의 모욕도 밧지 아니ᄒᆞ려니와 형의 심녀도 덜고쟈 ᄒᆞ오나 위인이 용렬ᄒᆞ고 소견이 업ᄉ와 걱졍이오이다 ᄒᆞ엿거늘 셔호영이 편지를 보고 크게 깃버ᄒᆞ며 깁히 다힝이 녀겨셔 답셔를 ᄒᆞ여 굴ᄋᆞ디 보닌 글얼 ᄌ셰이 본즉 탁월ᄒᆞ 소견이 사름으로 ᄒᆞ여금 항복홀 비로 다 사름의 영걸홈에 남녀가 어디 잇스리요 부인도 쟝부에 힝스를 ᄒᆞ면 역시 쟝부ㅣ라 일은바 말이 졀졀이 리치에 합당ᄒᆞ야 형의 마음을 상쾌ᄒᆞ게 ᄒᆞ니 이런 경ᄉ가 어디 잇스리요. 무슨 사업을 ᄒᆞ라면 직물이 잇셔야 여의ᄒᆞ 것시니 ᄉ소ᄒᆞ 직물을 보니니 소용에 벗[붓]티고 거긔잇는 쟝졸을 부탁ᄒᆞ니 지휘졀졔를 잘 시겨셔 부리기를 ᄇᆞ라며 다음에 미진ᄒᆞ 됴건은 긔별ᄒᆞ기를 기드리노라 ᄒᆞ엿고 사름을 보니셔 치ᄉ하고 슈만만금 직물을 보니셔 부됴를 삼써놀 부인이 이에 사름ᄋᆞ로 ᄒᆞ여금 샹고의 업을 크게 열고 각식 쟝ᄉᆞ의 지됴를 샹급ᄒᆞ야 놉혀 쥬니 쟝식의 교함이 발거지며 농민에 궁ᄒᆞᆫ 것슬 부됴ᄒᆞ야 힘을 다ᄒᆞ게 ᄒᆞ니 노는 빅셩이 업고 젼일ᄒᆞ든 향약을 다시 ᄒᆞ니 본리 홍지 긔션싱의 덕화를 입은 사민이라 크게 질거워흐야셔 일됴에 규구가 찬란흐여지니 사룸[롱]운고에 네가지 업이 분명흐여셔 강도 일향이 날노 흥왕흐여가며 지물을 느리는 것과 샹고업덜이 날노 흥왕흐야 텬하의 지물이 복쥬흐야 들어오고 텬하의 거부가 되야셔 아모 사업이라도 홀 만흐더라. 향약에 규구가 굿드미 혹술이 셩호고 례법이 흥흐야 텬하의 계일 되는 례의지향일너라. 부인이 이에 티공에 병법으로써 문직과 하인을 지휘흐야 일향의 쟝졍을 약속호고 셰샹의 병긔롤 구취흐야 더 오와 긔틀을 증흐야 노니 사룸마다 용밍흐야 텬하의 뎌젹이 업슬 졍병일너라. 소소명과 하샹흥과 니희각 등이 츰에눈 부인에 졀졔롤 밧게 되미 마음으로 심히 우셧더니

1896년 7월 8일 (26회)

나죵에눈 그 법령이 엄슉흐고 긔률이 졍졔흐며 병법이 통투흐고 군심을 열복흐눈 것시 예젼 명쟝이라도 ᄯᅩ루지 못홀지라. 이에 크게 놀너여 쟈연이 황[항]복지 아닐 슈 업고 공경치 아닐 슈 업눈지라 호령을 어긔지 못호고 츙셩이 졀노 나눈지라. 함을며 강도 셩의 본토지인얘[본토지인이야] 일너 무엇흐리요. 혹문이 늘어셔 무식흔 사룸이 업고 쟝식의 지조가 늘어셔 물건에 긔교흔 것시 만허지고 농수에 리치를 다흐야셔 곡속이 죡죡흐고 쟝수가 흥왕흐여셔 지물이 부요흐여지고 샹하의 구률이 졍흐야셔 동심 흐나이 되니 집집이 회긔요 사룸마다 깃버흐여셔 요슌 ᄯᅢ 긔샹이라 덕화가 퍼져가미 원근에 졋져셔 갓가온 디 사룸은 ᄶᅥ누가눈 쟈ㅣ업고 먼 디 사룸은 갓가이 사지 못홈을 한흐더라. 이 ᄯᅢ의 텬하가 요란흐야 왕령이 업셔지고 사방에 호걸이 각각 쥬쟝흐야 젼징이 굿치지 아니코 싱민의 도탄의 날노 심흐여 가더니 남방은 부인의 위덕으로 극히 티평홀 ᄲᅮᆫ더러 셔쥬 연쥬와 쳥쥬 등지에 강젹이 잇셔셔 학졍

힝흐는 쟈ㅣ 만커눌 비쟝덜이 일지병을 으더 토평흐기롤 청흐거눌 부
인이 부득이흐야 허락흔즉 쟝졸이 모다 동심동덕이라 가넌 디로 큰 공
을 셰우니 일은바 닌[인]쟈는 무덕이라 기다리지 안는 곳시 업더니 이
씨에 노위려가 듀야로 부인을 도득홀 경륜을 홀 시 거다흔 지물을 앗기
지 아니흐고 텬흐의 영웅과 호걸을 연랍[합]흐며 사졸과 병긔를 슈습흐
며 비를 경첩흐게 지어서 졔구를 쥰비흐고 한국쳥의게 폐빅을 후히 갓
추어서 변사로 흐여금 달니셔 셔격란이나 막고즈 홀 시 이 씨의 갓든
변사가 한국쳥의 의향을 본즉 담은 조부인의게만 마음이 잇는지라. 이
에 고[곳] 뜻슬 맛처셔 말흐기롤 노위려는 담은 붓그러움을 썻고 셔호
영을 항복 밧기에 뜻시 잇슴을 보이고 담은 군사를 말흐야 중간의 잇셔
셔 셩세를 돕기를 청흔디 한국쳥이 크게 깃버흐야 마음에 헤아리되 군
스를 거느리고 중간의 잇스면 노위려가 픠흐야도 셔호영의 힘이 쇠진
홀 터이니 그 뒤로 쏘차 드러가면 공을 셰우기 쉬울 터이요 노위려가
익여도 힘을 다흔 후에야 도라올 터이니 중간에서 츌기불의흐면 저의
가 놀닛 터이니 조부인만 쎄셔 가지고 오면 다시 한이 업스리라 흐고
이에 허락흐니라. 노위려가 그 말을 듯고 크게 깃버흐야 오월지간의 경
병을 발흐야 슈삼십척 병션의 식고 슈십척은 바로 영쥬롤 향흐야 셔호
영에 팔을 동여미고 십여척은 강도로 가면 부인을 휘흐기 넉넉흐리라
흐고 이에 길을 쩌느니 졍병이 슈만인디 긔세 당당흐야 셰샹의 두려울
비 업슬너라. 영쥬로 향흔 군스는 고샤흐고 강도로 향흔 군스가 슌풍을
으더 쌜니 가니 압히 걸님이 업는지라 무슨 넘녀 잇스리오. 긔탄업시
드러가더니 이 씨의 조부인이 몬져 졍탐흐야 노위려의 음습흠을 알고
감안이 군사를 발흐야 강샹의 미복흐고 짐짓 종용이 잇셔셔 기다리다
가 급기 노위려의 군사가 오거든 지나가게 밋게 두고 급기 내 집의셔
포셩이 나거든 일제이 나셔셔 그 도라가는 길을 쓴으라 흐고 부인은 군
사를 거느리고 집 뒤에 숨어셔 동졍을 보고 집 근쳐의는 화포를 만히
뭇더놋코 문젼을 증졔이 씨러노코 기드리더니 노위려가 일지병을 거느

리고 비에 나려셔 풍우 ᄀᆞᆺ치 모라오더니 일동이 요요ᄒᆞ야 무인지경 ᄀᆞᆺ
더니 부인의 덕을 다다른즉 문전이 졍졔ᄒᆞ야 기ᄃᆞ리던 것 ᄀᆞᆺ다가 집 속
의 드러간즉 아모도 업ᄂᆞᆫ지라 크게 의아ᄒᆞ야 즈져ᄒᆞ더니 방포ᄒᆞᆫ 소리
의 텬디가 진동ᄒᆞ고 산쳔이 흔들니며 사면에 복병이 일시에 일어ᄂᆞᆫ
지라. 노위려의 군사가 감히 싸홀 ᄉᆡᆼ각을 ᄒᆞ지 못ᄒᆞ고 손을 묵거셔 황
[항]복ᄒᆞᆷ을 쳥ᄒᆞ더라. 노위려ᄂᆞᆫ 형셰가 불리ᄒᆞᆷ을 보고 이에 의복을 버셔
버리고 쟝ᄉᆞ복으로 도망ᄒᆞ야 간신이 목슴을 살어셔 영쥬로 가고쟈 홀
시 감히 바로 가지 못ᄒᆞ고 셩명을 변ᄒᆞ고 도라가ᄂᆞ라. 노위려의 군사가
죽은 쟈이 터반이요 남어지ᄂᆞᆫ 황복ᄒᆞᆫ 거시 삼사쳔명이라. 부인이 이에
쟝졸을 모와셔 잔치를 ᄒᆞ며 샹급 후이 쥬고 이에 군사를 잇글고 영쥬로
향홀 시 노위려의 타고왓던 비를 슈습ᄒᆞ야 압헤셔 힝ᄒᆞ되 항복ᄒᆞᆫ 군사
등으로 ᄒᆞ여금 압헤 거ᄒᆞ게 ᄒᆞ고 긔와 물식을 곳치지 안코 그ᄃᆞ로 가며
다른 비ᄂᆞᆫ 뒤에 ᄯᅡ러가더니 이 ᄯᅢ의 영쥬도의셔ᄂᆞᆫ 슈젼으로 ᄊᆞᆼ홈이 ᄒᆞᆫ
참 익어가더니 ᄒᆞᆫ 무리 젼션이 오ᄂᆞᆫᄃᆡ 즈셰이 본즉 져의 비라. 크게 반
가워 ᄒᆞ다가 갓가이 일은 후에 본즉 져의 군ᄉᆞ요 져의 긔호ㅣ라. 어셔
밧비 구원ᄒᆞ기를 지촉ᄒᆞ더니 홀디의 져의롤 두다리ᄂᆞᆫᄃᆡ 쳔만의외에 변
이라 밋쳐 방비홀 ᄉᆡ이도 업고 압뒤로 디젹지 못ᄒᆞ여셔 크게 픽ᄒᆞ야 죽
은 쟈이 부지기슈요 사루 잡힌 쟈이 부지기슈요 도망ᄒᆞ야 살어ᄂᆞᆫ 쟈이
몇 명 되지 못ᄒᆞ더라. 셔호영이 의외에 구원병을 만ᄂᆞ셔 크게 익의고
크게 깃버ᄒᆞ야 군ᄉᆞ를 거두고 구원병을 맛져 드러셔 보니 조부인이 노
위려롤 파ᄒᆞ고 그 군사를 도루 거ᄂᆞ려 구원ᄒᆞᆫ 거시라. 더구ᄂᆞ 깃분 마
음이 측냥 업셔셔 군졸을 잔치ᄒᆞ며 샹쥬고 조부인의게 글얼 닥거셔 치
사ᄒᆞ랴 홀 시 마참 조부인에 셔간이 일으ᄂᆞᆫᄃᆡ 듯즈온즉 한국쳥이 노위
려의 후원으로 즁간의 와셔 잇다 ᄒᆞ오니 이ᄂᆞᆫ 웬슈롤 갑흘 ᄯᆡ라 아오
옥쳥으로 ᄒᆞ여금 군ᄉᆞ 슈쳔을 거ᄂᆞ려 보니오니 몬져 군ᄉᆞ와 아올나 압
헤 나ᄋᆞ가셔 노위려가 독승ᄒᆞ고 도라오ᄂᆞᆫ 것ᄀᆞᆺ치 ᄒᆞ엿다가 졸디에 ᄊᆞᆷ
호면 이번의 노위려롤 픽ᄒᆞ든 것과 ᄀᆞᆺ홀지라. 형이 ᄯᅩᄒᆞᆫ ᄒᆞᆫ 팔 힘을 도

으심을 브라느이다 호엿거눌 셔호영이 이 글을 보고 크게 칭찬호야 골
오디 만고에 영웅이며 텬하의 명쟝인둘 소견이 이예셔 지닐 쟈이 어디
잇스리요 호고 이에 군즁에 녕을 나려셔 밧비 힝군홀 시 몬져 노위려의
군亽 항복호 쟈으로 호여금 압셔셔 쩌느게 호고 그 뒤흐로 뉵속호야 쩌
느 보니니 위의와 형셰가 극히 쟝호더라.

1896년 7월 10일 (27회)

이 쩌에 한국쳥이 노위려의 승피를 기드리고 잇더니 엇던 군졸 호나히
노위려의게로 조차 왓노라 호고 노위려가 득승호야 만亽여의호고 개가
를 불너 도라온다 호거눌 이에 한국쳥이 비쟝덜과 더브러 언약호되 노
위려마져 도라온 후에 잔치를 크게 비셜호야 놀다가 만닐 내가 슐잔을
던지거든 일시에 달녀들어셔 노위려를 죽이고 아모아모는 군亽를 거느
리고 잇다가 밧갓 희변을 방비호라 호고 잇더니 노위려의 병션이 도라
오가눌 한국쳥이 이에 비를 거느리고 마지러 나갈 시 노위려의 비로 알
엇든 비에셔 홀연이 벽녁이 이러며 음습호야 치거눌 한국쳥이 크게 놀
니야 감히 디젹지 못호고 예비가 업던 터이라 크게 피호야 도망홀 시
죽을 디경을 멧 번 지니고 간신이 목슘을 보존호야 겨우 위디를 버셔느
셔 도라보니 피호 군亽의 남어지가 불과 슈빅명일너라. 이 쩌의 셔격란
은 한국쳥과 노위려가 군亽를 동호 쥴 알고 이에 군亽를 일르켜셔 즁간
의 요디를 갈여셔 진치고 잇셔셔 승피득실을 보랴 호더니 밋쳐 몃칠이
되지 아니호야 한국쳥의 군亽가 크게 피호는지라. 그 뒤를 알어본즉 조
부인의 군亽가 노위려를 강도의셔 크게 파호고 형셰를 타셔 길이 모라
셔 영쥬로 쫏차가셔 쏘 크게 파호고 셔호영에 군亽와 합셰호야 노위려
에 군亽굿치 호고 쫏차와셔 한국쳥을 마쥬 파호 것실너라. 이에 마쥬
나가셔 치하호고 젼의 언약을 드듸랴고 군亽를 동호야 왓노라 호더라.

일노 좃차 셔호영도 회군ᄒ고 조부인의 군사 돌녀 보니니 개가를 불으로 도라오는 긔상이 당당ᄒ더라. 일노 좃차 조부인의 위명이 텬하의 진동ᄒ야 두려워ᄒ지 아는 쟈ㅣ 업고 강도의 사민은 의긔가 츙일ᄒ야 올흔 닐에 죽는 것슨 깃부게 알고 불의로는 부귀라도 붓그럽게 알더라. 텬하의셔 조부인을 두렵게만 알 쑨이 아니라 졍치에 구규와 용군에 계칙을 비호고쟈 ᄒ며 쟝식을 권쟝홈과 샹고를 흥긔 시기는 것슨 발셔 널버졋스며 흑문을 놉히고 인심 열복케 ᄒ는 것슨 그 탁월홈을 밋지 못ᄒ쥴 알더라. 그러ᄒ니 남방의 웃듬이 될 쑨 아니라 셰샹의 경복ᄒ년 바이요 일셰의 일름난 디경 쑨 아니라 쳔고에 아름다온 향국이라 요슌 쩍 텬디요 삼디 쩍 셰계러라. 뉘라셔 부인이라고 쉽게 알며 영웅과 호걸이 남쟛의게만 잇다 ᄒ리요. 곤ᄒ다가 왕성홈과 쇠ᄒ다가 다시 흥ᄒ면 질겁기가 한량업는지라. 우환질고롤 격근 쟈이라야 안락티평이 됴흔 쥴을 깁히 씨닷ᄂ니라 조부인이 아모리 현털ᄒ야 샹동에 즈품을 ᄀ졋스나 만닐 한국졍의 곤욕과 노위려의 능멸홈을 당ᄒ지 아니ᄒ엿스면 무엇스로써 분홈을 격동ᄒ며 과감홈을 가다듬[어]셔 이ᄀ흔 큰 공젹을 일우엇스리요. 하늘이 사롬을 내여셔 ᄉ업을 일우고쟈 ᄒ실진디 반드시 몬져 ᄒ여금 곤란을 격근 후에 그 마음을 격동ᄒ야 사업을 일우게 ᄒᄂ니 엇지 홈인고 사롬이 안닐흔 데셔 나고 자라셔 안닐흔 데셔 죽는 쟈는 ᄉ업을 크게 일우는 쟈이 업ᄂ니라. 조부인으로 ᄒ야금 티평시졀의 싱쟝ᄒ야 쟝부에 슈하의 잇실진딘 불과시 규즁에 요됴슉녀라. 셰샹에 ᄉ업이야 엇지 꿈이ᄂ 쑤엇스리요. 호랑의 굴을 드러가지 아니ᄒ면 호랑에 즈식을 잡지 못ᄒ다 ᄒ엿스니 과연 올토다. 이 말이여 셰샹 닐이 경우디로 되는 것슬 알니로다. 언덕에 다름흔 쟈ㅣ 굿치지 못ᄒ며 시위에 언친 술이 발ᄒ지 안치 못ᄒᄂ니 이럼으로써 안일흔 쟈와 곤란흔 쟈에 ᄉ업이 ᄀ지 안토다. 그러ᄂ 형셰롤 웃는 쟈도 잇고 형셰롤 웃지 못ᄒ는 쟈도 잇스니 디양의 비질홀 시 슌풍을 만남과 녁풍을 만남의 리둔[윤]득실이 현슈ᄒ니 다힝이 셔호영이 잇스니 이는 금[근]직흔 슌풍이라 엇지 깃부지 아니ᄒ리요 경륜지사의 깁히 감동홀 비로다. 차호ㅣ라. 부인이 한국쳥의게 곤욕을 당홀 적의 목젼에 분격홈이 비홀 더 업ᄂ지라. 텬녀의 셩품으로 거연이 쟈쳐ᄒ기가 십샹팔구여ᄂᆯ 부인이 그 분홈을 능히 참쪼 그 위급홈을 능히 면ᄒ니 이ᄂ 지혜와 힝졀이 쌍젼ᄒ지라 엇지 범샹ᄒᆫ 텰[텬]녀 등에 비ᄒ야 말을 비리요 이ᄂ 일은바 지혜의 어리셕음이 ᄀᆺ지 아니ᄒᆫ 쟈ㅣ로다. 이럼으로써 그 죵말에 다른 사름의 ᄯ닷지 못홀 바를 능히 ᄯ닷고 다른 사름의 힝ᄒ지 못홀 닐을 힝ᄒ엿스니 이ᄂ 진실노 부인에 지혜만 넉넉홀 분 아니라 크게 격동치 아니ᄒ엿스면 엇지 이 지경의 일을 슈 잇슬가보냐. 그런고로 큰 사업은 반ᄃ시 격동을 당ᄒᆫ 후에 셩공ᄒᆫ다 ᄒ노라. 그러ᄒᆫ즉 욕을 당ᄒ고도 분ᄒᆫ 줄 아지 못ᄒ며 업신녀김을 입고도 붓그럽게 녀기지 안ᄂ 쟈이야 엇지 인류라 칭ᄒ리요. 셰상에 남ᄌᆻ된 쟈덜은 이 조부인에 사업을 보면 거의 감격ᄒ고 거의 ᄯ닷고 거의 붓그러와 홀가 ᄒ노라. 우리ᄂ 말ᄒ되 근본이 잇ᄂ 쟈ᄂ 사업이 쉽다 ᄒ노니 조부인이 어렷슬 ᄯᅥ붓터 총명예지가 특튤ᄒ야 강도에 사민을 교휵홀 시 홍지 긔션셩이 탁월ᄒᆫ 훅식으로 인류 교화를 깁히 베프러 인심 올바르게 잡은 곳시라. 급기 죵말에 부인에 ᄒᆫ마듸 명령으로 발연이 홍긔ᄒ니 일은바 약결강하라. 진실노 사반공비라 홀 만ᄒ도다. 그러ᄂ 가쟝 부인을 탄복ᄒᆫᄂ 바ᄂ 능히 사름을 알어 보고 능히 사름을 ᄡᄂ 것시라. 사름을 능히 아ᄂ 고로 사름이 깁히 감복ᄒ고 사름을 능히 ᄡᄂ 고로 사름이 죽을 힘을 다하엿스니 순희에 더신 가ᄂ 것과 금셤, 황익두, 초달쳔, 유의업[유지업] 등에 죽음을 잇기지 안ᄂ 것슬 보면 알지라. 셰상 사업을 ᄒ랴ᄂ 쟈ᄂ 득인이 졔일인쥴 가히 알니로다. 차호ㅣ라. 긔션셩의 교휵ᄒᆫ 빅셩으로 근본을 삼쪼 한국쳥, 노위려의 격동을 당ᄒᆫ 후에 밍연이 ᄯ다르며 능히 지인용인ᄒ니 엇지 이를 칭찬을 다ᄒ리요. (終了)

種痘를 궁리ᄒ야 내든 醫員 故 찌엔ㄴ氏에 일은 자주 올넛스되 이째 同氏의 略傳을 올녀셔 江湖君子의 紹介홈이 감히 쓸 디 업는 즛시 아 닌즉 左에 번역ᄒ야 올니옵.

예더와더 찌엔ㄴ氏ᄂ 일ᄇᆨᄉ십육년 전인디 西曆 일쳔칠ᄇᆨᄉ십구년 오 월 십칠일에 영국 「ᄊ러셰스다」 侯가 가진 領地 「바그레」란 곳히 싱ᄒ 야 아비를 「스디휀 찌엔ㄴ」라고 ᄒ며 어미를 「헷더」라고 ᄒ야 형이 둘 이 잇고 계집 동싱이 둘이 잇셔셔 여섯 살 째 아비를 닐코 형뎔ᄒᆞᆫ티 敎 育을 바닷스되 본리 셩품이 好學ᄒ야셔 그 근쳐에 잇ᄂ 外科醫兼藝種 家 「다니얼 르더러」란 사름ᄒᆞᆫ티 가셔 의슐을 공부ᄒ얏더라. 이러ᄒᄂ디 영국에셔 도쳐에 소문ᄒ기를 牛痘를 ᄒ 번 ᄒ면 다시 天然痘(두역)가 流行ᄒ야도 感傳ᄒᄂ 일 업다 ᄒ되 그 째 다 그 말을 밋지 아니ᄒᄂ디 ᄒ로 ᄒ 少女가 「찌엔ㄴ」에 션싱집에 와셔 診察홈을 쳥ᄒ기로 션싱이 진믹ᄒ야 ᄀᆯᄋᆞ디 이 병은 痘瘡라 ᄒ니 그 少女의 말이 妾은 이왕에 우 두를 ᄒ 번 ᄒ얏스니 다시ᄂ 두역을 아니ᄒ리라 ᄒ거늘 「찌엔ㄴ」氏ᄂ 겻티 잇셔셔 그 少女에 말을 듯고 ᄀᆞ만히 싱각컨디 그 쇼녀의 말이 과 연 그러홀진딘 쇼(牛)의 痘瘡에셔 痘液을 짜셔 사름 몸에 移種ᄒᆞᆫ즉 텬 하에 몃 억만명의 生命을 구홀 슈 잇스리라 ᄒ고 그 후에 潛思默者ᄒ 야 아모 일도 다른 일은 싱각지 아니ᄒ고 遂히 師家를 ᄉ직ᄒ야 일쳔

칠빅칠십년에 倫敦으로 가셔 同鄕人「쏜 한다」란 大家 집에 일으러 寄
寓ᄒ야 外科術을 硏究ᄒ기가 二年인듸「쏜세호반그스」氏에 聘雇되며
坯「센도 쑈찌」란 病院으로 가셔 醫業을 ᄒ다가 일쳔칠빅칠십오년에
고향에 도라와셔 이를 쓰고 明埋琢磨ᄒ야 일쳔칠빅팔십년에 氏가 삼십
이셰 째 봄에 되어셔 계우 그 端緖를 開ᄒ게 되야셔 그 후에 십육년간
을 寢食홈을 니저버리게토록 궁리ᄒ든 긋히 일쳔칠빅구십육년(쪽 빅년
젼) 오월 십스일에 牛乳를 搾取ᄒ고 부인에셔 牛痘液을 어더셔 야돌살
되는 愛童흔틱 接種ᄒ야 시험ᄒ니 금직히 그 成蹟이 올고 그 후에 그
愛童에 다시 天然痘濃液을 가지고 몃 번을 시험ᄒ야보와도 感傳ᄒᄂᆫ
일이 업셧더라. 이에 氏ᄂᆫ 牛痘論을 내여 官立外科學院에 보니니 불ᄒᆼ
으로 沒入되야 아모 쇼식도 업슨즉 氏ᄂᆫ 倫敦에 셔너 둘을 류ᄒ다가
그 연셜을 ᄒ야도 흔낫도 그 말을 써줄 사룸이 업슬 뿐 아니라 오히려
욕만 바다셔 잇슬 슈 업게 되고 고향에 도라와도 그 卓見은 牢固ᄒ야
변치 아니ᄒ고 일쳔칠빅구십칠년에「牛痘之硏究」ㅣ란 칙을 지여셔 텬
하에 내야 돌니고 일쳔칠빅구십팔년에「牛痘之根因與其硏究」ㅣ란 칙
에 그림을 그려셔 세상의 群蒙홈을 破코자 하얏스되 죠곰도 그 효험이
업고 오히려 罵詈혼 사룸만 더하야 간즉 大學校의 贊助홈을 쳔ᄒ려고
스믈 세 번을 가셔 學士등ᄒ고 敎導ᄒ되 올게 아러줄 사룸은 흔낫 업
스니 그 우두를 移種ᄒ야 주둔 사룸은 찻차 만어지고 坯 外科醫 그랜
氏가 보와주므로 일쳔칠빅구십구년 스월 이십일일에 倫敦으로 나갓슬
째는 貴顯豪富 사룸이 졈″種痘를 ᄒ게 되야셔 賞讚感謝의 소리가
들니게 되얏더라. 그 翌年에 륜돈에셔 牛痘所를 지여셔 널니 種痘ᄒ얏
더니 名聲이 졈″ 나셔 知友들이 모와셔「레얄 쎄엔니란 소스예지」란
거슬 지여 氏가 그 長이 되고「바그레」公(貴族)의 덕으로 國 皇이 들으
실 비 뇌야 謁見ᄒ시고 육군내신은 왼 병졍의셰 쥿두홈을 부탁ᄒ시고
그 名聲이 급작키 텬하에 들녀셔 我 皇은 金塊을 보니시고 영국 艦隊
ᄂᆫ 賞牌를 보니고 영국 ″회ᄂᆫ 십만 元을 상급주고 坯 일쳔팔빅칠년에

이십만 元을 주고 일쳔팔빅십삼년에 「옷그스버르도」 大學校에서 博士의 學位를 주시고 일쳔팔빅사십삼년에 칠십오세로 長逝ᄒ얏ᄂ듸 그 訃音을 듯고 텬하의 사름들이 그 死를 悼치 아닌 사름은 ᄒ낫 업셧다더라. 일쳔팔빅오십칠년에 氏의 像을 鑄造ᄒ야 「견신돈」 宮闕에 建設ᄒ엿더라.

1896년 6월 8일

恭惟ㅎ오니 大不列顚 (英國愛蘭聯合帝國兼印度國)의
황뎨폐하는 御諱를 「윅도리야 아렉산더래ㄴ」라고 ㅎ옵시고 父宮님을
「겐도」 大公殿下라 ㅎ옵시고 母宮님을 「삭스 쓰룽國뤼스 윅도리야」
內親王殿下라 ㅎ옵시고 그 ᄉ이에 御獨子로 계옵신더 일쳔팔빅십구년
오월 이십ᄉ일에 「겐신돈」宮에셔 誕御ㅎ셧더라. 이는 맛치 그ᄯᅢ 御兩
親殿下는 타국에 나가계셧슨즉 영국 ᄯᅡᆼ에셔 生御ㅎ시믈 ᄇᆞ라시고 급히
取歸國ㅎ시다가 「겐신돈」宮에셔 御誕生ㅎ옵셧더라. 父宮님은 일쳔팔
빅이십년 일월 이십삼일에 薨去ㅎ셧스미 어려실 ᄯᅢ 교육을 바드시기는
母宮님계셔 添言ㅎ옵시고 「노산바란더」公의 妃殿下가 御師로 되시고
그저 쥬야에 學術 공부ㅎ시믈 극히 죠화ㅎ옵시다가 國內 각쳐를 巡遊
ㅎ심을 질겨 ㅎ옵셧더라.

　　일쳔팔빅삼십칠년 육월 이십일에
　　叔父君으로 되옵신 當時의
　　황뎨 위리얌 第四世 폐하가
　　崩御ㅎ셧[셧]스므로 人繼大統ㅎ옵시니

윅도리야 第一世라고 ᄒᆞ옵셧더라. 翌年 육월 이십팔일에 「웨스도민스다 ᄋᆞ베」란 디에셔 戴冠禮를 거힝ᄒᆞ시니 實算 십구세 쌔시니라. 일쳔팔빅ᄉᆞ십년 이월 십일일에 「알바도」 親王殿下ᄒᆞ고 結婚大禮를 힝ᄒᆞ옵시고 皇子皇女가 항탄ᄒᆞ시ᄂᆞᆫ디 첫지 皇女 「윅도리야 ᄋᆞ데례더 메리 뤼즈」 內親王은 일쳔팔빅ᄉᆞ십년 십일월 이십일일에 탄싱ᄒᆞ시고 일쳔팔빅오십팔년 일월 이십오일에 孛國 왕태ᄌᆞ 젼하의게 기시다가 後에 故獨國

황제(前帝) 「흐례데릿그」 第二世 폐하로 嫁御ᄒᆞ시고 둘지 황태ᄌᆞ 「웨르스」宮 「알바도 에더와도」 統士殿下ᄂᆞᆫ 일쳔팔빅ᄉᆞ십일년에 항탄ᄒᆞ샤ᄂᆞᆫ디 일쳔팔빅육십삼년 삼월 일일에 抹國 「ᄋᆞ레기산덜」 內親王 젼하ᄒᆞ고 御結婚ᄒᆞ시고 妃御로 ᄒᆞ옵셧더라. 셋지 황녀 「ᄋᆞ리스 모더 메리」 內親王은 일쳔팔빅사십삼년 ᄉᆞ월 십오일에 탄싱ᄒᆞ시고 넷지 皇子 「알흐렛더 데스도 알바도」 친왕은 일쳔팔빅ᄉᆞ십ᄉᆞ년 팔월 육일에 탄싱ᄒᆞ시고 일쳔팔빅육십육년 오월 이십ᄉᆞ일에 「이짠바라」 大公이라고 되시고 다섯지 황녀 「혜례ᄂᆞ 오쌰스다 윅도리야」 니친왕은 일쳔팔빅ᄉᆞ십육년 오월 이십육일에 탄싱ᄒᆞ시고 여섯지 황녀 「뤼스 ᄀᆞ러랜알바드」 니친왕은 일쳔팔빅ᄉᆞ십팔년 삼월 십ᄉᆞ일에 탄싱ᄒᆞ시고 일곱지 황ᄌᆞ 「아사 위리얌 ᄇᆞ도릿그 알바도」 친왕은 일쳔팔빅오십년 오월 일일에 탄싱ᄒᆞ시ᄂᆞᆫ디 「곤노도」 公이라 ᄒᆞ옵고 야둘지 황ᄌᆞ 「례오벌더 쬬찌 쓴근알바도」 친왕은 일쳔팔빅오십삼년 ᄉᆞ월 칠일에 튼싱ᄒᆞ시ᄂᆞᆫ디 「알바니」 公이라 ᄒᆞ옵고 아홉지 황녀 「비도리느 메리 윅도리야 훼오더ᄋᆞ」 니친왕은 일쳔팔빅오십칠년 ᄉᆞ월 십ᄉᆞ일에 튼싱ᄒᆞ시고 皇德 만〃셰로 계신지라.
이리 만〃셰로 계옵시ᄂᆞᆫ 중에도 母宮殿下ᄂᆞᆫ 별노히 알치 아니시고 일쳔팔빅육십일년 삼월 십육일에 薨去ᄒᆞ셧스므로 悲御ᄒᆞ시ᄂᆞᆫ 터에 同年 십이월 십ᄉᆞ일에 皇配 알바도公 殿下가 병이 드르시고 薨去ᄒᆞ셧스므

로 폐하 혼 분의 哀悼ㅎ실 뿐 아니라 국민이 悲歎ㅎ는 양이 말로 ㅎ는
슈 업섯더라. 이러ㅎ더 본리

폐하는 익민치국ㅎ시믈 극진히 ㅎ옵시고 治世ㅎ옵시미 올히에 육십년
되시고 스〃로는 基督敎(텬쥬교)를 信敬ㅎ는 혼 부인이시요. 立朝ㅎ시
다가는 國皇帝로 무궁에 君臨ㅎ옵시고 外는 國威를 빗내시고 內는 人
富家饒케 ㅎ시므로 政治 商業 文學 技藝가 蔚然히 進就ㅎ야 國運이
금직히 류성케 되얏더라. 이는

聖德ㅎ시므로 그러ㅎ는 거시니라. (未完)

1896년 6월 10일

陛下 踐阼ㅎ옵실 째는 國內에 自由黨과 保守黨의 수가 쏙 샹반ㅎ얏더
라. 일쳔팔빅삼십일년에 니각 총리대신 「멜버튼」卿이 財政之技術이
업고 인심이 離畔ㅎ얏스므로 今年 그월에 「사 러바르」씨가 총리대신되
고 니각을 組織케 ㅎ옵시니 씨는 본히 그 유명혼 穀物條例를 올타고
ㅎ든 사름이더니 그 째의 趨勢가 엇지 홀 슈 업스므로 일쳔팔빅스십육
년에 前說을 飜ㅎ야셔 그 됴례를 아주 폐지ㅎ니 그 保守黨이 分裂ㅎ야
「비르」氏는 스직ㅎ고 「쏜랏셀」卿이 총리대신을 ㅎ고 일쳔팔빅오십이
년 일월에 「랏셀」경이 스직ㅎ고 「짜쎄」伯이 총리대신을 ㅎ얏다가 쬘
年 십이월에 豫算案에 일로 스직ㅎ니 「ㅇ바쩐」卿이 총리대신으로 되
야 聯合內閣을 組織케 ㅎ옵시더니 맛침 이째 야라사국ㅎ고 싸홈이 되
얏는디 다른 일로 곡졀이 잇셔〃 스직ㅎ고 「바다 손돈」氏가 총리대신
이 되고 일쳔팔빅오십팔년 삼월에 「짜쎄」氏ㅎ고 굴럿스되 쬘年 칠월에
다시 入閣ㅎ아 칠년간을 지너다가 도라가시므로 「랏셀」氏가 춍리를 ㅎ
는디 맛침 이째 改革法案을 국회로 제출ㅎ니 국회에서 否決ㅎ얏스므
로 왼통 각 대신이 스직ㅎ고 「쩌스례리」氏가 신 니각을 組織ㅎ고 일쳔

팔빅육십팔년에 굴녀셔 「쓰랏더스돈가」氏가 총리대신되는디 그 스이에 政治上에 일은 큰 일만을 니면 愛蘭國教分立, 愛蘭土地條例, 小學校 育條例와 으ᄅ브바事件에 관ᄒ야 미국ᄒ고 죠약을 정결ᄒ옵시고 일쳔 팔빅칠십ᄉ년에 굴녀셔 「쎄곤스힐더」伯이 총리대신되고 일쳔팔빅칠십 칠년 일월에

陛下가 印度國

황뎨의 大位를 兼ᄒ옵시니 百官有司가 「딜히」宮에셔 그 대례를 거힝 ᄒ시고 일쳔팔빅팔십오년 칠월에 「쓰란더스돈」氏가 다시 니각을 組織 ᄒ다가 그 째 맛침 愛蘭自治案이 낫스되 국회에셔 少歡ᄒ므로 국회 下 院을 解散ᄒ게 ᄒ시다가 동년 팔월 삼일에 「소르쓰몌례」侯가 니각을 組織ᄒ고 일쳔팔빅팔십칠년에

陛下 卽位 五十年祭를 거힝ᄒ시는디

陛下도 臨幸ᄒ옵시고 皇族이 다 나가시고 각 대신과 印度王族과 丁抹 國 황뎨폐하와 白耳義國王 殿下와 오리지국 황태ᄌ, 포도아국 왕태ᄌ, 希臘國 황태ᄌ, 각 젼하와 기타 各國 大使 公使 등이 퍽 참예ᄒ얏더라. ᄯᅩ 御治世 中에 文學 일을 올니니

폐하는 이 문학 일에 깁히 志御를 드리시고 일쳔팔빅육십칠년에 故 皇 配 「알바도」殿下의 사적과 御編을 編輯케 ᄒ옵시는디 모다 閱御ᄒ옵 시고 근년에 와셔 戲曲御樂을 好御ᄒ옵시는디 「윈자」宮에 그 길을 能 通혼 사람를 부르셔다가 覽御ᄒ옵시고 ᄯᅩ 卽位 五十年祭를 지니시든 후에 법국과 기타의 나라로 수ᄎ 行幸ᄒ옵시고 일쳔팔빅구십ᄉ년 ᄉ월 에 독국으로 行幸ᄒ옵시다가 皇女孫 「윅도리야 메리다」內親王이 「헷 셰」太公 젼하ᄒ고 御婚儀 째 臨御ᄒ옵시고 올히에

陛下 御實算이 칠십팔셰되옵시고 玉體 泰平ᄒ옵실 뿐 아니라 皇子 皇 女 宮이 금직히 만이 계옵시고 皇基는 磐石케 되옵시되 더욱 만〃셰되 시믈 ᄇ란ᄂ이다.

1896년 7월 12일 (1회)

경샹도 안동셩의 사쪽훈 집이 잇스니 승은 신씨라 신쟝군 츙댱공의 ᄌ
손인디 세세 잠영지가로 혹힝을 슝샹ᄒ야 효우가 밧탕이 되고 츙신으
로 근본을 삼어 일향에 법가로 유명ᄒ더라. 일즉이 ᄋ둘 ᄒ나를 나흐니
골격이 쥰슈ᄒ고 미묵[목]이 명낭ᄒ더니 차차 자라미 츙명이 츌즁ᄒ고
긔샹이 비범ᄒ야 어렷슬 ᄶᅥ븟터 큰 그릇신쥴 사롬마다 허예[여]ᄒ고 그
집안의셔도 션셰의 슈치롤 이 ᄋ희에게 와셔는 씨스리라 ᄒ더니라. 공
부를 시쟉훈 후에는 혹문이 일취월쟝ᄒ야 예젼 승현의 오묘훈 도를 경
일히 강구ᄒ야 퇴계 니션싱의 연원을 이을 쥴노 쟈임ᄒ고 위명쳑ᄉᄒ
는 언론이 쥰절ᄒ야 밍ᄌ에 긔샹과 방불ᄒ더라. 일즉이 경ᄉ의 올나와
셔 태혹, 진사의 쏩힌 후에 셰샹이 인지를 쓰지 못홈을 탄식ᄒ고 향졔
의 도라와셔 혹업을 닥그니, 학식이 대진ᄒ야 덕업이 승현에 비향홀 만
ᄒ고, 문쟝이 일세의 탁월ᄒ야 유도에 거벽이요, 후진의 스승일너라. 겸
ᄒ야 승[성]리와 긔슈에 공부가 도져ᄒ고 듀역에 음양변통ᄒ는 리치를
통루이 ᄶᅵ다르니, 일은바 통리군ᄌ일너라. 일동일졍이 법식에 맛지 아
는 것시 업고 진퇴쥬션이 모다 졀츠의 합당ᄒ며 말 훈 마듸가 헷말이
업고 우슘 훈번을 공연이 웃지 아니ᄒ니 닌리가 화ᄒ고, 일향이 법바더

셔 의앙ᄒ지 안는 쟈ㅣ 업셔셔 아모리 어려운 닐과 의심된 말이라도 신 진사의 말 ᄒ마듸면 집중이 되야셔 희혹을 ᄒ더라. 신진사가 쟝션[셩]ᄒ 이후로는 거샹의 ᄒ는 말이 일본국이 희도 즁 나라으로 됴션보담 얼마 크지 못ᄒ고 더구ᄂ 연륙지 못ᄒ여셔 더 커지지 못홀 나라이여놀 됴션 으로 더브러 가쟝 ᄀᆺ가온디 쟈고로 일본은 강ᄒ고 됴션은 약ᄒ여셔 그 침포홈을 당ᄒ 적이 적지 안타가 지어 임진ᄒ야는 일국이 거의 멸망ᄒ 엿다가 겨우 회복ᄒ엿스니 비단 내 집의만 셰슈될 바ㅣ 아니라 통국에 슈치가 쳔추만디의 업셔지지 아니홀 거시라. 엇지ᄒ면 ᄒ번 소원을 드 듸여셔 나라의 슈치를 벗고 챵성의 원심을 쾌히 ᄒ리요 언론이 항샹 이ᄀᆺ치 쥰졀ᄒ거늘 듯는 스룸이 강개치 아니케 녀기는 사룸이 업스되, 그 즁에 신진샤 친구ᄒᄂ히 잇스니, 니혹즈라 칭ᄒ는 사룸인디 츙무공 에 후예라. 위인이 등후관대ᄒ고 문쟝덕업이 일셰의 유명훈디 신진샤와 더브러 교분이 형뎨의셔 두터워셔 신진사는 관즁에 비ᄒ고, 니혹즈는 포슉의 비ᄒᄂ디 둘이 다 졔셰안민홀 방칙이 넉넉ᄒ더라. 니혹즈는 깁 히 신진사를 밋고 그 비범훈 식견을 학[확]실이 아는지라. 미양 신진사 의 언론을 들으면, 깁히 탄복ᄒ고 그 셜치홀 방칙을 의논할시 신진사가 ᄀᆯᄋ디, 우리가 가령 당로ᄒ야 집권을 ᄒ야도 일본의 방편을 심샹 아는 쟈ㅣ 업는지라. 무슨 경륜을 ᄒ여보리요. 옛말에 ᄒ엿스되 지피지긔ᄒ 면 빅젼빅승이라 ᄒ엿스니 내가 맛당히 일본에 건너가셔 평편을 ᄌ셰 이 보고 도라 오리라 ᄒ거늘, 니혹즈가 ᄀᆯᄋ디, 열 번 듯는 것시, ᄒ번 보ᄂ니만 ᄀᆺ지 못ᄒ지라. 형의 지조와 식견으로 친히 보고 도라오면 반 드시 크게 으듬이 잇슬 터이니 심히 맛당훈 경륜이로다 ᄒ고, 셔로 작 별ᄒ고 건너갈시 도라오는 긔한은 스셰롤 보아셔 홀 게로디 슈 년의 지 니지 아니홀 쥴노 알고 갓더니 비를 나려셔 뭇희 올은즉 산쳔이 슈려ᄒ 고 풍속이 졍졔ᄒ야 혜아리든 밧기라 크게 놀니여셔 마음에 탄식ᄒ고 처음에 혹교로 들어셔 언어를 공부훈 후에 다른 혹업도 졸업을 만히 ᄒ 고 됴졍의 법졔와 대신의 듀[듄]칙이며, 빅관의 용명홈으로 좃차 시졍에 규모며 여렴의 풍속꺼지 ᄌ셰이 보고 안 연후에 외방으로 나셔셔 각쳐 대도회며 산협농촌으로 연희변 황구꺼지 두루 다니며 ᄌ셰이 알고 도라오니 거연이 십년이 되얏더라. 도라온 후로ᄂ 언론이 젼일 이에셔 달녀셔 미양 말홀 적이면 일본을 추고 흠앙ᄒ야 쟈리로 함원ᄒ든 ᄯᆺ시 업ᄂᆫ지라. 니흑ᄌ가 헤아리되 평일에 ᄒ든 날과 먹은 마음으로써 볼진딘 신진사의 위인은 졸연이 이목의 현황홈으로써 외물에 팔닐 사름이 아니여ᄂᆞᆯ 이졔 십년 동안에 그 언어와 지의가 젼일 이에셔 달녀셔 션셰의 웬슈를 함혐ᄒ던 마음이 풀녀 업슬 ᄲᅮᆫ 아니라, 도리여 추앙ᄒ고 흠모하ᄂᆫ 모양이니 이ᄂᆫ 필경 슈토가 쟝위에 비여셔 심승이 변ᄒ고 지의가 어두어진 것시라. 아마 약을 만히 써셔 쟝위에, 오예ᄒ 물건을 소멸ᄒ 후의야, 그 평일의 식견을 회복ᄒ리로다 ᄒ고, 약을 만히 구ᄒ여 가지고 와셔 먹기롤 권ᄒ거ᄂᆞᆯ 신진사가 굴ᄋᆞ딕, 내가 아모 병도 업거ᄂᆞᆯ 형은 엇지 슈고를 드려셔 약을 구ᄎᆔᄒ야 왓스며 ᄯᅩ 무산 병징으로 집증ᄒ온 약인지 듯고쟈 ᄒ노라. 니흑ᄌ가 굴ᄋᆞ딕 형이 타국에 가셔 슈토에 불복ᄒ 모양이라. 슈토를 졔어홀 약이로라.

1896년 7월 14일 (2회)

신진사가 우셔 굴ᄋᆞ딕, 옛 사름의 말이 탐쳔을 ᄆ셔도 쳥빅홈을 곳치지 안ᄂᆫ다 ᄒ엿거ᄂᆞᆯ, 사름이 엇지 슈토로써 심지가 변ᄒ리요. 문견으로써 식견이 나은 것슨 잇거니와 외물에 ᄯᆯ녀셔 승경이 변ᄒ야슬 리치는 업스니 망녕에 싱각을 말고 쳥권[퀸]딕 그 연유를 말ᄒ면 뎨가 졍셩을 다ᄒ야 딕답ᄒ오리라. 니흑ᄌ가 굴ᄋᆞ딕 위션 우리가 션셰붓터 일본이 슈국이 되야셔 팔도 챵싱이 ᄋᆞ동과 부녀덜 ᄭᅥ지라도 일본이라 ᄒ면 슈국으로 알고 임진년을 일커르면 졀치부심ᄒ거ᄂᆞᆯ, 홈을며 나와 형은 타인이예셔 다른지라. 밥 먹기 시작ᄒ고 말홀 줄 아든 이후로ᄂ 평싱의 원

통호 마음이 골슈예 비여셔 이왕 호던 슈작이 힘으로는 웬슈를 갑지 못
호야 셜치호지 못호여도 마음에는 잇지 안코 입으로는 쥰졀이 언론호
엿거놀, 형이 일본을 단녀온 후로는 그 마음만 풀닐 쑨이 아니라 도리
여 일본을 츄앙호고 흠모호는 모양이니 엇지 심졍이 변치 아니호엿다
호리요. 신진사가 골ᄋ디 내가 모단 말을 한쎱에 말호고 시부되 형이
보지 못호고 듯지 못호든 닐을 과격히 말호면 과연 일본의 혹호엿다 홀
터인고로 과격히 말호지 못호오니, 형이 례를 버리지 아니 호올진딘 ᄎ
ᄎ 말슴을 ᄌ셰이 호오리니 통촉호야 들을진딘 뎌는 몸소 근고호야 씨
다른 걸, 형은 안져셔 듯고 씨다를가 호노라. 셜영 이 동너 사롬 잇는디
져 동너 사롬이 혐의롤 지엇거놀 힘이 넉넉히 셜치호엿스면 샹쾌호련
마는 담은 방안에 안져셔 욕만 호고 잇스면 엇지 어리셕지 아니호리요.
대져 웬슈라 호는 것슨 당쟈라도 풀고 화협호면 그만이여놀 흠을며 십
여터가 지난 후에 풀고 화친호엿는디 무산 말을 다시 홀 것시 잇스며,
ᄯᅩ 조샹이 우희호여 계셔도 피ᄎ에 국ᄉ롤 위호여 ᄉ망이 잇슨 것시지
ᄉ혐이 잇슨 것시 아니여니와 가령 예젼 닐노써 보아도, 임진 젼졍은
츰에 죠션이 픠호엿다가 나죵에는 일본이 픠호여 갓슨즉 웬슈될 것시
업고 청국ᄀᆞᄒᆞᆫ 나라는 본리 북방의 융젹으로 대명을 멸호고 됴션을 음
습호야 황[항]복을 밧을시 군샹을 번신으로 삼쏘 부녀를 탈취호여 갓스
니 슈치가 빅셰의 씨슬 슈 업거놀 이것슨 붓그러운 줄 아지 못호고 도
리여 일본을 함험호니 이는 분긔가 업는 말이요, ᄯᅩ 불치한[하]문이라
호엿스니 날만 못호 사롬의게도 비홀 것시 잇스면 비호는 게 맛당호거
놀 흠을며 이웃 나라의 비홀 것시 만흔 것슬 엇지 츄앙치 아니호리요.
니흑ᄌᆞ가 골ᄋ디 일본이 무삼 비홀 것시 잇스리요 예젼 셩왕의 례악졔
도는 일본이 됴션의 비홀 것시요, 요ᄉᆞ이 소위 기화라 ᄒᆞ는 것슨 일본
도 셔양의셔 비화슨즉, 셜영 기화를 비홀진딘 됴션셔도 셔양의 비호는
것시 맛당ᄒᆞ거놀 엇지 구구히 일본의 비호리요 형의 일본을 츄앙ᄒᆞ는
것슨 의혹을 풀지 못ᄒᆞ노라. 신진사가 디답ᄒᆞ여 골ᄋ디 대져 기화라 ᄒ

는 것슨 세상을 기명코쟈 흐는 것시라. 샹고의 회호셰계처럼 빅셩이 안기업 락기토흐야 불샹 왕늬흐고 살어도 됴호련마는 근셰에 셔양 사름이 긔교홈을 슝샹흐야 희양의 화륜선이 통흐미 만리가 지척이라 이졔 와셔는 외국을 교셥통샹흐지 아니홀 슈 업스니, 긔왕에 교셥통샹흐야 외국에 규모를 비홀진딘 우리가 힘은 들 들고 효험은 만토록 흐는 것시 맛당흐지라. 일본이 몬져 긔화를 비흐너라고 근 삼십년 근고를 무슈히 흐얏거눌 이제 우리는 일본을 전일히 비화쓰면 닐은 반이요 공은 갑절이라. 그 편리홈이 여러 가지니 첫지는 티셔 각국인즉 사름의 죵류가 다르고 문쓰는 것지 아니흔디 풍긔와 관습이 각각이라. 의스를 샹통흐기 극란흐거눌 일본인즉 이 흔가지라. 문쓰는 것치 씨고 언어는 흐는 리치가 다르지 아니흐야 의스를 샹통흐기 어렵지 아니흐니 범빅을 비호기가 힘이 적게 들 것시오 둘찌는 셔양 사름인즉 리용후성에만 죡죡흐고 인륜샹 의는 몽미흐거눌 일본사름은 피츠를 짐쟉흐야셔 두 가지의 절츙흐야 썰시 도는 공즈를 추슝흐고 기예는 셔양을 츄슝흐는지라. 지어 됴션사름도 셔양을 통하기 젼붓텨 셩혹의 혹흐는 쟈ㅣ 만코 청국 사름덜은 아편연 것튼 데도 희를 편벽되이 입거눌 일본 사름인즉 셔혹의 혹흘 것시 업는 쥴을 알며, 아편연의 희를 당흐는 쟈는 흐나도 업스니 엇지 문명치 안타 흐리요. 도와 기예를 놉고 졍흔 걸노만 비화셔 셰상의 유익흐도록만 홀 쑨 아니라 예젼의는 지물노씨[써] 풍속이 효박홀가 넘녀흐샤 지물을 다음으로 의논흐엿거니와 지금 세상에는 남의 나라와 것고쟈 홀진딘 지물이 남의 나라와 것허야 될 것시요, 남의 나라보담 낫고쟈 홀진딘 지물이 남의 나라보담 만허야 될지라. 일본이 이 리치를 깁히 씨드러셔 통샹홍리에 졍셩을 극히 다흐니 가위 문명흔 나라이니라.

1896년 7월 16일 (3회)

니흑즈가 굴ㅇ디 일본이 본리 동이지국으로 그 나라 스적을 보던지 그의 관문을 보면 아직꺼지 파벽이 되지 못혼 나라이여눌 엇지 이곳치 칭찬호느뇨 과연 공즈의 도롤 츄슝호고 터셔 기예롤 치용홀진딘 셰상의 우등되는 나라이라 내 밋지 못호노라. 나는 들으니 일본이 터셔 각국에논 눌니고 영국 곳흔 나라는 두려워혼다 호니 과연 니치외교가 분명호면, 엇지 터셔 각국은[을] 이곳치 두려워호며 이곳치 혹호리요 터셔의 츄죵과 노예곳거눌 형의 말슴을 들은즉 의혹이 더욱 즈심호여로라. 신진사가 디답호여 굴ㅇ디 내 엇지 일본을 칭찬호리요, 말을 넉넉히 호고 시부되 혹 과장혼다 홀가 념녀호야 말을 다호지 못호엿거눌 도리여 칭찬이라 호니 이는 고루홈을 끼치지 못혼 싸닥이라. 대져 사롬이라도 사흘을 보지 못호면 괄목상디혼다 호엿거눌 호믈며 나라이야 어쟉 긔이 젹국이라도 오날 문명지치롤 호면 문명지국이어눌 엇지 예젼 말을 가지고 지금 일커르리요. 홈믈며 일본은 동양 아셰ㅇ의 곳치 잇셔셔 셰계와 문흑을 혼가지로 알던 나라으로 사무를 몬져 끼다려셔 죠졍에 졍치가 찬란호고 향리에 풍속이 ㅇ름다워졋스니 가위 문명지국이라 지어 터셔 각국 디졉호년 것슨 디방은 동셔가 졀원하고 인죵은 황빅이 현슈혼지라. 경이원지혼 마음이 업지 안컨마는 비홀 직죄가 만흔즉 부득불 교셥통샹홀 밧기 슈 업고 영국인즉 더구느 비홀 것도 만커니와 강약이 부동호니 교졔의 근신호년 것시 가위 지피지긔호년 것시라. 후히 디졉호고 그 극졍극교혼 지죠를 비화셔 국민을 편리케 호는 것시 엇지 외교니치의 양득이 아니리요. 이럼으로써 그 국치병강홈이 셔양의 뒤지지 아니케 되얏스니 동양의는 션진이라. 그런고로 죠션과 쳥국을 권호고 인도호야 호야금 속히 기명호야 동심합력호야셔 셔양 사롬의 동양을 업슈이 녀기고 줌식홀 형셰롤 막으라 호니 이는 밧그로는 디졉호며 지죠를 번[본]밧고 안으로는 구별호야 그 후환을 방비코자 호니 셔양을 디졉ᄒ년 것도 ᄯᅩᄒᆫ 고명ᄒᆫ 의견으로 심모원려에 말믜암은 바이라. 니 혹즈가 ᄀᆞᆯ으디 과연 형의 말솜과 ᄀᆞᆺᄒᆞᆯ진ᄃᆡ 엇지ᄒᆞ야 일본이 죠션을 업 슈이 녀기기를 ᄌᆞ심이 ᄒᆞ며 널널이 희롭게 ᄒᆞ고 지어 지리에도 대소간 의 이심ᄒᆞ계 ᄲᅥᆺ셔가셔 죠션을 희롭고쟈 ᄒᆞ며 망ᄒᆞ고쟈 ᄒᆞ리요. 천만ᄉᆞ 에 후ᄒᆞ고 용셔ᄒᆞᄂᆞᆫ 것슨 듯지 못ᄒᆞ겟고 각박히 업신녀기ᄂᆞᆫ 것만 보겟 스니 만닐 죠션을 위ᄒᆞ고쟈 ᄒᆞᆯ진ᄃᆡ 엇지 이ᄀᆞᆺᄒᆞ리요. 죠션 사롬덜도 통 입골슈ᄒᆞ야 절치부심ᄒᆞᄂᆞᆫ지라. 혹 셩이의 취ᄒᆞ던지 ᄉᆞ세의 부득이 ᄒᆞ야 일본 사롬을 상죵ᄒᆞ더리도 속마음에는 분ᄒᆞᆫ 마음을 풀지 못ᄒᆞ거늘 만 닐 죠션을 위ᄒᆞ고쟈 ᄒᆞᆯ진ᄃᆡ 엇지 이ᄀᆞᆺᄒᆞ리요 내 소견으로 보면 셔양 사롬, 죠션 사롬 디졉ᄒ년 것시 오히려 후이ᄒᆞ고 명대ᄒᆞᆫ지라. 차라리 셔 양 사롬만 ᄀᆞᆺ지 못ᄒᆞ니, 그 엇지 밋어셔 깁히 사귀리요. 신진사가 ᄀᆞᆯ으 ᄃᆡ 터셔 사롬은 북방소산이라 만편 음즁이요, 쟝원지계로 리를 취ᄒᆞ고 쟈 ᄒᆞᄂᆞᆫ지라. 남의게 몬져 실슈를 아니하고 남의 실슈만 취[치]졸잡어 속으로만 비소ᄒᆞ고 지ᄂᆞ니 됴션 사롬 ᄀᆞᆺᄒᆞᆫ 니ᄂᆞᆫ 그 비웃ᄂᆞᆫ 쥴은 ᄭᆡ닷지 못ᄒᆞ고 그 용셔ᄒᆞ년 것만 달게 녀겨셔 날마다 취[추]졸을 잡히고 차차 로 형셰를 ᄲᅥᆺ겨셔 ᄒᆞ야금 ᄭᆡ닷지 못ᄒᆞ게 ᄒᆞ니 그 실샹을 싱각ᄒᆞ면 불가 근이요, 일본인즉 동방 양명지긔롤 밧어셔 진슈이 양증이요, 긔샹이 발 원ᄒᆞ야 은원간의 긔졍ᄒᆞᄂᆞᆫ 법이 업ᄂᆞᆫ고로 쟈연이 용셔ᄒᆞᄂᆞᆫ 모양은 업 스나 닷툴 닐은 닷투고 시비ᄒᆞᆯ 닐은 시비ᄒᆞᄂᆞᆫ 것시 당연ᄒᆞᆫ 닐이요, 셔 로 사롬으로 아는 게라. 엇지 셔양 사롬의 외디ᄒᆞ년 것과 ᄀᆞᆺ치 의논ᄒᆞ 리요. 그러ᄒᆞᆫ디 일본의 흥왕ᄒᆞᄂᆞᆫ 긔샹이 통국 인민인의 구즉[지]흠이 업 셔셔 급죠ᄒᆞᆫ 마음으로 표리가 달음이 업시 곡직을 닷투니 죠션에 암약 ᄒᆞᆫ 풍속으로써 보면 능멸ᄒᆞᆫ다 ᄒᆞ기 쉬우나 긔실은 피으의 분둥이 젹은 고로 그러ᄒᆞ고 더구ᄂᆞ 소년비와 아러 사롬들은 경솔ᄒᆞᆫ 티도를 감츄지 못ᄒᆞ거니와 년고 덕소ᄒᆞ고 관쟉 잇ᄂᆞᆫ 니와 디위 놉흔 사롬인즉 그러치 아니ᄒᆞ야 관후ᄒᆞᆫ 마음으로 죠션을 앗기는 ᄯᆞᆺ시 속으로붓터 형용에 낫 타나고 잠시도 잇지 아니코 언어의 보이니 그 아러 사롬은 직ᄒᆞᆫ디로 긔샹이 발월ᄒᆞ고 그 웃사ᄅᆞᆷ은 관후ᄒᆞ야 셩실츙직ᄒᆞᆫ 모양이 츙일ᄒᆞ니 이 엇지 가상이[치] 아니리요. 셔양 사람의 외ᄃᆡᄒᆞᄂᆞᆫ 것과 ᄀᆞᆺ치 비ᄒᆞ야 말ᄒᆞᆯ 슈 업고 아직은 통졍ᄒᆞ기가 어렵거니와 그 츙직ᄒᆞᆫ 마음이 셔로 통졍ᄒᆞᆯ 디경의ᄂᆞᆫ 셔로 사랑ᄒᆞᆷ을 ᄭᆡ닷지 못ᄒᆞᆯ 것시요, ᄯᅩ 서양을 친근이 ᄒᆞ고쟈 ᄒᆞ는 말은 텬하의 대세를 아지 못ᄒᆞ는 말이라. 지어 ᄌᆡ죠를 ᄇᆡ호넌 방편은 ᄃᆡ강 말ᄒᆞ엿거니와

1896년 7월 18일(4회)

대져 셰샹 리치가 사근취원ᄒᆞ면 노이무공이요, ᄯᅩ 자근이원이라. 형뎨 친쳑을 박ᄒᆞ게 녀기고 타인을 후히 ᄃᆡ졉ᄒᆞ며 닌리향당을 소홀이 알고 믄 ᄃᆡ 사ᄅᆞᆷ을 친근이 사귀면 일은바 ᄑᆡ례요, ᄑᆡ덕이라. 무ᄉᆞᆷ 연고로 ᄀᆞᆺ가온 ᄃᆡ를 버리고 믄 ᄃᆡ를 취하리요. 니ᄒᆞᆨᄌᆞ가 ᄀᆞᆯᄋᆞᄃᆡ 사근취원을 안코쟈 ᄒᆞᆯ진ᄃᆡᆫ 됴션의 연경 졉계ᄒᆞᆫ 나라이 함경도편으로ᄂᆞᆫ 아라ᄉᆞ가 잇고 평안도편으로ᄂᆞᆫ 쳥국이 잇ᄂᆞᆫ지라. 아라ᄉᆞ도 됴션을 위ᄒᆞ야 븟들고쟈 ᄒᆞᆫ다는 말이 잇스며, 쳥국은 슈ᄇᆡᆨ쳔 년을 나려오며셔 친근ᄒᆞ던 나라이라. 하필 ᄇᆡ다를 건너셔 잇ᄂᆞᆫ 일본을 갓갑다 ᄒᆞ며 그 밧기 친근ᄒᆞᆯ 것시 업ᄂᆞᆫ 쥴노 말솜하시ᄂᆞ뇨. 신진샤가 ᄀᆞᆯᄋᆞᄃᆡ 일승일쇠ᄂᆞᆫ 변역ᄒᆞ는 리치의 뎡녕ᄒᆞᆫ 것시라. 쳥국에 이왕 친근ᄒᆞ던 거시 쇠ᄒᆞ엿스니 그 됴졈이 발셔 뵈엿고 일본의 젼ᄇᆞᆺ허 소활ᄒᆞ던 거시 변ᄒᆞ엿스니 그 증거를 가히 알지라. ᄒᆞᆷ을며 쳥국은 이왕ᄇᆞᆺ허 번속의 신뇨로 알고 외방에 노예로 ᄃᆡ졉ᄒᆞ엿거늘 병ᄌᆞ년의 겁박ᄒᆞ야 항복밧든 욕과 슈ᄇᆡᆨ년 업슈이 녀기든 슈치를 ᄉᆡᆼ각지 안코 무엇시 못잇처셔 다시 ᄉᆡᆼ각ᄒᆞ며 ᄯᅩ다시 신쳡의례로 공폐를 밧치던 것슬 분ᄒᆞᆫ 쥴 모로나뇨. 지어 아라ᄉᆞ ᄒᆞ여셔ᄂᆞᆫ 디경은 비록 연졉ᄒᆞ엿다 ᄒᆞ오나 그 실샹은 동셔가 현격ᄒᆞᆫ지라. 됴션의 연졉ᄒᆞᆫ ᄯᆞᆼ의ᄂᆞᆫ 사는 사ᄅᆞᆷ도 업고 ᄒᆡ삼위 당[땅]에 ᄉᆡ로 ᄀᆡ항ᄒᆞ엿스ᄂᆞ ᄒᆡ삼위ᄯᆞᆼ은

본리 죠선쌍이여늘 괴휼노써 감안이 취ᄒ엿스니 그 연경 졉계되는 것 슨 엇지 큰 환 아니리요. 흠을며 그 도읍은 티셔에 디중희가의 잇고 인 류는 빅인죵 즁에도 우극음흉ᄒ야 텬하를 병탄홀 마음인 줄을 우부우 부라도 아는 비요, 일은바 호랑지국이라 텬하각국이 두려워ᄒ고 실여ᄒ 지 애[안]는 나라이 업거늘 하필 됴선이 혼쟈 두려운 줄도 아지 못ᄒ고 그 탐욕ᄒᄂᆫ 뜻을 ᄭᅦ닷지 못ᄒ니 이는 어리셕기가 심ᄒ고 우슴을 텬하 의 ᄭᅵ치는 바이라. 엇지 붓그럽지 아니ᄒ며, 엇지 분ᄒ지 아니ᄒ리요 도리여 그 도와준다는 말을 고지 듯는 사름은 죡히 ᄡᅥ 말홀 것 업스며 나죵에 큰 화란이 아라사 죳차셔 나는 것을 오리지 아니ᄒ야셔 볼 거시 며, 이제 일본인즉 그 인민의 신톄를 보면 대소쟝단이 죠선과 ᄯᅩᆨ갓고 이목구비에 명낭쳥슈ᄒ 것시 됴션사름과 달을 거시 업스며 그 ᄒᆡᆼ동거 지를 보면 승품에 강명□고 됴리 바른 거시 됴션 사름과 갓ᄒ며, 인즉 ᄒ고 다졍ᄒ 것시 죠션사름만 못홀 거시 업고, 지어 문ᄯᅳ언어에도 리치 와 믹낙이 셔로 갓ᄒ니 이는 다름이 아니라 두 나라이 한가지로 동방에 잇셔셔 ᄒ 분야 속이요, 긔후가 갓ᄒ 연고이라. 만닐 의복을 곳쳐셔 복 식이 갓ᄒ며 언어를 강습ᄒ야 셔로 익혜홀 것시 업시 되면 죠선 사름과 일본 사름을 분변치 못홀지라. 이러케 셔로 갓ᄒ 나라인디 죠선을 위ᄒ 야셔 인명을 허다히 허비ᄒ며 지물을 누억만 거익을 덜어셔 십비나 큰 쳥국을 썩거셔 물니치고 됴션의 쟈쥬독닙홀 긔초를 열어쥬신 본국에 인명과 지물 허비된 것슨 후회치 아니코 죠선이 그 듯[뜻]슬 밧어셔 려 졍도치ᄒ야 즁흥ᄒᄂᆫ 스업을 일우지 못ᄒᄂᆫ 것만 분히 녀기니 그 후의 룰 감격히 녀기지 안는 사름은 지견이 열니지 못홈이요, 지어 지죠를 비호는 것슨 비단 사근취원ᄒ면 로이무공홀 ᄲᅮᆫ 아니라 됴션 사름을 위 ᄒ야 그 비호는 것슬 신통이 알고 가라치기를 졍셩으로 ᄒ야 힉타ᄒ 마 음이 업기롤 일본이 졔일이요, ᄯᅩ 일본이 티셔의 기예를 비호기를 그 한만ᄒ야 급지 아니ᄒ 것슨 굿쳐 두고 긴뇨ᄒ고 즁대ᄒ 것만 갈여셔 비 혼 것시니 그 지조를 비혼 것시 바른 줄을 알고쟈 홀진딘 그 나라이 부호고 군수가 강혼 것슬 보면 가히 알 것시요, 그 문명홈의 고하를 알고쟈 홀진딘 민인의 마음이 션공후수호는 것슬 보면 가히 알쪄라. 지금 일본에 뎐야가 열녀셔 농상이 셩혼 것과 기예가 늘어셔 빅공이 홍혼 것과 샹고가 뜰쳐셔 지물이 류통호야셔 일국이 부요혼 것슬 다 말호면 필경 과쟝이라 홀지라. 일우 말홀 슈 업거니와 십년 용병을 호여도 구궐 것시 업고 십년 흉지가 잇셔도 긔한의 군식을 당홀 리가 업스니 나라이 부요치 안타 홀 슈 업고, 원나라인 명슈가 사쳔만구에 남녀를 반식 갈으면 각각 이쳔만명식 가량 호고 남즈 이쳔만명 중에 노약만 졔호고는 모다 군병 아닌 사롬이 업는지라. 사롬마다 의례 군률과 기예를 익켜 두엇스니 샹비병, 후비병 말고도 빅만 군사를 니랴면 호로 아츰 닐이요, 쏘혼 군긔와 졔구가 부죡혼 념녀가 업스니 군사가 강호지 안타 홀 슈 업스니 그 비혼 바를 가히 알 것시요 지어 나라를 위호야 혼갈 굿혼 츙셩은 무론 남녀노소 호고 다름이 업셔셔 여렴에 부녀라도 으들나셔 귀호고 사랑홀 젹의는 츅언호는 말이 어셔 밧비 잘아셔 나라닐의 죽으라 호고 남즈 덜인즉 나라 위호야 죽는 닐에는 혹 남의게 뒤질가 겁호니 일노써 보면 인민에 문명홈을 가히 알게라. 방금에 님군은 님군에 도리호며, 신하는 신하의 도리호고, 빅관은 빅관의 직분을 다호며, 인민은 인민의 본분을 다호여셔 샹하가 일심으로 자자불이호야 쥬야가 업시 근고를 앗기지 아니호는 고로 형셰가 날노써 나아가고 통국에 흑교가 편만호야 남녀가 모다 흑업을 닥거셔 남녀간의 샹하귀쳔 업시 신흑문이 업는 샤롬이 업고 통국셩이 와신샹담호는 마음으로써 졍을 기다듬으셔 긴급혼 스무는 속호기로 힘써서 아못조록 터셔의 형셰가 동양으로 향호는 조즘을 막고쟈 호야 죠션과 쳥국으로 더브러 함께 문명호여셔 아셰으를 보젼호고쟈 홀식 극진혼 슈고를 앗기지 아니호고 그 중에 유도롤 버리지 아

니ᄒ며 셔혹을 츄슝치 아니ᄒ고 인고 작금ᄒ야 두 가지 ᄉ이에 절츙ᄒ
야 긴걸노만 갈여서 취ᄒ야 국가와 빅셩의게 리롭고 유익ᄒ도록만 쎠
니 이 나라를 비호지 안하고 어는 나라를 비호리요. 흠을며 갓갑고 편
ᄒ야셔 다른 나라 닐을 비호기 보담 사반공비ᄒᆯ 것실가 보냐. 차홉다.
세샹 사롬을 위ᄒ야 크게 한탄ᄒᄂᆫ 바는 티셔사롬의 음즁을 ᄭᅵ닷지 못
ᄒᄂᆫ 닐이로다. 티셔인이 욕심은 큰 고로 젹은 은혜는 몬져 베풀며, 경
영이 쟝원ᄒᆫ 고로 급작키 듀션을 아니ᄒ고 묘션을 가븨얍게 아는 고로
쟝악의 너희랴 ᄒ며, 사롬을 업슈이 녁기는 고로 죡가치 아니ᄒ고, 속으
로는 소홀이 녀기되 것ᄉ로는 사랑ᄒᄂᆫ 쳬ᄒᄂᆫ 것시 무비음즁이라 ᄭᅵ
닷기가 어렵지 아니ᄒ거늘 우미ᄒ고 암약ᄒᆫ 풍속은 죵시 ᄭᅵ닷지 못ᄒ
고 양즁으로 디졉ᄒᄂᆫ 일본사롬의, 속으로 사랑ᄒ되 것ᄉ로는 경한ᄒ야
탄ᄒ기를 잘ᄒᄂᆫ 고로 실여ᄒ며, 음즁으로 디졉ᄒᄂᆫ 티셔사롬의, 속으
로는 업신녀기되 것ᄉ로는 사랑ᄒᄂᆫ 쳬ᄒᄂᆫ 것을 묘타하니 이 엇지 분
ᄒ지 아니ᄒ리요. 니혹쟈가 ᄀᆞᆯᄋᆞ디 다른 말솜은 그럿타 ᄒ더리도 일본
이 이ᄀᆞᆺ치 리로운 것슬 취ᄒ거늘 엇지 죠션만 위ᄒ야셔 힘을 이ᄀᆞᆺ치 쎠
며 엇지 저의 나라는 도라보지 아니ᄒ야 희를 저럿케 당ᄒ리요 필경인
즉 욕심이 큰 데 잇셔셔 것츠로는 죠션을 위ᄒᄂᆫ 듯ᄒ고 속으ᄂᆫ 다른
경영이 잇슴이라. 흠을며 샹거가 갓가운 것시 더구나 넘녀요, 인류와 풍
속이 대동소이ᄒᆫ 것시 집히 걱졍이로라.

1896년 7월 22일 (6회)

신진사가 ᄀᆞᆯᄋᆞ디 대져 엇던 사롬이던지 내 속이 발그면 남을 공연이 의
심ᄒᄂᆫ 법이 업고 내 속이 어두면 남을 의심치 아니ᄒᆯ 닐에도 의심ᄒᄂᆫ
법이니 업지[어찌]ᄒ면 죠션의 어둔 풍속을 ᄒ로밧비 ᄭᅵ쳐 ᄒ고. 소위
인인셩사라 ᄒᄂᆫ 말과 좌슈어인지공이라 ᄒᄂᆫ 말이 ᄯᅩᄒᆫ 쟝계취계를

홀 씨라. 조선 정부가 닐을 바로 ᄒ고 죠션 인민이 힘을 다ᄒ면 즁흥이
목젼의 잇슬 것시요 몽미ᄒ 꿈을 ᄭᆡ지 못ᄒ고 흔흔 즁으로 지니다가ᄂᆞᆫ
남 붓그러운 닐이 잇스리로다. 일본닌들 과연 큰 경영업시야 엇지 힘을
쓰리요 대져 큰 경영닌즉 무엇신고 ᄒ니 쳣지ᄂᆞᆫ 기명ᄒᆞᆫ 사ᄅᆞᆷ의 스업인
즉 남을 인도시기ᄂᆞᆫ 것시 졔일 놉흔 닐이라. 인도ᄅᆞᆯ 시켜셔 ᄒᆞᆫ가지로
기명ᄒᆞᆫ 나라이 되고쟈 ᄒᆞᄂᆞᆫ 욕심이요, 둘지ᄂᆞᆫ 동류ᄅᆞᆯ 앗기ᄂᆞᆫ 마음으로
인국으로 더브러 친근ᄒᆞ야 동심합녁ᄒᆞ야 인류의게 슈모ᄅᆞᆯ 밧지 안코쟈
ᄒᆞᄂᆞᆫ 경영이요, 셋지ᄂᆞᆫ 법령과 덕화가 갓ᄀ온 디로 좃차셔 멀니 밋쳐셔
텬하의 놉흔 디졉을 밧고자 홈이라. 그 용심이 엇지 젹다 ᄒ리요 호랑
지국과 ᄀᆞᆺ치 토디 인민의 캄캄ᄒᆞᆫ 욕심은 두ᄂᆞᆫ 것시 아니여늘 몽미ᄒᆞᆫ 죠
션사ᄅᆞᆷ은 졸의여운 졔 소견으로만 헤ᄋ리고 남의 욕심이 고명ᄒᆞ 디 잇
ᄂᆞᆫ 쥴은 아지 못ᄒ여 남의 욕심이 캄캄ᄒᆞᆫ디 잇ᄂᆞᆫ 쥴노 의심ᄒ니 이ᄂᆞᆫ
사긔가 예와 이졔가 ᄀᆞᆺ지 안코 인심이 어둡고 발근 것시 다른 것슬 아
지 못홈이라. 만닐 일본의셔 마음씨ᄂᆞᆫ 것슬 깁히 알쩐딘 감격지 아니홀
사ᄅᆞᆷ이 업스리로다. 이럼으로 뎌ᄂᆞᆫ 일으되 일본이 혼쟈만 리롭고쟈 ᄒ
ᄂᆞ 게 아니라 죠션과 ᄒᆞᆫ가지로 리롭고쟈 □[ᄒ]ᄂᆞᆫ 게요, 죠션만 위ᄒᆞᄂᆞᆫ
게 아니라 져의 나라를 올케 위ᄒᆞᄂᆞᆫ 게라 ᄒ노라. 니혹쟈가 굴ᄋ디 져
긔 법령과 덕화가 여긔 밋게 ᄒ고쟈 ᄒᆞᄂᆞᆫ 것시 엇지 다른 연고ㅣ리요.
형의 말슴과 ᄀᆞᆺ치 일본은 이왕 기명ᄒᆞ야 약은 나라으로 죠션이 기명치
못ᄒ야 어둔 것슬 보고 다힝이 깃부게 알어셔 것스로ᄂᆞᆫ 위ᄒᆞᄂᆞᆫ 쳐럼ᄒ
야셔 놉혀 쥬ᄂᆞᆫ 쳬ᄒ고 쳥국에 두호ᄅᆞᆯ 물니쳐 버리고 문란ᄒᆞᆫ 니졍을 더
욱 문란케 ᄒ고, 각 도 각 읍에 졔도ᄅᆞᆯ 변경케 ᄒᆞ야 민심을 현황케만 ᄒ
고 쾌히 보아셔 셰상을 진압지 아니ᄒ니, 이ᄂᆞᆫ 사ᄅᆞᆷ을 남게 오르라 ᄒ
고 흔들며 사ᄅᆞᆷ을 ᄭᅬ여셔 다려다 놋코 괄시ᄒ넌 것과 ᄀᆞᆺ튼지라. 졍녕이
죠션이 피폐ᄒ기ᄅᆞᆯ 기ᄃᆞ려셔 무위이화로 져의 것시 되기ᄅᆞᆯ 브라ᄂᆞᆫ 것
시라. 뎌ᄂᆞᆫ 의심ᄒ기ᄅᆞᆯ 일본의 고명ᄒᆞᆫ 욕심이 이것실가 ᄒ노라. 더구ᄂᆞ
통상ᄒᄂᆞᆫ 닐을 볼 지경이면 각박이 심ᄒᆞ야 죠션의 진익을 몰가케 쏍어

갈 모양이니 진익이 업스면 죽지 안는 물건이 업눈지라. 뎌눈 이것슬 두려워ᄒ며 ᄯ혼 쳥국사롬인즉 츄ᄒ고 누ᄒ야 긴명치 못ᄒ고로 홀인 닐이 만흐나 급기 죠션을 위ᄒ는 지경에는 도져이 위ᄒ야 쥬고, 지어 샹고덜이라도 츰에눈 무셥게 샹관ᄒ다가도 사귀여 익슉ᄒ 이면 사랑ᄒ 고 위하는 모양이 것히 보이고 여간 쳔만냥 이ᄒ의 의리가 샹ᄒ지 아니 ᄒ엿고, 관쟝덜이라도 조션 빅셩과 쳥국빅셩이 닷투어 송ᄉ를 ᄒ면 곡 직을 갈려셔 공평이 다시리고도 져의 빅셩을 됴케 ᄒ야 됴션을 위ᄒ던 고로 죠션 인심이 련련불망ᄒ야 쳥국을 ᄇ리는 쟈ᅵ 열의 아홉이요, 일 본인즉 그럿치 아니ᄒ야 각박이 심하고 셔로 깁히 사귀여 친슉ᄒ 듯ᄒ 다가도 혼 가지 죠그마흔 허믈이 잇스면 아든 졍이 일됴의 업셔지고 심 지어 구타상살의 일으기를 ᄒ며 관쟝의게 호소홀 슈도 업게 만드럿스 니 이럼으로써 이 ᄶᅥ지 일으로도 일본을 됴타ᄒ는 사롬이 열에 ᄒ나 도 되지 못ᄒ고 통국에 인민이 분완ᄒ는 모양은 형도 아마 듯고 보앗실 듯ᄒ도다. 신진사가 웃고 디답ᄒ야 굴ᄋ디 뎌눈 ᄶᅥ 일으되 죠션사롬의 분완ᄒ는 마음이 적은 것시 한이라 ᄒ노라. 만닐 분완ᄒ 마음이 깁홀진 딘 흑문이 늘고 사업을 일우기가 속ᄒ리라. 대져 암약ᄒ고 나타혼 사롬 은 분ᄒ 닐과 겁나는 닐노써 격동치 아니ᄒ면 홍긔ᄒ야 ᄶᅵ닷지 못ᄒᄂ 법이라. 지금에 죠션 빅셩이 나타ᄒ고 한만혼 모양이 격동치 아니면 ᄶᅵ 여셔 진보치 못홀 것시요, ᄯ는 쟈고로 어리셕은 빅셩은 심모원려는 모 르고 당쟝의 됴흔 것만 취ᄒ며 깁흔 리ᄒ는 싱각지 아니코 목젼의 적은 리만 반가워ᄒ는 고로 구속이 업는 것만 편케 녀기고 구속이 긴흔 것슨 슬여ᄒ는지라. 그 중에 일본은 급ᄒ고 쳥국은 눅은 고로 무지훈 빅셩덜 은 의례이 부[분]완타 ᄒ려니와 형의 고명흔 식견으로 엇지 우미훈 빅 셩의 말에 ᄶᅵ려셔 이ᄀᆺ흔 말솜을 ᄒ시ᄂᆞ뇨 가령 친구롤 사귀는 도리에 도 직한 친구롤 사귀는 것과 비루훈 친구롤 사귀는 것시 어늬계 나으릿 고. 대강 말솜을 ᄒ올 거시니 형은 살펴여 들으실가 ᄇ라노라.

1896년 7월 28일 (7회)

우미훈 쟈의 직훈 사롬을 슬타ᄒ는 것슨 자고로 그런 법이라. 엇지 빅성의 슬타 ᄒ는 것슬 취신ᄒ며 ᄯᅩ 샹고덜에 이심 각박훈 것슨 적은 샹고덜의 즛시요, 큰 샹고덜은 그런 법이 업스며 경한ᄒ야 닷투기를 잘ᄒ는 짓도 소년비 아러 사롬들에 널이여와 대저 닷투기 잘ᄒ는 것슨 셔루 항형ᄒ는 마음이지 업신 녀기는 게 아니며 일본 죠졍의셔 죠션 빅셩을 예견 임진년의 살육을 과히 훈 것슬 후회ᄒ야 더욱 깁히 앗기고쟈 ᄒ는 마음을 알기가 쉬은 것시, 죠션 풍속이 위엄을 베플면 복죵되기가 쉽고 은의롤 베플면 감화되기가 더된 것슬 모르는 게 아니연마는 긔여이 은의로써 감화를 시기랴 ᄒ니 이 닐을 보면 그 뜻슬 알 것시요. 아직 진압지 아니ᄒ는 것슨 형셰가 션후가 잇스며 사긔에 지속이 잇스니 우리가 최탁홀 배 아니요, 통샹에 진익을 쎄여간다는 말슴은 죠션 인민이 샹고 리치에 몽미훈즉 괴이지 아니훈 말슴이로되 지금은 일본이 진익을 아니 쎄여가면 쳥국인과 타셔인이 쎄여 갈 터인즉 차라리 일본인이 쎄여가는 게 나흘 터이요. 이 다음에 죠션 인민도 샹고를 힘쓰면 자연이 관계치 아닐 쑌더러 지금도 셔로 편리훈 것시 잇스며, 쳥국을 싱각ᄒ고 일본을 들 죠타 ᄒ는 것슨 과연 죠션의 인심이 갸륵ᄒ고 풍속이 아름다워셔 이왕 쳥국에 슈모되는 것슬 모르고 슈빅년 셤겨셔 친슉히 리왕ᄒ던 닐만 싱각ᄒ는 고로 향모ᄒ는 마음이 잇셔셔 미사를 죠케 보던 ᄭᅡ닥이요. 일본은 임진 이후로 샹죵이 업셔 슬여ᄒ는 마음이 잇는 고로 미사를 그르게 보는 ᄭᅡ닥이라 자연이 샹죵ᄒ기를 오리 ᄒ고 차차 긔명ᄒ여셔 일본 풍속을 알면 쳥국에 향모ᄒ든 것보담 나을 듯ᄒ도다. 니혹쟈 | 굴우디 형의 말슴과 ᄀᆞ치 ᄒ야 일본을 본밧고 일본을 비ᄒ고 일본을 친ᄒ고 일본을 밋엇다가 나죵에 크게 속는 디경이면 쟝ᄎᆞᆺ 엇지 ᄒ리요. 신진ᄉᆞ 굴우디 형에 말슴이 크게 속을가 ᄒ시는 것슨 무엇슬 일의심이뇨, 국가교졔의 크게 속을가 의심을 홀 닐은 토디 인민을 병탄ᄒ년 것

과 번속신뇨로 디졉ᄒᆞ는 두 가지 뿐인디 예젼 임진의 텬하가 기명치 못ᄒᆞ엿슬 적의 일본이 죠션을 처셔 거의 쎄셔 가지고도 나죵에는 도리여 낭픽를 ᄒᆞ엿거늘 지금은 동양 셔양이 서로 통ᄒᆞ야 조금아치라도 경게 읍는 닐을 ᄒᆞᆯ 슈가 업는디 겸ᄒᆞ야 일본도 기명ᄒᆞ야 텬하대세를 깁히 알고 죠션 풍긔가 션약후강ᄒᆞ야셔 인심이 악이 나면 항복 밧지 못ᄒᆞᆯ 줄을 뎡녕이 알거늘 엇지 헷돈 싱각을 ᄒᆞᆯ 리치가 잇스리요, 일본이 조금아치도 헷 닐은 ᄒᆞᆯ 리가 업스니 일노 밀우여 싱각ᄒᆞ면 가히 알 것시요, 일본이 죠션을 위ᄒᆞ야 힘쓰는 것슨 앗가도 디강 말ᄒᆞ엿거니와 본리 죠션이 중국 다음에는 텬하 각국보담 몬져 문명ᄒᆞᆫ 나라이여늘 지금에 도리여 남의 뒤를 저 잇스니 이는 적지 아니ᄒᆞᆯ 슈치라. 이러ᄒᆞᆫ 나라를 기명시기면 방가위 큰 사업이 될 것시요, 쏘 죠션이 일본과 청국ᄉᆞ이의 격즈가 되고 일본과 아라스 ᄉᆞ이의 인후가 되야셔 나라은 비록 적으나 디구샹의 머리요 텬하의 듀요쳐라 방금 종횡ᄒᆞ는 세계의 관계가 적지 아니ᄒᆞᆫ 나라인즉 등한이 버려두지 못ᄒᆞᆯ 나라이요 일본이 감안이 두더라도 다른 나라이죠차 감안이 둘 리가 업고 일본이 극녁히 보아쥬면 다른 나라도 ᄯᅡ러셔 보아 줄 터이라. 이럼으로써 일본이 크게 힘을 니여셔 남보담 압셔셔 죠션을 곡진이 위ᄒᆞ야 쥬거늘 그 후의롤 아지 못ᄒᆞ고 도리여 의심ᄒᆞ는 사롬은 엇지 우숩지 아니ᄒᆞ리요 셜영 일본이 죠션을 잠식병탄ᄒᆞ고 시분 싱각이 업지 안터리도 비단 죠션 인민에 마음만 항복밧기 어려울 쑨 아니라 텬하만국에 공논이 잇셔셔 감안이 두지 아니할 터이니 이거슨 우부우부라도 일너 말ᄒᆞ기 젼의 알 바이요. 쏘 셜영 일본이 죠션을 번속ᄀᆞ치 ᄒᆞ야셔 신뇨로 디졉ᄒᆞ기롤 예젼의 청국이 죠션 디졉ᄒᆞ던 것과 ᄀᆞ치 ᄒᆞ고쟈 혼다 희도 어불셩셜이라. 일본이 죠션을 붓드러셔 자쥬독립ᄒᆞ는 나라를 만드러 노코 다시 엇지 변긔ᄒᆞ리요. 범인도 신을 일치 못ᄒᆞ거든 함을며 나라이며 예젼의 기명치 아니ᄒᆞ엿슬 적의도 그른 닐이 어렵거든, 함을며 지금에 텬하만국이 벌어잇는 세상의 엇지 그른 닐을 ᄒᆞ리요 이는 다름이 아니라 형이 기명치 못ᄒᆞ여셔 지금에 시셰와 텬하의 대긔룰 아지 못ᄒᆞᄂᆞᆫ 연고라. 이럼으로써 ᄒᆞ되 나라이 긔명되기가 ᄒᆞ루가 밧부다 ᄒᆞ노라. 니흑ᄌᆡ 굴ᄋᆞ디 긔명이라, 문명이라 ᄒᆞᄂᆞᆫ 것슬 글ᄌᆞ 뜻으로써 볼 지경이면 선왕의 예악법도를 닥거셔 불키는 것실 듯ᄒᆞ거늘 요ᄉᆞ이 소위 긔명이라, 문명이라 ᄒᆞᄂᆞᆫ 것슨 외국을 교셥ᄒᆞ며 셔양을 효빈ᄒᆞᄂᆞᆫ 것슬 일으니 데ᄂᆞᆫ 그 연유룰 아지 못ᄒᆞ노라.

1896년 8월 1일 (8회)

신진사가 디답ᄒᆞ야 굴ᄋᆞ디 문명긔화가 엇지 글쩌 뜻과 다름이 잇스리오. 죠졍의ᄂᆞᆫ 형졍과 문물이 붉으며 셰상에ᄂᆞᆫ 빅공과 샹고가 열니고 인심과 풍속이 화ᄒᆞᄂᆞᆫ 것슬 일음이니 이럼으로 중국을 말ᄒᆞ면 요슌적이 문명ᄒᆞ엿고, 그 후로ᄂᆞᆫ 듀나라 문무 씨가 문명ᄒᆞᆫ 씨며 한나라 문경 씨의 긔명이 조금 되던 모양이요, 죠션을 말ᄒᆞ면 긔ᄌᆞ 씨의 문명이 시작이요 입아조ᄒᆞ야셔 긔명이 조금 되던 모양이니 대져 문견이 만허셔 지혜가 발그며 열녁이 만허셔 사업을 일우는 것시 문명긔화라 진실노 리국편민ᄒᆞᆯ 도리가 잇슬진디 불치하문ᄒᆞᆯ 거시여늘 엇지 셔양을 효빈ᄒᆞᄂᆞᆫ 것슬 말ᄒᆞ리요. 니흑ᄌᆡ 굴ᄋᆞ디 풍속을 슌후케 ᄒᆞ고, 리국편민ᄒᆞ고쟈 ᄒᆞᆯ진딘 례악을 슝샹ᄒᆞ고 인의를 돗탑게 ᄒᆞᄂᆞᆫ 것시 맛당ᄒᆞ거늘 데ᄂᆞᆫ 셔양의 례악과 인의잇단 말을 듯지 못하엿스니 일노써 볼진디 교목으로 좃차 나려셔 유곡으로 드러가ᄂᆞᆫ 거시 될가 넘녀ᄒᆞ노라. 신진사ᅵ가 디답ᄒᆞ야 왈, 옛적 승인이 굴ᄋᆞ사디 뭇기룰 됴하ᄒᆞᆫ즉 넉넉ᄒᆞ고 스스로 쓴즉 적다 ᄒᆞ시며, 쏘 굴ᄋᆞ사디 사롬의게 취ᄒᆞ야 착ᄒᆞᆫ 것슬 ᄒᆞᆫ신다 ᄒᆞ엿스니 례악과 인의룰 셔양의 취ᄒᆞᆫ다는 말이 아니로라. 진실노 내게 잇ᄂᆞᆫ 바ᄂᆞᆫ 굿게 가지며 부즈런이 닥거셔 남으로 ᄒᆞ야금 본밧게 ᄒᆞᆯ 것시요, 내게 업ᄂᆞᆫ 바ᄂᆞᆫ 남의게 취ᄒᆞ야 오되 감히 겨르지 말 것시여늘 셔양을 효빈ᄒᆞ면 하필 례악과 인의룰 버릴가 보냐, 교목을 나려셔 유곡으로 드러가는 것 ᄀ단 말솜은 편벽된 말솜일가 ᄒ노라. 니혹ᄌ가 굴ᄋ디 내게 잇던 것슨 직희고 ᄯ혼 남의게 잇ᄂᆫ 것슨 겸ᄒ야 취ᄒ랴면 넘어 박이부정홀가 ᄒ오며 정신과 힘써이ᄂᆫ 것슬 이루 당홀 슈 업슬가 ᄒ노라. 함을며 티셔의 슝샹ᄒᄂᆫ 바 교ᄂᆫ 오도로 더브러 셰불냥립홀 바이여ᄂᆯ 엇지 피ᄎᆞ의 혼합샹쳐ᄒ야 기단취쟝ᄒ고 호용샹ᄌᆞᄒ리요 뎌ᄂᆫ 들은즉 셔교ᄂᆫ 인류의 도적이요, ᄯ 보온즉 통샹ᄒ야 온 이후로 나오ᄂᆫ 물건은 ᄒ나도 인싱의 긴혼 것시 업ᄉᆞ와 모다 업셔도 일용ᄉᆞ물에 낭퓌될 거시 업거ᄂᆯ 엇지ᄒ야 형은 말솜ᄒ기롤 외국을 통ᄒ지 아니치 못홀게라 ᄒ며, 외국을 본밧지 아니치 못 것시라 ᄒ ᄂ뇨 뎌ᄂᆫ 그 말솜을 듯고쟈 ᄒ노라. 신진ᄉᆞᆯ 답왈, 무릇 사ᄅᆞᆷ이 금슈보담 낫다 ᄒᄂᆫ 것슨 혹문이 널고 식견이 불근 연골라. 지어 교와 혹은 셔교가 오도를 볼벗고 ᄯ루지 못홀지라 사민으로 ᄒ여금 혹문이 통명케 ᄒ엿스면 쟈연이 리치를 ᄭᆡ달으련마ᄂᆫ 이왕의 금기ᄂᆫ ᄒ엿고 혹문은 업셔셔 식견이 어두운즉 쟈연이 셔교 속에ᄂᆫ 별 것시 잇ᄂᆫ 쥴 알고 혹홈을 ᄭᆡ닷지 못ᄒᄂᆫ 사ᄅᆞᆷ이 잇스며 형과 ᄀᆺ치 오도의 혹문만 놉ᄒ니 사물샹의 어두운즉 지피지긔를 못ᄒ고 리ᄒᆡ를 짐작ᄒ지 못ᄒ니 이것시 일은바 과불급이 다즁도의 일으지 못ᄒᄂᆫ 게로다. 대저 샹고적의 이웃나라이 셔로 ᄇᆞ라보야셔 계견셩이 셔로 들녀도 빅셩덜이 늘거 죽기ᄭᅥ지 셔로 왕ᄂᆡ치 아니ᄒ고 각각 졔 곳슬 됴하ᄒ며 졔 셩이를 질겨 홀 적의ᄂᆫ 비록 인도에 긔명홈은 언론치 못ᄒ려니와 오히려 희희호호훈 긔샹과 순박훈 풍속은 죡히 써 가샹홀 배 잇거니와 이것도 안일ᄒ고 희틱ᄒ기를 됴하ᄒᄂᆫ 쟈의 ᄉᆞ모홀 배요 근간ᄒ고 용감ᄒ야 쟝취홀 긔샹이 잇ᄂᆫ 사ᄅᆞᆷ의 싱각홀 배 아니라 그후로 나려오며셔 차차 인심이 약고 풍속이 볼거셔 젼징이 이러ᄂᆞ고 탈취ᄒ며 겸병ᄒᄂᆫ 졀례가 시작되미 군ᄉᆞ의 졔구와 젼투의 부비가 국가에 뎨일 큰 소용이라. 예젼 젼국적의만 ᄒ여도 각국의 퓌졔후가 셔로 이여셔 일어ᄂᆞ셔 각각 지력과 권ᄉᆞ를 닷투어 부국강병지슐의 마음을 달니니 이 ᄠᅢ만 ᄒ여도 샹고의 풍속을 힝홀 슈 업셔ᄯᅥ늘 함을며 지금에 일으러셔는 텬하만국이 교섭통샹ᄒ야 ᄇ다를 믓보담 편ᄒ게 알고 만리를 지력으로 알어셔 약혼 쟈의 고기를 강혼 쟈가 먹고 어두운 쟈는 붉근 쟈의 복역이 되니 다시야 예젼의 희호순박혼 풍을 어디 듯기나 홀 슈 잇슬가 보냐. 몬져 기명혼 쟈는 그리를 몬져 웃덧고 나죵 기명ᄒ는 나라는 그리를 나죵 웃ᄂ니 그 기명ᄒ는 근본인즉 국부병강혼 연후에야 가히 될지라. 국부병강ᄒ쟈면 쟈연이 샹고를 힘셔셔 지물을 늘이고 공쟝을 권ᄒ야셔 긔게롤 일으킨 연후에야 국부병강을 ᄇ라볼 터이니 다시는 문닷고 외국사름을 ᄯᆞᆫ을 슈 업슨즉 부득불 부국강병지술 ᄇᆞᆺ기는 힘쓸 것시 업고 부국강병지술을 힘쓰랴면 샹고와 공쟝을 슝샹홀 ᄇᆞᆺ기 슈 업스니 지어 외국 물건의 긔묘요라 ᄒ야 업셔도 낭픽되지 아니홀 것슨 져의덜의 취리ᄒᆞ는 바이라 급히 취홀 것 업거니와 지어 긔게 등속에는 인력을 들고 공젹을 만히 일울 것시니 아니 빈호지 못홀 바ㅣ라.

1896년 8월 3일 (9회)

자고로 쟈연 지리가 진쟈를 빈지요 경쟈를 복지여니와 지금 세샹엔 더욱 우심ᄒ야 권세를 ᄌᆞ랑ᄒ고 지리를 닷투어 범빅이 부죡혼 쟈이면 범빅이 유여혼 쟈의게 굴복이 아니되지 못ᄒ고 ᄯᅩ혼 외국을 아니 통셥ᄒ랴 ᄒ도 웃지 못ᄒ리니 무릇 조선도 예젼의 외국을 통셥ᄒ지 아니ᄒ고 토디소츌노 의식을 이우며 동류를 갈여셔 혼인을 ᄒ고 ᄌᆞᄌᆞ손손이 젼ᄒ야 올 젹의 남의 경샹을 보고 듯지 못ᄒ엿스니 남 붓그러운 쥴도 아지 못ᄒ며 남과 더브러 샹관이 업스니 시비와 칙망도 업셔셔 소원과 경륜이 판밧게 나지 못ᄒ고 사업과 영욕이 통안에 잇셔셔 스스로 귀쳔을 분변ᄒ며 ᄭᅵ리ᄭᅵ리 지혜와 어리셕은 것슬 닷투워셔 맛치 고기가 움물 속에셔 노는 것 ᄀᆞᆺᄒ니 외인 보기에는 심히 우슈운 것시 만ᄒᆞ쓰ᄂ 그더

로 희로이락이 자지호고 몃 빅년 티평 세계의 우환질고를 아지 못호엿
스니 비단 질겁다 일을 뿐이 아니라 쏘호 다힝이 막심호거니와 지금에
일으러서는 셧녁 형세가 동으로 퍼지는 것슬 능히 막을 쟈이 업는지라.
몽민호 사롬덜은 말호되 죠션의셔 마쥬 가셔 업어오고 문을 열고 불너
듸렷다 호되 과연 그런 게 아니라 텬디에 크게 변호는 운슈를 능히 막
을 쟈이 업슬지라. 아모리 지릉이 겸비호 쟈이 잇더라 호여도 잇쩌끠
아니 통셥홀 슈는 업셧슨즉 긔왕 외국을 통셥호고 보면 하로 밧비 남의
게 슈치를 당호지 아니 홀 도리를 힘쓰는 것시 맛당호지라. 엇지 교쥬
고슬노 옛 말만 호고 안졋스리요. 그러호즉 사롬의 도리는 부즈런호며
슈고호는 것시 맛당호고 게어르며 편일호 것시 올치 아니혼지라. 이럼
으로써 말호되 내게 잇는 것슨 굿게 직희고 남의게 잇는 것스 부즈런이
비홀게라 호엿노라. 니혹쥐 굴ㅇ디 형에 말슴과 ㄭ치 외국을 통셥지
아니치 못홀진딘 일즉 듯쥐온즉 정치와 법률이며 군졔와 병긔며 미긔
화륜긔게 등이 무비 셔양의셔 나온 것시며 텬문디리와 화혹 슈혹이며
샹고와 공쟝이 모다 셔양으로 좃차 퍼진 것시여놀 엇지호야 셔양을 바
로 비홀 경륜을 아니호고 셔양을 겨우 번밧는 일본을 구구이 비호고쟈
호ᄂ뇨 신진사가 디답호여 왈 이것슨 향쟈에 디강 디답호엿거니와 셰
샹만ᄉ에 ᄉ긔를 셰탁호야 내게 리롭도록만 홀지라. 지금 일본을 본밧
고쟈 호는 것시 엇지 남을 위호는 것시리요 막비 내게 리코쟈 호는 것
시라. 밍쟈에 말슴과 ㄭ치 곡속을 길으고 십다고 그 이삭을 쏩어 노호
면 가치 아니 홀 것시요. 범사를 급히 호고쟈 호여 너무 쾌히 호고쟈 호
면 도리여 탈이 잇슬 뿐더러 일본인즉 셔양 각국에 모단 긴요호 것슬
츄려셔 익혀 가지고 쟝ᄎᆞᆺ 동양의셔도 셔양의 능멸을 밧지 안코쟈 호는
지라. 갓치 동양에 인국으로 잇셔 엇지 그 불근 소견과 아름다운 뜻슬
본밧지 아니호며 쏘호 지죠와 법식을 긔급 졈요호 겸노마 일본셔 비홧
슬 뿐 아니라 일본이 셔양이여셔 나흔 닐이 얼마가 잇스니 죠션이 부득
불 아니 비호지 못홀 것시며 비혼즉 국민간의 유인홀 닐이 젹지 아니호

니라. 니흑쟈ㅣ 홀[굴]ᄋᄃ 위선 국민의 유익훈 말ᄉᆞᆷ을 듯고쟈 ᄒᄂ오라.

신진사ㅣ 답왈 동양 아셰ᄋ예셔는 삼ᄃ 이후로는 임군에 권셰롤 놉히기로 법식이 되야셔 오직 임군이리야 작복작위를 ᄒᄀ 임군이 젼졔롤 ᄒ여 오기를 슈쳔년 되아셔 그 굿은 법식을 일됴□[에] 곳칠 슈 업ᄂᄃ 우황 죠션은 아셰ᄋ 각국 중에도 우심훈지라. 이ᄌᄎᆫ 군권 젼졔지국에 풍속으로써 일됴 셔양 각국에 민쥬ᄒᄂ는 풍속을 비홀진ᄃᆫ 나라이 어즈러워질 ᄂᆯ이 만흔지라. 지어 일본은 본리 아셰ᄋ의 군쥬젼졔ᄒᄃ던 나라으로 셔양의 만쥬에 풍속을 보고 두 ᄉᆞ이□ 침[참]작졀츙ᄒ야 립흔졍치가 되얏스니 일본을 본밧넌 중에도 이것시 졔일 큰ᄂᆯ이라 ᄒᄂ오라. 니흑쟈ㅣ 굴ᄋᄃ 셔양에 민쥬ᄒᄂ는 풍속을 비호면 나라이 어즈러워지며 일본의 립흔졍치를 비호면 국민의 유익홀 바를 ᄃᆫ는 아지 못ᄒ겟ᄂ오라. 뎌는 싱각컨ᄃ 고금에 승인은 요슌이시로ᄃ 요슌게셔 일즉이 텬하로써 나를 위ᄒ게 ᄒᄂ신 바이 업고 내 몸으로써 텬하를 위ᄒ샤 극히 부즈런ᄒ시고 극히 공경ᄒ샤 심녁을 다ᄒ샤 텬하 빅셩을 편ᄒ게 ᄒᄂ는 것으로써 내 담당을 삼으셧거늘 후셰의 포학훈 임군과 간악훈 신하의 권셰를 젼졔ᄒ고 빅셩을 늑졔ᄒ넌 것시야 엇지 죡히 써 말ᄉᆞᆷᄒ리요 나라마다 망홀 적의는 혼군이 젼자ᄒ고 간신이 아쳠ᄒ야셔 필경 망ᄒ고 마는지라. 뎌는 들으니 미리견에도 화승돈이 ᄀᄌᆫ 사롬은 요슌의 마음과 ᄀᄎ허셔 요슌에 힝사를 본밧은 사롬이라. 엇지 이ᄀᄌᆫ 아름다온 ᄂᆯ은 셔양을 본밧지 안코 구구히 일본을 본밧으랴 ᄒ나뇨

1896년 8월 5일 (10회)

신진사ㅣ 답왈 대져 리치란 것슨 졸디에 변역을 ᄒ면 화픠를 당홀 슈 업ᄂ니 비유컨ᄃ 음ᄃ에셔 곱게 자란 나무를 졸디의 양디로 옴기고 풍상과 우셜을 격그며 승셔의 쏘이고 대한에 얼니면 죽지 아니홀 나무가

업스리니 이졔 죠션이 슈 빅쳔년을 군쥬지국으로 나려온 것슬 일됴의 군권을 업식고 민쥬ᄒᆞ는 풍속을 본밧으면 우미ᄒᆞᆫ 풍속과 나타ᄒᆞᆫ 인심의 산란무통ᄒᆞ고 쥬장이 업셔셔 방향을 못ᄒᆞ고 분란ᄒᆞ기를 측냥치 못ᄒᆞ리니 요슌적 닐은 샹의라 물논 ᄒᆞᆯ 것이여니와 화승돈에 일인들 엇지 가히 ᄇᆞ라보리요. 화승돈이 ᄲᅴ의 미국의 ᄀᆡ벽이 오릭지 아니ᄒᆞ여셔 인심이 슌박ᄒᆞ고 긔상이 녕악ᄒᆞ매 심지가 션일ᄒᆞ고 승졍이 □□ᄒᆞᆫ딕 틱서 각국에 견제ᄒᆞᆫ 바이 되야셔 슈모와 능멸을 밧든고로 인심이 분울홈을 익의지 못ᄒᆞ다가 화승돈이가 나셔 창긔ᄒᆞ야 이러셔니 일셰가 향응ᄒᆞ야 공업을 일운 후에 화승돈이가 본릭 영걸ᄒᆞᆫ 밧탕으로 공평ᄒᆞᆫ 마음이 만커놀 사셰의 후폐를 싱각ᄒᆞ며 풍속에 방편을 술펴셔 국가와 조졍으로써 공공지물을 삼고 대통녕의 션위ᄒᆞ는 법식을 증ᄒᆞ고 빅셩으로 ᄒᆞ여금 물망을 좃차 쳔거ᄒᆞ게 ᄒᆞ엿더니 그 법이 이ᄲᅥᄶᅥ지 잘 ᄒᆡᆼᄒᆞ여셔 국부병강ᄒᆞ야 텬하의 웅국으로 딕졉을 밧고 잇거니와 지금 죠션인즉 풍속이 나약ᄒᆞ고 인심이 혼암ᄒᆞ기를 ᄶᅡᆨ이 업시 되야셔 셰샹의 극진ᄒᆞᆫ 슈모를 밧고 고금에 ᄌᆞ심ᄒᆞᆫ 쳔딕를 밧어도 조금도 분ᄒᆞ고 졀통ᄒᆞᆫ 마음이 업시 졍신을 ᄶᅵ닷지 못ᄒᆞ고 일향 남의게 뭇칠 싱각 ᄲᅮᆫ이며 듀야로 어딕 의지할 마음을 잇지 못ᄒᆞ니 이것슨 오릭된 폐악이요, 굿은 관습이라. 일됴의 용이케 곳치지 못ᄒᆞᆯ 것이라 이럼으로써 남의 힘을 입어셔 자쥬독립국이 되얏서도 종시 자쥬독립국 노릇슬 ᄒᆞ지 못ᄒᆞ니 만닐 민쥬지국이 되얏다가는 듀야로 의지ᄒᆞᆯ 샹뎐 차지러 다니너라구 졍신을 차리지 못ᄒᆞᆯ지라. 대져 셔양을 본밧는 것슨 극히 맛당치 못ᄒᆞᆫ 말이요, 지어 일본인즉 슈천년을 군쥬젼졔지국으로 나려왓스되 그 황뎨는 자고로 이ᄲᅥᄶᅥ지 밧귀지 아니코 ᄌᆞ손으로 젼릭ᄒᆞ기롤 끈치지 아니ᄒᆞ야셔 동양 각국 즁에도 다시 업는 라으로[나라로] 문명ᄀᆡ화ᄒᆞᆫ 이후는 군쥬지졔ᄒᆞ는 폐가 업셔 황뎨도 공평내[타] ᄒᆞᆯ ᄲᅮᆫ이요, 감히 ᄉᆞᄉᆞ마음은 쓰지 못ᄒᆞ고 신하와 더브러 ᄒᆞᆫ가지로 빅성만 위ᄒᆞ기로 일을 삼ᄶᅩ 빅셩은 인군을 ᄉᆞ랑ᄒᆞ며 나라의 츙셩ᄒᆞ고 관쟉을 공경ᄒᆞ며 법뎡을 두려워 ᄒᆞ야 상하이 일심 되얏스되 사쳔만명 인구가 혼갈깃치 나라의 충성호야 죽기를 앗기지 아니호니 이깃흔 나라를 본밧지 아니코 엇던 나라을 본밧으리요. 세상만사가 내게 리로온 것시 졔일이라 리로온 것슬 장원하게 누리랴면 나라와 깃치 리로워야 가히 웃들지라. 밍자에 말슴의 인의를 일커르시고 리를 일컷치 아니호셧스니 인의가 증작 내게 크게 리로온 것시라. 그런고로 지혜가 잇는 사람은 리를 취호야도 장원훈 리를 취호는고로 남이 닷투지 아니호고 그 리가 필경은 금직히 크며 용속훈 사름덜은 눈압히 리를 취호는고로 세샹이 모다 닷투는 바이요, 그 리가 극히 젹그리라. 그런고로 문명훈 사름 닐은 슝샹호는 바이 리 쑨이로디 장원호고 큰 리를 홀시 남과 더브러 훈가지로 호고쟈 호느니 이런고로 일은바 불근 게라 호노라. 니흑즈ㅣ 굴♀디 죠션의셔도 일본을 교섭훈 지가 발셔 십여년이 되는디 병졔와 졀추를 비훈다 훈 지가 퍽 오리고 더구느 직작년 갑오년브터는 아주 일본 국법롤 밧엇스되 잇써지 훈가지도 리로워진 것슨 보지 못호겟고 빅쳔만사의 모다 히 된 것만 보겟스니 일본을 비호는 효험이 무엇시뇨 이왕의 원셰개가 잇슬 적의는 오히려 나라에서는 밋엄셩이 잇고 빅셩덜도 의지홀 모양이 되야셔 병탈이 업더니 원셰개가 쫏게 가고 일본과 더브러 공슈동밍을 훈 이후로는 니외졍치를 모다 간섭호여도 나라의는 동냥과 쥬셕이 업고 빅셩은 항산과 직업이 업셔셔 죠졍에는 훈 가지도 아름다운 졍사가 업고 인심은 요동이 되야셔 상하이 셔로 의구지심만 나셔 위티훈 디경을 말홀 슈 업스니 이것시 문명훈 사름의 인국을 보호호는 방칙이뇨 신진샤ㅣ 답왈 쳥컨디 형은 즈세이 들으라. 여긔 큰 그릇시 호나 잇스니 믄든 지가 오리 되야셔 못시 빠지고 사긔가 물너낫스며 틈이 버러셔 몬지가 끼이고 자리가 경측호야셔 귀가 나고 기우러 젓거놀 엇던 사람이 보고 노호로 놓기며 탕기를 들고 틈이 번더를 나뭇가지로 메우고 기우러진 것슬 돌노써 고이니 아직 보기에는 큰 탈이 업는 듯호나 그 그릇시 셩훈 그릇시아 되야 볼 슈 잇스리요. 이졔 지죠잇는 장인으로 호야금 곳치라 훈즉

1896년 8월 13일 (11회)

그 쟝식이 반드시 자리를 평탄이 ᄒ야 그릇설 바르게 놋코 동인것슬 글 으며 쏘야기를 쩨고 못슬 숏스며 사기를 헷치고 몬지를 버리며 ᄯᅥ를 씻 고 샹ᄒ 것슨 기으며 썩은 것슨 갈고 극히 살펴셔 모다 완고케 쥰비ᄒ 연후에 규구준승을 시로이 브르게 ᄒ야셔 쟝단과 광협이 뎍당케 ᄒ야 가지고 다시 사기를 맛치며 못슬 쥬고 평포ᄒ 자리의 반듯ᄒ게 노ᄒ면 여젼이 완젼ᄒ 그릇시 되야셔 소당의 쓰기가 젼의 시 것보담 나흘 것시 여늘 만닐 못슬 쩨고 사기만 헷친 ᄯᅥ의 밋쳐 ᄯᅥ도 벳기기 젼의 그 쟝식 을 쏫차버려셔 나죵 닐은 상관치도 못ᄒ게 ᄒ고 그 직조가 업다 칭[칙] 망ᄒ며 공젹이 업슴을 의논ᄒ고 남의 그릇슬 버려만 노핫다고 원망ᄒ 며 도리여 요젼의 노ᄒ로 동이고 쏘야기를 쳣슬 적 싱각을 ᄒ즉 그 리 치가 올타 홀 슈 잇스며 가히 지혜잇는 사름이라 홀가보냐. 지금에 쳥 국의셔 원셰개를 보니셔 보아 쥬던 닐은 비유컨디 헌 그릇슬 노ᄒ로 동 이고 쏘야기 치던 사름과 더브러 ᄀᆺ고 일본이 보아 쥬던 닐은 비유컨디 쟝식이 쟝ᄎᆺ 졍ᄒ게 곳치랴고 못슬 쩨며 사기를 헷쳐 놋코 밋쳐 슈합ᄒ 기 젼의 쟝식을 쏫차 버린 것과 ᄀᆺᄒ지라. 엇지 식견이 놉흔 형ᄀᆺᄒ 션 비도 이것슬 ᄌ셰이 싱각지 안나뇨 대져 지금에 큰 죵긔롤 알넌 쟈이 잇거눌 엇던 사름이 만닐 겻츠로만 어루만져셔 아직 지통홀 의논만 ᄒ 면 됴타ᄒ고 만닐 양의가 죵긔롤 쇽으로 다스려셔 거쥭을 헷쳐셔 압ᄒ 게 ᄒ면 됴치 안타고 ᄒ면 이는 아희덜이라. 일노쎠 미루워 보면 교ᄒ 쟝식과 어진 의원인돌 그 직조롤 엇지 시험ᄒ야 보리요 아모리 문명ᄒ 나라인돌 시험을 시기다가 나죵을 기드리지 안코 엇지 이로온 게 업고 ᄒ로온 것만 잇다고 한가를 ᄒ리요. 니흑쟈ㅣ ᄀᆯᄋᆞ디 형의 말ᄉᆞᆷ은 모다 리치가 올흔지라 황연대각홀 만ᄒ오나 다시 싱각ᄒ온즉 그 쟝식과 그 의원이 권모슐슈, 형셰긔력이 쥬인이 쏫넌다고 쏫겨가지 아니ᄒ 터힌즉 문명ᄒ 사름의 사름을 구졔ᄒ는 법이 병든 사름이 졍신업셔셔 마다 ᄒ

기로니 거연이 버리고 다시 모른 체홀가 보냐. 신진사ㅣ가 답왈 과연 그 말숨이 절당ㅎ거니와 형이 담은 그 하나만 알고 그 둘은 아지 못하 눈도다. 만닐 쥬인이 혼쟈만 잇셔셔 이론을 ㅎ는 것 갓흐면 오히려 가 히 억지로도 치료 식이는 일이 잇슬여니와 지금에 그럿치 아니ㅎ야셔 텬하의 명의라는 사름과 셰샹의 량공이라는 사름이 좌우에 만히 잇셔 셔 그릇슬 곳치는 절차와 종긔에 병든 연유는 주셰이 아지 못ㅎ건마는 쏘ㅎ 그 이름인즉 놉히 낫는디 몬져 보든 샤름을 쫏차 버리거든 쟈갸의 지릉을 시험ㅎ랴고 ㅎ는고로 그 형셰가 셔로 용납ㅎ기 어려운지라. 그 러나 몬져 보든 챵식과 의원은 로ㅎ거나 분히 녀기지 아니ㅎ고 그 좌우 에 잇는 량공이라 ㅎ는 사름과 명의라 ㅎ는 사름덜을 차져보고 그 그릇 슬 곳칠 도리와 종긔를 다사리는 방법을 의논ㅎ야 물어보고 자셰이 가 라쳐셔 셔로 뉘가 보던지 잘 되도록만 성각ㅎ고 다른 챵식과 다른 의원 으로 하여금 스스로 쟈복ㅎ야 물너나도록 쥬션을 ㅎ니 그 용심ㅎ는 법 을 보면 엇지 곡진ㅎ지 아니ㅎ리요. 그런즉 후일을 기드려 보아야 셰샹 닐을 다 알니라. 니학쟈ㅣ 굴으디 그 노ㅎ지도 아니ㅎ고 분히 녀기지도 아니혼다는 말숨은 밋지 못ㅎ올 말이요. 쏘 군샹의 츙성혼다는 말숨 도 고지 들니지 아니ㅎ노라. 무릇 사름에 도리가 져의 부모를 사랑ㅎ면 남의 부모도 사랑ㅎ고 져의 임군을 위ㅎ면 남의 임군도 위홀 것시여늘 팔월 사변은 전고의 업는 픽역혼 즛슬 범ㅎ엿스니 일로써 보면 셩품과 힝사가 그예셔 더한 독홀 슈가 업고 츙셩과 효도는 아지 못ㅎ는 무리라 우리 신즈된 쟈의게는 만셰의 심쉬라 그러케 ㅎ고야 엇지 인심을 감복 ㅎ리요. 신진사ㅣ 답왈 무릇 죄인은 원범과 종범이 잇셔셔 경듕이 판이 ㅎ거눌 함을며 무죄혼 쟈를 엇지 아올나 의논ㅎ리요. 향쟈의 란포혼 당 류덜이 민[만]히 왓다가 픽역혼 닐을 범혼 것시여눌 엇지 일본사름을 통칭ㅎ여 함을며 졍부에 본의는 졍녕이 아니라 엇지 졍부야 탓ㅎ리요. 니혹쟈ㅣ 굴으디 형의 말숨도 일본 사쳔만 인구가 일심이라 ㅎ오니 일 심의 마음이 엇지 각립이 되오며 만닐 졍부의 본의가 아닐진딘 엇지ㅎ

야 죄인을 잡어셔 뎡법을 아니ᄒ고 광도지판이라고 ᄒ다가 흐리마리
ᄒ여버리니 일노써 보면 엇지 의심되지 아니ᄒ리요

1896년 8월 15일 (12회)

신진사ㅣ 굴ᄋ딕 형의 말슴이 혹 괴이치 아니ᄒ되 내 소견으로만 싱각
ᄒ시고 남의 소견은 싱각지 아니ᄒ시ᄂ도다. 우리 신ᄌ된 사름의 마음
은 골슈의 밋친 분한을 셜치ᄒ여도 쾌치 못ᄒ려니와 저 사름덜로 볼진
딘 졔 나라 위ᄒ고 시분 마음이 골돌ᄒ야 남의 나라를 어지럽게 ᄒ엿스
니 아모리 졍부 명령을 어긔여셔 픽악ᄒ 죄에 범ᄒ엿스ᄂ 저의 나라 ᄉ
업을 위ᄒ야 죽기를 도라보지 아니ᄒ 츙셩은 쟈지이 잇ᄂᆫ지라 공으로
써 죄를 속ᄒ여도 가홀 것시여ᄂᆯ 엇지ᄒ야 우리 마음에 쾌ᄒ도록 졍법
을 ᄒ여쥴 리치가 잇스리요. ᄯᅩᄒ 사쳔만 인구의 일심이라 ᄒᄂ 것슨
나라 위홀 마음이 ᄌᆺ다 ᄒ년 것시라 엇지 그 소견과 쥬의가 ᄯᅩᄌᆺ다 ᄒ
리요. 니흑ᄌㅣ 굴ᄋ딕 아모리 저의 사졍으로는 츙셩인 듯ᄒ나 저의 나
라를 위ᄒ고쟈 홀진딘 남의 나라도 위ᄒ야 디졉홀 것시니 그 죄인덜을
졍법ᄒ지 아니ᄒ고야 엇지 우리나라와 더브러 의가 잇다 ᄒ며 엇지 우
리나라를 위ᄒ다 일커르리요. 신진사ㅣ 왈, 우리나라를 아모리 위ᄒ다
ᄒ기로니 속국과 노예가 아니거든 엇지 저의 나라보담 디위홀 리치가
잇스며 ᄯᅩ 엇지 우리나라만 알어쥬고 저의 나라는 도라보지 아리요. 그
ᄯᅥ에 범죄ᄒ 사름덜을 들은즉 ᄒ나도 관인도 아니요 모다 평민의 진보
당이라. 저의 ᄶᆫ은 공로도 ᄇ란 것시 아니요 일단 위국가 불고사홀 마
음으로 저즈매 ᄒ 것시니 저의ᄭᅵ리 싱각홀 지경이면 그 츙심을 샹 쥴
만ᄒ 것시 죄 쥴 만ᄒ 것시여셔 큰지라 그 츙심을 포샹ᄒ여야 시민을
권장이 될 것시여ᄂᆯ 엇지 도리여 뎡법ᄒ기를 ᄇ라리요. 소위 광도지판
이라고 ᄒ야셔 십슈삭 중계된 것 만ᄒ여도 우리나라를 디졉ᄒ 모양이

니 형은 깁히 싱각ᄒ여 보라. 니혹쟈ㅣ 글ᄋ디 대게 그러ᄒ온즉 우리가 엇더케 ᄒ오면 슈치를 씨서 보오리잇가. 신진사ㅣ 왈, 대저 나라이 잇슨 연후에야 셜치ᄒ 도리를 의논ᄒ지라. 나라이 잇는 모양이 되자면 부득 불 문명긔화ᄒ야서 국부병강ᄒ 연후에야 ᄇ랄 것시니라. 니혹쟈ㅣ 글ᄋ디 문명긔화를 ᄒ다 ᄒ 지가 발서 오러되 문명긔화에 사업이 잇서셔 국 부병강ᄒ 됴즘이 업슬 ᄲ 아니라 점점 쇠삭ᄒ고 더위[워] 도칙ᄒ여가니 엇지 문명긔화ᄒ 씨가 잇스리요 이것시 운슈가 아직 열니지 못ᄒ야서 그러ᄒ온지 사름이 업서셔 그러ᄒ온지 아지 못ᄒ노라. 신진사ㅣ 왈 무 릇 운슈라 ᄒ는 것슨 영웅과 호걸들 경륜ᄒ는 사람 일컷는 바이 아니오 니 굿히야 말슴ᄒ 것 업습고 사름은 과연 아직 사업ᄒ 사름이 업스오나 엇지 세상에야 업다 ᄒ리요. 무릇 긔걸ᄒ고 녕특ᄒ야서 협의지디에 처 ᄒ야서도 구츠히 면ᄒ러 들지 안코 위티ᄒ 긔회에 잇서셔도 짐짓 패ᄒ 고쟈 ᄒ지 아니ᄒ야서 세상에 사업만 힘써서 나라을 빗닉고 챵셩을 구 제ᄒ기로써 담당을 삼을 쟈는 만치 안타 ᄒ려니와 우헤서 됴하ᄒ면 ᄋ 리셔는 더 심히 됴하ᄒ고 웃사름이 아러쥬고 밋을진딘 감격ᄒ야 죽기 를 ᄉ양치 아니ᄒ 쟈는 적지 아니ᄒ지라. 일노 밀우워 싱각하면 만닐 우헤서 조금만 흥긔ᄒ면 아러셔는 풀우히 ᄇ람부는 것 ᄀᆺ서서 미언이 좃츠며 강하를 티[터]노홈 ᄀᆺ서서 다시 막지 못ᄒ리라. 그러ᄒ즉 우헤서 됴하ᄒ디 ᄒ갈ᄀᆺ치 바른 길노만 갈진딘 고굉신료와 사민챵셩이 쟈연이 향응ᄒ야 문명긔화가 어럽지 아니ᄒ 것시요 문명긔화가 될진딘 셜치 보복ᄒ기는 츠졔건ᄉ라 리치 밧그로 싱각하면 일은바 나무를 인연ᄒ야 고기를 구홈 ᄀᆺ흐리라. 니혹자ㅣ 글ᄋ디 십년 싱취와 십년 교육을 여의 히 ᄒ야셔 건긔치 아니ᄒ야도 이십년 동안이라. 그 ᄉ이 사름에 싱사가 무한변긔 되리니 그 후에 무슴 셜치가 잇스리요. 신진사ㅣ 왈 무릇 칼 을 잡고 싱명을 히ᄒ디 피를 본 후에 괘[쾌]ᄒ게 녀기는 것슨 필부의 닐 이요 조금마ᄒ 혐의에 셜치라 무릇 국가의 슈치와 고금에 업는 혈원이 야 엇지 보복ᄒ기가 지속이 잇스리요. 대저 즉시 셜치ᄒ 도리가 잇슬진

딘 그 쾌홈을 비홀 데 업스려니와 그리홀 슈 업슬진딘 사긔디로 좃차서
각골명심ᄒ고 세세불망ᄒ야셔 십빅년 후에라도 셜치만 되얏스면 됴ᄒ
리니 그 셜치되는 것슨 다른 게 아니라 국치병강ᄒ야 국가와 빅셩이 남
의게 슈모를 밧지 안코 디졉을 올케 밧으면 그것시 증작 셜치에 큰 것
시라 조금아흔 ᄉ혐쳐럼 쳐치홀 슈는 업스며 적고 익식히 싱각홀 슈가
업ᄂ니라. 니흑쟈ㅣ 이윽히 싱각타가 졈두ᄒ야 ᄀᆯᄋ디 형이 과연 대쳬
를 웃더쓰며 의리롤 ᄭᅵ닷고 사셰롤 볼키 아는도다. 텬하대셰가 이 디졍
의 일으럿슨즉 여셰츄이롤 아니홀 슈 업ᄂ지라. 긔화졍치롤 ᄒ자면 조
목과 졀츠가 엇더ᄒ야 가ᄒ리요.

1896년 8월 17일 (13회)

신진사ㅣ 왈, 지금 조션에셔 졔일 급흔 것슨 지졍이라. 이왕의 문명졍치
를 시힝코쟈 ᄒ여 외국을 교셥홀시 위션 직물을 ᄡᅵ는 법만 비화셔 알고
직물을 만드는 법은 비호지 못ᄒ야셔 아는 것시 업스니 직물을 나는 데
는 업시 ᄡᅵ는 데만 잇스면 이는 이우지 못홀 사셰라. 비유컨디 산협의
흔 사람이 잇스니 가셰가 심히 쳥빈ᄒ고 긔디가 넉넉지 못ᄒ야셔 집이
겨우 용슬홀 만흔디 초옥과 토실을 면ᄒ지 못ᄒ고 양식이 져츅홀 잉여
가 업시 문압헤 잇는 뎐토의 소츌노 냑냑히 먹어야 겨우 계량을 ᄒ고
토디에 소츌노 부녀덜이 ᄡᅥ셔 방젹을 ᄒ여야 겨우 몸을 갈이되 츄흔 것
슬 면지 못ᄒ고 혼인과 샹사며 졔사의 겨우 고례를 직희되 능히 풍비ᄒ
며 화려케 ᄒ지는 못ᄒ며 손님졉디와 츌입부비의 ᄡᅵ이는 것시 업는고
로 그디로 그디로 지닉가더니 우연이 대도회에 잇는 부샹대고를 만나
셔 차차 사괴여 지닉시 ᄀ 모양과 몽졍을 보니 의복이 션명ᄒ고 가진
물건이 모다 긔묘ᄒ며 긔구가 션션여슈ᄒ며 그 거가의 범졀
을 들으니 가틱은 굉걸ᄒ며 번화ᄒ고 긔명은 ᄉ려ᄒ며 졍결ᄒ고 손님

니왕과 출입범졀의 방가위 셩셰지락이라. 이에 쟈가에 힘은 도라보지 아니ᄒ고 남의 경샹만 보고 부러ᄒ야 본바드랴 홀신 가틱과 문방이며 긔계와 졔구며 의복과 음식ᄶᅥ지라도 모다 조금식 본밧으랴 ᄒ고 손님도 여간 잇스며 출입도 여간 아니홀 슈 업스니 쟈연이 씨이는 거시 지물이요 일호일리도 싱지홀 도리는 업ᄂ지라. 이에 남의게 빗슬 지다가 차차 우ᄆᆞ도 팔어ᄶᅵ며 차차 뎐토ᄭᅡ지 팔어 업시여 필경 픠가를 아니치 못ᄒᆞᆫ 것과 ᄀᆞᆺᄒ니 엇지 급박지 아니ᄒ리요 대져 사ᄅᆞᆷᄉ는 리치는 국가ㅣ는 ᄉ가ㅣ는 지물이 업스면 사지 못ᄒ기는 한가지라. 이럼으로 지물나는 도리를 몬져 ᄒ고야 셰샹만사를 좃차 경영홀 것시니라. 니혹자ㅣ ᄀᆞᆯᄋᆞ디 옛 사ᄅᆞᆷ의 말ᄉᆞᆷ에 위부면 불인이라 ᄒ야ᇧ고 밍ᄌ의 말ᄉᆞᆷ도 인의롤 압셰우시고 리를 일컷지 아니ᄒ셧스나 쟈고 승현이 지리를 위ᄒ야 슝샹ᄒ란 말ᄉᆞᆷ은 듯지 못ᄒ엿거늘 이제 형의 말ᄉᆞᆷ ᄀᆞᆺ홀진딘 셰샹만사 중에 지물 압셜 닐이 다시 업스니 그러홀진딘 승현의 말ᄉᆞᆷ이 씰 딘 업고 이젹의 도리가 올ᄒ리요 지금으로써 보아도 의리가 속에 비고 츙셩이 겻히 사못쳐셔 아모 다른 싱각과 다른 경륜 업시 일단 위국보복홀 마음만 잇ᄂ 쟈와 의리와 츙셩은 싱각지 안코 일단 지리만 싱각ᄒᄂ 쟈를 비교ᄒ야 볼 지경이면 뉘가 올코 뉘가 그르리요. 신진사ㅣ 왈, 형의 말ᄉᆞᆷ이 일은바 불췌기본이요, 졔기말이로다. 엇지 셰샹의 이ᄀᆞᆺ치 편벽된 사ᄅᆞᆷ이 잇스리요. 대져 텬지간의 츙의보담 더 쟝ᄒ 것시 어던 잇스리요만은 만닐 지물이 업스오면 목슘을 살어가며셔 츙의롤 부릴 슈 업고 지물을 다스릴 줄 알어도 츙의롤 몰으면 금슈와 ᄀᆞᆺ흔지라. 비유컨디 츙의ᄂ 심쟝과 ᄀᆞᆺ며 지물은 피혈과 ᄀᆞᆺᄒ니 사ᄅᆞᆷ이 심쟝이 업스면 인명이 될 것시 업고 피혈이 업스면 긔기동작을 홀 슈 업스리니 지금에 형셰된 것시 심쟝이 잇것마는 피혈이 업ᄂ고로 심쟝을 거나릴 슈 업게 된 모양과 ᄀᆞᆺ치 되얏스니 엇지 졔일 급션무가 아니리요. 예젹의 청틱죠, 한의 부친, 노라치가 묘션셔 북강을 자쥬 침노ᄒ거늘 그 ᄶᅢ 평안 감사는 박렵[립]인디 박립은 지식이 과인ᄒ 사ᄅᆞᆷ이라 디리포를 뭇엇다가 노라치 지닐 적의 터치여셔 노라치가 죽지는 안코 둥히 샹ᄒᆞ여셔 병셕에 누어셔 그 ᄋᆞ들 삼형졔를 불너다가 압혜 안치고 일너 ᄀᆞᆯᄋᆞ디 너의덜이 니 웬슈를 갑호되 엇더케 ᄒᆞ랴나뇨 그 큰 ᄋᆞ들이 ᄀᆞᆯᄋᆞ디 약하약하 ᄒᆞ랴 ᄒᆞ노이다. 노라치가 노ᄒᆞ야 ᄀᆞᆯᄋᆞ디 너는 내 웬슈를 갑지 못홀 ᄌᆞ식이라 ᄒᆞ고, 다음에 둘지 ᄋᆞ들다려 물으니 디답ᄒᆞ여 왈, 여시여시케 ᄒᆞ겟ᄂᆞ이다 ᄒᆞ거늘 ᄯᅩ 노ᄒᆞ야 ᄭᅮ지져 왈, 그 놈도 내 웬슈 갑지 못홀 ᄌᆞ식이로다 ᄒᆞ고 다시 셋지 ᄋᆞ들다려 물으니 셋지 ᄋᆞ들은 디답ᄒᆞ야 ᄀᆞᆯᄋᆞ디 지물을 만히 모화셔 웬슈를 갑겟노라 ᄒᆞ거늘 노라치가 그졔야 크게 깃버 ᄒᆞ야 ᄀᆞᆯᄋᆞ디 네가 내 웬슈를 갑홀 ᄌᆞ식이라 내가 죽어도 눈을 갑겟도다 ᄒᆞ니 그 셋지 ᄋᆞ들은 한이라. 과연 그 후에 지물을 만히 모화셔 즁국에 드러가셔 텬ᄌᆞ위의 올으고 박립의 지죠는 병혁과 위력으로도 당홀 슈 업는지라 이에 됴션 졍부의 지물을 만히 써셔 반간을 힝ᄒᆞ야 필경 박립 을 죽엿스니 노라치도 영웅이요, 그 ᄋᆞ돌덜도 영웅이라. 그러ᄂᆞ 박립의 지죠는 당홀 힘이 업슬 쥴 알고 지물노 억졔홀 쥴을 통투히 짐작ᄒᆞ고로 그 셋지 ᄋᆞ들을 허락ᄒᆞᆫ 것시 과연 그와 ᄀᆞᆺ치 되얏스니 일노써 보면 지 물에 관계가 엇어ᄒᆞ뇨 쟈고로 영웅과 호걸의 사업ᄒᆞ는 사롬이 지물업 시 ᄒᆞ엿단 말을 듯지 못ᄒᆞ엿노라.

1896년 8월 19일 (14회)

니흑ᄌᆞ ㅣ ᄀᆞᆯᄋᆞ디 공ᄌᆞ 말슴도 졀용이 이민이라 ᄒᆞ시고 대흑에도 량입 이 계츌이라 ᄒᆞ엿스니 승현네 도리는 졀용ᄒᆞ는 닐 ᄒᆞ나 뿐이랴 다시 싱 지ᄒᆞ는 말슴은 업습고 빅셩의게 취렴ᄒᆞ는 것슨 걸쥬지군으로 비ᄒᆞ엿거 늘 싱지ᄒᆞ는 도리가 빅셩의게 포학지 말고 다시 무엇시 잇스리요 부렴 이 즁ᄒᆞ면 탐포지국이요 졍셰가 염ᄒᆞ면 명찰ᄒᆞᆫ 졍치라 싱지로 부국코 쟈 홀진딘 톰포ᄒᆞᆫ 졍치가 되지 아니리요. 신진사 ㅣ 왈 텬디간의 큰 도

와 고금에 쩟쩟훈 법은 량입계츌ᄒ야 졀용이민ᄒᄂ는 것이라. 그런즉 입
훈 것시 업스면 졀용홀 것시 어듸 잇스며 부셰가 아니면 입홀 것시 어
듸 잇스리요 그런고로 승인에 말슴이 빅셩이 부족ᄒ면 인군이 누구와
더브러 족ᄒ며 빅셩이 쪽ᄒ면 인군이 누구와 더브러 부족ᄒ리요 ᄒ셧
스니 대져 빅셩이 부요ᄒ면 나라이 부요훈 것시오 빅셩이 빈궁ᄒ면 나
라이 빈궁훈 것시라. 무릇 싱지를 ᄒᄂ는 것은 엇지 인군이 혼자 싱지를
ᄒᄂ는 슈 잇스리요 빅셩으로 ᄒ야금 싱지케 ᄒ는 것시라 빅셩과 인군이
엇지 각각이 되리요 이럼으로 빅셩과 인군이 셔로 동심이 못되고 각각
달면 그 나라이 반드시 쇠삭ᄒ야 픽망의 일을 것시요, 빅셩과 인군이
동심되야 샹하ㅣ가 샹신샹의ᄒ면 그 나라이 반드시 흥왕ᄒ고 부강ᄒ리
니 웃사롬은 아릭 사롬을 앗기기를 젹ᄌ와 ᄀᆺ치 ᄒ면 아릭 사롬은 웃사
롬을 위ᄒ야 죽어도 누잇부지 아니ᄒᄂ니 무릇 나라이라는 것슨 군신
과 샹하가 일심되는 것시 쥬쟝이라 엇지 빅셩의게 포악을 부려셔 부렴
을 심히 ᄒ며 가졍을 혹독히 ᄒ고 욕심을 어둡게 치우며 스치와 음란을
힝ᄒ는 닐을 말홈이리요. 그런고로 나라를 다시리쟈면 반드시 빅셩을
기명시겨야 될 거시오 빅셩을 기명시기쟈면 혹교를 광셜ᄒ야 교휵의
힘을 써셔 혹문을 널니 홀 거시니라. 니혹ᄌ쟈ㅣ 굴ᄋ디 혹교를 광셜ᄒ
고 혹문을 널니랴면 엇지 선왕계례를 폐ᄒ며 승현법도를 곳치랴 ᄒ며
빅셩이 싱지ᄒ는 것슨 다 각각 져의 욕심이라 엇지 웃사롬이 억지로 식
여셔 홀 노릇시리요. 신진사ㅣ 왈, 나도 일컷기롤 인의예지 효뎨충신을
숭샹ᄒ야 인륜샹은 오도를 닥거셔 불키고 긔계 공쟝과 샹고흥리는 틱
셔의 법을 본밧어셔 고금을 침[참]작ᄒ고 피ᄎ를 졀츙ᄒ야 기단취쟝ᄒ
고 호샹쟈용ᄒ는 것시 올타 ᄒ지 아니ᄒ얏나뇨 니혹ᄌㅣ 굴ᄋ디 형에
말슴은 그러ᄒ오나 뎨는 보고 드른즉 혹교를 비셜훈다는 거슨 모다 외
국 본밧는 것 뿐이요 관혹과 향교를 숭샹훈다는 말을 듯지 못ᄒ얏스며
심지어 조졍 신료와 외방관리며 형졍법률을 모다 외국에 졀ᄎ를 몰슈
이 본밧으랴 ᄒ며 의복관구꺼지라도 타국인과 ᄀᆺ치만 ᄒ랴고 홀시 종

말에는 두발꺼지 싹거셔 신톄와 형용쩌지 변ᄒᆞ야셔 외국인과 ᄀᆞ치 ᄒᆞ
되 일호도 달음이 업시 ᄒᆞ고쟈 ᄒᆞ니 이는 외국인의게 혹ᄒᆞ기를 이심케
ᄒᆞ야셔 션왕고례와 승현유훈은 돈연이 버리고 일제히 외국 모습만 ᄒᆞ
고쟈 ᄒᆞ니 그 졔도를 변혁ᄒᆞᆫ 사름의 쥬의를 보면 옛 승현의 례법은 믜
워ᄒᆞ기를 구슈ᄀᆞ치 알고 티셔풍속은 하놀ᄀᆞ치 놉게 아는 쟈의 소위라.
그러ᄂᆞ 그 사름의 지혜가 심히 부죡ᄒᆞ고 식견이 믜우 얏흔 쟈이라 가령
말은 쌍의 심우는 담비ᄀᆞ흔 물건을 깁흔 논에 물을 급히 쎼고 그 논에
다 심으면 될 슈 잇스며 걸음이나 잘 것는 나귀로 밧츨 갈면 될 슈
잇스리요. 슈쳔 빅년의 례의를 숭샹ᄒᆞ고 의관을 바로 ᄒᆞ던 나라를 일죠
일셕의 니젹으로 변혁ᄒᆞ랴 ᄒᆞ니 그 엇지 슌슌이 되며 그 엇지 분란치
아니ᄒᆞ리요. 그런고로 데는 써 ᄒᆞ되 팔도에 의병이 녕의는 올타 ᄒᆞ며
쏘 ᄒᆞ되 면홀가 ᄒᆞ노라. 신진사ㅣ 왈, 무릇 빅셩이란 것슨 가히 더브러
일운 것슨 질길 것시요, 가히 더브러 시작은 꾀ᄒᆞ지 못홀 것시라 ᄒᆞ엿
스니 대져 빅셩이 지리의 나ᄋᆞ가는 것시 맛치 물이 낫진 데로 나ᄋᆞ가는
것 ᄀᆞ다 ᄒᆞ엿스나 우미흔 빅셩이 항상 눈압혜 잇는 격은 리만 알고 쟝
원흔 큰 리는 밋쳐 싱각지 못ᄒᆞᄂᆞᆫ지라. 반드시 웃사름의 지휘와 인도ᄒᆞ
기에 잇스니 그 말은 다음에 ᄒᆞ려니와 이왕 당로쟈의 흔 닐은 급ᄒᆞ고
과격지 아닌 게 아니라 오착이 금젹히 되얏거니와 담은 널니 싱각지 못
ᄒᆞ고 남의 나라의 문명찬란흔 것슬 보고 우리나라의 우미라타흔 것슬
본즉 분울흔 마음이 금졔홀 슈 업는디 텬하대셰를 돌나보면 사기가 심
히 위급ᄒᆞ야 일모도 궁흔 모양이라 비도 병힝ᄒᆞ고 시분 욕쇽지심으로
하로밧비 남과 ᄀᆞ허셔 남의게 업스름을 면ᄒᆞ고쟈 홀시 밋쳐 사론과 민
심을 살피지 못ᄒᆞ고 션왕에 례악을 닥그며 승현의 법도를 외여셔 아올
나 씨고 침[참]작ᄒᆞ야 힝ᄒᆞ기를 못ᄒᆞ엿스니 당로쟈의 허믈이 젹지 안커
니와

1896년 8월 21일 (15회)

그러느 흔두 사룸의 허믈노써 텬하대셰와 일국 업에 저희되게 말홀 것 슨 아니라 사룸의 도리가 쟝취셩과 진보샹에 유익홀 것만 힘쓸 것시요, 쟈포쟈기ᄒ야 아니될 것슬 궁구ᄒ는 쟈는 하등인물이라. 설령 흔두 사룸이 지식이 부족ᄒ야 잠간 닐을 오착ᄒ얏기로니 엇지 다시 지릉흔 사룸에 바로 ᄒ는 쟈ㅣ 업스리요 무릇 세샹닐이란 게 일시 오착이 잇더 리도 곳처셔 바로 ᄒ는 것시 맛당ᄒ니 엇지 이왕의 오착으로써 모단 진 보샹에 왼통 단언ᄒ리요 대저 죠션이 비록 적고 일우에 편벽되이 잇셔 도 산쳔이 슈려ᄒ며 긔후에 한셔가 젹중ᄒ고 디진 희일 등에 지앙이며 음풍열우ᄀ흔 괴로움이 업눈고로 물산이 고르게 갓추잇고 인물이 션명 ᄒ야 형용이 단졍ᄒ고 승품이 슌량으며 총명이 령농ᄒ야 텬하의 극락 지국으로 긔자 써붓허 교화를 힘입어셔 긔명이 시작되얏다가 입아조흔 이후로는 현인군ᄌ가 만히 나셔 례악형졍을 익히고 단련ᄒ야셔 쾌히 문명흔 나라이 되얏더니 그 후로는 세강속말ᄒ고 형쟌교이ᄒ야 풍속이 희이ᄒ고 민국이 빈핍흔지라. 이 ᄶᅵ의 일으려셔 텨셔가 통셥이 되니 텨 셔각국인즉 지혜가 능활ᄒ야 물리를 궁통ᄒ고 심력이 셩근ᄒ야 긔예를 극교히 일우어셔 긔계를 부리미 인력보담 십비나 리롭고 샹고를 힘쓰 미 토디소산이여셔 빅비나 늘여셔 이에 국부병강ᄒ야 텬하의 힝홀시 동양제국을 나와본즉 쌍이 길음지고 물산이 풍요ᄒ더 인심이 나약ᄒ고 풍속이 환산흔지라 크게 깃버ᄒ며 깁히 반가워ᄒ야 몬저 남희변으로 인도ᄀ흔 됴ᄒ며 큰 쌍은 영국에 속국이 되고 월남ᄀ흔 유명흔 쌍은 법 국에 속디가 되고 그 다음에 여러 셤덜은 텨셔 각국에 논하가진 비 되 얏는디 그 셜심쥬계ᄒ는 법을 본즉 일죠일셕의 급히 취ᄒ랴는 닐이 업 고 쟝원심ᄒ게 경륜을 ᄒ되 일변으로는 통샹을 ᄒ야셔 지리를 거두고 일변으로는 텬쥬야소교를 베프러셔 인심을 항복 밧을시 의슐노써 은혜 도 보이며 지물노써 권셰도 부리고 병혁으로써 위염도 베플되 일호도

션실기도ᄒ야 취졸 잡히는 닐은 업고 호말이라도 남의 취졸만 살피되 저의게 리희업는 것슨 용서ᄒ는 체ᄒ고 저의 리희되는 닐은 일분이라 도 지는 법이 업셔셔 나종은 병혁이라도 부려셔 익의구야 긋치니 그 형 셰와 권력이 점점 커져셔 츔에는 ᄒ 자리 만ᄒ 쌍을 츠지ᄒ얏다가 나종 에는 필경 왼 디경을 점녕ᄒ실ᄼ 그 형셰와 조즘이 점점 동양으로 일으러 올ᄉ 청국과 조선과 일본에 셰 나라는 본리 슈쳔년을 국민의 법도와 디 방의 경계가 분명ᄒ야 아모리 욕심이 나도 급작히 ᄒ는 슈 업는지라. 더구나 경영을 쟝원이 ᄒ며 계교를 깁게 ᄒ여셔 욕심을 크게 차리는지 라. 그러ᄒ 사괴롤 ᄌ셰이 알진진 그 두려운 마음과 분ᄒ 싱각이 엇다 가 비ᄒ리요. 이 ᄯ를 당ᄒ야 요순에 덕과 문무에 졔례와 공밍의 글 만 논강ᄒ고 시무를 아지 못ᄒ면 가히 당ᄒ리요. 불가불 온고지신ᄒ며 참작리희ᄒ야 발분망식ᄒ고 려경도치ᄒ야셔 남의 졀제롤 밧지 아니ᄒ 는 것시 올흔지라 이왕의 경량법제ᄒ던 쟈는 지신만 ᄒ고 온고는 못ᄒ 엿스며 희로울 것만 보고 리로울 것슨 보지 못ᄒ엿스며 시셰만 알고 의 리는 몰으는고로 범사의 오착을 만이 ᄒ엿스나 그 본 마음인즉 개셰지 탄과 우국지심에서 나온 것시니 그 오착이 모로고 범ᄒ 것시지 알고 범 ᄒ 것슨 아니라 그런즉 지금에 사셰가 불가불 텬하의 지조롤 널니 비ᄒ 며 고금의 문견을 고루 닥거셔 정신총명을 극히 힘쓸지라 엇지 귤으디 이젹으로 변혁ᄒ다 ᄒ리요 승인의 말슴이 불치하문이라 ᄒ셧거눌 함을 며 비홀거시 만흔데야 엇지 하문이라 ᄒ리요 무릇 이젹이라 일컷는 것 슨 예젹의 중국은 문명ᄒ야 교화와 혹문이 잇고 동셔남북에 변방 밧그 로는 교화와 혹문이 업는고로 혹문이 업스면 심히 우미ᄒ지라 이럼으 로 중국은 화하ㅣ라 일컷고 변방밧건 이젹이라 융강이라 ᄒ엿스니 그 ᄯ는 죠션도 이젹으로 도라간 모양이요 그 후에 됴션도 츠차 기명이 되 야셔 혹문이 ᄌ금 잇슨 후에 수중화라 일커럿거눌 ᄀ 후루 거연이 교만 ᄒ 마음이 자라셔 타국을 업신녀기되 청국꺼지 호인으로 업시녀기니 화와이도 분변ᄒ질딘 그 진위와 경즁이 엇더ᄒ리요 만닐 인심의 기명으로써 업신녀길진던 타국에 긔명훈 나라덜이 됴션을 업신녀기는 것슬 쏘훈 한가치 못훌 것시니라. 무릇 의복관구란 것슨 밧게 잇셔셔 것흐로 보이는 것시라 더터로 곳지 아니ᄒᆞ며 씨씨로 변ᄒᆞ는 것시라. 지금에 됴션복식은 이것시 요순적 복식인다 문무쎠 복식인다 빅셩에 풍속이 문견에 익으며 죠타 ᄒᆞ고 이목에 셧투르면 됴치 안타 ᄒᆞ는 것시라.

1896년 8월 23일 (16회)

아모조록 셩픠지슈와 승쇠지리를 붉키 살펴셔 나라을 위ᄒᆞ고 빅셩을 보존홀 도리를 싱각홀지라. 엇지 구구히 의복관더의 옛 문견만 직희고 례악형졍이 여긔 둘닌 것 곳치 의논ᄒᆞ리요 니흑ᄌᆡ 굴ᄋᆞ더 쏘훈 형에 말슴 곳홀진던 인류도리는 동방의 나려오던 것슬 닥그며 리용후싱은 티셔의 법을 빈ᄒᆞ는 것시 올타 ᄒᆞ엿거늘 의복관더를 변ᄒᆞ지 말고 예와 곳치 ᄒᆞ며 티셔의 기예만 본밧으면 엇더ᄒᆞ야셔 굿히여 의복만 변ᄒᆞ는 것도 아니라 머리씨지 싹그랴 ᄒᆞ니 그 뜻슬 아지 못ᄒᆞ노라. 신진사ᅵ 왈, 뎨도 과연 의관을 변ᄒᆞ고 두발을 싹넌 것시 됴타ᄒᆞ는 게 아니로더 당금에 텬하운슈가 크게 변ᄒᆞ는 중에 우리나라의 사긔가 심히 위급훈 지라 하로밧비 부국강병지슐을 ᄒᆞ여야 쓸 터인더 과[관]원과 인민이 안일ᄒᆞ고는 되지 못홀 닐이라. 만닐 옛 풍속에 나려오는 의관을 변치 안코도 능히 근금을 부려셔 국부병강ᄒᆞ여지고 남의게 놉흔 디졉을 밧을 진던 뉘가 됴치 안타ᄒᆞ며 오작 깃부리요마는 만닐 의관을 그더로 두어 셔 졈졈 안일훈 긔샹과 히티훈 마음과 스치훈 풍속만 잘ᄋᆞ셔 근금을 힝 ᄒᆞ지 못ᄒᆞ고 나라이 졈졈 빈궁ᄒᆞ야셔 아주 쇠삭훈 후에 남의게 큰 우셰 를 밧어도 엇지 홀 슈 업는 디경에 일으면 아모리 후회를 훈들 쓸 디 잇스리요 일노써 싱각ᄒᆞ면 ᄎᆞ라리 거쥭에 의복관더를 변ᄒᆞ고 근금을 부려셔 부국강병을 일우어셔 인류대의나 일치 안코 더욱 닥거셔 타국으로 ᄒᆞ여금 본밧게 ᄒᆞ면 이ᄂᆞᆫ 것슨 변ᄒᆞ여도 속은 직희ᄂᆞᆫ 것시여니와 만닐 것츨 직희랴다가 속쩌지 일ᄒᆞ면 그 경중과 리ᄒᆡ가 엇더ᄒᆞ리요. 니흑ᄌᆡ ᄀᆞ로ᄃᆡ 대저 국부병강ᄒᆞ랴ᄂᆞᆫ 도리ᄂᆞᆫ 과연 근금에 잇거니와 근금ᄒᆞᄂᆞᆫ 도리ᄂᆞᆫ 엇지 반다시 의복변제와 두발계삭ᄒᆞᄂᆞᆫᄃᆡ 잇다 ᄒᆞᄂᆞ뇨 형용과 의복을 그ᄃᆞ로 두고ᄂᆞᆫ 근금을 부러서 부국강병치 못ᄒᆞᆯ 것시 무엇시뇨 신진사ᅵ 왈, 그 연유가 비단 ᄒᆞᆫ 가지 뿐이 아니라 여러 가지가 잇스니 대강 말슴ᄒᆞ오리라. 대저 인심이란 것슨 크게 격동을 시긴 후에야 과단과 농밍을 부리기가 쉬운 법이니 승현과 녕웅렬사라도 티평안일ᄒᆞᆯ 적 마음과 환란딀고 잇슬 적 마음이 ᄀᆞᆺ지 못ᄒᆞ거든 흠을며 범샹지인이야 격동ᄒᆞ야 흔들지 아니코 읏지 그 심녁을 다ᄒᆞ기롤 ᄇᆞ라리요 그런즉 세샹인민을 경동시기랴면 변복ᄒᆞ고 단발ᄒᆞ던 것만큼 큰 닐이 업스니 불가불 변복 단발ᄒᆞᆯ 닐에 ᄒᆞᆫ 가지요 ᄯᅩᄂᆞᆫ 사롬이 아관박디로 잇스면 한가ᄒᆞᆫ 긔샹과 안일ᄒᆞᆫ 티도가 절노 자라셔 근간을 부리기가 쟈연이 어려우며 복식이 여러 가지면 쟈연이 스치ᄒᆞᆯ 마음이 자라셔 부즈런을 부리기가 어렵고 의복을 번화ᄒᆞ게 입고 밀귀 탄귀 긔계 속에셔 닐을 ᄒᆞ자면 쟈연이 가루 것치기도 잘 ᄒᆞ며 드럽기도 잘 ᄒᆞ야셔 아모라도 검은 빗스로 경쳡ᄒᆞ게 입은 복식만 못ᄒᆞᆯ 것시요 ᄯᅩᄒᆞᆫ 인민의 마음이란 것은 읏사롬이 찬란ᄒᆞᆫ 복식을 ᄒᆞ면 흠션ᄒᆞ야셔 본밧고쟈 ᄒᆞᆯ시 리ᄒᆡ를 도라보지 아니ᄒᆞ리니 부득불 샹하가 일졔히 검은 빗스로 복식을 ᄒᆞ리 ᄀᆞᆺ치 ᄒᆞᆫ 연후에 샹하가 모다 편갈ᄒᆞ리니 이것시 불가불 셔양을 좃차셔 변복 단발ᄒᆞᆯ 일에 두 가지요 됴션은 갓득 나타ᄒᆞ고 빈한ᄒᆞᆫ 나라이 의관에 심녁을 씨되 일야로 자자불이ᄒᆞ야 여간 잔잉ᄒᆞᆫ 직물은 모다 의복의 드리고 다른 여가가 업스니 엇지 민망치 아니ᄒᆞ리요 무릇 양복은 ᄒᆞᆫ번 쟝만ᄒᆞ기에 힘을 듸려 노ᄒᆞ며 심히 견고ᄒᆞ고 드러울 넘녀가 업셔셔 멋힛식 입을 터이니 그 리ᄒᆡ가 엇지 적으리요 이것시 복식을 불가불 변ᄒᆞᆯ 닐에 셰 가지니라. ᄯᅩ 그러ᄂᆞ 데는 써 일으되 복식을 변ᄒᆞ기를 너머 급히 ᄒᆞ랴면 도리여 급ᄒᆞᆫ ᄒᆡ가 조금 잇슬지라 급히 일졔이 변ᄒᆞ게 말고 차차 짜러오게 홀 것시요, 위선 두발만 몬져 싹그면 쟈연이 되리라 호노라. 니혹자ㅣ 굴ᄋᄃᆡ 셔젼의 호엿스되 오븍[복]으로 오쟝지라 호얏스며 중용에 호엿스되 지명승복이라 호얏스며 쥬쟈 말슴에 경기의관호며 존기첨시라 호셧스니 만닐 의관을 일졔이 변호면 이우에 말슴은 모다 씰 디 업스리로다. 신진사ㅣ 왈, 셜영 양복으로 변복호기로니 양복에는 오복오쟝이며 지명승봉[복]이며 경기의관을 호지 못홀 것시 무엇 잇스리요. 대져 텬하리치가 변역지 아닌는 법이 업스니 변역호는 리치로써 볼진딘 고금이 박귀여셔 셔로 샹반이 될지니 예젼의는 쟝발이 귀롭더니 지금은 단발을 귀롭게 녀길 거시 리치 속이요, 지어 용신동작에도 편리홀 터이며 위싱방에도 유죠호려니와 대져 여러 말을 다 그만 두고 아주 씨닷기 쉬운 것시 군중 복식은 쟈고로 평복과는 다른지라. 지금 셰샹은 왼 셰계 각국이 모다 젼진이라 사름마다 병졍이라 모다 병졍에 복식으로 지너는 쥴노 알진딘 가히 씨다르리라.

1896년 8월 25일 (17회)

니혹자ㅣ 굴ᄋᄃᆡ 셔젼에도 무셩에 굴ᄋᄃᆡ 쥬유신억만이나 유억만심이여니와 여[쥬]유신 삼쳔호니 유일심이라 호엿스니 일노써 보아도 대져 국민이 일심된 이후에야 가히 나라 다사리기를 경영홀지라 션왕덕힝을 힘써 힝호기를 슈디되야야 국민이 일심되기를 ᄇ라 것시여늘 이졔 문명기화라 호는 것슨 션왕의 예악교화가 아니여늘 그 국민이 일심되기롤 엇지 용이케 말호리요 무슨 별법이 ᄯᅩ로 잇는다. 신진사ㅣ 왈, 무릇 션왕교화는 착호고 놉기가 한량 업셔셔 크기가 턴디 스이에 그득호고 길기가 고금에 쎄쳣스ᄂᆞ 규구와 졀차를 획졍치 아니호신고로 스스로 씨다른 양반덜은 극히 놉게 씨다르셧것마는 그 지츠 사름덜은 심히 씨닷기가 어려워셔 평싱에 혼암몽미홈을 면호는 쟈ㅣ 드믄지라. 그런고로 션왕에 빅셩을 다스리심은 덕화로써 감복을 시겨셔 부지즁에 일심이 되던 것시오 빅셩을 교휵ᄒᆞ야 남녀노소와 ᄋᆞ동쥬졸써지라도 디식이 열니여셔 ᄭᅵ다른 마음으로 나라를 위홀 마음이 도져ᄒᆞ여셔 억만인이 일심되던 것슨 아니라 대져 터셔법식의 문명기화ᄒᆞ는 속은 그 도와 교가 별노 놉홀 것슨 업스ᄂᆞ 규구와 졀ᄎᆞ인즉 호발도 차착업셔셔 농밍ᄒᆞᆫ 쟈도 압셔셔 지나갈 슈 업스며 나약ᄒᆞᆫ 쟈도 뒤질 슈가 업스니 그 규측방한이 비록 쳔착ᄒᆞᆫ 듯ᄒᆞ나 분명ᄒᆞ고 묘라ᄒᆞ야 호ᄌᆞ옥을 어길 슈 업스니 ᄯᅩᄒᆞᆫ 가히 문명이라 홀 만ᄒᆞ며 교휵을 힘써셔 빅셩으로 ᄒᆞ여금 ᄭᅢ닷도록 ᄒᆞ야 부득불 일심동녁을 아니치 못ᄒᆞ게 ᄒᆞᆫ는 법이니 이러케 ᄒᆞ쟈면 그 도리는 반ᄃᆞ시 졔대신 빅집사의게 잇ᄂᆞ니 무릇 인군이야 무론 엇던 인군이던지 빅셩을 아니 위ᄒᆞ고쟈 ᄒᆞᆫ는 인군이 어듸 잇스며 셜영 위ᄒᆞ고 시분 마음이 업기로니 빅셩이 아니면 인군도 아니요 빅셩이 업스면 인군도 업슬지라. 이러ᄒᆞᆫ 리치를 좌우에셔 알외여셔 그런 리치를 깁히 알도록 ᄒᆞ면 아모리 무심ᄒᆞ던 인군이라도 반ᄃᆞ시 두려운 마음이 잇슬 터인듸 함을며 조금이라도 인ᄌᆞᄒᆞᆫ 마음이 잇넌 인군이야 더구ᄂᆞ 일너 무엇ᄒᆞ리요 그러ᄒᆞᄂᆞ 인군은 비록 익민지심이 한량 업셔도 쳔만 사긔를 이루 혼쟈 총찰ᄒᆞ야 분별ᄒᆞ고 다스릴 슈 업ᄂᆞ니 반ᄃᆞ시 좌우에 고굉과 묘당에 대신이 우ᄒᆞ로ᄂᆞ 인군이 마음을 도으며 인군에 총명을 기워셔 큰 졍사의 명영을 나리시거든 아릭로ᄂᆞ 빅관을 경희ᄒᆞ고 권쟝ᄒᆞ야셔 군샹에 승의와 덕화를 베프러셔 빅셩으로 ᄒᆞ여금 인군에 익민ᄒᆞ시ᄂᆞ 마음을 알게 ᄒᆞ면 빅셩덜도 감복ᄒᆞ기가 쉬워셔 나라을 위ᄒᆞ고 인군을 향ᄒᆞ야 죽고쟈 ᄒᆞᆫ는 마음이 나기가 쉬울 것시요, ᄯᅩ는 빅셩의 딜고와 폐희를 살펴셔 급히 졔ᄒᆞ며 빅셩의 묘하ᄒᆞ넌 것과 깃버홀 것슬 알어셔 급히 베프되 반다시 우ᄒᆞ로 알외여 인군으로 ᄒᆞ여금 민졍을 깁피 알으시게 ᄒᆞ고 빅셩으로 ᄒᆞ여금 승의를 깁히 감복케 할 거시니 국민이 일심되기는 반다시 조졍신료의게 달넌지라 군은이 아릭로 퍼져도 빅셩이 ᄌᆞ셰히 아지 못ᄒᆞ여 감복ᄒᆞ는 자ㅣ 업고 민간의 딜고가 심ᄒᆞ야 원샹ᄒᆞ

는 마음이 주심ᄒ야도 인군의게 샹달치 못ᄒ야 샹하이 셔로 통졍치 못ᄒ고 졈졈 간격이 되야셔 지어 각심으로 되는 것시 모다 고굉대신의 험을이라. 그런고로 소인이 당노ᄒ면 디위를 일흘가 업ᄒ고 권셰를 ᄒ야 아쳠ᄒ고 영합홀 도리만 싱각ᄒ고 인군을 도으며 빅셩을 다스릴 싱각은 멀니 ᄒ며 심ᄒᆫ 쟈는 주딜과 족쳑을 잇쓰려셔 당을 심으고 지물과 셩식을 탐ᄒ야 법을 굴히고 권을 롱낙홀시 ᄯᅳᆺ시 ᄀᆺ지 아니ᄒᆫ 쟈는 밀치고 언힝이 뎡직ᄒᆫ 쟈를 참소ᄒ야 츙직ᄒᆫ 말을 ᄒᆫ 쟈를 녁신이라 지목ᄒ고 아리 잇셔셔 말근 의논을 ᄒᆫ 쟈를 란류로 모라셔 셰샹 사름으로 ᄒ야금 입을 지갈 메게셔 아모 말도 ᄒ지 못ᄒᄂ니 실샹 싱각ᄒ면 이런 쟈의 불츙홈이 찬탈ᄒ는 쟈이여셔 심ᄒ니라. 니흑쟈ㅣ ᄀᆯ오디 소인과 비부들 인군에 총명을 갈이고 빅셩의게 학졍을 ᄒ는 쟈의 죄악은 과연 극히 큰지라. 그런고로 예젼 승현네도 미우 졀엄히 경게ᄒ셧거니와 ᄯᅩ 지어 졍치샹에는 굿ᄒ야 고굉대신만 칙망홀 슈 업는지라. 예젹의 졔위황이 아대부를 핑ᄒ고 즉묵대부를 포쟝ᄒ던 날노븟허셔 제나라이 크게 다사려졋스니 일노셔 보면 고굉신료도 ᄯᅩᄒᆫ 웃사름에 죠종ᄒ기의 잇는지라 엇지 죠졍대신만 칙망ᄒ리요. 신진사ㅣ 왈, 대져 요젼 슌슈가 업셔지고 대통녕법이 힝ᄒ지 아니ᄒ엿스니 골오고 가리기를 못ᄒ며 왕가에 흑문을 독실이 ᄒ지 못ᄒ엿스니 자연이 디디로 요슌되기가 어렵거니와 소위 지샹은 이왕 사군치민홀 마음으로 일즉이 공부를 ᄒ던 자이라 엇지 그 칙망이 젹으며 그 허믈이 가븨야ᄒ리요.

1896년 8월 27일 (18회)

니흑ᄌᆞㅣ ᄀᆯ오디 대져 빅셩이 리에 나ᄋᆞ가는 것시 맛치 물이 낫진디로 나ᄋᆞ가는 것 ᄀᆺ흔즉 가라치지 아니ᄒ여도 자연이 될 것시오 금ᄒ여도 웃지 못홀 것시여늘 엇지ᄒ여 인력을 나도록 ᄒ리요. 신진사ㅣ 왈 무릇

빅셩이란 쟈는 물과 소와 ᄀᆞᆺ허셔 먹을 것을 잘 멕이고 부리기는 힘더로
ᄒᆞᆫ 연후에 힘도 웃드려니와 ᄯᅩ훈 병도 나지 안코 힝실도 그르지 아니ᄒᆞ
리니 빅셩도 사랑ᄒᆞ야 교휼ᄒᆞᄂᆞᆫ 도리도 잘 ᄒᆞ려니와 ᄯᅩ 반듯시 보존을
잘ᄒᆞ야 싱지ᄒᆞᄂᆞᆫ 날에 ᄌᆞ미도 잇게 ᄒᆞ고 권면을 잘ᄒᆞ야 희티치도 못ᄒᆞ
게 ᄒᆞ며 금측을 잘ᄒᆞ야 방벽ᄉᆞ치를 못ᄒᆞ게 ᄒᆞ면 쟈연이 쥬식잡기의 방
벽ᄉᆞ치를 범ᄒᆞ지 못ᄒᆞᆯ 것시요, 방벽ᄉᆞ치를 아니훈즉 쟈연 근금ᄒᆞᆫ 날만
ᄒᆞᆯ 것시요, ᄯᅩ훈 근금ᄒᆞᆫ 날을 ᄒᆞ면 음란ᄒᆞᆫ 마음이 잇지 못ᄒᆞ고 음란ᄒᆞᆫ
마음이 업슨즉 착호 마음이 쟈연이 만ᄒᆞᆯ 것시요, ᄯᅩ 싱지를 ᄒᆞ여도
ᄲᅢ지 아코 슈셩을 ᄒᆞ게 훈즉 쟈연이 ᄌᆞ미가 잇게 녁길 것시요, ᄌᆞ미가
잇스면 슈고를 잇즐 것시요, 슈고를 긋치지 아니훈즉 쟈연이 부요ᄒᆞᆯ 것
시니 빅셩 부요ᄒᆞ면 나라이 저졀노 부요ᄒᆞ려니와 그 즁의 흑교를 승상
ᄒᆞ야 식견을 열게 ᄒᆞ면 츙군익국ᄒᆞᄂᆞᆫ 마음이 자라면 나라 위ᄒᆞᆯ 날에 용
밍이 나셔 말뉴ᄒᆞ야도 되지 못ᄒᆞ리라. 니흑ᄌᆞᆯ 골ᄋᆞᆯ더 이러케만 ᄒᆞ면
국치병강ᄒᆞ야 남의게 슈모를 면ᄒᆞ게 되릿가. 신진사ᅵ 왈, 대저 졔일 급
ᄒᆞᆫ 것슨 지졍이니 농상과 공장과 샹고를 일으켜ᄏᆡ[일으켜셔] 지졍을 흥
왕케 ᄒᆞᆫ 연후에ᄂᆞᆫ 국가의 가쟝 큰 날이 군병이니 가량 됴션 인구가 이
쳔만을 치고 그 즁에 남ᄌᆞ를 일쳔만명으로 헤아리면 일쳔만명 즁에 노
약은 졔ᄒᆞ고 오빅만명만 군졍으로 삼어도 모양이 풍족ᄒᆞᆯ 것시요 그 즁
에 빅만명만 샹히 판비ᄒᆞ야두면 죡히 써 외국을 디젹ᄒᆞ려니와 지금에
급훈 형셰ᄂᆞᆫ 졸디의 군병을 셩양ᄒᆞ기 어려운즉 위션 더 급훈 것슨 외국
을 교졉[셥]ᄒᆞᆫ 것시니라. 니흑쟈ᅵ 골ᄋᆞᆯ더 과연 외교가 긴즁은 ᄒᆞ거니
와 우리나라이 외국을 교셥ᄒᆞ야온 이후로 외국 디졉ᄒᆞᄂᆞᆫ 모양을 보면
힘을 다 ᄒᆞ지 아니홈이 업고 졍셩을 부죡히 ᄒᆞ지 안커늘 그러ᄒᆞ되 외국
을 교셥한 이후로 분란이 더욱 심ᄒᆞ야 변고가 츙성쳡츌ᄒᆞ니 일노써 보
면 외국을 교셥훈 희민 잇지 외국을 교셥훈 리리 어듸 잇ᄂᆞ뇨 신진사
ᅵ 왈 국가의 교졔와 ᄉᆞ가의 교졔가 대소는 비록 ᄀᆞᆺ지 아니ᄒᆞ나 그 리
치야 엇지 다르리요 대져 우리네 ᄉᆞᄉᆞ사람의 교인ᄒᆞᄂᆞᆫ 것슬 보아도 너

머 친밀혼 더셔 탈이 나고 편벽된 더셔 흔단이 싱기ᄂᆞᆫ지라. 내 도리로 츙곡홈은 다홀지언뎡 남으로ᄂᆞᆫ ᄒᆞ여금 힘을 다ᄒᆞ며 츙곡을 다ᄒᆞ지 못 ᄒᆞ게 ᄒᆞ야 잇겨두ᄂᆞᆫ 것시 사귀ᄂᆞᆫ 도리의 졔일 됴흔 것시라. 그런고로 교졔ᄋᆡᄂᆞᆫ 츙셔가 겸용ᄒᆞ여야 올커ᄂᆞᆯ 만닐 혼 사ᄅᆞᆷ을 편벽히 친근케 ᄒᆞ 면 다른 사ᄅᆞᆷ이 믜워ᄒᆞᄂᆞᆫ 법이요 졍의가 너머 친밀ᄒᆞ면 도루 셩긔기가 쉬은 것시오 남의 힘을 다ᄒᆞ게 ᄒᆞ면 뒤를 이우기가 어려운지라. 그런고 로 여러 사ᄅᆞᆷ을 사귀되 속으로ᄂᆞᆫ 그 사ᄅᆞᆷ을 나만 친혼 것 ᄀᆞᆺ치 호더 다 른 사ᄅᆞᆷ으로ᄂᆞᆫ ᄒᆞ야금 못 아지 ᄒᆞ게 ᄒᆞ고 졍의를 돗탑게 호더 ᄂᆡ 힘을 더 ᄒᆞ며 그 사ᄅᆞᆷ의 힘은 다ᄒᆞ지 못ᄒᆞ도록 ᄒᆞ야 쟝ᄂᆡ셩이 잇게 ᄒᆞ면 급 혼 닐이 잇슬 젹을 당ᄒᆞ야셔 내가 쳥ᄒᆞ기도 쎳쎳ᄒᆞ고 그 사ᄅᆞᆷ이 도아쥬 기도 됴하ᄒᆞᄂᆞ니라. 이제 사ᄅᆞᆷ을 사귀되 시로 사귈 젹의ᄂᆞᆫ 문경 단금지 교로도 언론홀 슈 업다가 조그만혼 흔단이 잇스면 문듯 셔어ᄒᆞ여지다 가 나죵에ᄂᆞᆫ 도로여 구슈ᄀᆞᆺ치 되게 드면 도리여 츰에 사귀지 아니혼 이 만 ᄀᆞᆺ지 못ᄒᆞ고 또 그러케 소문이 나면 뉘가 다시 그 사ᄅᆞᆷ을 밋으리요 필경 사귀ᄂᆞᆫ 친구ᄂᆞᆫ 업슬 것시니 실졍으로 사귀ᄂᆞᆫ 친구가 업스면 비록 환란에 급혼 닐이 잇기로니 뉘가 힘드려 보아 쥬리요 그런고로 교계샹 에ᄂᆞᆫ 신이 졔일이라 함을며 국가의 교졔야 일너 무엇 ᄒᆞ리요

1896년 8월 29일 (1회)

文左衛門이란 사롭은 긔쥬 가젼포의 스는 사롭이라. 긔우가 쾌활ᄒ여 셔 셰쇄ᄒ 힝실의 구이ᄒ지 아니ᄒ며 지우간의 한번 보면 일호도 진규 를 베푸지 아니ᄒ며 긔이한 계교와 묘ᄒ 심슨을 더욱 깃버ᄒ며 외양이 온쟈ᄒ고 탄슐ᄒ고 쉽게 디졉ᄒ여셔 늑욱셔셩 갓더라. 일직이 웅아(熊野) 바다의 악어가 잇셔셔 바다 가운디의 잇는 달은 곡기들이 모다 악 어에 밥이 되고 고기잡는 사롭들이 금을질 못ᄒ 지 월여가 되미 희변 사롭들이 디단이 괴로아셔 문좌의게 물은디 문좌가 굴ᄋ디 이거션 아 조 쉬운 닐이라 ᄒ고 허집이 사롭 슈십기를 민들고 그 가운디 독한 약 을 너엇ᄯ가 그 잇흔날 비의다가 싯고 희샹의 일으러셔 열어 사롭들노 어가를 놉피 불어니 악어가 사롭의 말소리를 듯고셔 물결 우의셔 번동 ᄒ니 눈빗치 홰갓고 입을 크게 벌니고 사롭을 싱키랴고 ᄒ거늘 문좌가 기침소리를 한번 지르고 썰니 허쟈비 사롭 슈십기를 희샹의 더지니 악 어가 ᄒ 닙의 슈십기 헛사롭을 집어 싱키더니 홀연이 쳔긔가 캄캄ᄒ며 풍우가 디작ᄒ고 물결이 산 갓ᄒ며 바다 물빗치 불거지는지라. 문좌가 굴ᄋ디 이는 악어가 그 허쟈비 사롭을 먹어셔 독긔를 맛진 고로 피를 토ᄒ는 게라. 그 악어 죽는 거슬 가히 셔셔 기다리라 ᄒ더니 오라지 아니흐여셔 과연 악어가 죽어셔 물우회 쓰고 풍우는 곳 긋치는지라. 이에 슈십명 사룸으로 흐여금 육지로 끌어 너여노니 모양이 용의 몸이요 비얌의 비요 김[짐]승의 발이요 크기가 맛치 옛 고목 갓허셔 먼 디와 갓가온 디가 셔로 짓거리고 쩌드러셔 구경흐는 쟈이 장중 갓허셔 셔로 손을 들어셔 문좌의 후덕함을 흐례흐는지라. 문좌가 명흐여 그 악어 죽은 거슬 작파흐라 흔즉 그 비 가온디 가죽 쥬머니가 잇는지라. 그 가죽 쥬머니를 검사흐여 보다가 황금 일천냥을 으더셔 문좌가 그 사샹을 국쥬(國主)의게 알외엿더니 국쥬가 그 긔이흔 계교를 베푸리셔 빅셩의 힘를 제함을 아람답게 녀겨셔 그 금을 도루 문좌에게 붓치거늘 문좌가 그 금을 밧어가지고 사방 궁민을 난화쥬니 노약이 깁이 모이듯 그 집문의 가득히 모여셔 부로들이 문좌를 놉피여 읍장을 삼으니 잇써 문좌의 느히 겨우 십팔셰라.

남긔졔봉(南紀提封)의 감즈를 만이 심어셔 써 구실을 치우는 고로 힘마다 비의 실어다가 동경과 디판과 동도 셰 곳의 팔어셔 누만 금 직물의 치부하는 지왕왕이 잇더니 이 힘에 동양에 풍낭이 디작흐여 사방에 바다비을 강문에 디난 자더리 바람을 두려워흐여 감이 쩌나지 못흐니 이런 고로 강문에 감쟈가 갑시 졸지에 흔 덩이에 이삼 젼이 올으니 삼도 사람더리 날마다 감자 비 입항흐기을 고디흐거널 문좌가 그 소문을 듯고 바다을 근너셔 감자을 수운흐여 오랴고 홀 디 맛참 그 골 사룸이 흔 비 흐나을 항구에 디여시나 허러셔 물이 시여 씨지 못흐게 되야거을 풀어셔 시 지목으로 다시 곳치랴 흐더니 문좌가 비러셔 슈리흔 지 삼일 만에 준공을 흐여거널 이예 크게 말흐여 갈로디 능이 이갓튼 풍낭을 무룹시고 바다을 근너가난 사룸이 잇시면 니가 빅금을 쥬리라 흐니 모인

사롬더리 다 허망호 말이라고 웃더니 그 즁에 호 사롬이 너다라 그리호마 디답호니 참 빅금을 쥬건을 모든 사롬이 다 놀너여 갈오더 문좌가 신이 인난 사롬이라 웃지 식언을 호고 사롬을 속이리요 근쳔 장졍이 일시에 와 응호여 십여 명 사롬을 사 으드니 다 장긔 두고 슐 먹고 물외비 악악호 소년더리라 문좌가 크게 질겨 호여 다 언약더로 호고 슐과 안쥬을 만니 갓초와 취토록 먹고 여러 날을 네니 니니 호며 의긔 셔로 마자 언약호여 형졔을 삼고 잇더니 그 쎄 희상의 바롬이 더 몹시 이러나셔 물결이 호날에 다 이니 일힝 열아홉 사롬이 다 가심을 치며 미리 반다시 죽을 줄 알아더니 그 잇튼 날 질명에 문좌가 큰 비에 감자슈쳔상을 실엇난지라 칼을 쎄여 그 머리털을 비여 용왕호테 드리고 가마니 비러셔 일식경이 지너미 빌기을 다호고 비머리에 셔셔 혼 칼노 그 비줄을 쓰느니 그 비가 나난 거 갓고 그 돗더가 노혼 거 갓터여 순식간에 빅니을 가미 너른 물결을 씨고 동으로 가니 일만에 원쥬양에 다다러셔 바람이 졈졈 슌호고 도쩌가 더욱 교만호여 무릇 희상 삼빅니 길을할우 낫과 할우 밤에 강문에 다다르니 닛쎄에 바다 비 항구에 드러온지가 이 비 혼 쳑 뿐일너라 그 쎄 상고더러 다 질겨 마져 드리며 호난 말이 귀신이 도온 비라 호더라 문좌가 이에 감자갑을 불으니 만비나되여 할로 아침에 오만금 지물을 으덧시며 잇쩌 상국의 소금이 핍진호거늘 이에 규어를 거두어서 십만 긔를 갑셜 쥬고 쪼 비에 싯고 경셥졔국에 와셔 파니 다시 십비나 돈이 남안는지라 강긔에 너왕호 일자을 긔록홀진딘 십여일 밧게 되지 아니호여더라 만키가 십오만금이나 되여 부자가 일향 졔일 가더라 문지가 할우난 탄식호며 스사로 분호여 갈오더 남아 칠쳑이 셰샹의 나셔 무어셜 아니호면 말년이와 진실노 그럿치아니호면 웃지 가이 일향에서 착혼 사롬만 되고 말이요 진실노 혼 집을부자노옷 홀진딘 쳔호에 부자가 될 것시요 혼 사롬의 간난니 될진딘 쳔호의 가난혼 사롬이 될 터이니 니가 장찻 쳔호의 지물을 그물질호여 썩[쎠] 쳔호엣 사롬한테 흐터쥬리라 흐틀 쥴은 알고 모을 쥴은 아지 못호면 그거션 궁귀에 무리요 모을 줄은 알고 훗틀 줄은 아지 못ᄒᆞ면 그거션 돈직ᄒᆞ난 종이라. 능히 모고 능히 헷치며 능히 듸리고 능히 닐 줄을 알어야 가이 더부러 지물닐을 말ᄒᆞᆯ 쩌지니 도쥬의 돈얼 웃지 셀가 보냐. 마참니 강호에 다라나셔 팔명구에 복거ᄒᆞ여 경영이 굉장ᄒᆞ여 불일니로 쥰공을 되널으고 큰 집이 완언니 셰가와 갓더라. 지목을 팔아 씩[식]업을 삼고 그 평거에 소축 사양ᄒᆞ여 훈결가치 그 다르미나 그 능ᄒᆞ나 졔힝이 가던지 붓턴지 투도ᄒᆞ난 자턴지 뭇지 아니ᄒᆞ고 상긱을 삼아 음쥬호식ᄒᆞ여 부모 도라보지 아니ᄒᆞ난 자는 차지ᄒᆞ고 긔타 협긱에 무리 슐업을 베풀고 물건을 노략ᄒᆞ고 사롬을 속이고 도라오지 아니ᄒᆞ여 졔 몸이 잇[엇]난 테ᄒᆞ난 자을 쏘 차지ᄒᆞ니 문좌가 다 둣터이 디졉ᄒᆞ니 이런 고로 문좌에 문ᄒᆞ에 사방에 포도와 연총이 그 훈결갓치 좃고 그 훈결갓치 향ᄒᆞ여 투도 음박지도가 머리을 구부리고 이말을 조와 그 집 법을 순ᄒᆞ게 좃차 다ᄒᆞ여 그 씨이기을 하니 문좌가 그 지쥬 긴 바를 짜라 맛기고 부리난 고로 문좌에 집에 쏟어지게 버리난 지목이 읍더라. 일즉 ᄒᆞᆫ 우긱이 잇셔셔 죵일 비가 부루도록 먹고 다만 잠만 잘 쑨이라. 이에 그 ᄒᆞᆫ난 바을 치탐ᄒᆞ여 본즉 날마다 집 우에 올나가셔 사방을 바라보고 날여오기을 ᄒᆞᆫ번식 ᄒᆞ니 그 무리더러 미상불 썰 쩌 읍난 사롬이라고 웃더라.

1896년 9월 2일 (3회)

문좌가 디답도 아니ᄒᆞ고 디졉ᄒᆞ기을 더옥 두터이 ᄒᆞ니 이갓치 ᄒᆞᆫ 지 월여에 할루넌 창황이 강잉ᄒᆞ여 문좌을 다리고 함계 집우의 올나가셔 셧쪽을 가르쳐 갈오디 자네가 쏘ᄒᆞᆫ 져 구름 긔운이 불근 옷 갓튼 거셜 아년가 니거시 불[불] 긔운니 공중에 오른 거시니 십일이 지닛지 아니ᄒᆞ여 디도가 불이 타셔 아모 것도 읍실 것시니 쳔ᄒᆞ디리럴 잇 쩌에 볼시니 웃지 미리 계교을 아니 ᄒ난요. 니가 일반 후의을 갑고자 ᄒ노라.
문좌가 다시 절ᄒ며 상긱을 삼아 쪄니 그리ᄒ지 슈삼일이 지나지 아니
ᄒ여 본향환산이라 ᄒ난 짱의 비로소 불이 붓거날 문좌가 문득 비복 등
으로 ᄒ여곰 집을 옴기고 창고을 굿견이 ᄒ고 물을 졋츅ᄒ여 두고 이웃
사롬을 불너 불 붓난 거셜 공동ᄒ니 그 집 사롬드리 다 우시며 문좌을
광인이라 고ᄒ며 ᄯᅩ 희롱ᄒ다고 ᄒ며 ᄒ년 말이 진중ᄒ 사롬이 조고마
ᄒ 불에 이다지 겁을 니나냐 북교 야외의 불이 여긔셔 풍마우지불상급
이라 ᄒ디 문좌가 우시며 갈오디 즈근 불이 큰 불이 될지 웃지 알며 풍
마가 분마가 될난지 웃지 알이요. 말을 맛치지 아니ᄒ여 북풍이 이러나
며 모리와 ᄶᅵᆽ그리 싸올 거두며 불곳치 비오덧 ᄒ며 연긔가 하날에 ᄲᅦ치
연난지라. 북곽의 봘[불]이 밋지 아니ᄒ여 불긔운이 발셔 셩중에 드러와
셔 셰 갈니로 퍼져셔 ᄒ디 혼압이 되여 집더리 다 타니 그 형셰가 가장
놀나온지라. 향자의 문좌예 말을 웃던 사람더리 머리털을 티우며 이마
을 지지며 결를이 읍셔ᄒ덜 잠시간에 아모 것도 읍난지라. 그계야 참
문좌가 미리 아난 줄 알고 차탄ᄒ난 지 무슈ᄒ더라. 문좌가 그 날 셩중
을 ᄶᅥ날 시 사롬을 두셔넛셜 더이고 밤낫즈로 삼일만에 목소산산 이르
러 농가에셔 자고 이러나 보니 웃던 얼인 아희가 문밧게셔 놀거날 이에
쳘회[화]근을 가져다가 오판금을 둘너 낫낫치 조의노로 궁계 ᄶᅦ여 두
ᄭᅳᆺ쳘 밋져 쳘화근을 두루니 그 소리가 징징ᄒ거날 그 아희을 불너 희롱
을 ᄒ다가 그 아희을 쥬니 그 아희가 조와ᄒ여 놀거날 그 부모보고 무
러 갈오디 어디셔 이거셜 으던너냐 ᄒ던 그 아희가 문좌을 가르쳐 갈오
디 강호 야야가 쥬더이다 ᄒ니 그 부모가 말ᄒ여 갈오디 당금지시[지]
ᄒ야 인졍이 효박ᄒ여 일성은 화을 사롬마다 앗기거늘 하물며 오판금
을 초긔갓치 앗기지 아니ᄒ시고 쥬시니 뜻ᄒ건딘 동산션인니 안이시면
금혈쥬용이오니 승명을 감이 듯고지 ᄒ니이다 ᄒ디 문죄 달리고 잇던
종이 겻희 잇다가 그 실상을 말ᄒ니 그계야 문좌로 알고 셔로 말ᄒ다가
그 산에 남걸 사자ᄒ여 문좌가 갑을 증ᄒ여 독긔로 산에 올너가셔 남걸

비니 비난 소리가 정정ᄒ더라. 남걸 모지계도ᄒ고 둥글게도 ᄒ여 화인
을 질너 여표을 ᄒ여셔 슈빅만 기을 조흔 지목으로 너셔 목소쳔으로 운
젼ᄒ 후 뭇트로 실어녀여 을마 아니되여 강호에 다다르니 잇 찌에 도ᄒ
에 지목을 다 불에 일어발인 비 되얏난지라 비록 뒷쏘각 나뭇가지라도
만니 웃기가 쉽지 아니ᄒ지라 문좌가 홀노 조흔 지목을 만니 싸아거널
들쏘나 기동이나 찬난 디로 뵈이니 심상ᄒ 상고덜과 판미ᄒ난 사룸더
리 보고 물건은 족코 갑은 싸거널 닷토와 사갈 쑨 아니라 어시의 우룬
난 공경목빅덜과 알노난 농공상고더리 사지 아니ᄒ나 니 웁더라. 문좌
가 누거만을 바다 문좌의 부자가 삼도에 웃씀이라. 그리ᄒ지 슈삼연이
지니미 지물리 누빅만금에 이르난지라. 그러나 문좌가 지물에 욕심이
즉어셔 스사로 말ᄒ되 니가 반싱이나 되얏난지라. 누거만 지물이 쏘ᄒ
일싱에 족족ᄒ니 니 ᄒ번 훗터 쎠 보리라 ᄒ고 이에 슌사 호사와 다못
영일졉보졍 기각좌문산 모든 명사덜노 ᄒ여금 쏫거리에 가셔 유회를
ᄒ미 금을 씨기을 흑갓치 씨난지라. 그 귤화곽문관의 밤마다 슐마시난
지 젼후 좌우가 미양 놀 쩍에 쳔금식 바리고 비단 만필씩 너다가 곽문
밧게 장을 치니 그 이상ᄒ 치식이 사룸에 눈을 현혹ᄒ게 ᄒ낭[난]지라.
다 그 호걸실어운 거셜 층찬ᄒ여 일름ᄒ여 갈오더 슌자더인이라 ᄒ더
라. 맛참니 졔야에 모여시미 이 날은 입츈이라 그 나라 풍속에 쏫난지
라 문좌가 희룽ᄒ여 누루고 흰 화폐을 큰 말에 담고 팟철 디신ᄒ여 손
으로 던지며 크게 불너 갈오더 귀신은 가고 복은 오나라 ᄒ며 던지기을
마지 아니ᄒ니 누루고 흰 거시 비오덧 ᄒ며 쌀락눈 데[던]지덧ᄒ니 어
린 기싱덜과 바누질ᄒ난 계집덜과 부엌에 인난 종덜리 다토와 쥬니 ᄒ
금이 쩌러지미 열 사룸에 팔이 모이고 두어 별이 짜의 잇시미 열 손가
락이 다 트난지라. 밋쓰러지며 강ᄒ 자는 줍고 편ᄒ 자는 줍지도 못ᄒ
고 약ᄒ 자넌 포복ᄒ여 바지 알노 나가면 발을 머리 우에 이고 다리로
등을 밤난지라. 셔로 짓발버 웃고 말ᄒ난 소리가 이웃지들 너거덜

1896년 9월 4일 (4회)

문좌가 우시며 악연ᄒ여 갈오디 심이 키ᄒᄒ도다. 문좌가 심샹이 희롱ᄒ고 노거셔 남에 이목을 놀니게 ᄒ난 거시 불가흠멀 헤이리고 일즉이 흔 계교을 셰아려셔 말을 펄쳐 갈오디 문좌가 장찻 우전쳔에 일셰 ᄒ거 베풀 시 모월 모일노 증긔ᄒ여더니 도ᄒ에 소문이 파전ᄒ여 갈오디 문좌에 ᄒ거흔 거시 장관을 가상이라 ᄒ고 긔약흔 날이 되거널 우전쳔에 구경오난 지 닷토어 다다러셔 비가 연속ᄒ엿쩌니 날이 늣도록 문좌에 형용은 보지 못ᄒ난지라. 혹이 갈오디 문좌가 화가에셔 유련ᄒ여 비에 당셰 명기을 싯고 지금 물우에셔 니왕ᄒ며 논다 ᄒ더니 잠깐 잇짜가 흔 불근 슐잔이 물우에 범범ᄒ여 날려오거날 여러 구경ᄭᆞᆫ더리 깃쎠셔 소리 질너 갈오디 이졔야 문좌가 온다 ᄒ더니 ᄯᅩ 슐잔 흔긔가 범범이 물우에 쎠오거날 안식ᄒ여 혹삼 혹사 ᄒ며 가넌 것도 갓트며 오난 것도 갓투여 다시 보니 물우에 빅이나 쳔이나 되난 불근 슐쟌이 물에 덥피어 오거날 노난 사롭더리 셔로 도라보며 응졉홀 결을이 읍난지라 비쥴얼 잇글며 돗디을 두다려 먼져 붓잡기를 닷토니 홍엽이 어구에 뜬 것쪼 갓고 우상이 곡슈에 흐러넌 것 갓투여 그 여러 경쳐가 물우에 잇셔셔 불근 슐쟌이 물에 빗치난 거시 불근 안긔가 잠긴 것 갓고 촉나라 비단을 쌔넌 것 갓투여 보난 샴[사]롭더리 눈이 다 현혹ᄒ여 그 구경시러운 거셜 놀니지 아니ᄒ나 니 읍더라. 그러나 구경ᄒ난 사롭더리 문좌을 으더보지 못ᄒ여 셔로 창연ᄒ여 도라와셔 그 후 사롭더러 무루니 이 날에 문좌난 집에 잇셔셔 종일 누어 잠만자고 이에 가동으로 ᄒ여곰 슐잔을 강물에 흘녀 실 ᄯᅡ름이라. 심상이 유희ᄒ는 것쪼 다 스롭에 마암에 문좌가 놀나이 논다고 놀니더니 그 후에 문좌가 가도가 침치ᄒ여 심쳔이라 ᄒ난 ᄶᅡᆼ으로 옴겨가셔 열아홉 히을 누리다가 스월 니십사일에 몰ᄒ거날 무덤을 심쳔 영암수지 원징[경]등원에 뭇고 셕시(釋諡)난 귀셩융샹이라 ᄒ니 문좌 학비[비]ᄒᄒᄒ괴작[각]호 學誹諧乎其角號, 쳔산에 사의가 초범ᄒ여 아롬다온 글귀가 극히 만아셔 왕왕이 사룸에 입에 훼자ᄒ더라.

삼계씨가 갈오더 셕자에 보려즁에 문좌가 팔조구에 잇실 ᄯ에 가사가 굉장ᄒ여 미양 손을 잔치ᄒ고 손을 마자 드릴 ᄯ에 반다시 날마다 시잘리 펼쳐논즉 자리 만드넌 장식이 칠명이 그 집에 가셔 자리 만들기만 일삼으니 그 호걸실어운 것과 그 부자시러운 거셜 가이 알니라. ᄯᅩ 고로덜에게 드르니 관연(寬延) 즁에 비[비]ᄒ(誹諧) 지유 가온티 의인난 자가 일즉이 십쳥 그 가원에 복거럴 홀 시 문좌가 말년에 경영ᄒ여 그 집을 지을 시 흰 조희로 쳔쟝얼 발너시니 분으로 바른 것과 다름이 웁난지라. 그 후에 집이 파괴ᄒ미 장식으로 ᄒ여곰 다시 슈보ᄅ 홀 시 쟝식이 이윽키 보다가 갈오더 이거시 변변치 아니ᄒ 장식은 못ᄒ기숩네 다른 사룸이 갈오더 웃지ᄒ 말이냐 ᄒ니 그 장식이 갈오더 흰 조의[희] 발른 거셜 말ᄒ 거시라 조의도 다른 곳 소산이요 풀도 다른 거시라 그 조의와 그 풀이 빅년닐 지너난 것도 잇고 오십년널 지너난 것ᄯᅩ 잇셔셔 지야란 곳과 유구국과 조션과 여송 인도에셔 다 나난 비라. 니졔 오십년 지닐 거시 다시 그 사룸이 웁난지라. ᄒ물며 히외국에셔 나넌 격ᄶ 보냐. 니런 고로 슈보ᄒ기가 쉽지 아니ᄒ다. 차호라. 문좌가 말너에 낙탁(落托)ᄒ미 이 갓턴넌지라. 그 승홀 ᄯ에의 가도가 풍유ᄒ미 만금 지물을 둘너 씨기을 특[똑]갓치 ᄒ여 ᄒ ᄯ에 만 사람에 이목을 놀닌난 지라. ᄯᅩ ᄒ가이 보고 십푸며 싱각나더라. 그 몸에 미쳐 누만금얼 그믐에 미쳐 다 헷치고 니가 스사로 으더 니가 스시로 씨니 능이 모도고 능이 헷쳐셔 갓튼 쾌ᄒ 사람얼 니가 장찻 판향일쥬쥬왕금사지야 辦香一炷鑄黃金事之也.

1896년 9월 6일 (1회)

눈쥬 짜에 혼 사룸이 잇시되 승은 곽이요 명은 부웅이라. 명문거족으로
쏘 가셰가 요부ᄒ여 셰샹에 그릴 거시 읍셔셔 일가와 일향 사룸더리 다
츄앙ᄒ여 볼 쑨 아니라 효힝과 지덕이 사룸마다 일컷지 아니ᄒ여 니 업
더라. 그 부인 최씨난 최윤경에 쏠이니 윤경이가 본더 하향 스룸으로
가셰가 빈곤ᄒ여 먹을 거시 읍시나 흑문과 힝금은 셰샹이 모로난 지 읍
더니 일즉 혼 아들과 혼 쏠을 두어시되 그 아들과 그 쏠이 그 부모의
힝금을 바다 효자라 ᄒ며 효녀라 일컷더라. 윤[윤]경이가 스외을 구ᄒ미
그와 갓튼 비필을 듯고자 ᄒ여 널이 구ᄒ다가 눈쥬 짜의 사난 곽부웅의
집이 효힝과 츙의가 잇짜난 말을 듯고 미파을 보니여 통혼ᄒ고 부웅이
가 그 집의 쟝가를 들미 부웅이가 그 부인 최씨로 더부러 금실이 조와
지니더니 아들 ᄒ나를 낫코 다시 싱손을 못ᄒ여시니 그 아들 일홈이 소
옥이라. 소옥[옥]이가 골격이 쥰슈ᄒ여 그 부모가 남에 읍난 낭으로 귀
이 여기더니 그 부인 최씨가 우연이 병이 드러 셰샹을 바리난지라. 그
쩌의 소옥[옥]에 나이 삼셰라. 그 부친 부웅이가 소옥의 어린 형상을 보
고 슬러[허]ᄒ기를 마지 아니ᄒ더라. 노복니 만코 가셰가 부요ᄒ여 집안
널 다사리난 사람이 읍셔셔 지취럴 홀랴고 ᄒ니 그 근쳐에 심씨에 집이

잇시되 일가가 번족ᄒ고 사람이 다 호한ᄒ지라. 그 중에 ᄒ 사람이 ᄯᆯ얼 두어시니 자색이 잇셔 으던 사람이 통혼얼 ᄒ거널 부웅이가 그 집에 지취럴 ᄒ여오민 심부인이 곽각씨가에[곽씨가에] 드러와셔 가사럴 총찰ᄒ고 젼실 최씨에 아들 소옥이럴 길르난지라. 여러 ᄒᆡ가 되민 심씨에 몸에셔 자식이 나미 삼남민얼 두시니 아들리 ᄒᆞ나이요 ᄯᆯ리 둘리러라. 심부인이 그 아들과 그 ᄯᆯ얼 심이 사랑ᄒ여 그 젼실 최부인 소싱 소옥인 사랑ᄒ지 아니ᄒ난지라. 그 부친 부웅이가 심씨예 눈치럴 보고 마암에 죳치 안니ᄒ여 심부인다려 일너 갈오디 소옥가 니속으로 낫치난 안니ᄒ여시나 자식은 맛찬가지라. 아모ᄶᅩ록 니 긔츌과 다름이 읍시 ᄒ난 거시 올은이라 ᄒ고 누누이 일으니 부인이 그 말럴 올른 양으로 듯지 아니ᄒ고 졈졈 모자 의가 읍셔 소옥을 미워ᄒᆞᆫ지라. 그 붓친이 이럼으로 ᄒ여금 심씨ᄒ고 금실리 죳치 못ᄒ니 그 심씨에 소싱ᄭᅥ지도 미워ᄒ며 미일노 마암에 근심ᄒ며 소욱[옥]을 더옥 불상이 여기니 심부인이 졔 마음에 부웅가 좌[최]씨 소싱 소옥은 셰상의 읍난 거스로 알고 졔 소싱 삼남민난 도라보지 아니ᄒ난 쥴노 알어 장슬러 홀 ᄲᅮᆫ 아니라 소옥을 보기도 실여ᄒ난지라. 심씨가 본디 승ᄒᆡᆼ이 몹실고 소견이 협칙ᄒ여 소옥이럴 ᄒᆡ홀 마암이 잇셔 계교를 싱각ᄒ나 부웅이가 심씨에 소견과 ᄒᆡᆼ실을 아난고로 소옥을 잠시도 겻틔 ᄯᅥ나지 못ᄒ계 ᄒ고 밥을 먹으나 잠을 자나 밧 겻방의 다리고 잇셔 학업과 ᄒᆡᆼ실을 극진니 가르쳐 졈졈 자라미 참 영웅자품이요 문장 ᄲᅡ탈이라. 남은 층찬 아니ᄒ나 니 읍시나 심씨난 앙앙지심이 잇셔 쥬야로 분긔팅즁ᄒ여 먹난 것도 살노 가지 아니ᄒ여 ᄒ더라. 잇ᄯᅥ의 소옥이 십여셰 되미 그 부친 부웅이가 혼쳐를 구ᄒ되 소옥이럴 편이ᄒ 고로 그 비필이 셰상의 읍난 것 갓틔여 ᄉᆞ면으로 널니 구ᄒ즉 근쳐의 장씨라 ᄒ난 사롬이 잇시되 일홈언 츈현이라. 츈현이가 나이 만토록 아드런 읍고 ᄒ ᄯᆯ얼 두엇스되 자식이 비범ᄒ고 승ᄒᆡᆼ이 지슌ᄒ고 ᄯᅩ 덕이 잇셔 짐짓 요조슉녀라 일컷더라. 부웅이가 그 소문를 듯고 깃거ᄒ여 미파를 보니여 통혼을 ᄒ즉 장씨 츈현이가 ᄯᅩ 곽부응의 아들 소옥이가 학문니 너르고 효힝이 극진한 소문을 듯고 혼인 지닐 마암이 잇던 지음에 통혼이 오난지라 즉시 허락한즉 미파가 도라와셔 혼인 허락한 말을 전하니 곽부응이가 이 말을 듯고 미우 조와하여 즉시 조혼 날을 갈이여 혼인을 지니러 갈 시 그 부친이 소옥을 다리고 노복비를 위의를 갓초와 가니 귀경하난 사람더리 그 낭지의 긔상과 티도를 보고 흠션니 아니 여기난 지 읍난디 홀노 심씨난 시긔가 디발하여 가난 모양을 본 톄도 아니하며 졔 자식 삼남미를 어루만지며 부응을 원망만 하더라. 이 날 장씨 집에 가셔 혼인을 지닐 시 신부와 신낭이 교비셕의 나와 본즉 짐짓 원앙의 녹슈로다. 뉘 아니 흠탄하리요 이날 밤의 신부와 신낭이 천졍지약을 믹고 곤하여 신부와 신낭이 각각 이불을 덥고 자다가 신부가 호련이 잠을 놀니여 씨니 무신 인긔가 나난 것 갓고 무신 닙싀가 나넌 것 갓거날 놀니 이러나

1896년 9월 8일 (2회)

불얼 혀고 살펴본즉 방안에 피가 가득이 고여잇고 신랑은 이불 덤푼 모양이 다르거날 놀니여 이불얼 드러본즉 신랑에 머리가 읍고 송장 하나이 피럴 흘니고 누엇써날 신부가 졍신니 아득하고 눈니 캄캄하고 읏찌 할 줄을 몰나 급쟈기 문얼 열고 그 종을 불룬즉 그 써난 증밤 쑤ㅠㅇ이라 사면이 고요하고 사람이 다 여러 날 혼인집의 일하고 곤하여 잠이 깁피 드런난지라. 급하계 여러 번 불루니 종은 듯지 못하고 신부에 모친이 듯고 디답하고 나오거날 신부가 쒸여나가 그 모친게 이 변난 일얼 말하다가 짜에 업쩌지며 긔졀하니 그 모친이 급쨔기 밧곗틔 통긔얼 하고 그 신부럴 쥬무루며 가삼얼 두달이며 통곡하니 밧계 사람더리 듯고 무신 변이 난 줄 알고 두 사돈과 하인덜과 집안 사람더리 다 모얏거눌 신낭에 부친과 신부에 부친니 그 방에 드러 가본즉 과연 방안에 피가 그득하고

송장ᄒ나이 피에 쓰엿거날 신낭에 부친이 신낭을 잡고 피자리에 혼도ᄒ
난지라. 그만 집안니 난가가 되여 웃지할 쥴 모를 쑨 안이라 웃지ᄒ 연
곤지 신불[부]럴 쥬물너 미음멀 흘니며 정신차리기를 기다리더니 이윽
ᄒ여 피어나거날 그 연고를 무루니 신부가 아모 것쪼 모로고 자다가 다
만 인긔 나고 넘시 나난 것과 피가 방안에 고이여 신낭을 본즉 머리 읍
난 것만 알지 다른 연고난 모로난지라. 신낭에 부친이 혼도ᄒ엿짜가 졍
신이 나미 송장을 어루만지며 방셔 디곡ᄒ다가 그 ᄉ돈 장씨더러 ᄒ년
말리 이 일리 필시 너에 집에서 난 일이지 누가 이 지경을 ᄒ엿시리요
ᄒ디 장씨가 아모 말도 못ᄒ고 안졋쩌눌 부응이가 도로 돌려 싱각ᄒ니
필시 닉 집안에서 난 일이라 ᄒ고 즉시 ᄒ인더럴 다리고 졔 집으로 도라
온즉 가낙ᄒ 계집 심씨가 아닌 보사린 톄ᄒ고 반겨 닉닷거날 부응이가
아모 일도 읍난 톄ᄒ고 집안에 드러가셔 본디 그 노속이 만는지라. 그
비복비를 다 불너 모돠녹코 문을 닷고 큰 칼을 쎼여 들고 ᄒ년 말리 이
일이 너의 놈덜 소위라. 너의가 발로 이르지 아니ᄒ면 닉 너의 무리 슈
십여 명을 ᄒ 칼노 베여 죽일 거시니 바로 말ᄒ라 ᄒ디 비복비가 본디
부응이가 위엄ᄒ 범졀리 다 죡히 죽일 쥴 알고 다른 놈더런 죄가 읍시
젼률홀 짜른 이요 그 즁에 ᄒ 놈이 나와ᄒ난 말이 졔 죄 ᄒ나로 ᄒ여 여
러 인명을 다 죽난 모양을 보올잇가 ᄒ고 바로 말ᄒ되 작일 혼인날 져녁
의 심씨 부인이 은근이 불너 ᄒ년 말리 너도 알쓷 ᄒ기의 니 이 말을 ᄒ
즉 번셜말나 ᄒ고 슬을 만니 쥬며 울면서 ᄒ난 마리 니가 평싱에 ᄒ 되
난 일이 부응이가 젼취 소싱 소옥이만 자식으로 알고 너의 소싱 삼남미
넌 자식 아니로 알려셔 츤다가 막심ᄒ즉 이 다음에 부응이 사후에 필연
허다ᄒ 직물과 허다ᄒ 뎐답이 모도 소옥에 임의로 ᄒᆞᆽ시니 너에 소싱
은 필경 아모 것쪼 쥬지 아니ᄒ고 나도 져에게 스럼을 바들 거시니 장찻
소옥을 죽여 나에 혼을 풀고자 ᄒ나 닉가 웃지할 슈 읍난지라. 싱각ᄒ즉
이번 혼인 지닌난 즈음에 가이 홀 도리가 잇난지라. 너의 곳 아니면 홀
슈가 읍시니 웃지ᄒ던지 신낭에 머리럴 버여 날얼 갓다가 쥬면 닉가 너

을 돈 천냥을 쥬마 흥기의 슐리 취흔 마음의 젼후을 싱각지 아니흥고 가셔 과연 머리럴 버혀다가 심씨를 준즉 심씨가 조와라고 바다 웃지흥연난지 몰나시나 니에 죄 만사난 무셕이오니 죽여 쥬옵여소셔 흔디 부응이 이 말을 듯고 두 눈이 뒤집펴 칼을 들고 심씨에계 달여드러 치려흔즉 심씨가 과연 고복흥난지라. 곳 머리럴 차지니 머리을 무신 그릇에 너엇난지라. 차자 녹코 심씨와 심씨 소싱 삼남미와 그 종을 흔 칼노 비고 그 머리와 신톄난 션산발치의 장亽 지니고 허다흔 지물과 노비젼답을 다 궁교와 빈족을 난와쥬고 즉씨 니다라 쳔흥강산을 귀경흘랴고 갈 즈음의 심씨의 집이 본디 번족흔지라 져의 부모와 광퓌한 소년더리 이 긔별을 듯고 와셔 부응을 결박흥여 가지고 가셔 원슈을 갈린다 흥고 곤욕이 무쌍흥니 부응의 불쌍흔 모양을 차마 보지 못흘너라. 부응이가 가마니 도망흥여 거쳐웁시 다라나 그 후에난 다시 소식을 모롤너라. 잇쩌 장씨가 의셔 신부를 구흥여 살러낫시나 신부가 자금 이후로 화복을 젼폐흥고 부모 실하에서 눈물노 셰월을 보닐 시 그 부모와 일향 亽롬더리 차마 불쌍흔 모양을 보지 못흘너라. 잇쩌 신부가 비가 졈졈 불루거날 그 부모가 무산 병인가 의심흥엿쩌니 과연 혼인 지니던 달벗텀 잉티흥연난지라. 그 신부가 붓그러워흥나 그 부모난 긔이흔 일이라 흥고 신부를 더욱 불쌍이 여기며 곽씨 신랑을 더욱 싱각흥더니 십삭이 차미 일일은 신부가 비가 압푸며 방안의 향니가 진동흥며 오싴 안긔가 자옥흥며 아희 우난 소리 나난지라. 그 부모가 반겨셔 나가본즉

1896년 9월 10일 (3회)

일긔 옥동을 탄싱흥엿난지라. 긔골이 장디흥고 소리 웅장흥여 보기의 참 비범흔 아희 아니여날 장씨 니외가 셰상에 읍난 걸노 알 뿐 아니라 곽씨가로 말흥여도 고목싱화더라. 그 쩌 부응이가 도망흥여 젼젼걸식흥

미 셕시를 싱각ᄒ고 신셰가 고단ᄒ여 항상 눈물노 셰월을 보ᄂ다가 나이 점점 마느미 의탁할 곳지 읍셔 산간에 드러가 삭발위승 ᄒ랴 ᄒ고 한 암자를 차자셔 드러가니 한 노승이 상자 삼인을 다리고 빅팔염쥬를 목의 글고 손의 불경을 들고 단졍이 안졋거날 부응이가 노승을 차자 모고 그 노승에게 상쟈 되기을 쳥ᄒᆫ디 노승이 디답ᄒ되 져 갓튼 손임이 무삼 일노 즁이 되랴 ᄒ시요 불가라 ᄒᆞᆫ 거시 셰상의 잡념이 읍고 산문을 ᄶ여나지 아니ᄒᆞᆫᆫ 거시 즁이라 일컷거날 속객이 웃지 불쏘의 의향을 두시랴 ᄒ시요 한디 부응이가 졀ᄒ고 갈아사디 내가 본디 눈쥬 사롬으로 가셰가 영치ᄒ고 ᄒᆞᆫ낫 자식쏘 읍셔셔 자연 신셰 고단ᄒ여 의탁홀 곳지 업스미 존문의 와셔 삭발위승ᄒ여 셰상사를 모로고 잇짜가 쥭으랴 ᄒ니 복원 존사난 나갓튼 속긱을 드럽짜 마시고 어엿비 여기소셔 ᄒᆫ디 그 노승이 부득히[하]여 삭발ᄒ야 상자를 사무니 그 노승의 나히 빅여셰요 부응의 나이 오십삼셰라. 삭발ᄒᆫ 후의 신셰난 편하나 미양 그 장씨와 소옥을 싱각ᄒ고 스러[슬허]ᄒ더라. 이 ᄶᅥ 장씨가에셔 그 아히을 장즁보옥갓치 기르미 그 아히의 일홈을 종운이라 ᄒ고 자는 평진이라 ᄒ니 그 아히 나히 사오셰 되미 소견과 지각이 어룬도 밋지 못ᄒᆞᆯ너라. 장씨가 션싱을 두고 공부을 힘쎠 가르치니 문일지십ᄒ여 사셔삼경과 자고역디을 무불통지ᄒ며 붓셔 들고 글씨을 씬즉 용사비등ᄒᆫ지라 보난 사롬마다 층찬 아니ᄒ나 니 읍셔셔 원근의 소문니 낭자ᄒ여 다 말ᄒ기을 이 아히로 ᄒ여 곽씨의 집니 다시 니러나리라 ᄒ더라. 일일은 그 모친이 종운이을 다리고 후원의 올나가셔 츈쇠[식]을 귀경ᄒ미 양뉴난 의의ᄒ여 안상의 덥펴 잇고 화용은 작작ᄒ여 지당에 불거난지라. 보난 바마다 자연 심사 살난ᄒ여 셕사을 싱각ᄒ니 눈물리 옷깃셜 젹시거날 종운이가 겻터 안져ᄍ 그 모친이 비창ᄒ여 눈물 흘니난 모양을 보고 그 모친더러 ᄒᆞᆫᆫ 말이 소자가 지금 모친 스러ᄒ시난 거셜 뵈오니 황공ᄒ와 말씀 엿잡기난 어렵사오나 감히 뭇삽나니 그 무신 연고온지 알고자 ᄒ나이다. 소자가 미거하여 모친 봉양을 잘못ᄒ압고 아즉 어리와 실하의 영화을 뵈오지 못ᄒ고 모친계 애휵지은을 모로오니 모친이 글노ᄒ여 비감이 여기시난 것 갓사오니 소자의 마음의 불초막심ᄒ 듯ᄒ오이다 ᄒ더 그 모친이 눈물얼 쓰시며 ᄒ년 말리 니가 세상에 나셔 실가지 낙을 모로고 구고의 얼굴도 뵈압지 못ᄒ고 살아 쓸 디 업난 인ᄉᆼ인고로 여러 번 죽으랴고 ᄒ엿더니 ᄒ날리 곽씨의 집을 굽어 살피ᄉ 종ᄉ를 ᄯᅳ치지 아니ᄒ셔 너럴 잉ᄐᆡᄒ여 자녀넌 분변치 못ᄒ나 바ㅣ가 불운 고로 잔명을 ᄯᅳᆫ치 아니ᄒ고 ᄒᆡ복하기을 기다렷더니 의외예 너럴 나셔 지금거지 양휵ᄒ여씨나 홀연니 셕ᄉ랄 ᄉᆼ각ᄒ니 정신니 악득ᄒ고 가슴이 답답ᄒ여 자연 비감ᄒᆫ ᄉᆼ각이 나셔 눈물 흐르난 줄 모로계 옷깃셜 적시엿지 웃지 너을 탓ᄒ여 스러ᄒ리요 ᄒ더 종운이가 그계야 이러나 다시 절ᄒ고 ᄭᅮ러 안져 그 모친계 엿짜오디 세상의 곤츙 미물도 부모을 알거던 ᄒ몰며 인ᄉᆼ이 웃지 부모을 모로이요 원컨딘 모친은 자셔이 부친이 아니 계신 일을 말슴 ᄒ셔셔 소자의 의심나난 마음을 과ᄒ계 ᄒ여 쥬소셔 ᄒ더 그 모친니 종운에 말을 듯고 다시 더욱 스러ᄒ며 눈물을 금치 못ᄒ며 이윽히 안젓거날 종운이가 ᄯᅩᄒ 울며 ᄒ년 말이 모친온 과도이 스러마시고 소자을 위ᄒ여 젼일ᄉ를 낫낫치 말슴ᄒ소셔 ᄒ더 그 모친이 그계야 혼인시의 지니던 말을 자셔이 ᄒ니 종운이가 이 말을 듯고 그 모친게 ᄒ는 말이 부모에 원슈을 갑지 못ᄒ고 조부모의 사ᄉᆼ존망을 모로니 웃지 사람이라 이르리요 니가 지금은 나이 어리고 소견니 나지 못ᄒ여 모친 실ᄒ을 ᄯᅥ나지 못ᄒ오니 다음에 집을 ᄯᅥ나 텬하을 편답ᄒ여 나에 조부을 차지리라 ᄒ더라. 세월이 려류ᄒ여 종운에 나히 십셰 되미 학문니 넉넉ᄒ여 다시 더 비올 거시 읍더니 일일은 드르니 그 골 자사에계 ᄐᆡ평과 뵈이난 관문이 날여 왓거날 종운이가 그 모친계 고ᄒ여 갈오디 남자가 세상의 나미 학업을 심써 쳣지난 님군을 츙셩으로 셩[셤]기난 거시ㅇ 둘지난 부모럴 영화[화]로 봉양ᄒ여 일홈얼 쥭빅의 올으난 거시 올은즉 이번 과거의 울나가셔 관광을 ᄒ긴노라 ᄒ즉 그 모친니 갈아디 너의 말이 당연이 올으나

1896년 9월 12일 (4회)

네 나히 어리고 경성이 여긔셔 여러 쳔리라 길리 머러 어려울 뿐 아니라 너가 너를 장즁보옥갓치 길너셔 잠시라도 겻히 읍시면 보고십쏘 쏘네가 몸이 편치 못ᄒ여도 마음을 못놋코 자고 먹난 거시 일시도 잇지 못ᄒ거던 함물며 여러 쳔리 경성에 보니고 날이 오리면 의리ᄒ난 마음과 그 조심ᄒ난 싱각을 웃지 다 층냥ᄒ며 쏘 네가 십셰 아히로 비록 슉셩ᄒ다 ᄒ나 범졀리 아즉 미거ᄒ고 긔운이 능이 득달치 못ᄒ리니 아즉 학업을 더 힘쎠 셰상에 모롤 거시 읍시 비오고 나히 더 마너 긔운니 장셩ᄒ거던 셰상에 나가셔 입신양명 ᄒ여도 아즉 늣지 아니ᄒ지라 웃지 경솔리 ᄒ랴 ᄒ너냐 ᄒ니 종운이 다시 엿짜오디 모친 말숨이 극히 올스오나 남자가 셰상에 나미 나히 십셰가 되면 부모 셤길 쥴도 알 꺼시요 임군 셤길 쥴도 알 거시온디 웃지 어리다 ᄒ시며 쏘 셰상에 나가셔 남에 일도 보며 비올 거시 만스오니 웃지 부모에 슬하에 ᄶ너지 못ᄒ고 졍겨와가 되야 셰상 열력을 못ᄒ리잇가. 모친은 조곰도 염녀치 마시고 극히 보즁ᄒ와 소자 도라오기를 기다리소셔 ᄒ디 그 모친니 마지 못ᄒ여 허락ᄒ니 종운이가 힝장을 차리되 의복을 단졍이 ᄒ여 쳥녀 등에 싯고 돈 쳔냥을 가지고 튁일 발힝ᄒ니 그 외조부모 장씨 니외와 그 모친과 여러 비복비 등이 십니 밧게 나와 즌[젼]송ᄒ디 종운이 조곰도 어려이 아니 녀기니 보난 사롬더리 층찬 아니ᄒ너 니 읍더라. 잇ᄶ 졍양도라 ᄒ난 ᄶ의 혼 사롬이 잇시되 승은 진이요 명은 슉현이라. 일즉 벼살리 일품의 거ᄒ엿짜가 나이 늘그미 벼슬를 ᄒ직ᄒ고 고향의 도라와셔 초부어옹을 짝ᄒ여 혼거혼 사롬이 되야 잇시나 가셰난 요부ᄒ고 친쳑이 만어셔 일향 사롬더리 다 츄앙ᄒ여 보나 일졈 혈륙이 읍셔 그 부인 니씨로 더부러 미양 스러ᄒ더니 일일은 그 부인니 승상더러 ᄒ난 말이 우리가 가셰도 요부ᄒ고 노복쏘 만니 잇시나 우리 스후에난 젼홀 곳지 읍시니 직물이 만이 들더리도 명산과 디찰에 비러셔 남녀간 일졈혈육

을 으드며 말녀에 의탁홀 곳지 잇실 쑌 아니라 진씨가 종스를 이울 듯
ᄒ니 마음에 웃더ᄒ시요 승샹이 갈아스디 비러셔 자식을 둘 줄 알면
뉘 아니 자식을 두리요 그러나 부인에 마암이 그러홀진딘 졍셩을 극진
니 ᄒ여 비러보ᄉ이다 ᄒ더 그 부인니 시비 슈인을 다리고 그 근쳐 보
령산이라 ᄒ난 산니 잇시되 니 산은 자고로 명산이라 긔도하난 스람이
졍셩이 부족ᄒ면 도로여 화을 입난 고로 스람마다 두려워ᄒ난지라 부
인니 삼일지계ᄒ고 그 산의 드러가셔 빅일 불공을 드린더 별노이 아모
증험도 읍더니 일일은 밤에 ᄒ 꿈을 으드니 빅발 노인이 풀룬 구실 ᄒ
기을 쥬거날 손에 바다 가지고 놀너 씨다르니 남가일몽이라 마암에 깃
거ᄒ여 긔도을 맛친 후에 집으로 나려온즉 승샹이 쏘ᄒ 반겨셔 맛져 드
리거날 그 부인니 모일 모야에 꿈 으든 말을 낫낫치 ᄒ더 승샹이 쏘 그
날 밤의 꿈을 으드니 ᄒ날례셔 달이 쩌러져 품안에 싸이여 뵈이거날 부
인과 승샹에 몽조가 하로 밤에 갓치 으들 쑌 아니라 두리 다 티몽이라
승샹 부부 마암에 깃거ᄒ더니 과연 그 달부터 티긔 인난지라 십삭이
차미 일일은 승샹이 부인 방에 드러 가니 부인이 침셕에 누어셔 신음ᄒ
난 소리 나거날 승샹이 부인더러 무러 왈 편치 아니혼 모양이니 어디가
불편ᄒ시요 ᄒ더 부인이 디답 못ᄒ고 젼젼ᄒ다가 안식ᄒ여 아ᄒ 우난
소리 나거날 승샹이 반겨ᄒ여 급피 차관을 너여 약을 다려 쓰고 본즉
혼 여아를 탄싱ᄒ여난지라 마음에 부족ᄒ나 혈륙이 읍난 고로 맘에 싱
남보다 귀이 여기더라 부인니 그 여아를 보고 승샹 보기을 붓그러워ᄒ
며 갈아디 늬가 남자를 나아 진씨 종스를 이어쥬난 거시 사업이어날 이
졔 여자을 나셔 타문에 보니면 무산 거시 능ᄒ리오 ᄒ고 스러ᄒ기를 마
지 아니혼더 승샹이 위로ᄒ여 갈ᄋ디 막비 나에 팔자라 부인에 죄 아
닌즉 그런 마암 두지 마시오 그러나 이 여아에 상모를 본즉 비록 어리
나 비범ᄒ 곰격 갓트니 졈졈 자란 후 보ᄉ이다 ᄒ고 그 여아를 심이 스
랑ᄒ여 기르니 그 여아의 일홈을 치란이라 ᄒ미 치란이 사오셰 되니 진
짓 승힝이 유순ᄒ고 얼골이 과연 여중일식이라 승샹 부부 셔로 말ᄒ여

갈아더 이 여아를 고이 길너 타문에 보니지 말고 가랑을 으더 졔의 부부을 슬ᄒ에 두고 노러에 자미을 보고 빅년을 보자 ᄒ더라. 치란에 나이 십셰가 되미 후원에 두고 글과 힝금을 가라쳐 승상이 말ᄒ되 여아에 빅필이 어더 잇시리오 ᄒ더라. 이 ᄯᅴ에 종운이가 여러 날 힝ᄒ여 한 쥬막에 드니 일셰가 져물미 다시 더 못가긴난지라.

1896년 9월 14일 (5회)

그 쥬막에셔 자더니 웃던 빅발 노인니 의관을 경결리 ᄒ고 와셔 ᄒ넌 말이 네가 어린 아히가 아모리 슉셩ᄒ다 ᄒ나 예셔 경셩이 여러 천리오 쏘 길이 흠ᄒ지 웃지 득달ᄒ랴 ᄒ나냐. 니 말을 헛쏘니 듯지 말고 이 뒤으로 빅니만 가면 션성 ᄒ나를 만날 거시니 그리 가라 ᄒ고 간 더 읍거날 놀니 ᄯᅵ다르니 남가일몽이라. 괴이 여겨 다시 잠을 이루지 못ᄒ고 전전반측ᄒ다가 날 시기를 기다려 동방이 발거날 밥을 좀 스먹고 곳 쥬막 뒤으로 가난 곳졀 무룬즉 그 곳 스난 스룸더리 ᄒ난 마리 그리로 산곡 오십니를 가면 광능촌이요 거긔셔 오십니만 더 가면 공동산이라 ᄒ나 예셔 거긔 가기가 길도 흠ᄒ고 인간에 득죄한 스룸은 가 보지도 못ᄒ다 ᄒ더라. 종운이 이 말을 듯고 마암에 어려이 여기나 몽조가 분명한지라 그 길노 종일 드러간즉 과연 한 동니가 인난지라. 그 곳 스람더러 무루니 참 광능촌이라 ᄒ더라. 쥬막을 차자 할오밤을 자고 그 잇튼날 ᄯᅥ나 공동순을 무루니 그 곳 스람더리 말ᄒ기을 공동순니 여기셔 오십니가 되나 산곡 무인지경이요 쏘 그 순니 잇ᄯᅡ감 신션이 나려와 놀기의 속인은 가 보지 못ᄒ다 ᄒ넌디 그 곳 무러 무어ᄒ리요. 종운이 혜아리되 과연 그러홀진딘 그 순니 참 명순이라. 니 아모조록 힘을 다ᄒ여 가보리라 ᄒ고 즉시 ᄯᅥ나 날이 져무더도록[져무도록] 가니 인가는 읍고 송쥭 시이로 미로을 조차 차자 드러가니 긔화니초와 층암졀벽이 짐짓

선경이라. 갈 바를 몰나 방황할 즈음에 석벽 스이의 폭포 나려오난 우
을 보니 동자 하나이 시너 가에 와서 차관에 약슈을 쩌가지고 가거날
반겨라 하고 그 동자을 짜라가서 조곰 가다가 송쥭 스이에 슈간모옥 잇
셔 문젼니 졍쇄하여 진심이 읍난지라. 죵운이 그 동자다려 말하되 니가
눈쥬 짜에 스난 아힐너니 션셩을 뵈압자고 여러 날만에 오날 여긔 왓시
니 쳥컨디 션동은 션셩을 뵈압게 하여 쥬소셔 하디 션동이 도라보아 갈
오디 이 곳지 션연니 읍시면 오지도 못한단디 너넌 웃쩐 시속 아히가
감이 션셩을 보자 하나냐. 죵운이 갈아디 니가 인간 미쳔한 으히로디
션셩을 뵈암즉 하기의 말슴하오니 슈구을 이지시고 길을 인도하여 쥬
소셔 하니 그 동자가 문밧게 셰우고 드러가더니 이윽키 잇다가 나와셔
션셩이 부르신다 하거날 죵운이 그계야 드러가본즉 학발 노인니 창을
열고 단졍이 안졋거날 죵운이 압히 나아가 두 번 졀하고 안즈니 그 노
인이 갈아디 네 어디 살며 나이 몟살이며 일홈 무어시며 무슨 일노 이
곳졀 차자 왓나냐 하디 죵운이 다시 꾸러안져 엿짜오디 소동이 본디 눈
쥬 짜의 사읍고 승은 곽이오 일홈은 죵운이오 나이 십셰온디 이번 과거
보러 가랴 하다가 쥬막에 드러가 몽사가 여차하압기의 션자와 뵈오니
의엽비 여기소셔. 노인이 웃고 그 동자로 하여곰 실과을 니다 쥬거날
바다 먹은즉 젼신이 쇄락하고 긔운니 식식하더라. 그날부터 쳔문지리와
육도삼약 갈으치난지라. 죵운이 본디 졍신이 조와 몟날 되지 아니하여
무불통긔하니 그 션셩이 죵운다려 하넌 말이 네 니계 온 지 발셔 칠년
이라. 네 지조가 그만하야도 족히 임군을 도와 셰상에 웃씀니 될 거시
니 산문에 나가 너의 연분을 찻고 너의 모친 기다리난 거셜 읍게 하여
라 하디 죵운이 엿자오디 소동이 여긔 온 지 몟 날리 되지 아니하여난
디 칠년이라 하오니 웃지한 말슴인지 알고자 하나이다. 그 노인이 디소
왈 쳔상 일일이 인간 칠년이라. 쌜이 나가라 하고 실과 두어기을 쥬고
셕상에 나와 길을 갈르쳐 쥬거날 졀하고 이러나니 그 노인이 간디 읍난
지라. 반셕 우에 잇던 집도 읍고 다만 시너 흐르난 소리 뿐니라. 죵운이

공중을 사례호고 전전호여 순호로 날려오니 기간 칠년이라 산천은 변치 아니호엿셔도 인간은 변호 일이 만터라. 죵운이 잇써 경셩으로 향홀 시 몃 날리 될넌지 모롤너라. 잇써 졍양도 진승상이 그 쌀을 후원초당의 두고 문필도 가르치며 효열을 죵스하여 나히 십칠셰라. 진승상 부부 셰상의 그의 갓튼 비필을 으드랴 흔즉 어더 잇시리오. 진승상이 그 부인더러 흐는 말리 여아를 비록 집에셔 늘컨더도 웃지 흐향 변변치 아인 사롬을 쥬리오 흐고 널니 구흐는지라. 잇써 죵운이 여러 날 가다가 할로난 날이 져물러 길을 일어 흔 곳에 이르니 여넘이 만코 인물이 번화흔지라. 그 가온더 큰집 흐나이 잇거날 그리로 차자 드러가니 그 쥬인이 통을 쓰고 안졋난더 그 비복 등과 흐인더리 위염이 엄슉흐더라. 그 노인 압히 졀흐고 안지니 무러 갈아더 네 어더 잇시며

1896년 9월 16일 (6회)

나이 몟치며 무슨 일노 이곳에 왓나냐 흔즉 죵운이 엿자오더 소동이 살기난 눈쥬 짜에 스압고 승은 곽이오 일흠은 죵운이압고 나은 십칠셰인더 경셩의 가셔 과거 보랴고 가다가 날이 져무러 다시 더 갈 슈 읍습기의 딕의 와셔 할로 밤 슈고 가자고 왓나이다 흐니 그 노인이 허락흐더라. 이 곳지 졍양도라 흐난 짜이오 그 쥬인 노인은 진승상이라. 진승상이 죵운을 다리고 슈작을 흐니 비록 아하나 셰상의 모를 거시 읍고 어어 슈작이 능히 당홀 지 읍난지라. 진승상이 자셔이 살펴본즉 인물도 짐짓 남중일식이요 박흑박남도 참 영웅 밧탈이라. 마암에 흠션흐여 슈작흐기를 마지 아니흐다가 셕반니 셕거날 승상이 너당에 드러가 그 부인더러 흐난 말이 오날이야 과연 여아의 비필을 어던노라 흐니 그 부인이 하년 말이 승상은 웃써흔 사롬을 보고 여아에 비필이라 흐시오 승상이 그 인물과 지덕과 언어을 난낫치 말흐니 그 부인이 하는 말이 그러나 경솔

이 ᄒᆞ지 마시오 승상이 밧게 나와 밤이 들도록 종운을 다리고 슈작을 ᄒᆞ다가 침소로 드러가거날 종운이 긱희를 이기지 못ᄒᆞ여 잠은 자지 아니ᄒᆞ고 문밧게 나가 월식을 탐ᄒᆞ여 방활할 즈음에 어디셔 글 읍난 소리 나거날 그 소리를 따러가니 장원이 놉고 니왕ᄒᆞ난 곳지 읍난디 그 안으로셔 나난지라. 종운이 흥을 이기지 못ᄒᆞ여 장원을 너머 드러가니 조고마ᄒᆞᆫ 집 ᄒᆞ나 잇스되 긔화요초와 반송녹쥭이 좌우에 벌녀 인안지라. 창의 촉불이 발고 인젹은 고요ᄒᆞ고 글소리 쳥아ᄒᆞ여 사ᄅᆞᆷ에 심사를 돕난지라. 창틈으로 가마니 본즉 일기 쳔녀 ᄒᆞ나히 칙상 압페 안져 글을 낭독ᄒᆞ거날 종운이 문을 열고 드러가니 그 소져가 글소리을 긋치지 아니ᄒᆞ고 젼편을 다 외오고 그제야 소리를 나직이 ᄒᆞ여 갈오디 그디가 스람이냐 귀신이냐. 장원이 놉고 인젹이 읍고 밤이 깁퍼난디 무례막심ᄒᆞ게 이곳을 드러왓시니 바로 말ᄒᆞ라 ᄒᆞᆫ디 종운이 말ᄒᆞ되 니가 지니가다가 이곳에서 쉬더니 달은 발고 긱희을 이기지 못ᄒᆞ여 문박게 나와 방황ᄒᆞ다가 어디로셔 글 읍난 소리 나거날 흥을 이기지 못ᄒᆞ여 드러왓시니 남자의 ᄒᆡᆼ지가 곳철 탐ᄒᆞ난 광졉갓튼지라 너머 칙망 마시고 죄을 용셔ᄒᆞ여 쥬소셔 ᄒᆞᆫ디 그 소져가 낫철 도로여 디답ᄒᆞ여 갈오디 남녀가 유별ᄒᆞ거니와 미가규녀가 읏지 불의ᄒᆞᆫ 욕을 보리오 ᄒᆞᆫ디 종운 갈오디 거□□난 아니나 남아가 칼을 ᄲᅦ다가 읏지 되쏘지리오 ᄒᆞ즉 그 소져가 무가니하일 줄 알고 다시 달녀여 말ᄒᆞ되 인싱이 남녀간 셔상의 나미 부모가 잇셔셔 쳔졍연분을 졍ᄒᆞ여 쥬난 거시라. 오날밤 그디의 말을 드른즉 여자 도리가 아니라 그디난 남자의 너른 마암으로 용셔ᄒᆞ여 후일 긔약을 두면 읏더ᄒᆞ냐 ᄒᆞ즉 종운이 역시 의리가 인난 사ᄅᆞᆷ이라 그 말을 올히 여겨 다시 아모 말도 못ᄒᆞ고 일후 언약을 굿건이 믿고 나오거날 그 소졔 쪼ᄒᆞᆫ 문 밧게 나와 작별ᄒᆞ고 드러가 다시 글을 푸더라. 종운이 나와 두ᄅᆞ 져 자던 방의 와셔 젼젼반측ᄒᆞ여 날이 밤ᄀᆞ미 승상이 나와 종운을 보고 ᄒᆞ넌 말이 긱중의 곤뇌홈을 잇고 잘잔너냐 ᄒᆞ거날 종운이 이러나 졀ᄒᆞ고 잘 잣소이다 ᄒᆞ고 ᄯᅥ나기을 고ᄒᆞᆫ디 승상이 갈아디 오날 너다려

홀 말이 잇난고로 말뉴ᄒ니 오날 더 쉬여 가라 ᄒ고 밥을 잘 디졉ᄒ고
다시 그 부인계 드러가셔 죵운에 말을 ᄒ며 그 부인더러 죵운을 불너
보고 여아의 품을 부탁ᄒ자 ᄒ니 그 부인이 승상의 말을 어려이 여겨
허락ᄒ니 승상이 밧게 나와 죵운을 보고 ᄒ년 말이 니가 너을 본즉 지
조와 학식이 세상의 드문지라. 니가 늣계 ᄒ 여식을 두엇더니 덕ᄒᆼ과
승품이 족히 남의 건질 리 될 만ᄒ지라. ᄯ 네 나히 니 여아와 동년인즉
널노 ᄒ여금 여아을 부탁ᄒ니 네 마암의 웃더ᄒ요 죵운이 엿자오더 소
동이 모친이 잇셔 실ᄒ를 ᄯ여난지 발셔 칠팔 연이라. 다시 소식을 모로
고 ᄯ 혼인버텀은 인간 디ᄉ라 져 혼자 쳔단ᄒ기 어렵소이다 ᄒ니 승
상이 갈아디 그도 그러ᄒ나 여기셔 눈쥬가 여러 빅니라. 니왕이 극히
어려온지라 ᄒ번 가면 다시 ᄯ 오기도 어려울 ᄲᅮᆫ 아니라 노부가 쳔단ᄒ
여 혼수를 일루더리도 망발이 아닌즉 과도이 ᄉ양치 말고 퇵일ᄒ여 쳔
졍연분을 일치 말고 노부에 바라넌 거셜 져바리지 말나 ᄒ니 죵운이 ᄉ
양치 못ᄒ고 잇써니 승상이 죵운을 다리고 부인계 드러가셔 뵈오니 죵
운니 졀ᄒ고 자리에 나ᄋ가 안진미 부인니 이러나 졀을 맛고 죵운을 본
즉 과연 승상에 말과 갓튼지라. 마암에 흠션ᄒ여 승상더러 ᄒ년 말리
세상에 여아에 비필이 읍실 쥴 아라써니 이계 져 스름을 보니 봉 아니
면 황이 난다고 ᄒ니

1896년 9월 18일 (7회)

과연 그 말이 올토다 ᄒ고 쥬과를 만니 너여 먹이고 즉시 퇵일ᄒ여 혼
인 일자를 바드미 츈삼월 망간나라. 혼인날을 당ᄒ니 진씨가 원건[근]셰
족과 향당붕우가 만니 모이여 신낭과 신부가 교비셕에 나오니 엄슉ᄒᆫ
풍치와 고흔 티도가 짐짓 원앙의 녹슈로다. 모든 스름더리 층찬 아니ᄒ
너 니 읍더라. 이 날 승상 부부 희불자승ᄒ여 셔로 ᄒ년 말이 지금 와셔

난 죽어도 혼은 읍노라 ᄒ더라. 이날 종운이 신방에 드러가 신부를 본즉 그날 밤의 본던 팅도보다 더 의엽쓴지라. 비취금상의 나가 운우지낙를 미진 후 날리 발그미 신낭 신부 나와 승상 부부계 뵈오니 승상이 곽낭의 손을 잡고 신부를 불너 압히 안치고 그 부인을 도라 보아 굴ᄋᄃ 노린의 우리 부부 자미가 이에 더 홀리오 삼일 잔치를 ᄒ미 일향 사름에계 층송을 무슈이 밧더라. 곽낭이 혼인 후 몸은 편이 잇시나 셰월리 올린지라 자연 모친 싱각을 ᄒ고 비감ᄒ여 경셩의 가셔 과거를 보고 고향의 도라가 자모를 봉향할 마암이 간졀ᄒ여 할로난 승상계 말ᄒ되 소싱이 집을 쩌난 지 발셔 팔구 년이온더 자모의 존망을 모로고 경셩의 가셔 과거도 보지 못ᄒ고 여긔 와셔 빅년 연분을 미졋시ᄂ 귀양홀 뜻시 만스오니 속히 쩌나 경셩의 가셔 과거을 보고 집의 도라가 자모계 영화을 뵈오긔스오니 힝장을 찰리여 쥬소셔 ᄒ던 승상이 그 말을 올히 여겨 말류난 못ᄒ나 옹셔의 지졍을 차마 쩌나지 못ᄒ너라. 그러나 빅년 손이라. 스리 당연ᄒ 고로 힝장을 차리되 노자를 만니 쥬고 그 잇튼 날 시벽의 승상 부부계 ᄒ즉ᄒ고 그 부인 방의 드러가 부인손을 잡고 작별ᄒ년 말이 너가 지금 가면 다시 올 긔약은 아지 못ᄒ나 그 스이 승상 ᄂ외을 뫼시고 조히 보즁ᄒ여 지나라 ᄒ니 그 부인니 낙누ᄒ며 갈아더 ᄂ난 부모 뫼시고 잘 잇시려니와 낭군을 원노 경셩의 단녀 아모조록 용문에 올너 자모을 영화로 봉양ᄒ고 속히 도라와 심규의 안난 박명ᄒ 인싱으로 너머 기다리지 말계 ᄒ시옵소셔 ᄒ고 시비를 불너 쥬안를 너여 삼비을 권ᄒ니 곽낭이 셔로 권ᄒ여 연연ᄒ 졍을 차마 분슈치 못ᄒ더라. 날 ᄂ진 후 낙귀를 타고 동구의 나오니 강뉴와 안화가 졍을 먹음은 듯ᄒ더라. 여러 날만의 경셩의 다다라 쥬인를 증ᄒ고 두류ᄒ더니 마참 왕자가 탄싱ᄒ여 과거되난지라. 장즁의 드러가 글졔 나기를 기다러 안졋더니 안식ᄒ여 글졔을 걸거날 종운이 붓셜 들고 일필휘지ᄒ여 탑젼의 밧치니 글장이 날니여 어젼의 쩌러지거날 그 글장을 본즉 문불가졈이라. 옥슈로 긔탁ᄒ니 눈쥬거 곽쇽[소]옥의 아들 종운이라 ᄒ엿더라. 즉일 창방ᄒ

후 어젼에셔 친이 실네을 불니시고 슈삼 차 진되[디]흔 후 어쥬 삼비을 쥬거날 쳔은니 망극흔지라. 그 잇튼 날 어젼 슉비흐니 황졔 종운을 보시니 남즁일식이오 영웅자품이라 친이 인견흐사 갈라스디 네가 자고 졔왕득실과 인신현부와 국지치란을 능이 아난다 흐니 종운이 다시 복지흐여 엿자오디 졔왕득실이며 인신현부며 국지치란을 낫낫치 자셔이 쥬달흐고 쏘 다른 흐문흐시난 디로 여류흐게 디답흐여 쥬달흔즉 황졔가 셔안을 치미며 극히 층찬흐여 갈아스디 나라의 양신이 읍셔 국졍이 히이흐고 빅셩이 도탄의 드러 스즉을 보존흐기 어려올 쥴 알러쩌니 져 갓튼 신흐를 으드미 집에 읏지 나라를 근심흐리요 흐시고 즉시 한림흑사 졔슈흐이시고 날마다 입시흐이사 극히 사랑흐셔 빅스랄 의논흐시니 종운의 일홈과 명망이 조야의 읏씀이더라. 이런고로 조졍에셔 다 시기흐여 종운을 미워흐나 종운이가 본디 스람이 강즉흐고 그 여러 신흐난 국졍은 바로 잡을 쥴 모로고 다만 졔 스욕만 치우니 읏지 곽한림 위국진츙흐는 거셜 당흐리요 잇쩌 조졍이 살난흐미 졍스가 바로지 못흐여 빅셩더리 즉업 직히지 못흐고 도젹이 손야의 덥펴 잇셔되 신흐가 졍스랄 바로 잡난 스람이 읍난지라. 황졔 근심흐스 곽한림을 입시흐여 갈아스디 지금 조졍의 신흐더리 나라를 돌봐 치국치민흐난 스람은 흐낫토 읍고 일국 젹자더리 즉업을 일러 유리흐여 단니며 젼우구훅을 면치 못흐니 읏지흐면 조흘지 경이 알아 국졍을 발키여 스즉을 보존흐라 흐신디 종운이 엿자오디 소신니 나히 어리와 아모 것도 모로오나 옛 말에 흐여시되 집비 가난흐면 어진 안히를 싱각흐고 나라이 어지러우면 어진 신흐를 싱각한다 흐오니 신흐 즁장흔 스람을 쌔셔 위션 도젹을 방비흐읍고 치민흐난 자목을 갈이여 빅셩을 안도흐여야 나라이 흥복흐리니 폐흐난 소신의 쥬달흠을 어리다 마시고 소셔를 나리와 치젹을 술피소셔 흐나 황졔의 윤흐사 백관을 다 조회흐이시고

1896년 9월 20일 (9회)

황졔 갈아스디 나라이 틱평고 빅셩이 편안ᄒ기난 임군이 덕니 잇고 신ᄒ가 츙셩시러운 디 잇거늘 이졔 짐이 덕이 읍고 신ᄒ 불츙ᄒ여 나라을 보존치 못ᄒ계시니 경등은 자금 이후로 츙셩을 다ᄒ여 보국안민홀 계칙을 싱각ᄒ고 슈령현부를 갈리여 치민ᄒ계 ᄒ여 무고젹자더리 유리ᄒ계 말나 ᄒ니 곽할임이 부복쥬왈 삼강오륜은 자상으로 극히 발키시련 이와 슈령현부난 각도 열읍에 어ᄉ랄 나려보닉스 넘탐ᄒᄉ 상벌을 분명이 ᄒ시면 슈령이 감이 학민을 못고 빅셩이 안도낙업ᄒ여 나라이 다시 즁흥ᄒ올이다 ᄒ즉 황졔의 윤ᄒᄉ 조신 즁 쳥염ᄒ고 강즉혼 신ᄒ로 쳔거ᄒ면 각도의 어ᄉ로 날려 보니랴 ᄒ니 각별 조심ᄒ라 ᄒ디 그 쎠 승상이 쥬달ᄒ되 지금 빅관 즁 츙즉ᄒ읍기난 곽한림 죵운이만혼 스람 이 읍스오니 죵운을 명초ᄒᄉ 보니소져 ᄒ디 황졔 갈아스디 짐의 마암 이 경의 마암과 갓트니 그리ᄒ자 ᄒ고 즉시 죵운을 픿초ᄒ사 갈아스디 경이 지금 나이 어리나 진츙보국 ᄒ기가 경망[만]혼 스람이 읍난고로 특별이 경을 보닉나니 아모조록 츙셩를 다여 슈령의 순부를 가리여 츌척ᄒ고 빅셩이 도탄에 든 거슬 건져셔 안도기업 ᄒ게 ᄒ여라 ᄒ즉 죵운 이 복지ᄒ여 갈아디 소신니 지각이 넉넉지 못ᄒ읍고 츙즉이 읍스오니 다른 신ᄒ럴 보니시읍소셔 황졔 불윤ᄒᄉ 사양말나 ᄒ시니 읏지할 슈 읍셔 어명을 가지고 각 도 열 읍으로 나려가니 죵인니 십여 명이라. 방 방곡곡이 민졍을 술피며 슈령 션악을 보니 열 읍 슈령더리 어ᄉ 날린 소문을 듯고 각별 조심ᄒ여 ᄒ나 이왕 불치혼 슈려[령]이야 읏지 죵젹 을 감초리오. 션치한 슈령은 장계ᄒ여 올니며 불치혼 슈령은 파즉도 시기며 거리로 가면 쥬막에도 자며 산즁으로 가면 졀감의 드러가 쉬고 가 니 차차 염탐ᄒ더니 자연 긱희 감동ᄒ여 고향 부모 싱각도 나며 그 조 부 차질 마암도 간졀ᄒ며 졍양도 진승상 집 싱각도 나셔 이리져리 단니 면셔 인심을 탐지ᄒ니 슈령 잘 만난 곳 빅셩더런 부경부즉ᄒ여 안업을

ㅎ고 슈령 만나지 못훈 빅셩더런 남부여디ㅎ여 도로에 유리ㅎ니 나라이 위불위가 스룸에게 잇더라. 일일은 곽어스 길일러 산협 길노 드러가니 졈졈 갈스록 인간은 드물고 창송취쥭과 긔암괴셕이 참 별류쳔지라. 졈졈 드러가니 어디셔 종경 소리 은은니 들어거늘 어스 길은 모로고 일셰난 져물러 난지라. 졍이 민망ㅎ여 갈 길을 차자 종경소리니 난 곳즈로 간즉 조고마훈 암자 ㅎ나이 졍결이 잇셔 셰상 틔끌리 읍난 것 갓튼지라. 반기어 동구의 드러가니 상자 슈 삼인이 나와 맛자 드리거날 드러가 본즉 노승 ㅎ나이 염쥬을 목의 글고 손의 불경을 들고 단졍이 안졋다가 이러나 합장 비례ㅎ니 어스 답녜ㅎ고 안즈미 그 노승이 훈 칠십이나 되고 다른 슈작이 여류ㅎ더니 안식ㅎ여 셕반니 들거날 본즉 소찬으로 졍결리 ㅎ여 먹음즉훈지라. 시장ㅎ던 차 잘 먹고 밤이 드거날 어스 자연심사 할란ㅎ여 잠을 일루지 못ㅎ고 그 노승다려 말ㅎ되 니가 긱지로 나셔 발셔 팔구년이라 자연 긱회를 이긔지 못ㅎ여 잠도 오지 아니ㅎ니 나고 갓티 이아기나 ㅎ여 나의 심스를 위로ㅎ자 훈즉 그 노승이 갈아디 져가치 졀무신 양반니 무슨 심회 잇셔 잠을 이루지 못ㅎ고 이아기로 밤을 시우라 ㅎ시오. 어스 갈아디 심스 불평ㅎ기야 노소가 잇실까보냐. 노승은 즁이 은졔 되엿시며 무슨 일노 즁이 되며 고향은 어디며 당호난 무어시며 속승은 무어시냐 ㅎ니 그 노승이 왈 속승은 곽이압고 당호난 월경이압고 즁된 지난 십팔년이온디 자식쏘 읍고 의탁할 곳지 읍셔 즁이 되얀노라 ㅎ니 어스 갈아디 고향은 쏘 어디건디 말ㅎ지 아니ㅎ녀냐 ㅎ니 노승이 갈아디 즁의 근본은 자셔이 아러 무어ㅎ시랴오 어스 갈아디 니 여긔 와셔 하로밤이라도 폐을 시겻거든 읏지 쥬인에 근본 니력을 자셔이 모로고 가리오. 노승이 우시며 갈아디 소승은 자셔이 말슴ㅎ올연이와 존긱도 읏지ㅎ여 여긔 오신 말슴과 무슴 일노 팔구년 작씩ㅎ신 일을 말슴ㅎ소셔. 어스 갈아디 니 말도 자셔이 홀 거시니 노승의 말를 먼져 무럿난지 먼져 말ㅎ면 듯고 나도 말ㅎ마 ㅎ니 노승이 자연 눈물이 흐르면셔 말ㅎ긔를 어러이 언겨 디답 아니ㅎ니 어스 의심이

드러가 말호되 노승이 지금 왕스랄 말호려난디 비참호 모양이 잇시니 어인 일이오 노승이 갈아디 석스랄 싱각호니 자연 비감호여 그러호오 이다. 무슨 다른 연고 잇시리오.

1896년 9월 22일 (10회)

어스 갈아디 나도 지금 나이 어리나 여러 히 작긱한 고로 고싱을 만니 호여 남의 불상호 말을 드른즉 남의 일이라도 니가 당호 일이나 다름읍 난 고로 셔로 비회을 위호리니 조곰도 은휘말고 자셔니 자초지종을 말 호소 호니 노승이 눈물을 셋고 디답호여 갈아디 소승의 지난 일을 말호 자 호면 가슴이 막히고 졍신니 아득호나 그처럼 무루시니 말슴호올이 다 호고 자초의 소옥이 기르던 말과 심씨 시긔호여 소옥이 미워호던 말 과 소옥 장씨가의 장가 드린 말과 소옥 멀이 일헛떤 말과 심씨호고 종 호고 다 호 칼노 빈 말과 노비 젼답 다 난워 궁교빈족 쥬고 나와셔 중 된 말을 낫낫치 호니 어스 이 말을 듯고 그 노승 압폐 업더지며 늣기며 울거날 그 노승이 무신 연구인지 아지 못호건만는 노승 역시 붓잡고 우 지을 마지 아니호다가 노승이 먼져 일러나셔 어스랄 위로호야 갈아디 소승은 신셰 이갓치 되야 우난 일이 고이치 아니호거니와 존긱은 무삼 일노 나의 슬픈 말을 듯고 져다지 우시난잇가. 과도이 스러 마시고 그 우시난 소회을 말슴호시오 흔즉 어스 울기을 다호고 이러 다시 졀호고 쓸러 안져 엿자디 귀신이 위호고 하날리 도으스 우리 조손을 만나게 호 심이라. 소자 과연 소옥의 소성이오나 응당 모로시올 거시니 자셔이 드 르시옵소셔 호고 졍신을 차리여 유복으로 나셔 사오셰의 모자 후원의 올나가셔 그 모친이 울며[면]셔 신혼시 지나던 말 호던 말이며 십셰의 과거 보러 오다가 공동순 드러가 스승 만나던 말이며 칠년 지난 후 다 시 경셩으로 가다가 졍양도의셔 진승상 집의 장가든 말이며 경셩 가셔 과거ᄒ여 어ᄉ되여 날여온 말을 낫낫치 다ᄒ니 그 노승이 그제야 참 자겨의 손자로 알고 다시 붓둑고 울기를 마지 아니ᄒ니 어ᄉ 위로ᄒ여 갈아디 하날리 쳔륜을 가리ᄉ 오날 우연이 조부을 만나오니 지금이야 죽ᄉ온들 무ᄉᆞᆫ 한니 잇ᄉ올잇가. 너머 스러 마시고 집으로 도라가셔셔 말연 복조을 누리소셔 ᄒ니 그 조부가 갈아디 이 일이 참 ᄭᅮᆷ닌가 싱신가 아즉 ᄭᅵ닷지 못ᄒ계시나 여긔서 눈쥬가 여러 빅니라. 나난 여러 날 무ᄉ이 갈랴니와 너난 어드로 가셔 어느 ᄯᅵ의 올랴 ᄒ나냐. 어ᄉ 갈아디 소자난 자연 위이ᄒ여 가올 거시니 염여마십소셔 ᄒ고 열 읍의 관자ᄒ여 이 희귀ᄒᆫ 말노 젼ᄒ고 열 읍이 등디ᄒ여 소경열노의 지휘 분명ᄒ니 그 듯난 스람더리 어ᄉ 그 졀승을 불너 빅비 치하ᄒ여 갈아디 나의 조부가 귀사의 오셔셔 삭발 위승ᄒ여 십팔년을 고독단신으로 편니 계시다가 하날이 지시ᄒ와 불초손을 만나보고 지금 고향으로 도라가시니 이것은 혜난 빅골난망이라 ᄒ고 돈 삼쳔양을 그 졀의 시쥬ᄒ며 갈아디 이거시 약소ᄒ나 귀ᄉ 은혜을 만분지일이나 갈이니 존ᄉ더런 즉다 말고 졍으로 바드라 ᄒ니 그 승도더리 빅비 층ᄉᄒ여 갈아디 존공이 비ᄉ의 오신지 거연 십구년이오나 종젹을 긔이고 불법을 극히 ᄉᆞᆼ상ᄒᄉ 졔승이 불도의 어둡지 아니ᄒᆫ 거시 모다 존공의 덕틱이온디 ᄯᅩ 시쥬 삼쳔양을 ᄒ시니 이갓튼 빈ᄉ가 다시 요부ᄒ계 ᄒ여 쥬시니 감ᄉ무지ᄒ오나 존공이 고향으로 도라가시면 승도의 쳡쳡ᄒᆫ 마암을 웃지 다 층양ᄒ올잇가 ᄒ고 졔승이 그 잇튼 날 큰 잔치을 비셜ᄒ고 종일 놀거날 어ᄉ ᄯᅩᄒᆫ 그 조부을 뫼시고 날이 맛도록 질기더라. 잇튼날 어ᄉ 그 조부를 치힝ᄒ고 어ᄉ도 길을 지촉ᄒ여 ᄯᅥ날 시 그 졔승더리 졀동구 밧계 나와 젼송ᄒ미 셔로 그 챵연ᄒᆫ 마암이 비홀 디 읍더라. 어ᄉ 다른 골노 차차 염탐ᄒ여 가니 자연 셰월이 오리더라. 이 ᄯᅵ 진승상 집의셔 곽낭을 보니고 다시 소식도 듯지 못ᄒ여 궁금ᄒ여 승상 부부 그 ᄯᅡᆯ를 다리고 미양 말ᄒ여 갈아디 늣계 여아을 두어 노리의 자미을 보고자 ᄒ엿더니 곽낭이 한번 가미 다시 소식도 읍시니 장찻 웃지ᄒ면 조으리오 ᄒ더라.

이 써 어스 종인을 다리고 정양도로 향홀 시 그 골 자스 어스 온다난
말을 듯고 오리 밧계 나와 맛져 드리니 그 위의를 귀경홀 만흔디 어스
그 골의 드러가 상벌을 분명이 흐고 그 골 자스더러 진승상 집을 무론
디 자스 디답흐되 웃지 이 골 진승상을 아니잇가 흐니 어스 갈아디 니
알 만흐더이다. 그 진승상인즉 나의 쳐부이오라 흐니 자스 그 말을 듯
고 진승상 집으로 관예을 보니고 열노의 노문을 노은즉 진승상이 이 긔
별을 듯고 니당의 드러가 그 부인을 보고 말흐되 곽낭이 경성의 가셔
과거흐여 지금 어스로 이 골에 와셔 지금 우리 집으로 돈다고 노문이
왓나이다 흐니 부인과 그 쌀이 이 말을 듯고 여광여취흐여

1896년 9월 24일 (11회)

승상 부부 그 쌀을 불너 압히 안치고 곽낭이 어스로 날려온 말을 흐며
더욱 귀이 여기거날 그 소져 이 말을 듯고 깃부믈 이기지 못흐여 침소
로 도라가셔 단장을 다시 흐니 그 고흔 티도가 연화 이슬을 먹음은 듯
흐더라. 잇써 승상이 비복으로 흐여금 집안을 정결리 슬고 기다리더니
안식흐여 관예가 와셔 어스 오심을 보흔디 승상이 비복을 다리고 동이
밧게 나와 마자드리니 어스 흐마흐여 승상을 뫼시고 집으로 드러가니
그 고을 흐닌덜과 어스의 나졸더리 좌의 버려잇고 가진 풍악이 젼후의
옹위흐여 짐짓 신션이 흐강흔 듯흐미 원근의 보난 자더리 뉘 아니 흠션
이 여기며 층찬 아니흐리오. 승상 집의 드러가 위션 니당으로 드러가니
승상 부인이 당흐의 나려 마져 올이거날 어스 당상의 올너가미 그 소졔
쏘흔 나와 뵈거날 어스 승상의계 졀흐고 안지니 승상 부부 갈아디 니
그디를 보니고 쥬야고 근심흐던 말이야 웃지 이로 다흐며 웃지흐여 이
지경거지 이르럿나뇨 어스 과거 보던 말이며 황제 빅셩을 근심흐스 공
운이 어스로 날려보닌 말이며 그 조부 만나 고향으로 가시계 흔 말리며

고을에 드러와 자스ᄒ고 슈작ᄒ던 말을 난낫치 ᄒ니 승상 부부 이 말을 듯고 층찬ᄒ여 굴ᄋ디 우리 여아가 웃지 져가튼 비필을 어들 쥴 아라시며 우리 니외가 이갓튼 자미 볼 쥴 ᄯᅳᆺᄒ여 시리요. ᄯᅩ 그디 입신양명 ᄒ기도 깃분 일이나 ᄒ물며 그 조부을 차자 뵈왓다 ᄒ니 이난 ᄒ날이 위ᄒ심이오. 귀신니 도으신 일이라. 웃지 만힝치 아니ᄒ리오. 어스 이 말을 다 듯고 굴ᄋ디 남자가 셰상의 나셔 부귀ᄒ난 일은 임의로 할 거연마난 우연이 암자의 드러가 조부 차진 일은 과연 하날이 도으심이라. 웃지 깃부지 아니ᄒ리오 ᄒ고 어스 그 소져을 보고 굴ᄋ디 니가 여긔 ᄯᅥ나간 지 발셔 쥬연[슈년]이나 된지라. 그 스이 심규의셔 웃지 고셩을 ᄒ여시며 부모을 웃지 봉양ᄒ여시며 날 갓튼 과긱을 웃지 기다리셧소 ᄒ며 양인이 너무 조와리고 질겨ᄒ니 그 소져 ᄯᅩ흔 굴ᄋ디 나난 부모을 뫼시고 몸은 편이 잇셔시나 아랑은 져럿틋 귀인이 되야시나 긱나의 오작 고셩ᄒ셔시며 ᄯᅩ 드르니 조부을 차자 뵈왓다 ᄒ니 그 밧게 더 다힝ᄒ 일 잇스울잇가. 이갓치 ᄒ헌 다흔 후 시비을 불너 술과 안쥬을 만니 너여 권ᄒ거날 어스 스양치 아니ᄒ고 바다 먹난지라. 셔로 권ᄒ여 진취토록 먹은 후 어스 승상더러 굴ᄋ디 인싱이 셰상의 나미 쳣지난 임군이오 둘지난 부모라 ᄒ엿거날 이졔 소싱이 벼술을 단여 님군은 셤기거니와 집 ᄯᅥ난 지 지금 팔구연이라. 자모의 소식을 듯지 못ᄒ고 긱니의 잇시니 불효막심ᄒ온 고로 슈일 후 ᄯᅥ나 고향으로 가랴ᄒ나이다. 승상 갈ᄋ디 그디의 말이 당연이 올토다 ᄒ니 어스 그곳의셔 슈일 큰 잔치를 ᄒ고 다시 그 고을에 드러가셔 왕스를 극진이 흔 후 차차 전진ᄒ여 눈쥬로 향ᄒ더라. 이 ᄯᅥ 그 모친이 십셰 유아 종운을 보니고 쥬야 마암을 놋치 못ᄒ고 지니미 경셩 단여올 긔흔이 넘도록 다시 소식 읍셔 셰월 덧읍시 십년니 되난지라. 그 모친이 셰상의 바라넌 거시 읍고 다만 그 아들 도라오기만 기다리며 눈물노 셰월을 보니며 굴ᄋ디 니가 유복을 길너 곽가의 종스를 잇고 져의 부친 원슈을 갈이고 져의 조부을 차자 남의 자식된 도리을 극진니 ᄒ랴고 ᄒ여더니 종운이 흔번 간 후 다시 도라올 줄을 모로니 어듸 가셔 죽어난 지 살아난 지 종젹이 묘연ᄒ니 경성이 여긔셔 여러 쳥이라 다시 누가 잇셔 소식을 아라 전ᄒ리오 울기을 마지 아니ᄒ니 그 부모 장씨 ᄂ외가 ᄯ흔 그 외손을 남의 읍난 것스로 길너 지금의 종젹이 아득ᄒ니 읏지 근심치 아니ᄒ리오 쥬야 그 ᄯᆯ과 갓치 눈물노 셰월을 보니면셔 셔로 도로 ᄒ난 말이 종운이 비록 어려셔 나가시나 지금 나이 십구셰오 ᄯ 그 소견이 □룬도 밋지 못ᄒ리니 설마 집을 벽변ᄒ고 다시 오지 아니ᄒ리오 그쳐럼 말ᄒ며 셔로 위로ᄒ더니 안식ᄒ며 밧계 누가 찻거날 나가본즉 고을 눈쥬 자ᄉ의 관예가 편지을 가져왓거날 그 편지 본즉 ᄒ여씨되 지금 경성으로 어ᄉ가 ᄂ려 이 고을의 관문ᄂ 왓난듸 어ᄉ의 조부 곽부응이가 그 본집으로 간다고 열노의 거힝과 신측이 디단ᄂ 엄슉ᄒ니 이 어ᄉ난 눈쥬거 곽종운이라 ᄒ기의 션통ᄒ노라 ᄒ여더라. 장씨가 이 편지을 바다보고 ᄂ당의 드러가 그 부인과 그 ᄯᆯ을 보고 갈ᄋ듸 이 편지을 이 고을 자ᄉ가 보닌난듸 ᄉ의 이러이러ᄒ니 이 과연 종운가 이러틋 귀이 되야난가 ᄯ 다른 동명이 잇셔 이러흔가 ᄯ 다른 ᄉ람 갓트면 그 조부 차자오난 말을 할ᄂ가 읍난듸 이 어인 말인고 반신반희ᄒ여 비복비을 불너 그 오난 마중을 보니고

1896년 9월 26일 (12회)

잇씨 부응이 고향으로 도라올 시 ᄯ러난 지 거연 슈십년이라. 산쳔은 별노 변치 아니ᄒ엿시나 인간ᄉ난 모양은 거의 모르계 되얏더라. 차차 전진ᄒ여 고향을 갓가이 다다르니 셕ᄉ를 싱각ᄒ고 자연 비감흔 마암을 어졔치 못ᄒ니 눈물리 ᄉ사로 옷깃슬 져시난지라. 멀지 아니ᄒ계 오ᄃ니 창두 슈삼인 와 맛거날 부응이 말ᄒ되 네 누구라 ᄒ나뇨 창두 디답ᄒ여 말ᄒ되 소인이 장씨 딕 ᄒ인이온듸 원노의 오신단 말삼을 듯고 마

중을 완나이다 ᄒ니 부응이 그 ᄒ인을 다리고 오니 장씨 쏘ᄒ 문 밧계 나와 마져 드리거날 당의 올나 셔로 한헌ᄒ며 그 ᄉ이 슈십년 종젹 읍던 말과 어디 가셔 긱고ᄒ던 일을 다 말노 못ᄒ깃더라. 부응이 위션 그 며날이을 보고자 ᄒ니 장씨 그 ᄯᆞᆯ을 부루거날 그 ᄯᆞᆯ리 나와 그 구씨계 뵈온디 부응이 그 며나리를 보고 눈물을 금치 못ᄒ여 ᄀᆞᆯᄋᆞᄃᆡ 나의 팔자 긔박ᄒ여 져갓튼 현부를 다리고 종ᄉ를 밧드지 못ᄒ고 슈십년을 작긱ᄒ여 단이다가 하날리 도으ᄉ 현부의 몸에 종운이 갓튼 자식을 으더 곽가의 종ᄉ를 이을 ᄲᆞᆫ 아니라 닉가 다시 셰상의 나와셔 장씨의 현부를 다시 보니 인간에 이갓튼 조흔 일이 어디 잇시며 쏘 종운이 입신양명ᄒ여 지금 어ᄉ로 날려와셔 미구의 고향으로 올 거시니 웃지 조치 아니하리오 ᄒ며 젼후 지닉던 말을 난낫치 다ᄒ니 그 며나리 이 말을 다 드른 후 일회일비ᄒ여 ᄀᆞᆯᄋᆞᄃᆡ 소부가 효셩이 부족ᄒ여 존구을 봉양치 못ᄒ고 슈십년을 홀노 눈물노 셰월을 보닉다가 지금 존구을 뵈오니 그 깃분 마암을 웃지 다 말삼ᄒ오며 쏘 종운이 벼슬노 고향의 도라온다 ᄒ오니 웃지 반갑지 아니ᄒ올잇가. 이졔난 죽ᄉ와도 한할 비 읍실 듯ᄒ오이다. 부응이 위로ᄒ이 ᄀᆞᆯᄋᆞᄃᆡ 종운이 쏘ᄒ 혼례을 일원난지라. 일후 그 현부을 다리고 곽가의 집을 의구이 이루어 남의계 우음 밧던 일을 셜치ᄒ여 보자 ᄒ고 구부이 갓치 삼ᄉ일 지닉더니 일일은 뉸쥬 자ᄉ 어ᄉ나린 관문을 보고 각별신측ᄒ더라. 곽어ᄉ 졍양도의셔 ᄯᅥ나 여러 날만의 뉸쥬ᄯᅡ의 다다르니 먼져 그 고을노 드러가 상벌을 분명이 ᄒ고 장씨가으로 향ᄒ니 그 위의와 그 고을 거힝이 참 귀경할 만ᄒ더라. 장씨가의셔 곽어ᄉ 옴을 보고 장씨와 비복 등이 다 나와 마져 드리거날 어ᄉ 위션 닉당으로 드러가니 그 조부와 그 외조부 닉외와 그 모친니 다 모이여 셔로 손을 붓들고 일회일비ᄒ며 젼후 지나던 말을 무룬즉 어ᄉ 자초시[지]종을 자셔이 그 모친계 고ᄒ니 그 모친니 듯기을 다ᄒ고 등을 어루만지며 ᄀᆞᆯᄋᆞᄃᆡ 닉 너를 보닉고 다시 소식도 듯지 못ᄒ고 홀노 팔구년을 쥬야로 근심ᄒ더니 네가 이럿틋 귀이 되여 조부을 뫼셔오고 무ᄉ이 집

으로 도라오니 읏지 반갑지 아니ᄒ며 긔특지 아니ᄒ리오 이계 난 죽어
도 ᄒ니 읍도다 ᄒ니 어ᄉ 굴ᄋ디 소자가 모친 실ᄒ을 쩌나 그 ᄉ이 모
친계 근심을 끼치오니 불효막심ᄒ오나 조부을 다시 뫼셔 싱젼의 훈을
풀어ᄉ오니 읏지 다힝치 아니ᄒ올잇가. 그러나 부친 원슈을 갑허야 평
싱 훈을 풀기ᄉ온디 읏지ᄒ면 조으올잇가. 그 조부와 그 모친이 셔로
굴ᄋ디 너의 말리 당연히 오른 일이나 심씨 집 졔죡은 다 잇시나 그 졔
죡이 무슨 죄 잇시리오. 도시 나의 집 운슈라. 누를 ᄒ리오 분홈을 참
마 복을 누리자 ᄒ더라. 이 쩌 향당졔죡과 일향 사롬더리 구룸 뫼이듯
ᄒ여 어ᄉ을 보고 층송ᄒ난 말을 읏지 긔록ᄒ리오 어ᄉ 일일은 큰 잔
치를 비셜ᄒ고 노소 읍시 다 모이여 여러 날 질기더라. 할로난 그 모친
니 어ᄉ더러 말ᄒ되 지금 와셔 다른 싱각은 별노 읍시나 다만 진씨가
며나리 보랴는 마암이 간졀ᄒ니 네 날을 위ᄒ여 속히 다려오라 ᄒ니 어
ᄉ 그 모친계 엿자와 말ᄒ되 남의 자식이 되여 읏지 부모의 마암을 조
곰이나 좃지 아니ᄒ리오. 맛당이 속히 다려오리다 ᄒ고 큰집을 ᄒ나을
사셔 니외를 분명이 증ᄒ고 각각 침소을 마련ᄒ니 노비 등속이 좌우의
호위ᄒ여 그 사난 범졀이 일향의 읏듬이더라. 일일은 어ᄉ 편지을 닥가
진승상 집으로 보니여 그 부인을 권귀ᄒ랴 ᄒ니 진승상이 이 편지를 보
고 즉시 틱일ᄒ에 승상이 그 쫄을 다리고 눈쥬 짜으로 갈 시 위의을 베
풀어 여러 빅리을 가니 도로의 보난 사롬더니 뉘 아니 즁[층]찬ᄒ리오.
길일이 당ᄒ여 오미 신부가 구고에계 뵈오니 그 모친니 그 화용월터
[태]을 보고 일변으로 깃거ᄒ며 일변으로 비창ᄒ여 아모 말도 못ᄒ더라.
진승상과 곽부응과 장씨와 셰사롬이 슐을 진취토록 먹고 셔로 질기기
을 마지 아니ᄒ니 보난 사롬더리 흠셤이 아니여긔난 지 읍더라. 여러
날만의 진승상이 도라가기을 직촉ᄒ거날 어ᄉ 부득이 ᄒ여 ᄒ닌을 가
초와 진승상을 돌녀보닛더라.

1896년 9월 30일 (13회)

잇씨 어스 봉명ㅎ고 날여온 지 발셔 쥬년이 남문지라. 그 조부와 모친
계 ㅎ즉ㅎ고 경셩으로 가랴홀 시 그 모친니 갈아디 너의 지금 경셩으로
가랴ㅎ난 거시 사리 당연ㅎ나 니가 평싱에 먹은 마암이 잇난 고로 말ㅎ
노라 ㅎ고 인ㅎ여 눈물을 흘이며 갈아디 사롬이 여자로 셰상에 나미 첫
지난 부모요 둘지난 가군이라. 너가 팔자 궁박ㅎ여 가군을 하로도 못뫼
셔보고 지금거지 살기난 너얼 위ㅎ여 목숨을 부지ㅎ엿더니 지금와셔난
너의가 져럿틋 장셩ㅎ고 쏘 너의 조부가 슈십년 종젹을 모로다가 말니
의 집에 와셔 계시니 니 집에 그런 영화 어디 잇시리오 달니 더 흔되난
일이 읍고 쏘 며나리가 요조슈녀라 족히 가법을 일치 아니홀 거시니 니
가 더 사라 셰상 자미을 보안마는 지금 나이 거의 사십이라 나 아니라
도 족히 곽씨의 문호을 누릴 거시니 너난 아모조록 임군을 츙셩으로 셕
[셤]기고 조부를 효셩으로 셤겨셔 셰상의 일홈을 낫탄ㅎ여 후셰거지라
도 젼ㅎ미 잇시면 나에 죽은 혼이라도 좃치 아니ㅎ리오 닉 죽어셔 지
ㅎ에 도라가 너의 부친계 이갓튼 셜화을 난낫치 ㅎ고자 ㅎ노라 ㅎ고 인
ㅎ여 죽으랴 ㅎ거날 어스 디경ㅎ여 그 모친계 엿자오디 소자가 효셩이
부족ㅎ와 십셰의 모친 실ㅎ를 더나 십여 년 만에 모친을 뵈옵고 지금
몸이 나라에 미이여 다시 경셩으로 올너가셔 임군계 ㅎ즉ㅎ고 고향의
도라와셔 자모와 조부를 효셩으로 셤기고자 ㅎ난 마암이 간졀ㅎ옵고
부귀난 별노이 소원이 아니온디 모친이 지금 망여[연]에 말슴을 ㅎ시니
웃지 듯기의 놀납지 아니ㅎ기스옵 널니 싱각ㅎ와 만슈무강ㅎ시면 그
아니 조치 아니ㅎ올잇가 ㅎ니 그 모친이 다시 말ㅎ되 나도 그러ㅎ 쥴은
모로난 거시 아니라 닉가 마암을 발셔 너의 부친 도라가던 날부터 졍ㅎ
여난지라 뉘가 나의 구든 마암을 변혁ㅎ리오 너난 아모 말도 다시 말
고 나 죽은 후에도 과도이 스러말고 잘 잇시라 ㅎ고 쏘 그 며나리을 불
너 압히 안치고 너가 지금것 죽지 아니ㅎ고 인난 거션 어린 자식을 길

너 오날날 곽씨가 이 모양을 보고자 ᄒ여 명을 이어더니 지금 자식이 장셩ᄒ고 자부가 져러틋 현철ᄒ니 닉 무슨 한할 비 잇스리오 현부난 가법을 일치 말고 가군을 공경ᄒ여 자손을 만니 길너 곽씨 종사을 쓴치 말계 ᄒ라 ᄒ고 인ᄒ여 약긔을 을고 마시랴 ᄒ거날 어사 그 약긔을 잡고 울며 ᄀᆞᆯ으디 소자가 부친이 읍시 모친 슬ᄒ에 자라셔 다른 형계도 읍습고 쏘 엄부에 교훈도 듯지 못ᄒ고 지금 나이 슈십 셰 되믹 자모을 의지ᄒ여 셰월을 보나다가 모친 빅셰 후 소자도 늘거 죽고자 ᄒ여더니 지금 모친에 양휵ᄒ 은혜을 만분지일도 가리지 못ᄒ여 져러틋 고집ᄒ시니 그 어인 일이닛가. 그 모친이 ᄀᆞᆯ으디 너의 마암은 그러ᄒ여도 너의 마암은 굿견이 졍ᄒ지 니십년이라. 지금 와셔 변ᄒ리오. 어사 만난 이걸ᄒ여도 무가닉ᄒ라. 어사 겻칠 쩌나지 아니ᄒ거날 그 모친이 자폐 홀 스이가 읍난지라. 아모리 싱각ᄒ여도 쬐을 닉셔 어사에 마암을 돌니난 니만 갓지 못ᄒ여 다시 말ᄒ되 닉가 죽을 마암을 곳치지 못ᄒ기시나 너의 말이 진실노 가긍ᄒ지라. 닉 웃지 네 말을 져바리이오 쏘 네 몸은 나라에 미엿난지라. 위쳔ᄒ자난 불고개[불고가새]라 ᄒ여시니 나넌 조곰도 염녀말고 밧비 경셩에 올너가셔 임군에 근심을 드넌 거시 너의 올흔 도린즉 나의 말을 헐우이 듯지 말나 ᄒ니 어사 ᄀᆞᆯ으디 소자에 마암도 웃지 그러치 아니ᄒ리오마는 모친이 소자에게 한을 씨치랴 ᄒ시기의 닉두를 아지 못ᄒ깃난 고로 발졍을 못ᄒ여스오니 모친은 소자를 위ᄒ여 너그러이 싱각ᄒ소셔 ᄒ고 명일 평조에 발졍ᄒ랴고 ᄒ여 그 묘친 침소에 드러가 혼졍을 ᄒ고 그 부인 방에 가셔 그 부인다려 ᄀᆞᆯ으디 모씨가 악고ᄒ시던 말숨이 조곰도 헛된 말숨 아니라 모씨 경열노 족히 쉬올 듯ᄒ니 부인은 나 간 후라도 극히 슬포스 모씨을 지효로 셤기면 부부지간이라도 닉 맛당이 결초보은할 거시니 나의 말을 져바리지 말고 나 도라오기를 기다리소셔 ᄒ니 그 부인이 ᄀᆞᆯ으디 모씨 겨후을 싱각지 아니ᄒ시고 다만 경열 싱각ᄒ신 말숨이압지 웃지 우리 부부 혈혈ᄒ 경상은 싱각지 아니ᄒ시고 그러틋 ᄒ시라오. 낭군은 밧비 도라와 모씨을 지효로 섬기다가 모씨가 빅세 후 우리 여년을 보니자 ᄒ고 이갓치 말ᄒ다가 자연 밤이 오리거날 잠을 자다가 나리 박난 쥴 모로난지라. 놀너 ᄭᅵ다르니 동방이 임의 발가난지라. 놀니여 그 모씨 침소에 신성ᄒ라고 간즉 아즉 문을 여지 아니ᄒ고 인젹이 고요ᄒ거날 고이ᄒ여 밧비 드러가 본즉 그 모씨 금침 우에 자난다시 누어거날

1896년 10월 2일 (14회)

어ᄉ 그 겻희을 가 본즉 약긔가 노이고 그 모친니 명이 진ᄒ지 올란지라. 어ᄉ 인ᄒ여 그 모친을 어루만지며 방셩디곡ᄒ니 집안 니외가 다 모이엿거날 어ᄉ 울며 ᄀᆞᆯᄋᆞ디 세상에 남에 자식으로 타여나셔 부친에 얼골은 뵈압지도 못ᄒ고 자모을 뫼시고 극히 봉양ᄒ여 만분지일이나 양휵지은 갑고자 ᄒ여든지 모친니 다만 졍열 마암만 가지고 이 ᄌᆞ식 외로온 졍상은 싱각지 아니ᄒ시고 이 지경을 ᄒ셔쓰니 웃지 원통치 아니ᄒ리오 하날을 부르지며 통곡ᄒ기을 마지 아니ᄒ며 ᄯᅩ 그 조부 이 말을 듯고 가삼을 두다리며 디셩통곡ᄒ여 ᄀᆞᆯᄋᆞ디 세상이 이갓튼 변니 어디 잇스리오 니가 집을 빈반ᄒ고 슈십연을 작긱ᄒ여 집안이 다시 ᄭᅩᆺ치 읍셔 곽가에 종ᄉ가 ᄭᅳᆺ칠 쥴 알어더니 하날이 미어 아니ᄒᄉ 현부로 ᄒ야금 종운을 낫케 ᄒ여 지금와셔 나도 다시 고향에 도라오고 져도 국가에 벼슬ᄒ여 말니에 자미을 보고자 ᄒ엿드니 이거시 꿈이냐 싱시냐. 이 어인 일노 이 지경에 이르런난야 ᄒ고 어ᄉ을 붓들고 울기을 마지 아니ᄒ니 보난 사롬드리 뉘 아니 스러ᄒ리요. 어ᄉ ᄯᅩ 그 부인과 ᄒᆞᆫ가지로 그 신톄 엽희 안져 셔로 붓잡고 울기을 마지 아니ᄒ거날 그 조부 ᄯᅩ ᄀᆞᆯᄋᆞ디 니가 나이 지금 칠십이라. 져갓튼 현부을 싱젼에 죽난 양을 보고 슬라 무엇ᄒ리오 ᄒ고 ᄯᅩ 죽고자 ᄒ거날 어ᄉ 그 조부 경상을 보고 우름을 긋치고 그 조부을 위로ᄒ여 ᄀᆞᆯᄋᆞ디 지금 모친니 져 지경에 이르럿

난듸 조부계오셔 소자에 경상을 살피지 아니ᄒ시고 이렷틋 망영되온 일을 ᄒ시니 더욱 슬지 아니ᄒ올잇가. 십분 보즁ᄒ와 소자로 ᄒ야금 불효을 면케 ᄒ여쥬소셔 ᄒ니 그 조부 어ᄉ에 경상을 보고 차마 목슘을 임의로 못ᄒᆯ너라. 이렷틋 슬니 쥬야로 지늬다가 여러 날 지늬미 션산국 늬에 장ᄉ 지늬고 어ᄉ 이 연유로 나라에 쟝계ᄒᆫ듸 황졔게셔 이 ᄉ연를 보시고 ᄀᆯ♀듸 셰상에 이갓튼 열녀 어듸 ᄯᅩ 잇시리오 구츙신어효ᄌ지문이라 ᄒ더니 죵운은 짐짓 효자라. 그 츙심야 어듸 갈리오 그 모친은 그 고을노 조셔를 나리ᄉ 졍열문을 셰우라 ᄒ시고 죵운 삼년 후 즉시 와셔 벼슬ᄒ라 ᄒ교을 날이시니 그 고을 자사 조측바다 곽어ᄉ에 집에 졍열문을 셰운듸 그 일국 ᄉ람더리 뉘 아니 츙도ᄒ리오. 어ᄉ지효로 슘년을 맛치미 일일은 그 조부 ᄯᅩ 병이 들어 빅약이 무효ᄒ지라. 그 조부 어ᄉ다려 말ᄒ되 늬 나이 칠십여셰라. 지금 병이 비경ᄒ여 다시 회싱 못할 거시니 너난 나 죽은 후 과도이 스러말고 삼연을 지늰 후 인군을 츈[츙]셩으로 셤겨 일홈을 후셰에 젼ᄒ면 죽은 혼이라도 그 아니 조치 아니ᄒ랴 ᄒ고 인ᄒ여 명이 진ᄒ니 어ᄉ 그 망극지통을 마지 아니ᄒ고 ᄯᅩ 시효로 삼년을 지늴 시 육년지간에 자연 가셰 영치ᄒ여 다시 셔울가셔 벼슬할 마암이 죽고 하향에 무치어 농업을 힘쎠 여년을 보늬고져 ᄒ엿드니 일일은 황졔게셔 조셔을 나리ᄉ 벼슬을 도도시고 부르셧거날 어ᄉ 하릴읍셔 경셩으로 갈아홀 시 어ᄉ 부인게 말ᄒ되 이졔 늬 몸이 임군에게 믜엿난지라 부인을 다리고 어초을 일슴아 빅년을 보늬자 ᄒ여더니 그리 못ᄒ고 경셩으로 간즉 부인은 아모조록 어린 자식을 다리고 가법을 엄ᄒ게 셰우고 잘 잇스라 ᄒᆫ듸 그 부인이 가라듸 남자가 셰상에 나미 임군을 셤기난 거시 올흔 일인즉 아녀자에 염녀난 마시고 부듸 조심ᄒ여 일국을 다스려 빅셩을 편안ᄒ게 ᄒ라 ᄒ니 어ᄉ 그 명일에 발힝ᄒ난지라. 이 째예 어ᄉ 아들 ᄒ나흘 두어쓰미 나이 삼셰라. 어ᄉ 그 얼인 아달을 안고 말ᄒ되 늬 너을 바리고 경셩에 가미 도라올 긔약이 므은지라. 너난 부듸 셩셩이 자라셔 나에 집 문호을 빗나게 ᄒ여라

ㅎ고 문밧게 나셔니 비복비와 일향 스람드리 우러 밧게 와셔 전송ㅎ더
라. 어스 여러 날만에 경성에 이르러 황졔게 뵈온니 황졔 반기스 갈아
스디 육칠년을 너를 보지 못ㅎ여 슈죡을 일름 갓티여 국스을 의논홀 스
람이 읍더니 이졔 너을 본즉 웃지 반갑지 아니ㅎ며 니 다시 무슨 근심
을 하리오. 어스 부복디왈 소신니 가문이 불힝ㅎ와 자모와 조부 기셰ㅎ
온 고로 육칠년을 폐ㅎ계 뫼시지 못ㅎ왓스오니 불츙이 막심ㅎ오이다.
이 써 황졔난 나이 만코 티자난 나이 어려 황졔 근심ㅎ난 가온디 조졍
에 스람이 읍셔 조졍스을 맛김즉한 신ㅎ가 읍난지라. 황졔 어스다려 갈
아스디 니가 나이 만코 티자가 유약ㅎ여 나 죽은 후에난 너 밧게 어린
티자을 도아 국스을 홀 스람이 읍시니 너난 츙성을 극진이 ㅎ여 스즉을
보존케 ㅎ여라 ㅎ시니 어스 황송ㅎ여 복지쥬왈 소신니 지식이 읍습고
쏘 몸이 외로와 즁인을 당홀 슈 읍스오니 쳔츄 빅셰 후 소신보덤 더 나
은 신ㅎ가 맛스외다.

1896년 10월 4일 (16회)

소신갓튼 용지로 웃지 국스를 쳔단ㅎ올잇가. 지금 긔강이 희이ㅎ야 자
식이 아비를 모로고 신ㅎ가 이[인]군을 모로고 빅셩이 관장을 두려이
아니 여기며 손야에 도적이 이러나셔 오륜과 삼강이 거의 쓰너지계 되
야시니 웃지 나라이 스직을 보존ㅎ올잇가. 조고마한 스가로 말ㅎ여도
자식이 부모를 모로고 비복이 상젼을 모로며 법강이 희이ㅎ면 그 집안
니 자연 유리지경이 되여 종스를 보존 못ㅎ거던 ㅎ물며 나라이야 일너
무어ㅎ올잇가. 복원 황상은 다문박학지스와 조신즁이라도 츙의 잇난 스
람을 쌔스 국스을 의논ㅎ와 국법을 밝키시고 상벌이 분명ㅎ오면 자연
오륜과 삼강이 쓰치지 아니ㅎ고 나라이 다시 흥복ㅎ야 빅셩은 격양가
을 부루며 손야에 도적이 병식ㅎ올 거시니 소신에 어리셕은 말슴이라

도 구버술피소셔 흔디 황졔 그 말을 드르시고 과연 올케이 여겨 일일은 빅곽[관]을 조회흐여 국스를 의논할야 홀 즈음에 희군자스 장계을 급히 흐엿거날 하엿쓰되 오랑킈 충번이 강셩흐여 연읍 스오 쳐을 쎄셔 슈령을 죽이고 지경을 범흐미 긔병이 스만이오 보병이 십만이오니 밧비 군스와 명장을 보니스 젹병을 막으소셔 흐엿드라. 황졔 계문을 보시고 놀니 갈아스디 지금 변방이 져르듯 요란흐고 여러 고을롤 일어짜 흐니 조신중 뉘 능히 젹장을 스로자바 나에 근심을 들이오 흐신디 졔신이 하나도 디답지 못흐고 다 묵묵이 잇거날 그 중의 좌승상 칭졍이 복지쥬왈 빅관 다 입시흐엿스오나 일신도 젼장의 나가 공을 일울 스람이 읍습고 다만 곽종운이 지략과 여력이 가이 보님즉 흐오니 명초흐와 디장을 삼으시고 군스 팔만을 쥬어 보니자 흔디 황졔의 윤흐스 종운을 픠초흐스 갈아스디 지금 변방 도젹이 지경을 범흐여 나라이 위급흐여 시각이 밧부니 문무 중 뉘 능히 디젹할 자이 읍고 네가 조히 젹병 스로 자바 나에 근심을 들듯 흐기의 십만 병 쥬나니 스즉을 보젼흐여 디공을 셰우라 흐시니 종운이 쥬왈 소신이 미쳔한 직조로 지십만군스를 거나려 젹진을 파흐올이가. 쏘흔 향쳔종이 장슈가 되오면 졔군 장졸이 영을 좃지 아니할가 두려워흐나이다. 황졔 갈아스디 졔장이 만일 영을 좃지 아니흐난 지 잇거든 션참후게[계] 흐라 흐시고 종운으로 흐야금 디스마 디장군을 삼으시고 군스 팔만을 쥬시니 종운이 좌슈에 슈긔을 잡고 우슈어[에] 쳥용도을 들고 장디에 놉피 안져 영을 나려 가로디 이 칼은 스졍이 읍나니 만일 혹시 영을 어긔난 지 잇시면 션참후계 하리라 흐니 군중이 엄슉흐여 그 위의와 풍치을 감이 양시치 못흐더라. 명일의 힝군홀 시 친이 나와 견송흐시미 술을 권흐여 갈아스디 병은 사지라 부디 경젹지 말고 조심흐라 흐시니 종운이 층영흐고 쩌날 시 만조빅관이 모다 젼별흐더라. 곽원슈 여러 날만에 힝군지게에 일으니 격셰창궐흐여 격셔를 보니거날 흐여쓰되 너의 나라 임군이 덕이 읍고 신흐가 불충흐여 긔강이 졈졈 읍셔 빅셩이 도탄에 드러기로 우리가 너의 나라를 쳐올시코자

ᄒ야 군ᄉ를 디발ᄒ여 너의 지경에 왓시니 너의난 부지럽시 디젹말고
쌜이 나와 흥복하야 잔명을 보존ᄒ라 ᄒ니 곽원슈 격셔을 보고 분괴더
발ᄒ여 싸홈을 도도니 츙번이 장슈 빅여원을 불너 하되 곽원슈 종운니
쳔ᄒ에 모를 거시 읍고 ᄯᅩ 션성을 맛나 육도삼약을 공부ᄒ며 쳔문과 지
리을 무불토[통]지 ᄒ난 장시인즉 부디 그더 등은 경덕지 말고 뉘 능히
쳐음 교젼할리오 ᄒ니 ᄒ 장슈 츌반쥬왈 소장이 비록 지조난 읍시나 ᄒ
번 교젼코자 ᄒ오니 군ᄉ 삼쳔을 쥬소셔 ᄒ더 츙번이 본즉 우북장 쳘등
이라 키가 구쳑이고 힘이 족히 손을 쌔난 장ᄉ라. 츙번이 층찬왈 곽장
이 졔 아모리 영웅이라 ᄒ들 나의 장슈 쳘등을 웃지 당ᄒ리오. 그날 명
명에 진문밧계 나와 쳘등으로 ᄒ야금 싸홈을 도도어 갈아더 어린 아히
곽종운은 쳔운을 모로고 네 감히 나을 디젹고쟈 ᄒ야 군ᄉ를 다리고 왓
시니 가이 우습쏘다. 공연이 무죄ᄒ 군ᄉ만 죽이지 말고 너도 잔명을
보존ᄒ여 쌜이 나와 흥복ᄒ라 ᄒ니 곽원슈 이 말을 듯고 졔장을 부[불]
너 뉘 능히 져 장슈을 디젹ᄒ여 머리을 버여올 지 잇기나냐 ᄒ니 ᄒ 장
슈 나와 갈아더 소장이 가히 ᄒ번 교젼ᄒ여 승부을 결단ᄒ올이다 ᄒ니
본즉 우장 셔릉이라. 원슈 갈아더 부디 조심ᄒ라 ᄒ니 셔릉이 진문밧계
나와셔 디젹왈 기갓튼 오랑키난 쳔시을 모로고 감히 디국을 항거코쟈
ᄒ니 니 갓튼 무도ᄒ 놈은 ᄒ칼노 버혀 쳔자에 근심을 들이라 ᄒ니 쳘
등이 내닷거날 마자 나와 싸호미 슈합이 못ᄒ여 셔릉에 화슐이 쳘등에
말 다리을 맛쳣거날

1896년 10월 6일 (17회)

말이 다리럴 놀리지 못ᄒ여 거의 업더지계 되난지라. 쳘등이 웃지홀 쥴
로다개[모로다개] 징롤[를] 쳐셔 군사를 ᄯᅩ 거두고 본진으로 도라갈 식
셔릉이 승승 모ᄒ여 좃쳐 드러가며 좌우충돌ᄒ되 니닷난 지 읍거날 도

로 본진으로 진압히셔 요무양위ㅎ니 츙번이 그 거동을 보고 분긔을 이긔지 못ㅎ여 갈아디 뉘 능히 져 셔릉에 머리를 버혀 닉에 분을 풀 지읍넌다 ㅎ니 졔쟝 즁 흔 쟝슈 니다라 갈아디 소쟝이 지조 부족ㅎ오나 맛당이 셔릉에 머리을 버혀 딕왕에 근심을 들니다 ㅎ고 쟝창을 들고 말게 올나 진문 밧계 나와 크게 웨여 왈 흔번 실슈난 병가에 상스라 웃지 너갓튼 조고마흔 아히을 겁ㅎ여 싸호지 아니ㅎ리오 ㅎ고 달녀들거날 셔릉이 마자 니다라 십여흡에 불분승부라. 셔릉이 졈흔졈[졈졈] 긔운이 소집ㅎ여 말머리을 돌니랴고 홀 즈음에 츙번에 진즁으로 쟝슈 나난다시 니다라 금광이 번듯ㅎ더니 셔릉에 머리 써러지거날 곽원슈 이 경광을 보고 군스를 급피 거두니 이난 츙번에 쟝슈 마욱이라. 자연 날이 져믈미 각각 본진을 도로 오니라. 차시 곽원슈 졔쟝을 모아 의논ㅎ여 갈아디 젹셰 가쟝 쟝슈이 볼거 시 아닌즉 명일은 단당 젹병을 파할 지 뉘 잇나냐 ㅎ니 그 즁엿흔 쟝쉬 분연이 니다라 갈아디 소쟝이 명일은 마욱에 리[머리]을 버허 원슈에 근심을 들니다 ㅎ니 본즉 황지견[경]이라. 밤을 지니고 그 잇튼날 황경이 진문을 크게 열고 웨여 왈 어졔 흔번 싸홈에 잠시 실슈ㅎ엿쓰니 오날은 닉 너의 머리을 버혀 어졔 죽은 쟝슈에 원슈을 갑풀 거시니 밧비 나와 닉 칼을 바드라 ㅎ니 마욱이 쏘 니다라 크게 말ㅎ여 갈아디 너가 너셔셔 더흔 쟝슈도 만니 버혓거든 너갓튼 어린 거시야 웃지 두 번 손을 놀이리오 다만 무죄흔 군스만 죽이지 말고 빨리 항복ㅎ여 잔명을 보존ㅎ라 ㅎ니 황지경이 분을 이긔지 못ㅎ여 달여 들거날 마욱이 마자 니다라 양쟝인 셔로 싸호미 용이 여의쥬을 닷톰 갓더라. 슈십여합에 이르러 지경에 긔운이 졈졈 씩씩ㅎ미 마욱이 밋쳐 손을 놀이지 못ㅎ더니 지경에 칼이 벗듯ㅎ며 마욱에 머리 마ㅎ에 써러지니난지라. 지경이 승승ㅎ여 좃쳐 드러가니 젹진 군스에 머러 츄풍낙엽 갓거날 지경이 크게 왈 나를 감히 당홀 지 잇거던 나오라 ㅎ되 니단 난 지 읍거날 본진으로 도라올 시 츙범[번]이 분긔 팅즁ㅎ야 날 시기를 기다려 싸호랴 홀 시 졔쟝 즁흔 조슈 나와 골ㅇ디 병을 염스라 ㅎ엿쓰니 명일은 맛당이 꾀을 써셔 황지경을 잡난 거시 맛당홀 거시니 니 계교디로 이리이리 흐자 흐니 이난 가국이라. 츙번이 그 말을 올희 여길시 그 잇튼날 진을 굿견이 흐고 싸홈을 도도더리도 나지 아니흐고 군스로 흐야금 진밧게 희자을 파고 좌우에 미복흐여 거짓 픽흐여 진을 비고 가면 자연 짜를 거시니 그 후에 좌우협공흐면 황지경을 시로 잡을 거시니 아모 염녀 말나 흐고 그 잇튼날 진밧게 나와 굴으디 나는 가국이라 흐난 사롬으로서 젼부텁 젼장이 여러번 싸화도 픽본 비 읍난지라. 오날은 그여이 자웅을 결단흐리라 흐고 니 닷거날 황지경이 마자나와 굴으디 어제도 장슈 흐나이 금두혼을 면치 못흐엿거든 오날 쏘 니의 칼을 드럽피랴고 너갓튼 어리석은 거시 감히 큰말 흐니 가소롭다 흐고 달여들거날 가국이 픽흐여 도망흐거날 지경이 이 꾀을 모로고 즈[죳]쳐 드러가미 진즁 장졸이 다 진을 비고 도망흐난지라. 점점 죳차 드러가드니 어디로셔 난데 읍난 고함흐난 소리 쳔지 진동흐며 좌우로 복병이 이러나며 시셕 비오듯 흐난지라. 밋쳐 슈족을 놀이지 못흐여 갈 바를 아지 못흐여 도망흐난 거시 도로여 그 진즁으로 드러가난지라. 군스가 여러 첩을 에우거늘 아모리 용밍이 잇슬들 함졍에 든 범이라. 웃지 소사 나올이요. 할 일읍셔 스로 잡핀 비 되얏난지라. 츙번이 지경을 결박흐여 진젼에 놋코 갈아디 너가 십오만 군스를 일으키며 너의 나라 지경에 드러올 ᄯᅵ난 그여이 너의 임군을 항복바다 내에 셜치을 할야고 흐엿거든 너난 내에 진조를 그르고 미젹을 하러 드니 가이 우습도다. 너난 항복흐여 명을 보존흐라 흐니 지경이 이 말을 듯고 분긔ᄃᆞ발흐여 소리을 크게 흐여 갈아디 너가 너의 꾀을 모로고 이 지경에 이르럿더니와 감히 겁욕흐여 날로 흐야금 항복흐라 흐니 니 사라 어디 쓰리오. ᄲᅡᆯ이 죽여 내게 츙셩을 낫탄너게 흐여라 흐니 츙번이 혜오디 지경에 항복 아니홀 줄 알고 진문 밧게 니다 목을 비엿거날 이날 곽원슈 지경이 픽흐여 죽음을 보고 분긔ᄃᆡ발흐여 쟝슈이 원을 다리고 말게 올나 크게 흐여 왈 오날은 니가 한칼노 너의을 뭇질너 여러 쟝슈에 원슈을 갑푸리라.

1896년 10월 8일 (18회)

가국이 이 말을 듯고 진 밧계 나와 디답ᄒ여 갈아디 니 일즉 곽장군에 성명은 드러거니와 지금 쳔시가 임의로 못ᄒᆯ지라. 네 아모리 지조 잇슬지라도 내에 용병 당ᄒᆯ 슈 읍실 거시니 부질 읍시 큰 말 말고 한번 시험ᄒ여 디젹ᄒ자 ᄒ니 곽원슈 이 말을 듯고 말을 치쳐 닷거날 가국이 마자 니다라 양진이 어우러져 슈 삼합을 싸호다가 곽원슈 말 우에서 몸을 슈 삼장 소소며 칼노 가국에 머리을 치니 머리 공즁에 날려지거날 여간 장졸이 이 거동을 보고 물결 허여지듯 ᄒ난지라. 츙번이 이 거동을 보고 ᄯ 장슈을 급피 불너 말호되 지금 일이 급ᄒ여난지라 ᄲᆯ니 나가 디젹ᄒ라 ᄒ니 오쳘이라 ᄒ난 스람이 응명ᄒ고 갑쥬을 입고 말을 타고 급히 ᄶᅮ여들거날 원슈 좌우 츙돌ᄒ다가 ᄒ 장슈 나난다시 오난 거셜 보고 졍신을 가다드며 칼 법을 귀신 갓치 쓰며 디젹ᄒ더니 슈합이 못ᄒ여 오쳘이 거의 금광에 어리엿난지라 젹진 즁에서 오쳘이 긔운이 소진ᄒ난 모양을 보고 ᄯ ᄒ 장슈 풍우갓치 모라 드러오거날 곽원슈 졈졈 긔운이 식식ᄒ며 양장을 디젹ᄒ되 ᄒ번 실슈 읍거날 양진셔 셔로 관망ᄒ다가 곽원슈 지조와 용병ᄒ난 거슬 층찬ᄒ드라 삼십여합을 싸호디 불분승부리 날이 져물미 각각 본진으로 도라와 날시기를 기다리더라. 잇ᄯ 츙번이 졔장다려 굴오디 곽원슈에 용병과 지조가 장ᄒᆯ 지 읍시니 미오 근심되노라 ᄒ니 졔장이 다 갈아디 인즁승쳔이라 ᄒ야쓰니 하날도 이긔거든 우리 여러 장슈가 웃지 ᄒ 곽원슈을 당치 못ᄒ리요 조곰도 근심치 마시ᄋ소셔 ᄒ디 츙번이 갈아디 남을 슈이 여기지 말고 어제 미결ᄒᆫ 승부을 결단ᄒ라 날이 발근디 오쳘 진 밧계 나와 웨여 왈 곽종운은 어제 미결ᄒᆯ 승부을 오날은 결단ᄒᆯ 거시니 ᄲᆯ이 나와 디젹ᄒ라 ᄒ니 곽원슈 진 밧게 나와 말을 치쳐 급히 달여 들거날 오쳘이 슈합을 싹ᄒ미 ᄯ 어졔 니닷든 장슈 엽호로 가마니 드러오거날 곽원슈 발셔 이 ᄭᅬ을 알엇난지라. 우슈에 장금이오 좌슈에 단창이라. 동셔남북에 나난

다시 응접ᄒ니 양장이 금광에 췌ᄒ여 군ᄉ에 항오을 일코 웃지할 쥴 모로거날 곽원슈가 승시ᄒ여 창으로난 가국에 가삼을 지르고 칼노난 ᄯᅩᄒᆫ 장슈에 머리을 치니 양장이 일시에 죽난지라. 곽원슈 승승ᄒ여 모든 군ᄉ을 초기갓치 버히니 젹진 병졸에 죽은 지 ᄐᆡ반이 되고 도망ᄒᆫ 지 불기[가]승슈드라. 튱번니 이 거동을 보고 도망코자 ᄒ다가 다시 진을 굿게 ᄒ고 나오지 아니ᄒ거날 원슈 하릴읍셔 본진으로 도라와 승젼고를 울리거날 졔장이 모다 나와 □□하야 ᄀᆞᆯᄋᆞ되 원슈난 하날이 내신 장슈라. 소장 등이 원슈에 덕을 입ᄉᆞ와 진명이 ᄉᆞ라. 도라가 황승게 비읍고 공을 상쥬실 거시니 웃지 다 힉치 아니ᄒ리오 ᄒ드라. 이ᄯᅥ 튱번니 나머지 졔장아려 ᄀᆞᆯᄋᆞ되 곽원슈난 가위 천신이라. 장찻 웃지ᄒ리오 나에 군ᄉ가 반이 너[넘]게 죽어시니 다시 군사을 일으키여 그여이 원슈을 자바 이 셜치을 ᄒ리라 ᄒ고 본국으로 장슈 이인을 보니여 군ᄉ 십만을 ᄯᅩ 거나려 오라 ᄒ고 다시 진문을 열지 아니ᄒ거날 이 ᄯᅥ 원슈, 진문을 크게 열고 웨여 ᄀᆞᆯᄋᆞ되 나을 딕젹훌 지 잇거든 딕젹훌 거시오 그러치 아니ᄒ거든 ᄲᆞᆯ이 나와 항복ᄒ여 잔명을 보존하라 ᄒ니 아모도 니닷지 아니 ᄒ난지라. 원슈 군ᄉ을 약속ᄒ여 젹진을 엄슐ᄒ라고 ᄒ니 한 모사더러 ᄀᆞᆯᄋᆞ되 병교사ᄑᆡ라 ᄒ여시니 너머 경젹지 마르시고 ᄯᅥ을 기다리셔셔 군ᄉ을 피곤케 마시고 여러 납쉬셔셔 튱번이 잡을 도러올[도리를] 싱각ᄒ소셔 ᄒ니 곽원슈 그 말을 올히이 여겨셔 슈일 지톄ᄒᆫ 후 다시 격셔를 보니여 갈아디 튱번이 감히 천명을 모로고 딕국을 항거코져 ᄒ니 우리 황졔 진노ᄒᆞᄉ ᄂᆞ노 ᄒ야금 너을 쳐 소멸ᄒ라 ᄒ시기의 니 십만 군ᄉ를 거나려 왓시니 그 ᄉᆞ이 여러 번 싸홈에 너의 무죄ᄒᆫ 장졸만 다 죽여스니 네 다시 싸홀 마암 잇거든 오날 죽기을 다ᄒ여 딕젹ᄒ여 보고 그러치 아니ᄒ고 슌슈 쳔명ᄒ여 이왕을 후회ᄒ여 다시 싸호지 아니ᄒ고 긔슌이 되랴거든 ᄲᆞᆯ이 나와 항복ᄒ여 잔명을 보존ᄒ여 너의 나라에 도라가 딕국을 셤기고 ᄇᆡᆨ셩을 안무ᄒ라 ᄒ엿거날 튱번이 이 격셔을 보고 분을 참지 못이여 졔장을 모화 갈아디 닌에 나라이 군ᄉ가 누빅만이요, 명장이 천여원이라. 일시 퓌흐여 남에게 이갓치 읍슈임을 밧고 웃지 일시라도 묵묵이 잇스리오 나머지 군스을 다리고 죽기을 다 흐여 싸호리라 흐니 그 겻히 모스 흐나이 안져짜가 갈아디

1896년 10월 10일 (19회)

셰상에 스람이 무론 디소스 흐고 시지니불니와 셰지득실을 헤아린 연후에 힝흐난 거시 올커날 아즉 일시 혈긔지용으로 젼후을 싱각지 아니흐고 싸호기만 일삼으면 득실은 고사흐고 무죄혼 군스를 상흘 것시니 후군을 기다려 디젹흐난 거시 가홀가 흐나이다. 쏘 곽원슈난 하날리 닌 사람이라. 천문과 지리을 션문에셔 비흐고 긔력과 용밍이 당홀 지 드문즉 괴로셔 잡난 거시 올을가 흐나이다. 츙번이 그 말을 올흐이 여겨 분을 참어 곽원슈 잡을 계칙을 싱각흐더라. 여러 만에 테탐이 보흐되 본국 군스 십만이 머지 아니흐계 온다 흐거날 츙번이 장졸을 다리고 원문 밧게 나가 마져 드릴 시 그 긔셰가 가이 당홀 지 읍실 듯흐더라. 모스 쏘 나와 갈아디 병법이라 흐난 거시 실즉허흐고 허즉실이라 흐난디 니 곽원슈에 병셰을 본즉 곽원슈가 다만 이곳만 방어홀 쥴 알럿지 황셩은 직힐 쥴 모로고 군스 십만을 거나려 온즉 황셩은 거의 비혀실 듯흐니 이왕 나문 군스와 시로온 군스와 함긔 합흐면 슈십만 명에 이를 쎠시니 이 곳에 십만명은 두어 곽원슈을 디젹흐고 뒤흐로 십만명은 용밍 잇난 장슈로 흐야금 거나리계 흐여 황셩으로 가셔 황졔을 항복 바드면 곽원슈난 황셩에 온 쥴은 모로고 이 곳을 방비만 할 거시니 계교을 비밀이 흐자 흔디 츙번니 이 말을 올희이 알고 밍장 빅원과 군스 십만 명을 쥬어 황셩에 드러가 황졔을 항복바다오라 흐니 이날 밤으로 군스가 황셩으로 향흐고 쏘 여긔셔난 그 잇튼날 평명에 충번이 곽원슈에게 격셔을 보니시니 흐여시되 일젼에 싸호자 흐난 격셔을 보아씨나 □니에 군사

가 피곤ᄒᆞ고 ᄯᅩ 달이 싱각ᄒᆞ난 일이 잇기의 즉시 싸호지 아니ᄒᆞ엿건이
와 지금 다시 싸화 너을 스로 잡아 여러 죽은 장슈에 원슈을 갑고자 ᄒᆞ
니 너난 ᄲᆞᆯ이 나와 나를 딕젹ᄒᆞ라 ᄒᆞ여드라. 잇ᄯᅢ 황졔 곽원슈을 보니
고 날마다 쳡셔오기만 기다리더니 일일은 곽원슈에 싸홈 이긴 문쳡이
왓거날 황졔 바다 보시고 크게 깃거ᄒᆞᄉᆞ 갈아ᄉᆞ디 곽원슈 군ᄉᆞ을 거나
려 변경에 나가미 너 쥬야로 마암을 놋치 못ᄒᆞ여드니 지금 승젼ᄒᆞᆫ 글월
을 보니 읏지 반겁지 아니ᄒᆞ리오 ᄒᆞ시며 빅관을 모화 곽원슈을 층찬ᄒᆞ
며 공을 상 쥬기을 의논ᄒᆞ더니 문득 황셩 근읍 자사에 장계가 시급피
왓거날 ᄒᆞ여시되 츙변에 군ᄉᆞ 십만과 밍장 빅여원이 지금 이 골읍에 와
셔 셩을 앗고 명일은 일즉 황셩을 범홀 거시니 군ᄉᆞ를 조발ᄒᆞ야 젹셰을
막으라 ᄒᆞ셧거날 이 곳은 황셩이 삼십니라. 황졔 문쳡을 보시고 간담이
셔늘ᄒᆞ야 계신다여 ᄀᆞᆯᄋᆞ디 군사난 아즉 몃만이 잇스나 장슈가 가이 딕
젹홀 스람이 읍실 듯ᄒᆞ니 이 일을 읏지ᄒᆞ면 조호랴 ᄒᆞ고 근심마지 아니
ᄒᆞ시고 위션 군ᄉᆞ를 발ᄒᆞ며 장슈을 차츌할 시 ᄒᆞ낫토 딕젹홀 지 읍난지
라 즁이 민망ᄒᆞ든 차에 ᄒᆞᆫ 장슈 나와 가라디 소장이 비록 지조 읍시나
맛당이 젹진을 파ᄒᆞ올이라 ᄒᆞ니 이난 좌승상에 아달 손등이라. 황졔 반
기스 ᄀᆞᆯᄋᆞ디 네 아모조록 지조와 츙셩을 다ᄒᆞ야 너에 근심 더러 나라를
보존ᄒᆞ라 ᄒᆞ시고 군ᄉᆞ 오만을 쥬거날 손등이 슈명ᄒᆞ고 나가랴 홀 즈음
에 문졸이 급히 보되 지금 젹병이 문밧 십니에 온다 ᄒᆞ거날 손등이 급
피 말게 올나 군ᄉᆞ 오만을 다리고 너닷거날 문밧 십니을 다 가지 못ᄒᆞ
여 진을 치고 잇더니 과연 젹병이 만슨편야ᄒᆞ여 오거날 손등이 너다라
딕젹고자 ᄒᆞ니 이 ᄯᅢ 황셩 빅셩드리 물 ᄭᅳᆯ듯ᄒᆞ며 남부여디ᄒᆞ여 도망ᄒᆞ
니 황셩이 비난 것 갓더라. 젹장 방츅이 진문을 크게 열고 웨여 왈 너
십만군을 다리고 너의 황셩에 왓거날 네 읏지 딕젹ᄒᆞ랴고 여간 군ᄉᆞ을
다리고 왓난요 부질읍시 무죄ᄒᆞᆫ 군ᄉᆞ만 죽이지 말고 너의 황졔로 더부
러 나와 항복ᄒᆞ여라 ᄒᆞ니 손등 이 말을 듯고 분긔딕발ᄒᆞ야 크게 소디
[리]ᄒᆞ야 갈아디 너무도 ᄒᆞᆫ 마암으로 쳔의를 모로고 황셩거지 와셔 황

졔에 근심을 끼치니 웃지 통한치 아니할이오 ㅎ고 나난 다시 니다르니
방축이 물미듯 드러와 셔로 싸호미 슈합이 못되야 방축에 칼이 번듯ㅎ
며 손등에 머리 날려지난지라. 방축이 승승ㅎ야 좌우충돌ㅎ야 무인지경
갓치 드러오니 셩즁 인민이 셔로 짓바라 죽난 지 무슈ㅎ고 만조빅관이
황계을 호위ㅎ야 아모 계칙읍난지라. 방축 군스로 ㅎ야금 셩 밧걸 에워
싸고 진문을 엄슉히 ㅎ니 나난 시도 츌립 못ㅎ너라. 잇써 황졔 진즁에
드러 빅관더러 말ㅎ여 갈아디 지금 곽원슈난 여러 빅니 밧게 잇고 다른
장슈 읍고 웃지ㅎ면 조흘고 ㅎ며

1896년 10월 12일 (20회)

용누 옷깃슬 젹시거날 여러 군신니 뉘 아니 울이요 셔로 묵묵할 뿐이
요 다른 계칙이 읍난지라. 이 써 곽원슈난 진문을 엄슉히 직히고 셔안
에 구부려 잠간 조으더니 웃든 션관 ㅎ나이 와셔 말ㅎ여 갈으디 원슈난
지금 임군이 급한 지경에 이르럿거날 무슨 잠을 이리 곤이 자나냐 ㅎ거
날 본즉 젼에 슈학ㅎ던 션관이라. 놀너여 씨다르니 밤이 증이 고요ㅎ고
군스 잠이 다 깁피 드럿거날 문 밧게 나와 쳔문을 본즉 티극셩이 운무
에 싸이여 거의 보이지 아니ㅎ거날 원슈 헤아리되 황셩에 무슨 연고 잇
도다 ㅎ고 졔군 장졸을 모다 일으키여 의논ㅎ여 굴으디 니 이졔 쳔문을
본즉 황셩에 무슨 일이 잇스니 졔장은 치을 굿견이 직히고 잇쓰면 니
황셩에 가셔 자셔이 알고 도라올이라 ㅎ니 졔장이 다 굴으디 황셩이 여
긔셔 여러 빅니오미 왕환니 여러 날 되오면 츙번이 그 틈을 엿보아 진
을 겁칙ㅎ면 뉘 능히 당ㅎ올잇가. 원슈 굴으디 지금 여긔 잇난 군스가
칠팔만명이라 졔가 읍슈이 여기여 졸연이 치을 겁칙지 못ㅎ리니 조곰
도 의심말고 쥬야로 조심ㅎ야 항오을 일치 말고 잇쓰라 ㅎ며 군스 쳔여
명과 장슈 십여명을 거나려 그 날 미명에 써나 쥬야 비도ㅎ야 십여일

만에 황셩에 다다르니 이 씨 황졔 진에 싸이여 계신드리 혹은 항복ㅎ여 스즉을 보존ㅎ자 ㅎ난 즈도 잇고 혹은 나라이 망할지언졍 웃지 츰번에게 무릅을 ꀈ러 항복하리오 ㅎ며 의논이 분등ㅎ드라. 원슈 황셩에 와셔 본즉 사면으로 젹병이 셩을 에워싸고 잇거날 곽원슈 이 거동을 보고 분긔 츙쳔ㅎ여 소리을 벽역갓치 지르며 말을 달니며 장창을 두루며 나난 다시 에운 디을 헷치며 드러와셔 좌우 츙돌ㅎ니 젹진 군스에 머리 추풍낙엽 갓터여 압희 가릿끼난 거시 읍난지라. 젹진이 불의에 이 지경을 당ㅎ미 에운 거슬 헷치고 다 흣터져 도망ㅎ난지라. 원슈 승승ㅎ여 소리을 크게 지르며 굴ㅇ디 이 무도훈 오랑키 놈은 쳔의을 모로고 강셩훈 것만 밋고 내에 황졔을 이다지 핍박ㅎ니 니갓튼 것슨 편갑도 남기지 아니ㅎ리라 ㅎ며 좃치기을 마지 아니ㅎ니 젹진 장졸이 웃지할 쥴을 몰나 여간 군스을 슈습하여 셩밧 십니 밧게 나가 진을 치더라. 잇씨 황졔와 군신이 창황할 즈음에 어느 곳에서 쳔지 진동ㅎ난 소리 들니거날 급히 본즉 씌끌이 이러나며 쳔지지옥 훈 가온디터 금광이 번득하며 훈 사람이 졔비갓치 날니여 동셔남북에 닷지 아니ㅎ난 곳이 읍고 젹진은 사산분쥬ㅎ야 물풀이듯ㅎ며 죽는 즈 초기갓치 슬어지난지라. 황졔와 졔신니 거동을 보고 셔로 말ㅎ되 이거시 반다시 쳔신이지 웃지 스람이 져러ㅎ리오 ㅎ더니 이 장슈 바로 드러와 황졔계 뵈거날 본즉 곽원슈라. 황졔 원슈에 손목을 잡고 반가옴을 이기지 못ㅎ여 눈물을 흘니며 갈아스디 셰상에 죽난 지경에 이른 스람을 구하나요 ㅎ시니 원슈 부복디왈 소신니 불츙ㅎ와 젹병이 뒤로 오난 것슬 싱각지 아니ㅎ고 다만 압흐로 오난 군스만 방비ㅎ엿삽다가 이 지경을 당ㅎ게 ㅎ엿사오니 죄 만스무셕이로소이다 ㅎ니 황졔 갈아스디 원슈 웃지 이다지 말하리오 나라이 위퇴ㅎ기가 시각에 잇셧거날 원슈에 구하난 덕을 입어 그 위급한 거슬 면ㅎ엿시니 이거슨 공을 의논할진딘 쳔호을 반분ㅎ야도 오히려 부족ㅎ깃노라 ㅎ시니 원슈 다시 엿자오디 신자되야 임군을 구ㅎ난 것시 무슨 공이라 ㅎ올잇가. 다만 젹병을 퇴멸ㅎ여 쳔호를 평졍하시기만 싱각ㅎ소셔

호고 그 잇튼날 군수를 일즉니 발호야 문밧 십니에 잇난 젹병을 퇴멸호
랴고 군수을 다시 휘동호여 나가니 젹진 장졸이 겨우 졍신을 슈습호여
잇다가 쏘 곽원슈 온단난 말을 듯고 디젹홀 마암이 읍셔 셔로 의논호되
원슈의 지조와 용밍이 당홀 슈 읍고 쏘 군수가 만니 죽어셔 능히 디젹
지 못하리니 웃지호면 조흘고 호며 공논이 자자호더니 이즈음에 원슈
진밧계 나와 웨여 갈아디 이졔 너을 편갑도 남기지 아니호쟈 호엿드니
황졔계셔 급한 지경에 이르실 쑨 아니라 너가 여려 날 뵈압지 못호여
급피 뵈압고 십은 마암이 간졀호기의 아즉 두엇거니와 오날은 너을 하
낫토 남기지 말고 이 셜치을 그여이 할 거시니 뉘 능히 디젹홀 지 읍거
든 빨이 나오라 호난 소리 우리갓치 들니거날 젹진 장졸이 졍신이 아득
호여 도망할 계교만 말호더라. 잇써 츙번이 황셩으로 십만병을 보니고
쏘 그 곳에 십만병 두고 곽원슈을 잡으랴고 날마다 계칙을 의논호다가
일일은 드르니 곽원슈 황셩을 구호러 갓다나 말을 듯고 진젼에 나와 크
게 웨여 갈아디

1896년 10월 14일 (21회)

니 드르니 곽원슈난 황셩을 구호랴고 갓다 호니 너의 남은 장졸은 니
슈호예 명이 달니엿난지라 부질읍시 무죄호 군수만 죽이지 말고 나와
항복호면 잔명을 보존호리라 호니 곽진 장슈 이 말을 듯고 분홈을 이긔
못호나 호낫토 너닷넌 지 읍거날 츙번이 더옥 긔셰양양호야 날마다 진
문에 나와 질욕호드라. 이 쌔 황셩에셔 번진이 여간 군수을 슈습호여
본진으로 도라오랴 할 즈음에 원슈 이를 승시호야 번진을 돌입호랴 호
니 번진이 원슈에 계칙을 알고 셔로 의논호되 픽군 여졸이 곽원슈을 당
홀 지 읍시니 밤으로 비도호야 본진으로 도라가셔 군수를 다시 거나려
승부을 결단호나니만 갓지 못다 호고 밤으로 진을 거두어 다라낫거

날 그 잇튼날 평명에 곽원슈 다시 진밧계 나와셔 싸홀 마암을 두고 본
[번]진을 본즉 번진에 사람이 읍고 비은 터만 잇거날 원슈 이 모양을 보
고 급피 군사 쳔여명을 다리고 뒤흘 좃차가니 거의 붓잡계 되난지라.
잇쩌 츙번니 날마다 황셩 보닌 군사 승쳡흔 긔별을 기다리다가 일즉 피
진되야 온다난 말을 듯고 져의 계장을 모다 놋코 의논ᄒ여 골ᄋ디 지금
곽원슈 긔셰을 당흘 슈 읍시니 져긔 오난 군사을 기다려 본국으로 드러
가셔 양병을 다시 ᄒ여 셜치ᄒ나니만 갓지 못ᄒ다 ᄒ거날 그 즁에 흔
장슈 니다라 말ᄒ여 골ᄋ디 일국을 흥사ᄒ여 자웅을 결단코져 왓거날
아즉도 군사가 여러 만명이라 웃지 녹녹히 본국으로 도라가리오 쪼 승
피라 ᄒ난 거슨 병가에 상사라 웃지 사난 거슬 겁ᄒ야 회[회]군ᄒ기을
의논하리오 차라리 곽원슈에 금ᄒ지혼니 다 될 지언졍 닉 저사코 흔번
디젹ᄒ올이다 ᄒ니 본즉 이난 전일 죽은 장슈 가국에 아달 가밍이라.
킈가 구쳑이오 긔운이 족히 손을 쎄난 장슈라. 츙번이 이 말을 듯고 깃
거ᄒ여 골ᄋ디 나도 그 마암이 읍난 것슨 아니라 장슈가 가이 디젹함즉
흔 지 읍난 고로 회군ᄒ랴 ᄒ얏도라 ᄒ고 다시 의논ᄒ더니 황셩에 갓든
피진니 다 달나오거날 츙번이 그 군사를 합ᄒ여 가밍으로 ᄒ야금 상장
을 삼아 진을 엄슉히 직히고 여러 날 조리ᄒ더니 잇쩌 곽원슈 뒤을 좃
차 와셔 본진으로 드러간즉 계군 장졸이 나와 마져 드리거날 원슈 황셩
에 가셔 양진 승부를 낫낫치 말ᄒ니 여러 장슈드리 치하 무슈ᄒ더라.
일ᄭᄂ은 변[번]진으로셔 격셔을 보닉쓰되 하야쓰되 오날은 황셩에서 미
결흔 싸홈을 긔여이 결단ᄒ야 너에 슈치함을 면ᄒ깃쓰니 쌜이 나와 디
젹하라 ᄒ엿거늘 곽원슈 글월을 보고 답셔을 ᄒ여 보니 갈아디 너의드
리 황셩의 가셔 픽ᄒ여 도라오고 여긔셔도 그 젼에 여러 번 픽ᄒ여 무
죄흔 군사와 장슈들만 죽엿거든 쪼 무슨 싸홀 마암이 잇셔 큰 소리로
싸호자 ᄒ니 진소위 ᄒ로 기아지 맹호을 모롬과 갓도다 ᄒ날리 너를
미워여기스 날노 ᄒ야금 쳐셔 멸ᄒ라신 거슬 니가 인명을 앗기여 여러
쏘홈에 다 죽이들 아니ᄒ엿거든 네 도라가 귀슌할 마암은 읍고 도로여

큰 말 ᄒ니 지금은 다시 ᄒ번 싸화 너의을 ᄒ낫토 남기지 아니ᄒ라 ᄒ고 진문 밧게 나와 싸홈을 도도니 가밍 이 말계 올나 진밧게 나와 풍우갓치 달여 들거날 곽원슈 마자 너달나 양장이 셔로 어우러 싸호미 손악이 무너지난 것 갓티여 쳔지 진동ᄒ난지라. 삼십여합을 싸호되 불분승부라. 양장이 날이 져물미 각각 본진으로 도라와셔 곽원슈 졔장다려 갈아더 가밍에 괴운과 용맹과 용병이 나 곳 아니면 당홀 슈 읍드라. 그러나 니 명일은 이 장슈를 잡아 후환을 읍게 ᄒ리라 ᄒ드라. 가밍이 쏘 그 진으로 도라가 갈아더 곽원슈에 셜명은 이왕 여러 번 드러거니와 과연 명불허득이라. 니 오날은 그여이 힘을 다ᄒ여 곽원슈를 사로잡고 여러 장슈를 잡아 수에 부친 원수를 갑푸리라 ᄒ고 진문을 크게 열고 나셔니 츙번니 쏘 부탁ᄒ야 갈아더 우리 홍망이 이번 ᄒ번 싸홈에 달여쓰니 부디 경젹지 말고 힘을 다ᄒ라 ᄒ니 가밍이 슈명ᄒ고 크게 소리ᄒ여 갈아더 곽원슈난 쌜니 나와 어졔 미결ᄒ 승부를 결ᄒ자 ᄒ니 곽원슈 이 말 듯고 바로 시살ᄒ여 가밍을 취ᄒ니 가밍이 쏘ᄒ 칼을 두루며 원슈을 취ᄒ난지라. 양장이 금광에 어리여 반공에 소사 보이지난 아니ᄒ고 다만 우리갓튼 소리만 쯔치지 아니ᄒ거날 양진에 장졸드리 무슈이 층찬ᄒ드니 이윽ᄒ야 벽역소리 나며 ᄒ 장슈에 머리 쩌러지난지라. 이 본즉 가밍에 머리어늘 번진니 가밍이 죽음을 보고 읏지ᄒ 줄 모를 즈음에 원슈 승승ᄒ여 무인지경 갓치 좃[좃]쳐 드러가니 뉘 능히 당ᄒ리오. 츙번이 군수를 바리고 다라나거날 원슈 우리갓튼 소리로 쏫치며 갈아더 무도ᄒ 츙번은 닷지 말고 니 칼을 바드라 ᄒ니

1896년 10월 16일 (22회)

츙번니 단긔 필마로 다라나미 손에 장금ᄒ나만 가졋난지라 살기를 도모ᄒ야 손곡소로 드러가 몸을 감초랴 ᄒ고 죽을 힘을 다ᄒ야 쳡쳡손으

로 향방 읍시 가드라. 잇찌 곽원슈 조차가다가 붓잡지 못ᄒ고 본진으로 도라오니 졔군 장졸이 무슈이 층찬ᄒ야 승젼ᄒ 뮈[문]쳡을 황졔게 보ᄒ니 황졔 문쳡을 보시고 반기여 갈아ᄉ디 곽원슈난 ᄒ늘이 니신 사람이라 이 사람 곳 아니면 읏지 사즉을 보존ᄒ리오 ᄒ엿드라. 잇찌 원슈 졔 장다려 갈아디 이졔 츙번니 어더로 갓난지 다시 불의ᄒ 마암을 두지 못ᄒ 거시니 황셩에 회군ᄒ야 올 시 만로 조빅관이 십니 밧게 나와 마져 드리니 곽원슈 즉시 황졔게 뵈온디 황졔 친이 슐을 부어 쥬시며 권ᄒ야 갈아ᄉ디 그디 곳 아니면 츙번을 읏지 물이치리오 공을 의논ᄒ진딘 쳔ᄒ를 반분ᄒ야도 오히려 갑비야로라 ᄒ시고 원슈로 ᄒ야금 초왕을 봉ᄒ시니 원슈 황송ᄒ야 갈ᄋ디 소신 ᄒ번 싸홈에 공이 잇다 ᄒ온들 읏지 외람이 왕직을 바들잇가 ᄒ니 황졔 불윤ᄒ시고 ᄯᅩ 비단과 은자 십만 냥를 쥬시거날 원슈 바다가 졔군 장졸을 모다 난와쥬며 ᄀᆞᆯᄋ디 소졸 등이 원슈에 힘을 입어 여러 번 싸홈에 죽들 아니ᄒ고 사라 도라왓거날 ᄯᅩ 이갓치 상급ᄒ시니 읏지 감ᄉ치 아니ᄒ올잇가 ᄒ더라. 이 ᄯᅥ 츙번이 순즁으로 드러가 갈 바를 몰나 즁이 민망ᄒ 차에 어더로셔 초부 ᄒ나이 오며 노리ᄒ거날 츙번니 반겨셔 그 초부다려 무러 ᄀᆞᆯᄋ디 이리로 가면 어더로 가난고 ᄒ니 그 초부 디답ᄒ되 어더로셔 오난 사람이관디 이 깁푼 순즁에 인젹이 읍난 곳에 와셔 길을 뭇난고 ᄒ니 츙번이 그 초부을 본즉 머리에 갈갠[건]을 쓰고 몸에 도복을 입고 말ᄒ난 모양이 범인니 아니어날 츙번이 공손이 말ᄒ디 지금 난시를 당ᄒ야 죽기을 도모ᄒ라 고 오다가 길을 위봉ᄒ야 갈 바를 뮛[못]잡나니 존공은 자셔이 가르쳐 길막힌 사람을 인도ᄒ여주소셔 ᄒ니 그 초부왈 니 그 디를 본즉 범상ᄒ 필부난 아니라 자셔이 말ᄒ면 길을 인도ᄒ리라. 츙번이 승명을 드러니지 못ᄒ고 쥬져ᄒ거날 그 초부 다시 말ᄒ되 니 드르니 곽원슈 츙번을 좃쳐 아모 곳거지 오다 붓잡지 못ᄒ고 도로 갓다 ᄒ드니 그디가 츙번이 아닌다 ᄒ니 츙번니 긔이지[이기지] 못ᄒ야 바로 말ᄒ되 니 과연 츙번이압드니 원슈와 더부러 여러 번 싸호다가 지금 와셔난 ᄒ번 싸홈에 디

픠ᄒ야 겨우 목슘을 도모ᄒ야 이 곳에 이르럿시니 존공은 비단 길만 가르치실 거시라 다른 계칙을 가르쳐 이 셜치을 ᄒ계 ᄒ여쥬소셔 ᄒ니. 그 초부 우어 굴ᄋ디 날 갓튼 초부가 무슨 계칙이 잇쓰리오. 니 드르니 곽원슈난 션관에게 지조를 비와 천문과 지리을 모를 것시 읍다 ᄒ니 셰상에 당홀 지가 드믈니라. 원슈와 갓튼 장슈를 웃기 젼에난 빅만 군스요 빅만 장슈라도 쓸 디 읍실 거시니 부질읍신 싱각 두지 말나 ᄒ니 충번이 너렴에 이 사름이 혼가지로 말ᄒ여 본즉 인간 범상훈 사름은 아니라 니 익걸ᄒ야 이 사름 계교디로 ᄒ리라 ᄒ고 다시 졀ᄒ고 쑤러 안지며 굴ᄋ디 니 군스랄 슈십만을 다리고 왓다가 일조에 디픠ᄒ야 쳑신이 칼 ᄒ나만 집고 와셔 명을 구ᄒ니 존공은 궁훈 사름을 계칙을 가르쳐 쥬소셔. 만일 그러치 아니면 이 칼노 자문ᄒ야 세상스를 모로나니만 갓지 못ᄒ오이다 ᄒ고 익걸ᄒ거날 그 초부 우스며 갈아디 계칙 ᄒ나이 잇쓰나 그디가 정성이 부족ᄒ면 이 스람을 만나지도 못홀 거시니 갈아치난 디로 ᄒ라. 이리로셔 이러이러훈 길노 가면 아모 동니가 잇슬 거시니 그 동니 가셔 아모을 무러셔 그 곳진즉 노방디쳐라 여렴이 박지ᄒ고 물식이 조흔지라. 그 거리 인난 스람 ᄒ나이 셩은 셕이오 일홈은 원츌이라. 평싱에 슐만 먹고 기인싱산작업을 모로고 친구만 조와ᄒ고 셰월 보너나 그 스람이 쳔ᄒ 영웅이라 쳔문지리 육도삼약을 모를 거시 읍고 긔운이 쳔ᄒ에 당홀 지 읍시나 셩명을 감초고 구ᄒ난 스람을 보지 아니ᄒ니 만일 그 스람을 으더 보아 말디로 ᄒ면 웃지 곽원슈 ᄒ나을 근심ᄒ리오. 그러나 그 스람이 그디에 말을 드를넌지 모로긴노라 ᄒ고 다시 노리ᄒ며 가거날 충번이 다시 무슨 말 ᄒ랴고 짜라간즉 어언 간 디 읍난지라. 충번 공중으로 무슈 사례ᄒ고 날이 져물믹 바회틈에서 밤을 지니고 날이 발거날 차차 젼지ᄒ야 그 가릇친 길노 가니 긔암긔셕과 취쥭창숑이 가이 읍난지라 좌우를 살피며 가거날

1896년 10월 18일 (23회)

슈일을 그 가르치난 디로 가니 과연 그 동니가 잇거날 그 쥬막에 쥬인을 정후고 두로 다니며 셕원츌을 무루니 그 동니 사롬드리 원츌다려 갈아더 웃더훈 사롬이 져 쥬막에 잇셔 그디을 찻난다 후니 원츌이 말후되 니가 이곳에셔 슐이나 먹고 다른 사롬과 상관니 읍거날 웃던 사롬이 날을 차즈리오 후며 드른 톄도 아니후더라. 원츌이 본디[리] 그 동니에 잇셔셔 동가식셔가슉 후면셔 슐만 먹고 장긔와 바둑만 일슘아 단니니 그 동니 사롬들도 원츌에 지조와 신니훈 계칙을 품은 쥴은 아모도 모로고 범인으로 디졉후드라. 원츌은 먼져 츙번이 와셔 찻난 쥴은 아나 다른 사롬 보기의난 아모 것도 모로난 톄후고 쥬파에 집에셔 슐이 디취후야 잠을 자더라. 잇쩌 츙번니 원츌을 만나지 못후야 증이 민망이 여길 즈음에 훈 아히 지나가거날 츙번니 그 아히더러 원츌에 거취을 무루니 그 아히가 디답후야 갈아더 원츌이 슐이 취후야 아모 쥬막에셔 잠을 자드라 후니 츙번니 그 쥬막으로 원츌을 무루니 그 겻희 잇난 사롬이 말하야 왈 져긔 져긔 자난 사롬이 원츌이라 후니 츙번이 그 겻희 잇셔셔 잠 씨기를 기다려 이윽히 안져드니 오리감만에 이러나거날 츙번니 그 겻희 가셔 공손이 졀후며 안쩌날 원츌이 이윽히 보다가 갈아더 그 웃더훈 사롬이관더 날갓튼 사롬을 보고 이다지 공손니 디졉후나냐 후니 츙번이 말후여 갈아더 나난 아모 곳 스난 사롬으로 션셩을 뵈오랴고 이곳에 와셔 오리 두류[류]후야 지금이야 션셩을 뵈오니 이난 후날이 지시홈이라 웃지 깃부지 아니후리오 후거날 원츌이 갈아더 날 갓튼 사롬을 드럽다 아니시고 이곳거지 차자오셧다 후오니 무솜 일인 쥴은 모로거니와 그 연고를 알고즈 후나이다. 츙번니 다시 졀후고 쑤러안져 갈아더 내가 군스를 일으키여 디국을 치러갓다가 슈십만 군스를 반니 넘게 죽이고 나마지 군스난 각각 훗터져 살기를 도모후야 도망후얏고 나도 곽원슈에게 쪼기여 오다가 아모 순즁에셔 초부 훈 사롬을 만나 션싱에게 지시후기의 와셔 말슴ᄒ옵넌 거시니 웃지ᄒ면 곽원슈를 스로 자바 나에 붓그러온 거셜 쓰스리오 흔디 원츌이 우어 갈아디 곽원슈난 세상에 디젹홀 사롬이 읍난지라. 날 갓튼 사롬이 무슨 지조로 그디를 도아 곽원슈를 스로자부리오 그디난 니갓튼 말은 두 번도 말고 도라가라 ᄒ니 충번니 다시 갈아디 션싱이 가라ᄒ시니 나에 소망 다시 읍난지라. 니 무슨 면목으로 본국에 도라가셔 그 붓그러온 거셜 참고 사라잇쓰리오. 니 차라리 션싱에 압히셔 이 칼노 자문ᄒ야 셰스랄 모로나니만 갓지 모스겟다 ᄒ고 그 칼노 자문코자 ᄒ거날 원튤[츌]이 그 거동을 보고 크계 웃셔 갈아디 세상에 사롬으로 나셔 뜻과 갓지 못흔 지 열에 아홉은 되난지라. 웃지 니 소원과 갓지 못ᄒ다고 자스코자 ᄒ난 거션 일기 부인에 일이라. 웃지 져러ᄒ고 디스를 경영ᄒ난고 충번이 그 말 듯고 다시 이러나 졀ᄒ고 안지며 갈아디 니가 미거흔 마암으로 술기를 바라지 아니ᄒ고 죽으랴 ᄒ난 거션 션싱이 날을 비척ᄒ오면 다시 어디 가셔 누를 다려 의논홀 곳지 읍난지라. 세상에 사롬으로 나셔 다만 남에게 우음만 밧고 경영을 이루지 못ᄒ면 죽어 모로난 거시 맛당ᄒ온고로 그리ᄒ엿드니 이제 션싱에 말슴을 드르니 과연 올삽기에 다시 말슴ᄒ오니 션싱은 다시 싱각ᄒ셔셔 이 궁박흔 사롬을 건져 쥬소셔. 원튤[츌]이 다시 아모 말 아니ᄒ고 다만 우슬 싸름이러라. 이러이 슈일 지니다가 일일은 충번니 다시 말ᄒ되 지금 사셰가 일각이 삼츄갓튼지라. 션싱은 나에 울도흔 마암을 풀어쥬소셔 ᄒ고 익걸ᄒ거날 원튤[츌]이 그 졍셩을 본즉 지극흔지라. 그계야 갈아디 니가 지조난 읍시나 그디 마암을 본즉 디스을 이름 즉ᄒ니 그러ᄒ면 본국으로 가셔 군스을 다시 일으여 밍장을 만니 모ᄒ고 나가기를 기다리라 ᄒ거날 충번이 이 말을 듯고 희불자승ᄒ여 그리ᄒ올이다 ᄒ고 그날 길을 떠나셔 본국으로 도라오거날 이 ᄯ 뛰쥬ᄒ여 간 나머지 장졸드리 충번을 차진즉 부지거쳐라 ᄒ릴읍셔 각각 본국으로 도라왓거날 이 ᄯ 충번이 칼 ᄒ나흘 집고 와셔 졔장을 다시 모도니 그 장슈 빅여원이오 그 군스 팔만여명이라. 날마다 원튤[츌] 오기를 기다리더니 그 쩍을 당ᄒᆞ미 진 밧계 웃던 사롬이 차자왓다 ᄒᆞ거날 충번이 진을 여러 쥬미 드러오거날 본즉 원튭[츌]이 손에 장금 ᄒᆞ나만 잡고 다른 힝장은 아모 것도 읍난지라. 충번이 반겨셔 더ᄒᆞ여 날여셔셔 맛져올이거날 졔군과 여러 장슈드리 그 사롬을 본즉 참 영웅 바탈이오 디장 긔품이라

1896년 10월 20일 (24회)

상좌의 안치고 멀이 옴을 위로ᄒᆞ고 그 잇튼날 큰 잔치를 비셜ᄒᆞ고 슐을 권ᄒᆞ며 셔로 질겨홀 시 충번이 졔군다려 갈아디 ᄒᆞ날이 도으스 셕원츌 갓튼 장슈을 으더시니 무슨 근심홀리오 ᄒᆞ며 이릿틋 질겨 놀기를 슈삼일 ᄒᆞ다가 원츌노 ᄒᆞ야금 디장을 스무니 원츌이 슈명ᄒᆞ고 장디에 노피 안져 졔군 중에 영을 날여 갈아디 번군니 날노 ᄒᆞ야금 상장인슈을 쥬시고 졔군을 거나려 젼에 끼친 붓그러옴을 쓰시라 ᄒᆞ시기의 니 너의 무리계 영을 날이나니 너의 등은 자셔니 듯고 어긔미 읍계 ᄒᆞ라. 젼에 여러 번 싸홈에 디퓌ᄒᆞ야 장졸이 만니 죽고 이 지경에 이른 거시 장졸이 힘을 다ᄒᆞ지 못ᄒᆞᆫ 연고인즉 지금에 다시 군스를 이르키여 셩고코자 ᄒᆞ니 쏘 군즁은 스졍에 읍난지라 영을 어긔난 즛 난참하리니 너의 무리난 죽을 힘을 다ᄒᆞ야 싸호자 ᄒᆞ니 졔군드리 영을 듯고 각별 조심ᄒᆞ드라. 원츌이 퇵일ᄒᆞ야 힝군홀 시 그 군용이 엄슉ᄒᆞᆫ 법이 참 당홀 지 읍실 듯ᄒᆞ드라. 바로 황셩로 갈야홀 시 비도ᄒᆞ야 여러 빅니를 가니 소경 열읍 슈령드리 츙번에 군스오난 소문을 듯고 다 도망ᄒᆞ며 셩를 굿계 직히다 죽난 즛도 잇쓰며 황셩으로 장계ᄒᆞ난 슈령도 잇드라. 잇쩍 곽원슈 젹병을 물이치고 한가이 잇드니 일일은 야심이 졍이 명낭ᄒᆞ야 잠을 자지 아니ᄒᆞ고 밧게 나와 근닐다가 셔변을 본즉 번군에 장셩이 졈졈 씩씩ᄒᆞ야 황셩을 범ᄒᆞ거날 이에 마암에 디경ᄒᆞ야 황졔계 엿짜 갈아디 소신이 작야

에 천문을 보온즉 셔번이 다시 긔병ᄒ야 황셩을 범할 듯ᄒ오니 밧비 군
ᄉ를 발ᄒ야 박ᄉ이다 ᄒ니 황졔 갈아스디 그디난 자셩이 천문을 보아
셔 긔병ᄒ여라 ᄒ고 이리 의논할 즈음에 황셩 근쳐 고을 자ᄉ가 급피
장계ᄒ엿거날 장계에 ᄒ얏쓰되 지금 츰변에 군ᄉ 십여만 명이 비도ᄒ
야 열읍 슈령을 죽이며 오난 긔셰가 당홀 슈 읍시니 디군을 조발ᄒ와
급피 막ᄅ라 ᄒ얏거날 곽원슈와 황졔계셔 이 긔별을 보시고 디경ᄒ야
만조빅관드를 다 부ᄅ시고 의논을 날이시되 다 계칙이 읍고 다만 곽원
슈만 밋난지라. 황졔 원슈다려 갈아디 조졍에 신ᄒ가 마ᄂ나 ᄒ낫토 병
ᄉ에 익지 못ᄒ야 디적할 사ᄅ미 읍시니 그디난 십만병을 거나려 가 막
으라 ᄒ시거날 원슈 혜아려 본즉 아모리 용밍이 잇다 ᄒ들 져 여러 장
슈를 웃지 당하리요 ᄒ며 크게 근심하드라. 군ᄉ와 졔장을 다리고 칙을
의논ᄒ더니 ᄯᅩ 긔별 왓거날 본즉ᄒ야 쓰되 아모 고을 셩을 앗고 자ᄉ를
죽이고 아즉 두류ᄒ나 몃날 되지 아니ᄒ야 황셩을 범ᄒ리라 ᄒ얏거날
이곳지 황셩셔 빅여리 밧계 되지 아니난지라. 증이 심급ᄒ야 장슈 빅여
원과 군ᄉ 십오만을 거나려 발힝홀 시 황졔 친니 잔을 부시고 원슈에계
권ᄒ야 갈아디 츰번니 다시 긔병ᄒ야 바로 황셩을 범ᄒ랴 ᄒ즉 그 형셰
비경ᄒ 거슨 보지 아니ᄒ야도 알깃쓰니 그디 부디 경젹지 말ᄂ나 나라 흥
망이 이번 ᄒ번 싸홈에 달이엿고 ᄯᅩ 그디 일신에 미이엿시니 부디 조심
ᄒ여라 ᄒ고 문밧 십니에 나와 젼송ᄒ시거날 빅관이 다 나와 젼송ᄒ드
라. 원슈 명ᄒ고 슈일을 갈 시 번진이 십니에 격ᄒ얏드라. 원슈 그 곳에
치를 나리고 쥬야로 군ᄉ만 조리ᄒ더니 일일은 번군즁으로 격셔를 보
니거날 ᄒ야쓰되 니 젼일 싸홈에 군ᄉ를 틱반이나 죽이고 본국에 도라
가 졀치부심ᄒ 마ᄋ믈 잇지 못ᄒ야 지금 다시 긔병ᄒ야 왓신즉 이번은
맛당이 곽원슈를 번[버]혀 그 젼 죽은 장졸에 원슈를 갑고 니에 분함을
풀ᄅ라 ᄒ엿거날 곽원슈 그 글을 보고 디답ᄒ야 갈아디 네 젼일도 쳔의
를 모로고 일흠읍난 군ᄉ랄 일르키여 디국을 범ᄒ다가 무죄ᄒ 군ᄌ[ᄉ]
만 만니 죽이고 너도 잔명을 겨우 보존ᄒ야 도라갓거날 ᄯᅩ 웃지 외람ᄒ

마암을 먹고 여간 군스를 다리고 날을 더젹ᄒ랴 ᄒ니 이번은 너의 무리를 ᄒ낫토 남기지 아니ᄒ리라 ᄒ엿거날 츙번이 이 글을 보고 분긔더발ᄒ야 원츌노 ᄒ야금 싸홈을 도도라 ᄒ니 원츌이 다른 장슈로 ᄒ야금 먼져 싸호라 ᄒ고 원츌은 후응[웅]이 되야 싸홈을 도드라. 곽원슈 진 밧게 나와 나난다시 닷거날 젹장이 미쳐 슌[손]을 놀이지 못ᄒ야 본[번]진으로 도라실 즈음에 원슈 창으로 젹장에 머리을 치니 젹장이 마ᄒ에 날여지난지라. 원츌이 이 모양을 보고 말을 치쳐 달녀들거날 원슈 쏘ᄒ 원츌을 취ᄒ니 양장이 셔로 어우러지미 슌악이 문어지난 것 갓고 바다가 쓸난 것 갓드라. 셔로 긔운이 소진ᄒ야 양진셔 징을 쳐셔 군스를 거두니 삼십여홉에 승부를 나노지 못ᄒ야 날이 져물미 각각 본[번]진으로 도라가셔 날 시기를 기다리드라. 원슈 본[번]진에셔 갈아디 젹장 원츌은 참 비범ᄒ 장슈라 읏지 근심되지 아니이로

1896년 10월 22일 (25회)

계장들은 각별 조심ᄒ야 경젹ᄒ지 말나 ᄒ고 그 잇튼날 평명에 곽원슈 진문 밧게 나와 디호왈 번장 원츌은 어졔 미결ᄒ 싸홈을 다시 결단ᄒ자 ᄒ니 원츌이 이 말을 듯고 진 밧게 나와 갈아디 어졔난 너를 시험코자 ᄒ야 그만 두엇거니와 오날이야 읏지 용셔ᄒ리오. 다만 무죄ᄒ 군스만 죽이지 말고 쌜이 흥복ᄒ야 명을 보존ᄒ라 ᄒ니 곽원슈 이 말을 듯고 분을 이긔지 못ᄒ야 말게 올나 니닷거날 원츌이 말게 올나 니다라 바로 곽원슈을 취ᄒ니 곽원슈 쏘ᄒ 원츌을 취ᄒ야 양장이 셔로 싸호미 쳔지가 뒤눕난 듯ᄒ고 슌악이 무너지난 듯ᄒ여 양진 승부를 모로깃스니 양진 셔로 후응[웅]를 보니여 응ᄒ드라. 잇쌔 츙번이 양진 승부를 보다가 화살노 곽원슈 탄 말를 쏘아 말 다리를 맛치엿거날 곽원슈 말게 날이여 좌우츙돌ᄒ니 긔운니 졈졈 소진ᄒ난지라. 차차 본진으로 도라오랴 홀

즈음에 원츌이 화술노 곽원슈에 팔를 맛치거날 원슈 능히 디적지 못ᄒ
야 본진을 도라와 본즉 활쵹이 팔에 박히엿난지라. 원슈의 슐노 ᄒ야금
활쵹를 도도고 약을 쓰나 그 압품을 이기지 못ᄒ야 이에 졔장다려 갈아
디 하날리 디국을 미워ᄒᄉ 날노 ᄒ[여]금 이 지경에 일으계 ᄒ시니 웃
지 나라를 보존ᄒ리요. 니 차라리 죽어서 번장에게 욕를 보지 아니ᄒ난
거시 올타ᄒ고 칼노 자문자문[자문]코자 ᄒ거날 졔장이 말유ᄒ야 갈아
디 지금 국ᄉ가 원슈 곳 아니면 일시가 위티ᄒᆯ 뿐 아니라 황졔계셔 이
긔별만 드르시더리도 이셕히 여기시기를 마지 아니할 터인디 함믈며
자문코자 ᄒ시니 이 어인 일이시오 십푼[분] 참우셔 여러 날 조리ᄒ야
졔장드리 죽을 힘를 다ᄒ야 이 셜치를 ᄒ올이다 ᄒ니 원슈 갈아디 그디
에 말이 당연ᄒ나 니 분을 이기지 못ᄒ야 그리ᄒ노라 ᄒ고 다시 칼을
놋코 약을 부치며 조리ᄒ드라. 잇ᄯᅥ 황졔 이 말 듯고 손으로 셔안을 치
며 갈아디 니가 박덕ᄒ야 곽장이 이 지경에 이르러시니 이 군ᄉ 장찻
누긔를 맛기여 번장을 디적ᄒ리오 ᄒ시며 용누 비오듯 ᄒ거날 졔신니
뉘 아니 울이요 이 ᄯᅥ 원츌이 본진으로 도라가 츙변다려 갈아디 지금
곽원슈 살을 맛져셔 조리ᄒ니 이를 승시ᄒ야 치면 곽진즁에셔난 디젹
ᄒᆯ 장슈 읍실 거시니 명일은 맛당이 곽원슈를 사로잡으리라. 츙번이 ᄯᅩ
원튤[츌]에계 층ᄉ하야 갈아디 그디 아니면 웃지 곽원슈를 잡을 도리가
잇쓰리오 ᄒ날리 그디를 지시ᄒᄉ 날노 ᄒ야금 셜치ᄒ게 ᄒ시니 웃지
좃치 아니리오 ᄒ며 슐을 권ᄒ드라. 원튤[츌]이 그 잇튼날 진문 밧게 나
와 소리를 크게 ᄒ여 갈아디 곽원슈난 ᄲᆞᆯ이 나와 니 칼을 바드라 ᄒ난
소리 슌쳔이 움지기난 듯ᄒ드라. 원슈 말을 듯고 약 부친 거설 물녀 바
리고 니닷고자 ᄒ거날 그 즁에 ᄒᆫ 장슈 니다가 갈아디 소장이 비록 지
조 읍시나 ᄒᆫ번 나가 원튤[츌]를 잡아 원슈에 근심을 들야ᄒ니 원슈 본
즉 좌이장 조민라. 허락ᄒ아 갈아디 원튤은 비범ᄒ 사람이니 부디 경젹
지 말고 디적ᄒ라 ᄒ니 조민 슈명ᄒ고 니닷거날 원튤[츌]이 발로 조민
을 튀ᄒ거날 셔로 싸호민 슈합이 못되야 원튤[츌]에 칼이 번듯ᄒ며 조

미에 머리 마흐에 날이여지거날 원튭[츌]이 승승호야 무인지경 갓치 좌우충돌호니 뉘 능히 당호리오. 곽원슈 이 거동을 보고 졍이 민망할 즈음에 쏘 흔 장슈 닉다라 싸호니 이난 조미 아오 조경이라. 그 형 죽음얼 보고 분을 이긔지 못호야 나난다시 달녀들거날 원튭[츌]이 쏘 조경을 튀호니 조경이 십여합을 싸호되 원튭[츌]에 힘이 졈졈 식식호고 조경에 힘은 졈졈 소진호난지라. 원진에서 이 거동을 보고 징을 쳐셔 군ᄉ 거두니 조경이 본진으로 도라와셔 원슈다려 갈아디 원튭[츌]은 쳔흐에 디젹홀 자이 읍실 듯호니 웃지호면 조흐잇가. 원슈 갈아디 닉의 팔 졈졈 효험이 읍고 젹세가 져럿듯 승승호니 필경 욕을 불면호리니 디국 운슈가 웃지 이다지 비식호얏난고 호며 디셩통곡호거날 조경이 다시 말호되 비록 그러나 소장이 다시 죽기를 다호야 싸호아 보리라 호고 평명에 진 밧게 나와 크게 소리호여 갈아디 니 어졋게 싸홈을 결단치 못호얏쓰니 오날은 너를 버혀 원슈를 갑푸리라 호니 원튭[츌]이 쏘혼 진에 나와 갈아디 너에서 더흔 곽원슈도 닉 살을 면치 못호야거든 너갓튼 어린 아희가 네 형에 보슈홀 뜻으로 감히 큰 말호고 날을 디젹고자 호니 닉 칼은 ᄉ졍이 읍난지라. 너의 형졔가 흔 칼에 죽기가 두렵지 아니호냐 호며 달녀들거날 조경이 쏘혼 달녀들어 십여홉을 싸호다가 셕장이 말우에서 두어길을 소스며 칼노 조경에 머리를 치니 머리 마흐에 날여지거날 셕장이 승승호야 좌우 스살호니 곽군 병졸리 츄풍낙엽갓더라.

1896년 10월 24일 (26회)

이 ᄯᅥ 원슈에 장졸이 다 도망호야 셔로 즛바러 죽난 지 부지긔슈라 원슈 진중에 잇셔 이 거동를 보고 분흠를 이긔지 못호야 디젹고져 호나 몸을 조곰도 움자기지 못호난지라. 인호여 디셩통곡호야 갈아디 호나리 디국을 미워호ᄉ 날노 호야금 이다지 망케 호시나냐 호며 누슈 비오듯

흐거날 졔장드리 보난 지 뉘 아니 울이오 이 쩌 원츌이 츙변으로 흐야 금 함끠 원진을 에우고 곽원슈를 사로잡아 진문밧계 꿀이고 항복흐라 흐니 곽원슈 소리를 크계 흐여 갈아디 이 기 갓튼 츙변은 너에 말을 자셔이 드러라. 네 무고이 군스를 발흐야 디국을 침범흐니 황졔계셔 읏지 분흐지 아니흐리오. 눌노 흐야금 너를 쳐셔 네 머리를 갓다가 황졔계 드리고 분흠을 풀고자 흐얏드니 흐날이 망케 흐사 이 지경에 이르러시나 네가 날노 흐야금 항복흐라 흐니 이갓튼 욕이 어딕 잇쓰리오 쌸이 죽여 너에 츙셩을 낫타니여라. 니 잠시도 살아셔 널노 더부러 슈작흐리오 츙변이 달녀여 갈아디 그년 네의 말리 올으나 시훈[운]이 너의 나라로 비식흐야 이 지경에 이럿거날 읏지 인녁으로 흐리오 너난 분심을 참고 너에 말를 드르면 너도 부귀를 누리고 쳔흐에 그릴 거시 읍실 거시니 다시 츙의만 싱각지 말고 항복흐여라 흐니 곽원슈 눈을 부룹 쓰며 흔 손으로 짜을 치며 꿀으디 츙신은 불스이군이라 흐얏거날 니 읏지 너갓튼 놈에계 무룹을 꿀어 부귀를 위흐야 항복흐리오. 밧비 죽이라 흐니 츙변이 허릴읍셔 구피지 아니흘 줄 알고 진문 밧계 니다 버히라 흐니 원츌이 츙변다려 말흐되 곽원슈난 참 짐짓 쳔흐 명장이오. 쏘 져럿틋 츙심이 잇난지라. 죽이난 거션 의가 아니라 흐고 져스코 말유흐니 츙변니 원츌에 말를 어려이 여겨 다시 군스를 명흐야 군중에 두라 흐니 군스드리 잇쓰러 군중에 가두엇거날 원슈 군중에 갓치여 헤아려 본즉 본 국이 다시 원츌이 디젹흘 장슈 읍고 번군을 져럿틋 강셩흐니 니 차라리 죽어셔 모로나니만 갓지 못흐겟다 흐고 여러 번 죽고자 흐나 손에 조고마흔 칼 흐나 읍고 좌우에 슈즉흐난 즈이 만커날 읏지 할 슈 읍셔 다만 쥬려 죽고자 흐야 아모 것도 먹지 아니흐더라. 잇디 황졔 이 말 듯고 좌우 신흐다려 갈아스디 이졔 디젹흘 장슈 흐낫토 읍고 곽원슈난 젹진에 갓치여 싱스을 모로고 오라지 아니흐야 번군니 황셩으로 올거시니 이를 장찻 읏지흐리오 흐시며 디셩통곡흐시더라. 잇써 츙변은 젼군이 되고 원츌은 후군이 되야 황셩을 도물머듯 드러오거날 장안 빅셩드리 물

쓸듯ᄒ야 곡셩이 낭자ᄒ야 살기를 도모ᄒ드라. 그러나 만조 빅관니 아
모 계칙읍고 다만 황계만 뫼시고 의논이 불일홀 즈음에 ᄒ 스람이 츌반
쥬왈 소신이 나가셔 ᄒ번 막어보리다 ᄒ고 여간 군스랄 ᄒ야 나가거날
이난 우의졍에 아달 반곡이라. 황계 다힝 여기스 갈아스디 그디가 나라
를 위ᄒ야 이갓치 죽음을 혜아리지 아니ᄒ니 그디난 충셩을 다ᄒ야 번
진을 몰이치라 ᄒ거날 반곡이 슈명ᄒ고 니다라 충번을 치니 충번니 말
게 올나 슈흡이 못ᄒ여 반곡의 군스 다 도망ᄒ야 다라나거날 반곡이 디
적지 못ᄒ야 쏘ᄒ 도망ᄒ야 본진으로 도라오니 충번과 원츌이 승승ᄒ
야 황셩을 십니 밧그로 에워샷거날 나난 시도 니왕ᄒ기 어려온지라. 황
계 헤아리되 아모 방칙홀 도리 읍셔 셰장에 손를 잡우시고 울으시며 갈
아스디 려러 빅년 스즉이 니계 와셔 보존치 못ᄒ면 지ᄒ에 가셔 션왕을
무슨 면목으로 디ᄒ여 볼고 ᄒ시며 스러ᄒ시드라. 잇써 충번니 글월를
젼ᄒ야 갈아디 디국 황계난 이 글을 자셔이 보라. 니 젼일에난 지경에
드러와서 십만 디병을 몰슈이 죽이고 다시 십오만 군스를 일으키여 황
셩을 에웟스니 곽원슈도 니에 진즁에 잇난지라. 다시 누가 잇셔 디적ᄒ
올이오. 시운과 쳔시가 허릴읍시니 항복ᄒ야 도탄에 든 빅셩를 건지고
나라를 보존ᄒ라 ᄒ엿거날 황계 이 글를 보시고 조신을 도라보아 갈아
스디 지금 시각이 위틱ᄒ니 웃지ᄒ면 조흘지 의논ᄒ여라 ᄒ시거날 여
러 조신드리 혹은 황복ᄒ야 스즉를 보존ᄒ자 ᄒ난 즈도 잇고 혹은 차라
리 나라이 망ᄒ야 읍시어질지언졍 웃지 젹국 충번에계 항복ᄒ야 구차
로이 스즉을 보존ᄒ리오 ᄒ는 즈도 잇셔 셔로 의논이 분등ᄒ여 날이 늣
도록 의논을 결단치 못ᄒ더라. 잇써 황계 아모리 헤아리되 다른 계칙
[칙]은 읍고 항복 아니ᄒ면 만조와 빅관과 억조칭셩이 다 죽을 지경에
이르난지라. 다시 스관으로 ᄒ야금 답셔를 써셔 가져오라 ᄒ교ᄒ얏거날
스관니 무슨 뜻으로 답셔를 쓰랴 ᄒ시나닛가 ᄒ니 황계 눈물이 비오듯
ᄒ시면

1896년 10월 26일 (27회)

이 씨 졔신드리 의논니 분등ᄒ야 웃지할쥴 모로드니 좌의졍 호졍이 황
졔계 엿자오디 지금 번군니 긔셰 당당ᄒ야 비록 빅만 군스라도 당치 못
ᄒ올 거시니 그즉 항복ᄒ야 곽원슈를 다려온 후 이 급흔 형셔를 면흔
후에 다시 군스를 디발ᄒ야 번군을 치면 조흘듯 ᄒ오이다 ᄒ니 황졔 그
말을 올흐이 여기여 항셔를 써오라 ᄒ시니 항셔를 써 왓거늘 황졔 항셔
를 압ᄒ 노으시고 디셩통곡ᄒ야 ᄀᆞᆯ으스디 니 날아이 군스가 빅여만명
이오 장슈가 슈쳔여명이로디 하날이 니에 날아로 ᄒ야금 운슈가 비식
ᄒ야 곽원슈가 실슈ᄒ야 번진에 갓치여 잇고 다른 장슈난 ᄒ낫토 디격
홀 자이 읍셔 져 츙번에게 항셔를 보니여 무릅을 ᄭᅮ러셔 세상에 용납지
못홀 스람이 되리오 그디들은 다시 계칙이 읍넌다 ᄒ니 우의졍 반악이
나와 말ᄒ야 ᄀᆞᆯ으디 항셔는 보니지 말고 교린지의로 셔로 화회ᄒ야 공
벌ᄒ난 폐가 읍고자 할 듯으로 답셔ᄒ여 보니난 거시 가ᄒ다 ᄒ니 황
졔 드르시고 그 말도 ᄯᅩ 무방ᄒ다 ᄒ시고 다시 스관으로 ᄒ야금 화친ᄒ
난 문쳡를 써오라 ᄒ시니 스관이 화친ᄒ난 글월을 써올엿거늘 황졔 친
봉ᄒᄉ 츙번에게 보니엿드니 츙번니 그 글을 바다본즉 ᄒᄒᄆ 쓰되 츙번
은 니에 글을 자셔이 보라 스룸이라 흔 거시 세상에 나믜 왕공으로부터
지어스인ᄶᅥ지라도 각각 즉분니 잇셔 다 져에 즉분마다 즉히고 잇거날
이 너난 그 리치를 모로고 일홈 읍난 군스를 너여 니 지경을 침범ᄒ야
무죄흔 군스난 병혁에 죽고 이차흔 빅셩은 도탄에 드러 ᄡᅳ니 이거시 양
국에 불힝흔 일이라. 다시난 셔로 공벌ᄒ난 폐가 읍계ᄒ야 두 나라이
셔로 의를 두고 지방은 다르나 일실갓치 지니고 ᄯᅩ 곽원슈난 니에 긔공
이라 돌녀보니여 나에 근심이 읍계ᄒ기를 쳔만 바라노라 ᄒ얏거날 츙
번이 이 글을 보고 원츌과 졔장를 다려 우어 ᄀᆞᆯ으디 이제 디국이 다른
힘이 읍셔 날노 ᄒ야금 셔로 화친ᄒ야 의를 밋고 지니자 ᄒ니 그디의
마암들은 웃더ᄒ며 ᄯᅩ 곽원슈를 보니라 ᄒ야쓰니 이 일을 웃지하면 조

호라 호니 원츌이 말호디 이졔 우리가 젼일 욕보든 거션 그 스이 다 셜
치되얏고 쏘 사룸이 니계 붓좃고자 호난 거셜 니가 밧지 아니호난 거션
도로여 상서롭지 못혼 거시니 양국이 셔로 의를 보존호야 다시 군스 일
으키난 폐가 읍난 거시 올코 쏘 곽원슈난 돌녀 보니여 남에 군신지의를
쓴치 말계 호난 거시 당연호다 호니 츙번이 그 말를 올호이 여긔여 곽
원슈를 불너올여 상좌에 안치고 츙번니 갈아디 우리가 본디 아모 연고
읍시 군스를 일으키여 승픽가 셔로 잇셔 무죄혼 빅셩이 도탄에 드러잇
고 양진 군졸드리 죽은 지 부지기슈라. 그러나 일시 회스니 혐의치 말
고 교린호난 의를 두고 조히 지닌고 쏘 그디를 돌녀 보니니 그디난 부
디 임군를 셤겨 빅셩을 안무호라 호거날 곽원슈 비스호야 갈아디 이다
지 후의를 두어 날노 하야금 우리 임군을 다시 뵈옵계 호니 이 은혜 빅
골난망라 호고 본국으로 도라오니 츙번에 관후함이 참 비할 디 읍더
라. 곽원슈 본국으로 와셔 황졔계 뵈온디 황졔 크계 반기스 원슈에 손
을 잡부시고 갈아스디 너을 다시 보지 못홀 쥴노 알더니 지금 다시
보니 웃지 다힝치 아니호며 반갑지 아니하리오 호신디 원슈 엿자오디
소신니 츙번에 진즁고혼이 되올 쥴 아럿쓰니 폐하에 너부신 덕퇵을 힘
입어 사라 도라왓다 호고 젼후 츙번이 호든 말을 낫낫치 고호니 황졔
드르시고 불힝즁 힝으로 여기시고 졔신다려 갈아스디 지금 양국이 셔
로 화친니 되미 불가불 약조가 잇고 쏘 잔치가 읍실 슈 읍시니 잔치를
비셜호라 호니 졔신드리 슈명호고 잔치를 비셜호드라. 잇써 츙번니 졔
장을 다리고 셩안으로 드러오니 그 위의가 엇다 비호야 말홀 슈 읍더라.
셩즁 빅셩드리 구경호난 지 순 갓트며 구룸 모이듯호드라. 츙번니 드러
가 황졔계 뵈오니 황졔 나와 맛져 올니거날 츙번이 예로 보닌 후에 상
좌로 안져 양국이 혼 곳이 모이여 잔치호미 자고 이리로 이갓튼 잔치가
다시 읍실 것 갓고 예젼 홍문연 잔치도 이에셔 더 못홀너라. 이 써 쳔자
친이 슐을 들고 츙번에계 권호니 튱번이 사례호고 슐를 바다 마시고 퉁
번니 슐을 부어 황졔계 권호니 황졔 쏘혼 사려[례]호시고 바드시니 셔

로 이렷케 질기기를 여러 날 흐고 잔치를 파흐고 퉁번니 본국으로 가랴
홀 시 황졔계셔 금은보픿와 비단 몃 슈리를 쥬며 갈아스디 이거시 약소
흐나 니가 그디를 잇지 못흐야 졍을 표흔 거시니 바드라 흐시거날

1896년 10월 28일 (28회)

춤번이 비스흐며 갈아스디 양국이 군스를 일으키여 승부를 미결흐고
지금 와셔 교린지의을 두어 이다지 상급을 만니 흐시니 감스무지흐오
이다 흐고 길을 떠나거날 황졔와 만조빅관니 십니 밧게 나와 젼송홀 시
이 씨 곽원슈 그 화술 마진 팔이 졈졈 나셔 여젼흔지라. 춤번니 곽원슈
에 손를 잡고 갈아디 그디가 날노 더부러 스셩을 불고흐고 싸흠을 흐다
가 너에 화술노 그디를 맛치야 다힝이 상쳐가 나으니 이도 하날리 원슈
를 밋게 아니흐심이라 흔디 곽원슈 우어 갈아디 니 만일 팔을 상흐지
아니흐얏던덜 그디가 도라가지 못흐얏쓸 거셜 지금로[의]로 그디 더부
러 다시 의를 미지니 오히려 다힝흐도다 흐고 인흐야 작별흐고 귀국흐
니라. 이 씨 곽원슈 가향을 떠난지 십년이라. 자연 고향 싱각이 간졀흔
거날 황졔계 이 스졍을 알왼디 황졔 드르시고 갈아스디 그디가 나라를
위흐야 동분셔쥬 흐다가 지금 와셔 무스시를 당흐야 고향으로 도라가
러 흐니 그도 고이치 아니흐거니와 나난 그디를 보니면 쥬야로 보고 십
푼 마암 어디 비흐리오. 그러나 스졍을 막을 슈 읍시니 도라가 가스를
보고 다시 와셔 쏘 군신지의를 끈치 말나 흐시니 곽원슈 엿자오디 소신
니 쳔은니 망극흐와 여러 번 싸흠에 명을 보존흐야 지금 고향으로 도라
가니 복원 환상은 만슈무강 흐소셔 흔디 황졔 창연이 여기스 은금치단
을 마니 승스흐스 갈아스디 이거시 약소흐나 졍을 표흔 거시니 바드라
흐신디 곽원슈 황송흐야 바다가고 길을 떠나미 빅관드리 셩밧게 나와
젼송흐더라. 이 씨 곽원슈에 집이 곽원슈 간 후에 십여년을 집에 도라

오지 안흐거날 그 쳐자가 날마다 기다리더니 츙번에 랄니 평정흐고 곽 원슈도 옴을 듯고 반기믈 이긔지 못흐더니 과연 곽원슈 도라오거날 노비와 그 부인과 그 아달이 문밧 오리에 나와 마자드리미 곽원슈 당에 올나가셔 그 부인을 보고 갈아디 그 스이 어린 아희를 다리고 십년을 고성 시키여씨니 너에 마암에 웃지 불안치 아니흐리오 흔디 그 부인이 쏘 갈아디 나난 집셔셔 고성은 되지 아니흐얏거니와 가군은 여러 히 긱고흐야 스지 전장에 여러 번 나갓다가 천힝을로 귀톄를 보즁흐야 도라오시니 웃지 질겁지 아니흐리오 흐고 원슈 쏘 그 아달을 붓잡고 어무만지며 갈아디 너의 어리여 니가 집을 써나 니졔야 도라오니 져럿툿 슉셩흐얏난지라. 하마흐더면 다시 이 자미를 보지 못흐얏쓸 거셜 흐날이 굽어 슬피스 지금 스라 도라온즉 이 웃지 죳치 아니리오 흐드라. 잇쩌 그 향당 붕우들과 여러 죡친드리 곽원슈 옴을 듯고 구룸갓치 모이여 츙송흐기를 마지 아니흐드라. 이 쩌 원슈 쥬병을 만나 장만흐야 큰 잔치를 비셜흐고 여러 날 질기더라. 그 아달이 나히 십팔이 되미 혼인을 경흐되 맛당흔 곳지 읍더니 그 근처의 츄승상 집이 잇셔 흔 쏠을 두엇시되 인물과 덕힝이 츌범흐다난 소문을 듯고 미파를 보닛드니 추승상이 반기여 허락흐거날 그 후로 원슈 부부 혼일을 기다려 날이 당흐거날 원슈 그 아달를 다리고 추승상 집에 가셔 혼인 지닌 후 그 며날이을 본즉 과연 듯든 바와 갓튼지라. 그 아달을 다리고 집으로 도라온 후 추승상 집에 그 쏠을 권귀흐야 보니되 추승상이 쏘 그 쏠을 다리고 오드라. 이 쩌 원슈 부부 그 며나리를 본즉 과연 소망에 지닛난지라. 깃부믈 이긔지 못흐야 여러 날 잔치흐미 원슈 추승상을 다려 갈아디 우리가 일즉 벼슬흐야 늘기 고향에 와셔 셔로 혼인을 밋고 자녀에 자미를 보고 어초에 마암이 잇셔 부귀를 소원치 아니흐니 이 밧계 무슨 낙이 잇쓰리오 흔디 츄승상이 쏘 갈아디 그더도 나에 마암과 갓터여 왕성를 흐직흐고 이곳더 와셔 이갓치 인의로 지니니 웃지 깃부지 아니리오 흐드라. 츄승상이 셔로 이별흐고 도라가드라. 흥진비리요 고진감리라 흐드니 일일은 곽원

슈 우연이 병이 들거날 빅약이 무효훈지라. 원슈 병셕에 누어 헤어려
본즉 다시 회싱ᄒ기 어려온지라. 그 부인과 그 아달를 불너 읍히 안치
고 유언ᄒ야 갈아디 니가 지금 병셰가 비경ᄒ야 다시 이려나지 못ᄒ겟
쓰니 부인은 아히를 다리고 가스를 나 잇슬 ᄯᅥ와 갓치 ᄒ며 ᄯᅩ 져 아히
난 아모조록 자모를 효셩으로 셤기여 가셩를 ᄯ러치지 말나 ᄒ고 인ᄒ
야 명이 진ᄒ니 부인과 그 아달이 이통ᄒ기를 마지 아니ᄒ야 션산에 장
ᄉ지니고 삼년를 지셩으로 지니고 그 가스를 조곰도 그 부친 잇슬 ᄯᅢ와
다름이 읍시니 일향 스룸드리 층찬아니ᄒ나 니 읍더라. 셰상에 곽원슈
갓치 잘난 사룸이 읍기의 긔록하얏드라.

1896년 9월 12일 (1회)

近年에 南山洞 스는 李生員 源宗이라 ㅎ는 士族이 잇는디 년장 칠슌에 남녀간 일졈 혈육이 업고 가셰지빈ㅎ여 슈간모옥에 육촉심지를 만드러 팔아 싱이ㅎ더니 이웃집 평민에 감가 과부 ㅎ나이 삼셰 유아를 다리고 근근 싱활ㅎ다가 홀연 득병ㅎ여 죽으니 혈혈 무의ㅎ 어린 아ᄒᆡ 졍셰 지극 참혹ㅎ지라. 니싱원이 즈식도 업슬 뿐 아니라 인졍에 불상이 넉여 슈양ㅎ야 아들를 숨아 무익ㅎ여 일홈을 귀동이라 ㅎ고 양육ㅎ여 십오셰 되미 용뫼 쥰미ㅎ고 범졀이 슉셩ㅎ나 남의 부모에게 질[길]니믈 아지 못ㅎ더니 일일은 니싱원이 우연이 그 아들을 디ㅎ여 일오디 너가 네 소싱부 아니라 네 과모가 비린ㅎ여 스다가 죽으미 네 유치로 의지홀 곳이 업셔 셩지 궁박ㅎ기로 슈양ㅎ 니력을 일일이 말ㅎ니 그 아ᄒᆡ 눈을 들어ᅥ ᄒᆞᆫ번 보고 묵묵이 말이 업더니 인ㅎ야 문을 나미 경년 열셰ㅎ되 드러오지 아니ㅎ니 간 바를 모로는지라. 니씨부뷔 엇진 연고를 아지 못ㅎ고 일야로 망안이 욕쳔ㅎ도록 기다리나 맛참니 형젹을 모론지 팔년에 일으럿더니 일일은 니싱원이 육초심지를 팔아 목화젼에 드러가 심지에 감는 소음[움]을 스가지고 나와 집으로 향홀 시 문득 일위 미소년이 션명ㅎ 의관으로 압ᄒᆞ로 당면ㅎ지라. 잠간 보미 비록 팔년을 그리웟스나 엇지 십여년 슈양호 모형을 모로리요. 반가오믈 이긔지 못호여 급히 그 손을 잡고 갈ᄋ디 네 그 ᄉ이 나를 ᄇ리고 어디로 ᄀᆺ든다. 그 소년이 발연작식 왈 그디 누군지 모로되 나를 눌노 알고 이리ᄒᄂ뇨 ᄒ거늘 니싱원이 어이업셔 일오디 네가 남산 꼴셔 니게 길닌 귀동이가 안인냐 ᄒ즉 그 소년이 소미평싱으로 말ᄒ며 밋친 노인이라 ᄒ니 종로 디도에 니인 거긔이 모이여 셔로 도라보며 그 진가를 아지 못ᄒ여 혹 말ᄒ되 노인 망녕으로 ᄀᆺ흔 ᄉ롬을 보고 그리혼다 ᄒ니 니싱원이 긔가 막히여 ᄌ초지종을 말ᄒ며 몸에 ᄉ마귀와 험쳐잇는 거슬 일일이 말ᄒ며 상고ᄒᆽ ᄒ니 그 소년이 디로ᄒ여 광인이라 ᄒ며 주머괴로 가슴을 밀치고 표연이 가니 관광ᄒ는 시민과 힝인이 다 고이히 넉이고 니싱원은 가슴을 맞고 것구러졋다가 일어나 억식ᄒ나 홀일 업셔 집으로 도라와 부뷔 셔로 디ᄒ여 지닌 일을 일으며 오열체읍ᄒ더라. (미완)

1896년 9월 14일 (2회)

니싱원 부뷔 상디 톄읍ᄒ다가 셔로 위로ᄒ며 날을 보닉더니 슈일을 지닌 후 홀연 문밧게셔 사롬이 찻거늘 나가본즉 포교 니원종이라 쓴 셩명을 보이며 왈 포장 숫도게셔 잡혓스니 가ᄌ ᄒ거늘 니싱원이 경황ᄒ여 혼불부신ᄒ나 홀일업셔 포교를 ᄯ라셔 관텽으로 드러가 두목군관 힝슈 포교을 보고 울며 고왈 니가 무슴 죄 잇셔잡혓는지 나는 본니 빈한흔 사롬으로 ᄌ식도 업시 ᄌ소지노토록 니외 상의ᄒ여 초심을 뷔여 싱이ᄒᄂ는 ᄉ롬이라. 평싱에 일호 남과 상관이 업스믄 일촌이 다 아는 비니 초심을 뷔여 파라먹은 쥔지 알 길이 업는지라 ᄇ라건디 밝키 일으라. 두목규관이 그 말을 듯고 ᄉ롬의 동졍을 술피믹 언ᄉ도 측우ᄒᆨ고 작죄홀 ᄉ롬이 아닐 듯ᄒ지라 디답ᄒ야 골ᄋ디 나도 ᄉᄽᆞ 밀지를 바다 거힝흔 일인즉 과연 니평을 모로거니와 필연 곡셜[졀]이 잇기에 잡으라 ᄒ

신 일이니 ᄌᆞ셔이 ᄉᆡᆼ각ᄒᆞ여 보라 ᄒᆞ어늘 니셩원이 션수 만량ᄒᆞ여도 ᄉᆡᆼ 각홀 ᄇᆡ 업더니 믄득 귀동의 일을 ᄉᆡᆼ각ᄒᆞ고 젼후슈말을 낫낫치 일으며 왈 평ᄉᆡᆼ에 이 ᄒᆞᆫ 일 밧게 홀 말이 업스니 속히 노아쥬어야 오날 셩이를 온젼이 ᄒᆞ여 조쳐를 굼기지 아니ᄒᆞ깃노라 ᄒᆞ니 두묵군관이 졈두ᄒᆞ고 포장에게 드러가 니셩원 잡아 딕령ᄒᆞᄆᆞᆯ 알인ᄃᆡ 포장이 분부ᄒᆞ되 젹슈 간으로 ᄂᆞ리고 즉시 물고를 올나라 ᄒᆞ거늘 (未完)

1896년 9월 16일 (3회)

(承前)

두목이 경아ᄒᆞ여 다시 알외되 포쳥법의가 아모리 비밀ᄒᆞᆫ 일이라도 두 목군관이 모로는 일이 업스오니 이 죄인은 목슘 죄로 물고를 올나라 ᄒᆞ 시ᄂᆞᆫ지 ᄌᆞ셔이 분부ᄒᆞᆸ시라 ᄒᆞ니 포장 왈 나도 모르되 우의셔 밀지를 ᄂᆞ리ᄉᆞ 잡아 물고ᄒᆞ라 ᄒᆞ신 일이라. 두목이 ᄃᆡ왈 무릇 아모 죄이든지 ᄉᆞᄊᆞ게셔 죄명을 모로시고 죽이는 거시 즁ᄃᆡᄒᆞᆫ ᄉᆞ톄 아니읍고 ᄯᅩ 소인 이 니모의 호소ᄒᆞᄂᆞᆫ 말을 듯ᄌᆞ온즉 여ᄎᆞ여ᄎᆞ ᄒᆞ오며 그 동졍이 빅빅무 죄ᄒᆞᆫ 듯ᄒᆞ오니 ᄉᆞᄊᆞ거셔 ᄌᆞ셔니 통쵹ᄒᆞ시믈 ᄇᆞ라ᄂᆞ이다. 포장이 고이히 넉여 니모를 불너 드리라 ᄒᆞ여 무른즉 언ᄉᆞ 동졍이 두목의 말과 조곰도 다르지 아니ᄒᆞ거늘 심즁에 의아ᄒᆞ여 ᄉᆞ관령으로 가도라 ᄒᆞ고 곳 에궐 ᄒᆞ여 샹젼에 알외되 하교ᄒᆞ신 니모를 잡아 왓ᄉᆞ오나 물고ᄒᆞ라 ᄒᆞ읍신 쳐분을 ᄌᆞ셔이 아읍고 거힝ᄒᆞ랴 ᄒᆞ읍ᄂᆞ이다. 샹이 왈 쳥공ᄉᆞ 원셰기가 니모 셩명을 젹어 보니며 말ᄒᆞ기를 이 놈이 ᄌᆞ소로 부가 쟈졔를 유인ᄒᆞ 여 잡기ᄒᆞ기와 계집 붓치기로 ᄉᆡᆼ이ᄒᆞ여 픿가망신ᄒᆞᆫ ᄉᆞ롬이 부지기쉬니 이런 놈을 셰상에 용납지 못홀지라 즉속 업시ᄒᆞ여 큰 폐를 졔ᄒᆞ라 ᄒᆞ엿 기로 밀지를 ᄂᆞ리미라 ᄒᆞ시니 표장이 알외되 그러ᄒᆞ오면 소신이 원셰 기를 가 보고 ᄌᆞ셔히 탐지ᄒᆞᆫ 후 조쳐ᄒᆞ오리이다 ᄒᆞ고 그 길노 원셰기

공관에 가 원공亽를 보고 한헌례필에 은밀이 필담으로 니모의 일을 슈
작ᄒᆞ니 원셰기 갈오디 이는 니쳥직이 조선 스룸에 아모긔에게 들은 말
이라 ᄒᆞ거놀 포장이 답왈 그 스룸이 엇더ᄒᆞᆫ 스룸인지 날을 보이라 ᄒᆞ니
원셰기 곳 불너 보이거늘 표장왈 너가 네게 스실ᄒᆞᆯ 일이 잇스니 너게로
좀 보니미 엇더ᄒᆞ뇨 원셰기 응낙ᄒᆞ거늘 포장이 집에 도라와 두목을 불
너 약속ᄒᆞ고 기다리더라. 이 ᄯᅥ 원셰기 텽직이가 원셰기의 명을 바다
포장에 집으로 오니 두목 군관과 모든 포교 포졸들이 좌우에 미복ᄒᆞ엿
다가 일시예 다라드러 결박ᄒᆞ고 포장에게 알외니 포장이 잡아드리라
ᄒᆞ여 형구를 갓초고 문초ᄒᆞ니 김영길이가 원셰기 세력을 밋고 소불동
넘ᄒᆞ며 니싱원의 협잡ᄒᆞᆫ 말을 원셰기에게 고ᄒᆞᆫ 말과 조금도 다르
지 아니케 공초ᄒᆞ니 포장이 졍녕 그러ᄒᆞ다 ᄒᆞ기로 네게 ᄒᆞᆫ 일이요 ᄯᅩ
원공亽가 법관 아니여든 엇지ᄒᆞ야 고소ᄒᆞ여 그 만일노 쳔츙ᄒᆞ시게 ᄒᆞ
니 필연 네가 무슴 혐의 잇스미라. 바로 알외면 네 셜치를 쾌이ᄒᆞ여 쥬
리라 ᄒᆞ니 김영길이가 알외디 이왕 원공亽게도 고ᄒᆞ엿거니와 소인이
근일에 니싱원의 ᄭᅬ임에 ᄲᅡ져 잡기와 계집 일노 돈 슈쳔 금을 ᄲᅢᆺ겻습고
유유부족ᄒᆞ와 의관ᄭᆞ지 ᄲᅢᆺ고 곤욕을 무수이 보앗습기로 분원ᄒᆞᆷ를 이긔
지 못ᄒᆞ와 원공사계 ᄒᆞ소ᄒᆞ엿습더니 쳔쳥ᄭᆞ지 되신 일은 ᄯᅳᆺ밧기오니
황송무디로소이다 ᄒᆞ거놀 포장이 즉시 김영길을 잠간 물나라 ᄒᆞ고 니
싱원을 불너드려 무르되 네가 슈양ᄒᆞᆫ 귀동이를 디ᄒᆞ면 알깃는다. 니
싱원이 디왈 엇지 모를 니 잇스오리잇가. 포장이 분부ᄒᆞ여 김영길을 디
질 시기니 니싱원이 손으로 ᄯᅡᆼ을 두다리며 왈 과연 져 놈이라 ᄒᆞ며 젼
후스연을 다시 셜파ᄒᆞ니 듯는 지 뉘 아니 살지셔셕이라 ᄒᆞ리요 포장이
김영길다려 무르되 져 니가의 말이 거즛말이며 너를 ᄭᅬ여 돈 ᄲᅢᆺ든 스룸
인다 ᄌᆞ무이 알외라 ᄒᆞ니 김가가 머리를 숙이고 일언반亽를 디답지 못
ᄒᆞ거놀 포장이 즉시 포교로 ᄒᆞ야곰 남산골 동니 삼소임과 니싱원에게
소임[옴]팔든 노죵노 목화젼 시졍을 부르라 ᄒᆞ여 면면이 디질을 시기며
무른즉 남산골 삼소임의 말이 니싱원의 수양ᄒᆞᆫ 아ᄒᆡ 일흔 말과 형셰

지빈ᄒᆞ여 초심을 뷔여 셩인ᄒᆞ는 일이며 쥬식잡기는 당초에 일홈도 모
로는 냥반이라 ᄒᆞ고 ᄯᅩ 목화젼 시졍에 말은 니싱원이 여러 히 초심장ᄉ
ᄒᆞᆸ기로 소음[옴]을 슈십여연 단골노 미매ᄒᆞ엿습고 몃칠젼에 니싱원이
소음[옴]을 ᄉᆞ가자고 가다가 죵노에서 슈양ᄒᆞ얏든 아들이라고 만나 힐
논ᄒᆞ든 일을 일일니 고ᄒᆞ니 여러 말이 다 니싱원의 말과 여출일구ᄒᆞ여
조곰도 다르지 아니ᄒᆞᆫ지라. 포장이 김가에게 분부ᄒᆞ여 얼골을 들나 ᄒᆞ
고 즁인다려 보라 ᄒᆞ니 남산골 소임등은 팔구년 젼 일이미 시로녜 이ᄉ
ᄒᆞᆫ 스룸은 모로고 ᄒᆞᆫ 스룸은 모호ᄒᆞ나 ᄌᆞ셰이 보고 그 놈이 귀동이라
ᄒᆞ며 목화젼 시졍은 죵노셔 힐난홀 ᄯᅢ 목도ᄒᆞ엿스니 엇지 분명타 아니
ᄒᆞ리요. 포장이 크게 통분ᄒᆞ여 모든 스람을 일시에 방송ᄒᆞ며 김영길을
즉각 교살ᄒᆞ고 일변 탑젼에 연유를 쥬달ᄒᆞ고 일변 원셰긔에게 실상을
고ᄒᆞ니 상역 충쾌ᄒᆞ시고 원씨 참괴ᄒᆞ여 ᄒᆞ더라. 기시 포장은 고보국장
신의 아들니 일즉 각영 대장을 다 지닉고 시골집에 퇴거ᄒᆞ더니 계ᄉ년
에 명ᄒᆞ야 부르ᄉ 포장을 시기시니 위인이 강명졍직ᄒᆞ여 ᄉᆞ졍으로 공
법을 폐ᄒᆞ지 아니ᄒᆞ미 법ᄒᆞ는 지면 죽이믈 용딕치 아니ᄒᆞ니 조애 힘입
어 안도훈 일이 만터라. 션시에 귀동이가 니싱원 비반ᄒᆞ고 나와 여러
히를 경향으로 유리ᄒᆞ여 단니다가 원셰긔 조션 미모남ᄌᆞ를 갈희여 텽
직이로 둘 ᄯᅢ를 당ᄒᆞ여 승명을 변ᄒᆞ고 가 호외호의ᄒᆞ고 잇스니 셰상 에
두릴 거시 업ᄂᆞᆫ지라 일조에 니싱원을 만나 마음과 눈이 돌변ᄒᆞ여 초월
지인ᄀᆞᆺ치 물니치고 아조 셰상에 업시코ᄌᆞ ᄒᆞ야 원셰긔에게 희망훈 죄
를 일거러 즉[죽]여 그 양휵훈 은혜를 갑고ᄌᆞ 하다가 그 앙화를 졔가 바
드니 쳔리 엇지 쇼쇼치 아니ᄒᆞ리요. (完)

012 「以智脫窮」

1896.9.18~26. 雜報

1896년 9월 18일 (1회)

동촌에서 거흔 연안 니씨 중 흔 션비 문벌은 혁혁흐나 家勢淸貧흐여 弱
妻稚子로 三旬九食흐며 글 리[닉]기를 조아흐야 手不釋卷흐니 문장이
막힐 더 업스되 場屋(科場)에 屢屈흐니(과거흐지 못흐단 말) 항상 슈귀
흐믈 탄식흐며 긔환이 도골흐미 쳐ᄌ를 볼 낫치 업눈지라. 좌사우량흐
나 계칙이 업더니 일일은 흔 계교을 싱각흐여 심중에 결단흐고 그 당숙
(五寸叔) 李某에게로 가 拜謁흔 후 죵용흐기를 기다리더니 李公은 일즉
벼슬흐여 기시 션혜당상이라 니공이 믄득 몸을 이러 안으로 드러가거눌
李生 곳이 ᄯ라 드러가 좌우를 물니고 죵용이 엿지오더 從徑의 ᄉ셰를
알으시거니 혼실이 장찻 아스흐올지라 우흐로 부모와 조상의 제ᄉ를
밧들지 못흐옵고 아리로 쳐ᄌ를 거ᄂ릴 도리 업스오니 신셰 싱불여ᄉ온
지라 ᄉ중 구싱지계교로 흔 말숨이 잇ᄉ오니 드러주시면 살깃숩고 불텽
흐시면 즉석에 죽어 千愁萬恨을 잇고ᄌ 흐ᄂ이다. 니공 경문왈 무숨 말
인지 흐면 드러보아 응낙흐리라. 니싱이 디왈 다름 아니오라 션혜쳥 피
디직이 (書吏下人也負皮帶隨從書吏者也) 흐나를 시계 쥬시면 귀신이
라도 누군지 모로게 십년만 단기되 숙쥬쎄ᄂ 집안일가에 수치되게 아니
케 흐고 질은 치부흔 후 물너가 의구이 힝셰흐고 살 터이오니 조곰도 의

려마시고 시겨 달느 ᄒ거늘 니공이 변식디칙왈 빈ᄒᄒᆫ 냥반의 상시라 스디부라 ᄒ는 거슨 독셔슈신ᄒ여 과환을 즈긔ᄒ는 거시 직분이요 그러치 못ᄒ면 궁아ᄒ여 죽을 지라도 분외ᄉ를 싱각지 아니ᄒ는 거시 냥반의 도리여놀 네 지금ᄒ는 말이 무슴 말인지 가는에 상ᄒ여 환장ᄒᆫ 광인 망셜이니 그러ᄒᆫ 말을 ᄒ랴 ᄒ거든 니 눈압히 다시 뵈이지 말나 ᄒ고 노식이 등등ᄒ거날 니싱 정식디왈 숙쥬의 바로히 일으믈 질이 모러는 비 아니오나 셰상에 구복갓치 즁ᄒᆫ 거시 업삽기로 고인이 말ᄒ되 긔훈이 지신ᄒ면 불고염치라 ᄒ엿ᄉ오니 만시 다 식후연후오니 슈분만 ᄒ고 긔ᄉ동ᄉ면 무어시 귀ᄒ오잇가. 두루 싱각ᄒ다가 홀일업셔 죽기를 결단ᄒ고 이 ᄒᆫ 일을 싱각ᄒ엿ᄉ오니 ᄉ톄와 도리로 ᄭᅮ짓지 마르시고 당ᄒᆫ 졍셰를 통촉ᄒᆞᄉ 투허ᄒ시면 젼가를 보젼ᄒ오리니와 그러치 아니ᄒ오면 숙쥬 면젼에서 죽ᄉ오리니 만일 죽은즉 질의 집은 망홀지라 사톄경즁을 싱각ᄒ소셔 ᄒ고 칼을 ᄲᅢ혀 ᄌᆞ문코ᄌ ᄒ더라. (未完)

1896년 9월 20일 (2회)

니싱이 ᄌᆞ문코ᄌ ᄒ니 니공이 디경ᄒ여 급히 그 손을 잡고 말녀 왈 네 밋친 마음으로 어룬의 압헤셔 이런 거죄 어듸 잇스리요. 니 다시 싱각ᄒ여 홀조 도리를 홀 거시니 안심ᄒ고 물너가 명일 져녁에 오라 ᄒ니 니싱이 염슬디왈 질의 참 망거ᄒ오미 망ᄉ지죄오나 질의 젼가ᄉ셩이 이 일셩불셩에 달넛습ᄂᆞᆫ디 숙쥬ㅣ 불텽ᄒ시나 질이 사라 무엇ᄒ오리잇가. 바라건디 쳔만 싱각ᄒᆞ옵소셔 ᄒ고 집으로 도라오니라. 니공이 죵자을 보니고 밤이 깁도록 잠을 일우지 못ᄒ고 싱각ᄒ나 조흘 도리 업는지라 그 구실을 시기면 숙질간에 나난 당상이요 져는 ᄒ인이니 마음에 참괴ᄒ고 ᄯᅩ 만일 알 지 잇스면 일눈의 망신이 되리니 장찻 엇지ᄒ리요 ᄒ며 좌우를 결단치 못ᄒ고 크게 근심ᄒ며 밤을 지니고 그 잇흔날 져녁이 되미 그 죵질이 올 줄 알고 졍이 심회 울울ᄒᆞ더니 과연 니셩이 드러와 졀을 ᄒᆞ고 문후ᄒᆞᆫ 후 갈오디 그 일은 엇지 결졍ᄒᆞ오싯ᄂᆞ닛가. 니공이 침음냥구에 일오디 쳔망스랍ᄒᆞ나 난쳐ᄒᆞᆫ 스셰 여ᄎᆞ여ᄎᆞ ᄒᆞ니 ᄒᆞᆫ 하라비 ᄌᆞ손으로 ᄎᆞ마 엇지 이 일을 ᄒᆡᆼᄒᆞ리요. 너 맛당이 달니 조흘 도리를 변통홀 거시니 너난 모로이 그 일은 단념ᄒᆞ고 조곰 기다리라. 니셩이 디왈 달니는 아모리 조흔 변통이 잇드라 ᄒᆞ여도 질외[의] 원ᄒᆞᄂᆞᆫ 비 아니옵고 이 일은 질이 텽ᄒᆞᆫ 계괴 잇ᄉᆞ온즉 귀신이라도 질인지 아지 못ᄒᆞ게 홀 도리 잇습기로 이럿틋 ᄒᆞ옵ᄂᆞᆯ 일이지 그럿치 아니ᄒᆞ오을면 질인들 엇지 일문존망을 싱각지 아니ᄒᆞ옵고 망녕된 거조를 홀 니 잇ᄉᆞ오리잇가. 조곰도 의려치 마르시고 질의 소원을 좃치시면 그 말노 알으실 일이 잇ᄉᆞ오리이다. 니공왈 네 광망ᄒᆞᆫ 싱각이 일졍 불변ᄒᆞ니 죵ᄎᆞ로 숙질지졍의를 ᄭᅳ코 졔 소원을 좃치니 일문흥망을 아라 ᄒᆞ라. 니셩이 비스ᄒᆞ고 집으로 도라와 쳐ᄌᆞ를 디ᄒᆞ여 깃거ᄒᆞ며 니공에게셔 긔별 잇기를 기다리더라. 이 ᄶᆞ 니공이 홀일업셔 셔리들을 불너 디직이 궐 유무를 무른디 맛춤 궐이 잇다 ᄒᆞ거놀 이에 동촌 황교 스ᄂᆞᆫ 니셩득이로 시기라 ᄡᅥᄂᆞ리니 그 본 일홈은 변ᄒᆞ엿다더라. 니공이 즉시 니셩에게 밀통ᄒᆞ니 니셩이 깃부믈 이기지 못ᄒᆞ여 그 안ᄒᆡ에게 실상을 말ᄒᆞ고 약속을 졍ᄒᆞ고 후 급히 집을 유벽ᄒᆞᆫ 상스롬 스ᄂᆞᆫ 동니로 옴기고 외편 눈을 감고 벙거지를 ᄡᅥ며 소두루막이를 입고 나셔니 알든 스롬도 쏘ᄒᆞᆫ 이몬지 알 길이 업더라. 즉시 션혜텽으로 와 동관에게 지면ᄒᆞ며 셔리에게 현신ᄒᆞ고 당상에게 문안ᄒᆞ니 니모인지 뉘 알니요. 홀노 니공이 쳐연상강ᄒᆞ더라. 니셩득이가 문필이 유여ᄒᆞ며 빅녕빅니ᄒᆞ고 위인이 온아졍직ᄒᆞ니 일텽 상ᄒᆞ가 칭찬 아니리 엽셔 그 쳔역ᄒᆞ믈 가셕히 넉이며 무론 티소스ᄒᆞ고 니셩득과 의논ᄒᆞ며 니로온 일이면 다 니셩득을 맛기니 일텽에셔 잠시라도 업스면 슈족을 일은 듯ᄒᆞ여 ᄒᆞ며 달이 가고 ᄒᆡ가 오되 번졀이 ᄒᆞ로 ᄀᆞᆺᄒᆞ여 조곰도 게어르미 업스니 스롬마다 탄복ᄒᆞ더라.

1896년 9월 24일 (3회)

(承前)

세월이 여류ᄒᆞ여 어언간 십년이 되ᄆᆡ 셩득의 가셰 요부ᄒᆞ여 그릴 거시 업는지라. 셩득이 가마니 집을 동촌으로 옴기고 즉시 션혜텽 마을에 구실을 ᄌᆞ퇴ᄒᆞ니 셔리 등과 동뇨들이 놀나며 창결ᄒᆞ야 ᄎᆞ마 놋치 못ᄒᆞ거늘 셩득이 ᄯᅩᄒᆞᆫ 창연 왈 십년 후의을 잇ᄉᆞ올 길 업스오나 신병이 잇스와 응역ᄒᆞ올 길 업습기로 부득이 ᄌᆞ퇴ᄒᆞ오나 셥셥ᄒᆞ온 말숨을 엇지 측냥ᄒᆞ오리잇가. 다시 뵈올 날이 잇스오리니 ᄇᆞ라건ᄃᆡ 보즁ᄒᆞ소셔 ᄒᆞ고 고별ᄒᆞ니 여러 ᄉᆞ롬이 눈물을 흘녀 보ᄂᆞ이더라. 셩득이 시 집으로 와 감은 눈을 쓰고 의관을 졍졔ᄒᆞ니 완연ᄒᆞᆫ 젼일 니싱이라. 뉘라셔 피딕직이 다니든 니셩득리라 ᄒᆞ리요. 디가사를 일신케 슈리ᄒᆞ고 고쥬디문 줄힝낭에 남노녀비를 갓초고 문인묵긱을 모아 날노 시쥬ᄌᆞ오 ᄒᆞ니 셕년 현슌빅결에 삼슌구식ᄒᆞ든 일이 젼셩ᄉᆞ 갓더라. 일즉 아들 형뎨를 두엇스니 쟝지 십칠셰라. 홍판셔에 ᄯᆞᆯ과 혼인을 졍ᄒᆞ여 퇵일 셩녜ᄒᆞᆯ ᄉᆡ 그 당슉 니공이 션혜당상으로 그 ᄶᆡ꺼지 잇스ᄆᆡ 혼인날 마을 ᄒᆞ속을 보ᄂᆡ여 신낭신부를 시비ᄒᆞ몬 고리 젼례기로 혜텽소속을 불너 분부ᄒᆞ되 아모날은 동촌 이모딕 혼인이니 시비로 가 거힝ᄒᆞ라 ᄒᆞ니 셔리와 ᄉᆞ령 둘이 분부를 듯고 당일 니싱의 집으로 디령ᄒᆞ여 니싱에게 문안ᄒᆞ니 니싱이 왕ᄉᆞ를 싱각ᄒᆞ고 일변 은근이 반기며 우으믈 견ᄃᆡ 못ᄒᆞ더라. 셔리 등이 문안 후 쥬인냥반을 본즉 안면이 심이 익어 졍녕 니셩득인ᄃᆡ 두 눈이 온젼ᄒᆞ고 ᄯᅩ 당상 디감의 당질이니 혁혁ᄒᆞᆫ ᄉᆞ디부라 일호 의심ᄒᆞᆯ ᄇᆡ 아니나 조곰도 다르지 아니ᄒᆞ니 셔로 도라보며 몰녀와 말ᄒᆞ되 셰상에 갓흔 ᄉᆞ롬다 만토다. 심년을 갓가이 부렷스니 그 면모 골격과 셩음에 엇지 불분명ᄒᆞᆫ ᄇᆡ 잇스리요 여러 ᄉᆞ롬의 눈에 보는 ᄇᆡ ᄒᆞᆫ갈 갓흐니 이런 이상ᄒᆞ고 알 슈 업는 일이 어ᄃᆡ 잇스리요 ᄒᆞ며 무리지여 말ᄒᆞ더라. 신낭신뷔 셩녜ᄒᆞ믈 맛치고 잔치를 파ᄒᆞᄆᆡ 빈객이 훗허지고 ᄒᆞ인 등이 고퇴

홀 시 혜텽 ᄒᆞ인등이 ᄒᆞ직을 고ᄒᆞ니 니셩이 모든 셔리 등을 불너 당에 올으라 ᄒᆞ니 셔리 등이 막지기고 ᄒᆞ거눌 니셩이 모든 셔리 등을 불너 네당에 올으라 ᄒᆞ니 셔리 등이 막지기고 ᄒᆞ여[원문구문반복] 감이 울[올]으지 못ᄒᆞᆷ을 알외니 니셩이 우어 왈 ᄂᆡ 너의게 셜화ᄒᆞᆯ 일이 잇스니 즈져말고 밧비 올나오라 ᄒᆞ니 모든 셔리 등 거역지 못ᄒᆞ여 일졔이 텅에 오으니 쏘 방으로 드러와 안즈라 ᄒᆞ거눌 셔리 등이 의구ᄒᆞ여 엇지ᄒᆞᆯ 줄 모로고 불감ᄒᆞᆷ을 누누이 알외니 니셩왈 너의 불감ᄒᆞᆷᄋᆞᆫ 그러ᄒᆞᆯ ᄯᅳᆺ나 ᄂᆡ가 ᄒᆞ라 ᄒᆞᄂᆞᆫ 거슬 좃지 아니ᄒᆞ면 그역 도리 아니라 ᄒᆞ고 지쵹ᄒᆞ니 셔리 등이 ᄒᆞᆯ일업셔 방에 드러가 안즈니 니셩이 분분ᄒᆞ여 쥬참을 나오라 ᄒᆞ여 술을 부어 권ᄒᆞ며 왈 너의 나를 보미 의혹이 업지 아니ᄒᆞ리니 긔심치 말고 진졍을 말ᄒᆞ라. 셔리 등이 악연ᄒᆞ여 왈 알 비 업스믈 말ᄒᆞ니 니셩이 졍식왈 너역 오날날 소희잇셔 죵용이 이럿틋 ᄒᆞ거눌 엇지 일양긔졍ᄒᆞᄂᆞᆫ다. 긔즁 일인이 나ᄋᆞ와 알외ᄃᆡ 말슴ᄒᆞ옵기 황송ᄒᆞ오나 이갓치 엄히 분부ᄒᆞ옵시니 엇지 감이 진졍을 긔망ᄒᆞ오리잇가. 소인의 마을에 모년모월에 니셩득이라 ᄒᆞᄂᆞᆫ 스룸이 피디직로 드러와 위인이 단졍ᄒᆞ고 문한이 넉넉ᄒᆞ여 빅집스가 감이 오미 소인 등이 슈죡갓치 앗기며 형졔갓치 스랑ᄒᆞ여 십년을 ᄒᆞ로ᄀᆞᆺ치 다니더니 일일은 홀연 즈퇴ᄒᆞ오니 소인 등이 지금ᄭᅡ지 ᄎᆞ마 잇지 못ᄒᆞ며 다시 보지 못ᄒᆞ믈 한ᄒᆞ옵더니 오날날 셔방님을 뵈오니 완연이 그 스룸과 ᄀᆞᆺ스오나 셔방님 쳐지도 다를 ᄲᅮᆫ 아니오라 그 스룸은 왼편 눈이 머럿ᄂᆞᆫᄃᆡ 셔방님계셔는 냥안이 일월 갓스오니 셰상에 알 길이 업고 ᄀᆞᆺ흔 스룸도 만타 ᄒᆞ고 소인 등이 의논ᄒᆞ엿습ᄂᆞ이다 ᄒᆞ거눌 니셩이 일변 우으며 일변 왕ᄉᆞ 늣겨 갈오ᄃᆡ 기시 니셩득은 곳 ᄂᆡ라 ᄒᆞ고 젼후슈말을 일으니 셔리 등이 경희ᄒᆞ여 엇지ᄒᆞᆯ 줄 모로ᄂᆞᆫ지라. 니셩왈 죵ᄎᆞ로 명분이 잇셔 젼일과 다르나 셕일 십년 동고ᄒᆞ든 일을 싱각ᄒᆞ리 엇지 셔어ᄒᆞ며 잇지리오 그러ᄒᆞ나 구의를 잇지 말나 ᄒᆞ고 은근흔 졍을 멈물너 보ᄂᆞ니 셔리 등이 무수 비스ᄒᆞ며 희한흔 일을 셔로 말ᄒᆞ고 각 귀가ᄒᆞ니라. 그 후 니셩이 등과ᄒᆞ여 벼슬이 눕하 션혜당상을 주구ᄒ여 졔슈ᄒ미 본텽에 좌긔ᄒ고 전일을 말ᄒ며 일디 긔스를 긔록ᄒ니라.

1896년 9월 26일 (4회)

근세에 권돈인이라는 냥반이 잇스니 시골셔 싱장ᄒ엿스나 일즉 학업을 힘써 문장지혜 범인이 밋지 못ᄒ미 스룸마다 칭찬ᄒ더라. 과장에 여러 번 굴ᄒ고 신셰곤궁ᄒ여 경향에 유락ᄒ며 학구ᄒ기를 위업ᄒ더니 우연이 친구의 반연으로 셔울 즁촌에 와 학장이 되미 월봉은 후ᄒ여 싱ᄋ주족ᄒ나 창피ᄒ 일이 만아 항상 뜻 엇지 못ᄒ믈 탄식ᄒ더라. 일일은 즁인이 션싱다려 말ᄒ되 오날 션혜텽에셔 공물을 쥬는디 맛춤 집에셔 일 보는 스룸들이 다른 디 가고 업스니 어려오나 슈고를 앗기지 말고 혜텽에 가 공물을 타오미 엇더ᄒ뇨 ᄒ거날 권션싱이 본니 시골 냥반으로 공물이 엇더ᄒ 거신지 일홈도 주셰치 못ᄒᆯ 뿐더러 타는 법이 엇더ᄒᆫ지 모로미 심니에 난쳐ᄒ나 그 집 식긱이 되어 쥬인의 쳥ᄒᆫ 일을 엇지 괄시ᄒ리요. 디답ᄒ야 굴ᄋ디 가기는 가려니와 가셔 타는 법을 아지 못ᄒ니 엇지ᄒ리요. 쥬인이 웃고 표지를 쥬며 그 타을 일일이 일으니 권션싱이 응낙ᄒ고 표지를 가지고 션혜텽 디문 압ᄒᆯ 가 본즉 의관지인이며 봉두둘[돌]빈의 삭군들이 바닷물 굿치 끌으며 셔로 불너 광분질쥬ᄒᄂᆫ 모양이 과장도 굿고 대도회 장시와도 굿ᄒ여 정신 차릴 길 업ᄂᆫ지라. 디겨 문을 드러가야 공비를 탈 터인디 쳔빅 스룸이 압ᄒᆯ 닷토아 츌입ᄒ니 틈을 어들 길 업고 또 혜텽 스령들이 긴 쳣직굿ᄒᆫ 것슬 들고 문 좌우에 버러셔셔 잡인과 수상ᄒ 스룸을 두다려 엄금ᄒ니 감이 들어갈 싱의를 못ᄒ고 문 엽혜 붓쳐셔셔 틈 잇기를 기다리다가 잠간 틈을 어더 드러가고주 ᄒ여 고기 숙이고 몸을 날녀 들이다르니 문 좌우에 립ᄒ엿든 스령들이 보미 시골 스룸이라. 일시에 다라드러 쳣직으로 두다리며 의관을 열파ㅎ고 무슈난타ㅎ여 끌어니치니 권션싱이 불의에 이런 망측ㅎ 욕을 당ㅎ미 알푸믈 견디지 못ㅎ난 즁 슈통ㅎ믈 이긔지 못ㅎ여 쥐숨듯 도망ㅎ여 쥬인집으로 오니 쥬인이 그 모양을 보고 대경ㅎ여 곡졀을 무르니 권션싱이 젼후젼말을 낫낫치 일으니 쥬인이 크게 참괴ㅎ여 의관 신비ㅎ게 ㅎ고 술을 나와 위로ㅎ더라. 슈년 후 권션싱이 등과ㅎ여 벼술이 졈졈 놉하 션혜당샹을 ㅎ여 혜텽에 쳐음 좌괴ㅎ든 날 본텽 샹하소쇽을 모ㅎ고 셕년ㅅ를 말ㅎ며 ㅈㅊ 이후로 칫직을 업시 ㅎ여 구타치 못ㅎ게 ㅎ니 지금 팔구십년 그 법이 폐지ㅎ여 출입ㅎ기에 참욕을 면ㅎ니 그역 일디 긔담이며 그 후 권판셔가 졍부디신이 되어 일국이 흠앙ㅎ며 그 문법과 필젹을 지금까지 귀ㅎ게 넉이니 별호는 이지니라. (完)

013 「男蠹女傑」

1896년 9월 28일 (1회)

다방골 흔 스룸이 잇스니 셩은 니요 명은 경원이니 가산이 부요흐고 흔
아들를 두엇스니 명은 츈풍이라. 츈풍이 비록 부가 주계나 나히 십칠셰
되도록 아모 츌납할 쥴과 돈 흔 푼 쓸 쥴을 아지 못흐는지라. 경원이 마
음에 혜오되 부가 주식이 너모 쥴흐고 국냥이 져근 거슬 인달니 여겨
츈풍다려 일오되 오날 돈 빅냥을 가지고 나가셔 다 쓰고 오라 흐니 츈
풍이 돈 빅냥을 가지고 장안니로 두루 다니다 돈 흔 푼 쓸 곳지 업는지
라. 도로 가지고 집으로 도라오니 경원이 더로흐여 그 용녈홈을 쑤짓고
명일 다시 너여 보냇더니 츈풍이 쏘 돈 빅냥을 가지고 죵노 거리에 나
와셔 흔 친구를 만나 돈 쓸 일을 무른더 그 사룸은 그 쥬스쳥누에 안면
이 너른 오입장이라. 츈풍을 다리고 쳥누와 쥬스에 가셔 일장 탕유흐니
빅냥 돈이 오히려 부죡흔지라. 익일에 쏘 오라 흐여 여젼이 질기니 그
럭져럭 슈만냥 돈을 십여일 쓴 지라. 경원이 비로소 큰 스룸이라 흐고
지니니 직물은 한이 잇고 쓰는 거슨 한이 업스니 엇지 오리 지팅흐리요
불슈년에 탕판[頹]흐고 경원 부쳬 구몰흐여 삼상을 맛치니 가산이 탕진
흐여 죠셕을 난계흐니 젼일 젼 쥬스쳥누에 조하흐든 친구는 간 곳 업고
남누의상 쳔연흐다. 춘풍의 안히는 박동지의 쑬이니 본니 부가 쳐주로

부가에 와셔 호화이 지니다가 일조에 빈한이 도골ᄒ여 불상이 된 지라. ᄒ로는 낸[남]편다려 ᄒᄂ 말이 긔왕 가산이 이 모양이 되엿스니 무슨 장ᄉ나 ᄒ라 ᄒᄃ 춘풍이 답왈 장ᄉ를 ᄒ즈 ᄒ나 밋쳔이 업스니 엇지ᄒ리요. 박씨가 심심장지 ᄒ엿든 픠물 ᄒᄂ를 팔아 돈 오십냥을 바다 밋쳔ᄒ라 ᄒ고 주니 춘풍이 그 돈을 가지고 장ᄉ초로 가다가 젼일 단이든 주ᄉ를 당ᄒ미 허랑ᄒᆫ 마음이 다시 나니 주린 간장을 엇지ᄒ리요. 수일 만에 오십냥을 다 쓰고 집으로 드러가니 박씨의 심ᄉ 엇더ᄒ리요. ᄒ 말도 뭇지 아니ᄒ고 셰월을 보너니 그 궁곤ᄒᆫ 엇지 측냥ᄒ리요. 일일은 춘풍을 더ᄒ여 무슈 경계ᄒ고 다시 장ᄉ를 ᄒ여 보라 ᄒ니 춘풍도 그계는 후회ᄒ여 갈오디 종ᄎ로 마음을 견확케 가져 아모조록 싱업을 힘슬 거시니 조곰도 넘녀말고 돈을 구쳐ᄒ여 달나 ᄒ니 박씨 마음에 혜오더 낭군도 ᄉ룸의 마음이지 혈마 또 그러ᄒᆯ ᄂ 잇스랴 ᄒ고 친졍에 가 오라비를 보고 만단이걸ᄒ여 돈 오빅냥을 취ᄒ여 갓다가 주니 춘풍이 이 마음을 단단이 먹고 온갖 물화를 ᄀᆺ쵸와 싯고 길을 쩌날 셰 박씨 흠누ᄒ고 일오더 원노에 부디 조심ᄒ여 단녀오라 ᄒ며 신신부탁ᄒᄂ 말이야 엇지 지필노 긔록ᄒ리요.

1896년 9월 30일 (2회)

잇ᄯ 춘풍이 물건을 싯고 평안도 평양으로 ᄂ려가 긱쥬에 물건을 쌋고 슈삼일 두류ᄒ며 두루 경긔도 구경ᄒ고 물졍도 탐지ᄒ더라. 초시 평양 기성에 추월이라 ᄒᄂ 기성이 잇스니 교티무쌍ᄒ며 또 가무가 졀등ᄒ니 진짓 경국지식이라 부상대고들이 ᄒᆫ번 보미 침혹ᄒ여 지산을 탕픿 안니ᄒ 지 업ᄂ지라. 춘풍이라 ᄒᄂ ᄉ룸이 본니 경셩 ᄉ룸으로 크게 장ᄉᄒ여 물화를 마니 싯고 왓다 ᄒᄂ 말을 듯고 추월이 춘풍을 쬬이라 ᄒ야 춘풍 거쳐ᄒᄂ 집 것넌편 집에 방ᄉ ᄒᄂ를 졍쇄이 만들고 주야

청가묘무와 용가봉성으로 스룸의 긱회를 도으며 탕십[심]을 즈아너니 철셕간장인들 엇지 요동치 아니ᄒ리요 춘풍 삼츄월의 노리소리와 거문고 화답ᄒᄂ 소리를 듯고 심너에 스스로 말ᄒ되 네 아모리 나를 꾀이나 나도 밍셰ᄒᆫ 마음이 잇스니 엇지 동념홀 니 잇스리요 ᄒ고 마음 구지 먹고 날을 보너더니 일일은 츄월이 춘풍에게 쥬효를 가지고 와 만반으로 교티를 부리며 술 권ᄒ니 남아 풍졍에 엇지 구축ᄒ리요 ᄒ믈며 젼일 쥬식에 탕유ᄒ든 구습 잇스미 심혼이 표탕ᄒ여 어린 듯 취ᄒᆫ 듯 마음을 졍홀 길 업스나 십분 억졔ᄒ며 너렴에 ᄎ마 그겨 쫏지 못ᄒ리니 술이나 두어잔 먹고 보너리라 ᄒ고 츄월다려 일너 갈오디 너 본니 술을 즐기지 못ᄒ나 네가 특별이 가져온 술을 그져 보너면 역시 살풍경이라 ᄒ고 강잉이 슈삼비 먹은 후 보너엿더니 그 후 츄월이 죵죵 와셔 향긔로은 말과 아리ᄯᅡ온 소리로 긱회를 위로ᄒ니 날이 가고 달이 오미 즈연 졍이 들어 무간ᄒ지라. 일일은 츄월이 춘풍다려 왈 소녀의 집이 졍쇄ᄒ고 죵용ᄒ여 셔방님 계시기에 편홀 만ᄒ고 조셕공괴[궤]도 긱졈보다는 나을 듯ᄒ오니 주인을 소녀의 집으로 옴기시면 엇더ᄒ오리잇가 ᄒ거늘 춘풍이 그 게교를 모로고 디답ᄒ되 네가 셔방이 잇슬 터이니 외인이 쥬인ᄒ고 잇스면 즈연 쥬직이 혹 불편홀 일이 잇슬가 ᄒ노라. 츄월이 디 왈 소녜 지금은 셔방이 업스오니 그런 혐의 잇슬 것 업습고 ᄯᅩ 소녀의 평싱 일심이 눈과 마음에 합ᄒᆫ 셔울 양반을 만나 빅년히로 ᄒ기를 원ᄒᄂ 비기로 지금ᄀᆞ지 셔방을 뎡치 못ᄒ엿습더니 우연이 셔방님을 뵈오니 소녀의 원ᄒᄂ 보에 흡당ᄒ오나 셔방님 존의에 엇더ᄒ오실ᄂ지 모로와 감이 심즁소회를 발셜치 못ᄒ엿스오니 의향이 엇더ᄒ실ᄂ지 아모리 창녜오나 이런 말슴이 극히 방즈ᄒᆞᆸ고 ᄯᅩ 소녀의 지산이 누거만이오니 그나[만]ᄒ면 셔방님 평싱에 힝낙을 무궁이 ᄒ오시리니 ᄇ라건디 일기 안여즈의 평싱 청원을 겨ᄇ리지 마ᄋᆸ소셔 ᄒ거늘 (未完)

1896년 10월 2일 (3회)

(承前)

춘풍이 추월의 감언니셜노 달니는 말를 듯고 마음에 솔깃ᄒ여 허락ᄒ고 츄월을 짜라 문을 들어가며 두루 살피니 주란화각에 긔화이초며 벽셔화와 문방졔구는 경성 번화장에서도 보지 못ᄒ든 비 만흔지라. 그윽ᄒ 곳에 쳐소를 뎡ᄒ 후 금준미쥬와 옥반가효를 드리며 츄월이 셤셤옥슈로 술를 드러 권ᄒ며 이원쳥가는 벌소리 갓치 열열ᄒ여 여원여소ᄒ니 춘풍의 금셕간장이 임의 티반이나 물으 녹아 마음이 여취여광ᄒ지라. 심즁에 혜오디 니 젼일 탐화광졉이 되어 거만가산을 일조에 탕퓌ᄒ고 산셰 곤궁ᄒ여 의뢰홀 비 업더니 안희의 힘을 비러 원노에 힝상ᄒ미 일평싱 셩퓌 안위가 이 흔번 거름에 달녓는고로 마음에 밍셰ᄒ여 화류장을 단념코ᄌ ᄒ엿더니 쳔만 몽미밧 츄월을 만나 굿은 밍셰가 헛되기 쉬오니 심이 불힝ᄒ도다. 그러ᄒ나 니 간장을 ᄯᅳᆫ을지연졍 마음은 셋기지 아니리라 ᄒ고 술이 슈순 지나미 춘풍이 추월을 더ᄒ여 일오디 오날 우리 쳔리에 상봉ᄒ여 이럿훗 즐기니 이역 조흔 인연이라. 네 말과 ᄀᆺ치 빅년을 이ᄀᆺ치 지니면 엇지 슘싱의 긔이ᄒ 연분이 아니리요 그러ᄒ나 날 ᄀᆺ흔 사롬이 옥인의 아롬다온 비필이 아니요 ᄯᅩ 이번 니가 이 곳에 오미 다만 장ᄉ만 위홈도 아니요 강산유람을 위홈도 아니라 심즁에 큰 경영이 잠겨 잠시 단여가ᄌ ᄒ 일이더니 너ᄀᆺ흔 가인을 만나 이럿훗 상이ᄒ여 즐기믈 어드니 엇지 셔로 이즈리요. 맛당이 명일 회졍ᄒ여 ᄉ업을 셩취ᄒ 후 곳 나려와 셔로 맛날 긔약이 잇스니 모로미 조곰도 창결홀 비 아니라. 금일 니가 네 집에 오미 네 졍을 ᄎ마 져ᄇ리지 못ᄒ여 후긔를 머믈고ᄌ ᄒ미니 잠시 쩌나믈 앗기지 말나. 추월이 그 말을 듯고 혜오디 이놈이 임의 니 장즁에 드러왓거놀 이졔 탁신코ᄌ ᄒ니 가소롭도다 ᄒ고 시름지여 왈 소녜 우연ᄒ 졍을 이긔 못ᄒ여 셜진 심즁 무한ᄉ를 망녕도이 발ᄒ엿슐[숩]더니 셔방님게셔 엇지 알으시고 그러리 말숨ᄒ시ᄂᆫ지 모로오리. 쳔혼 챵기라 더러이 넉이시고 진졍을 져ᄇ리랴 ᄒ시나 일편심이야 엇지 귀쳔이 잇ᄉ오리잇가. 그윽이 붓그럽ᄉ거니와 긔왕 누실에 욕님ᄒ엿ᄉ오니 오날이나 놀고 가시기 무슴 혐의 잇ᄉ오리잇가 ᄒ고 옥안에 초챵ᄒ 빗츨 ᄭ여 술을 권ᄒ니 춘풍이 역시 울억ᄒ여 일ᄇ이일ᄇ이부일ᄇ이ᄒ여 ᄇᆡᆨ일이 셔침ᄒᄆᆯ ᄭᅢ닷지 못ᄒ더라.

1896년 10월 4일 (4회)

(承前)

춘풍이 술을 니ᄎᆔᄒ미 심즁밍셰를 돈연니 잇고 방탕ᄒ 마음이 발ᄒ니 엇지 억졔ᄒ리요. 고어에 일넛스되 슐은 식의 즁미라 ᄒ엿스니 즈고로 면ᄒ 사ᄅᆷ이 멧치 되리요. 추월을 안ᄯᅩ 원앙금니에 운우지낙을 일우니 냥인의 흠[洽]흡ᄒ 졍은 이로 형언치 못ᄒᆯ너라. 잇흔날 추월이 춘풍을 잇글고 ᄂᆡ외가ᄉ를 일일이 구경ᄒᆯ 시 고ᇰ앙을 여러 가득ᄒ 보화를 뵈이며 일오되 가셰 이만ᄒ면 우리 평ᄉᆡᆼ에 무엇슬 그리리요. 우리 우연이 만나 일쌍가우가 되믄 하늘이 지시ᄒ시미라. 그러ᄒ나 셔방님 가져오신 ᄒᆡᆼ즁 물건이 무엇신지 굿ᄒ여 남에 집에 둘 ᄇᆡ 아니니 소녀의 집으로 옴겨 고ᇰ앙에 너어두시미 ᄒᆞᆸ당ᄒᆯ 듯ᄒ오이다 ᄒ니 춘풍이 ᄉᆡᆼ각건디 그러ᄒᆯ 듯ᄒ여 답왈 네 말이 졍합오의라 ᄒ고 즉시 ᄒ인을 분부ᄒ여 복ᄐᆡ를 일일이 슌운ᄒ여 추월의게 맛겨 고ᇰ앙에 넛코 좀은 후 마음에 이졔ᄂᆫ 니가 복덕방을 어드만 낫ᄉ니 이역 하늘이 도으시미라 ᄒ고 홀노 깃거ᄒᆞᆷᆯ 마지 아니ᄒ며 추월을 다리고 쥬야ᄒᆡᆼ낙ᄒ여 십여일이 되미 추월의 ᄒᄂᆫ 거동이 졈졈 젼일과 달나 넝낙ᄒ더니 일일은 드르니 추월이 혼ᄌ 말노 ᄒᄂᆫ 말이 염치도 업ᄂᆫ 스ᄅᆷ이로다. 그만치 ᄒᆡᆼ낙ᄒᄒ엿스면 갈 거시지 집 직희ᄂᆫ 기 모양으로 ᄯᅥ날 줄을 모로니 셔울 스ᄅᆷ도 오입ᄒᄂᆫ 경계를 그다지 모로는가 ᄒ며 긔식이 불평ᄒ여 그릇슬 드더지니 춘풍이 그 말을 듯고 그 모양을 보니 무안ᄒ고 긔가 막혀 뭇[못]드른 체 ᄒ고 심니에 싱각ᄒ니 추월의 계교에 ᄲᅡ진 줄 ᄭᅵ다르나 척슈공권으로 진퇴유곡이라 엇지홀 줄 몰나 고기를 숙몰이고 날을 보니더니 수일이 지는 후 추월이 면박ᄒ며 구축ᄒ니 춘풍이 타향고죵으로 빅계무칙ᄒ여 추월다려 왈 당초 우리가 만나 금셕ᄀᆞᆺ흔 언약이 잇거늘 오날날 엇지 이럿훗 비약ᄒᄂᆢ뇨 추월왈 당초 금셕자약이 지금 쓸 더 잇는 말이요 상젼도 벽히되고 벽히도 상젼되니 쳔지산쳔도 변ᄒ거든 날ᄀᆞᆺ흔 창기야 아춤은 니가의 계집이요 져녁은 장가의 며ᄂᆞ리라 무슴 언약을 직희리요 그런 말 다시 말고 밧비 도라가라 ᄒ니 춘풍이 분홈을 이긔지 못ᄒ나 홀일업셔 이걸왈 지금 도라가ᄌᆞ ᄒ나 젹신으로 상경ᄒ여 쳐ᄌᆞ를 볼 낫치 업스니 아즉 녜 집에 잇셔 더소ᄉᆞ를 간검ᄒ다가 셔셔이 긔회를 어더 도라가고ᄌᆞ ᄒ니 슈십일 동침혼 졍을 싱각ᄒ여 용셔ᄒ라 ᄒ니 추월이 마지 못ᄒ여 허락ᄒ고 집에 두어 ᄉᆞ환으로 부리니 그 모양이 가련ᄒ더라.

1896년 10월 6일 (5회)

이 ᄶᅵ 춘풍의 안ᄒᆡ 박씨 낭군을 보니고 두어달이 되믜 소식을 몰나 쥬야로 기다리더니 일일은 풍편에 드르니 춘풍이 싯고 간 물화를 몰수이 추월이라 ᄒᄂᆞᆫ 기성에게 아니고 진퇴무로ᄒ여 인ᄒ야 고공이가 되엿다 ᄒ거늘 박씨 이 말을 듯고 흉격이 막히여 엇지홀 줄 몰나 반향을 긔졀ᄒ엿다가 졍신을 수습ᄒ여 셜분홀 계교를 빅반으로 싱각ᄒ나 녀ᄌᆞ의 몸이 되어 엇지홀 길 업ᄂᆞᆫ지라. 심즁에 혜오더 니가 갓가온 친쳑이 업고 다만 아는 비 격장혼 김판셔 딕 ᄲᅮᆫ이라. 그 딕에 가 호소ᄒᄌᆞ ᄒ니 ᄉᆞ나희 오입ᄒ여 계집에게 침혹ᄒ여 ᄲᅢᆺ긴 지물이니 그 딕에션들 엇지 ᄒ시리요. 니 지셩으로 긔도ᄒ여 김판셔 디감 평안감ᄉᆞ ᄒ시기를 축수ᄒ여 만일 지셩감쳔ᄒᆞᆺ 소원과 ᄀᆞᆺ홀진더 니 계교를 베푸러 이 분한을

풀나라 ᄒ고 장독디를 정쇄ᄒ게 쓸고 밤중이면 동의에 정화슈를 기러
다가 소반에 밧쳐놋코 쵹을 발키고 칠셩님게 암축ᄒ되 이웃딕 김판셔
디감 평안감ᄉᄒ게 ᄒ여달나 빅비 도축ᄒ기를 수월에 일으럿써니 김판
셔 부인 정경부인이 밤마다 담을 격ᄒ야 불빗치 빗최고 인젹이 잇셔 수
군거리는 소릭 잇스믈 고이히 넉여 시비로 ᄒ여곰 가마니 엿보라 ᄒ니
시비 담 밋히 숨어 엿보며 드르니 춘풍의 안히 장독디에 쵹을 발키고
정화수를 소반에 밧쳐놋코 ᄉ면을 소쇄ᄒ고 경혼 옷슬 입고 무슈비레
ᄒ며 암축ᄒᄂ 말이 이웃딕 김판셔 디감 평안감ᄉ ᄒ시게 ᄒ여 달나 ᄒ
거늘 시비 듯고 다라와 그 연유를 낫낫치 고ᄒ니 정경부인이 반신반의
ᄒ여 시비를 다리고 친히 가 규시혼즉 과연 시비의 젼셜과 ᄀᆺ거늘 심중
에 의아ᄒ여 그 잇흔날 시비를 보니여 춘풍의 쳐를 불너오라 ᄒ여 그
곡졀을 무른디 박씨 이기지 못ᄒ여 젼후슈말를 고ᄒ며 누쉬 여우ᄒ거
늘 정경부인 혼이 일변 그 셩의를 긔특이 넉이 ᄯᅩ 일변 그 졍셰를 가긍
이 넉여 조말노 위로왈 만일 네 졍셩이 지극ᄒ여 평안감ᄉ를 ᄒ실진디
니 맛당이 극녁ᄒ여 쥬션ᄒ리라 ᄒ고 약간 젼곡을 쥬어보니니라. 그 후
박씨 일졍지심으로 밤마다 도축ᄒ더니 명쳔이 감동ᄒ사 김판셔가 과연
평안감ᄉ를 혼지라. 박씨 깃부믈 이기지 못ᄒ여 즉시 김판셔 집에 가
정경부인게 헌하ᄒ니 정경부인과 일가상히 다 박씨의 졍셩으로 하놀
주신 비라 ᄒ며 층찬ᄒ더라. (未完)

1896년 10월 10일 (6회)

(承前)
박시 엿ᄌ오디 디감 평안감ᄉ ᄒ오신 거시 엇지 소녀의 셩의로 감쳔ᄒ
시미라 ᄒ오리릿가마는 쳔우신죠ᄒ와 딕에 이런 경시 잇스오니 감축ᄒ
옵고 소녀의 지원을 맛츠미라 ᄇ라건디 소녀의 졍셰를 어엿비 넉이스

원호는 바를 좃치시면 그 은덕이 빅골난망이라 결초보은 호오리이다
호거늘 정경부인이 무르되 네 일을 임의 아는 비라 니 맛당이 셜치호여
쥬려니와 무슴 다른 말이 잇는지 소회를 말호라 박시디왈 소녜 오라비
호느이 잇습는디 위인이 명리호옵고 문산이 잇스와 막비 호느는 거힝
호얌즉 호오니 비장 호느를 시겨주시면 소녀의 심중스를 임의로 결쳐
호굿스오니 특별이 살피심을 브라느이다. 정경부인이 그 정성을 긔특이
넉여 허락호고 판셔를 디호여 젼후슈말을 고호니 판셰 쏘훈 그 셩의를
감동호여 박모로 병방 비장을 시기니 박시 대희호여 정경부인긔 빅비
치사호고 즉시 그 오라비를 쳥호여 셰셰훈 말를 다 일으고 약속훈 후
김판셔끠 현신호니 판셔보미 용뫼 졔 누의와 여인일판호여 조곰도 다
름이 업스니 가위 난형난데러라. 속히 치힝호여 써나믈 일으고 틱일 등
졍홀 시 박시 미리 친졍에 가노라 호고 집을 신실훈 스롬에게 맛기고
당일 비장 복식을 기착호니 아모도 알 지 업더라. 감스를 비힝호여 여
러날 만에 평양에 일으러 도임훈 후 삼일에 공스를 맛치고 기성을 졈고
호여 각각 수쳥을 둘 시 병방 비장이 추월을 불너 수쳥을 뎡호니 추월
이 만심 환희호여 교티를 부리니 병방이 심너에 우으믈 이긔지 못흐더
라. 잇흔날 추월이 졔 집을 소쇄호고 쥬효를 셩비훈 후 병방을 쳥호니
병방이 마지 못흐여 허락호고 틈을 타 추월의 집에 가니 추월이 당에
느려 반기며 손을 잡고 드러가 좌졍훈 후 좌우를 돌너보니 졔구의 화려
함과 추월의 교연훈 즈티 사롬으로 호야곰 마음과 눈이 취호는 듯호니
남아의 풍졍에 소혼단장호기 고이치 아니흐더라. 이윽고 쥬효를 드리니
그 셩비호믄 눈에 넘치는 비 만흔지라 술를 먹지 못호노라 스양호고 다
른 음식을 조곰식 흐져 흐며 거즛 추월을 다리고 희롱호여 거동을 살피
더니 이 찍 춘풍이 추월의 집에셔 고공이 되어 의복이 남누호고 용뫼
초최호니 뉘 아니 측은이 넉이리요 맛춤 당하에셔 스환홀 즈음에 병방
이 잠간 보니 이곳 낭군이라. 쳐음 보미 비감호믈 이긔지 못호여 추루
를 머금고 기리 흔숨 짓더라. (未完)

1896년 10월 12일 (7회)

병방이 추월다려 무러왈 져 스환ᄒ는 사ᄅᆷ이 엇더ᄒᆫ 사ᄅᆷ이뇨 추월디 왈 본디 셔울 사ᄅᆷ으로 유리표박ᄒ여 다니다가 이 곳에 왓기로 소녜 불ᄉᆞᆼ이 넉여 집에 고공으로 두엇ᄂᆞ이다 ᄒ거늘 병방이 심중에 추월의 요악ᄒᄆᆞᆯ 통분ᄒ나 ᄉᆞ식에 낫타ᄂᆞ지 아니ᄒ고 친히 불너 먹든 음식을 물녀주며 먹으라 ᄒ니 춘풍이 괴갈이 ᄌᆞ심ᄒ든 ᄎᆞ 셩비ᄒᆫ 음식을 바드ᄆᆡ 감격ᄒᄆᆞᆯ 이긔지 못ᄒ여 무슈 비ᄉᆞ하고 물녀와 먹으며 혼ᄌᆞ말노 일으되 이런 음식을 쳐ᄌᆞ로 더부러 상디ᄒ여 먹엇스면 조흐련마ᄂᆞᆫ 죽엇ᄂᆞᆫ지 ᄉᆞ랏ᄂᆞᆫ지 일조에 싱니ᄉᆞ별ᄒᆫ 후 셔로 소식을 모로니 날ᄀᆞ흔 스ᄅᆷ이 ᄉᆞ라 무엇ᄒ리요 ᄒ며 쳬뤼 종횡ᄒ거늘 병방이 이 모양을 보ᄆᆡ 더욱 비회를 금치 못ᄒ여 ᄌᆞ연 긔식이 불평ᄒ니 추월이 겻히 잇다가 병방의 긔식이 넝담ᄒᄆᆞᆯ 보고 춘풍을 ᄭ지즈되 음식을 주시거든 쳐먹기나 ᄒᆯ 거시지 무슴 ᄌᆞᆷ[잔]말을 ᄒᄂᆞᆫ고 ᄒ며 밧비 물너가라 ᄒ니 춘풍이 머리를 숙이고 몸을 국츅ᄒ여 쥐숨 듯 물너가더라. 병방이 즉시 쳐소로 도라와 밤을 지니고 익일에 ᄎᆞᄉᆞ를 분부ᄒ여 추월을 잡아들이라 ᄒ니 관속들이 그 연고를 아지 못ᄒ나 비장의 영이 그러ᄒ니 엇지 거역ᄒᆯ 지 잇스리요. ᄉᆞ령들이 일시에 추월의 집에 다라드러 병방 나으리 분부라 ᄒ며 밧비 가ᄌᆞ ᄒ니 추월이 싱각건디 병방 나으리는 곳 졔 남편이라 일야지간에 이러ᄒᆯ 니 만무ᄒ나 셰상일을 알 길 업스ᄆᆡ 거역ᄒᆯ 길 업ᄂᆞᆫ지라. 일계를 싱각ᄒ고 돈 슈십냥을 니여 ᄎᆞᄉᆞ를 논나쥬고 ᄒᄂᆞᆫ 말이 그디등은 도라가 ᄌᆞᆺ토록 ᄒ라 ᄒ니 ᄉᆞ령들이 인졍밧고 그져 드러와 령젼츌타ᄒᆫ 줄노 고ᄒ니 병방이 디로ᄒ여 나갓든 관ᄎᆞ를 티장 삼십도 ᄒ여 티거ᄒ고 다른 ᄉᆞ령을 갈희여 엄측ᄒ여 셩화갓치 잡아오라 ᄒ니 ᄉᆞ령들이 엇지 일분 ᄉᆞ졍이 잇스리요. 살디갓치 나아가셔 추월을 압녕ᄒ여 디령ᄒ니 병방이 졍당에 좌긔ᄒ고 추월을 나입ᄒ여 형틀에 올녀 ᄆᆡ고 엄형ᄒ여 왈 너ᄀᆞ흔 요악ᄒᆫ 년을 셰상에 용납지 못ᄒᆯ지라. ᄒᆫ ᄆᆡ에 물고를

올나라 ᄒ니 추월이 막지기고ᄒ여 만단이걸ᄒ더라. (未完)

1896년 10월 14일 (8회)

(承前)

병방이 추월의 거동을 보고 삼십도를 엄히 싸려 칼을 쓰여 ᄒ옥ᄒ니 추월이 평성 처음으로 눈갓흔 살에 삼십도 중장을 당ᄒ니 연약ᄒ 괴질이 엄엄ᄒ여 거의 죽게 되미 알푸믈 견디지 못ᄒ여 정신이 약존약무ᄒ며 혼혼침침ᄒ 즁 싱각ᄒ니 그 형벌을 ᄒ번만 더 당ᄒ면 살 가망이 젼혀 업ᄂ지라. 몸이 ᄉ라야 지물도 잇지 ᄂ니 몸 ᄒ나 업슬진디 셕숭의 거부면 무엇ᄒ리요 ᄒ고 관속즁 병방에게 긴ᄒ 스름을 노아 돈 오만냥을 밧칠 거시니 일명을 요디ᄒ여 달나 ᄒ니 병방이 더욱 대로ᄒ여 갈오디 추월의 죄상은 만ᄉ무셕이여든 졔 엇지 감히 돈으로 살기를 구ᄒ리요 명일은 션화당에 품고ᄒ고 싸려 죽이리라 ᄒ니 말ᄒ 지 감히 다시 ᄒ 말도 못ᄒ고 도라와 추월다려 병방의 ᄒ든 말을 일우니 추월이 낙담상혼ᄒ여 묵々 무어ᄒ다가 냥[냥]구에 긔운을 ᄎ려 눈물을 흘니며 왈 ᄂ 죄ᄂ 몸이 창기되여 소년 탕ᄌ의 사랑을 바다 ᄒ야곰 불셕쳔금케 ᄒ여 피 가망신ᄒᄂ디 일으게 ᄒ 빈 만ᄒ니 죽엄즉도 ᄒ거니와 아모리 날ᄌᄎ흔 쳔ᄒ 기성이나 셰상에 중ᄒ 빈 인명이라 호싱오ᄉᄂ 사롬의 상졍이니 엇지 죽기를 즐기리요 긔과쳔션 ᄒᄂ 거슨 셩인도 귀히 넉이신 비니 바라건더 병방 ᄂ으리게 이 ᄉ연으로 ᄒ번만 말슴ᄒ여 죽은 스롬으로 ᄒ야곰 다시 살게 ᄒ시면 은덕이 하히 갓ᄉ오며 돈은 오만냥을 더ᄒ여 십만냥으로 말슴ᄒ시오 돈으로 뇌물을 삼ᄂ 거시 아니라 ᄂ 망ᄉ지죄를 속ᄒ랴 ᄒᄂ 거시오니 아못조록 츌ᄉ님싱케 ᄒ여 달나 이걸ᄒ니 관속이 그 경상을 보미 측은ᄒ여 다시 병방에게 드러가 죵용 추월의 ᄒ든 ᄉ연을 고ᄒ고 비ᄉ고어로 감동케 ᄒ니 병방이 혜오디 그만ᄒ면 ᄂ 셜치는 ᄒᆞ엿스니 굿타여 사름을 상ᄒᆞᆯ 비 아니라 ᄒᆞ고 관속다려 일ᄋᆞ되 그 년을 단당 죽여 후인을 징계코ᄌᆞ ᄒᆞ엿더니 네 낫츨 보아 십분 용셔ᄒᆞ노 라 ᄒᆞ고 돈 십만냥을 밧고 방송ᄒᆞᆯ 시 추월을 불너드려 ᄭᅮ지져 왈 네 죄 ᄂᆞᆫ 네가 알녀니와 일명을 용뎌ᄒᆞᄂᆞᆫ 거슨 네가 회과ᄒᆞᆫ다기로 ᄌᆞ신지도 를 힘쓸가 ᄒᆞ여 특별이 방송ᄒᆞᄂᆞᆫ 거시니 구습을 ᄇᆞ리고 다시 죄를 범치 말나 ᄒᆞ니 추월이 고두비사ᄒᆞ고 물너가니라.

1896년 10월 16일 (9회)

(承前)

병방이 추월을 방송ᄒᆞ고 춘풍을 불너드려 ᄃᆡ하에 ᄭᅮᆯ니고 살펴보니 일 변 감회를 금치 못ᄒᆞ나 강잉ᄒᆞ여 ᄭᅮ지져 ᄀᆞᆯᄋᆞ되 너도 쳐ᄌᆞ가 잇다 ᄒᆞᄂᆞᆫ 사름이 집을 싱각지 아니ᄒᆞ고 방외에 오유ᄒᆞ여 신셰 져 지경에 일ᄋᆞ니 그러ᄒᆞᆫ 상셩지인이 어디 잇스리요 네 본니 셔울 사름이라 ᄒᆞ기로 동시 낙양인이라. 니 싱각이 둘나 이ᄀᆞᆺ치 말ᄒᆞᄂᆞᆫ 거시니 마음을 곳쳐 방탕이 말고 밧비 올나가 싱업을 힘쓰라 ᄒᆞ니 춘풍이 감이 우러러 보지 못ᄒᆞ고 분ᄇᆡ 지당ᄒᆞᄆᆞᆯ 사례ᄒᆞ거늘 병방이 의복 일습을 주어 갈아입히니 의구 이 젼일 풍신이라 즉시 돈 십만냥을 니여주며 왈이 돈만 ᄒᆞ면 네 젼후 낭피ᄒᆞᆫ 지물을 족히 보즁ᄒᆞᆯ 거시니 이곳셔 무슨 물건이든지 셔울 가셔 잘 팔닐 거스로 무역ᄒᆞ여 가라 ᄒᆞ니 춘풍이 쳔만몽미[외] 밧 이런 회한 ᄒᆞᆫ 일을 당ᄒᆞ니 ᄭᅮᆷ인가 의심ᄒᆞ며 환쳔희디ᄒᆞᄆᆞᆯ 형언치 못ᄒᆞᆯ지라 감격 ᄒᆞᄆᆞᆯ 이긔지 모ᄒᆞ야 머리를 두다려 비스ᄒᆞ야 ᄀᆞᆯᄋᆞ되 죽게 된 스름을 이 ᄀᆞᆺ치 하렴ᄒᆞᆺ 슈화 즁에 구ᄒᆞ심도 감격ᄒᆞᆫ 은혜 비ᄒᆞᆯ ᄃᆡ 업습거든 ᄒᆞᄆᆞᆯ 며 만흔 지물을 주시니 이는 쳔고에 드믄 일이오니 ᄇᆞ라건디 딕이 어디 시며 존셩대명을 가라치시면 셔울 가셔 곳 딕을 ᄎᆞᄌᆞ 기리 연신ᄒᆞ와 은 혜를 갑흘가 ᄒᆞᄂᆞ이다. 병방이 답왈 굿타여 아라 쓸 디 업고 죵ᄎᆞ ᄌᆞ연

알 도리 잇스리니 여러 말 말고 니 말를 명심ᄒ여 속히 올나가라 ᄒ니
춘풍이 홀일업셔 무슈이 스례ᄒ고 물너와 스쳐를 졍ᄒ고 장시에 물건
을 갓추[갖추어] 무역ᄒ여 여러 ᄇ리를 실니고 ᄯ눌 시 병방에게 드러
가 하직을 고ᄒ고 셔울노 향ᄒ니라. 병방이 춘풍을 보니고 즉시 감스에
게 고ᄒ야 ᄀᆯᄋ디 소인이 스쏘 덕틱으로 소인의 미부를 구ᄒ여 보니엿
쏘오니 다시 스졍에 쾌치 못ᄒ 비 업스온지라 스쏘를 기리 뫼시고 잇스
오면 조ᄒ련마는 스셰 그럿치 못ᄒ와 물너가기를 ᄇ라오니 특별이 허
시ᄋᆸ소셔 ᄒ더라.

1896년 10월 18일 (10회)

(承前)

감시 쳥파에 임의 그 스졍을 다 알 비라 만뉴치 못ᄒ여 허락ᄒ고 치힝
졔구를 특별이 준비ᄒ게 ᄒ니 병방이 즉시 ᄒ직ᄒ고 길을 ᄯ나 녀복을
기차ᄒ고 남미 셔로 만나 반기며 지난 일을 일일이 말ᄒ니 뉘 아니 탄
복ᄒ리요 슈일을 쉬여 옛 집으로 도라와 의구이 거졉ᄒ고 김판셔 집에
가 졍경부인계 뵈이니 졍경부인이 반기며 일오디 그 스이 집을 바리고
어드로 가셔 오리 잇다가 이졔야 왓ᄂᆫ뇨 박씨 그졔야 졔 오라비를 디
신ᄒ야 남복을 기착ᄒ고 평양에 나려가 추월을 잡아 엄치ᄒ여 셜분ᄒ
일과 돈을 차ᄌ 춘풍을 주어 올녀 보니고 오리 잇스면 형젹이 탄노홀가
ᄒ여 하직을 고ᄒ고 올나온 스연을 낫ᄯ칙[치] 고ᄒ니 졍경부인이 듯기
를 다ᄒ미 그 손을 잡고 칭탄왈 너ᄌᄒᆫ 스롬은 가위 녀중호걸이로다 젼
후쳐식 엇지 남ᄌ의 밋츨 비리요 도시 하늘이 네 졍셩을 감동ᄒ심이라
ᄒ니 박씨 샤례왈 엇지 소녀의 셩의 소감이라 ᄒ오리잇가 졍경부인과
디감 덕틱이오니 은혜 빅골난망이로소이다 ᄒ고 물너와 소슬ᄒ 집속에
쳐량이 잇셔 춘풍 올나오기를 굴지고디 ᄒ더라. 춘풍이 십여일 만에 경

셩에 득달ᄒᆞ여 집을 ᄎᆞᄌ 드러오니 박씨 나와 반겨 왈 ᄒᆞᆫ번 나간 후 ᄉ ᆞ 싱존몰을 몰나 쥬야고디 ᄒᆞ더니 오날이야 만나니 쳔ᄒᆡᆼ이며 어디 가셔 장ᄉᆞ를 ᄒᆞ여 득리를 얼마나 ᄒᆞ엿ᄂᆞᆫᆫ잇가. 춘풍이 보미 집이 황냥ᄒᆞ고 안 ᄒᆡ 의상이 남누ᄒᆞ여 가긍ᄒᆞᆫ지라. 졔가 가장 장ᄉᆞ나 잘 ᄒᆞ여 온 쳬ᄒᆞ고 짐을 풀어 물건을 집에 드러 쌋코 양양ᄌᆞ득ᄒᆞ여 박시다려 ᄒᆞᄂᆞᆫ 말이 나 ᄂᆞᆫ 그 ᄉᆞ이 슈습년을 불피풍우ᄒᆞ고 무쳔믹귀ᄒᆞ여 십여 만금을 모아왓 거니와 그디ᄂᆞᆫ 집에서 무엇슬 ᄒᆞ엿기에 집 모양이 이 지경이며 아모리 남녀가 다르기로 무슨 변통을 못ᄒᆞ여 이럿훗 참혹히 되엿단 말이냐 ᄒ ᆞ고 도로혀 박씨를 칙망ᄒᆞ니 박씨 그 모양을 보고 어이업고 가소로와 춤 아볼 길이 업스나 드른 쳬 아니ᄒᆞ고 다만 원노□ 티평이 왕환ᄒᆞ고 홍리 흥 잘ᄒᆞ여 올믈 하례ᄒᆞ고 심즁에 가통ᄒᆞ여 ᄒᆞᆫ번이 속리라 ᄒᆞ고 슈일 후 가마니 김판셔 집에 드러가 비장갓슬 쩌 입엇든 의뷱[복]을 곳쳐 입고 집으로 와 춘풍을 ᄎᆞᄌ니 춘풍이 나와본즉 곳 평양셔 보든 병방 비장이 라 반갑고 황송ᄒᆞᄆᆞᆯ 이긔지 못ᄒᆞ여 안으로 마져 들여 안방에 안치고 문 안ᄒᆞᆫ 후 갈오디 올나온 후 딕을 가셔 ᄎᆞᄌᄒᆞ엿숩더니 밋쳐 겨를치 못ᄒᆞ 왓더니 이럿틋 누디에 욕림ᄒᆞ시니 황공무디로소이다 ᄒᆞ거눌 (未完)

1896년 10월 20일 (11회)

(承前)

병방이 갈오디 너를 올녀 보닌 후 엇지 올나온지 몰나 마음에 울울ᄒᆞ더 니 맛춤 공ᄉᆞ를 인ᄒᆞ여 올나와 ᄉᆞ쏘 딕에 왓다가 드른즉 네 집이 여긔 라 ᄒᆞ기로 닌 아모도 모로게 잠힝ᄒᆞ여 왓스니 소문닉이지 말고 무스이 올나옴은 깃부기 층냥 업시며 닌 집 찻기야 조만이 잇슬 거시 아니니 그럿틋 말ᄒᆞᆯ 거시 아니라 아못조록 방심치 말고 셩가ᄒᆞᆯ 도리를 힘쓰라. 그러나 닌가 다리고 온 ᄒᆞ인이 시골 관예라 방장 쏘 셩밧글 나갈 터인

더 시장홀 둣호니 주식간 요긔를 조금 시기라 호니 춘풍이 그리 아니호
야도 음식을 준비호야 디졉고즈 호는디 병방 분부 이러호니 마음에 더
옥 황망호여 급히 나와 계 안히를 츠즈니 간 디 업는지라. 비장된 츠진
들 변호여 안히 어디 잇스리요. 창황분주호는 모양 스롭으로 호야곰 졀
도홀 일이나 우음을 억졔호고 안즌 춘풍의 거동을 보니 들낙날낙 호며
동니로 단니며 갈급호여 호거날 병방이 짐짓 모로는 체호고 잇다가 시
각이 오리미 춘풍을 불너 무르되 방장 가깃스니 호인 요긔를 엇지호엿
는다 춘풍이 홀 말이 업셔 머리를 숙이고 엇지홀 줄 모로거날 병방이
거즛 대로호여 쑤지즈되 니 너를 사롬으로 알고 슈화 중에 구호여 니
평성지녁을 다 호엿거늘 우연 네 집에 와 보니 젼일 니가 네게 마음 쓴
본의 일분도 업는지라. 셰상에 사롬이 금쉬 아니여든 비은망의가 엇지
이 지경에 이를 줄 알니요 호고 옷슬 떨치고 이러 나가니 춘풍이 황송
무디호나 엇지홀 슈 업셔 여간 둔스로 발명호나 병방이 들은 체도 아니
호고 훌쳐가니 춘풍이 분호믈 이기지 못호여 안히를 츠즈면 이 분호믈
풀냐 호고 스쳐로 츠즈나 종젹이 묘연호더라.

1896년 10월 22일 (12회)

춘풍이 여취여광호여 두로 다니며 츠즐 즈음에 박씨 틈을 타 가마니 집
에 드러가 비장 복식으로 안방에 엄연이 안즛더니 춘풍이 동니로 혜지
르다가 쏘 집으로 드러와 기웃시 드려다 보니 안방 병방이 안즛거날 마
암에 일변 다시 드러와 안즌 거슬 의아호나 감이 뭇지 못호고 더옥 황
급호여 엇지홀 줄 모르며 도로 니다라 동니 집 사롬에게 쳥호여 약간
쥬효를 갓초아 가지고 드러와 방장 병방에게 샤죄호랴 홀 지음에 안방
으로셔 박씨 나오거늘 춘풍이 마음에 혜오디 비장이 잇는 방에서 안히
나오니 이런 고이혼 일이 업는지라. 크게 의심호여 방을 드려다 보니

비장이 간 곳 업거늘 엇지된 일인지 아지 못ᄒ나 위션 분ᄒᆞ믈 이기지 못ᄒᆞ여 드리다라 박씨를 붓들고 두다리랴 홀 지음에 박씨 디소ᄒᆞ며 춘풍에 손을 잡고 일오디 노를 긋치고 안ᄌᆞ 니 말을 들으라 ᄒᆞ니 춘풍이 마지 못ᄒᆞ여 ᄌᆞ리에 좌졍ᄒᆞ미 박씨 갈오디 니 얼골을 ᄌᆞ셔히 보라. 그 비장과 엇더ᄒᆞ뇨 춘풍이 그계야 ᄌᆞ셰 보니 병방과 조곰도 다르지 아니 ᄒᆞ지라. 박씨 방에 드러가 입엇든 남복을 가지고 나와 그 의복을 입고 관망을 졍졔ᄒᆞ고 안ᄌᆞ 춘풍을 디ᄒᆞ여 일오디 이졔 모양이 엇더ᄒᆞ닛 가. 춘풍이 본즉 졍녕ᄒᆞᆫ 병방이라. 대경 의아ᄒᆞ여 왈 엇진 일이뇨 ᄌᆞ셔 히 말ᄒᆞ여 의심을 파ᄒᆞ게 ᄒᆞ라. 박씨 미소ᄒᆞ고 젼후 니력을 일일이 말 ᄒᆞ며 간 일을 늣겨 옥안에 쥬뤼 영영ᄒᆞ니 춘풍이 쳥파에 일변 붓그럽고 일변 상감ᄒᆞ여 쏘ᄒᆞ 쳬뤼 죵횡ᄒᆞ여 일어 졀ᄒᆞ여 왈 니 그디의 구ᄒᆞ미 아니여들 타향 걸인으로 긱디고혼이 될 번ᄒᆞ엿스니 부부간이나 이는 지셩지은이라 감격ᄒᆞ믈 엇지 형언ᄒᆞ리요 ᄒᆞ고 그 물건을 다 팔아 집과 셰간이며 젼답과 노비를 장만ᄒᆞ여 예와 갓치 부요이 지니며 춘풍이 쥬 식을 졍계ᄒᆞ여 다시 ᄌᆞᆺ가이 아니ᄒᆞ고 박시와 희로ᄒᆞ며 죽기까지 후디 ᄒᆞ니 박시는 참 녀중호일너라.

014 「夢遊歴代帝王宴」

· 1896.10.24~12.24. 雜報

1896년 10월 24일 (1회)

산동 짜히 혼 션비 잇스니 셩은 셩이요 명은 허요 주는 주탄이니 쳔셩
이 통민ᄒ여 협긔에 임의로 방탕ᄒ더니 드듸여 쯧시 산쳔에 잇셔 아참
은 틱산에 놀고 져녁은 동경에 놀미 스히팔황에 주최 아니 밋친 곳이
업스니 북명의 북과 남월의 남이 다 눈압히 드러와 흉즁이 할[활]연ᄒ
니 이러므로 스스로 쳔디간 일물이라 일으더라. 갑술셰에 금능을 향ᄒ
여 금산으로 들어갈시 쌔 맛춤 구월이라. 금풍이 소슬ᄒ고 옥우 징영ᄒ
니 산에 가득혼 슈목은 다 푸른 연긔 빗츨 씌엿고 들에 폐인 도량은 곳
누른 금빗치 둘넛는지라. 흥을 타셔 산을 츠즈며 물을 츠즈 깁히 들어
감을 씨닷지 못ᄒ니 날은 셔산에 쩌러지고 달은 동녕에 토ᄒ미 나아가
굿칠 비 업고 물너가 도라옴에 밋지 못홀지라. 놉흔 산우희 비회ᄒ며
깁흔 골 가온더 방황ᄒ니 셔흐로 진납이를 무협에 듯고 남으로 기러기
를 형양에 보아 밤이 깁허 삼경이 되미 만뇌구젹ᄒ여 쳔봉 만학에 빅운
과 연하 쑨인대 금물결은 구쳔에 움작이고 뭇 벨[별]은 삼쳥[쳔]에 버럿
는지라. 이 쌔 셩셩이 집핑이 머물 곳이 업셔 셔흘 바라며 동을 보고 압
흘 울어르며 뒤흘 도라보나 몸 더질 곳즐 아지 못ᄒ여 홀일업시 바회
우희 안져 쉬일시 졍신이 맑고 골수가 츠미 능히 좀을 일우지 못ᄒ고

침음양구에 다시 더듬어 수리를 나아간즉 긔화요초는 전후에 둘넛고 취죽창송은 좌우에 버럿는디 맑은 시니 푸르게 흘으는 우희 누각이 외외혼지라. 울어어 보니 금즈로 현판에 썻스되 금화사라 흐엿고 불근 긔와와 치식난간은 운한 즈음에 표묘흐고 슈노은 문과 비단 창은 두우 스이에 조요흐얏스니 졍녕 혼 산시여늘 션성이 긔갈이 심흐여 급히 드러가 션당에 누우미 곤흐믈 이기지 못흐여 잠간 가미흐더니 홀연 드르니 경필흐는 소리 먼 디로붓허 졈졈 갓가오며 문밧게 쳔병만미 산흘 움작여오고 금고소리 하날에 진동흐며 졍긔와 검극이 전후에 나렬혼 가온디 황금교즈 사쌍이 츠례로 흐더라.

1896년 10월 26일 (2회)

뎨일 교즈 우희 융준용안에 슈염이 아람다온 이는 이 한틱조황뎨요, 뎨이 교즈 우희 용본[봉]지즈요 천일지표는 이 당틱종황뎨요, 뎨숨 교즈 우희 회[홍]의용표에 모진 얼골이요 큰 입은 이 송틱조황뎨요, 뎨스 교즈 우희 쳔위엄숙흐고 신치동인흐니는 이 명틱조황뎨라. 각각 통쳔관을 쓰며 강스포를 입고 금씌와 옥홀노 황탑에 좌졍홀시 홀노 명황이 읍흐고 스양흐야 굴오디 이 탑은 쳔하를 통일혼 임군이 안질지라. 과인은 그럿치 못흐야 우흐로 졔양왕이 잇고 아리로 열국이 잇셔 왕이라 일커르며 뎨라 일커른 지 혼두 스람이 안인즉 엇지 감히 안연이 이 탑에 안즈리요. 한황이 미소 왈 명황의 말이 그르다 하늘 명을 브다 발난 반졍혼 지 임군이 안니요 뉘리요. 원컨더 겸양치 말고 쳔지에 아람다이 모임을 일우게 흐라 흐니 명황이 마지 못흐여 즈리에 느아가미 문무졔신이 각각 동셔를 난호아 반렬을 졍홀시 한디 모신 인즉 장냥 소하 진평 역이기 육가 슈하 숙손통이요, 무신인즉 한신 경포 조참 팽월 왕능 번쾌 쥬발 관영 괴신 쥬기 장이 장창이요, 당가 모[문]신인즉 위증 장손무

긔 방현령 두여회 디주 왕규 빅[비]젹 유문졍 져셔[수]량 우셰남 봉덕이
요, 무신인즉 니졍 울지경덕 니젹 진숙보 은긔산 굴돌통 셜인귀요, 송방
모신인즉 송긔 뇌덕양 장졔현이요, 무신인즉 조빈 셕수신 묘훈 니한초
왕젼빈 젼약수요, 명국 모신인즉 유긔 니션쟝 셔휘조 화운룡 송념 방효
유 졔티 황ᄌ증이요 무신인즉 셔달 상우츈 호디힝 화운 니문츙 유통회
탕화 묵영 한셩 경쳥이니 스람마다 날너고 건쟝ᄒ며 긔긔이 영웅이라.
뎐상에셔 젼ᄒ야 부르되 쟝냥 위증 묘보 유긔는 측지 잇스니 곳 드러오
라 ᄒ니 네 신히 명을 듯고 국궁ᄒ야 드러가 뎐읍히 부북ᄒ니

1896년 10월 30일 (3회)

한황이 갈오디 삼디지하에 뎨왕가 풍긔 피미ᄒ여 오계 칠웅이 아침에
싸호고 져물게 쉬이니 스히 물 쓸틋ᄒ여 무리 영웅이 아오로 일어낫더
니 과인의 창업홀 쩌에 일으러 어느날 당나라이 되며 어느날 송나라이
되며 어느날 명나라이 될지 엇지 알앗스리요 오날날 풍경이 졍이 조흔
디 군신이 셔로 모엿스니 이역 승시라 가히 헛되이 보너지 못ᄒ리라 ᄒ
고 곳 시신을 명ᄒ여 뎐상에 잔치를 베푸니 등쵹이 휘황ᄒ고 위의 엄숙
ᄒ며 풍뉴는 ᄎ례로 알외고 술쟌은 셔괴여 ᄂ아오는대 츔추는 스미는
향풍에 나붓기고 져 소리는 쳥쳔에 스못치는지라. 술이 두어슌에 일으
미 한황이 츄연장탄왈 과인이 쳑검 포의로 풍퇴에 굴긔ᄒ미 흔 빅셩과
촌만흔 짜이 업더니 다힝이 군신의 츙녈을 힘입어 맛춤니 대업을 일웟
스니 신고ᄒ미 뉘가 과인과 갓ᄒ리요 당황은 흔 싸홈에 관즁을 명ᄒ고
송황은 하로밤에 쳔하를 취ᄒ엿스나 그러ᄒ나 명황의 공이 오히려 우
리 셰사롬보다 낫도다 ᄒ니 송황이 한황에게 무러 골오디 제가 쳐음으
로 관즁에 드러가미 가을 터럭만치도 범ᄒ지 아니ᄒ고 법 삼쟝을 언약
ᄒ엿스니 이 무솜 뜻지요 한황이 답왈 진ᄂ라의 형벌이 엄ᄒ고 혹독ᄒ

야 빅셩을 잔히ᄒᆞ니 쳔히 발근 임군 어드믈 싱각ᄒᆞ미 큰 가물의 운에를
ᄇᆞ람과 ᄀᆞᆺ고 오린 장마의 쳔일을 싱각홈과 ᄀᆞᆺᄒᆞᆫ지라. 이러므로 니 어진
은혜를 베풀며 덕에 졍ᄉᆞ를 펴 빅셩을 슈화 가온ᄃᆞ 건져 도현ᄒᆞᄆᆞᆯ 구완
ᄒᆞ미라. 당황이 ᄀᆞᆯᄋᆞᄃᆡ 활달ᄒᆞᆫ 대도로 어진 이를 맛기고 능ᄒᆞᆫ 니를 부
려 각각 그 마음을 다 ᄒᆞ게 ᄒᆞ니 비록 문왕과 무왕이 잇스나 엇지 한황
에게 지니리요 이런고로 진ᄂᆞ라를 졔ᄒᆞ며 항우를 멸ᄒᆞ고 ᄒᆞᆫ 융의로 쳔
하를 졍ᄒᆞ미 엇지 그럿치 아니ᄒᆞ리요 한황왈 과인이 더러온 덕과 공으
로 엇지 감히 삼ᄃᆡ를 ᄇᆞ라리요 한나라집 ᄉᆞ빅년 긔업을 창긔흔 ᄌᆞᄂᆞᆫ 다
군신의 공이요 과인의 능ᄒᆞ미 아니라

1896년 11월 1일 (4회)

인ᄒᆞ야 명황의 군신을 물은ᄃᆡ 답왈 공과 업을 일우지 못ᄒᆞ고 지조와 지
혜를 시험치 못ᄒᆞ엿스나 그러ᄒᆞ나 고금인물에 비ᄒᆞᆫ즉 뉴긔와 셔달은
장냥과 니졍의 지모에 방불ᄒᆞ고 화운과 한셩은 쥬긔와 긔신의 츙셩과
ᄀᆞᆺ고 니션장과 상우춘은 조빈과 울지경덕의 웅밍에 비홀 만ᄒᆞ고 □[묵]
영과 호ᄃᆡ[호더희]ᄂᆞᆫ 번쾌와 셜인귀의 용널에 비홀 만ᄒᆞ고 이밧게 문무
갓취고 죡ᄒᆞᆫ 지 ᄯᅩᄒᆞᆫ 만흐나 엇지 다 한당송 삼국에 비겨 말ᄒᆞ리요 당
황이 갈오ᄃᆡ 이ᄀᆞᆺ치 셩ᄒᆞᆫ 잔치뇨 고금에 잇지 못ᄒᆞᆫ 일이라. 원컨ᄃᆡ 중
흥지쥬를 쳥ᄒᆞ여 갓치 질기미 엇더ᄒᆞ뇨 한송명 삼황이 ᄀᆞᆯᄋᆞᄃᆡ 여러 ᄯᅳᆺ
에 심이 합다 ᄒᆞ니 한황이 즉시 슈하를 보니여 광무와 소렬을 쳥ᄒᆞ고
당황은 비젹을 보니여 숙종을 쳥ᄒᆞ고 송황은 니방을 보니여 고종을 쳥
ᄒᆞ니 잠간 ᄉᆞ이에 문밧게 거[기]마병견지셩이 나며 문직흰 지 다라와
고ᄒᆞ되 네 임군이 일으시나이다 ᄒᆞ더니 이윽고 ᄎᆞ례로 드러오니 긔일
은 환[한] 광무황뎨니 시위지신은 등우, 오한, 왕냥, 가복, 구순, 경감, 장
궁, 마무, 탁무, 마원, 츙, 왕픠, 비룽, 조긔 등이요 긔이ᄂᆞᆫ 소렬황뎨니

전후 시위지신은 졔갈냥, 관우, 장비, 됴운, 황츙, 마초, 방통, 법뎡, 장완, 비위, 허졍, 강유 등이요 기삼은 당슉종 황뎨니 좌우 시위지신은 니필, 곽즈의, 니광필, 장슌, 허원, 남졔운, 뇌만츈 등이요 기ᄉ는 송고종 황뎨니 젼후시위지신은 악비, 장쥰, 됴뎡, 진덕슈, 한셰츙 등이니 ᄉ룸은 밍호ᄌ고 말은 비룡ᄌ더라. 곳 법당에 드러와 녜를 맛츠미 다 동편누로가 좌뎡ᄒ니 장냥이 출반쥬 왈, 군신이 잡착ᄒ여 반열과 항외 업ᄉ오니 원컨더 장상 즁에 츙셩과 지혜와 날님과 모략이 잇는 즈로 ᄒ야곰 각각 반열을 난오면 쥬션이 옹용ᄒ야 거의 ᄎ뎨에 즘목ᄒ미 잇슬가 ᄒ나이다. 좌즁이 다 갈오디 조흔 말이라 ᄒ고 즉시 번쾌로 ᄒ야곰 오식긔치 출 가지고 남편누를 디야 셰번 북치고 셰번 불너 갈ᄋ디

1896년 11월 3일 (5회)

졍승의 지죄 잇는 즈는 다 홍[홍]긔 아리로 가고 장슈의 지죄 잇는 즈는 다 흑[흑]긔 아리로 가고 충의를 품은 션비여든 다 황긔 아리로 나아가고 용녁이 잇는 션비여든 다 빅긔 아리로 다라가고 지모를 품은 션비여든 다 쳥긔 아리로 다라가라 ᄒ니 즁인이 셔로 도라보며 말이 업고 맛춤니 나오지 아니ᄒ거늘 쏘 북치며 불너 갈오디 황명이니 가이 지완치 못홀지라. 명을 밧드러 속히 힝ᄒ라 ᄒ니 위즁이 추챵ᄒ야 나아와 굴ᄋ디 고금 장상이 비록 장상지지 잇ᄉ오나 각각 스ᄉ로 즈쳔케 ᄒ미 심히 녜의 아니오니 시신 즁에 가히 공평졍직ᄒ 션비를 갈히여 써 즁인의 우렬을 포폄ᄒ오미 올홀가 ᄒ나이다. 한황왈 뉘가 맛당이 이 소임을 당홀고. 즁이 디왈 신하 알기는 임군 ᄌ흐니 업다 ᄒ오니 하물며 셩주의 셩히 모이신 즈리리잇가. 한황이 당송명 삼황을 도라보다 일너 가로되 이 말이 가장 유리ᄒ니 각각 능히 맛길만ᄒ 션비를 쳔거ᄒ미 엇더ᄒ뇨 당황이 갈오디 과인의 마음에는 소하가 맛당홀가 ᄒ노라. 송황이 굴ᄋ디

과인의 마음에는 니졍이 맛당홀가 ᄒᄂ노라. 명황이 글ᄋ디 훈 지혜와 훈 능ᄒ미 잇ᄂ 션비야 어디에 업스리요 소부[무]의 숨음과 니뉸의 어짐과 빅이의 졀과 용방의 충이 잇고 나라를 보ᄒ미 쥬공과 갓ᄒ며 출장입상 ᄒᄆᆫ 티공과 ᄀᆽᄒ 즈이라야 바아ᄒ로 가이 맛기리니 젼에 드른즉 셔촉 졔갈냥이 가슴에 경쳔위디지지를 감초고 비에 안방졍국지모를 품엇다 ᄒ니 만일 그 ᄉᆞᄅᆷ이 아니면 가히 능히 맛기지 못ᄒ리라 ᄒ니 좌즁이 다 글ᄋ디 명황의 말이 좃타 ᄒ니 묘뵈 간왈 졔갈냥이 비록 지죄 잇ᄉ오나 일통훈 공이 업스니 이 소임을 맛기지 못ᄒ리이다. 송황이 글오디 지모ᄂ ᄉᆞᄅᆷ에게 잇고 흥망은 하늘에 잇ᄂ지라 경의 말과 ᄀᆽ홀진디 즈ᄉ와 밍지 도로혀 소진 장의만 ᄀᆽ지 못ᄒ랴 냥의 도호ᄂ 와룡이니 놉히 남양에 누어 무릅을 안고 기리 휴파람ᄒ며

1896년 11월 6일 (6회)

마음이 부운갓ᄒ여 셩명을 난셰에 구젼ᄒ고 문달을 졔후에게 불구ᄒ니 허유의 짝이 슈감의 벗지라 초려의 나올 ᄰᆡ에 군ᄉ가 쳔에 ᄎᆞ지 못ᄒ고 장ᄉ가 열에 ᄎᆞ지 못ᄒ나 방망에 소둔ᄒ고 빅하에 용슈ᄒ야 밍덕으로 ᄒ야곰 간담이 몃번이나 무여지게 ᄒ엿고 일즉 송곳 셰울 ᄯᆞ이 업셧스나 능히 졍족지셰를 일윗스며 괴산에 여섯번 ᄂᆞ가미 즁달이 넉슬 일코 밍확을 일곱 번 ᄉᆞ로 잡으미 남방 ᄉᆞᄅᆷ이 마음으로 항복ᄒ엿더니 하늘이 돕지 아니ᄒᆞᄉ 오장원에 별이 ᄯᅥ러젓스니 가히 승픽로써 영웅을 의논홀 비 아니라 엇지 조고마훈 틔로 빅옥을 ᄇᆞ리리요 곳 공명을 명ᄒ여 나아오니 그 ᄉᆞᄅᆷ이 풍되 졀눈ᄒ고 거지 소쇄ᄒ여 눈아리 고금 영웅을 오시ᄒ고 흉즁에 쳔디조화를 암포ᄒ여 표연이 신션 갓더라. 한황이 글ᄋ디 이러훈 셩회에 모든 나라 군신의 반열을 뎡치 못ᄒ여 특별이 경을 부르미니 모로미 경은 군신의 고화를 포폄ᄒ야 초계를 분졍ᄒ라. 공

명이 소양호야 쿨ㅇ디 신에 용지로 엇지 감히 이젼흔 즁디호온 즁임을
당호오리잇가 감히 명을 밧들지 못호리로소이다. 한황이 왈 경은 고소
치 말고 소속히 힝호라. 공명이 누츳 비샤호나 뎨 맛츰니 듯지 아니호
니 공명이 마지 못호여 샤은호고 좌츳를 명호고즈 홀 즈음에 홀연 보호
되 진시황과 진무뎨와 수문뎨와 초피왕의 격셔 일으럿다 호거늘 공명
이 좌샹에 진달호디 한황이 얼골을 쯩그려 쿨ㅇ디 이는 유정흔 무리 아
니라 물니치미 엇더호뇨 송황이 쿨ㅇ디 가는 즈를 짜로지 말며, 오는
즈를 막지 말나 호엿스니 조히 디졉홈만 ㅈ지 못다 호니 공명이 알외
디 신이 흔 계교 잇소오니 셰 임군으로 호야곰 다 동편누로 가계 호고
피왕은 셔편누로 가게 호오면 즈연 죵용호오리이라.

1896년 11월 8일 (7회)

한황이 쿨ㅇ디 그 계괴 심이 묘호니 소속히 힝호고 더디지 말나. 공명
이 이에 왕희지를 불너 긔에 크게 써 문밧게 셰우니 그 글에 호엿스되
즁흥흔 즈는 동편누로 가고 피업을 일운 즈는 셔편우로 가고 창업흔 임
군이 아닌즉 법당에 드러오지 말나 호엿더라. 이윽고 진시황이 셤이말
을 타고 티아검을 츠며 취봉긔를 셰우고 영타의 북을 울니며 나아오니
호령이 엄숙호며 위풍이 늠녈흔디 좌에는 니스, 모초, 왕젼이요 우에는
몽념, 왕분, 장감이며 진무졔는 황금수레를 타고 빅옥홀을 쥐엿스며 홍
나신을 밧고 치식 그림 그린 비고를 치며 나아오니 의관이 영농호고 광
휘찬란흔디 좌에는 장화, 위환, 산도, 왕쥰이요 우에는 등의, 종회, 양우
[호], 두예며 수문뎨는 빅옥년을 타고 황금관을 썻스며 졍긔 분운호고
검극이 숨렬호며 긔상이 늠늠호고 문치 빈빈호니 좌에는 왕통, 고경이
요 우에는 한금호, 하약필이더라. 시황이 바로 법당을 향호여 드러오고
즈 하니 공명이 압흘 막아 간호야 쿨ㅇ디 이는 창업의 잔치라 만일 창

업흔 임군이 아니면 법당에 드러오시지 못흐오리라. 시황이 디로흐야
왈 과인이 팔황을 병탄흐니 위엄이 스히에 쩔친지라 엇지 흥업이 되지
못흐리요 공명이 굴ㅇ디 신이 일즉 듯스오니 폐히 엣업을 힘입고 씨친
쇠를 잇그러 두 주나라를 삼키고 여셧느라를 멸흐엿스니 고업이 비록
크나 스리로쎠 의논흐면 가위 중흥이요 창업이 아니라 폐히 공업을 선
왕에게 돌녀보닉지 아니흐시고 스스로 충업에 쳐흐고즈 흐시면 소신이
엇지 감히 막으리잇가. 니시 굴오디 공명의 말이 올스오니 폐히 공을
선왕에게 돌녀보닉시고 스스로 중흥에 쳐흐소셔. 시황이 이윽이 싱각흐
다가 분을 참고 동편누로 가니라. 소경에 항왕이 좌하에 오추마를 타고
손에 철편을 들엇스니 용밍이 하늘을 흔들고 장긔는 날을 쮈일 듯흐여
분연이 오니 좌에는 범증, 종니민, 용져요 우에는 쥬란, 환초, 항장이라.
항왕이 무러 굴ㅇ디 잔치를 주장흔 지이 누구요. 공명이 답왈 한황이
웃듬이시니 당송명 삼황을 못조와 충업지쥐 틱평의 잔치를 베푸시미라.
뜻밧게 대왕이 니림흐시니 이런 다힝이 업느니다. 항왕이 양쳔 탄왈 쳔
디 번복흐고 일월이 영휴흐여 뉴계가 도로혀 오날날 쥬인이 되고 항젹
이 헛도이 손이 되엿나냐 흐고 브로 법당으로 향흐니 공영[명]이 압흘
당흐야 간왈 대왕이 충업흔 공이 업스미 이 좌셕에 참예치 못흐시리이
다. 항황이 디로흐야 굴ㅇ디 닉 뉴계를 보미 어린 아히 갓치 넉이는지
라. 당시 호걸이 닉 위풍을 보면 목을 움치고 쥐숨듯흐며 후세 영웅이
닉 셩명을 듯고 몸을 쩔고 담이 츠게 흐거늘 뉘 감히 막으리요. 공명이
범증을 도라보아 일너 굴오디 졔한[환]공이 채[규]구에 모여 밍셔흘시
흔번 변식흐미 잇스미 반흔 지 아홉[흡]나라이라. 흔 스롬의 아리 굴흐
고 만승의 우에 편즈는 이 탕무요 혈긔지분으로쎠 중인의 그름을 일윈
즈는 이 걸쥐라 그윽이 군왕을 위흐야 취치 아니흐노라. 항왕이 묵묵이
싱각을 흐기를 양구이 흐다가 굴ㅇ디 츠라리 닭의 입이 될 지연정 소
뒤는 되지 아니흐리니 닉 셔편누에 주인이 되어 다시 홍문연을 베풀니
라 흐고 이에 셔편누로 가 좌를 뎡흐미 공명이 올흔손으로 빅우션을 흔

들고 왼손으로 상아홀을 잡고 즁앙에 셔셔 굴오디 이 가온디 왕망, 동
탁에 무리 십슈인은 다 픽역난국훈 재니 일졔이 물너가고 이 잔치에 참
예치 말나 훈고

1896년 11월 12일 (8회)

공명이 하늘을 우러러셔 밍셔훈야 굴ㅇ디 냥이 부지훈고 무식훈므로써
황명을 밧드러 영웅의 우렬을 분녈훈웁느니 혹 일분이라도 스스혐의
잇슙거든 황텬후토는 한가지 밝히 살피소셔 훌 즈음에 홀연 보훈되 한
무데는 보수훈 공이 잇고 당헌종은 회셔의 공이 잇고 진원졔는 강좌의
공이 잇고 송신종은 삼디의 풍이 잇스니 원컨디 이 잔치에 참예훈깃노
라 훈고 쏘 모든 영웅이 문밧게 잇셔 무슈이 크게 불너 굴ㅇ디 공셩약
지훈고 쳔하를 호령훈 지 엇지 이 즈리에 참예치 못훌리요 훈니 이는
진승과 조조와 원소와 손칙과 니밀의 무리라. 한황이 굴오디 진승은 농
묘에 군스를 일회여 십일 스이에 왕이라 일컷고 조조는 디란을 평졍훈
고 쳔하를 난훈아 열에 그 여닯[닯]을 두엇고 손칙은 강동을 버혀 웅거
훈야 범ㅈ치 스회를 보앗스니 셰 사롬은 가위 호준지스라 훈니 니밀이
크게 불너 굴ㅇ디 이는 귀신의 불이 숩풀에 업딤과 ㅈ흔 즈는 진승이요
난신젹ㅈ는 조조요 단창필부는 손칙이라 엇지 영웅이라 훈리요 나는
여러 디 공후요 일시 밍쥐라 엇지 영웅이 아니리요 경쳥이 쑤지져 왈
원소는 뭇 의심이 비에 가득훈고 여러 어려오미 가슴에 막혀 츙셩된 말
을 긔지 아니훈고 어진 션비를 아지 못훈며 니밀은 지식이 쳔단훈야 군
시 픽훈미 관에 드러가 이에 팃스를 바라니 가위 금활에 옥살이요 흙소
에 기와말이라 엇지 감히 져 사롬에 훈비리요 훈니 원소와 니밀이 다
분을 이긔지 못훈여 가셰훈거늘 이에 문을 열고 졔왕을 쳥훈여 드러올
시 졔일은 한무데니 시위지신은 동즁셔, 곽광, 급암, 동방삭, 한안국, 위

졍, 곽거병, 니광이요 데이는 진원제니 시위지신은 주긔, 왕도, 도간, 유 곤이요 졔숨은 당헌종이니 시위지신은 한유, 육지, 비도요 졔스는 송신 죵이니 시죵지신은 명도션싱, 범즁엄, 구양슈, 왕안셕이라. 다 동편누로 가고 기츤는 진왕과 위공이니 시죵지신은 오긔, 무신, 곽가, 슌욱, 장뇨, 허졔, 쥬유, 노숙, 녀몽, 졍봉, 황긔, 육손 등이니 다 셔편누로 가니라. 공 셩[명]이 비로소 즈리를 뎡ᄒ고 문무졔신을 포펌ᄒᆯ시 굴ᄋ디 고황뎨죠 에 장냥은 슉녀의 얼골에 장부의 마음이라 신을 황셕공에게 드러 녀교 상에 슈학ᄒ고 ᄉ구에 몸을 도망ᄒ아 셔호로 한나라에 도라가 진나라 를 멸ᄒ고 항우를 취ᄒ고 만호후를 봉ᄒ미 뎨왕의 스승이 되야 맛춤ᄂ 벽곡도인ᄒ여 젹송즈를 따라스니 이는 범녀의 벗지요 당티죵죠에 위증 은 그 임군이 요슌이 밋져 못ᄒᆯ믈 붓그리이 녁여 간졍ᄒ므로 몸에 직임 을 숨으니 이는 비간의 무리요 송티죠죠에 조빈은 강남에 니려가미 셩 하에 일으러 향을 퓌오고 ᄉ오나이 노략ᄒ지 말며 ᄒ나이라도 망녕도 이 죽이지 아니ᄒᆷᄅ 언냑ᄒ야 밍셔ᄒ고 긔가를 불너 도라오는 날에 힁 니소연ᄒ니 이는 녀상의 짝이요 명티죠죠에 뉴긔는 금능의 긔운을 바 라보고 십년 후의 일을 알앗스니 이는 니윤의 짝이요 진시황죠에 모초 는 티후의 폐ᄒ믈 보고 기름가마에 나아가 간ᄒ야 죽는 것 보기를 도라 가는 것 ᄀᆾ치 ᄒ니 이는 용방의 짝이요 환무졔죠에 동박삭은 글 읽은 지 숨년의 ᄇ다를 것구루치며 강을 번득이는 구변과 음풍영월의 지죠 를 비와 어덧스니 이는 일디의 아람다온 션비요 한광무죠에 등우는 강 칙귀ᄒᆫᄒ야 군ᄉ를 거느려 졍벌ᄒᄆᆯ 오로지 ᄒ여 즁흥원훈이 되엿스니 이는 만고의 영웅이요

1896년 11월 16일 (9회)

소렬황뎨죠에 방통은 빅일공ᄉ를 편시에 결단ᄒ고 삼분ᄒᄂ 긔특ᄒᆫ 계

교를 호말에 뎡호니 이는 쳔추에 지모잇는 션비요 진무뎨죠에 장화는 바독판을 밀치고 오나라 취홀 계교를 뎡호야 맛춤닉 대업을 일웟[윗]스니 이는 빅뎌에 호걸지스요 진원뎨죠에 쥬기는 충의 안으로 격호야 크게 왕돈을 쑤짓고 죽으니 이는 만뎌에 강기지스요 수문뎨죠에 왕통은 뎌궐에 나아가 열두조목긔를 드리다가 물니치믈 입어 향리로 도라와 드듸여 하분이란 싸 스이에 도학 교수호기를 힘쓰니 뎨즈의 좃기를 원호는 지 심이 만흔지라 조졍에셔 여러번 부르되 일어나지 아니호고 굴으디 히여진 집이 족히 풍우를 가리오고 박호 밧치 족히 죽을 이브지홀 만호고 글을 읽고 담논호는 거시 족히 써 업이 되고 기리 휴파람호며 거문고를 어로만지는 거시 족히 써 낙이 되리라 호니 이는 은일지스요 당숙종조에 니필은 어려셔부터 영민호야 일홈이 당셰에 낫타나고 빅의로 임군을 셤겨 맛춤닉 중흥의 업을 일웟스며 지상의 벼슬을 고스하고 물너와 영[여]양 싸에 거호야 써 셩명을 보존호엿스니 이는 긔틀을 아는 션비요 당헌종조에 한유는 학문이 하히굿고 마음은 송빅 굿호며 상소호여 알외는디 근근호고 간간호니 이는 군즈의 풍이요 송신종조에 졍즈는 공밍의 도를 이엇스니 이는 셩현의 션비라 호고 쏘다시 홍긔를 가지고 소하에게 읍호야 굴아디 디도를 취호야 쳔하형셰를 알며 관중을 다스려 근본을 심으로 한신을 싸라 스방을 뎡호엿스며 곽광은 쥬공이 셩왕업은 그림으로써 어린 임군을 돕고 니윤의 틱갑 폐호 일을 무러 션뎨를 맛고 창읍왕을 폐호엿스며 장손무긔는 삼쳑검을 집고 동튀[충] 셔돌호야 견마의 충셩을 다호야 맛춤닉 대업을 일우고 방현령은 나라를 밧들기에 즈즈호고 아는 거슬 호지 아니호미 업스니 맛당이 뎨일 될 거시오 조참은 옛 제도를 호갈굿치 쏫고 왕규는 탁호 거슬 격호고 맑은 거슬 날니며 악호 거슬 미워호고 착호 거슬 조아호며 장완은 번화호디 림호야 홀노 한가호니 맛당이 뎨이 될 거시오 두여회는 결단호미 흐르는 것 굿고 디쥬는 충셩되고 말그며 공변되고 곳아 미양 시암 솟듯호며 범슝[증]은 그 임군을 엇지 못호미 그 뜻슬 펴지 못호고 일을 도모호며 쇠를 든즉 임군이 그 계교를 쓰지 아니ᄒ고 정셩을 베푸러 뵈인즉 우의셔 그 밋더오믈 밋지 아니ᄒ니 비컨디 봉황이 형극에 깃드림과 용귀 염거에 곤홈과 ᄀ홋ᄒ니 맛당이 데슴이 될 거시오 ᄯ 흑귀를 가지고 한신에게 읍ᄒ야 ᄀᄒ오디 어두온 디를 비반ᄒ고 밝은 디로 더져와 삼진을 멸ᄒ고 관중을 뎡ᄒ야 읏듬 큰 공을 셔워 ᄉ희를 삭평ᄒ고 마원은 변방 틔끌을 탕연히 쓰러 ᄇ리고 죽어 말ᄉ족[말가죽]에 ᄊᆞ여 도라왓고 셔달은 모략이 손오와 방불ᄒ며 용밍이 오획과 의회ᄒ니 맛당이 데일이 될 거시오 펑월은 초나라를 비반ᄒ고 한나라에 도라와 공훈을 셰워 위가 왕후에 일으럿스며 □풍]이ᄂ 왕망을 졈디에셔 죽여 한나라 복[북]조를 회복ᄒ엿고

1896년 11월 20일 (10회)

왕젼은 흰머리로 졍벌ᄒ기를 오로지 ᄒ야 노당익장ᄒ니 맛당이 데이가 될 거시오 곽ᄌ의ᄂ 지조와 덕이 겸젼ᄒ야 출쟝입상ᄒ고 위퇴홈을 밟으며 험ᄒ믈 무릅써 동으로 역젹을 치고 이경을 회복ᄒ야 써 지존을 마즈니 충의와 셩셩이 울어러 흰 날을 쐬이고 도량이 크고 넉으러워 포용치 아니ᄒ 비 업고 목영은 운남을 청평ᄒ고 쟝감은 초나라로 더브러 아홉 번 ᄊᆞ왓스니 맛당이 데슴이 될 거시오 ᄯ 황귀를 가지고 긔신에게 읍ᄒ여 ᄀ오디 충의격발ᄒ여 황옥디[좌]독에 쳐ᄒ야 초나라를 소기고 죽기를 이졋스며 쟝슌은 도젹을 임ᄒ야 응변ᄒ미 긔특ᄒ 계교를 ᄂ미 무궁ᄒ고 호령이 밝고 상벌이 밋버 ᄉ졸노 더브러 감고를 갓치 ᄒ며 형세 곤ᄒ고 셩이 함ᄒᄂ디 일러 ᄉ오나온 귀신이 되어 도젹 죽이기를 밍셰ᄒ고 맛춤ᄂ 니 두 마암을 두지 아니ᄒ엿고 관공은 문독춘츄좌시젼 ᄒ고 무ᄉ청농언월도 ᄒ며 황슉으로 더브러 결의ᄒ여 싱ᄉ를 갓치 ᄒ믈 밍셔ᄒ고 임군을 슌이ᄒ며 나라를 갑ᄂ 츙셩과 ᄇ다를 멍에ᄒ여

산을 쎄는 용녁으로 한슈경후 봉흔 금인을 걸고 쳔리에 독힝ᄒ며 슈엄
칠군ᄒ니 위엄이 화하에 진동흔지라 맛당이 졔일이 될 거시오 허원은
힘이 외로온 셩에 다ᄒ미 형셰 누란과 ᄀ흐며 몸이 죽으나 츙셩이 남앗
고 악비는 등에 네 글ᄌ를 삭여 뜻이 나라를 회복ᄒ는 디 잇셔 나라 붓
그러옴을 씨스믈 밍셔ᄒ엿고 방효유는 입을 찌즈되 구족을 도라보지
아니ᄒ엿스니 맛당이 뎨이가 될 거시오 졔티와 황ᄌ증은 단심을 곳치
지 아니ᄒ고 몸이 죽어 나라를 갑고 쥬란과 환초는 십면미복에 강동ᄌ
뎨 니산흔 지 그 슈를 아지 못ᄒ되 맛춤니 마음을 비반치 하니ᄒ고 난
[만]군즁에셔 죽으니 맛당이 뎨슴이 될 거시오 쏘 쳥긔를 가지고 진평
에게 읍ᄒ야 ᄀᄋ되 신장이 팔쳑이요 얼골이 관옥ᄀ흐며 여섯번 긔특
흔 계교를 너여 쳔하를 일통ᄒ엿고 니졍은 지죄 문무를 겸ᄒ여 출장입
상ᄒ고 쥬유는 긔운이 위나라를 슴키고 지죄 능히 오나라를 웃듬ᄒ고
ᄌ ᄒ여 비로소 옴에 나리를 드리오지 못ᄒ다가 맛춤니 능히 깃슬 썰쳐
오림에 도젹을 파ᄒ고 젹벽에 오병ᄒ니 공젹이 외외ᄒ고 셩명이 열열
흔지라 맛당이 뎨일 될 거시오 육손은 용병ᄒ미 냥져와 방불ᄒ고 지모
는 손오에 버금 싹이요 곽가는 지피긔를 잘ᄒ고 등이는 셔쵹을 뎡ᄒ야
큰 공을 일웟스니 맛당이 뎨이가 될 거시오 두예는 오회를 뎡ᄒ니 공이
산하를 덥고 한셰츙은 졸오에 일어나 즁흥 명장이 되어 벼슬이 왕후에
일으미 병권을 놋코 문을 닷아 손을 스례ᄒ고 나귀를 모라 술을 잇글고
두셋 어린 아ᄒ로 더브러 셔호에 오유ᄒ여 스스로 즐거옴을 슴고 한금
호는 군ᄉ 빅만을 거ᄂ려 동으로 창희를 졉ᄒ고 셔호로 파쵹을 막아 오
악에 진동ᄒ야 범ᄀ치 보고 만리에 다라가 미ᄀ치 날니니 맛당이 뎨슴
이 될 거시오 쏘 빅긔를 가지고 됴운에게 읍ᄒ야 ᄀᄋ되 유쥬[아두]를
장판교에 보호ᄒ고 황츙을 한슈에 구완ᄒ며 션졔를 빅졔셩 보호ᄒ며
다셧한가를 ᄂ년에 죽엿스니 졀윤흔 용이오 긔세흔 공이며

경감은 몸이 대장이 되어 사방을 정벌ᄒ야 셩 삼빅을 뭇지르고 짜 슈십을 노략ᄒᄋ엿고 장비는 셩품이 열화와 ᄀᆺ고 용긔 밍호와 ᄀᆺᄒ여 쳔디를 비예ᄒ며 우쥬를 질타ᄒ야 장수를 만군지즁에 버히믈 탐낭취물 ᄀᆺ치 ᄒ고 울지경덕은 효용이 졀뉸ᄒ야 빅번 ᄊ화 공을 일웟스니 맛당이 뎨일이 될 거시오 번쾌는 방펴를 끼고 ᄇ로 드러가 장막을 헷치고 셔니 셩닌 터럭이 관을 찌르고 눈 쒸 다 찌여져 항우 보기를 어린 아히 ᄀᆺ치 ᄒ며 군ᄉ 보기를 긔암이 ᄀᆺ치 ᄒ엿스며 탕화는 큰 지략이 무리를 멍에 ᄒ고 지용이 삼군에 읏듬이며 가복은 얼골이 쳔신과 ᄀᆺ고 호대ᄒ는 몬져 치셕에 올으니 맛당이 뎨이가 될 거시오 경포는 용밍이 쳔긔를 흔들고 공이 산하를 덥고 오한은 효용이 무리에 쒸여ᄂ고 큰 지략이 셰상에 읏듬이오 마초는 거러 여섯 쟝ᄉ를 ᄊ호고 허제는 다라나는 소를 것구로 쓰니 호치라 일컷고 황충은 활이 빅번 발ᄒ야 빅번을 맛치니 맛당이 뎨슴이 될이라 ᄒ고 그 이하 문무는 다 각각 장단을 말ᄒ야 반렬을 뎡ᄒ더니 홀연 겻히 ᄒ 사름이 눈물을 쑤리며 크게 불너 왈 션셩이 뎨즈를 아지 못ᄒᄂ니잇가 당일 죵회에게 항복ᄒ미 죽으믈 두리고 살기를 탐ᄒ미 아니요 한나라 집을 회복고ᄌ 홈이라 만일 복통이 업셧든들 셔촉의 짜이 사마가의 손에 드러가지 아니ᄒ고 후쥬의 거가 허도의 틔끌을 밟지 아니ᄒ여스란만은 황쳔이 돕지 아니ᄒᄉ 죽어 원혼이 되얏거늘 오날날 션셩이 ᄯᅩ 그 츙셩을 허ᄒ지 아니ᄒ시니 이 마음을 어니 곳에 폭빅ᄒ리잇가 공명 ᄀᆯᄋ디 슬푸다 빅약아 니 엇지 그디의 츙심을 모로이요 그러ᄒ나 일이 맛춤니 일우지 못ᄒ고 공연이 항복ᄒ 일홈이 쳔추에 유견ᄒ엿스니 도로혀 졀을 직혀 의에 죽으니만 갓지 못ᄒ다 ᄒ니 강유 탄식ᄒᆯ ᄯ름이더라. 고하를 임의 졍ᄒ미 좌즁에셔 츙찬ᄒ기를 마지 아니ᄒᄂᆫ지라. 당황이 ᄀᆯᄋ디 홀노 즐기믈 즐기는 거시 모든 스룸으로 더브러 즐기는 것과 엇더ᄒ뇨 명황이 ᄀᆯᄋ디 홀노 즐기믈 즐기는 거시 모든 사름으로 더브러 즐기를 즐기는 것만 ᄀᆞᆺ지 못ᄒᆞ다 ᄒᆞ믄 이 아셩의 교훈이라 엇지 아람답지 아니ᄒᆞ리요 당황이 ᄀᆞᆯᄋᆞᄃᆡ 동편누와 셔편누에 모든 즁홍 뎨왕을 쳥ᄒᆞ여 이 ᄌᆞ리에 ᄀᆞᆺ치 즐기미 엇더ᄒᆞ뇨 한송명 삼뎨 갈오ᄃᆡ 이 말이 심히 우리 ᄯᆞᆺ에 합ᄒᆞ다 ᄒᆞ고 즉시 ᄉᆞᄌᆞ를 보ᄂᆡ여 동편누와 셔편누에 나아가 모든 뎨왕을 쳥ᄒᆞ여 연회에 나아오게 ᄒᆞ니 이윽고 다 일으러 동과 셔와 북을 난호아 ᄌᆞ리를 뎡ᄒᆞ미 근신ᄒᆞᆫ 사름식 각각 겻희 뫼셔 셧고 진승과 조조와 손칙은 말셕에 안즈미 용이 운ᄒᆡ에 셔림과 방불ᄒᆞ고 범이 산림에 거러안즘과 믜희ᄒᆞ여 위의 엄엄ᄒᆞ고 검픠 징징ᄒᆞ며 오공은 ᄠᅳᆯ 압희셔 춤추고 칠현은뎐 우에 타 슐이 반감에 일으미 한황이 긔연ᄒᆞ야 ᄀᆞᆯ온 하날과 ᄯᆞ이 다ᄒᆞᆷ이 업스나 인ᄉᆡᆼ은 한이 잇셔 흥망과 셩픠 수레박휘 도라오다시 일월이 셔호로 기우러지며 강히 동으로 흘으는 것 ᄀᆞᆺᄒᆞ니 엇지 능히 기리 부귀와 공업을 누리리요

1896년 11월 28일 (12회)

어진 지 기리 긔업을 직흰즉 삼뎨 엇지 당우의 후를 이으며 날닌 지 오리 형셰를 가진즉 치위 엇지 탁녹의게 스로 잡혓스리요 나라 복족의 장단과 사름의 슈요는 다 이 하날이라 번복ᄒᆞ는 셰상과 유슈광음에 쳔고 흥망이 ᄒᆞᆫ쥼 흙이로다 ᄒᆞ니 만좌 쳥연ᄒᆞ는지라. 문득 셔편 ᄒᆞᆫ 사름이 고리눈을 부릅 쓰고 범의 수염을 거스리고 소리를 놉혀 크게 불너 ᄀᆞᆯᄋᆞᄃᆡ 홍문에 옥결의 뫼를 쓰지 아니ᄒᆞ여 희하에 도로혀 범을 기른 근심을 ᄭᅵ쳣스니 비록 구쳔의 혼을 지엿스나 오강의 한을 잇기 어렵도다 ᄒᆞ니 동편 ᄒᆞᆫ 임군이 ᄀᆞᆯᄋᆞᄃᆡ 닉 ᄒᆞᆫ 말이 잇스니 쳥컨디 왕은 귀를 기우려 들으라. 과인이 낫계 ᄭᅮᆷ을 어드미 쳥의 홍의 두 동지 날을 닷토아 셔로 싸호더니 쳥의 동ᄌᆞ는 ᄯᅡ에 것구러지고 홍의 동ᄌᆞ는 날을 밧드러 가니 이

졔 보건디 쳥의 동즈는 빅왕과 의희호고 홍의 동즈는 한황과 방불호지라. 쏘 당시에 동뢰 잇셧스니 이는 쳔수를 인연홈이요 실노 인녁이 아니라 옥결이 공연이 모신의 손을 수고로이 호고 보검은 헛도이 장스의 힘을 허비호미니라. 한황이 굴ㅇ디 흥망승픠는 고스물논호고 쾌스를 말호며 다스리는 도를 의논호미 엇더호뇨 시황이 굴오디 진나라에 셰ㄱ지 쾌홈이 잇노라 왕젼등을 보니여 육국 임군을 스로 잡아 아방궁 계호에 쑬니고 쳔하에 병장긔를 거두어 금스롬 열둘을 지어 창합 문밧게 셰웟스니 이 혼 쾌혼 일이요 셔시 등을 보니여 동남동녀로 더부러 바다에 드러가 삼신산 불스약을 구호며 안긔셩으로 더부러 혼가지 구계 가온디 놀고 공을 회계령에 삭이며 달녀 낭야디를 바라보니 이 두 가지 쾌혼 일이요 몽념 등을 보니여 군스 삼십만을 거느려 장셩을 쌋코 변방을 직희니 오랑키 감히 남으로 너려 말을 먹이지 못호며 군시 맘히 활을 달희여 원망을 갑지 못호엿스니 이 셰 ㄱ지 쾌혼 일이라 호니 한황이 굴오디 과인이 십성구스호며 빅젼빅픠 호다가 히하 혼 싸홈에 겨오 쳔하를 어덧스니 엇지 쾌호미 잇다 호리요 그러호나 다만 경포를 파혼 후 고향에 도라가 부로[모]를 모호고 한가지 놀 찌에 바람이 이러나며 구름이 날녀 졍이 과인의 긔샹과 ㄱ흔지라 이러나 춤추며 노리를 지으니 이 혼가지 쾌혼 일이요 술을 낙양 남궁에 두고 쉬[쥐]를 티장황에게 드리니 상황이 굴ㅇ스디 옛날계 밧갈 찌에 엇지 오날날 이ㄱ흐믈 일앗스리요[알앗스리요] 사롬의 즈식둔 낙이 업지 못호도다 호시니 이 두 가지 쾌혼 일이로라 호니 명황이 눈물을 머금고 슬허호는 빗치 잇거날 한황이 굴ㅇ디 대장뷔 엇지 아녀즈의 티를 짓느뇨 명황이 눈물을 쑤려 굴ㅇ디 과인이 외롭고 슬푼 인셩이라 어너 곳에 가 헌슈호는 질거움을 어드리요 사롬이 남무와 돌이 아니여든 엇지 쳐연치 아니호리요 한황왈 이는 효셩의 지극호미라 호고 인호야 당황과 송황다려 무러 왈 무슴 쾌시 잇느뇨 각각 말호여 즐거움을 도으라.

1896년 12월 2일 (13회)

당황이 왈 일만 나라이 회동홀 쩌에 스방이 다 와셔 돌궐은 일어나 춤
추며 토번은 노리를 짓고 월상과 교지는 의무를 드리며 셔역과 대왕은
준마를 드리니 쾌훈 일이요, 위증으로 더브러 어진 경스를 의논하며 니
젹으로 하야곰 긴 셩을 지어 히마다 풍년 들어 빅셩이 화하고 셰 모통
이가 안연하엿스니 이 두 가지 쾌훈 일이요, 군신과 모든 친쳑으로 더
브러 능연각에 잔치홀시 샹황은 스스로 비파를 타시고 과인은 이러나
춤추며 공경은 현슈하엿스니 이 셰 가지 쾌훈 일이로라. 송황이 골ᄋ디
과인은 쳔하를 일통치 못하엿스니 엇지 쾌훈 일이 잇스리요 그러하나
시집을 경영하야 지으미 당옥이 소쇄하야 아홉문을 열미 네 군디로 통
하며 여덟 지계를 열미 다셧 군디로 스맛쳐 눈 아리 걸니미 업고 심히
할[활]연하니 이 쏘훈 쾌훈 일이로라. 한황이 골ᄋ디 졔후왕들은 다 쾌
훈 일이 업는지 쏘 말하미 엇더하뇨 위공 조죄 즈리를 쩌나 알외여 골
ᄋ디 신이 훈 쾌훈 일이 잇셔 무릅 쩌 감이 말하옵느니 황건을 파하고
여포를 스로 잡으며 장노와 창숙을 항복 밧고 원소와 원술을 별하며 남
으로 장강에 일으미 쓰호는 비 쳔리에 버럿고 정긔 하늘을 가리온지라.
이 꾀 비예에 드러오고 오월이 장상에 잇스미 동으로 하구를 보며 셔흐
로 무창을 보라니 너른 물결은 기입 갓고 발근 달은 거울 ᄀᆺ흔디 오작
이 남으로 날 쩌에 창을 빗기고 시를 부하엿스니 이 쏘훈 쾌훈 일이로
소이다. 한황이 왈 이 말은 고샤치지하라. 이 일을 드러오미 비감하믈
이기지 못하리로다 하고 명황을 도라보와 일너 골ᄋ디 나라이 당과 우
가 아니며 엇지 능히 진션진미하리요 좌중 졔왕의 멋 스롬에 득실이 얼
마나 되엿든지 당시 간하는 신희 군신의 불쳬하믈 깁기 어렵고 후셰에
스관이 빅디의 시비를 긔록하기 어려오나 당나라와 송나라와 밋 훈나
라이 다 스필 가온디 잇는지라 드러 무어시 유익하리요 그러하나 뎨는
나라를 누리고 위에 임하미 반다시 이 장구하엿는지라 착훈 거슬 조하

ᄒ고 악ᄒ 거슬 증계ᄒ야 그 시비로 ᄒ야곰 밝게 가히 알아 후세에 법을 숨게 ᄒ미 또ᄒ 엇더ᄒ뇨 명황이 미루어 ᄉ양ᄒ야 ᄀᆞᆯ♢디 션유의 말에 니가 ᄉ롬에게 누구를 훼ᄒ며 누구를 예ᄒ리요 ᄒ엿스니 과인이 엇지 훼예를 말ᄒ리요. 한황이 ᄀᆞᆯ♢디 다힝이 고샤치 말고 ᄒᆞ번 웃기를 도♢미 좌즁의 원이로라. 명황이 왈 좌즁에 모든 뎨의 의향이 듯기를 원ᄒ다 ᄒ니 맛당이 쳔견디로 말ᄒ려니와 몬져 긔상을 ᄉᆞᆱ힌 후 시비를 의논ᄒ리라 ᄒ고 두루 보기를 맛치미 이에 말ᄒ야 ᄀᆞᆯ♢디 북즁이 졀녁ᄒ고 파뢰 흉용ᄒᆞᆷ 시황의 긔상이요 옥위 요확[락]ᄒᆞᆫ디 흉용ᄒᆞᆷ 시항의 긔상이요 옥위 요확[락]ᄒᆞᆫ디 츄상이 늠연ᄒᆞᆷ 무뎨의 긔상이요 여름 날이 조요ᄒᆞᆫ디 벽녁이 진동ᄒᆞᆷ은 광무의 긔상이요 호호장강이 혹 물결ᄒ며 혹 잔잔ᄒᆞᆷ 소렬의 긔상이요 쳥풍이 소소ᄒᆞᆫ디 명월이 호호[교교]ᄒᆞᆷ 티종의 긔상이요 시벽빗치 챵챵ᄒᆞᆫ디 시는 별이 경경ᄒᆞᆷ 헌[현]종의 긔상이요

1896년 12월 6일 (14회)

동방에 날이 ᄂᆞ고 셔편에 비가 비비ᄒᆞᆷ 문뎨의 긔상이요 빅옥곤강에 황금녀수는 티조의 긔상이요 악와에 준마요 단구에 치봉은 신종의 긔상이요 질풍폭우에 쳔동디진은 빅[핑]왕의 긔상이요 가시남글 쩌나 긔 암나무에 업디며 양이 연무에 숨은 듯ᄒᆞᆷ 위공의 긔상이라 ᄒ니 한황이 크게 우셔 갈♢디 이 참 일은바 마음을 붉히는 보비 거울이로다 그러ᄒ나 홀노 과인의 긔상을 말ᄒ지 아니ᄒᆞᆷ 엇전 일이뇨 명황이 갈♢디 용이 구름과 비를 어드미 변ᄒ 무궁ᄒᆞᆷ 뎨의 도량을 비호ᇙ 만ᄒ나 만일 시비를 의논호ᇙ진디 시황은 웅지대략으로써 육셰에 나믄 열녈ᄒ 긔운을 분ᄒ야 긴 쇠를 썰쳐 우늬를 어거ᄒ고 육합으로 집을 숨으며 효함으로 궁실을 숨아 스스로써 관즁에 구드믈 숨으니 가위 금성쳔리요

ᄌ손의 뎨왕만셰에 업이라 ᄒ더니 삼셰에 밋지 못ᄒᆞ야 망ᄒᆞᆷ은 엇진 일
이고 집을 경영ᄒ며 궁을 ᄉ치ᄒᆞ야 빅셩의 지력을 다ᄒ고 헛도이 장셩
을 싸아 ᄉᆞ롬을 만이 상ᄒ니 과인은 써 ᄒ되 그러치 안타 ᄒᆞ노라 시셔
ᄂᆞᆫ 셩현의 힝젹을 낫타님이여늘 다 불살으고 유셩은 공밍의 도를 외오
거늘 다 뭇지르고 티ᄌᆞᆫ 나라 근본이여늘 너여 쫏고 간ᄉᆞᆯ이 호희를 셰
우니 이는 속히 망ᄒᆞᆯ 긔틀이니리 시황이 갈오디 밝히 과인의 죄를 말ᄒᆞ
니 진실노 감심ᄒᆞᆯ 비나 그러ᄒᆞ나 과인이 만일 궁중에 잇셧든들 됴고 엇
지 감히 쟝하에 모역ᄒᆞ며 장감이 엇지 능히 초나라에 항복ᄒᆞ엿스리오
비꼼을 너ᄒᆞ나 밋지 못ᄒ리니 탄식ᄒᆞ여 무어시 유익ᄒ리오 명황 왈 이
그러홈이라 ᄒ고 ᄯᅩ 갈ᄋᆞ디 고황은 길을 여러 쳔하 영준을 마즈며 간ᄒᆞ
ᄂᆞᆫ 것 좃기를 흐르는 것 ᄀᆞᆺ치 ᄒ고 의뎨를 위ᄒᆞ여 삼군을 회세ᄒᆞ며 진
나라 번가ᄒᆞᆫ 법을 졔ᄒᆞ야 ᄇᆞ리고 법삼쟝을 언약ᄒᆞ니 이는 디강 탕무로
더브러 ᄀᆞᆺᄒᆞ나 그러ᄒᆞ나 오작 흠쳐이 잇ᄂᆞᆫ ᄌᆞᄂᆞᆫ 션비를 경이 넉여 만미
ᄒᆞ니 이런고로 옛녜 회복지 못ᄒ고 옛 풍뉴 짓지 못ᄒᆞ미 일노부터 비로
소미오 무뎨ᄂᆞᆫ 군ᄉᆞ를 궁ᄒᆞ게 ᄒᆞ며 ᄊᆞ홈을 조와ᄒᆞ여 빅셩을 수고로이
ᄒᆞ며 귀신을 셤겨 히니 부이고 모손ᄒᆞᆫ지라 만일 추풍에 뉘웃쳐 눈더에
조셰 잇지 아니ᄒᆞ엿든들 망ᄒᆞᆫ 진나라를 이을번 ᄒᆞ엿고 광무ᄂᆞᆫ 국가의
쟝찻 어즈러오믈 분ᄒᆞ고 종사의 기우러지고 위티ᄒᆞ믈 참혹히 넉여 영
웅을 연탐ᄒᆞ며 민심을 어로 만지고 깃겁게 ᄒᆞ여 왕망을 쓰러바리고 한
실을 홍복ᄒᆞ고 뜻이 다ᄉᆞ리ᄂᆞᆫ디 잇스나 돕는 경승이 그 ᄉᆞ롬이 아니니
가이 앗갑다 ᄒᆞ깃고 소렬은 도원에 결의ᄒᆞ고 소리의 굴가ᄒᆞ여 군신이
셔로 어듬이 홍뫼 순풍을 만남과 거에 큰 구렁에 빗김 ᄀᆞᆺ더니 앗갑다
창업을 미반ᄒᆞ여 즁도에 붕ᄒᆞ니 엇지 하늘이 아니리오 무뎨ᄂᆞᆫ 부형의
업을 이어 화하를 혼알ᄒᆞ미 ᄉᆞ치ᄒᆞᄂᆞᆫ 마음이 밍동ᄒᆞ야 놀고 잔치ᄒᆞᄂᆞᆫ
디 잠기고 졍ᄉᆞᄒᆞᄂᆞᆫ디 게얼너 앙거를 틔고 그 긔ᄂᆞᆫ 비를 맛기니 음ᄒᆞ게
즐기미 이에셔 심ᄒᆞ미 업고

원뎨는 샹난의 나머지를 이여 안으로 계칙ᄒᆞ는 동냥이 업고 밧그로 광부ᄒᆞ는 쥬셕이 업스나 그러ᄒᆞ나 명민ᄒᆞ야 긔단ᄒᆞ미 잇ᄂᆞᆫ고로 능히 약ᄒᆞᆫ 거스로 강ᄒᆞᆫ 거슬 졔어ᄒᆞ야 역젹을 쥬젼ᄒᆞ고 대업을 극복ᄒᆞ엿고 문뎨는 쳔셩이 엄즁ᄒᆞ야 령힝금지ᄒᆞ고 졍ᄉᆞ를 부즈러니 ᄒᆞ며 검소ᄒᆞ믈 힘쓰나 그러ᄒᆞ나 싀긔ᄒᆞ고 ᄭᅡ달오이 살피며 참소ᄒᆞ는 말을 밋어 밧고 츙냥을 손히ᄒᆞ야 이에 즈손에게 일러 다 구슈와 ᄀᆞᆺ치 ᄒᆞ엿스니 이 그 져른 ᄇᆞ요 틴종은 집을 화ᄒᆞ야 나라를 삼고 언무슈문ᄒᆞ며 녀졍구[도]치ᄒᆞ야 몸으로 틴평을 일위니 일홈ᄒᆞ야 영쥬라 ᄒᆞ나 그러ᄒᆞ나 님군의 덕으로 의논ᄒᆞ면 궁인을 쎠 스스로이 ᄀᆞᆺ가이 ᄒᆞ며 인류으로써 의논ᄒᆞᆫ즉 소즈왕비를 들여 그 츄ᄒᆞ미 임의 심ᄒᆞ여 ᄉᆔ에 붓그러옴을 ᄭᅵ치며 빅더에 춤 밧ᄒᆞ믈 ᄇᆞ닷고 숙종은 ᄒᆞᆫ ᄢᅢ에 편안ᄒᆞ믈 타 이목의 구경ᄒᆞ믈 다ᄒᆞ며 셩싴의 교ᄒᆞ믈 다ᄒᆞ야 후비를 침이ᄒᆞ고 안으로 강젹을 길너 맛춤니 난예로 ᄒᆞ야곰 파월ᄒᆞ고 싱녕이 도탄ᄒᆞ미 이ᄀᆞᆺ치 심ᄒᆞ미 잇지 아니ᄒᆞ엿고 헌종은 군신에 공으로써 번니를 삭평ᄒᆞ고 맛춤니 큰 업을 셰 웟스나 늣게 외도를 조화ᄒᆞ야 약으로 수를 지쵹ᄒᆞ엿스니 이 그 흠이요 틴조는 일즉 비호지 못ᄒᆞ엿다가 늣게 글 일기를 조아ᄒᆞ야 ᄭᅡ리믈 뎐폐에 힝ᄒᆞ지 아니ᄒᆞ고 ᄭᅮ지지미 공경에 밋지 아니ᄒᆞᆫ 고로 신히 ᄒᆞ오미 잇스믈 어더 츙군익국ᄒᆞ는 마음이 유연이 일어나며 ᄒᆞ야곰 덕힝과 효뎨의 션비를 드러써 례의념치의 도를 놉히며 신종은 ᄯᅳᆺ을 삭여 다스리믈 도모ᄒᆞ야 우흐로 요순을 ᄉᆞ모ᄒᆞ며 졍즈로 더브러 예를 샹고ᄒᆞ야 학을 브르고 혜[제]경으로 더브러 시법을 챵치ᄒᆞ니 용ᄉᆞ지간에 안위 마인 비라 현ᄉᆞ를 소더ᄒᆞ고 간신에게 마음을 기우려 편안ᄒᆞᄆᆞ로써 위틴ᄒᆞ믈 밧구고 다스리믈 도로혀 어즈러오믈 숨아 쳔하 ᄉᆞ롬으로 ᄒᆞ야곰 효연히 그 슬기에 즐거온 마음을 일어ᄇᆞ리게 ᄒᆞ니 요순의 다스리믈 바라나 말미야옴을 엇지 못ᄒᆞ엿고 고종은 간특을 신임ᄒᆞ야 츙현을 병츅ᄒᆞ고 진회 꾸며 악비를 죽이되 듯지 못흔 것 굿치흐고 가스되 맛참니 방국을 그릇더리되 써 츙셩이라 흐니 엇지 구토를 회복흐며 도젹을 셤멸흐리요 진왕은 승추지즈요 망예지인으로 항오스이에 셥족흐며 쳔믹 가온더 긔거흐야 피폐흔 슈빅 무리를 거느려 남무를 버혀 병쟝긔를 숨고 더를 들어 긔를 숨으니 쳔히 구름 모이듯 향응흐니 만일 육국 셰울 말을 드럿슨적 스숨이 뉘손에 죽을지 아지 못흐엿고 위공은 치셰지능신이요 난셰지간웅으로 젼을 오로지 흐며 명을 쳔즈이 흐야 쳔흐를 호령흐니 스히 다 항복흐여 그 위셰를 두려워흐니 이는 그 본심이 아니라 안흐로 모든 친척이 조졍에 가득흔 위엄을 의지흐고 밧그로 군웅이 승공흔 형셰를 마져 외람이 영춍을 승흐야 방자이 역심을 너여 쳔즈를 협졔흐고 국모를 음살흐니 죄악이 관영흐고

1896년 12월 16일 (16회)

손토로눈 나히 이십이 못흐야 용밍이 스히에 진동흐야 범굿치 강동에 거러 안즈미 소빅왕이라 일홈흐더니 몸이 필부의 손에 죽으니 가히 앗갑도다 오계에 일으러 환난이 셔로 춧고 젼징이 쉬지 아니흐여 일홈이 비록 군신이나 실상은 구젹이 되얏스니 셰상이 강쇠흐야 여긔 일으미 괴란흐미 극흔지라 엇지 족히 이릐여 말흐리요 항왕이 크게 불너 굴 ㅇ 더 고금뎨왕의 시비를 의논흐눈 가온더 나눈 엇지 춤예치 못흐느뇨 명황이 급히 디답흐야 굴오더 만일 강잉이 듯고즈 홀진더 무어지 어려옴이 잇스리요 고인이 이르되 사룸을 엇눈 자눈 흥흐고 사룸을 일눈 즈눈 망흔다 흐니 왕은 그러치 아니흐야 이 열 죄를 지엇스니 들으면 붓그러옴이 잇고 말흐미 유익흐미 업스리라 흔더 한왕이 그 말 듯기를 쳥흐거날 명황이 이에 말흐야 굴 ㅇ 더 관즁의 언약을 비반흐니 그 흐나히요 꾸며 경즈관군을 죽이니 그 둘이요 졔나라 구완흐믈 갑지 아니흐고 쳔즈

이 졔후를 겁박ᄒ니 그 셔희요 함양궁을 불지르고 려산무덤을 굴ᄒ니 그 너희요 진나라 항복ᄒᆫ 임군 ᄌ영을 죽이니 그 다ᄉᆻ시오 진나라 항복ᄒᆫ 군ᄉ 이십만을 뭇지르니 그 엿ᄉᆻ시오 졔장은 조흔 ᄯ에 왕을 봉ᄒ고 그 옛 님군을 옴겨 쫏치니 그 일곱이요 스스로 펑셩에 도읍ᄒ고 한나라 냥나라 ᄯᅡᄒ을 ᄲᅦ스니 그 여덟이요 가사니의 졔를 강동에셔 죽이니 그 아홉이요 졍ᄉ하기를 펑펑이 ᄒ지 못ᄒ고 언냑 쥬장ᄒ기를 밋부게 ᄒ지 못ᄒ니 쳔하에 용납지 못ᄒᆯ 바 대역무되 그 열이라. 한셔에 ᄀᆯᄋ디 종셩된 말이 귀에 거스리니 ᄒᆡᆼ실에는 니롭고 독ᄒᆫ 냑이 입에 쓰나 병에는 니롭다 ᄒ니 다ᄒᆡᆼ이 입이 바름으로써 고이ᄒ다 말나. 항황이 믁연히 얼골에 수참ᄒᆫ 빗치 가득ᄒ거날 명황이 ᄌ리를 피ᄒ며 말ᄒ야 ᄀᆯᄋ디 어린 지조와 어리셕근 말노 망녕도이 시비를 의논ᄒ엿스니 마음에 심히 미안ᄒ도다 만쇄 층찬ᄒ야 ᄀᆯᄋ디 공명의 군신을 뎡홈과 명황의 졔왕을 의논ᄒ미 비록 권되 잇스나 경즁장단이 오히려 족히 이에 넘지 못ᄒ리로다. 명황이 ᄀᆯ오디 도읍을 뎡ᄒ고ᄌ ᄒ나 어ᄂ ᄯ이 가ᄒᆷ을 아지 못ᄒ노라. 한황이 ᄀᆯᄋ디 산은 곤륜으로부터 ᄒ며 물은 황하로부터 ᄒ여 ᄉ희의 안은 요순 우탕 문무 진한의 도읍이요, ᄉ희의 밧근 남만 북젹 동이 셔융의 나라이라. 옹쥬 예쥬 셔쥬 양쥬 ᄉ쥬는 장안이 되고 형쥬 익주 쳥쥬 양쥬 ᄉ쥬는 금능이 되야 용이 셔리고 범이 거러안즌 것 ᄀᆺᄒ여 쳔부지되 되얏스니 참 일은바 졔왕의 도읍이라 디기 삼디 이젼은 졔왕이 만이 하북에셔 ᄂᆫ고 삼디 이후는 졔왕이 만이 하남에셔 낫즈나 홀노 강남 공허ᄒᆫ ᄯ이 잇스니 졔의 ᄯ이 금능에 읏ᄂ냐 명황이 ᄉ례ᄒ야 ᄀᆯᄋ디 원컨더 슘가 가르치심올 ᄇ드리이다. 한황이 즉시 장상에 튱셩과 지혜와 용ᄆᆼ이 잇는 ᄉ람을 명ᄒ여 이러나 츔추고 노리를 지으라 ᄒ니 졔 일디는 장냥 소하 한신 진평 긔신이요, 졔 이디는 마원 가북[복] 졔갈냥 관공 됴운이요 졔 슘디는 니졍 장손무긔 장슌 허원 셔달 등이니 풍골이 탁영ᄒ고 긔위 뇌락ᄒ더라.

1896년 12월 18일 (17회)

장낭이 낭낭이 읽[읊]흐니 그 노리에 굴오디 황셕에게 학을 ᄇ다와 젹
계를 밧드럿도다 영가를 멸ᄒ고 항가를 것구럿더리미 오셰에 원슈를
갑핫고 몸이 임군의 스승이 되미 인신의위 극ᄒ도다 공을 일우고 몸이
물너가미 영화를 하직ᄒ고 위를 피ᄒ엿도다 단단ᄒ 달이요 앙앙ᄒ 학
이로다 젹송ᄌ를 ᄯᅡ라 놀앗스니 만고에 운산이로다. 소ᄒ 흔흔이 읊흐
니 그 노리에 굴오디 나셔 난셰를 당ᄒ미여 명쥬에게 도라오도다 병부
를 갈나 공을 봉ᄒ미여 몸이 졔일에 거ᄒ도다 쳔츄쳔디에 만시 츈몽이
로다 다시 잔치 ᄌ리를 기다리미여 ᄶᅩ 이 즐겁고 즐겁도다. 한신이 악
연이 읊흐니 그 노리에 굴ᄋ디 한나라에 도라오기를 홍문에셔 싱각ᄒ
여 금닌을 장단에 찻도다 관즁을 명ᄒ고 슘진을 파ᄒ니 연나라 됴나라
이 ᄇ람을 ᄇ라고 무리 영웅이 목을 움치도다 장감을 일녀에 버히고 항
우를 ᄒ하에 멸ᄒ도다 놉흔 시 다홈이여 조흔 활이 감취고 교퇴 죽으미
여 다라나는 긔 슘기도다 몸이 아녀의 손에 죽으니 쳔추에 잇기 어려온
한이로다. 진평이 흔연이 읊흐니 그 노리에 굴ᄋ디 조흔 시는 남글 상
보아 깃드니고 어진 신하는 임군을 갈히여 돕는도다 어두온 디를 ᄇ반
ᄒ고 밟[밝]은 디로 더지니 공을 셰우고 일홈을 일우도다 범증을 목후
에 이간ᄒ고 셩쥬를 빅등에 구ᄒ도다 이졔 져녁이 엇더ᄒ 져녁인고 군
신이 ᄒ가지 질기는도다. 긔신이 추연이 읊흐니 그 노리에 굴오디 영
[형]양에 위급홈이여 군외 창황ᄒ도다 모신이 입을 봉홈이여 장시 활을
더지도다 임군을 죽기에 일은지음에 구ᄒ고 초나라를 나라갑는 은혜로
속엿도다 용방을 ᄯᅡ라 가치 놀미여 죽빅에 드리워 기리 잇스리로다. 마
원이 강긔이 읊흐니 그 노리에 굴오디 흰 머리 변방 ᄯᅳᆯ에 번진을 탕소
ᄒ엿도다. 말가족에 죽엄이 싸여 도라오니 평싱에 원ᄒᄂᆞ 비요 의이로
몸을 더레인 한은 쳔츄에 잇기 어렵도다. 가복이 소리를 놉혀 읽[읊]흐
니 그 노리에 굴ᄋ디 남이 셰상에 쳐ᄒ미여 몸을 허하야 나라를 갑헛도

다 그림을 단청에 그리미여 일홈을 금셕에 쓰도다 날이 임의 길흐고 씨가 조흐미여 옛 임군을 뫼셔 잔치에 못엿도다 이여 놀기를 두 번 긔약이 어려옴 이예 갓치 극히 즐거옴을 춤추어 즐기도. 공명이 긔연이 읇흐니 그 노리에 굴으디 멍에를 굴흐여 셰 번 도라보믈 감격흐미여 풍진에 구치흐믈 허흐도다 명을 위란 흔 가온디 밧들고 맛기믈 젼퓌흔 지음에 브닷도다 두 번 슬푼 표를 올니미 역역흔 츙셩된 말이요 여셧 번 긔산에 나가미 ᄌᄌ이 나라를 갑핫도다 거의 노둔흐믈 다흐야 한실을 흥복고ᄌ 흐엿더니 하날이 돕지 아니흐ᄉ 흥흔 무리를 쓸어브리지 못흐고 가을 브람 오장원에 쳔디에 한이 유유흐도다. 관공이 창연이 읇흐니 그 노리에 굴으되 뉴황숙으로 도원에 결의흐니 업하에 엇지 조아 만을 셰이리요 몸은 젹도[토]마를 타고 손에 쳥농도를 잡앗도다 산하에 눈을 드러 쳔디를 비예흐엿도다 마음은 오나라와 위나라를 숨키고 뜻은 한실을 회복흐엿도다 그릇 간계에 쌔져 도라갈 길이 츠질흐엿스니 구원 쳔츄에 이 한이 면면흐도다.

1896년 12월 20일 (18회)

됴운이 강기이 읇흐니 그 노리에 굴으디 한나라 집이 어ᄌ러옴이여 무리 영웅이 벌ᄌ치 이러나는도다 몸이 션봉의 직칙이 되미여 뜻이 보국의 졍셩에 잇도다 손권이 강셩흐고 조죄 횡힝흐거날 두 도적을 멸흐지 못흐니 쳔츄에 씨친 한이로다 긴 칼을 어로만져 노리를 지으미여 평싱의 츙본을 토흐도다. 니졍이 낭연이 읇흐니 그 노리에 굴으디 흔 칼노 풍진을 졍흐미여 놉흔 일홈이 쳔추에 드리도다 금일 연셕이 빗나미여 다시 셩쥬의 즐거옴을 기다리리로다. 쟝손무긔 호연이 읇흐니 그 노리에 굴으디 용닌을 밧들고 봉익을 부흐니 소리 당시에 썰치고 일홈이 후셰에 드리우도다. 장순이 눈물을 쓰려 읇흐니 그 노리에 갈오디 흔터럭

외로온 성에 거듭 에워 달무리 ᄒ엿도다 밧게 구완ᄒᄂ 군시 업고 안에 냥최[칙] 업스니 농 가온ᄃ 시요 그 물속에 고기로다 나라 은혜를 갑지 못ᄒ고 공연이 졀의에 죽엇도다. 허원이 눈물을 먹음고 읇흐니 그 노ᄅ에 ᄀᆯᄋᄃ 도젹의 군시 셩을 핍박ᄒᄆ 누래[란] ᄀᆺ도다 즉묵에 용눈의 소를 그리지 못ᄒ고 진양에 오히려 삼퍼의 물이 잠겻도다 몸이 죽어 졀을 직희ᄆ 츙셩이 빅일을 께엿도다. 셔달이 소리를 가다듬어 읇흐니 그 노ᄅ에 ᄀᆯᄋᄃ 대장뷔 셰상에 쳐ᄒᄆ여 공명을 셰윗도다 공명을 셰우ᄆ여 스히 맑도다 사히 맑으ᄆ여 쳔히 틱평ᄒ도다 쳔히 틱평ᄒᄆ여 니 장챳 취ᄒ리로다 니 장챳 취ᄒᄆ여 써 쳔년을 맛츠치로다. 노ᄅ를 파ᄒᄆ 한황이 곳 명ᄒ야 슐을 쥬어 ᄀᆯᄋᄃ 밧게 잇ᄂ 군신이 얼마나 되ᄂ뇨 말슐과 싱도야지 다리를 각별이 스송ᄒ라. 셔한 별장 니릉이 홀노 문밧게셔 칼을 집고 유쳬ᄒ며 산곡 가온ᄃ 비회ᄒ고 도로로 이에 방황ᄒ야 홀 바를 아지 못ᄒᄂ지라. 무뎨 ᄀᆯᄋᄃ 동방삭이 그릇 황졍경을 일고 인간에 덕하ᄒᆫ고로 션풍도골이 잇ᄂ지라 젼일에 항상 과인을 ᄃᄒ야 고금영웅 상당지직을 의논ᄒᄋ스니 이졔 삭으로 ᄒ야곰 군신을 벼슬에 부치게 ᄒᄆ 엇더ᄒ뇨 한황이 곳 명ᄒ여 드러오라 ᄒ니 그 사ᄅ미 풍뫼 늠늠ᄒ고 문치 빈빈ᄒ야 눈셥에 강산의 ᄶᅵ여나믈 ᄭᅩ잣고 가슴에 졔셰홀 지조를 품엇스니 표표ᄒ야 사ᄅ 가온ᄃ 신션 ᄀᆺ더라. 다라가 탑젼에 뵈이니 한황이 ᄀᆯ오더 드르니 경이 벼슬 부치기를 잘혼다 ᄒ니 올ᄒ야 삭이 국츅퇴손 왈 즁셔에 붓슬 잡은 ᄌᄂ 소하 소참 위샹[징] 병길의 무리요 곤외에 군스를 잇근 ᄌᄂ 한신 핑월 위쳥 곽거병의 무리 압헤 표렬ᄒᄋ스니 아람다온 옥을 놋코 완혼 돌을 취홈과 ᄀᆺᄒ나 그러ᄒ오나 신으로 ᄒ야곰 벼슬을 부치라 ᄒ시ᄆ 비컨더 칙문부산과 당낭거철과 ᄀᆺᄒ니이다. 무뎨 ᄀᆯᄋᄃ 엇지 이리 고스ᄒᄂ다. 삭이 ᄃ왈 진실노 겸양ᄒᄆ 아니오라 실노 본심이오나 그러ᄒ오나 신의 어리셕은 소견은 공명으로 좌승상을 삼고 소하로 우승상을 삼고 범즁엄으로 좌복야를 습고 구양슈로 우복야를 습고 쟝냥으로 틱부를 습고 곽광으로 틱위를 삼고 셔달노 디ᄉ마를 습고 조빈으로 대쟝군을 습고 한신으로 도원슈를 습고 니졍으로 부원슈를 습고 운쟝으로 집금오를 습고 범증으로 경조윤을 습고 방통으로 관찰ᄉ를 삼고 핑월노 졀도ᄉ를 습고 동즁셔로 어ᄉ디부를 습고 위증으로 간의대부를 습고 진평으로 샹셔령을 습고 둥우로 즁셔령을 습고 져수량으로 졍위를 습고 니션쟝으로 도위를 습고 법졍으로 ᄉ도를 습고 한유로 ᄉ공을 습고 됴보로 대ᄉ롱을 습고 쟝계현으로 공부시랑을 습고 방현령으로 니부시랑을 습고 산도로 티흥노를 습고 쟝비로 좌션봉을 습고 됴운으로 우션봉을 심고 뉴긔로 틱ᄉ를 습고 쟝완으로 쟝ᄉ를 습고 명ᄌ로 틱학ᄉ를 습고 육가로 한림을 습고 급암으로 박ᄉ를 습고 범질노 사임[인]을 습고 모초[슈]로 쥬셔를 습고 니ᄉ로 사례를 습고 풍이로 쥬부를 습고 쟝창으로 시즁을 습고 쟝궁으로 교위를 습고 묘횬으로 샹시를 삼고 곽가로 감군을 습고 슌욱으로 참군을 습고 탁무로 좨[졔]쥬를 삼고 니방으로 종ᄉ를 습고 비위로 니ᄉ를 습고 왕젼빈으로 형쥬ᄉ를 습고 셕수신으로 익쥬ᄌᄉ를 습고 곽ᄌ의로 예쥬ᄌᄉ를 습고 호디희로 연쥬ᄌᄉ를 습고 샹우츈으로 병쥬ᄌᄉ를 습고 진숙보로 양쥬ᄌᄉ를 습고 쟝손무긔로 옹쥬ᄌᄉ를 삼고 마원으로 쳥쥬ᄌᄉ를 습고 구슌으로 냥쥬ᄌᄉ를 습고 마초로 셔쥬ᄌᄉ를 습고 경감으로 쳥농쟝군을 습고 울지경덕으로 위무쟝군을 습고 악비로 츙녈쟝군을 습고 번쾌로 호위쟝군을 습고 가복으로 용양쟝군을 습고 위졍으로 판로쟝군을 습고 과[곽]거병으로 토로쟝군을 습고 니한초로 표긔쟝군을 습고 쟝감으로 졍셔쟝군을 습고 용져로 샹호군을 습고 쟝뇨로 대호군을 삼고 왕냥으로 양위쟝군을 삼고 영포로 진무쟝군을 삼고 한셰츙으로 평남쟝군을 습고 몽념으로 명복쟝군을 삼고 왕젼으로 명동장군을 습고 허졔로 졀충장군을 습고 주발노 강후를 삼고 괴신으로 충열후를 습고 역이기로 안평후를 습고 허원으로 졍슌후를 습고 노숙으로 문신후를 습고 육손으로 건셩후를 습고 졍보로 명평후를 습고 니젹으로 미후를 습으면 합당홀가 ᄒᄂ이다. 반렬을 임의 맛치미 만죄 크게 우셔 골ᄋ디 신분과 직칙에 가합ᄒ도다. 한황이 골ᄋ디 원컨더 ᄒᆞ글을 지여 써 긔록ᄒᆞ야 ᄒᆞ야곰 후셰에 유젼ᄒᆞ게 ᄒᆞ미 쏘ᄒᆞ 조흔 일이나 그러ᄒᆞ나 다만 지을 사롬이 업스믈 한ᄒᆞ노라. 송황이 골ᄋ디 한위 이에 잇스니 엇지 지을 사롬이 업다 ᄒᆞ리요

1896년 12월 24일 (20회)

한황이 골ᄋ디 셩각이 밋지 못ᄒᆞ엿노라 ᄒᆞ고 즉시 근신를 명ᄒᆞ여 회계 운손과 쳥송 연ᄌᆞ와 쳥계 쳐ᄉᆞ와 산중 모군을 가져다가 한퇴지 압히 노으니 퇴지 부슈쳥명ᄒᆞ여 붓슬 드러 ᄒᆞ번 두루니 문불[불]가졈이라. 그 시에 골ᄋ디 셩인스러온 공은 오뎨에 지나고 도덕은 삼황을 겸ᄒᆞ도다 용이 이러나미 상셔에 구름을 일위고 범이 슈파람ᄒᆞ미 미운 바람이 이러나는도다 위령은 ᄉᆞ희에 썰치고 교화는 만방에 둘니도다 명명ᄒᆞ 용탑 우회요 목목ᄒᆞ 완반 가온더로다 울울ᄒᆞ 금화사요 졔졔ᄒᆞ 영웅에 무리로다 당에 올나 옥빅에 죄회ᄒᆞ고 잔치를 베풀미 의관이 모엿도다 금준에는 쳔일주요 옥반에는 만년도로다 치식구름은 구슬발에 엉기고 상셔에 연긔는 그림 그린 난간에 둘녓도다 졍긔는 ᄌᆞ미를 가리고 검극은 빅일에 빗나도다 금풍은 불근 닙ᄉᆞ귀에 불고 옥노는 흰 달에 쩌러지도다 ᄌᆞ진은 옥통소를 불고 상녕은 검문고와 피[비]파를 타는도다 향긔로온 ᄇᆞ람은 춤추는 ᄉᆞ미를 잇글고 말근 노리는 묘ᄒᆞ 곡조를 짜르는도다 가졀은 구추에 속ᄒᆞ고 냥야는 달이 슘경이더라 금일에 네 아람다옴이 ᄀᆞᆺ초고 이 ᄌᆞ리에 두 어려옴이 아올녓도다 물식은 오히려 의구ᄒᆞ거날 셰ᄉᆞ는 이졔 임의 글녓도

다 홀연이 젼조를 긔록ᄒ니 흥이 다ᄒᄆᆡ 도로혀 슬푸미 나ᄂᆞᆫ도다 고국이 뉘집이뇨 대명이 광휘를 날넛더라 인졍은 번복ᄒᄆᆡ 만앗고 흥망은 파란 과 ᄀᆞᆺ도다 아람다온 슐은 명졍ᄒᄆᆡ 맛당ᄒ고 즐거온 일은 반환ᄒᄆᆞᆯ 일컷 도다 미신이 감이 수를 드리니 셩쥬를 길이 뫼셔 즐기리로다 비를 헷치 고 낭간을 맛치니 쳔츄에 셰간에 젼ᄒ리로다 ᄒᅠ엿더라. 글을 나아오ᄆᆡ 만죄 칭찬ᄒᄆᆞᆯ 마지 아니ᄒ더니 홀연 ᄒᆞᆫ ᄉᆞ지 젼셔를 가지고 와 밧치거 날 써혀보니 그 글에 디기 ᄀᆞᆯ으[ᄀᆞᆯ으ᄃᆡ] 홍업에 공이 만이 잇거날 승연의 ᄌᆞ리에 쳥ᄒ지 아니ᄒ기로 닌 모든 만뇌를 거ᄂᆞ려 금산에 문죄ᄒ리라 ᄒᆞᆫ 말이 심히 픠만ᄒᆞᆫ지라. 송황이 젼률ᄒ야 ᄀᆞᆯ으ᄃᆡ 호ᄉᆞ다마ᄒ고 아람다온 긔약이 막히기 쉽다 ᄒᄆᆡ 졍이 이를 일으ᄆᆡ로다 져의로 더부러 셔로 ᄊᆞ 호ᄆᆡ 화친ᄒᄂᆞᆫ 니만 ᄀᆞᆺ지 못ᄒ다 ᄒ니 시황이 분연왈 가얌이 무리와 ᄀᆞᆺ ᄒᆞᆫ 오합지졸을 엇지 족히 두려워ᄒ리오 말이 맛지 못ᄒ여 산 밧게 나ᄂᆞᆫ 틔끌이 하날을 가리고 북소리 따를 옴작이며 쳘긔 수만이 만산편야 ᄒ여 오니 당션 일인이 쳥총마를 타고 용쳔검을 빗겻스니 위풍이 늠늠ᄒ고 호 령이 엄슉ᄒᆞᆫ지라. 이는 원셰[틴]조 황뎨니 좌션봉은 좌현이요 우션봉은 우현왕이요 즁군원수ᄂᆞᆫ 호한 야션우요 긔여장교ᄂᆞᆫ 돌궐 걸안 묵특 힐니 극한 말갈 셔만 북니 남월 동구에 무리니 그 수를 아지 못ᄒᆞᆯ너라. 한황이 ᄀᆞᆯ으ᄃᆡ 뉘 능히 도젹을 막을고 시황이 무뎨로 더부러 군ᄉᆞ 빅만을 발ᄒ 고 장수 쳔원을 명ᄒ여 분연이 나가니 좌에ᄂᆞᆫ 시황이요 우에ᄂᆞᆫ 무뎨라 좌우로 협공ᄒ니 흉뇌 망풍이주ᄒ니 병불혈인이 승ᄒ고 기가를 불너 도 라오니 만죄 크게 깃거ᄒ더라. 이이요 쳔식이 쟝찻 싀이고 산닭이 ᄌᆞ조 우니 모든 나라 뎨왕이 대취ᄒ야 붓들녀 각각 도라갈ᄉᆡ 한황과 당황과 송황이 명황다려 일너 ᄀᆞᆯ으ᄃᆡ 뎨의 ᄉᆞ희를 혼일ᄒᄆᆡ 오리지 아니ᄒ리니 쳔히 틴평ᄒᆞᆫ 후에 오날을 싱각ᄒ여 옛 노든 일을 이여 써 구쳔의 혼을 위로ᄒ라 ᄒ고 각각 니별ᄒ고 가거날 츄풍이 소소ᄒ고 낙엽이 표표ᄒᆞᆫ 소 릭에 홀연 놀나 잠을 ᄭᆡ다ᄃ니 ᄭᅮᆷ 가온디 일이 역력히 안젼에 삼열ᄒᆞᆫ지 라 인ᄒ야 긔록ᄒ여 후셰에 젼ᄒ니라.

1896년 10월 30일 (1회)

경상도 김손군에 니씨에 집 ㅎ나이 잇쓰되 본디 그 고을 양반인디 가셰
난 요부ㅎ나 다만 자식 ㅎ나히 읍난고로 미양 스러ㅎ더니 늣계야 그 부
인이 틱긔 잇셔 비가 졈졈 부루거날 그 니씨난 더 홀 말 읍시 깃거ㅎ거
니와 그 일향 사룸들도 다 희ㅎ니 여긔여 아달 낫키를 기다리드니 십삭
이 차민 희복ㅎ거날 본즉 일긔 여아라. 비록 셥셥ㅎ나 인자지졍이 웃지
남녀가 잇쓰리오. 이 아히 졈졈 자라민 인물이 가위 일싱[식]이라 그 부
모가 남에 열 아달 보담 더 귀이 길너 나히 니팔이 되민 그 부덕과 그
승품이 짐짓 요됴슉녀라 그 부모가 그와 갓튼 비필을 으더셔 혼인 ㅎ랴
고 널니 구ㅎ드니 그 근쳐에 김씨에 집이 잇쓰되 니 김씨난 쏘 다만 아
달 ㅎ나흘 두엇난지라. 이 아달이 지조와 문필이 남에게 쮜여나니 그
부모와 그 시골 사룸드리 모다 귀이 여기드니 그 아히 나이 열칠팔 셰
되민 혼인지닐 곳졀 구ㅎ되 맛당ㅎ 곳지 읍셔 근심ㅎ더니 드르니 김손
군 니씨 여자가 미오 잘 자란다난 소문을 듯고 즁미를 보너여 통혼ㅎ즉
그 니씨가 쏘ㅎ 그 김씨 낭자 잘 두엇짜난 말을 드러난지라. 즉시 허락
ㅎ야 혼일을 갈히여 두 집이 혼인날 도라오기를 기다리드니 김씨낭자
가 우연이 병이 들민 그 부모가 쥬야로 구완ㅎ야 의약을 만니 드려도

차도 읍셔 혼일이 점점 박두ᄒ거날 그 부모 헤오디 병셰가 그 졍ᄒᆫ 날 노난 지닐 슈 읍난지라. 니씨가에 병셰 이갓틈을 통긔ᄒ야 혼일를 물니여 병셰 나흔 후 다시 퇵일ᄒ야 혼인지ᄂᆞ자 ᄒ얏거날 규가에셔 이 긔별를 듯고 날마다 낭자에 집 소문을 탐지ᄒ야도 그 낭자에 병셰가 차도 읍고 점점 침즁ᄒ야 빅약이 무효ᄒ지라. 이럿케 병즁으로 지니간 지 슈년이 되야 니씨 규가에셔 필경 김씨 낭자가 회싱치 못ᄒ기를 짐작ᄒ고 쥬단를 환송ᄒ고 다른 곳디 혼인을 졍ᄒ야 지니라 ᄒᆫ즉 그 규양이 이 눈치를 엿자오디 미가규녀가 이런 말ᄊᆞᆷ 엿잡넌 거시 도리상에 어긔여지나 그럿치 아니혼 곡졀이 잇기의 붓쓰러옴을 무릅 쓰고 말ᄊᆞᆷᄒ압ᄂᆞ니 셰상에 사룸이 여자로 나셔 쳔졍연분을 김씨 낭자로 졍ᄒ야 쥬단 거리ᄭᅥ지 ᄒ얏쓰니 그 낭자가 싱사간 부부어날 드르니 부모계셔 다른 곳으로 다시 혼일을 지니랴 ᄒ시니 그러훈 도리 어디 잇겟ᄉᆞ압. 그 낭자가 비록 죽난디도 나난 다른 뜻지 읍ᄉᆞ오니 부모난 부지럽시 다른 혼쳐 구ᄒ지 마시압소셔 ᄒᆫ디 그 모친니 갈아디 우리 부부 늣계야 너 ᄒᆞ나흘 두어 남에 열 자식보담 낫게 여기여 길넛다가 지금 와셔 혼인 지니기 젼에 낭자가 병이 드러 우금 슈년에 회싱할 도리 실듯ᄒ고 ᄯᅩ 네 나히 니십이 갓가왓난지라 웃지 그랄 기다리고 홀노 늙그리오. 네 아즉 어린 계집아히가 무어셜 알고 이갓튼 말ᄒᄂᆞ냐 ᄒ고 그 아히 부친더러 이 말를 낫낫치 ᄒ니 그 부친니 이 말을 듯고 그 여아에 마암이 짐짓 올흔 마암으로 아나 그 여아를 불너 갈아디 네에 말이 당연ᄒ나 늙근 부모가 너 ᄒᆞ나흘 바라고 노리 자미를 보자 ᄒ얏드니 지금 와셔 낭자가 져럿틋 병이 들고 네가 과년ᄒ야 부모에 마암에 심이 민망ᄒ기의 타쳐에 혼인 지니랴 ᄒ거날 웃지 네 마암디로 ᄒ리오. 다시 두 말 말고 잇거라 ᄒ니 그 규양이 다시 말ᄒ되 부모가 자식에 졍상을 싱각ᄒ와 이럿케 말ᄊᆞᆷᄒ오나 니에 마암은 곳치지 못ᄒ겟시니 원컨딘 부모난 다른 곳 혼인 졍활 싱각 마시압소셔. 그 부모 허릴 읍셔 근심이 젹지 아니ᄒ더니 일일른 그 여아가 혼 계교를 닉여 밤이면 그 부모 모로계 남복 혼벌을 지어입고 밤중에 너다라 그 김씨 낭자에 집을 무러 슈일만에 낭자에 집에 가셔 그 쥬인 보고 절ᄒ고 꾸러 안거날 그 쥬인인즉 낭자에 부친니라. 그 아희를 보고 말ᄒ되 네 어디셔 오난 아히며 승명은 무어시냐 ᄒ니 그 아희 엿자오디 소동은 아모 짜히 스난 승명은 아모기옵더니 년전에 그 자졔 아희 아모기로 더부러 아모고을 빅일장 장즁에서 셔로 맛나 여러 날 의약 형졔ᄒ게 지니와 셔로 상약ᄒ기를 아모 ᄯ라도 셔로 차자셔 조이 맛나자 ᄒ온고로 맛참 아모곳 아모에 집이 나에 미가인고로 그 집에 가다가 지나난 길에 그 아희 집이 이 집이라 하옵기의 만나 보랴고 차자왓신즉 자졔 아희가 어디 갓셔ᄡᆞ난잇가 ᄒ니 그 쥬인니 말ᄒ되 니 자식이 지금 병이 든지 슈년이로되 낫지 못ᄒ고 거의 죽을 지경에 이르러 졍신도 모로고 잇쓰니 네에 말을 드르니 반가오나 셔로 본들 웃지 알이오 ᄒ되 그 아희 다시 엿자오디 그넌 그러ᄒᆞᆯ 듯ᄒ나 이왕 여긔거니 왓스오니 ᄒᆞᆫ번 보기를 바라나이다 ᄒ되 그 쥬인이 그 아희를 다리고 너당으로 드러갈 시 (미완)

1896년 11월 1일 (2회)

김씨 부인니 병인에 겻히 안자다가 김씨가 이 아희 다리고 오난 거슬 보고 김씨다려 무러 갈아디 그 아희난 어디 잇난 아히며 웃지 니 집에 왓난잇가 ᄒ니 김씨가 답ᄒ여 갈아디 이 아희가 살기난 아모 곳이 사난 디 우리 아희ᄒ고 갓치 아모 고을에셔 빅일장 뵈이난 장즁에셔 셔로 만나 의약형졔ᄒ게 지니고 ᄯᅩ 셔로 차자 보자난 언약이 잇셔셔 맛참 지니다가 아희 보랴고 왓다 ᄒ오 ᄒ니 그 부인이 이 아희을 본즉 인물이 남즁일식이오 나히 십뉵세라 병든 아희와 상격ᄒ지라 아 아희을 본즉 자긔에 아달이나 다름이 읍셔셔 이에 그 아희 손을 잡고 무러 갈아디 네 웃지ᄒ야 니에 자식과 그다지 의가 두터우며 너난 웃지ᄒ야 져럿틋 츙

실ᄒ야 갓갑지 아니ᄒᆫ 길을 쉬읍게 단니며 너에 자식은 웃지ᄒ야 져다
지 병이 드러 너갓튼 조흔 벗지 와도 정신을 차리지 못ᄒ야 보아도 모
로난 톄ᄒ나냐 ᄒ고 김씨 부부 셔로 이 아ᄒᆡ를 붓들고 눈물을 흘이거날
이 아ᄒᆡ 쑤러안져 엿자오디 인명이 지쳔이라 ᄒ야쓰니 병이 웃지 사ᄅᆞᆷ
을 상케 ᄒ릿가. 조곰도 염녀마시고 조리나 잘 ᄒ와 회싱ᄒ기를 기다리
소셔 ᄒ니 그 부인니 갈아디 살기난 밋지 못ᄒᆯ 거시라. 조고마ᄒᆫ 몸에
즁ᄒᆫ 병이 지금 슈년니 지나도록 차도가 읍시니 웃지 살기를 바라리오
ᄒᆫ디 이 아ᄒᆡ 골ᄋᆞ디 소등이 임의 덕에 와셔 자뎨 병든 모양을 보니 차
마 홀홀리 갈 길이 읍시니 아즉 잇셔셔 구안[완]ᄒ야 차도 잇난 거셜 보
고 가랴 ᄒ나이다 ᄒᆫ디 김씨 부부 더옥 귀이 여기여 골ᄋᆞ디 네가 너에
자식을 으엽비 여기여 구완ᄒ깃다 ᄒ니 붕우유신이라 ᄒᆫ난 말이 너를
두고 이른 말이라 웃지 신통치 아니리오 ᄒ니 이 아ᄒᆡ 이날부터 병인에
겻티 잇셔 일동일졍을 조곰도 범연ᄒ미 읍고 약씨기를 지셩으로 ᄒ며
식젼이면 미음 다리기와 밤이면 약을 다려 지셩으로 ᄒᆞᆫ구니 그 부모
가 이 아ᄒᆡ 졍셩를 보고 셔로 골ᄋᆞ디 자식이 병이 드러 슈년을 구병ᄒ
미 부모도 져다지 못ᄒ거던 하믈며 모로난 아ᄒᆡ가 우연이 와셔 쥬야를
모로고 져럿틋 구병ᄒ니 이난 필경 하날리 도아 너에 자식을 살일 듯ᄒ
니 이 은혜 빅골난망이라. 그 아ᄒᆡ 디졉ᄒ기를 친자식보듬 더 여기드니
일일은 그 부모와 그 아ᄒᆡ ᄒᆫ가지로 병인겻티 안잣짜가 그 부모가 곰
[곤]ᄒᆞᆷ믈 이긔지 못ᄒ난 모양이 잇거말[날] 이 아ᄒᆡ 골ᄋᆞ디 소동이 구병
ᄒ기를 조곰도 범연이 아니ᄒᆯ 거시니 양위난 편니 취침ᄒ소셔 ᄒᆫ디 김
씨 부부 갈아디 네가 너에 자식을 위ᄒ야 이다지 구병ᄒ니 웃지 범연ᄒ
긔짜난 마ᄋᆞᆷ이 잇쓰리오마는 너에 마ᄋᆞᆷ에 미안이 여기여 갓치 안져씨
나 그러나 우리 부부 잠간 나가 잠를 잘 거시니 그 ᄉᆞ이 동졍을 보라
ᄒ고 나가거날 이 아ᄒᆡ 홀노 잇셔 병인에 머리도 만지며 다리 팔도 쥬
뮤루며 마ᄋᆞᆷ으로 하날게 츅슈ᄒ야 갈아디 하나님은 구버술피소셔. 김씨
아ᄒᆡ난 쳔졍연분인디 만일 이 아ᄒᆡ가 회싱치 못ᄒ면 이 잔명도 살기를

바라지 아니ᄒ깃다 ᄒ고 눈물을 흘이드라. 이 소졔가 본집에서 남복ᄒ고 올 ᄶ에 마암에 결약ᄒ얏쓰되 만일 김씨 아히가 죽으면 나도 ᄉ지 아니ᄒ깃ᄶ ᄒ고 독약을 물에 타셔 조고마ᄒ 병에 너셔 의복 속에 지니고 단니니 그 뉘라셔 알이오. 이 ᄶ 그 병인이 몸을 운젼ᄒ야 도라 누으며 물을 찻거날 니소져 몸에 진녓든 약슈병을 니여셔 병인 머리 우에 평상 밋히 넛코 물을 가져 오랴고 밧그로 나갓드니 그 사이에 병인이 물을 찻다가 그 상 알히 약슈병을 보고 무슨 물인가 ᄒ야 인ᄒ야 마셧거날 니소져 물을 가지고 방으로 드러와셔 살펴본즉 약슈난 빈 병이 노이고 병인은 사지를 버리고 소리를 크게 지르면셔 뒤흐로 무슨 헐괴가 나왓거날 니소져 크게 놀너여 웃지홀쥴 모르드니 이윽히 잇다가 병인이 혼침ᄒ야 누엇더니 조곰 잇다가 몸을 움작이며 정신니 조곰 나간 것 갓드며 그 부모를 찻거날 니소져 김씨 부부 ᄎᆔ침ᄒ 쳐소에 가셔 이 말ᄉᆷ을 ᄒ거날 김씨 부부 이 말을 듯고 놀니여 즉시 그 병인에 방의 와셔 병인을 만지며 정신차리라 ᄒ니 병인니 눈을 ᄶᅧ셔 그 부모를 보고 겨우 말ᄒ여 ᄀᆯᄋ디 그 겻ᄐ 안졋난 아히난 웃더ᄒ 아히잇가 ᄒ니 그 부모 반기여 디답ᄒ야 ᄀᆯᄋ디 이 아히난 아모곳 스난 아히딘 네에 동뇨라 너난 모로나냐 ᄒ거날 병인이 듯기를 다 ᄒ고 아즉 정신를 차리지 못ᄒ야 그러이 여기드라. 일이일 지너미 정신이 졈졈 나셔 디강 긔역ᄒ난 일이 잇거날 니소져 본젹이 탈노홀가 ᄒ야 병인이 졈졈 차도잇셔 다시 위틱할 지경에 이르지 아니할 쥴 알고 김씨 부부의게 도라가기를 고ᄒ니 김씨 부부 그 소져를 말유ᄒ거날 그 소져 ᄀᆯᄋ디 소동 집을 난지 지금 달 포되와 졔의 부모 기다리겟ᄉ오니 (미완)

1896년 11월 3일 (3회)

김씨 부부 ᄀᆯᄋ디 너난 나의 은인이라. 지금 가면 은졔 다시 오랴 ᄒ나뇨 ᄒ니 니소져 굴ᄋ디 은졔 올난지 긔필은 못ᄒ거니와 종속히 와 뵈올 듯ᄒ오이다 ᄒ고 가드라. 이 ᄳ 니씨가에셔 이 ᄯᅩᆯ을 일코 두로 무루니 종젹이 읍거날 니씨 부부 식음을 젼폐ᄒ고 쥬야로 울면셔 죽고자 ᄒ니 그 이웃 사람드리 위로ᄒ야 굴ᄋ디 니씨 소져가 본디 부덕과 졀긔가 남에 쐬임 듯고 간 거시 아니라 죽지 아니ᄒ얏쓰면 필경 희한ᄒ 일이 잇쓸 거시니 기다려 보시다 ᄒ더라. 이 ᄳ 이소져 남복을 입고 본집으로 도라왓거날 니씨 부부 그 ᄯᅩᆯ 오난 거셜 보고 너다라 손을 잡고 낙누ᄒ며 굴ᄋ디 너 그시 어디로 갓다 왓나냐 늙근 부모가 다만 너 ᄒ나흘 바라고 셰상에 잇셔셔 너와 갓튼 비필을 어더 말너 자미를 보고자 ᄒ얏드니 조물이 시긔ᄒ야 김씨 신랑이 병이 드러 지금 와셔난 싱스도 모로고 다른 곳디 통혼ᄒ야 혼인을 지니고자 ᄒ얏더니 너도 간 디 읍셔 쥬야로 스러ᄒ더니 너의가 남복ᄒ고 드러오니 어디로 갓시며 무슨 일노 갓더냐. 우리 부부 너를 다시 보니 지금 죽어도 ᄒ니 읍도다. 자셔이 말ᄉᆷᄒ올 거시니 드르시압소셔 ᄒ고 김씨가에 드러가셔 거쥬승명을 속기여 말ᄒ 것과 병구안ᄒ든 말과 약병 마시고 병이 차도 잇든 말과 김씨 부부 관디ᄒ든 말을 낫낫치 ᄒ니 니씨 부부 이 말을 듯고 그 ᄯᅡᆯ에 등를 어루만지며 갈아디 셰상에 웃지 너 갓튼 졀긔와 졍셩이 어디 잇쓰리오 이난 하날이 너를 으엽비 여기ᄉ 김씨 아달이 회싱ᄒ얏도다. 만일 네에 졍셩과 네에 구완 곳 아니면 웃지 쥬션 장병이 이러틋 나으리오 ᄒ며 그 깃부믈 이긔지 못ᄒ더라. 그 일ᄒ[향] 사람드리 이 소문을 듯고 뉘 아니 탄복ᄒ리오 즉시 편지를 닷가셔 ᄒ인을 부리여 김씨 집에 보니여 문병도 ᄒ고 혼인지니자 다시 틱일할 말도 ᄒ얏거날 김씨가에셔 이 편지를 보고 답셔ᄒ야 병인에 쾌차ᄒ 말과 다시 틱일하라난 말을 ᄒ얏드라. 이 ᄳ 혼일이 다다르니 김씨가에셔 위의를 차리여 김씨가 그 아달을 다리고 신부에 집에 와셔 혼인 지닐 시 신부신낭이 초례셕에 스니 짐짓 원앙에 노슈로다. 교비를 다ᄒ 후에 신부가 그 김씨 시부를 뵈온디 김씨가 그 며나리을 본즉 그 ᄳ 자긔에 아달 병 구완ᄒ든 아히와 갓튼지라.

마암에 의아ᄒ야 혼자 말ᄒ야 굴아디 셰상에 갓튼 사롬도 만토다 ᄒ고 자셔이 보아도 조곰도 다르지 아니ᄒ지라. 신부에 부친이 그 ᄉ돈니 의심ᄒ여 보난 거셜 니럼에 우스며 굴ᄋ디 닉 ᄉ돈을 관ᄉᄒ니 ᄉ돈니 무슨 의심나난 일이 잇다 ᄒ니 신랑에 부친이 굴ᄋ디 무슨 별노이 의심나난 일이 읍시나 지금 며나리을 본즉 얼골과 크와 모양이 젼일에 닉 자식 구병ᄒ든 아희와 조곰도 다르지 아니ᄒ기의 마암에 의아ᄒ노라. 신부에 부친이 우스며 굴ᄋ디 닉에 ᄯᆯ이 과연 그 아희라 ᄒ고 젼후 그 지닉든 말을 낫낫치 말ᄒ니 신랑에 부친이 듯기를 다ᄒ고 층찬ᄒ야 굴ᄋ디 셰상에 웃지 닉에 며나리 갓튼 졀긔와 졍셩이 어디 이쓰며 ᄯ 닉의 자식도 져 며나리 아니면 웃지 사라쓰리오 이난 은혜로 말할 거시 아니라 자고 ᄉ젹에도 읍난 일이로다 ᄒ며 두 ᄉ돈니 셔로 질겨ᄒ드라. 그날밤에 신랑 신부 신방에 들민 신랑도 병셕에 잇쓸 ᄯᅢ에 자셔이 보든 못ᄒ야쓰나 이 말을 드른고로 일면이 여구ᄒ야 조곰도 셔로 붓그러 여기지 아니ᄒ고 신랑이 그 신부드러 말ᄒ야 갈아디 닉가 그디와 쳔졍연분이라. 웃지 죽어셔 오날밤 질검이 읍시리오 ᄒ더라. 이러이 슴일 지닉 후에 신부를 권귀ᄒ야 김씨 집으로 갈시 김씨 부인이 그 며나리을 본즉 과연 그 ᄯᅢ 구병ᄒ든 아희라. 셰상에 이런 희한한 일이 어디 잇쓰리오 ᄒ며 김씨 부부와 신랑 신부가 남에 읍난 며나리로 알며 남에 읍난 안희로 알더라. 이런 소문을 원근 사롬드리 자셔이 듯고 닷토아 와셔 보난 사롬도 잇고 일향이 말ᄒ되 이런 일른 그져 두면 츙열를 모론고다 ᄒ야 김순 군슈 민비호씨 ᄯᅢ에 그 일향 ᄉ람드리 관가에 말슘ᄒ즉 그 군슈 민씨도 이 말을 듯고 셰상에 읍난 일이라 ᄒ고 자관으로 조가에 말ᄒ야 조가에셔난 날이에ᄭᅥ지 품ᄒ야 열녀문을 셰우랴 ᄒ얏드니 갑오년 ᄉ변 잇쓸 ᄯᅢ를 당ᄒ야 결를이 읍셔 아즉 아니ᄒ얏쓰나 이 다음에도 조가에셔 자셔이 알면 그져 두지 아니ᄒ깃드라. 그 사롬 닉외가 그 부모를 뫼시고 지효로 셤기며 금실이 남에셔 별노이 다르니 우리난 그 듯난 말이 희한ᄒ기의 긔록ᄒ나니 이런 말은 사롬마다 사모홀 일이드라.

1896년 11월 6일 (1회)

전일에 지상이 잇쓰되 셩명이 조야에 웃뜸이오 쪼 날아에서 총이ᄒᆞ야
여러 히 셰도ᄒᆞ더니 웃지ᄒᆞ야 셰상에 불합ᄒᆞᆫ 일이 잇난고로 조졍을 ᄒᆞ
즉ᄒᆞ고 고향에 날여가서 셰월을 보니미 젼일에 고디광실에 인물이 번
셩ᄒᆞ게 지니든 싱각을 ᄒᆞ니 지금 와셔 문젼이 넝낙ᄒᆞ고 담안 농담 야셜
만 듯난고로 쟈연 심ᄉᆞ 울젹ᄒᆞᆫ 즁에 일일은 더우가 오거날 손이 ᄒᆞ낫토
읍고 슈인 쳥직비 ᄲᅮᆫ이라 심이 무료ᄒᆞ더니 어디로셔 웃쓴ᄒᆞᆫ 사롬 ᄒᆞ나
이 비를 피ᄒᆞ야 급피 밧것 문깐으로 드러와셔 셧거날 이 지상이 이윽히
보다가 파젹홀 계교로 ᄒᆞ인을 명ᄒᆞ야 그 사롬으로 ᄒᆞ야금 당에 오르라
ᄒᆞ니 그 사롬이 의복이 조츌치 못홈을 혐의ᄒᆞ야 ᄉᆞ양ᄒᆞ거날 이 지상이
관계치 말고 오르라 누차 말ᄒᆞᆫ디 그 손이 부득이 ᄒᆞ야 당상에 올나가셔
그 지상을 뵈거날 지상이 갈아디 어디 잇쓰며 셩명은 무어시며 어디로
가난 길이야 ᄒᆞ니 그 손이 디답ᄒᆞ야 갈아디 ᄉᆞᆯ기난 아모곳에 잇쓰며 셩
명은 아모라 ᄒᆞ오며 어디로 가노라 ᄒᆞ니 지상이 갈아디 지금 우셰가 여
차ᄒᆞ니 나와갓치 무슨 소일이나 ᄒᆞ자 ᄒᆞ즉 손이 갈아디 나난 아모 소일
도 모로노라 ᄒᆞ즉 지상이 다시 말ᄒᆞ되 그러ᄒᆞ면 이약[이]야기난 응당홀
거시니 듯기 조흔 이야기나 한번 ᄒᆞ라 ᄒᆞ니 그 손이 그리ᄒᆞ올이다 ᄒᆞ고

이약[야]기를 호되 젼일 장안에 혼 사룸이 스난디 장안에 졔일 가난 부
자라. 나히 이십되미 부모가 다 죽고 임의로 돈을 쓰되 청누방에 기성
오입호기 친구 만나 슐먹기 가난혼 스룸 구졔호기 장긔 바둑 닉기호기
이러이 호화로이 지나미 구[누]의복 범졀과 거쳐 범빅을 웃지 다 이로
말호올잇가. 이러허게 여러 히 지나미 자연 셰간이 졈졈 쥬러가난지라.
그러나 본디 쓰던 슈단으로 웃지 구구이 지나리오 호고 젼과 갓치 남용
호니 혼뎡 잇난 지물이 어디셔 나리오. 몃히 되지 아니호야 젼답과 노
비와 가스을 다 파라먹고 야즁에 단독일신만 나마셔 이리져리 단니면
셔 밥도 으더 먹으니 그 젼에 조와호던 친고도 도라보지 아니호고 친니
단니던 계집도 오라난 말도 아니호고 일가와 친쳑이 모다 모로난 톄호
미 신세고단호야 스룸을 이기지 못호나 뉘을 혼호리오. 남북촌으로 단
니면셔 남에 스랑긱이 되얏난지라. 일일은 왕스을 싱각호고 그 젼 노든
마암이 잇셔 비회을 졍치 못호야 문 밧스로 나가셔 허다혼 졀간으로 귀
경을 단이다가 혼 졀에 가셔 본즉 여러 션비드리 공부을 호거날 글을
읽난 곳에 가셔 이윽히 셧더니 혼 션비가 그 사룸을 보고 갈아디 어디
잇난 사룸이 무슨 일노 이 곳에 왓나냐 호니 그 사룸이 디답호되 나난
집도 읍시 단독일신니 문안셔 으더 먹다가 갈 바이 읍셔 이리져리 단
니다가 이 곳에 왓나이다 호니 그 션비 그 사룸을 본즉 비록 의복은 남
누호나 사룸이 영니호여 뵈이거날 그 션비 말호디 져럿케 걸식호야 단
니너니 이 졀에 잇셔셔 우리 공부호난 방에 스환이나 호야 쥬고 으더
먹으면 웃더호냐 호니 그 사람이 그리호자 호야 허락호고 그 곳에 잇셔
셔 스환호기을 부지러니 호며 일동일졍을 영니호게 호니 그 공부호난
션비드리 금지기 귀이 여기드니 이러이 지니기를 여러 달 호다가 일일
은 그 션비 호나이 본집에 무슨 스환를 시기거날 그 여러 션비드리 다
지상의 자질이오 집이 다 셩안에 잇난지라. 그 사룸이 인호야 셩안으로
드러와셔 그 션비에 집을 차자가노라고 이 골목 져 골목 지나가더니 자
연 일셰 져무러 어둑어둑 호더니 어느 골목으로 어인 계집 호나이 나스

며 인사ᄒ야 갈아디 어디 가셧다가 지금이야 오시난잇가 ᄒ며 ᄒ가지로 가기을 쳥ᄒ니 그 사ᄅ이 그 계집을 본즉 의복 범졀이며 화용월티가 쳔ᄒ졀식이라 ᄒ번도 보지 못ᄒ던 사ᄅ이여날 도로여 붓그럽고 무안ᄒ야 가라디 어디로 가시난 부인인지 아지만 못ᄒ거니와 필경 다른 사ᄅ을 그릇 보시고 ᄒ시난 말슴이오니 어서 가소셔 ᄒ던 그 계집이 갈아디 니 웃지 그릇 보아쓰리오. 그더가 아모긔가 아니냐 ᄒ고 가기를 지촉ᄒ니 그 사ᄅ이 갈아디 날갓튼 사ᄅ을 웃지 아시며 가자 ᄒ난 곳은 어디온잇가. 남에 수환으로 왓스오니 길이 밧부어 가자ᄒ시난 디로 가지 못ᄒ겟다 ᄒ니 그 계집이 다시 갈아디 니가 가자 ᄒ난 연고가 잇기의 가자ᄒ난 거슬 져다지 고집ᄒ시나냐. 조곰도 의심말고 갓치 가스이다 ᄒ니 그 사ᄅ인즉 본디 오입으로 가산을 탕픿ᄒ야 쥬식을 조와ᄒ던 사ᄅ이라 비록 신셰 이 지경에 이르어쓰나 본디 마암이야 어디로 갈이오 아모리나 가보리라 ᄒ고 짜라갈 식 이 계집 압희 스고 이 골목 져 골목 가난지라. 미완

1896년 11월 10일 (2회)

이 사람이 그 가난 디로 짜라간즉 북촌 어느 큰 골목에 소슬디문 큰집 ᄒ나이 잇난디 그 집으로 드러오라 ᄒ거날 아모리나 ᄒ고 짜라드러가니 그 집이 셩안에 멋지 아니 가난지이라 집치장이며 문방졔구가 모다 츠음 보든 비라. 마암에 의아함이 잇스나 방으로 드리오라 ᄒ니 사양치 아니ᄒ고 드러가 안진즉 그 계집이 죵년을 불너셔 요긔 차를 드리라 ᄒ즉 조곰 잇다가 상이 드러오난디 음식이 다 젼에 먹어보지 못ᄒ던 비라 셔로 권ᄒ며 만이 먹고 안져셔 이 어인 일이냐 무루니 그 계집이 갈아디 니가 이 집 쥬인인디 셰간과 노비와 젼답이 셰상에 텻지 가나 혼자 과부로 스자 ᄒ니 과연 싱셰지낙이 읍난고로 남편을 구ᄒ믹 그더만ᄒ

사람이 읍기의 되셔 왓시니 그디난 종금 이후로 부부가 되야 빅년동낙
ᄒ자 ᄒ니 그 ᄉ람이 갈아디 셰상에 호화ᄒ 사롬도 만코 인물 좃코 문
필 좃코 말 잘ᄒ고 그러ᄒ 사람이 만커날 웃지 날 갓튼 걸인으로 더부
러 부부가 되야셔 빅년을 ᄉ자 ᄒ시난잇가 ᄒ디 그 계집이 다시 말ᄒ디
나도 그러ᄒ 쥬런 아나 니 마암이 그디 아니면 다른 ᄉ람은 쳔ᄒ 영웅
이라도 시른고로 이러이 언약ᄒ니 그디난 조곰도 ᄉ양치 말고 갓치 ᄉ
자 ᄒ며 의복 일습을 니여 놋커날 그 ᄉ람이 마암에 헤오디 너가 졸지
에 복을 으더 이 지경에 이르럿쏘다 ᄒ고 그 의복을 입고 잇스니 본디
호화자졔로 돈도 만이 쓰던 ᄉ람이오 인물도 츌즁ᄒ던 ᄉ람이라 그젼
티도 어디 가리오 그 계집이 날마다 응장승식에 일시도 그 난[남]편을
ᄶ러지지 아니ᄒ고 이 ᄉ람도 그 계집을 잠시아도 겻쳘 ᄶ러나지 아니ᄒ
야 셔로 질기니 무슨 근심이 잇쓰리오 지물노 의논ᄒ야도 젼후 고간에
은금보픠가 부지기슈요 음식으로 의논ᄒ야도 못ᄒ여 먹을 거시 읍시니
이 ᄉ람인즉 쥬야호강할 뿐이지 다른 셰간ᄉ리와 젼곡츌입은 아모 것
도 모론넌지라. 이러이 여러 희 지니미 일일은 니외 경치 조흔 곳에 가
셔 완경할 시 잇쩌난 츈삼월이라 젼후에 시비를 다리고 이러져리 단니
면셔 화류을 구경ᄒ고 자리에 안져 각식 음식을 셔로 권ᄒ며 먹을 즈음
에 웃더ᄒ ᄉ람이 숏가슬 쓰고 문젼에셔 두류ᄒ거날 이 사람이 잠간 본
즉 그젼 보던 ᄉ람갓거날 자셔이 보니 과연 젼일에 친ᄒ야 갓치 단니며
슐 먹으며 계집에 집에 단니며 의약형졔하계 지니든 사람이라 반가온
마암이 잇쓰나 하인 소시의 나가 붓잡지난 못ᄒ나 다른 일 보난 톄ᄒ고
그 사람 겻희 가셔 아모디로 맛나자 눈티ᄒ고 도라와셔 그 노롬을 다ᄒ
고 집으로 도라오니 일셰 져믈미 밤을 지니고 그 잇튼날 의복을 갈아입
고 어계 보던 친구를 언약ᄒ 디로 차자가랴 ᄒ니 그 계집이 어디로 가
난 거셜 뭇거날 디답ᄒ되 어디셔 친구가 잠간 만나자 ᄒ기의 가노라 ᄒ
니 그 계집이 허락ᄒ거날 나와셔 그 상약ᄒ 디로 간즉 그 사람이 반거
이 만나 손을 잡고 그 친구가 이 ᄉ람다러 갈아디 너와 날과 갓치 단니

며 남에 음[읍]난 고싱을 ㅎ더니 나난 지금거지도 고싱을 면치 못ㅎ고 이리져리 단니며 걸식ㅎ거날 너난 웃지ㅎ야 이렷틋 장가도 잘 들고 셰간도 만아셔 셰상에 부러할 거시 읍시 지너니 그 아니 희훈ㅎ 일이냐 자셔이 알고자 ㅎ노라 ㅎ더 그 스람이 갈아더 셰상에 스람이라 ㅎ난 거시 변화가 무궁훈 거시라 니가 이 지경의 이른 거슬 자셩이 드러라 ㅎ고 전후에 졀에 가셔 스환ㅎ야 쥬고 으더 먹던 말과 그 계집 만나셔 그 집으로 가든 말과 그 집에 가셔 본즉 그 디졉ㅎ던 말과 지금 지너난 말과 쳔ㅎ 갑부로 그릴 거시 읍난 말을 낫낫치 다 ㅎ니 그 사람이 갈아더 그 참 셰상에 희훈ㅎ 일이 잇도다 ㅎ면셔 셔로 슐을 권ㅎ며 취토록 먹고 날이 져믈미 쏘 타일에 만나자 작별ㅎ고 도라와셔 그 계집을 본즉 그 계집이 반기여 니닷거날 셔로 손을 잡고 드러가셔 잠시 못보아 그리든 말ㅎ며 쏘 쥬육을 니셔 셔로 권ㅎ니 이러훈 졍이 어더 잇스리오 그 후에 그 맛나자 ㅎ든 친구를 쏘 만나 한헌[훤]훈 후 돈을 만이 니여 음식을 만니 디졉ㅎ고 허여져 도라오고 이러이 셔로 만나 죠이 지너기를 여러 번 ㅎ더니 일일은 그 친구가 쏘 조용홀 곳으로 만나자 ㅎ거날 그 날노 언약과 갓치 셔로 맛나미 그 친구가 갈아더 셰상에 사람이라 ㅎ난 거시 방금에 그릴 거시 읍시 살면 장너 경영은 읍난 거시 사람마다 그러ㅎ거니와 조고맛치만 지각이 잇쓰면 웃지 장너을 경영 아니ㅎ리오 직물이라 ㅎ난 거시 셰상에 도라단니며 임자가 읍난 거시라 웃지 밋드리오 (미완)

1896년 11월 14일 (3회)

지금 억만냥 잇다가 너일 아참에 읍난 슈가 잇스니 그거셜 웃지 미드며 남자가 셰상에 나미 부부지락이라 ㅎ난 거시 졔일인더 쳔졍연분으로 육녜를 갓초와 으든 안ㅎ난 종신토록 이심이 읍거니와 쳡이라 ㅎ난 거

션 남자에게 노리기라 조득모실이니 밋들 슈 읍난 거시니 그더난 아즉
조흔 집과 의복음식이 그릴 거시 읍는 거슬 밋지 말고 지금 용슈지도가
잇슬 즈음에 지믈을 으더 육녜를 갓초와 장가들고 노비와 전답을 만니
두면 이거시 만젼지슐이라. 그대 마암에 웃더ᄒ냐 ᄒ즉 그 스람이 갈아
더 나도 그런 쥴은 모로난 거시 아니라 지믈노 말ᄒ야도 니가 쳔단ᄒ야
쓰지 못ᄒ고 ᄯᅩ 그 계집이 알더리도 장가든다난 소문을 드르면 필경 투
긔ᄒ난 마암이 잇셔셔 다시 상관이 읍시면 지믈도 읍고 장가도 드지 못
ᄒ면 양실이 될 듯ᄒ니 그 웃지ᄒ면 조흘 계교를 너여 장가도 들고 지
믈도 으드랴 ᄒ니 이 친구가 갈아더 그디가 닌 말을 올ᄒ이 여긔여 그
리ᄒ고자 홀진딘 혼쳐와 다른 일은 니가 다 담당ᄒ야 할 거시니 그더난
무슨 쐬를 너던지 돈만 몃 쳔냥을 으더달나 ᄒ니 그 스람이 갈아더 날
를 위ᄒ야 이다지 용녁ᄒ니 감스하나 닌 아모조록 지믈을 도득ᄒ야 쥴
거시니 힘써보라 ᄒ고 셔로 작별ᄒ고 집으로 도라온즉 그 계집이 영졉
ᄒ야 드리거날 드러가 안즈며 근심ᄒ난 빗치 잇거날 그 계집이 엽희 안
지며 갈아더 오날 셔방님 신관를 뵈오니 무슨 근심ᄒ시난 일이 잇난 것
갓트니 무슨 일이오 자셔이 말슘ᄒ시오 ᄒᆫ더 그 스룸이 갈아더 닌 젼일
에 조이 견딧실 ᄯᅢ에 남에게 빗슬 쓴 거시 잇더니 지금 와셔 니가 의식
이 유족ᄒᆫ 쥴 알고 그 돈을 달나 ᄒ니 글노써 근심ᄒ노라. 그 계집이 갈
아더 우리가 비견을 누리고 스자홀 ᄲᅮᆫ 아니라 스나의가 지믈노 ᄒ야 근
심ᄒ시난 거셜 웃지 계집이 되야 민묵이 잇스리오. 니에 지믈이 역시
셔방님 지믈인즉 쓰시랴거던 쓰시오 ᄒ니 그 스람이 돈 이쳔양만 달나
ᄒ니 돈 니쳔양을 쥬거날 가져다가 그 친구를 쥬니 그 친구가 혼쳐를
널이 구ᄒ야 경ᄒ고 퇴일ᄒ야 혼인을 지니니 그 부인니 자식이 비범ᄒ
더라. 이 스람이 이후로난 무슨 일 보난 츌탁ᄒ고 간간이 나가셔 밤을
지닐 시 동셔에 일신양역이라. 그러나 두 집에셔 쳐쳡이 셔로 아지 못
ᄒ더라. 일일은 그 친구가 그 스람을 보고 갈아더 그디가 지금은 실가
지락이 분명ᄒ거니와 이계난 쟝니를 경영ᄒ난 거시 올ᄒ니 돈을 ᄯᅩ 도

득ᄒ야 전답을 만이 장만ᄒ고 노비를 만니 두어 여년을 근심읍시 지니라 ᄒ니 그 사람이 갈아디 그 말이 당연이 올토다. 니 ᄯᅩ 돈을 으더셔 그디를 쥴 거시니 날을 위ᄒ야 전답과 노비를 사셔 달나 ᄒ니 그 친구가 그리ᄒ라 ᄒ고 허여져 집으로 도라와셔 그 첩을 디ᄒ야 갈아디 니가 전일에 퓌가ᄒ여 단일 ᄯᅢ에 누디 분순 위전과 위답을 모다 팔아쓰고 지금 분뫼를 자손읍난 모양갓치 슈호도 못ᄒ니 남에 자손이 되야 웃지 감창치 아니ᄒ며 ᄯᅩ 니가 종손이라 지금 와셔난 그디 덕으로 셰상에 그릴 거시 읍시 지니미 조상을 모로면 죄가 밋칠 듯ᄒ니 웃지ᄒ면 조흐랴 ᄒ디 그 첩이 갈아디 그런 말슴을 즉시 ᄒ시지 아니ᄒ고 지금거지 근심만 ᄒ셧쓰니 그 무슨 장부에 일이오 돈이 읉마 ᄒ면 그젼과 갓치 향화를 밧들깃소 ᄒ디 갈아디 그젼과 갓치 홀진딘 여러 만냥이 들 거시니 웃지 금심치 아니리오 그 첩이 돈을 오만냥을 쥬거날 그 돈을 갓다가 그 친구를 쥬니 그 친구가 그 돈을 가져다가 전답과 노비를 만니 스셔 ᄯᅩ흔 큰 부자로 지니니 이게 다 그 친구에 지휘로 흔 일이라. 그 친구를 의약 형제ᄒ여 디졉ᄒ니 그 친구도 전일에 걸식ᄒ다가 지금은 그 사람 덕으로 의식이 넉넉ᄒ더라. 이 ᄯᅢ 이 사람이 할 일을 다ᄒ고 첩을 다리고 쥬야호강ᄒ미 뉘 아니 부러ᄒ리오. 일일은 어디로 가셔 친구를 만나셔 슐도 먹으며 진일토록 노다가 그 첩에 집으로 드러오니 그젼과 다른지라. 문젼에 노속이 하낫토 읍고 중문에 드러셔니 계집종도 ᄒ나이 읍고 모다 문젼이 넝낙ᄒ야 적적무인이여날 고이 여긔여 잣초를 가마니 ᄒ야 그 첩 잇난 방에를 가셔 문의[을] 여지 아니ᄒ고 엿드르니 방에셔 무슨 소리 나거날 과연 의심ᄒ고 문틈으로 가마니 본즉 방안에 사람은 읍고 다만 큰 진에 ᄒ나이 잇셔셔 ᄭᅩ리로 반자를 치며 입으로 무슨 긔훈이 나며 방바닥에 셔리엿다가 ᄯᅩ 이러나셔 ᄭᅩ리를 굼틀거리면셔 반자를 치니 그 소리난 반자 울나난 소리여날 이 거동을 보고 마암이 썰이며 무셥기 그지 읍시나 무러볼 곳지 읍난지라 황황ᄒ야 웃지홀 쥴 모로던 차에 (미완)

1896년 11월 18일 (4회)

무슨 인끼 나난 소리를 듯고 두어번 뒷치더니 션연 미인니 되어셔 안지면셔 그 종 계집을 부루거날 자셔이 본즉 분명훈 자긔에 첩이라 못본 톄ᄒ고 드러갈 마암이 읍셔 도라셔셔 오랴 ᄒ더니 그 계집이 문 열고 갈아디 웃지ᄒ야 드러오랴다 도로 나가랴 ᄒ시오 드러와셔 니 말 잠간 드르시오 ᄒ니 이 사름이 부득이ᄒ야 드러간즉 안기를 쳥훈디 인ᄒ야 안즈니 그 계집이 갈아디 니가 그디와 더부러 여러 히 아지 못ᄒ얏더니 오날은 응당 고이 여겨실 듯ᄒ니 니 자셔이 말할 거시니 드리시오 ᄒ고 말ᄒ되 니가 본디 사름이 아니고 이 곳디 잇난 진네러니 이 곳지 쏘 오공헐이라. 진에가 쳔년을 묵으면 변화을 부리난디 진에가 변ᄒ야 사름이 되야셔 사름을 다리고 니외로 십년만 살면 그 진에가 사름 환토를 ᄒ야셔 아쥬 사름이 된다 ᄒ기의 니가 몸을 변ᄒ야 계집이 되야셔 그디로 더부러 부부지의를 및고 스난디 지금 아홉히라. 일년만 무스이 지닛더면 나도 아조 사름이 되고 그디와 갓치 허다훈 지물과 조흔 가스에 빅년히로ᄒ야 지닐 거셜 그 스이를 참지 못ᄒ야 그디가 날을 속기고 쳐음에 친구에게 빗슬 졋다 ᄒ고 돈 가져간 것도 그디가 장가 드러 날 갓튼 계집은 쓸 디 읍난 거시라 ᄒ고 두 번지 가져간 돈도 션조 위답 장만ᄒ야 향화를 밧들게다 ᄒ고 노비젼답을 만니 스셔 져의 니외 호거ᄒ야 지금 와혀난 날노 ᄒ금 셔어이 ᄒ니 니가 젼후스를 모로난 톄ᄒ얏쓰되 다 알고 잇셔셔 오날은 자연 심스 실난ᄒ야 젼에 쓰든 허물을 다시 쓰고 잠간 노더니 그디가 종젹을 감초와 엿본즉 니에 근본을 알앗난지라. 아홉히 공부가 일조에 허스가 되얏쓰니 이 아니 원통ᄒ냐 뎌져 사름이 셰상에 나미 남 은혜을 모로고 신이 읍시며 무슨 일을 졍졍이 ᄒ지 못ᄒ면 웃지 사름이라 층ᄒ리오. 그디가 젼일에 신셰고단ᄒ야 동가식셔가슉ᄒ고 단일 쩨에 그 괴로움이 비홀 디 읍셔셔 페의파관니 가이 볼 만ᄒ더니 지금 와셔난 인간에 귀훈 거시 읍시 호의호식ᄒ난 거시 모다 너의 덕인디 이다지 남에게 원통홈을 씻치나냐. 불가불 너에 소원을 이룬 후에 말 거시라. 너가 너를 앗기여 술녀 보니면 너가 다시 빅년 공부를 ᄒ야도 사롬 환토난 못ᄒ야 보기씨니 너를 잡아 먹은 후에 다시 십년을 공부ᄒ여야 사롬이 되쎗ᄒ고 다시 두어번 뒤치더니 진에가 되야 그 사롬 몸에 달녀들거날 이 사롬이 그 거동을 보고 쌈작 놀녀여 씨다르니 남가일몽이라. 그 사롬이 그 꿈을 씨고 허히 탄식ᄒ야 갈오디 일편츈몽 중에 십년호강ᄒ얏도다 ᄒ더라 ᄒ온 일이 잇스오이다 ᄒ고 이야기를 맛치미 비가 긋치거날 그 사롬이 가길을 고ᄒ니 그 쥬인디감이 인ᄒ야 작별ᄒ고 홀노 안젼 그 이야기을 싱각ᄒ니 인싱이 셰상에 탄싱ᄒ미 부귀로 호강ᄒ난 거시 과연 일장츈몽이라 ᄒ고 그 후로난 날마다 문긱과 향당붕우를 모와 가지고 시도 지으며 슐도 먹으며 지물을 앗기지 아니ᄒ고 셰월을 보너더라. 션시에 이 지상이 ᄒ ᄯᆯ을 두어시미 어려셔부터 그 부모를 지효로 셤기니 그 부모가 지극히 사랑ᄒ야 갈아디 이 아희가 만일 스나자식으로 낫더면 부모가 길이 효를 볼 거셜 여자가 남의 집에 가면 웃지 그 자미을 보리오 ᄒ며 남에 읍난 양으로 길으더니 그 ᄯᆯ이 나이 점점 차미 이팔이 되얏난지라. 그 부모가 그 비필을 구ᄒ미 셰상에 명문거죡이 마나나 그와 갓튼 비필이 읍실 듯십퍼 미파을 노와 널니 구ᄒ더니 경긔ᄯᅡᆼ에 니씨가 잇쓰되 그 집이 ᄯᅩᄒ 거죡이라 ᄒ 아달을 두어 장즁보옥갓치 길녀셔 혼쳐를 구ᄒ더니 이 지상에 ᄯᆯ이 유명홈을 듯고 셔로 통혼ᄒ야 혼인을 지닐 시 신랑이 교비ᄒ 후에 물녀 잇다가 날이 져믈미 신방에 신부와 신랑이 드러거날 밤이 깃푼 후에 신랑이 자다가 무슨 소리를 ᄒ마듸 지르며 인ᄒ야 아모 동졍이 읍거날 이 신부가 놀녀여 가마니 만져보니 슘이 진ᄒ얏난지라. 신부가 문밧스로 나와셔 그 죵을 불녀 이 스연을 말ᄒ니 그 죵이 황황ᄒ야 그 졍경부인게 고ᄒ디 그 부인이 안팟게 통긔ᄒ야 그 신랑을 본즉 아모 일도 읍시 죽엇거날 이 어인 일인고 ᄒ고 싱각ᄒ여보니 가위가 눌녀 쥬엇더라. 이 신부가 그 잇튼날 밤에 그 부모게 고ᄒ야 갈아디 계집이 되야 쳣날 밤에 난편 일코 스라 무엇홀잇가 ᄒ고 스사로 목ᄆᆡ여 죽으니 그 부모가 신톄을 어루만지며 ᄃᆡ셩통곡ᄒ니 신랑과 신부가 할루밤 스이에 다 죽엇스니 셰상에 이갓튼 참혹ᄒᆫ 일이 어ᄃᆡ 잇쓰리오 그 신부에 졀기난 뉘 아니 일커르리오 이 연유로 계문ᄒ얏더니 그 고울 슈령에계 ᄒ교ᄒ사 졍열문을 셰윗더라.

017 「米國新大統領傳」

1896.11.14~18. 雜報

1896년 11월 14일

젼에 미국에셔 豪傑 「예말손」이란 사룸이 나셔 텬쥬 敎徒의 인닙[심]을 어더셔 장ᄒᆞ얏더라. 올에 새로 난 미국 대통녕 「의리옴뭇긴례」씨도 금직히 그 인심을 어덧더라. 아비ᄂᆞᆫ 東梧河與州씨에 잇ᄂᆞᆫ 製鐵處의 쟝식이요 外祖 「온더리유려즈」씨ᄂᆞᆫ 미국이 독닙홀 ᄯᅢ의 戰爭 ᄯᅢᄂᆞᆫ 쳘환이나 총을 민기ᄂᆞᆫ 말을 바다셔 「변실와냐밧그스」 ᄯᅡᆼ에 가 지닛ᄂᆞᆫ딕 그 「미즈」씨의 조션은 영국인딕 다른 텬쥬교도 ᄒᆞ고 갓치 和蘭국으로 뒨겨서 미국으로 갓더라. 그리ᄒᆞ고 「미즈」 집은 영국에셔 명문거족이더니 이국으로 건너와서 큰 공을 서윗더라. 그 일을 史記에ᄂᆞᆫ 별로히 긔록치 아니ᄒᆞ얏스되 미국으로 됴흔 사룸을 移住케 힘을 쎠주며 ᄯᅩ 그 ᄯᅡᆼ의 일을 잘보와 주엇스므로 뉴졀시변실와냐와 지니ᄋᆞ놀스기ᄋᆞ러리나 中央及南梧河與견그기 各 洲에서 나ᄂᆞᆫ 션비며 經世家며 法理學士며 일을 홀 만ᄒᆞᆫ 사룸은 덕을 안닙은 사룸은 업고 셩품이 勤儉ᄒᆞ야 尊敬心이 잇고 ᄆᆞ옴이 지성ᄒᆞ야 인싱을 극진히 듕ᄒᆞ게 알고 巨骨豊肉剛力長壽ᄒᆞ미 이 일가 特性이니라. 어미ᄂᆞᆫ 영국 「스곳도란더」의 명문거족의 후예요 아비ᄂᆞᆫ 졍부의 虐政을 버서나려고 고국을 ᄯᅥ나서 미국 植民地로 건너와서 信教自由를 어더 위ᄒᆞ게 ᄒᆞ고 착ᄒᆞᆫ 일만 ᄒᆞ야 아들이 아홉이

잇셧스되 일곱은 시방도 사라잇눈디 다 剛毅훈 薰化를 바다서 成長ᄒ
얏스므로 ᄒ나도 庸才훈 사롬이 업시 다 놉픈 사롬으로 되얏더라. 「의
리옴뭇긴레」씨는 일곱지 아돌인디 相貌擧動精神이 어미와 쏙ᄀᆮ더라.
뭇긴레씨의 아비는 일쳔팔빅칠년(팔십구년 젼)에 나서 나히 팔십오셰
대[때] 도라가시눈디 나히 스물 째 「난시오손」이란 부인ᄒ고 혼인ᄒ고
「고린비오」란 ᄯᅡᆼ에 鑄鐵處로 가서 오래 지니다가 일쳔팔빅스십삼년네
에 「의리옴뭇긴레」씨를 셩ᄒ야 ᄆ옴에 싱각ᄒ기를 이러훈 僻地에 잇서
서는 아둘을 잘 ᄀᆞ릇칠 슈 업스믈 걱졍ᄒ야 「뉴잉란더」ᄯᅡᆼ에 中學校가
잇스므로 「뭇긴레」씨가 두 살 째 부부ㅣ 상의ᄒ야 이 ᄯᅡᆼ으로 올마가서
아둘을 잘 ᄀᆞ릇치고 아비는 「버란더」란 ᄯᅡᆼ에서 큰 집을 지여서 미국 西
部地築家粲을 삼어 잘 지니고 아둘들은 어미를 뫼시고 공부를 부지런
히 ᄒ야 지넛더라. (未完)

1896년 11월 16일

(續)

이러훈디 宗敎上의 일이며 奴隸解散 일이며 婦人의 權利를 누려셔 남
녀동권케 ᄒ는 일들을 운동 쥬션ᄒ니 西部 「리삽」 ᄯᅡᆼ은 왼 빅셩이 中
央議事處로 모와셔 야단을 지는 째ㅣ라. ᄯᅩ 村童野孃들은 高尙훈 교흑
을 바드려고 이를 스니 미국에셔 흔히 豪傑은 이 ᄯᅡᆼ에셔 낫더라. 이째
「버란더」 지방에 일만원 지산을 가진 사롬이 드물고 오쳔원만 지산을
가진 스롬이면 지산가로 尊敬ᄒ얏든 쌘디 「뭇긴레」씨에 어미는 아둘ᄒ
고 갓치 힘을 쓰고 식쥬인을 삼어셔 家計를 보티니 그 「뭇긴레」씨는 그
째 대학교로 드러셔 법뉼학을 공부코져 ᄒ고 어미도 그 심지를 사랑ᄒ
야 닙학케 코져 ᄒ되 學資를 엇는 슈 업셔셔 「의리옴」 (시방 「뭇긴레」
씨) 학교를 쉬는 째는 여러 일을 삼어셔 ᄒ니 간들 「뭇긴레」씨를 교흑

ᄒᆞᄂᆞᆫ 일은 畵餠ᄀᆞᆺ치 되엿더니 다힝으로ᄡ 長姉 「ᄋᆞ니」씨가 와셔 돈을 주엇기로 就學ᄒᆞᄂᆞᆫ 길이 낫더라. 이러ᄒᆞ므로 「의리ᄋᆞᆷ맛긘례」ᄂᆞᆫ 십칠세째 튱[즁]학교를 졸업ᄒᆞ고 「변실와니ᄋᆞ」州 「미더월」읍에 잇ᄂᆞᆫ 대학교로 들고 공부ᄒᆞ다가 신병이 나셔 고향에 도라왓다가 쬟冬에 학교로 도라가셔 공부ᄒᆞ니 듕학교에 잇슬 째나 대학교에셔 學階시험이 잇ᄂᆞᆫ 째마다 다른 학ᄉᆡᆼ보담 優等으로 되얏더라. 이러ᄒᆞᆫ디 남북 미국이 싸홈이 나셔 「의리ᄋᆞᆷ 믓긘례」씨가 학교를 졸업치 못ᄒᆞ게 되야 일쳔팔빅육십일년 유월(삼십오년 젼)에 병졍되야 梧河與州 보병 ᄃᆡ이십삼 련더로 드럿더라. 이ᄯᅢ 나히 십팔이요 中脊中肉頭髮綠黑如流瞳眼帶灰色前額高濶ᄒᆞ야 용ᄒᆞ게 뵈엿더라. 인물이 됴코 ᄯᅩ 지조가 신통ᄒᆞ얏스므로 병졍으로ᄡ 累進ᄒᆞ야 副校로 되야 「ᄋᆞᆫ담」이란 ᄯᅡᆼ에셔ᄂᆞᆫ 全軍遭火災ᄒᆞᄂᆞᆫ 째 군량을 運給ᄒᆞ얏스므로 그 공으로 副官으로 되야 몃칠 지니여 正尉로 되얏다가 여러 공으로 參領으로 되얏더라. 그리ᄒᆞ고 그 軍隊에 잇ᄂᆞᆫ 동안은 美德이 잇셧스므로 다른 ᄉᆞ관들이 극진히 쳔[존]경ᄒᆞ고 나즁에 梧河與州 관찰ᄉᆞ로 推遷되얏ᄂᆞᆫ디 젼 관찰ᄉᆞ가 눔에게 말을 ᄒᆞ야 ᄀᆞᆯᄋᆞ디 「믓긘례씨ᄂᆞᆫ 지략을 가진 ᄉᆞ롬인 줄을 아ᄂᆞᆫ지라. 내가 싱각컨디 戰鬪開始ᄒᆞᄂᆞᆫ 째면 ᄯᅩ 豪勇을 찻ᄂᆞᆫ 일 잇ᄂᆞᆫ 째 「믓긘례」ᄂᆞᆫ 죵용히 自己職分을 직히고 엇더홀 暗夜든지 嚴寒ᄒᆞᆫ 날이든지 騷風卷紗ᄒᆞᆫ 째든지 飛雪罪〃沛喬領盆ᄒᆞᆫ 째라도 그 직분을 직혀 任務를 다ᄒᆞ지 아닌 일 업슬 터히라. 拿破崙이 싸홈을 ᄒᆞᄂᆞᆫ 째 障碍되얏든 「알브스」山 ᄀᆞᆺ흔 거시 업슬 터히니 「믓긘례」가 ᄒᆞᄂᆞᆫ 일을 障碍홀 만흔 일은 업ᄂᆞᆫ지라.」ᄒᆞ얏더라. 이러ᄒᆞᄂᆞᆫ디 그 싸홈이 ᄆᆞᆺ치 나셔 錦衣를 닙어 고향에 도라와셔 법뉼학을 공부ᄒᆞ얏다가 일쳔팔빅육십오년에 민ᄉᆞ지판소 判事로 되야 일년만 節儉ᄒᆞ야 지니다가 ᄉᆞ직ᄒᆞ고 「알바니」란 ᄯᅡᆼ에 잇ᄂᆞᆫ 법뉼학교로 드러 硏究ᄒᆞ야셔 일쳔팔빅육십칠년에 시험을 급뎨ᄒᆞ야 大辨士로 되야셔 「기안돈」이란 ᄯᅡᆼ에셔 그 업을 삼엇더라. 長姉 「ᄋᆞ니」가 수년 젼붓터 이 ᄯᅡᆼ에 잇셔 교육 일을 일삼어 물망이 잇스므로 「믓긘례」씨가 그

業을 삼는 일에도 잘 보와주엇더라. 이러ㅎ야 獨立獨步ㅎ야 잘 지닐
만ᄒᆞᆫ 지산을 모왓다가 政海로 드러셔 나라 일을 ᄒᆞ야볼 마음을 싱겨 民
權을 享有케 ᄒᆞ야 나라 政治를 참예ᄒᆞ게 되얏더라. 그러ᄒᆞ다가 米國統
一論, 奴隷解放論及保護政策 일이 야단쳣슬 때 民政的 마음을 가지고
미국 통일ᄒᆞᆫ 일이며 自由及進步主義로 힘을 쓰고 일쳔팔빅육십칠년에
梧河與州에셔 撰擧權擴張論이 나셔 黑人種(인도국인)에게 被撰擧權
응 주자는 일로 可否를 결말케 되고 일쳔팔빅육십팔년에 대통녕 改撰
째ᄂᆞᆫ 각쳐에 잇ᄂᆞᆫ 議事處나 학교에셔 雄辨으로 연셜ᄒᆞ니 그믈망이 각
쳐에 진동ᄒᆞ얏더라. 이러ᄒᆞᆯ 盤根錯節ᄒᆞᆫ 일을 당ᄒᆞᄂᆞᆫ 時機가 나왓기로
東奔西走ᄒᆞ야 연셜ᄒᆞ니 소쟝도 못당ᄒᆞᆯ 만ᄒᆞᆫ 雄辨으로 ᄒᆞ미 인심을 잘
항복케 ᄒᆞ고 거동은 忝禮親擊ᄒᆞ야도 슌ᄒᆞ므로 反對党이라도 감동ᄒᆞ야
當選ᄒᆞ얏더라.
그리ᄒᆞ고 「기안돈」이란 ᄯᅡᆼ은 미국에셔 유명ᄒᆞᆫ 新聞記者 「쏜 삭스돈」이
란 사ᄅᆞᆷ이 여러 히 國民을 위ᄒᆞ여셔 일을 ᄒᆞ얏기로 물망이 금직히 쟝ᄒᆞ
고 그 ᄋᆞ돌은 은힝도 가지며 큰 부자미 國事로 쓴 돈이 젹지 안터라. 이
사ᄅᆞᆷ에 一女 잇셔 일홈을 「이다」라 ᄒᆞ고 美身明眸性品快濶ᄒᆞ야 지주
가 잇셔셔 벤실와니ᄋᆞ 매지ᄋᆞ ᄯᅡᆼ에 잇ᄂᆞᆫ 「쓰룻그헐」 女學校를 졸업ᄒᆞ
야 가지고 구라프로 遊學ᄒᆞ야 여러 히를 공부ᄒᆞ고 도라와셔 은힝소 일
을 보니 졀믄 사ᄅᆞᆷ들은 그 미인을 구견코져 고 은행소로 츌닙ᄒᆞᄂᆞᆫ 사ᄅᆞᆷ
이 만엇더더라. 佳人嫁于英雄이란 말은 이 부〃 일을 ᄒᆞᄂᆞᆫ 말이리라.
일쳔팔빅칠십일년 일월 이십오일에 혼인을 ᄒᆞ야 잘 지니엿스되 ᄋᆞ돌
이들이 낫스되 두어살 되고 다 죽엇스미 그 부인이 神經病이 나셔 몸
이 쵸취ᄒᆞ야 계우 사ᄅᆞᆷ을 붓잡어 딘기더니 「밋긴례」씨ᄂᆞᆫ 그 病妻를 잘
간병ᄒᆞ고 의로ᄒᆞ야 이십년 ᄉᆞ이를 一日로 ᄀᆞ치 ᄒᆞ고 타쳐로 안나가셔
公務를 보면 곳 도라와셔 病妻혼틱로 가셔 마음을 위로ᄒᆞ얏더라.
일쳔팔빅칠십칠년 십이월에 國會議員이 되얏스디 나히 계우 삼십ᄉᆞ 셰
요 그 째 대통녕이나 국회 議長은 유명ᄒᆞᆫ 老政治家 ᄲᅮᆫ인디 梧河與州

에셔 나온 議員은 나히 절멋스되 容貌가 납파웅에 방불ᄒᆞ야 言動沈靜
ᄒᆞ야 위엄이 ᄌᆞ연히 잇ᄂᆞᆫ디 「몯긴례」씨ᄂᆞᆫ 經濟議事난즉 소쟝도 못당홀
만ᄒᆞᄂᆞᆫ 雄辨으로 연셜ᄒᆞ니 곳 滿堂警視嘆賞치 아닌 사롬이 업셧더라.
일쳔팔빅팔십일년에 豫算委員長으로 되야셔 일쳔팔빅구십년 政選 째
에 쩌러졋스되 翌年에 오하여州 관찰ᄉᆞ로 되얏더라.

1896년 11월 18일

(續)

몯긴례씨ᄂᆞᆫ 國會議院에셔 海關稅 일로 ᄌᆞ쥬 연셜ᄒᆞ디 미국 産業은 희
관셰로 쫏ᄎᆞ셔 盛衰ᄒᆞ다 ᄒᆞ니 좌와 여홈.
自由貿易 통상은 다 올게 아ᄂᆞᆫ 게로되 만약 ᄌᆞ유무역 통상을 實施ᄒᆞ게
드면 미국합등국이 쇠퇴ᄒᆞ기 쉬운 거신지라. 이ᄂᆞᆫ 다만 海岸商賈ᄂᆞᆫ 죠
흐되 젼국 국민의 窮乏ᄒᆞ기 쉐게 되야가ᄂᆞᆫ 거시니 희관셰를 과부ᄒᆞ야
영구에 基礎로 ᄒᆞ고 미국 산업을 隆盛케 홀 법을 내여야 ᄒᆞ겟노라고
「몯긴례」씨가 豫算委員長 째 그리 되얏더라. 일쳔팔빅구십이년(ᄉᆞ년
젼)에 民政黨이 잣차 黨力이 쇠ᄒᆞ여지니 그 당원들이 各州를 연셜ᄒᆞ야
딘것더라.
이리 「몯긴례」씨가 희관셰 일로 극진히 이를 쓰든 일을 알녀면 梧河與
州에 인심과 형셰를 ᄌᆞ셰이 아러야 ᄒᆞᄂᆞᆫ지라. 「몯긴례」씨가 사ᄂᆞᆫ 쌍은
製造業者가 금직히 만흔 쌍인디 그 首邑 「그립란더」ᄂᆞᆫ 몯긴례씨가 일
쳔팔빅칠십육년에 처음 國會議員이 되얏슬 쩌ᄂᆞᆫ 인구가 불과 십만 명
이더니 시방은 삼십이만오쳔 명되얏ᄂᆞᆫ디 이리 번셩되얏든 근본은 鐵鋼
製造業者가 만어지고 ᄯᅩ 거긔 쌍은 능금 밧과 牧場이 만어지든 쌍인디
이ᄂᆞᆫ 그 빅셩들이 蔬菜, 家禽, 豚, 鷄, 林檎이며 기타 곡식을 쟝 가셔
푸니 需用者가 만엇슬 분 아니라 구라프로 輸出ᄒᆞ게 되얏스므로 그리

發達ᄒᆞ얏든 거시니라. 이는 「못긴례」씨 덕으로 이리 되얏든 거시 아니요 시방 미국 三大政治家 듕에셔 무명은 梧河與州에셔 나니 ᄒᆞ나는 「쎄므스 짜휠더」씨요 ᄒᆞ나는 「의리엄 못긴례」씨요 다른 ᄒᆞ나는 「면」州 「쎄므스 쓰렌」이란 사롬인지라. 이 세씨 듕에 「못긴례」씨는 말이 簡約直截홈과 음셩이 高明 〃烈홈과 容貌端麗魁偉홈과 ᄒᆞᆫ 말을 ᄒᆞ야 눔을 心服케 홈이 겸견ᄒᆞ야 「쎄므스 짜휠더」씨쳐럼 학식이 업고 「쎄므스 쓰렌」씨쳐럼 마음이 크지 아니ᄒᆞ되 잘 스롬을 心服케 ᄒᆞ니 아모나 당ᄒᆞ지 못ᄒᆞᆫ 비라.

못긴례씨는 梧河與州 관찰스로 쳔져되얏든 일이 두 번인디 두 번치[쌔] 쌔는 쳔거 票文이 팔만구쳔일빅구십오 張잇다더라. 反對黨 사롬들도 「못긴례」씨는 非凡ᄒᆞᆫ 사롬이[인] 쥴 알고 ᄯᅩ 관찰스되얏슬 쌔는 州內 公盆ᄒᆞᆫ 일은 크게 잘 보고 租稅論, 自治制度論, 道路問題, 救濟力役者事, 雇主被雇者間之紛業 등 일을 잘 쳐리ᄒᆞ야 무스히 다스리고 「헛망 무시런」 두 쌍에 봉긔ᄒᆞ얏든 鑛夫罷工同盟 일을 진졍ᄒᆞ야 유명ᄒᆞ든 관찰스더라. 그리ᄒᆞ고 顔容은 위엄이 잇셔도 不猛ᄒᆞ고 사롬을 맛나셔 恭謙ᄒᆞ고 즈긔가 부리는 奴婢를 디ᄒᆞ거나 눕픈 관원을 디ᄒᆞ여도 溫情이 츈풍ᄀᆞᆺ고 츠자와 쥬든 사롬이면 문 밧ᄭᆞ지 迎送ᄒᆞ야 디졉ᄒᆞ고 본릐 셩품이 寡言ᄒᆞᆫ 사롬이로되 님시ᄒᆞ다가는 能辨이 여류ᄀᆞᆺ고 室內에는 영웅호궐[걸]의 眞像을 거러두고 古士가 ᄒᆞ든 일을 싱각만ᄒᆞ야 잇더라. 그리ᄒᆞ고 금회 改選 쌔에 쳔거되야셔 북미합듕국 대통녕에 올낫더라. (完)

1896년 11월 22일 (1회)

전나도에 흔 사롬이 잇쓰되 셩은 니요 명은 제운이라. 가셰가 요부ᄒ고 사롬이 우여ᄒ야 또 인물이 남중일식이라. 부모와 쳐자가 다 잇셔 일향 사롬더리 팔자가 좋다고 일카르더라. 나히 니십에 지나지 아니ᄒ야 공부ᄒ기를 힘쓰더니 일일은 셔울셔 티평과를 뵈인다난 관문이 돌거날 팔도션비더리 구룸갓치 모이난디 이 사롬이 과거를 보고져 십푼 마암이 잇거날 그 부모계 과거보라 가기를 고ᄒ니 그 부모가 말유치 아니ᄒ고 허락ᄒ거날 노자를 만니 가지고 길을 쩌나셔 갈 시 잇쩌난 춘삼월이라 춘화일난ᄒ고 길 가기도 참 조혼고로 도로에 과유가 만어셔 길이 머여 가거날 죽장망혜로 의복을 션명이 입고 괴나리 봇짐을 지고 여러 날 오는 자연 동힝이 만어셔 슈십명이 오난지라. 흔 쥬막에 다다르니 그 쥬막 뒤흐로 강이 흘너가거날 그 션비더리 그 쥬막에셔 졈심 요긔를 ᄒ난디 이 사롬은 요긔도 아니ᄒ고 강물 귀경코져 ᄒ야 독힝ᄒ야 강변에 올너갓다 너려왓다 ᄒ더니 그 쥬막 동니가 여염이 만흔디 그 강변에 큰 집 ᄒ나히 난난디 그 문안으로셔 웃더흔 쳐녀 ᄒ나히 은신ᄒ야 니다 보거날 그 사롬이 자셔이 본즉 그 쳐녀가 인물이 쳔하일식이라 심신이 활홀ᄒ야 방황ᄒ며 그 쳐녀을 유의ᄒ야 보니 그 쳐녀가 드러가는 거시 아

니라 쏘흔 눈이 맛거날 이 사룸이 차마 길을 써나지 못ㅎ고 그 쳐녀 볼
계칙을 싱각ㅎ더니 그 동힝 션비덜이 이 사룸을 찻거날 이 사룸이 부득
이ㅎ야 그 동힝에게 간즉 그 동힝더리 가기을 지쵹ㅎ거날 이 사룸이 그
즛 편치 안타고 핑계ㅎ고 쥬막방의 눕거날 그 동힝덜은 남에 마음은 모
로고 혼즈 두기 어렵다 ㅎ야 여러 동힝덜이 다 유슉ㅎ랴 ㅎ거날 이 스
람이 갈ㅇ디 나난 병이 급히 나셔 이 쥬막의 유슉ㅎ거니와 그디들은 과
일이 불원ㅎ엿난디 엇지 나를 위ㅎ야 갓치 유슉ㅎ리요 아즉 일셰가 져
무지 아니ㅎ엿스니 더 가면 나난 여긔셔 즈고 명일에 다시 맛날 거시니
먼져 가라 혼디 그 션비덜이 그러할 듯 ㅎ야 다 가거날 이 사룸이 다시
이러나 그 쳐녀 나와 셧던 문 압호로 간즉 그 쳐녀가 간 곳 업거날 이
사룸이 밋칠 듯 시버 쥬져ㅎ다가 날이 져무러 밤이 되셔 만단싱각ㅎ여
도 그 쳐녀 만날 긔약이 업난지라 죽기을 두려이 아니 넉이고 원쟝ㅎ야
드러가기을 싱각ㅎ고 인젹이 고요ㅎ기을 기드려 잇다가 밤이 깁거날
가만이 이러나 그 문압으로 다시 가셔 쟝원이 야진 곳을 엿보아 넘어
드러가니 그 집이 심히 큰지라 어더을 향할지 몰나셔 즈최업시 두루 다
니며 본즉 방방이 불 쓰고 즈거날 그 쳐녀가 어너 방의셔 즈는지 아지
못ㅎ야 심히 답답ㅎ더니 그 집 뒤흐로 도라간즉 방 ㅎ나히 잇는디 쵹불
이 희미ㅎ고 인젹이 젹죠ㅎ거날 즈최업시 가셔 문틈으로 엿보니 그 쳐
녀가 홀노 잇셔 이불을 의지ㅎ야 누엇거눌 이 사룸이 문을 가만이 열고
드러가니 그 쳐녀가 이러 안지며 외면ㅎ야 굴ㅇ디 엇더흔 사룸인지 모
로거니와 이 심야에 엇지ㅎ야 남에 집에을 월쟝ㅎ야 드러왓느냐 뵈온
즉 도젹도 아니거날 여아가 홀노 잇난디 무슨 스고로 이더지 무례ㅎ게
드러오셧소 ㅎ니 이 사룸이 갈ㅇ디 나난 아모 디 스난 아모기일너니 금
번의 과거길노 가다가 이 곳에 와셔 경치가 좃키의 구경코즈 ㅎ야 강변
에 와셔 비회ㅎ더니 그디가 이 문압혜 나와셔 규시ㅎ거날 남즈라 ㅎ난
거시 탐화봉졉 곳타야 엇지 그 모양을 보고 그져 잇스리요 죽기을 두
려이 아니 넉이고 십젼구도ㅎ야 드러왓슨즉 나에 싱사난 그디 손에 달

연난지라 그디 마음디로 쳐분ᄒ라 ᄒ니 그 쳐녀가 묵묵무언ᄒ다가 다시 이러나 밧그로 나가 고요호 동성을 보고 드러와 안거날 그 사롬이 욕심을 이긔지 못ᄒ야 불문곡직ᄒ고 달녀들거날 그 쳐녀가 이긔지 못ᄒ야 운우지락을 미쳣난지라. 이러이 놀다가 금계가 신벽을 보ᄒ거놀 이 사롬이 불가불 나오려 홀 시 다시 만날 긔약이 업난지라. 손을 잡고 이별할 시 그 쳐녀가 굴ᄋ디 셔방님 이번 과거의 가시면 과거난 경녕 참방할 거시니 잇지 마시고 도라가시난 일에 츠지시면 조히 만나 뵈올 거시니 부디 밋스오며 ᄯᅩ 나에 일신이 지금 와셔는 셔방님 몸에 미엿스니 부디 잇지 마시옵소셔 ᄒᆫ디 이 사롬이 갈ᄋ디 잇기야 엇지 이지리오마난 이번 과거에 경녕 참방ᄒ다난 말은 가히 밋지 못할 닐이라 ᄒ니 그 쳐녀가 갈ᄋ디 경녕 참방ᄒ실 닐이 잇난고로 말ᄉᆷᄒ난 거시어늘 엇지 그러치 아니ᄒ면 경녕이 질언을 ᄒ오리잇가 ᄒ니 이 사롬이 과연 그 말과 ᄀᆺ틀진딘 더욱 그디을 이즈리오

1896년 11월 26일 (2회)

처녀 갈아디 쳐자가 무슨 일을 아난 톄ᄒ올잇가마는 니 과연 증험ᄒ난 일이 잇기의 말ᄉᆷᄒ난 거시니 부디 허슈이 듯지 마시고 오실 길에 차지시기 천만 바라노라 ᄒ거날 이 사롬이 갈아디 조곰도 염녀말고 도라오기를 기다리라 ᄒ고 셔로 손을 붓잡고 작별ᄒ고 나오니 거의 동방이 발건난지라. 도라와 쥬막에 잇셔셔 날이 발근 후에 길을 ᄯᅥ나 그 동힝ᄒ던 션비를 차자가니 그 션비더리 과연 기다리거날 그 션비들과 갓치 여러 날 동힝ᄒ야 입셩ᄒ니 과일이 슈일 격ᄒ얏더라. 슈일 지난 후 과일을 당ᄒ야 장중에 드러가니 팔도 션비더리 구롬갓치 모이엿거날 필묵을 가졋다가 글졔 나기를 기다려 안졋더니 안식ᄒ야 글졔 나거날 일필휘지ᄒ여 션장ᄒ니 과연 장원급졔에 ᄲᅡ이엿난지라. 이 사롬이 여러 디

시골 싱원에 자손으로 장원급계를 ㅎ니 웃지 질겁지 아니리오 시골집
으로 방을 보닉고 자긔난 셔울셔 삼일 유과ㅎ고 시골집으로 도문할야
고 은안준총에 광더 한쌍을 셰우고 셩밧것 나시니 쎄가 춘삼월이라 도
로에 지나는 사롭이 뉘 아니 구경하리오 이 사롬이 질거움을 이긔지
못ㅎ야 그 쳐녀 잇난 동닉를 지나면셔 인ㅎ야 이져바리고 그 쳐녀을 찻
자 보지 아니ㅎ고 그져 지나가셔 자긔에 집에 도문ㅎ니 그 졔족과 일향
친구를 다 모이여 잔치를 비셜ㅎ고 여러 날 풍악을 갓초와 질기니 그
부모가 잇셔 영화극진ㅎ더라. 이 스람이 여러 날 지난 후 셔울노 올너
와셔 다시 구ᄉ ㅎ미 여러 지상의 집을 단니거날 무슨 벼살을 할야ㅎ즉
자연 되지 아니ㅎ고 이러이 여러 히 된즉 겨우 경언을 ㅎ얏난지라. 차
차 부모도 도라가고 운슈비식ㅎ야 쳐자 노비 다 죽어 하낫토 남지 아니
ㅎ고 니졍언 일신만 남엇거날 니졍언이 자연 신셰 고단ㅎ야 셔울노 다
시 와셔 그젼에 단이든 지상에 집이나 친구에 집이나 두루 단이며 으더
머으니 차마 불상ㅎ야 보지 못홀너라. 그 쎄 니졍언이 신셰가긍ㅎ미 젼
일 지닉던 일을 모다 싱각ㅎ즉 후회되지 아니ㅎ 일이 읍난지라. 그 여
러 가지 후회되난 중에도 별노이 원통ㅎ고 후회나난 일이 자긔 과거 보
라 올 쎄에 그 쳐녀에 하던 말을 비반ㅎ고 다시 만나 보지 못ㅎ 거셜
극히 후회ㅎ나 다시 어듸 가셔 보리오. 그 쎄 그 쳐녀가 그 스함[람]을
작별ㅎ고 그 후로난 과일을 기다려 소식잇기을 기다리더니 과일이 지
나간지 여러날 되도록 다시 아모 소식이 읍거날 이 쳐녀가 마암에 헤오
디 그 사롬이 과거난 분명이 하얏슬 터이오 쏘 상약이 지즁ㅎ더 웃지
이러홀 이치가 잇스리오. 필경은 과거 보고 어듸 몸이 편치 못ㅎ야 아
즉 날려오지 아니ㅎ나 보다 ㅎ고 문젼에 나셔 심히 기다리나 인ㅎ야 소
식이 읍난지라. 여러 달 지닉미 이 쳐녀 일노셔쎄 근심ㅎ야 형요[용]이
더 피리ㅎ엿난지라. 이 쎄 이 쳐녀가 나이 십칠셰라. 그 부모가 각쳐에
통혼ㅎ거날 이 쳐녀가 홀노 싱각ㅎ되 닉가 아모리 하방에 변변치난 못
ㅎ 스래[람]이나 네의 졀기야 으듸 가며 쏘 닉 그 스롬과 일야동풍ㅎ야

금셕갓치 구든 언약을 웃지 져바리고 다른 곳으로 시집을 가며 웃지 그 스룸을 잇즈리오 싱각건디 그 사룸도 목셕이 아니여던 웃지 날을 잇즈리오. 니가 부모에 명을 거역홀지라도 시집가지 아니ᄒ고 멋날 멋달이 될지라도 이 사룸을 기다려셔 빅년히로 ᄒ곗다 ᄒ고 일일은 그 모친게 고ᄒ야 갈아디 이런 말슴 고ᄒ난 거시 여아에 도리난 아니나 부모게 고ᄒ나니 근일 드르니 져의 혼인을 지니랴 ᄒ시고 널니 혼쳐를 구혼다 ᄒ오나 아즉은 밧부지 아니ᄒ오니 그만 두고 계시면 자연 아실 도리가 일 슬 거시오니 구혼ᄒ난 거셜 그만 두소셔 ᄒ디 그 부모가 갈아디 규중에 잇난 여아 웃지 혼인일을 간셥ᄒ며 ᄯ 무슨 연고가 잇관디 자연 알이라 ᄒ니 무슨 연고인지 자셔이 말ᄒ야라 ᄒ니 그 쳐녀가 갈아디 별노이 할 말슴은 읍시나 종차나 아실 거시니 그리 아시옵소셔 ᄒ니 그 부모가 고 이 여긔여 알고자 ᄒ나 아모려나 ᄒ고 그 여아에 눈치만 보고 기다리더라. 이 쳐녀가 쥬야로 기다린들 무슨 소식이 잇스리오. 이 쳐녀가 기다리다가 자진ᄒ야 죽고자 ᄒ야 음식을 젼폐ᄒ거날 그 부모가 이 여아에 모양을 보고 갈아디 니가 다른 자식이 읍고는 계야 너를 두어 노리에 자미를 보고자 ᄒ얏더니 네가 무슨 연고로 음식도 먹지 아니ᄒ고 죽으랴 ᄒ니 어인 일이냐. 부모자식 스이에 무슨 말을 못ᄒ리오. 네 자셔이 말ᄒ여라 ᄒ니 그 여아가 차마 이런 말을 하지 못ᄒ야 속여 고ᄒ여 갈아디 다른 연고난 읍시나 몸이 편치 못ᄒ야 그러ᄒ오이다 ᄒ고 (미완)

1896년 11월 30일 (3회)

슈식이 만면ᄒ거날 일노쎠 날마다 근심ᄒ더라. 잇쩌 이 여아가 만단으로 싱각ᄒ야도 웃지할 슈 읍난지라. 사라 잇쓰면 부모가 응당 연분을 졍ᄒ야 시집을 보니랴 할 터이니 싀집을 가지 아니ᄒ면 남에 자식이 되야셔 부모에게 근심을 찌칠 쑨 아니라 여자의 도리도 남에 시비가 잇쓸 거시요 죽자ᄒ니 당치 못ᄒ 일이니 웃지하면 너에 심장을 누가 알어셔 풀어 쥴이요 무슈이 싱각ᄒ다가 너 살아잇다가 싱젼에 이 사람 다시 만나 보리라 ᄒ고 그 후로난 음식도 잘 먹고 몸도 버리지 아니ᄒ야 날마다 몸을 악그니 그 요조ᄒ 틱도랄 뉘 아니 층찬ᄒ리오 이후로 그 부모가 혼인을 널니 구ᄒ야 지니라 ᄒ더니 맛참 셔울셔 부자 즁인 ᄒ나이 그 쳐녀가 잘 자란다난 소문을 듯고셔 통혼ᄒ얏거날 그 부모가 허락ᄒ야 혼인을 지니더라. 이 ᄯᅥ 니졍언니 동셔기걸ᄒ야 남북촌으로 단이면셔 사랑긱이 되얏녀니 일일은 니졍언이 남촌으로셔 북촌으로 가더니 홀련이 셔풍이 불면셔 디우가 오거날 비를 피코자 ᄒ야 아모집이나 디 문간에 드러셧더니 즁문간으로셔 늘근 마누라 하나이 의복도 잘 입고 외양도 즘자는지라. 이윽히 셔셔 보다 안으로 드러가 그 죵 계집을 불너셔 말ᄒ되 져 문간에 셔셔 폐우ᄒ난 사람을 져 사랑으로 드러가라 하야라 ᄒ니 그 죵 계집이 나와셔 말ᄒ되 문간에셔 폐우마시고 져 사랑으로 드러가소셔 ᄒ니 니졍언니 불고염치ᄒ고 그 사랑을 차져셔 드러간즉 웃더ᄒ 사람 ᄒ나히 잇난디 나힌즉 오십여셰즘 되야 보이고 의복인즉 쥬의 거스로 입엇고 금옥탕창이 분명ᄒ고 문방계구가 하낫토 츄ᄒ게 읍난지라. 니졍언니 드러가 안즈며 인사ᄒ기를 쳥ᄒ니 그 사롭이 쥬인이로라 ᄒ거날 니졍언니 자긔에 승명을 가룻쳐 쥬고 폐우ᄒ야 드러온 말을 ᄒ니 그 쥬인이 그러이 듯더라. 안식ᄒ야 그 죵 계집이 안문을 열더니 그 뒤으로 웃더ᄒ 부인 ᄒ나히 나히 오십여셰즘 되야 보이난디 드러오거날 그 쥬인이 이 거동을 보고 급피 말ᄒ디 웃지 드러오시오 ᄒ디 그 부인니 갈아디 나도 손님 계신 쥴 모록 드러오난 거시 아니라 손임 뵈오랴고 드러왓나이다 ᄒ니 니졍언이 어인 일인지 아지 못ᄒ야 이러나셔 폐코져 ᄒ니 그 부인이 말ᄒ디 져 손님은 폐치 말고 거긔 안져셔 니 말을 드러보시어 ᄒ더니 안식ᄒ야 안으로셔 상이 들거날 본즉 쥬안을 차리여 융슝이 나왓거날 그 쥬인이 어인 연고인지 아지 못ᄒ야 가마니 안져셔 동졍만 보거날 부인이 말하디 닉가 평싱 소회를 오날이야

풀 거시니 쥬인디감ᄒ고 져 손임ᄒ고 두 분이 자세 드르시오 져 손님은 날을 좀 보시오 모로겟소 ᄒ즉 니졍언이 그 부인을 보아도 과연 보지 못ᄒ던 스롬이라. 모로노라 ᄒ니 그 부인이 아모히 아모달 아모날에 아모짜에셔 과거길에 계집 아히 만나던 일 싱각ᄒ깃소 ᄒ니 니졍언이 묵묵무언이어날 그 부인이 그계야 그 쥬인디감더러 쳐녀젹에 져 사람 만나 일이일이ᄒ 말을 다 ᄒ며 갈아더 너가 굿쩌에 꿈 ᄒ나흘 으드니 쳥용 황용이 하날노셔 날여와셔 니 품에 셔리엿다가 하날노 올너가거날 치마 압히 알 셰시 노이엿거날 놀너 ᄶᆡ니 몽스 분명ᄒ지라. 마암에 질기나 향인셜화 못ᄒ고 잇더니 져 손님이 이리이리ᄒ기의 너 일신을 그 사롬에계 부락고져 ᄒ얏더니 그 후로 다시 아모소식도 읍거날 너가 죽으랴 ᄒ다가 다시 싱각ᄒ니 스롬으로 셰상에 나셔 명식읍시 죽으리오. 장니나 보차ᄒ고 스라셔 져 쥬인디감에계로 시집을 와셔 자식 삼형졔을 두어셔 삼형졔 다 과거하야 모다 금옥을 붓쳐 쓰니 그 자식이 져 디감 자식이 아니라 그디가 날을 잇지 아니ᄒ고 언약과 갓터엿더면 그디에 자식일거슬 읏지 원통치 아니리오. 자근 스랑에 그 아달 삼형졔을 다 불너 뵈거날 본즉 참 범상ᄒ 스롬더리 아닐너라. 이부인 갈아더 니 평싱 소원이 다시 한번 만나면 이 말이나 다시 ᄒ고 죽자 ᄒ얏더니 이계 난 죽어도 한이 읍도다 ᄒ니 그 방중에 그 남편되난 디감과 그 아달 되난 스롬더리 이 말을 듯고 묵묵ᄒ니 니졍언은 분함과 그 붓그러움을 이긔지 못ᄒ야 가기를 쳥ᄒ니 부인이 슐을 부어들고 슈삼비 권ᄒ야 먹이고 작별ᄒ고 니당으로 드러가니 니졍언이 이후로난 자연 심스 불평ᄒ야 아모리 후회ᄒ들 읏지ᄒ리요. 그러홈으로 스람이라 ᄒ난 거시 아즉 조흔 일만 싱각ᄒ고 은혜를 져바리면 길ᄒ 법이 읍난니라. 니졍언 그 쩌에 그 쳐녀를 보지 아니ᄒ얏더면 읏지 과거ᄒ얏쓰며 그 쳐녀를 다시 차자쓰면 읏지 이 지경에 이르럿쓰리오 심이 원통ᄒ고 후회되더라.

1896년 11월 30일 (1회)

평안도 강계군의 두성과 니성이라 ㅎ는 사롬 둘이 잇스되 셔울노 올느
와셔 두류ㅎ여 구스를 ㅎ랴할 시 두성은 직물이 만코 니성은 형셰 극빈
ㅎ지라. 니성이 졀친한 기성 ㅎ느이 잇스미 니성이 간혹 무료할 써면
두성을 다리고 한가지로 그 기성의 집의럴 가셔 종종 놀더니 그 기성
그 니성에 형셰가 빈흔한 쥴 아느 그러ㅎ느 셔로 졍이 깁피 들엇는지라.
빅년가약을 셔로 작졍하엿스느 속신할 밋쳔이 읍셔셔 한탄ㅎ더니 ㅎ로
는 그 기성이 쥬인더러 일너 굴아디 니 맛당이 직물을 듸러셔 속신을
ㅎ겟노라 ㅎ니 쥬인이 무러 굴아디 누구와 결년ㅎ엿느냐 흔디 그 기성
이 니성과 빅년결약 ㅎ엿노라 ㅎ니 그 쥬인이 일장비소ㅎ고 굴아디 니
성이란 사롬이 무슨 돈을 가지고 속신을 하겟느냐 ㅎ며 만닐 니성이 속
신ㅎ여 굴 지경이면 니 맛당이 그 가본을 반은 감ㅎ여 쥬겟다 ㅎ니 그
기성이 쥬인의 이 허말을 듯고 크게 깃버셔 니성더러 일너 굴아디 쥬인
이 그디의 가는흔 거셜 읍슈이 녀겨셔 나의 속신할 돈을 반은 감하여
쥰다 ㅎ니 쳥쿠[퀴]디 돈 몃 냥을 구쳐ㅎ여셔 나를 속신하야셔 갓치 가
셔 평성을 살즈 ㅎ니 니성이 마음은 비록 반가우느 슈즁의 쳑푼이 읍는
지라. 두성에게 간걸ㅎ여 굴아디 니가 아모 기성과 셔로 친밀함은 형도

임의 아는 바이라 이졔 슈십원만 가졋시면 그 기싱을 속신ᄒ여셔 갓치 가겟노라 ᄒ니 두싱이 곳 허락ᄒ여 쥬는지라. 맛참ᄂ 그 기싱을 속신ᄒ 여셔 곳 치장ᄒ야 ᄯ려ᄂ랴 할 시 그 기싱의 친구들이 셔로 작별함을 창 연이 여겨셔 셔로 더부러 젼별 잔치를 비셜ᄒ고 각각 퓌물노 졍표를 ᄒ 며 은냥으로 노비를 쥬는지라. 니싱이야 웃지 그 이허롤 알니요 미양 노비 읍슴을 근심ᄒ며 ᄯ 일변 싱각ᄒ즉 그 기싱을 집으로 다리고 가면 누 잇슬 닐을 근심하더니 그 기싱이 ᄀ라더 그디는 근심치 말ᄂ 노비는 너가 판비할 거시오 ᄂ의 일싱 의식과 다른 걱졍은 염녀ᄒ지 말ᄂ ᄒ고 듸듸여 ᄇᆡ를 타고 ᄯ러ᄂ셔 평양 디동강의 ᄇᆡ를 ᄃᆡ이미 물식과 경기가 기 싱의 긱회를 도도는지라. 그 기싱이 소리를 ᄂ작이 ᄒ야 혹[혹] 노리도 ᄒ며 혹 글귀도 읍조리더니 그 겻희 ᄒ 부상 ᄃᆡ고의 ᄇᆡ가 ᄃᆡ이엿스니 그 ᄇᆡ 쥬인으 오씨라 ᄒ는 자이라. 맛참 오씨가 노리 소리를 듯고 곳 니 싱을 쳥ᄒ여 탐졍한더 (未完)

1896년 12월 2일 (2회)

(承前)

니싱이 이예 조곰도 은릭함이 읍시 실상으로써 디답ᄒ니 오씨 ᄀ라디 그디의 ᄉᆡ셰를 싱각ᄒ던디 부모시[슬]ᄒ의 형셰가 간ᄂ혼 즁 그런 계집 을 다리고 가면 집안의 걱졍이 될 거시오 몸의 누가 될 거시니 니 말디 로 괴쳔냥을 밧고 너게 그 기싱을 팔면 셔로 조홀 닐이니 엇더ᄒ냐 ᄒ 즉 니싱이 마암의 돈 마니 쥰다는 말를 욕심ᄒᄂ ᄯ 일변으로 그 기싱 과 졍이 잇심으로 참아 웃지ᄒ지 못ᄒ야 근심으로 일을 숨거날 그 기싱 이 니싱의 근심ᄒ는 눈치를 짐작ᄒ고 그 연고랄 무른디 니싱이 드듸여 오씨의 ᄒ던 말을 동긔ᄒ니 그 기싱이 ᄀ라디 그디는 근심치 말ᄂ 니 그디의 근심을 푸러셔 시원ᄒ게 ᄒ리라 ᄒ고 아예 오씨의 ᄇᆡ로 가셔 오씨를 더흐야 쑤지져 굴아더 네가 여간 형세를 밋고셔 남을 쐬이는 죄 가통이라 흐고 쏘 니싱을 더흐야 굴아더 셰상의 그더갓치 몰인졍흔 사 룸이 어더 잇스리요 돈 멧쳔냥으로 흐야 인졍의 리랄 모르니 웃지 원통 치 안니흐리요 니가 잠간 눈이 어두어셔 그더와 졍든 닐이 분흐도다 흐 며 일장탄식흐고 이예 그 힝장의 감초아 가지고 오던 지물을 닉여셔 모 단 사룸을 뵈이니 금은경보가 누만금엇치가 되는지라. 니싱을 가리치며 말흐되 이거시 져 오씨의 멧쳔냥 쥬마흐는 지물과 엇더흐뇨 흐고 몬져 그 은금등속을 믈 가온더 던지고 기싱이 몸을 강즁의 더져셔 죽으니 니 싱과 오씨 두 사룸이 무연이 아모 말도 못흐고 가더니 니싱은 졔 집을 다 못가셔 즁노의셔 분울한 병으로 죽고 오씨는 공연흔 돈 긔쳔냥만 허 비흐엿더라. 그 후의 두싱이 비를 타고 평양 더동강의 다다러셔 자더니 그 니싱과 친흐던 기싱이 꿈의 와셔 두싱더러 일너 굴아더 쳡이 니싱과 더부러 빅년결약 하랴할 시 그더가 쳡의 몸을 속냥흐여 쥬신 은혜가 빅 골는망이요 니싱이 즁도의셔 오씨의 말노써 박졍흔 닐이 원통흐여 지 물과 쳡의 몸이 이 강 가온더 빠졋스니 쳥컨더 박는 날 아모더로 오면 믈이 깁지 아니할 거시니 그 지물을 건져 가라 흐거날 두싱이 그 몽조 를 징험흐야 그 잇튼날 과연 슈즁의셔 괴 흐느를 건져셔 본즉 수만금이 되는지라. 두싱이 이에 졔문을 지어셔 졔 지니여 쥴 시 그 축스가 졍히 쳐연흐더라더라.

1896년 12월 4일 (1회)

전일에 활양이 셩풍ᄒ야 쥬스청누와 각셔예 노리ᄒᄂ난 거시 모다 활양
에 판니라. 이 ᄯᅢ 츈간이 되야셔 일긔 온화ᄒ고 각쳐에 경치 좃코 좃커
날 이곳 져곳 단니면셔 활공부ᄒ더니 일일은 남촌스난 길황양 ᄒ나이
잇셔셔 여러 활양덜과 더부러 어느 곳에 가셔 활공부ᄒ다가 셕양 셜노
에 다 각각 집으로 도라올 시 김활양이 활을 메고 남촌으로 올 ᄯᅢ에 이
골목 져 목[골목] 오다가 어너 골목에 다다르니 어인 가마 ᄒ나이 어느
골목에셔 나와셔 가난디 가마도 조코 그 가마 뒤에 ᄯᅡ라오난 종 계집
아희가 나히 열육칠셰즘 되고 옷션 모다 ᄒ ᅵᆫ 거스로 ᄒ야셔 조촐ᄒ계 입
고 가마치를 붓잡고 다라가난디 그 자두지족과 ᄒ난 틱도가 참 쳐음 보
난 비라 김활양이 혼자말노 ᄯᅡ라가난 종도 져다지 으엽부거든 그 가마
안에 잇난 스롬이야 노소난 모로거니와 오작 으엽부리오 어너 골목 어
너집으로 가난지 닌 ᄯᅡ라가 보리라 ᄒ고 멀지막이 뒤을 좃차 ᄯᅡ라갈 시
이 교군니 이리져리 북촌으로 가셔 어느 집으로 드러가난디 그 집인즉
비록 허슐ᄒ나 본디난 큰집이더라. 그 ᄯᅢ가 아즉 어둡지 아니ᄒ고 희가
좀 잇거날 김활양이 그 근쳐에 두루 단이면 그 동졍을 보면셔 어둡기를
기다이니 그 집이 그 가마 드러간 후에 다시 아모도 닌황[왕]ᄒ난 사롬

도 웁고 문젼이 소실ᄒᆞ니 너렴에 헤아리되 이 집이 외무 쥬쟝훈가 웃ᄒᆞ야 집 밧그로 니왕ᄒᆞ난 스롬도 웁고 안으로 아모 소식이 웁난고 ᄒᆞ며 그 동졍을 단단니 보난지라. 김활[김활양]이 본디 긔훈이 조코 마암이 호협ᄒᆞ야 셰상에 별노이 겁나난 모양이 웁난 스롬이라 혼자말노 사나가 셰상에 나셔 무론 모스ᄒᆞ고 ᄒᆞ고십푼 일을 다 ᄒᆞ고자 ᄒᆞ거날 이만 변변치 아니훈 일을 니 웃지 그만 두고 갈이요 ᄒᆞ며 동졍을 보다가 날이 져무러 어둡거날 악가 드러가던 그 종 계집 아희가 안으로셔 나와셔 문을 닷고 드러가난지라. 김활양이 곳 그 계집 아희를 ᄯᆞ라 드러가고 십푸나 그 속을 모로난고로 밤 들기를 기다려 잇다가 밤이 오리거날 드러갈 곳을 차자 본즉 담이 다 놉고 드러가기가 어려오나 김활양인즉 본디 여력잇고 날닌지라 몸을 소소 담으 너머 드러가셔 두루 단니며 본즉 방이 다 어둡고 방 ᄒᆞ나이 불을 혀 잇거날 자초을 가마니 ᄒᆞ야 근쳐에 가셔 동졍을 보니 아모 인셩은 웁고 불만 발근지라 그 문젼으로 갓가이 드러가셔 문틈으로 엿본즉 방안에 다른 사나의나 하낫토 웁고 다만 여인 늘근니가 잇셔셔 엇더훈 졀문 여인에 무룹을 버이고 이를 잡피거날 그 졀문 여인인즉 소복을 입고 촉하에 안잣난디 인물이 일식이요 나히 이십즘 되야 뵈이난지라. ᄯᅩ 그 겻희 그 계집아희가 안잣거날 다 모양을 보니 화려훈 빗손 웁고 다만 슈심만 그득하야 뵈이니 어인 일인지 짐작지 못ᄒᆞ야 을리 쥬겨ᄒᆞ더니 그 노인이 이러 안즈며 길이 흐흡 짓고 그 졀문 여인다려 일너 갈아디 밤이 오리쓰니 가셔 자라 ᄒᆞ니 그 졀문 연인이 그 다른 방으로 나가난디 그 계집 아희도 ᄯᆞ라가거날 이 스롬이 ᄯᅩ 뒤흘 좃차 그 방문 젼에 가셔 문궁그로 드려다 보니 그 졀문 여인니 조흔 금침을 펴고 촉을 도도고 우금침에 안졋거날 그 모양이 참 장부에 마암을 도도난지라. 이 스롬이 곳 드러가 슈작을 ᄒᆞ고 습푸나 그 계집 아희가 잇난고로 그리홀 슈가 웁셔셔 급한 마암을 억졔ᄒᆞ고 동졍만 부더니 그 졀문 여인이 그 계집아희다려 담비를 푸여 오라 ᄒᆞ니 그 계집 아희가 담비 훈디를 푸여드린즉 그 졀문 여인이 디을 바다 입에 물고 안셕에 기더여 안즈며 한숨짓난지라. 그 담비를 한더를 다 피우고 그 계집 아히다려 일너 갈아더 오날밤이 을마나 되얏나냐 ㅎ니 그 계집아 히가 더답ㅎ야 갈아더 밤이 미우 오리엿나이다 ㅎ더 그 여인이 그 아히 다려 갈아더 그러ㅎ면 네 방에 나가셔 자거라 ㅎ니 그 계집 아히가 제 방으로 나가거날 이 핼[활]양이 그 졀문 여인이 혼자 자난 거셜 깃거ㅎ 야 그 계집 아히 나가셔 잠들기를 기다려 드러가 볼나라 ㅎ고 좀 밧 겻 히 잇다가 드러갈야 홀 즈음에 어디로셔 무슨 인끠 나거날 놀닉여셔 몸 을 감초와셔 가마니 보니 웃더흔 스나의놈 ㅎ나이 담을 너머 드러와셔 져도 밧계셔 동정을 보다가 아모도 읍난 양을 보고 문을 열고 드러가니 이 스룸이 그 놈 드러간 후 뒤을 짜라 또 가셔 문틈으로 엿본즉 그 졀 문 계집이 이놈 드러 오난 거셜 보다가 반기여 이러나 손을 잡고 잇끄 허 금침우에 가셔 두리 안져셔 희학이 무쌍ㅎ니 김핼[활]양이 이 모양 을 본즉 분긔딩발ㅎ야 니니 두를 보리라 ㅎ고 가마니 안져셔 이윽허 보 니 그 계집과 그 스나의가 촉불을 도도고 애[안]져셔   미완

1896년 12월 8일 (2회)

계집에 아당 피우난 것과 스나희에 어루난 모양이 가이 볼 만ㅎ더라. 김활양이 이 거동을 보고 발분홈을 이긔지 못ㅎ야 활에 살을 메워 문궁 그로 그 사나희 놈을 한번 쏘니 그놈이 바로 이마가 마져셔 즉스하거날 그 계집이 어인 일인지 아지 못ㅎ야 황황ㅎ야 이 송장을 치울 슈가 읍 시니 송장을 이불에 말어셔 잔약흔 계집이 죽을 힘을 다ㅎ야 다락으로 쓸어올니고 흔젹읍시 슈쇄ㅎ고 안져셔 길이 흔숨짓고 안거날 김활양이 말초를 다 보고 담을 너머 자긔에 집으로 도라와셔 잠을 자더니 비몽스 몽에 한 쳥의 소년니 의복도 션명이 입고 인물도 동탕흔 자가 문을 열 고 완연이 드러와셔 엽흐로 안지며 말ㅎ야 갈아더 나난 아모 골목 스난

아모더니 부모가 잇셔셔 공부ᄒ기를 위ᄒ야 문밧 아모 졀노 가셔 동졉을 다리고 공부ᄒ미 자연 제 집에 사름을 자조 보너난지라. 졀간에 와셔 다른 사름이 누가 잇스리오 졀에 즁 ᄒ나이 연소ᄒ고 스람도 근간ᄒ기의 이 즁을 신임ᄒ야 자조 졔 집에 스환ᄒ얏더니 이 즁이 그 사환ᄒ난 스이의 너에 계집을 잠통ᄒ야 단이더니 이 계집과 그 즁이 져의 맘더로 통간ᄒ기를 위ᄒ야 그 즁이 일일은 츈화일난ᄒ미 귀경ᄒ기를 쳥ᄒ거날 공부ᄒ다가 울젹ᄒ 싱각이 잇셔셔 그 즁을 ᄯᅡ라셔 졀 뒤히 층암졀벽이 잇난디 그 우히 안져셔셔 경치를 살피며 노더니 그 즁이 홀지의 미러셔 그 셕벽 알히 나리치니 분골쇄신ᄒ미 그 놈이 나에 신톄를 졀벽스이 인젹부도할 곳에 너어두고 흑으로 무더쓰니 그 뉘가 알이오 그 후에 그 즁이 장발ᄒ야 속인이 되고셔 그 계집과 지금것 잠통ᄒ니 너에 부모난 이 연고난 아지 못ᄒ고 날노 ᄒ야금 순간에 즘셩에 히를 입어셔 다시 종젹도 모론다 ᄒ고 노러에 양위가 자식이 ᄒ낫토 읍고 불측ᄒ 그 며나리를 다리고 계시니 이 원슈를 갈이지 못ᄒ고 지금거지 신톄가 썩도 아니ᄒ고 잇더니 하날이 너에 원통ᄒ을 굽어 살피스 그디로 ᄒ야금 그놈을 죽여 쥬셔셔 천만년 원억을 풀어쥬시니 이 은혜랄 읏지 다 갈이 올잇가 ᄒ고 빅비치스ᄒ고 이러나거날 놀너여 ᄭᅢ다르니 그 ᄭᅮᆷ에 말ᄒ던 일과 그 졀 뒤히 갈아치던 졀벽얼 역역히 긔록하겟난지라. 그 잇튼날 김활양이 그 게집에 집에를 다시 가 보리라 ᄒ고 가셔 본즉 그 랑자 집에 엇더ᄒ 노인 ᄒ나이 잇셔셔 얼골에 슈심을 ᄯᅵ고 안졋거날 김활양이 드러가 인스ᄒ고 갈아디 너 쥬인 노인을 뵈오니 무슨 근심이 잇난지 슈심이 만면ᄒ오니 무슨일이 잇난잇가 흔즉 그 노인니 갈아디 별노이 아모 근심 ᄒ난 거시 읍거니와 어디로셔 오시난 손임인지 모로거지와 읏지ᄒ야 무루시난잇가. 김활양이 갈아디 나난 지나가난 사름이여니와 쥬인에 긔상을 뵈오니 필경이 무슨 연고가 잇난 것 갓튼고로 뭇잡나니 자셔이 말숨ᄒ시면 자연 알아볼 도리가 잇스니 바로 말숨ᄒ소셔 흔디 그 노인니 갈아디 너가 늣계야 자식 ᄒ나흘 두어셔 나히 지금 아모셩인더 셩취ᄒ야 실하에 자미를 보고자 ᄒ얏더니 아모리 귀ᄒ 자식이나 무식ᄒ면 쓸 더 읍난고로 연젼의 아모졀노 공부를 보니엿더니 가운이 불힝ᄒ야 그 자식이 홀연이 간 더 읍시니 이거션 필경이 즘싱에게 상ᄒ 바 되야 신톄도 찻지 못ᄒ고 지금 과거ᄒ난 며나리를 다리고 늘근 니외가 셰월을 보니고 잇스니 이러무로 무산 조흔 일이 잇셔 근심ᄒ난 빗치 읍스리오 ᄒ거날 김활양이 이 말을 듯고 갈아더 니가 그 자졔 죽은 소인과 그 신톄 잇난 곳을 알게스니 쥬인은 이러ᄒ 눈치도 뵈이지 말고셔 ᄒ인 이삼인을 다리고 날과 갓치 가스이다 ᄒ니 그 쥬인이 괴이 여기여 어인 일인지 아지난 못ᄒ나 그 사ᄅᆷ이 졍이 말ᄒ난 고로 그 사ᄅᆷ 말ᄒ난 더로 ᄒ인을 다리고 김활양을 ᄯᅡ라셔 그 아달 공부ᄒ던 졀노 가거날 그 졀 뒤히 졀벽이 잇난더 졀벽 ᄉᆞ이에 홀걸 헛치고 보니 과연 그 아달에 송장이 잇난더 얼골 빗도 변치 아니ᄒ고 지금 죽은 사ᄅᆷ과 갓거날 그 노인니 이 모양을 보고 그 송장을 어루만즈며 더셩통곡ᄒ며 갈아더 니 자식에 송장이 이곳에 잇난 거셜 알진딘 그 곡졀도 알 거시니 그더난 하낫토 긔이지 말고셔 자셔이 말ᄒ야 나에 원슈를 갑게 ᄒ야 쥬소셔 ᄒ니 김활양이 갈아더 아모말도 ᄒ지 말고 나 가라치난 더로 ᄒ며는 자연 아실 도리가 잇슬 거시니 송장을 갓다가 장스나 잘 지니고 조쳐ᄒ라 ᄒ거날 이 노인이 이 말을 듯고셔 일장통곡ᄒ 후에 그 송장을 어니 곳에 권조로 뭇고셔 자긔에 집으로 날여오거날 김활양이 그 노인다려 말ᄒ야 갈아더 셰상스룰 어려온 일을 당ᄒ면 니두를 다 혜아려가지고 ᄒ난 거시 올ᄒ니 부터 노인은 니 말 ᄒ난 거셜 우수이 여기지 말고 나 가라치난 더로 ᄒ시오 ᄒ고 (미완)

1896년 12월 14일 (3회)

말ᄒ야 갈아더 덕에 도라가셔 이러ᄒ 눈치도 뵈이지 말고 그 자부잇는 방 다락 안에 무슨 물건 니올 거시 잇다 흐고 그 다락에 드러가 보시면 자연 아실 일이 잇슬 거시니 보시고 일을 웃지 조쳐흐시던지 흐시오 흐고 김활양이 자긔에 집으로 도라오니라. 이 노인니 그 말디로 집으로 도라가셔 아모 일도 읍난 톄흐고 니당으로 드러가셔 그 며나리 방으로 가셔 그 며나리다려 말흐야 갈아디 너 잇난 방 다락 안에 무어슬 니올 거시 잇스니 니 드러가셔 니오겟다 흐니 그 며나리가 갈아디 무슨 물건 인지 계가 니올이다 흐즉 노인니 말하디 너난 모로난 거시라 니가 니여 오리라 흐즉 그 며느리 눈치가 황황흐야 웃지할 줄 모로난 것 갓거날 이 노인니 눈치을 보고셔 더옥 괴이 여기여 부득이 그 방으로 드러가셔 다락문을 열고셔 본즉 무슨 넘식가 나며 그 안에 이불에다 무슨 거셜 말어셔 두엇난디 혈흔이 낭자흔지라 놀니여 이불을 펴고 보니 웃더흔 놈이 화살을 이마에 꼿치고 죽엇더라. 이 노인니 긔가 막히여 갈아디 니 자식이 종적을 모로기의 즘싱에게 죽은 쥴노 아랏더니 지금 보니 이 모양이 잇슨즉 이놈에 손에 죽엇스니 이러흔 원슈가 어디 잇스리오. 그 며나리을 친졍으로 보니고 이런 스연을 낫낫치 말흐니 그 며나리 친졍이 쪼흔 지상에 집이라 그 집에셔 이 말을 듯고 다 놀니여 갈아디 양반에 집 여자가 이갓튼 힝실이 잇셔셔 양가를 다 망케 흐니 너갓튼 여자 난 셰상에 용납지 못흐리라 흐니 그 여자 도로여 힝실을 싱각흔직 만번 죽어도 앗겁지 아니흔지라. 그 친뎡 부모계 고흐야 갈아디 그놈에 겁욕을 당흐고 즉시 니가 죽난 거시 올커날 그놈과 마암을 흔가지로 흐야 도로여 가장을 희를 보이고 지금것 상통흐다가 하날이 미워 여기스 웃더흔 장부에계 이 모양을 뵈이고 이 지경에 이르럿스니 니에 죄난 만스 무셕이라 무슨 면목으로 사라잇스리오 흐고 인흐야 자폐흐니라. 그 씨 김활양이 자긔에 집으로 도라가셔 밤이 되거날 촉을 도도고 누엇더니 비몽시몽간에 젼일 꿈에 보단 소년이 안연이 문을 열고 드러와셔 졀흐고 안즈며 말흐야 갈아디 쳔빅년 원억흔 원슈를 갈일 길리 읍셔셔 죽은 몸이 바회 틈에 잇셔셔 썩도 아니고 지금것 잇더니 하날이 니에 원통흠을 살피스 그디로 흐야금 이 지원흔 원슈를 갈이여 쥬시니 이 은혜난 빅골난망이라 종금 이후로난 신명이라도 그디를 짜릇단니며 도아쥴 거시니 그리 아시오 흐고 인흐야 간 디 읍난지라 놀너여 씨다르니 남가일몽이라. 김활양이 이후로난 무슨 어려온 일이 잇던지 모로난 일이 잇던지 미스랄 그 소년니 꿈에 와셔 가랏쳐 쥬거날 김활양이 셰상에 아지 못홀 일이 읍고 어려온 일이 읍난지라. 셰상 스람더리 신인이라 일키[커]르미 자연 위흐난 스람도 만코 짜로난 스룸도 마나셔 벼살을 흐난 디 남에셔 쮜여나게 흐난지라. 일일을[은] 나라에셔 션쳔방어스랄 졔슈흐거날 김활양이 스은흐고 나와셔 션쳔으로 도림하랴 홀 시 김활양이 본디 가난흐던 스룸이라 쳐음으로 조흔 고을을 하얏스니 부모를 영화로 뫼셔 갈야고 흐니 부모와 쳐자와 노속덜과 소솔이 여러 십명이라. 길을 떠나셔 션쳐[쳔]으로 가더니 잇써에 흉년이 져셔 길에 도적이 디치흐거날 힝인더리 길에 쓰너지난지라 어느 쥬막에 드러셔 자랴홀 시 그 일힝이 안밧히 다 드러셔 셕반 나오기를 기다리더니 김활양이 셕반 나오기 젼에 곤흠을 이기지 못흐야 벽에 기디여 잠간 조으더니 이 소년니 와셔 갈아디 이 쥬막에 쉬우면 큰 히을 당흐고 이[인]명이 상할 거시니 지금 떠나셔 멋니를 더 가셔 쉬우라 흐고 간 디 읍거날 김활양이 놀너여 잠을 쩌셔 홀지에 흐인을 불너셔 져녁밥을 먹지 말고 길을 떠나셔 가자 흐니 그 흐인덜과 종인덜 여러 스룸이 다 갈아디 지금 일셰가 져물고 오라지 아니흐야 셕반니 들거날 어디로 더 가시자 흐난잇가 흔디 김활양이 갈아디 너가 짐작흐난 도리가 잇셔셔 가자 흐거날 웃지 고집흐나뇨 흐고 길을 떠나셔 니십리를 더 가셔 자고 그 잇튼날 흐인을 그 쉬우라든 쥬막으로 다시 보니여 탐지흐야본직 과연 그날밤에 도적 빅여명이 그 쥬막에 드러와셔 그 힝차를 탈취코져 왓다가 힝차가 읍난고로 그 쥬막 동너와 그 쥬막을 다 도적흐야 갓다 흐니 그 일힝더리 김활양은 쳔신이라 일커르더라. 션쳔 도임흔 후에 치민흐기를 이 일과 갓지 흐니 빅셩더리 말흐야 갈아디 우리 원임은 쳔신이 강임흐얏다 흐니 일

노써 나라에셔 아시고 벼술을 졈졈 도도와 디쟝거지 이르니 귀신이라
도 은혜을 갑난다 흐더라.

츙쳥도 목쳔 짜히 훈 김씨 녀즈 잇스니 어려셔 부모를 여희고 무의무탁
ᄒ여 동니로 다니며 걸식ᄒ더니 나히 십여셰 되여 온갖 일을 다 능히
홀 만ᄒ기로 그 근동 니모의 집에 잇셔 밥을 지어쥬고 고공스리를 홀
시 일일은 둑겁이 훈 마리가 죽먹만 훈 거시 어디로 좃ᄎ 왓ᄂ지 모로
되 붓두막 근쳐로 도라다니거날 김씨 녀이 보고 아히 마옴에 스랑ᄒ여
손으로 어로 만지며 밥을 풀 졔면 밥뎡이르 쪠여 먹이니 두겁이 미양
죠셕 쪄먹 ᄒ로도 거르지 아니ᄒ고 훈갈곳치 붓두막에 나와 업드리니
김씨 녀이 쏘훈 훈갈곳치 밥을 먹여 어언간 슴년이 되니 둑겁이 졈졈
즈라 크기 부억방셕 만훈지라. 짐승이라 홀 것 업시 즈연 졍이 드럿더
라. 그 고을에 일즉 창집 ᄒ나이 예로부터 잇스니 이 창은 곡식을 쌋ᄂ
창이 아니라 일읍에셔 신사쳐럼 위ᄒ여 슴년도리로 계집아회 ᄒ나식
그 창집속에 넛코 각항 주식을 셩이 ᄀᆺ초아 버리고 무녀들과 일읍남녜
모이여 삼쥬야를 크게 굿슬 ᄒ는 법이요 만일 그러케 아니ᄒ면 일읍에
징앙이 비상훈지라. 그 ᄶᅢ 마춤 굿홀 히를 당ᄒ미 무의무탁훈 계집 아
희를 구홀 시 김씨 녀아에게 지목이 되야 굿홀 날을 턱일ᄒ니 슈일이
격훈지라. 김씨 녀이 가기를 님ᄒ야 둑겁이를 어로 만지며 밥을 먹여
울며 영결ᄒ여 굴ᄋ디 니 널노 더부러 슴년을 죠셕으로 갓치 지닉더니
명되 긔박ᄒ여 장찻 죽으러 가니 죵차 너로 싱이ᄉ별이라 어디로 가든

지 잘 잇스라 ㅎ니 둑겁이 눈을 끔젹이며 말을 듯는 듯 슬어ㅎ는 것 갓
더니 홀연 씌여 치마에 안기거날 김씨 녀이 다시 일너 왈 나는 피홀 길
이 업셔 가 죽으려니와 너는 무슴 일노 날 짜라 죽으려 ㅎ는다 창결ㅎ
나 홀일 업스니 너는 너 갈 디로 가라 ㅎ고 니려 노흐니 둑겁이 쏘 쑤
여 올나 써러지지 아니ㅎ는지라. 김씨 녀이 그 쯧즐 가련이 넉여 치마
압히 싸 안고 창집 압희 나아가니 남녀노소 구름 모이듯 ㅎ여 크게 굿
슬 차리고 모든 무녀 등이 증북을 울니며 일쥬야를 굿슬 ㅎ더니 그 잇
흔날 창문을 열고 김씨 녀아를 그 안에 넛코 문을 잠으거날 김씨 녀이
충집 안에 드러와 눈을 드러 살펴보니 침침흔 칠실 속에 어디가 어던지
쥬야를 분간치 못홀지라. 둑겁이를 압히 놋코 눈물을 흘니며 엇지홀 줄
모로는디 충집 밧게셔는 금고를 울니며 여러 무당이 굿ㅎ노라 지져괴
는 소리 졍신을 츠리지 못ㅎ너라. 굿ㅎ기를 맛는 날 홀연 충집 보쏘기
이상으로 무슴 고이흔 소리 나며 비린 브람이 이러나고 불빗갓흔 긔운
이 무지기갓치 쎄쳐 나려오니 김씨 녀이 졍신이 아득ㅎ여 심즁에 혜오
디 이졔는 너가 죽는도다 ㅎ고 둑겁이를 어로 만지며 호읍ㅎ더니 문득
둑겁이 입으로 일노 금광을 토ㅎ여 그 나려오는 긔운과 마조 합ㅎ니 그
나려오는 긔운이 점점 스러져 여러 시간에 아조 흔젹이 업셔지거날 심
즁에 무슴 곡졀인지 모로고 고이히 넉이더니 홀연 벽녁ᄀᆞ흔 소리 나며
무어시 써러지거날 김씨 녀이 크게 경겁ㅎ여 몸을 피ㅎ고즈 ㅎ나 지쳑
을 분변치 못ㅎ미 엇지홀 길 업셔 졍신이 츌몰ㅎ는 즁 다쇼[만] 죽기만
기다리더라. 충집 밧게셔 굿ㅎ기를 파ㅎ고 사롬이 다 각가 훗허진 후
그 마을 사롬이 충집 밧게 와 동졍을 살피거날 김씨 녀아 소리를 크게
ㅎ여 사롬 살니라 ㅎ니 마을 사롬들이 쏘흔 놀나 셔로 일오디 이젼에는
이러흔 일이 업더니 이번은 죽지 아니ㅎ고 사랏스니 괴이흔 일이라 사
롬인지 귀신인지 알길 업스니 여러 동니 사롬을 모아 가지고 충문을 열
어보즈 ㅎ고 즉시 인동사롬들을 모은 후 충문을 열고 보니 김씨 녀이
의구이 스라 안져 울거날 모든 사롬이 붓드러 니여 음식을 권ㅎ며 놀는

마음을 위로호고 지닌 수연을 무르니 김씨 주초지종을 일일이 말호고 충집 안에 드러가 주셔이 살피라 호니 모든 사름이 일제이 불을 발키고 드러가 보니 불빗ㄱ혼 진에 호나이 써려져 죽엇는디 기리 다섯발이나 되고 널뷔 두어줌 되니 보는 사름이 뉘 아니 놀나리요 고이혼 니음시 코를 찌르니 사름마다 감히 ㄱ가이 가지 못호고 셔로 도라보며 엇지홀 줄 모로더라. 쏘 혼 편에 둑겁이 호나이 크기 방셕 만혼 거시 입을 버리고 죽엇거날 고이히 넉여 김씨 녀아다려 무르니 김씨 울며 뎐후슈말을 고혼디 모든 사름이 다 신긔이 넉여 즉시 본관에 고호니 본관이 역시 경회호여 친이 나와 두루 살핀 후 그 창을 헐고 시목을 쌋코 불을 질너 진에를 소화호고 둑겁이는 경혼 산에 뭇게 호여 김씨 녀아는 일읍에 누빅년 큰 화근을 졔호엿다 호여 후이 상수호고 본관이 친이 혼인을 쥬장호여 시집 보니여 그 주손이 번챵호니 즘싱의 보은호미 사름도 밋지 못홀 일이요 지금 그 곳을 오공찬 터이라 호나니라.

1896년 12월 16일 (1회)

영남에 흔 셔싱이 잇셔 유람ㅎ기를 위ㅎ야 명산디쳔을 두루 구경홀 시
일일은 흔 곳에 일으니 길까에 농부 삼스십명이 모여 논을 미이며 노리
를 불으거날 곤비ㅎ믈 이긔지 못ㅎ여 길까 슈음 아리 안즈 다리를 슈이
며 즈셔이 보니 기즁 계집 ㅎ나이 나이 이팔즘 되얏ᄂ디 즈식이 츌즁ㅎ
고 능히 노리를 불으니 흔 곡조를 불으면 모든 농뷔 소리를 아올나 일
졔이 화답ㅎ거날 귀를 기우려 즈셔이 들으니 이곳 노리 아니라 시젼 칠
월편이너눌 마음에 크게 긔특이 넉여 굴아디 엇더흔 계집사름이 능히
시젼을 이곳치 외오는고 엿날 반소와 채담이라도 이에 지나지 못ㅎ리
로다. 니 맛당이 이 녀즈의 거취를 보리라 ㅎ고 오리 안즈 동경을 보더
니 어언간 날이 셔산에 쩌러지고 어두온 빗치 나무에 나니 모든 농뷔
각각 집으로 도라가거날 셔싱이 그 계집에 뒤를 짜라간즉 조고마흔 초
옥으로 들어가더니 져근너 듯ㅎ여의를 이고 물을 길나오거날 셔싱이
곳 물을 통ㅎ고즈 ㅎ나 남녜유별흔 고로 졉어치 못ㅎ고 스스로 스마샹
여의 봉황곡 아지 못홈을 탄식ㅎ고 물너와 긱졈에셔 잘 시 져져ㅎ여 줌
을 일우지 못ㅎ고 발기를 기다러 졀귀글 흔 슈를 지어 조각 조희에 써
가지고 그 여즈 물갓[깃]는 길에 가 가마니 더니고 왓더니 과연 평명에

그 녀지 물을 길너 가는 길에 오엔 조희조각이 써러졋거날 집어가지고 도라와 펴본즉 그 글에 굴앗스되 시젼 훈질을 분명이 외오니 긱지 말을 멈으르고 비나 졍이 잇섯도다 부인집에 밤이 집[깁]도록 사롬이 일으지 아니흐엿스니 반박휘 쇠잔흔 달이 이삼경이더라 흐엿거날 녀지 보기를 맛치미 심녀에 헤오더 작일 엇더흔 셔싱이 니게 뜻시 잇셔 즈조 도라보며 츠마 가지 못흐고 송정에셔 쉬기로 니 쏘흔 의심이 잇셔 보앗더니 이 글이 반다시 그 사롬의 지은 비로다 흐고 즉시 그 글을 화답흐여 우물길에 더졋더니 셔싱이 몸을 감초아 그 글 더지믈 엿보아 알고 즉시 집어 써여보니 흐엿스되 작일에 셔로 만나몬 열눈이 밝앗스니 졍이 잇스나 말흐지 아니흐니 졍이 업슴[슴]과 굿도다 담을 넘고 구녕을 뚤는 거시 어려온 일이 아니나 일즉 농부로 더부러 곳치지 아니홈을 밍셔흐엿도다 흐엿거날 셔싱이 보기를 맛고 위연 탄왈 가위 녀즁 문장이요 겸흐여 졀기 잇스니 졸연이 동심케 흐기 어려온지라 무슨 긔이흔 계교로 흔번 밝은 빗츨 쳡[졉]흐여 이굿흔 은근흔 회포를 위로홀고 흐며 마음을 졍치 못흐더니 홀연 흔 계교를 싱각흐고 이에 두어쥴 글을 지어 다시 우물길에 가마니 더지니 그 녀지 보고 잡어 써여 보니 시면에 굴으스되 작일 글을 더진 스이은 감히 다시 숙녀 장덤하에 올니노라 흐엿고 니면에 흐엿스되 싱은 본더 영남 션비로 이제 산쳔을 유람흐다가 어졔 노상에셔 낭낭의 노리를 들은즉 이 시젼 훈질이라 건션흐믈 익의지 못흐여 이에 식형지원이 잇셔 감히 졀귀 흔 수를 붓쳣더니 비록 구슬노 갑흐미 잇스나 글 가온더 곳치지 안논다 두 글즈는 가위 그 흐나를 알고 그 둘을 아지 못홈이라.

1896년 12월 26일 (2회)

그 흐나힌즉 즈막의 집즁흐미 권되 업슴에 굿갑고 그 둘인즉 고슈의 고 집불통홈과 굿혼지라 감히 어리셔근 소견을 베푸노니 용셔ᄒᆞᆞ야 싱각ᄒᆞ라. 옛젹에 한황이 항왕 홍구의 언냑을 비반ᄒᆞ고 진왕이 초왕 육빅니의 언냑을 져ᄇᆞ렷스니 만승의 놉흠으로도 언냑과 밍셔를 비반ᄒᆞ엿거든 하믈며 일기 부인이리요 경홍은 초왕의 총이ᄒᆞ는 쳡으로 감아니 양성을 좃치니 사롬마다 그 능ᄒᆞᆞᆫ 일을 일ᄏᆞ랏고 문군은 탁시에 과녀로 상여를 잠통ᄒᆞ여 맛참ᄂᆞ 쳔추의 긔이ᄒᆞᆫ ᄌᆞ최를 일윗느니 이졔 낭낭이 안으로 강한에 문장을 품고 밧그로 요조ᄒᆞᆫ ᄌᆞ식이 잇거날 교쥬ᄒᆞᆫ 녜졀을 굿게 직희여 고인의 능스를 본밧지 아니ᄒᆞ니 그윽이 낭낭을 위ᄒᆞ야 취치 아니ᄒᆞ노라. 옷슬 믈니치고 어러 죽으믄 진삼의 젹은 일이요 긔동을 안고 ᄲᅡ져 죽으믄 미싱의 말졀이라. 이졔 낭낭의 고집ᄒᆞ미 엇지 이와 달으리요. 은하슈가 비록 너르나 오히려 견우 직녀의 아람다이 모임이 잇고 구즁이 비록 깁흐나 ᄯᅩ혼 귀비와 녹산의 조혼 인연이 잇ᄂᆞᆫ지라. 이졔 셔싱이 낭낭에게 임의 은하에 너르미 업고 ᄯᅩ 구즁의 깁흐미 업스니 쳔상에 아람다이 모임을 본밧지 아니ᄒᆞ고 인간에 조혼 인연을 밋지 못ᄒᆞᆫ즉 반다시 죽는 지 셔싱이요 젹원ᄒᆞ는 지 낭낭이니 간졀이 낭낭을 위ᄒᆞ야 앗기노라. 음[음]양지녁[낙]은 쳔지신지아지자지나 고인의 스지ᄒᆞ는 혐의와 달른지라 능ᄒᆞᆫ ᄌᆞ는 결단을 날너게 ᄒᆞᄂᆞ니 만날 곳즌 어두온 ᄶᅥ와 시벽이 잇스며 구렁과 수풀이 잇스니 겻 사롬의 열눈으로 밝히 알 비 업스미 의심업ᄂᆞᆫ지라. 이에 왈 쳔여불취면 반슈기앙이요 ᄶᅦ가 일러 힝치 아니ᄒᆞ며 반다시 후회ᄒᆞ미 잇다 ᄒᆞ니 오직 낭낭은 하날이 쥬는 긔틀을 싱각ᄒᆞ며 후회홀 일을 싱각ᄒᆞ여 ᄒᆞᆫ번 보기를 허ᄒᆞ야 조혼 인연을 밋진즉 엇지 다힝ᄒᆞ지 아니ᄒᆞ리요. 낭낭의 셩명과 년긔와 어니 ᄶᅦ 만날 언약을 ᄌᆞ셔히 뵈여 목마르 듯ᄒᆞᆫ 회포를 위로ᄒᆞ믈 쳔만 ᄇᆞ라노라 ᄒᆞ엿더라. 녀지 보기를 맛친 후 가마니 싱각ᄒᆞ야 ᄀᆞ라더 그 문장을 보니 우ᄒᆞ로 가히 공경이 되어 방가를 팀산의 편안ᄒᆞᆫ더 밧들 거시오 아리로 가히 방빅이 되어 싱녕을 도탄 가온더 건질지라. 갓혼 인지 날노 말미얌아 죽은즉 반다시 원귀가 되어 나의 견경을 힉ᄒᆞ리니 맛당이 굽혀 좃츠 ᄒᆞᆫ번 이 사롬의 마음을 위로ᄒ리라 ᄒ고 이에 글을 지여 조희에 써 봉ᄒ야 우물길 우희 더지니 셔셩이 그 글을 집어본즉 ᄒ엿스되 몬져 군ᄌ의 시를 보고 이여 군ᄌ의 글을 밧드니 흔흔ᄒ여 목마른 지 큰 물을 림ᄒ 것 ᄀ흐나 그러ᄒ 쳡의 지아비 글에 눈이 업스나 말에 귀 잇스니 이ᄀ치 마지 아니ᄒ다가 져의 노를 만나면 창ᄌ에 ᄀ득ᄒ 회포를 실노 다 펴기 어려온지라. 오작 군ᄌ는 깁허 살피소셔. 쳡의 셩은 니요 일홈은 향이니 비록 지아비 잇스나 잠간 부부지의를 미지미 무어시 방희로오리요 이십일일 밤에 죽림 가온디로 오시면 잠간 졍회를 펴오리다 조희 젹고 말이 긴고로 만에 ᄒ나를 초ᄒ야 올니ᄂ이다 ᄒ엿더라. 셔셩이 보기를 맛치미 그 뜻즐 알고 불승환희ᄒ여 그날을 당ᄒ미 ᄇ로 죽림에 드러가 몸을 감초아 기다리더니 밤이 삼경이 지나미 월식이 낫ᄀ고 쳥풍이 셔러하는디 ᄉ면에 사롬에 소리 업고 맛참니 동졍을 보지 못ᄒ니 시름이나 삼ᄀ치 어즈럽고 눈에 꼿치 ᄇ야흐로 출몰ᄒ 지음에 홀연 신 ᄯ으는 소리 먼 디로브터 졈졈 갓가오니 싱이 희불ᄌ승ᄒ여 급히 몸을 일어 감아니 본즉 과연 그 녀지라. 시ᄀ치 ᄲ여 나아가 손을 잇글고 죽림에 드러가 무릅흘 졉ᄒ고 안ᄌ 말홀 시 말 밧게 은근ᄒ 졍은 산이 무릅고 ᄇ다이 깁허 양디의 운우와 녹슈의 원앙을 엇지 가히 형언ᄒ리요. 녀지 위연이 탄식ᄒ고 낭연이 읇흐니 기시에 왈 ᄒ 박휘 기인 달이 오경에 밝앗스니 응당 은근이 두기 졍을 빗최리라. 위슈 물결이 븩번 씨스나 엇지 붓그러옴이 업스리요. 긔 원디는 쳔년에 빗츨 곳치지 아니ᄒ엿더라 ᄒ엿거날 셔셩이 그 글을 듯고 참괴ᄒ 마음을 이기지 못ᄒ야 이에 화답ᄒ야 위로ᄒ니 기시에 왈 죽림 기인 달이 마음을 빗최여 발갓스니 운우 양디에 졍을 다 ᄒ지 못ᄒ도다. 가인은 상심ᄒ는 디를 짓지 말나 쳔되 비록 공변되나 ᄉ시에 곳치ᄂ니라. 양인이 셔로 여경이 권권ᄒ더니 이윽고 달이 ᄶ러지며 닭이 ᄌ로 우니 냥인이 부득이 니별홀 시 눈물을 머금고 평싱 잇지 못홀 졍을 말ᄒ며 각각 연연이 홋터지니라. (完)

1896년 12월 28일 (1회)

츙청도 싸에 흔 사룸이 잇난디 셩은 니라. 본디 고가자손으로 양반은 조흐나 어려서 그 부친은 도라가고 자모 흔분을 뫼시고 잇난디 형셰가 지빈흐야 그 자모를 봉양활[할] 길이 읍난지라. 그러나 이 스룸은 삼순 구식흐면셔도 사랑에셔 글 일씨만 조와흐고 굼난거션 근심치 아니흐니 그 부인 김씨가 부덕과 효힝이 갸륵하야 그 자모를 지셩으로 셤기고 밧 그로 공부흐난 가장을 극진이 밧드되 이 부인니 나지면 남에 길삼흐야 쥬기와 밤이면 남에 바누질 흐야 쥬기로 싱이흐야 자긔난 먹을 쥴도 모 로고 입을 쥴도 모난고 다만 그 가장만 봉양홀 쥴 아니 셰상 사룸더리 뉘 아니 츙찬흐리요. 일일은 부인니 그 가장다려 말흐야 갈아디 사룸이 셰상에 나셔 남과 갓치 호의호식은 못흐나 우리 니외가 잇셔셔 자모 흔 분을 봉양을 잘 못흐니 웃지 흔심치 아니리오 그디난 글도 즁흐거니와 글만 보지 말고 셰상에 나가셔 먹고 살 도리를 싱각흐시오 흐니 이 사 룸이 갈아디 나도 부인이 말흐기를 기다릴 거시 아니라 그럴 쥴은 아나 니가 본디 장스흐자 흐니 돈니 음셔 흐지 못흐고 농스흐자 흐니 비오지 못흔 거시라. 농스할 길 읍고 다만 칙만 보난디 부인으로 하야금 자모 와 어린 자식이 먹고 살어가니 비로 니외간이라도 이 은혜을 웃지 다 갈이리오. 그 부인 이 말을 듯고 그 가장을 위로호야 갈아더 싱구불망이라 호난 말이 잇스니 셜마 남은 자모 한 분과 어린 자식 남미를 아스 지경에 이르계 호리오 호고 지셩으로 그 시모를 셤기니 하날이 감동호야셔도 웃지 먹을 도리가 싱기지 아니하리오 이러므로 이 사롬이 그 부인은 셰샹에 읍시여기여 금실이 미우 조흔지라. 일일은 그 모친니 병이 드러 빅약이 무효호거날 부인과 그 스나의가 지셩으로 시병호나 쳔명을 웃지하리오 인호야 명이 진호니 쵸죵범졀과 안장할 계칙이 읍난지라. 그 일향 사롬더리 졍샹을 불샹이 여긔여 포목과 젼냥을 부조호거날 이를 힘입어 션산에 장스지니고 삼년을 지너일 시 조셕샹식과 삭망계젼을 졍셩으로 지너여 삼년을 지너셔 어린 자식 남미와 그 가장을 다리고 젼과 갓치 지너난지라. 일일은 그 부인니 그 가장다려 말호되 우리 집이 본더 양반에 자손으로 이 궁향에 잇셔셔 불농불상호고 살 길이 망연호야 어린 자식도 굼겨 죽이겟고 쏘 사나으가 셰샹에 나미 입신양명 호난 거시 사롬에 도리인즉 우리 너외 자식덜 다리고 셔울노 가셔 일가도 차자보고 츌입도 널니호야 과환을 힘을 써셔 장너을 보자 호니 이 사롬이 디답호야 갈아더 이 말이 좃키난 극히 조흐나 양슈쳥풍으로 웃지 빅스지에 가셔 살니오 그러나 그 말더로 하야보스이다 호고 여간 가장집물을 다 팔아 돈냥이나 만드러 가지고 노자호야 남부녀디호야 셔울노 올나오니 일간 초옥이라도 웃넌 슈 읍난지라. 그 일가집 겻간 흐나흘 으더 가지고 잇스니 시골과 달나셔 더옥 살기가 어려워 긔한이 자심호야 견디일 슈 읍난지라. 그러나 이부인니 남에 바느질호고 돈냥 바다 먹난고로 밤낫잠을 일우지 못호고 잇스니 이갓튼 싱이를 뉘 아니 가긍이 여기리요 이 사롬은 조셕을 먹으나 아니 먹으나 남북촌으로 단니면셔 힝셰호여 과거보기만 힘을 쓰니 웃지 졸런호리오 일일은 북초[촌] 어디로 갓다가 날이 져무러 친구를 맛나셔 오리 노다가 밤이 깁펏난디 초롱에 불을 들고 남촌으로 건너올 시 어느 골목에 오더니 어더로셔 웃더혼 장옷 쓴 계집이 뒤에 오거날 마암에 혜오더 어더로 가난 계집닌가 보다 ᄒ고 돌녀다 보도 아니ᄒ고 오거날 이 계집이 어디로 가지 난 아니ᄒ고 곳 ᄯ라오거날 괴이 여기여 무러보고자 ᄒ다가 ᄯ 다시 싱 각ᄒ디 웃더ᄒ 계집인지 아니도 못ᄒ고 말ᄒ야 무러보다가 무안을 당 홀가 ᄒ야 무러보도 아니ᄒ고 그디로 오거날 이 계집이 ᄯᄒ 그디로 오 난지라. 집 근쳐에 와셔 이 사롬은 집으로 드러오고 이 계집은 문 밧계 셧거날 문을 닷고 드러오니 그 부인니 져녁밥을 화로에 노와두고 기다 리다가 그 가장이 오거날 밥을 너여 노으니 이 사롬이 밥상을 디ᄒ야 밥을 먹으며 그 부인다려 그 계집이 ᄯ라오던 말을 ᄒ거눌 그 부인니 말ᄒ디 그러ᄒ면 그 계집이 어디로 가옵던닛가 ᄒ니 이 사롬이 갈아디 그 계집이 이 문압거지 와셔 가지난 아니ᄒ고 문압희 선난 거셜 보고 드러왓노라 ᄒ니 그 부인이 갈아디 이 심야에 사롬이 ᄯ라오거날 웃지 니 문젼에 와셔 셧난 거셜 보고 문을 닷고 혼자 드러 왓난고 ᄒ고 즉시 나가셔 문을 열고 보니 그 계집이 모양디로 셧거날 마암에 놀니여셔

1897년 1월 10일 (2회)

그 부인니 갈아디 웨인 사롬이 이 심야에 어디를 차자가난 지 가랴 ᄒ 면 가겟지 웃지ᄒ야 이 문젼에 셔셔 방황ᄒ난고 ᄒ니 그 여인이 그졔야 머리에 쓴 거셜 벗고셔 디답ᄒ야 갈으디 어디로 가다가 길을 일코 갈 바를 아지 못ᄒ야 딕 문젼에 와셔 잇나이다 ᄒ니 그 부인이 갈아디 거 기 셧지 말고 닉 집으로 드러가자 ᄒ니 이 여인니 ᄯ라 드러오거날 그 부인이 방문을 열고 드러오라 ᄒ니 이 여인이 문 밧계셔 드러오지 아니 ᄒ고 쥬져ᄒ거날 그 부인이 갈아디 닉 집이 형셰 어려워 다른 방은 읍 ᄭ 담은 방 ᄒ나이 잇셔셔 남녀 동거ᄒ니 조곰도 웃지 여기지 말고 드 러오라 ᄒ거날 이 여인니 드러와셔 한가으로 안거날 촉하에 자셔이 보 니 나히 이십즘 되야 보이고 자식과 틱도가 참 녀즁일식인디 몸에 입기

난 소복이 극히 조촐한지라. 니싱이 갈아디 남녀유별이라 흐얏스나 임의 닉 집에 오신 긱이오니 말슴흐야 웃더흘 거 아니오라 감이 뭇잡나니 어디 계시며 무슨 일노 어디 가시며 웃지흐야 져럿듯 홀노 아모 골목셔 붓터 날을 짜라 오셧난잇가 흐니 그 여인이 피셕흐고 디답흐야 갈아디 아즉은 디답흘 말슴 읍소오나 츄후에 자연 아실 거시니 그리 아시고 감이 뭇잡나니 딕에 셩씨난 누그시온잇가 하거날 니싱이 갈아디 닉 셩은 니가오나 가셰 극빈흐야 스난 모양이 이러흐오이다 흐니 그 여인이 갈아디 션비의 빈한흔 거시 예스어날 웃지 구차흔 거슬 한흐올잇가 사룹이 평싱을 스자흐면 한 씨가 잇슬 거시니 조곰도 한할 거시 읍소오이다. 셔로 이리 말흐고 그날 밤을 지나고 그 잇튼날 일즉 일어나셔 그 여인이 머리에 장옷셜 쓰고 나가거날 부인이 말흐야 갈아디 어디로 가나냐 흐니 그 여인이 갈아디 닉 어디로 잠간 갓다가 도라올이다 흐고 나가거날 니싱이 심중에 미오 괴이 여기여 그 부인다려 갈아디 그 여인이 다시 드러올넌지 모로거니와 만일 다시 오면 필경 무슨 연고가 잇난 거시니 아모커나 너두를 보리라 흐고 니싱 부부 셔로 말흐고 잇스나 또 시량이 읍셔셔 아참을 일우지 못흐고 잇스니 어린 자식은 비곱품을 이기지 못흐야 어미를 부루고 울거날 니싱 부부 이 모양을 보고 아모리 싱각흐되 어디 가셔 돈 한푼 변통치 못흐고 기리 탄식만 흐던 차에 자고 나가든 그 여인이 밧그로셔 드러오거날 니싱이 갈아디 어디로 갓다가 오난잇가 흐니 그 여인이 말흐디 어디 잠간 갓다 왓나이다 조곰 잇더니 밧그로 소바리가 와셔 찻거날 니싱이 나가보니 쌀이 한 바리 왓난지라. 또 그 뒤으로 남기 흔 바리 오거날 니싱이 어인 일인지 아지 못흐야 안으로 드러와셔 이 말을 흔즉 그 여인이 갈아디 닉가 나가셔 구쳐흐야 가져온 거시니 다 드려오라 흐거날 니싱이 싱각흐디 괴이흐나 아즉 긔흔을 이긔지 못흐난 지경이라 웃지 염치를 도라보리오 아모려나 나무와 쌀 바리를 다 드리니 잠시 군급을 면흐얏난지라. 그 영인이 인흐야 가지 아니흐고 그 부인과 갓치 음식지졀을 니싱에게 공궤흐난지라. 밤

이면 한 방에 분별읍시 잠을 자고 나지면 침션지졀과 치산ᄒ난 거시 조
곰도 타인에 모양은 아니ᄒ거날 니싱이 니렴에 혜오더 스나의가 일쳐
일쳡은 읍난 거시 아니라 져마다 ᄒ난 거시니 니 져 여인을 쳡으로 두
리라 ᄒ고 그날 밤에 함긔 자다가 운우지약[락]을 밋고자 ᄒ니 그 여인
이 조곰도 사양치 아니ᄒ고 허락ᄒ야 인ᄒ야 쳐쳡을 다리고 잇난지라.
그리ᄒᆞᆫ지 멧칠 지난 후 시량이 진홀 만ᄒ면 이 여인이 나갓다 오면 쏠
바리와 나무바리가 드러오난지라. 이러이 ᄒ기를 여러 날 ᄒ되 종시 그
여인의 이허난 모로난지라. 일일은 그 쳡이 니싱다려 갈아더 어디로 이
스를 ᄒ자 ᄒ재[원문중복] ᄒ거날 니싱이 말ᄒ더 어디로 이사ᄒ얏스면
조홀 줄은 아나 빈ᄒᆞᆫ ᄒ 사름 지물이 잇셔야 이스도 ᄒ겟난디 지물이 어
디 잇나냐 ᄒ니 그 쳡이 갈아더 지물이야 잇던지 읍던지 니 말 디로만
ᄒ여라 ᄒ고 슈일 후 이스 퇵일ᄒ야 그 날이 당ᄒ니 이스ᄒ여 가거날
니싱과 그 부인은 어인 일인지 아지도 못ᄒ고 그 쳡 가자 ᄒ난 디로 짜
라가니 북촌 어디 가더니 어느 큰집으로 드러가거날 니싱 부부 드러가
셔 보니 문방졔구며 셰간범졀이 큰 부자에 집도 그에셔 더할 슈 읍난지
라. 니싱이 그 쳡다려 말ᄒ더 이 뉘에 집이며 쥬인은 어디로 갓나냐 ᄒ
니 그 쳡이 우어 갈아더 이 집이 우리 집이요 셰간 임자가 우리어날 쏘
쥬인이 어디 잇스리오 ᄒ거날 니싱이 심중에 심이 괴이 여기나 그 쳡이
그리ᄒ난 고로 그제야 자셔이 도라보니 일용사물이 읍난 거시 읍고 심
지어 노비꺼지라도 여일ᄒ거날 부인은 부인에 방에 잇고 쳡은 쳡에 방
에 잇셔셔 셰상에 그릴 거시 읍더라. (미완)

1896년 12월 28일 (1회)

강원도 영월 짜히 니모와 감[김]모가 잇셔 각각 흔 아들을 두엇스니 년
긔 셔로 갓흔지라 여형약데 흐게 즈라 나히 십여셰 되미 졀에 가 공부
흐더니 김동이 몬져 성취홀 시 집에 도라와 성녜흔 후 첫날밤 동방화촉
에 신븨 신낭다려 일너 갈아더 녀지 평성에 밋는 비 낭군이라. 문관이
되나 호반이 되나 입신양명 흐여 우흐로 데왕을 돕고 아리로 싱녕을 건
지며 우러러 부모를 셥기고 굽푸려 쳐즈를 길은 연후에 지아비되 일우
고 지어미 녜 극홀지라. 군지 나히 이팔에 밋첫는지라. 공부흔 비 무어
시며 문장이 엇더흐니잇가. 쳡이 일즉 글 흔짝을 지은 비 잇스니 능히
그 디를 치온쥭[즉] 가히 이불을 갓치흐며 벼기를 연흐야 금슬지낙을
일울 거시오 만일 그럿치 아니흔쥭 반다시 동침치 아니흐고 류장이 성
취흐기를 기다려 가히 부부의 즐거움을 미지리이다 흐니 김낭왈 그 글
듯기를 원흐노라. 신븨 그 글을 외오니 갈아더 소음타는 활소리는 흰구
름 그림즈 속에 가을 우리 구을넛도다 흐엿거날 김낭이 본더 용우흐고
공븨 실흐지 못흐미 젼젼불미 흐며 싱각흐나 그 디를 엇지 못흐니 맛춤
너 합환지낙을 일우지 못흐고 밝는 날 집에 도라와 분흐믈 익의지 못흐
여 곳 졀노 올나가 다시 공부흐기를 힘쓰나 그러흐나 흔 마음이 그 글

더 일우기를 싱각ᄒ니 항상 근심ᄒ는 빗치 척척훈지라. 일일은 니동이 무러왈 그더 친영훈 후로부터 항상 근심ᄒ는 빗치 잇스니 혹 현합이 마음에 맛지 아니ᄒ야 그러훈가. 다른 일의 관심ᄒ미 잇셔 그러훈가. 붕우지의 본더 오륜 가온더 잇나니 졍이 형뎨와 갓ᄒ미 무슴 말을 못ᄒ리요. 근심ᄒ는 바를 은휘치 말고 말ᄒ라 ᄒ니 김낭이 ᄌᆺ초 그 안히 말훈 비 글을 고ᄒ니 니동이 지삼탄식ᄒ야 갈아더 진소위 요조숙녀 군ᄌᆞ호구로다. 그더 이ᄀᆺ흔 아람다온 짝을 어드니 종덕훈 문호에 반다시 남은 경시 잇스리로다 ᄒ더라. 슈일이 지ᄂᆫ 후 김낭이 홀연 손으로 셔안을 치며 희식이 난난ᄒ거날 니동이 그 연고를 무른더 답왈 이졔야 니ᄌᆞ의 글 더구를 어덧스니 명일은 장찻 니려가리라 ᄒ고 인ᄒ야 그 더구를 외오니 갈오더 입스귀 먹ᄂᆫ 누에소리ᄂᆫ 푸른나무 근을 가온더 봄비가 지낫도다 ᄒ엿더라. 명일에 그 쳐가로 갈 시 니동이 ᄯᅩ훈 작힝ᄒ야 훈 가지 산에 니려올 시 만장 졀벽 우희 길을 당ᄒ미 그 아리 ᄯᅩ훈 만장이나 깁흔 못시 잇ᄂᆫ지라. 김낭이 관을 버스며 ᄯᅴ를 글으고 바회 우희 안ᄌ 변더을 볼 시 니동이 홀연 흉계를 니여 김낭을 츠셔 비회 아리 못셰 ᄶᅥᄅᆺ쳐 죽이고 즉시 그 관을 쓰며 그 웃슬 입고 바로 김낭의 쳐가로 가 황흔[혼]을 타 담을 넘어드러가 장찻 신부의 방으로 드러가랴 훌 시 이 ᄶᅥ 신뷔 촉을 밝히고 셔안을 더ᄒ야 맑게 시젼을 일그니 셩음이 청냥ᄒ야 반공에서 옥을 바아ᄂᆫ 듯 스룸으로 ᄒ여곰 혼을 스로ᄂᆫ지라. 니동이 문을 열고ᄌ 훈즉 문을 임의 굿게 잠아 드러가지 못훌지라. 신뷔 읽기를 맛고 무러 갈아더 누구뇨 답왈 니로라. 갈ᄋᆞ더 너가 누구뇨 답왈 신낭이로라. 갈ᄋᆞ더 그러훈즉 엇지 져무러 오며 ᄯᅩ 무슴 뜻지뇨

1897년 1월 5일 (2회)

낙장 (원본 확인 불가)

1897년 1월 8일 (3회)

여러 히 구슈ᄒ되 맛춤니 ᄒ나토 어더ᄒ지 못ᄒ지라. 스스로 말ᄒ되 셜영 아ᄎᆷ에 원을 어더ᄒ고 져녁에 죽어도 가이 한이 업깃도다 ᄒ더니 맛춤 이 소문을 듯고 이에 밧그로 말을 펴 굴ᄋ디 영월 고을에 폐 다름이 아니라 녹녹ᄒᆫ 썩은 션비로만 원을 시긴 연괴라. 만일 날노 ᄒ야곰 원을 숨으면 티평무슈케 ᄒ리라 ᄒ니 뎡관이 그 소문을 듯고 크게 긔이히 넉여 벼슬계계를 불계ᄒ고 곳 영월원을 ᄎᆞ출ᄒ니 그 무변이 쏘ᄒᆫ 크게 다힝이 넉여 치힝ᄒ야 도임ᄒᆫ 후 그 밤에 관속을 다 물니고 의관을 단뎡이 ᄒ며 촉을 밝히고 단좌ᄒ여 동뎡을 기다리더니 밤이 깁허 삼경에 일으미 슈면에 사롬에 소리 업ᄂ지라. 졍이 울울ᄒ더니 홀연 곡셩이 반공으로 좃ᄎᆞ나며 졈졈 ᄀᆞ가와 관부로 향ᄒ야 드러오더니 젹은 듯ᄒ여 고이ᄒᆫ 바람이 창을 쑬는 듯ᄒ며 찬 긔운이 사롬을 침노ᄒ더니 홀연 문이 스스로 열니며 ᄒᆫ 녀지 머리를 산발ᄒ고 발을 벗고 녹의홍상으로 일신에 피 흔젹이 임니ᄒᆫ디 드러와 상 압히 졀ᄒ고 쑤러 안즈니 사롬으로 ᄒ야곰 질식ᄒ여 혼을 일 듯ᄒ더라. 본관이 뎡셕ᄒ고 무러 굴ᄋ디 네가 귀신이냐 사롬이냐. 그 녀지 답왈 귀신이로라. 본관이 쑤지져 왈 유명이 길이 다르고 사롬과 귀신이 스스로 유별ᄒ니 슈긔가 뎡긔를 범치 못ᄒ거늘 네 엇지 감이 와 핍박ᄒᆫ다. 그 녀지 답왈 쳡이 비명에 죽엇스미 지원ᄒᆷᄋᆯ 익긔지 못ᄒ야 관부에 호소ᄒ랴 ᄒ즉 ᄌᆞ초로 다섯번에 일으러 본관이 쳡에 모양의 흉ᄒᆷᄋᆯ 보고 경겁ᄒ여 문득 죽으니 우ᄒ로 군부의 근심을 쯔치며 아리로 니민의 의혹을 일위니 쳡의 죄 만스무셕이오나 그러ᄒ나 만일 명부에게 호치 아니ᄒ오면 구원에 지원ᄒᆫ 귀신을 면키 어렵습기로 감이 와 번거이 고ᄒ오니 복원 명부는 특별이 명교를 드리우스 이 지원ᄒᆷ을 셜ᄒ야 쥬소셔 ᄒ거날 본관 왈 소원이 무ᄉᆷ 일이뇨 그 녀지 구살ᄀᆞᄒᆫ 눈물이 방방ᄒ며 오열ᄒ야 그 젼후 말을 일일이 고ᄒ고 쏘 굴ᄋ디 쳡 죽인 지 낭군이 아니라 복원 명부는 그 사롬을 스득ᄒ야 이 원을 갑하쥬소셔 ᄒ거늘 본관왈 맛당이 갑흘 거시니 다시 오지 말나 ᄒ니 그 녀지 빅빅 샤거ᄒ더라. 그 익일에 관속 등이 반다시 죽엇슬 줄 알고 초종졔구를 다스려 가지고 드러간즉 본관이 엄연이 안ᄌ 호령이 엄명ᄒ지라. 관속 등이 모다 놀나고 긔이히 알더라. 본관이 가마니 계교롤 너여 이에 빅일장을 베풀 시 미리 령을 반포ᄒ니 ᄉ방 션비 구름갓치 모히미 그 니동이 쪼ᄒ 와 춤예ᄒ지라. 빅일장 뵈이는 날 모든 션비가 장너에 모이미 본관이 션비에게 효유ᄒ야 ᄀᆯᄋ디 나는 본니 호반이라 시와 부를 모로되 다만 오날 셜장ᄒ 바는 평싱에 ᄒ 글귀를 엇고 그 디귀를 엇지 못ᄒ고로 모든 션비의 문지를 시험코ᄌ ᄒ노니 다ᄉ 중에 능히 이 디귀를 치오는 ᄌ는 반다시 중상을 더ᄒ리라 ᄒ고 소음타는 활소리는 흰구름 그림ᄌ 속에 가을 뇌셩이 구을넛도다 ᄒ여 크게 써 현졔판에 다니 모든 션비 침음ᄒ고 그 디를 엇지 못ᄒ니 니동이 크게 깃거 ᄀᆯᄋ디 오날 장원이 니 아니요 누구리요 ᄒ고 이에 입ᄉ귀 먹는 누에소리는 푸른나무 근을 가온디 봄비가 지나도다 ᄒ 글귀를 써 일즉 몬져 밧치니 본관이 그 글을 보고 즉시 니동을 잡아드려 엄형ᄒ여 무러 왈 닉 너의 소위를 아나니 이 글이 네 지은 빅 아니라 맛당이 실상을 고ᄒ라 ᄒ니 니동이 그 속이지 못홀 줄 알고 수후견말을 낫낫치 고ᄒ거날 본관이 즉시 장너에셔 ᄯᅡ려 죽이고 김낭에 시신을 못 셰셔 건져너니 힝가 지닉엿스되 얼골 빗치 산 사롬 ᄀᆺ흔지라. 김낭의 집에 령ᄒ야 그 부부를 합장ᄒ니라. (完)

1897년 1월 12일 (1회)

한 지상이 평안감스를 ㅎ여 도영ㅎ 지 반년이 지나미 그 아둘이 년긔
약관에 갓가온디 용미 가장 아람다온지라. 일즉 근친코즈ㅎ야 쳥녀를
타고 일긔 소동을 다리고 길을 나 평양을 향ㅎ야 갈 시 여러 날 만에
고을지경에 다다라 홀연 큰 비를 만나 길을 힝홀 슈 업는지라. ᄉ면을
도라보니 쥬졈이 업고 다만 일 리 허에 ᄒ 촌낙으로 뵈이거날 드러가
보니 기즁 ᄒ 집이 사랑과 문젼이 소쇄ㅎ거날 나귀에 나려 드러가 쥬인
을 ᄎᄌ니 그 쥬인인즉 본니 영니로 노퇴ㅎ야 젼가에 은거ᄒ 지라. 그
소년이 감스의 ᄌ뎬줄 물어 알고 공경ㅎ여 마져 니실을 소쇄ㅎ고 쳥ㅎ
여 드러 좌졍ㅎ미 지셩으로 관디ㅎ는지라. 우셰 긋치지 아니ㅎ고 날이
져물미 홀일 업셔 그 집에셔 밤을 지닐 시 쥬인에 무남독녀 일즉 쳥상
이 되여 집에 잇슨 지 오린지라. 방년이 계오 이팔인디 화용월틱 진짓
경국지식이라. 거쳐ㅎ는 방이 소년 잇는 방과 창 ᄒ나를 격ㅎ미 우연이
창틈으로 여어본즉 일위 소년이 셩모옥ᄉ에 초립쳥포로 단좌ㅎ엿스니
틱되 안한ㅎ여 진실노 졀디 긔남지라. 스스로 마음에 말ㅎ야 굴오디 엇
더ᄒ 복이 만은 부인은 져러ᄒ 졀미ᄒ 가랑을 만나 빅년 언약을 미졋는
고. 명도의 긔박홈을 탄식ㅎ며 인싱의 수유를 늦겨 젼젼반측ㅎ여 즁야

에 잠을 일우지 못ᄒ고 근심ᄒᄂᆫ 마음이 초초ᄒ여 여치여광ᄒ다가 문득 번ᄃᆺ쳐 ᄉᆼ각ᄒ되 굿게 심규를 직혀 헛도이 방년을 보니미 교쥬ᄒᄂᆫ 녜와 다름이 업ᄉᆫ즉 구쳔에 셕지 아니ᄒᆯ 한을 풀기 어려온지라. ᄒᆫ번 굽히미 가부여온 ᄯᆡ글과 약ᄒᆫ 풀 갓흔 신세에 무어시 히로오리요 ᄒ고 이에 가마니 아람다온 슐 두어 잔과 가효일합과 산과 슈품을 갓초와 편지 ᄒᆫ 봉을 ᄡᅥ 합 우희 노와 시비로 ᄒ야곰 소년에게 보니니 이 ᄯᅥ 소년이 녀관 외로온 등잔에 잠젹홈을 니긔지 못ᄒ더니 홀연 쥬효와 일봉셔를 보고 경아ᄒ여 급히 ᄯᅥ여보니 ᄒ엿스되 주인의 ᄯᅩᆯ 박명쳥상은 삼가 군ᄌᆞ 녀탑하에 올니노니 첩이 본니 부모의 무남독녀로 죵[춍]이홈을 입어 몸에 금수를 입고 입에 고량을 ᄉᆞ리여ᄒ다가 계오 비녀 질을 히를 당ᄒ야 이에 혼례를 ᄒᆡᆼᄒ미 교비홈을 맛치지 못ᄒ야 낭군이 홀연 긔셰ᄒ니 하늘이냐 슬푸고 슬푸다. 첩이 비록 완물이나 엇지 ᄌᆞ결ᄒ야 하죵홈을 모로리요만은 ᄉᆼ각던ᄃᆡ 술잔을 합ᄒᆫ ᄌᆞ리에 감이 눈을 드지 못ᄒ미 눈으로 그 용모를 보지 못ᄒ고 귀로 그 ᄉᆼ음을 듯지 못ᄒ엿스니 막막ᄒᆫ 구쳔에 좃고 구ᄎᆞ이 ᄉᆞ라 거연이 삼상을 지니니 슬푸고 원통ᄒ도다. 이 무ᄉᆞᆷ 사ᄅᆞᆷ이뇨 하늘이 만물을 니시미 물건이 다 ᄶᆨ이 잇셔 무지ᄒᆫ 금슈도 스스로 ᄶᆨ으로 깃드림이 잇거든 하물며 사ᄅᆞᆷ이 음양지니를 아지 못ᄒ나 엇지 금슬의 ᄉᆼ각이 업스리요.

1896년 1월 14일 (2회)

ᄭᅩᆺ과 ᄉᆡ 날 ᄶᆞᆺᄶᆞᆺᄒᆫ 져녁과 오동달 밝은 밤에 졍신이 홀홀ᄒ야 비월ᄒ고 눈물이 산산ᄒ야 옷깃슬 젹실 졔 몃번이나 날이 길미 히갓흔 거슬 한ᄒ엿ᄂᆫ고 미양 밤이 바다ᄀᆞᆺ치 깁흐믈 근심ᄒ엿도다 팔 우희 잉혈을 ᄉᆞ랑ᄒ미 삼혼이 ᄉᆞ라지는 것 ᄀᆞᆺ고 거울 속에 아미를 더ᄒ미 구장이 ᄭᅳᆫ는 것 ᄀᆞᆺ도다. 하날이 창창ᄒ미 하소건이 ᄒᆞ기 어렵고 귀신이 명명ᄒ미 알

외지 못ㅎ는도다. 늬 마음이 돌이 아니니 가이 구으르지 못ㅎ고 늬 마음이 돗치 아니니 가이 것지 못ㅎ는도다. 젹막ㅎ 공규에 누가 회포를 위로ㅎ리요. 그림 쵹불 츤 빗혜 ㅎ갓 잇지 못ㅎ는 한이 간졀ㅎ도다. 엇지 다ㅎ이 하늘이 ㅎ 비를 빌니ᄉ 군지 강림ㅎ시니 아람답다 반악에 션풍이요 셩ㅎ다 ᄌ도의 옥모로다. 순분의 의를 도라보지 아니ㅎ고 상즁의 모임을 본밧고ᄌ ㅎ니 문군의 ㅎ힝실 곳치믈 혐의치 아니ㅎ고 만일 상여의 풍뉴를 드리워 써 삼셩의 아람다온 인연을 미지면 엇지 쳔지의 미ᄉ 아니리요. ᄉ졍이 핍박ㅎ는 바에 염우를 무릅 쓰고 감이 복심을 펴노니 다ㅎ이 덕음을 끼치소셔 ㅎ엿더라. 소년이 본더 안히를 ᄉ랑ㅎ는 사람이라 일즉 그 안히로 더브러 밍셔ㅎ되 방외에 범식ㅎ면 기아들이라 써셔 줌머니에 너엇는지라. 이졔 그 글을 보고 묵묵히 싱각ㅎ되 편시[지]에 말을 좃고ᄌ ㅎ즉 안히에게 신을 일어ㅂ리깃고 그 말을 좃지 아니ㅎ즉 쳥상에게 쳑원을 홀지라. 이ᄎ이피에 ᄉ셰ᄂ쳐ㅎ여 지슙 싱각ㅎ다가 다시 싱각ㅎ여 ᄀᆯ으디 공부ᄌ의 말슴에 ᄉ롬이 신이 업스면 셰상에 셔지 못ㅎ다 ㅎ엿고 ᄌ스ᄌ의 말슴에 군ᄌ지도ㅣ 조단호부부라 ㅎ엿스니 ᄎ라리 쳥상에게 원을 씻칠지언졍 니ᄌ에게 언약을 져ㅂ리지 못ㅎ리라 ㅎ고 이에 그 봉ㅎ 글과 보닌 주효를 돌녀보너니 쳥상이 ᄯ오졀시를 지여보너니 그 글에 ᄀᆯ으디 어너 곳 나귀 탄 손이 소소이 비를 씌고온고 창을 격ㅎ야 한업는 뜻즌 봄슐 두 셰잔일너라.

1896년 1월 16일 (3회)

소년이 그 글을 보고 ᄯ오 답ㅎ지 아니ㅎ니 쳥상이 위연 탄왈 죄를 하늘에 어덧스니 하늘이 망케 ㅎ시고 업슈이 넉이믈 사롬에게 보앗스니 ᄉ람이 ㅂ리미라 ㅎ번 죽을 슈밧게 다른 도리 업다 ㅎ고 인ㅎ야 병드러 누으니라. 명일 소년이 주인 노옹을 ㅎ직ㅎ고 길을 써는 후 쳥상의 병

이 점점 침증ᄒ여 죽을 지경에 일으미 그 부모ㅣ 죽을가 두려워ᄒ여 쥬
야의 약에 골몰ᄒ니 쳥상이 울며 고ᄒ야 ᄀᆞᆯᄋᆞ되 소녀의 병이 츌쳬 잇ᄉ
오니 비록 편작의 의원과 신농씨의 약이며 관뢰의 졈이 잇셔도 엇지ᄒᆞᆯ
길 업ᄉ오니 부졀업시 노력상심치 마르소셔 ᄒ거늘 부뫼 지삼 그 곡졀
을 무른되 쳥상이 부득이 ᄒ여 젼후ᄉ를 낫낫치 고ᄒ니 부뫼 울어 ᄀᆞᆯᄋᆞ
되 네에는 어긔엿ᄉ나 그 뜻이 불상ᄒ지라 엇지 참아 안즈셔 그 죽으믈
보리요 ᄒ고 즉시 영문에 드러가 감ᄉ에게 븨이고 그 ᄯᆞᆯ의 젼후졍셰를
셰셰이 알외니 감시 그 아들을 불너 그 연유를 말ᄒ고 과연 그러ᄒ 일
이 잇고 업스믈 무른되 되답ᄒ야 ᄀᆞᆯᄋᆞ되 과연 그 일이 잇ᄂ니이다. 감
시 ᄭᅮ지져 왈 엇지 그 말을 좃지 아니ᄒᆞ얏ᄂ다. 소년이 문득 줌어니로
셔 그 안희와 밍셔ᄒ 글을 너여드리며 고ᄒ야 ᄀᆞᆯᄋᆞ되 이 언약이 잇는고
로 그 말을 좃지 아니ᄒ엿ᄂ이다 ᄒ거늘 감시 크게 ᄭᅮ지져 왈 너의 혼
비 참 긔즈식이로다. 부부지간에 일시 희담이 무어시 장부의 평싱 힝ᄉ
에 관계ᄒ 비 잇스리오 조곰도 마옴에 머무르지 말고 맛당이 속히 가
그 가긍가련ᄒ 졍을 위로ᄒ라. 소년이 맛츰니 듯지 아니ᄒ니 감시 되로
ᄒ여 ᄭᅮ지져 왈 너의 힝ᄉ와 소견이 져러ᄒ니 엇지 능히 문무간에 공명
이 되여 가졍을 보젼ᄒ리요. 니 집이 망ᄒ리로다 ᄒ더라. 그 후 쳥상이
인ᄒ야 원을 머금고 죽은지라. 소년이 평싱 경영ᄒ는 일에 미미이 마를
지여 되는 일이 업고 과거보기를 힘쓰나 ᄒ번도 맛치지 못ᄒ는지라. 심
중에 고이히 넉이더니 감시를 당ᄒ여 장중에 드러가 문필을 극히 치셩
ᄒ여 볼시 시관이 맛참 쳥상에셔 비회ᄒ더니 ᄒ 셔싱이 글장을 가지고
드러와 밧칠 즈음에 홀연 소복ᄒ 녀지 공중에 셔셔 먹병을 기우려 글장
을 더러이고 인ᄒ야 간 되 업거늘 시관이 크게 고이히 넉여 그 글장 봉
니를 ᄯᅥ이고 일홈을 보니 고인의 아들이라. 과장을 파ᄒ 후 집에 도라
와 그 소년을 츠즈 지난 바를 말ᄒ고 일너 ᄀᆞᆯᄋᆞ되 그되 반다시 평싱에
원을 ᄭᅵ친 계집이 잇셔 이러틋 마를 지으니 비록 만번 과거를 보아도
필경 맛치지 못ᄒ고 한갓 졍녁만 허비ᄒ리니 다시 과거 볼 싱각을 두지

말나 ㅎ니 소년이 그 말을 듯고 크게 뉘웃쳐 ㅎ나 밋지 못홀지라 인ㅎ
야 과거를 페호 후 가산이 졈졈 탕퓌ㅎ고 쳐지 구몰ㅎ니 일신이 의탁홀
곳이 업셔 신을 삼으며 즈리를 쳐 잔명을 보존ㅎ다가 필경 주려죽으믈
면치 못ㅎ니 상부원혼이 지극 혹독ㅎ더라.

1897년 1월 18일

한 지상이 경상감스를 ㅎ여 한가한 겨를을 어든 쩌에 국긔를 이져 ㅂ리고 풍악을 대장ㅎ며 기싱과 가긱을 비에 가득이 싯고 낙동강 상에 션유홀 시 일난 풍화ㅎ여 언덕 버들은 의의ㅎ고 물짜 난초는 욱욱ㅎ듸 나무ㅎ는 피리는 셔로 화ㅎ며 고기줍는 노리는 셔로 답ㅎ니 은린은 좌우에셔 쮜고 슈조는 상하의셔 날며 연연이 노리ㅎ는 기싱은 연젼에 듸무ㅎ고 규규한 무부는 좌하에 시립ㅎ엿는듸 져 쏜[소]리는 반공에 스못치고 노리 소리는 원풍에 쩌러지니 남녀의 관광ㅎ는 지 스면에 구름 모이듯ㅎ고 슈령의 추셰ㅎ는 지 일듸로 셩군ㅎ엿스니 이 쩌 영빅이 양양즈득ㅎ여 놉히 소즈쳠의 비션오유의부를 읇ㅎ며 맑게 조밍덕의 월명셩희의 시를 외오니 뜻 가온듸 가이 두려온 사름이 업고 눈아리 사름이 업는 마음이 잇더니 홀연 한 셔싱이 일필 쳥녀를 타고 초초이 지나가거늘 허다한 관예등이 일시에 소리 질너 말을 니리라 ㅎ니 셔싱이 드른 쳬 아니ㅎ고 나귀를 모라가니 영빅이 듸로ㅎ여 엄히 다스리고즈 ㅎ여 관예를 호령ㅎ여 그 셔싱을 줍아오라 ㅎ니 관예등이 나는 다시 뒤를 짜라 셔싱을 잡아다가 션두에 꿀니니 감시 여셩 듸질 왈 니 일도 방빅으로 허다 슈령을 모아 이곳치 셩이 놀거늘 네 일긔 셔싱으로 존듸ㅎ믈 모로고 범죄ᄒᆞ미 잇스니 무례막심ᄒᆞᆫ지라. 평성에 글 닑은 공이 어듸 잇ᄂᆞᆫ고 우회를 업수이 넌[녁]인 죄를 면치 못ᄒᆞ리라 ᄒᆞ니 셔싱이 짜히 업듸여 ᄭᅮᆯ으듸 소싱이 일즉 셩현셔를 닑엇스오미 엇지 경장지도를 아지 못ᄒᆞ오리잇가 하믈며 방빅이 잔치를 베푸신 앏히 엇지 감히 말을 타고 지나가오리잇가마ᄂᆞᆫ 우연이 글귀를 싱각ᄒᆞᆸ노라 무심이 존엄ᄒᆞ신 위의를 범ᄒᆞ엿스오니 그 죄를 사ᄒᆞᆯ ᄇᆡ이 업스오나 고인의 글에 심부지언이면 시[식]이불견이요 쳥이불문이란 말슴이 잇스오니 오즉 죽고 살기가 순상 쳐분에 잇스오니 비록 열닙에 현하지변이 잇스오나 엇지 능히 발명ᄒᆞ오리잇가 ᄒᆞᆫ듸 영빅이 ᄭᅮᆯ으듸 네 말이 가위 가긔이기방이라. 듸져 마상셔 싱각ᄒᆞᆫ 글을 곳 써 올니라. 글을 본 후 가이 쳐분이 잇스리라. 셔싱이 필연을 쳥ᄒᆞ여 ᄒᆞᆫ 붓스로 휘쇄ᄒᆞ여 칠졀 일슈를 써올니니 기시에 왈 낙동강 우희 신션의 비 썻스니 부ᄂᆞᆫ 피리와 노ᄅᆡ 소ᄅᆡᄂᆞᆫ 먼 바람에 써러졋도다. 손이 말을 멈으르고 듯기에 즐겁지 아니ᄒᆞ니 창오산 빗치 져문 구름 가온듸러라 ᄒᆞ엿거날 감시 보기를 맛치미 그 뜻귀 뜻즐 알고 급히 요람에 긔록홈을 본즉 그 날이 국긔일이라 심중에 크게 붓그려 난간에 나려 그 셔싱을 붓드러 마즈 상좌에 안치고 실녜ᄒᆞ믈 스례ᄒᆞ고 가효미쥬로 관듸ᄒᆞ며 즉지 잔치를 파ᄒᆞ고 영문으로 도라와 금빅을 만이 주어 보너니 이역 문ᄉᆞ의 상쾌ᄒᆞᆫ 일이더라. (完)

1897년 1월 20일

문관 ᄒ나이 집이 부요ᄒ여 디디로 젼ᄒ야 오는 노비들이 심이 만하 ᄉ
역ᄒ지 아니ᄒ고 나가셔 ᄉ는 죵들이 영남에셔 만이 ᄉ는 고로 그 공을
거두랴 ᄒ고 친이 영남으로 ᄂ려가 그 곳에 일으니 노소 비복 등이 일
시에 디령ᄒ여 계하에 나렬현신 ᄒ거날 문관이 눈을 드러 ᄌ셔이 본즉
기중 ᄒ 비지 나히 십칠팔셰 쯤 되ᄂ디 별ᄀ흔 눈과 옥ᄀ흔 쌤이며 꼿
ᄀ흔 얼골에 달ᄀ흔 티되 사름의 눈을 놀니며 마음을 흔드ᄂ지라. 문관
이 그 일홈을 무른즉 향셤이라. 봄을 더듬을 마음이 잇셔 향셤다려 일
너 ᄀᆯ으디 너는 니가 공을 밧지 아니ᄒ고 맛당이 다리고 갈 터이니 즉
속 의상을 빨아 ᄒᆡᆼ장을 ᄎ리고 령을 어기지 말나 ᄒ니 향셤이 그 ᄯ슬
헤아리고 고ᄒ야 ᄀᆯ으디 나오리게오셔 공을 밧기 위ᄒ야 오셧슨즉 공
만 거두어 ᄇ드심이 올커날 다려가신단 분부는 그 쳐분을 아지 못ᄒ올
지라. 소인이 우흐로 부뫼 잇ᄉ옵고 아리로 지아비 잇ᄉ오니 이를 바리고
어디로 가오리잇가 밍셔코 봉승치 못ᄒᆞ엿ᄂ이다. 문관이 ᄭ지져 ᄀᆯ으디
니 ᄯ슷 잇셔 말을 발ᄒ엿ᄉ니 비록 불에 드러가며 믈을 밟ᄂ 일이라도
엇지 감히 ᄉ피ᄒ리요. 니 ᄯ슷 임의 결단ᄒ엿ᄉ니 다시 여러 말 말나
향셤이 고왈 군신과 노쥬는 그 의리 일반이라. 임군의 명이 잇셔 도리

에 어긴즉 신히 그 명을 밧들지 아니ᄒ고 상젼의 령이 잇셔도 녜에 억원즉 죵이 그 령을 좃지 아니ᄒᄂᆞ니 이졔 나으리게오셔 ᄌᆞ식으로 ᄒ야곰 부모를 ᄇ리라 ᄒ시니 이ᄂᆞᆫ 리에 억의미요 지어미로 ᄒ야곰 지아비를 바리라 ᄒ시니 이ᄂᆞᆫ 녜에 억의미오니 긔졔 군ᄌᆞ의 마음으로 이ᄀᆞ튼 비녜무리ᄒᆫ 일을 힝코ᄌᆞ ᄒ시오니 그 마음 잇ᄂᆞᆫ ᄇᆞ를 일노 좃ᄎ 아올지라. 옥은 가히 부스럿더리나 그 빗츤 가히 브스럿더러지 못ᄒ올지라. 노류장화를 사름마다 비록 썩그나 산계야목은 집에 깃드리지 못ᄒᄋᆸᄂᆞ니 바라건디 뉴의치 마르소셔. 문관의 만장이나 되는 불ᄀᆞ튼 욕심이 흉즁에셔 일어ᄂᆞ니 엇지 쳥죵ᄒᆞᆯ ᄂᆡ 잇스리요. 엄ᄒᆫ 호령이 츄상 ᄀᆞ트여 쩌나기를 지쵹ᄒ니 향셤이 ᄒᆞᆯ일업셔 부모와 지아비를 하직ᄒᆞᆯ ᄉᆡ 그 한은 단셩ᄒ고 쩌나는 경상은 참아 보지 못ᄒᆞᆯ너라. 힝ᄒ야 낙동강에 일으러 비를 타고 건널 ᄉᆡ 즁뉴에 다다라 향셤이 돗디를 의지ᄒ고 안ᄌᆞ 쳐연ᄒᆫ 빗츨 ᄯᅴ고 묵연이 싱각다가 믄득 나삼을 썻고 손가락을 ᄭᅵ무러 피로 칠졀 일슈를 써셔 문관 앏히 드리고 인ᄒ야 몸을 강즁에 더지니 강풍이 소소ᄒ야 소리 목 밋치고 쳥산이 믁믁[묵묵]ᄒ야 빗치 쳐량ᄒ더라. 긔시에 왈 위엄은 상셜ᄀᆞ트고 의ᄂᆞᆫ 산ᄀᆞ트니 아니가기도 ᄯᅩᄒᆫ 어렵고 가기도 ᄯᅩᄒᆫ 어렵도다 도롯 네려 낙동강 물 푸른 거슬 보니 이 몸이 위ᄐᆡᄒᆫ 곳에 이 마음이 편안ᄒ도다 ᄒ엿더라. 이 ᄠᅢ 문관이 그 죽으믈 보고 글을 디ᄒ여 상심통셕ᄒ믈 마지 아니ᄒ나 엇지ᄒᆞᆯ 길 업셔 추회ᄒᆞᆯ ᄯᆞ름일너라.

028 「無何翁問答」

1897.1.22~2.15 이후 미확인. 小說

1897년 1월 22일 (1회)

슈셩 남편에 호 사룸이 잇스니 별호는 무하옹이라. 나히 칠십이 니나되 긔력이 강건ᄒ고 아둘 형뎨 잇셔 부모 셤기기를 지효로 ᄒ야 일문지니 에 대소ᄉ를 반다시 그 부모에게 품고호 연후에 ᄒ며 지어 조셕지졀에 쑬의기밥과 나물국이라도 졍셩을 다ᄒ여 공궤ᄒ고 비록 분ᄒ고 ᄉ오나 온 일이 잇셔도 그 어버이 압희셔는 화호 빗과 부드러온 소리로 부모에 마음을 편안이 ᄒ니 쳐지 그 힝실을 ᄉ모ᄒ며 니웃시 그 효를 일ᄏ라 져마다 말ᄒ되 일후에 ᄌ손이 여음이 잇셔 문회를 반다시 창대ᄒ리라 ᄒ더라. 모상을 당ᄒ야 주야곡읍ᄒ며 슬허ᄒᄂ 모양은 춤아 보고 듯지 못홀지라. 무하옹이 비산호 회포를 잇고ᄌ ᄒ여 망혜를 신고 쳥녀쟝을 집고 멀니 허영산 우희 올나 바회를 의지ᄒ여 안ᄌ 우주의 무궁ᄒᆷ믈 늣 기며 인싱의 슈유를 슬퍼 위연이 탄식ᄒ고 쳐연이 노릭ᄒ더니 노릭를 맛지 못ᄒ야 홀연 호 노인이 산관 야복으로 표연이 오니 소안 빅발에 션즁도골이라. 무하옹이 마ᄌ 읍ᄒ야 굴ᄋ디 원컨디 션싱의 놉흔 일홈 을 듯고ᄌ 하노라. 그 노인 답녜 왈 사이에 쳐호 일홈은 오유ᄌ라 ᄒᄂ 이다 ᄒ고 인ᄒ야 무러 굴ᄋ디 그디의 노릭를 드르니 소리 쳐쳐ᄒ고 그 디의 얼골을 보니 빗치 쳑쳑호지라 이 무슴 연괴뇨 무하옹이 그 상우

혼 일을 말하니 오유지 골으디 그디 달관의 사롬이 아니로다. 옛 셩인의 말이 잇스디 살믄 붓치미요 죽으믄 도라가미라 하엿스니 살고 죽으믄 니에 쩟쩟하미라 요순의 셩현으로도 면치 못하엿고 분육의 용밍으로도 멋치 못하엿고 의진의 구변으로도 면치 못하엿고 진초의 부강으로도 면치 못하든 그디의 아는 비라. 이졔 그디 부인의 도라가믄 실노 니치에 쩟쩟하미여날 엇지 비산한 회포를 소리에 발하며 빗히 낫타니느뇨 무하옹이 답왈 아지 못하미 아니라 나의 이궃치 하믈 마지 아니하믄 인졍의 쩐쩐[쩟쩟]하미라. 나의 부뷔 결말 상종하미 지금 스십구년이라 궃치 부모의 상수를 지니고 쏘 감고우락을 궃치 지니미 음식은 조강을 슬희여 하지 아니하고 의복은 한셔에 맛게 하믈 엇지 못하야 근심하는 마음이 조조하여 날을 보니고 만수에 골몰하다가 셰상을 맛치니 말과 싱각이 이에 밋치미 엇지 슬푼 회포 업스리요. 다힝이 두 즈식과 두 며느리 잇셔 효이하는 졍과 돈묵[목]하는 의 닌리에 탄복하는 비러니 졸연이 거창하믈 당하미 반호벽용하며 고디호쳔하는 모양을 참아 보고 들을 길 업스니 엇지 비산한 회포 소리에 발하며 빗히 낫타나지 아니하리요. 오유지 골으디 사롬이 상수를 당하미 이러한 비회는 사롬마다 잇는지라. 엇지 홀노 그디 한 사롬 뿐이리요 무릇 인싱의 부귀 빈쳔과 수요화복이 다 산디의 길하고 길치 아니한디 잇느니 그디의 급한비 길한 산디를 졈득하는디 잇고 슬푼 회포는 그 남은 일이니라.

1897년 1월 24일 (2회)

무하옹이 골으디 디리의 말이 셩이 힝하야 스롬의 화복을 젼혀 디리에 부치는고로 상수를 당한 지 염하기 젼에 몬져 산디를 말하미 비비이 잇스니 그 과연 그러하냐 그러치 아니하냐 니가 밋지 못하노라. 오유즈ㅣ 골으디 쳔디인 삼지는 한 리치라. 임의 쳔리 잇슨즉 반다시 디리 잇고 임의 디리 잇슨즉 인리 잇느니 엇지 디리의 잇고 업스믈 의심ᄒ리요. 무하옹이 굴ᄋ디 너 비록 지극히 어리셔그나 엇지 굴ᄋ디 디리 업다 ᄒ리요마는 디리의 말을 너 이졔 그디를 위ᄒ여 말ᄒ리라. 하날이 ᄌ에 열니고 ᄯ이 축에 열니고 ᄉ롬이 인에 낫스니 디져 날이 나졔 힝ᄒ고 달은 밤에 힝ᄒ며 더위를 당ᄒ미 덥고 치[추]위를 당ᄒ면 치우며 비올 ᄯ에 비오고 볏날 ᄯ에 볏치 나니 비록 뎨왕의 귀홈으로도 그 도를 변치 못ᄒ고 비록 노예의 쳔홈으로도 그 졀을 곳치지 못ᄒ며 비록 급ᄒ나 급지 아니ᄒ며 비록 속ᄒ나 속지 아니ᄒ야 지극히 공변되고 ᄉᄉ ㅣ 업스믄 하늘 리치요 놉ᄒ면 산이 되고 나즈면 돌이 되야 파리ᄒ면 초목이 무셩치 아니ᄒ고 기름진즉 빅물이 풍셩ᄒ야 콩을 심으면 콩이 나고 베를 심으면 베가 나며 ᄊ아 산을 ᄒ되 원망치 아니ᄒ고 파셔 우물을 ᄒ되 노야ᄒ지 아니ᄒ며 왕도를 명ᄒ되 깃거ᄒ지 아니ᄒ고 빅셩이 거ᄒ되 ᄉ피ᄒ지 아니ᄒ야 지극히 공변되고 ᄉᄉ ㅣ 업스믄 ᄯ 리치요 군의 신츙ᄒ며 부ᄌᄌ효ᄒ고 형우뎨공ᄒ며 부화부순ᄒ고 군ᄌ는 빅셩을 다스리고 소인은 웃ᄉ롬을 셤겨 졍에 어긔미 업고 녜에 합ᄒ미 잇는거슨 ᄉ롬에 리라. 하늘과 ᄯ와 ᄉ롬에 셰 가지 리를 순ᄒ면 복을 누리고 하늘과 ᄯ와 사룸에 셰 가지 리를 거스린즉 앙화를 바드미 소연ᄒ야 가히 알지라. 이졔 그디 리치의 잇는 ᄇ를 궁구ᄒ지 아니ᄒ고 다만 화복을 ᄀ리에 부치니 그러ᄒ즉 디리가 졔일이 되고 쳔리와 인리는 다 허사가 될야 길ᄒ ᄯ을 어더 장ᄉᄒ면 ᄌ손이 부귀ᄒ며 번연ᄒ고 흉ᄒ ᄯ을 어더 장ᄉᄒ면 ᄌ손이 빈쳔ᄒ야 멸망ᄒ느니, 오유ᄌ ㅣ 굴ᄋ디 그러ᄒ다 옛일을 낫낫치 들어 말ᄒ기 어려오니 쳥컨디 근디의 일노 말ᄒ리라. 조졍 지상 김씨의 션조를 대디에 장ᄉᄒ고로 명공거경이 디디로 이어나니 엇지 산음이 ᄌ손에 밋치미 아니리오 무하옹이 굴ᄋ디, 그럿치 아니ᄒ다. 김씨와 셔씨의 창셩ᄒ야 부귀ᄒ는 비 ᄯ호 산의 음이 아니라 그 션조의 누빅년 음덕을 힝ᄒ디 일윈 비니라.

1897년 1월 28일 (3회)

니 일즉 드르니 김씨 선조ㅣ 비예 천금을 싯고 순류ㅎ여 너려 갈시 츙
쥬 목계에 일으러 믄득 흔 사롬이 늘근 녀즈로 더브러 흔가지 물에 싸
져 죽고즈 ㅎ믈 보고 급히 다라가 그 남녀를 붓들고 연고를 무른더 더
답ㅎ야 굴아더 다름이 아니라 나는 본읍 아젼으로 포흠을 만이 지고 갑
흘 길이 업셔 장찻 죽기에 일흐미 츠라리 즈져ㅎ눈이만 굿지 못ㅎ여 노
모로 더브러 물에 던져 죽으라 ㅎ노라 ㅎ거날, 김공이 그 말을 듯고 측
은흔 마음을 춤지 못ㅎ여 천금을 쥬어 두 사롬의 죽으믈 면ㅎ게 ㅎ엿스
니 그 음덕을 궁구ㅎ면 즈손의 부귀ㅎ미 맛당ㅎ고 쏘 셔씨의 선조ㅣ 장
가갈시 빙폐를 굿초아 치힝ㅎ여 즁노에 일으러 들은즉 신부의 두 눈이
폐밍흔 병신이라 ㅎ미 셔씨의 디인이 디경ㅎ여 파혼ㅎ고 회졍ㅎ고즈
ㅎ거날 신낭이 간ㅎ야 굴ㅇ더 이는 소즈의 불힝ㅎ미요 즁미의 불명ㅎ
오미라 신부ㅣ 무슴 죄 잇스오리가. 이졔 만일 브린즉 사롬에게 적원ㅎ
오미 심ㅎ옵고 졔가 만일 소즈로 말미암아 공규에셔 늘거 죽은즉 마음
에 참아 ㅎ지 못홀 일이옵고 쏘 폐망흔 즈는 천디간에 흔 죄인이라 이
졔 인류에 브린즉 더옥 춤아 못홀 빈이오니 가히 비반치 못ㅎ리로소이
다. 셔씨 디인이 그 말을 듯고 그러이 녁여 인ㅎ야 그 안희를 취ㅎ게 ㅎ
엿다 ㅎ니 그 심덕을 궁구ㅎ면 즈손에 부귀ㅎ미 쏘흔 맛당흔지라. 이는
다 인리의 일원 빈이요 엇지 디리를 인ㅎ미뇨 디져 디리는 스스로 디
러[리]요 인리는 스스로 인리라. 지리와 인리의 관계 업슴과 산음이 즈
손에 밋지 못ㅎ는 일을 밝히 써 말ㅎ리니 즈셔이 들으라. 가스 우와 탕
의 산이 길ㅎ고 쏘 길ㅎ나 걸과 쥬의 스오나옴으로 엇지 망치 아니ㅎ
니 잇스며, 가스 항씨의 산이 조코 쏘 조ㅎ나 픠왕의 스오나옴으론 엇
지 망치 아니홀 리 잇스리오 무릇 사롬이 비로소 날 쳐음에 부귀와 빈
쳔을 임의 스쥬에 판단ㅎ엿슨즉 디리 엇지 능히 그 슈를 변ㅎ야 그 부
귀와 빈쳔을 옴기요 사롬이 싸히 써러질 쳐음에 슈요와 화복이 임의

마음상에 실엿슨즉 산음이 엇지 능히 그 상을 곳치며 그 슈요와 화복을 옴기리요. 쥬나라 쎄에 북망이 잇고 한나라 쎄에 오릉이 잇셔 사름에 죽는 즉 ㅣ 잇스면 무론 부귀ᄒᆞ고 다 북망과 오릉에 장ᄉᆞᄒᆞ엿슨즉 이는 싸흘 가리지 아니ᄒᆞ고 쟝ᄉᆞᄒᆞ미라 반다시 산화 ㅣ 잇셔 사름이 다 멸망ᄒᆞ얏슬 터이나 그러ᄒᆞ나 쥬나라 팔빅국의 인민이 잇셧고 한나라 ᄉᆞ빅년 국조 ㅣ 잇셧ᄂᆞ니

1897년 2월 10일 (4회)

일노쎄 밀위여 본즉 디리의 업스믈 뭇지 아니ᄒᆞ여도 가이 알 거시오 ᄯᅩ 물레 장ᄉᆞᄒᆞ며 불레 장ᄉᆞᄒᆞ되 그 ᄌᆞ손된 지 ᄯᅩ흔 지상이 되며 수령이 되고 ᄯᅩ 슈를 빅년에 지니는 사름도 잇고 부자 도[되]미도 쥬공ᄀᆞᆺ흔 사름도 잇스며 ᄯᅩ ᄌᆞ손이 진진흔 사름도 잇고 ᄯᅩ 빅테 강건흔 사람도 잇스니 이 엇지 다 산음을 인ᄒᆞ야 그러ᄒᆞ냐 우리나라로쎄 말ᄒᆞ면 ᄌᆞ고급금에 풍운의 모도이믈 지음ᄒᆞ야 고기믈을 어든 즐거옴이 잇셔 권이 조졍을 기우리며 위엄이 ᄉᆞ방에 쩔쳐 경영ᄒᆞ미 잇스면 반다시 엇고 구ᄒᆞ미 잇스면 반다시 어더 부모를 위ᄒᆞ야 구산홀 쎄에 디사 수십 명을 거ᄂᆞ리고 은안 빅마로 전호후옹ᄒᆞ여 동셔남북으로 두루 다니며 디디를 구ᄒᆞ야 가리고 ᄯᅩ 가릴시 사름의 산을 쎄스며 사름의 집을 헐고 널니 싸흘 차지ᄒᆞ야 그 어버이를 장ᄉᆞᄒᆞ미 쳔빅 디사가 다 ᄀᆞᆯ오디 대디라 ᄒᆞ며 오고 가는 스룸이 다 ᄀᆞᆯ오디 명당이라 ᄒᆞ야 그 문과 무과가 남에 밋쳐는 ᄯᅩ흔 ᄀᆞᆯ오디 산리의 징험이라 ᄒᆞ고 아들을 나흐며 손ᄌᆞ를 낫는 경ᄉᆞ 잇스면 ᄯᅩ흔 ᄀᆞᆯ오디 산음의 일으미라 ᄒᆞ다가 만일 참남흔 마음이 흔 번 동ᄒᆞ야 욕심이 불 이듯 일어나셔 가마니 불괴ᄒᆞ믈 쬐ᄒᆞ다가 일이 일우지 못ᄒᆞ미 숨족을 니별ᄒᆞ야 맛춤니 남으미 업는 지 만흐니 그러흔즉 이어 인리의 일위미라 엇지 산리의 부린 비리요. 만일 디리 잇슨즉 공

부즈의 셩인으로 반다시 디리의 길흉을 알거시니 엇지 그 션친를 즈손이 창셩홀 따에 장스호지 아니호고 이에 빅이의 참쳑을 보앗스며 만일 산음이 잇슨즉 공명의 지혜로써 반다시 산음의 후박을 알 터인디 엇지 호야 그 어버이를 즈손이 면원홀 짜에 장스호지 아니호고 계갈쳠으로써 장평에 스십만졸이 훈 사름도 살믈 엇지 못호엿스니 엇지 다 뭇질너 죽을 혈에 장스호엿스며 강동 팔쳔 졔계 훈 사름도 사라 도라간 지 업스니 엇지 다 젼망홀 혈에 장스호엿스리요 반고와 스마쳔은 만고 문장이나 그 어버이를 문산에 장스호엿단 말을 듯지 못호엿고 위쳥과 곽거병은 일디에 명장이로디 그 어버이를 장산에 장스호엿단 말을 듯지 못호엿고 동방삭이는 삼쳔년을 지니여 수호엿스니 이 엇지 그 어버이를 수산에 장스호여 그러호며 도쥬공이 부호미 왕공을 비겻스니 이 엇지 그 어버이를 부산에 장스호야 그러호냐 산리가 만일 즈손에게 밀칠진디 밋치는 밧지 반다시 고를 터인디 엇지호야 션악이 젼금과 도쳑의 스이에 난호엿스며

1897년 2월 13일 (5회)

산음이 만일 즈손에게 밋츤즉 그 밋츤 비 반다시 골를 터인디 혹 형은 뷰자되고 아오는 가는훈 즈ㅣ 잇스며 혹 형은 슈호고 아오는 요호미 잇스믄 엇지호미뇨 나는 일오디 션악은 사름의 셩품에 말미암으미요 수요는 사름의 명에 잇고 산리와 산음에 잇는 거시 아니라 쏘 즈손이 쥬려 죽으며 즈손이 병드러 죽으미 그 하라비와 아비된 지 귀와 눈이 잇고 손과 발이 완젼호야 좌우로 길거호며 조셕으로 근심호고 넘녀호나 오히려 능히 그 쥬리믈 구호며 그 병을 낫게 호지 못호거든 하물며 훈 번 죽은 후에 혼은 올나가고 빅은 나려가 쎠와 살이 흙을 화호여 무형무젹호고 무셩무취훈즉 엇지 능히 즈손으로 호여곰 부자되게 호며 엇

지 능히 슈게 리요. 가사 부모 장사 짜히 크게 길야 그 산음이 즈손에게 밋쳐 일만 니로옴에 초 나아오며 일빅 희로옴이 밋지 아니야 화는 가이 써 복이 되고 위티믄 가이 써 편안미 될 줄을 밝키 아나 그러나 그 즈손된 즈ㅣ 산음을 밋고 리치를 거스리며 도리를 어괴여 사롬의 지물을 쎄스며 사롬의 명을 살히즉 과연 산음을 힘닙어 형벌에 죽는 화을 면며, 가사 그 부모를 장사 짜이 극히 조아 산음이 즈손에게 밋쳐 곡식을 가사 익의여 입지 못믈 밝히 아나 그 즈손된 즈ㅣ 산음을 밋고 사나희는 밧 갈지 아니며 녀편니는 방격지 아니고 문을 닷고 단정이 안져도 과연 산음을 힘닙어 먹을 거시 족며 입을 거시 남으미 잇스리요. 가사 부모를 장사 짜이 반다시 아람다와 그 산음이 즈손에 밋쳐 아둘이 잇셔 션션고 손즈ㅣ 잇셔 진진야 문과 거듭나며 무과 이어나믈 밝히 아나 그러나 즈손된 즈ㅣ 산음을 밋어 장가들지 아니고 첩을 엇지 아니여도 과연 산음을 힘닙어 아둘이 잇고 손즈가 잇스며, 가사 부모를 장사 짜이 크게 조아 지물과 곡식이 산 고 씌는 일이 반다시 일위여 복녹이 연면부졀믈 발기 아나 그러나 즈손된 즈ㅣ 부랑여 잡기를 조아고 쥬식을 질기며 가사를 도라보지 아니고 돈을 물치 쓰며 아츰에 일즉 일어나지 아니고 져녁에 홀 일이 업셔 희티므로 셰월을 보니여도 과연 산음을 힘닙어 지물과 곡식을 쓰으미 잇스며 당초에 공밍의 글을 읽지 아니고 또 활과 살을 아지 못여도 과연 산음을 힘닙어 문과 무과를 어드랴.

1897년 2월 15일 (6회)

그런고로 나는 일오디 사롬의 부귀빈쳔과 흥망셩쇠가 도모지 사롬의 착고 악홈과 부지런고 게어른 디 잇는 거시오 산리의 길흉쳔심에 잇는 거시 아니라 노라. 오유즈ㅣ 쳥파에 탄식야 로디 이는 진실

노 달논이라 그러흔즉 이제 그디 부인을 장亽흐미 짜흘 가리고즈 흐나
냐 가리지 안코즈 흐나냐. 만일 가리고즈 흐면 엇더흔 짜흘 가리라 흐
나뇨 무하옹이 굴ᄋ디 니 엇지 굴이지 아니흐리요. 나의 갈이는 밧즈는
산이 머무르고 물이 긋치며 ᄇ람이 감최고 볏츨 향흐며 사람의 즈최 머
지 아니흔 짜흘 취흐고 그 절협궁곡을 피흐고 셩과 져즈거리를 멀니 흐
며 시닛물이 츙파흐지 아니흐고 도로ㅣ 빗겨 젼후로 침노치 아니흔 곳
지면 나의 원을 맛치미요 지어 길흉과 화복은 디리에 부치지 아니흐노
니 만일 이ス흔 짜흘 어든즉 비록 빅인이 기려도 니 깃거흐지 아니흘
거시오 빅인이 회방흐여도 니 밋지 아니흐리니 맛당이 깁히 광즁을 파
고 굿게 회를 ᄡ아 그 장亽흘 ᄰ에 밋쳐는 판관을 ᄇ리고 신체를 니
리며 츌회로 그 부인디를 메우고 벽돌노 ᄒᆷ디를 흐며 찬 회를 ᄡ아 봉
분을 흐랴 흐노라. 오유즈ㅣ 굴ᄋ디 고인이 말흐되 관곽을 ᄡ는 거슨
흙으로 흐야곰 실에 ス가이 아니케 흐랴 흠이라 이제 그디는 관을 ᄇ리
고 장亽흐라 흐믄 무슨 ᄯᆺ시뇨 무하옹이 왈 니 옛법의 조흐믈 모모르
미[모르미] 아니로되 나의게 꾀 다르믈 위흐미 아니라 니 일즉 음겨 장
亽흐는 거슬 만이 보미 미양 버레가 관에서 나셔 ᄒᆡ골을 글거 먹으니
보는 비 심이 흉참흐여 참아 눈으로 보지 못홀 자ㅣ 열에 여덟 아홉이
라. 그 관이 잇고 버레 ᄒᆡ를 당흐는 거시 관이 업시 버레 ᄒᆡ를 멀니 흐
는 이와 ス지 못흔지라. 비록 빅금을 드린 관이라도 셕어 버레 나기 쉽
고 ᄯᅩ 셰구년실흐여 셕어 ᄯᅥ러진즉 강흔 가지와 악흔 마디가 ᄒᆡ골에 혼
잡흐야 부졍흐미 심흐고 ᄯᅩ 관이 셕고 업스면 광즁이 공허흐야 반다시
바랄 긔운이 머나 ᄒᆡ 됨이 극심흔 □[고]로 관을 ᄇ리고 장亽흐랴 흐미
이 연괴로라. 오유즈ㅣ 왈 진실노 격언이로다. 츌회로 광즁 부인디를 어
이랴 흐믄 무슴 ᄯᆺ시뇨 무하옹이 답왈 무릇 회라 흐는 거슨 비록 음닝
흔 ᄯᅡ에 잇드라 흐여도 항상 은윤흔 긔운이 잇셔 버레와 긔얌이 능히
ᄯᅮᆯ치 못흐며 나무 ᄲᅮ리 능히 들어가지 못흐고 불이 능히 ᄯᅮᆯ치 못흐며
물이 능히 싀지 못흐니 이러흔즉 빅희 밋지 아니흐야 시체가 극히 온편

ᄒᆞ고로 출회를 쓰미로라. 오유즈ㅣ 왈 벽돌노 횡디를 ᄒᆞ랴 ᄒᆞᆫ 무슴
뜻시뇨

〈다음 일자부터 출처 불분명한 관계로 연재 확인 불가능〉

1902년 9월 7일 (1회)

젼라도 츄ㅈ도 근처에 히랑뎍이 슈십명식 츌몰ㅎ야 도처에 하륙ㅎ면 지물을 노략ㅎ며 부녀를 겁탈ㅎ야 망측훈 죄악은 빅듀에 힝ㅎ되 긔탄이 업시 횡힝ㅎ더니 근일 일본 어부로 ㅎ여금 도덕이 업셔진다 ㅎ는데 이졔 죠션국 젼라도 완도군 소안도 밍뎐리라 ㅎ는 촌에 와 잇던 일본 병고현 명셕군 죵미촌에 사넌 천원팔ᄎ랑(川原八次郞)이라 ㅎ는 사룸의 글을 본즉 당시의 실황을 가히 알지라 미우 ᄌ미잇기로 디강을 취ㅎ야 아리올니노라. 지난 둘 나흔 날 아츔에 천원팔ᄎ랑과 즁노평죠(中路平助)의 두 사룸이 히산물 졔조ㅎ는 데 죵ᄉㅎ야 완도군에 짜룬 소안도에 졔조소를 증ㅎ고 잇다가 한 팔십리 즘 되는 츄ᄌ도 어업 시찰ㅎ러 갈 시 쟈근 비를 타고 오후 훈시즘 츄ᄌ도 큰 작지동에 비를 디고 나려 민가에 드러가셔 어업의 ᄉ상을 이야기 ㅎ더니 오후 네시쯤 되야셔 별안간 동너가 소요ㅎ고 남녀노소가 모다 통곡ㅎ며셔 동분셔쥬ㅎ야 살 곳슬 찻거늘 팔ᄎ랑과 평조 두 사룸보기에도 심상치 아니훈 변고이라 크게 놀너셔 급히 비로 도라와셔 몸을 슘기고 도덕에 거동을 엿보더니 경각간에 히젹의 무리가 촌으로 드러가며셔 방포를 슈십번식 놋코 횡힝 츙돌ㅎ다가 훈 무리 도적이 촌쟝(존위)에 집으로 드러가셔 존위를 결박후여 가지고 또훈 무리는 촌니에 부주 사룸 무엇슬 결박후야 위협으로 두다리고 구박후는 모양인디 팔츠랑과 평조 두 사룸은 비속에 숨어 안져셔 눈을 곳츄 쓰고 기다리되 만닐 도적놈덜이 니 비로 드러오거든 훈번 히보랴 후더니 그 도적덜이 비 다인 우헤 하군웅티랑(下郡熊太郞)의 집으로 드러오니 이 웅티랑이런 사룸은 일본 구쥬 사룸으로 복어와 히초를 키랴고 히작이룰 다리고 이곳셰 와 잇더니 팔츠랑과 쥼조 두 사룸이 자셰 엿본즉 그 잡혀온 촌장 존위가 웅티랑을 향후야 이걸후는 말이 지금 져분네덜이 돈 뉵쳔냥을 쥬어야 살여셔 놋치 만닐 지체후면 일촌을 모다 총으로 죽여 업시리라 후나 돈이 적지 아니훈 슈효ㅣ라 당쟝 구쳐후넌 도리가 업스니 당신이 우리를 살니는 덕틱으로 돈을 취후여 쥬시면 츠츠 쳥어와 복어 등 싱션으로 갑허드리마 후고 눈물을 흘니거눌 웅티랑이 듯고 미우 불안훈것마는 맛춤 돈이 업슨즉 져긔 우리나라 사룸의 비가 와셔 잇스니 거긔 가셔 의논후여 보마 후고 팔츠랑에 비로 드러오니라.

1902년 9월 10일 (2회)

웅티랑은 팔츠랑의 비로 와셔 촌쟝의 소원후는 바를 간절이 말후나 그러나 본리 뉵쳔냥이나 되는 돈을 가지고 왓슬 까달기 업는지라 팔츠랑이 디답후되 아모리 민망후고 가이 업스나 과연 돈은 한냥도 변통홀 슈 업노라 훈즉 도덕덜이 그 말을 듯고는 울고 잇는 촌쟝이며 싱금훈 사룸덜을 더 몹시 구박후며 뭇흐로 도라나가며셔 한 도적이 말후기를 소 사십필을 모아 쥬리니 목포로 환젼을 삼쳔냥만 붓쳐 달나 후기눌 웅티랑이 닝소후고 맛춤 환젼 붓칠 돈이 업노라 디답훈즉 그 도젹도 아모말 업시 가니라.

그 쩨 발셔 히가 다 가셔 졉은지라. 여덜시 반이나 된지라 일본사룸덜

은 촌민의 곤경당ᄒᄂ는 거슬 민망히 녀기고 잇더니 총소리가 뇨란ᄒ며
셔 뎌당 슈십명이 민가에 막 구드러가셔 부녀를 겁할ᄒ며 지물을 마음
디로 탈취ᄒ야 극히 뇨란ᄒ더니 촌민 두어 사람이 달음박졀[질]ᄒ야 물
가의 집으로 드러오며셔 일본 사람에게 졀ᄒ고 어셔 도적을 쏘ᄉ처 우
리를 살녀달나고 이걸ᄒ거늘 일본 사람 틈에 산양 총 ᄒ쟈루 외에는 아
모 병쟝긔도 업고 사람도 단여힌즉 그디로 ᄒᄂ는 슈 업ᄂ지라. 웅타랑이
급히 비를 타고 소안도로 향ᄒ야 가니 이 ᄯᅥ 근 열ᄒ시 반이나 되얏더
라. 남어잇는 두 사람은 도적의 거동을 엿보고 잇슨즉 도적덜이 지물은
가져다가 저의 비에 싸ᄉ고 날이 발그며 ᄯᅥ날 츠으로 잇더니 이 ᄯᅥ에
ᄒ중으로 비 한척이 ᄯᅥ드러 오ᄂ디 ᄌ셰이 본즉 과연 소안도로셔 오ᄂ
구원병이라. 두 사람이 ᄯᅩ흔 비를 타고 마중으로 나가본즉 그 뒤로 이
삼척 비가 오ᄂ데 갓가이 당ᄒ야 보니 이야 참으로 소안도로 좃차 돌아
오난 웅타랑 일힝이라. 그 속에ᄂᆫ 칠팔명의 일인이 총과 칼과 가진 병
뎡긔를 가지고 오ᄂ지라. 크게 깁버셔 비를 갓치오고 도덕덜을 잡으랴
홀 시 발셔 도적덜은 작지동을 ᄯᅥ나셔 소안도로 가다가 구원병 오ᄂ 줄
을 알고 비질 급히 ᄒ야 졔쥬로 향ᄒᄂ지라. 일본인은 용긔를 도두고
죽을 힘을 다ᄒ야 비질을 ᄲᆞᆯ니 ᄒ야 쏘ᄉ차 가더라.

1902년 9월 12일 (3회)

이 ᄯᅥ에 도적들은 일본 사람의 어션이 쏘차 오ᄂ 줄 알고 죽을 힘으로
비질ᄒ야 다러나나 일본 어션은 맛치 살과 ᄀᆞᆺ치 나가ᄂ데 점점 갓ᄀ이
일으러서 오후 네시쯤은 샹거가 불과 일빅이삼간이라. 져의가 죠급흔
마음을 참지 못ᄒ야 몬져 방포ᄒᄂ지라. 이 ᄯᅥ 일본 어션에 잇ᄂ 사람
은 웅타랑과 팔초랑과 평죠와 쟝긔 사람 졍쳔이와 산구현 좌파군 츌운
촌 사ᄂ 림실지조와 디무도 임원국 분졍 사ᄂ 송강쳥쟝과 기외 두어 사

롬을 아울너 불과 십여명이라. 모다 혈긔롤 다듬어서 방포소리에 겁너지 안코 더욱 쌜니 쪼ᄎ 도뎍의 비에 갓가이 당ᄒ미 호령 ᄒ번과 호포 ᄒ방에 격션을 에우니 도젹덜이 다러나랴 ᄒ다가 홀연이 비를 머믈고 일졔이 방포ᄒ니 포셩은 복는 듯ᄒ고 염초 연긔는 자옥ᄒ듸 도젹의 비는 둑겁기가 네치 닷분이요 사름이 슈삼십명인듸 일본 어션에는 불과 십여명이라 가히 저당치 못ᄒᆯ너니 담은 도젹들의 방포ᄒ넌 법이 셧틀너 탄환이 두샹과 귀 엽흐로 지나가고 다ᄒᆼ이 사름은 샹ᄒ지 아니ᄒ지라. 일본 어부덜이 게교 ᄒ나를 싱각ᄒ엿스니 게 잡는 졔구 중에 왕듸가 잇는지라 그 듸를 잘너셔 속에는 셕유를 느코 아구리는 집흐로 막어 불을 당긔여서 도젹의 비에 더지니

1902년 9월 14일 (4회)

듸통에 셕유롤 느셔 불을 다려여 도젹의 비로 던지니 불꽃시 일어나셔 닷는 데마다 불이 붓고 검은 연긔는 묵거 치밀어 긔셰가 위험ᄒ지라. 도뎍덜은 창황 낭픿ᄒ야 불을 쓰랴고 분쥬황황ᄒ리 그 요란ᄒ 모양을 일우 말ᄒᆯ 슈 업더라. 일본 어부덜은 그 형셰를 보고 칼을 쎄여 들고 도뎍의 비로 쮜여 오르니 도뎍덜은 막을 싱각도 못ᄒ고 이리저리 다라나 너라고 분쥬ᄒ다가 즉시 베여 죽고 그 다음은 (未完)

1902년 9월 26일 (5회)

희중에 쮜여 드러 믈속에 죽은 쟈도 만코 얼마는 연긔롤 마시고 불에 샹ᄒ여 죽엇스며 살어셔 남어잇는 쟈ㅣ 겨우 아홉 사름이라. 그듸로 일본 사름 손에 싱금이 되야 일본 비로 건네가니 이 쩌 도뎍 비는 불이

붓터허셔 연긔 챵텬ㅎ고 불꼿시 날니여셔 허니 셰가 무셥게 되얏더라. 츄즈도 소안도 죠션 사롬덜은 일본인과 도뎍의 싸홈을 구경ㅎ랴고 놉흔 언덕에 올나 브라보다가 도뎍에 빈에 불이 붓넌 걸 보고 크게 깃버셔 춤을 추다가 촌쟝과 주민 등 슈삼십인이 빈를 타고 일본 어부롤 마즁ㅎ야 개가롤 불으고 본쳐로 도라오니 그날밤에 그 셤즁 남녀노소가 다 모야셔 홰불을 됴료이 켜고 일본 어부에 공덕을 무슈이 치사ㅎ며 일본인도 만셰를 부르니라.

그리ㅎ고 싱검훈 도뎍은 죠션 관리의게 보닉고 도뎍의게 쎄아슨 물건은 그 도뎍마졋던 사롬에게 보닉니 그 셤 빅셩덜이 깃버셔 다음날 회샤로 소 훈필 잡고 술 멋동의로 준치를 ㅎ엿넌디 일인은 무스ㅎ야 죠금 샹훈 쟈ㅣ 불과 슈인이더라. (完)

030 「木東崖傳」

연재 시작 날짜 불분명. 확인 가능한 날짜는 1902.12.7~1903.2.3 (미완) 小說

1902년 12월 7일 (?회)

목동이가 광경귀학의 집에 처소를 증후고 그 부인과 노부인게 인ᄉᆞ를 일우고 션물을 드리며 ᄯᅥᄯᅥ로 노부인 압헤 가셔 한담셜화로ᄡᅥ 쇼견을 ᄒᆞ게 ᄒᆞ즉 그 노부인은 비록 안밍이로되 본리 지식이 잇ᄂᆞᆫ 부인으로 졍신은 의젼ᄒᆞᆫ지라 심히 목동이를 ᄉᆞ랑ᄒᆞ야 손ᄌᆞ와 ᄀᆞᆺ치 알더라.

그러구러 시일이 지ᄂᆞ미 완리공화의 집 소문을 ᄌᆞ셰이 들으니 완리공화ᄂᆞᆫ 본리 형뎨 ᄲᅮᆫ이라 그 형 완리후칙이 잇셔 위인이 긔걸ᄒᆞ고 혹문이 슉셩ᄒᆞ더니 불ᄒᆡᆼ 죠졸ᄒᆞ니 쳐ᄌᆞ도 업고 담은 완리공화 ᄲᅮᆫ인디 그 죠모가 이 ᄯᅢᄭᅡ지 싱존ᄒᆞ엿ᄉᆞ니 년긔가 근 구십이라 본리 인약ᄒᆞᆫ 부인이 겸ᄒᆞ야 노혼홈이 가완ᄂᆞᆫ 견연부지ᄒᆞ고 완리공화가 젼당ᄒᆞ고 잇다가 의외에 횡ᄉᆞᄒᆞᆫ 후에 완리만셔가 드러와셔 그 집 가ᄉᆞ를 총찰ᄒᆞ니 완리만셔ᄂᆞᆫ ᄉᆞ리공화의 ᄉᆞ촌이라. 완리공화의 ᄶᅢᆺ헤 샴촌 ᄒᆞ나히 잇셧ᄉᆞ니 완리필증이라. 완리필증이 일즉 쥬식에 침혹ᄒᆞ야 ᄌᆞ긔에 가산을 탕픽ᄒᆞ고 ᄯᅩᄒᆞᆫ 향슈ᄒᆞ지 못ᄒᆞ야 일즉 죽으미 ᄋᆞ들 ᄒᆞ나를 두엇ᄉᆞ니 완리만셔ㅣ라. 완리만셔가 ᄯᅩᄒᆞᆫ 덕업을 힘ᄡᅳ지 안고 헛되이 부귀만 원ᄒᆞ고 지ᄂᆞ더니 흥샹 론돈에 가셔 셰월을 보닐 시 남은 지산을 마져 허비ᄒᆞ고 샤치를 과도히 ᄒᆞ며 거짓말노 과쟝ᄒᆞ기를 조하ᄒᆞ더니 론돈 사름 즁에도 쟈항 소문을 들은 쟈는 완리씨의 부쟈인 쥴은 다 아는지라. 완리만셔의 허랑호 쥴은 아지 못호고 담은 쟈항의 쥬인으로 알고 교분을 둣터이 호기룰 원호눈지라. 일엄으로 론돈에셔 일홈이 놉하지고 과분호 디졉을 밧더라.

1902년 12월 19일

완리만셔가 과분호 명예룰 가진고로 친구가 만허지고 나머지 지산을 마저 허비호더니 맛춤니 송하길나라 호눈 사롬과 교분이 친밀호야 쟈죠 샹죵홀 시 송하길나는 본러 빈한호 사롬이라 쩌로 군식호 닐이 잇스면 완리만셔가 반다시 구제호여 쥬니 쟈연이 졍의가 일실갓더라. 송하길나는 부모ㅣ 잇스되 년긔가 놉하셔 노인덜이요 미졔 호나 잇스니 년긔가 쟝셩호얏눈데 혹문과 지식이 구비호야 보눈 쟈마다 칭찬호지 안눈 쟈ㅣ 업더라. 완리만셔가 자죠 다니고 졍셩으로셔 물션을 보니눈 고로 유기 쳐즈와 더브러 도의로눈 친슉호나 속마음으로눈 혼인을 일우고 십은 욕심이 간졀호것마는 감히 빗슬 보이지 못호엿더니 시졀이 불길호야 여역이 유힝홀 젹에 송하길나의 부즈가 구몰호얏눈더 외인은 불통호고 가즁에 지물이 업슨즉 쵸죵쟝스룰 칠우눈 슈 업눈지라. 이 쩌에 완리만셔가 지물을 만히 어더 가지고 드러가셔 화렴을 피호지 안코 쵸죵쟝스룰 셩심으로 칠온즉 누ㅣ 아니 감복호리요. 송하유기 쳐즈의 모녀이 감스호 은덕의 갑홀 길을 아지 못호더라.

화셜 완리만셔가 유기 쳐즈의 감사호눈 마음이 잇눈 쥴 알고 힘을 다호야 가스의 싱활을 져당호고 미즈로 호야곰 유기 쳐쟈에게 통혼을 졍셩 들이되 혼례룰 일운 후면 부귀번화는 쟈지홀 양으로 대담호니 유기 쳐쟈의 모부인은 극히 반겨셔 기 합호 바 녀기고

1903년 1월 15일

완리만셔가 완리공화의 도라오지 아님을 셩명토죄ᄒ고 □□ 집으로 도
라가셔 그 조모를 봉양ᄒ며 종亽를 밧들츠로 자쳐ᄒ니 완연이 종손이
되야 일조의 부귀공ᄌㅣ라. 이졔야 송하유기 쳐녀와 힝락홀 소원을 일
우엇스나 죽셜낭걸인과 언약ᄒᆫ 닐을 져바리는 도리가 업셔 큰집으로
드러온 후에 죽셜낭을 다려다가 문호 감독을 ᄒ게 ᄒ니 죽셜낭은 본리
완악ᄒᆫ 인물이라 완리만셔의게 장물을 잡은 후로 유셰홈을 밋고 일졀
완만홈 만힝홀 시 일호ㅣ라도 불합의ᄒᆫ 닐이 잇스면 피무든 슈건을 들
어보이며 호령을 ᄒ즉 완리만셔는 문듯 샹긔 져츅ᄒ야 일언반ᄉㅣ라도
감히 항거치 못ᄒ고 미ᄉ를 슌종ᄒ니 쥬인의 권리는 간 곳 업고 하인의
도리는 극히 픠악ᄒᆫ지라 일향 ᄉ룹이 조소ᄒ지 안는 ᄌㅣ 업스며 완리
만셔의 조모는 년고ᄒᆫ 노인이라 노혼ᄒ야 아는 ᄇㅣ 업거니와 송하유
기 쳐ᄌ는 본리 영리ᄒᆫ 인물이라 완리만셔와 셩혼ᄒᆫ 이후에 완리만셔
가 픠가무여죤ᄒᆫ 줄은 발셔 ᄭ달엇는디 완리만셔가 지물이 업셔 안일
을 누리지 못홈으로 근심ᄒ고 잇스는 것슬 부죡히 녀겻더니 완리공화
의 죽어 업셔진 닐이 희미ᄒ고 의외에 종가로 드러가셔 부귀를 졸연이
당ᄒᆫ 것시 심히 불안ᄒ거늘 함을며 죽셜낭 로파의 힝지와 소위가 극히
괴상ᄒ고 극히 픠악ᄒᆫ지라 겸ᄒ야 완리만셔가 그 로파의게 디ᄒ야셔는
긔운이 져샹ᄒ야 조금도 거역ᄒ지 못ᄒᆫ 것슬 보고 크게 의심ᄒ며 깁
히 겁을 니여 종용이 완리만셔를 디ᄒ여 ᄀᆯ♀디 나는 여긔셔 부귀를 누
리는 것시 다른 곳셔셔 빈쳔ᄒ고 마음 편ᄒᆫ 이만 갓지 못ᄒ온디 그 즁
에 죽셜낭 로파의 힝식이 심히 완픠ᄒ니 이갓흔 모양을 보기가 불원ᄒ
는 바이라 쳥컨디

1903년 1월 17일

청컨더 힝쟝을 가볍게 ㅎ야 멀니 인도국이나 미국으로 가셔 여년을 편히 보니는 게 엇더ㅎ뇨 완리만셔가 그 말을 드르미 붓그럽고 불안ㅎ야 싱셰지락이 업스나 그러나 일죠에 가산을 바리고 멀니 가쟈 ㅎ여도 지물만 앗가울 쑨 아니라 쏘한 쉬ㅂ게 쥬션ㅎ기 어렵고 쏘 다시 죽셜낭을 쳐치ㅎ고쟈 ㅎ즉 그 ᄋ달 평산동이란 쟈이 극히 흉악흔더 젼후ᄉ를 다 알고 타쳐에 각거ㅎ는지라 구쳐홀 양칙이 업셔 심신이 불안ㅎ고 침식이 불감ㅎ야 두문사긱ㅎ고 울울불락ㅎ게 지너니 이럼으로쎠 향일 목동이[이]도 완리만셔롤 차저갓다가 문에셔 죽셜낭의게 욕만 당ㅎ고 완리만셔롤 보지 못ㅎ 것시 쏘한 이런 연고이라.

화셜 이 ᄯ에 목동이가 완리만셔의 집을 차저왓다가 그 가도의 퍼려홈과 힝지의 슈상홈을 보고 심히 의심ㅎ야 깁히 싱각컨더 완리공화의 위인이 후덕ㅎ고 근신ㅎ니 셰샹의 혐의 젹원ㅎ엿슬 리치는 업고 담은 지물이 만홈으로 신명을 보젼치 못ㅎ 듯ㅎ거늘 함을며 만셔의 힝식이 슈샹ㅎ니 의아가 십분이나 도라가는지라. 짐짓 광졍귀백[학]의 집에 쳐소롤 증ㅎ고 뒤의 닐을 ᄌ셰이 탐졍ㅎ랴 ㅎ고 셰월을 쇼견홀 시 광졍귀학의 모부인이 년긔 구십여인더 안폐ㅎ야 밍이 된지라 누ㅣ가 쟈죠 가차ㅎ는 쟈 업고 졍신은 여샹ㅎ야 젼후ᄉ가 흉중에 가득ㅎ것마는 더브러 말홀 쟈ㅣ 업셔 항샹 심심홈을 익의지 못ㅎ더니 목동이가 와 잇슨으로 좃차 쟈쥬 과속 등 식물의 폐빅을 가지고 압헤 나아가셔 젹막홈을 위로ㅎ고 부모와 갓치 셥기니 그 노부인도 심히 깁버셔 목동이를 사랑ㅎ기를 ᄌ질이니 달음이 업시 알더라.

1903년 1월 23일

광졍귀학은 항샹 론돈에 가셔 싱리ᄒ기로 셰월을 보니고 귀학의 부인은 사치산의 골몰ᄒ야 겨를이 업고 낫지면 분쥬ᄒ다가 밤이면 곤비ᄒ지라 손임 졉ᄃᆡ홀 틈이 업고 오직 노부인은 쥬야에 일이 업슬 뿐 아니라 잠도 업는지라 목동이가 압헤 와셔 이야기ᄒ고 노는 것슬 심히 깃버ᄒ는 고로 목동이도 다ᄒᆡᆼ히 녀겨셔 미양 밤이면 이윽ᄒ도록 고담을 이야기ᄒ다가 자긔에 쳐소로 도라오더니 화초 밧 슈음 아ᄅᆡ 샤름의 그림즈가 어른거리며 무슨 말소리가 나는 것 갓더니 즉시 간 곳슬 아지 못할자[지]라 의혹을 증홀 슈 업셔셔 그날 밤에 잠을 일우지 못ᄒ엿더니 그 다음 눌은 자긔 거쳐ᄒ는 방압헤셔 무슨 소리가 나는지라 졍신을 가다듬고 즈셰이 들은즉 유형무형ᄒᆫ 속에 내 쏠아 니 쏠아 ᄒ는 소리가 부인의 음셩이라 문을 열고 즈셰이 들으랴 ᄒᆞᆫ즉 홀홀이 다러나ᄂᆞᆫ지라. 그졔야 귀신은 아니오 사름인 쥴 짐작ᄒ나

1903년 1월 27일

사름의 힝지로 보면 더욱 슈상ᄒ거늘 함을며 녀즈의 형용이라 의혹이 만단ᄒ야 잇다가 다음날노 부인을 ᄃᆡᄒ여 그 젼후ᄉ실을 말ᄒ고 곡졀을 물은ᄃᆡ 노부인이 길이 탄식ᄒ고 양구에 굴아ᄃᆡ 그것시 내 손녀 쏠이더니 혹교에 공부하러 다녀 혹식이 유여하고 나히 쟝셩ᄒ미 혼인을 일우랴 ᄒᆞᆫ즉 원ᄒ지 안는지라 강박지 못ᄒ야 그ᄃᆡ로 두엇더니 ᄇᆡ가 불너셔 ᄐᆡ즁이 완연ᄒᆫ지라 져다려 물은즉 완리후ᄎᆡᆨ과 혼인을 뇌약ᄒ고 슈ᄐᆡᄒ엿노라 ᄒᆞᄂᆞᆫᄃᆡ
그 ᄯᅦ에 완리후ᄎᆡᆨ은 쟝관으로 군ᄉ를 거ᄂᆞ리고 젼쟝에 나가셔 도라오지 못ᄒᆫ지라 져희 모가 싱각ᄒ기에 완리후ᄎᆡᆨ과는 문벌과 빈부가 부뎍

ᄒᆞ야 참말 혼인은 될가 시브지 못ᄒᆞ고 처녀로 싱산이 가문에 슈치될가 ᄒᆞ야 급기 ᄒᆡ산ᄒᆞ던 날 ᄯᅩᆯ을 낫넌지라 맛춤 걸이 지닌다가 ᄋᆞ희를 나혀 참척보고 곤경에 잇는지라 감안이 그 산모를 됴리시기고 지믈을 만히 주어 왈 이 지집ᄋᆞ희를 가저다가 기를 ᄒᆞ고 이 산모는 다른 데 혼인ᄒᆞ랴 ᄒᆞ즉 산모가 듯지 안코 인ᄒᆞ여 셩광ᄒᆞ얏노라.

1903년 2월 3일

목동이가 노부인에 말삼을 ᄌᆞ셰이 듯고 싱각ᄒᆞᆫ즉 감동ᄒᆞ는 마음이 더구나 금할 수 업셔 일은 그 셩광ᄒᆞᆫ 부인의 졍셰도 심히 가긍ᄒᆞ거니와 ᄯᅩ는 그 싱산ᄒᆞ던 연월일시를 ᄌᆞ셰이 물은즉 십오년 젼이라. 심중에 황연이 싱각이 나되 향자의 론돈의셔 보던 하유텬셜의 ᄯᅩᆯ이 년의가 십오인디 그 귀격과 쳔티가 부녀갓지 아니하고 ᄯᅩ 그 쟈의지경이 부죡함을 의심ᄒᆞ며 금봉쳐녀의 쳥싱슈심이 ᄯᅩ한 의혹할 닐이더니 이제 혜아린즉 금봉쳐가 이 셩광ᄒᆞᆫ 부인의 ᄯᅩᆯ인 쥴이 졍녕한지라 내 맛당이 사롤의 텬륜을 이어주리라 작졍ᄒᆞ고 몬져 셩광ᄒᆞᆫ 부인의 마음을 안위시기고져 ᄒᆞ여 이에 열녀젼 소셜을 지으되 사실을 그와 갓치 지어 쳐량 강기ᄒᆞᆫ 말을 씨다가 종말의 발며[명] 되고 텬륜이 단회된 것슬 말ᄒᆞ야 한젹ᄒᆞᆫ 밤에 셩꽝[셩광ᄒᆞᆫ] 부인 다니는 긔이를 맛추어 그 소셜을 낭독ᄒᆞ엿더니 그 부인 과연 그 소셜을 문밧게셔 ᄌᆞ셰이 듯고

광통교를 지나셔 남대문으로 나가며 시졍샹의 언론을 들으니 쏘흔 들을
만흔 말이 만키에 대강 긔록ㅎ노니 한 사룸이 굴ㅇ더 시월텬동ㅎ면 지샹
이 만히 죽는다 ㅎ더니 올ㅎ 시월텬동을 혼지라 참말노 지샹이 만히 샹ㅎ
나 보다 원로대신 세 분과 각부대신 여러 분이 쩌들던 닐이 도루 뒤집힌
다 ㅎ니 뒤집히는 날은 시월텬동ㅎ던 갑시 아닌가. 쏘 흔 사룸이 굴ㅇ더
참 용쟈분도 졍긔 타고난 인물이지. 인셩이란 게 흔 사룸에게만 실인심ㅎ
고 젹원ㅎ여도 무슨이 죵명ㅎ기가 어렵거늘 이제 용ㅈ분은 만 죠졍이 덕
국이요 왼 셰샹이 웬슈로 더안여반셕ㅎ야 환란을 도루커 남의게로 보니
랴 ㅎ니 엇지 인물이 아니리요. 쏘 흔 사룸이 굴ㅇ더 사룸의게 지물이
비유컨더 고기의 물과 곳혼지라. 용쟈분이 젼국의지권을 가졋든 사룸이
라 엇지 용이케 졔ㅎ리요. 겸ㅎ야 영웅슈단도 잇는 거시 쟈가의 심복지인
도 젹지 안커니와 외국 결연이 범연흔가 외국인이 그 길로쎠 대한의 권셰
롤 투득흔 것은 젹으며 그 길로 ㅎ야 지물거리에 리익을 가져간 것슨 젹
은가 엇지 ㅎ엿던지 영웅이라 홀 만흔지. 쏘 흔 사룸이 굴ㅇ더 인물은
무슨 인물이며 영웅이 무슨 영웅이여. 제 기집이 빈반ㅎ고 제 친구가 더
욱 치니 심복이란 것시 졍말 심복인가 셰력만 업셔지면 하나도 업셔지지.
쏘 한 사룸이 왈 그러나 대신딜 모양이면 죠션 체통이. 졸연이 한 사룸이
나셔며 말뉴어 왈 우리가 싱리ㅎ는 사룸이지 길가에셔 이런 말이 당혼가.

032 「負薪談話」

1903.2.15.

남교에 나무쟝소들이 슈작ᄒ든 말을 들은 디로 디강 긔지ᄒ노라. 힌가 지고 돌 빗시 발거갈 쩌에 나무쟝소덜이 나무를 팔고 도라가는 길에 삼삼오오이 쟉반ᄒ야 가며셔 ᄒᆫ 사롬이 말ᄒ되 소위 은힝권은 이ᄀᆞᆺ치 허락홀 거슬 무삼 연고로 근지ᄒ다가 모양 슝ᄒ고 손히 당ᄒ는고. 정부 대관들은 짐싱들 ᄲᅮᆫ인가. ᄯᅩ ᄒᆫ 사람이 굴ᄋᆞ디 시위 소찬ᄒᆫ 지가 기리 구의라 칙망ᄒ는 이가 어리셕도다. ᄯᅩ ᄒᆫ 사람이 갈ᄋᆞ디 소위 부샹들은 그 다시 긔럼이 잇게 덤벙이더니 그 다시 허무케 주저안넌가. ᄯᅩ ᄒᆫ 사람이 갈ᄋᆞ디 소위 부샹도 쟈쥬가 아니요 지휘를 드듸여 동ᄒᆫ 것시 지휘를 드듸여 즁지ᄒᆫ지라 하쪽 슈ㅣ리요. ᄯᅩ ᄒᆫ 사람이 굴ᄋᆞ디 연즉 죠졍에 무인이 요국무인이라 우리 창싱은 어디 의지할가. ᄯᅩ ᄒᆫ 사람이 왈 대일본은 방금 문명 졍치의국이라 빅셩을 젹ᄌᆞ와 ᄀᆞᆺ치 사랑ᄒᆞᆫ디 무삼 걱경을 하느뇨 하더라.

서촌 모대인의 딕에 걸킥 ᄒ나히 드러오니 의관은 남루ᄒ되 형지는 안 상ᄒ고 형용은 초취ᄒ되 언어는 통철ᄒ지라 하인비가 문에서 막어 드 러오지 못ᄒ게 ᄒᄌ 자연 요란ᄒ지라. 주인이 영창유리로 너여 보다가 하인을 ᄭ짓고 드러오기를 허락ᄒᄌ 앙연이 드러와셔 쥬인과 인사ᄒ기 홀연이 좌정ᄒ는지라. 주인이 문왈 무슴 소회가 잇셔 차젓나뇨 킥이 왈 시쟝이 심ᄒ니 위션 쥬식을 쥬어 요기를 ᄒ 연후 슈쟉을 ᄒ겟노라. 주 인이 주식을 디졉ᄒ니 샴비쥬와 일완반을 돈ᄯᅵᄒ되 방약무인ᄒ더라. 주 인이 왈 어디로 좃차 왓스며 무슴 홀 말이 잇나요 킥왈 나는 일셩에 포 박ᄒ고 사회에 무가ㅣ 리지어 지처에 득즉식ᄒ고 지즉슉ᄒ거니와 공의 틱을 찻기는 과연 츙곡지 안이잇노라. 주인이 왈 듯기를 원ᄒ노라. 킥왈 공이 식녹지신으로 위지공경ᄒ엿스니 국은 이젹 다 홀 슈 업는지라. 이 졔 죠졍이 ᄒ이ᄒ고 국가ㅣ가 쇠삭ᄒ야 셩긔가 일루에 몃지 못ᄒ고 위 망이 목젼에 갓가워 오거늘 공이 힘을 다ᄒ여 붓들기 꾀괴ᄒ지 아니ᄒ 고 안연이 안져셔 ᄒᆼ복을 누리랴 ᄒ고 근심을 아지 못ᄒ니 엇지 인도ㅣ 라 일으리요. 주인이 ᄭ지져 왈 국가ㅣ 틱평ᄒ고 사회ㅣ 무사ᄒ거늘 엇 지 요마ᄒ 걸킥이 망녕된 말노 위망이 갓갑다 ᄒ며 (未完)

1903년 8월 15일

蒼〃子叟ㅣ 贅屋數椽일시 蝎虫이 滿壁ᄒ야 爬癢戰虫에 通宵不昧러니 四鷄後에 僅得交睫ᄒ니 依稀朦朧에 若有所記라. 一老翁이 匍匐而前 曰 叟ㅣ 讀書窮理에 必有得天人相感之理리니 亥末子初ᄂ 天地開闢 之會ㅣ니 是以로 夜氣ᄂ 宿ᄒᄂ니 氣宿而違焉則病이어늘 何與吾戰 ᄒ야 徒愆顧攝고 子ㅣ曰 有物有神에 實理隨在ㅣ니 負盤而陋ᄒ고 嗜 惡而醜ᄒ니 無乃蝎神乎아. 爾乃蠢譜漏穢로 不含日月光華之氣ᄒ고 不受雨露霜雪之交ᄒ니 不足與於物象之類而苦於一曆ᄒ야 蚤虱蚊은 皆有處置之道而於爾에 何若是苦於人者ㅣ 甚矣오 曰ᄒ디 一陽不剝이 면 陰氣何盛이리요 然이나 蚤虱蚊은 無足道者ㅣ라. 是皆自絶이니 蚤 則性輕躁而勇悍ᄒ니 性躁故로 無進退之得宜ᄒ고 勇悍故로 恃自勇而 陷危라. 驕者ᄂ 召亡之基오 恃者ᄂ 失事之原이니 項羽之失天下者ᄂ 恃自勇也오 桀紂之亡天下者ᄂ 恃自聖也ㅣ라. 自古成敗가 必以虛己 而收之ᄒ고 滿己以失之ᄒ니 蚤亦近之오 虱則背恩忘德者ㅣ라. 生於 人而噬人ᄒ니 是何異於蠹食가 爲人臣而濟私타가 至於國破에 一無 保有ᄒ니 虱乃近之오 蚊是無謀者ㅣ라. 將振翼先號令ᄒ니 事未成而 先聲明者ㅣ豈有不敗事哉아. 至事ᄂ 不言이오 將謀不泄이라. 必欲決

起ᄒ닌 先餌其耳ᄒ고 必欲奮飛ᄒ닌 先斂其翼이어늘 蚊不守微라. 是
三虫者ᄂ 自取敗亡ᄒ야 剝換減類ᄒ니 奚若吾家之深計遠慮ᄒ야 蕃息
無匱오. 立於不敗之地ᄒ야 先爲不可勝而勝之ᄒᄂ니 晝而敬伏ᄒ야
雖天下之至精이라도 不能察吾家之動靜일ᄉᆡ 兵家所謂退有可守之地
ㅣ是也오. 夜而會事ᄒ야 雖天下之通慧라도 不能研吾家之情狀일ᄉᆡ
兵家所謂進有所取之計ㅣ是也라. 居內則趨其所愛ᄒ야 必處箱奩ᄒ니
婦人이 何忍毁其穴이며 居外則推其所重ᄒ야 先探書籍ᄒ니 丈夫ㅣ不
能焚其舍ㅣ라. 計迂直於懸直ᄒ야 垂盤隆而經濟ᄒ니 縱搔癢於皮膏ᄒ
나 異浚剝於膏澤이라. 起懦夫之昏寢ᄒ야 勸肆業於繼晷ᄒ니 叟ㅣ知
之乎아.

1903년 8월 18일

(二)

女紅이 一月에 得四十五日者ᄂ 取夜功之半餘ᄒ고 讀書에 必以三餘
者ᄂ 取夜功之日餘也ㅣ라. 思則存ᄒ고 不思則図ᄒᄂ니 若思得到古
之人 今之世施措得失精粗 纖悉云〃爲 〃通道窮轍을 一〃會於方寸
之間而 惶〃在不暫捨則焉足知苦此微物哉아. 叟ㅣ四歲에 知讀書ᄒ고
五歲에 能屬文ᄒ고 十歲에 博綜諸家ᄒ고 十二歲에 學遂老成ᄒ야 人
一能之어든 已十之ᄒ고 人十能之어든 已百之ᄒ야 一毫未至라도 吾
事未了而道貫一致ᄒ고 知徹万方ᄒ야 能知天下之事ᄒ고 已任當世之
責ᄒ니 可謂間氣鍾毓이오 地球通才而隱耀含華에 世無知者ㅣ라. 進
無千祿之地ᄒ고 退無棲身之所ᄒ야 借人房屋에 幼子ㅣ啼飢ᄒ니 此何
自家經濟가 若是蹇屯고 讀書三万餘卷에 自謂學無不通이오 知無不
及而窮達은 命也ㅣ라 ᄒ되 決不然也ㅣ라. 顧叟之學이 有所未至而知
有所未逮ᄒ야 不能堯舜吾君而 躋斯民於仁壽之域이어늘 叟猶不極力

讀書ᄒ야 益明吾知ᄒ고 長夜穩睡에 懶散自放ᄒ니 志雖切於爲人이나 意何緩於爲已런고 懷寶自珍에 不可迷邦이오 君子不遇에 括囊遠咎라가 及其遇也에 彌綸無外ᄒ야 同量乾坤ᄒ며 等耀日月而我澤이 如春ᄒ고 民望이 如草故로 玆에 吾儕가 左提右綴ᄒ야 使叟刻苦ᄒ야 益壯益堅에 以有所成就니 豈不大有於亽而 亽乃謂之苦焉耶. 笑而覺ᄒ니 紅日이 在窓이러라. (完)

오린 비가 처음 가이 미대셔는 간 디 업고 텬긔쳥명ᄒ며 ᄇ람이 셔늘ᄒ
거늘 막디를 끌고 남산에 올나 풍경을 구경ᄒ랴 ᄒ더니 쟘두에 일으니
몬져 올은 사룸이 잇셔 슐병을 가온디 놋코 좌우에 의관지인이 안져셔
한나흔 노릭ᄒ고 한나흔 통곡ᄒ야 사룸이 일으는 것도 아지 못ᄒ거늘
오린 셔셔 보다가 이윽고 갓갓이 나아가셔 곡ᄒ고 가ᄒ는 의ᄉ를 물은
디 곡ᄒ든 자ㅣ 왈 방금에 만쥬ᄉ건이 텬하에 큰 문제가 되야 혹은 일아
긔쟝이 쉬으리라 ᄒ며 혹은 만한교환이 의심된다 ᄒ야 셰계 각국이 쥬
목ᄒ고 일인과 아인이 졍신을 가다듬으니 동양의 풍운이 엇지 될는지
몰을지라 만일 즁간에 거흔 한국이 니치와 외교를 바로 ᄒ야 독닙국권
을 굿지 가졋스면 이갓흔 풍운이 넘녀가 업슬 거시어늘 한국의 국권을
일허바리고 어츠어피간에 흔단을 즈여닉고도 오히려 위급흠을 씨닷지
못ᄒ야 날노 즈취멸망홀 닐만 힝ᄒ니 우리 한국 인민은 쟝춧 남의 노복
을 면치 못ᄒ리니 일임으로 통곡하노라. 가든 쟈ㅣ 왈 흥망셩쇠는 텬디
운슈ㅣ라 ᄒ리니 일치ᄒ일란을 면치 못ᄒ리니 황죵인이 빅죵인이 되며
인토즁 쳔하던 쟈를 비에 실어다가 ᄇ다 물에 풀어ᄇ릴지라도 우려ᄒ
는 자ㅣ 업스니 면ᄒ지 못홀 운슈ㅣ라 ᄒ리니 차라리 비가 일곡으로 즁
심에 회포를 슷다 ᄇ리랴 ᄒ노니 차호ㅣ라 두 사룸의 말을 들으니 탄식
이 나옴을 씨닷지 못홀지라. 한국에도 강개지사가 업다 ᄒ지 못ᄒ너라.

본사 사원 ᄒᆞ나이 운동ᄎᆞ로 남산에 올나 비회ᄒᆞ다가 나려오ᄂᆞᆫ디 어ᄂᆡ
거리를 지나노라니까 우엔 막버리군 ᄀᆞᆺᄒᆞᆫ ᄉᆞᄅᆞᆷ 삼ᄉᆞ인이 ᄭᅩᆷ방 담빗ᄶᅥ
를 물고 양디쪽에 둘너셔 셔로 문답ᄒᆞᄂᆞᆫ디 그 ᄒᆞᄂᆞᆫ 말이 들엄직 ᄒᆞ기로
사원이 역시 권연을 붓쳐 물고 ᄉᆞᄅᆞᆷ을 기다리는 것 ᄀᆞᆺ치 쥬저ᄒᆞ며 들은
즉 ᄒᆞᆫ 사람이 말ᄒᆞ되 일본에서 보리를 져러케 시러드리며 군물과 병졍
이 밤마다 가마니 드러온다 ᄒᆞ니 참말인지 모로되 장차 아라사와 ᄊᆞ혼
다고 소동이 대단ᄒᆞ야 곡가가 양돈ᄉᆞ가 올으고 취뎌여슈가 업게 되니
우리 버러먹는 사람은 난이 즁이라도 교군을 ᄒᆞ든지 짐을 지든지 버러
먹고 술녀니와 그러ᄒᆞᆫ 상일도 못ᄒᆞ든 사람이 나가는 ᄒᆞᆫ 양반은 엇지 살
니오 어듸로 가ᄌᆞ ᄒᆞ나 갈 듸도 업고 갈 데가 잇스니 치힝ᄒᆞ야 갈 슈도
업스니 안ᄌᆞ 죽을 밧게 슈 업ᄂᆞᆫ지라. 무슨 ᄭᅡᆰ으로 일본과 아라스가
싸호ᄂᆞᆫ지 모로되 싸홀 터이면 바다에셔나 육디에셔나 두 나라 디방에
셔 싸홀 터인디 남의 나라 도셩 안에셔 ᄊᆞ호랴ᄂᆞ 그러홀 니도 업슬 듯
ᄒᆞ니 남의 나라 난리로 우리나라 빅셩이 못 살게 되니 참 알 슈 업ᄂᆞᆫ
일이로다. 아마 우리나라를 ᄲᅦᄉᆞ랴나 보되 우리나라 병졍도 여러 쳔명
이오 ᄯᅩ 평양 병졍이 본릭 강병이오 ᄯᅩ 일본이 우리나라를 치랴 ᄒᆞ면
아라스에셔 구완홀 터이니 일본이 필경 픽홀지라. 일본이 픽ᄒᆞ면 진고
기와 각 디방에 잇ᄂᆞᆫ 일인을 다 드리쫏고 아라사 ᄉᆞᄅᆞᆷ을 의지ᄒᆞ야 술

디경이면 그 나라는 천하에 강국이라 ᄒ니 다른 나라에서 우리나라을 디ᄒ야 꿈쩍홀 슈도 업고 ᄯᅩ는 젼부터 드르니ᄭᅡ 북도 사롬들이 슐 슈 업셔 두만강을 ᄒᆞᆫ번 건너 그 나라 ᄯᆞ히 가면 극히 후디ᄒ고 집이며 젼 토며 돈을 쥬어 살게 ᄒᆞᄂᆞᆫ 고로 우리나라 스롬이 그 곳에 드러간 스롬 이 몃쳔만명인디 부ᄌᆞ된 사롬도 만타 ᄒ니 우리도 그와 ᄀᆞᆺ치 힘을 미오 입깃다 ᄒ니 ᄒᆞᆫ 스롬이 디답ᄒ되 ᄌᆞ네 말리 그러홀 듯ᄒ나 우리가 피ᄎᆞ 무식ᄒᆞᆫ 상스롬이라 무슨 쥬견이 잇깃나마는 ᄌᆞ네 말이 대단이 무식ᄒᆞᆫ 거시 소동으로 살 길 업는 거슨 그러ᄒᆞ거니와 도셩에셔 ᄡᅡ호고 아니 ᄡᅡ 호는 거슨 우리의 알 비 아니나 일본이 우리나라를 치랴 ᄒ면 오날날ᄭᅡ 지 잇슬 니도 업깃고 ᄯᅩ 일아가 ᄡᅡ호는 곡졀은 모로나 승부를 엇지 미 리 알니요 갑오을미년에 일본과 대국 ᄡᅡ홀 ᄯᅥ에도 대국이 승쳡ᄒ다 겨 마다 ᄒ더니 도로혀 픠ᄒ얏스니 나라 대소와 군ᄉᆞ 다과에 잇는 거시 아 니라 일본 스롬은 아모리 타국인이라도 이웃 갓ᄒ여 말이며 졍셰를 더 러 통ᄒᆞ거니와 아라스 스롬은 인죵도 다르고 언어 사졍을 통치 못홀 ᄲᅮᆫ 더러 야만의 힝ᄉᆞ가 만타 ᄒ니 우리 ᄀᆞᆺᄒᆞᆫ 스롬으로 말ᄒᆞ야도 일본이 익 의면 아직 보젼홀 듯ᄒ나 만일 아라스가 익의여 일국에 가득ᄒ게 되면 나라도 온젼홀ᄂᆞᆫ지 모을 ᄲᅮᆫ더러 인민은 어육이 될 듯ᄒ니 ᄌᆞ네 말이 니 소견과는 대단 틀니나 도시 우리 버럭먹는 스롬의 알 비도 아니오 말홀 ᄇᆞ도 아니라 ᄒ고 셔로 웃드라더라.

古有一婦가 姿色이 絶妙ᄒ야 眉幻初月ᄒ고 眸凝秋水ᄒ며 齒若編貝
ᄒ고 唇[脣]如結櫻ᄒ며 腰軟弱柳ᄒ고 頰積嫩桃ᄒ야 一笑而生百媚ᄒ
고 含羞而最多情이라. 嫁入于豪家治郎ᄒ야 酷被郎君之愛ᄒ야 做得
鴛鴦之樂ᄒ고 酣沈雲雨之蔓[夢]호ᄃ 護之如花ᄒ며 耽之如香을 不若
蜂蝶之狂暴ᄒ며 洽似蝴蝶之溫存ᄒ야 猶恐吹飛握破ᄒ며 暫不相離호
ᄃ 食則同棧ᄒ며 坐則接膝ᄒ며 立則幷肩ᄒ고 行亦握手ᄒ야 互相愛
憐故로 世人니 謂之幷帶蓮이라 ᄒ더니 一日은 右婦가 神氣頗惱ᄒ야
擁衾伏枕ᄒ야 殆過三兩日 則乃大行痘疹이라. 骨格異於幼兒ᄒ고 勢
度太過 疹子遍身의 口鼻을 難分이러니 及其慣濃汲收壓 則滿面痂痕
니 似豆粥乾皮ᄒ야 鼻梁斜低ᄒ고 眸眦偏歆ᄒ며 髮落而疎ᄒ고 聲重
而嘶ᄒ야 自照粧鏡ᄒ니 化作一醜母라. 自此로 郎君니 頓不欲相近以
望ᄒ니 落望之甚니 莫過於此也로다. 近來韓廷이 以日俄交涉으로 和
戰을 未判ᄒ야 中外疑慮ᄒ다가 俄然得一個妙算ᄒ야 密議於闔閤之內
ᄒ고 潛使於思想之外ᄒ야 發中立聲明於各國이러니 內外報道가 俱曰
該聲明之於時局에 可無寸毫之效力云ᄒ고 且露兵八千니 方向鴨綠江
云ᄒ니 此之落望도 亦莫甚也로다.

南山골 生員님 두 분이 時節形便를 探聽ᄒ기에 熱心ᄒ야 南北村勢宰
門과 東西署措大家에 旋風似弟[第]次尋訪ᄒ고 夕陽相逢에 爾我肚飢
ᄒ야 携入酒家에 各盡一觥ᄒ고 所聞를 相叩ᄒᄂᆫ디

▲甲曰 改善會議 언제 되나. 모와야 議論ᄒ지. 俄摠督의 撤兵쳐름 延
拖主意 得策인가. 明日 〃〃ᄒ다[나]보지.

▲甲曰 度相의 病症은 厭煩症인지 會疑病인지 모르거니와 杜冲獨活
湯 一貼 마씨면 낫깃지.

▲乙曰 俄者에 張某를 尋訪 不着ᄒ엿기로 別入侍ᄒ 줄 알엇더니 警
務廳에 別入囚가 되엿더.

▲甲曰 京鄕 浪子들이 僞券資賣 許多터니 康翎郡守ᄂᆫ 養岩全島를
放賣ᄒ엿시니 切勿見欺 新聞廣告을 뉘가 닐가.

▲乙曰 近日 新聞社長 交際가 미오 널더. 警務使가 面會코져 種〃招
待ᄒ다더니 昨日는 司令部에셔 블넛짜지. 놀기도 잘 논다마는 脚氣 아
니ᄂ면 가리톳시 나지.

▲甲曰 쉬〃. 巡檢 오늬. 五人會議 禁ᄒᄂᆫ디 二人 偶語 안늬禁홀가.
莫說ᄒ고 來日 相逢.

「經國美談」

1904.10.4~11.2 (미완). 小說

1904년 10월 4일

此篇은 日本 大誷伯 矢野龍溪氏가 距今 二十年前에 著作홈이니 當時 日本 有志少壯이 人購一本ᄒ야 行吟走誦의 癖을 成ᄒ더니 今日 韓國政界에 有志人士가 忘身愛國에 改善之志를 皆抱ᄒ엿시니 此時에 此篇를 演讀홈미 士氣振作에 大效가 生ᄒ리니 文法平易ᄒ고 結搆雄大함은 此篇 特色이요 士志慷慨ᄒ고 經綸卓拔홈은 此篇 特質이니 愛讀을 得ᄒ면 譯者 幸甚이로소이다.

第一回 格德王爲國殉命 小學生感發師訓
斜陽이 傾於西山ᄒ야 今日 工程를 畢了ᄒ고 衆多ᄒ 學童들은 皆歸去ᄒ얏ᄂ디 十六歲를 爲首ᄒ야 至於十歲ᄒ 學童이 七八人이 尙爲殘留ᄒ얏스니 盖敎師의게 何等質問코자 홈이요. 鬚眉旣雪ᄒ 六十老翁이 現出ᄒ며 學堂一隅에 粧飾ᄒ 一肖像을 指示ᄒ면셔 學童들을 對ᄒ야 日
抑此肖像은 格德이란 古代聖王인디 其蹟이 미우 富多ᄒ야 不遑牧擧ᄒ니 唯其大畧을 陳述ᄒ노니
去今 八百年前에 我隣國 何[阿]善이 猶未建國홀 時에 與其敵國 斯波

多로 有釁ᄒ야 드듸여 開戰ᄒ얏ᄂᆫᄃᆡ 敵國의 軍威가 强大ᄒ민 連戰連
敗ᄒ야 드듸여 國都 近處ᄭᆞ지 被攻ᄒ기에 今唯最后一戰으로 決其存
忘ᄒᆞᆯ 危急之境에 陷ᄒᆞᆫ지라. 此時의 安[阿]善王이 卽 此 格德이요 爲
人이 性質이 善良ᄒᆞᆷ으로 此 危急之境을 當ᄒ야 何等 指處ᄒ면 其 國
民으로 獨立을 保全케 ᄒᆞᆯ고 ᄒ야 獨碎心膽ᄒᆞᆯᄉᆡ 不意에 濟民ᄒᆞᆯ 一奇
計를 發見ᄒ얏스니 希臘의 北部에 호우시씨地에 바르낫슛스란 深山이
잇ᄂᆞᆫᄃᆡ 其 山腰에 디르히이노란 洞里가 잇셔〃自古로 希臘人이 深히
尊信畏敬ᄒᄂᆞᆫ 一宇神廟가 잇ᄂᆞᆫ지라. 此廟에ᄂᆞᆫ 阿保留라 稱ᄒᄂᆞᆫ 有名
ᄒᆞᆫ 尊神을 奉安ᄒ얏스니 此 尊神은 美術 音樂 醫藥 等 事를 掌管ᄒ며
ᄯᅩ 未來之事變을 洞察ᄒᄂᆞᆫ 慧眼이 잇다고 諸國人民이 不尊ᄒᆞᆫ 者ㅣ
업고 ᄯᅩ 其 殿堂은 人烟이 稀少ᄒᆞᆫ 深林中에 잇셔〃미우 幽邃ᄒᆞᆫ 地인
ᄃᆡ 何國이던지 大事가 잇스면 爲先 該地에 派員ᄒ야 吉凶을 占ᄒ고
禍福을 預定ᄒᆞᆫ 後에 行ᄒ더라. 然ᄒᆞᆫ즉 敵國 斯波多가 擧大軍ᄒ야 來
攻ᄒᆞᆯ 時에도 ᄯᅩᄒᆞᆫ 從古例ᄒ야 其 神廟로 派員ᄒ야 勝敗를 占ᄒ얏ᄂᆞᆫᄃᆡ
「阿善王을 不殺而 戰則 可勝矣리라」ᄒᆞᆫ 神託이 잇셔〃果然 至於今ᄭᆞ
지 連戰連勝之勢로 攻進ᄒᆞᆫ지라. 阿善王은 何手段으로 探出ᄒ얏ᄂᆞᆫ지
其 神占을 得聞ᄒ민 獨히 熟思ᄒ기를 「我身이 民君이 됨은 榮華를 求
ᄒᆞᆷ이 아니요 民之利益을 圖謀ᄒᆞᆷ이라. 得聞ᄒᆞᆫ 神託이 萬若 實事와 갓
ᄒᆞᆯ진ᄃᆡ 我身命만 死ᄒ면 敵은 神占에 背違ᄒ야 將次 勝치 못ᄒᆞᆯ지니
然ᄒᆞᆫ즉 我一人의 身命을 棄ᄒ야 無數ᄒᆞᆫ 國民을 救ᄒᆞᆯ지니 阿善 一國
이 獨立ᄒᆞᆷ과 比較ᄒ면 我身은 羽毛보담 尙輕ᄒ니 萬民의 危急을 救
ᄒᆞᆷ이 勝ᄒᆞᆯ 手段이 업스리라」ᄒ고 遂決戰死ᄒ얏ᄂᆞᆫᄃᆡ 尋常히 戰ᄒᆞᆫ즉 병
士들이 護衛ᄒ야 客易히 戰死ᄒᆞ지 못ᄒᆞᆯ깃고 ᄯᅩ 此意를 告ᄒ면 不聽ᄒ
리니 單身으로 敵陣에 突入ᄒ야 被死ᄒᆞᆷ이 可也라 ᄒ고 旣爲決心ᄒ민
此夜에 秘密히 脫ᄒ야 賤服을 着ᄒ고 獨히 敵陣으로 突入ᄒ민 엇지
其 阿善王인 줄을 知ᄒ리오 이에 敵陣에셔ᄂᆞᆫ 大叚[段]이 狼狽ᄒ야 卽
爲擁圍ᄒ야 無難이 殺害ᄒ얏ᄂᆞᆫᄃᆡ 其 曲折을 不知ᄒ민 其夜ᄂᆞᆫ 그디로

棄置ᄒ야 翌朝에 其 携帶ᄒᆫ 武器를 撿視ᄒᆫ즉 斯波多의 高級士官들
도와셔 其 死體를 撿査ᄒ더니 不圖阿善國 賢王 格德인 줄 知ᄒᄆᆡ 大
叚[段]이 驚愕ᄒ며 因ᄒ야 全軍이 旣知ᄒᆫ지라. 迷信이 甚ᄒᆫ 時代인 故
로 병士들이 旣爲失望ᄒ야 曰 敵의 國王을 殺害ᄒ야 信託에 背違ᄒ
얏스니 終局의 大勝을 엇지 望ᄒ리오 ᄒ고 軍色이 沮喪ᄒ얏스며 ᄯᅩ
高級士官及有志者들은 敵國의 國王이 愛國ᄒ기 爲ᄒ야 如斯히 棄其
身홀진ᄃᆡ 其 國民이 獨立을 爲ᄒ야 死戰홈은 盖可恐홀지라 ᄒ더라.
人之智愚로 所想이 大同小異호ᄃᆡ 斯波多의 將卒은 一齊히 縮氣ᄒ야
賢王 格德이 棄身ᄒᆫ 美擧에 感服ᄒ얏스며 ᄯᅩ 阿善의 軍中에셔ᄂᆞᆫ 國
王의 去處를 探索홀시 此 美擧를 馳報ᄒᆫ 者ㅣ 잇기로 志氣가 勃然振
起ᄒ야 獨立을 爲ᄒ야 死戰ᄒ기를 決心ᄒ니 勇氣가 더욱 增加ᄒ얏거
늘 斯波多 軍中에셔ᄂᆞᆫ 不知中에 병氣가 沮喪ᄒᄆᆡ 將校들이 禮를 厚
히ᄒ야 格德王의 遺骸를 阿善의 人民의게 遺置ᄒ고 大軍은 드ᄃᆡ여 本
國으로 退歸ᄒᆫ지라. 是以로 阿善 人民은 滅亡之危急을 免ᄒ고 爾來
로 漸次 國運이 興旺ᄒ야 列國史에 富强ᄒ 地位로 立ᄒ야 一次ᄂᆞᆫ 盟
主ᄭᅵ지 되엿스니 是皆格德王의 遺業이라. 右ᄂᆞᆫ 他國之事ᄂᆞ 賢王이 國
民을 爲ᄒ야 棄命ᄒᆫ 美德을 思慕ᄒ야 我 政府의 後進者ㅣ 此로 龜鑑
을 삼기 爲ᄒ야 如斯히 講堂에 其 肖像을 尊奉ᄒ엿노라.

1904년 10월 6일

(續)

更히 다른 肖像을 指教ᄒ야 曰

此ᄂᆞᆫ 阿善의 명士로 有志ᄒᆫ 士良武란 者의 肖像이요 同國은 數百年
以來로 共和政治에 沐浴ᄒᆫ 民政國이더니 (비로본니시야) 戰爭 以後로
國政이 漸次 衰殘ᄒᄆᆡ 距今 二十年前에 同國 執政者 中에셔 不正ᄒ

黨派가 現出ᄒ얏스니 其 結黨이 三十余名이오 舊來之民政을 廢絶ᄒ
고 斯波多 政軆에 倣模ᄒ야 寡人專制政軆로 改革ᄒ되 萬一 舊來之民
政을 企望ᄒᄂᆫ 者ㅣ 잇스면 卽處嚴刑ᄒ고 ᄯᅩ 富裕ᄒᆫ 者를 보면 萬事
에 藉托ᄒ야 財産을 掠奪ᄒ며 暴惡이 無所不至ᄒᆫ지라. 故로 歷史家들
이 稱名ᄒ되 三十奸黨 (솔지이. 다이란도) 專制라 稱ᄒ니 阿善人民들
의 尤極不幸ᄒᆫ 時代라. 其 三十 奸黨이 政柄을 專制ᄒᆷ은 不過 八箇月
間이로되 無辜히 冤刑에 當한 民數가 (비로본시너야) 戰爭이 最極 極
烈ᄒᆫ 十年間에 戰沒ᄒᆫ 數爻보담 도로혀 만앗스미 當時 阿善 有志人
士들은 脫其本國ᄒ야 近國 慕智亞와 閣倫 等地로 逃亂ᄒᆫ 者ㅣ 紛〃
ᄒ고 我國에도 來避ᄒᆫ 者ㅣ 多ᄒ미 本國에셔ᄂᆫ 三十 奸黨의 威勢가
日〃 大熾ᄒ야 天地에 震動ᄒ더라. 此 危急之時를 當ᄒ야 一偉人이
잇스니 其名을 士良武라 稱ᄒ고 年雖小壯ᄒᄂ 慷慨之心에 富ᄒ고 大
節이 有ᄒ야 恒常 濟民之道로 爲志ᄒ얏ᄂᆫ디 今其國人이 如斯히 塗炭
에 窮苦ᄒᆷ을 보미 舊來之民政을 回復ᄒ기 爲ᄒ야 奔走困難ᄒ며 諸國
에 流落ᄒ야 專히 回復之道를 圖謀ᄒ더니 三十 奸黨들은 斯波多 國
威를 恃ᄒ야 士良武와 其他 有志人士들을 逮捕ᄒ기를 我國에도 脅迫
ᄒᆫ지라. 正人의 不幸을 可憫이 역이고 濟民之事業을 貴ᄒᆯ 吾國 人民
이 엇지 如斯ᄒᆫ 名士를 逮捕ᄒᆯ 理가 잇스리오. 士良武ᄂᆫ 晝夜 回復을
圖謀ᄒᆯ시 有志人士 七十余名을 鳩集ᄒ야 阿善 國境에 잇ᄂᆫ 比留小砦
를 不意에 襲擊ᄒ야 陷ᄒ고 爲先 此處로 根據地를 삼앗더니 有志人
士들이 傳聞ᄒ야 近隣諸國에셔 陸續馳會ᄒᆷ이 人數가 增加ᄒ야 數至
七百余名이라. 三十 奸黨들은 이 말을 드르미 大段이 驚愕ᄒ야 卽時
一隊 軍馬를 領率ᄒ야 攻來ᄒ얏스ᄂ 唯一 戰之下에 有志人士의게 大
敗ᄒᆫ지라. 此 勝報가 四方에 傳播ᄒ미 熱心으로 回復ᄒᄌᆫ 人民들이
大叚[段]이 奮起ᄒ야 士良武 旗下로 來集ᄒᄂᆫ ᄌㅣ 陸續ᄒ야 不知其
數ᄒ고 忽然히 大軍을 大作ᄒᆫ지라. 士良武가 이에 此 大軍을 領率ᄒ
야 阿善의 國都에셔 不過 幾程ᄒᆫ 比留 都城ᄭᅥ지 進攻ᄒ얏더니 三十

奸黨들은 此를 保全ᄒ기 爲ᄒ야 大軍으로 中途에 要ᄒ얏스나 ᄯᅩ 有志人士의게 大敗홈이 無難히 比留 都城을 占領ᄒ지라. 如斯히 大軍으로 有志人士가 不過 二里쯤 되는 곳으로 進來홈이 阿善國 都城에 잇는 人民도 一齊히 蜂起ᄒ야 드듸여 三十 奸黨을 捉致ᄒ야 他國으로 放逐ᄒ고 行政官 十명을 假設ᄒ야 比留 都城에 잇는 士良武와 恊議ᄒ고 回復ᄒ기를 圖謀ᄒ게 ᄒ더라. 其後에 尙爲混雜ᄒ얏스나 드듸여 舊政을 回復ᄒ야 更히 民政國이 된지라. 士良武는 人民을 爲ᄒ야 如斯ᄒ 大功業을 竪立ᄒ 名士인 故로 我國 人民의 模範이 되리라 ᄒ고 新히 此 肖像을 粧飾ᄒ얏슴이라 ᄒ고

說明을 畢了ᄒ민 日影을 仰視ᄒ고 質問에 對答ᄒ노라고 急外에 時間을 費ᄒ얏스니 更爲相談ᄒ리라 ᄒ고 出ᄒ지라. 殘留ᄒ 學童들은 彼此 感慨之心이 有ᄒ 中에 如笑 ᄌ와 如憤 ᄌ와 如默 ᄌ ㅣ 잇스니 盖如笑 ᄌ는 話中之명士가 成其功業을 好喜홈이요 如憤 ᄌ는 話中之人民이 幸苦不幸홈을 想像ᄒ야 其 餘憤이 尙在其中홈이요 如默 ᄌ는 萬一 我身을 此境에 處ᄒ면 何等 措處를 取홀ᄭ ᄒ고 中心에 默揣홈이요 (未完)

1904년 10월 7일

(續)

此時에 一群中의 最爲年淺ᄒ고 可愛ᄒ 容顔에 凜然히 不可犯色이 잇는 一童子가 爲先 發言ᄒ기를

僉君子요 僉君子는 格德王과 士良武는 何人을 죠와ᄒᄂ뇨 僕은 士良武가 되기를 願ᄒ노니 萬一 吾人이 年長ᄒ 後에 三十 奸黨과 갓흔 것이 잇게 되면 僕은 棄身ᄒ야 士良武와 갓치 人民을 救ᄒ고ᄌ ᄒᄂ디 僉君子는 그 生覺이 업ᄂ뇨

ᄒᆞ더니 다른 童子도 義에 勇ᄒᆞᆯ 性質이 뵈여 異口同音으로 對答ᄒᆞ기를
吾人도 士良武가 되기를 願ᄒᆞ노라 ᄒᆞ얏ᄂᆞᆫ데 其中에 終始 默〃ᄒᆞ고 深
沈思慮ᄒᆞᆫ 一童子가 잇스니 年齡이 十六歲 假量이요 盖群兒中의 年長
者니 此時에 他童을 對ᄒᆞ야 徐〃히 말ᄒᆞ기를

萬一 不幸히 三十 奸黨이 生ᄒᆞ게드건 僕도 士良武와 갓치 濟民之功
을 立고ᄌ ᄒᆞᄂᆞ 그러ᄂᆞ 立功ᄒᆞ기를 過思ᄒᆞᄂᆞᆫ 餘로 我國에도 三十 奸
黨이 生홈을 願ᄒᆞᆯ 마음이 秋毫도 生ᄒᆞ게 드면 吾人은 眞道에 違홀지
니 吾人은 ᄒᆞ물며 三十 奸黨이 生치 아니홈은 願ᄒᆞᆯ지언뎡 成功홈을
望치 말 것이요

ᄒᆞ고 陳述ᄒᆞ더니 其言을 道理로 思ᄒᆞᄂᆞᆫ 者도 잇슬 ᄯᅳᆺ고 ᄯᅩ 道理인
줄 知ᄒᆞ면서도 成功ᄒᆞᆯ 機會가 來到ᄒᆞ기를 望ᄒᆞᄂᆞᆫ 情念을 勝치 못ᄒᆞᄂᆞᆫ
것 갓흔 者도 잇더라. 이에 ᄯᅩ 十六歲 假量으로 魯鈍ᄒᆞ게 뵈ᄂᆞᆫ 一童子
가 何等 思慮도 업ᄂᆞᆫ 것 갓치 忽然히 大聲으로 立功ᄒᆞ기 爲ᄒᆞ야 國難
을 願ᄒᆞᄂᆞᆫ 것이 道理에 違홀 것 갓흐면 勿論 某國ᄒᆞ고 奸黨이 出ᄒᆞᄂᆞᆫ
國으로 赴ᄒᆞ야 其 人民을 救ᄒᆞ면 可홀지니 僕은 國難이 잇ᄂᆞᆫ 곳으로
移住ᄒᆞ고져 ᄒᆞ노라.

ᄒᆞ매 다른 童子들이 互相見顔ᄒᆞ며 擧皆 含笑ᄒᆞᆫ지라. 此 一群童子들은
이에 史談을 評論ᄒᆞ면셔 作伴ᄒᆞ야 出去ᄒᆞᆫ지라.

抑 此地ᄂᆞᆫ 如何ᄒᆞᆫ 곳인고 ᄒᆞ니 希臘國 齊武의 首都인데 此堂은 小年
子弟를 敎育ᄒᆞᄂᆞᆫ 學堂이라. 此 一群 童子 中에셔 最初에 發言ᄒᆞᆫ 童子
ᄂᆞᆫ 其名을 巴比陀[陀]라 ᄒᆞ니 才操가 拔群ᄒᆞ고 人品이 優美ᄒᆞ야 後年
에 與諸名士로 內로 齊武의 奸黨을 芟鋤ᄒᆞ고 外로 齊武의 國勢를 振
興ᄒᆞ야 드듸여 使齊武로 一次 列國盟主의 地位에 立케 ᄒᆞᆫ 英雄이요.
ᄯᅩ 其次에 發言ᄒᆞᆫ 童子ᄂᆞᆫ 其名을 威波能이라 ᄒᆞ니 寬厚深沈으로 兵
을 善用ᄒᆞ고 後年에 與諸名士로 國勢를 擴張ᄒᆞ고 强敵을 破ᄒᆞ야 使
歷史家로 希臘史 中 第一人物로 賞嘆ᄒᆞᄂᆞᆫ 盛德의 賢士요. ᄯᅩ 最後에
發言ᄒᆞᆫ 童子ᄂᆞᆫ 其名을 瑪留라 ᄒᆞ니 素朴質直ᄒᆞ야 就義가 如從流ᄒᆞ고

見死가 如歸ᄒ야 武藝가 絶倫ᄒ고 勇力이 無比ᄒ야 與諸有志人士로 國勢를 振興ᄒᆫ 豪傑이요 其他 童子를 勢應本, 邊禮仁, 彼留利, 加偏, 圭皮度, 多莫俱라 ᄒ니 後年에 擧皆 國事에 奔走ᄒ야 偉功을 奏ᄒᆫ 名士들이라. 此 第一回의 譯은 紀元年 三百九十四年 頃의 事件이라. 今也에 齊武의 國勢를 興旺ᄒ고 希臘列國에 盟主의 位置로 立케 ᄒ기 爲ᄒ야 天明이 更히 一群의 童子를 降ᄒ사 濟民之大業을 成케 ᄒ시니 此 童子들의 立國ᄒᄂᆫ 功業與否ᄂᆫ 更俟後回ᄒ야 知之ᄒᆯ지어다.

1904년 10월 8일

第二回. 希臘列國形

第三回에셔 記述ᄒᆯ 譚은 紀元前 三百八十二年에 其 端緖를 發ᄒᆫ 것이라. 第三回를 說明ᄒ기 前에 爲先 希臘列國의 當時 狀勢를 左에 畧記ᄒ노라.

抑 希臘國은 自古로 許多ᄒᆫ 小邦이 分裂割據ᄒ야 相爭ᄒᄂᆫ 나라인디 紀元前 三百年 頃에 至ᄒ야도 統一ᄒᄂᆫ 者가 업셔〃 列國이 互相對峙ᄒᄂᆫ 模樣이라. 列國 中에셔 自古로 强國이라 稱ᄒ고 盟主로 推ᄒᆷ은 斯波多와 阿善이니 阿善의 政體ᄂᆫ 久年 共和로 政治를 삼아 其 行政部에ᄂᆫ 人民이 薦擧ᄒᆫ 行政官 九名이 잇고 ᄯ 立法部에ᄂᆫ 代議士 五百名으로 組織ᄒᆫ 公會와 人民公會의 二會가 잇스니 是卽 政體之大要요 ᄯ 斯波多의 政體ᄂᆫ 立憲王政이니 其 行政部에ᄂᆫ 國王 一人이 잇고 ᄯ 世襲ᄒᄂᆫ 國老院이 잇스며 司法部에ᄂᆫ 人民이 公撰ᄒᆫ 彈正官 數名을 設置ᄒ고 自國王으로 至於百官百司의 過失을 彈劾ᄒᆯ 大權을 有ᄒ게 ᄒ며 ᄯ 立法部에ᄂᆫ 公會가 잇ᄂᆫ지라. 그러ᄂ 此 公會에ᄂᆫ 오직 政治의 可否를 議論ᄒᄂᆫ 곳으로 此를 論駁ᄒᆯ 權利가 업스며 ᄯ 斯波多ᄂᆫ 質朴과 勇武로 國風을 삼고 가쟝 陸戰을 잘ᄒ며 阿善은 文物

을 盛히 ᄒ야 技術을 進ᄒ미 學術과 工藝와 美術 等을 擧皆 列國에셔 文明의 模範이라 稱ᄒ고 大段 賞讚ᄒᄂ지라. 歐羅巴가 今日과 갓치 文明進步흠은 阿善의 文明을 遺傳흠이 盖不尠也로다. 또 阿善은 船舶으로 海上의 貿易을 盛히 ᄒ기로 因ᄒ야 가쟝 水戰을 잘ᄒᄂ 名譽가 잇스니 夫歷史上에 有名흔 (사라미이) 戰에도 海軍으로 波斯의 大軍을 破흠은 泰西史를 講讀ᄒᄂ 者ㅣ 能히 知ᄒᄂ 비ㅣ라. 榮枯盛哀ᄂ 國家의 常態인지 其 文物이 最盛ᄒ든 有名흔 政治家 비리구리쓰의 時世도 임의 過去ᄒ고 希臘 聖人을 得名흔 쇼구라디쓰도 임의 死去ᄒ야 紀元前 三百八十二年 頃에 至ᄒ야는 阿善의 人心이 漸次 淫薄이 되고 國勢도 次〃 衰淺ᄒ야 與斯波多로 盟主의 地位를 相爭ᄒ고 歷史上에 비로본니시야 戰(紀元前 四百三十一年에 始作ᄒ얏더라)이라 稱ᄒᄂ 二十七箇 年이 連續ᄒ야 殘酷흔 戰亂을 격근 後에 드듸여 斯波多의게 壓服ᄒ야 不過獨立을 保全ᄒ니 其 國勢와 文物이 日以衰退ᄒᄂ 模樣은 一次 中天에 發輝흔 太陽이 將次 地平線 下로 沈ᄒ고즈 흠이 恰似흔지라. 또 斯波多ᄂ 希臘 二强國之一로 稱ᄒ든 阿善을 制服ᄒ야 獨히 列國에 盟主의 威를 振ᄒᄂ 國風이 漸次 萎靡ᄒ야 不過勇武와 朴野之氣質이 存ᄒᄂ 昔日과 大異ᄒ고 또 有名한 制法者 라이귤기쓰가 定置흔 奢侈品을 禁止ᄒᄂ 法令도 漸次 廢弛ᄒ고 同氏가 貿易商業은 人民의 利欲心을 盛長ᄒ고 亡國흘 端緖를 開흘 것이라 ᄒ고 人民의 貿易에 不便케 ᄒ기 爲ᄒ야 媒介物의 通用貨를 다만 鐵錢으로만 通用ᄒ기로 磨鍊ᄒ되 鐵錢 外에 金銀을 通用흠을 禁止흔 法令도 임의 全廢ᄒ야 金銀을 通用ᄒᄂ 一事로 百事가 昔日과 갓지 안음을 足知ᄒ깃스며, 立憲王政의 政體도 임의 腐敗흔 寡人專制로 變흔지라. (未完)

第二回. 希臘列國形勢 (續)

故로 三百八十二年 頃에 至ᄒᆞ야ᄂᆞᆫ 其 外面은 甚히 盛ᄒᆞᆫ 것 갓ᄒᆞᄂᆞ 內部ᄂᆞᆫ 國力이 漸次 衰淺ᄒᆞ야 同盟列國 中에셔도 其 亡狀을 憤ᄒᆞᆯ 者가 만코 暗으로 離心ᄒᆞᄂᆞᆫ 形勢가 잇스니 斯波多의 現狀을 評論ᄒᆞ게드면 맛치 剛壯ᄒᆞᆫ 男子가 衰力ᄒᆞ야 老翁이 된 것 갓고 阿善은 絕世佳人이 衰色ᄒᆞ야 老婆가 된 것 갓ᄒᆞ며 二國의 勢力이 如斯히 衰頹ᄒᆞ얏슬 時에 希臘國 北部에 一國이 잇스니 國都를 齊武라고 ᄒᆞ지라. 齊武ᄂᆞᆫ 慕知亞州에 잇고 其 政體ᄂᆞᆫ 自古로 共和民政으로 阿善의 制度를 多做ᄒᆞ야 人民은 壯勇으로 德義를 尊重ᄒᆞ고 ᄯᅩ 位置가 阿善에 近接ᄒᆞ미 文物 典章이 ᄯᅩᄒᆞᆫ 開ᄒᆞᆫ지라. 그러ᄂᆞ 自來로 局外中立을 格守ᄒᆞ야 與列國으로 爭鬪를 避ᄒᆞ얏스미 諸國을 疲弊케 ᄒᆞᆫ 비로본ᄂᆞᆫ이시야 戰爭에도 關係치 아니ᄒᆞᆫ 故로 漸次 國勢가 興旺ᄒᆞ고 列國에 對ᄒᆞ야 盟主의 位置에 立ᄒᆞᆯ 實力은 旭日이 地平線 上에 昇ᄒᆞ기 前에 其 旭光의 微白을 東天에 發ᄒᆞᄂᆞᆫ 것 갓고 아직 容光의 微를 照ᄒᆞᆯ 光輝ᄂᆞᆫ 업스ᄂᆞ 임의 宇宙에 臨照ᄒᆞᆯ 命運이 잇더라.

凡人이 其 內部에 疾病이 잇스면 其 心力을 身外의 일노 及치 못ᄒᆞᆯ 것 갓고 國家의 狀勢도 亦是 그러ᄒᆞ니 其 人民이 內政에 滿足ᄒᆞ고 國內가 安寧無事ᄒᆞ지 안으면 全國民心이 外事로 向치 못ᄒᆞᄂᆞ니 故로 其 國勢를 擴張ᄒᆞᄌᆞ면 爲先 內政을 整頓ᄒᆞᆯ지니 是卽 自然ᄒᆞᆫ 定法이라. 此時에 齊武 內政이 아직 整頓치 아니ᄒᆞᆷ이 人體의 內部에 疾病이 잇ᄂᆞᆫ 것과 恰似ᄒᆞ니 故로 其 內政을 整頓ᄒᆞ야 民心을 安着치 안으면 天明이 아직 覇國의 位置에 立ᄒᆞᆷ을 不許ᄒᆞᆯ지라.

抑 齊武ᄂᆞᆫ 民政國으로 其 憲法은 行政部에 行政議官 九名을 撰置ᄒᆞ고 是 議官은 名門의 子弟로 任ᄒᆞ고 九名 中에셔 摠統官 二名을 撰擧ᄒᆞ니 行政官의 最上位者ㅣ요 ᄯᅩ 立法部에ᄂᆞᆫ 四百名公會라 稱ᄒᆞᄂᆞᆫ 代

議員이 잇스니 議員을 國內 各 區에서 撰擧ᄒ며 ᄯᅩ 人民公會가 잇스니 是卽 齊武政体의 大畧이라. 近頃 (紀元前 三百八十二年) 國內 人民 中에 正黨과 奸黨이 잇셔 〃 奸黨은 임의 腐敗ᄒᆫ 斯波多의 政体에 倣ᄒ야 四百名公會와 人民公會ᄅᆯ 絶滅ᄒ고 專히 寡人專制의 政体ᄅᆯ 行ᄒ고ᄌᆞ ᄒ며 ᄯᅩ 正黨은 自來의 政体ᄅᆯ 維持ᄒ야 써 人民의게 政權을 與ᄒ고자 ᄒ야 이에 兩黨이 甚히 軋轢ᄒ게 되얏스니 奸黨 一派의 人物은 令溫治, 皮眞 亞留知, 比律布들인디 令溫知ᄂᆞᆫ 此時에 第二位 總統官이요 ᄯᅩ 比律布ᄂᆞᆫ 四百명公會의 議員인디 其他 諸人은 擧皆 行政議官이라. ᄯᅩ 正黨 一派의 人物은 以斯明, 安度俱, 巴比蛇[陀], 成[威]波能, 圭皮度, 多莫俱들이니 以斯明은 此時에 第一位 摠統官이요 其他 諸人은 大槩 四百명公會의 議員인디 以斯明은 일즉 暴知亞 諸國을 連合ᄒ야 與斯波多로 爭抗ᄒᆫ 政治家이니 斯波多에셔 大段[段]이 疾視ᄒ더라.

如斯히 兩黨 人民이 互相爭鬪ᄒ기로 齊武의 內政이 아직 整頓ᄒ지 안고 國勢가 아직 擴張치 아니ᄒ니 齊武가 覇國의 地位로 立ᄒᆯ 運命을 果ᄒ잔즉 其 內政을 整頓ᄒ기 爲ᄒ야 英雄名士의 非常ᄒᆫ 盡力과 苦辛을 要ᄒᆯ지니 諸 名士의 酸辛流離ᄒᄂᆞᆫ 景況은 後回ᄅᆯ 讀ᄒ야 알지어다.

1904년 10월 11일

第三回 奸黨用計覆民政 名士脫難走阿善 (續)

齊武 國都의 中央은 아니로되 本城가 미쩌에셔 不過 幾程되ᄂᆞᆫ 洞內에 儼然ᄒᆫ 一邸宅이 잇ᄂᆞᆫ디 華麗ᄒ다고 ᄒᆯ 것보담 오히려 宏大ᄒ다고 ᄒᆫ[ᄒᆯ] 만ᄒ고 ᄯᅩ 幾年을 經ᄒ야 古色이 黯澹홈은 自然히 該地에서 有名ᄒᆫ 名門豪族인 줄 足知ᄒᆼ깃고 ᄯᅩ 그 東山에 各色花草를 심엇스되 오

직 淸潔홈을 爲主홈인 뜻 雅趣와 風致잇게 用心호 것도 아니요 이 東山을 바라보는 舍廊은 主人의 居室인지 數多호 書冊과 護身에 要緊호 武器를 裝飾호얏스며 또 各項 什物은 이 時代에 中等 社會의 所用으로 室內의 樣模은 風流士人이 每日 用意호야 裝飾호 것 갓치 整頓호지 아니호고 오히려 各項 什物이 狼藉홈은 主人이 年淺호야 그 마음을 오직 外事에 委任호고 家內 細事에 留意호지 아니홈을 足知호깃도다.

此 室內에 二人이 對坐호야 酬酌호니 盖其一은 此家의 主人인지 年紀가 二十五歲許에 身體 肥滿치도 안코 瘦羸치도 안코 軀幹身材가 尋常호야 此 時代에 大段[段]이 崇尙호든 文武의 敎育에 其身을 鍛鍊홈은 身體의 行動이 嚴正호야 弛緩호지 아니홈으로 足知호깃고 또 其 容顔이 眉秀眼淸호고 眼球는 甚大호지 아니호ᄂ 燗光을 救호고 面은 細長호고 其 頤가 圓光호야 澟然히 秀英之氣를 帶호ᄂ 오히려 其中에 優美홈이 잇셔〃 徵笑홀 時에는 和氣가 滿面호야 使人으로 愛着호게 호지라. 萬若 世界의 大畵伯으로 古今 第一의 英雄에 適當호는 容貌와 顔色을 圖畫호게 호고 또 世界의 大彫刻家로 彫刻호게 호면 其 眞的을 模寫호랴 恐호건디 其 外面은 模寫호야도 神氣와 風彩는 模寫호지 못홀지로다. 또 賓客갓흔 一人은 年方廿七歲에 身體가 長大호고 壯貌가 魁梧호야 其顔은 扁平호고 鼻隆치 아니호고 兩眼이 細長호니 其 筋骨은 미우 强大호되 其 容貌는 眠홈과 恰如호고 殊히 言笑가 甚少호더라.

抑 此 兩人은 何人인고 호니 主人은 巴比陀라 호고 賓客은 威波能이라 호지라. 此 二人의 性質은 寬嚴이 相反호야 不合홈과 恰似호되 그러치 아니호고 미우 親密호야 政治上에 刎頸之友로 恒常 國事를 갓치 圖謀호지라. 此 二人의 友情을 甚히 親密호게 호 一事가 잇스니 三四年 前에 어리써야 戰爭에 巴比陀가 敵兵의게 被圍호야 쟝촛 戰沒고자 홀 지음에 威波能의게 被助호야 九死 中에 一生을 得호얏스미 이에

友情이 미우 深ᄒ지라. 巴比陀ᄂ 此國에 名門豪族으로 父祖之代로부터 饒富ᄒ야 都是 不足홈이 업스되 威波能은 名族의 後裔로 數代 落魄ᄒ야 頗極 貧困ᄒ얏스ᄂ 兄弟 外에 食口가 업스미 衣食은 不足홈이 업더라. 巴比陀ᄂ 威波能의게 被助ᄒ 恩惠를 報酬ᄒ기 爲ᄒ고 ᄯ 其 爲人을 思慕ᄒ얏스미 其 家産을 分配ᄒ야 屢次 贈與코자 ᄒ얏스ᄂ 威波能은 終始 固辭ᄒ고 不受ᄒ야 至極히 質素로 生活ᄒ지라. 巴比陀도 ᄯᄒ 奢侈를 愼戒ᄒ야 質素로 趣旨를 삼아셔 驕侈홈이 毫無ᄒ며 ᄯ 威波能은 貧困홈이 如斯ᄒᄂ 其 身體에셔 道德의 光明을 放ᄒᄂ 故로 名門豪族으로 相從ᄒ야 其毫無愧心ᄒ더라.

1904년 10월 12일

第三回 奸黨用計覆民政 名士脫難走阿善 (續)

今日도 ᄯᄒ 兩人이 相會ᄒ야 國事를 謀議ᄒ 것 갓흐니 客이 發言ᄒ기를

至於今日ᄒ야ᄂ 斯波多의 擧動이 列國을 倂呑홀 異志가 잇는 것과 恰似ᄒ니 過日 同國의 將軍 幽多美가 斯良을 征伐ᄒ 應接으로 其弟 法美로 大將을 拜任ᄒ야 軍士 八千名을 領率ᄒ야 進軍케 ᄒᄂ디 道를 我 齊武에 借ᄒ야 임의 都城 附近으로 到着ᄒ얏스니 萬若 斯良을 征伐ᄒ야 其意를 遂ᄒ게 드면 不遠에 其禍가 我 齊武에 及홀지니 思之컨대 엇지 憂念치 못ᄒ리오 ᄯ 我國에 狀勢를 顧ᄒ면 老兄이 知홈과 如ᄒ니 何等 措處홈이 可也오 ᄒ고 嘆息ᄒ거눌 主人이 그 말을 듯고 對答ᄒ되

實노 老兄의 말과 갓치 國內가 安寧치 안으면 힘을 外事에 쓰지 못홈이ᄂ 今日의 形便으로ᄂ 正黨의 勢力이 强大ᄒ야 奸黨이 漸次 窘窮ᄒ니 別樣 念慮될 일이 업스리다. 然이ᄂ 俗諺에도 ᄒ기를 窘窮은 百

計룰 産홀 父母라 ᄒ엿스니 彼等의 擧動에 注意홈은 이 窘窮ᄒ 時에 잇스리라.

ᄒ고 오직 國事룰 議論ᄒᄂ 지음에 正黨의 同志者 邊禮仁의게셔 急報가 到來ᄒᆫ지라 主人이 卽爲披封ᄒ야 走讀ᄒ니 其 大意에

奸黨의 頭目者 等이 私히 詭謀룰 斯波多 政府로 通ᄒ야 일을 企謀홀 證跡을 惟今探知ᄒ얏스니 미리 報告ᄒ되 確乎ᄒ 證據룰 探知ᄒ게 드면 卽進面敍ᄒ노라.

ᄒ얏더라. 主人 巴比陀ᄂ 아직 年淺ᄒ 一青年이로디 百難이 湊聚ᄒ 스이에 處ᄒ야 沈靜히 百事룰 措辦홀 人物인 故로 卽時 此書룰 威波能의게 示ᄒ야 互相 圖謀ᄒ기룰 當國 憲法으로 萬若 不軌룰 圖謀홀 疑心이 잇게 드면 其 証據룰 調査홀 委員을 命홀 權力이 四百名公會에 잇스니 方今 公會의 開會 中이요 ᄯ 威波能은 그 委員이니 此룰 公會에 發言ᄒ야 事實의 有無룰 調査홀 委員을 撰擧ᄒ야 變亂을 未然에 豫防홈이 可ᄒ리라 ᄒ고 威波能은 이에 再會룰 期ᄒ야 出去ᄒᆫ지라.

巴比陀ᄂ 威波能이 退去홈[ᄒ] 後에도 ᄯ 行黨 等의 隱謀룰 仔細히 捉知ᄒ기 爲ᄒ야 書簡을 一二 同志者의게로 卽送ᄒ며 ᄯ 會議決定後에 措處홀 道理룰 深히 窮究ᄒ야 默然히 東山을 望見홀 지음에 貞實케 뵈ᄂ 六十 老翁이 出來ᄒ야 其前에 定席ᄒ며 무슴 酬酢을 ᄒ얏ᄂ디 此 老翁은 此家의 執事라. 盖家計에 就ᄒ야 報告ᄒ 것 갓더라.

此 老翁이 更히 發言ᄒ기룰

小人은 先代 彼方俱君이 在世ᄒ실 時부터 仕ᄒ얏ᄂ디 彼方俱君이 早世ᄒ실 시 郎君을 援助홈을 委任ᄒ셧스니 不顧不肯ᄒ고 別樣 家事에 注心ᄒᆫ지라 頃日 巷說을 드른즉 郎君은 何事던지 先代보담 優ᄒ시되 오직 家計의 一事ᄂ 劣ᄒ심이 不尠ᄒ니 是ᄂ 郎君이 너무 仁慈ᄒ사 他人의게 施捨ᄒ심이 만ᄒ심으로 因ᄒ야 家計에 及홈이니 此로 家內에 大關係가 될 것은 아니나 先代와 比較ᄒ즉 至於今日ᄒ야 財産을 虛賞ᄒ심이 不尠ᄒ니 請컨디 愼戒ᄒ옵셔〃. ᄯ 國中의 名門大族이 屢

次 婚姻을 願ᄒ거늘 都是 不聽ᄒ사 獨身으로 孤居ᄒ심이 誠爲遺憾이
요 顧之컨디 郎君은 夙히 兩親의 膝下에셔 離別ᄒ샤 別로 親近ᄒ 親
戚故舊도 不多훔이 일즉 婚姻을 通ᄒ사 人間의 大事를 畢了ᄒ시게 드
면 小人은 生前에 무슨 慮念이 업슬 뿐 아니라 先代끠셔 斥托ᄒ신 責
任을 다훔이니 오직 此家의 幸福일 쑨이리오
ᄒ고 主人을 忠告ᄒ지라. 이에 主人은 和面慰喩ᄒ야 對答ᄒ기로
實로 老翁의 말과 갓치 施捨ᄒ기 爲ᄒ야 家産을 消費훔이 不尠ᄒ얏슬
[슴]이라. 然이ᄂ 僕은 家産을 濫費훔이 아니라 오직 孤寡의 貧民의게
賑恤ᄒ얏슬 싸름이요 身體ㅣ 健康ᄒ 者ᄂ 財産은 그다지 急ᄒ지 아니
ᄒ니 賑恤ᄒ기 爲ᄒ야 多少間 消費ᄒ야도 念慮가 잇슬이[리]요 쏘 如
斯ᄒ 일에 施捨훔은 黃泉의 父親도 셜마 責ᄒ지 아니ᄒ실지라. 그러ᄂ
老翁의 말이 至極히 當然ᄒ니 再後로ᄂ 愼戒홀지니 決코 念慮ᄒ지 말
며 쏘 婚姻의 一事에 就ᄒ야ᄂ 他에 事情이 잇스니 督促ᄒ지 말나 ᄒ
고 慰諭ᄒ지라.

1904년 10월 14일

第三回 奸黨用計覆民政 名士脫難走阿善 (續)

時代ᄂ 맛춤 三伏時인 故로 日長ᄒ 지음이ᄂ 於焉間에 已爲七時가
된지라. 遽急히 起來ᄒ 二三 壯士가 잇스니 瑪留와 勇具貞과 須杜倫
이라. 此 三人은 正黨의 有志者인디 喘〃히 馳來ᄒ 中 瑪留ᄂ 憤怒
中에 喜色이 잇ᄂ 것 갓치 室外에셔 大聲叫呼曰
巴君요 巴君. 濟民의 功業을 立홀 時節이 到來ᄒ지라.
ᄒ고 他에 何等 言及훔이 업시 오직 其 附近을 走廻ᄒ지라. 次에 入來
훔은 勇具貞과 須杜倫의 兩人이니 主人을 對ᄒ야 急〃히 말ᄒ기를
아직 詳報에ᄂ 接치 못ᄒ얏스되 드른즉 奸黨들은 其 黨徒로 鳩集ᄒ야

不意에 政府로 襲來ᄒ야 以斯明 波莫忠 兩氏를 捉致ᄒ얏다 ᄒ며 ᄯᅩ 中途에서 斯波多의 兵隊가 市街의 各處에 侵入ᄒᆷ을 發見ᄒ얏스니 察 之ᄒ건ᄃᆡ 奸黨들은 卑怯 未鍊ᄒᆫ 手段으로 他國의 助勢를 借ᄒ야 我 民政을 反覆ᄒ기 爲ᄒ야 如斯ᄒᆫ 變亂을 發生ᄒ얏슬[습]이라. 吾等은 從速히 處身ᄒᆯ 道理를 定치 안으면 何時에 災禍가 及ᄒᆯ지 未知ᄒ노라. ᄒ고 勇具貞은 他 有志者에도 急히 通奇ᄒ리라 ᄒ고 卽時 此家에서 馳走ᄒ얏ᄂᆞᆫᄃᆡ 瑪留와 須杜倫의 兩人은 與主人으로 其身을 處ᄒᆯ 道理 를 窮究ᄒ리라 ᄒ고 殘留ᄒᆫ지라. 盖主人은 아직 年淺ᄒᄂ 其 門地의 才畧이 志士의게 被推됨을 察ᄒᆯ지로다.

主人 巴比陪[陀]ᄂᆞᆫ 同志者들의 報告에 接ᄒ야 卽時 新執事를 불너서 奸黨들이 政府를 反覆ᄒᆷᄋᆡ 仍ᄒ야 我國은 大亂이 되엿스니 吾等은 回 復을 圖謀ᄒ기 爲ᄒ야

同志者로 더부러 爲先 隣國 阿善으로 脫走ᄒᆯ 터이니 汝도 同伴ᄒ깃ᄂᆞᆫ ᄃᆡ 萬一 遲滯가 되면 大事가 惹起ᄒ리니 速히 武器를 準備ᄒ라.

ᄒ고 會令ᄒᆷᄋᆡ 新執事ᄂᆞᆫ 極히 驚駭ᄒ야 武器를 準備 此로 卽時 此室 에서 走去ᄒᆫ지라. 그 坐傍에 定席ᄒ얏든 瑪留ᄂᆞᆫ 그 말을 듯고 大段 [段]히 失望ᄒᆫ 것 갓치 뵈엿스니 盖契人은 素朴正直ᄒᄂ 極히 性急ᄒᆫ 사름인 故로 此 騷亂에 臨ᄒ야 巴比陀ᄂᆞᆫ 定寧 諸有志者를 募集ᄒ야 與奸黨으로 卽爲接戰ᄒᆯ 줄노 아랏더니 深히 信賴ᄒ든 其人의 其計가 此에 出치 아니ᄒ고 今方 阿善을 走遁ᄒᆫ다 ᄒ기로 如斯히 失望ᄒ얏습 이요 ᄯᅩ 巴比陀ᄂᆞᆫ 茫然히 驚駭ᄒᆫ 老執事의게 急히 後事를 付托ᄒ야 可히 身體에 得着ᄒᆯ 浮費를 四人이 分帶ᄒᆯ 準備를 ᄒᄂ 지음에 新執 事가 經鎧 四個 筒과 弓矢 四個와 長槍 四個와 楯 四個를 持來ᄒᆷᄋᆡ 巴比陀와 須杜倫 新執事의 三人은 皆擧各持弓矢ᄒ얏ᄂᆞᆫᄃᆡ 獨히 瑪留 ᄂᆞᆫ 楯과 槍을 取ᄒᆫ지라. 盖同人은 힘이 大段[段]이 强大ᄒᄂ 本來 弓 矢를 用치 못ᄒᆷ이요 ᄯᅩ 巴比陀가 新執事를 同伴ᄒᆷ은 ᄭᅡᄃᆰ이 잇스나 此者ᄂᆞᆫ 名을 禮溫이라 ᄒ고 幼時부터 此家에 奉仕ᄒ야 與主人으로 生

成ᄒᆞ얏ᄂᆞᆫ디 天性이 利發ᄒᆞ고 文武의 道를 熟習ᄒᆞ고 諸技藝ᄂᆞᆫ 더욱 잘
ᄒᆞ니 如斯ᄒᆞᆫ 人物은 將次 成宜ᄒᆞ리라 ᄒᆞ고 玆에 領率케 된지라.

1904년 10월 15일

第三回 奸黨用計覆民政 名士脫難走阿善 (續)

四人이 이에 旅裝을 차리고 發程ᄒᆞᆯ 시 門外가 忽然 騷擾ᄒᆞ거늘 임의
捕卒이 온 줄 알고 後門에서 街上으로 出去ᄒᆞ얏더니 拾餘名 捕卒이
急馳ᄒᆞ야 喊聲이 如雷ᄒᆞ야 圍似鐵桶이거늘 禮溫은 急히 弓矢를 抽出
ᄒᆞ야 爲先 追來ᄒᆞᄂᆞᆫ 一捕卒을 射倒ᄒᆞᆫ지라. 時方 日暮ᄒᆞ야 彼此 分明
치 못ᄒᆞ민 有志者ᄂᆞᆫ 必死로 싸와서 艱辛히 脫難ᄒᆞ야 城門으로 向ᄒᆞ야
落去ᄒᆞᆫ지라. 然而 此戰에 四人 中의 須杜倫은 엇지ᄒᆞ야 捕卒의게 被
捉ᄒᆞᆫ지라. 捕卒들은 임의 一人을 捉致ᄒᆞ고 ᄯᅩ 有志者의 勇壯홈을 恐
懼ᄒᆞ얏ᄂᆞᆫ지 敢히 逐去ᄒᆞ지 아니ᄒᆞ민 巴比陀, 瑪留, 禮溫 三人은 드듸
여 城壁을 攀越ᄒᆞ고 城外로 遁出ᄒᆞ야 暫時 休息ᄒᆞ고 相謀ᄒᆞ기를 此
地에서 阿善으로 가ᄂᆞᆫ 本道ᄂᆞᆫ 임의 捕卒을 配置ᄒᆞ얏스니 비록 道路
가 險惡ᄒᆞ야도 間道로 由去홈이 可也라. 三人 作伴ᄒᆞ야 東南으로 向
ᄒᆞ야 急行ᄒᆞᆫ지라. 此時에 一輪皎月은 임의 東嶺 上에 出ᄒᆞ야 淸凉ᄒᆞᆫ
夜色이 使人으로 自晝苦熱을 忘케 ᄒᆞ민 身心의 輪快를 少覺ᄒᆞ야
頻〃히 急行ᄒᆞᆯ 시 巴比陀ᄂᆞᆫ 來頭의 心算을 陳述ᄒᆞ되 阿善으로 赴ᄒᆞ
야 同國 人民의게 呼許ᄒᆞ야 回復을 圖謀ᄒᆞᆫ 자니 如此ᄒᆞ쟌즉 爲先 人
民의 會場에서 心事를 呼訴ᄒᆞᆯ 演說을 홈이 可也라 ᄒᆞ고 其外 各色 手
叚[段]을 恊議ᄒᆞ며 임의 十里 假量이ᄂᆞ 落來ᄒᆞᆫ지라. 玆에 稍爲放心ᄒᆞᆯ
시 前面에 蹄聲이 錚〃ᄒᆞ거늘 皎〃ᄒᆞᆫ 月色을 借ᄒᆞ야 眺視ᄒᆞ더니 十餘
名許 一群 騎兵이라. 於此에 三人이 相謀ᄒᆞ기를 萬若 捕卒이면 不意
에 襲擊ᄒᆞ야 馬를 奪取ᄒᆞ고 逃走ᄒᆞ리라 ᄒᆞ고 道傍 小蔭에 隱身ᄒᆞ야

窺視ᄒ더니 奸黨에서 受命ᄒ야 間道로 巡羅ᄒ든 斯波多의 騎兵들은 徐〃이 馬을 進ᄒ야 退去ᄒ 시 突然히 弦音이 殷〃ᄒ야 二人의 騎兵이 被射ᄒ야 落馬ᄒ거ᄂᆞᆯ 斯波多의 騎兵들이 驚駭ᄒ 시 ᄯᅩ 一騎兵이 被射ᄒᆷ이 敵數의 多寡도 未知ᄒ ᄲᅮᆫ더러 瞥眼間의 事變이 突起ᄒᆷ으로 前後左右로 顧眄ᄒᆯ 餘叚가 잇스리요 卽時 躍馬ᄒ야 逃去ᄒ거ᄂᆞᆯ 三人의 有志者ᄂᆞᆫ 小蔭에서 躍出ᄒ야 被射ᄒ 騎兵에ᄂᆞᆫ 注目치도 아니ᄒ고 逃走ᄒᄂᆞᆫ 騎兵을 從奔ᄒᄂᆞᆫ 馬로 卽時 逐捉ᄒ야 三人이 一齊히 乘馬ᄒ야 東南 小經을 指ᄒ야 乘月馳走ᄒᆫ지라.

三人은 如斯히 急行ᄒᆯ 시 임의 三千里 假量이ᄂᆞ 落來ᄒ얏ᄂᆞᆫ디 此處에 波寧이란 江이 잇스니 其幅이 六七十間許에 水勢가 如矢ᄒ고 ᄯᅩ 兩岸은 險阻ᄒ야 岩石을 削立ᄒ 것 갓고 石橋로 構架ᄒ얏스ᄂᆞ 其幅이 不過 一間許에 騎馬로 渡過ᄒ기가 尤爲危險ᄒᆫ지라. 그러ᄂᆞ 此路에서 進行ᄒ자면 不可不 石橋로 通過ᄒ[히]야 ᄒᆯ ᄲᅮᆫ더러 石橋不及處에ᄂᆞᆫ 一群 屯石이 잇셔 把守ᄒ 것 갓ᄒ니 三人은 此思彼慮ᄒ야 大叚[段]히 失望ᄒ야 말ᄒ기를 前面에 잇ᄂᆞᆫ 屯兵은 丁寧 捕卒이요 ᄯᅩ 石橋도 狹窄ᄒ니 屯兵을 擊破ᄒ야 渡過ᄒ기가 危險ᄒ니 萬一 迂廻ᄒᆯ 道路가 잇스면 石橋로 避ᄒᆷ이 可也라 ᄒ고 其 利害로 辨ᄒ되 地理가 不明ᄒ야 不知措處ᄒ고 躊躇ᄒᆯ 시 後方에 蹄聲이 錚〃ᄒ미 仔細히 본즉 騎兵이라. 盖前者에 被襲ᄒ 騎兵이 援兵을 得ᄒ야 逐來ᄒᆷ인지 ᄯᅩ 다른 逐隊인지 尙未詳知ᄒ되 漸〃 近迫ᄒᄂᆞᆫ지라 三人의 有志者ㅣ 前後에 受敵ᄒ야 進退維谷이라. 玆에 三人은 事의 成否를 天明ᄭᅴ 任ᄒ고 屯兵을 打破ᄒ야 江을 渡過ᄒᆷ이 可也라 ᄒ고 決心ᄒ야 前進ᄒᆯ 시 相距가 不過 二三百 步되니 三人은 一齊히 馬로 躍ᄒ야 恰히 疾夙[風]狂푸[풍] 갓치 屯兵의 正中으로 一直線에 突進ᄒᆫ지라.

1904년 10월 16일

第三回 奸黨用計覆民政 名士脫難走阿善 (續)

此時에 屯兵들은 一齊히 蜂起ㅎ야 大叚[段]이 抵抗ㅎ얏스나 事變이 意外에 出ㅎ얏슬 뿐 아니라 步騎가 其勢를 相異홈이 엇지 當홀 슈 잇스리오. 忽然히 四方으로 散亂ㅎ거늘 三人은 戰且走호되 瑪留는 爲先 石橋를 渡ㅎ야 彼岸에 達ㅎ고 續ㅎ야 巴比陀도 石橋를 渡ㅎ다가 不過 二十間許에 彼岸으로 達홀 지음에 白羽一箭이 巴比陀를 向ㅎ야 飛來 ㅎ더니 馬은 一聲高嘶ㅎ야 巴比陀와 갓치 洶〃한 激流 中으로 落ㅎ고 死生을 未知ㅎ더라. 嗚呼라. 經綸의 大才를 懷ㅎ야 智勇이 兼備한 蓋 世英雄도 唯一條 流矢에 드듸여 魚腹孤魂이 되엿스니 可憐ㅎ도다. 禮溫은 稍爲遲滯ㅎ야 逐來홀 敵을 防禦ㅎ면서 將次 渡橋홀 시 巴比 陀가 被射落江ㅎ얏스나 捕卒의 逐擊을 防禦ㅎ기 爲ㅎ야 勢不得已홈 이 그디로 虎口를 避ㅎ고 石橋를 渡ㅎ야 彼岸에 達ㅎ고 瑪留를 從ㅎ 야 急行한지라. 쏘 瑪留는 十里許 馳去ㅎ다가 追兵이 迫來홀 樣模이 업슴에 稍爲安心홀시 後方에서 蹄聲이 錚〃홈미 同行인 줄 알고 顧而 叫呼ㅎ더니 果然 禮溫인 故로 瑪留는 馬를 止ㅎ야 暫時 待之ㅎ다가 巴公은 아직 아니오느뇨 엇지 그리 遲滯가 되며 쏘 老况[兄]은 傷치느 아니ㅎ얏느뇨

ㅎ고 問홈에 禮溫은 萎然對答호되

噫 瑪留公이요 吾人은 天崩地裂한 不幸을 逢ㅎ얏도다. 石橋를 渡홀 지음에 우리 部君은 流矢에 中ㅎ야 馬와 갓치 水中으로 陷落ㅎ엿느디 맛춤 時急ㅎ야 救홀 겨를이 업섯스니 至今思之ㅎ건디 假令 其時에 救 홀 餘暇가 잇셧드리도 彼任은 洶〃한 激流 뿐더러 水中에 岩礁가 만 흐니 一次 陷落ㅎ면 免死홀 手叚[段]이 업도다. 嗚呼라. 奸黨의 詭計 를 免ㅎ야 艱辛히 逃來ㅎ얏는디 此處에서 郎君을 失홈은 實로 怨恨홈 을 勝치 못ㅎ노라.

ᄒ고 事急ᄒ야 充滿ᄒ 勇氣로 包忍ᄒ 悲歎之情은 此時에 破裂ᄒ야 無限의 憾을 現ᄒ지라. 마留ᄂ 暫時 默然ᄒ더니 忽然히 奇異嘆ᄒ 聲을 發ᄒ야

嗚呼라. 巴公이 임의 死ᄒ얏ᄂ뇨 齊氏ᄂ 巴公과 갓치 波寧江에 陷沒ᄒ얏도다. 巴公이 업스면 何人이 ᄯ 齊氏의 民政을 回復ᄒ야 人民을 救ᄒ 者ㅣ 잇스리오. 嗚呼라. 遺憾ᄒ고 怨恨ᄒ도다. 石橋ᄅ 渡ᄒ 시 後方에서 水聲이 들닌 것은 巴公이 最后의 水聲이로구ᄂ.

ᄒ고 萬夫ᄅ 挫ᄒ 大勇士도 思國ᄒ 熱心과 思友ᄒ 眞情으로 生來로 ᄒᆞᆯ니지 아니ᄒ 豆大ᄒ 落淚ᄅ 禁치 못ᄒ얏스며 ᄯ 禮溫은 多年 奉仕ᄒ 愛主의 不幸에 더욱 悲嘆을 增ᄒ더라. 此時에 二人은 相議ᄒ더 巴比陀의 生死ᄅ 確定ᄒ고 其 遺骸ᄅ 搜求ᄒ기ᄅ 圖謀ᄒ얏스ᄂ 奸黨의 探索이 嚴密ᄒ야 任意치 못ᄒ야 不得已 勿施ᄒ되 此時에 마留가 奮然히

不幸이 天明은 巴公을 奪去ᄒ얏스ᄂ 我 (누락)

1904년 10월 21일

第四回 弄兵威解散公會 諸名士就縛會堂 (續)

此日에 威波能은 巴比陀와 作別ᄒ 後에 奸黨들의 擧動을 調查ᄒ 謀議에 就ᄒ야 三有志者를 尋訪ᄒ ᄭ닭인지 公會의 開始時刻에 遲滯된 故로 公會堂으로 急行ᄒ지라. 抑 此公會ᄂ 國都 中央에 建築ᄒ 宏壯ᄒ 家屋이니 堂內 正面에ᄂ 一層 놉히 建設ᄒ 것이 잇스니 是卽 會長과 書記의 定席이요 ᄯ 그 兩側에ᄂ 議場의 秩序ᄅ 保全ᄒ기 爲ᄒ야 衆多衛士가 列立ᄒ 席이 잇고 ᄯ 前面 會長의 席에서 좀 低ᄒ고 會員의 席에셔 좀 놉흔 곳에 方形 發音臺ᄅ 設ᄒ얏스니 發音코자 ᄒᄂ 會員이 此處에 立ᄒ야 演說ᄒ기 爲ᄒ야 設홈이요 ᄯ 會堂 平面席은 會

員의 席이요 또 其 左右側에 漸次 層席을 設ᄒᆞ얏스니 是亦 議員席이
요 其他 會堂 左右의 廻廊及側面의 假席은 傍聽席이라. 또 此國 舊來
의 慣習으로 或 一主義政黨이 右側의 層級席을 占ᄒᆞ면 此에 反對ᄒᆞ
ᄂᆞ 다른 政黨은 左側의 層級席을 占ᄒᆞ고 또 中立黨으로 反覆이 無席
ᄒᆞ 會員은 擧皆 平面席을 占ᄒᆞᄂᆞ 故로 議場의 模樣을 一見ᄒᆞ야 各自
占有ᄒᆞᄂᆞ 席의 廣狹을 詳考ᄒᆞ면 各 政黨의 强弱을 得知라 ᄒᆞ더 近來
此國에 正奸 兩黨이 生ᄒᆞᆫ 以後로ᄂᆞ 正黨이 恒常 多數ᄅᆞᆯ 졈ᄒᆞᆫ 故로 其
黨徒가 右側 層級席에 充滿ᄒᆞ고 平面席의 中央ᄭᅡ지 졈有ᄒᆞ얏고 또
奸黨은 小數인 故로 不過 左側 層級席의 半에도 充滿치 못ᄒᆞ야 左側
層級席의 中央에서 平面席의 中央ᄭᅡ지ᄂᆞ 曖昧ᄒᆞᆫ 中立黨員이 졈有ᄒᆞ
더라.

今 威波能이 公會에 入來ᄒᆞ야 正黨이 列席ᄒᆞᄂᆞ 右側 層級席에 着席
ᄒᆞ얏슬 時에ᄂᆞ 右側 層級席에셔 平面席 中央ᄭᅡ지 動搖ᄒᆞ야 異口同音
으로 擧皆 歡聲을 發ᄒᆞ얏스니 盖此時에 發音臺에 立ᄒᆞᆫ 奸黨中의 有
名 論士 比律布라 稱ᄒᆞ고 自過刻으로 도″ᄒᆞᆫ 懸河의 雄辯을 振ᄒᆞ고
暗히 專制政治의 功益을 說ᄒᆞ야 會員의 心을 惑케 ᄒᆞ고 今將其肝要
ᄒᆞᆫ 論點의 結局에 說入ᄒᆞᆯ 時인디 正黨의 有志者ᄂᆞ 勿論ᄒᆞ고 至於曖
昧ᄒᆞᆫ 中立會員ᄒᆞ야 其 心中에ᄂᆞ 皆其論이 似理而不理ᄅᆞᆯ 得解ᄒᆞᄂᆞ 其
辨士가 巧論ᄒᆞᆷ이 其 「쇼후이슴」의 僞辨으로 巧言ᄒᆞᄂᆞ 術을 容易히 破
치 못ᄒᆞ고 오직 不勝憤怨ᄒᆞᄂᆞ 中 正黨의 諸士들은 奸黨의 辨士에 次
ᄒᆞ야 臺上에셔 此 僞辨을 能히 攻擊ᄒᆞᆯ 人物을 誰某例某라 暗撰ᄒᆞ고
互相耳語ᄒᆞ야 憂慮ᄒᆞ더니 今 其黨中에셔 有名ᄒᆞᆫ 論辨家 威波能이 온
것을 보미 如斯히 歡聲을 發ᄒᆞ야 一齊히 論意ᄅᆞᆯ 表ᄒᆞᆷ이요 此 發音臺
上에 立ᄒᆞᆫ 論士 比律布ᄂᆞ 論局을 結ᄒᆞᆯ 次로 更히 高聲으로

人民이 參政ᄒᆞᄂᆞ 弊端은 政당이 互相競爭ᄒᆞ야 執政者가 屢次 交迭ᄒᆞᆷ
이 在ᄒᆞ니 執政者ㅣ 交迭ᄒᆞ면 政畧이 定치 못ᄒᆞ고 政府가 自然 薄弱
ᄒᆞᆯ 것이요 苟政畧이 定치 못ᄒᆞ고 政府가 薄弱ᄒᆞᆯ 地境이면 決斷코 國

勢룰 振치 못ᄒ고 國威룰 擴張치 못ᄒ니 一時 强大룰 極ᄒ 阿善의 舊
國으로 ᄒ야곰 드릐여 今日과 갓치 衰弱ᄒ 것은 是皆人民이 爲政ᄒᄂ
弊端이요 今 我國 人民도 亦學阿善코ᄌ ᄒᄂ뇨 阿善이 衰弱ᄒ 覆轍
을 蹈ᄒ기룰 冀望ᄒᄂ뇨

此時에 滿場 會員이 動搖ᄒ야 不滿ᄒ 狀況을 現ᄒ얏ᄂ듸 論士가 尙
繼其語ᄒ기룰

國勢의 衰弱을 救흠은 執政者의 交迭을 防흠이 在ᄒ니 執政者의 交
迭을 防흠은 執政者룰 定흠이 在ᄒ니 我 愛國의 人民은 반다시 國勢
의 强大룰 冀홀지니 國勢의 强大룰 冀ᄒ면 엇지 强盛ᄒ 斯波多와 갓
치 寡人專制의 政体룰 採用치 아니ᄒ리오 僕은 速히 國憲을 改正ᄒ
ᄂ 委員을 撰擧ᄒ기룰 望ᄒ리라.

ᄒ거눌 此時에 滿場 會員이 寂然ᄒ야 更히 聲氣룰 出홀 者ㅣ 업스니
盖此論士의 僞辨은 一時 能히 會員의 思慮룰 攪亂홀 勢力이 잇ᄂ 것
갓더라.

1904년 10월 22일

第四回 弄兵威解散公會 諸名士就縛會堂 (續)

論士가 임의 演說을 畢了ᄒ고 發音臺에서 下홀싀 威波能은 層級席에
셔 發音臺로 向ᄒ야 進ᄒ지라. 此時에 右側의 層級席에서 平面席으로
定席ᄒ 會員들이 ᄯ 一齊히 歡聲如雷ᄒ얏스니 盖諸人이 破치 못ᄒ 僞
辨을 一言으로써 說破홀만ᄒ 一論士가 見論戰場에 現出ᄒ 싸닭이라.
此時에 會員들은 勿論 正奸ᄒ고 其 視線을 威波能의 身體로 注射ᄒ
고 其 臺上으로 進近흠과 同時에 會員의 視線도 ᄯᄒ 發音臺 上으로
向ᄒ야 注射ᄒ지라. 抑 威波能은 爲人이 最長論理ᄒ고 最巧論辨ᄒ되
其 語氣가 簡明ᄒ고 尋常 論士와 如히 甚不巧言ᄒ고 ᄯ 大事에 當ᄒ

야 有力혼 雄辯을 操縱ᄒᄂ 恒常 沈默ᄒ야 不用혼 談話를 아니ᄒᄂ 사람이요 ᄍᄅᄅ이氏가 威波能을 評ᄒ야 曰 此時世에 氏와 갓치 多聞博識으로 發言ᄒ지 아니ᄒᄂ 사람은 稀少ᄒ고 ᄯᅩ 氏와 갓치 渾河의 雄辨으로 沈默혼 사람은 極少ᄒ다 ᄒ얏스니 此 評語가 特히 威波能氏의 爲人을 誇示홀 ᄲᅮᆫ 아니라 其 辨論ᄒᄂ 態度를 足知ᄒ깃도다.

只今 威波能은 其 心中에 오직 切迫혼 奸黨의 變亂을 鎭壓 次로 發言ᄒ고ᄌ ᄒᄂ 意趣가 有ᄒᄆᆡ 心中에ᄂ 論士 比律布의 僞辨을 論ᄒᄂ 것보담 倍層 重大혼 論辨을 ᄒ고ᄌ ᄒᄂ 其 意中之事를 說出ᄒ자면 爲先 目前의 僞辨을 論破홈이 緊要ᄒ니 威波能이 臺上에 立ᄒ야 簡明히 發明혼 大意에 曰

我 愛國ᄒᄂ 會員들은 能히 知ᄒ리니 今日 阿善이 衰弱홈은 決斷코 民政의 弊端이 아니요 人民의 德義가 頹壞홈이 在ᄒ니 古者에 阿善의 國勢가 煥赫ᄒ야 列國盟主의 地位에 立홈은 是卽 阿善 民政의 盛時가 아니요 阿善이 衰弱혼 原因은 他에 在ᄒ니 決斷코 人民爲政의 弊端이 아니요 ᄯᅩ 執政者가 屢次 更迭홈은 是ᄂ 人民이 參政홈이 人民의게 利益이 잇슴이니 萬若 執政者가 更迭치 아니ᄒ고 民心에 背혼 者가 永히 政柄을 執ᄒ면 齊武 人民의 不利가 果然 如何ᄒ깃ᄂ뇨

此時에 滿場 會員이 ᄯᅩ 一齊히 歡聲을 발혼지라. 威波能은 ᄯᅩ혼 其 本意에 說入홀ᄉᆡ 頃日來로 變亂을 企謀홀 風說이 잇스니 舊來의 憲法을 據ᄒ야 事實의 有無를 調査홀 委員 若干名을 公會에서 撰擧홈을 陳述홀 際 會堂 外面에서 騷擾혼이[이] 會員이 疑아홀ᄉᆡ 無數혼 兵隊가 임의 會堂內에 亂入혼지라. 玆에 會員들이 一齊히 起立ᄒ야 一不數無處一를 高ᄒ고 滿堂이 騷擾ᄒ니 鼎沸홈과 恰似ᄒ더라.

1904년 10월 28일

第四回 弄兵威解散公會 諸名士就縛會堂 (續)

抑 齊武國의 憲法에 ᄒ얏스되 無論何人ᄒ고 軍裝을 ᄒ거ᄂ 軍裝ᄒ 軍
隊롤 會堂의 周圍로 進홀 者ᄂ 公會의 神聖을 犯ᄒᄂ 者니 大逆賊으
로 嚴懲ᄒᄂ 規定이 잇ᄂ지라. 如斯ᄒ 自由政治 下에 成長ᄒ 人民인
故로 其 模樣을 見ᄒᄆ 一齊히 憤懣홈을 勝치 못ᄒ여 異口同音으로
楊言[揚]ᄒ야 日「何漢이며 卽刻 退去ᄒ라」ᄒ고 會員 中에ᄂ 携帶ᄒ
武器로써 진入홀 兵隊와 抗爭코자 ᄒᄂ 者 잇셔〃 其 混雜이 不可名
狀ᄒᄂ 中 一將官이 一隊 兵卒을 領率ᄒ고 會長席으로 突進ᄒ야 卽
時 命令書롤 懷中에셔 取出ᄒ며 大聲으로 走讀ᄒ지라. 然이ᄂ 其聲은
堂內의 紛擾와 喧騷로 分明치 못ᄒ나 唯所聞의 槪意가 如左ᄒ니

　一 政府에셔 卽時 公會의 解散을 命홀 事
　一 政府에셔 糺問홀 必要가 有ᄒ야 會民 中의 左開三人을 捕縛홀
　　事
　一 第一 世良名 第二 仁羅知 第三 威波能

이라. 讀來홈ᄆ 只今까지 靜聽ᄒᄃ 會民은 不正非理의 處置롤 聞ᄒ야
異口同音으로 謀叛無禮不敬이라 絶叫ᄒ야 叫聲이 如雷ᄒ지라. 堂外
로 向ᄒ야 突出코자 ᄒᄂ 會民과 堂內로 突入코자 ᄒᄂ 兵隊와 互相
格鬪ᄒ되 一時 風波가 大作ᄒ지라. 威波能은 終始 屹然히 臺上에셔
不動ᄒ더니 엇지 思ᄒ얏던지 其身은 武藝가 絶羣ᄒ야 足히 脫去홀만
ᄒ거늘 此時ᄂ 毫不抵拒ᄒ고 從容히 被捉ᄒ지라. 嗚呼라. 多年 人民
의 權力이 되고 幸福의 源泉이 되ᄃ 公會도 一朝에 奸黨으로 因緣ᄒ
야 廢滅ᄒ얏스니 千萬遺憾ᄒ도다.

1904년 10월 29일

第四回 弄兵威解散公會 諸名士就縛會堂 (續)

抑 此日의 顚末을 探聞ᄒ즉 奸黨들은 그 勢力이 日노 窮迫ᄒᆯ 徵兆가 잇슴으로 回復ᄒᆯ 計劃을 極力 周旋ᄒ되 國民의 助勢를 依賴ᄒ야 行事치 못홈이 드듸여 詭計를 圖出ᄒ되 伊時에 寡人정治로 變更ᄒᆫ 强國 斯波多 정府와 秘密히 通謀ᄒ야 其 援助로 齊武의 國졍을 變改ᄒ고 즈 ᄒᆯ 지음에 斯波多가 斯良을 攻擊ᄒᆯ 後軍이라 ᄒ고 兵隊 八千名을 派遣ᄒ야 威力으로 道를 齊武에 借ᄒ야 廊門에 近迫ᄒ야 屯集ᄒ얏슴이 奸黨들은 此機를 不可逸이라 ᄒ고 斯波多의 將軍 法美와 通牒ᄒ야 其 軍隊로 ᄒ야곰 改革을 勒行코자 홈이니 此日로 擧事홈도 또ᄒᆫ 緣故가 有ᄒ니 齊武ᄂᆫ 自古로 此日을 禾穀이 豊熟홈을 爲ᄒ야 祭祀를 排호되 男子ᄂᆫ 一切無係ᄒ고 女子만 參祭ᄒᆯ 風俗이 잇스니 此日은 總히 本城의 守兵을 撤去ᄒ고 一人이라도 잇지 못ᄒ니 意外에 突入ᄒ야 本城을 占領ᄒᆯ 好機희[회]요 또 城中에 잇ᄂᆫ 女子를 볼모로 拘囚ᄒᆯ 便利가 잇슴에 奸黨들이 此日로 擧事홈이더라. 奸黨의 首領 令溫知ᄂᆫ 總統官의 一人이니 外城과 本城의 門鍵을 預持ᄒᆫ 故로 秘密히 同黨者를 四方에 配置ᄒ야 午後 五時頃에 外城의 廊門을 開ᄒ고 斯波多의 兵隊로 突入케 ᄒ며 婦女를 捕縛ᄒ고 同時의 正黨의 힝졍議官 以斯明들을 捉致ᄒ고 다른 有志者도 捕縛ᄒ기 爲ᄒ야 兵隊로 巴比陀의 私家로 分遣ᄒ야 公회를 解散케 ᄒ지라.

1904년 11월 1일

第四回 弄兵威解散公會 諸名士就縛會堂 (續)

今 此會場을 蹂躪홈은 奸黨의 命을 受ᄒᆫ 兵隊인디 其 過半은 斯波多

의 兵隊더라. 有志者들은 임의 如此 騷亂이 잇슴을 임의 得聞ᄒ야 或逃或潛ᄒ얏스느 以斯明과 威波能은 드듸여 被捉ᄒᆫ지라. 이에 國中의 最重ᄒᆫ 者들은 擧皆 奸黨의 行動과 措處를 憤激치 아니ᄒᄂᆫ 者 업셧스되 本城에 잇ᄂᆫ 婦女들이 볼미[모]로 被捉ᄒ얏슴에 忍怒含怨ᄒ야 不得已奸黨의 改革을 同意ᄒᄂᆫ 者ㅣ 多ᄒ더라. 奸黨들은 임의 政府를 改革ᄒ얏슴에 卽夜 奸黨 中에셔 最重ᄒᆫ 者 幾人을 薦擧ᄒ야 相當ᄒᆫ 官職을 敍任ᄒ고 威力으로 人民을 壓制ᄒ얏슴으로 드듸여 人民들은 抵抗ᄒᆯ 機會를 失ᄒ야 一國의 政柄이 無難히 奸黨 掌握으로 歸ᄒ고 齊武의 民政은 一朝에 寡人專制 政府로 變更ᄒ얏스니 是正 紀元前 三百八十二年 第八月 十二日이라.

1904년 11월 2일

第五回 江上漁舟救恩人 壯士訴國難會場

柳波寧이란 江은 其 根源을 慕知亞 北境에셔 發ᄒ야 齊武 國內로 流ᄒ다가 幽美海灣으로 注ᄒᄂᆫ 故로 同國都에셔 阿善國都에 至ᄒᄂᆫ 街道를 橫斷ᄒ되 其 奔流가 急激홈이 如矢ᄒ고 本街道 附近은 江幅이 七八十間에 達ᄒ며 또 其 兩岸은 險阻ᄒ야 屛風친 듯ᄒ더라. 츠 街道에셔 限 十里許 上流에 잇ᄂᆫ 間道와 本街道에 石橋를 構架ᄒᄂᆫᄃᆡ 本街道 石橋에셔 下流 二十許 處로 至ᄒ면 河幅이 漸次 廣濶ᄒ고 水勢도 急激치 아니ᄒ니 漁舟가 각금 來往ᄒᄂᆫ지라. 츠夜 月明을 乘ᄒ야 六十 漁翁이 舟를 中流에 浮ᄒ야 그물질을 ᄒ더니 夜色이 凄凉ᄒ야 萬籟ㅣ 無聲ᄒ야 五更 深夜에 水中에 무슨 物件이 잇셔셔 그믈에 걸넛스미 ᄌᆞ셰이 본즉 一個 死體더라. 츠 漁翁이 尋常ᄒᆫ 者 갓ᄒ면 그ᄃᆡ로 放棄ᄒᆯ 것이어늘 仁慈ᄒᆫ 사람인 故로 卽時 舟上으로 引上ᄒ야 月色으로 照見ᄒ더니 年淺ᄒᆫ 男子의 死体인 故로 矜憐ᄒᆫ 마음을 生ᄒ야

仔細히 檢査흔즉 臍下에 微溫이 잇셧슴에 漁翁이 大喜ㅎ야 卽時 收
網ㅎ야 차處에서 五里許 下流에 잇는 住家로 歸흔지아. 이에 舟룰 前
岸에 繫ㅎ야 五十 老婆룰 불너 갓치 死体룰 房니로 運入ㅎ야 極力看
病ㅎ야 蘇生케 흔지라. 차 老夫婦는 江에 邊 永住ㅎ야 漁業으로 生涯
ㅎ는 故로 溺死흔 사룸을 救濟홀 法을 通흠인지 하늘이 아직 차 명士
룰 죽이지 흠[않음]인지 漸次 生氣가 生흔지라. 그러느 안즉 兩眼을 드
기만 ㅎ고 발言치 못ㅎ고 橫臥ㅎ더라. 이에 老夫婦가 大喜ㅎ야 임의
曲情업는 쥴 自覺ㅎ얏는지 脫去흔 壯士의 衣服 什物을 치을시 釖[劍]
室룰 金銀으로 裝飾ㅎ얏슴을 보고 常人이 아닌 쥴 覺悟ㅎ야 一段 熟
視ㅎ더니 金으로 기 人의 姓명을 劍室에 彫刻ㅎ얏슴을 보고 大驚自失
ㅎ야 老婆로 ㅎ야곰 私語ㅎ더니 一段 極盡이 看護ㅎ더라.